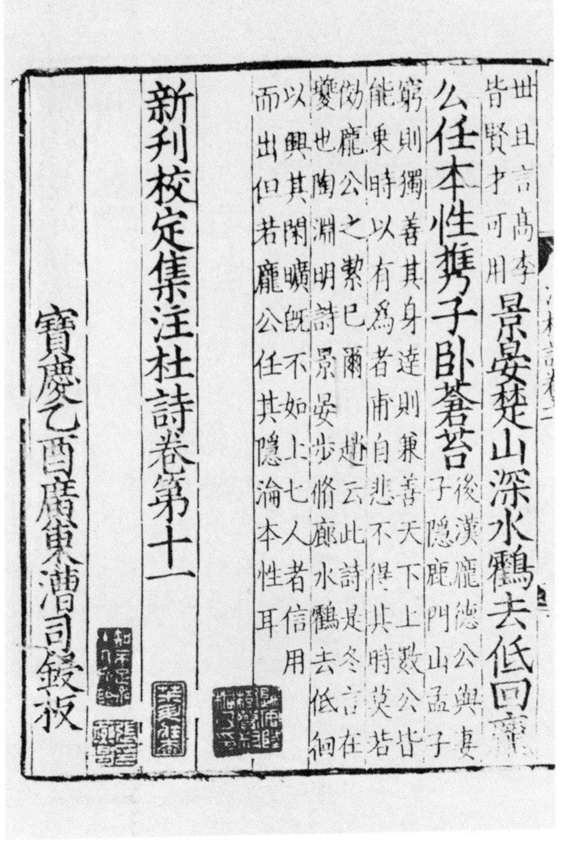
曲且言高李皆賢才可用

景晏楚山深水鶴去低回龐公任本性携子臥蒼苔

後漢龐德公與妻子隱鹿門山孟子窮則獨善其身達則兼善天下上數公皆能秉時以有為者甫自悲不得其時莫若傚龐公之槩已爾　趙云此詩是冬言在夔也陶淵明詩景晏步脩廊水鶴去低徊以興其閑曠既不如上七人者信用而出但若龐公任其隱淪本性耳

新刊校定集注杜詩卷第十一

寶慶乙酉廣東漕司鋟板

日本静嘉堂文庫藏南宋郭知達編纂、曾噩覆刻本書影

九家集注杜詩卷一

唐　杜甫　撰　宋　郭知達　編注

古詩

奉贈韋左丞丈二十二韻 注鮑文虎云韋濟韋嗣立子天寶中授尚書左丞史有傳附嗣立後

紈袴不餓死 前漢班氏敘傳曰王鳳薦班伯宜勸學召見宴昵殿上方鄉學鄭寬中張禹朝夕入說尚書論語於金華殿中詔伯受焉數年金華之業絕出與王許子弟爲羣在於綺襦紈袴之間非其好也晉灼曰白綺之襦氷紈之袴也師古曰紈素也綺今之細綾也並貴戚子弟之服朱買臣妻曰如公等終餓死於溝中耳　趙云梁任昉奏彈劉整云以前代外戚仕因紈袴晉束皙云丹墀步紈袴之童東野遺白顛之叟莊

遼寧省圖書館藏原盛京皇宮恭藏清內府刻本書影

北宋最初編杜甫集的王洙，字原叔，注非其作，然其注在宋代諸家注中淵源最早）、薛蒼舒、杜田、鮑彪、師尹、趙次公六家注，引文完整，文氣連貫，詳實可信。郭書淳熙間蜀中初刻本世無保存，世傳皆源出寶慶間曾噩於南海漕臺重刻本。曾氏重刻序稱蜀本「紙惡字缺」，遂「摹蜀本」而刊，並對初刻進行了全面校定，故將郭書易名作新刊校定集注杜詩。清乾隆時天禄琳瑯書目與四庫全書收録此書，再次易名作九家集注杜詩，故後之學者習慣稱之曰九家注。曾噩刊本僅存兩種：清季陸心源舊藏殘本六卷，今藏日本静嘉堂文庫；瞿鏞鐵琴銅劍樓舊藏三十一卷，鈔配五卷，商務印書館早年曾借攝，原書以爲失傳，後來方知歸山陰沈仲濤。沈氏晚年悉數捐贈臺北故宫博物院。一九八五年，秦孝儀先生主持影印並發行宋本新刊校定集注杜詩。巧平博士能獲得這一宋槧佳刻的影印本，并據以點校整理成此新刊校定集注杜詩，其整理方法與認真態度皆可圈可點。此書得由上海古籍出版社刊布，也是當代杜詩研究與杜詩喜愛者的幸運！

聶巧平之整理本新刊校定集注杜詩，就我閲讀所及，可分别言之。

第一，該書所用底本臺北故宫博物院影宋本，不僅是善本，而且是海内孤本，也是後世流傳所有郭編、曾刊諸本之祖本，價值珍希。該書整理時，通校遼寧省圖書館的瀋陽故宫舊藏清内府刻本。這一通校本，雖不免偶有小誤，然而其參校者飽學經史，熟悉舊典，廣泛吸收了宋人的校勘成果，在很大程度上提升了祖本的學術質量。巧平博士整理該書時，亦參校了文淵閣、文津閣、文瀾閣三種四庫全書本、静嘉堂殘宋本、中華書局影宋本以及杜詩引得排印本。如此莊重地通校、參校後出各本，很有必要。宋刊同一本的前後印本會有挖補改動，且因刊刻成於工匠之手，魯魚豕亥之誤必不可免。更可貴的是，巧平博士的校勘并不滿足於此，她還酌情參照了宋代其他杜集，如二王本、十家注、百家注、分門集注、草堂詩箋、黄氏補注，因以上各本與郭書之間有千絲萬縷的同源因革關係；她也參考了清代以來各家注杜解杜之論著，因其對郭書時有校訂與商榷；她還參校了唐宋各大類書與歷代詩文總集，以此追溯諸家注杜之文本依據與可能差訛。與此同時，她也吸收利用了已有的出土文獻以及當代學者的杜詩學成果。聶巧平博士的這一整理本，可望成爲繼清刻本之後，具有「集成性」校定成果的郭編、曾刊本杜集。

第二，該整理本的校勘記徵信詳實，其中所彙校的大量異文，爲杜詩的文本細讀與闡釋提供了最原始的基礎性文本文獻。其四萬多字的長篇前言，對自南宋以來迄今所有關於郭編曾刊本杜集的學術問題進行了探討、辨析和回應，可作爲一篇濃縮版的新刊校定集注杜詩研究著作來讀。前言所討論的問題涉獵廣泛，如曾刊本卷二十五、二十六殘闕，後人用他本補足，而補足本乃後人依目録就蔡夢弼草堂詩箋及高崇蘭本，取詩及注補刻。卷二十六之登高，載有僞王注，堆砌典故注釋，篇幅單窘，此爲元、明及清初學者所常見之宋注；而卷三十之詩與注，爲郭氏原編，無僞注，其注信實典雅，在元、明及清初卻罕見其傳。巧平博士以卷二十六與卷三十前後復收的這首登高詩及其集注爲例，詳盡分析，其目的是讓學者直觀地辨認和比較新刊杜詩的宋注與元明清廣爲流傳的宋注爲何不同，從版本比較的視角思考，爲何後人對宋注總體上評價不高的客觀原因。前言對趙次公的證誤成就、師尹注學術價值的重點分析，相當精到。前言謂郭書的主體爲六家注，即舊注、薛蒼舒、杜田、鮑彪、師尹、趙次公。巧平博士認爲他們的注杜，是「對李善文選注傳統的繼承與發揚」，詳引例證，很有説服力。郭序所云王原叔注，即在各種杜注中大量出現的「洙曰」，前言有仔細辨析，認爲既非出自王洙本人，也非南宋人僞造，而是前述諸家注中提到的舊注，出現最早，淵源有自，不能因其托名王洙而忽視。對於何爲僞注，如何判定僞注，僞注中是否仍存有有價值的解讀，巧平博士的解釋周密而圓通。對郭書所存六家外注杜者的見解，也有揭示，讀者自可閱讀。更難能可貴的是，巧平博士廣收各類古籍善本與海外學者之杜著。她曾付出巨大努力複製善本，比讀各種集注文本之間的同異，洞悉宋代的各種杜詩集注本之特點及其源流變化。如蔡夢弼草堂詩箋各本之間的差異，以及草堂本的支流及其在杜詩學史上的負面影響，我即因她告知而得理解；十家注之殘存的孤本，也因她的複製而方得見。對於何爲杜詩正注，何爲杜詩僞注，巧平博士着眼於版本比較、版本流傳與影響的角度展開論述，新穎獨到，且辨析仔細，視野開闊。

第三，此書點校整理，爲今後的古籍整理提供了良好的範例。該書精選善本，廣參校本，精心撰寫校記，爲讀者提供了一個科學規範、信實可靠的宋人集注讀本。巧平博士秉持實事求是的學術態度，甘於坐冷板凳，甘於寂寞地堅守在學術陣地。就我所知，因善本難求，此書先後歷經了兩次完整的整理過程，前後長達十年。第一次整理用中華書局的影宋本，書稿已全部交到出版社，意外地獲得臺北故宮博物院之善本新刊校定集注杜詩，乃決意更換底本，一切從頭開始。這份對學術的敬畏之心，這種嚴謹的治學態度，在當前比較浮躁的學術环境之下，尤其珍貴，值得提倡。

聶巧平是湖北竟陵人，一九九五年跟隨王水照先生攻讀博士學位時，與我認識。王先生指導她以宋代杜詩學作爲研究選題，我也曾對此有所興趣，與她有過多次深入的交談。二〇一六年秋末，我到廣州中山大學參加紀念岑仲勉先生會議，任教暨南大學文學院的聶巧平與趙曉濤二位水照先生門生共邀我夜遊珠江。在新落成的廣州圖書館附近，一邊觀賞廣州的地标小蠻腰電視塔的亮燈美景，一邊談起各自近期的研究所得。巧平博士説已經花費多年精力，用北京中華書局的影宋本做底本整理研究南宋郭知達編本杜集。時隔五年之後，我接到她的來電，告知更換了底本，對郭編新刊校定集注杜詩重新整理了一遍。她和我分享了她如何經過漫長等待而複印到臺北故宫博物院的鐵琴銅劍樓舊藏的經歷。説到宋代的杜詩注，巧平博士如數家珍。認識巧平博士近三十年，我瞭解她研究宋代杜詩學的熱情，以及現在所達到的學術深度與水準。當她提出讓我寫序時，我欣然應允。

四十多年前，當我剛開始學術研究時，從前輩處得到的一般印像是，宋人注杜，篳路藍縷，且因商業目的，問題很多，總體水平和保存文獻都不及同時代人所作韓、柳集的校訂與集解。當時通行的杜集注本主要是清人注本，以上海古籍出版社之前身中華書局上海編輯所整理出版的錢注杜詩和杜詩鏡銓、中華書局出版的讀杜心解和杜詩詳注最爲習見。至於宋人注本，則以四部叢刊影印之分門集注杜工部詩、杜詩引得所附九家集注杜詩、古逸叢書覆刻日本藏杜工部草堂詩箋四十卷附補遺十卷本，均未經標點整理。近二十年來，經過學者與圖書館、出版社的共同努力，情況發生很大變化。蕭滌非、張忠綱等彙校整理的杜甫全集校注，是杜甫詩歌研究的里程碑著作，二〇一四年由人民文學出版社出版。謝思煒杜甫集校注，二〇一四年由上海古籍出版社出版。趙次公的杜詩注殘本經林繼中教授的拼合精校，成杜詩趙次公先後解輯校，一九九四年由上海古籍出版社出版。去年末，上海古籍出版社又出版曾祥波教授整理的新定杜工部草堂詩箋斠證。今喜見聶巧平博士點校整理的新刊校定集注杜詩出版，它是宋代杜詩集注本中的唯一「正注」本，爲杜詩學史寫下隆重一筆。趙次公單注本、蔡夢弼會箋本、郭知達集注本三書一起，皆在上海古籍出版社出版，構成南宋杜詩學的重要書系，爲深化宋代杜詩學研究提供了重要的基礎文獻，裨益學林。

賀聶巧平博士積年累月，志業有成！也賀上海古籍出版社迭出好書，弘揚斯文！

陳尚君

二〇二三年十一月二十日於復旦大學光華樓

前言

杜甫及其詩歌的創作成就在中國古典詩史上的歷史地位，錢鍾書先生論之曰「居首席」，在舊詩傳統裏坐着第一把交椅，並曰「中唐以後，衆望所歸的最大詩人一直是杜甫」（中國詩與中國畫）。錢先生對杜甫的論評呼應了中唐以來「集大成」「詩聖」「詩史」之説。經歷了一千多年歲月的變遷，歷史的沉淀，舊體詩以杜甫爲正宗，爲代表，已成不易之論。

國人酷愛杜詩，始自大宋天水一朝。宋代爲杜詩作注者當時號稱「千家」。杜集宋注本存世者尚有八種：一曰趙次公新定杜工部古詩近體詩先後並解（明鈔本殘帙），二曰闕名門類增廣十注杜工部詩（殘存六卷，以下簡稱十家注），三曰闕名門類增廣集注杜工部詩（殘存一卷，以下簡稱門類增廣集注），四曰郭知達編纂、曾噩覆刻新刊校定集注杜詩（三十六卷），五曰托名王十朋王狀元集百家注編年杜陵詩史（三十二卷，以下簡稱百家注），六曰闕名分門集注杜工部詩（二十五卷，以下簡稱分門集注），七曰蔡夢弼杜工部草堂詩箋（五十卷宋刻殘本兩種，以下分別簡稱蔡甲本、蔡乙本，參本書凡例），八曰黄希、黄鶴黄氏補千家注紀年杜工部詩史（三十六卷，以下簡稱黄氏補注）。從版本價值、校勘質量、集注成就以及在杜詩學史上的地位等諸多方面而論，新刊校定集注杜詩可謂宋代杜詩集注之冠冕。

一、郭知達編纂、曾噩重刊之杜集的題名、概貌及「九家」注辨析

南宋郭知達任劍南東道富順監時，主持編纂杜工部詩集注三十六卷。該書卷首有自序，題於孝宗淳熙八年（一一八一）。其序稱「因輯善本」、「屬二三士友，各隨是非而去取之」。可見這一皇皇巨著是集體勞動的結晶。

郭知達生平事迹不見於史傳。南宋王象之輿地紀勝卷一六七潼川府路富順監「官吏」條對郭氏生平有簡略記載：

郭知達，字充之，成都人。（富順）監舊以鹽移贍遂寧生徒，歲爲錙計八十萬，省。公以公養不豐，請於漕臺，俾歸之監學，自是歲獲二十三萬五千。

川南富順自古以來鹽業發達。至宋代，富順的井鹽業較之前代更盛，其井鹽課利成爲當地財政與軍費的重要來源，行政級別也由縣級提升爲州級「鹽監」。輿地紀勝富順縣風俗形勝記載了當時富順地區的産鹽景況：

地多鹹鹺，故饒沃衍潤，過於他郡。……掘地及泉，鹹源遂湧，熬波出素，邦賦彌崇。

人以是聚，國以是富。

由於富順監的鹽税充足，漕司每年從當地調撥「八十萬」去周濟遂寧生徒。這一政策的實施導致富順的教育經費「公養不豐」。郭知達知監富順時，請於漕臺歸還這筆「移贍」費以作爲富順「監學」的專項經費。由此可見，郭知達不僅敢於建言，而且善於理財。發展富順當地的文化教育需要經費，況且「輯善本」、召集「二三士友」編纂、校訂、鋟版刊行杜工部詩集注這樣的大部頭著作，也需要經費支持。頗疑杜工部詩集注的編纂和刊行與郭知達知富順監有關，惜無文獻佐證。總之，蜀地發達的商業經濟爲文化教育的發展創造了有利條件，也爲這一集注本的編纂與刊行提供了經濟基礎。郭知達杜工部詩集注自序曰：

> 杜少陵詩，世號詩史。自箋注雜出，是非異同，多所牴牾。至有好事者，掇其章句，穿鑿附會，設爲事實，托名東坡，刊鏤以行。欺世售僞，有識之士，所爲深歎！因輯善本，得王文公、宋景文、豫章先生、王(源)〔原〕叔、薛夢符、杜時可、鮑文虎、師民瞻、趙彦材凡九家。屬二三士友，各隨是非而去取之。如假托名氏，撰造事實，皆删削不載。精其讎校，正其訛舛。大書鋟版，置之郡齋，以公其傳。庶幾便於觀覽，絶去疑誤。若少陵出處大節，史有本傳，及互見諸家之叙，兹不復云。
>
> 淳熙八年八月，成都郭知達謹序。

郭序稱「大書鋟版」、「以公其傳」。這一「鋟版」的郭編本通稱爲初刻蜀本。不過，這一初刻終究還是流播不廣，當時讀者已不易得。四十四年後，即理宗寶慶元年（一二二五），曾噩官於廣東南海漕臺時，痛惜所得之郭編蜀本「紙惡字缺」，於是召集士友對郭本「正其脱誤」，並「兹摹蜀本，刊於南海漕臺」（曾噩重刊序）。曾噩覆刊郭編本於廣東五羊漕司時，書名易作新刊校定集注杜詩。

曾噩（一一六七—一二二六），字子肅，福州閩縣人，紹熙四年（一一九三）進士。初尉上高，後知潮州，官終大理寺正，事迹詳見陳宓復齋集卷二十一大理正廣東運判曾君墓誌銘。後人著録此書，或稱五羊漕司本、廣東漕臺本。南宋陳振孫直齋書録解題卷十九最早著録此書，稱「杜工部詩集注三十六卷，蜀人郭知達所集九家注」；又稱「福清曾噩子肅刻板五羊漕司，最爲善本」。直齋書録解題據郭知達原刻杜工部詩集注著録此書的題名，並曰曾噩刻板五羊漕司本「最爲善本」，則陳振孫或曾並見郭知達初刻之蜀本與曾噩重刻之五羊漕司本。郭知達初刻蜀本久佚不傳，今世傳本均出自曾噩覆刻本。

曾噩覆刻本未見元明刊本。清天禄琳琅與四庫所藏之杜集均有乾隆皇帝御製題郭知達集九家注杜詩七言排律二首。乾隆於此五羊本如獲至寶，嘆之曰「希珍際遇殊驚晚，尤物閟章固有時」，譽之曰「正注」。清代凡經乾隆寓目且留下題識之書，多爲宋刻佳槧，其受珍視之程度與一般藏書自不可等同。天禄琳琅書目著録此書題曰九家注杜詩，並曰其書原爲「明秀水項篤壽、平湖陸啓浤收藏」。四庫全書著録此書題曰九家集注杜詩。

郭知達所編之杜工部詩集注，曾噩覆刻時首次易名作新刊校定集注杜詩；入清以後，第二次易名作九家注杜詩，或九家集注杜詩。歷代藏書家著録此書，有沿襲郭知達原刻稱杜工部詩集注者，如南宋陳振孫直齋書録解題；有據曾噩覆刻稱新刊校定集注杜詩（以下簡稱新刊杜詩）者，如清錢曾讀書敏求記、黄丕烈百宋一廛書録、瞿鏞鐵琴銅劍樓藏書目録、陸心源皕宋樓藏書志；亦有稱九家集注杜詩者，如清于敏中天禄琳琅書目、汪士鍾藝芸書舍宋元本書目、陸心源儀顧堂續跋、葉德輝郎園讀書志，以及洪業杜詩引得等等。

所謂「九家」之稱，源自郭知達自序：「因輯善本，得王文公、宋景文、豫章先生、王原叔、薛夢符、杜時可、鮑文虎、師民瞻、趙彦材凡九家。」直齋書録解題沿用郭序，稱「蜀人郭知達所集九家注」。四庫全書總目卷一四九九家集注杜詩提要亦有「九家」之説，曰：「宋人喜言杜詩，而注杜詩者無善本。此書集王洙、宋祁、王安石、黄庭堅、薛夢符、杜田、鮑彪、師尹、趙彦材之注，頗爲簡要。」然遍檢郭知達編本杜集，其集注之家數實爲「六家」，而非「九家」。洪業杜詩引得序亦云「九家」者實得其六矣。洪業曰：

然試校全書，所引則趙云最多，杜薛次之，鮑師又次之。凡詩句下小注，不冠某云者，大略皆他本所謂王洙注者也，其曰舊注者亦然。九家者得其六矣。豫章先生者，黃庭堅，字魯直號山谷也。今書中不見引有黃云，其偶稱「魯直云」「黃魯直云」者殆源出詩話雜著之屬，輾轉稗販而來。豈有山谷注杜詩在手，任從採擷哉！至於宋祁王安石二家，本無注杜之作，今書中雖偶有所徵引，輒見杜趙注文之中而已。然則知達並無注杜九家爲其藍本也。此外注文時或冠有「增添」「新添」等字樣，且亦有標「集注」二字者。

六家即薛蒼舒夢符、杜田時可、師尹民瞻、鮑彪文虎、趙次公彥材五家，以及詩句下不冠某云者，薛杜趙三家通常稱之曰「舊注」，在百家注及其後出之僞注本中，被冠名「洙曰」，即托名王洙注者。若郭知達自序所稱另外三家王文公安石、宋景文祁、豫章先生黃庭堅，並無注杜之作，郭知達編本偶有徵引，輒見於舊注、薛杜趙轉引自詩話雜著等。

僅有「六家」，爲什麼郭知達在自序中宣稱「九家」呢？在南宋中後期僞注盛行的杜詩學環境下，郭知達編纂集注本以「刊削僞注」爲目標。當時各類僞注本冠有「洙曰」托名王洙注者、「蘇曰」托名蘇軾注者、「十朋曰」托名狀元王十朋注者，在商業圖書市場上流布廣、影響大。郭知達刊本若想「以廣其傳」，也不妨在一定程度上效仿坊刻本「拉大旗作虎皮」的商業運作手段，借宋祁、王安石及江西詩派的鼻祖黃庭堅壯大聲勢，以招徠更多讀者。在十家注、百家注、分門集注等純爲商業利益而刊行的坊刻僞注本大行其道的文化環境下，郭知達以「九家」爲幌子以廣傳播杜詩「正注」本，蓋出於策略性的考慮。對此，後世研究者亦可抱理解之同情罷。總之，郭知達自序所標榜之「九家」爲不實之説，其集注家數實爲「六家」。至於郭知達爲何在自序中廣而告之曰「九家」，實則與郭知達之書的集注内容關係不大，但與怎樣把注本推向圖書市場，爲其找到生存空間等關係重大。這似乎是屬於傳播學領域的另一話題了。

新刊杜詩全集三十六卷，卷首有郭知達自序，曾噩重刊序。全書分體編纂，再依次以杜詩創作的時代先後編排。前十六卷爲古體詩，後二十卷爲近體詩。關於郭本的編纂，洪業杜詩引得序曰：「郭知達知蘇注之當去，而所假手之二三士友，殆僅就十家注而改編爾。故『坡云』之辭尚有刊落未盡者。嗚呼！此猶葛龔之未去也。」又曰：「然業未見原書，不能詳考。」此説不確。其一，筆者曾將十家注殘存六卷與新刊杜詩、百家注、分門集注進行對校，從杜詩的異文以及「集注」的編輯等諸方面看，基本可確定百家注乃就十家注而改編，分門集注之「集注」與百家注同，而新刊杜詩則屬於不同的版本系統，非就十家注而改編。其二，新刊杜詩的「坡云」非僞蘇注，均爲「師云」、「趙云」所轉引或編纂者摘自詩話筆記中的東坡論杜之語。

關於新刊杜詩二十五、二十六兩卷贋品，杜詩引得序認爲此殆曾板殘闕，後人乃依目録就蔡夢弼草堂詩箋及高崇蘭本，取詩並注補刻。洪業曰：「雖二卷中之詩，仍是杜詩，其如不出於郭本何？此總是遺憾，不敢不舉以告讀者也。」周采泉杜集書録内編卷二曰：「其中即有二卷贋刻，只要讀者去僞存真，即太樸不完，仍不失爲瓌寶也。」雖然曾板殘闕卷二十五、二十六兩卷，不過，一首前後重複收録的杜詩給讀者絶佳的機會窺一斑而見全豹，了解曾板原刻的基本面貌。卷二十六登高復見於卷三十九日五首其五。如上洪業先生所云，卷二十六所載是贋品，非郭知達原編，而復見於卷三十所載爲郭知達原編。爲便於比較分析，現摘録如下：

登高

風急天高猿嘯哀，王洙曰：宋玉云：天高而氣清。潘安仁：勁風凄急。渚清沙白鳥飛迴。又：風颯颯兮木蕭蕭。無邊落木蕭蕭下，洙曰：江賦：尋之無邊。楚詞：洞庭波兮木葉下。不盡長江袞袞來。萬里悲秋常作客，洙曰：宋玉悲秋。百年多病獨登臺。洙曰：相如多病，卧於茂陵。艱難苦恨繁霜鬢，潦倒新亭濁酒杯。洙曰：嵇康曰酒一盃。潦倒麄味。（卷二十六）

九日五首其五

趙云：舊本題下注云「闕一首」，非也。其一在成都詩中，今遷補之。

風急天高猿嘯哀，渚清沙白鳥飛迴。無邊落木蕭蕭下，不盡長江袞袞來。萬里悲秋常作客，百年多病獨登臺。艱難苦恨繁霜鬢，潦倒新停濁酒杯。趙云：潘安仁云：勁風凄急。宋玉云：天高而氣清。四字兩出，合使方工。楚詞有「風颯颯兮木蕭蕭」。其「下」字使楚辭「洞庭波兮木葉下」。潦倒字、濁酒杯字，並出嵇康，蓋云潦倒麤疏，又曰濁酒一杯也。若潦倒義，則北史崔贍傳云：自天保以後，重吏事，謂容止醞藉者爲潦倒，贍終不改焉。如此則潦倒亦非不佳之語，故公又曰：多材依舊能潦倒。

（卷三十）

元明兩代，新刊杜詩未見傳本，而蔡夢弼草堂詩箋、黄氏父子黄氏補注則廣泛流傳。元、明以及清初學者通常所能見的宋注大略如上卷二十六登高所示，載有僞王注，堆砌典故注釋，熟典也注，毫無針對性，且篇幅單窘；而卷三十郭氏原編本無僞注，所引趙注信實典雅，其注有重點，亦有辨析。同一首登高詩，同是宋人注，卻見兩種注釋風格，其注釋質量有着天壤之别。有趣的是，因編輯失誤而造成的這首在新刊杜詩中重複出現的杜詩，無意中讓讀者有機會了解已佚的二十五、二十六兩卷之郭知達原編概貌，據此比較新刊杜詩的宋注與元明清廣爲流傳的宋注爲何不同，從版本比較的視角思考爲何後人對宋注總體上評價不高的客觀原因。

二、新刊杜詩「獨削僞注」的學術價值與杜詩學史意義

郭知達編纂該書的目的之一就是去僞注。自序曰：「自箋注雜出，是非異同，多所牴牾。至有好事者，掇其章句，穿鑿附會，設爲事實，托名東坡，刊鏤以行。欺世售僞，有識之士，所爲

深歎！」又曰：「屬二三士友，各隨是非而去取之。如假托名氏、撰造事實，皆删削不載。」陳振孫直齋書録解題著録此書時，尤其看重郭氏刊削僞注的價值與意義，其曰：

> 杜工部詩集注三十六卷，蜀人郭知達所集九家注。世有稱東坡杜詩故事者，隨事造文，一一牽合，而皆不言其所自出。且其辭氣首末若出一口，蓋妄人依托以欺亂流俗者。書坊輒勦入集注中，殊敗人意。此本獨削去之。福清曾噩子肅刻板五羊漕司，最爲善本。

在僞注盛行的南宋中後期，陳振孫稱讚郭編本對僞注「獨削去之」。可見，刊削僞注在當時是一件大事，不可等閑視之。

錢箋略例曰：「杜詩昔號千家注，雖不可盡見，亦略具于諸本中。大抵蕪穢舛陋，如出一轍。」錢謙益從「宋人之注杜詩」與「宋人之解杜詩」兩方面對宋注展開猛烈抨擊。對宋代注家之錯繆，錢箋略舉八種弊端，曰僞托古人、僞造故事、傅會前史、僞撰人名、改竄古書、顛倒事實、强釋文義、錯亂地理，冀以資隅反。錢氏的批評切中了僞注的要害，適用於充斥僞注的十家注、百家注、千家注、分門集注、草堂詩箋等，然郭知達編本刊削了僞注，與其他宋注本絶非同類，不可一概論之。

那麼，宋代的僞注源自哪裏？如何識辨僞注？從版本學角度而論，新刊杜詩「獨削僞注」爲什麼會引起時人的關注與推崇？以下從四個方面逐一論之，以期釐清這一杜詩學的重大問題。

（一）「僞注」與「正注」

僞注與「正注」乃相對而言，有「正注」才有「僞注」。何謂「正注」？乾隆御製題九家注杜詩曰：「九家正注宜存耳，餘氏支辭概去之。」乾隆以郭知達所編九家注爲「正注」，餘下的坊刻本、私刻本之注爲「支辭」，應一概根除。這裏所謂「正注」之「正」，非「正統」之謂也，乃真實規範、無徵不信之意。新刊杜詩中的「六家」注，屬於此類正注。較之「僞注」，「正注」往往具備以下特點：一是注家實有其人，二是注本有文獻著録，三是其注釋内容有文獻依據。新刊杜詩是識辨僞注的試金石。若輔之以早期坊刻十家注殘本相佐證，可清楚地識辨僞注，並追溯僞注的來源。

以下從新刊杜詩與十家注、百家注的版本比較來看僞注本的一般特點：（例一「從版本比較看僞注本的一般特點」）

春日無人境，虚空不住天。蓋取佛書不住相，謂天運無常以成四時。師云：庚信賦：心遊不住之天。趙云：孫綽天台賦序：踐無人之境。杜牧之傳：若涉無人之地。鶯花隨世界，樓閣寄一作倚。山巔。趙云：言當春時，處處有鶯花。世界字，又取佛書中語也。爾雅、釋名：山頂曰巔。遲暮身何得，登臨意惘然。言身老而未有所得也。誰能解金印，蕭洒共安禪。一云三車將五馬，若箇合安禪。趙云：此二句蓋諷四刺史。誰能解所佩之金印而相與安禪聖？按，陶潛解綬去職；又，温遜嘗爲邑宰，解印綬而去。（陪李梓州王閬州蘇遂州李果州四使君登惠義寺，新刊杜詩卷二十四）

春日無人境，虛空不住天。杜云：取佛書不住相意，謂天運無常以成四時。鶯花隨世界，樓閣倚山巔。倚，一作寄。爾雅、釋名：山頂曰冢，亦曰巔。遲暮身何得，言衰老而未有所得也。登臨意惘然。誰能解金印，趙云：所以諷四使君也。瀟灑共安禪。一云三軍將五馬，若箇合安禪。蘇曰：王得至少室山寺，愛其瀟灑，顧弟侍語曰：「好解金印，共此安禪，庶免榮華之事。」弟笑而不答。（同上，十家注卷八）

春日無人境，虛空不住天。修可曰：取佛書不住相意，謂天運無常以成四時。覺範曰：不住者，言無著也。鶯花隨世界，樓閣倚山巔。洙曰：倚，一作寄。爾雅、釋名：山頂曰冢，亦曰巔。遲暮身何得，洙曰：言衰老而未有所得也。登臨意惘然。誰能解金印，趙曰：所以諷四使君也。瀟灑共安禪。洙曰：一云三軍將五馬，若箇合安禪。蘇曰：王得至少室山寺，愛其瀟灑，顧弟侍語曰：「好解金印，共此安禪，庶免榮華之事。」弟笑而不答。（同上，百家注卷十七、分門集注卷八）

對照此詩的四種注本，可注意以下幾點：其一，題下注，新刊杜詩有趙云「師民瞻本作章梓州」云云，被十家注、百家注、分門集注刊落。其二，新刊杜詩「趙云」計三條，十家注、百家注等注本刊落了兩條，僅保留的一條「趙云」也被删削大半。其三，新刊杜詩一條「師云」注被刊落。其四，新刊杜詩兩條不署名之舊注，其中一條其在十家注是「杜云」，而在百家注則成了「修可曰」。其五，僞蘇注，即托名蘇軾的「蘇曰」，該注首次出現在十家注，百家注、分門集注又沿襲了十家注中的僞蘇注。其六，僞王注，即托名王洙的「洙曰」，該注首次出現在百家注，略晚於百家注的分門集注在「集注」上與百家注同。其七，從「集注」的編輯來看，百家注、分門集注依據十家注而改編，新刊杜詩則與之明顯不同。

以上百家注與十家注相較，僅增加了「覺範曰」所注數字，卻號稱「百家」，此乃坊賈虚誇習氣。新刊杜詩徵引詳實，文字典雅，文氣連貫；坊刻本則相當粗製濫造。可見，錢箋略例毫無區别地將所有杜詩宋注一棍子打倒，有失公允。在南宋僞注泛濫的時代，郭知達所編新刊杜詩「獨削僞注」，開闢了宋代杜詩學正確的發展方向，對清初錢箋刊削僞注起了先導作用。

(二)「注僞」之僞注：僞蘇注與僞師古注

僞注的種類與形式多樣，不能籠統而談。從僞注之「注」來區分，大致可分爲「注僞」之僞注與「人僞注不僞」之僞注兩類。前者以僞蘇注與僞師古注爲代表。如：(例二「僞蘇注」)

使君騎紫馬坡云：謝靈運出守永嘉，人曰騎紫馬者乃太守也。蓋當日靈運、宗文東同治郡，猶今之守倅並行也。永嘉今有紫馬祠尚傳，乃播謝之德也。（山寺，十家注卷八，又見百家注卷九、分門集注卷八。「坡云」，百家注、分門集注作「蘇曰」）

僞蘇注最早出現在今存的海内孤本十家注中。此條僞蘇注據杜詩「使君騎紫馬」句，緣文生義，杜撰謝靈運守永嘉騎紫馬的故事，杜撰人名宗文東同謝靈運同治郡以及謝靈運紫馬祠在永嘉流傳的掌故，頭頭是道，假的説得像真的一樣，極易欺亂流俗。檢新刊杜詩卷九「使君騎紫馬」句，無此「蘇曰」僞注。又如：（例三僞蘇注）

昏黑應須到上頭蘇曰：常（宗）〔琮〕侍煬帝遊寶山，帝曰：「幾時到上方？」琮曰：「昏暗應須到上頭。」左右失笑。帝曰：「淳古君子也。」（涪城縣香積寺官閣，十家注卷八，又見百家注卷十七、分門集注卷八。「坡云」，百家注、分門集注作「蘇曰」）

此僞蘇注作僞方式與上例同轍。檢新刊杜詩卷二十四「使君騎紫馬」無此僞蘇注。新刊杜詩卷十八奉寄河南韋尹丈人詩趙次公云「又近傳東坡杜詩事實一編」、「然東坡事實乃輕薄子所撰」云云，談及僞蘇注在當時的影響。趙次公認爲僞蘇注乃「輕薄子」所撰，游談無根。胡仔苕溪漁隱叢話後集卷八亦云：「若近世所刊老杜事實，及李歜所注詩史，皆行於世。其語鑿空，無可考據，吾所不取焉。」可見當時士大夫對僞蘇注嗤之以鼻。

僞師古注晚於僞蘇注。僞師古注最早出現在南宋孝宗朝刊行的百家注中。百家注的編輯當在紹興二十七年(一一五七)王十朋狀元及第後。稍後刊行的分門集注在編次上與百家注不同,集注上則相同,刊有大量僞蘇注與僞師古注:(例四「僞師古注」)

尸鄉餘土室,難説一作誰話。呪雞翁。後漢地理志:偃師有尸鄉。列仙傳:呪雞翁居尸鄉下,養雞百餘,各有名字,呼名則種别而至。趙云:舊本又云「一作誰話鬭雞翁」。公題下注云故廬在偃師云云。以義詳之,「難説」字當以「誰話」爲正;「鬭雞翁」無義,當以「呪雞翁」爲正。蓋言誰人話及呪雞翁乎?惟我韋丈人而已。或云,「難説」謂難説得到也。衆人難得説到,而韋丈人獨念之,亦有義,然講解費力。(奉寄河南韋尹丈人,新刊杜詩卷十八)

尸鄉餘土室,難説洙曰:一作誰話。祝雞翁。洙曰:後漢地理志:偃師有尸鄉。列仙傳:祝雞翁居尸鄉山下,養雞百餘,各有名字,呼名則種别而至。鄭曰:列仙傳:祝雞公,洛陽人。師曰:甫以孔融自比。客來傳説韋尹詣甫,動静如何。甫尚隱居,蹤迹無定。不若韋列鼎而食,猶善詩章,故云繼國風。疏放,甫自謂也。甫既不仕,惟以濁酒適懷,丹砂自養,任短褐漂泊,雪蒲白頭。牢落,無所成就之義。乾坤雖大,若無所容身。道術空,言無道術也。薊子比韋尹,慚見知於韋。真怯笑揚雄,甫以貧蹇爲時訕笑,有若雄爲當世所嘲也。盤錯，言事繁劇。韋善決斷，人畏其政若神明。呪雞翁，甫以自比。（同上，百家注卷三十一、分門集注卷十九）

「呪雞翁」舊本作「鬪雞翁」，從新刊杜詩所引趙注「『鬪雞翁』無義，當以『呪雞翁』爲正」云云，知郭氏編纂時吸收了趙注的考辨成果後定作「呪雞翁」。坊本百家注與分門集注則棄用此條趙注，代之以冗長的僞師古注。師古杜撰韋尹曾訪杜甫以窺探其生活近況的故事，無文獻出處，牽强附會。又，此詩題下原有杜甫自注：「甫故廬在偃師，承韋公頻有訪問，故有下句。」二王本杜集與新刊杜詩均有此條「公自注」，而百家注、分門集注則將「公自注」冠名曰「洙曰」，變成了托名「王洙」的僞王注。

又：（例五「僞師古注」）

尚書勳業超千古，雄鎮荆州繼吾祖。趙云：尚書鎮荆州，言李之芳也。繼吾祖，則公自言杜預也。預在晉爲鎮南大將軍，都督荆州諸軍事。（惜别行送向卿進奉端午御衣之上都，新刊杜詩卷十五）

尚書勳業超千古，雄鎮荆州繼吾祖。趙曰：尚書鎮荆州，言李之芳也。繼吾祖，則公自言杜預也。預在晉爲鎮南大將軍，都督荆州諸軍事。師曰：尚書指向卿之父珣，鎮荆南。昔向秀繼杜預節鎮於此，故云繼吾祖。（同上，百家注卷二十九、分門集注卷二十五）

錢謙益略例痛斥僞師古注云：「向秀在朝，本不任職，而曰繼杜預鎮荆。此類如盲人瞽説，不知何所自來。而注家尤傳之。」這一荒唐的盲人瞽説出自僞師古注。此詩趙次公已清楚地注明尚書指李之芳，而百家注、分門集注在已引趙注的前提下，卻仍引「師曰」注「尚書指向卿之父珣」，自相矛盾。無奈錢氏斥之曰「蜀人師古注尤可恨」！

僞師古注與僞蘇注同爲「注僞」之僞注，在杜撰人名、掌故等作僞手段上類似，不過二者亦有不同。僞蘇注偶爾剽竊舊注以及杜田、趙次公諸家注，然絕大部分注仍出自「僞蘇」；僞師古注則往往東挪西借，盜用舊注及杜、趙等家之注；此外，喜用淺語串講全篇，頗有説書家習氣。

（三）「人僞注不僞」之僞注：僞王洙注、僞修可注、僞定功注

此類「注」真實有來源，但冠名爲僞造或假托。其中以假托「王洙」之「洙曰」注以及全部取資杜田之「修可曰」、「定功曰」爲典型代表，少量的「黄曰」、「輔曰」、「十朋曰」注也屬於這一類型。

如：（例六「僞修可注」）

吾孫騎曹不記馬杜田補遺：世説：王子猷爲桓沖騎曹參軍。桓問曰：卿何署？

曰：不知何署？時見牽馬來，似是馬曹。又：所管有幾馬？曰：何由知其數？又問：馬死多少？曰：未知生，焉知死。（寄從孫崇簡，新刊杜詩卷十三）

吾孫騎曹不記馬杜云：世説：王子（獻）〔猷〕爲桓沖騎曹參軍。桓問曰：卿何署？答曰：不知何署？時牽馬來，似是馬曹。又：所管幾何？曰：何由知數？又問：馬死多少？曰：未知生，焉知死。（同上，十家注卷九、增廣集注卷九）

吾孫騎曹不記馬修可曰：世説：王子（獻）〔猷〕爲桓沖騎曹參軍。桓問曰：卿何署？答曰：不知何署？時牽馬來，似是馬曹。又：所管幾何？曰：何由知數？又問：馬死多少？曰：未知生，焉知死。（同上，分門集注卷九）

以上，新刊杜詩之「杜田補遺」注，在十家注、增廣集注是「杜云」注，在百家注、分門集注中成爲「修可曰」注。

又如：（例七「僞定功注」）

鍊金歐冶子，噴玉大宛兒。杜補遺云：穆天子東遊黄澤，宿于西洛。謡曰：黄之澤，其馬歕玉，皇人壽穀。又賈復顧兒謂弟曰：此吾宗大宛兒也，一日千里亦可。歕與噴同。（同豆盧峰貽主客李員外賢子棐知字韻，新刊杜詩卷三十六）

鍊金歐冶子，噴玉大宛兒。杜云：穆天子東遊黄澤，使宮樂謡曰：黄之澤，其馬

噴玉，皇人壽穀。又賈復顧兒謂弟曰：此吾宗大宛兒也，一日千里亦可。歕與噴同。（同上，十家注卷八）

練金歐冶子，噴玉大宛兒。定功曰：穆天子東遊黄澤，使宫樂謡曰：黄之澤，其馬歕玉，皇人壽穀。又賈復顧兒謂弟曰：此吾宗大宛兒也，一日千里亦可。歕與噴同。（同上，分門集注卷八，亦見百家注卷三十二）

這一組與上一組例類似，只是新刊杜詩之「杜補遺云」、十家注和增廣集注之「杜云」，在百家注、分門集注被冠上「定功曰」。坊刻本爲了作僞，通常在著録集注姓氏時製造混淆，如薛蒼舒一人作兩人著録曰「薛氏蒼舒續注子美詩、薛氏夢符廣注子美詩」；杜田一人著録成三人，曰「城南杜氏修可續注子美詩」、「杜氏名田字時可著補遺」、「杜氏定功」，實則杜修可、杜定功二人之注全部出自杜田，坊本僞造人名杜修可、杜定功來切分杜田一人之注。可參筆者拙作杜田考論（杜甫研究學刊一九九八年第四期）。

（四）如何辯證地看待「僞注」

僞注的産生是有社會文化背景的。南宋末王炎午曰：「且今觀詩者，多因注以廣記問。若太簡則不諧俗，不諧俗則難爲售，此必然之勢。」（回耘廬劉堯咨，吾汶稾卷一）尤可留意「不諧俗」與「難爲售」之間的關係問題。時人對杜詩注本的總體期待是不能注得太簡，要諧俗才有銷路。以上僞蘇注與僞師古注通俗易懂，實在「諧俗」，能吸引見書不廣但追慕文采風流的一般士子，廣開銷路。現存的宋注本如十家注、百家注、分門集注、千家注均爲坊刻本，蔡夢弼草堂詩箋亦刊有大量僞注，其中千家注與草堂詩箋在元明以及清初廣爲流傳，不難發現僞注之「諧俗」與圖書市場的導向及其注本流傳之間的內在邏輯。

杜詩的僞注影響惡劣，遮蔽了宋注的真實價值。然而僞注傳播面極廣，影響深遠，部分僞注甚至得到普遍接受與認同。如：（例八「源自僞注的成語：名韁利鎖」）

方期拾瑶草蘇曰：東方朔與友人書曰：不可使塵網名韁拘鎖。怡然長嘯，脱去十洲三島，相期拾瑶草，呑日月光華，共輕舉爾。（贈李白，百家注卷一）

方期拾瑶草杜補遺：江文通别賦：惜瑶草之徒芳。李善注高唐賦序云：我帝之季女，名曰瑶姬，未行而亡，封于巫山之臺。精神爲草實曰靈芝。又李注「瑶草正翕赩」曰：瑶草，玉芝也。山海經曰：姑瑶之山，帝女死焉，名曰女尸，化爲瑶草，其葉胥成，其華黄，其實如兔絲，服之者媚於人。（同上，新刊杜詩卷一）

上條百家注所引僞蘇注用真人真事雜糅杜撰奇人軼事，像説書一樣娓娓道來，富有感染力。

對照新刊杜詩所引杜田補遺，引經據典，充滿學究氣，略顯枯燥。從傳播學的角度來看，坊本百家注「諧俗」，可吸引廣泛大衆，具有傳播優勢。此條僞蘇注通過僞造「東方朔與友人書」，堂而皇之登上了大雅之堂。如全上古三代秦漢三國六朝文全漢文卷二十五居然輯録東方朔與友人書，全文共四十一字，與上百家注所引一字不爽。出自僞蘇注的「名韁利鎖」作爲成語收録在臺灣教育研究院編纂的成語典中。字典在「名韁利鎖」出處所附的參考資料中，引用了上述東方朔與友人書，並附説明曰：「因出處不明，故置於參考資料。後來『名韁利鎖』這個成語用來比喻人因名利的羈絆而不得自由。」由此可見僞注的傳播力與影響力。綜觀所有僞注，此條僞蘇注大概是作僞最成功的個案了，既被收入一代文學總集，又被納入基礎教育的成語典，代代相習。「名韁利鎖」這一成語，人們早已耳熟能詳，已不太關心其來源的真假了。

現存最早的僞注本十家注大概成書於宋室南渡前後。後之注本如草堂詩箋、黄氏補注以及劉辰翁評點本等均刊載僞注，在元明清三代不斷被翻刻，影響極爲深遠。自南宋歷經元明清，僞注的傳播歷史迄今已有九百年左右，僞注已進入各類文獻典籍。杜詩僞注可以辨析、批評，但很難被消滅殆盡。

宋代杜詩僞注作爲一種客觀的存在，從一定意義上説，它已經超出了杜詩學的範疇，進入大衆傳播學視野，成爲了解宋代社會生活史的一面鏡子。探討宋代杜詩僞注中僞造的各類掌故及其傳播，不失一個有趣的話題。話説回來，在南宋僞注盛行的文化環境下，新刊杜詩「獨削僞注」，在杜詩學史上具有超越時代的意義。宋注本新刊杜詩與清注本錢注杜詩前後相距五百多年，二者痛削僞注，異代同功，均可譽之曰「鑿開鴻蒙，手洗日月」。

三、新刊杜詩的「集注」成就及其對宋代杜詩注的貢獻

宋人對本朝杜詩注的看法如何呢？首先，宋人認爲杜詩需要注。在宋人看來，杜甫「讀書破萬卷」，往往一字綮切，必有來處，需要通過注釋來解決閱讀障礙。其次，宋人對本朝人注杜甚不滿意，如東坡詩話曰「讀書不廣」而注杜，鮮不見笑；陸游更加激憤地説，「近世注杜詩者數十家，無一字一義可取」（跋柳書蘇夫人墓誌）。再次，宋代士大夫精英對杜詩注的關注與期待，激發了學者的注杜熱情；崇杜尚杜的社會文化風尚催生着巨大的需求市場。因而宋代杜詩注本在編纂上不斷地推陳出新，出現「千家注杜」盛況，也導致了注本良莠不齊。郭編本杜集廣集衆注，詳引趙注，别裁得體，其「集注」的學術價值在當時已得到公認與推崇，是杜詩宋注最高成就的代表。

（一）郭知達編本杜集的兩大優勢與曾噩重刻郭編本的內在關聯

南宋中後期坊刻僞注本充斥着商業圖書市場。郭知達編本獨削僞注、詳引趙注，這兩大優勢與其注本被重刊因而得以保存下來有着直接關係。

趙次公注杜詩最早見於晁公武郡齋讀書志著録。袁州本四上「趙次公注杜詩五十九卷」條稱：

本朝自原叔以後，學者喜杜詩，世有爲之注者數家，率皆鄙淺可笑，有原甫名（衢州本作「有托原叔名者」），其實非也。呂微仲在成都時，嘗譜其年月；近時有蔡興宗者，再用年月編次之。而次公者，又以古、律詩雜次第之，且爲之注。兩人頗以意改定其誤字，人不善之。（衢州本「字」下有「云」字，無「人不善之」四字。）

袁州本郡齋讀書志稱蔡興宗、趙次公「兩人頗以意改定其誤字，人不善之」，而衢州本郡齋讀書志只稱「兩人頗以意改定其誤字」，無「人不善之」，頗值得注意。狀元汪應辰對蔡興宗以意改字甚爲憤慨，書少陵詩集正異曰：

知正異者，特其書之一節耳，不可以孤行也。此書詮次先後，考索同異，亦已勤矣。世傳杜詩，往往不同，前輩多兼存之；今皆定從某字，其自任蓋不輕矣。詩以氣格高妙、意義

精遠爲主。屬對之間，小有不諧，不足以累正氣。……此直以己意所見，徑行竄定，甚矣其自任不輕也！（文定集卷十）

汪應辰尤其不滿蔡興宗正異以己意定從某字，而不存異文。王洙於寶元二年（一〇三九）編定杜工部集時並載異文，且保留了杜甫自編集時的「自注」，後人稱之「公自注」。嘉祐四年（一〇五九）王琪刊行王洙編本時保留了王洙所録異文。王琪杜工部集後記曰「義有兼通者，亦存而不敢削」。趙次公對待異文的態度與蔡興宗不同，保存異文，深入辨析，合理取捨。新刊杜詩中趙次公注不少地方引用蔡本的異文。如卷二悲陳陶「群胡歸來血洗箭」趙云：「蔡伯世卻取一作云『雪洗箭』，非是。」卷十六岳麓山道林二寺行「物色分留與老夫」趙云：「舊本作『分留與老夫』，『與』一作『待』，當以『待』爲正。蔡伯世云『作與字意乃淺近』，是。」卷二十一登樓「錦江春色來天地」趙云：「一作『錦江春水流天地』，此惑於登新津樓，見成都江之來也，便不如『錦江春色來天地』之含蓄，而蔡伯世取之，非矣。」卷十六聶耒陽以僕阻水書致酒肉療飢荒江「前期翰林後」趙云：「舊本『前期翰林後』，蔡伯世云『别本作前朝』，其説是。豈聶之父祖，嘗爲翰林之職乎？」此爲杜甫的晚年詩篇。「前期」蔡興宗所據别本作「前朝」，或聶耒陽之父祖嘗爲翰林，與杜甫之父祖有舊，由此似可解釋耒陽聶令在杜甫生命垂危之際具舟致酒肉迎歸的緣由。「前朝」與「前期」僅一字之别，卻對了解杜甫晚年的生活狀況大有關係。上述例文可見，蔡興宗校定杜詩的異文並非全無功勞，可惜他徑改而不存異文，因此受到非議。關於趙次公的杜詩證誤情況，試舉兩例：(例九「辨異文『兩脚』與『雨脚』」)

出門復入門，兩脚但如舊。(九日寄岑參，二王本杜集卷一)

出門復入門，兩陳作雨。脚但一作仍。如一作但仍。舊。(同上，錢箋卷一)

出門復入門，雨一作兩。脚但如一作仍。舊。趙云：雨脚，一作兩脚。蓋雨脚，選詩雨足之義，而語是方言。公詩又云「雨脚如麻未斷絶」，亦此也。若人兩脚則無義。既出門而往矣，又却入門，何哉？以雨脚如舊也。(同上，新刊杜詩卷一)

從杜集版本上看，二王本定作「兩脚」，可見「雨脚」誤作「兩脚」，源自祖本；錢箋之底本是南宋初吴若本，亦作「兩脚」，異文「陳作雨」。新刊杜詩則刊定作「雨脚」，存異文「一作兩」，且引趙次公的異文考訂。此詩，分門集注卷三、草堂詩箋卷五(蔡甲本)、黄氏補注卷一直接吸收利用趙氏的考訂成果，均刊作「雨脚」，然既不出異文，也將趙次公的考辨文獻刊落。若没有新刊杜詩，類似這樣極有學術價值的杜詩校勘文獻就會湮没。此條宋注校勘成果，清注本杜詩詳注卷三也加以利用了。

又如：(例十「辨異文『萬里橋南』與『萬里橋西』」)

萬里橋西宅，百花潭北莊。浣花草堂在萬里橋西，地有百花潭。趙云：舊本作

橋南，非是。公詩：萬里橋西一草堂，百花潭北即滄浪。（懷錦水居止二首其二，卷二十七）

詩題懷錦水居止，則「萬里橋西宅」之「宅」指杜甫的宅居成都浣花草堂。「萬里橋西」，「西」二王本卷十四作「南」。十家注卷七、百家注卷二十一、分門集注卷七以及錢箋卷十四均同二王本作「南」，唯新刊杜詩定作「西」。這一異文的産生蓋緣於下句有「北莊」，故有學者誤改杜詩上句「西宅」爲「南宅」，以對「北莊」。趙次公發現了這一問題，以杜證杜，引狂夫「萬里橋西一草堂，百花潭北（通行本作「水」）即滄浪」，訂正作「萬里橋西宅」。杜詩詳注卷十四也利用了這一宋注考訂成果。

杜詩多異文，宋人對本朝人改「詩聖」杜甫的詩異常敏感。例如卷一首篇奉贈韋左丞丈二十二韻「白鷗没浩蕩」趙云：「世間本多作『波』字，東坡定作『没』字，言鷗滅没於煙波間，而浩蕩遠去，尤有義理。而宋敏求謂鷗不解『没』，作『波』字，便覺一篇神氣索然也。」事實上，祖本二王本卷一作「波」。據趙次公注，則「没」字原爲蘇東坡所改，宋敏求不同意，復改回作「波」。不過，新刊杜詩刊作「没」，也存異文「波」。可見，郡齋讀書志袁州本與衢州本對趙次公證誤的不同評價，並非僅關涉趙次公的證誤成果本身，而是如何正確對待和處理異文的問題。從新刊杜詩中的趙注來看，趙次公在彙集異文、辨析異文、保存異文等方面的貢獻是杜詩宋注最有寶貴價值的部分。若十家注、百家注、分門集注、草堂詩箋等刊落趙次公的異文辨析文獻，其「集注」、「會箋」價值與新刊杜詩相比，不可等同。金元好問杜詩學引稱「蜀人趙次公作證誤」，所得頗多」，這一評價是客觀公允的。

在此順便談及有關趙次公名字的著録情況。周采泉杜集書録卷一趙次公集注杜詩五十卷題解曰：「宋趙彦材校定。彦材，字次公，蜀人。各家轉引，皆稱次公，或尊稱趙傁。按『彦』字爲趙宗室行輩，過去作名次公，字彦材，非。」此説不確。郭知達自序曰「得王文公、宋景文、豫章先生、王原叔、薛夢符、杜時可、鮑文虎、師民瞻、趙彦材凡九家」，郭序對後六人均以字非以名相稱，據此則「趙次公字彦材」爲是。分門集注集注姓氏著録趙次公兩次：「西蜀趙氏次公字彦材，著正誤」、「趙氏彦材」。坊刻本作僞時將一人分别當作兩人或三人著録，往往類此。

元好問杜詩學引論及杜詩僞注時稱：「托名於東坡者爲最妄。非托名者之過，傳之者過也。」元好問稱僞注固然可恨，然刊行僞注、傳播僞注更可恨。南宋晚期，仕宦於嶺表的曾噩不滿當時行世的數十種杜詩注本，選取郭知達編刻本在廣東五羊漕臺進行覆刻。曾噩重刊序曰：

「讀書破萬卷，下筆如有神。」此杜少陵作詩之根柢也。觀杜詩者，誠不可無注。然注杜詩者數十家，乃有牽合附會，頗失詩意，甚至竊借蘇坡名字以行，勇於欺誕，夸博求異，挾僞亂真，此杜詩之罪人也。惟蜀士趙次公爲少陵忠臣。今蜀本引趙注最詳，好事者願得之，亦未易致；既得之，所恨紙惡字缺，臨卷太息，不滿人意。兹摹蜀本，刊於南海漕臺。會士友以正其脱誤，見者必當刮目增明矣。

曾噩明確表示「觀杜詩者，誠不可無注」，關鍵問題是怎樣去「注」。他稱僞注「勇於欺誕，夸博求異，挾僞亂真」，斥之爲「杜詩之罪人」，而盛讚蜀士趙次公爲「少陵忠臣」。一正一反，態度鮮明。當時流傳的杜詩注本衆多，曾噩選定郭編本並投入精力與巨資在廣東五羊漕臺精校重刊，隱惡揚善，弘揚「少陵忠臣」之注。曾噩對待杜詩僞注的立場和態度與元好問不謀而合。郭編本原刻在南宋晚期已不易得，後來失傳；今所存郭編本均出自曾噩的五羊漕臺重刻本。若無曾噩覆刻以廣其傳，郭編本的命運可想而知。從某種意義上説，編纂者郭知達對杜詩注的取捨態度及其「獨削僞注」、「詳引趙注」的别裁之功扭轉了其注本的歷史命運。

（二）新刊杜詩中的「六家」注對李善文選注傳統的繼承與發揚

「舉先以明後」、「引後以明前」，是李善注文選的總例，也是中國古代集部箋注的傳統。文選卷一班固兩都賦序「或曰：賦者，古詩之流也」注：

毛詩序曰：詩有六義焉，二曰賦。故賦爲古詩之流也。諸引文證，皆舉先以明後，以示作者必有所祖述也。他皆類此。

又，「臣竊見海内清平，朝廷無事」注：

蔡邕獨斷，或曰：朝廷亦皆依違尊者，都舉朝廷以言之。諸釋義或引後以明前，示臣之任不敢專。他皆類此。

杜甫重視文選。新刊杜詩所引舊注、薛夢符、杜田、師民瞻、趙次公以及鮑彪「六家」注，繼承了李善文選注的傳統。「遞相祖述復先誰」趙云：

唐乾封郊祀詔曰：其後遞相祖述，禮儀紛雜。而在文章言之，則沈休文作謝靈運傳論曰：異軌同奔，遞相師祖。李善注文選亦曰：諸引文證，皆舉先以明後，以示作者必有所祖述也。然則祖述者，文人烏能輒已邪？故雖孔子亦曰祖述堯舜，豈專自己出哉！（卷二十二戲爲六絶其六）

又，卷三十一宗武生日「熟精文選理」趙云：

公詩嘗曰「續兒誦文選」，則「熟精文選理」者，所以責望於宗武也。公詩使字多出文選，蓋亦前作之菁英，爲不可遺也。公又曰「遞相祖述復先誰」，則公之詩法豈不以有據而後用邪？

趙次公闡述杜甫的詩法「以有據而後用」，與李善文選注「舉先以明後」的注釋法則相貫通。「舉先以明後」的注釋方式被宋代諸家普遍地運用到注杜中。如：（例十一「釋語典『矛戟』」）

他日辱銀鈎，森疎見矛戟。薛夢符云：北史：李義深有當世才，而用心險峭。時人語曰：矛戟森森李義深。師云：李隅詩：筆落字有力，矛戟空縱横。杜田補遺：世説：裴令見鍾士季如觀武庫，但見矛戟。詳觀是詩，所謂矛戟，非心之險峭，蓋言書之快利，森森如矛戟。趙云：言裴施州之藏書好學，能書也。劉向傳云：博極群書。銀鈎，索靖叙草書云：婉若銀鈎，飄若驚鸞。矛戟字，薛非是。書苑：歐陽詢尤工行書，出於大令，森然如武庫之矛戟。大令，王獻之。（鄭典設自施州歸，卷十三）

此條集注包括薛夢符、師民瞻、杜田、趙次公四家注，比較有代表性。集注的重點是語典「矛戟」及其詩旨問題。薛夢符注引北史李義深事注「矛戟」，指用心險峭，曲解了杜甫的詩意，典源也引錯了。師民瞻、杜田、趙次公三家糾正薛夢符誤注。師民瞻引李隅詩、杜田引世説、趙次公引書苑，三人引典釋「矛戟」均從「用心險峭」轉到形容「書法快利」，言書之快利，如森森矛戟。此句杜詩談論裴施州的書法，趙次公徵引書苑最貼切。新刊杜詩最後引趙次公注解釋詩旨曰：「言裴施州之藏書好學，能書也。」再看清代杜詩詳注卷二一此條注：

他日辱銀鈎，森疎見矛戟。薛道衡詩：布字改銀鈎。書苑：歐陽詢真行之書，出於大令，森然如武庫矛戟。裴向曾寄書於公，故有「龍蛇動篋蟠銀鈎」之句，此云銀鈎、矛戟，正引證其善書耳。

對照仇兆鰲杜詩詳注與宋注，可見至少在典故的探源上，仇注所引並没有超出宋注的範圍。宋人對杜詩的用典窮搜博採，且不斷地辨誤修正，不斷地完善每一條注釋，爲後世的杜詩注本掃清了注釋障礙，也爲拓展杜詩學的新領域奠定了基礎。

作爲彙集衆家注的集注本，新刊杜詩之「集注」基本能從整體上反映出每一條注釋是如何經過諸家之手而一步步完善發展的全過程。如：（例十二「辨異文『中宫』、『宫中』與『中官』」）

自平中宫一作官。呂太一　呂太一，代宗時爲廣南市舶使。東坡詩話：自平宫中呂太一，世莫曉其義，妄者以唐有自平宫。偶讀玄宗實録，有中官呂太一叛於廣南，詩蓋云「自平中官呂太一」，故下文有「南海收珠」之句。見書不廣，輕改文字，鮮不爲笑。杜正謬云：以「自平」爲宫名，非。蓋中官呂太一爲市舶使，逐張休作亂，以兵平之，故云「自平中官呂太一」。宫中乃中官，傳印者誤。按舊史代宗紀，廣德元年十二月甲辰，宦官市舶使呂太一逐廣南節度使張休，縱兵大掠廣州。「中官」誤爲「宫中」明矣。趙云：杜田因東坡而爲之説，而事乃代宗時爲異也。今按資治通鑑亦載如此。詩話豈誤以代爲玄乎？中官字，范曄宦者論：於是中官始盛。（自平，卷十一）

據新刊杜詩之集注，此句應定作「自平中官呂太一」。祖本二王本卷六將「中官」誤作「中宮」，此一誤；舊注引東坡詩話言妄者誤以爲唐有「自平宮」，將「中宮」妄改作「宮中」，此二誤；杜田正謬引舊史代宗紀糾正舊注所引玄宗實録之誤，補充修訂舊注；趙次公認可杜田注，並引資治通鑑作旁證，另補注語典「中宫」。此條集注旁徵博引，清楚地呈現了舊注、杜田、趙次公三家對「中官」的考辨過程。新刊杜詩中，類似這樣令人信服的大量杜詩校勘成果都經歷了衆人之手，精細考辨而得來。宋人於杜詩，實有功焉。

新刊杜詩中的「六家」注，在對杜詩典故的探源上，繼承與發揚了李善注「舉先以明後」的傳統。「六家」中以舊注出現最早，稍後是薛蒼舒。薛蒼舒補注杜工部集（見苕溪漁隱叢話後集卷八）針對舊注作補充糾正。薛之後是杜田。杜田注杜詩補遺正繆集（同上）對舊注、薛注進行了大量刊誤與補正。舊注、薛夢符、杜田三家總體上側重於杜詩的典故注釋。杜田擅長典章制度之沿革，通曉釋典，熟悉名物，且多引罕見之古書。師民瞻的異文校訂、注解詩旨是其所長。趙次公的杜詩注晚於舊注、薛杜師四家，吸收和利用了以上四家的注釋成果，故其注本呈現出總結式、集成式的特點。鮑彪注以編年爲主，偶涉考證。較之舊注、薛杜師趙五家注，新刊杜詩引鮑注最少。新刊杜詩的集注廣採衆家注，往往折衷於趙次公注。「六家」中，鮑彪與師民瞻兩家除偶引舊注外，未見引他人之注。師民瞻注僅被趙次公稱引，鮑彪注則未見他家稱引。「六家」注之間的注杜關係流程示意圖如下：

舊注
↓
薛蒼舒
↓
杜田
↓
趙次公
↑
師尹瞻

鮑彪

（三）從新刊杜詩看趙次公的杜詩注與詩學思想之價值

新刊杜詩所集「六家」注中，趙次公的注釋成就可謂卓爾不群，獨標一格。趙氏創造性地發展了文選注的傳統，注詩而有詩學。趙次公不僅注杜詩的典故事料，而且通過典故的注釋有針對性地探討杜詩的句法、意境、情思、語言風格以及作品的影響等等。這是趙次公對杜詩注的最大貢獻之一，也是他超越前代注家之處。趙次公杜詩注的詩學思想主要表現在杜詩的句法之學、「引後以明前」探討詩歌創作的「沿」與「創」及其鑒賞的法門，以及杜詩中的現實主義與人文精神的闡釋等三個方面。

其一，趙次公的句法之學。趙序曰：

> 留功十年，注此詩。稍盡其詩，乃知非特兩字如此耳，往往一字綮切，必有來處，皆從萬卷書中來。……若論其所謂來處，則句中有字、有語、有勢、有事，凡四種。兩字而下爲字，三字而上爲語，擬似依倚爲勢……又有用事之祖、有用事之孫。（林希逸竹溪鬳齋十一稿續集卷三十）

此爲趙次公句法之學的總綱。趙氏另有句法義例、紀年編次，蓋爲注釋凡例，與自序相結合，反映了趙次公注釋理論的完整性與系統性。句法義例與紀年編次雖已佚，不過新刊杜詩卷十三觀公孫大娘弟子舞劍器行引有紀年編次，卷十五惜別行送向卿進奉端午御衣「麒麟圖畫鴻雁行」、送重表姪王砅評事使南海「左牽紫遊韁」引有句法義例，由此可略知其概貌。一曰詩有詩法，句有句法；二曰典故有祖有孫，注典需知本始；三曰詩人相互依傍，典故和意象也會不斷地被沿用與創新；四曰注解詩歌需了解作品創作的背景，不可穿鑿。

新刊杜詩中的趙注重視分析杜詩的句法，如卷十八陪鄭廣文遊何將軍山林十首其五「緑垂風折笋，紅綻雨肥梅」趙云：「上句義言風折笋垂緑，下言雨肥梅綻紅。句法以倒言爲老健。」卷二十二早起「一丘藏曲折，緩步有躋攀」趙云：「一丘對緩步，此不拘以數對數，詩之老成者也。」何謂「老成」，趙次公亦有闡釋。卷二十二戲爲六絶其一「庾信文章老更成」趙云：「老成者，以年則老，以德則成也。文章而老更成，則練歷之多，爲無敵矣。故公詩又曰『波瀾獨老成』也。」又如，卷一首篇奉贈韋左丞丈二十二韻「讀書破萬卷」趙云：「中著一『破』字，則字著力而新奇矣。」

其二，關於「引後以明前」，趙氏多從創作上的借鑒與仿用、化用的角度進行闡釋，與其句法之學相輔相成。如：（例十三「『貢公喜』語典使用上的前後依傍」）

徒懷貢公喜趙云：貢公喜字，杜田於首篇止引劉孝標絶交論云：王陽登則貢公喜，罕生逝而國子悲。爲補舊注之遺。此豈獨出於劉孝標邪！陸機鞠歌行云：王陽登，貢公歡，罕生既没國子歎。孰謂前人不相依傍歟？此亦注文選所不到矣。（承沈八丈東美除膳部員外阻雨未遂馳賀奉寄此詩，卷十八）

趙注通過轉引杜田注來表達注釋觀點，其一，杜田注「貢公喜」引梁劉孝標，而没有引年代更早的晉陸機，此不知本始；其二，對於前後作者如何互相借鑒與化用，李善的文選注鮮有留意，而趙次公認爲這點非常重要，故曰「此亦注文選所不到矣」。

作者相互借用和依傍，指從前人佳句中受到啓發，在自己的創作中加以運用。善於運用前人的創作成果，可謂之脱胎换骨，點鐵成金。否則，只是運古襲古。如卷二十七旅夜書懷「星垂平野闊，月湧大江流」趙云：「東方璆嘗與盧照鄰分韻有云，洶湧大江流，公换一『月』字，點鐵成金矣。」又，卷三十六小寒食舟中作「春水船如天上坐，老年花似霧中看」趙云：「有士夫傳黄魯直云：前人詩有水面船如天上坐，杜公改一春字，而精神炯然，可謂點鐵成金。魯直之言如此。但學者未見前人何人詩也。次公獨見沈佺期釣竿篇亦曰：人如天上坐，魚似鏡中懸。豈正是此句而傳者不審邪？」然在創作上脱胎换骨地借鑒，點鐵成金地推陳出新，並非易事，雖杜甫也非盡善盡美，如卷二十七漫成「江月去人只數尺」趙云：「嘗聞士大夫云東坡先生有言，杜子美

『江月去人只數尺』，不若孟浩然『江清月近人』之不費力。此公論，不可廢也。」此可見趙次公的詩學批評有尺度有標準，非爲尊者諱。

趙次公曾注蘇東坡詩。他引證宋人在創作上對杜詩的依傍時，所引東坡最多，而非黃庭堅、陳師道等江西詩派的宗主，這點似乎出乎一般學者的預料。蘇東坡在創作上對杜詩的接受偏好也非沉鬱頓挫的憂國憂民之篇，而是杜甫展現自己生活化一面的戲謔幽默之作，或風格上的閑遠淡雅之作。如卷二十三江畔獨步尋花七絶句之六「黄四娘家花滿蹊」趙云：「東坡云：此詩見子美清狂野逸之態，故僕喜書之。昔者齊魯有大臣，史失其名，黄四娘獨何人哉！乃托於詩以不朽，可使覽者一笑。」從「僕喜書之」可見東坡在創作上對杜詩的接受傾向。杜詩「片雲頭上黑，應是雨催詩」經東坡仿用，成爲經久不衰的名句：（例十四「仿用、化用杜句『應是雨催詩』」）

片雲頭上黑，應是雨催詩。趙云：此蓋以爲戲也。雨甚，當速歸。而詩不了，則黑雲將欲爲雨以催之矣。東坡嘗使「纖纖入麥黄花亂，颯颯催詩白雨來」。（陪諸貴公子丈八溝攜妓納涼晚際遇雨二首其一，新刊杜詩卷十八）

片雲頭上黑，應是雨催詩。胡夏客曰：公子作詩，催之亦未必速就，「應是雨催詩」，調笑中卻有含蓄。趙曰：東坡詩「颯颯催詩白雨來」，句本於杜。（同上，杜詩詳注卷三）

在南宋作品裏，往往見到從這句杜詩脱胎的詩詞。如高翥山行即事二首其二「谿雲自爲催詩黑，忙殺條桑窈窕娘」（全宋詩第五十五册）；辛棄疾鷓鴣天鵝湖歸病起作「詩未成時雨早催」、永遇樂檢校停雲新種杉松戲作「又何事，催詩雨急，片雲斗暗」（稼軒詞編年箋注乙集卷一、丙集卷四）；周晉點絳唇訪牟存叟南漪釣隱「未成新句，一硯梨花雨」（絶妙好詞卷三）。「片雲頭上黑，應是雨催詩」被後人乃至當代詩人不斷仿用、化用，與蘇軾「颯颯催詩白雨來」仿用杜詩而産生的名句效應及趙次公揭示此句有詩趣的闡釋不無關係。上述清注本杜詩詳注之注亦不出宋注新刊杜詩所引趙次公注的範圍。以下清代學者對此句的點評亦可見名句的仿用而産生的影響：

> 片雲頭上黑，應是雨催詩。方回：以雨催詩，自老杜作古。前六句亦人之所不及。紀曉嵐：六句人尚可及。馮舒：落句偶然如此，便供江西一生摹仿，墮入鬼趣。查慎行：此種非少陵擅長處，然結語後人已作故事用。何義門：攜妓遇雨，正煞風景事，乃云應是催詩，興會轉勝。（同上，瀛奎律髓彙評卷十二）

其三，趙注對杜詩中的詩史精神、杜甫的高尚人格亦飽蘸筆墨，熱情謳歌。杜詩直筆而書的詩史精神，如卷一天育驃騎歌「遂令大奴守天育」，趙云：「大奴之稱，公直犯毛仲之所諱而言，蓋亦欲因詩而著爲史矣，亦猶言李輔國，而曰『關中小兒壞紀綱』，謂其以閹奴爲閑廄小兒故也。」杜甫憂國愛民的忠義之心，如卷八送韋諷上閬州録事參軍「誅求何多門，賢者貴爲德」趙云：「此篇公憂國愛民之意切矣」、「此公之所遠慮也」。又如，卷二麗人行「慎莫近前丞相嗔」趙云：「譏其糅雜昵狎之事，而終之以直指丞相之薰灼，則公之不畏强禦可見矣！」卷十三赤霄行「丈夫垂名動萬年，記憶細故非高賢」師民瞻云：「公不以細故芥蔕於胸次，則與必報睚眦之怨者異矣。」趙次公亦云：「此句見公胸懷廓落無宿憾矣，乃顔淵犯而不校者乎？」趙注及其他宋人注杜善於從多方面發掘、闡釋杜甫的人性光輝。杜甫的詩聖地位在宋代確立，宋代的杜詩注起了推波助瀾的作用。

（四）從「集注」的學術價值看新刊杜詩在杜詩宋注本中的歷史地位

曾噩重刊序稱「今蜀本引趙注最詳」。那麼，郭知達在輯録趙次公注時做了怎樣的編輯工作呢？趙次公的注本現存丁、戊、己三帙，始宴戎州楊使君東樓至聶耒陽以僕阻水書致酒肉療飢荒江止，計一十六卷。對照新刊杜詩所輯録的趙注與趙本原編殘帙部分的詩注，郭編本在輯録趙注時所進行的編輯工作情況可大致歸納如下：其一，郭知達在編輯趙注時，忠實原注；其二，由於趙注本有集成性，郭知達對趙氏所引用的舊注、薛、杜、師四家注進行了適當的還原，即直接取材於諸家的原注本而非趙氏的轉引；其三，郭知達精減了趙注，其所删減部分主要是趙次公冗長的考證及前後重複的注文；其四，郭編本對趙注並非盲目照收，而是有所保留，並偶作補充、糾駁與證誤。如卷一送高三十五書記「高生跨鞍馬，有似幽并兒」，關於「鞍馬」典，舊注引南朝鮑照詩「鞍馬光照地」，趙次公以爲此非典之祖，應引更早的曹魏吴質的答東阿王書才是。郭知達曰：「今考西漢匈奴傳『文帝親御鞍馬』，則趙所引又在後矣。」又如，卷二十一王十五司馬弟出郭相訪兼遺營茅堂貲「肯來尋一老」，關於語典「一老」，杜田補遺引漢初應曜隱淮陽山中的故事，趙次公認爲杜田所引雖不錯，然「無祖」，其祖出左傳。郭編本纂「新添」注曰「一老」祖出詩經十月之交，並詰問道：「趙豈不見乎？」若將趙注原編與新刊杜詩中輯録的趙注進行比較閲讀，可更清楚地認識郭知達對待「集注」的嚴謹態度與别裁之功。

如：（例十五「仰干塞大明」一句中『看』、『天』兩處異文證誤）

仰干一作看。塞大明（木皮嶺，二王本杜集卷三）

仰干一作看。塞天趙作大。明趙云：仰干、俯入，指山而言也。若作仰看，則看字在人言之，又句法凡弱矣。塞大明，言其高而蔽塞日之明也。（同上，新刊杜詩卷六）

仰干洙曰：一作看。塞大明（同上，分門集注卷十一）

仰干塞大明（同上，杜詩詳注卷九）

「仰干塞大明」，祖本二王本的異文「干」一作「看」。二王本之後又産生了新異文，即「大」又誤作

「天」。趙次公認爲「看」字主體上指人，不合詩意，且句法弱；又曰「天明」無意，應作「大明」。此句，趙注定作「仰干塞大明」。郭知達纂集時，既保留異文，又輯録了趙次公的異文辨析文獻，供學者參考。而宋代坊本分門集注刊落趙次公的考訂文獻，僅存異文。清注杜詩詳注也利用了這一考辨成果。

趙次公的杜詩注考辨詳實，趙次公的杜詩解也精彩紛呈。在杜詩宋注本中，只有新刊杜詩相對完善地保存了趙注富有學術價值的注釋文獻。如：（例十六「『四更山吐月』之解」）

四更山吐月，殘夜水明樓。趙云：此篇首兩句古今絶唱。東坡先生深曉吐字之義，故取下句爲五韻，以賦五詩，自一更至五更，皆曰山吐月。又有句云明月翳復吐。月言吐字，出賁衹省中夜聞擣衣詩云：閶闔下重關，丹墀吐明月。蓋吐露其光之謂。殘夜水明樓，言夜將盡矣，登樓看月，其明照於水，而水光照樓。句法如此，不亦奇乎？（月，新刊杜詩卷三十二）

四更山吐月，趙次公曰：在夔州群山之中，故謂之山吐月。字出賁衹省中聞擣衣詩「丹墀吐明月」，蓋吐露其光之謂。殘夜水明樓。趙次公曰：言夜將盡矣，登樓看月，其明照於水，而水光照樓。沈括曰：詩第二字側入，謂之正格，如此句謂之偏格。唐名輩詩多用正格，杜詩用偏格者十無二三。余葵曰：王直方詩話云子美此二句才力富健。

（同上，分門集注卷一）

新刊杜詩在詩題下輯有趙次公的題解，探討此詩的創作時間與情境，被分門集注刊削。趙次公注引蘇軾對「四更山吐月」的藝術分析及其創作上的接受，也被分門集注刊落。「句法如此，不亦奇乎」，是趙次公對月詩注解的總結，也被分門集注删掉。坊刻本廣引僞蘇注，卻刊去此類蘇軾現身説法討論杜詩藝術的文獻。以上趙次公對月詩注解的精華部分幾乎被分門集注刊削殆盡。分門集注僅存趙注「吐」字的語典，另增「沈括曰」、「余葵曰」云云，乃老生常談，此爲新刊杜詩所無。類似「四更山吐月，殘夜水明樓」這樣的名篇佳作，需要新刊杜詩中的趙次公典贍詳實之注、生動傳神之解，方足以匹配名篇。

又如：（例十七「『出夷陵』與『謁夷陵』之辨」）

遠山朝白帝，深水謁一作出。夷陵。（寄劉峽州伯華使君，二王本杜集卷十五）

遠山一作天。朝白帝，深水謁一作出。夷陵。（同上，錢箋卷十五）

遠山朝白帝，見上白帝城詩注。深水謁一作出。夷陵。峽州有夷陵縣。趙云：上句説夔州，蓋公之所在也。下句説峽州，劉使君之所在也。謁，或作出，非。蓋水至夷陵而愈深，所以謂之謁，用對朝字爲工爾。（同上，新刊杜詩卷二十九）

遠山朝白帝，洙曰：見上白帝城詩注。趙曰：説夔州，蓋公之所在。深水謁夷

陵。洙曰：謁一作出，峽州有夷陵縣。趙曰：説峽州，蓋言劉使君之所在也。（同上，分門集注卷十八，百家注卷二十二）

遠山朝白帝，公孫述自號白帝，有廟在峽州。深水謁王洙曰：謁一作出。夷陵。王洙曰：峽州有夷陵縣。夷陵乃峽州縣名。此言劉之峽州守也。（同上，蔡甲本卷三十一）

遠山朝白帝，洙曰：見白帝城詩注。深水謁夷陵。洙曰：峽州有夷陵縣。（同上，黄氏補注卷二十九）

以上六種杜集版本比較，非常有助於讀者辨析各種注本之「集注」以及對趙次公注的取捨情況。「深水謁夷陵」，「謁」一作「出」，異文源自二王本，錢箋之吴若本同二王本。新刊杜詩詳輯趙次公的考訂過程。趙取「謁」字、非「出」字，着眼於「遠山朝白帝，深水謁夷陵」二句的詩意及所描寫的地理環境，並且結合了詩歌的對仗藝術。蓋峽水流至下游夷陵愈來愈深，「謁」字較「出」字更貼切，且對「朝」字爲工。如此不只在校文字異同，也賦予詩句更高的審美意境與藝術表現力。百家注、分門集注、草堂詩箋、黄氏補注四種宋代杜詩集注本僅録異文「謁一作出」，刊削了趙氏對杜詩用字的考訂和詩藝闡釋的文獻，爲注而注，忽略了趙次公的考辨與注釋價值。因此，僅就「詳引趙注」而言，新刊杜詩與宋代其他注本相較，優劣自見。

此句，趙次公定作「謁」的一字之功，被後世廣泛接受。杜詩詳注卷十九「深水謁夷陵」作「謁」，並引趙注曰「謁對朝字爲工」。又，杜詩詳注卷十七哭王彭州掄引胡應麟曰：「杜警句，衆所膾炙外，排律中如『遠山朝白帝，深水謁夷陵』；『蛟龍纏倚劍，鸞鳳夾吹簫』，用字皆極工而不覺。此類甚衆，學者當細求之。」杜詩「遠山朝白帝，深水謁夷陵」作爲用字工而不覺的警句，後世學者不斷進行闡釋。如果追溯一下最原始的宋注文獻，可知趙次公精湛的考辨闡釋與杜詩警句的形成及其被接受有着密切關係。

關於趙次公對杜詩學的貢獻，劉克莊陳教授杜詩補注曰：「杜氏左傳、李氏文選、顔氏班史、趙氏杜詩，幾於無可恨矣。」通覽新刊杜詩中的趙次公注，可謂實至名歸。郭知達處於「千家注杜」的鼎盛時代，各種注本應運而生，良莠不齊。郭編之新刊杜詩慎抉擇，詳辨析，善取捨，無愧杜詩宋注本之冠冕。

四、新刊杜詩的文獻價值與版本價值

新刊杜詩保存了現已散佚的最詳實可靠的杜詩宋注文獻，包括杜詩異文、異文辨析及其注釋文獻。宋人注杜多引杜甫生活時代之前的典籍，其中包括數量衆多的唐以前古書。從這方面而論，新刊杜詩也是文獻輯佚的一大寶藏。

（一）僅見於新刊杜詩的異文、異文辨析及其文獻價值

相當多的杜詩異文，不見於杜詩祖本二王本以及其他宋注本諸如百家注、分門集注、草堂詩箋、黃氏補注，而僅見於新刊杜詩。從異文的産生及不同注本對異文的取捨，可爲杜詩闡釋學研究提供新的視角。略舉數例：

卷十屏迹「獨酌甘泉歌」，「獨」二王本卷五、諸種宋注本及錢箋卷十二均作「猶」；卷十一行官張望補稻畦「關山雲邊看」，「雲」二王本卷六、諸種宋注本及錢箋卷六均作「雪」；卷十六風雨看舟前落花，詩題「風」二王本卷二、諸種宋注本及錢箋卷八均作「寒」，杜詩詳注卷二十三作「寒」，異文郭作「風」；卷二十一和裴迪登新津寺寄王侍郎「登樓憶侍郎」，「樓」二王本卷十一、諸種宋注本及錢箋卷十一均作「臨」；同卷後遊「野闊煙光薄」，「闊」二王本卷十一、諸種宋注本及錢箋卷十一均作「潤」；同卷建都十二韻「漏網荷殊恩」，「荷」二王本卷十一、諸種宋注本及錢箋卷十一均作「辱」；又，卷十三西閣曝日「毛髮且自私」，「且自私」二王本卷七、百家注卷二十三、分門集注卷五、黃氏補注卷十三，以及杜詩詳注卷十八均作「具自和」，而蔡甲本卷三十二作「且自和」，又不同於諸本。比較杜詩異文在不同注本中的存在情況，可從不同側面豐富對杜詩

的理解與闡釋。

新刊杜詩所引趙次公注本的異文文獻，亦不見於宋代其他杜詩集注本。如卷二樂遊園歌「閶闔晴開昳蕩蕩」，「昳」趙作「詄」；卷四洗兵馬「捷書日報清晝同」，「日」趙作「夕」；卷十姜楚公畫角鷹歌「亦未搏空上九天」，「亦未」趙作「未必」，等等。

新刊杜詩彙校彙本，不僅保存了詳盡的杜詩異文文獻，而且保存了宋人如何辨析異文、取捨異文的考辨文獻。一些杜詩異文的産生，異文的考訂及其辨析細節，源自新刊杜詩，被後世杜詩注本廣泛接受，影響頗大。如卷三十復愁十二首其十二「閭閻聽小子，談話覓封侯」趙云：「此篇公蓋憤生事邀功，濫冒榮寵者矣。苟能盡命致死，則可以一戰而滅之，惟其延歲月以用兵，反以爲胡虜之盛。蓋其意在於己身之富貴，所以雖閭閻小子，亦説取封侯耳。師民瞻本『談話』作『談笑』，亦通。」雖然趙云「談話」作「談笑」亦通，事實上他更傾向於取作「談笑」。如卷十三錦樹行「莫愁父母少黄金，天下風塵兒亦得」趙云：「此四句亦『閭閻聽小子，談笑覓封侯』之意。」此條注趙次公徑取「談笑」而非「談話」。「談話」作「談笑」源自師民瞻，趙次公認可並引述。檢祖本二王本卷十五、百家注卷二十八、分門集注卷二十五均作「談話」。後出之注本草堂詩箋卷三十九（蔡甲本）吸收師、趙二人的校勘成果作「談笑覓封侯」。清代張溍讀書堂杜集卷十七、仇兆鰲杜詩詳注卷二十亦據宋注本刊作「談笑覓封侯」。

新刊杜詩所引他人的文學作品，亦可作爲校勘參考。如卷二橋陵詩三十韻因呈縣内諸官「石門霜露白，玉殿莓苔青」杜補遺引唐鄭顥詩「奔波逃畏景」、「丹墀虚仗馬」二句，其中「逃」、「丹墀」，全唐詩卷五六三鄭顥續夢中十韻并序分别作「陶」、「御爐」。又卷八枯柟「梗柟枯崢嶸」趙云：「王荆公『崢嶸終日對枯柟』，用此。」「終日對」，王荆文公詩箋注卷三十九送江寧彭給事赴闕尾句作「空此詠」。凡此，對集部著作的點校整理有一定的參考價值。

（二）保存散佚的宋注文獻

在草堂詩箋、黄氏補注二書刊行之前，新刊杜詩中的「六家」注構成了現存所有宋注本的基礎性「集注」文獻。「六家」注杜的單行本均已散佚。新刊杜詩相對完善地保存了「六家」的注釋文獻，是學者研究宋注以及進行輯佚的最佳注本。如趙次公注本已散佚，現存兩種殘本。今人林繼中以北京大學圖書館所藏明鈔本殘帙爲底本，主要據新刊杜詩進行輯補以復原趙注本原貌，其書題曰杜詩趙次公先後解輯校。若從新刊杜詩中輯佚其餘五家注，亦會輯得數量可觀的文獻。下面以師民瞻注爲例來探討新刊杜詩在保存杜詩宋注方面的文獻價值。

師尹（？—一一五二），字民瞻，彭山人，官終夔州通判，事迹詳見魏了翁朝奉大夫通判夔州累贈正奉大夫師君墓誌銘。新刊杜詩「師云」是師民瞻之注，百家注、分門集注、草堂詩箋、黄氏補注「師曰」是僞師古注。周采泉杜集書録卷十一王狀元集百家注編年杜陵詩史題解曰：「此本爲早期集注本，似可確定。注家中或稱名，或稱字，體例混淆。唯於師古稱師先生，此書或與師古有關，恐成於師古門人之手，亦未可知。」此説極有見地。分門集注集注姓氏將師民瞻著録於師古之後，稱：「西蜀師氏名古著詳説二十八卷，師氏尹民瞻。」僅云師古有詳説，而師民瞻注本則闕如。蓋因「師云」與「師曰」易致混淆，故集注姓氏刻意刊去師民瞻注本信息。檢百家注、分門集注等坊本，新刊杜詩所能見之師民瞻注幾乎被刊削殆盡，僅保留的少量師民瞻注也被偷梁換柱冠以「彦輔曰」等他人名。如新刊杜詩卷二飲中八僊歌「知章騎馬似乘船」引師民瞻注「浙人不善騎馬而喜乘舟」所云，就被百家注、分門集注刊落。新刊杜詩所引之「六家」除鮑文虎外，其餘五家都遭到坊刻本不同程度的毒害，其中以師民瞻受害最深。因此，僅就研究師民瞻注而言，新刊杜詩是宋代唯一可靠的注本文獻。爲何除新刊杜詩外，宋代其他集注本罕引師民瞻注呢？若從以下例文細究之，可確定坊本編纂者刻意泯滅「師云」注，蓋爲突顯「師曰」即僞師古注：（例十八「晨雨『師云』注被坊本刊落」）

麝香山一半，師云：麝香山，屬夔州奉節縣界。亭午未全分。天台賦：義和亭午。趙云：雨色不久柴荆之中，暫起見之而已。此其爲微雨也。按夔州圖經：麝香山，州東南一百二十五里，山出麝香，故以名之。公於入宅詩曰：水生魚復浦，雲暖麝香山。

今則雨氣昏之，其一半明而一半未分也。梁元帝纂要曰：日在午，曰亭午也。（新刊杜詩卷三十二）

麝香山一半，鄭卬曰：寰宇記云麝香山在縣南一百二十里。亭午未全分。王洙曰：天台賦：羲和亭午。 趙曰：雨氣昏之，其一半明而一半未分也。（同上，百家注卷二十八、分門集注卷一。「一百二十」、「趙曰」，分門集注作「一百一十里」、「趙次公曰」。）

新刊杜詩此條「師云」被分門集注刊落；「趙云」以杜證杜的注文，是此條趙注的精華部分，亦被刊落。若將百家注、分門集注與新刊杜詩對照閲讀，就可知坊本有針對性地刊削師民瞻注，動機明顯。試再舉兩例：（例十九「師民瞻本的校定成果『滹沱』被坊本刊落」）

東逾遼水北滹沱。趙云：舊本作呼沱。師民瞻本作滹沱，是。（承聞河北諸道節度入朝歡喜口號十二首其九，新刊杜詩卷二十八）

東逾遼水北滹沲。趙曰：舊本作呼沲，非，善本作滹沲，是。（同上，分門集注卷十五）

新刊杜詩趙次公所云「師民瞻本」四字，對應分門集注爲「善本」二字，作僞者刻意刊落師民瞻注的意圖昭然若揭。況且，在引師民瞻注時爲了隱蔽其名而曰「善本」。

又如：（例二十「『月繼』、『月窟』、『月窶』之辨」）

近有風流作，聊從月繼一作窶。徵。趙云：風流作，言其詩之風流，用對月繼，則月月相繼而徵索之。月繼字，師民瞻本作月窟。杜田補遺作月窼，引顔延年宋郊祀歌：月窼來賓，日際奉土。注：窼，窟也。一作峽，未知孰是。（寄劉峽州伯華使君，新刊杜詩卷二十九）

近有風流作，聊從月繼徵。趙曰：自此下言劉使君之詩也。言其詩之風流，用對月繼，則日月相繼而徵之。舊作月窼，窼，窟也；作月窼，則於徵求劉使君之詩全無説矣。（同上，百家注卷二十二、分門集注卷十八）

同引趙次公注，三種版本相校，坊本刊削了趙氏所引師民瞻注和杜田注的校勘文獻。尤可注意的是，新刊杜詩明確交待師民瞻本作「月窟」，坊本則泛指曰「作『月窼』」云云，有意迴避注家師民瞻其人。

趙次公重視師民瞻本的編次、校勘及注解，不少有價值的師民瞻注是經過趙次公的轉引而保存下來的。如卷二十二絶句漫興九首其一「趙云」：「師民瞻本作第九首。」此詩其九「趙云」：「師民瞻本作第一首。」此爲師本的編次信息。如卷二十三水檻遣興二首趙云：「舊本作遣心，師民瞻作遣興，是。蓋遣心，不可謂之新語，謂之生可也。」此爲師本詩題的異文信息。

新刊杜詩亦保存了其他相關的宋代杜詩注釋文獻。如卷六劍門、卷八椶拂子及卷十五北風、客從、白馬五詩引及東溪先生的解杜詩十六篇，其書以北風爲第二篇、客從爲第三篇。該書已佚，從新刊杜詩趙注的引述中尚可知其書之體例與概貌。東溪解杜主觀臆想，事實無憑，趙次公在劍門注中斥之曰「是何等語乎」！

(三) 史料價值

通過新刊杜詩的注釋文獻，亦可發掘剔取有價值的史料。如卷七杜甫贈蜀僧閭丘師兄詩稱頌了大賢閭丘均與閭丘師兄祖孫二人的出衆才華。關於初唐閭丘均，史傳記載簡略，舊唐書卷一九九附於陳子昂傳後，曰：「子昂卒後，益州成都人閭丘均，亦以文章著稱。景龍中，爲安樂公主所薦，起家拜太常博士。而公主被誅，均坐貶爲循州司倉。卒，有集十卷。」此詩「斯文散都邑，高價越璵璠」舊注曰：「均以文名，當時四方碑碣，多出其手。」又，「碑碣舊製存」杜補遺曰：「東蜀牛頭山下，有閭丘均撰瑞聖寺磨崖碑，嚴政書。寺今改爲天寧羅漢禪院。」杜田以親身見聞爲此詩作注，可信度高。以上舊注、杜田注關於閭丘祖孫二人的文獻，可補史闕。

新刊杜詩中有關宋之問之弟宋之悌以及賈至的文獻也可補史之闕。卷十八過宋員外之問舊莊「更識將軍樹」，趙云：「公題下自注云云，則以馮異比員外之弟也。考之唐史，之問有二弟，曰之悌者，史載其以驕勇聞。又曰：長八尺，開元中歷劍南節度使。既坐事流竄，復爲擊蠻總管。但止附之問傳尾，而無正傳，不載其爲金吾將軍，今因公自注見之。之悌既爲金吾將軍，則公題莊舍指其大樹，宜矣。」又，卷十九送賈閣老出汝州題下趙云：「此送賈至也。前篇有嚴賈二閣老兩院補闕，公自注云：嚴武、賈至也。至爲汝州，唐史不載。」結合杜甫自注與詩題，參照趙次公的梳理分析，讀者對宋之悌、賈至的生平會有更多認識和了解。

新刊杜詩中的注釋也豐富了古代文學批評史料。如卷十八春日憶李白「清新庾開府，俊逸鮑參軍」趙云：「庾、鮑，所以比白。庾信在周爲開府，鮑照在宋爲參軍。二人本傳及其文集序，與夫諸人議論，如鍾嶸詩品，初無清新、俊逸之目，則自杜公品之也。今讀其詩信然。」

（四）所引古書的文獻價值與輯佚價值

唐以前之著作文獻，絶大多數已亡佚。新刊杜詩引用了相當數量的宋以前古書，有開創體例的異物志，有粤東輿地之書廣志、南越志、嶺表録異、番禺雜記，有記載唐五代時期南海海外貿易的市舶録，也有西南輿地之書南中八志，還有記載西域各國物産風俗的于闐國行程記。這些古書具有地理學、航海學、歷史學、民族學等珍貴的史料價值。從粤東輿地之文獻典籍所勾勒的圖景看，在以中原文化爲主導的五代十國之前，嶺南物産與航海均已達到相當高的水平，可豐富我們對歷代文人騷客筆下「蠻荒之地」更深刻的理解與再認識。

① 東漢楊孚異物志

隋書經籍志、鄭樵通志藝文略著録「異物志一卷，後漢議郎楊孚撰」。楊孚，字孝元，東漢南海人。異物志是中國第一部記述嶺南物産與土著民風的著作，開創了後代各類「異物志」的體例，是史部地理類影響極爲深遠的古書，久佚。其零散的文獻見於北堂書鈔、藝文類聚等類書。今人吴永章輯録異物志輯佚校注。新刊杜詩卷二飲中八僊歌「飲如長鯨吸百川」趙云、卷七杜鵑行題解趙云、卷十三王兵馬使二角鷹「杉雞竹兔不自惜」師云、卷十七贈特進汝陽王二十二韻「篸動玉壺冰」趙云、卷二十三溪鵜題解舊注、卷三十一陪柏中丞觀宴將士二首其二「醉客霑鸚鵡」趙云均引異物志，計七條，可作參考。

②西晉郭義恭廣志

四庫全書總目卷七十嶺表録異曰：「粵東輿地之書，如郭義恭廣志、沈懷遠南越志，皆已不傳。諸家所援據者，以恂是編爲最古。」四庫館臣所稱久佚不傳之二書，見引於新刊杜詩。新刊杜詩六引郭義恭廣志：卷二自京赴奉先縣詠懷五百字「煖客貂鼠裘」舊注、卷八枯椶「凋喪先蒲柳」趙云、卷十又觀打魚「大魚傷損皆垂頭」舊注、卷十八重過何氏五首其四「苔臥緑沈槍」舊注、卷十八送蔡希魯都尉還隴右寄高三十五書記「咫尺雪山路」舊注、卷三十六哭李常侍嶧二首其一「寒山落桂林」趙云。

③南朝宋沈懷遠南越志

隋書經籍志卷二地理類著録「南越志八卷，沈氏撰」。沈懷遠，生平附見南史卷三十四沈懷文傳，曰：「（懷遠）坐納王鸜鵒爲妾，孝武徙之廣州……終孝武世不得還。前廢帝世歸，位武康令，撰南越志，及懷文文集並傳於世。」沈懷遠謫廣州長達十年，南越志當作於廣州。直齋書録解題卷八著録曰：「南越志七卷。宋武康令吴興沈懷遠撰。此五嶺諸書之最在前者也。懷遠，懷文之弟，見宋書。」新刊杜詩五引沈懷遠南越志：卷二十從人覓小胡孫「爲寄小如拳」師云、卷二十三严武寄題杜二錦江野亭「何須不著鵕鸃冠」杜補遺、卷二十三鷗「幾群滄海上」趙云、卷二十六正月三日歸溪上有作簡院内諸公「鷗泛已春聲」舊注、卷三十復愁十二首「正觀銅牙弩」杜補遺。

④北宋鄭熊番禺雜記

粤東輿地之書，又如北宋初鄭熊番禺雜記，記録嶺表山川異物，爲早期南海地方民俗文化的珍貴文獻。原書已失傳。新刊杜詩杜田注引有此書，雖僅一條，亦彌足珍貴。卷十五送重表姪王砅評事使南海「海胡舶千艘」杜補遺：「番禺雜録：番商遠國運寶貨，非舶不可。」直齋書録解題卷八著録曰：「番禺雜記一卷，攝南海主簿鄭熊撰。國初人也。莆田借李氏本録之。蓋承平時舊書，末有『河南少尹家藏』六字，不知何人也。」其書名杜田作番禺雜録，直齋書録解題作番禺雜記。

⑤晚唐劉恂嶺表録異與市舶録

劉恂，江西鄱陽人，進士，唐昭宗時出爲廣州司馬。逢唐末大亂，客居廣州，著嶺表録異與市舶録，一書久佚不傳。所著嶺表録異，乃耳聞目見，具有很高的史料價值，多被後人援引。四庫全書總目卷七十嶺表録異提要又曰：「唐人著述，傳世者稀，斷簡殘編，已足珍惜。」新刊杜詩引有一條嶺表録異。卷二十二廣州段功曹到得楊五長史書功曹却歸聊寄此詩「珠浦使將旋」杜補遺云：「嶺表録異云：廉州邊海中有洲島，島上有大池，謂之珠池。每歲，刺史親監珠户入池，採老蚌割取珠以充貢。」此條注文可與今人嶺表録異校補一書廉州珠條互相參看。

新刊杜詩引有一條市舶録，見上送重表姪王砅評事使南海「海胡舶千艘」杜補遺：「劉恂市舶録：獨檣舶，深五十餘肘；三木舶，深一百餘肘。」雖僅此一條，亦值得寶重。南宋初建安葉廷珪海録碎事類書輯録有市舶録數條。該書卷十二「獨檣舶」條引市舶録云：「有獨檣舶，深五十餘肘；三木舶，深四十餘肘。又有牛頭金睛舶，其大可載一千婆簡。方言：二十兩爲一加底，二百四十加底爲婆簡。」（四庫全書本）關於海船的規模大小，海録碎事曰「三木舶，深四十餘肘」，杜田所引則曰「三木舶，深一百餘肘」，大小差異如此，可引起學者注意。由此亦可見唐五代時南海的造船與航海之發達。

市舶使始置於唐，由嶺南節度使兼任。據舊唐書代宗本紀，廣德元年（七六四），「宦官市舶使吕太一逐廣南節度使張休，縱下大掠廣州」。新刊杜詩卷十五自平「自平中宫（官）吕太一」可與史事相印證。四庫全書總目提要卷一三五海録碎事曰：「徵摭繁富，軼聞瑣事，往往而在，頗足以資考證，在南宋類書中猶爲善本云。」由於類書海録碎事輯録市舶録時不引作者，後世學者以爲市舶録爲宋代所出之典籍，以資作爲研究宋代航海史料的文獻。杜田注曰「劉恂市舶録」，明確了書名與作者，爲學者明確這部久佚之書的作者與年代提供了重要的文獻參考。

⑥西晉魏完南中八志

南中八志，即太平御覽卷九二四所引南中八郡異物志之簡稱，晉魏完撰。書成於太康年間，是記載南中（今黔川）一帶與交州（今越南北部）風土物産的一部地方志。此書久佚。新刊杜詩引有南中八志三條。如卷十三鄭典設自施州歸「翩翩入鳥道，庶脱蹉跌厄」趙云：「鳥道，南中八志曰：交趾郡治龍編縣，自興古鳥道四百里。蓋以其險絶，獸猶無蹊，人所莫由，特上有飛鳥之道耳。」另兩條見卷二十寄岳州賈司馬六丈巴州嚴八使君兩閣老五十韻「巴州鳥道邊」趙云、卷三十一南極「近身皆鳥道」趙云。

⑦後晉平居誨于闐國行程記

新刊杜詩卷二八喜聞盜賊蕃寇總退口號五首其四「勃律天西采玉河，堅昆碧盌最來多」趙次公、杜田二注曰：

趙云：勃律、堅昆，皆西羌國名。勃律，天之西，乃采玉河所在，應是于闐國也。碧盌出堅昆國。杜補遺云：晉平居誨爲張匡鄴使于闐判官，作行程記云：玉河在于闐城，其源出崑山，西流千餘里，至于闐界乃流爲三河：白玉河、緑玉河、烏玉河。五六月大水暴漲，則玉隨流而至。秋水退，乃可采。薛夢符引唐書：于闐國距京師九千七百里。有玉河，國人夜視月光盛處，必得美玉。堅昆國在唐爲黠戛斯，匈奴西鄙也。地當伊吾之西，焉耆北，白山之旁。

以上杜田、趙次公二家注，具有重要的史料參考與校勘價值。後晉平居誨于闐國行程記，記載了鴻臚卿張匡鄴、彰武軍節度判官平居誨奉後晉高祖命於天福年間（九三八—九四二）奉使于闐國册封的經歷，對於了解五代十國時期西域各國歷史地理、于闐國的物産風俗等，具有不可替代的史料價值。平居誨于闐國行程記，崇文總目卷二地理類著録一卷，久佚。遊宦紀聞卷五、演繁録卷一「陷河」條、研北雜誌卷下均有引録此書，稱作者平居誨。唯歐陽修新五代史四夷附録摘引此書時，作者平居誨作高居誨。崇文總目最早著録于闐國行程記一書，歐陽修曾參與撰寫並校正崇文總目，當是經眼此書，了解此書的珍貴價值，故摘入新五代史于闐傳。據上述文獻，並參考新刊杜詩所引杜田補遺，似可確定歐公誤將平居誨作高居誨。自古以來，有關西北的文獻史料極少，且多散佚。新刊杜詩所保存的此類有異域特色的史料，彌足珍貴。

（五）辨析宋注的版本價值

新刊杜詩「獨削僞注」，乾淨純粹，不枝不蔓，引注典雅詳實。從杜詩版本學角度來看，該書也是學者識僞辨僞最重要的原始文獻依據。如分門集注卷十重過何氏五首其四「苔卧緑沈槍」下「師曰」注，對照新刊杜詩卷十八中的此詩注，可知其竊取了杜田補遺注。分門集注此條師古注的作僞手段比較高明，不細心識辯很容易被迷惑。其先引「薛夢符曰」云云；接着説「嘗博考緑沈之義」云云，讀者不審，還真以爲僞師古會作「博考」呢！然檢新刊杜詩則知其中一百五十二字全抄襲杜田補遺；最後貌似認真地作結曰「三説不同，故並載之」。針對語典「緑沈」的注釋，新刊杜詩引有薛夢符、杜田補遺、趙次公之注；與之相對應，分門集注亦引「夢符曰」「趙曰」「田曰」。若對照兩種注本，可知分門集注大段删削了趙次公注的辨析文獻，且將杜田補遺注納入「師曰」囊中，變成了僞師古注的主幹部分。不過，僞師古注在抄襲杜田注時錯將「劉劭」抄作「劉紹超」、「丁令」誤作「丁今」、「堂溪」漏抄「堂」字。可見，宋代杜詩的僞注現象儘管極爲複雜，但只要參照新刊杜詩，辨僞識僞並不困難。

最後談談新刊杜詩對辨析托名王洙者注的文獻價值與版本價值。據現存的宋注本文獻，新刊杜詩、十家注、增廣集注中不冠名的「舊注」，宋代諸家偶爾亦稱之曰「元注」，被冠名「洙曰」

之僞王注行世，首見於百家注。此「舊注」是宋代集注中最早出現的某家注，後之注家薛杜師趙引用「舊注」時，或予以補正，或糾繆，然無不重視「舊注」，但無一人對其歸屬問題有任何議論。略晚刊行的分門集注、草堂詩箋、黄氏補注，以及元、明、清的杜詩注本基本上輯有僞王注。僞王注之「注」的來源大致有四：一是源自祖本二王本的杜甫自注，即「公自注」；二是二王本杜集的編纂者王洙輯録的異文「一作某」「一云某」等，以及王洙分期編次杜集時簡要的編年説明；三是新刊杜詩、十家注、增廣集注中的「元注」或「舊注」，此爲僞王注「洙曰」最主要的注釋來源；四是分割部分薛杜師趙等注家之注而冠以「洙曰」的僞王注。與僞蘇注和僞師古注所不同者，僞王注之「注」的來源清楚，其注典覈，故曰「人僞注不僞」。

僞王注的單行本最早見録於胡仔苕溪漁隱叢話：「注杜工部集，則内翰王原叔洙所注也」。洪業云：「有所謂王洙注杜詩者三十六卷，或云乃元祐間鄧忠臣所爲（元好問中州集卷二序所選祝簡詩）。或以其注淺陋，遂疑其與王鄧皆無關涉。」今有學者考證後來被托名王洙的注家實爲元祐館臣鄧忠臣，今亦有碩士、博士論文從其説，徑改宋人舊稱，曰「鄧忠臣注」云云。此爲一家之言未嘗不可，若取爲定論則過矣。宋代爲杜詩作注者當時號稱「千家」，亡佚之書不計其數。況且，師民瞻、趙次公二人既注杜詩，也注蘇軾詩，熟諳元祐掌故。趙次公注本是宋代集成式的注本，徵引各家之注不可謂不詳，然無隻言片語提及鄧忠臣。在「舊注」及其後托名王洙者大約將近九個世紀之後，若據現存極有限的文獻考證並認定「舊注」出自鄧忠臣，且據此説以討論宋注，只會將宋代以來本來就複雜的僞注現象變得更加撲朔迷離。元好問杜詩學引稱「托名於東坡者爲最妄。非托名者之過，傳之者過也」。杜詩學博大淵深，尊師陳尚君先生文史考據應有所闕疑（文學遺産一九九四年第四期）一文所言，也是治杜者所應持有的態度。

五、本書整理所用的底本及其價值

郭知達淳熙八年自序於成都的初刻蜀本久已失傳，現在的存世傳本均出自曾噩寶慶元年刊於廣東五羊漕司的覆刻本。曾噩重刊本有兩種傳世：一本原藏陸心源皕宋樓，僅殘存六卷，現歸於日本静嘉堂文庫；一本原藏瞿鏞鐵琴銅劍樓，存三十一卷，抄配五卷，現藏於臺北故宫博物院。

（一）底本的版本來源

一九三〇年代，張元濟先生曾借得瞿鏞藏本製成鉛皮版，因抗戰事起未能付印。北京中華書局編輯部一九八一年十月影印説明稱：「現在原書下落不明，這份鉛皮版可能已成爲海内孤本了。」所幸的是，原書有了下落！張元濟先生所借之瞿藏本爲滬上商人山陰沈仲濤購獲。沈仲濤秘藏於研易樓，不輕視人，後又攜書輾轉至臺灣。一九八〇年，沈仲濤在垂老之際悉數捐贈臺北故宮博物院。一九八五年，秦孝儀先生主持景印並發行宋本新刊校定集注杜詩。臺北故宮博物院景宋本書首有秦孝儀序，次郭知達自序，次曾噩重刊序。詩歌正文第三十六卷尾有昌彼得跋。秦孝儀廣東漕司本新刊校定集注杜詩序曰：

近人山陰沈仲濤氏，愛書成癖，得珍槧，貯之研易樓中。廣東漕司本杜詩，研易樓中物也，爲今日傳世孤本。屬纊之際，遺命盡舉所藏捐贈本院，此刻因與俱來。本院所藏杜集凡三十餘種，廣東漕司本往惜焚如，今乃得之，固學林之幸事！況天壤間更無他本，因亟付印，俾海内孶幾之士，人人得而有之，豈不懿歟！

昌彼得跋宋廣東漕司本新刊校定集注杜詩曰：

抗戰初期，瞿氏鐵琴銅劍樓藏書，遞有散出。此本爲滬上商人山陰沈仲濤先生購獲，秘藏之研易樓，不輕視人。宋代廣東刻本至罕，傳世尤尠，此帙爲厪存孤本。自歸沈氏，人鮮知其下落，或謂已遭劫灰。一九八〇年歲杪，仲濤先生以四十年之珍藏，垂老悉數捐贈本院，編目入藏，此書始重睹人世。杜集傳世版本雖多，皆無如此本之善，前人早有定評。四庫寫本脱誤頗多，實非善本。武英殿刻雖校勘較佳，亦世不多覯。今歲欣逢本院建院六十週年，特以此書仿原式精印傳佈，藉以誌慶。古刻瓌寶，重見光日，延大宋天水一脈之傳。斯文千古之不墜，海鹽張元濟、山陰沈仲濤有功焉！

本書之整理，以臺北故宫博物院一九八五年景宋本爲底本。此本是今存郭知達編本杜集的各種傳本的祖本。清代乾隆御製題郭知達集九家注曰：「書出曾録實郭集，本仍寶慶及淳熙。」乾隆御題云該書源自寶慶元年曾噩所覆刻的郭知達淳熙本。臺北故宫博物院所藏之版本與乾隆御題之傳本同。

（二）底本獨有的匿名批識文獻

臺北故宫博物院藏宋本新刊杜詩，有匿名批識計十七條：

①卷三得舍弟消息「風吹紫荆樹，色與春庭暮」詩，匿名批識曰「興也」。

②卷三玉華宫題下注，匿名批識曰「張文潛平生愛歌此篇，以爲風雅鼓吹」。

③卷六乾元中寓居同谷縣作歌七首其四「林猿爲我啼清晝」杜補遺注「當以西清爲是」句下，匿名批識曰「蔡説，未敢以爲然」。

④卷十五别董頲「無令霜雪殘」師云注「或恐是荆南兵馬使太常卿趙公」，「兵」底本原刻作「與」，匿名旁批圈改作「兵」，是。

⑤卷十六宿花石戍「吴楚守王度」趙次公注引「遵我王度」，「遵」字下，匿名旁批曰「思」。

⑥卷十八城西陂泛舟「百壺那送酒如泉」趙云注尾，匿名批識曰「魚吹細浪，指日中。故影搖曳於扇上也」。

⑦—⑧卷二十寄岳州賈司馬六丈巴州嚴八使君兩閣老五十韻詩注尾引趙云注曰「然不應押兩騫字」，「字」底本原刻作「乎」，此「乎」字旁，匿名墨筆圈改作「字」，是。又，此詩尾匿名批識曰「張騫字從馬，騰鶱字從鳥，恐可雙押」。

⑨卷二十一江漲詩注尾，有匿名批識曰「『下床』、『倚杖』二句言江漲之急，在瞬息之間耳」。

⑩卷二十二絶句漫興九首其二「恰似春風相欺得，夜來吹折數枝花」，匿名批識曰「相字合音斯」。

⑪卷二十二戲爲六絶其六注尾，匿名批識曰「草堂注云言意尚之不一也。覺於上句意切近」。

⑫卷二十四送元二適江左注尾，匿名批識曰「四句當通看」。

⑬卷二十八承聞河北諸道節度入朝歡喜口號絶句十二首其六注尾，匿名批識曰「歐公禁中春帖云：『御輦經年不遊幸，上林花好莫争開』，正是此意」。

⑭卷三十傷秋「似有故園歸」，匿名批識曰「殷紅也。左傳左輪朱殷」。

⑮卷三十一宗武生日「凋瘵筵初秩」趙云注「東坡詩云君今秩初筵」，「君今」旁，匿名批識曰「百年」。

⑯卷三十二小至詩題，匿名批識曰「分字起應」。

⑰卷三十三遠懷舍弟穎觀等「陽翟空知處」引舊注「陽翟屬潁川郡」，「陽翟」旁，匿名批識曰「今許州」。

上述十六首詩計十七條匿名批識所覆蓋的卷次從卷三至卷三十三，所涉及的内容包括杜詩的音注、校勘、注釋、正誤、通解等方面。以上批識文字僅見於臺北故宫博物院藏宋本，日本静嘉堂文庫新刊校定集注杜詩殘宋本、北京中華書局新刊校定集注杜詩影宋本、遼寧省圖書館所藏清刻本、杜詩引得排印本以及文淵閣、文津閣、文瀾閣四庫全書本均無。

（三）底本的學術價值

底本作爲郭氏編纂之杜集的各種傳本的祖本，近古存真，保存了原始的詩歌及其注釋文獻，具有後出之刻本、鈔本、排印本無可比擬的版本優勢。對後世之本的誤編誤刻，以臆改字，以及因流傳而遺失文獻等現象，底本是用來校正、補訂、校勘以及參考的首要文獻依據。其學術價值主要表現在以下幾方面。

其一，文獻補訂價值

後於祖本的各種刻本、鈔本因編輯失誤導致錯簡，或因版本流傳導致的文獻闕失等問題，可據底本予以補訂、校正。

先看後出的傳本在詩歌正文方面的文獻闕失現象。卷十三赤霄行、前苦寒二首、後苦寒二首、晚晴、復陰、夜歸、寄柏學士林居、寄從孫崇簡、西閣曝日、水閣朝霽奉簡嚴雲安、晚登瀼上堂、敬寄族弟唐十八使君、釋悶，計十三題十五首詩，文津閣本闕。附載韋迢早發湘潭見寄，文津閣本闕。附載郭受見寄，文淵閣本、文津閣本均闕。

卷二奉同郭給事湯東靈湫作詩歌正文「先莫能儔」以下至本詩終，文津閣本、文瀾閣本闕。又，同卷哀江頭詩歌正文「明眸皓齒今何在」以下至本詩終，文津閣本、文瀾閣本闕。又，同卷哀王孫詩題，文津閣本、文瀾閣本闕。卷十四別李義詩歌正文「老夫困石根」三句及其句下注釋，文津閣本闕。

再看後出的傳本在注釋方面的文獻闕失現象。卷二飲中八僊歌「宗之蕭灑美少年」下引舊注「江淹詩風吹玉階樹梁何遜詩長安美少年」十七字，三種四庫本、清刻本、排印本無。卷六兩當縣吴十侍御江上宅「矯矯避弓翮」下引舊注「弋繳張華賦又矯翼而增逝徒衛廬以避繳」十七字，三種四庫本、清刻本、排印本均無。卷十三鄭典設自施州歸「攀援懸根木」引「師云張華詩」

以下十七字，清刻本、排印本闕。又，卷十三種萵苣序「因作此詩」引趙云「蓋詩中言藝其子豈却言萵苣耶」十三字，清刻本、排印本無。同卷奉酬薛十二丈判官見贈詩句「苦厭食魚腥」下所引趙注，自「錦帳何足矜乎」至「長爲農」四十二字，文瀾閣本無。卷二十一蜀相詩題下引趙云「孔明在蜀志固云丞相亮矣而蜀相兩字如」十七字，清刻本、排印本無。又，同卷野老「片雲何意傍琴臺」下引舊注「一作事又云行雲幾處」九字，三種四庫本、清刻本、排印本無。卷二十七晝夢「普天無吏横索錢」句下引舊注「横去聲」三字，三種四庫本、清刻本、排印本無。

其二，文獻校勘價值

首先，可資底本校訂詩歌正文方面的問題。如卷四病後遇王倚飲贈歌「只願無事長相見」，「願」三種四庫本、清刻本、排印本均作「顧」，訛；卷十屏迹「衰年甘屏迹」，「衰」三種四庫本、清刻本、排印本均作「暮」，訛；卷十一昔遊「猛士思滅胡」，「胡」文瀾閣本作「吴」，訛；又此詩「供給亦勞哉」，「亦」三種四庫本、清刻本、排印本作「不」，均訛。卷十二雨「隱見巖姿露」，「姿」三種四庫本、清刻本、排印本均作「資」，訛；卷十三虎牙行「八荒十年防盜賊」，「十年」三種四庫本、清刻本、排印本均作「千里」，訛；卷十五别張十三建封「相逢長沙亭，乍問緒業餘。乃吾故人子，童丱聯居諸」，「乍」三種四庫本、清刻本、排印本均作「作」，訛；又「乃吾」，清刻本、排印本作「吾乃」，倒誤。卷十六湘江宴餞裴二端公赴道州「懷抱罄所宣」，「罄」三種四庫本、清刻本、排印本均作「慶」，訛；卷十七贈韋左丞丈濟「飢鷹待一呼」，「待」三種四庫本、清刻本、排印本均作「得」，訛；卷二十佐還山後寄三首其二「香宜配緑葵」，「配」三種四庫本、清刻本、排印本均作「酌」，訛。卷二十四聞官軍收河南河北「初聞涕淚滿衣裳」，「淚」三種四庫本、清刻本、排印本均作「泣」，訛。又，同卷上兜率寺「庾信哀雖久」，「雖」三種四庫本、清刻本、排印本均作「離」，訛。又，同卷客亭「多少殘生事，飄零似轉蓬」，「似」三種四庫本、清刻本、排印本均作「已」，訛。凡此，以底本爲正。

其次，可資底本校訂詩歌注釋方面的問題。新刊杜詩在流傳過程中，出現傳刻傳抄之訛誤、衍奪、倒誤、錯簡等現象，可資底本訂正。如卷十四送高司直尋封閬州一詩，後世傳本均出現不同程度的訛誤。詩題「州」文瀾閣本訛作「中」；正文「伏枕聞别離」，「聞」三種四庫本、清刻本、排印本訛作「問」；「猶卧天一柱」趙注「非封閬州之爲廊廟器」，「非」文瀾閣本、清刻本、排印本奪；「非封」文淵閣本、文津閣本訛作「門」，「器」三種四庫本、清刻本、排印本訛作「氣」。

後出的諸種傳本在注釋方面的錯訛現象多不勝舉，兹略舉數端：

① 錯將注釋中所引用的歷史人物當作「集注」之注家

如卷十四八哀詩贈祕書監江夏李公邕「森然起凡例」，舊注「杜預左氏傳序，發凡以言例」云云，「杜預」三種四庫本、清刻本、排印本均訛作「杜云」。「杜云」即杜田注，諸校本誤將舊注所引人名杜預作「杜云」。又，此詩「日斜鵩鳥入」下引趙注，「鳥入」三種四庫本、清刻本、排印本奪。
又，此詩「禍階初負謗，易力何深嚌」下引趙注「新史云邕以讒媢不得留」云云，「媢」三種四庫本、
清刻本、排印本作「娼」，均訛。

②訛人名、地名、時間等

卷一贈李白「豈無青精飯，使我顔色好」舊注引梁書：「兩韓之孝友純深，庾、郭之形骸枯
槁。」「庾」文瀾閣本、清刻本、排印本訛作「瘦」。案，此處庾指南朝梁士人庾承先，見梁書卷二十
二安成王秀傳。卷二十七熟食日示宗文宗武「松柏邙山路，風花白帝城」，杜補遺引「楊佺期洛
城記曰」云云，「楊佺期」清刻本、排印本訛作「沈佺期」。卷九奉贈射洪李四丈「挂席窮海島」趙
注「肅宗至德二年以蜀郡爲南京，鳳翔爲西京，西京爲中京」，「中京」清刻本、排印本訛作「中
原」。卷十三覽柏中允兼子姪數人除官制詞因述父子兄弟四美載歌絲綸「大曆三年歲戊申」，
「三」字，三種四庫本、清刻本、排印本訛作「二」。

③因避諱致誤讀誤解

卷十四八哀詩故秘書少監武功蘇公源明「范曄顧其兒」舊注：「沈休文宋書：范曄爲高祖
相國掾。」「范曄」文淵閣本作「范煜」、文瀾閣本作「范蔚宗」，清刻本、排印本則作「范奕」，係避清
諱。此類問題，若不據底本對照，易致混淆。又如，卷四洗兵馬「張公一生江海客」杜補遺引舊

唐書「玄宗擢鎬爲拾遺」，「玄宗」三種四庫本、清刻本、排印本作「明皇」，文瀾閣本則訛作「皇皇」；又，「隱士休歌紫芝曲」下「集注」條引皇甫謐高士傳「曄曄紫芝，可以療飢」，「曄曄」三種四庫本均作「煜煜」，清刻本、排印本作「奕奕」；又，「紫」文瀾閣本訛作「煜」。清本避諱相當複雜，後人不審，易致誤讀誤解。如果對照底本，這類問題可迎刃而解。

六、本書整理的主校本、參校本及其價值

整理本書共使用了七種校本。其中兩種宋刊本：日本静嘉堂文庫殘宋本、中華書局影宋本；四種清本：文淵閣、文津閣、文瀾閣四庫全書本以及遼寧省圖書館所藏清内府刻本；另有杜詩引得排印本。清内府刻本爲主校本，餘下六種爲參校本。

（一）關於主校本清内府刻本及參校本杜詩引得排印本

曾噩覆刻之五羊漕司本，清武英殿聚珍版叢書有收録，見于敏中天禄琳琅書目卷三。乾隆年間，京師武英殿新刻的内府殿本圖書，須送一部或數部至盛京皇宫（今瀋陽故宫）收藏。現庋藏於遼寧省圖書館的九家集注杜詩，原藏於瀋陽故宫，或爲武英殿舊藏。此書爲毛裝本，刻印

精良，校讎精細，版本價值與學術價值非常高。此清刻本爲本書整理所用的主校本。

有關遼寧省圖書館所藏九家集注杜詩的版本情況，遼寧省圖王清原稱「疑現存的乾隆武英殿刻本、乾隆刻本、清刻本、嘉慶刻本九家集注杜詩均是一個版本」；又稱「（遼寧省圖）此書與北京故宮博物院所藏之書爲同版，均爲清宮所藏」（遼寧省圖書館藏三種古籍考索，天一閣文叢第十輯，浙江古籍出版社，二〇一二年）。遼寧省圖所藏清刻本廣泛吸收利用了宋本師民瞻、趙次公等注家以及宋代其他學者的證誤成果，對曾噩重刊之郭編本杜集進行了系統校正，且改定之處，絕大多數都有文獻依據，信實可靠，從整體上提升了這一祖本的學術質量與使用價值。本書整理時，以此清刻本作爲裁定是非、撰寫校記的主要文獻依據。如：

卷一醉歌行題下注「別從姪勤落第歸」，「勤」底本訛作「勸」；卷二三川觀水漲二十韻題下師民瞻注，「黑源」底本訛作「黑浪」、「翟道縣」底本訛作「雀道縣」；卷五前出塞九首其九「丈夫四方志」趙注引「東道彥雜詩」云云，「東道彥」底本訛作「東彥道」；卷六乾元中寓居同谷縣作七首其三「東飛駕鵝後鶖鶬」引杜補遺「是以張竦惡鵂，賈誼忌鵩」云云，「張竦」底本訛作「張華」；卷二十四登牛頭山亭子「路出雙林外，亭窺萬井中」引趙云「言亭之高可以窺井邑萬家也」，「萬」底本訛作「舊」；卷二十七旅夜書懷「月湧大江流」引舊注「謝玄暉大江流日夜」，「謝玄暉」底本訛作「王仲宣」；卷三十村雨「挈帶看朱紱」趙云「用朱紱字，則韋孟諫詩黼衣朱紱也」云云，「韋孟」底本訛作「韋賢」。卷三十四遣悶「鳴笛竟霑裳」趙云「高談娱心」，「娱」底本訛作「悟」；凡此，均據主校本清刻本並參他校本訂正。

清刻本不僅對底本的文本錯誤進行了詳細校正，而且對底本在文字表達方面的不妥之處也作了適當潤色，往往簡單數字，意顯語豁，有畫龍點睛之妙。如：卷十二壯遊「往昔十四五，出遊翰墨場」底本中的趙云：「歲數雖見實道，阮籍詩云，此恰好處不放過也。」簡省難通，清刻本、排印本作：「歲數雖少陵自道其實，用阮籍詩乃是恰好處不放過也。」改訂後文通字順，消除了理解上的歧義。卷三塞蘆子「五城何迢迢」底本中的舊注「乃知天寶中有五城，謂高始展非也」，清刻本、排印本則注曰：「考杜詩，知天寶有五城，非高始展也。」表達更順暢。

清刻本除了訂正字誤，順句意，亦間或訂正原刊在注釋方面的不確之處。如卷五前出塞九首其二「骨肉恩豈斷」趙云：「詩：骨肉離散。」清刻本改作：「漢書：今王骨肉至親。」案，詩經唐風杕杜序：「杕杜，刺時也。君不能親其宗族，骨肉離散，獨居而無兄弟，將爲沃所并爾。」漢書卷六十三燕刺王劉旦傳：「今王骨肉至親，敵吾一體。」趙所引詩經言親宗族，與詩意不合。此句杜詩言由於戰争，骨肉之恩情不得顧全。故清刻本引漢書符合杜甫詩旨。清刻本略作修改之後其注文更勝一籌。不過，清刻本校讎謹嚴，忠實原文，所改底本注釋的地方實不多見。若偶作改動，亦僅出現在底本的注文簡短且比較好處理的地方，用寥寥數語略加潤色。總之，清刻本對郭編之祖本杜集的校定精審，使用價值高。但由於這一清刻本深藏於圖書館、故宮博物院等處，較少見學者稱引。

下面簡略談一談杜詩引得排印本的校勘價值。關於排印本的版本來源，洪業先生杜詩引得序曰：

> 數年來搜訪所及，僅見嘉慶時翻刻之本而已；即今所據以排鉛印，而編爲引得者也。其本前有郭曾二序，清高宗題詩二首，四庫提要一則。每半葉九行，行二十一字，與武英殿聚珍版叢書之行格相同，唯板框微小而已。板中偶有裂痕，故知其爲刻本，字或欹斜不整，故疑其翻出聚珍。清諱之避及「顒」、「琰」而止，故知翻刻在嘉慶時也。

洪業又曰：

> 天禄琳琅書目既盛讚其本，四庫總目又稱道其書，而乾隆時聚珍印本，嘉慶時翻刻本，皆今日所不易得，故併其注又翻印之，以爲學者便也。

本書共計使用了七種校本，校本之間異文繁多。然而，杜詩引得排印本與主校本清刻本高度一致，異文極少。在並不多見的情況下，若清刻本失校了，本書整理時即據排印本訂正訛誤。如卷十九收京「復道收京邑」舊注「去年收京，扈從還長安」，「去年」底本、主校本及三種四庫本均誤作「明年」；卷六乾元中寓居同谷縣作七首其四「杳杳南國多旌旗」趙云「乾元二年八月乙巳，襄州將康楚元、張嘉延據州作亂」，「康楚元」底本、主校本及三種四庫本均誤作「康楚兀」，本書整理時均據排印本訂正。又如，卷二十二琴臺「寥寥不復聞」趙云「夫相如以文章冠世，固美矣，而此段終非美事」，「固美矣」，僅排印本作「固然矣」，是；由於下句有「終非美事」，故排印本改作「固然矣」，注文更流暢、省淨。

不過，杜詩引得在排印過程中，亦產生了一些新的訛誤。如卷五遣興五首其四「無復睛閃爍」，舊注引左傳「臣食其肉而寢處其皮矣」，「肉」排印本作「矣」、「矣」排印本作「肉」，倒誤。卷五後出塞五首題下注，鮑云：「天寶十四年，乙未三月壬午，安禄山及契丹戰於潢水，敗之。」「三」排印本作「二」，訛。卷九謁文公上方詩句「不下十年餘」，「年餘」排印本作「餘年」，訛。卷十六宿花石戍「氣候何迴互」，趙云：「乖蠻隔夷，回互萬里。」「蠻」排印本作「巒」，訛。又如，卷七古柏行「萬牛迴首丘山重」，「牛」排印本訛作「年」。此句言古柏重如丘山，雖萬頭牛撼動不得，而排印本將「萬牛」誤作「萬年」，全失詩意。然而，較之三種四庫本，杜詩引得排印本的訛誤率非常之低。

通校全書，知洪業排印杜詩引得時所據之清嘉慶刻本與遼寧省圖書館所藏之九家集注杜詩為同一版本，似無疑義。甚至清刻本避清諱時，排印本也照舊避之，似非必要。然瑕不掩瑜，爲傳播宋注，洪業先生在編纂杜詩引得時選用校訂精審的清刻本九家集注杜詩而非清代注本如錢注杜詩或杜詩詳注等，顯示其非凡的學術視野與識辨能力。

（二）關於參校本文淵閣、文津閣、文瀾閣三種四庫全書本

文淵閣本、文津閣本、文瀾閣三種四庫全書本的訛、衍、奪等現象相當普遍，文津閣本闕詩闕注、錯簡等現象最嚴重，文瀾閣本次之。相較而言，文淵閣本在四庫本中屬上乘。本書整理時，酌情旁參並利用了以上三種四庫本。

（三）關於參校本静嘉堂文庫殘宋本與中華書局影宋本

傳世的兩種五羊漕司本，其中一種原藏陸心源皕宋樓，現歸於日本静嘉堂。静嘉堂本僅存殘卷，存詩從卷六鐵堂峽注「限，一作垠」至卷十一終，不足六卷。作爲異常珍稀的宋槧佳刻，静嘉堂本雖爲殘本，其版本價值無可替代。下述静嘉堂本的版本情況。

其一，對照静嘉堂本與底本即臺北故宫博物院藏本，版式與詩注均同。

其二，静嘉堂本與底本相較，其異同僅在於二者的匿名批識上。通檢静嘉堂本殘卷，録下匿名批識三條：卷九閬水歌「嘉陵江山何所似」，「山」字右側，静嘉堂本有匿名批識曰「山，一作色」；卷十一行官張望補稻畦水歸「千畝碧泉亂」，「畝」字旁，静嘉堂本匿名批識曰「一作畦，

是」；卷十一寄韓諫議注詩題趙注「楚辭：仰羽人於丹丘」，「仰」字，静嘉堂本匿名墨筆圈改作「仍」字；案，此訛，應以「仰」字爲是。

其三，静嘉堂本存詩雖少，然校勘價值高。當底本模糊難辨時，若有可能，本書整理時首選這一宋槧作補訂。例如：卷八憶昔二首其二「宗廟新除狐兔穴」舊注引張孟陽七哀詩「周墉無遺堵」，「墉」底本漫滅難辨，本書的此條校勘據静嘉堂本補訂。又如，寄韓諫議注「今我不樂思岳陽」舊注「巴陵，屬湖南」，「湖南」底本原刻用深黑墨筆圈改作「湖北岳州」，誤；本書的此條校勘亦據静嘉堂本訂正。

下面談談中華書局影宋本。二十世紀八十年代初，中華書局用二十世紀三十年代張元濟的鉛皮版打樣以重新製版影印。時隔半個世紀，鉛皮舊版年久漫漶，相當部分的字迹已模糊難辨。中華書局僅對大塊漫滅之處進行了抄補，但對於遍佈全書星星點點的小塊模糊難辨之處，蓋因抄補工作不勝其煩，中華書局作闕疑，没有處理。況且，中華書局影宋本在抄補過程中，又産生了大量的抄寫錯誤。下面僅據卷三十三略舉數例：遠懷舍弟穎觀等，詩題「等」字，中華書局影宋本作「寺」，訛。將别巫峽贈南卿兄瀼西果園四十畝「因歌野興疎」，「興」中華書局影宋本作「性」，訛。人日兩篇其一「風振紫山悲」趙云「不與舅氏同心」云云，「心」中華書局影宋本奪。又，此詩其二「勝裹金花巧耐寒」舊注引歲時記「人日以七種菜爲羹」，「菜」中華書局影宋本作「葉」，訛。又，同上詩「直道無憂行路難」趙云「行路難，古曲名」，「曲」中華書局影宋本作「典」，訛。再如江梅詩尾引趙云：「江梅者，江邊之梅也。如在嶺則曰嶺梅，在山則曰山梅，在野則曰野梅，官中所種則曰官梅。而後之學者，凡見梅便謂之江梅，誤矣。」「誤」字，中華書局影宋本奪，如此，意思就與原文相反了。

其他卷次抄補的訛誤情況與以上卷三十三類似。如卷二十佐還山後寄三首其三「葳蕤秋葉少」，「秋葉」底本有異文「一作菜色」，中華書局影宋本闕異文。凡此，不勝枚舉。相比四庫本，中華書局影宋本的抄補訛誤率高出不少。

自一九八五年臺北故宮博物院景宋本發行之後，中華書局影宋本的使用價值就不大了。雖然如此，當年中華書局在相當困難的情況下仍然堅持古籍修復與出版，以饗學者，誠可嘉焉。

七、結語

曾噩寶慶元年在廣東五羊重刊郭知達所編之杜集罕見流傳，古代學者極難得到宋注之善本新刊杜詩，而宋代其他注本如千家注本、蔡夢弼草堂詩箋以及元代劉辰翁的千家注批點本在元明清廣爲流傳，因此，宋人宋注的真實價值被遮蔽。本書的整理，以郭知達編、曾噩重刊之祖本爲底本，選取經過了清代學者校訂精審的清刻本爲主校本，並參校了以下六種郭編本杜集：日本静嘉堂殘宋本、中華書局影宋本，以及文淵閣、文津閣、文瀾閣三種四庫全書本、洪業等編纂的杜詩引得排印本。本書的底本、主校本均極珍貴，且校本齊全。本書所校正之處，均出校記，以明版本依據。本書的整理校訂工作主要有以下幾方面内容：

其一，補訂底本因編輯失誤導致的闕詩闕注、錯簡等問題。新刊杜詩闕兩首詩及部分注。卷二十示姪佐，詩歌正文及其注釋原闕；佐還山後寄三首其一闕，部分注闕。本書整理時，據清刻本、排印本予以補足。卷十四送高司直尋封閬州「伏枕聞别離」至「木石乃無數」八句詩及其注，錯簡，亦據清刻本、排印本進行了訂正。

其二，訂正底本的詩歌正文與注釋錯訛。詩歌正文方面，如卷九過郭代公故宅「我行得遺迹」，「行得」訛作「得行」；卷十九曲江對雨「江亭晚色静年芳」，「亭」訛作「庭」；同卷寄高三十五詹事適「安穩高詹事」，「穩」訛作「隱」；卷二十秦州雜詩其十「所居秋草淨」，「淨」訛作「静」；同卷佐還山後寄三首其三「交横落幔坡」，「幔」訛作「慢」；卷二十六立秋日雨院中有作「大火復西流」，「火」訛作「小」；卷三十秋野五首其二「難教一物違」，「教」訛作「交」；同卷秋興八首其六「秦中自古帝王州」，「古」訛作「出」；卷二十九七月一日題終明府水樓二首其一「真賜還疑出尚方」，「疑」訛作「宜」；卷三十一曉望白帝城鹽山「暄和散旅愁」，「暄」訛作「喧」，凡此，均用本校法，據主校本清刻本與參校本予以訂正。

本書整理時以本校爲主，偶用他校法訂正杜詩誤字。如下例：（例二十一「本書用他校法將底本『吾兵』定作『吴兵』」）

未使吾兵著白袍（久雨期王將軍不至，二王本杜集卷七）

未使吾兵著白袍（同上，錢箋卷七）

未使吾兵著白袍師云：侯景命東吴兵盡著白袍，自爲營陣。趙云：白袍，南史：梁人陳慶之麾下悉著白袍，所向披靡。先是洛中謡曰：名軍大將莫自勞，千兵萬馬避白袍。蓋江左事也。（同上，底本卷十三）

未使吴兵著白袍（同上，百家注卷三十、分門集注卷十五）

未使吴兵著白袍（同上，杜詩詳注卷二十）

此句，杜集祖本二王本原作「吾兵」。底本原作「吾兵」，然師趙二家注引「江左」事注「白袍」，據此，應作「吴兵」爲是。宋注本百家注、分門集注利用了師趙二人的考辨成果均刊作「吴兵」，清代杜詩詳注亦定作「吴兵」。類似這樣考辨詳實，且被不同時代的杜集注本所廣泛接受的宋注校勘成果，本書整理時，酌情利用。如此句，本書以「吾」爲音近而訛，參照底本所引師趙二家注並旁參宋注本百家注、分門集注，用他校法改「吾兵」作「吴兵」。

關於校訂底本在注釋方面的錯、訛、衍、奪等問題。這部分内容所占比重最大，文繁不引。

其三，本書輯録了極爲豐富的異文，爲拓展宋代杜詩的文本細讀與闡釋研究提供了最原始的基礎性文本文獻。如卷二奉同郭給事湯東靈湫、夜聽許十誦詩愛而有作、哀江頭、哀王孫、悲青坂五首詩歌出現大段異文，他卷並没有類似的情況，頗令人費解，以俟博識。此外，本書的校勘記豐富詳實。如卷三十秋興八首其二「每依南斗望京華」，「南斗」，二王本卷十五、十家注卷二、百家注卷二十八、分門集注卷二同作「南斗」。新刊杜詩趙云：「南斗，師民瞻作北斗，蓋長安上直北斗。」則「北斗」最早見于宋代師民瞻本。蔡甲本卷三十二、黄氏補注卷三十亦沿襲師民瞻之説，作「北斗」。錢箋卷十五此詩正文作「南斗」，異文云「一作北斗」。此條校記，本書徵引多種古本杜集詳細出校。又如，卷一奉贈韋左丞丈二十二韻「騎驢三十載」，「三十載」清注本朱鶴齡杜工部詩輯注卷一、仇兆鰲杜詩詳注卷一、浦起龍讀杜心解卷一均作「十三載」。杜詩詳注云「他本作三十載，斷誤」。然杜詩宋注本均作「三十載」，清注本改作「十三載」，缺乏版本依據。杜甫壯遊詩云：「往者十四五，出遊翰墨場。」從十四、五歲至寫此詩已二十七、八年，整言之，可曰「三十載」。陶淵明歸園田居五首其一：「誤落塵網中，一去三十年。」杜詩正用其意。故不宜輕改。本書整理時，此條校記的撰寫除廣參古代注本之外，亦利用了當代學者的研究成果進行辨析(參陳鐵民由新發現的韋濟墓志看杜甫天寶間的行止,文學遺産,一九九二年第四期)。

本書首次對宋本新刊杜詩進行了全面系統的整理與校訂。本書的出版,意在爲學界貢獻了一部信實可靠、富有學術價值的杜詩宋注善本。學者可據此更全面更充分地探討宋人注杜的真相,澄清杜詩學史上一些對宋注的誤傳與模稜兩可的記載和批評,進一步深化和拓展宋代杜詩學的研究以及古代文學批評史的研究。由於本人才疏學淺,錯誤在所難免,敬請方家指正。

本書在整理過程中,曾得到各方支持與幫助。感謝臺中逢甲大學梁雅英博士、劉曉亮博士協力複印臺北故宫博物院影宋本新刊校定集注杜詩。感謝同門鄧子勉師兄在本書體例的擬定與校記的撰寫等方面提供的寶貴意見與慷慨無私的幫助。感謝同門慈波師弟東瀛訪學時,幫助我逐字逐句核對静嘉堂文庫六卷殘宋本新刊校定集注杜詩。感謝同門羅立剛一直以來在學術上對我的鼓勵與支持。感謝遼寧省圖書館劉冰先生的幫助,協助我搜集到珍貴的清刻本。本書近八萬字的校記,每一條都離不開這一主校本。感謝蔣曉光博士幫助我在南京大學圖書館複印文瀾閣四庫全書本。感謝俄亥俄州立大學漢語旗艦工程碩士項目的吴偉克博士(Dr. Galal Walker)、李敏儒博士(Dr. Minru Li)對本書的整理工作所給予的關懷與支持。Mr.

Frederick Casciani, Mr. Joseph Smith 以及長沙彭娟女士在我旅居海外期間協助檢索、複印、掃描各種中文文獻，并誌。感謝俄亥俄州立大學李國慶教授爲本書封面題簽。本書出版過程中，上海古籍出版社責任編輯杜東嫣副編審、戎默博士統籌審理書稿，在此謹致謝忱。

聶巧平

二〇二二年十月十日

凡例

一、新刊校定集注杜詩，南宋郭知達淳熙八年（一一八一）編刊於成都；寶慶二年（一二二五）曾噩覆刻於廣東南海漕臺。郭知達刊行本未見傳本，今世傳本均出自曾噩覆刻本。此書未見元明刊本，清代則有四庫全書本與數種翻刻本。此書入清以後又稱之曰九家集注杜詩。

二、寶慶廣東漕司刊本新刊校定集注杜詩，傳世尤尠，臺北故宮博物院所藏之帙爲僅存孤本。此帙原爲清代常熟瞿鏞鐵琴銅劍樓舊藏。抗戰初期，瞿氏鐵琴銅劍樓藏書遞有散出，遂爲山陰沈仲濤購獲，藏之研易樓。爾後沈氏攜書輾轉至臺灣，一九八〇年捐贈臺北故宮博物院，遂編目入藏，嘉惠學林。本書之整理，即以一九八五年臺北故宮博物院景印宋本新刊校定集注杜詩爲底本。

三、本書之整理，共計使用了七種校本。以遼寧省圖書館所藏之清刻九家集注杜詩爲主校本，該本原爲盛京皇宮恭藏之内府刻本，毛裝，刻印精良，保存完整，實爲希世之珍本，簡稱清刻本。另外還利用了以下六種重要版本作爲主要參校本：日本靜嘉堂文庫所藏宋新刊校定集注杜詩，爲清代陸心源皕宋樓舊藏，現僅存卷六至卷十一，其中卷六自首端迄鐵堂峽注「限一作垠」闕，簡稱靜嘉堂本。中華書局一九八一年影宋新刊校定集注杜詩，漫滅嚴重。中華書局對大段漫滅之處進行了抄補，簡稱中華影宋本。文淵閣、文津閣、文瀾閣三種四庫全書本（分别簡稱文淵閣本、文津閣本、文瀾閣本）。一九四〇年燕京大學哈佛引得處據清嘉慶刻本排印之杜詩引得，簡稱排印本。

四、本書之整理，亦酌情參照了七種重要的杜集與注本，其中包括王洙寶元二年（一〇三九）編纂、王琪嘉祐四年（一〇五九）刊刻之「二王」本杜工部集（簡稱二王本杜集），另外包括以下五種宋注本與一種清注本：闕名門類增廣十注杜工部詩（殘本，存卷二、卷七至九、卷十一至十二，簡稱十家注）、題名王十朋王狀元集百家注編年杜陵詩史（簡稱百家注）、闕名分門集注杜工部詩（簡稱分門集注）、蔡夢弼杜工部草堂詩箋（按本書整理時參校兩種五十卷宋刻本：一種存卷一至十九、卷二十二至三十五、卷三十九至四十一、卷四十八至五十，共三十九卷，簡稱「蔡甲本」；另一種存卷四至八、卷十四至二十、卷二十七至二十八、卷四十至四十四，共十九卷，簡稱「蔡乙本」）、黄希、黄鶴黄氏補千家注杜工部詩史（簡稱黄氏補注），以及清代錢謙益錢注杜詩（簡稱錢箋）。由於錢箋所用底本爲南宋紹興初年之吴若本，本書在校勘詩歌正文時多與二王本杜集相互參證。

五、本書之整理，對底本中可以確定的訛、奪、衍、倒之處，以及因爲簡省與誤記誤引等導致錯誤者，均予以訂正，並出校記説明依據與理由。

六、本書採用全式標點，對人名、地名等加標專名綫，對書名、篇名等加標書名綫。

七、本書之整理，利用了古今學者的杜詩學研究成果與新發現的墓志等文獻資料，如仇兆鼇杜詩詳注（簡稱仇注本）、浦起龍讀杜心解（簡稱心解）、楊倫杜詩鏡銓（簡稱鏡銓）、林繼中輯校杜詩趙次公先後解輯校（簡稱先後解輯校）、蕭滌非張忠綱等杜甫全集校注以及與韓成武孫微等點校朱鶴齡杜工部詩輯注（簡稱朱輯本）等。對其中有疑問之處，均作簡要説明。

八、底本之注文多引據文選，此外亦有不少採自藝文類聚、初學記、太平御覽、册府元龜、太平廣記等類書。底本注文中因文字脱漏錯訛或者因注家誤記誤引導致文意不通者，則參照當代學者所整理之文選、全上古三代秦漢三國六朝文、先秦漢魏晉南北朝詩、世説新語以及諸類書予以訂正。

九、對底本中的異體字、通假字，一般不作改動。至於不規範的俗刻體字等，則徑改作現今通用的規範字。如「斈」「荅」之類，徑改作「學」「答」等；又「己」「已」「巳」之類，古書中常誤刻混用，亦徑改。凡此，均不出校。

十、底本中的人名、地名、書名等專用名詞，其中用字前後略有異同者，如揚雄又作楊雄、丘希範又作邱希範、陸佐公又作陸左公、崔瓘又作崔灌等，分别統一作揚雄、丘希範、陸佐公、崔瓘等。又如，玄灞素滻又作玄霸素産、漢書地理志又作漢書地里志等，均統一作玄灞素滻、漢書地理志等。凡此，均不出校。

十一、有避諱字，凡杜詩原文避唐朝名諱及家諱者，一般不改。因避宋帝諱而缺筆或改字者，如「玄」「楨」「徵」「桓」等，則徑改，不出校記。至于人名等專用名詞，如「鮑照」避諱作「鮑昭」，「貞觀」避諱作「正觀」等，均改作規範稱謂並出校記予以説明。

十二、是書以版本校異爲主。除對校外，還採用了本校、他校等，必要時作理校。凡底本不誤而校本誤者，原則上不出校。不過，對底本不誤而校本有誤，以訛傳訛在後世産生較大影響者，則均出校以説明。

目録

新刊校定集注杜詩卷二

古詩

新刊校定集注杜詩卷三

古詩

新刊校定集注杜詩卷四

古詩

新刊校定集注杜詩卷五

古詩

新刊校定集注杜詩卷六

古詩

新刊校定集注杜詩卷七

古詩

新刊校定集注杜詩卷八

古詩

新刊校定集注杜詩卷九

古詩

新刊校定集注杜詩卷十

古詩

新刊校定集注杜詩卷十一

古詩

新刊校定集注杜詩卷十二

古詩

新刊校定集注杜詩卷十三

古詩

新刊校定集注杜詩卷十四

古詩

新刊校定集注杜詩卷十五

古詩

新刊校定集注杜詩卷十六

古詩

新刊校定集注杜詩卷十七

近體詩

新刊校定集注杜詩卷十八

近體詩

新刊校定集注杜詩卷十九

近體詩

新刊校定集注杜詩卷二十

近體詩

新刊校定集注杜詩卷二十一

近體詩

新刊校定集注杜詩卷二十二

近體詩

新刊校定集注杜詩卷二十三

近體詩

新刊校定集注杜詩卷二十四

近體詩

新刊校定集注杜詩卷二十五

近體詩

新刊校定集注杜詩卷二十六

近體詩

新刊校定集注杜詩卷二十七

近體詩

新刊校定集注杜詩卷二十八

近體詩

新刊校定集注杜詩卷二十九

近體詩

新刊校定集注杜詩卷三十

近體詩

新刊校定集注杜詩卷三十一

近體詩

新刊校定集注杜詩卷三十二

新刊校定集注杜詩卷三十三

近體詩

新刊校定集注杜詩卷三十四

近體詩

新刊校定集注杜詩卷三十五

近體詩

新刊校定集注杜詩卷三十六

近體詩

附録二　現存郭知達編纂之杜集版本題解書序

附録三　書目文獻著録郭知達編纂之杜集

附録四　宋編杜集與杜詩注本之序跋題記

附録五　誌傳集序上

附録六 誌傳集序下

【校勘記】

〔一〕「寒」，原作「塞」，據正文及清刻本、排印本改。

〔二〕「興」，原作「與」，據正文及清刻本、排印本改。

〔三〕「溪」，原作「雞」，據正文及清刻本、排印本改。

〔四〕「韶」，原作「韻」，據正文及清刻本、排印本改。

景印宋廣東漕司本新刊校定集注杜詩序

杜少陵詩，至宋而大盛。名公鉅卿，林藪逸士，一涉風雅，無不推戴而景行之。王安石、宋祁、黄庭堅並爲之注釋，於是注家争起，至有掇其章句，穿鑿附會，設爲事實，托名東坡刊鏤以行世者。蜀人郭知達，取王原叔序刻之舊注，更爲去取，於孝宗淳熙八年刻行九行本，即所謂蜀本。精其讎校，考其錯落，蓋思於浮濫頽靡之中，振其綱緒。惜此本今不復見傳於世。理宗慶元間，曾噩官廣東漕司，以蜀本紙惡字缺，於是會士友以正其脱誤，摹刊于南海漕臺，後遂稱爲廣東漕司本。陳振孫書録解題以爲宋版中之絶佳者。振孫通人，其説當是。郭公夏五，有闕文之失；郢書燕説，傳舉燭之談。故知善本之難得也。四庫全書九家集注杜詩據内府珍藏廣東漕司本迻録。原書爲檇李項氏天籟閣舊藏，既入宫置昭仁殿，嘉慶二年不戒於火，遂佚。近人山陰沈仲濤氏，愛書成癖，得珍槧，貯之研易樓中。廣東漕司本杜詩，研易樓中物也，爲今日傳世孤本。屬纊之際，遺命盡舉所藏捐贈本院，此刻因與俱來。本院所藏杜集凡三十餘種，廣東漕司本往惜焚如，今乃得之，固學林之幸事！況天壤間更無他本，因亟付印，俾海内孳幾之士，人人得而有之，豈不懿歟！

一九八五年十月十日，秦孝儀心波謹序。

杜工部詩集注原序

〔宋〕郭知達

杜少陵詩，世號詩史。自箋注雜出，是非異同，多所抵捂。至有好事者，掇其章句，穿鑿附會，設爲事實，托名東坡，刊鏤以行。欺世售僞，有識之士，所爲深歎！因輯善本，得王文公、宋景文、豫章先生、王（源）〔原〕叔、薛夢符、杜時可、鮑文虎、師民瞻、趙彦材，凡九家。屬二三士友，各隨是非而去取之。如假托名氏、撰造事實，皆删削不載。精其讎校，正其訛舛。大書鋟版，置之郡齋，以公其傳。庶幾便於觀覽，絶去疑誤。若少陵出處大節，史有本傳，及互見諸家之叙，兹不復云。

淳熙八年八月，成都郭知達謹序。

新刊校定集注杜詩序

〔宋〕曾噩

「讀書破萬卷，下筆如有神。」此杜少陵作詩之根柢也。觀杜詩者，誠不可無注。然注杜詩者數十家，乃有牽合附會，頗失詩意，甚至竊借蘇坡名字以行，勇於欺誕，夸博求異，挾僞亂真。此杜詩之罪人也。惟蜀士趙次公爲少陵忠臣。今蜀本引趙注最詳，好事者顧得之，亦未易致；既得之，所恨紙惡字缺，臨卷太息，不滿人意。兹摹蜀本，刊於南海漕臺。會士友以正其脱誤，見者必當刮目增明矣。噫！少陵之詩，其偉壯則如巨靈之擘太華，其精巧則如花神之刻群芳。其理詣深到，則詩書莊騷之流裔也。及其詞源傾倒，如長江大河順東而趨，勢不可禦，必極其所至而後已。方是之時，豈復有意於搜尋故事，驅役百家諸子之言以爲吾用耶！或者未免以注爲贅。雖然，以詩名家，惟唐爲盛，著録傳後固非一種。獨少陵巨編，至今數百年，鄉校家塾，齠總之童，琅琅成誦，殆與孝經論語孟子並行。况其遭時多難，瘦妻飢子，短褐不全，流離困苦，崎嶇堙厄，一飯一啜猶不忘君，忠肝義膽，發爲詞章，嫉邪憤世，比興深遠，讀者未能猝解，是故不可無注也。

寶慶元年重九日義溪曾噩子肅謹序。

新刊校定集注杜詩卷一

古詩

奉贈韋左丞丈二十二韻

注：鮑文虎云：韋濟，韋嗣立子，天寶中授尚書左丞。史有傳，附嗣立後。

紈袴不餓死，前漢班氏叙傳曰：王鳳薦班伯宜勸學，召見宴昵殿〔一〕。上方鄉學，鄭寬中、張禹朝夕入説尚書、論語於金華殿中，詔伯受焉。數年，金華之業絶，出與王、許子弟爲群，在於綺襦紈袴之間，非其好也。晉灼曰：白綺之襦，冰紈之袴也。師古曰：紈，素也；綺，今之細綾也，並貴戚子弟之服。朱買臣妻曰：如公等，終餓死於溝中耳。趙云：梁任昉奏彈劉整云：以前代外戚，仕因紈袴。晉束晳云：丹墀步紈袴之童，東野遺白顛之叟。莊子云：伯夷、叔齊餓死首陽之山。史記云：伯夷、叔齊，積仁潔行如此而餓死。前漢周亞夫傳：許負相之曰〔二〕：君後九年而餓死。鄧通傳：上使善相人者相通，曰：當貧餓死。儒冠多誤身。莊子曰：儒者冠圜冠者知天時。儒行曰：冠章甫之冠。前漢酈食其傳：沛公不喜儒，諸客冠儒冠來者，沛公輒解其冠，溺其中。趙云：此篇雖古詩二十二韻，而第二字平側相次，又多對偶。紈袴不餓死，言貴富者之亨福禄；儒冠多誤身，言爲士者之易貧賤。公詩又曰：有儒愁餓死。則不餓死之反矣。又曰：儒術豈謀身。亦此之謂也。**丈人試靜聽，賤子請具陳。**易師：貞，丈人吉。注：丈人，嚴莊之稱。應璩詩：避席跪自陳，賤子實空虛。鮑照東武吟：主人且勿喧，賤子歌一言。趙云：吳越春秋載伍子胥謂漁父曰：性命屬天，今屬丈人。此呼人爲丈人矣。劉伯倫酒德頌有：熟視不見太山之形，靜聽不聞雷霆之聲。蜀志：許靖與曹公書云：豈可具陳。古詩：歡樂難具陳。世有托名東坡事實，輒云毛遂有言，賤子一一具陳之。以爲渾語，却不引出何書。其全帙引類皆如此，非特浼吾杜公，又浼蘇公，而罔無識，真大雅之厄，學者之不幸也！**甫昔少年日，**賈誼，洛陽年少。趙云：沈休文別范安成云：平生少年日。**早充觀國賓。**易：觀國之光，利用賓于王。趙云：充字，鼂錯傳：以臣充賦。**讀書破萬卷，下筆如有神。**三輔決録蔡邕傳：不妄下筆。魏文帝論云：傅武仲下筆不能自休。孔文舉表：性與道合，思若有神。趙云：梁孝元帝之敗，焚圖書十四萬卷曰：讀書萬卷，猶有今日！故焚之。中著一「破」字，則字著力而新奇矣。**賦料揚雄敵，**揚雄有長楊、甘泉等賦。趙云：雄傳曰：顧常好辭賦，每擬相如。故公於賦則言敵揚雄。**詩看子建親。**增添：曹植字子建，封陳思王。善屬文，著洛神賦、責躬、公讌等詩。後人謂天下才共一石，子建獨得八斗。趙云：鍾嶸爲詩品，其品子建詩云：植詩原出於國風，氣骨高奇，辭彩華茂，超越今古，卓爾不群。故公於詩言親子建也。親字，親近之親，言與之近也。**李邕求識面，**李邕，廣陵江都人。父善，嘗注文選。邕少知名，長安初〔三〕，李嶠等薦邕詞高行直，堪爲諫官，由是召拜左拾遺。玄宗東封，獻賦稱旨。後進不識，京洛阡陌聚觀，以爲古人。或傳眉目有異，衣冠望風尋訪，門巷填隘。齊神武自太原來朝，見宋遊道曰：常聞其名，今日始識其面。師云：按新唐史杜本傳言：公自少貧不自振，客齊趙吳楚間。李邕奇其才，先往見之。趙云：新書誤矣！蓋惑於後篇有陪李北海宴歷下亭而言之耳。殊不知公在洛陽時，李邕先與相見；其後邕爲北海太守，遇公于齊州，又相見；至青州又相見。何以明之？陪李北海宴歷下亭則相見于齊州，蓋歷下亭在齊州也。八哀詩於李邕篇云：伊昔臨淄亭，酒酣托末契。則相見於青州，蓋臨淄亭在青州也；又云：重叙東都別，朝陰改軒砌。則追言洛陽相見事，蓋洛陽則東都也。豈不先識面於洛陽，而在齊地再相見乎？則新唐書之誤，以再見爲始識面矣。

王翰願卜鄰。唐王翰，并州晉陽人。日聚英豪，恣爲歡賞。文士祖詠、杜華嘗在座。師云：左傳：非宅是卜，惟鄰是卜。

自謂頗挺出，立登要路津。古詩：何不策高足，先據要路津。趙云：曹子建云：人人自謂握靈蛇之珠。呂凱與雍闓檄云：諸葛丞相英材挺出。

致君堯舜上，再使風俗淳。魏杜恕：舉明主於唐虞之上。增添：孟子：伊尹曰：豈若使是君爲堯舜之君。魏應璩與弟君胄書：思致君於有虞矣。趙云：嵇康傳：鍾會欲害康，曰：宜因釁除之，以淳風俗。

此意竟蕭條，行歌非隱淪。前漢朱買臣：家貧好讀書，不治産業。艾薪樵賣給食，擔束薪，行且誦書。其妻亦負戴相隨，數止買臣毋歌嘔道中，買臣益疾歌，妻羞之求去，恚怒曰：如公等，餓死溝中耳，何能富貴！買臣不能留，即聽去。其後買臣獨行歌道中，負薪墓間。宋顏延年詠嵇中散詩曰：立俗迕流議，尋山結隱淪〔四〕。謝脁敬亭詩：隱淪既已托。鮑照詩：孤賤長隱淪。謝靈運：既枉隱淪客。趙云：鮑照答客篇：此意更堅滋。鮑照發後渚詩有蕭條背鄉心。列子載林類年且百歲，拾穗行歌。張湛注云：古之隱者也。舊注却引朱買臣行歌道中負薪，此乃窮困悲歌耳，與非隱淪之義不相接。桓譚新論曰：天下神人五，一曰神仙，二曰隱淪。郭璞江賦有納隱淪之列真。舊注引顏延年、謝脁、鮑照、謝靈運詩，皆在新論、江賦之後。此不知本始，是謂無祖者也。世説：周顗何如庾亮？顗曰：蕭條方外，亮不如臣。

騎驢三十載〔五〕，旅食京華春。任昉詩：結歡三十載，生死一交情。陶潛：閑居三十載。趙云：後漢李尤：騎驢馳村〔六〕，狐兔驚走。魏文帝與吳質書：旅食南館。郭景純遊仙詩曰：京華遊俠窟。謝靈運齋中讀書詩曰：昔余遊京華。京華繁富之地，而當春時，尤爲繁富。於此旅食，亦不能爲樂矣。

朝扣富兒門，暮隨肥馬塵。鮑照詩：結交多貴門，出入富兒鄰。趙云：論語：乘肥馬。

殘杯與冷炙，到處潛悲辛。顏氏家訓：處之下座，以取殘杯冷炙。趙云：鮑照野鵝賦云：對鐘鼓之悲辛。**主上頃見徵，欻然欲求伸。**六韜曰：欻然而往。易曰：尺蠖之屈以求伸。趙云：官韻欻字注云：有所吹起貌。神仙傳：王母降，大茅君歌曰：駕我八景輿，欻然入玉清。又莊子庚桑楚篇：出無本，入無竅。注云：欻然自生非有本，欻然自死非有根。又法華經有欻然火起之語。**青冥却垂翅，蹭蹬無縱鱗。**後漢馮異傳：始雖垂翅回谿，終能奮翼澠池。王褒頌曰：沛乎若巨魚縱大壑。海賦：蹭蹬窮波。失勢貌。趙云：屈原悲回風云：據青冥而攄虹。王逸九思曰：玄鶴兮高飛，增逝兮青冥。注：青冥，雲也。此兩句以魚鳥爲喻，一反一正，可以爲句法。宋玉九辯：悲蹭蹬而無歸。**甚愧丈人厚，甚知丈人真。**范元實詩眼曰：必言所以見韋者，於是有厚媿真知之句。所以真知者爲傳誦其詩也。趙云：厚，言其相待之厚，蓋如後漢云：所以慰藉之甚厚。真，言其懷抱之真，蓋如莊子云：其爲人也真。厚則相親愛，真則不藏善，乃所以爲每每誦杜公佳句也。此厚與真之義甚明。詩眼所謂，却成杜公厚自慙媿於韋。杜公真實能知韋之賢耳。非是，蓋不省厚、真字，是詩字之足，只單著一字爲句，且用押韻，而字自有力，其義煥然也。**每於百寮上，猥誦佳句新。**趙云：左傳：同官爲寮。書：百寮師師。誦佳句於同寮，是時公已召試賜官也。世説載孫興公作天台賦成以示范榮期。每至佳句，輒云：應是我輩語。而誦佳句三字，則隋煬帝善屬文，不欲人出其右。王胄死，帝誦其佳句云「庭草無人隨意緑」，復能作此語耶？**竊效貢公喜，**前漢：貢禹與王陽爲友，世稱王陽在位，貢禹彈冠。言其取舍同也。杜補遺：劉孝標廣絶交論曰：王陽登而貢公喜。子美贈沈八丈東美除膳部員外郎又云：徒懷貢公喜。哭韋大夫之晉詩亦云：貢喜音容間。**難甘原憲貧。**仲尼弟子傳：原憲在草澤中。子貢相衛而結駟連騎，排藜藿，入窮閻，過謝原憲。憲攝敝衣冠見之。子貢曰：夫子豈病乎？原憲曰：吾聞之，無財謂之貧，學道而不能行謂之病。若憲，貧也，非病也。子貢慙而去。趙云：沈佺期傷王學士詩云：原憲貧無怨，顔回樂自持。**焉能心怏怏，**趙云：吴越春秋：吴王僚之母謂王曰：公子光心氣怏怏，常有媿恨之色。

舊注却引韓信、周亞夫傳，乃「鞅鞅」字，又不連「心」字，非公本意所引用耳。秪是走踆踆。踆踆，行走貌。張平子西京賦言伎戲曰：大雀踆踆。今欲東入海，即將西去秦。語曰：乘桴浮于海。又曰：少師陽，擊磬襄，入于海。李斯上始皇書：今乃却賓客以業諸侯，使天下之士，裹足不入秦。趙云：去秦，言欲捨而去耳。乃張儀惡陳軫於秦王曰：軫欲去秦而之楚。舊注却引李斯言天下之士退而不敢西向，裹足不入秦，却只是「不入秦」矣。尚憐終南山，回首清渭濱。王粲：回首望長安。趙云：潘安仁西征賦言長安之境曰：南有玄霸素滻，北有清渭濁涇。故公凡言渭必曰清渭，言涇必曰濁涇，皆用此矣。終南山與清渭，以在秦地，故接「去秦」之下及之。常擬報一飯，況懷辭大臣。范雎傳：一飯之德必償。孔融傳：一餐之惠必報。趙云：李固傳云：竊感古人一飯之報。注云：謂靈輒也。公所用主此。舊注更引范雎傳一飯之德必償，自是償字；又引孔融傳一餐之惠必報，自是餐字。以一飯之恩，嘗擬如靈輒之報宣子，況大臣相知，不獨一飯耳！其去之懷思爲如何？此詩人之情也。白鷗沒一作波〔七〕。浩蕩，萬里誰能馴。顏延年詩：鸞翮有時鎩，龍性誰能馴。謝朓詩：浩蕩別親知。東坡云：波乃沒字。宋敏求謂余鷗不善沒，改作波。殊不知鷗之滅沒煙波，最爲自然。禽經云：鳧善浮，鷗善沒。沒字爲是。趙云：何遜詩：可憐雙白鷗，朝夕水上游。浩蕩雖本水，而不必專言水。或取流放之貌，如離騷云：怨靈脩之浩蕩；或取曠遠之貌，如楚辭曰：志浩蕩而傷懷。是也。世間本多作「波」字，東坡定作「沒」字，言鷗滅沒於煙波間，而浩蕩遠去，尤有義理。而宋敏求謂鷗不解沒，作「波」字，便覺一篇神氣索然也。范淑衷甫云：世有師曠禽經之書，其中曰：鳧善浮，鷗善沒。則「沒」字却是沉沒之沒，即與前說又相反矣。

【校勘記】

〔一〕「宴」，文淵閣本作「雲」，訛。

〔二〕「負」，文淵閣本作「員」，訛。

〔三〕「長安」下，原奪「初」字，易生歧義，據舊唐書卷一百九十李邕傳補。

〔四〕「立俗」二句，「遷」「結」文選卷二十一、宋詩卷五顏延年五君詠嵇中散分別作「迕」「洽」。

〔五〕「三十載」，清代注本朱輯卷一、仇注卷一、心解卷一之一均作「十三載」。仇注云：「諸本作三十載，盧注作十三載，載作年。」又云：「公兩至長安，初自開元二十三年（七三五）赴京兆之貢，後以應詔到京，在天寶六載（七四七）爲十三載也。他本作三十載，斷誤。」案，宋代刻本均作「三十載」，清注本改作「十三載」，缺乏版本依據。又，杜甫壯遊詩云：「往者十四五，出遊翰墨場。斯文崔魏徒，以我似班揚。」則杜甫開元二十五六年十四五歲已至東都洛陽與文壇名流交遊，至天寶九載（七五〇），約二十五六年，約舉成數，正可謂之「三十載」，故當以「三十載」爲是。可參陳鐵民由新發現的韋濟墓志看杜甫天寶間的行止，文學遺產，一九九二年第四期。

〔六〕「村」，全後漢文卷五十李尤平樂觀賦作「射」。

〔七〕「没」，二王本杜集卷一作「波」。案，據下所引趙次公注，則「没」字爲蘇軾所改，宋敏求復改作「波」字，後世注本遂兩存之。

送高三十五書記

鮑云：高書記，適也，字達夫，渤海人。少落魄。客梁、宋間，宋州刺史張九皐奇之，舉有道，調封丘尉，不得志，去，客河西。河西節度使哥舒翰表爲左驍衛兵曹參軍，掌書記。

崆峒小麥熟，且一作吾。願休王師。家語：宓子賤爲單父宰，百姓化之。齊攻魯，道由單父。單父老請曰：麥已熟矣，今齊寇至，不及人人自收其麥，請放民皆使出穫麥，可以益糧，且不資寇。三請而宓子賤不聽。俄而齊寇逮乎麥，季孫聞之，怒，使人讓之。宓子蹵然曰：今茲無麥，明年可種。若使不耕者得穫，是使民樂有寇也。季孫聞之，赧然媿曰：地若可入，吾豈忍見宓子哉！賈誼書同。續漢書曰：桓帝時，童謡曰：小麥青青大麥枯，誰當穫者婦與姑。丈夫何在西擊胡。杜正謬云：崆峒，西方山也。按史記云：黄帝西至于崆峒。韋昭注曰：在隴右。九域圖志云：岷州和政郡有崆峒山，皆非爾雅所載。按爾雅乃作「空峒」字。汝州亦有崆峒山，蓋名同爾。趙云：曹操云：麥熟更來。請公問主將，焉用窮荒爲？禄山亂，哥舒翰討賊。適佐翰守潼關。翰敗，適奔赴行在。趙云：窮荒，謂適爲書記，隨翰遠事於吐蕃也。舊以爲佐翰守潼關，乃在天寶十二年之後，誤矣。主將，指哥舒翰。吴書張紘傳：紘諫孫權曰：主將乃籌謀之所自出。孔子云：焉用彼相。饑鷹未飽肉，側翅隨人飛。魏志：吕布因陳登求徐州牧不得，布怒，登喻之曰：登見曹公言待將軍，譬如養虎，當飽其肉，不則噬人。公曰：不如卿言。譬如養鷹，饑則爲用，飽則揚去。布乃解。載記：慕容垂猶鷹，饑則附人，飽則高飛〔一〕。趙云：鮑照蕪城賦：饑鷹厲吻。高生跨鞍馬，有似幽并兒。曹子建：白馬飾金羈，連翩西北馳。借問誰家子，幽并游俠兒。山簡：舉鞭問葛彊，何如并州兒。趙云：幽并兒，蓋游俠者。高以文士而從軍，故云。鞍馬，吴質答東阿王書曰：情踴躍於鞍馬。舊注引鮑照詩云鞍馬光照地，在後矣。今考西漢匈奴傳：文帝親御鞍馬。則趙所引又在後矣〔二〕。脱身簿尉中，始與捶楚辭。韓愈云：判司卑官不堪説，未免捶楚塵埃間。鮑云：謂唐時參軍簿尉受杖，非也。今詳杜所言，捶有罪者也。退之江陵途中云：栖栖法曹掾，何處事卑陬。何况親犴獄，敲榜發姦偷。此豈身受杖如漢諸署郎耶？趙云：適舉有道科中第，調封丘尉。翰表用之，故云。漢紀：張良曰：脱身去間至軍矣。路温舒云：捶楚之下，何求不得？借問今何官，觸熱向武威。前漢：武威郡，匈奴休屠王地，武帝太初四年開。趙云：武威，唐涼州也。今脱身一尉，爲翰見知而辟用，雖熱行而不憚矣。答云一書記，所愧國士知。陳琳，袁本初書記之士。又，阮瑀管書記之任。賈誼傳：豫子曰：中行以衆人畜我，我故衆人事之；智伯以國士遇我，我故國士報之。人實不易知，更須慎其儀。一作宜。范睢傳：侯嬴謂信陵君曰：人固未易知，知人亦未易。趙云：詩：九十其儀。十年出幕府，自可持旌麾。一作旗。李廣傳：幕府省文書。師古曰：幕府者，以車幕爲儀。軍旅無常居止，故以帳幕言之。廉頗、李牧，市租皆入幕府是也。此行既特達，足以慰所思。一云亦足慰遠思。趙云：易乾卦：體仁足以長人。曹子建責躬四言：威靈所加，足以没齒。男兒功名遂，亦在老大時。古樂府：少壯不努力，老大徒悲傷。趙云：「男兒」字，起於剖竹視之，得一男兒也；「功名遂」字，老子「功成名遂」之摘文也。常恨結歡淺，各在一天涯。古詩：相去萬餘里，各在一天涯。趙云：左傳：楚子使椒舉如晉，曰：君願結驩於二三君。又如參與商，慘慘中腸悲。蘇武詩：昔爲鴛與鴦，今爲參與辰。王正長雜詩云：王事離我老，殊隔過參商。陸士衡詩：形聲參商乖，音息曠不達。昭元年傳：子産曰：昔高辛氏有二子，伯曰閼伯，季曰實沈。居于曠林，不相能也。日尋干戈，以相征討。后帝不臧，遷閼伯于商丘，主辰；商人是因，故辰爲商星。遷實沈于大夏，主參；唐人是因，以服事夏、商，故參爲晉星。鮑照行路難：朝悲慘慘遂成滴。阮籍詩：容好結中腸。趙云：揚子曰：吾不觀參辰之相比也。驚風吹一作飄。鴻鵠，不得相追隨。趙云：離別之言。曹子建詩：飛蓋相追隨。黄塵翳沙漠，念子何當歸。前漢匈奴傳：隔以山谷，壅以沙漠。

盧諶贈崔温詩：北眺沙漠燕。曹子建樂府：少小去鄉邑，揚聲沙漠垂。蘇武：欲展清商曲，念子不能歸。江淹詩：飲馬出城濠，北望沙漠路。陳湯傳：匈奴不敢南鄉沙漠。漢書音義〔三〕：沙土曰漠，即今磧也。趙云：曹子建賦云：大風隱其四起，揚黄塵之冥冥。李陵歌曰：徑萬里兮渡沙漠。鮑照北風凉行有云：問君得行何當歸？邊城有餘力，早寄從軍詩。王仲宣云：從軍征遐路，討彼東南夷。陸士衡樂府詩有從軍行：苦哉遠征人，北戍長城阿。趙云：史記：士蔿曰：邊城少寇。而長楊賦：永無邊城之警。曹子建白馬篇：邊城多警急。論語：行有餘力。

【校勘記】

〔一〕「載記」，清刻本、排印本作「晉書」，是。案，下文所引見晉書卷一百二十三慕容垂傳。

〔二〕案，「今考」以下二十一字，據上下文義，蓋爲郭知達編纂集注時所補。

〔三〕「漢書音義」，「漢」原作「前」，據清刻本、排印本改。

贈李白

趙：新唐書載：白隱岷山，後更客任城，居徂徠山。按，任城屬濟州。時白方在東都，將遊梁、宋而往也。故公詩及之。

二年客東都，所歷厭機巧。趙云：周公居東二年。東都，今之西京也。起於班孟堅作兩都賦，名之曰東都，故得承以爲言也。木華海賦云：不悟所歷之近遠。潘安仁悼亡：望廬思其人，入室想所歷。詩序：其人野人對羶腥，蔬食常不飽。論語：先進於禮樂，野人也。趙：語云：飯蔬食。詩云：今機巧。而江文通擬張綽詩：胸中去機巧。也每食不飽。孟子：雖蔬食菜羹，未嘗不飽也。豈無青精飯，使我顏色好。梁書：兩韓之孝友純深，庾〔一〕、郭之形骸枯槁，或橡飯菁羹，惟日不足。杜正謬：謹按：陶隱居登真隱訣載太極真人青精乾石䭀（音迅，飡也。）飯法云：以南燭草木煮汁漬米爲之。彭祖云：大宛有青精先生，清靈真人。真誥云：霍山有道者鄧伯元，受青精石飯之法，内見五藏，冥中夜書，色如嬰孺。又云：故服䭀否，春草生，此物易尋，想數詣玄水之處逍遥也。亦爲青精也。學林新編云：按青菜爲羹，謂之菁羹。字書：菁，蔓菁也。書所謂菁茅，禮所謂菁葅，即此物也。詩蓋用道書中陶隱居登真訣。其法即南燭草木浸米蒸飯，暴乾，其色青如鷖珠，食之可以延年却老。此子美所謂青精飯也。神農本草木部有南燭枝葉，久服輕身長年，令人不飢，益顏色。取汁炊飯，名爲烏飯，又名黑飯草。在道書謂之南燭草木，在本草謂之南燭枝葉，蓋一物也。以菁羹爲青精，則誤甚矣。苦乏大藥資，山林跡如掃。魏文帝遊仙詩：與我一丸藥，光耀有五色。杜正謬：丹書抱陽山人大藥證曰：夫大藥者，須鍊沙中汞，能取鉛裹金。黄芽爲根蔕，水火鍊功深。又云：鉛水，汞水者，出於一源，化爲白液，結就堅冰。此是真陽也，爲還丹之祖，作大藥之基。趙云：四句通義，離爲兩端，則語意不相接。蓋詩人不以文害辭。以青精石飯之法，内見五藏，色如嬰孺，豈不謂之大藥乎？而青精飯法，其所用之物，如以南燭草木葉煮取汁漬青稻米炊之。張君房云：青稻米如豫章西山青米，吴越青龍稻草是也。此亦費尋討，不亦謂之大藥資乎？李侯金閨彦，脱身事幽討。江文通別賦：金閨之諸彦，蘭臺之群英。注云：金馬門也。謝玄暉尚書省詩：既通金閨籍。鮑云：白嘗供奉翰林，故云。本傳：白自知不爲親近所容，求還山，帝賜金帶放還。脱身字，見上注。亦有梁宋遊，任彦升令云：客遊梁朝，則聲華籍甚。顔延年北使洛：途出梁宋郊。鮑云：白時得還，與公同在洛，將適梁宋也。後在梁亦與公同遊，故遺懷詩云：「昔我遊宋中〔二〕，惟梁孝王都。」「憶與高李輩，論交入酒壚。」趙云：梁謂汴州，今之東京；宋謂宋州，今之南京。**方期拾瑤草。**江淹香爐峰詩：瑤草正翕艴，玉樹信葱青。又曹植詩：徙倚拾蕙草。杜補遺：江文通別賦：惜瑤草之徒芳。李善注高唐賦序云：我帝之季女，名曰瑤姬，未行而亡，封于巫山之臺。精神爲草實曰靈芝。又李注「瑤草正翕艴」曰：瑤草，玉芝也。山海經曰：姑瑤之山，帝女死焉，名曰女尸，化爲瑤草，其葉胥成，其華黃，其實如兔絲，服之者媚於人。

【校勘記】

〔一〕「庾」，文瀾閣本、清刻本、排印本作「瘦」，訛。

〔二〕「宋」，原作「闕」，據詩中正文「亦有梁宋遊」及本集卷十四遣懷「昔我遊宋中」改。

遊龍門奉先寺

龍門，在西京河南縣。地志曰：闕塞山一名伊闕，而俗名龍門耳。奉先寺，則公後又有近體詩云「氣色皇都近，金銀佛寺開」也。

已從招提遊，更宿招提境。後魏太武帝始光元年，創立伽藍，爲招提之號。杜補遺：釋氏要覽載釋名曰：寺，嗣也。謂治事者，相嗣續於内，故天子有九寺焉。後漢明帝永平十年，丁卯，佛法初至，有印土二僧摩騰、法蘭，以白馬馱經像屆洛陽，勅於鴻臚寺安置。至十一年戊辰〔一〕，勅於雍門外別建寺，以白馬爲名。謂僧居爲寺自此始。又增輝記云：招提者，梵言拓鬬提奢，唐言四方僧物。後人傳寫之誤，以拓爲招，又省去鬬奢二字，止稱招提，即今十方住持寺院是也。佛寺謂之招提，蓋天竺國之語。如涅槃經云：造僧招提則生不動國。孟浩然詩：清夜宿招提。**陰壑生虛籟，月林散清影。**謝莊月賦：聲林虛籟，淪池滅波。梁昭明太子鍾山解講：瞰出巖隱光，月落林餘影。**天闕象緯逼〔二〕，雲卧衣裳冷。**薛云：山謙之丹陽記曰：太興中，議者皆言漢司徒許或墓闕可徙之。王茂弘弗欲。南望牛頭山兩峰，曰：天闕也，豈煩改作！黄氏多識録云：此寺今在西洛之龍門。按韋述東都記云：龍門號雙闕，以與大内對峙，若天闕焉。方知老杜用「天闕」，蓋指龍門也。妄改爲「天闚」，荆公又改爲「天閲」，皆非。杜正謬：天闕，龍門也。子美詩注云：龍門在洛陽之南，蓋伊闕也。遠望雙闕對峙如門。而其詩有「金銀佛寺開」之句，則奉先寺也。洛陽記曰：闕塞山在河南縣。左傳：晉趙鞅納王，使汝寬守闕塞。伏虔謂南山伊闕是也。杜預注云：洛西南闕口也，俗名龍門是。山谷云：王介甫謂當作「天閲」，蓋對「雲卧」爲親切耳。鮑明遠樂府升天行：風衾委松宿〔三〕，雲卧恣天行。蔡正異云：世傳古本作「天闕」，今從之。莊子以管闚天，正用此字。趙云：惟蔡伯世云：古作「天闚」，極是。惜乎知引莊子以管闚天而已，所以又起或者之疑。莊子曰：至人者上窺青天，下潛黄淵。後漢郅惲傳曰：非闚天者不可與圖遠。若引此不亦明乎？孟浩然：雲卧晝不起。

欲覺聞晨鍾，令人發深省。

【校勘記】

〔一〕「至」，原作「二」，案，後漢明帝永平號共計十八年，此云「二十一年」，誤。據釋氏要覽卷上居處改。

〔二〕「天闕」，錢箋卷一云：「一作闚。荆作閲。蔡興宗考異作闚。」案，二王本杜集卷一作「天闕」，是知「天闕」、「天閲」、「天闚」皆爲後人傳刻之誤，遂起紛紜之説。

〔三〕「衾」，文選卷二十八、宋詩卷七鮑照升天行皆作「餐」。

望嶽

趙曰：嶽，一作岳。甫詩集有三望嶽。東嶽一名岱宗，故曰「岱宗夫如何」；其二南岳，故曰「南岳配朱鳥」；其三乃望西岳，故曰「西岳崚嶒聳處尊」。

岱宗夫如何，齊魯青未了。書：岳宗泰山，爲四岳所宗。風俗通云：泰山，山之尊者，一曰岱宗。岱，始也；宗，長也。萬物之始，陰陽交代，爲五岳之長。趙云：言其山之長大。東嶽謂之岱宗。書云：東巡狩，至于岱宗是也。造化鍾神秀，陰陽割昏曉。晉孫興公遊天台賦序云：天台者，蓋山岳之神秀也。陳書：虎丘山者，吴之神秀。趙云：曹毗對儒篇云：大人達觀，任化昏曉。上句言其山之靈異，如劉禹錫言九華山爲造化一尤物也。下句又言其山之長大，如史記言崑崙，日月所相避隱爲光明也。蕩胸生曾雲，公羊曰：觸石而出，膚寸而合。不崇朝而偏天下者，泰山之雲也。張衡南都賦：淯水盪其胸。趙云：陸機文賦有曾雲之峻。曾，積也。曾積之雲，其潤尤多，可以盪滌人胸。以言山之高。決眥入歸鳥。子虛賦：中必決眥。薛云：子虛賦稱射藝之妙，所中者必決裂其目眥也。子美望嶽以言觀覽之遠，攄決其目力，入飛鳥之群。與射弓無相干明矣。趙云：屈原思美人云：因歸鳥而致辭。會當凌絶頂，一覽衆山小。孟子曰：孔子登東山而小魯，登太山而小天下。揚子：升東岳而知衆山之迤邐也。漢官儀：及泰山盤道屈曲上，凡五十餘盤，經小天門、大天門，如從穴中視天窗也。趙云：沈休文早發定山詩云：絶頂復孤圓。劉義慶世説載云：江左地促，不如中國。若使阡陌條暢，則一覽而盡。

陪李北海宴歷下亭

公自注云：時邑人蹇處士等在坐。北海，漢中壽縣也。齊置北海，唐屬青州。李北海，李邕也。

東藩駐皂蓋，後漢志：中二千石皆皂蓋。趙云：上林賦：齊列爲東藩。**北渚凌清河。**陸士衡詩：永嘆遵北渚。趙云：屈原湘夫人云：帝子降兮北渚。其後張平子南都賦云：亂北渚兮揭南涯。清河，則指言濟河。濟河謂之清濟故也。燕王曰「吾聞齊有清濟濁河以爲固」是已。**海右此亭古，濟南名士多。**書曰：濟南伏生。趙云：海在東而州在西則謂之海右，宜矣。濟南則指齊州。**雲山已發興，玉佩仍當歌。**魏武帝短歌行：對酒當歌，人生幾何。薛云：左傳：吴申叔儀乞糧於公孫有山氏曰〔一〕：佩玉蘂兮，余無所繫之。趙云：鮑照園中秋散云：臨歌不知調，發興誰與歡。詩：瓊琚玉佩。魏武帝短歌行云：對酒當歌。師：楚辭：玉佩兮陸離。**修竹不受暑，交流空湧波。**東京賦：脩竹冬青。陰池幽流。趙云：楚詞：嬋娟之修竹。曹大家東征賦：望河洛之交流。鮑照詩：不受外嫌猜。魏文帝浮淮賦曰：驚風泛，湧波駭。其後左太冲蜀都賦云：沛若濛汜之湧波。**蘊真愜所遇，落日將如何。**謝靈運登孤嶼詩：表靈物莫賞，蘊真誰爲傳？江淹詩：悠悠蘊真趣。下言落日則惜其景之幽真而酒筵將散也。**貴賤俱物役，從公難重過。**趙：易云：貴賤位矣。文選有牽以物役。詩：從公于邁。左傳：繾綣從公。此兩句非特言邕當之官而各別，又見公之不趨貴以爲誇矣。彼淺丈夫者冀宵燭之末光，分玉斝之餘瀝而不知耻，與公有間哉！

【校勘記】

〔一〕「申叔儀」，「儀」原訛作「時」。又，文淵閣本奪。據春秋左傳注哀公十三年改。

登歷下古城員外新亭

北海太守李邕作。本傳云：李邕，天寶初爲汲郡、北海二太守。時李之芳自尚書郎出齊州司馬，作此亭歷下。齊州，春秋戰國並屬齊，秦屬齊郡。漢韓信伐齊至歷下，即其地。文帝分置濟南，景帝改爲濟南郡。宋後周同。隋初郡廢，煬帝初置齊州。大唐復爲齊州，或爲臨淄郡，復改爲濟南郡〔一〕。

吾宗固神秀，謝宣遠答靈運詩：華宗誕吾秀，之子紹前胤。公有譜系，自言李杜同出，故言吾宗也。薛云：按，此亭乃李之芳所構。詩乃北海太守李邕爲之芳作，注言李杜同出，其誤甚矣。體物寫謀長。陸士衡文賦：體物而瀏湸。潘岳西征賦：摹寫舊豐，制造新邑。趙云：書：爾乃不謀長。形制開古跡，趙云：舊有此亭而之芳新之。杜公所謂「海右此亭古」也。曾冰延樂方。趙云：曾字音層，與曾雲之曾同。謝靈運苦寒行曰：峨峨曾冰合〔二〕。樂方，猶言樂土。太山雄地里，巨壑眇雲莊。陳江總鍾銘：舟移巨壑。趙云：上句言東岳之大，於地里爲雄。下句言東海之廣，視雲路可眇小之。列子曰：渤海之東，不知幾億萬里，有大壑焉。則海可言壑矣。北齊祖孝徵望海詩曰：登高臨巨壑。雲莊，大路也。雲路至闊大者，而海猶眇小之。高興泊煩促，張茂先答何劭詩：煩促每有餘。永懷清典常。詩：維以不永懷。易：既有典常。含弘知四大〔三〕，易坤：含弘光大〔四〕，品物咸亨。老子：域中有四大。出入見三光。日月星爲三光，亦謂之三辰。又前漢郊祀志〔五〕：三光，天文也。負郭喜粳稻，左太沖蜀都賦：粳稻漠漠。新添：蘇秦曰：使我有洛陽負郭田二頃，安能佩六國相印乎！安時歌吉祥。莊子：吉祥止止。新添：莊子：安時處順，哀樂不能入也。趙云：邕詩雖亦兩字多有出處，似同杜公法門，而句法類皆枯瘠僻澀。然公集中録首唱之人無幾，而公今録邕此詩於集，豈亦取其同法門邪？

【校勘記】

〔一〕「復」，清刻本、排印本作「後」。

〔二〕「合」，原作「食」，據藝文類聚卷四十一樂部一所録謝靈運苦寒行詩並參先後解輯校甲帙卷一登歷下古城新亭詩引趙次公注〔一〕下校記改。

〔三〕〔四〕「弘」，文瀾閣本、清刻本、排印本作「宏」，係避諱。

〔五〕「前漢郊祀志」，「漢」原奪，據清刻本、排印本補。

同前

公自注：亭對鵲湖。趙云：李北海唱之於前，而公和之於後。

新亭結構罷，左太冲招隱詩：巖穴無結構。何平叔景福殿賦：結構則脩梁彩制。趙云：孟浩然詩：結構竟不淺〔一〕。又云：結構依空林。隱見清湖陰。謝惠連西陵遇風詩：分袂澄湖陰。注：水南曰陰。趙云：言昏明異候也。梁簡文帝梔子花詩：日斜光隱見，風還影合離。跡籍臺觀舊，趙云：亭之形跡憑籍臺觀之舊製。籍字言圖籍所載，舊有臺觀之跡，於義皆通。氣溟海岳深。趙云：言東海太山之氣相與接也。此句乃接巫峽通雪山之法。圓荷想自昔，遺堞感至今。遺堞，城堞也。趙云：指物感槩，蓋詩人之興。芳宴此時俱，哀絲千古心。杜補遺：哀絲，琴也。記曰：絲聲哀，哀以立廉，廉以立志。君子聽琴瑟之聲，則思志義之臣。又枚叔七發曰：龍門之桐，高百尺而無枝。使班爾斫斬以爲琴〔二〕，野繭之絲以爲絃，孤子之鈎以爲隱，九寡之珥以爲弜。師堂操張〔三〕，伯牙爲之歌。此亦天下之至悲也，子能彊起而聽之乎？注：弜音的，鈎、珥，皆寶也。隱、弜，皆琴上飾。取孤子寡婦之寶而用之，欲其聲多悲哀。九寡，九度寡也。琴録曰：琴曲有蔡氏五弄、雙鳳、離鸞、歸鳳、遠送、長清、短清、幽蘭、白雪、風入松、烏夜啼、楚明光、石上流泉。**主稱壽尊客，**曹子建詩：主稱千金壽，賓奉萬年酬。趙云：記曰：尊客之前不叱狗。**筵秩宴北林。**詩：賓之初筵，左右秩秩。趙云：詩云：鬱彼北林。因所宴實在北林，故借用也。然上有芳宴字，今又有宴字，公應不緊重，必誤也。**不阻蓬蓽興，**傳長虞酬何劭：歸身蓬蓽廬。蓽，荊織門也。禮：蓽門圭竇。趙云：蓽，官韻注云：藩落也。謂亭處幽遠，故有蓬蓽之興。**得兼梁甫吟。**陸士衡詩：齊僮梁甫吟。諸葛亮躬耕隴畝，好爲梁甫吟。盛弘之荊州記：鄧城西七里有獨樂山，諸葛亮常登此山，作梁甫吟。杜補遺：孔明梁甫吟，傳所不載，故世莫得而聞。唯高齊録載之。又，二桃事，出晏子春秋，人亦罕見，故并録云：步出齊城門，遥望蕩陰里。里中有三墳，纍纍正相似。問是誰家墳，田疆古冶氏。力可排南山，文能絶地紀。一朝被讒言，二桃殺三士。誰能爲此謀，相國齊晏子。李太白梁甫吟亦云：力排南山三壯士，齊相殺之費二桃。蓋謂此也。晏子春秋曰：景公畜士公孫接田開疆古冶子三人，見晏子，不起。晏子見公，請去之。乃饋之二桃，令三子計功而食。公孫接曰：接一搏特猏，再搏乳虎，若接之功，可以食桃而毋與人同矣。援桃而起。田開疆曰：吾杖兵却三軍者再，若開疆之功，可以食桃而毋與人同矣。援桃而起。古冶子曰：吾嘗從軍濟河，黿銜左驂，以入砥柱之一流〔四〕，冶少不能游，潛行逆流百步，順流九里得黿而殺，左操馬尾，右挈黿頭，鶴躍而出津。若冶之功，可以食桃而毋與人同矣。二子耻功不逮而自殺，冶亦自殺。黄魯直言：觀此詩乃以曹公專國，殺楊修孔融荀彧。云武侯躬耕壠畝，好爲梁甫吟，不知壽意所指。豈既作此詩，時爲客歌之，故云耳乎？〔五〕

【校勘記】

〔一〕「竟」，全唐詩卷一百六十孟浩然和張判官登萬山亭因贈洪府都督韓公作「意」。

〔二〕「班爾」，文選卷三十四、全漢文卷二十枚乘七發作「琴摯」。

〔三〕「張」，枚乘七發作「暢」。

〔四〕「一」，清刻本、排印本作「下」。

〔五〕「觀此詩」至「耳乎」，「以」原作「小」，「壽」原作「來」，「能」原作「既」，「客」原作「究」，據山谷別集卷十改。

玄都壇歌寄元逸人

趙云：以公詩語考之，云獨在陰崖白茅屋，又云屋前太古玄都壇，則壇在子午谷矣。又謂之太古玄都壇，則唐以前不知何年有之。本朝宋敏求長安志編集爲最詳，於子午谷外，又載子午鎮、子午關、子午水，而並不載谷中所有古迹名稱，故壇無可考。

故人昔隱東蒙峰，已佩含景蒼精龍。語：夫顓臾者，先王以爲東蒙主。以蒙山在東，故曰東蒙。地理志：泰山蒙陰縣。趙云：故人字，祖出史記范睢傳：戀戀有故人之意。蒼精龍，劍也。春秋繁露曰：劍佩於左，蒼龍之象。上著含景字，則後漢士孫瑞劍銘有云〔一〕：從革庚辛，含景吐商。其佩字又以楚詞劉向九歎之怨思篇：佩蒼龍之蚴虬兮，帶隱虹之逶迤。亦挨傍用三字。或曰：蒼精龍，應是符籙名，蓋道家有蒼龍精，東方甲乙木，赤鳳髓，南方丙丁火。謝玄暉詩：含景望芳菲。亦借用含景字。故人今居子午谷，獨在一作並。陰崖結一作白。茅屋。王莽傳：莽以皇后有子孫瑞，通子午道。從杜陵直絕南山，徑漢中。師古曰：今京城直南山有谷通梁漢道，名子午谷。杜補遺：孝順紀：罷子午道，通褒斜路。注：子午道，平帝時王莽通之。三秦記曰：子午，長安正南山名秦嶺谷，一名樊川〔一〕。褒斜，漢中谷名，南谷名褒，北谷名斜，首尾七百里。趙云：馬季長長笛賦：生終南之陰崖。晉潘安西征賦云：眺華岳之陰崖。鮑照詩有結茅野中宿。屋前太古玄都壇，青石漠漠常風寒。趙云：前漢藝文志有云：太古以來。漢漠者，冥茫之貌。選有云：粳稻漠漠。子規夜啼山竹裂，王母晝下雲旗翻。離騷：載雲旗之逶迤。杜正謬云：王母，鳥名也，以對子規。段成式酉陽雜俎云：齊郡函山有鳥，足青觜赤黃，素翼絳顙，名王母使者。王椿齡，齊人也。予嘗質之云：其毛色如成式所載，其尾五色，長二三尺許，飛則翩翩，正如旗狀。趙云：子規啼而竹裂，言啼之苦也。漢書云：南山之竹。雲旗者神仙之儀衛也。離騷云載雲旗之逶迤。杜田之説既名爲王母使者，豈可獨用王母字而當之？且既專出於齊地，今元逸人在長安子午谷，安得有是鳥？詩以元逸人爲仙者，則王母降之有是理，何必泥以鳥名？公於昔遊言華蓋君之洞宫，有曰王喬下天壇，亦以仙家事彷像其人如此。知君此計誠長往，芝草琅玕日應長。後漢逸民論：長往之軌未殊。庾肩吾：蜘蟵玩芝草〔三〕、芝葉正玲瓏。十洲記：鍾山在北海之子地。仙家數十萬。耕田種芝草，課計頃畝。本草：青琅玕生蜀郡平澤。蘇業注云：琅玕有數種，是琉璃之類，火齊寶也。琅玕五色具〔四〕，以青者入藥爲勝，出嶲州以西烏白蠻中及于闐國。靈異兼圖載〔五〕，琅玕青色，生海中云。海底以網掛得之。初出水紅色，久而青黑。枝柯似珊瑚而上有孔竅如蟲蛀。擊之有金石之聲，乃與珊瑚相類。禹貢：雍州厥貢璆琳、琅玕。爾雅云：西北之美者，有崑崙墟之璆琳、琅玕。孔安國郭璞皆以爲石之似珠者。而山海經云：崑崙山有琅玕。是石之美者，明瑩若珠之色，而其狀森植耳。趙云：芝草，仙藥也。琅玕，寶叢也。言靈異之地，當有之。鐵鏁高垂不可攀，致身福地何蕭爽。三秦記云：終南太一山左右三十里，内名福地。西有石室靈芝。魏都賦：玄雲舒蜺以高垂。趙云：鐵鏁高垂，詩人亦逆料其如此。如綿州彰明縣竇崮山有二鐵鏁垂於山際。傳云：竇氏兄弟鍊丹山上，初以鐵鏁架橋度而往；既至則斷之以絶往來。其後兄弟三人白日仙去。又，乾州金精山女仙張麗英昇仙之地，有鐵鏁下垂。然則，詩人逆料元逸人之長往亦復然乎？劉孝綽詩：高枝不可攀。玉臺新詠於此謂之福地。按長安志引關中記云：終南太一左右三十里，内名福地。既言有長往之計，則所往之處，乃福地也。終南太一正與子午谷玄都壇相屬矣。舊注所引語是，但誤指爲三秦記耳。

【校勘記】

〔一〕「士孫瑞」，清刻本、排印本作「公孫瑞」，訛。

〔二〕「一」，底本漫滅，據諸校本補。

〔三〕「蜘蝑」，原作「蜘蛛」，文津閣本作「知咮」，據梁詩卷二十三庾肩吾芝草詩改。

〔四〕「琅玕」，清刻本、排印本作「文理」。

〔五〕「靈異兼圖」，清刻本、排印本作「靈異經圖」。

今夕行

今夕何夕歲云徂，唐詩綢繆云〔一〕：今夕何夕，見此良人。韋孟諷諫詩：歲月其徂，年其逮耇。更長燭明不可孤。宋玉招魂：娱酒不廢沉日夜，蘭膏明燭華鐙錯。趙云：孤乃孤負之孤〔二〕。李陵書：陵雖孤恩，漢亦負德。是也。咸陽客舍一事無，趙云：梁吴筠詩：君不見長安客舍門。相與博塞一云賭博。爲歡娱。說文曰：博，局戲，六著十二棋，古者烏曹作博。尹學曰：博盡關塞之宜，得周通之路。說苑曰：塞，行棋相塞，謂之塞也。管子曰：秋行五政，一曰秋禁博塞也。莊子：問穀奚事，博塞以遊。

趙云：陸德明注莊子引吾丘壽王以善格五待詔，謂博塞也。馮凌大叫呼五白，袒跣不肯成梟盧。一作牟。招魂曰：菎蔽象棊，有六博。分曹並進，遒相迫。成梟而牟，呼五白。晉制犀比，費白日。宋劉毅於東府聚樗蒲大擲，餘人並黑犢以還，唯劉裕及毅次擲雉，大喜，褰衣繞床，叫謂同坐曰：非不能盧，不事此耳。裕惡之，因投五木久之，曰：老兄試爲卿答。既而四子俱黑，其一子轉躍未定，裕厲聲喝之，即成盧。毅意殊不快也。梟，勝也。倍勝爲牟。五白，博齒也。趙云：楚辭招魂有成梟而牟呼五白。其注云：五白，五木也；梟，勝也。盧，勝之名也。韓非子載，匡倩對齊宣王之語曰：博者貴梟。劉毅與劉裕樗蒲，裕厲聲叱，五木即成盧。又，慕容寶與韓黄李根等樗蒲，寶危坐誓之曰：世言樗蒲有神，若富貴可期，頻得三盧。於是三擲盡盧。世說：袁彦道代桓温。彦道曰：卿但大喚必作采。於是呼袒〔三〕，擲必盧雉，二人齊叫，敵家頃刻失數百萬。英雄有時亦如此，邂逅豈即非良圖。趙云：如劉裕、劉毅、慕容寶等，皆一世英雄，如此蒲博，則今夕邂逅相遇，未必非良圖。所謂良圖，則毅裕以卜成事，寶以卜富貴也。良圖，敢不良圖也。君莫笑劉毅從來布衣願，家無儋石輸百萬。南史載，桓玄聞劉毅起兵，曰：毅家無儋石之儲，樗蒲一擲百萬。共舉大事，何謂無成？前漢蒯通傳：守儋石之儲者，闕卿相之位。應劭曰：齊人名小甖爲儋石，受斛。師古曰：儋，都濫反。或曰，儋者，一人之所負儋也。杜補遺：明帝紀：家靡儋石之儲。注：前漢音義曰：儋，丁濫反，言一石之儲。方言作儋，云齊東海岱之間謂之儋。郭璞云：所謂家無儋石之儲者也。埤蒼曰：大罌也。或作甔，丁甘切。新添：魏書：華歆清貧，家無儋石之儲。

【校勘記】

〔一〕「唐詩綢繆」，清刻本、排印本作「詩」。

〔二〕「負」，文淵閣本作「員」，訛。

〔三〕「袒」，原作「祖」，據文淵閣本、清刻本、排印本並參世説新語箋疏任誕第三十四條引郭子注改。

貧交行

趙云：後漢書云：貧賤之交不可忘。

翻手作雲覆手雨，紛紛輕薄何須數。沈休文詩：洛陽繁華子，長安輕薄兒。梁簡文帝詩：輕薄出三河。江淹詩：子衿怨勿往，谷風誚輕薄。阮籍：平生少年時，輕薄好絃歌。趙云：前漢：陸賈謂尉佗曰：越殺王降漢，如反覆手耳。又晉劉牢之曰：豈不知今日取桓玄如反覆手耳〔一〕。嚴助傳：越人愚戇輕薄。光武語劉嘉：長安輕薄兒誤之。君不見管鮑貧時交，此道今人棄如土。史：管仲少時與鮑叔牙游，鮑叔終善遇之。管仲曰：吾始困，嘗與鮑叔賈，分財利多自與〔二〕，鮑叔不以我爲貪，知我貧也。吾嘗與鮑叔謀事而更窮困，鮑叔不以我爲愚，知時有利不利也。吾嘗三仕三見逐于君，鮑叔不以我爲不肖，知我不遭時也。吾嘗三戰三走，鮑叔不以我爲怯，知我有老母也。公子糾敗，召忽死之，吾幽囚受辱，鮑叔不以我爲無恥，知我不羞小節，而恥功名不顯於天下也。生我者父母，知我者鮑子也。鮑叔既進管仲，以身下之。不多管仲之賢，而多鮑叔能知人。趙云：緩急人所有，而以有濟無交友之道也。雲固爲雨矣，天油然作雲，而後沛然下雨。雲有渰以淒淒〔三〕，而後興雨祁祁，則雨之所濟者久。雲氣不待族而雨，則雨之所濟者微。今一翻一覆手之間，而雲遂欲爲雨，其俄頃尠少可知。所爲不亦輕薄乎？管仲與鮑叔賈而獨多分財利，鮑叔弗爭，則悠久每每如此，豈翻覆手之間爲片雲過雨之霑丐耶？翻手作雲覆手雨，介父集句詩用對「當面論心背面笑」，竊嘗喜其工也。朱博謂議曹曰：且持此道歸，堯舜君出，爲陳説之。范彥龍贈張徐州謖詩：此道今已微〔四〕。

【校勘記】

〔一〕「桓玄」，原作「亘元」，文津閣本、文瀾閣本、清刻本、排印本皆作「桓元」，係避諱，此改。

〔二〕「分財利」句，文淵閣本「利」字下有「每」。

〔三〕「以」，清刻本、排印本無。

〔四〕「范彥龍贈張徐州謖」，原作「韓柳卿答內兄」，誤作者與篇名，檢「此道今已微」句，文選卷二十六、梁詩卷二作范彥龍贈張徐州謖，據改。又，「韓柳卿」，據文選卷二十六陸韓卿奉答內兄希叔，當爲「陸韓卿」。案，本集卷二曲江三章章五句「故將移住南山邊」、卷七贈蜀僧閭丘師兄「妙絕與誰論」以及泛溪「指揮逕路迷」句下注皆作「陸韓卿」，亦可證。

兵車行

春秋有兵車之會。語：不以兵車，管仲之力也。王深父云：此詩蓋托於漢以刺玄宗。

車轔轔，馬蕭蕭，秦國風有車轔轔，車聲也。列女傳：衛靈公與夫人夜坐，聞車聲轔轔至闕而止〔一〕。夫人曰：此蘧伯玉也。車攻詩：蕭蕭馬鳴。行人弓箭各在腰。耶娘妻子走相送，塵埃不見咸陽橋。趙云：此詩直道其事，氣質類古樂府，故多使俗語，如耶娘字，俗書作爺孃，而此詩用耶娘字，蓋木蘭歌有不聞耶娘唤女聲。黃魯直跋木蘭歌後云：杜子美兵車行引此詩。推耶娘字所出，以知古人用字，其與俗書不同，皆有所本。牽衣頓足欄道哭，趙云：前漢楊惲報孫會宗書：頓足起舞。哭聲直上干雲霄。孔德璋：干青霄而直上。蜀都賦：干青霄而秀出也。道旁過者問行人，行人但云點行頻。或從十五北防河，便至四十西營田。去時里正與裹頭，里正，一里之長。歸來頭白還戍邊。鮑明遠東武吟：少壯辭家去，窮老還入門。光武書曰：每一發兵，頭須爲白。邊庭流血成海水，後漢：卧鼓邊庭。主父偃傳：古之人君，一怒必伏屍流血。書：血流漂杵。揚子：川谷流人之血。賈誼過秦論：伏屍百萬，流血漂鹵。趙云：選詩有羽檄起邊亭，烽火列邊亭。武皇開邊意未已。嚴助傳：武帝好征伐四夷，開置邊郡。文選云：選將開邊。班固曰：武帝廣開三邊。君不聞漢家山東二百州，千村萬落生荊杞。通典：周文帝西魏計州二百十有一。隋文帝改州爲郡，凡郡百九。唐天寶初，改州爲郡，刺史爲太守，大凡都府三百二十有八。老子：師之所處，荊棘生焉。大軍之後，必有凶年。選阮嗣宗詩：堂上生荊杞。蔡琰詩：城郭爲山林，庭宇生荊艾。王粲從軍：城郭生榛棘。趙云：山東者，太行山之東也。漢史所謂山東出相。杜牧謂山東王不得不王。昔言山東，即古之晉地，今之河北也。今言山東，則謂太山之東，乃古之齊地，今之京東路也。坡詩於「飛狐上黨天下脊」之下云「削成山東二百郡」，乃言河北矣。引通典置天下州郡，誤矣。縱有健婦把鋤犁，禾生隴畝無東西。趙云：古詩隴西行：健婦持門户，勝一大丈夫。王仲宣從軍詩：不能效沮溺，相隨把鋤犁。況復秦兵耐苦戰，被驅不異犬與鷄。史記秦人勇於攻戰。漢趙充國傳：土地寒苦，漢馬不能冬，屯兵在武威張掖酒泉，萬騎以上，皆多羸瘦。師古曰：能讀曰耐。長者雖有問，役夫敢伸恨？文元年傳：江芊怒曰：呼役夫，賤者之稱。孟子：徐行後長者。且如今年冬，未休關一作隴。西卒。一云役夫心益憤，如今縱得休，休爲隴西卒。縣官急索租，霍光傳：縣官，天子也。宣元六王傳：不敢指斥天子，故謂之縣官。嚴助傳：租稅之收，足以給乘輿之御。前志：衣食仰給縣官。租稅從何出？信知生男惡，反是生女好。生女猶是嫁比鄰，生男埋没隨百草。王粲詩：萬里猶比鄰〔二〕。

趙云：比鄰，乃曹子建詩。舊引爲王粲，誤矣。又陳琳云：生男慎莫舉，生女哺用脯。杜公以役夫之苦，故云生男惡。白居易以楊妃恩寵之隆，則曰「遂令天下父母心，不重生男重生女」。詩人興致，各有所主。史記衛皇后傳：生男無喜，生女無怒〔三〕。前漢孫寶傳：祭竈請比鄰。君不見青海頭，哥舒翰傳：築神威軍於青海上，吐蕃至，攻破之。趙云：時有事于吐蕃，乃青海之地，哥舒翰所立功之處也。古來白骨無人收。蔡文姬詩：白骨不知誰，縱横莫覆蓋。王粲詩：白骨平原滿〔四〕。趙云：公言古來者，蓋托之以興也。左傳：吾收爾骨焉。新鬼煩寃舊鬼哭，天陰雨濕聲一作悲。啾啾。文二年傳：吾見新鬼大，故鬼小。王元長策秀才云：肺石少不寃之民，棘林多夜哭之鬼。九歌云：猿啾啾兮狖夜鳴。劉安：蟪蛄鳴兮啾啾。杜云：陳寵爲廣漢太守。先是，洛陽城南每陰雨常有哭聲。寵聞而疑其故，使吏按行問。還，言世亂時此地多死亡者，而骸骨不得葬。寵盡收葬之，自是哭聲遂絶。趙云：閑居賦：管啾啾而並吹。

【校勘記】

〔一〕「關」，原作「關」，據文淵閣本、清刻本、排印本改。

〔二〕「王粲詩」句，檢「萬里猶比鄰」句，魏詩卷七作曹植贈白馬王彪詩，當是誤置。案，下文引趙次公注云：「舊引爲王粲，誤矣。」趙説是。

〔三〕「怒」，文淵閣本、清刻本、排印本作「怨」。

〔四〕「平原滿」，魏詩卷二王粲七哀詩作「蔽平原」。

高都護驄馬行

前漢：鄭吉爲衛司馬，使護鄯善以西南道。吉既破車師，降日逐，威震西域。遂并護車師以西北道，故號都護。都護之置自吉始焉。師古曰：都護南北二道，故謂之都，都猶大也。唐安西郡東至焉耆鎮，去交河郡七百里；南鄰吐蕃；西連疏勒，去葱嶺七百里；北拒突厥。貞觀中，初置安西都護府於西州。顯慶中，移於龜茲城。

安西都護胡青驄，聲價欻然來向東。顔延年赭白馬賦：聲價隆振。又曰：欻聳躍以鴻驚。漢樂志：太初四年，獲宛馬。歌曰：天馬來，歷無草。徑千里，循東道。注：馬從西而來東也。趙云：欻音許勿反，有所吹起貌。左太冲曰：何爲欻來遊也。言自西來東，若吹而來也。此馬臨陣久無敵，與人一心成大功。趙云：顔延年賦：婉柔心而待御。慶鄭諫晉侯曰：古者大事必乘其産，生其水土而知人心。今乘異産，將與人易。功成惠養隨所致，飄飄一作颻。遠自流沙至。顔延年賦：願終惠養，蔭本枝兮。天馬歌：天馬徠，從西極；涉流沙，九夷服。雄姿未受伏櫪恩，顔延年：弭雄姿以奉引。傅玄鷹賦：雄資邈代，逸氣横生。魏武樂府曰：老驥伏櫪，志在千里。梁元帝謝馬啓：矧伊伏櫪，彌結懷恩。猛氣猶思戰場利。傅玄鷹賦：六離猛氣〔一〕。又隋魏彦深賦：資五方之猛氣。腕促蹄高如踣鐵，交河幾蹴曾冰裂。唐安西去交河郡七百里。顔延年賦：經玄蹄而雹散，歷素支而冰裂。神異經：蹄之如汗腕可握。趙云：曾音層，是冰之名。東方朔神記曰：北方有曾冰萬里，厚百丈，有鼷鼠在冰下焉〔二〕。謝靈運苦寒行曰：峩峩曾冰合〔三〕，紛紛霰雪落。今公言交河西邊之地，有曾積之冰，馬幾度蹴踏之而破裂。舊注却引顔賦，非是。在馬使蹴字，出宋書。何偃對劉瑀：何不著鞭使致千里之間？曰：一蹴青雲，何至與駑馬争路！此所謂公詩無一字無來處矣。五花散作雲滿身，趙云：言馬之貴。公又曰：箇箇五花文。是也。萬里方看汗流血。天馬歌：體容與兮逝萬里。又曰：霑赤汗，沬流赭。顔延年賦曰：膺門沬赭，汗溝走血。應劭曰：大宛馬汗血霑濡也。戰國策：白汗交流。趙云：周穆王傳：驊騮、騄耳，日馳三萬里。長安壯兒不敢騎，走過掣電傾城知。沈休文詩曰：長安輕薄兒。晉傅玄詩：童女掣電策，童兒挽雷車。李延年詩：一顧傾人城。趙云：上句以善高都護之獨能騎也，下句言馬之行如電，舉國皆知。舊引傅玄詩，非是。青絲絡頭爲君老，何由却出横門道？梁簡文帝紫騮馬詩：青絲懸玉鐙。又云：宛轉青絲鞚。莊子：穿牛鼻，絡馬首。趙云：鮑照詩：驄馬金絡頭也。馬展効在於壹戰，則雖被青絲之飾以老，不若出横門以致功也。此與前所謂猶思戰場利之意相爲終始。漢宫殿名曰長安有横門。又，成帝紀注：三輔黄圖云：横門，北面西頭第一門。横音光，其字從木，非縱擴之擴也。

【校勘記】

〔一〕「六離猛氣」，清刻本、排印本作「含離猛氣」，案全晉文卷四十五傅玄鷹賦作「含炎離之猛氣」。

〔二〕「東方朔神記」四句，「神記」清刻本、排印本作「神異經」。

〔三〕「合」，原作「食」，參見本卷登歷下古城新亭校勘記〔一〕。

天育驃騎歌

天育，馬廐名。驃，毗召、匹召切，馬黄白色也。

吾聞天子之馬走千里，今之畫圖無乃是。荀子：騏驥一日千里。漢文帝却千里馬。神異經曰：西南大宛有良馬，日行千里，至日中而汗血。趙云：荀勗所上穆天子傳：天子之馬走千里，勝人猛獸[一]。蓋所謂八駿者是也。今張景順畫圖無乃是穆天子之馬乎？是何意態雄且傑，駿尾蕭梢朔風起。選詩：朔風動秋草，邊馬有歸心。趙作駿尾，以舊本非是[二]。趙云：神異經載大宛馬鬣至膝，尾委於地。則駿尾之長者蕭梢摇動，可起朔風。言朔風最慘烈者。舊注引非是[三]。毛爲綠縹兩耳黄，眼有紫焰雙瞳方。縹，普沼反，青黄色也。史：驥垂兩耳。秦本紀：周穆王得騄耳之駟。相馬經曰：馬眼欲紫艷光，口中欲赤色。顏延年賦：雙瞳夾鏡，兩權協月。杜補遺：李善注赭白馬賦云：相馬經曰：目成人者行千里。注：成人者，謂視童子中人頭足皆見，言目中清明如鏡。或云：兩目間夾旋毛爲鏡。矯矯龍性合變化，嵩高詩：四牡矯矯。顏延年賦：龍性誰能馴。卓立天骨森開張。趙云：蔡邕作庾侯碑曰：英風發於天骨。袁彦伯作三國名臣贊，其言崔生曰：天骨疎朗。本言人，而今借用耳。伊昔太僕張景順，監一作考。牧攻駒一作考牧攻駒。閑清峻。周穆王置太僕正，以伯冏爲之，掌輿馬。唐龍朔二年，改太僕爲司馭，咸亨初復舊，光宅元年改爲司僕[四]，神龍初復舊。天下監牧置八使五十六監。唐兵志：監牧，所以蕃馬也。領以太僕。初，用太僕少卿張萬歲字景順領群牧。自貞觀至麟德四十年間，馬七十萬六千，置八坊岐、豳[五]、涇、寧間，地廣千里。廐牧令諸牧：牝馬四歲游牝[六]，五歲責課[七]；一百匹，每年課駒六十。其二十歲以上不在課限。趙云：太僕，官名。唐兵志云：監牧之制，其官領以太僕。今公詩所謂太僕張景順，自是開元時太僕姓張名景順者也。舊注便差排作張萬歲字景順，誤學者矣。萬歲爲太僕，自是貞觀時人。今按張説作開元十三年隴右監牧頌德之碑序云：元年牧馬二十四萬匹，十三年乃四十三萬匹。上顧謂太僕少卿兼秦州都督監牧都副使張景順曰：吾馬幾何，其蕃育，卿之力也。對曰：帝之力也，仲之令也，臣何力之有！其頌曰：有霍公之掌政，擇張氏之舊令。霍公，王毛仲也；張氏，景順也。考牧攻駒，一本作監牧收駒，非是。馬亦貴清潔峭峻，若俗馬多肉，非所謂清峻矣。遂令大奴守天育，別養驥子憐神俊。宋顏延年天馬狀曰：降靈驥子，九方是選〔八〕。梁元帝答齊國驥馬書曰：價匹龍媒，聲齊驥子。周王褒謝賚馬啓曰：古時伯樂，偏愛權奇。晉世桑門，時求神俊。世說：支遁常養數馬。曰：或言道人亦畜馬，曰：貧道重其神駿耳。趙云：大奴，王毛仲也。毛仲，高麗人，父坐事没爲官奴。唐兵志云：毛仲領内外閑廐。所謂天育，必廐名矣。大奴之稱，公直犯毛仲之所諱而言，蓋亦欲因詩而著爲史矣，亦猶言李輔國，而曰「關中小兒壞紀綱」，謂其以閹奴爲閑廐小兒故也。當時四十萬匹馬，張公歎其材盡下。通典：貞觀初，僅有牡牝三千匹，從赤岸澤徙之隴右。十五年，始令太僕卿句當群牧。至麟德四十年間，馬至七十萬六千匹。置八使，領九監〔九〕，跨隴渭秦原四州之地，猶爲隘狹，更析八監，布於河西〔一〇〕。其時天下以一縑易一馬。儀鳳三年，少卿李思文檢校隴右諸牧監方稱使。爾後或戎狄外侵，牧圉乖散。洎乎垂拱，潛耗太半。開元初，牧馬二十四萬匹，十三年，加至四十五萬匹。莊子云：臣之子皆下才也。趙云：材下字，蕭望之云：身材下不任職。趙充國云：材下犬馬齒衰。雖皆在人言之，馬亦可用。舊引是三才之才，非也〔一一〕。故獨寫真傳世人，見之座右久更新。趙云：崔子玉有座右銘。年多物化空形影，嗚呼健步無由騁。趙云：莊子曰：此之謂物化。如今豈無騕褭與驊騮，時無王良伯樂死即休。魯國黄伯仁爲龍馬頌曰：踰騕褭之體勢，逸飛兔之高蹤。兼驥騄之美質，逮驊騮之足雙。秦本紀：造父以善御幸於周穆王，得驥、温驪、驊騮〔一二〕、騄耳之駟，西巡狩，樂而忘歸。郭璞曰：色如華而赤。今名馬騾赤者爲棗騮；騮，馬赤色。徐廣曰：赤馬黑毛曰騮。戰國策曰：汗明見春申君曰：夫驥之齒長，服鹽車而上太行，漉汗洒地，白汗交流，中坂遷延，負轅不能上。伯樂遭之，下車攀而哭之，解紵衣以羃之。驥於是俛而噴，仰見伯樂之知己也。漢書音義：腰褭者，神馬也。赤喙黑身，與飛兔同，以明君有德則至也。又出瑞應圖。薦禰衡表云：飛兔騕褭，絶足奔放，良樂之所急也。趙云：韓退之有言曰：世有伯樂，然後有千里馬。千里馬常有，而伯樂不常有。此乃「豈無騕褭驊騮」，而時無良樂之謂。公因題畫已死之驃，故起末句「死即休」之意，亦猶人抱出群之材而不遇知己以死，爲可嗟矣。

【校勘記】

〔一〕「人」，清刻本、排印本作「如」。

〔二〕「趙作駿尾」二句，當是郭知達編纂集注時新增之己注。

〔三〕「神異經載」以下六句，「神異經」上原脱「趙云」，據文淵閣本、文津閣本、文瀾閣本所引「趙云」注，並參百家注卷四所引「趙曰神異經西南大宛丘有良」云云補。

〔四〕「光宅元年」，「元」字奪，據清刻本、排印本並參唐會要卷六十六太僕寺補訂。

〔五〕「馬七十萬六千置八坊岐豳」，「七」原作「六」、「坊」原作「方」，據清刻本、排印本並參新唐書卷五十兵志改；又「岐豳」，文淵閣本作「岐幽幽」，訛。

〔六〕「牝」，原作「牧」，據唐六典卷十七太仆寺改。

〔七〕「責課」，文津閣本作「課課」，訛。

〔八〕「是」，原作「文」，據清刻本、排印本並參全宋文卷三十七天馬狀改。

〔九〕「九」，通典卷二十五職官七諸卿上作「六」。

〔一〇〕「西」，通典卷二十五職官七諸卿上作「曲」。

〔一一〕「也」，原作「此」，訛，據文淵閣本、清刻本、排印本改。

〔一二〕「温驪騂騮」，原作「温驪騂」，「騮」字奪，據清刻本、排印本並參史記卷五秦本紀補訂。又案，文瀾閣本作「温騮騮」，訛。

白絲行

繰絲須長不須白，越羅蜀錦金粟尺。禮記：夫人繅三盆。魏文帝詔群臣曰：前後每得蜀錦，殊不相似。趙云：須長不須白，以絲爲羅與錦，則有五色之章焉，且以之爲舞衣，則須長以足用，不必白而後受采也。越羅蜀錦，天下之奇紋也。金粟尺，言邊幅尺度之足也。尺以金粟飾之，富貴家之物也。何遜詩云：金粟裹搔頭。象牀玉手亂殷紅，萬草千花動凝碧。孟嘗君至楚，獻象牀，直千金。公孫戍諫〔一〕，令勿受，乃止。趙云：此兩句是對，而讀者弗覺也。亂殷紅對動凝碧，凡文士可到〔二〕。至用象牀玉手對萬草千花，不以數對數，非大手段莫能也。殷，音烏閑切。韻書云：黑赤色也。左傳曰：左輪朱殷。殷紅必是錦羅之色，下言裁舞衣，以殷紅羅錦爲之，必矣。下有隨時染之語，則殷紅豈當時之名耶？皇太子變童篇〔三〕：玉手乍攀花。何子朗古意：新花映玉手。

越羅蜀錦，其積在象牀之多，玉手擇取，則殷紅之段相亂矣〔四〕。萬草千花則言羅錦上之繁紋也。李暇古怨詩：碧玉上宮妓，出入千花林〔五〕。當時禁苑有凝碧池，一曰臨碧池，池四旁必多花草。今言動羅錦上之花草，如動凝碧池焉。

已悲素質隨時染，一作改。裂下鳴機色相射。漢紀：童子魏照謂郭泰曰：欲以素絲之質，附近朱藍。墨子悲絲，謂其可以黃，可以黑。古詩：纖纖擢素手，扎扎弄機杼。趙云：素質既染則織爲羅錦，故曰顏色相射。鮑照：繅絲復鳴機。美人細意熨帖平，裁縫滅盡針線跡。趙云：盧思道擣衣詩：閨裏裁縫須及早。喬知之從軍行云：曲房理針線，平砧擣交練〔六〕。戰國策：蘇秦曰：多割楚以滅迹。春天衣着爲君舞，蛺蝶飛來黃鸝語。趙云：鮑照白紵歌云：催絃急管爲君舞。蛺蝶，以況舞之輕；黃鸝，以況歌之好矣。落絮遊絲亦有情，隨風照日宜趙作同。輕舉。前漢郊祀志：遥興輕舉。趙云：曹子建七啓：長袖隨風。庚肩吾曰：桃紅柳絮白，照日復隨風。薛德音悼亡云：畫梁纔照日，銀燭已隨風。陸士衡前緩聲歌云：輕舉乘紫霞。宜輕舉作同輕舉，蓋絮絲之有情，亦若同美人之舞也。香汗清塵汙顏色，一作香汗清塵似微汙。一作香汗清塵似顏色。古詩：微風起兩袖，輕汗染雙題。又云：裁用笥中刀，縫爲萬里衣。趙云：陳梁雜歌詩云：朱顏潤紅粉，香汗沾玉色。清塵，或作輕，非是，當以清爲正。古詩：空牀委清塵。開新合故置何一作相。許？古詩云：新人工織縑，故人工織素。織縑日一疋，織素五丈餘。以縑持比素，新人不如故。趙云：阮籍云：良辰在何許。謂故而合之，以言人情之喜新。開新而合故不着，將於甚處置之？歎其必委棄也。崔國輔詩云：妾有羅衣裳，秦王在時作。爲舞春風多，秋來不堪着〔七〕。新而用之，故而棄之，凡詩人興致如此。君不見才士汲引難，恐懼棄捐忍羈旅。郭泰機答傅咸詩：皎皎白素絲，織爲寒女衣。寒女雖妙巧，不得秉杼機。天寒知運速，況復雁南飛。衣工秉刀尺，棄我忽若遺。人不取諸身，世事焉所希？況復已朝飱，曷由知我飢。趙云：

吕相絶秦，文公恐懼。班婕妤怨歌行云：棄捐篋笥中，恩情中道絶。左傳：陳敬仲曰：羈旅之臣。注：羈，寄也。此結一篇之意。夫絲繰之難，染之難，爲羅與錦，織之又難，縫爲舞衣，針線之功又難，不猶才士汲引之難乎？一旦而棄之。故爲才士者，與其既用而棄，不若甘心忍受於羈旅之未用耳。

【校勘記】

〔一〕「戍」，原作「成」，據清刻本、排印本改。

〔二〕「士」，清刻本、排印本作「字」。

〔三〕「皇太子」，清刻本、排印本作「梁簡文」。

〔四〕「段」，清刻本、排印本作「色」。

〔五〕「李暇古怨詩」三句，檢「碧玉上宮妓」二句，全唐詩卷二十一作「李暇碧玉歌」。

〔六〕「喬知之」，原作「喬知道」，檢「曲房理針線」二句，全唐詩卷十九、卷八十一均作喬知之從軍行詩，據改。

〔七〕「崔國輔」，原作「崔輔國」，名字倒誤。檢「妾有羅衣裳」四句，河岳英靈集卷中、全唐詩卷二、卷一百十七均作崔國輔詩，據以乙正。

秋雨歎三首

雨中百草秋爛死，堦下決明顏色鮮。杜補遺：神農本草：決明子生龍門川澤。久服益精光輕身。與石決明同功，皆主明目，故有決明之名。藥性論云：利五臟，常可作菜食之。又除肝家熱。圖經云：今處處有之，人家園圃所蒔。夏初生苗，根蒂紫色〔一〕，葉似苜蓿而大。七月有花黄白色，其子作穗，如青菉豆而鋭。按爾雅：薢茩，英光〔二〕。釋曰：藥草，決明也。郭璞注云：葉黄鋭赤華。關西謂之薢茩。與此種不類。趙云：百草以秋而又雨，則爛死也宜矣；而決明方以鮮明之色，黄花翠葉而獨榮。以譬君子在患難之中而獨立之譬也。着葉滿枝翠羽蓋，師云：張平子東京賦：樹翠羽之高蓋。開花無數黄金錢。師云：此詩傷特立獨行之君子不得時也。按本草：決明，夏花，秋生子，花赤。與杜所稱不同時。今時有金錢花，與菊相類，多生於秋雨中，俗謂之滴漏花。杜豈本此耶？涼風蕭蕭吹汝急，恐汝後時難獨立。趙云：念涼風之吹急，恐獨立之後時。乃詩人憂傷之意也。荆軻：風蕭蕭兮易水寒。堂上書生空白頭，莊子曰：魯侯讀書堂上。臨風三嗅馨香泣。語：子路共之，三嗅而作。嗅香而泣，傷己之不見用而無救於時也。趙云：孔子歎山雌之得時，所以傷己之不遇。至於子路共之，三嗅而作，則亦傷之而不苟食故也。今也臨風三嗅，則亦傷其徒馨之意。

右一

【校勘記】

〔一〕「蒂」，原作「帶」，據文淵閣本改。

〔二〕「英」，爾雅釋草作「英」。

闌風伏一作長。雨一云東風細雨。楚辭：光風泛崇蘭。伏，三伏也。秋紛紛，趙云：闌珊之風，沈伏之雨，言其風雨之不已也。闌，如謝靈運闌暑之闌；伏，如左傳夏無伏陰之伏。其久可知也。舊注非是。四海一云萬里。八荒同一雲。一作萬里同一雲。詩：上天同雲，雨雪紛紛。趙云：莊子：遠在八荒之外。蓋八荒又在四海之外。一本作四海萬里，則聲律不穩，而萬里字却小矣。師云：楚詞九章曰：雲霏霏而承宇。王逸注曰：佞人並進，滿朝廷也。按，離騷：風言號令，雨言德澤，雲言障蔽。今萬里同見，陰小盛也。去馬來牛不復辨，濁涇清渭何當分。莊子：秋水至〔一〕，百川灌河。涇流之大，兩涘渚涯之間，不辨牛馬。趙云：於馬曰去，於牛曰來，此正左氏風馬牛不相及之義。蓋馬趁逆風，牛趁順風故爾。以多雨而水漲岸遠，所以不辨。濁涇清渭，鮑照學阮步兵體云：涇渭分清濁，視彼谷風詩。又鮑照賣玉器者詩有云：涇渭不可雜，珉玉當早分。西征賦：濁涇清渭。漢史曰：涇水一石，其泥數㪷。關中記曰：涇入渭合流三百里，清濁不相雜。則涇與渭之清濁固自分辨，而多雨混之爾。木一作禾。頭生耳黍穗黑，農夫田父無消息。趙云：唐俚語云：春雨甲子，赤地千里。夏雨甲子，乘船入市。秋雨甲子，木頭生耳。出朝野僉載。一本作禾頭，非。蓋禾無生耳者〔二〕。木頭生耳，則栮是已。黍穗黑則壞爛矣，故農夫無所望也。詩云：食我農夫，嗟我農夫。還有邑老田父。薛道衡應詔詩：一去無消息。城中㪷米換衾裯，相許寧論兩相直。天寶末，外窮兵夷狄，內盡力宮室，役使繁興，民不得休息。此詩所以刺也。師云：唐舊史：開元中米㪷數錢。讀此詩則可以論其世矣。詩：肅肅宵征，抱衾與裯。

右二

【校勘記】

〔一〕「秋水」下，清刻本、排印本有「時」字。

〔二〕「禾」下，文淵閣本有「頭」字。

長安布衣誰比數，反鏁衡門守環堵。陳風：衡門之下，可以棲遲。注：衡門，橫木爲門，言淺陋也。儒行：儒有一畝之宮，環堵之室。環堵，面一堵也。五版爲堵，五堵爲雉。張景陽詩：環堵自頹毁，垣閒不隱形。莊子讓王篇：原憲居魯，環堵之室。韋玄成傳：使得自安衡門之下。師古曰：衡門，謂橫一木於門上，貧者之所居也。陶潛：環堵蕭然，不蔽風日。趙云：黃歇曰：太子不歸，則咸陽一布衣耳。晉諸葛長民曰：今日欲爲丹徒布衣，不可得也！老夫不出長蓬蒿，莊子庚桑楚篇：鑿垣牆而殖蓬蒿。昭十六年傳：斬艾蓬蒿藜藋而共處之。月令：藜莠蓬蒿並興。江淹詩：顧念張仲蔚，蓬蒿滿中園。趙岐三輔決録注曰：張仲蔚隱身不仕，所居蓬蒿没人。稚子無憂走一作奏。風雨。雨聲颼颼催早寒，胡雁翅濕高飛難。古詩：願爲雙鴻鵠，奮翅起高飛。秋來未省見白日，泥污后一作厚。土何時乾。宋玉九辯：皇天淫溢而秋霖兮，后土何時而得乾？此詩刺賢者退處而民漸溺於塗炭也。

右三

歎庭前甘菊花

此詩譏小人在位，賢人失所也。

簷一作庭。前甘菊移時晚，青蕊重陽不堪摘。明日蕭條盡醉醒，殘花爛漫開何益。籬邊野外多衆芳，采擷細瑣升中堂。芣苢：薄言采之，薄言擷之。趙云：宋玉風賦：蕭條衆芳。劉楨贈中郎將：萬舞在中堂。此詩刺餘子碌碌皆得貴近，而出類者廢爾。念兹空長大枝葉，結根失所埋風霜。古詩：結根太山阿。趙云：書：念兹在兹。漢班彪曰：本根既微，枝葉彊大。蓋言徒枝葉扶疎，如人文采之秀發，而托根不得地，反爲風霜所埋也。

醉時歌

贈廣文館博士鄭虔。按新唐書：鄭虔，鄭州滎陽人。天寶初，爲協律郎。

諸公衮衮登臺一作華。省，衮衮，言相繼而登，賢不肖無所辨也。裴逸民叙前言往行，衮衮可知。趙云：王濟云：張華説漢史，衮衮可聽。廣文先生官獨冷。國子監置廣文館博士四人，助教一人，並以文士爲之領生徒爲進士者，天寶九年置。趙云：唐人以祠部無事，謂之冰廳。冰，音去聲。趙璘云：言其清且冷也。甲第紛紛厭粱肉，廣文先生飯不足。按本傳：虔坐謫私撰國史十年。還京師，玄宗愛其才，欲置左右，以不事事，更爲置廣文館，以虔爲博士。虔聞命，不知廣文曹司何在，訴宰相。宰相曰：上增國學，置廣文以居賢者，令後世言廣文博士自君始，不亦美乎？虔乃就職。久之，雨壞廡舍，有司不復修完，寓治國子館，自是遂廢。在官貧約澹如也。陸士衡擬古詩：甲第椒與蘭。又，甲第崇高闥。虞子陽詩：甲第始修營。謂第一宅也。晉書傅咸曰：今之賈豎皆厭粱肉。田蚡治宅甲諸第。夏侯嬰傳：賜嬰北第第一。師古曰：北第者，近北闕之第，嬰最第一也。故張衡西京賦曰：北闕甲第，當道直啓。前漢朱邑傳：飢者甘糟糠，穰歲餘粱肉。此詩傷時多無功而受禄。

先生有道出羲皇，先生有才一作文，一作所談。過屈宋。趙云：陶潛自謂羲皇上人。杜審言嘗云：吾文當得屈宋作衙官也。德尊一代常坎軻，古詩：坎軻常苦辛。趙云：楚詞七諫云：年既過半百兮，愁轗軻而滯留。玉臺新詠載宋孝武作丁都護歌云：坎軻戎途間，何由見子歡[一]。孟子：天下有達尊三：爵一，齒一，德一。名垂萬古知何用。趙云：亦張翰不用身後名之意。杜陵野客人更嗤，被褐短窄鬢如絲。後漢：杜陵屬京兆。杜預曰：古唐杜氏。老子：被褐懷寶。陶淵明詩：被褐欣自得，屢空常晏如。趙云：地名杜陵，起於漢地理志，云：故杜伯國，宣帝更名，有周右將軍杜主祠四所。日糴太倉五升米，薛云：按前漢東方朔傳：無令但索長安米。史記八書：太倉之粟，紅腐不可食。陶淵明曰：不能爲五斗米折腰。時赴鄭老同衾一作襟。期。趙云：同襟，一作同衾，非是。同衾却嫌於涉夫婦兄弟事矣。曹植閑居賦云：願同衾於寒女。則夫婦之同衾也。又贈白馬王彪詩曰：何必同衾幬，然後展慇懃。則兄弟之同衾也。同襟，則江淹傷友人賦云：固齊術而共徑，豈異袖而同襟。蓋言氣味之同也[二]。得錢即相覓，沽酒不復疑。忘形到爾汝，痛飲真吾師。文士傳：禰衡有逸才，與孔融作爾汝交。時衡年二十餘[三]，融年已五十。趙云：左傳子產不毀鄉校曰：其所善者，吾則行之；其所惡者，吾則改之。是吾師也。羊祜亦曰：疎廣是吾師也。清夜沉沉動春酌，燈一作簷。前細雨簷一作燈。

花落。趙云：曹子建公讌詩：清夜遊西園。鮑照夜坐吟云：冬夜沉沉夜坐吟。劉邈雜詩曰：簷花初照月，洞户未垂帷。又沈如筠雜怨詩云：簷花坐蒙冪，孤帳日愁寂。李暇擬古歌云：簷花照月鶯對棲，空留可憐暗中啼。徐侍中爲人贈婦詩云：但看依井蝶，共取落簷花。簷花，近乎簷邊之花也。學者不知所出，或以簷雨之細如花，或遂以簷花爲簷雨之名，故特爲詳之。

但覺高歌有鬼神，焉知餓死填溝壑？昭十三年傳：擠于溝壑。左太沖詠史詩：當其未遇時，憂其填溝壑。汲黯傳：臣自以爲填溝壑。趙云：選有抗音高歌。後漢公孫述傳：政事修理，郡中謂有鬼神。列女傳：梁高行曰：妾夫不幸早死，先狗馬填溝壑。又趙左師觸龍薦其子曰：願及未填溝壑而托之。

相如逸才親滌器，司馬相如傳：文君奔相如，俱之臨邛，盡賣車騎，買酒舍。乃令文君當壚，相如身着犢鼻褌，與庸保雜作，滌器於市中。師古曰：滌，洒也；器，食器也。賤役也。

子雲識字終投閣。揚雄傳：王莽時，劉歆甄豐皆爲上公，莽既以符命自立，即位之後，欲絕其原以神前事，而豐子尋、歆子棻復獻之。莽誅豐父子，投棻四裔，辭所連及，便收不請。時，雄校書天祿閣上，治獄使者來，欲收雄。雄恐不能自免，迺從閣上自投下，幾死。莽聞之曰：雄素不與事，何故在此間？請問其故。迺劉棻嘗從雄學作奇字，雄不知情。有詔勿問。然京師爲之語曰：惟寂寞，自投閣。趙云：漢史：辭莫麗於相如。故公言逸才。揚雄能作奇字。故公言識字。世説：禰衡有逸才。陸士衡辨亡論云：長沙桓王[四]，逸才命世。任昉述異記，載蒼頡墓在北海，呼爲藏書臺。周人當時莫識其書，遂藏之書府。至秦時李斯識八字云：上天作命，皇辟迭王。至叔孫通識十二字。此所謂識字，言識古字也。揚雄之作奇字，顏師古注云：文之異者。即此之謂矣。

先生早賦歸去來，石田茅屋荒蒼苔。陶潛爲彭澤令。是時郡遣督郵至，吏白當束帶見督郵，潛乃歎曰：我不能爲五斗米折腰向鄉里小兒。乃自解印綬，將歸田里。命篇曰歸去來。趙云：石田茅屋，言石田上所結茅屋。左傳曰：猶獲石田也，無所用之。後漢：王霸隱居止茅屋。淮南子曰：窮谷之汙，生以蒼苔。

儒術於我何有哉？孔丘盜跖俱塵埃。莊子：帝力何有於我哉！趙云：

荀子曰：儒術行，天下富。論語：何有於我哉！莊子自云：何如於我哉！舊注改加字，非是。丘跖俱塵埃，意倣伯夷死名於首陽之上，盜跖死利於東陵之下，其於殘生傷性，均也。不須聞此意慘愴，生前相遇且銜杯。古之賢者不遇，全身於醉者衆矣。故此詩末章皆寓意於酒而又以醉名篇。趙云：王仲宣四言詩：慘愴增歎。劉伶云：銜杯漱醪。陸士衡苦寒行云：慘愴常鮮歡。

【校勘記】

〔一〕「子歡」，玉臺新詠卷十宋孝武丁都護歌作「歡子」。

〔二〕「同」上，文淵閣本有「相」字。

〔三〕「二十」，文淵閣本、文津閣本、文瀾閣本、清刻本、排印本作「三十」，訛。

〔四〕「桓王」，原作「威王」，係避宋諱，此改。

醉歌行 別從姪勤落第歸〔一〕。

陸機二十作文賦，汝更小年能綴文。晉陸機，字士衡。作文賦序云：作文賦，以述先士之盛藻，論作文之利害。趙云：班固漢書贊曰：自孔子後，綴文之士衆矣。總角草書又神速，世上兒子徒紛紛。詩甫田：總角丱兮。三十國春秋：封秀，總角知名。衛玠：總角乘牛車入市〔二〕。趙云：草書以遲爲工，所謂忽忽不及草書是也；以速爲神，所謂一筆變化書是也。**驊騮作駒已汗血，鷙鳥舉翮連青雲。**汗血事，見上注。薦禰衡疏：鷙鳥累百，不如一鶚。

詞源倒流三峽水，海賦：吹噓則百川倒流〔三〕。枚叔七發曰：江水逆流，海水上潮。杜補遺：隋藝文傳曰：筆有餘力，詞無竭源。荆州記曰：巴陵楚地有三峽。程記曰：三峽者，即明月峽、巫山峽、廣澤峽。其瞿唐灩澦之類，不係三峽之數。倒流三峽水，謂詞源壯健可以衝激三峽之水使之倒流也。**筆陣獨掃千人軍。**杜補遺：王羲之筆陣圖云：紙者，陣也；筆者，刀稍也；墨者，鍪甲也；硯者，城池也；本領者，將軍也；心意者，副將也。掃千人軍謂用筆之快利也。趙云：驊騮、鷙鳥，比其才之俊；詞源、筆陣，言其文之敏。海賦有：吹滂則百川倒流。舊注誤以滂字爲噓。蓋水之衝激，則有倒流者矣。

只今年纔十六七，射策君門期第一。前漢：蕭望之以射策甲科爲郎。師古曰：射策者，謂爲問難疑義書之於策，量其大小署爲甲乙之科，列而置之，不使彰顯。有欲射者，隨其所取，得而釋之以知優劣。射之，言投射也。對策者顯問以政事經義，令各對之，而觀其文辭定高下也。後漢劉淑：五府辟不就。帝輿詣京師〔四〕，不得已〔五〕，而對策第一。**舊穿楊葉真自知，**史周本紀：蘇厲説白起曰：楚有養由基者，善射者也。去柳葉百步而射之，百發而百中。左右觀者數千人，皆曰善射。有一夫立其旁曰：可教矣。養由基怒，釋弓搤劍曰：客安能教我射乎？客曰：非吾能教子支左詘右也。夫去柳葉百步而射之，百發百中，不以善息，少焉氣衰力倦〔六〕，弓撥矢鉤，一發不中者，百發盡廢。枚乘諫吴王書曰：養由基，楚之善射者，去楊葉百步而發百中〔七〕。楊葉之大加百中焉，可謂善射矣。然其所止，乃百步之内耳。比於臣乘，未知操弓持矢也。劉向説苑亦云。**暫蹶霜蹄未爲失。**莊子：馬蹄可以踐霜雪。王褒聖主得賢臣頌：過都越國，蹶如歷塊。**偶然擢秀非難取，會是排風有毛質。**趙曰：上句言科舉一日之長，搴擢英秀亦偶然爾。既偶然擢之，非難取也，而從姪之不中第何哉？然會當是排擊風雲，蓋以其終有連雲之毛質焉。此慰唁之，且復有所譏誚也。鮑明遠與妹書言水族之狀，有曰：浴雨排風。此詩好處，上言駒汗血，下言暫蹶霜蹄，上言鶩翮連雲，下言毛質排風。皆意義相應。此學詩者不可不知也。**汝身已見唾成珠，**莊子秋水篇：蚿謂夔曰：子見夫唾者乎？噴則大者如珠。杜補遺：後漢趙壹歌曰：勢家多所宜，咳唾自成珠。被褐懷金玉，蘭蕙化爲芻。趙云：杜田引乃是成珠璣，非唾成珠也。此自出選詩：咳唾自成珠。公詩意，言開口成文如珠。舊注非是。**汝伯何由髮如漆。**師：陳張麗華，髮鬒黑如漆。**春光淡沲秦東亭，渚蒲牙白水荇青。**梁江淹石上菖蒲詩：發步遵汀渚[八]。詩：參差荇菜。釋云：荇，接余也。陸機云：浮在水上，根在水底。梁簡文帝晚春詩：渚蒲變新節。杜補遺：本草圖經：水萍，爾雅謂之苹。其大者曰蘋。周詩：于以采蘋。陸機云：海中浮萍麄大者，謂之蘋。蘇恭云：此有三種：大者蘋；中者荇菜；小者水上浮萍，即溝渠間生者，是凫荅菜也。爾雅：荅謂之接余，其葉謂之苻。郭璞以謂叢生水中[九]，葉圓在莖端，長短隨水淺深。荅，即荇也。趙云：鮑照詩：春風淡蕩俠思多。沲，音待可切。蒲有牙而白，荇在水而青，此春時也。指秦東亭景物而言耳。舊注引非是。杜又引詩、本草，冗矣。盧思道云：綠葉參差映水荇[一〇]。**風吹客衣日杲杲，樹攪離思花冥冥。**衛詩：杲杲出日。楚詞：雷填填兮雨冥冥。**酒盡沙頭雙玉瓶，衆賓皆醉我獨醒。**屈原曰：舉世皆濁惟我獨清，衆人皆醉惟我獨醒。**乃知貧賤別更苦，吞聲躑躅涕淚零。**古詩：泣涕零如雨。又，沉吟聊躑躅。行不進貌。陸士衡擬古詩：沉思鍾萬里，躑躅獨吟歎。又云，躑躅再三歎。又云，躑躅遵林渚。宋鮑照行路難云：心非木石豈無感，吞聲躑躅不敢言。

【校勘記】

〔一〕「勤」，原作「勸」，訛，據清刻本、排印本並參二王本杜集卷一、百家注卷三、分門集注卷九、草堂詩箋卷六、黄氏補注卷一以及錢箋卷一、杜詩輯注卷二改。

〔二〕「牛」，文淵閣本作「之名」，晉書卷三十六衛玠傳作「羊」。

〔三〕「嘘」，文選卷十二、全晉文卷一百五木華海賦作「滂」。

〔四〕「帝輿詣京師」，清刻本、排印本「帝」字下有「令」字、無「師」字。

〔五〕「不」，文淵閣本作「而」，訛。

〔六〕「倦」，清刻本、排印本作「竭」。

〔七〕「而」，文淵閣本作「百」。案，漢書卷五十一枚乘傳、文選卷三十九枚乘上書諫吴王均作「百」。

〔八〕「發」，梁詩卷三江淹採石上菖蒲詩作「緩」。

〔九〕「謂」，清刻本、排印本作「爲」。

〔一〇〕「緑葉參差映水荇」，「緑」文淵閣本作「練」，「映」清刻本、排印本作「春」。

贈衛八處士

人生不相見，動如參與商。見前送高書記詩注。今夕復何夕，共此燈燭光。一云共宿此燈光。今夕，見上注。趙云：廣絶交論云：冀宵燭之末光。少壯能幾時，鬢髮各已蒼。漢武帝秋風辭：少壯幾時兮奈老何〔一〕。陶淵明歸去來：寓形宇宙兮復幾時〔二〕。訪舊半爲鬼，驚呼熱中腸。魏文帝與吴質書曰：昔年疾疫，親故多罹其災。觀其姓名，已爲鬼録。趙云：阮籍詩：焉容好結中腸。師云：孟子：仕則慕君，不得於君則熱中。注云：熱中，心熱恐懼也。知二十載，重上君子堂。趙云：王仲宣詩：高會君子堂。昔别君未婚，兒女忽成行。怡然敬父執，問我來何方。曲禮：見父之執。趙云：謝玄暉云：問我勞何事。問答乃未已，兒女一作驅兒。羅酒漿。詩：不可以挹酒漿〔三〕。夜雨剪春韭，新炊間黄粱。杜補遺：周顒隱鍾山。王儉謂曰：山中所食，何者最勝？曰：春初早韭，秋末晚菘。宋玉招魂云：稻粱穱麥挐黄粱。陶隱居云：黄粱本出青冀。穗大毛長，穀米俱麁於白粱。襄陽竹根粱是也。食之，比他穀最益脾胃。主稱會面難，一舉累十觴。張平子賦：主稱露未晞。曹子建詩：主稱千金壽。古詩：會面安可知。十觴亦不醉，感子故意長。曹顔遠詩：舉觴詠露斯。趙云：劉琨云：舉觴對膝。明日隔山岳，世事兩茫茫。鮑照詠史：身世兩相棄。

【校勘記】

〔一〕「老」，原奪，據清刻本、排印本補。

〔二〕「兮」，清刻本、排印本無。

〔三〕「不」，原奪，據清刻本、排印本補。

苦雨奉寄隴西公兼呈王徵士

隴西公，即漢中王瑀；徵士，瑯琊王徹。

今秋乃淫雨，月令：季春行秋令，則天多沉陰，淫雨早降。注：九月多陰。淫，霖也。雨三日以往爲霖。仲月來寒風。趙云：此雖古詩而多對，字眼相次若近體。選詩：空房來悲風。又：玉宇來清風。群木水光下，萬象一作萬家。雲氣中。唐中宗二年三月，洛陽東七里許，地色如水，側近樹木，往來車馬皆歷歷影見水中，經月餘乃滅。趙云：此盛言苦雨之狀。舊注引中宗時事，疑誤後學。莊子：乘雲氣。所思礙行潦，九里信不通。詩：洞洞酌彼行潦〔一〕。流，潦也。疏云：行者，道也。潦者，雨水也。行道上雨水流聚，故云行潦。傳云：行潦之水也。趙云：張平子四愁詩：我所思兮。悄悄素滻路，潘岳西征賦：玄灞素滻。唐天寶元年，命陝郡太守韋堅引滻水開廣運漕。悄悄，言行旅不通貌。師云：詩：憂心悄悄。迢迢天漢東。古詩：迢迢牽牛星。言有所隔。杜補遺：河圖括地象曰：河精上爲天漢。隋書志曰〔二〕：天津九星不備，關梁道不通。晉志曰：天津横天河中，一曰天漢。蓋子美以久雨路阻，雖素滻之近，若在天漢之東也。後世京師之橋〔三〕，多以天漢爲名。師云：詩：維天有漢，監亦有光。天漢，銀河也。趙云：天漢，則中渭橋之所。長安志於中渭橋引三輔黄圖曰，渭水貫都，以象天漢。横橋南渡〔四〕，以法牽牛是也。西征賦云：北有清渭濁涇。按長安志，滻水在縣東北，流四十里入渭。如此則滻雖在南，渭雖在北，要之皆長安水，且相通矣。杜補遺引非是〔五〕。庾肩吾經禹廟詩曰：雲起吳山北〔六〕，星臨天漢東。似言天上之漢，公特用其字。顧騰六尺馬，一作駒。背若孤征鴻。周禮：凡馬八尺以上爲龍，七尺以上爲騋，六尺爲馬。趙云：鴻鵠高飛遠舉之物，謂之孤征鴻，蓋以其群飛，則意猶詳緩〔七〕，孤飛則欲逐伴而急矣。劃見公一作君。子面，超然懽笑同。劃，忽麥切。注云：錐刀曰劃。鮑照詩有劃期字言約相見之期也。老子：雖有榮觀燕處超然。

奮飛既胡越，詩：不能奮飛。古詩：胡馬依北風，越鳥巢南枝。趙云：言如胡與越之隔也。淮南子：自異者視之，肝膽胡越。王粲云：胡越之異區。舊注引非是。局促傷樊籠。古詩：蟋蟀傷局促。莊子：澤雉不蘄畜乎樊中。所以籠雉也〔八〕。杜補遺：北史：陽休之不樂煩職，典選久，曰：此官寔時清華，但妨吾賞真，是樊籠矣〔九〕。趙云：漢武帝云：局促如轅下駒〔一〇〕。一飯四五起，憑軒心力窮。周公一飯三吐哺。江文通雜體詩：憑軒詠堯老。此言思見君子而不可得也。趙云：一飯四五起，亦劉公幹一日三四遷之勢也。楹板謂之軒。王粲登樓賦：憑軒檻以遙望。嘉蔬没溷濁，郭景純江賦：播匪藝之芒種，挺自然之嘉蔬。宋玉風賦：駭溷濁，揚腐餘。屈平卜居云：俗溷濁而不清。騷又云：溷濁而嫉賢。嘉蔬，注：蔬菜也。師云：禮：稻曰嘉蔬。按子美園官送菜詩并序，皆以嘉蔬爲菜。趙云：張載登白菟樓詩：原隰殖嘉蔬。時菊碎榛叢。嘉蔬、時菊，刺賢者爲群小所掩翳也。江文通詩：時菊耀巖阿〔一一〕。趙云：謝玄暉贈西府同僚云：時菊委嚴霜。時菊，以譬賢人。惟苦雨，故没溷濁，碎榛叢。乃時政煩苛之譬，舊注非是。鷹隼亦屈猛，張華鷦鷯賦：蒼鷹鷙而受緤。屈猛志以服養。嫉尸禄也。烏鳶何所蒙。趙云：鷹隼以苦雨，猶屈其猛而不能奮飛，況瑣瑣如烏鳶何所蒙賴乎？此方是言君子小人，皆不得其所也。式瞻北鄰居，取適南巷翁。掛席釣川漲，焉知清興終。言賢者安於退處。謝靈運：揚帆采石華，掛席拾海月。趙云：晉書云：不如式瞻儀度。木玄虛海賦：掛帆席。意言隴西公、王徵士既不見矣，姑近取北鄰、南巷之人而與游也。末句乃其所以游矣。

【校勘記】

〔一〕「洞酌彼行潦」，「酌」下原衍「酌」字，據文瀾閣本、清刻本、排印本删。

〔二〕「隋書志」，「書」原作「文」，據清刻本、排印本並參隋書卷十九天文志上改。

〔三〕「京師」，文淵閣本、文津閣本、文瀾閣本、清刻本、排印本作「京都」。

〔四〕「横」，原奪，據清刻本、排印本補。

〔五〕案，原「趙云」與「杜補遺」注之間有間隔，誤作兩條獨立的注釋，從上下文義看，「杜補遺」云云乃爲趙注所引，係「趙云」注。

〔六〕「雲」，原奪，據清刻本、排印本補。

〔七〕「意」，清刻本、排印本作「鴻」。

〔八〕「所」，清刻本、排印本作「注」。

〔九〕「北史」，原作「南史」，檢「陽休之不樂煩職」六句，南史無，北史卷四十七陽休之傳有此數句，據改。

〔一〇〕「漢武帝」，原作「漢景帝」，據史記卷一百七魏其武安侯列傳、漢書卷五十二竇田灌韓傳改。案，「局促如轅下駒」，「促」史記、漢書皆作「趣」，「如」史記、漢書皆作「効」。

〔一一〕「江文通」，原作「潘安仁」，檢「時菊耀巖阿」句，梁詩卷四作江文通謝僕射混遊覽詩，當是誤置，據改。又，「時」，文津閣本、清刻本、排印本作「詩」，訛。

同諸公登慈恩寺塔

公自注云：時高適、薛據先有此作。李肇國史譜[一]：進士既捷，列名於慈恩寺塔謂之題名。貞元中，劉太真侍郎試慈恩寺望杏園花詩。兩京新記：西京外郭城，朱雀街東第三街，皇城東之第一街，進業坊慈恩寺，隋無漏寺之故地，武德初廢。貞觀二十年，高宗在春宮，爲文德皇后所立，故以慈恩爲名。

高標跨蒼天，師：左太沖蜀都賦：陽烏迴翼乎高標。注云，言山木之高也。趙云：舉標甚高。孫綽天台山賦曰：赤城霞起而建標。李善注云：立物以爲表識曰標。今云高標，言塔之高可以標表也。詩云：悠悠蒼天。烈風無時休。魏文帝雜詩：烈烈北風涼。趙云：言其高也。書曰：烈風雷雨弗迷。又尚書大傳云：成王時越裳氏重譯而來朝，曰：久矣天之無烈風迅雨，意中國其有聖人乎？如此則烈風非所宜有，唯高處而後有之。公古栢行又曰冥冥孤高多烈風，可見矣。

自非曠士懷，登茲翻百憂。王仲宣登樓賦：登茲樓以四望兮，聊假日以銷憂。兔爰詩：我生之後，逢此百憂。陸士衡詩：感物百憂集。劉越石云：負杖行吟，則百憂俱佛至。曹子建[二]：遂使懷百憂。趙云：鮑照放歌行云：小人自齷齪，安知曠士懷。夫登高望遠，所以寫憂[三]，然其高則易生恐怖[四]，故惟曠士而後無憂也。

方知象教力，足可追冥搜。突厥寺碑：四天之下，聞諸象教。王簡棲頭陁寺碑：正法既没，象教凌夷。注謂爲形象以教人。天台山賦：遠寄冥搜。趙云：言巍樓高觀，世間無有，唯托之象教而後可營焉。仰穿龍蛇窟，始出枝撐幽。靈光殿賦：枝撐杈枒而斜據。注云：枝撐，梁上交木也。趙云：言愈仰而上穿過龍蛇窟，然後出離枝撐之幽隱也。

七星在北户，河漢聲西流。趙云：吴都賦曰：開北户以向日。梁張纘秋雨賦：敞北户而披襟。於塔言户，則法華經云：佛以右指開寶塔户也。河漢，天河也。廣雅云：天河謂之天漢，亦曰河漢。以其在西，若聞其流聲焉。魏文帝雜詩云：天漢回西流。晉張協安石榴賦又曰：天漢西流，辰角南傾。詩云：三星在户。魏文帝燕歌行：星漢西流夜未央。羲和鞭白日，晉傅玄日昇歌：羲和初攬轡，六龍並騰驤。廣雅曰：羲和，日御也。趙云：淮南子云：日馭曰羲和。故於白日可以言鞭之。楚辭云：青春受謝白日照。

少昊行清秋。

月令：孟秋之月。其帝少昊。注：少皞，金天氏。殷仲文詩：獨有清秋日。晉潘尼：朱明送夏，少昊迎秋。趙云：獨言清秋，則公登塔必在秋時矣。當白日之昭晰，清秋之明爽，宜乎見遠。

秦山忽破碎，涇渭不可求。俯視但一氣，焉能辨皇州。

謝玄暉詩：春色滿皇州。荀子云：轂既破碎，乃大其輻。鮑照見賣玉器者詩：涇渭不可雜。潘岳西征賦：化一氣而甄三才。選詩：表裏望皇州。宋玉高唐賦：俯視崢嶸。論語：焉能爲有？焉能爲亡？

迴首叫虞舜，蒼梧雲正愁。

山海經曰：南方蒼梧之川，其中有九疑山，舜之所葬。在長沙零陵界也。趙云：承上言登塔之高，莫辨皇州，於是南望而遠想蒼梧，則托虞舜而思高宗之晏駕，蓋帝王之孝莫大於虞舜也。自北户而迴首乃是南望，則可叫虞舜矣。叫，如淮南子言庶女叫天之叫。楚辭劉向九歎之遠逝篇有曰：奏虞舜於蒼梧。上言虞舜，下言蒼梧，義當如此。然必使雲字，則歸藏啓筮曰：有白雲出自蒼梧，入于大梁。謝玄暉云：雲去蒼梧野。蒼梧雲愁，以言高宗之晏駕。

惜哉瑤池飲，日晏崑崙丘。

鮑明遠舞鶴賦：朝戲乎芝田，夕飲乎瑤池。穆天子傳：周穆王觴西王母於瑤池上。又曰：天子遂宿于崑崙之阿，赤水之陽。吉日辛酉，天子升于崑崙之丘，以觀黄帝之宫。紀年曰：周穆王西征，至崑崙丘，見西王母，止之。葛仙翁：崑崙，一曰玄圃，一曰積石瑤房，一曰閬風臺，一曰華蓋，一曰天柱，皆仙人所居之處也。趙云：西望而遠想瑤池，則托西王母而思文德不留。蓋以女仙之尊者名之也。惜哉，不足之辭。列女傳：柳下惠妻爲誄曰：永能厲兮！吁嗟惜哉！史記：孔子美宓子賤曰：惜哉不齊所治者小。曹子建雜詩云：願欲一輕濟，惜哉無方舟。王仲宣詠史云：秦穆殺三良，惜哉空爾爲。今公之可惜瑤池方宴，以崑崙日晏而不得久，非以言文德之不留者乎？按仙傳：西王母遺虞舜以白玉琯。則以王母比母后，尤於舜爲一體。曹子建詩：明晨秉機杼，日晏不成文。莊子有云崑崙之丘。

黄鵠去不息，哀鳴何所投。

瑞應圖曰：黄帝習樂崑崙，以舞衆神，玄鶴六翔其右。韓詩外傳曰：田饒事魯哀公而不見察，謂哀公曰：夫黃鵠一舉千里，止君園池，啄君稻粱，君猶貴之，以其從來遠也。故臣將去君，黃鵠舉矣。戰國策曰：莊辛謂楚襄王曰：黃鵠游于江海，自以無患，不知射者方修弧矢，加己百仞之上。趙云：易曰：自强不息。沈約白紵曲云：翡翠群飛飛不息。詩：哀鳴嗷嗷。

君看隨陽雁，各有稻粱謀。

禹貢揚州：陽鳥攸居。注：鴻雁之屬。庾信報趙王賜酒詩：未知稻粱雁，何以報君恩。此詩末章同歎山梁雌雉也〔五〕。趙云：公於前段已追思前事矣，又因黃鵠之遠去，雖若高舉遠引之士，然無所投止，而我之俯世徇身，則未免若雁之謀稻粱也，亦以自傷矣。孟浩然詩：鳥泊隨陽雁，魚藏縮項鯿。劉孝標廣絶交論云：分雁鶩之稻粱。左傳云：先軫有謀。舊注同歎山梁雌雉，非是。師民瞻云：此以譏明皇荒樂，不若虞舜。瑶池言王母，以比楊妃，崑崙以比驪山，黃鵠以比張九齡之徒，雁以比楊國忠之徒。杜公因登塔觀覽而念及此。其説不同，必有能辨之者。詩：王事靡盬，不能蓺稻粱。

【校勘記】

〔一〕「國史譜」，清刻本、排印本作「國史補」。

〔二〕「曹子建」下，清刻本、排印本有「詩」字。

〔三〕「憂」上，清刻本、排印本有「其」字。

〔四〕「其」，清刻本、排印本無。

〔五〕「此」，文淵閣本作「蓋」。

示從孫濟

此詩譏風俗衰薄，雖同姓不能忘猜疑也。

平明跨驢出，未知適誰門。權門多噂嗒，詩十月：噂嗒背憎。噂嗒，猶相對談語，背則相憎逐矣。趙云：楚辭曰：平明發兮蒼梧。前漢息夫躬：交遊貴戚，趨走權門。又後漢明帝詔云：權門請托。魏陳孔璋檄云：輸貨權門。且復尋諸孫。諸孫貧無事，宅舍如荒村。堂前自生竹，堂後自生萱。萱草秋已死，竹枝霜不蕃。一作翻。詩伯兮：焉得諼草，言樹之背？注：諼草令人忘憂，背北堂也。疏：堂者房堂所居之地，總謂之堂。房半以北爲北堂，房半以南爲南堂。左傳：其生不蕃。莊子云：古人在乎？已死矣。文雖出彼，而不以文害意。淘米少汲水，汲多井水渾。刈葵莫放手，放手傷葵根。鮑明遠樂府詩：腰鎌刈葵藿。古詩：采葵莫傷根，傷根葵不生。結交莫羞貧，羞貧友不成[一]。趙云：此段方有興致，蓋淘米炊、刈葵烹、少汲水、莫放手，因以興焉。族之有宗，猶水之有源，葵之有根也。水有源，勿渾之而已；葵有根，勿傷之而已；族有宗，則亦勿疏之而已。受外嫌猜者，亦猶汲水之多也。苟以嫌猜而不敦同姓，亦猶放縱其手於採葵也。後漢明帝紀：殘吏放手。注謂貪縱爲非也。阿翁懶惰久，覺兒行步奔。所來一作求。爲宗族，亦不爲盤飧。僖二十三年：晉公子及曹，僖負羈之妻饋盤飧，寘璧。小人利口實，頤：自求口實。薄俗難可論。勿受外嫌猜，同姓古所敦。鮑明遠：明慮自天斷，不受外嫌猜。趙云：此亦曹子建詩「親交義在敦」之義[二]。

【校勘記】

〔一〕「友」，清刻本、排印本作「交」。

〔二〕「親」上原有「有」字，衍，據清刻本、排印本删。

九日寄岑參

出門復入門，雨一作兩。脚但如一作仍。舊。趙云：王維代羽林騎閨人云：出門復入户，望望青絲騎。論語：出門如見大賓。記云：揖讓而入門。禮：皆如其舊。雨脚，一作兩脚。蓋雨脚，選詩雨足之義，而語是方言。公詩又云「雨脚如麻未斷絶」，亦此也。若人兩脚則無義。既出門而往矣，又却入門，何哉？以雨脚如舊也。所向泥活活，一作浩浩。思君令人瘦。詩：北流活活。謝靈運：活活夕流駛。古詩：思君令人老，歲月忽已晚。又詩：思君令人老，軒車又何遲〔二〕。趙云：活活，雖水流聲，而泥之深多，則行爲有聲也。今有禽名泥活活，則以其鳴聲云。沈吟坐西軒，飲食錯昏晝。寸步曲江頭，難爲一相就。趙云：此所以懷岑生也。岑應在曲江頭，猶寸步耳，以雨泥故難於相就也。吁嗟乎蒼生，稼穡不可救。趙云：書：至于海隅蒼生。詩云：吁嗟乎騶虞。安得誅雲師？疇能補天漏？雲師，名屏翳。列子湯問：女媧氏鍊五色石以補其闕。張平子西京賦：察雲師之所憑。趙云：蜀有地名漏天也。大人賦云：召屏翳，誅風伯，刑雨師。大明韜日月，曠野號禽獸。晉卦：麗乎大明。趙云：記：大明生於東，月生於西。則大明主日言之。今也大明之下，言韜日月，則晝夜皆雨，而日不見乎晝，月不見乎夜，皆無明矣。詩云：率彼曠野。日月之明既韜，則惟淫雨淋注。禽獸無所安其飛走，故哀號於曠野。君子彊逶迤，小人困馳驟。趙云：以雨淫於上，泥汩於下，君子雖有車馬亦彊逶迤而已；小人艱於行李之往來，故困馳驟。此公之語法，皆有意義。楚辭云：載雲旗兮逶迤。謝靈運溪行詩云：逶迤傍嵔嶼，迢遞步陘峴[二]。君子、小人之句，亦曹子建贈丁翼云君子義休偫，小人德無儲之勢也。維南有崇山，恐一作漭。與川浸溜。趙云：上句言南山也。詩：維南有箕。揚子雲羽獵賦：揭以崇山。周禮職方氏：九州各有其川。溜字義，漢書有云：泰山之溜，可以穿石。意則憂君子之改節也。是節東籬菊，紛披爲誰秀？陶淵明雜詩：采菊東籬下，悠然見南山。魏文帝與鍾繇書曰：歲往月來，忽復九日。九爲陽數，而日月並應。俗嘉其名，以爲宜於長久，故以享宴高會。是月，律中無射，言群木庶草，無有射地而生，於芳菊紛然獨榮[三]。非夫含乾坤之淳和，體芬芳之淑氣，孰能如此？故屈平悲冉冉之將老，思飡秋菊之落英。輔體延年，莫斯之貴[四]。謹奉一束，以助彭祖之術。趙云：梁簡文帝九日詩：是節協陽數。又大同十一月詩云：是節嚴冬暮。王子淵洞簫賦：若凱風紛披，而施惠於菊。魏文帝書：芳菊紛然獨榮。岑生多新詩，性亦嗜醇酎。謝惠連雪賦：酌湘吴之醇酎。西京雜記：漢制宗廟，八月飲酎，用九醖、太牢，皇帝侍祠。以正月旦作酒，八月成，名曰酎，一曰九醖，一名醇酎。晉侯鄢酒賦[五]：醇酎秋發。宣十五年：伯宗曰：不祀，一也；耆酒，二也。趙云：蔡邕瞽師賦云：詠新詩以悲歌。魏都賦云：醇酎中山，流湎千日。采采黄金花，何由滿衣袖？詩：采采卷耳，不盈頃筐。又：終朝采藍，不盈一襜。言心有所憂，而不在所采也。岑生何由而免憂乎？趙云：以不見岑生，意緒無聊，采之不能多也。前漢：董賢與上卧起。帝晝寢，偏藉上衣袖。

【校勘記】

〔一〕「又」，清刻本、排印本作「來」。

〔二〕「步」，宋詩卷二謝靈運越嶺行溪詩作「陟」。

〔三〕「於」，清刻本、排印本作「惟」。

〔四〕「莫斯之貴」，「莫」原作「草」，據清刻本、排印本改；又，「斯」文淵閣本作「欺」，訛。

〔五〕「酃酒賦」，「酃」原作「鄢」，據全晉文卷八十五張載酃酒賦改。

新刊校定集注杜詩卷二

古詩

送孔巢父謝病歸遊江東兼呈李白

按唐書：孔巢父，冀州人，字弱翁。早勤文史，少與韓準、裴政[一]、李白、張叔明、陶沔隱於徂徠山，時號竹溪六逸。永王璘赴江淮，聞其賢，以從事辟之。巢父察其必敗，側身潛遁，由是知名。後爲潭州刺史，湖南觀察使。未行，會德宗幸奉天，遷給事中，御史大夫。興元元年，使李懷光於河中，巢父遇害。

巢父掉頭不肯住，東將入海隨煙霧。不肯住，謂謝病歸江東也。莊子在宥篇：鴻蒙拊髀爵躍掉頭曰：吾弗知也。趙云：江文通擬詩：畫作秦王女，乘鸞入煙霧。詩卷長留天地間，釣竿欲拂珊瑚樹。一云三珠樹。西都雜記[二]：積草池中有珊瑚樹，高一丈二尺，一本三柯，上有四百六十二條，是南越王趙佗所獻，號爲烽火樹，至夜光景常欲然。世說：王愷常以一珊瑚高二尺許，枝柯扶疎，以示石崇。崇以鐵如意擊碎，乃令取珊瑚樹高三尺，條幹絶世者六七示愷。南州志曰：珊瑚出大秦國海中，生海底石上。趙云：晉書樂志有釣竿篇曰：釣竿何冉冉。古詩：人生天地間。珊瑚樹，一作三株樹，非是。蓋山海經云：三珠樹生赤水上，其樹如栢，葉皆爲珠。雖亦貴物，而非海底爲釣竿所拂者。**深山大澤龍蛇遠，春寒野陰風景暮。**一云花繁草青春日暮。叔向之母妒叔虎母美而不使有子。謂其子曰：深山大澤，實生龍蛇。彼美，吾懼其生龍蛇以禍女。趙云：上句蓋言巢父經行之地，下句蓋言其去之時候如此也。左傳曰：入山不逢不若。魑魅魍魎，莫能逢旃。下既云巢父有仙骨，則其行也，雖經深山大澤，而龍蛇亦自遠遁，可以經行無疑。况當春時，其物尚蟄，亦爲遠矣。梁庾肩吾詩：早花餘少雪，春寒極晚秋。顏延年贈王太常詩云：庭昏見野陰。而疊春寒、野陰四字，如素問天寒日陰之勢也。世説曰：過江諸人，每暇輒相要出新亭，藉卉飲宴。周侯中坐而歎曰：風景不殊，舉目有江河之異[三]。**蓬萊織女回雲車，指點虛無是歸路。**一作引歸路。陸士衡：牽牛西北回，織女東南顧。趙云：作仙人玉女回雲車，指點虛無引歸路。蓋蓬萊，海中三山之一。織女係之無義。又，是字緊重下自是仙人玉女四字。古詩：仙人王子喬，難可與等期。魯靈光殿賦：玉女窺窗而下視。曹植云：虛無求列仙。王母嘗乘五雲之車。謝靈運初發都詩：始得傍歸路。**自是君身有仙骨，世人那得知其故。**趙云：以與李白嘗隱於徂萊山，則有仙風道骨矣。神仙傳：有神謂墨翟曰：子有仙骨。詩云：慘不知其故。世説：謝公問王子敬，君書何如君家尊？答曰：當不同。公曰：外論殊不知爾[四]。王曰：外人那得知！**惜君只欲苦死留，富貴何如草頭露。**古詩：薤上朝露[五]何易晞。詩：湛湛露斯，在彼豐草。趙云：巢父既謝病而歸，則爲輕富貴矣，孰能留之？惜之者雖苦死相留，豈知富貴如草露之易滅哉？**蔡侯静者意有餘，清夜置酒臨前除。**陸士衡擬古詩：閑夜命懽友，置酒迎風館。江文通詩：置酒坐飛閣，逍遥臨華池。曹子建詩：清夜遊西園。除，階除也。趙云：謝靈運詩：還得静者便。**罷琴惆悵月照席，幾歲寄我空中書。**趙云：與孔爲别時，是蔡侯者作主人，而蔡又善琴矣。既别去而望其寄書也。謂之空中書，則以巢父有仙骨，寄書乃在空中來也。**南尋禹穴見李白，道甫問信今何如。**一作：深山大澤龍蛇遠，華繁草青風景暮。仙人玉女回雲車，指點虛無引歸路。若逢李白騎鯨魚，道甫問信今何如。太史公自序：司馬遷年二十，南遊江淮，上會稽，探禹穴。張晏曰：禹巡狩至會稽而崩，因葬焉。上有孔穴，或云禹入此穴。江淹詩：幸遊建德鄉，觀奇經禹穴。杜補遺：御覽載栝略曰：會稽山有一石穴委曲，黃帝藏書於此，禹得之。又，吴越春秋：禹藏書之所〔六〕，謂之禹穴也。趙云：若逢李白騎鯨魚，蓋賀知章以白爲謫仙人，其與巢父皆有學仙之質，則可以騎鯨矣。揚雄羽獵賦：乘鉅鱗，騎鯨魚。注：鯨，大魚也。

【校勘記】

〔一〕「裴政」，原奪，與下文所引「六逸」不合，據清刻本、排印本補。

〔二〕「西都雜記」，清刻本、排印本作「西京記」。

〔三〕「江河」，清刻本、排印本作「山河」。

〔四〕「知」，清刻本、排印本作「如」，當是。

〔五〕「朝」，清刻本、排印本無。

〔六〕「書」，原奪，據清刻本、排印本補。

飲中八僊歌

蔡元度云：此歌分八篇，人人各異，雖重押韻無異，亦周詩分章之意也。篇謂之歌，其歌八疊，每一疊各就一公事，實以其好飲美之，且戲之。謂之八仙，則已有意矣。爲其各言一公之事，故得重用韻。所重用者，船字二，眠字二，天字二，前字三也。趙云：此古詩蓋有重押韻之格，如阮籍秋懷曰：如何當路子，罄折忘所歸。又云：鴻鵠遊四海，中路將安歸？謝靈運述祖德詩曰：段生蕃魏國，展季救魯人。又曰：惠物辭所賞，勵志絶故人。陸機行行重行行云：此思亦何思，思君徽與音。又曰：驚飈褰友信，歸雲難寄音。似此之類不一。説者謂爲八首，蓋不知有此格也，况詩又乃八疊乎。又緣道書之論丹，有八仙歌，雖是八箇仙人歌，爲有「八仙歌」三字，因倚以爲題。

知章騎馬似乘船，眼花落井水底眠。唐書賀知章：少以文詞知名，性放曠，善調笑，當時賢達皆傾慕之。晚年尤加縱誕，無復規矩，自號四明狂客。遨遊里巷，又善草隸書，每紙不過數十字，共傳寶之。師：浙人不善騎馬而喜乘舟，杜蓋嘲戲之耳。東坡詩云：平生賀老慣乘舟，騎馬風前怕打頭。吴越國王初入朝，上賜寶馬出禁門，馬行却退。王謂左右曰：豈遇打頭風耶？趙云：知章吴人，唯知乘船。其馬上傲兀，如人眼花落井，則言醉而眼生昏花。落井而眠於水底，又言其安於水也。山簡傳：時時能騎馬。前漢有：乘船危。吴均雜絶句有云：夢中難言見，終成亂眼花。水底眠，又暗用事，抱朴子曰：時有葛仙公者，每飲酒醉，嘗入人家門前陂水中卧，竟日乃出。

汝陽三斗始朝天，道逢麴車口流涎，恨不移封向酒泉。本集八哀詩有贈太子太師汝陽郡王璡詩，又贈特進汝陽王詩。神異經：西北荒中有酒泉。孔融書：天垂酒旗之曜，地列酒泉之郡。陸機百年歌：目若濁鏡口垂涎。應劭漢官儀曰：酒泉城下有金泉，味如酒，故曰酒泉。趙云：汝陽王，李璡也。以其宗室，既受封汝陽矣。猶以酒泉城下有泉味如酒，欲移封也。又使姚馥渴羌事。晉有羌人姚馥，但言渴於酒，人呼爲渴羌。武帝授以朝歌守，馥願且爲馬圉，時賜美酒，以樂餘年。帝曰：朝歌，紂之舊都，地有酒池，使老羌不復呼渴。遂遷酒泉太守。麴，所以造酒。才見麴車而便流涎，戲其好飲之急也。曹操對其叔父，詐作中風狀，口流涎沫。逢麴車而流涎，有用對過屠門而大嚼，人以爲的對。師：魏文帝曰：蒲萄釀以爲酒，甘於麴米，逢之已流涎咽唾。

左相日興費萬錢，飲如長鯨吸百川，銜杯樂聖稱世賢〔一〕。唐書李適之傳：一名昌，常山王承乾之孫也。適之雅好賓友，飲酒數斗不亂。夜則宴賞，晝決公務，庭無留事。天寶元年，代牛仙客爲左丞相，累封清河縣公。後爲李林甫陰中，罷知政事。賦詩曰：「避賢初罷相，樂聖且銜杯。爲問門前客，今朝幾箇來。」晉何曾性奢豪，日食萬錢，猶曰無下箸處。劉伯倫酒頌：先生於是方捧甖承糟，銜杯漱醪。木玄虛海賦：噓噏百川。吳都賦云：長鯨吞航，脩鯤吐浪。趙云：謂之日興，言每日興起，便如此也。如陸遜云：世務日興。異物志云：鯨魚長者有數千里故也。亦以戲之。

宗之蕭灑美少年，舉觴白眼望青天，皎如玉樹臨風前。李白傳：侍御史崔宗之謫官金陵，與白詩酒唱和。嘗月夜乘舟，自採石達金陵。白衣宮錦袍，於舟中顧瞻笑傲，旁若無人。晉阮籍傳：籍能爲青白眼。阮籍詩：朝爲美少年。江淹詩：風吹玉階樹。梁何遜詩：長安美少年〔二〕。謝玄答叔父安曰：譬如芝蘭玉樹，欲使其生於庭階耳。世説：庾亮亡。何揚州臨葬云：埋玉樹於土中，使人情何能已。毛曾與夏侯玄共坐，時人謂之蒹葭倚玉樹。師：晉書：王戎有人倫鑒識，常目王衍如瑶林瓊樹，自然是風塵表物也。趙云：劉琨云：舉觴對膝，白眼望天。言其飲之傲，亦所以戲之也。

蘇晉長齋繡佛前，醉中往往愛逃禪。蘇晉，蘇珦之子。玄宗監國，所下制命，多晉藁定。趙云：逃禪，言逃去而禪坐耳。此蘇東坡所謂蒲褐禪、同夜禪者也。以晉好佛，故戲之云爾。

李白一斗詩百篇，長安市上酒家眠。天子呼來不上船，自稱臣是酒中僊。 唐李白傳：待詔翰林日，玄宗度曲，欲造樂府新詞，亟召白。白於酒肆醉矣。召入，宮人以水洒面，即令秉筆，頃之成十餘章，帝頗嘉之。薛云：按關中呼衣襟爲船。詩曰：何以舟之。舟亦船也。其來遠矣。鮑云：劉偉明云：蜀人呼衣襟爲船。有以見白醉甚，雖見天子〔三〕，披襟自若，其真率之至也。杜補遺：余雲叟嘗以薛注爲是。余謂方言雖有此，夢符太似穿鑿。雲叟以船字何爲有兩韻，余曰：一篇之中，重疊用韻，至于再三，亦別有義耶？按唐范傳正李翰林新墓碑曰：玄宗泛白蓮池，公不在宴。明皇歡既洽，召公作序，公已被酒，於翰苑中命高力士扶以登舟也。趙云：詩百篇，言其能詩也。酒家眠，言其真率也。欒布爲酒家保。酒家眠亦暗用事。阮籍鄰家少婦當壚酤酒，籍嘗詣婦飲，醉便臥其側也。不上船，此乃長安方言，襟謂之船也。薛蒼舒補遺更引詩曰：何以舟之。乃自解云：舟亦船也，其來遠矣。蓋舟自訓服耳，所以服之字從舟也。杜田又引范傳正李翰林新墓碑曰：用爲舟船之船，亦又非是。蓋在翰苑被酒，則自長安市中來。而扶以登舟，則竟上船矣，非不上船也。

張旭三杯草聖傳，脱帽露頂王公前，揮毫落紙如雲煙。 唐賀知章傳：吴都張旭與知章相善。旭善草書而好酒，每飲後號呼狂走索筆，變化無窮，若有神助，時人號爲顛。後漢張奐傳：奐長子芝伯英善草。王愔文志曰：芝少時高操，以名臣子勤學，尤好草書。學崔、杜之法，家之衣帛必書而練。臨池學書，水爲之黑〔四〕。爲世所寶，寸紙不遺。韋仲將謂之草聖。胡母輔之與謝鯤、阮放、畢卓、羊曼、桓彝、阮孚散髮裸袒，閉室酣飲已累日。光逸排户入，守者不聽，逸便於户外脱衣露頭，於狗竇中窺之，大叫。輔之驚曰：他人决不能耳，必我孟祖也。遽呼入，遂與飲，不捨晝夜，時人謂之八達。趙云：後漢班超傳：單于脱帽徒跣。又有云：單于脱帽避帳，詣梁王謝罪。旭爲人酒禿，脱帽則露頂矣，乃所以戲之也。潘安仁作楊荆州誄云：動翰若飛，落紙如雲。後漢高義方清誡曰：抗志凌雲煙。

焦遂五斗方卓然，高談雄辯驚四筵。按新唐書：白自知不爲親近所容，益驁放不脩，與焦遂等爲酒八仙。趙曰：世説載王敦晝寢，卓然驚寤。又云：諸名賢論莊子逍遥遊，支道林卓然標新理於三家之表。又江淹擬張廷尉詩云：卓然凌風矯。又僧惠遠製涅槃經疏呪其筆曰：如合聖意，此筆不墜。乃擲於空中卓然。新唐書云：李白自知不爲親近所容，益驁放不脩，與焦遂等爲酒八仙。則遂亦平昔驁放之流耳。飲至五斗而方特卓，乃所以戲之。末句又以美之。劉孝標廣絶交論云：騁黄馬之劇談，縱碧鷄之雄辯。選詩有：高談一何綺。疊用四字有兩出而後工也。謝宣遠九日詩曰：四筵霑芳醴。驚字，則前漢陳驚坐之驚也。

【校勘記】

〔一〕「世」，清刻本、排印本作「避」。案，二王本杜集卷一、百家注卷一、分門集注卷十均作「世」；錢箋卷一亦作「世」，注異文云：「邵作避。」

〔二〕「江淹詩」以下十七字，文淵閣本、文津閣本、文瀾閣本、清刻本、排印本無。

〔三〕「見」，原奪，據清刻本、排印本補。

〔四〕「爲之」，文淵閣本作「之爲」，倒誤。

曲江三章章五句

元和中，中書舍人李肇撰國史譜〔一〕。其略曰：進士既捷，大讌於曲江亭子，謂之曲江大會。在關試後，亦謂之關宴。天寶元年，敕以太子太師蕭嵩私廟逼近曲江，因上表請移他處。敕令將士爲嵩營造。趙云：此詩蓋遊曲江感事之作。按劇談録：曲江本秦時隑州。隑即碕字，巨依切。唐開元中疏鑿爲勝景，南即紫雲樓、芙蓉苑，西即杏園慈恩寺。花卉環列，烟水明媚。都人遊賞，盛于中和、上巳節。今公高秋而往，草木變衰，觸事感懷。一章嘆齒髪之遲暮，二章判富貴之無心，三章喜生計之可樂也。舊注引元和中曲江關宴事，去此自五十餘年，在公死三十餘年之後，與此詩並無相干。

曲江蕭條秋氣高，謝玄暉觀朝雨詩：朔風吹飛雨，蕭條江上來。宋玉曰：悲哉，秋之爲氣！蕭瑟兮草木搖落而變衰。趙云：宋玉衆芳蕭條、班固原野蕭條之義。菱荷枯折隨風濤，游子空嗟垂二毛。潘安仁秋興賦：晉十有四年，余春秋三十有二，始見二毛。僖二十二年傳：宋公曰：君子不禽二毛。注〔二〕：頭白有二色。漢高祖：游子思故鄉。白石素沙亦相蕩，哀鴻獨叫求其曹。禰衡賦：哀鴻感類。曹子建：激鳴索鴻群。劉安招隱士：禽獸駭兮亡其曹。趙云：方高秋之時，非特菱荷枯折而已。水既瘦涸，石與沙亦蕩潔而出。鴻鵠失群，哀鳴而相求，皆可感之事也。哀鴻字，出選詩。舊注引禰衡賦云：哀鴻感類。輒改哀鳴字爲哀鴻，況義止謂鸚鵡之哀鳴乎？

【校勘記】

〔一〕「國史譜」，清刻本、排印本作「國史補」。

〔二〕「注」，原奪，據清刻本、排印本補。

即事非今亦非古，長歌激越梢林莽，宋玉風賦：蹷石伐木，梢殺林莽。蘇武詩：長歌正激烈。杜補遺：列子云：薛譚學謳於秦青，辭歸。青餞於郊衢，撫節悲歌，聲振林木，響遏行雲。趙云：列子曰：周之尹氏，有老役夫，晝則呻吟即事。陶淵明云：即事多所欣。謝靈運云：即事怨睽攜。蘇武詩：長歌正激烈。梢林莽，言歌之聲。其義則列子云：秦青撫節悲歌，聲振林木。

比屋豪華固難數。吾人甘作心似灰，弟姪何傷淚如雨。莊子：南郭子綦，形固可如槁木，而心固可如死灰。趙云：當公遊此之時〔一〕，曲江方盛，無可嘆者，此即事之非今古也。而至於長歌激烈，何哉？特以豪華者多，而我獨寂寞也。然灰心久矣，弟姪不必用此傷之而下淚也。曲江在長安南昇道坊，蓋其左右前後相近之地，甲第爲多乎？公因感之，可以意逆也。漢溝洫志：武帝歌曰：泛濫不止兮愁吾人。又西都賦云：實列僊之攸館，非吾人之所寧。而潘岳西征賦云：陋吾人之拘攣。今言吾人，蓋自謂也。論語：何傷乎？詩：涕泣如雨。

【校勘記】

〔一〕「趙云當公遊此之時」，「當」字上原脱「趙云」，參百家注卷三、分門集注卷二十五所引「趙云」注補。案，先後解輯校甲帙卷四按語云：「疑係九家注漏標趙云者。」此說是。

自斷此生休問天，杜曲幸有桑麻田，故將移住南山邊。杜曲在長安。俗云：城南韋杜，去天尺五。言近京。楊惲傳：田彼南山。陸韓卿詩云：屏居南山下。竇嬰傳：屏居藍田南山下。趙云：楚辭有天問篇，其序曰：天問者，屈原之所作也。何不言問天？天尊不可問，故曰天問也。管子云：行山澤，觀桑麻。有桑麻田，亦顏淵云回有郭外之田。

短衣匹馬隨李廣，看射猛虎終殘年。前漢：李廣爲虜所生得，當斬，贖爲庶人。屏居藍田南山中，射獵，見草中石以爲虎而射之，中石没羽，視之石也。他日射之，終不能入矣。廣所居郡聞有虎，常自射之，乃居北平射虎。騰廣，廣亦射殺之也。趙云：欲移住南山邊，則南山之景致足樂也。匹馬射虎，使李廣事，正在南山藍田中。此詩人因意使事也。列子曰：汝以殘年餘力。梁武帝云：短衣妾不傷。叔孫通迺變其服。短衣，楚製。

麗人行

曹子建洛神賦云：覩一麗人于巖之畔。劉向別録有麗人歌賦。梁簡文帝箏賦：命麗人於玉席。

三月三日天氣新，續齊諧記曰：晉武帝問尚書郎虞摯曰：三日曲水，其義何指？答曰：漢章帝時，平原徐肇以三月初生三女，至三日俱亡，一村以爲怪。乃招攜之水濱盥洗，遂因以泛觴曲水之義起於此。帝曰：若如所談，便非佳事。尚書郎束晳曰：仲洽小生，不足以知此，臣請説其始。昔周公城洛邑，因流水以泛酒，故逸詩云：羽觴隨波。又秦昭王三日置酒河曲，見有金人出，捧水心劍曰：令君制有西夏。及秦霸諸侯，乃因此處立爲曲水祠。二漢相沿，皆爲盛集。帝曰善，賜金二十斤，左遷仲治爲陽城令。趙云：晉宋諸人，侍宴曲水，皆以三月三日爲題。唐開元中，都人遊賞於曲江，莫盛乎中和、上巳節，此三月三日，所以水邊多麗人也。舊注徒引三月三日事爲泛矣。王右軍蘭亭曲水序曰：天朗氣清，惠風和暢。亦此天氣新之謂。禮記：天氣下降。陸機曰：遲遲暮春日，天氣柔且和。梁孝元帝詠霧詩有曰：時如佳氣新。長安水邊多麗人。態濃意遠淑且真，肌理細膩骨肉勻。羅敷艷歌曰：高臺多妖麗。宋玉九辯有靡顏膩理。相如大人賦有弱骨豐肌。謝靈運江妃賦有靡容膩理。皆此之謂也。則東京賦有擘肌分理。繡繡一作畫。羅衣裳照暮春，晉張華三月三日後園會詩曰：暮春元日。王羲之蘭亭詩序：暮春之初，會稽山陰之蘭亭。古詩：被服羅衣裳。南都賦：暮春之禊，元巳之辰，男女姣服，絡繹繽紛。論語：暮春者，春服既成。則照暮春字於衣服使之尤穩。蹙金孔雀銀麒麟。頭上何所有？翠微微一作爲。㔩㔩一作匌。葉垂鬢脣。背後何所見？珠壓腰衱穩稱身。杜補遺：廣韻曰：㔩彩，婦人髻飾花也，㔩音罨。爾雅曰：衱謂之裾。郭璞云：衣後裾也。一本㔩作匌，衱作被，非是。趙云：蹙金實事，唐人常語，故杜牧自謂其詩云：蹙金結繡而無痕迹。頭上、背後之句，此亦曹子建美女篇「頭上金雀釵，腰佩翠琅玕」之勢也。蓋舉頭與腰之飾，而一身之服備矣。翠微一作翠爲。㔩一作匌，㔩音烏合切。㔩綵，婦人頭花髻飾也。匌音洽，與匒字連曰匒匌，而匒音答，重疊貌。海賦云：磊匒匌而相逐。翠微㔩葉，則翡翠微布於㔩綵之葉；翠爲匌葉，則以翠爲匌匝之葉也。衱音居葉切。爾雅曰：衱謂之裾。郭璞曰：衣後裾也。謂之腰衱，則裙腰耳。以珠綴之，故言珠壓腰衱。此篇公所鋪敘至此，詳味語句，蓋特見麗人之後耳。故東坡先生題背面美人，名之曰續麗人行，而其詩云：杜陵饑客眼長寒，蹇驢破帽隨雕鞍。隔花臨水時一見，只許腰支背後看。就中雲幕椒房親，班固西都賦云：後宮則掖庭椒房，后妃之室。漢官儀曰：皇后稱椒房，取其蕃實之義也。詩云：椒聊之實，蕃衍盈升。又以椒塗宮室，亦取其溫煖辟除惡氣，猶天子朱泥殿上曰丹墀也。師古曰：椒房在未央宮。吳樹謂梁冀曰：將軍以椒房之重。西都記：成帝設雲幄、雲帳、雲幕於甘泉紫殿〔一〕，世謂三雲殿。第五倫傳：竇憲，椒房之親。

曹子建美女篇：頭上金雀釵，腰佩翠琅玕。此指言貴妃兄弟驕盛。趙云：言玉真妃也。成帝設雲幕於甘泉紫殿。椒房，則皇后所居殿名。秦虢乃玉真之姊妹，故曰雲幕椒房親也。賜名大國虢與秦。唐后妃傳：玄宗楊貴妃有姊三人，皆有才貌。玄宗並封國夫人之號。長曰大姨封虢國，八姨封秦國，並承恩出入宮掖，勢傾天下。趙云：大姨封虢國，八姨封秦國，非是。以長安志考之，虢國八姨也，則秦國乃大姨也。

紫駞之峰出翠釜，水精之盤行素鱗。峰一作珍。漢書：大月氏，本西域國，出一封橐駞。注，脊上有一封高也，如封土然，今俗呼爲犎音峰。匈奴傳：師古注：橐駞言能負橐囊而馱物。晉王廙笙賦：舞靈蛟之素鱗。杜補遺：酉陽雜俎：將軍曲良翰，作駞峰炙。趙云：言其食之奢也。曹子建詩：豐膳出中厨。師：宋鄭鮮之經子房廟詩：紫煙翼丹虬，靈媪悲素鱗。觀此即知素鱗乃蛟龍也。杜意亦謂攀龍。酉陽雜俎：明皇恩寵禄山，所賜之物有金平脱犀頭匙筯。犀筯厭飫久未下，鑾刀縷切空一作坐。紛綸。晉何曾日食萬錢，猶云無下筯處。詩信南山：執其鸞刀，以啓其毛。注，鸞刀，刀有鸞者，言割中節也。潘安仁西征賦：饔人縷切，鸞刀若飛。應刀落俎，靃靃霏霏。杜補遺：正義曰：鸞即鈴也。公羊宣十二年：鄭伯右執鸞刀。注，鸞刀，宗廟割切之刀。鐶有和，鋒有鸞。其制，二鸞在鋒，聲中宮商。三和在鐶，聲中角徵羽。故先儒釋禮器，謂宗廟必有鸞刀者，取其鸞鈴之聲，宮商調而後斷割也。趙云：方筯未下之間，又復有縷切之多，此所以言其食之奢。黄門飛鞚不動塵，前漢西域傳：蒲梢、龍文、魚目、汗血之馬，充於黄門。凡號黄門，以其給事於黄闥之内，秦漢皆有黄門侍郎。按外傳：虢國出入皆乘驄馬，使小黄門爲御。趙云：不動塵，因以狀其善騎。詩家造句法也。薛云：鮑明遠擬古詩：獸肥春草短，飛鞚越平陸。御厨絲絡送八珍。絲絡，一作駱驛[二]。周禮膳夫：珍用八物。注：珍，用淳熬、淳母、炮豚、炮牂、擣珍、漬熬、肝膋也。又食醫：掌八珍之齊。鮑明遠詩：八珍盈雕俎。薛云：尚膳貴嚴，故以絲絡護衛之。絲絡，如綺疏也。杜子美稱此，以見寵予之隆，駱驛爲不足道。往在詩云：「赤墀櫻桃枝，隱映銀絲籠。」趙云：駱驛，相續不斷之義。後漢：袁術與呂布書曰：今送米二十萬斛，非唯止此，當駱驛復致。舊本正字作絲絡，而薛蒼舒爲之説，元無絲絡字本出。若駱驛，以言寵予之隆，義自分明。若絲絡，亦天子御物常事耳，却何足道也。簫鼓鼓一作管。哀吟感鬼神，漢武秋風辭：簫鼓鳴兮發棹歌。詩序：動天地，感鬼神。賓從雜遝實要津。魏文帝與吴質書云〔三〕：輿輪徐動，賓從無聲。劉向傳：雜遝衆賢。師古曰：雜遝，聚積之貌。要津，見上韋左丞注。趙云：此言作樂以宴賓，且微言以譏其男女之糅雜〔四〕。大人賦：雜遝膠輵以方馳。甘泉賦：駢羅列布，鱗以雜沓兮。洛神賦：衆靈雜遝。後來鞍馬何逡巡，當軒一作道。下馬入錦茵。鞍馬字，見送高適注。趙云：言其氣勢洋洋，旁若無人。徐悱贈内詩：忽有當軒樹，兼含映日花。史：秦人開關延敵，六國之師，逡巡不敢進。楊花雪落覆白蘋，青鳥飛去銜紅巾。山海經曰：三危之山，有青鳥居之。注：青鳥主爲西王母取食者，栖息於此山也。紀年曰：穆王十三年，西征于青鳥之所憩。漢武故事曰：七月七日，上於冰華殿齋坐中〔五〕，忽有一鳥從西方來，集殿前。上問東方朔，朔曰：此西王母欲來也。有頃王母至，有二青鳥如烏俠侍王母旁。江淹詩：青鳥海上遊。沈約：銜書必青鳥。趙云：鞍馬之多，必至觸楊花而覆白蘋。青鳥，應如鸚鵡之類，豢養馴熟，飛銜紅巾。此正借西王母以青鳥爲使名之，且以托言昵戲之事矣。紅巾蓋婦人之飾。如王勃落花篇云：羅袂紅巾往復還。炙手可熱勢一作世。絶倫，慎莫近一作向。前丞相嗔。元載時，委左右人四人用事，權傾中外，人爲之語曰：炙手可熱，卓李鄭薛。言勢焰燻灼，可以炙手也。帝題之御屏以示時相。按，新唐書楊貴妃：智算警穎，迎意輒悟。帝大悦，遂專房。兄銛、錡，國忠最見寵遇。三姊皆美劭，封韓虢秦三國，恩寵聲焰震天下。每命婦入班，雖公主亦不敢就位。臺省、州縣奉請托，奔走期會過詔敕〔六〕。四方獻餉結納，門若市然。第舍聯亘，謂之五家。分賜珍奇，使者不絶於道。時國忠代李林甫爲相，領四十餘使，性疎侻捷給，硜硜處決樞務，自任不疑。盛氣驕愎，百僚莫敢相可否。杜補遺：唐史遺事：安樂公主，玄宗之季妹，附會韋氏，熱可炙手，人咸畏之。趙云：炙手可熱，言勢焰之薰灼也。舊注引代宗時事，在杜公之後，非是。杜田之説，當時素有此言矣。傅毅舞賦：姿絶倫之妙態。丞相嗔，以指言國忠，而詩句則後漢桓帝時童謡云「梁下有懸鼓，我欲擊之丞卿怒」之勢也。觀新書國忠傳，言國忠盛氣驕愎，百僚莫敢相可否。而公詩直鋪叙三國衣服飲食之盛，聲樂賓從之多，中間著寵予之意。又譏其糅雜昵狎之事，而終之以直指丞相之薰灼，則公之不畏彊禦可見矣！古樂府：當時近前面發紅。

【校勘記】

〔一〕「西都記」三句，清刻本、排印本作「西京記」；又，「雲幕」上原脱「雲帳」，據清刻本、排印本並參西京雜記卷一補；又，「甘泉」清刻本、排印本無。

〔二〕「駱驛」，清刻本、排印本作「絡驛」，以下均同。

〔三〕「云」，文淵閣本、文津閣本、文瀾閣本、清刻本、排印本作「曰」。

〔四〕「且」，原作「旦」，據文淵閣本、文津閣本、文瀾閣本、清刻本、排印本改。

〔五〕「冰華殿」，分門集注卷三、黄氏補注卷二此詩「青鳥飛去銜紅巾」句下注分别作「承華殿」，當是。

〔六〕「期」，原作「勘」，據清刻本、排印本並參新唐書卷七十六后妃上改。

樂遊園歌 晦日賀蘭楊長史筵醉中作。趙云：樂遊園之地，在秦爲宜春苑，在漢爲樂遊苑，謂之古園。

樂遊古園崒森爽，西京記曰：樂遊園，漢宣帝所立。唐長安中，太平公主於原上置亭遊賞，其地四望寬敞。每三月上巳、九月重陽，士女咸就此祓禊登高。幄幕雲布，車馬填塞，紅綵映日，馨香滿路。朝士詞人賦詩，翌日傳於京師。趙云：崒音才律切。字書注云：峰頭巉嵒也。句腰單用崒字，亦猶宋玉高唐賦之單用崒字也。其言畜水之狀曰：崒中怒而特高。崒字却音祚骨切。煙綿碧草萋萋長。謝靈運詩：萋萋春草繁。江淹賦：春草碧色。劉安招隱士：春草生兮萋萋。公子華筵勢最高，秦川對酒平如掌。文選：王粲，家本秦川。周王褒關山篇：遥遥秦川水，千里長如帶。沈佺期長安路詩：秦地平如掌，層城出漢雲。趙云：張率白紵歌：列坐華筵紛羽爵。長生木瓢示真率，更調鞍馬狂歡賞。青春波浪芙蓉園，魏文帝有芙蓉池作。鄴都西園，在城南曲池坊臨水亭進芳門外，即樂遊園也。玄宗紀：開元二十年，廣花萼樓，築夾城至芙蓉園。王莽傳：乃西波水之北，郎池，皆在石城南上林中。趙云：芙蓉園有水。言青春波浪，袁淑真隱傳：載鬼谷先生言河邊之樹曰：波浪盪其根。白日雷霆甲城仗。甲，當作夾。趙云：夾城，舊作甲，非。芙蓉園、夾城，於曲江地皆相近。按長安志載樂遊與芙蓉園、曲江並出京城東延興門。閶闔晴開映趙作詄。蕩蕩，曹植平陵東行曰：閶闔開，天衢通[一]。前漢禮樂志：遊閶闔，觀玉臺。天門開，詄蕩蕩。注：閶闔，天門；蕩蕩，天體堅清之狀。相如大人賦：排閶闔而入帝居。鄧后夢捫天，蕩蕩色正青。趙云：詄字元本作映，又作昳，應是詄字。前漢禮樂志：遊閶闔，視玉臺。天門開，詄蕩蕩。公蓋取此語，意以比城門也。

曲江翠幕排銀牓。潘安仁籍田賦曰：翠幕黕以雲布。陳張正見詩：即此神山內，銀牓映仙宮。陳沈炯林屋館記：崑山平圃，銀牓相暉。蓬閬仙宮，金臺嵯起。神異經曰：東方青宮，門有銀牓。晉潘尼洛水詩：翠幕映洛湄。

拂水低回舞袖翻，緣雲清切歌聲上。曹植云：華閣緣雲。緣雲上征〔二〕。薛云：曹植言華閣緣雲，此稱歌聲清切耳。列子云：薛譚學謳於秦青，辭歸，秦餞於郊衢，撫節悲歌，聲振林木，響遏行雲。西京雜記：高帝令戚夫人歌出塞望歸之曲。後宮齊唱，聲入雲霄。趙云：後漢王延壽魯靈光殿賦：飛陛揭孽，緣雲上征。薛夢符刊誤乃引列子載秦青之歌，響遏行雲；又西京雜記：戚夫人歌聲入雲霄。其意以爲兩事皆有雲字，遂用證之。殊不知遏雲則住之，且非杜公緣雲本意，唯入雲霄方有緣雲之義。大人賦：低徊陰山，翔以紆曲兮。

却憶年年人醉時，只今未醉已先悲。數莖白髮那抛得？百罰深杯亦不辭。罰一作刻。說文曰：漏，以銅盛水，刻節，晝夜百刻。趙云：百罰，一作百刻，是。蓋飲酒雖有罰，而方觀舞聽歌，何至罰酒之百也。百刻者，漏中之刻晝也。說文曰：漏，以銅盛水，刻節，晝夜百刻。或云，杯中像漏中，立箭爲刻，以記淺深之度，斟酒則浮出而可見。雖傳記無所載，而今世固有爲浮花浮仙之狀，十而分之以斟酒者。則百刻之狀，乃細分之者矣。如此而義方可講，蓋盡百刻，舉深泛之杯無所辭拒，正以白髮之不可抛，而飲酒以遣其悲也。

聖朝亦知賤士醜，一物自荷皇天慈。揚子：秦之士也賤。陸機：玄冕無醜士。江淹上書云：一物之微，有足悲者。趙云：江淹思北歸賦云：況北州之賤士，爲炎土之流人。家語：孔子謂哀公曰：一物失理，亂亡之端。

此身飲罷無歸處，獨立蒼茫自詠詩。庾信乞酒詩：蕭瑟風聲慘，蒼茫雲貌愁。梁朱异田飲引：值寒野之蒼茫。梁元帝詩：秋氣蒼茫結孟津。潘安仁哀永逝文曰：視天日兮蒼茫。趙云：皆在景物荒寂言之也。

【校勘記】

〔一〕「平陵東行曰閶闔開」，「陵」原作「陸」，「閶闔」下原奪「開」，據清刻本、排印本並參魏詩卷六曹植平陵東行訂補。

〔二〕「華閣緣雲緣雲上征」八字，原作「華閣緣雲上征」，奪「緣雲」二字，注文簡省，扞格不通。參下文所引薛注「華閣緣雲」、趙注「緣雲上征」，並參曹植七啓、王延壽魯靈光殿賦訂補。

渼陂行

趙云：渼，音美。其字從水從美。士大夫非西人者，多讀爲于亮切，乃蕩漾，其字自是從水從羕，遂使鬻書者，有一本直雕作漾陂行，豈不誤學者乎？按長安志：渼陂在鄠縣西五里，出終南山諸谷，合朝公泉爲陂〔一〕。朝公水，一作胡公水。説文曰：渼陂周一十四里，北流入澇水。十道志云：陂魚甚美，因名之。陂既廣大，氣象雄深，故公詩於初至之際，以天地變色，則有鼉鯨風浪之憂；既而開霽可遊，則如與龍鬼仙靈相接；既而又憂雷雨。此蓋陂之廣大雄深，詩人因事起意以爲詩，謂其有可異則不得不憂，有可喜則不能不樂，有可防則不可不戒〔二〕，而詩篇之終，有安不忘危，樂不忘哀之意。

岑參兄弟皆好奇，攜我遠來遊渼陂。趙云：岑參於唐書無傳，莫知兄弟之名也。揚雄云：子長之好，好奇也。渼陂在鄠縣。按地理志：鄠去府南六十里。豈不謂之遠來乎？天地黤慘忽異色，波濤萬頃堆琉璃。王粲登樓賦：天慘慘而無色。西域傳：罽賓國出琉璃。孟康曰：琉璃青色如玉。師古曰：魏略云：大秦國出赤、白、黑、黃、青、緑、縹、紺、紅、紫十種琉璃，孟言青色，不博通也。此蓋自然之物。梁簡文：池水淨琉璃。趙云：百畝曰頃。後漢：黃叔度汪汪如萬頃陂。堆琉璃，指言其色之青瑩耳。琉璃漫汗泛舟入，事殊興極憂思集。張平子南都賦：布濩漫汗。趙云：天地黤慘則爲可異，水如琉璃則爲可愛。以其可愛而便欲泛舟以入，則爲可憂矣。漫汗，言廣大也。事殊興極，蓋言其初遠來之興豈不欲晴朗以爲遊乎？而初來之際，忽逢天地黤慘，則事殊矣；事之既殊，則興亦極盡；興既極盡，則寧不憂思乎？憂思謂之集，王筠行路難云：百憂俱集斷人腸。

黿作鯨吞不復知，惡風白浪何嗟及。詩中谷有蓷：啜其泣矣，何嗟及矣。張季鷹詩：謳吟何嗟及。趙云：此乃所以憂也。謝惠連長門怨云：向夕千愁起，自悔何嗟及。又，梁費昶長門怨曰：向日千悲起，百恨何嗟及。

主人錦帆相爲開，舟子喜甚無氛埃。隋煬帝以錦爲帆。詩：招招舟子。郭璞江賦：舟子於是搦棹，涉人於是檥傍。趙云：主人，指言岑參也。陳陰鏗渡青草湖詩：平湖錦帆張。楚辭：闢氛埃而清涼。沈休文詩：夜静滅氛埃。其言無氛埃，則又倣魏都賦風無纖埃也。前者以天地黤慘而遊者憂，今也以無氛埃而舟子喜，不亦宜乎？

鳧鷖散亂棹謳發，絲管啁啾空翠來。西都賦：鳥則鳧鷖雉雁，雲集霧散。又，櫂女謳，鼓吹震。漢武秋風辭：簫鼓鳴兮發棹歌。趙云：啁，竹包切。玉篇引説文：啁，嘐也。楚辭曰：鵾鷄啁哳而悲鳴。棹歌發則喧矣，故鳧鷖驚而散亂；空翠來則晴矣，故絲管乾而啁啾。

沈竿續蔓深莫測，菱葉荷花静如拭[三]。杜補遺：永徽本草圖經云：芰菱，實也。葉浮水上，花黄白色，花落而實生，漸向水中乃熟。紫色者謂之浮菱，食之爲美。暴其實爲末，可以當糧。鷄頭名雁啄，一名芡，生水澤中，葉大如荷，皺而有刺，俗謂之鷄頭盤。花下結實，其形類鷄頭，故以名之。經傳謂其子爲芡。酉陽雜俎云：芰，今人但言菱芰，諸解草木書亦不分别。唯安貧武陵記言：四角、三角曰芰[四]，兩角曰菱。芰一名水栗。漢武昆明池中有浮根菱，根出水上，葉没波下，亦曰青水菱。玄都觀有菱碧色，狀如鷄飛，名翻鷄芰。又圖經云：藕實莖，其葉名荷。爾雅及陸機疏謂荷爲芙蕖，江東呼荷。其莖茄，其葉蕸，其本蔤，莖下白蒻在泥中者。其花未發爲菡萏，已發爲芙蓉。其實蓮爲房，其根藕，其中菂，蓮子菂中薏[五]，中心青而苦者。芙蕖則其總名也。趙云：

菱葉荷花淨如拭，則水之幽深可見矣。妙處是「淨如拭」三字，蓋如王僧孺至牛渚憶魏少英詩有：沙岸淨如掃〔六〕。**宛在中流渤澥清，下歸無極終南黑。**詩兼葭：宛在水中央。楊子：渤澥之島。趙云：上句以言其深，下句以言其遠。上句譬喻，下句實指。蓋渤澥者，海也，既如渤澥之深廣而又清，此所以爲譬喻。終南山在陂之上流，去之遠則視之黑也，此所以爲實指。詩：宛在水中央。說文：東海之別有渤澥，故東海共稱渤海。列子：無極之中，復無無極。而後人用之，如魏文帝詩曰：高高殊無極。**半陂已南純浸山，動影裊窕冲融間。**木玄虛海賦：冲融滉瀁。趙云：鮑照與妹書：半山以下，純爲黛色。裊窕冲融，皆言水之深。疊使四字之勢，亦左太冲招隱詩云：峭蒨青葱間〔七〕，竹栢得其真。**船舷暝戛雲際寺，水面月出藍田關。**宋謝靈運石門巖上宿詩：暝還雲際宿。孫綽山銘：飛宇雲際。郭璞江賦：詠採菱以叩舷。舷，脣也。趙云：雲際者，山名，在鄠縣東南六十里，上有大定寺。藍田關，在藍田縣東南九十八里。船舷之戛，可聞於雲際之寺；月出之所，可想其當於藍田關，皆以陂之廣大然。**此時驪龍亦吐珠，**莊子：河上有家貧者，其子沒於淵，得千金之珠。其父謂曰：取石來鍛之。夫千金之珠，出在九重之淵，驪龍頷下，子能得珠者，必遭其睡也。**馮夷擊鼓群龍趨。**謝惠連雪賦：馮夷剖蚌列明珠。注，馮夷，河伯也。曹子建洛神賦：馮夷鳴鼓，女媧清歌。大人賦：靈媧鼓琴而舞。馮夷，莊子大宗師：馮夷得之，以游大川。釋文：司馬云：清泠傳曰：馮夷，華陰潼鄉堤首人也，服八石，得水僊，是爲河伯。又，一云以八月庚子浴於河而溺死，一云渡河溺死。新添：龍馬河圖曰：河伯姓呂名公子，馮夷即河伯夫人。餘見二十五卷玉臺觀詩。趙云：小説載：有人入僊室，見一羊吐珠。他日，問張華，云：此驪龍也。洛神賦：馮夷鳴鼓。**湘妃漢女出歌舞，金支翠旗光有無。**曹子建洛神賦：從南湘之二妃，攜漢濱之游女〔八〕。前漢禮樂志：金支秀華，庶旄翠旌。張晏曰：金支百二十支。秀華中主有華艷也。文穎曰：析羽爲旌，翠羽爲之也。臣瓚曰：樂上衆飾，有流翅羽葆，以金爲支，其首敷散，若草木之秀華也。師古曰：瓚説是。司馬相如曰：建翠華之旗。梁元帝檄文：建翠鳳之旗。北齊祖孝徵：翠旗臨塞道。**咫尺但愁雷雨至，蒼茫不曉神靈意。**易：雷雨作解。漢郊祀歌：靈之車，結玄雲。靈之來，先以雨。九歌云：雲容容兮在下。又，東風飄兮神靈雨。**少壯幾時奈老何，向來哀樂何其多？**漢武秋風辭：歡樂極兮哀情多〔九〕，少壯幾時兮奈老何！趙云：左傳：天威不違顏咫尺。此一日之間，初至而天地黤慘，乃向來所哀之多也；既而晴無氛埃可以縱遊，乃向來所樂之多也。此一句以結一篇之事。

【校勘記】

〔一〕「朝公泉」上，「合」字原奪，據清刻本、排印本補。

〔二〕「不可不戒」，「可」，文淵閣本、文津閣本、文瀾閣本、清刻本、排印本作「得」。

〔三〕「静」，清刻本、排印本作「浄」。案，二王本杜集卷一、百家注卷三、分門集注卷四、草堂詩箋卷七、黄氏補注卷一以及集千家注杜工部詩集卷二同底本作「静」，杜詩輯注卷二同清刻本、排印本作「浄」；錢箋卷一作「静」，出異文云「一作浄」，而杜詩詳注卷三作「浄」，出異文云「一作静」。又案，據正文「菱葉荷花静如拭」所引「趙云」注，可見趙次公先後解輯注單行本作「浄」，並云「妙處是淨如拭三字」。

〔四〕「貧」，原作「貞」，文淵閣本作「真」，皆訛，據太平廣記卷四百九草木四改。

〔五〕「葯」，原作「的」，據文淵閣本、文瀾閣本改。

〔六〕「淨」原作「静」，訛，據文淵閣本、文津閣本、文瀾閣本、清刻本、排印本改。

〔七〕「倩」，原作「奪」，據清刻本、排印本並參文選卷二十二左思招隱詩之二改。

〔八〕「洛神賦」，原作「神女賦」，檢「從南湘之二妃」句，文選卷十九、全三國文卷十三作曹子建洛神賦，據改。

〔九〕「兮」，原作「少」，據清刻本、排印本並參文選卷四十五、全漢文卷三、漢詩卷一秋風辭改。

渼陂西南臺

高臺面蒼陂，六月風日冷。趙云：此兩句而下皆對。當六月炎天而在渼陂清深之地，故風日自冷，所以著言月以美之也。蒹葭離披去，天水相與永。謝靈運云：雲日相輝映，空水共澄鮮。趙云：詩：蒹葭蒼蒼。離披字出文選。易有天水違行，訟。長笛賦：相與集乎其庭。懷新目似擊，接要一作接惡。心已領。謝靈運詩：懷新道轉迥，尋異景不延。莊子田子方篇：仲尼見温伯雪子，目擊而道存。陶潛詩：醒醉還相笑，發言各不領。仿像識鮫人，空濛辨魚艇。搜神記：南海之外有鮫人，水居如魚，不廢緝績。其人能泣珠。海賦：仿像其色。又，其垠則有天琛水怪〔一〕，鮫人之室。郭璞：鮫人構館乎懸流。曹植：弄珠蚌、戲鮫人。廣雅曰：船二百斛以下曰艇，其形徑艇。一人二人所乘行也。趙云：言其深廣，若有鮫人在其中也。謝玄暉朝雨詩云：空濛如薄霧。言若無而空，若有而濛也。錯磨終南翠，顛倒白閣影。終南白閣，並山名。五經要義云：終南山，長安南山也，一名太一。漢書曰：太一山，古文以爲終南山。潘岳關中記曰：其山一名中南，言在天之中、都之南，故曰中南。趙云：兩句以言其於清臺之上俯湖而見山矣。崷崒增光輝，一作陰。乘陵惜俄頃。西都賦：嵓峻崷崒。謝靈運詩：常充俄頃用。趙云：其山之崷崒，能增湖之光輝。又思乘陵於山之上，然惜其時光只有俄頃，不能久也。此蓋詩家馳騁之意。崷音疾由切，崒音才律切。崷崒兩字字書有之，云山高貌也。廣雅云：陵，乘也。而宋玉風賦曰：乘凌高城，入于深宮。勞生愧嚴鄭，外物慕張邴。嚴陵鄭子真也。嵇叔夜幽憤詩：仰慕嚴鄭，樂道閑居。張良邴原。謝靈運詩：偶與張邴合，久欲還東山。杜正謬：按前漢王貢兩龔傳序：谷口有鄭子真，蜀有嚴君平，皆修身自保。揚雄著書言當世士，稱此兩人云：谷口鄭子真，不屈其志耕於巖石之下，名震京師；蜀嚴湛冥，不作苟見，不治苟得，久幽而不改其操，雖隋、和何以加諸？嵇康幽憤詩：仰慕嚴鄭，樂道閑居。亦謂嚴君平鄭子真也。謝靈運還舊園詩：辭滿豈多秩，謝病不待年。偶與張邴合，久欲還東山。注：張良貴極，願棄人事。邴曼容免官養志自修。趙云：於此嘆勞生之可媿，思物表之可慕。公所媿者，嚴君平鄭子真也；所慕者，張良邴曼容也。世復輕驊騮，吾甘雜鼃黽。趙云：重嘆世不我知，而輕驊騮之駿，則欲隱居於陂上焉。驊騮，見上天育驃騎歌注。國語：范蠡曰：吾先君魚鼈之與處，而鼃黽之與同渚。知歸俗可忽，取適一云足。事莫並。趙云：此等句皆外枯而中腴，蓋言知所歸宿則世俗可忽，取適於己則凡事無可得而並。夫世俗之事可勝言哉！此不盡之意也。選有委篋知歸。身退豈待官，老來苦便靜。謝靈運：辭滿豈多秩，謝病不待年。趙云：老子，功成名遂身退者也。詩句之意，是公未獻賦得官時，蓋言身欲求退，豈必待於爲官之後乎！舊注引謝病不待年，混亂之矣。謝靈運云：拙疾相倚薄，還得靜者便。便音平聲。況資菱芡足，庶結茅茨迥。從此具扁舟，彌年逐清景。菱芡，見前一詩注。趙云：周禮籩人：菱芡栗脯。堯茅茨不剪。漢高祖云：吾亦從此逝矣。范蠡扁舟遊五湖。曹子建詩有明月澄清景。言澄湛其清景耳。

【校勘記】

〔一〕「垠」，原作「根」，據清刻本、排印本並參全晉文卷一百五改。

戲簡鄭廣文虔兼呈蘇司業源明

廣文到官舍，繫馬一作置。堂階下。廣文，見上醉時歌注。醉則騎馬歸，趙云：劉琨：繫馬長松下。山簡傳：日暮倒載歸，酩酊無所知。時時能騎馬，倒著白接䍦。頗遭官長罵。才名三十年，趙云：後漢禰衡傳：曹操以其才名不欲殺之。周禮天官：其屬六十，大事則從其長。世説德行第一篇：爲官長當清、當慎、當勤。坐客寒無氈。晉吳隱之爲大常，坐無氈席。賴有蘇司業，時時與一作乞。酒錢。

夏日李公見訪 一云李家令見訪。

遠林暑氣薄，公子過我遊。趙云：沈約詩：遠林響咆獸，近樹聒鳴蟲。貧居類村塢，僻近城南樓。馬融在陽塢中。趙云：此所謂城南韋杜也。傍舍頗淳朴，所願亦易求。趙云：前漢高祖紀云：高祖適從傍舍來。所願，古本作所須，極是，蓋語方快也。隔屋喚西家，借問有酒不。墻頭過濁醪，展席俯長流。江淹恨賦〔一〕：濁醪夕引。趙云：嵇康與山濤書曰：濁醪一杯。杜陵之樊鄉有樊川，而潏水則自樊川西北流經下杜城。然則詩句有展席俯長流者，豈其居當此地耶？清風左右至，客意已驚秋。江淹〔二〕：晨飆自遠至，左右芙蓉披。巢多衆鳥鬬，葉密鳴蟬稠。苦遭此物聒〔三〕，孰謂吾廬幽。古詩：蟬噪林逾静，鳥鳴山更幽。陶淵明詩：衆鳥欣有托，吾亦愛吾廬。趙云：古詩言庭樹曰：此物何足貴。水花晚色静，庶足充淹留。預恐罇中盡，更起爲君謀。孔融曰：坐上客常滿，罇中酒不空。古今注：蓮花一名水旦〔四〕，一名水芝，一名水花。

【校勘記】

〔一〕「賦」，原奪，據清刻本、排印本訂補。

〔二〕「江淹」下，清刻本、排印本有「詩」字。

〔三〕「遭」，二王本杜集卷一作「道」。

〔四〕「且」，清刻本、排印本作「旦」，誤。

奉同郭給事湯東靈湫作

東山氣濛鴻，宮殿居上頭。趙云：東山，驪山也。按長安志：述征記曰：長安東則驪山，西則白鹿原，北望雲陽，悉見山阜之形，而常若雲霧之中。其上殿則有飛霜、九龍、玉女、七聖、長生、四聖、明珠、鬬鷄之目，又有重明閣、觀風樓、朝元閣、按歌臺、羯鼓樓等也。帝系譜曰：天地初起，溟涬濛鴻。**君來必十月，樹羽臨九州。**言温湯也。長安志：開元後，玄宗每歲十月幸温湯，歲盡而歸。立羽葆蓋也。趙：詩：崇牙樹羽。江淹詩：君王澹以思，樹羽望楚城。**陰火煮玉泉，噴薄漲巖幽。**温泉也。海賦：陽冰不冶〔一〕，陰火潛然。杜補遺：本草：玉泉生藍田。陶隱居云：是玉之精華。又注曰：玉泉者玉之泉液也，以仙室玉池中者爲上。今仙經三十六水法中，化玉爲玉漿稱爲玉泉，服之可以長年，然功劣於自然泉液也。一名玉液，一名瓊漿。詳觀是詩，蓋言湯泉之色如玉，非玉之泉液也。趙云：博物志：凡水源有硫黄，其泉則温。水經云：驪山温水。俗云：始皇與神女戲，不以禮，神女唾之生瘡。始皇謝之，神女爲出温水而洗除。今公以其水温，故假陰火煮之以爲美。**有時浴赤日，光抱空中樓。**山海經：大荒之中，暘谷上有扶桑，十日所浴。又曰：有七子名曰羲和，浴日於甘泉。又曰：日拂于扶桑，出於暘谷，浴于咸池。趙云：蓋言日色出〔二〕光照樓閣，此泉正是咸池耳。**閬風入轍跡，曠原**一作野。**延冥搜。**杜補遺：神異經曰：崑崙三角，其一角正北干星辰，名曰閬風巔；其一角正西，曰玄圃臺；其一角正東，曰崑崙宮。趙云：以言乘輿遠詣而冥搜也。自驪山而出，若將訪崑崙而遊廣原，此所以言其欲冥搜也。老子：善行無轍迹。而義則周穆王欲車轍馬迹遍天下之意。顏延年云：周御窮轍迹。此所以謂之延冥搜也。天台賦：遠寄冥搜。公詩意必言閬風者，以周穆王嘗西征至崑崙墟，見西王母也。沸一作拂。天萬乘動，觀水百丈湫。前漢郊祀志：湫淵，祀朝那。注：水清澈可愛，不容穢濁，龍之所居。趙云：鮑明遠蕪城賦：歌吹沸天。言其聲之多也。萬乘動則所動之聲然矣。百丈湫，傳記無所明載。特長安志有冷水一條，稱在縣東三十五里，亦曰百丈水，乃與戲水相近。且引水經注曰：冷水出浮胏山，戲水出驪山鴻谷〔三〕。按浮胏山乃驪山之麓而有異名耳，則冷水戲水皆出驪山之下。又水經注云：冷水歷陰盤新豐兩原之間，戲水北歷戲亭。而長安志載戲亭陰盤城處有湯泉水之名。且云：貞觀中〔四〕，乘輿將自東門入，湯泉水岸深數丈，時水瀑漲平岸。又見物狀如猪，當土門卧，命有司致祭，其物起向北而失。時有詩乃直指爲龍所在，惜乎地志不載。百丈湫字及至尊游幸事，無所考證，今故詳載其近似者，以竢博雅君子訂之。幽靈斯一作靈湫斯。可佳，王命官屬休。趙云：言乘輿既至湫傍，遂休官屬。休，乃百工休之休。初聞龍用壯，擘石摧林丘。大壯：九三，小人用壯。郭緣生述征記：巨靈擘開華山。謝惠連詩：落雪洒林丘。中夜窟宅改，移因風雨秋。趙云：龍用壯而擘石，此原爲湫之始也。窟穴改而移，又言龍所居非一處。然則湫之廣大可知矣。郭璞江賦：瑰奇之所窟宅。又天台山賦序：靈仙之所窟宅。倒懸瑤池影，屈注滄江流。漢郊祀志：谷永云：登遐倒景，覽觀縣圃，浮遊蓬萊。如淳曰：在日月之上，反從下照，故其景倒。大人賦：貫列缺之倒景。孫綽天台賦：或倒景於重溟。張協七命云：倒景而開軒。江賦：瑰琦之所窟宅〔五〕。廣雅：日景在下曰倒景。趙云：言湫之深廣險激。公詩又於過驪山之下，曰「瑤池氣鬱律」者如此。舊注引倒景以證倒懸，非是。謝朓詩：結軫青郊路，迴瞰滄江流。舊本作蒼江，非是。味如甘露漿，揮弄滑且柔。江賦：揮弄灑珠。周禮：欲其柔而滑。却參倣選詩齊瑟和且柔也。**翠旗淡偃蹇，雲車紛少留。**九歌：靈偃蹇兮姣服〔六〕；又：蹇將憺兮壽宮。枚乘七發：旌旗偃蹇。相如：建翠華之旗。注：以翠羽爲旗上葆也。大人賦：掉指橋以偃蹇；又云，蜩蟉偃蹇。薛云：楚辭東皇太一曰：靈偃蹇兮姣服。又大司命曰：乘迴風兮載雲旗。二章屈原之所作也。趙云：淡偃蹇，則在高遠間自下觀之淡如也。神仙有五雲之車也。紛少留，則嬪嬙侍御之多矣。北征賦：曾不得乎少留。登樓賦：曾何足以少留。**簫鼓蕩四溟，異香泱莽浮。**漢武帝：簫鼓鳴兮發棹謳。顏延年：笳鼓震溟州。木玄虛海賦：泱漭淡濘。七啓：入乎泱漭之野。謝玄暉：晨光復泱漭。張平子：泱漭無疆。劉伶：泱漭望舒隱。趙云：選詩：雨足灑四溟。泱漭字，舊注所引皆是。泱漭，泱音烏朗切，漭音模朗切。或注云：無疆限之貌。或注云：不明之貌。漭雖與莽同音，而終非泱莽正出〔七〕。其字在上林賦言八川之流曰：過乎泱莽之野。注云：大貌。山海經所謂大荒之野也。以言水流之長遠。異香泱莽浮，則香之所浮如此，其荒遠也。**蛟人獻微**一作徵。**綃，曾祝沉豪牛。**吳都賦：泉室潛織而卷綃。注云：鮫人織輕綃於泉室以賣之。趙云：獻微綃，則以湫之深廣，宜有之矣。下句所以祭其湫也。詩：曾祝致告。**百祥奔盛明，古先莫能儔**〔八〕。書：作善降之百祥〔九〕。**坡陁金蝦蟆，出見蓋有由。**相如哀二世賦：登陂陁之長坂。趙云：「陂陁金蝦蟆」，於「百祥奔盛明」之下，則所以爲祥矣。唐五行志亦有載蝦蟆色如金者，則此金蝦蟆蓋是實事，或云驪山上有古碑載之〔一〇〕。**至尊顧之笑，王母不遺**一作肯〔一一〕。**收。**大人賦：吾乃今日覩西王母，暠然白首，戴勝而穴處兮，亦幸有三足烏爲之使。趙云：王母言貴妃也。上既以湫比瑤池，則此用王母尤宜〔一二〕。**復歸虛無底，化作長黃虬。**一作龍與虬〔一三〕。**飄飄青瑣郎**〔一四〕，漢武帝說相如大人賦，飄飄有凌雲氣。初，秦漢別給事、黃門之職，後漢併爲一官，故有給事黃門侍郎，掌侍從左右，給事中使，關通中外。及諸王朝見於殿上，引王就座。日暮，入對青瑣門拜，故謂之夕郎。宮闕簿曰：青瑣門，在南宮。衛瓘注吴都賦曰：青瑣，户邊青鏤也。范雲詩有云：攝官青瑣闥〔一五〕。文采珊瑚鈎。見上送孔巢父詩注〔一六〕。浩歌渌水曲，清絶聽者愁。盧湛：俯澡緑水。馬季長笛賦：中取度於白雪緑水。注：二曲名。嵇叔夜琴賦：初涉渌水，中奏清徵。張翰弔賈生賦：敢不敬弔，寄之渌水〔一七〕。

【校勘記】

〔一〕「冰」，原作「水」，據清刻本、排印本並參文選卷十二、全晉文卷一百五木華海賦改。

〔二〕「蓋」上，據清刻本、排印本有「此」字，當是。

〔三〕「出」，原奪，據清刻本、排印本並參水經注卷十九渭水下訂補。

〔四〕「貞觀」，原作「正觀」，係避宋諱，此改。

〔五〕「江賦」，原作「海賦」，檢海賦無「瑰琦之所窟宅」句，考文選卷十二、全晉文卷一百二十郭璞江賦有此句，當是誤置，據改。

〔六〕「偃」，原作「旗」，據清刻本、排印本改。

〔七〕「莽」，清刻本、排印本作「漭」，下同。

〔八〕正文「先莫能儔」以下至本詩終，文津閣本、文瀾閣本闕。

〔九〕「書作善降之百祥」，底本與文淵閣本以及清刻本、排印本之注釋内容和詳略互異。文淵閣本作：「書：作善降之百祥。揚雄解嘲：遭盛明之世。吴都賦：古先聖代。」清刻本、排印本作：「書：作善降之百祥。班婕妤自悼賦：當日月之盛明。書：别求聞由古先哲王。晉書隱逸傳序：古先智士，體其若兹。論衡：和氣不獨在古先，則聖人何故獨優。字林：儔，侣也。」

〔一〇〕「相如哀二世賦」至「或云驪山上有古碑載之」，底本與文淵閣本以及清刻本、排印本之注釋内容和詳略互異。文淵閣本作：「相如子虚賦：罷池坡陀，下屬江河。又哀二世賦：登坡陀之長阪。匡俗正謬：坡陀者，猶言靡迤。埤雅：蝦蟆一名蟾蜍，或作詹諸。張衡靈憲：羿竊不死之藥於西王母，嫦娥得之奔月，是謂蟾蜍。陸倕漏刻銘：靈虬承注，陰蟲吐噏。李周翰曰：陰蟲，蝦蟆也。潘鴻曰：按，五行志：神龍中，渭水有蝦蟆，大如鼎，里人聚觀，數日而失，此韋后時事。坡陀金蝦蟆，蓋其類也。禄山濁亂宫闈，故有此應，可與翟泉鵝出同類並觀，故曰出見蓋有由。又載蝦蟆色如金，或云驪山上有古碑載之。」清刻本、排印本作：「聲類：坡陀，不平也。唐五行志有載蝦蟆色如金者，或云驪山上有古碑載之矣。後漢書南蠻邛都夷傳：青蛉縣禺同山有碧鷄金馬，光景時時出見。此出見二字所祖。禮記：四靈爲畜，故飲食有由。」案，「李周翰」，上引文淵閣本原作「李翰」，據新唐書卷六十藝文志載五臣注文選、卷二百二文藝中吕向傳訂補「周」字。

〔一一〕「遺」字下注云：「一作肯。」清刻本、排印本無。

〔一二〕「大人賦」至「則此用王母尤宜」，文淵閣本無；而清刻本、排印本與底本注釋内容有異，作：「爾雅疏：君者至尊之號。詩：顧我則笑。郭璞遊仙詩：靈妃顧我笑。鮑照白紵曲：千金顧笑買方年。穆天子傳：周穆王好神仙，觴西王母於瑶池之上。漢武内傳：七月七日有一青鳥集殿前。東方朔曰：此西王母欲來也。司馬相如大人賦：吾乃今日覩西王母。不遺收，本國策『不足收』句法。」

〔一三〕「一作龍與虬」五字，底本與文淵閣本以及清刻本、排印本之注釋内容和詳略互異。文淵閣本作：「趙云：按禄山事跡，帝嘗夜宴，禄山醉卧，化爲一猪而龍頭，左右遽言之，帝曰：渠猪龍耳，無能爲也。詩蓋暗指此事。」清刻本、排印本作：「晉書曹毘傳：舞黄虬于慶雲。」

〔一四〕文淵閣本「飄」下有注云：「一作飄。」它本皆無。

〔一五〕「漢武帝説相如大人賦」至「攝官青瑣闥」一百一十字，文淵閣本、文津閣本、文瀾閣本、清刻本、排印本均無。

〔一六〕「見上送孔巢父詩注」，文淵閣本無；而清刻本、排印本與底本注釋内容有異，作：「史記司馬相如傳：飄飄有凌雲氣。漢書注，青瑣者，刻爲連環文而青塗之也。漢官儀：給事黄門之職，日暮入對青瑣門拜，謂之夕郎。禮記：省其文采。宋書符瑞志：珊瑚鈎，王者恭信則見。孝經援神契：珊瑚鈎，瑞寶也。此二句推許郭給事也。」

〔一七〕「盧湛俯澡緑水」至「寄之淥水」，底本與文淵閣本以及清刻本、排印本之注釋内容和詳略互異。文淵閣本作：「末贊郭詩，結出相和之意。」清刻本、排印本作：「楚辭九歌：臨風怳兮浩歌。長笛賦：中取度于白雪淥水。陸雲書：頃日視之，實自清絶。詩：聽者藐藐。」

夜聽許十誦詩愛而有作〔一〕

許生五臺賓，業白出石壁。河北有五臺山。杜補遺：酈元水經注曰：五臺山，其山五巒巍然，故曰五臺。御覽載山經云：此山名爲紫府，仙人居之。北臺之山，冬夏常冰雪，不可居。即文殊師利鎮毒龍之所。今多佛寺，四方僧徒善信之士，多往遊焉。石壁，寺名。謝靈運有石壁精舍詩。金光經云：遠離一切諸惡等，善修無量白淨之業。佛經以善業爲白業，惡業爲黑業。趙云：言許生客居五臺，行業精白而出也。達磨嘗曰當勤白業，護持三寶也。列子載：趙襄子狩於中山，藉芿燔林，熻赫百里，有一人從石壁中出，隨煙上下也。五臺山，阿羅漢所在，謂許生爲五臺賓，因其隱迹五臺而名之，遂云出石壁，乃所以神異之也。黄魯直却變用入石壁事，自贊其畫云：「前世寒山子，後身黄魯直。頗遭俗人惱，思欲入石壁。」夫石壁之可出可入，非神異者能之乎〔二〕？

余亦師粲可，身猶縛禪寂。師粲善詩。杜正謬：璨可乃六祖僧璨及慧可禪師。璨傳法偈云：華種雖因地，從地種花生。若無人下種，花地盡無生。可傳法偈云：本來緣有地，因地種花生。本來無有種，花亦不能生。璨可二禪師乃禪中祖師，故子美云「師璨可」「縛禪寂」，非師璨善詩也。又補遺：維摩經：所生無縛，能爲衆生説法解縛，如佛所説：若自有縛，能解彼縛，無有是處；若自無縛，能解彼縛，斯有是處。是故菩薩：不應起縛。何謂縛？何謂解？貪著禪味是菩薩縛，以方便生是菩薩解。又云：以大精進，攝諸懈慢。一心禪寂，攝諸亂意。趙云：此兩句髣髴似對，大手段多如此，故蘇東坡亦有之。粲可，二人之名。禪、寂是兩字也。粲則僧粲，可則慧可。按傳燈録正與達磨世次相接。公方言與許生共學性空事，故詩語用此。許生已業白而出，吾猶縛禪空而未脱，亦自慊之辭。縛字，出佛書，蓋以對解。其語曰：貪著禪味是菩薩縛。縛禪，則不能解矣。

何階子方便，謬引爲匹敵。魏文侯師田子方也。趙云：此兩句又對。蓋言有何因階，得子垂方便之行，而以之爲匹也。洪駒父引佛經稱善巧方便，是。舊注以爲田子方，非。又玉臺新詠載，桃葉答王獻之團扇歌云：動摇郎玉手，因風托方便。應德璉詩云：伸眉路何階。梁張纘離別賦：顧龍門而掩涕，瞻郢路而何階。

離索晚相逢，包蒙欣有擊。離群索居。易九二：包蒙；上九，擊蒙。

誦詩渾遊衍，四座皆辟易。項羽傳：項羽嗔目叱赤泉侯，人馬俱驚，辟易數里。趙云：國語云：工誦詩。詩云：及爾遊衍。古詩詠香爐云：四座莫不歡。

應手看捶鉤，清心聽鳴鏑。莊子知北遊：大馬之捶鉤者，年八十矣，而不失毫芒。注：玷捶鉤之輕重，而無毫芒之差，都無懷，則物來皆應。前漢匈奴傳：冒頓作鳴鏑出獵，左右皆隨，鳴鏑而射殺頭曼。應劭曰：骹箭也[二]。左思詩：邊城苦鳴鏑。陸機：鳴鏑自相知。趙云：上句言其詩之熟也，下句言其詩之清也。此亦古人所謂好詩清熟如彈丸之意。邇時黄魯直詩云：新詩如鳴弦。蓋出於此也。莊子：輪扁斲輪有曰：得之於心而應之於手。晉書有曰：願陛下清心寡欲，約己便民。

精微穿溟涬，飛動摧霹靂。莊子在宥篇：大同乎涬溟。注：與物無際。釋文：涬，户頂反，又音幸；溟，亡頂反，自然氣也。公羊注曰：雷疾而甚者爲震。震與霆，皆謂霹靂也。趙云：溟涬者，天地初起之氣；而可穿之，言其意思深遠也。霹靂者，所以震物之聲而反摧之，言其句法神妙也。陶帝系譜曰：天地初起，溟涬蒙鴻。素問云：雲物飛動。北史：神武歎薛孤延之勇決，曰：延乃能與霹靂鬭。

謝不枝梧，風騷共推激。陶潛謝玄暉靈運惠連之徒也。前漢項籍傳：籍即帳中斬宋義頭，諸將讋服，莫敢枝梧。如淳曰：枝，猶枝柱也。臣瓚曰：小柱爲枝，邪柱爲梧，今屋邪柱是也。陶謝，二人之姓，陶潛謝靈運也。風騷是兩字，國風與離騷也。上句言其詩凌爍之也，下句言其相追逐也〔四〕。紫燕一作鸞。自超詣，翠駮誰剪剔。爾雅：駮，如馬，倨牙食虎豹。管子曰：桓公乘馬，虎望見而伏。公問管仲：意者君乘駮馬，曰然。管仲曰：駮馬食虎豹，故疑焉〔五〕。莊子曰：治馬者，燒之剔之。杜補遺：西京雜記：漢文帝自代還，有良馬九，皆天下之駿。一名浮雲，二名赤電〔六〕，三名絶群，四名逸驃〔七〕，五名紫燕騮，六名緑螭驄〔八〕，七名師子〔九〕，八名麟駒，九名絶塵，號爲九逸。紫鸞者，是鸞鳳之鸞。杜田以爲紫燕，誤矣。蓋公此篇雖云古詩，自首兩句而下，每每用對而句眼平側相連。趙云：若作紫燕，非止義錯而失句眼矣。何則？鸞鳳之名，雖曰色多丹者曰鳳，故每言丹鳳；色多青者曰鸞，故每言青鸞；如鳳五色而多紫者曰鸑鷟。但前人未嘗言紫鸑鷟，而杜公於北征詩曰：天吴及紫鳳，顛倒在短褐。則在鳳言紫矣。今曰紫鸞自超詣，固亦如紫鳳之稱。杜田正誤於卷首云：見歐陽家善本作燕，遂引漢文帝九馬之一曰「紫燕騮」。而蔡伯世正異亦作紫燕，如此則平側不相連。又兩句皆言馬，不亦拙乎？紫鸞用對翠駮，以兩物比之。紫鸞自超詣，言其才之遠到如鸞鳥之超騰詣至。楚辭云「鸞鳳翔於蒼雲」，則其超詣可知。公夔府詠懷詩有云「紫鸞無近遠」，亦超詣之意。君意人莫知，人間夜寥闃。趙云：寥闃者，寂靜之義。梁蕭子範直坊賦曰：何坊禁之寥闃，對長夜之蕪永。

【校勘記】

〔一〕文淵閣本題下有注，作：「王云：案，詩當是天寶十四載長安作。許十一當是居五臺學佛。」文津閣本、文瀾閣本、清刻本、排印本均無。

〔二〕注「河北有五臺山」至「非神異者能之乎」，文淵閣本與清刻本、排印本注釋内容及詳略互異。文淵閣本作：「水經注：五臺山，五巒巍然，故謂之五臺。此山名爲紫府，仙人居之。其北臺之山，即文殊師利常鎮毒龍之所。寶積經：若純黑業，得純黑報；若純白業，得純白報。又云凡五戒十善、四禪四定爲無量白净之業，佛經以善業爲白業，惡業爲黑業。」清刻本、排印本作：「淨住子曰：白淨之業不足言煩惱。趙曰，佛經以善業爲白業，惡業爲黑業。」

〔三〕「皎」，原作「曉」，據清刻本、排印本改。

〔四〕「追逐」，文淵閣本作「逐追」。

〔五〕「故疑焉」，「疑」清刻本、排印本作「伏」，訛；「焉」文淵閣本作「馬」，訛。

〔六〕「靈」，清刻本、排印本作「電」。

〔七〕「驃」，原作「騾」，據清刻本、排印本並參初學記卷二十九録西京雜記改。

〔八〕「録」，原作「經」，據清刻本、排印本並參初學記卷二十九録西京雜記改。

〔九〕「師子」，清刻本、排印本作「龍子」。

橋陵詩三十韻因呈縣内諸官

鮑云：開元三年六月睿宗崩，十月葬橋陵。公故有是詩。新添：上郡陽周縣橋山南有黄帝塚。開元三年葬睿宗同州奉先縣，因名橋陵。趙云：陵在蒲城縣西北二十里之豐山。唐初本屬同州，以建橋陵改爲奉先縣，仍隸京兆府。

先帝昔晏駕，茲山朝百靈。前漢志：宫車晏駕。注：天子當晨起早作，而方崩殞，故稱晏駕者。凡臣子之心，猶謂宫車晚出也。海賦：竭盤石，栖百靈。趙云：史記：王稽謂范睢曰：宫車一日晏駕。舊注引漢天文志在後矣。海賦有栖百靈。陸機作吴大帝誄有云：幽驅百靈。**崇岡擁象設，沃野開天庭。**嵇叔夜琴賦：托峻岳之崇岡。蘭亭序：崇岡峻嶺。張平子西京賦：廣衍沃野，厥田上上。杜補遺：宋玉招魂：像設居室，静安閒些。注：言爲君於此造設室宇，結像舊居，清静寬閒，甚可安焉。師：謝朓册文：陳象設於園寢。趙云：自此而下，凡十五韻，言山之氣象，陵之幽寂，且言王之孝思，又言地之連固也。前漢書云：秦地沃野千里。舊注引西京賦，在後矣。蜀都賦：摛藻掞天庭。**即事壯重險，論功超五丁。**易：習坎，重險也。天台賦：履重險而逾坂。沈休文[一]：即事既多美[二]。蜀王本紀曰：天爲蜀生五丁力士，能徙山。秦王獻美女與蜀王，蜀王遣五丁迎女。見一大虵入山穴中，五丁共引蛇，山崩，五丁皆化爲石矣。趙云：美其有事於此陵，功力之多也。即事，祖出列子，蓋言即就其事也。謝靈運用此兩字於詩云：即事怨睽攜。漢史云：諸將論功。**坡陁因厚地，却略羅峻屏。**相如二世賦：登坡陁之長坂。趙云：古歌辭隴西行云：却略再拜跪，然後持一杯。此義雖言健婦對客恭敬謹節之貌，却略乃退身之義也。山之退而在後，其勢亦然。**雲闕虚冉冉，風松肅泠泠。**天台賦：雙闕雲竦以夾路。顔延年詩：松風遵路急。離騷七諫：下泠泠而來風。蘇武詩：泠泠一何悲。**石門霜露白，玉殿莓苔青。**孫綽：踐莓苔之滑石。異苑曰：天台山石有莓苔之險。杜補遺：予嘗讀唐舊史鄭絪傳，其子顥尚宣宗女萬壽公主。因壽昌節上壽回，昏然晝寢，夢至一處，宮殿邃嚴，殆非人世。與十數人納涼聯句，既悟，惟省十字云：石門霧露白，玉殿莓苔青。私怪語不祥。不數日，宣宗弓劍上僊，方悟其事，乃續其詩爲十韻。予觀顥所夢十字與子美橋陵詩中二句大同，唯以「霜」爲「霧」小異。又橋陵詩首句云「先帝昔晏駕」，則亦與上僊之意合。使顥知杜詩有此句而夢之乎？則既悟，決知其爲不祥之證，而必不續之也。蓋不知子美有此句而夢之，是神之所爲，亦不過如是也。顥所續詩，律切典雅，無媿作者，今録于此：「間歲流虹節，歸軒出禁扃。奔波逃畏景，蕭灑夢殊庭。境象非曾到，崇嚴昔未經。日斜烏斂翼，風動鶴飄翎。異苑人争集，涼臺筆不停。石門霧露白，玉殿莓苔青。若匪災先兆，何緣思入冥。丹墀虚仗馬，華蓋負云亭。白日成千古，金縢閟九齡。小臣哀絶筆，湖上泣青萍。」趙云：禮記：霜露既濡，霜露既降。

宮女曉趙作晚。知曙，祠官朝見星。趙云：上以其無事晚而後知曉也，下以其勤恪而虔於從事也。空梁簇畫戟，陰井敧銅瓶。趙云：薛道衡云：空梁落燕泥。中使日夜繼，趙作日繼夜。蔡作日相繼。蓋取其對。惟王心不寧。趙云：唐書載裴度之討淮西，先是諸道兵皆有中使監軍，進退不由主將。度至行營，並奏去之。則中使之名，自度已前有矣。周禮：惟王建國。詩：王心載寧。王心則寧。豈徒郵備享，尚謂求無形。趙云：禮記：備物之享。禮云：視於無形。孝理敦國政，神凝推道經。莊子曰：用志不分，乃凝於神。趙云：上句以言後王之孝思，下句以言先王之如在。孝理字，本是孝治，高宗諱治字，故改治爲理。瑞芝産廟柱，好鳥鳴一作巢。巖扃。肅宗延英殿御座，梁上生玉芝，一莖三花，上製靈芝詩。趙云：自是橋陵廟中柱耳。舊注引肅宗延英殿，非是。曹子建詩：好鳥鳴高枝。高岳前嵂崒，洪河左瀅濴。西都賦：右界褒斜隴首之險，帶以洪河涇渭之川。趙云：高岳，指嵩高山也。字起於崧高惟岳。洪河，指言橋陵之左，是洪河所過也。趙云：嵂崒，嵒崒則用崒字。崒音才律切。韻書注云：峰頭巉嵒也。若山在左，而卒在右，則音祚骨切，乃連崪屼云矣。瀯瀠兩字，韻書不載，惟玉篇有瀯字，以同縈字，音胡坰切；有濼字，音烏營切，則縈字也。縈字在大清字韻中，惟榮字在小青字韻中。如此則豈洪河左瀯瀠，可讀作縈熒，而傳寫之誤耶？

金城蓄峻趾，沙苑交迴汀。班固賦：建金城之萬雉。乃鑿墉之峻趾。以益其高也。杜正謬：金城，地名也。前漢地理志：秦地於天官東井、輿鬼之分野，西有金城、武威。唐金城爲蘭州郡名。是詩以金城對沙苑，則其爲地名可知矣，非特如金城湯池，取其堅固也。金城「土酥淨如練」「金城賊咽喉」，其義同此。漢金城郡注曰：金城郡，昭帝始元六年置。應劭曰：初築城得金，故曰金城。瓚曰：稱金取其堅。師古曰：一云以郡在京師之西，故謂之金城。金，西方之行也。沙苑，隸左馮翊，見下沙苑行。趙云：沙苑於橋陵同是一州之地爲相近，而金城在橋陵之西北，相去之遠，乃言及之，豈所謂「蓄峻址」者，其山聯亘自金城來邪？蓋地理家謂之來岡者乎？左太冲魏都賦曰：藐藐標危，亭亭峻址。

永與奧區固，川原紛眇冥。西都賦：防禦之阻，則天地之奧區焉。張平子賦：寔爲地之奧區神皋。

居然赤縣立，臺榭爭岧亭。張衡靈憲圖曰〔三〕：崑崙東南赤縣之州，風雨有時，寒暑有節。苟非此土，南則多暑，北則多寒，東則多陰〔四〕，故聖王不處焉。史記：鄒衍著書云：中國於天下，八十一分居其一分耳。中國名赤縣，內自有九州，禹之叙九州是也。不得爲州數。中國外，亦如赤縣州者有九，乃謂九州也。江淹詩：岧亭南樓期。西京賦：干雲霧而上達，狀亭亭以迢迢。趙云：尹文子曰：形之與名，居然别矣。今蒲城縣在魏，本屬同州。唐開元四年，以縣之豐山建睿宗橋陵，改爲奉先縣，仍隸京兆府。十七年昇爲赤。舊注引非是。世説：王丞相見衛洗馬曰：居然有羸形。晉人用居然字甚多，姑舉其一。

官屬果稱是，聲華真可聽。謂縣内諸官也。周禮：一曰天官，其屬六十。劉寬以誠長者待官屬。

王劉美竹潤，裴李春蘭馨。爾雅：東南之美者，有會稽之竹箭焉。晉江逌竹賦：有嘉生之美竹。翕幽液以潤本。趙云：説文：蘭，香草也。嵇叔夜琴賦：春蘭被其東〔五〕。

鄭氏才振古，郯侯筆不停。詩：振古如茲。注：振，自也。王劉裴李鄭郯，皆當時赤縣官也。趙云：振古者，若言其才須從古中求也。禰正平鸚鵡賦序：衡因爲賦，筆不停輟。遺辭必中律，利物常發硎。陸士衡文賦：放言遺辭，良多變矣。莊子：鳴而中律。又：庖丁爲文惠君解牛曰：今臣之刀十九年，而所解數千牛矣，而刀刃若新發於硎。綺繡相展轉，琳琅愈一作逾。青熒。西都賦：琳珉青熒。校獵賦：玉石嶜崟，眩耀青熒。側聞魯恭化，秉德崔瑗銘。後漢：魯恭爲中牟令，專以德化爲理，不任刑罰。後漢：「崔瑗高於文辭，尤善爲書、記、箴、銘。」所著賦、碑、箴、頌，今座右銘傳於世。趙云：又言六君子之中爲知縣者。太史候鳧影，王喬隨鶴翎。趙云：後漢王喬者，河東人也。顯宗世，爲葉令。喬有神術，每月朔望，常自縣詣臺朝。帝怪其來數而不見車騎，密令太史伺望之。言其臨至輒有雙鳧從東南飛來。於是候鳧至，舉羅張之，但得一雙舄焉。乃詔尚方診視，則四年中所賜尚書官屬履。此載在後漢王喬傳，然無鶴事。今却云王喬隨鶴翎，因更用周靈王太子王子喬事貼之也。周太子王子晉亦曰王子喬。列仙傳：王子見桓良曰：告我家，七月七日待我於緱氏山頭。至時乘白鶴在山頭，望之不得。舉手謝時人，數日而去。今公以六君子之中爲知縣者，比之後漢王喬，而太史候其履鳧之影，又就後漢王喬身中比之，爲真是周太子王喬，又乘鶴而往朝也。朝儀限霄漢，客思迴林坰。謝靈運：照灼爛霄漢。又：結念屬霄漢，孤景莫與諼〔六〕。謝惠連：相送越坰林。趙云：爾雅：林外謂之坰。自此至篇終，公自述也。知縣入朝而公不得預，此所以自嘆也。轗軻辭下杜，飄飖陵濁涇。孝宣紀：尤樂杜鄠之間，率常在下杜。孟康曰：在長安南。師古曰：下杜即今之杜城。詩：涇以渭濁。諸生舊短褐，旅泛一浮萍。婁敬曰：臣衣帛，衣帛見；衣褐，衣褐見。古詩：泛泛江漢萍，漂蕩水無根。劉靈曰：俯觀萬物擾擾焉，如水之載浮萍。王逸曰：自比如萍隨水浮遊。趙云：短褐，使貧者衣短褐也。舊注非是。荒歲兒女瘦，暮途涕泗零。史記：伍子胥曰：吾日暮途遠，吾故倒行而逆施之。詩：涕零如雨。主人念老馬，廨宇容秋螢。韓詩外傳：昔田子方出，見老馬於野，喟然有志，問於御者，曰：故公家畜也，罷而不爲用，故放出。田子方曰：少盡其力，而老棄其身，仁者不爲也，束帛贖之。窮士聞之，知所歸心。趙云：公多以老馬自況，又以況人之美材，取管仲言老馬之智可用而已。秋螢，乃車胤聚螢事〔七〕。豈言客於縣宇而容其讀書乎？流寓理豈愜，窮愁醉未醒。何當擺俗累，浩蕩乘滄溟。史虞卿傳贊：虞卿非窮愁，亦不能著書以自見於後世。趙云：謝靈運擬王粲詩序云：家本秦川貴公子，遭亂流寓，自傷情多也。篇終乃白鷗没浩蕩從此辭之意，不必用言水之浩蕩也。

【校勘記】

〔一〕「沈休文」，清刻本、排印本作「沈約」。案，沈約，字休文，南朝文人。

〔二〕「美」，原作「矣」，據清刻本、排印本並參梁詩卷六沈約遊鍾山詩應西陽王教改。

〔三〕「靈憲圖」，原作「慮圖」，據清刻本、排印本改。

〔四〕「東則多陰」，清刻本、排印本作：「東則多陽，西則多陰。」

〔五〕「被」，原作「波」，文瀾閣本作「披」，據清刻本、排印本並參文選卷十八、全三國文魏卷四十七改。

〔六〕「諼」，原作「謾」，據宋詩卷二謝靈運石門新營所住四面高山回溪改。

〔七〕「車胤」，文瀾閣本作「車運」，清刻本、排印本作「車允」，係避諱。

沙苑行 隸左馮翊，在長安之西。

君不見左輔白沙如白水，繚以周墻百餘里。前漢：京兆尹左馮翊右扶風，謂之三輔。潘岳關中記曰：三輔舊治長安城中。長吏在其縣治民。光武東都之後，扶風出治槐里，馮翊出治高陵。班固西都賦：西郊有上囿禁苑，繚以周墻，四百餘里。其中乃有大宛之馬。百官公卿表注：馮，輔也；翊，左也。三輔故事曰：上林連綿四百餘里。繚，力鳥切。張平子西京賦：繚垣綿聯，四百餘里矣。趙云：沙苑，在同州，於昔爲馮翊郡，州有白水縣，以其水白名之。沙苑之沙白正如水之白，取本處事以譬之也。龍媒昔是渥洼生，汗血今稱獻於此。前漢禮樂志：天馬騋，龍之媒。元狩三年，馬生渥洼水中，作天馬歌。本紀不載。惟元鼎四年秋，馬生渥洼水中，作寶鼎天馬之歌。西域傳：宛別邑七十餘城，多善馬。馬汗血，言其先天馬子也。苑中騋牝三千匹，定之方中：騋牝三千。毛氏：馬七尺曰騋。騋馬，牝馬也。唐貞觀初，僅有牧牝三千匹，從赤岸澤徙之隴右。風俗通曰：馬一匹，俗説相馬及君子與人相匹。或曰，馬夜行，目明照前四丈，故曰一匹。或曰，度馬縱横，適得一匹。或説馬死賣得一匹帛。或云：春秋左氏説諸侯相贈乘馬束帛，帛爲匹與馬之相匹耳。韓詩外傳：吴門馬如一匹練。豐草青青寒不死。湛湛露斯，在彼豐草。古詩：青青河畔草。漢童謡：千里草，何青青。食之豪健西域無，西域大宛國馬嗜苜蓿。用王褒謝馬啓：邊城無草。趙云：蓋言寒時草當死，而沙苑之地宜草，雖寒時而不死也。以之食馬，則豪健焉，雖西域出馬之地，亦無此豪健也。舊注引非是。每歲攻一作收。駒冠邊鄙。周禮夏官庾人：掌十有二閑之政教，以阜馬、佚特〔二〕、教駣、攻駒。注：攻駒，乘其蹄齧者閑之。

又校人：春執駒。鄭司農云：執駒，無令近母，猶攻駒也。二歲曰駒，三歲曰駣。玄謂：執猶拘也。月令仲夏頒馬政注：教駣，攻駒之類也。**王有虎臣司苑門，入門天廄皆雲屯。**矯矯虎臣。西都賦：披飛廉，入苑門。西域傳：蒲梢、龍文、魚目、汗血之馬，盈於黄門。漢有閑駒、槖泉、騊駼、丞華、龍馬五監〔二〕，各有長丞。文又有未央、承華、騊駼、龍馬、輅軨、大廄，皆有令，漢苑三十六所在邊。劉表傳：雲屯冀馬。虞子陽：雲屯七萃。陸機：胡馬如雲屯。**驌驦一骨獨當御，**左傳定三年：唐成公如楚，有兩驌驦馬。子常欲之，不與，三年止之。唐人竊馬而獻子常，子常歸唐侯。馬融曰：驌驦，鳥也，馬似之。選：張景陽七命云：駿唐公之驌驦。杜補遺：酉陽雜俎云：驌驦，狀如燕稍大，足趾似鼠，未常見下地，常止林中。及飛舉則上凌青霄。出涼州。馬名驌驦者，言其如驌驦之飛舉也。又禽經曰白鳳〔三〕。曰驌驦，見第九「威遲白鳳態」補遺。**春秋二時歸至尊。**魯莊公新作延廄，凡馬日中出入。注：中分也。春分出之，秋分內之。趙云：虎臣所掌之馬雖多，而其中唯驌驦一種之骨充御，故一年之中，春秋兩次進之。舊注引非是。**至尊內外馬盈億，伏櫪在坰空大存。**開元初，牧馬二十四萬匹。十三年，加至四十五萬匹。魏武：老驥伏櫪。魯頌：在坰之野。趙云：言櫪中坰外空大存之而不如驌驦之貴也。**逸群絶足信殊傑，**顔延年賦：伊逸倫之妙足。又：別輩越群。蜀志關羽傳：馬超未及髯之絶倫逸群也。魏文帝書曰：中國雖饒馬，其知名絶足亦少。曹毗馳射賦：何逸群之奇駿也？**倜儻權奇難具論。**禮樂志：倜儻精權奇〔四〕。顔延年賦：雄志倜儻，精權奇。趙云：謝靈運入彭蠡湖口詩：風潮難具論。**纍纍塠阜藏奔突，往往坡陁縱超越。**列仙傳：蘇耽騎鹿，遇險絶處能超越。語人曰龍也。謝靈運詩：險舟有超越。趙云：蓋言沙苑之地，高者塠阜則馬之奔突可藏，稍峻處坡陁，則馬乃能超越之，以馬適性且材健也。**角壯翻同麋鹿遊，浮深簸蕩黿鼉窟。**顔延年賦：分馳迴場，角壯永埒。韓子曰：如耳說衛嗣君。公曰：夫馬似鹿者價千金。然世有百金之馬，而無一金之鹿何也？馬爲人用而鹿不爲人用。孟子曰：與鹿豕遊。伍員曰：見麋鹿遊姑蘇臺。龐公傳：黿鼉穴於深淵之下。木玄虛海賦：或屑没於黿鼉之穴。趙云：言馬之角鬬，其壯可與麋鹿並其能，以麋鹿善走險故也。言馬浴時浮於深處，直至揺動黿鼉穴。又因以見其多也。舊注引非是。**泉出巨魚長比人，丹砂作尾黃金鱗。豈知異物同精氣，雖未成龍亦有神。**夏官馬質：禁原蠶者。注：原，再也。天文辰爲馬。蠶書：蠶爲龍精，月直大火，則浴其種，是蠶與馬同氣。物莫能兩大，禁再蠶者爲傷馬歟？顏延年賦：稟靈月駟，祖雲螭也。趙云：書：不貴異物。易：精氣爲物。龍或魚所化，或馬所爲，故異物同精氣也。句接浮深之下，則沙苑之側有水，正馬之浴處，而水中有是魚也。舊注乃引禁原蠶事，非是。惜乎圖志不載，幸於公詩見之〔五〕。

【校勘記】

〔一〕「佚」，原作「伏」，據清刻本、排印本改。

〔二〕「五監」上，原奪「龍馬」，據清刻本、排印本並參漢書卷十九上百官公卿表第七上訂補。

〔三〕「白鳳」上，文淵閣本有「似」字。

〔四〕「禮樂志」二句，清刻本、排印本作：「天馬歌：志俶儻，精權奇。」

〔五〕「見」，原作「是」，據文淵閣本、文瀾閣本、清刻本、排印本改。

驄馬行

太常梁卿勑賜馬也。李鄧公愛而有之，命甫製詩。趙云：竊嘗論此一篇之大意：馬乃太常梁卿所受賜於君者也。君賜之物，不可以取，亦不可以予。李鄧公者，乃愛而有之，則其取之非是，故公詩首托之以鄧公馬癖而已。且曰「夙昔傳聞思一見」，則其欲之也舊矣。又曰「卿家舊賜公能取」，則見鄧公以勢位取之，而梁卿不能保君賜之舊物矣。又曰：「豈有四蹄疾於鳥」至「肯使騏驎地上行」六句，其意以言馬之神駿如此，亦非人臣得而有之，當爲至尊之御，且以言卿受賜於君，公能取之而不能拒。公既奪賜於卿家，宜必爲君王之詔復取之矣。嗚呼！取非其有謂之盗，公之詩微文婉義而寓箴規之意。彼爲鄧公者，能不知耻乎？

鄧公馬癖人共知，初得花驄大宛種。晉時王濟解相馬，又甚愛之，而和嶠頗聚斂。預常稱濟有馬癖，嶠有錢癖。西域傳：大宛國多善馬。嶠山上有馬不可得，因取五色牝馬置其下，與集生駒，號天馬子。夙昔傳聞思一見，牽來左右神皆竦。新添：南史：蕭摩訶：千聞不如一見[一]。雄姿逸態何崷崒，顧影驕嘶自矜寵。顔延年賦：弭雄姿以奉引。西都賦[二]：嵓峻崷崒。傅玄鷹賦：雄姿邈世，逸氣横生。趙云：雄姿逸態，昔之言鷹與馬者，皆用此字。惟其雄逸，故可使矣。崒，音祚骨切。在人有顧影自憐者矣，在馬亦宜然，故於「自矜寵」使「顧影」字也。隅目青熒夾鏡懸，肉駿碨礧連錢動。顔延年賦：徒觀其附筋樹骨，垂梢植髮，雙瞳夾鏡，兩權協月。又：睨影高鳴，將超中折。西都賦：琳珉青熒。爾雅：青驪驎騨。今連錢驄也。梁元帝紫騮馬詩：金絡飾連錢。杜補遺：張平子西京賦云：青駮摯於韝下，韓盧噬於緤末。猛毅髬髵，隅目高匡。威攝兕虎，莫之敢亢。注：隅目謂目有角也。肉駿，當作肉駿。東坡有説云：余在岐下，見秦州進一馬，騣如牛項，垂胡側立，顛倒毛生肉端。蕃人云：此肉騣馬也。乃知鄧公驄馬行「肉駿碨礧連錢動」，當作「肉騣」是也。然唐開元二十九年三月，滑州刺史李邕獻馬肉騣麟臆，已載於唐史矣，先生豈偶不憶邪？連錢正是驄馬之文。爾雅：青驪驎驒。而郭璞注曰：色有深淺，班駁隱粼，今之連錢驄也。傅緯天馬引云：驄馬表連錢。朝來久試華軒下，未覺千金滿高價。韓子：馬似鹿者直千金。又：漢使壯士持千金請宛善馬[三]。潘岳：珥筆華軒。王景玄：長想馮華軒。江淹：許史乘華軒。赤汗微生白雪毛，銀鞍却覆香羅帕。漢書：霑赤汗。東觀漢記曰，漢武帝歌天馬霑赤汗，今親見其然。血從前髆上小孔中出。陳相孫登詩：落淚洒銀鞍。徐敬業：汗馬躍銀鞍。周弘正詩：銀鞍耀紫韁。卿家舊賜公能取，一作有之。天廄真龍此其亞。周禮：凡馬八尺以上爲龍。禮記：孟春之月，天子乘蒼龍。趙云：天廄真龍，則天子所御之馬也。真龍之亞，自非天子所賜，人臣豈亦得而有之哉！唯天子之賜而後太常梁卿得之。今云卿家舊賜公能取，蓋非以勢迫之則以利誘之，以百計中之矣。此其所以謂能取乎？晝洗須騰涇渭深，朝趨可刷幽并夜。顏延年賦：簡偉塞門，獻狀絳闕。旦刷幽燕，晝秣荊越。趙云：大率言其行之疾也。吾聞良驥老始成，此馬數年人更驚。豈有四蹄疾於鳥，不與八駿俱先鳴。晉曹毗馬射：逸羽不能企其足。顏延年云：天馬狀水軼驚鳧。七命曰：駕紅陽之飛燕，驂唐公之驌驦。注：鳥也。穆天子傳曰[四]：天子之八駿。趙云：馬得齒歲而後驄，故曰數年人更驚。言八駿，所以引下句將下詔取之，爲天子之御矣。時俗造次那得致，雲霧晦冥方降精。春秋考異記曰：地生月精爲馬。月數十二月而生[五]。趙云：馬既神龍之種，雲霧晦冥爲不足怪，于馬言降精，瑞應圖曰：龍馬者，河水之精。近聞下詔喧都邑，肯使騏驎地上行。

【校勘記】

〔一〕「南史」，原作「南子」，訛。檢「千聞不如一見」句，見于南史卷六十七，據清刻本、排印本並參黃氏補注卷二此詩注以及南史改。

〔二〕「西都賦」之「賦」字原奪，據清刻本、排印本訂補。

〔三〕「持」，文淵閣本、文津閣本、文瀾閣本、清刻本、排印本作「賦」，訛。

〔四〕「穆天子傳」，「傳」之上原衍「之」字，據清刻本、排印本並參晉書卷七十二郭璞傳、隋書卷三十三經籍志刪。

〔五〕「月數」，清刻本、排印本作「故馬」。

去矣行

鮑云：天寶十四年，公在率府，數上賦頌，不蒙采録，欲辭職，遂作去矣行。趙云：鳥乃去矣。此詩有高舉遠引之意，故取去矣爲名。

君不見韝上鷹，一飽則飛掣。鮑明遠：昔如韝上鷹，今似檻中猿。晉孫楚鷹賦：韝青骹戲田疇。史滑稽傳注：韝，臂捍也。餘見上送高適詩注。隋煬帝鷹詩：雖蒙韝上榮，無復凌雲志。焉能作堂上燕，銜泥附炎熱。古詩：翩翩堂前燕，冬藏夏來見。古詩：思爲雙飛燕，銜泥巢君屋。傅玄陽春賦云：燕銜泥於廣庭。湛方生懷春賦云：燕銜泥而來往。趙云：如鷹之飽而飛，不學燕之戀而附。此乃賢人義士不阿附於權貴之門也。野人曠蕩無靦顏，豈可久在王侯間。論語曰：野人也。趙云：左氏：野人予之塊。西京賦云：上平衍而曠蕩。漢書云：曠蕩之恩。今公言其懷抱之閑曠也。沈休文奏彈王原云：明目腆顏，曾無媿畏。詩云：有靦面目。有靦顏，則能忍慙者；能忍慙，則局促佞媚無所不至。如是而可曳裾王侯之間，蓋必如谷子雲筆扎樓君卿唇舌而並游五侯者矣。野人曠蕩而不能忍慙，宜其捨王侯而去矣。未試囊中飡玉法，明朝且入藍田山。周禮天官玉府：王齊，則供食玉。注：玉，陽精之純者，食之以禦水氣。鄭司農云：王齊，當食玉屑。列仙傳：赤松子者，神農時雨師。服水玉以教神農，能入火自燒。前漢地理志：藍田山出美玉，在長安。木玄虛海賦：神仙縹緲，餐玉清崖。北齊李預居長安，羨古人餐玉之法，乃採訪藍田，躬往攻掘，得環璧雜器百餘枚，日服食之。

自京赴奉先縣詠懷五百字

天寶十四載十一月初作。奉先，屬京兆郡，緣皇家陵寢，武后分置醴泉縣。

杜陵有布衣，老大意轉拙。杜陵，見上醉時歌注。老大，見送高適詩注。許身一何愚，竊比稷與契。孔子：竊比於我老彭。坡嘗云：子美自許稷與契，人未必許也。然其詩云：舜舉十六相，身尊道何高。秦時用商鞅，法令如牛毛。此是稷契輩口中語也。趙云：古樂府羅敷行云：使君一何愚。嘗謂東坡議論至此，而後能見古人之心。見古人之心，而後能說詩也。今杜公此篇，自杜陵有布衣至浩歌彌激烈六韻，則以雖抱濟世之才，而無稷契之位，故不免於浩歎也。居然成濩落，白首甘契闊。莊子：瓠落無所容。釋文：户郭反，猶廓落也。擊鼓詩：死生契闊，與子成說。毛氏曰：契闊，勤苦也。陸機：契闊踰三年。趙云：文子云：形之與名，居然別矣。

蓋棺事則已，此志常覬豁。新添：劉毅云：丈夫兒蹤跡不可尋常便混群小中，蓋棺事方定矣。趙云：變韓詩外傳所載孔子云學而不已，闔棺乃止之語也。

窮年憂黎元，嘆息腸一作腹。内熱。荀子：窮年卒歲。賈誼曰：百姓黎元輯於下。孟子：不得於君則熱中。謝靈運詩：窮年迫憂患。趙云：莊子：我其内熱歟。

取笑同學翁，浩歌彌激烈。蘇武：長歌正激烈，中心愴以摧。

非無江海志，蕭灑送日月。沈休文：纓珮空爲累，江海事多違。莊子：身居江海之上。江淹：江海從邅迴。趙云：莊子曰：就藪澤，處閒曠，釣魚閒處，無爲而已矣。此江海之士，避世之人，閒暇者之所好也，可以見江海志之義矣。梁吳均詠鶴詩云：懷恩未忍去，非無江海心。

生逢堯舜一作爲。君，不忍便永訣。江淹賦：誰能寫永訣之情者乎？堯舜君事見孟子。

當今廊廟具，構廈豈云缺。叔孫通贊：廊廟之材，非一木之枝。潘安仁：器非廊廟姿。趙云：潘尼詩：廣夏構衆材。

葵藿傾太陽，物性固莫一作難。奪。曹植求通親親表：若葵藿之傾太陽，雖不爲回光，然向之者誠也。臣竊自比葵藿，若垂三光之明，寔在陛下。陸機園葵詩：朝榮東北傾，夕穎西南晞。梁劉孝綽詠日詩：園葵一何幸，傾葉奉離光。

顧惟螻蟻輩，但自求其穴。胡爲慕大鯨，輒擬偃溟渤。木玄虛海賦：其魚則橫海之鯨，突兀孤遊，戛巖嶔，偃高濤。趙云：韓非子曰：千丈之堤，以螻蟻之穴潰。螻蟻輩，以言不安分之人，此指言藩鎮敢自彊大之徒，公直眇之如螻蟻，謂其當自止，各求穴以安耳，而彼何爲必欲慕學大鯨之處大海乎？博物志云：鯨魚大者數千里，小者猶數十丈。博物志曰：東海之別有渤澥，故東海共稱渤海。十洲記曰：東海之别，又有溟海。而合用溟渤兩字，則鮑明遠詩有云：穿池類溟渤。

以茲悟生理，獨恥事干謁。

兀兀遂至今，忍爲塵埃没。終愧巢與由，未能易其節。沉飲聊自遣，放歌頗愁絶。顔延年詠劉參軍詩：韜精日沈飲，誰知非荒宴。趙云：干謁貴人，不過有所利爾。既惡如螻蟻輩之止求穴以安，而敢欲慕學大鯨之處大海，則恥事干謁矣。既不干謁以自顯，則甘心於塵土之汩没矣。巢，巢父也。由，許由也。嵇康高士傳曰：巢父，堯時隱人。年老，以樹爲巢而寢其上，故人號爲巢父。堯之讓許由也，由以告巢父。父曰：汝何不隱汝形？非吾友也！許由悵然不自得，乃遇清泠之水洗其耳，拭其目，曰：向者聞言，負吾友。遂去，終身不相見。公之意，以爲在塵土之間，空自汩没，既媿巢與由矣，然未能變易其節，脱然引去，於是沉飲放歌而已。歲暮百草零，疾風高岡裂。張平子賦：孟冬作陰，寒風肅殺。冰霜慘裂，百卉具零。長門賦：天飄飄而疾風。李陵書：邊土慘裂[一]。阮籍詩：寒風振山岡。趙云：阮嗣宗詠懷云：凝霜被野草，歲暮亦云已。顔延年：歲暮臨空房。天衢陰峥嶸，客子中夜發。易：何天之衢，亨。鮑明遠舞鶴賦：歲峥嶸而催暮。江淹詩：客子淚已零。王粲詩：客子多悲傷，淚下不可收。魏文帝詩：客子常畏人。霜嚴衣帶斷，指直不得結。凌晨過驪山，御榻在嵽嵲。西京賦：托喬基於山岡，直嵽霓以高居。驪山温湯，秦始皇，漢武帝故事載博物志云。趙云：指言明皇御幸之榻也。嵽嵲，小而不安貌。蚩尤塞寒空，蹴踏崖谷滑。黄帝殺蚩尤於涿鹿。又星名。趙云：蚩尤，前導之旗也。塞寒空而蹴踏崖谷，言其多也。維摩詰經：譬如龍象蹴踏，非驢所堪。瑶池氣鬱律，羽林相摩戛。瑶池事，見上登慈恩寺塔詩。漢宣帝紀：羽林孤兒。注：天有羽林大將軍之星。林，喻若林木之盛；羽，若羽翼鷙擊之意，以名武焉。張平子西京賦：隱轔鬱律。江賦：氣滃勃以霧杳，時鬱律其如煙。沈約詩：鬱律構丹巘。趙云：瑶池，以比温湯也。羽林，扈駕之軍也。其所樹之如林，故言相摩戛。君臣一云聖君。留懽娱，樂動殷樛嶱。一作膠葛。晉張景陽詩：昔在西京時，朝野多歡娛。沈休文詩：秦皇御宇宙，漢帝恢武功。歡娛人事盡，情性猶未充。謝靈運：副君命飲讌，歡娛寫懷抱。江淹：太平多歡娛。杜補遺云：當作膠葛。相如子虛賦：張樂乎膠葛之寓。注：曠遠深貌。則膠葛誤爲樛嶱明矣。趙云：殷，讀從殷其雷之殷。樂聲之喧殷，聞於温湯與山嶱也。嶱，音苦葛切，釋者曰山也。言温湯與山嶱，於義甚明，且接下句賜浴爲貫也。賜浴皆長纓，與宴一作讌。非短褐。江淹詩：朱紱咸髦士，長纓皆俊人。陸機詩：輕劍排擊厲，長纓麗且鮮。趙云：班彪辨命論：思有短褐之襲。注：麄衣也。彤庭所分帛，本自寒女出。謝玄暉直中書省詩：彤庭赫弘敞[二]。謂禁中庭多赤色。郭泰機詩：皎皎白素絲，織爲寒女衣。寒女雖妙巧，不得秉杼機。趙皇后傳：庭中彤朱而殿上髹漆。西都賦：玉階彤庭。西京賦：彤庭輝輝。趙云：彤庭者，天子之庭，以丹飾之也。鞭撻一作箠。其夫家，聚斂貢城闕。聖人筐篚恩，實一作願。欲邦國活。語：求也爲之聚斂而附益之。鹿鳴：又實幣帛筐篚，以將其厚意。南史：王廣之子珍國，字德重，爲南淮太守，郡境苦飢，乃發粟散財以振窮乏。高帝手敕云：卿愛人活國，甚副吾意。杜補遺云：孫楚與孫皓書曰：愛民活國，道家所尚。臣如忽至理，君豈棄此物。多士盈朝廷，仁者宜戰慄。詩：濟濟多士。又：發言盈庭。語：使民戰栗。趙云：又以申戒之。當思君王賜子之幣帛，出於寒女之夫。鞭韃所貢，宜戰慄而求活國之事，然後爲仁也。況聞內金盤，盡在衛霍室。內金盤，上方器用也。衛霍室，勳臣家也。郭況，后弟，賞賜金錢縑帛，豐盛無比，京師號況家爲金穴。趙云：內金盤，猶今言內家合子耳。衛青、霍去病，皆以后戚而貴，以比楊國忠輩矣。中堂舞神仙，煙霧散玉質。江淹：願作秦王女，乘鸞向煙霧。舞鶴賦：煙交霧凝，若無毛質。趙云：西京賦：促中堂之密坐。其後謝宣遠云：中堂起絲桐。煖客一云煖蒙。貂鼠裘，悲管逐清瑟。說文：貂，鼠也，而文黃出丁零國。魏書曰：鮮卑有貂鼠子，皮毛柔軟，故天下爲裘。廣志曰：貂出扶餘、挹婁也。勸客駝蹄羹，霜橙壓香橘。杜補遺：魏王花木志曰：蜀土有給客橙，似橘而非，若柚而香，冬夏華實相繼，通歲食之，亦名盧橘。舊說小者爲橘，大者爲柚。又云：柚似橙而實酸，大於橘。孔安國注尚書、郭景純注爾雅皆如此。趙云：舞神仙、貂鼠裘、駝蹄羹、霜橙、香橘，皆富貴家事也。朱門酒肉臭，路有凍死骨。孟子：庖有肥肉，廐有肥馬，民有飢色，野有餓殍。又曰：狗彘食人食而不知檢，塗有餓殍而不知發。世說：劉尹問竺法深曰：道人何得遊朱門？趙云：朱門，祖出東方朔傳，而郭璞遊仙詩：朱門何足榮，未若托蓬萊。榮枯咫尺異，惆悵難再述。趙云：公言其與上之富貴者，一榮一枯，才咫尺之間耳，此所以惆悵也。或云，如上言朱門者，是之謂榮；言凍死者，是之謂枯。公閔其咫尺之間有異，故惆悵之焉。然謂之難再述，則在其身自言，方有意義。北轅就涇渭，官渡又改轍。官渡，地名，曹操、袁紹相持之處。涇渭，見首篇注。趙云：今公自京赴奉先縣，必自東而折北，故於此言北轅矣。官渡，則涇渭二河，官所置渡也。群冰從西下，極目高崒兀。疑是崆峒來，恐觸天柱折。列子湯問：共工氏與顓頊爭爲帝，怒而觸不周之山，折天柱，絕地維，故天傾西北，日月星辰就焉；地不滿東南，故百川水潦歸焉。史記：黃帝西至乎崆峒。韋昭曰：在隴右。趙云：言群冰之下，其高崒兀，於此爲雄拔之句，直比爲崆峒山之流來，將觸折天柱，重言積冰之多也。欒史寰宇記云：禹跡之內，名崆峒者三：其一在臨洮，其一在安定，而莊子述黃帝問道崆峒，今此主安定崆峒言之。按唐志涇州安定郡，而於保定縣之下載有崆峒山。北轅就涇渭，則因經度涇渭，見冰之崢嶸，其狀如崆峒山之流來。崆峒固不能來，而山蓋有飛走移徙，則有來之理矣。既以冰爲崆峒山之來，則又可寓言其觸天柱矣。此詩人張大之勢也。河梁幸未折，枝撑聲窸窣。行旅相攀援，川廣不一作且。可越。趙云：古詩：攜手上河梁。詩：漢之廣矣，不可泳思。老妻既異縣，十口隔風雪。古樂府：他鄉各異縣，展轉不相見。誰能久不顧，庶往共飢渴。入門聞號咷，幼子飢已卒。易同人：先號咷而後笑。吾寧捨一哀，里巷亦嗚咽。所愧爲人父，無食致夭折。豈知秋未一作禾。登，貧窶有倉卒。詩：終窶且貧。趙云：此六韻蓋敘還家所遭之故，念生理之艱也。生常免租税，名不隸征伐。撫迹猶一作獨。酸辛，平人固騷屑。劉越石：備辛酸之苦。阮籍：感慨懷辛酸。默思失業途，一作徒。因念遠戍卒。趙云：此三韻推己念物之懷也。憂端齊一作際。終南，澒洞不可掇。魏武帝：明明如月〔三〕，何時可掇。趙云：此與詩人「憂心如惔」何以異？終南者，山名。憂與之齊，則憂之積而高大如此。澒，音胡孔切，出淮南子曰：未有天地之時，鴻濛澒洞，莫知其門。

【校勘記】

〔一〕「李陵書邊土慘裂」，「書」原作「詩」，「土」原作「上」，訛，據清刻本、排印本並參全漢文卷二十八李陵重報蘇武書改。

〔二〕「弘」，原作「引」，清刻本、排印本作「宏」，係避諱，此改。

〔三〕「明明如月」，原作「明月明月」，據文選卷二十七、魏詩卷一魏武帝短歌行改。

白水縣崔少府十九翁高齋三十韻

天寶十五載五月作[一]。白水屬馮翊郡同州。秦文公分清水爲白水，即此。漢彭衙縣，又名栗。鮑云：公在奉先，以舅崔公爲白水縣尉，故適白水，有是詩。趙云：謝玄暉在宣城日，有郡内高齋閑坐答呂法曹詩一首，則高齋兩字起於此，故公取以名題。

客從南縣來，浩蕩無與適。古詩：客從遠方來。趙云：浩蕩，悠遠不定止之貌，如浩蕩乘滄溟之義。旅食白日長，況當朱炎赫。唐書：朱克融輩，皆旅食長安。趙云：魏文帝與吳質書有：旅食南館。梁元帝纂要：夏曰朱夏、炎夏。高齋坐林杪，信宿遊衍閴。再宿曰信。左傳。趙云：信宿遊衍閴，言於高齋已再宿矣，而未嘗得遊歷也。清晨陪躋攀，傲睨俯峭壁。海賦：冰夷倚浪以傲睨。趙云：曹子建贈白馬王彪云：清晨發皇邑。崇岡相枕帶，曠野懷一作回。咫尺。嵇康賦：托峻岳之崇岡。趙云：詩：率彼曠野。言野雖曠遠而懷之若咫尺也。始知賢主人，贈此遺愁寂。危階根青冥，曾冰生淅瀝。招魂：增冰峩峩，飛雪千里。謝惠連雪賦：霰淅瀝而先集，雪紛糅而遂多。上有無心雲，下有欲落石。陶潛歸去來：雲無心而出岫。泉聲聞復息，動靜隨所激。鳥呼藏其身，有似懼彈射。隋長孫晟善彈射。吏隱適一作通。情性，兹焉其窟宅。王喬、梅福，皆吏隱也。海賦：瑰奇之所窟宅。天台賦：靈仙之所窟宅。趙云：汝南先賢傳：鄭欽吏隱于蟻陂之陽。白水見舅氏，諸公乃僊伯。左傳：晉文公謂子犯曰：所不與舅氏同心者，有如白水。薛云：子美近體詩有白水明府舅氏宅喜雨詩得過字，即白水地名，非晉文公所謂白水明矣。趙云：

詩：我見舅氏。既見舅氏，又相遇諸公，皆仙伯也。此因上句吏隱引起此語。

杖藜長松陰，作尉窮谷僻。天台賦：蔭落落之長松。梅福作尉，人謂之仙尉。趙云：劉琨詩：繫馬長松下。爲我炊雕胡，逍遥展良覿。西京雜記：太液池邊皆雕胡、紫籜、緑節之類。菰之有米者，長安人謂爲雕胡。謝靈運：搔首訪行人，引領冀良覿。趙云：雕胡，菰米也，爲飯極滑。宋玉諷賦曰：主人之女，爲臣炊雕胡之飯，露葵之羹，求勸臣食也。坐久風頗愁，晚來山更碧。相對十丈蛟，欻翻盤渦坼。海賦：盤渦谷轉。何得空裏雷，殷殷尋地脉。詩：隱其雷。長門賦：雷隱隱而響起。趙云：忽聞雷聲，不知起於何處，故怪之。於此辨其殷殷之聲，而尋地脉所在，此亦詩人在南山之陽、南山之側、南山之下之理。蒙恬傳：城塹萬餘里，此其中不能無絶地脉哉！煙氛一作氣。藹崷一本薔。崒，魍魎森慘戚。趙云：煙氛，山之氣；崷崒，山之狀；魍魎，山中之物。左傳云：入山，不逢不若，魑魅魍魎，莫能逢旃。藹崷崒，以煙氛之氣所冒，藹藹然也。森慘戚，以在煙氛之間，聞雷聲而然也。森，以言其多矣。崒，音才律切。崑崙崆峒顛，迴首如不隔。崑崙、崆峒二山，並見上注。前軒頹反照，巉絶華岳赤。趙云：爾雅曰：落光反照於東，謂之反景。劍閣銘云：太行玄門，豈云巉絶。兵氣漲林巒，川光雜鋒鏑。知是相公軍，鐵馬雲霧一作煙。積。趙云：相公，指言哥舒翰。題下本注云：天寶十五載五月作，乃哥舒翰守潼關時。按翰傳：天寶十四載，禄山反。帝召翰，拜太子先鋒兵馬元帥，守潼關。明年進拜尚書左僕射，同中書門下平章事，故云相公軍也。玉觴淡無味，胡羯豈强敵。長歌激屋梁，淚下流衽席。蘇武詩：長歌正激烈。趙云：黄香天子頌曰：獻萬年之玉觴。黄庭内景經：淡然無味。言至尊旰食，雖御酒而無味。然有相公之軍，胡羯亦不足敵。詩人念王之憂而寬之之語也。宋玉神女賦：日朝出照屋梁。人生半哀樂，天地有順逆。慨彼萬國夫，休明備征狄。一作敵。猛將紛塡委，廟謀畜長策。後漢光武贊：明明廟謨。前漢匈奴傳：制百蠻之長策。李陵書：猛將如雲。劉公幹：職事相塡委。趙云：言祿山之禍，起於不測。方天下休明之際，而乃備征狄也。左傳：王孫滿云：德之休明。賈誼：振長策而馭宇內。舊注引匈奴傳，在後矣。東郊何時開，帶甲且未釋。書：周公既沒，命君陳分正東郊成周，作君陳。曰：命汝尹兹東郊。又：命畢公保釐東郊。又：徐夷並興，東郊不開。史：帶甲百萬。趙云：東郊，指言潼關，以其在長安之東，故曰東郊。欲告清宴罷，難拒幽明迫。易繫：知幽明之故。師：晉天文志曰：晝夜以昏明爲限。言樂亦不可終極，晝夜相推，何由相却也。趙云：幽明迫，所未深解。豈言夜已盡，而曉逼之耶？此亦東坡所謂未必全好者矣。三嘆酒食傍，何由似平昔。古樂府：一彈再三嘆。新添：左傳：魏獻子將受梗陽人賂。饋入，召閻没、女寬。比置三嘆。魏子曰：唯食亡憂，三嘆何也？曰：或賜二小人酒，不夕食。饋之始至，恐其不足是以嘆。中置，自咎曰：豈將軍食之，而有不足？是以再嘆。及饋之畢，願以小人之腹爲君子之心屬饜而已。獻子辭梗陽人。趙云：借用閻没、女寬當饋而三嘆。今公所歎，歎其不若往日太平之時也。

【校勘記】

〔一〕「月」，原作「日」，據清刻本、排印本並參句下所引趙注「十五載五月」改。

三川觀水漲二十韻 天寶十五年七月中避寇時作。

師云：寰宇記：三川謂華池、黑源〔一〕、洛水，同會爲三川。又：三川縣，本漢翟道縣〔二〕，後魏改爲三川縣，取古三川郡爲名。 趙云：此篇即事體物之詩，句法雄渾，讀之者見漲川之足駭矣。作當辟寇時，故有「反懼江海覆」與「何時通舟車」之句，又憂及中林士也。

我經華原來，不復見平陸。北上唯土山，連天走窮谷。趙云：選詩：夕陰曖平陸。又：飛鞍越平陸。左傳云：深山窮谷也。火雲無時出，飛電常在目。一云出無時。自多窮岫雨，行潦相豗蹙。海賦：磊匒匌而相豗。趙云：夏雲謂之火雲，出隋盧思道納涼賦云：陽風洪其長扇，火雲赫而四舉。蓊匌川氣黃，群流會空曲。清晨望高浪，忽謂陰崖踣。郭璞詩：高浪駕蓬萊。 趙云：蓊匌，則氣之蓊鬱匌匝之貌。鮑照芙蓉賦：繞金渠之空曲。大抵空虛曲折處耳。曹子建贈白馬王彪云：清晨發皇邑。郭璞詩：高浪駕蓬萊。馬季長長笛賦云：惟籦籠之奇生兮，于終南之陰崖。恐泥竄蛟龍，登危聚麋鹿。枯查卷拔樹，礧磈共充塞。聲吹鬼神下，勢閲人代速。趙云：恐泥，出論語。江賦：狖玃登危而雍容。查，音鋤加切，水中浮木也。字書：礧磈，石也。吹鬼神下，言其聲之吼。勢閲人代速，言其流之疾。不有萬穴歸，何以尊四瀆。海賦：江河既道，萬穴俱流。 薛云：爾雅：江河淮濟是爲四瀆者，發源而注海者也。 趙云：公之詩作於亂離之中，意在衆所歸往以尊王也。及觀泉源漲，反懼江海覆。漂沙圻岸去，漱壑松柏禿。海賦：飄沙礐石。蕩颸，島濱。又，漱壑生浦〔三〕。選：沈液漱陳根。乘凌破山門，迴斡裂地軸。春秋括地象云：地有三千六百軸。海賦：狀如天輪膠戾而激轉。又：似地軸挺拔而爭迴。杜補遺：博物志云：地示之位起形於崑崙，高萬一千里，神物之所生，聖人仙人之所集。崑崙之東北，地轉下三千六百里，有八玄幽都，方二十餘萬里。下有四柱，廣十萬里，地有三千六百軸，互相牽制也。抱朴子云：地有三千六百軸，名山大川，孔穴相通。趙云：圻岸去，謝靈運：圻岸屢崩奔。謝惠連詠牛女詩：傾河易回斡。而梁簡文帝晚春賦云：嗟時序之回斡。交洛赴洪河，及關豈信宿。應沉數州沒，如聽萬室哭。穢濁殊未清，風濤怒猶蓄。江賦：滈汗六州之域。海賦：於是鼓怒，溢浪楊浮。江賦：乃鼓怒而作濤。何時通舟車，陰氣不黲黷。浮生有蕩汩，吾道正羈束。趙云：以川漲泛濫，故舟車不通。今句之義，問何時得水落而舟車可通耳，陰氣開朗而不黲黷以爲雨也。鮑照云：浮生旅昭代。孔子云：吾道其非邪？蕩汩，汩有兩音：一音古忽切，治也，又汩没也；一音越律切，水流也。選有瀄汩，又有淢汩。今言水之蕩汩，當從越律之音。人寰難容身，石壁滑側足。雲雷此不已，艱險路更跼。普天無川梁，欲濟願水縮。魏文帝雜詩：欲濟河無梁。謝玄暉：江漢限無梁。陸機詩：怨彼河無梁、引領望大川。趙云：普天無梁，欲濟願水縮，此使魏文帝欲濟河無梁一句中字也。師云：言讖執政也。因悲中林士，未脱眾魚腹。詩：肅肅兔罝，施于中林。王康琚反招隱：今雖盛明世，能無中林士。屈原答漁父云：寧赴湘流，葬於江漁腹中。舉頭向蒼天，安得騎鴻鵠。趙云：亦如陸士衡擬西北有高樓云：思駕歸鴻羽。

【校勘記】

〔一〕「黑源」，原作「黑浪」，據清刻本、排印本並參太平寰宇記卷三十四改。

〔二〕「翟道縣」，原作「雀道縣」，據清刻本、排印本並參太平寰宇記卷三十四改。

〔三〕「湫壑生浦」，檢文選卷十二、全晉文卷一百二十作郭璞江賦詩。

大雲寺贊公房四首 二首在別卷。

趙云：長安大雲經寺在懷遠坊之東南隅，本名光明寺。武后時以沙門宣政進大雲經，經中有玉女之符，因改名焉。且令天下各州置一大雲經寺。今此大雲寺贊公房，蓋長安也。何以知之？後別有宿贊公房詩，本注：京師大雲寺主謫此安置也。公家雖在鄜州，而公身轉陷賊中，往來長安則過大雲見贊公矣。

燈影照無睡，心清聞妙香。杜補遺：維摩經曰：有國名衆香，佛號香積，其界皆以香作樓閣。其國如來無文字說，但以衆香令諸天人得入律行，菩薩各坐香樹下，聞斯妙香，即獲得藏三昧。夜深殿突兀，風動金琅璫。趙云：言夜深則殿勢突兀，風動則所懸之金，其聲琅璫，後人因以金琅璫可以當物之名。洪駒父嘗有詩云：琅玕嚴佛界，薛荔上僧垣。山谷改云：琅璫鳴佛屋。則正以琅璫爲所鳴之名，於義固亦無害。王立之曾話此云：山谷以爲薛荔一聲，須要一聲者對琅璫一聲也。而立之以爲不必然。今觀杜云以突兀對琅璫，則山谷之意得矣。天黑閉春院，地清棲暗芳。玉繩迴斷絶，鐵鳳森翱翔。玉繩，星名。增添：文選：金波麗鳷鵲，玉繩低建章〔一〕。師：春秋元命包曰：玉衡北兩星爲玉繩〔二〕。趙云：迴斷絶，則夜飲向晨也。魏武帝云：憂從中來，不可斷絶。鐵鳳，舊注引陸倕石闕銘〔三〕：蒼龍玄武之制〔四〕，銅雀鐵鳳之工。其説是。蓋施雀鳳於屋脊上者。薛綜西京賦注云：圓闕上作鐵鳳，令張兩翼〔五〕，舉頭敷毛，故謂之森翱翔。森，則不一其物矣，蓋如謝靈運松栢森成行之森也。梵放時出寺，鍾殘仍殷牀。趙云：僕愛此最爲匠句。蓋佛事至梵音必唱而誦之，其聲高放，故寺外可聞也。

殷，上聲，如殷其雷之殷矣〔六〕。單用梵字，梁元帝梁安寺刹下銘曰：宵長梵響，風遠鍾傳。周庾信送炅法師葬云：尚聞香閣梵，猶聽竹林鍾。**明朝在沃野，**沃野千里。**苦見塵沙黄。**時西郊逆賊拒官軍未已。

右一

【校勘記】

〔一〕「金波麗鳷鵲玉繩低建章」，原作「玉繩低建章金波麗鳷鵲」，前後倒置，據文選卷二十六謝玄暉暫使下都夜發新林至京邑贈西府同僚乙正。

〔二〕「兩」，原作「南」，據清刻本、排印本並參太平廣記卷五引春秋元命苞改。

〔三〕「闕」，原作「關」，訛，據清刻本、排印本改。

〔四〕「制」，原作「剌」，據清刻本、排印本並參文選卷五十六、全梁文卷五十三引陸倕石闕銘改。

〔五〕「令張兩翼」，「兩」上原奪「張」字，據清刻本、排印本並參文選卷五十六陸倕石闕銘所引薛綜西京賦注補訂。

〔六〕「如」，原作「而」，訛，據清刻本、排印本改。

童兒汲井華，慣捷瓶上手。杜補遺：神農本草：井華水，令人好顏色，與諸水有異，其功極廣。此水井中平旦第一汲者。趙云：井華，以見童兒之早起。慣捷，以見其朝朝如此，且敏爲也。霑洒不濡地，掃除似無箒。周禮宫人：凡寢中之事掃除。趙云：此兩句可爲掃地經。灑濡地則沮洳，掃有箒則餘塵痕也。明一作晨。霞爛複閣，霽霧搴高牖。薛云：廣韻：複，重也。又古詩：交疏結綺窗，阿閣三重階。趙云：陸士衡今日良宴會詩：高談一何綺，對若朝霞爛[一]。梁元帝詩[二]：能令雲霧搴。側塞被徑花，飄飄委墀一作階。柳。九辯：皋蘭被徑兮斯路漸；非阮籍：皋蘭被徑路。艱難世事迫，隱遁佳期後。郭璞遊仙詩：山川隱遁棲[三]。趙云：言可以及隱遁之期矣。以艱難世事迫，故其期爲後時也。晤語契深心，那能總鉗口。史：鉗口結舌。趙云：詩：可與晤語。師：言方道契故，未能忘言也。奉辭還杖策，暫別終回首。曹操奉辭出征。房玄齡杖策謁唐太宗軍門。回首，見首篇注。泱泱泥汚人，听听國多狗。宋玉九辯：猛犬狺狺而迎吠兮，關梁閉而不通。趙云：上句以辭別而去，猶回首而懷戀。所以回首而懷戀者，何哉？以泥汚人國多狗之可惡也。既未免羈一作寓。絆，時來憩奔走。晉慕容垂猶鷹也，宜急其羈絆。近公如白雪，執熱煩何有。趙云：孟子有白雪之白。宋玉有白雪之歌。詩云：誰能執熱，逝不以濯。

右二

【校勘記】

〔一〕「對」，晉詩卷五作「蔚」。

〔二〕「詩」，原作「謂」，據清刻本、排印本改。

〔三〕「棲」，原作「捷」，據清刻本、排印本並參晉詩卷十一郭璞遊仙詩改。

哀江頭

少陵野老吞聲哭，野老，甫自稱。少陵，杜陵也。春日潛行曲江曲。江頭宮殿鎖千門，細柳新蒲爲誰緑。康駢劇譚録曰：曲江池本秦隑州，開元中疏鑿爲妙境。花卉周環，煙水明媚，都人遊玩，盛於中和節。江側菰蒲葱翠，柳陰四合，碧波紅蕖，湛然可愛。唐書鄭注傳：大和九年，注言秦中有災，宜興力役以禳之。文宗因吟杜甫詩云：「江頭宮殿鎖千門，細柳新蒲爲誰緑。」始知天寶四年，曲江四面多樓臺行宮，乃勑公卿之家住於曲江、昆明二池，起造亭觀。詔神策兩軍，造紫雲樓、緑霞亭，内出牌以賜之。西京雜記云：朱雀街東第五街，皇城之東第三街，昇道坊龍華尼寺南有流水屈曲，謂之曲江。司馬相如弔秦二世文云：臨曲江之隑州。蓋其所也。關中記云：宣帝立廟曲江之北，名曰樂遊廟。因苑爲名，即今昇平坊内餘地是也。此地在秦爲宜春苑也，在漢爲樂遊苑也。趙云：公方春日潛行，當禄山之亂，宜其有「細柳新蒲爲誰緑」之哀矣。前漢有細柳營。選詩有：新蒲含紫茸。又：新蒲節轉促。憶昔霓旌下南苑，苑中萬物生顏色。宋玉高唐賦：霓爲旌。唐曲池坊南有南宮。趙云：曲江南即芙蓉苑，今云南苑是也。昭陽殿裏第一人，同輦隨君侍君側。李白詩：漢宮誰第一，飛燕在昭陽。飛燕有女弟絶幸，爲昭儀，居昭陽殿〔一〕。干寶注：周禮云：對轝曰輦。趙云：漢成帝常欲與班姬同輦載，以托言楊妃也。詩人類皆取古事之似者以爲譬，故李太白亦言「可憐飛燕倚新粧」，而高力士媒孽之，竟以此不得用，悲夫！輦前才一作詞。人帶弓箭，白馬嚼一作噍。齧黃金勒。唐制：內官才人七人，正四品。趙云：按明皇雜録載：上幸華清宮，貴妃姊妹各購名馬，以黃金爲銜勒，組繡爲障泥，同入禁中，觀者如堵。翻身向天仰射雲，一箭一作笑。正墜雙飛翼。西都賦：招白鷴，下雙鵠。矢不單殺，中必疊雙。趙云：曹子建云一縱兩禽連之義，而字則張九齡感寓詩：袖中一札書，欲寄雙飛翼。明眸皓齒今何在〔二〕，血污遊魂歸不得。曹子建：皓齒內鮮，明眸善睞。傅武仲舞賦：眄盤旋則騰清眸，吐哇咬則發皓齒。枚乘七發：皓齒蛾眉。命曰：伐性之斧。新添：申屠嘉曰：臣以血污車輪，陛下不得入廟矣〔三〕。清渭東流劍閣深〔四〕，去住彼此無消息。時明皇幸蜀，貴妃誅。趙云：此言明皇既幸蜀矣，長安與蜀相望於數千里之間，去蜀與住長安者皆不知消息也。玉臺新詠載近代曲歌，其估客樂云：莫作缾落井，一去無消息〔五〕。人生有情淚沾臆〔六〕，江水一作草。江花豈終極〔七〕。黃昏胡騎塵滿城〔八〕，欲往城南忘南北。一云望城北。鮑云：陳正敏遯齋閑覽曰：荆公集句云：「欲往城南望城北，此心炯炯君應識。」又云：「欲往城南望城北，三步回頭五步顧。」始疑杜詩誤，後得荆公善本，皆作忘南北。或云，公故改此二字以合己意。然公平生未嘗改古人字，觀者宜詳此。趙云：周弘正送婦葬詩：先後能幾時，空使淚沾臆。曹子建詩：相思豈終極？胡騎塵滿城。公此詩作於至德二載之春。「血污遊魂歸不得」，則天寶十五載六月丁酉，上皇車駕次馬嵬，賜貴妃自盡。而「細柳新蒲爲誰緑」，則次年之春明矣。頃者蘇黄門嘗謂其姪在庭曰：哀江頭即長恨歌也。長恨費數百言而後成歌，杜公言太真之被寵，則「昭陽殿裏第一人」足矣；言富貴，則「輦前才人帶弓箭，白馬嚼齧黄金勒」足矣；言馬嵬之死，則「血污遊魂歸不得」足矣。觀常武與桓二詩，言用兵而煩簡異，則可見此。聞之石耆公云〔九〕。

【校勘記】

〔一〕「居」，文淵閣本、文津閣本、文瀾閣本、清刻本、排印本作「作」，訛。

〔二〕正文「明眸皓齒今何在」以下至本詩終，文津閣本、文瀾閣本闕；又，「在」文淵閣本作「惜」，且有異文云「一作在」，它本皆無。又，「在」下，清刻本、排印本有注，作：「洛神賦：明眸善睞。傅休奕詩：明眸發清光。漢書司馬相如傳：皓齒粲爛。成公綏賦：激哀音于皓齒。韓非子：曼理皓齒。宋玉笛賦：摛朱脣，曜皓齒。洛神賦：皓齒内鮮。」它本皆無。

〔三〕注「曹子建皓齒内鮮」至「陛下不得入廟矣」，底本與文淵閣本以及清刻本、排印本之注釋内容和詳略互異。文淵閣本作：「曹植洛神賦：丹脣外朗，皓齒内鮮。明眸善睞，靨輔承權。吴均詩：血污秦王衣。趙云：按唐后妃傳：安禄山反，以誅國忠爲名，及西幸，過馬嵬，陳玄禮等以天下討誅國忠。已死，軍不解。帝遣力士問故，曰：禍本尚在。帝不得已，與妃訣，引而去，縊路祠下。」清刻本、排印本作：「易：遊魂爲變。趙云：血汙遊魂，謂車駕次馬嵬，賜貴妃自盡。」

〔四〕正文「清渭東流劍閣深」句下，文淵閣本與清刻本、排印本有注，且注釋内容和詳略互異。文淵閣本作：「西都賦：北有清渭濁涇。山海經注：渭水出隴西首陽縣鳥鼠同穴山。左思蜀都賦：緣以劍閣。注云：劍閣，谷名，自蜀通漢中道。」清刻本、排印本作：「唐書郭子儀傳：背負清渭濁河之固。西征賦：北有清渭。沈約八詠詩：戀横橋於清渭。書：東流爲漢。唐張九齡詩：東流形勝多。張載有劍閣銘。」

〔五〕注「時明皇幸蜀」至「一去無消息」，底本與文淵閣本以及清刻本、排印本之注釋内容和詳略互異。文淵閣本作：「蔡琰笳曲：去住兩情兮蘊具陳。虞羲詩：君去無消息。」清刻本、排印本作：「左傳：疆埸之事，一彼一此。張藴古大寶箴：一彼此于胸臆。易：君子尚消息盈虚。易林：不失消息。鵩鳥賦：合散消息兮，安有常則？幽通賦：命隨行以消息。元帝詩：欲覓行人寄消息。」

〔六〕正文「人生有情淚沾臆」句下，清刻本、排印本有注，作：「楊惲報孫會宗書：人生行樂耳。歷代名畫記：畫外有情。沈約詩：潺湲淚沾臆。何遜詩：啼妝坐沾臆。」它本皆無。

〔七〕正文「江水江花豈終極」句下，文淵閣本與清刻本、排印本有注，其所注之内容和詳略互異。文淵閣本作：「陶潛詩：人生似幻化。謝朓詩：有情知望鄉。樂府：拾得楊花淚沾臆。薛云：言江頭花草豈終極乎，蓋望長安之興復也。趙云：杜公陷賊，身在長安，不知蜀道消息，見江草江花，覩景傷情，猶檜風隰有萇楚篇嘆其不如草木無知之意。」清刻本、排印作：「鮑照詩：長懷無終極。」案，「檜風」，文淵閣本原作「唐風」，此據詩經檜風改。

〔八〕正文「黄昏胡騎塵滿城」句下，文淵閣本「騎」下注有異文，作「去聲」。它本皆無。又清刻本、排印本有注，作：「淮南子：日至於虞淵，是曰黄昏。離騷曰：黄昏以爲期兮。」它本皆無。

〔九〕注「一云望城北」至「聞之石者公云」，底本與文淵閣本以及清刻本、排印本之注釋内容和詳略互異。文淵閣本作：「鮑云：甫家居城南，欲往城南忘南北者，言迷惑避死，不能記其南北也。趙云：古樂府：戰城南，死北郭。曹植吁嗟篇：當南而更北，謂東而反西。按北人謂向爲望，欲往城南乃向北，亦不能記南北之意。」清刻本、排印本作：「史記：立明堂城南，以朝諸侯。梁簡文帝詩：五馬城南遊未歸。柳惲詩：城南斷車騎。戰國策：城北徐公。宋之問詩：杜陵城北花應滿。岑參詩：漢王城北雪初霽。趙云：此詩如百金戰馬，注坡驀澗，如履平地，具詩人之遺法。若白樂天詩詞甚工，然拙于紀事，寸步不遺，所以望老杜之藩垣而不能及也。」

哀王孫〔一〕

前漢：韓信至城下釣，有一漂母哀之，飯信。信謂漂母曰：吾必重報。母怒曰：吾哀王孫而進食，豈望報乎！王孫，如言公子也〔二〕。王深父云：安禄山驚潼關，玄宗倉卒西幸，諸嗣王及公主之在外者皆不及從，其後多爲禄山所屠，鮮有脱者。此詩記而哀之。嗚呼！以四海之廣，人帝之尊，念罔終則辱其子孫如此，豈孟子所謂以其所不愛及其所愛者歟？

長安城頭頭白烏，夜飛延秋門上呼。又向人家啄大屋，屋底達官走唐書：木生稼，達官怕。避胡。趙云：頭白烏號，不祥也。天寶十五載六月辛卯，禄山陷潼關，京師大駭。甲午，詔親征。明皇幸蜀，從延秋門出。門在禁苑之西面左邊，而禁苑在宫城之北。烏飛號於延秋門上，暗言乘輿既出矣，公卿寧不逃避耶？故烏又啄大屋，屋底達官走避胡也。或謂頭舊作頸，蓋烏無頭白者。金鞭斷折九馬死，骨肉不待同馳驅。腰下寶玦青珊瑚，左傳：晉侯佩太子以金玦。可憐王孫泣路隅。問之不肯道姓名，但道困苦乞爲奴。趙云：齊建安王子真被誅，入床下，叩頭乞爲奴贖死，不從。河東王鉉聞收，欣然曰：死生命也。終不效建安乞爲奴而不得，仰藥而死。已經百日竄荆棘，身上無有完肌膚。高帝子孫盡高準，龍種自與常人殊。漢高祖爲人隆準而龍顔。李斐曰：準，鼻也。趙云：隋文帝子勇，勇子儼，雲昭訓所生，乃雲定興女。文帝嘗曰：皇太孫何謂生不得其地？定興奏曰：天生龍種，所以因雲而出。豺狼在邑龍在野，王孫善保千金軀。易：龍戰于野。讖：四夷雲集龍鬬野。前漢爰盎傳曰：千金之子，坐不垂堂。祖出莊子。趙云：陸士衡云願保金石軀也。而千金軀字，又用沈約雜詩云：坐喪千金軀。不敢長語臨交衢，且爲王孫立斯須。周禮疏云：舞交衢。文選：蘇武別李陵詩：長當從此別，且復立斯須。昨夜東一作春。風吹血腥〔三〕，東來橐駞滿舊都。師古曰：橐駞，言能負囊橐而馱物也。史思明傳：祿山陷兩京，以駞運御府珍寶於范陽，不知紀極。鮑云：東來橐駞，謂賊自東都進也。舊都，謂長安。趙云：東風，應是東方之風。風，非言春也。朔方健兒好身手，昔何勇銳今何愚。世説：桓車騎過江時，公私儉薄，自使健兒鼓行劫鈔。趙云：曹元首六代論有：身手不能相使。竊聞太子已傳位，聖德北服南單于。明皇傳位于肅宗。師：漢宣帝時，單于分南北各以爲號。花門剺面請雪恥，慎勿出口他人徂。時回紇助順。後漢耿秉卒，匈奴聞之，舉國號哭，或至犂面流血。犂，即剺字。剺，割也，古通用。趙云：是時回紇有助順之心，故戒王孫勿出口於他人而徂往也。按廣平王俶爲天下兵馬元帥，郭子儀副之，以朔方、安西、回紇、大食兵討安慶緒，在至德二載之閏八月。則公作此詩時，回紇初有助順之請。而剺面者，刀剺割其面皮。蠻夷感恩而或喜或悲者多然。哀哉王孫慎勿疎，五陵佳氣無時無。漢書曰：高帝葬長陵，惠帝葬安陵，景帝葬陽陵，武帝葬茂陵，昭帝葬平陵，謂之五陵。選：北眺五陵。增添：班固西都賦：南望杜霸，北眺五陵。趙云：戒之以當更相收拾而勿遂疎外。王孫，蓋皆前朝諸帝之子孫，故使五陵以見之〔四〕。後漢：蘇伯阿望春陵城曰：氣佳哉！鬱鬱葱葱〔五〕。公之望本朝掃除妖氛復興盛也如此。佳氣連兩字，張正見芳樹詩：春浮佳氣裏，葉映彩雲前。

【校勘記】

〔一〕詩題，文津閣本、文瀾閣本闕。

〔二〕題下注「前漢韓信」至「信謂漂母曰」，底本與文淵閣本以及清刻本、排印本之注釋内容和詳略互異。文淵閣本作：「天寶十五載，明皇西狩，肅宗即位，改元至德，在七月甲子。是月丁卯，禄山使人殺霍國長公主及王妃駙馬等，己巳，又殺王孫及郡縣主。詩此時作。史記：漂母飯韓信。信曰」。清刻本、排印本作：「史記淮陰侯：韓信釣于城下，諸母漂。有一母見信飢，飯信，竟漂數十日。信喜，謂漂母曰」。

〔三〕「腥」，原作「醒」，據諸校本並參二王本杜集卷一改。

〔四〕「之」，清刻本、排印本作「意」。

〔五〕「蘇伯阿」，原作「王伯阿」，檢「氣佳哉」二句，後漢書卷一下光武帝紀作「蘇伯阿」，此改。

悲陳陶

唐書房琯傳：琯奉使靈武，立肅宗，因請將兵誅寇孽，收復京都。琯分爲三軍：遣楊希文將南軍，自宜壽入；劉悊將中軍，自武功入；李光進將北軍，自奉天入。琯自將中軍，爲前鋒。鮑云：天寶十五年十月辛丑，房琯及禄山戰于陳陶斜，敗績。癸卯，琯又以南軍戰，敗績。公故有是詩。

孟冬十郡良家子，血作陳陶澤中水。野曠一作廣。天清一作晴。無戰聲，四萬義軍同日死。漢趙充國始爲騎士，以六郡良家子。房琯傳：十月庚子，師次便橋。辛丑，琯軍先遇賊於咸陽縣之陳陶斜，接戰，琯軍敗績。時琯用春秋車戰之法，以車二千乘，馬步夾之。既戰，賊順風揚塵鼓譟，牛皆震駭〔一〕，因縛芻縱火焚之，人畜燒敗。乃中使邢延恩等督戰，倉黄失據，遂及於敗，爲賊所傷殺者四萬餘人，存者數千而已。　趙云：東坡先生嘗言悲陳陶云「四萬義軍同日死」，此房琯之敗也。唐書作陳濤斜，未知孰是。時琯既敗，猶欲持重有所伺，而中人邢延恩促戰，遂大敗。故次篇悲青坂云：「焉得附書與我軍，忍待明年莫倉卒。」先生之説如此。按至德元載十月辛丑，房琯遇賊將安守忠於咸陽之陳濤斜〔二〕，琯用車戰，官軍死者四萬餘人。則先生之説明矣。「四萬義軍同日死」，語用庾信哀江南賦：百萬義軍，一朝卷甲。

群胡歸來血洗箭，血一作雪。仍唱一作撚箭。胡歌飲都市。都人迴面向北啼，日夜更望官軍至。一云前後官軍苦如此。　趙云：「群胡歸來血洗箭」，句法好處，正在血洗箭三字。蓋言洗箭上之血也。如東坡韓幹馬詩云：「最後一匹馬中龍，不嘶不動尾搖風。」又薄酒篇云「五更待漏靴滿霜」，皆此格也。蔡伯世却取一作云雪洗箭，非是。四句言朔方、安西、回紇、大食兵相助討賊，然夷狄之性不無殘擾，故房琯雖喪軍矣，而都人之心不願胡兵討賊，只望官軍至也。　此一句，其字語蓋用項伯爲漢王語項羽曰：日夜望將軍至，何敢反邪！此亦模倣依倚之勢。　一云：前後官軍苦如此。　此句難解，豈若正句之又有據邪？

【校勘記】

〔一〕「震」，文淵閣本、文津閣本、文瀾閣本、清刻本、排印本作「驚」。

〔二〕「咸陽」，原作「盛陽」，據清刻本、排印本並參舊唐書卷一百一十一房琯傳改。

悲青坂

王深父序云：孔子：行三軍好謀而成。謀之未全而敢戰，所以速敗〔一〕。趙云：前篇悲陳陶，則辛丑之敗也。此篇悲青坂，則乃癸卯之敗矣。青坂應與陳陶斜之地不相遠也。

我軍青坂在東門，天寒飲馬太白窟。黃頭奚兒日向西，數騎彎弓敢馳突。陸士衡有飲馬長城窟行。匈奴傳：力士能彎弓，盡爲甲騎。趙云：太白，山名。「飲馬太白窟」五字，亦倣「飲馬長城窟」、「飲馬韓山窟」之勢也。以兩敗後各散而歸，所以言日向西。其餘數騎猶敢馳突，以言其暴掠不改也。公於北征之言回紇又曰：「其王願助順，其俗喜馳突。」山雪河冰野蕭颼，青是烽煙白人骨〔二〕。焉得附書與我軍，忍待明年莫倉卒。趙云：烽燧，寇至之候；青是烽煙，則寇警方盛也；白人骨，則戰死之多也。舊注載王深父云：孔子：行三軍好謀而成。謀之未全而敢戰，所以速敗。深父之說如此。按，房琯之戰，初以十月庚子軍次便橋。辛丑，中軍、北軍遇賊陳陶斜，戰不利。琯欲持重，而牽於邢延恩所促戰，故敗。苟見其軍之不利，於此敦陣整旅，堅壁以待，可也。而癸卯率南軍復戰，遂大敗。則公此詩忍待明年之戒〔三〕，所以重傷之也。

【校勘記】

〔一〕「敢戰所以速敗」，底本與諸校本注釋内容各異。文淵閣本作：「敢戰，或至速敗。」文津閣本作：「敢戰者，自速敗。」文瀾閣本、清刻本、排印本作：「敢戰，是以速敗。」

〔二〕「青是烽煙白人骨」句下，文淵閣本、文津閣本、文瀾閣本、清刻本、排印本另有注，作：「舞鶴賦：冰塞長河，雪滿翠山。」

〔三〕「烽燧寇至之候」至「則公此詩忍待明年之戒」，底本與諸校本注釋内容有異。諸校本作：「房琯戰于陳陶斜，不利，猶欲持重，而牽於邢延恩所促戰，故敗。而公詩有忍待明年之戒。」

新刊校定集注杜詩卷三

古詩

述懷

此以下自賊中竄歸鳳翔作。舊注：晉阮籍嘗作詠懷詩八十餘篇，爲世所重。

去年潼關破，妻子隔絶久。天寶十五年，安禄山僭號，賊犯潼關。哥舒翰軍敗，退爲其帳下執之降賊。關門不守，上乃謀幸蜀。今夏草木長，脱身得西走。陶淵明詩：孟夏草木長。按新唐書：天子幸蜀，甫走避三川。肅宗立，自鄜州羸服奔行在，爲賊所得。至德元年亡走，謁帝鳳翔。趙云：此篇叙事甚明。「去年潼關破」，天寶十五載六月爲賊將崔乾祐所破也[一]。先是，公於五月挈家避地鄜州，有高齋詩及三川觀漲、塞蘆子詩。即自鄜州挺身赴朝廷而逢潼關之敗，遂陷賊中。既而是月，肅宗即位靈武，治兵鳳翔。公于至德二載夏四月，自賊中亡走鳳翔，所謂「今夏脱身走」是也。以「草木長」推之，則爲四月，蓋陶潛詩云「孟夏草木長」也。公既至鳳翔上謁，則拜右拾遺焉。新書謂甫以天寶十五載七月中避寇寄家三川。肅宗立，自鄜州羸服欲奔行在，爲賊所得。非也。麻鞋見天子，衣袖露兩肘。朝廷愍生還，親故傷老醜。涕淚授拾遺，流離主恩厚。言奔走流離，迫於窘困，至於麻鞋以見天子。露兩肘，言衣不完。莊子言原憲捉衿而肘見。按新書言甫至德二年，亡走鳳翔上謁，授右拾遺。而舊史以爲甫謁帝彭原郡。至德，肅宗年號也。趙云：王琪云：子美之詩，詞有近質者，如「麻鞋見天子」「垢膩腳不韈」之句，所謂轉石於千仞之山勢也。學者尤効之而過甚，遠大者難窺乎！琪之説如此。「麻鞋見天子」，亦紀實事，且見其奔走流離迫於窮困而然耳。而王叡作炙轂子有云：夏商以草爲屩。左氏曰：非屨也，至周以麻爲之，謂之麻鞋，貴賤通著。晉永嘉以絲爲之，宮中嬪妃皆著之，則麻鞋兩字亦有所據而後言也。柴門雖得去，未忍即開口。趙云：後有詔許至鄜州迎家，則不欲遽違天顏矣[二]。寄書問三川，不知家在否。三川在鄜州。按本傳：甫寄家三川，艱窶彌年，孺弱至餓死者。比聞同罹禍，殺戮到鷄狗。趙云：詩又言「去憑遊客寄，來爲附家書」也。殺戮到鷄狗，則使曹操征陶謙，雖鷄狗盡殺也。山中漏茅屋，誰復依户牖。摧頽蒼松根，地冷骨未朽。幾人全性命，盡室豈相偶。趙云：茅屋摧頽於松傍，以地冷之故，茅雖朽而屋骨未朽。他人少有全性命者，而吾之室家，豈保其相偶聚乎？左傳：盡室以行。嶔岑猛虎場，鬱結回我首。陸機：飢食猛虎窟。趙云：以虎譬賊之暴也。自寄一封書，今已十月後。反畏消息來，寸心亦何有。漢運初中興，生平老耽酒。凡王室中否而再興，謂之中興。如周之宣王、漢之光武、唐之中宗是。齊桓好酒。魏曹植賦曰：若耽於觴酌，流情縱佚，先王所禁，君子所失[三]。霍光傳：昌邑夜飲，湛沔於酒。師古曰：湛，讀曰沉，又讀曰耽。沔，荒迷酒也[四]。沈思歡會處，恐作窮獨叟。文選有云：事出於沈思。

【校勘記】

〔一〕「所破」，底本漫滅，據文淵閣本、文津閣本、文瀾閣本、清刻本、排印本補。

〔二〕「違」，文淵閣本作「遭」。

〔三〕「所失」，文淵閣本作「好失」。案，全三國文卷十四酒賦作「所斥」。

〔四〕「迷酒」，「迷」清刻本、排印本訛作「述」，奪「酒」字。

偪仄行 贈畢曜。西京賦：駢羅偪側。一云偪側行，篇中字亦作偪側〔一〕。

偪仄何偪仄，我居巷南子巷北。可恨鄰里間，十日不一見顏色。江淹古別離詩：願一見顏色，不異瓊樹枝。趙云：偪仄，言巷之隘陋也。西京賦：駢羅偪側。後漢肅宗賜東平王蒼詔曰：數見顏色，情重昔時。自從官馬送還官，行路難行澀如棘。古樂府有行路難。我貧無乘非無足，昔者相遇〔二〕今不得。實不是愛微軀，一云慵相訪。又非關足無力。徒步翻愁官長怒，此心炯炯君應識。周禮：正長乃官之長也。潘安仁寡婦賦：目炯炯而不寢。曉來急雨春風顛，睡美不聞鍾鼓傳。東家蹇驢許借我，泥滑不敢騎朝天。趙云：七諫云：駕蹇驢而無策兮，又何路之能極。已令請急會通籍，一云已令把牒還請假。阮籍騎驢到郡。元帝紀：通籍注：籍者爲二尺竹牒，記名字、物色，縣之宮門省禁，相應乃得入也。武后時太學生請急，后亦省視之。趙云：請急，請急假也。舊注引太學生請急，自不相干也。男兒性命絶可憐。焉能終日心一作神。拳拳，中庸：回之爲人也，得一善則拳拳服膺，弗失之矣。注：拳拳，舉持之貌也[三]。憶君誦詩神懍然。辛夷始花亦已落，況我與子非壯年。杜補遺：本草云：陳藏器曰：此花江南地暖，正月開花。北地寒，二月開花。初發如筆，北人呼爲木筆花。又蜀本圖經云：正月、二月花似著毛小桃，色白而蒂紫，花落而無子。夏杪復著花如小筆。此詩云辛夷始花亦已落，蓋中春時。趙云：言時花之開落，所以顯人之易老也。街頭酒價常苦貴，方外酒徒稀醉眠。趙云：晉書：方外司馬。漢書：高陽酒徒。陶潛云[四]：我醉欲眠也。速宜相就飲一斗，恰有三百青銅錢。宋鮑照行路難：且願得志數相就，牀頭恒有沽酒錢。功名竹帛非我事，存亡貴賤委皇天。世說：阮籍謂王戎曰：偶得一㪷美酒，當與君共飲。趙云：真宗問近臣唐酒價，衆莫能對。丁晉公獨曰：每㪷三百。上問何以知之？丁引此詩以對。青銅錢，蓋銅錢中純銅之可貴者。時人語張鷟曰：有如青銅錢，萬選萬中。

【校勘記】

〔一〕「作」，原奪，據清刻本、排印本補。

〔二〕「遇」，清刻本、排印本作「過」。案，二王本杜集卷二、錢箋卷一作「過」，百家注卷七、分門集注卷二十五作「遇」。

〔三〕「舉」，文淵閣本、文津閣本作「奉」，清刻本、排印本作「捧」。

〔四〕「云」，文淵閣本作「曰」。

北征

後漢：班彪更始時避地涼州，發長安，作北征賦。鮑云：至德二年，公自賊竄歸鳳翔，謁肅宗〔一〕，授左拾遺。時公家在鄜州，所在寇多，彌年艱窶，孺弱至餓死者，有墨制許自省視。八月之吉，公始北征，徒步至三川迎妻子，故有是詩。東坡嘗云：北征詩識君臣之大體，忠義之氣與秋色爭高，可貴也。趙云：班彪自長安避地涼州，作北征賦。公亦因所往之方同，故借二字爲題耳。墨制則行在倉卒之間所用也。此詩凡七十韻，聞之士夫言：孫莘老嘗謂老杜北征勝韓退之南山詩，王平甫以謂南山勝北征，終不能相服。時山谷尚少，乃曰：若論工巧則北征不及南山；若書一代之事以與國風、雅、頌相爲表裏，則北征不可無，而南山雖不作未害也。二公之論遂定。又嘗觀宋景文和賈侍中覽北征篇詩有云：莫肯念亂小雅怨，自然流涕袁安愁。則公賦詩之心可見矣。

皇帝二載秋，閏八月初吉。杜子將北征，蒼茫問家室。趙云：皇帝，肅宗。至德二載，公自鳳翔歸鄜州，此之謂北征也。蒼茫，荒寂之貌。詩小明：二月初吉。維時遭艱虞，朝野少暇日。顧慙恩私被，詔許歸蓬蓽。時房琯得罪，甫上言琯罪細不宜免。帝怒，詔三司推問。甫謝，因稱琯宰相子，少自樹立，有大臣體。帝不省録，詔放甫歸鄜省家。趙云：此篇公往鄜州省家之詩。以公之詩參唐曆考之：公詩前篇曰「今夏草木長，脱身得西走」，乃至德二載四月也。「麻鞋見天子」，而「涕淚授拾遺」，則繼此便有除命也。房琯罷相在是年五月丁巳，則甫論琯不宜免，正在此五月也。按甫傳：帝怒，詔三司推問。宰相張鎬曰：甫若抵罪，絶言者路。帝乃解，然自是不甚省録。時所在寇奪，甫家寓鄜，彌年艱窶，孺弱至餓死，因許甫往省視。則公今詩所謂「顧慙恩私被，詔許歸蓬蓽」是也。公之捄琯無罪在此年之五月，而王原叔作集記乃云：至德二載，竄歸鳳翔見肅宗[二]。明年，論房琯不宜罷相[三]，出爲華州功曹。所謂明年乃乾元元年也，其比甫本傳差謬如此，故因此詩以辨之。拜一作奉。辭詣闕下，一云閤門。怵惕久未出。雖乏諫諍姿，恐君有遺失。言諫免琯。趙云：甫既得往而不忍輕去其君，尚恐君又有過擧而當諫諍之。君誠中興主，經緯固密勿。東胡反未已，臣甫憤所切。東胡，祿山也，憤其亂也。趙云：中興主，指言肅宗也。密勿，詩雖言大臣之事，而公今所云，則以肅宗之於經緯固自慎密也。東胡，指言安慶緒也。舊注云東胡，祿山也，大誤。蓋至德二載正月乙卯，安慶緒已弒其父祿山而襲僞位矣。揮涕戀行在，天子行幸所在曰行在。道途猶恍惚。言心憂也。乾坤含瘡痍，憂虞何時畢。靡靡逾阡陌，人煙眇蕭瑟。靡靡，猶遲遲也。詩：行邁靡靡。蕭瑟，言人皆避亂，無安居者。謝惠連西陵遇風詩：靡靡即長路。古樂府君子行云：越陌度阡。魏文帝樂府：秋風蕭瑟天氣涼。所遇多被傷，呻吟更流血。回首鳳翔縣，旌旗晚明滅。時肅宗在鳳翔。前登寒山重，屢得飲馬窟。古樂府有飲馬長城窟行。邠郊入地底，涇水中蕩潏。邠州，古豳國。昔公劉據豳其地。開元十三年，改豳州爲邠州。周禮：雍州川曰涇汭。猛虎立我前，蒼崖吼時裂。菊垂今秋花，石戴一作帶。古車轍。趙云：陵谷遷變，石上仍有轍迹也。青雲動高興，幽事亦可悅。山果多瑣細，羅生雜橡栗。或紅如丹砂，或黑如點漆。雨露之所濡，甘苦齊結實。言山中草木皆遂其生，而人不遑寧止。趙云：「或紅如丹砂，或黑如點漆。」倣王逸言玉「赤如鷄冠」「黑如純漆」之勢也。雨露之所濡，倣莊子「日月之所照」「霜露之所墜」之勢也。緬思桃源内，益歎身世拙。桃源，秦俗避亂之所。師：桃源在鼎州，内有三洞，上曰上源夫人，中曰王源夫人，下曰桃源夫人，晉時漁者常往焉。趙云：桃源在鼎州。陶潛有記，有詩。今因見果實而思之也。坡陁望鄜畤，谷巖互出没。鄜畤，漢武郊祀之所，春秋時白狄之地。互，遞互隱見也。趙云：正望其家之所在也。杜正謬：前漢郊祀志：秦文公夢黄虵自天而下屬地，其口止於鄜衍。文公問史敦，曰：此上帝之徵，君祠之。於是作鄜畤，用三牲郊祀白帝焉。以此考之，鄜畤乃文公作，非漢武也。我行已水濱，我僕猶木末。木末，言猶遠也。趙云：詩：我行其野。我僕痡矣。左傳云：昭王南征不復，君其問諸水濱。張載叙行賦：轉木末於北岑〔四〕。鴟鳥一作梟。鳴黄桑，野鼠拱亂穴。夜深經戰一作中。場，寒月照白骨。潼關百萬師，往者散何卒。遂令半秦民，殘害爲異物。翰以兵二十萬守潼關，及其敗也，火拔歸仁曰：公以二十萬，一日覆敗，持是安歸？遂執以降賊也。杜補遺：魏文帝與吴質書云：元瑜長逝，化爲異物。吴質與太子牋亦云：陳、阮、徐生，而今各逝，已爲異物。趙云：言民一半爲鬼也。況我墮一作隨。胡塵，及歸盡華髮。甫先陷賊而亡歸。趙云：其存者於離亂之久，見其盡老也。經年至茅屋，妻子衣百結。董先生衣百結。慟哭松聲回，悲泉共幽咽。平生所驕兒，顔色白勝雪。見耶背面啼，垢膩脚不襪。趙云：「見耶背面啼」，使耶字，乃出木蘭詩「不聞耶娘唤女聲」句中之字。「垢膩脚不襪」，王琪以爲轉石於千仞山之勢。沈佺期被彈詩云：

窮囚多垢膩。左傳：褚師韤而登。牀前兩小女，補綻纔過膝。海圖坼波濤，舊繡移曲折。天吳及紫鳳，天吳，水神也。杜補遺：木玄虛海賦：天吳乍見而髣髴。山海經云：朝陽之谷，有神曰天吳，是爲水伯。虎身人面，八手八足八尾，青黃色。山海經云：丹穴山有鸑鷟，鳳之屬也，如鳳五色而多紫。趙云：天吳，海圖所畫之物。紫鳳，所繡之物也。顛倒在短一作裋。褐。杜正謬：當作裋，音豎，蓋傳寫之誤也。張衡應問曰：士有解裋褐而襲黼黻。方言曰：關西謂襜褕短者爲裋褐。前漢貢禹：裋褐不完。師古曰：裋，謂童豎所著之襦；褐，毛布也。趙云：裋褐字，長短之短，自出班彪云：貧者衣短褐。又，淮南子載甯戚飯牛歌曰：短褐單衣適止骭〔五〕。故公前篇用對長纓。杜田泥爲裋褐之字，非矣。戰國策：墨子見楚王，曰：今有人於此，舍其錦繡，鄰有短褐而欲竊之。老夫情懷惡，嘔泄臥數日。一作數日臥嘔泄。那無一作能。囊中帛，救汝寒凜慄。粉黛亦解苞，衾裯稍羅列。瘦妻面復光，癡女頭自櫛。學母無不爲，曉粧隨手抹。移時施朱鉛，狼籍畫眉闊。宋玉登徒子好色賦：臣東家之子，著粉則太白，施朱則太赤。趙云：剽竊舊人文章而竄首易尾者，亦云畫眉闊。漢語云：宮中好廣眉，四方多半額。生還對童稚，似欲忘飢渴。問事競挽鬚，誰能即嗔喝。翻思在賊愁，甘受雜亂聒。趙云：後漢鄧禹傳：父老童稚，垂髮戴白，滿其車下。如元魏成淹曰：羔裘玄冠不以弔，此童稚所知也。隋煬帝言薛道衡云：輕我童稚。桓伊撫箏詠曹子建詩，謝安挽其須曰：使君於此不凡。新歸且慰意，生理焉得說。至尊尚蒙塵，幾日休練卒。僖二十四年：臧文仲對曰：天子蒙塵于外，敢不奔問官守。趙云：宋書徐爰傳：練卒嚴城。仰看天色改，旁覺妖氣一作氛。豁。陰風西北來，慘澹隨回鶻。一作胡紇。唐書回鶻列傳云：回紇，其先匈奴也。元魏時號高車部，或曰敕勒，訛爲鐵勒〔六〕，臣於突厥。至隋韋紇復叛去，自稱回紇。回鶻，言勇鷙猶鶻然。趙云：世説載壹道人曰：風霜固所不論，乃先集其慘澹，郊邑正自飄瞥，林岫便已皓然。隨回紇，舊正作回鶻，當以回紇爲正。蓋當杜公時，未有回鶻之稱，至憲宗朝而後〔七〕來請易回鶻，言捷鷙猶鶻然。凡讀書，本末不可不考。其王願助順，其俗喜馳突。送兵五千人，時回紇以兵五千助順。驅馬一萬匹。此輩少爲貴，四方服勇決。所用皆鷹騰，破敵過一作如。箭疾。聖心頗虛佇，時議氣欲奪。回紇在隋曰韋紇，其人驍彊，初無首長〔八〕，逐水草轉徙，善騎射，喜盜鈔。趙云：言主上雖虛心以待其破賊，然時議恐畢竟爲害，所以氣欲奪也。伊洛指掌收，西京不足拔。官軍請深入，蓄鋭伺俱發。趙云：此正時議以爲國家自有恢復中原之理，官軍深入自足破賊，不必專用回紇兵也。此舉開青徐，旋瞻略恒碣。昊天積霜露，正氣有肅殺。禍轉亡胡歲，勢成擒胡月。隋長孫晟傳曰：臣夜望磧北，有赤氣長百餘里，如雨下垂。按兵書名洒血。欲滅匈奴，宜在今日。胡命其能久，史思明傳：優相謂曰：胡命盡乎〔九〕！皇綱未宜絶。趙云：蓋推天數當然，與李白胡無人曲所謂「太白入月敵可摧，旄頭滅，履胡之腸涉胡血；懸胡青天上〔一〇〕，埋胡紫塞旁；胡無人，漢道昌」同意。蜀志：諸葛孔明食少事煩，其能久乎？憶昨狼狽初，事與古先別。杜補遺：酉陽雜俎云：狼狽，是兩物，前足絶短，每行常駕兩狼，失則不能動。故世言乖者爲狼狽。姦臣競葅醢，祿山之反，亦國忠媒蝎之。黥布傳：漢誅梁王彭越，盛其醢以偏賜諸侯。同惡隨蕩析。不聞夏殷衰，中自誅褒妲。褒姒、妲己也。此言誅楊貴妃也。鮑云：魏泰曰：唐人詠馬嵬之事尚矣。世所稱者，劉禹錫曰：官軍誅佞幸〔一一〕，天子捨夭姬。白樂天曰〔一二〕：六軍不發無奈何，宛轉蛾眉馬前死。此乃歌詠官軍〔一三〕，而明皇不得已誅貴妃也。豈特不曉文體，蓋亦失事君之禮？老杜則不然。北征詩曰：憶昔狼狽初，事與古先別。姦臣競葅醢，同惡隨蕩析。不聞夏商衰，中自誅褒妲。乃明皇鑒夏商之敗〔一四〕，畏天悔禍，賜妃子死，官軍何與焉？周漢獲再興，宣光果明哲。趙云：蓋謂古先亦有衰亂，而今日與之殊別焉。其殊別者何也？姦臣如楊國忠既誅，其黨與失勢而蕩析矣。此與古先別之一也。夏、殷亦衰矣，而褒、妲不誅；上皇乃能割情忍愛而誅貴妃，此與古先別之二也。惟其如此，故能如周之再興而有宣王，如漢之再興而有光武，以言肅宗之能中興也。褒姒、妲己〔一五〕，褒姒滅周而用於夏殷句之下，此乃公命語痛快因成小誤耳。桓桓陳將軍，陳將軍，玄禮也，首謀誅貴妃、國忠者。詩：桓桓武王。書：尚桓桓。仗鉞奮忠烈。微爾人盡非，于今國猶活。見二卷「實欲邦國活」注。趙云：東坡先生詩話有曰：北征詩云：桓桓陳將軍，仗鉞奮忠烈。此謂陳玄禮也〔一六〕。玄禮佐玄宗平内難，又從幸蜀，首建誅國忠之策。舊注雖知爲陳玄禮，妄添注云：首謀誅國忠、貴妃者。按唐書陳玄禮傳：宿衛宫禁。故公謂之曰陳將軍。安祿山反，謀誅楊國忠闕下，不克，至馬嵬，卒誅之。又按楊貴妃傳：西幸至馬嵬，陳玄禮等以天下計，誅國忠。已死，軍不解。帝遣力士問故，曰：禍本尚在。帝不得已與妃訣，引而去，縊路祠下。則陳將軍特建誅國忠之策而已，非首建誅貴妃也。「桓桓陳將軍」之句，蓋倣盧子諒之言劉琨曰「桓桓撫軍」之勢也。「微爾人盡非」，蓋取微管仲吾其被髮左衽之意。言微陳將軍，則人至於變易而非矣。此又依傍城郭是人民非之語。淒涼大同殿，寂寞白獸闥。都人望翠華，佳氣向金闕。大同、白獸，皆禁中宫殿名也。司馬相如曰：建翠華之旗。薛云：神異經：東北大荒中有金闕，高百丈。上有明月珠，徑三丈，光照千里。中有金階，西北入兩闕，中名天門。趙云：按大同殿在南内興慶宮中，勤政殿之北〔一七〕，曰大同門，其内大同殿。此明皇帝所遊之地。白獸闥，考之唐志無此名，惟漢未央宫中有白虎門、白虎殿，豈公借用以爲比耶？大意勸車駕歸長安也。是年九月癸卯復京師。十月癸亥，遣韋見素迎上皇于蜀郡。丁卯，車駕入長安。則公詩不徒言矣。園陵固有神，掃灑數不缺。煌煌太宗業，樹立甚宏達。趙云：言車駕當歸奉陵寢之掃除也。蓋高祖獻陵在三原，太宗昭陵在藍田，高宗乾陵在奉天，中宗定陵在富平，睿宗橋陵在奉先。掃洒數不缺〔一八〕，數，言禮數也。既掃洒園陵，當思祖宗創業，如太宗貞觀之盛，豈復有播遷之事哉！樹立，建立之謂也。晉會稽王道子傳言置官，亦曰多所樹立。陸士衡作漢高祖功臣頌云：曲逆宏達。雖止是功臣事，而注云：宏，大也；達，通也。德業之宏大通達，亦可言君矣。

【校勘記】

〔一〕「肅宗」，文淵閣本作「帝」。

〔二〕「見肅宗」，「見」字原脱，據清刻本、排印本補；又，「肅宗」，文津閣本作「宗宗」，訛。

〔三〕「房琯」，清刻本、排印本作「琯」。

〔四〕「叙行賦轉木末於北岑」，「叙」，文瀾閣本作「叔」，訛；又，「北」，全晉文卷八十五作「九」。

〔五〕「止」，清刻本、排印本作「至」。

〔六〕「鐵勒」字，原作「臧勒」，文淵閣本作「藏勒」，皆訛，據清刻本、排印本並參新唐書卷二百一十七改。

〔七〕「憲宗」，原作「德宗」，據舊唐書卷一百九十五回紇傳載憲宗朝來請易回鶻事改。

〔八〕「首長」，清刻本、排印本作「酋長」。

〔九〕「胡命盡乎」，文淵閣本作「其能久乎」。

〔一〇〕「胡」，文瀾閣本作「吴」，誤。

〔一一〕「侫」，原作「佞」，據文淵閣本、文津閣本、文瀾閣本、排印本改。

〔一二〕「曰」，文淵閣本作「云」。

〔一三〕「官軍」，原作「禄山」，據清刻本、排印本改。

〔一四〕「商」，文淵閣本、文瀾閣本、清刻本、排印本作「殷」。案，商之始祖契封于商，湯有天下，遂號爲商。至盤庚遷都殷，遂改爲殷，又稱殷商。

〔一五〕「褒姒妲己」，清刻本、排印本作「妲己滅殷」。

〔一六〕「陳玄禮」，「玄」原作「元」，係避諱，此改。以下均同。

〔一七〕「勤政樓」，文淵閣本作「勤政殿」。

〔一八〕「掃」，文淵閣本作「揮」，訛。

得舍弟消息

風吹紫荆樹，色與春庭暮〔一〕。花落辭故枝，風回反無處。周景式孝子傳曰：古有兄弟忽欲分異〔二〕，出門見三荆同株，枝業連陰。歎曰：木猶欣聚，況我而殊哉。又田真兄弟欲分，其夜庭前三荆便枯；兄弟歎之，却合，樹還榮茂。趙云：此言初别之時，當暮春也。古兄弟中事有此，故公因荆以興焉。骨肉恩書重〔三〕，漂泊難相遇。猶有淚成河，經天復東注。世説：人問顧長康哭桓宣武之狀如何〔四〕。曰：鼻如廣漠風，眼如懸河決，聲如振雷破山，淚如傾河注海。趙云：顧凱之云：淚如河注海也。

【校勘記】

〔一〕底本正文旁有匿名批識曰「興也」，諸校本皆無。

〔二〕「忽」，文淵閣本作「出」，訛。

〔三〕「書」，文瀾閣本、清刻本、排印本作「義」，訛。案，二王本杜集卷二、錢箋卷二作「書」，可證。

〔四〕「人問顧長康哭桓宣武之狀」句，「顧長康」文淵閣本作「顧長樂」，訛。案，顧愷之，字長康，東晋人。又，「桓」原作「桓」，係避宋諱，此改。

徒步歸行

贈李特進自鳳翔赴鄜州經邠州作。趙云：李特進，嗣業也。緣公孫弘傳〔一〕「起徒步」「取宰相」，有此兩字，故倚爲題。

明公壯年值時危，經濟實藉英雄姿。天下英雄，惟操與使君。趙云：晉石苞遷司馬景帝中護軍，而宣帝聞苞好色薄行，以責景帝。答曰：雖細行不足，而有經國才略。貞廉之士，未必能經濟世務。國之社稷今若是，武定禍亂非公誰。趙云：魏賀拔軌稱宇文泰曰：宇文公文足經國，武能定亂。

鳳翔千官且飽飯，衣馬不復能輕肥。言公私窘迫，且飽而已，未能輕肥。新添：語：乘肥馬，衣輕裘，與朋友共，敝之而無憾。趙云：嘆諸公之不如意也。乘肥衣輕，昔日太平時事，以值時危而不復然矣。青袍朝士最困者，白頭拾遺徒步歸。甫謁上於鳳翔，受左拾遺。新添：史云：白頭如新，傾蓋如故。趙云：重嘆其身之困也。

人生交契無老少，論交何必先同調。一作論心。謝靈運詩〔二〕：誰謂古今殊，異代可同調。趙云：交契無老少，則李與公年歲必不等也。妻子山中哭向天，須公櫪上追風驃。梁邵陵王啓：連翩絕景，沃若追風。杜補遺：崔豹古今注：秦始皇七馬，一曰追風。廣韻云：馬黄白色曰驃。音毗召切。西京雜記：文帝九馬，四曰逸驃。舊唐史：太宗十驥，六曰飛驃。趙云：此借馬詩。或曰，遂欲求之也。言妻子在鄜州之山中，哭望公之歸。而今徒步爲遲，故須公櫪上之馬矣。

【校勘記】

〔一〕「公孫弘」，「弘」原作「洪」，文瀾閣本、清刻本、排印本作「宏」，係避諱，此改。

〔二〕「詩」，文淵閣本作「云」。

玉華宫

趙云：宫在坊州宜君縣。玉華、九成，皆公歸鄜之所歷者也〔一〕。

溪回松風長，蒼鼠竄古瓦。趙云：七發云：絶迹兮臨回溪。而潘安仁金谷集作有云：回溪縈曲阻。今倒用之耳。不知何王殿，遺構絶壁下。趙云：謝靈運登君門最高頂詩〔二〕：晨策尋絶壁。此宫在坊州宜君縣，貞觀二十年太宗所作也。初，貞觀十七年，州廢，縣亦省。其後以宜君宫復置縣，隸雍州。次年，宫成，又常赦宜君給復縣人之自玉華宫苑中遷者。後於高宗永徽二年廢之爲寺〔三〕。而今詩有云「不知何王殿，遺構絶壁下」，何也？此蓋詩人之深意也。太宗厭禁内煩熱，營太和宫終南之上，改曰翠微宫於終南〔四〕。其後未幾，復興玉華之役。自二月乙亥遊幸，至十月癸丑而復返。太宗創業之主，貞觀習治之世〔五〕，勞人費財於營建，廢時逸豫於離宫，故詩人諱之曰「不知何王殿」也。按徐賢妃傳：妃嘗言翠微、玉華等宫，雖因山藉水，非無築架之苦〔六〕，而工力和僦，不謂無煩。有道之君，以逸逸人；無道之君，以樂樂身。則公之微意可見矣。陰房鬼火青，壞道哀湍瀉。淮南子：人血爲燐。許慎云：兵死之血爲鬼火。燐者鬼火之名。書：説築傅巖之野。注：傅氏之巖在虞虢之界，通道所經。有澗水壞道，常使胥靡刑人等護此道。萬籟真笙竽，秋色正蕭灑。一作秋氣。莊子齊物篇：子綦曰：汝聞地籟而未聞天籟〔七〕。子游曰：地籟則衆竅是已，人籟則比竹是已，敢問天籟。子綦曰：夫吹萬不同，而使其自已也。杜補遺：吳都賦：鳴條暢律，飛音響亮。蓋象琴筑并奏，笙竽俱唱。李善注曰：律謂籟也。殷仲文九井詩所謂爽籟驚幽律〔八〕，哀壑扣虛牝是已。趙云：言遊幸之廢，景物愁絶然也。反而言之，則游幸之時，其盛可知矣。**美人爲黄土，況乃粉黛假。當時侍金輿，故物獨石馬。**潘岳：美人居重泉。列子：粉白黛黑〔九〕。趙云：有隨輦而死葬者矣。惟公相去之近，能知之。**憂來藉草坐，浩謌淚盈把。冉冉征途間，誰是長年者。**天台賦：藉萋萋之纖草。又：嗟人生之短期，孰長年之能執。

【校勘記】

〔一〕題下注下，底本有匿名批識曰：「張文潛平生愛歌此篇，以爲風雅鼓吹。」文淵閣本、文津閣本、文瀾閣本、清刻本、排印本無。

〔二〕「君門」，文淵閣本作「高詩」，訛。案，宋詩卷二作「石門」。

〔三〕「永徽」，文淵閣本作「永微」，訛。案，永徽爲唐高宗年號。

〔四〕「改曰翠微宮於終南」，清刻本、排印本作「改曰翠微籠山爲苑」。

〔五〕「貞」，原作「身」，據清刻本改。

〔六〕「非」，原脱，據舊唐書卷五十一徐賢妃傳補。

〔七〕「聞」，文淵閣作「知」。

〔八〕「井」，原作「并」，據清刻本、排印本改。

〔九〕「黑」，文淵閣本、清刻本、排印本作「綠」。

九成宮

武僖元年，廢麟游郡，置鄜州，有九成宮，即隋仁壽宮。隋文帝崩於此。趙云：按樂史寰宇記載，在鳳翔府麟游縣〔一〕。又按，此宮本隋之仁壽宮，在鳳翔府麟游縣西五里。義寧元年廢，唐貞觀五年復置，更名九成，隸之雍州〔二〕。其宮周垣千八百步。麟游於隋曾爲郡，唐初改曰鄜州。按地理志：麟游縣，其去鳳翔府東北一百一十里。麟游郡置鄜州，謂改則可，謂之廢則不可。鄜字應是麟字，諸本誤刊耳。恐惑學者，故爲詳之。

蒼山入百里，崖斷如杵臼。曾宮憑風迥，一作迴。岌嶪土囊口。宋玉風賦：夫風生於地，起於青蘋之末，侵淫谿谷，盛怒於土囊之口。西京賦：狀嵬峩以岌嶪。趙云：此與玉華宮詩語異而旨同，言乘輿涉遠而冒險。易：臼杵之利。立神扶棟樑，鑿翠開戶牖。魯靈光：神靈扶其棟宇。其陽産靈芝，其陰宿牛斗。西都賦：其陽則崇山隱天，幽林穹谷；其陰則冠以九嵕，陪以甘泉。天台賦：蔭牛宿以曜峯〔三〕。趙云：其陽、其陰字，使西都賦。雖兩句而盡賦鋪陳之勢矣。産靈芝，以言瑞物所生如漢廟柱生芝。宿牛斗以言其高，如公慈恩寺塔有云〔四〕：七星在北户，河漢聲西流。紛披長松倒，揭嶭怪石走。趙云：洞簫賦：若凱風紛披。魯靈光殿賦：飛陛揭孽，緣雲上征。哀猿啼一聲，客淚迸林藪。宜都山川記曰：峽中猿鳴至清，諸山谷傳其響，泠泠不絕，行者歌三聲淚霑衣。趙云：宮處乎深山之中，虞世南所謂冠山抗殿，絕壑爲池者。今以其稍不御而岑寂，則有愁絕之思矣。古歌云：猿鳴三聲淚沾裳。荒哉隋家帝，製此今頽朽。楊素爲隋文帝營仁壽宮，素規構鴻侈。文帝怒曰：素爲吾掊怨天下！素懼。封倫曰：母恐，后至，當自免。既而，果然。向使國不亡，焉爲巨唐有。齊景公遊牛山，北臨其國，曰：若何去此而死乎！晏子曰：使賢人若常守，則太公有之。吾君安得此位而爲流涕？是不仁也。齊侯飲酒樂曰：若何？晏子曰：昔爽鳩氏始居此，季萴、逢伯陵、蒲姑氏、太公因之。若古無死，則爽鳩之樂，非君所願得也。傳曰：不有廢也，君何以興？雖無新增修，尚置官居守。巡非瑶水遠，跡是雕墻後。王元長曲水序：夏后兩龍，載驅璿臺之上；穆王八駿，如舞瑶水之陰。王母與宴於瑶池之上也。五子之歌：峻宇雕牆。注：雕，飾畫也。趙云：上言因隋以鑒唐也，下復申言以箴之。其去長安則亦遠矣，特比周穆王之瑶池爲不遠也〔五〕，故言巡非瑶水遠。然峻宇雕牆，五子之所戒，以爲未或不亡者而乃可襲其迹之後乎〔六〕？此指言唐襲隋後也。玉華宮，唐所創建，不敢指斥，故云不知何王殿。今九成宮隋所建，當以之爲戒，故云荒哉隋家帝。我來屬時危，仰望嗟歎久。天王守太白，駐馬更搔首。趙充國傳曰〔七〕：今太白高，深入者勝。天王，天子也。守太白，待時而進也。趙云：守者狩〔八〕。春秋：天王守于河陽。穀梁用此字也〔九〕。太白，山名。守之爲義，正言肅宗在鳳翔也。舊注引誤以狩爲守，以太白山爲太白星矣。詩静女篇：愛而不見，搔首踟躕。

【校勘記】

〔一〕「縣」，原作「隸」，據文淵閣本、文瀾閣本、清刻本、排印本改。

〔二〕「隸之雍州」，「之」清刻本、排印本無；又，「雍州」文淵閣本作「鄜州」，訛。

〔三〕「舉」，文選卷十一、全晉文卷六十一孫綽遊天台山賦作「峰」。

〔四〕「慈恩寺塔」，文淵閣本作「登慈恩寺塔」。

〔五〕「比」，原作「此」，據文淵閣本、文津閣本、文瀾閣本、清刻本、排印本改。

〔六〕「之」，清刻本、排印本作「於」。

〔七〕「趙充國」，文淵閣本作「趙究國」，訛。案，趙充國，字翁孫，西漢人。

〔八〕「狩」下，清刻本、排印本有「也」字。

〔九〕「字」，清刻本、排印本作「守」。

羌村三首

趙云：蔡興宗云：至德二載〔一〕，歲在丁酉，秋，閏八月，奉詔至鄜迎家。有九成宮、徒步行、玉華宮、北征及此。羌村豈在鄜州，乃公寄家之地耶？當得鄜州圖經攷之。

峥嶸赤雲西，日脚下平地。楚詞云：載赤雲而陵太清。西都賦云：巖峻崷崒，金石峥嶸。注曰：峥嶸，高秀也。趙云：此善言暮日之狀〔二〕。易通卦驗之言雲有曰赤如赤繒。則赤雲亦實道所見耳。楚詞云：載赤霄而凌太清。舊注便改作雲字，以附會其説矣。柴門鳥雀噪，歸客一云客子。千里至。妻孥怪我在，驚走還拭淚。范彦龍云：有客款柴門。詩：樂爾妻孥。陸賈曰：乾鵲噪而行人至。世亂遭飄蕩，生還偶然遂〔三〕。鄰人滿墻頭，感歎亦歔欷。歔欷，感泣也。夜闌更秉燭，相對如夢寐。漁隱叢話載：冷齋夜話云：夜闌更秉燭，相對如夢寐。更相秉燭照之，恐尚是夢也。當作更，若使側聲字，讀則失其意甚矣。趙云：小說載有人夢至帝所，見扇有書字。視之，則題云：夜深更秉燭，相對如夢寐。初不記憶其爲杜詩也，覺而悟之。然則，杜詩乃在天人之所誦詠矣[四]。又劉貢父嘗言：詩人諷誦古人詩句，在心積久[五]，或不記，往往多自爲己有，不可例以爲竊詩。如老杜羌村云：夜闌更秉燭，相對如夢寐。而梅聖俞夜賦云：官燭翦更明，相看應似夢。昭明所選古詩：晝短苦夜長，何不秉燭遊。

右一

【校勘記】

〔一〕「三」，文淵閣本、文津閣本、文瀾閣本、清刻本、排印本皆作「一」，訛。

〔二〕「暮日」，文淵閣本作「日暮」。

〔三〕「還」，原作「理」，據二王本杜集卷二、十家注卷十二、百家注卷六、分門集注卷十二、草堂詩箋卷十一、黄氏補注卷三以及錢箋卷二改。

〔四〕「天人之所」，文淵閣本作「天上人所」。

〔五〕「積」，文淵閣本作「槓」，訛。

晚歲迫偷生，還家少歡趣。嬌兒不離膝，畏我復卻去。憶昔好追涼，趙云：晉安王薄晚逐涼詩曰：向夕紛喧屏，追涼風觀中〔一〕。故繞池邊樹。蕭蕭北風勁，撫事煎百慮。江淹詩：伏枕懷百慮。賴知禾黍一作黍秋。收，已覺糟床注。趙云：一作黍秋收，極是。蓋黍與秫所以造酒，方與下句相應。東坡洋川南園詩有云：桑疇雨過羅紈膩，麥隴風來餅餌香。此亦「賴知黍秋收，已覺糟床注」之意。蓋詩人推物理，想其事如此。如今足斟酌，且用慰遲暮。薛云：離騷經：惟草木之零落兮，恐佳人之遲暮。

右二

【校勘記】

〔一〕「風」，梁詩卷二十三庾肩吾和晉安王薄晚逐涼北樓回望詩作「飛」。

群鷄正一作忽。亂叫，客至鷄鬭争。詩：鷄鳴。驅雞上樹木，始聞扣柴荆。父老四五人，問我久遠行。手中各有攜，傾榼濁復清。徐邈曰：酒清者爲聖人，濁者爲賢人。酒頌：挈榼提壺。苦辭酒味薄，黍地無人耕。兵革既未息，兒童盡東征。請爲父老歌，漢祖宴父老，歌大風。艱難媿深情。新添：書：厥子乃不知稼穡之艱難。歌罷仰天歎，四座淚縱横。趙云：此詩一篇之中，賓主既具，問答了然，故善論詩者以比陶潛詩：清晨聞叩門，倒裳往自開。問子爲誰與？田父有好懷。壺漿遠見候，疑我與時乖。繿縷茅簷下，未足爲高栖。一世皆尚同，願君汨其泥。深感老父言，稟氣寡所諧。紆轡誠可學，違己詎非迷。且共歡此飲，吾駕不可迴。

右三

新安吏

王深父云：乾元二年，郭子儀等九節度之師圍安慶緒于鄴，時不立元帥，以中官魚朝恩爲觀軍容宣慰使，師遂潰于城下。諸節度各還本鎮，子儀保河陽〔一〕，詔留守東都。此詩蓋哀出兵之役夫。古者遣將有推轂分閫之命，今棄師於敵也〔二〕，虐至於無告。如詩之所憾，其君臣豈不刺哉〔三〕。然子儀猶寬度得衆〔四〕，故卒美焉。

客行新安道，新安，地名。喧呼聞點兵。古木蘭詩：昨夜見軍帖，可汗大點兵。借問新安吏，縣小更無丁。府帖一作符。昨夜一作日。下，次選中男行。中男絶短小，何以守王城。肥男有母送，瘦男獨伶俜。潘安仁寡婦賦：少伶俜而偏孤。注：單孑之貌。趙云：此篇點集新安之人以戍東都之詩也。古猛虎行曰：少年惶且怖，伶俜到他鄉。舊注引在後。白水暮東流，青山猶一作聞。哭聲。木蘭詩：不聞耶孃哭子聲，但聞黄河流水鳴濺濺。莫自使眼枯，收汝淚縱横。眼枯却見骨，天地終無情。我軍取相州，日夕望其平。時九節度圍相州，而師潰也。趙云：至德二載九月癸卯，復京師。十月壬子，復東京。明年改元乾元，安慶緒賊復振，以相州爲成安府。九月，詔郭子儀率李光弼等九節度兵凡二十萬，討慶緒於相州，遂圍之。至明年三月，慶緒求救於史思明，王師不利，南潰。諸節度引還。子儀以朔方軍保河陽，詔留守東都。今公詩所謂，蓋言相州之敗，九節度兵各引還也。就糧近故壘，練卒依舊京。掘壕不到水，牧馬役亦輕。此言子儀保河陽〔五〕，詔留守東都〔六〕。趙云：子儀留守，而所點集之丁戍於此也。宋書：徐爰有云：練卒嚴城。況乃王師順，撫養甚分明。送行勿泣血，僕射如父兄。趙云：子儀事上誠，御下恕，寬厚得人，故公有父兄之稱。

【校勘記】

〔一〕「河陽」，文淵閣本作「河南」。

〔二〕「也」，清刻本、排印本作「而」。

〔三〕「刺」，清刻本、排印本作「愧」。案，據上下文義，當以清刻本、排印本爲是。

〔四〕「度」，清刻本、排印本作「厚」。

〔五〕「保河陽」，文淵閣本作「保守河陽」。

〔六〕「詔」，文淵閣本無。

潼關吏

王深父云：安祿山反，哥舒翰以潼關擊賊。翰敗，祿山遂陷長安。其後收復長安頗增飾餘險。此詩蓋刺非其人則舉關以棄之，得其人雖舊險亦足恃。孟子所謂地利不如人和也。

士卒何草草，築城潼關道。大城鐵不如，小城萬丈餘。薛云：潤州圖經：城號甕城[一]，吳孫權所築。杜牧潤州詩：城高鐵瓮橫强弩。又世説曰：若湯池鐵城，無可攻之勢。趙云：世有號西清詩話者，云杜詩如小城萬丈餘、大城鐵不如，則小城難爲高，大城難爲堅故也，得互相備意[二]。此亦可笑。小城睥睨也，大城欲堅如鐵者，此世説所謂若湯池鐵城無可攻之勢，而潤州城號鐵甕城之義也。若睥睨，豈有萬丈之高乎？蓋言其長亘耳。借問潼關吏，脩關還備胡。一作築城。要我下馬行，爲我指山隅。連雲列戰格，飛鳥不能踰。胡來但自守，豈復憂西都。丈人視要處，賈誼過秦論：良將勁弩守要害之處。窄狹容單車。艱難奮長戟，千古用一夫。李左車云：井陘之道，車不得方軌，騎不得成列。匈奴贊：厲長戟勁弩之械。劍閣銘：一人荷戟，萬夫趑趄。蜀都：一夫守隘，萬夫莫向。趙云：此篇大意以再修潼關，當以哥舒爲戒，嚴其所守而已。托諸關吏之言，則公意以關吏猶能知守之爲利，廟謨神斷乃不能然哉？丈人，則托潼關吏呼公之語也。言請視要害之處，才能容車耳，豈不足守乎？用一夫，亦李白所謂一夫當關，萬夫莫開之意，何至用百萬以戰而赴之死乎？皆所以托關吏之言而傷之也。哀哉桃林戰，百萬化爲魚。武成：放牛桃林之野。注：桃林在華山東。陸士衡：眷言懷桑梓，無乃化爲魚。光武紀：決水灌之，百萬之衆可使爲魚。趙云：易則利戰，險則利守。持重守險，古之良法。哥舒翰逼於君命，輕去潼關而戰，故敗。桃林，正言翰進戰之所，蓋潼關於唐在華州之華陰，桃林於唐乃陝州之靈寶。按哥舒翰傳：帝使使者督戰，翰窘不知所出。六月引師而東，慟哭出關，次靈寶西原，與賊將崔乾祐戰。由關門七十里道險隘，其南薄山阻河，既爲賊所勝。

是時軍自相鬭，又棄甲而奔，陷河死者十一二，故有爲魚之喻。請屬防關將，慎勿學哥舒。哥舒翰守潼關，與賊交戰，敗而歸降於賊。禄山僞署翰司空，諸將光弼等皆爲書罪翰不死節，後爲安禄山所殺〔三〕。

【校勘記】

〔一〕「甕」，原作「兖」，據清刻本、排印本改。

〔二〕「意」，原作「急」，據清刻本、排印本改。

〔三〕「後」，文淵閣本無。

石壕吏

王深父云：驅民之丁壯，盡置死地，而猶急其老弱，雖秦爲閭左之戍，不甚也。嗚呼！其時急矣哉！

暮投石壕石壕，地名。村，有吏夜捉人。老翁踰墻走，老婦出門看。吏呼一何怒，婦啼一何苦。聽婦前致詞，趙云：應璩老詩有：上叟前致辭，下叟前致辭〔二〕。又陌上桑云：羅敷前致辭。三男鄴城戍。江淹：飛蓋遊鄴城。王粲：歌舞入鄴城。魏都也。趙云：前年相州之役矣。一男附書至，一作到。二男新戰死。存者且偷生，李陵曰：陵豈偷生之士！死者長已矣。室中更無人，惟有乳下孫。孫有母未去，出入無完裙。一作孫母未便出，見吏無完裙。老嫗力雖衰，文穎曰：幽州及漢中皆謂嫗爲媼。請從吏夜歸。急應河陽役，猶得備晨炊。史：晨炊蓐食。夜久語聲絶，如聞泣幽咽。天明登前途，獨與老翁别。

【校勘記】

〔一〕「老詩有」，清刻本、排印本作「三叟詩」。檢「上叟前致辭」二句，魏詩卷八作應璩百一詩「古有行道人」詩中語。

新婚别

王深父云：先王之政，新有婚者，期不役，政出於刑名，則一切便事而已。此詩所怨〔一〕，盡其常分，而能不忘禮義〔二〕。余是以録之〔三〕。

兔絲附蓬麻，引蔓故不長。古詩：與君爲新婚，兔絲附女蘿。詩頍弁：蔦與女蘿，施于松柏。蔦，寄生也。女蘿，兔絲松蘿也。陸機疏云：兔絲蔓連草上生〔四〕，黄赤如金〔五〕，今合藥，兔絲子是也。本草：兔絲在木曰松蘿。趙云：兔絲當附松柏而乃附蓬麻，爲不得其所矣。詩唐國風有葛生之篇，曰：葛生蒙楚，蘞蔓于野。葛生蒙棘，蘞蔓于域。義以葛與蘞皆蔓生之物，施于松柏，纍于樛木，則得其托矣。嫁女與征夫，不如棄路傍。趙云：詩曰：駪駪征夫。古樂府云：觀者滿路傍。結髪爲妻子，蘇子卿詩：結髪爲夫妻，恩愛不相疑〔六〕。趙云：結髪始成人也。謂男年二十，女年十五，取笄冠爲義也。席不暖君牀。孔席不暇暖。暮婚晨告别，無乃太匆忙。君行雖不遠，守邊赴一作戍〔七〕。河陽。河陽，東都也。趙云：河陽，孟州之縣。東都，今西京也。郭子儀初保河陽而被詔留守東都。未幾，子儀召還，賊思明復陷東京，於是有河陽之戰。舊注：河陽，東都也。大誤。妾身未分明，何以拜姑嫜。薛云：前漢廣川王去爲幸姬陶望卿作歌曰：背尊章，嫖以忽。顔師古曰：尊章，猶言舅姑。趙云：曹子建雜詩云：妾身守空閨。江文通古别離云：妾身長别離。陳琳飲馬長城窟行云：善事新姑章，時時念我故夫子。父母養我時，日夜令我藏。生女有所歸，雞狗一作犬。亦得將。趙云：將字，乃百兩將之之將。蓋多而百兩〔八〕，微而雞犬，皆嫁時所攜物也。君今往死地，沉痛迫中腸。鮑照：生軀陷死地。謝靈運：眷言懷君子，沉痛迫中腸。韓信：置之死地而後生。魏文帝詩：斷絶我中腸。誓欲隨君去，形勢反蒼黄。北山移文：蒼黄翻覆。勿爲新婚念，努力事戎行。古詩：努力加飡飯。蘇武詩：努力愛春花〔九〕。李陵：努力崇明德。樂府：少壯不努力。趙云：褚翔雁門太守歌曰：結束事戎車〔一〇〕。詩：元戎十乘，以先啓行。婦人在軍中，兵氣恐不揚。薛〔一一〕：李陵與單于戰，陵曰：士氣少衰而鼓不起者，軍中豈有女子乎？始軍出時，關東群盜妻徙邊者隨軍爲卒妻婦，女匿車中〔一二〕。陵搜得〔一三〕，皆劍斬之。自嗟貧家女，久致一作致此。羅襦裳。羅襦不復施，淳于髡云：羅襦襟解。對君洗紅粧。古詩：娥娥紅粉粧。仰視百鳥飛，大小必雙翔。人事一作生。多錯迕，與君永相望。趙云：宋玉風賦：回穴錯迕。注云：雜錯交迕也。不施羅襦而洗紅粧，言君子行役不反。

如詩云「自伯之東，首如飛蓬，豈無膏沐，誰適爲容」之義也。

【校勘記】

〔一〕「恕」，文淵閣本作「必」，文瀾閣本作「怒」。

〔二〕「能」，文淵閣本、文津閣本、文瀾閣本、清刻本、排印本無此字。

〔三〕「是以」，文淵閣本作「以是」。

〔四〕「蔓連草上生」句，「草上」文淵閣本作「草也」，訛。又，「生」，清刻本、排印本無。

〔五〕「黄赤如金」，「金」字原奪，據文津閣本、清刻本、排印本並參毛詩正義卷十四頍弁篇引陸機疏補。

〔六〕「蘇子卿」，文淵閣本作「蘇子美」，訛。案，蘇武，字子卿，西漢人。

〔七〕「戍」，原作「成」，據文淵閣本、文津閣本、文瀾閣本、清刻本、排印本改。

〔八〕「而」字下，文淵閣本有「或」字。

〔九〕「花」，文淵閣本、文津閣本、文瀾閣本、清刻本、排印本作「華」。

〔一〇〕「褚翔」，原作「褚朔」，檢「雁門太守歌」二句，樂府詩集卷三十九相和歌辭、梁詩卷十七作「褚翔」，據改。

〔一一〕「薛」，文淵閣本、文津閣本、文瀾閣本、清刻本、排印本作「薛云」。

〔一二〕「女」，漢書卷五十四李陵傳作「大」。

〔一三〕「陵搜得」，文淵閣本作「搜得陵」。

垂老别

王深父云：軍興之際，至於老者亦介胄，則又甚於閭左之戍矣〔一〕。

四郊一作方。未寧静，禮：四郊多壘，卿大夫之辱也。垂老不得安。子孫陣亡盡，焉用身獨完。投杖出門去，同行爲辛酸。幸有牙齒存，所悲骨髓乾。男兒既介胄，長揖别上官。左思詩：長揖歸田廬。酈食其長揖高祖。老妻卧路啼，歲暮衣裳單。孰知是死别，且復傷其寒。此去必不歸，還聞勸加餐。古詩：努力加飡飯。古辭云：上言加餐食。土門壁甚堅，杏園度亦難。史思明傳：李光弼出土門〔二〕，收常山郡。郭子儀以朔方、蕃、漢二萬人，自土門而至，常山軍威遂振。趙云：雖是作此詩時土門、杏園設備以待史思明，時思明已殺安慶緒自立爲帝矣，與天寶十五載潼關既潰之後，思明爲安禄山攻土門，陷常山時事皆相遠。勢異鄴城下，縱死時猶寬。人生有離合，豈擇衰盛一作老。端。憶昔少壯日，遲迴竟長歎。鮑照：臨路獨遲回。萬國盡征戍，一云東征。烽火被岡巒。蜀都賦：岡巒糾紛。盧諶詩：岡巒挺茂樹。鮑照：烽火入咸陽。積屍草木腥，晉天文志：太陵中一星曰積尸，明則死人如山。流血川原丹。揚子：川谷流人之血，原野厭人之肉。何鄉爲樂土，詩：適彼樂土。安敢尚盤桓。易屯卦初九：盤桓，利居貞。棄絶蓬室居，塌然摧肺肝。曹植詩：哀哉傷肺肝。又：顧念蓬室士。王仲宣：喟然傷心肝。列子曰：北宮子庇其蓬室〔三〕，若廣廈之蔭。

【校勘記】

〔一〕「甚」，文淵閣本作「盛」。

〔二〕「李光弼」，文淵閣本作「光武弼」，訛。案，李光弼，營州柳城人，契丹族，唐代將領。

〔三〕「庇」，原作「死」，據清刻本、排印本並參列子力命第六改。

無家别

王深父云：先王子惠困窮，苟推其所不忍達之於其所忍，則天下無敗亂之兆矣。此詩何爲作乎？

寂寞天寶後，天寶，明皇年號也。園廬但蒿藜。喪亂，園廬殘破也。我里百一作萬。餘家，世亂各東西。存者無消息，死者爲一作委。塵泥。賤子因陣敗，歸來尋舊一作故。蹊。久行見空巷，日瘦氣慘悽。但對狐與狸，豎毛怒我啼。苦寒行：熊羆對我蹲，虎豹夾路啼。言田里荒蕪，人跡罕少，惟狐狸爾。四鄰何所有，一二老寡妻。四鄰所居之鄰近也。人多死于征役，所居者惟寡婦爾〔一〕。孟子：老而無夫曰寡。宿鳥戀本枝，安一作敢。辭且窮棲。人情之戀故鄉，如宿鳥之戀本枝也。雖窮棲且安，敢辭言人情之安土也。唐太宗謂太原父老曰：飛鳥過故鄉猶躑躅，况朕少小所遊之鄉里乎！王正長：人情懷舊鄉，客鳥思故林〔二〕。顏延年：刻意藉窮棲。方春獨荷鋤，陶潛：雖有荷鋤倦〔三〕。日暮還灌畦。縣吏知我至，召令習鼓鞞。張景陽：入聞鞞鼓聲〔四〕。雖從本州役，盧諶詩：肯謂鄉曲譽，謬充本州役。内顧無所攜。近行止一身，遠去終轉迷。家鄉既盪盡，謝靈運：家鄉皆掃盡。遠近理亦齊。永痛長病母，五年委溝谿。生我不得力，終身兩酸嘶。人生無家別，何以爲烝黎？傷不得養父母。

【校勘記】

〔一〕「爾」，文淵閣本作「耳」。

〔二〕「人情懷舊鄉客鳥思故林。」原作「人情舊鄉客鳥思棲故林」，脱「懷」字，衍「棲」字，據清刻本、排印本並參文選卷二十九、晉詩卷八王贊雜詩訂正。

〔三〕「陶潛」，原作「淘潛」，據文津閣本、文瀾閣本、清刻本、排印本改。檢下句「雖有荷鋤倦」，文選卷三十一江淹雜體詩三十首其一題作「陶徵君潛」。

〔四〕「入」，原作「人」，據文選卷二十九、晉詩卷七改。

夏日歎

夏日出東北，陵天經中街。中街，黄道之所經也。漢書：昴畢爲天街。趙云：天文書，蓋以春分、秋分日出卯入酉，而夏至則出寅入戌，冬至則出辰入申。以夏至之出寅，寅東北之地也。中街，意言亭午也。朱光徹厚地，鬱蒸何由開。晉天文志：夏至極起而天運近北，而斗去人遠，日去人近，南天氣至，故蒸熱也。應璩嘗曰：處涼臺而有鬱蒸之煩。張孟陽：朱光馳北陸，浮景忽西沉。翰曰：朱光，日也。陸士衡功臣頌〔一〕：朱光照屋。楚詞：杲杲朱光。上蒼久無雷，無乃號令乖。易傳：當雷不雷，陽德弱也。郎顗傳：雷者號令，其德生養。號令殆廢，當生而殺。則雷反作，其時無歲。趙云：言軍令之不時也。雨降不濡物，良田起黄埃。易：雨以潤之〔二〕。濡，滋也。趙云：言彼相之無澤也。飛鳥苦熱死，池魚涸其泥。鮑照苦熱行：身熱頭且痛，鳥墮魂來歸。又曰：晨禽不敢飛。萬人尚流冗，舉目唯蒿萊。至今大河北，化作虎與豺。言大河之北，民皆餓飢，相吞如虎也。浩蕩想幽薊，幽州、薊門，禄山境也。王師安在哉。對食不能飡，趙云：蔡琰詩曰：飢當食兮不能飡其餘[三]。我心殊未諧。眇然貞觀初，難與數子偕。君子以爲傷今思古之詩。

【校勘記】

〔一〕「功臣頌」，文淵閣本作「功臣知」。

〔二〕「易雨以潤之」，原作「雨以潤之易」，前後倒置，據清刻本、排印本改。

〔三〕「不能飡其餘」，漢詩卷七蔡琰悲憤詩「其餘」二字無。

夏夜歎

永日不可暮，劉公幹：永日行遊戲。江淹別賦：夏簟清兮晝不暮。葛生：夏之日，冬之夜。言冬夜、夏日，晝夜之長時也[一]。炎蒸毒我一作中。腸。言熱自中起，故毒我腸也。安得萬里風，飄飄吹我裳。趙云：陸士衡前緩聲歌云：長風萬里舉。昊天出華月，傅玄詩：清風何飄飄，微月出西方。劉休玄：芳年有華月。趙云：江文通擬劉楨詩：華月照芳池。茂林延疎光。謝靈運：茂林含餘清。潘安仁：茅屋茂林下。趙云：王羲之蘭亭記有「茂林脩竹」。仲夏苦夜短，謝靈運：不怨秋夕長，常苦夏夜短。開軒納微凉。陶潛：凉風起將夕，夜景湛虛明。詩：熠燿宵行。羽蟲也。虛明見纖毫，羽蟲亦飛揚。山谷嘗宿招提，月夜見蕘蕘而遊者，曰：老杜所謂云云，信不虛語。詩鷄鳴云：月出之光，蟲飛蕘蕘。家語：羽蟲三百六十。物情無巨細，自適固其常。念彼荷戈士，詩：彼候人兮，荷戈與殳。窮年守邊疆。何由一洗濯，執熱互相望。言荷戈之士久苦於炎熱，但相望而已〔二〕，未能一洗濯也。新添：詩：誰能執熱，逝不以濯。竟夕擊刁斗，喧聲連萬方。李廣傳：程不識正部曲行伍營陣，擊刁斗，至明。孟康曰：刁斗，以銅作鐎，受一斗，晝炊飯，夜擊持行，名曰刁斗。西域傳：斥候士百餘人〔三〕，五分夜擊刁斗自守。師古曰：夜有五更，故分而持之也。青紫雖被體，不如早還鄉。李白蜀道難云：錦城雖云樂，不如早還鄉。夏侯勝：取青紫如俯拾地芥也。北城悲笳發，鸛鶴號且翔。詩：鸛鳴于垤。況復煩促倦，激烈思時康。張茂先詩：煩促每有餘。蘇子卿詩：長歌正激烈。

【校勘記】

〔一〕「晝」，文淵閣本作「盡」，訛。

〔二〕「相」，文淵閣本、文津閣本、清刻本、排印本作「想」。

〔三〕「候」，文淵閣本、文津閣本、文瀾閣本、清刻本、排印本作「堠」。

留花門

鮑云：按唐志：甘州有花門山堡[一]，東北千里，至回鶻衙帳。是年八月，廣平王爲元帥，以朔方、吐蕃、回紇諸兵討賊。公逆知其害，故言麥倒桑折。卒曰：花門既須留，原野轉蕭瑟。言其爲農桑害也。趙云：花門即回紇之別名也。

北門一作方。天驕子，飽肉氣勇決。前漢匈奴傳：單于遣使遺漢書曰：南有大漢，北有强胡。胡者，天之驕子也。又匈奴居北邊，君王以下咸食畜肉，衣其皮。趙云：其先匈奴也，故公詩皆使匈奴事。高秋馬肥健，前漢匈奴傳：秋，馬肥，大會蹛林，課校人畜計。趙充國曰：秋馬肥，變必起矣。李廣以臨右北平盛秋。師古曰：盛秋馬肥健，恐勇爲寇也[二]。挾矢射漢月。詩云：既挾我矢。四子講德論：匈奴業在攻伐，事在獵射。兒能騎羊，走箭飛鏃。侯應曰：北邊陰山，單于依阻其中，治作弓矢，來去爲寇。自古以爲患，贊曰：書戒蠻夷猾夏。詩云：戎狄是膺[三]。春秋：有道，守在四夷。久矣夷狄之爲患也！嚴尤曰：匈奴爲害，所從來久矣。講德論曰：詩人所歌，自古患之。詩人厭薄伐。周懿王時，王室遂衰，戎狄交侵，詩人疾而歌之曰：靡室靡家，玁狁之故。宣王興師，命將征伐。詩人美之曰：薄伐玁狁，至於太原。言逐出之。脩德使其來，羈縻固不絶。語：遠人不服，脩文德以來之。贊曰：其慕義貢獻，則接之以禮讓，羈縻不絶，使曲在彼，蓋聖王制御蠻夷之常道也。揚雄書曰：然尚羈縻之，計不顓制也。應劭漢官儀曰：馬曰羈，牛曰縻。言四夷如牛馬之受羈縻也。胡爲傾國至，出入暗金闕。中原有驅除，隱忍用此物。王莽贊曰：聖王之驅除云爾。蘇林曰：王莽爲光武驅除也。驅逐蠲除，以待聖人也。公主歌黄鵠，西域傳：烏孫使使獻馬，願得尚漢公主[四]，爲昆弟[五]。天子問群臣，議計，曰：必先納聘，然後遣女。烏孫以馬千匹聘。漢元封中，遣江東王建女細君爲公主[六]，以妻焉。賜乘輿服御物，爲備官屬侍御數百人，贈送甚盛。烏孫昆莫以爲左夫人[七]，匈奴亦遣女妻昆莫以爲右夫人〔八〕。公主至其國，自治宮室居，歲時再與昆莫會，置酒飲食，以幣帛賜王左右貴人。昆莫年老，言語不通，公主悲愁，自爲作歌曰：吾家嫁我兮天一方，遠托異國兮烏孫王。穹廬爲室兮旃爲牆，以肉爲食兮酪爲漿。居常土思兮心内傷，願爲黄鵠歸故鄉。天子聞而憐之。趙云：乾元元年，肅宗以幼女寧國公主嫁回紇可汗，故公云。 君王指白日。詩大車：謂予不信，有如皦日。皦，白也。我言之信，有如皦然之白。日，指白日，以爲信誓盟約。 連營屯左輔，百里見積雪。三輔故事：馮，輔也；翊，佐也。左輔，馮翊郡也。 長戟鳥休飛，哀笳曉幽咽。田家最恐懼，麥倒桑枝折。講德論：收秋則奔狐馳兔〔九〕，穫刈則顛倒殪仆。驚邊枕士，屢犯蒭蕘。哥舒翰傳：吐蕃每至麥熟時，即率部衆至積石軍穫取，呼爲吐蕃麥。 沙苑臨清渭，沙苑，馮翊郡界。 泉香草豐潔。渡河不用船，千騎常撇烈。一云滅沒。趙云：此指籍回紇留左輔之爲害也。左輔，漢之馮翊郡，今之同州，在長安之東北，故謂之左輔。沙苑之地，正在馮翊郡界。按回紇傳：葉護言：願留在沙苑，臣歸料馬，以收范陽，訖除殘盜。故公詩言及左輔與沙苑也。以長戟之多，故鳥休罷其飛。胡人吹笳，故其聲幽咽於曉。時殘害麥與桑，故田夫懼之。沙苑之句，則留馬而飲齕於此也。舊注引哥舒翰傳，知是吐蕃事矣，不干今詩句事。千騎常撇烈，則所留之馬如此。 胡塵踰太行，太行，山名。古詩騎車太行道也。 雜種抵京室。花門既須留，原野轉蕭瑟。丘希範書：姬漢舊邦，無取雜種。王深父留花門序云：肅宗之復兩京，藉回紇之師助焉。雖幸成功，而朝野更被其毒。語曰：人無遠慮，必有近憂。以天子之尊，推誠仗順，集中國之智力，滅一狂賊，豈有不足哉？不忍須臾之遲，顧引勍虜入於腹心之地，卒成危禍。其後陸贄賀吐蕃抽軍不助討朱泚亦云。

【校勘記】

〔一〕「花門山堡」上，原衍「留」字，據新唐書卷四十地理志「甘州張掖郡」條刪。

〔二〕「勇」，清刻本、排印本作「虜」，是。

〔三〕「云」，清刻本、排印本作「稱」。

〔四〕「漢公主」，清刻本、排印本「漢」字無。

〔五〕「爲昆弟」，「爲」字原奪，據清刻本、排印本並參漢書卷九十六下西域傳補。

〔六〕「江東王」，史記卷一百二十三大宛列傳、漢書卷九十六下西域傳作「江都王」。

〔七〕「左夫人」，史記卷一百二十三大宛列傳、漢書卷九十六下西域傳作「右夫人」。

〔八〕「右夫人」，史記卷一百二十三大宛列傳、漢書卷九十六下西域傳原作「左夫人」。

〔九〕「收秋」，文淵閣本作「秋收」。

塞蘆子

王深父序云：徹其西備而爭利於東，非所以固國者也。

五城何迢迢，沈存中云：延州今有五城，説者謂舊有東西二城，夾河對立。高萬典郡，始展南北東三關。乃知天寶中有五城，謂高始展，非也〔一〕。鮑云：唐志〔二〕：延州延昌縣北有蘆子關。又夏州注：長慶四年，節度使李祐築烏延、宥州、臨塞、陰河、陶子與塞蘆子，蓋五城名也〔三〕。迢迢隔河水。邊兵盡東征，文六年：知秦之不復東征。城内空荆杞。阮嗣宗詩：堂上生荆杞。思明割懷衛，史思明，雜種胡人也。天寶十四載，隨安禄山反河陽，懷、衛盡陷於賊。秀巖西未已。高秀巖，哥舒翰麾下將也，後爲思明僞河東節度使，降肅宗。迴略大荒來，山海經曰：大荒之中，有山名曰大荒之山，日月所入，是謂大荒之野。崤函蓋虛爾。項籍贊：秦孝公據殽函之固。師古：崤，謂崤山，今陝縣東二崤是也。函谷，今桃林縣南洪溜澗是也。虛言其無備禦爾。延州秦北户，關防猶可倚。焉得一萬人，疾驅塞蘆子。岐一作頃。有薛大夫，旁制山賊起。近聞昆戎徒，爲退三百里。蘆關扼兩寇，深意實在此。誰能叫帝閽，胡行速如鬼。時官兵止知東討收復河洛，而不知蘆子之可塞。公懼有乘隙而起者，故有此作。杜補遺：張衡思玄賦曰：叫帝閽使闢扉兮，覿天皇于瓊宮。閽，主門者。揚雄甘泉賦曰：選巫咸兮叫帝閽〔四〕。

【校勘記】

〔一〕「乃知天寶中有五城謂高始展非也」，清刻本、排印本注釋内容有異，云：「考杜詩，知天寶有五城，非高始展也。」

〔二〕「唐志」，文淵閣本作「南志」，訛。

〔三〕「與塞蘆子蓋五城名也」，清刻本、排印本注釋内容有異，云：「等五城于蘆子關北。」案，參新唐書卷三十七地理志「夏州朔方郡」條，當以清刻本、排印本爲是。

〔四〕「兮」，文淵閣本作「使」，訛。

彭衙行

趙云：春秋文二年，晉侯及秦師戰于彭衙。杜預云：馮翊郃陽縣西北有彭衙城。按郃陽於唐屬同州，即馮翊郡也。今此詩乃寄彭衙知縣孫公者耳。

憶昔避賊初，北走經險艱。夜深彭衙道，月照白水山。趙云：郃陽縣與白水縣正相接，皆屬同州也。盡室久徒步，逢人多厚顏。書五子之歌：顏厚有忸怩。詩云：顏之厚矣。羞愧之情見於面貌，如面皮厚然，故以顏厚爲色愧。參差谷鳥吟，一作鳴。不見遊子還。趙云：左傳：盡室以行。癡女飢咬我〔一〕，啼畏虎狼聞。懷中掩其口，反側聲愈嗔。小兒彊解事，故索苦李餐。時賊方收録衣冠，污以僞命，而避難者方銷晦聲跡，故托言女啼而恐虎狼聞也。虎狼，喻盜賊矣。一旬半雷雨，泥濘相牽攀。既無禦雨一云禦濕。備，徑滑衣又寒。有時經一作最。契闊，竟日數里間。擊鼓：死生契闊。契闊，勤苦也。公劉：迺裹糇糧。野果充糇糧，卑枝成屋椽。早行石上水，暮宿天邊煙。少留同家窪，欲出蘆子關。故人有孫宰，高義薄曾雲。謝靈運傳論：高義薄雲天〔二〕。同家窪、蘆子關，皆地名也。故人，故舊之人也。高義，言其恩義高遠。延客已曛黑，曛黑，薄暮也。謝靈運詩：夜聽極星闌，朝遊窮曛黑〔三〕。張燈啓重門。煖湯濯我足，剪紙招我魂。宋玉爲屈原招魂。從此出妻孥，相視涕闌干。言淚之墮也。趙云：談藪載：王元景謝劉孝綽曰：卿勿怪我，別後當闌干。闌干者，淚連續不斷之貌。凡物之不斷皆可云闌干，如言北斗横闌干，則光之不斷也；苜蓿長闌干，則柔而不斷。衆雛爛熳睡，喚起霑盤飧。晉公子重耳過曹，曹大夫僖負羈饋盤飧寘璧焉。公子受飧返璧。趙云：爛漫，言睡之熟也。莊子云：性命爛熳。注：雖云分散遠貌，然亦熟爛之意。故靈光殿賦云：流離爛漫。而盧仝詩亦云鶯花爛漫君不來，皆言其多而熟也。誓將與夫子，永結爲弟昆。遂空所坐堂，安居奉我歡。誰肯艱難際，豁達露心肝。別來歲月周，胡羯仍構患。何當有翅翎，飛去墮爾前。趙云：當是指言安慶緒。蓋慶緒於正月弒其父而襲僞位也。

【校勘記】

〔一〕「咬」，原作「隨」，據清刻本、排印本並參二王本杜集卷二、十家注卷十一、百家注卷六、分門集注卷十一、草堂詩箋卷十、黄氏補注卷三以及錢箋卷二改。

〔二〕「謝靈運傳論」，原作「陸士衡文」，檢「高義薄雲天」句，陸士衡文無此句，考宋書卷六十七謝靈運傳論有此句，當是誤置，據改。

〔三〕「朝遊」，清刻本、排印本作「朝窮」，訛。

義鶻

感鳥獸猶見義而動也。趙云：此篇紀實事以垂鑒誡之詩也。

陰崖有蒼鷹，養子黑柏巔。白蛇登其巢，吞噬恣朝飡。趙云：長笛賦：惟鐘籠之奇生兮，于終南之陰崖。楚辭：屑瓊蘂以朝飡。雄飛遠求食，雌者鳴辛酸。力彊不可制，黃口無半存。趙云：家語：孔子見羅者所得雀皆黃口也。孔子曰：黃口盡得，大雀獨不得，何也？羅者對曰：黃口從大雀者不得，大雀從黃口者得。孔子顧謂諸弟子曰：君子慎所從。其父從西歸一作來。，翻身入長煙。斯須領健鶻，痛憤寄所宣。斗上捩孤影，噭哮來九天。趙云：郭璞遊仙詩云：升降隨長煙。兵書：出於九天之上。脩鱗脱遠枝，巨顙拆老拳。杜補遺：石勒與李陽鄰居，爭漚麻池，歲相毆擊。及貴，乃使人召陽，與酣謔，引陽臂笑曰：孤往日厭卿老拳，卿亦飽孤毒手。昔劉夢得嘗讀杜詩，疑老拳無據，及讀石勒傳，乃歎服云。高空得蹭蹬，蹭蹬字，見首篇注。短草辭蜿蜒。折尾能一掉，江賦[一]：揚鬐掉尾。左傳：尾大不掉。飽腸皆已穿。生雖滅衆雛，死亦垂千年。趙云：言蛇之滅鷹雛，蛇之死於義鶻，可爲鑒戒於千年之後也。亦王仲宣詠史云「生爲百夫雄，死爲壯士規」之勢也。物情有報復，快意貴目前。茲實鷙鳥最，急難心炯然。孔融云：鷙鳥累百。棠棣：兄弟急難。功成失所往，用捨何其賢。近經潏水湄，此事樵夫傳。飄蕭覺素髮，潘安仁：班鬢彪以承弁[二]，素髮颯以垂領。凜欲一作冽。衝儒冠。盧子諒詩：怒髮上衝冠〔三〕。人生許與分，只在顧眄間。聊爲義鶻行，用激壯士肝。

【校勘記】

〔一〕「江賦」，清刻本、排印本作「趙賦」，訛。

〔二〕「承」，原作「丞」，據清刻本、排印本改。

〔三〕「怒髮上衝冠」，「冠」字原奪，據文淵閣本、文津閣本、文瀾閣本、清刻本、排印本並參晉詩卷十二盧諶覽古詩補。

畫鶻行

高堂見生一作老。鶻，颯爽動秋骨。初驚無拘攣，曹褒傳：群寮拘攣。猶拘束也。潘安西征賦：陋吾人之拘攣。何得立突兀。乃知畫師妙，功刮造化窟。趙云：李賀云：二十八宿羅心胸，筆補造化天無功。蓋出於此。寫此神俊姿，支道林云：憐其神俊。充君眼中物。烏鵲滿樛枝，詩：南有樛木。釋文云：木下曲曰樛。樛，下垂也。趙云：謝玄暉敬亭詩：樛枝聳復低。軒然恐其出。側腦看青霄，寧爲衆禽没。趙云：言看青雲而軒舉，寧甘爲衆禽之滅没乎？此與傅玄長歌行曰：蒼鷹厲爪翼，耻與燕雀游。長翮如刀劍，人寰可超越。舞鶴賦：歸人寰之喧卑。乾坤空崢嶸，粉墨且蕭瑟。鮑明遠：歲崢嶸而催暮。又：金石崢嶸。深高之貌也。趙云：乾坤空自高大，而粉墨之物不能真超越之，但含蕭瑟之緬思一作想。雲沙際〔一〕，自有煙霧質。吾今意何傷，顧步獨紆鬱。舞鶴賦：煙交霧凝，若無毛質。陸士衡：紆鬱游子情。趙云：劉希夷邊城夢還詩：雲沙撲地起。夫既有真質，自能超越，則吾亦不必傷也。紆鬱，結悶之貌。真質，公自況也。世有西清詩話者，有云：王介甫、歐陽永叔、梅聖俞與一時聞人坐上分題賦虎圖。介甫先成，衆服其敏妙，永叔乃袖手。或以問余，余曰：此體杜甫畫鶻行耳。問者謂然。大抵前輩多模取古人意以紓急解紛，此其一也。西清之説如此。然觀介甫虎詩，與此自不同。蓋此篇雖詠畫鶻，而終於真鶻以自況。

【校勘記】

〔一〕「雲」，清刻本、排印本作「雪」，訛。

新刊校定集注杜詩卷四

古詩

瘦馬行

趙云：良馬有可任之德，以瘦而不能自奮；賢士有可用之材，以困而不能自拔。馬之瘦，惟其養之而已；士之困，惟其薦之而已。落句云：「誰家且養願終惠，更試明年春草長。」一篇大意可見。蔡伯世云：公出爲華州司功，以事之東都，有此詩。或曰：此詩似言房琯之斥逐。又曰：特公以自比。皆謂不然。蓋謂「誰家惠養」，則無所指名之義。若以房琯言之，則惠養之者必天子也，不應謂之誰家。若以公言之，則惠養之者必貴人也。公時困謫，有所望於顧拔之者，則猶有可言焉〔一〕。其所喻不廣，故直以爲公因感瘦馬而托意於賢士之困。〔二〕惟其所薦之，則其説廣〔三〕。

東郊瘦馬使我傷，骨骼音格，一作骸。硉力骨反。兀如堵牆。郭璞江賦：巨石硉矹以前却。禮：觀者如堵牆。趙云：郭璞於江賦以言石，公以言馬，謂其瘦也。如堵牆，亦以言瘦。絆之欲動轉欹側，此豈有意仍騰驤。東京賦：六玄虬之奕奕，齊騰驤之沛艾。西京賦：仍奮趯而騰驤。

細看六印帶官字，唐令，諸掌牧馬以小官字印右膊，以年辰印印右髀，以監名依左、右廂印印尾側。至二歲起，春量强弱〔四〕漸以飛字印左廂髀膊〔五〕，細馬俱以龍形印印項左。官馬賜人者以賜字印，配諸軍及充傳送驛者以出字印，並印右頰。衆道三軍遺路傍。皮乾剥落雜泥滓，雜卦：剥，爛也，物熟則剥落也。毛暗蕭條連雪霜。去歲奔波逐餘寇，驊騮不慣不得將。趙云：驊騮正以指言瘦馬。蓋太平之久，如驊騮輩，止以游乘，非慣戰之物也。既以其不慣，宜有一蹶之失，則有不得將之理矣。士卒多騎内廏馬，惆悵恐是病乘黄。乘黄署，後漢太僕有未央廏令，魏改爲乘黄廏。乘黄，古之神馬，因以爲名〔六〕。乘黄，亦名飛黄，背有角，日行萬里。淮南子云：天下有道，飛黄伏皁。一云：神黄，獸名，龍翼馬身，黄帝乘而登仙。趙云：乘黄，古之神馬，魏嘗以名廏。今云内廏馬，故言恐是病乘黄也。公以瘦馬喻賢材，既以之爲驊騮，又以爲乘黄，宜矣。當時歷塊誤一蹶，委棄非汝能周防。王褒聖主得賢臣頌：過都越國，蹶如歷塊。見人慘澹若哀訴，失主錯莫無晶光。天寒遠放雁爲伴，一作侶。日暮不一作未。收一作衣。烏啄瘡。誰家且養願終惠，顔延年赭白馬賦：願終惠養，蔭本枝兮。更試明年春草長。

【校勘記】

〔一〕「焉」，文淵閣本、文津閣本作「馬」，皆訛；清刻本、排印本此字無。

〔二〕「故」，文淵閣本、文津閣本無，清刻本、排印本作「然」。

〔三〕「故直以爲公因感瘦馬而托意於賢士之困惟其所薦之則其説廣」，清刻本、排印本與諸校本注釋内容有異，作：「不若喻薦拔賢士爲勝。」

〔四〕「至二歲起春量强弱」，「起」清刻本、排印本作「始」，「春」文淵閣本作「眷」，訛。案，唐會要卷七十二「諸監馬印」條作「脊」。

〔五〕「廂」，清刻本、排印本無。

〔六〕「爲名」，文淵閣本、文津閣本、文瀾閣本、清刻本、排印本作「名爲」。

送率府程録事還鄉 程攜酒饌，相就取别。

鄙夫行衰謝，鄙，賤也，自稱故曰鄙夫。趙云：論語：鄙夫問於我。抱病昏妄集。常時往還人，記一不識十。程侯晚相遇，與語才傑立。徐穉：角立傑出。薰然耳目開，趙云：莊子：薰然慈仁，謂之君子。頗覺聰明入。千載得鮑叔，末契有所及。管仲與鮑叔爲友。意鍾一作中。老栢青，義動脩蚍蟄。易：龍蚍之蟄。若人可數見，謝靈運：平生疑若人，通蔽互相妨。新添：語：君子哉若人！尚德哉若人！慰我垂白泣。謝靈運：戚戚感物態，星星白髮垂。趙云：杜欽傳：紅陽侯與欽子業書曰〔一〕：誠哀老姊垂白。注，師古曰：垂白者，言白髮下垂也。生別無淹晷，百憂復相襲。見第一卷登慈恩寺塔注。內愧突不黔，文子曰：墨子無黔突，孔子無暖席。揚雄曰：孔席不暖，墨突不黔。巨炎切。庶羞以一云明似。賙給。素絲挈長魚，碧酒隨玉粒。薛云：右按，歷城北有使君林，魏正始中，鄭公慤三伏之際，率賓僚避暑于此，取大蓮葉盛酒，以簪刺葉，令與大柄通，屈莖輪囷如象鼻，傳噏之，名碧筒酒，以蓮莖得名。此言碧酒，乃酒之色，非碧筒也。酒譜曰：安期先生與神女會於圜丘，酣玄碧之酒。途窮見交態，阮籍詩：途窮能無慟？鄭當時：一貧一富，廼知交態。世梗悲路澀。潘正叔詩：世故尚未夷，崤函方險澀。東風吹春水，泱莽后土濕。謝玄暉：晨光復泱漭。月令：東風解凍，魚上冰。宋玉九辯：皇天淫溢而秋霖兮，后土何時乎得乾？泱漭，瀇瀁也。念君惜羽翮，既飽更思戢。莫作翻雲鶻，聞呼向禽急。趙云：昔人言鷹曰：飢則附人，飽則飛去。今云惜羽翮，則飽而不復飛往也。末句則又戒之以莫聞人之所呼而急於向禽，又以終其惜羽翮之義。

【校勘記】

〔一〕「紅陽侯」，「紅」原作「紀」，據漢書卷六十杜周傳改。

晦日尋崔戢李封

趙云：此篇初段蓋叙事耳。下段因物感懷，而終付之於酒以自遣也。當春有事乎田疇之際，而甲兵不休〔一〕，憂國念君，不能無慨乎中矣〔二〕。

朝光入甕牖，梁王臺卿詩：朝光正晃朗。過秦論：甕牖繩樞之子。孟康曰：以瓦甕爲窻。趙云：禮記：孔子曰：儒有蓬户甕牖。尸一作方。寢驚弊裘。論語鄉黨曰：寢不尸。包曰：偃卧，四體布展，手足似死人。起行視天宇，陶淵明：昭昭天宇闊。春氣漸和柔。興來一云得與。不暇懶，今晨梳我頭。出門無所待，徒一作徙。步覺自由。杖藜復恣意，趙云：莊子載：原憲杖藜應門。免值公與侯。晚定崔李交，會心真罕儔。薛夢符云：世説：晋簡文幸華林園，謂左右曰：會心處不在遠，翛然林水〔三〕，便有濠梁之趣。杜補遺：蓋言與崔李定交，相會以心，不以跡也。古樂府後周徐謙短歌云：意氣青雲裹，爽朗煙霞外。不重一囊錢，唯重心襟會。此乃會心之意。每過得酒傾，一作喫。二宅可淹留。喜結仁里懽，語：里仁爲美。趙云：楚詞云：其何可以淹留。張平子思玄賦云：匪仁里其焉宅。魏文帝燕歌行：何爲淹留寄他方？況因令節求。李生園欲荒，舊一作有。竹頗脩脩。引客看掃除，隨時成獻酬。崔侯初筵色，詩：賓之初筵。已畏空樽愁。孔融曰：坐上客常滿，樽中酒不空。未知天下士，至性有此不。一至作志。草牙既青出，蜂聲亦煖遊。思見農器陳，農器，耒耜之類。何當甲兵休。上古葛天氏，不貽黄屋憂。屋，一作綺。上林賦：聽葛天氏之歌。

范蔚宗：黄屋非堯心。師古曰：黄屋，車上之蓋也，皆天子之儀。**至今阮籍等，熟醉爲身謀。**顏延年詠阮步兵詩：阮公雖淪跡，識密鑒亦洞。沈醉似埋照[四]，寓辭類托諷。籍本有濟世志，屬魏晉之際，天下多故，名士少有全者，籍由是不與世事，遂酣飲爲常。文帝求婚於籍，醉六十日，不得言而止。鍾會數以時事問之，因其可否而致之罪，以酣醉獲免。趙云：葛天氏，氏一作民；不貽黄屋憂，屋[五]，一作綺。言自古葛天氏，則當繼之以不貽黄綺憂；言不貽黄屋憂，則當引之以自古葛天民不貽黄屋憂爲正。蓋言葛天氏之民，相忘其君而弗念，所以阮籍輩自藏於酒，亦特爲身謀而忘其君耳。言此者，公方以憂國念君爲心，而無可奈何，則亦姑遣之耳。**威鳳高其翔，**一云自高翔。時天下大亂，賢者退處，若威鳳然。高其翔而不下，全身遠害也。宣帝紀：威鳳爲寳。服虔曰：威鳳，謂鳥名也。晉灼曰「鳳之有威儀者也」，與尚書「鳳凰來儀」。宋玉九辯：鳳愈翱翔而高舉。楚詞云：獨不見夫鸞鳳之高翔。**長鯨吞九州。**謂盜賊縱横，如長鯨之吞并九州也。長鯨，鯨魚也。文選：長鯨吞航。**地軸爲之翻，**海賦：又似地軸拔而争迴。**百川皆亂流。當歌欲一放，淚下恐莫收。濁醪有妙理，庶用慰沉浮。**趙云：賢者遠引，巨盜横興，天下摇動，紀綱不振如此。雖有憂國念君之心，其將孰捄哉？故雖痛哭流涕，猶爲無補，則亦一付之於酒以自遣可也。當危亂之世，一沉一浮，實所未知，非付之於酒，豈能慰乎？

【校勘記】

〔一〕「甲兵」，清刻本、排印本作「用兵」。

〔二〕「慨」，原作「概」，據文淵閣本、清刻本、排印本改。

〔三〕「翛」，世説新語箋疏言語第六十一條作「翳」。

〔四〕「埋照」，原作「醒然」，據清刻本、排印本並參宋詩卷五阮籍五君詠改。

〔五〕「屋」，原奪，據清刻本、排印本補。

雨過蘇端 端置酒。

鷄鳴風雨交，鄭國風：風雨淒淒，鷄鳴喈喈。趙云：言天欲明而有風雨交會也。久旱雨亦好。杖藜見前篇注。入春泥，無食起我早。趙云：莊子：吾無糧，我無食。諸家憶所歷，一飰一作飽。跡便掃。言交態之薄也。蘇侯得數過，懽喜每傾倒。也復可憐人，呼兒具梨棗。濁醪必在眼，盡醉攄懷抱。紅稠屋角花，碧委墻隅草。親賓絶談謔，喧閙慰衰老。况蒙霈澤垂，糧粒或自保。妻孥隔軍壘，撥棄不擬道。趙云：天雨霈澤，必成豐年，可保糧粒矣。阮籍詠懷云：一身不自保，何况戀妻子。今於糧粒或自保之下，言妻子隔軍壘，亦使此矣。撥棄不擬道，亦自淵明「撥置且莫念」之變也。魏文帝雜詩云：棄置勿復陳。曹子建詩：去去莫復道。

喜晴 一云喜雨。

皇天久不雨，春秋書不雨。既雨晴亦佳。出郭眺四郊，肅肅春增華。青熒陵陂麥，西都賦：琳珉青熒[一]。校獵賦：眩曜青熒。莊子外物篇：青青之麥，生於陵陂。窈窕桃李一作杏。花。曹子建：容華若桃李。詩：窈窕淑女。幽閑也。桃之夭夭，灼灼其華。何彼穠矣，華如桃李。阮籍：夭夭桃李花。春夏各有實，我飢豈無涯。趙云：言飢豈浩蕩無涯際乎？蓋有不飢之時矣。干戈雖橫放，慘澹鬬龍蛇。甘澤不猶愈，且耕今未賒。丈夫則帶甲，婦女終在家。力難及黍稷，得種菜與麻。千載商山芝，前漢王貢兩龔傳：漢興[二]，園公[三]、綺里季、夏黃公、角里先生[四]，此四人者，當秦之世，避而入商雒深山，以待天下之定也。杜補遺：皇甫謐高士傳：四皓歌曰：莫莫高山，深谷逶迤。曄曄紫芝[五]，可以療飢。唐虞世遠，吾將何歸！駟馬高蓋，其憂甚大。富貴之畏人兮，不如貧賤之肆志。乃共之商洛，隱地肺山。秦滅，漢高帝徵之，不至。深入終南山，不能屈也。往者東門瓜。蕭何傳：邵平者，乃故秦東陵侯。秦破爲布衣，貧，種瓜長安城東，瓜美，故世謂東陵瓜，從邵平始也。阮籍詩：昔聞東陵瓜，近在青門外。其人骨已朽，朽，一作滅。史記曰：老子曰：子所言者，其人與骨皆朽也。此道誰疵瑕。左傳：不汝疵瑕。英賢遇轗軻，古詩：坎軻長苦辛。楚辭：轗軻不遇。坎，與轗同。遠引蟠泥沙。賈誼傳：鳳漂漂而高逝，固自引而遠去。揚子：龍蟠于泥。顧慚昧所適，迴首白日斜。賈誼：庚子日斜。漢陰有鹿門，後漢逸人傳：漢陰老父。桓帝幸竟陵，過雲夢，臨沔水，百姓莫不觀者，老父獨耕不輟。又：龐公，襄陽人也，居峴山之南，未嘗入城府，後攜其妻子登鹿門，因採藥不反。襄陽記：鹿門山，舊名蘇嶺山。**滄海有靈查。**因話録：漢書載張騫窮河源，言其奉使之遠，實無天河之説。唯張茂先博物志説近世有人居海上，每年八月見槎來，不違時。齎一年糧，乘之到天河。見婦人織，丈夫飲牛。遣問嚴君平，云：某年某月日，客星犯牛斗，即此人也。後人相傳云：得織女支機石，持以問君平。都是虛憑之説〔六〕。今成都嚴真觀有一石，呼爲支機石，云：當時君平留之。寶曆中，余下第還家，於京師途中逢官差遞夫舁張騫槎，先在東都禁中，今准詔索有司取進，不知是何物也。前輩詩往往有用張君槎者〔七〕，相襲訛謬矣。縱出雜詩〔八〕，亦不足據也。趙云：既云：「千載商山芝，往者東門瓜」，又「漢陰有鹿門，滄海有靈查」，語跡似重疊而意不同。前兩句以爲比擬之事，後兩句實欲效之也。蓋方甲兵危亂之世，英賢當遠引以避，如商山之四皓，則以採芝爲事；如東門之邵平，則以種瓜爲事，是皆避秦之亂，其道爲不可貶也。「顧慙昧所適，回首白日斜」，則公於此欲遠引以昧所適爲慙，將畏其遲暮矣。然所適有二柄〔九〕，漢陰之鹿門可以居山而隱〔一〇〕，滄海之靈查可以浮海而去，不特咄嗟惋憤而已。**焉能學衆口，咄咄空**一作同。**咨嗟。**世説：殷浩被廢，在長安，終日常書空作字。揚州吏人尋議之〔一一〕，竊視，唯作咄咄怪事。范雲至殿門不得入，但云咄咄而已。

【校勘記】

〔一〕「珉」，原作「野」，據清刻本、排印本並參文選卷一西都賦改。

〔二〕「興」，清刻本、排印本作「東」。

〔三〕「園公」，文淵閣本作「周公」，訛。

〔四〕「角」，文津閣本作「用」，訛。

〔五〕「曄曄」，文淵閣本作「山有」，訛；文瀾閣本作「煜煜」，清刻本、排印本作「奕奕」，係避清諱。

〔六〕「虚憑」下，原衍「河」字，據清刻本、排印本删。

〔七〕「用張君」原作「東君」，訛，據文淵閣本、文津閣本、文瀾閣本、清刻本、排印本改。

〔八〕「詩」，因話録卷五徵部作「書」。

〔九〕「柄」，清刻本、排印本無。

〔一〇〕「漢陰之鹿門」，句前清刻本、排印本有「如」字。

蘇端薛復筵簡薛華醉歌

文章有神交有道，有神，見首篇「下筆如有神」注。孟子曰：交鄰國有道乎？端復得之名譽早。愛客滿堂盡豪傑，趙云：謝靈運擬陳琳詩曰：愛客不告疲〔一〕。開筵上日一作月。思芳草。趙云：書曰：正月上日。孔安國注曰：上日，朔日也。故玉燭寶典以正月一日爲上日。安得健步移遠梅，亂插繁花向晴昊。千里猶殘舊冰雪，百壺且試開懷抱。趙云：詩：清酒百壺。莊子云：肌膚若冰雪。還有：歡娛寫懷抱。垂老惡聞戰鼓悲，急觴爲緩憂心擣。小弁：我心憂傷，惄焉如擣。心疾也。趙云：謝靈運擬陳琳詩云：急觴蕩幽默〔二〕。少年努力縱談笑，樂府：少壯不努力，老大徒傷悲。吳越春秋：越人之歌曰：行行各努力。趙云：看我形容已枯槁。漁父篇：顏色憔悴，形容枯槁。座中薛華善醉歌，歌辭自作風格老。趙云：世說：李元禮風格秀整。近來海内爲長句，汝與山東李白好。何劉沈謝力未工，梁書：何遜八歲能賦詩。一文一詠，范雲輒嗟賞。沈約亦愛其文。遜文章與劉孝綽並見重於世，世謂之何劉。世祖著編論之云〔三〕：詩多而能者沈約，少而能者謝朓、何遜。又劉孝綽七歲能屬文，每作一篇，朝成暮遍，好事咸誦諷傳寫，流聞絶域。又沈約傳：謝玄暉善爲詩，任彦昇工於文章，約兼而有之，然不過也。才兼鮑照愁絶倒〔四〕。鮑照字明遠〔五〕。杜補遺：宋景公筆録曰〔六〕：今人多誤鮑照爲鮑昭，李商隱詩有「肥烹鮑照葵」之句，昔金陵人得地中石刻作鮑照，蓋武后名照，唐人讀照爲昭爾。衛玠談道，平子絶倒。諸生頗盡新知樂，萬事終傷不自保。少司命云：樂莫樂兮新相知。趙云：梁柳惲江南曲云：不道新知樂，空言行路難。又沈約秋夜詩云「新知樂如是，久要詎相聞」也。阮籍詠懷詩云：一身不自保，何況戀妻子。嘗論此篇含蓄，意思尤在兩句。蓋自「座中薛華善醉歌」至「才兼鮑照愁絶倒」，言文章有神也。此兩句言交有道也。世人不知惟舊之可求，而樂乎新知，然臨利害、處患難，則我亦不能自保其可托矣。此爲可傷也。氣酣日落西風來，願吹野水添金杯。如澠之酒常快意，左傳：有酒如澠。亦知窮愁安在哉！趙云：虞卿因窮愁而著書。阮籍詠懷云：簫管有遺音，梁王安在哉！忽憶雨時秋井塌，古人白骨生青苔，如何不飲令心哀？

【校勘記】

〔一〕「陳琳」，原作「王粲」，檢「愛客不告疲」句，宋詩卷三作謝靈運擬陳琳詩，當是誤置，據改。

〔二〕「陳琳」，原作「王粲」，檢「急觴蕩幽默」句，宋詩卷三作謝靈運擬陳琳詩，當是誤置，據改。

〔三〕「編」，文淵閣本、文津閣本、文瀾閣本、清刻本、排印本作「篇」。

〔四〕「鮑照」，原作「鮑昭」，係避唐諱，此改，以下均同。

〔五〕「字」，原作「宇」，據文淵閣本、文津閣本、文瀾閣本、清刻本、排印本改。

〔六〕「公」，清刻本、排印本作「文」。

病後遇王倚飲贈歌

麟角鳳觜世莫識，煎膠續弦奇自見。薛云：右按東方朔十洲記：仙家煮鳳喙麟角，合煎作膠，名之續弦膠，一名連金泥。此物能連屬弓弩斷弦，及斷折之金以膠連，使力折擊，他處乃斷，續處不復斷也。趙云：公美王生之有用於世當然，而公自以老故已矣而無羨也。杜牧之：杜詩韓筆愁來讀，似倩麻姑癢處抓〔一〕。天外鳳凰誰得髓，無人解合續弦膠。此以言杜詩韓文不可斷也。

尚看王生抱此懷，在於甫也何由羡？且遇王生慰疇昔，素知賤子甘貧賤。酷見凍餒不足耻，論語：在陳絶糧。孟子：無凍餒之老者。多病沉年苦無健。王生怪我顔色惡，答云伏枕艱難徧。瘧癘三秋孰可忍？寒熱百日相交戰。頭白眼暗坐有胝，肉黄皮皺命如綫。趙云：此叙問答之本意。蓋王既素知我之甘貧賤，則深見我之無食，雖如在陳絶糧爲不足耻，不耻於無食則在貧賤而容貌不枯矣，然以多病淹久之故，而經年不健，則王生疑怪而問其顔色惡矣。禹手胼足胝。惟生哀我未平復，爲我力致美肴膳。遣人向市賒香粳，唤婦出房親自饌。長安冬葅酸且緑，金城土酥静如練。兼求富豪富豪，一本作畜豕。且割鮮，西都賦：割鮮野食。密沽斗酒諧終宴。趙云：前漢地理志云：秦地於天官東井、輿鬼之分，西有金城、武威，蓋今蘭州也。秦有駞金城，自能爲酥，其名土酥爲不足怪。今南中傳杜陵句解者，李歜之所爲也，以土酥爲來服，但不引所出，且曰：老杜方旅貧中，豈有真酥而食？其所食者來服耳，故以對前句冬葅。其説非是。嘗聞小説載胡人入吾地者見萵苣云：此狼牙菜也，安可食？後却見來服乃曰：怪其食狼牙菜，元有地酥爲解〔二〕。如此，則來服名地酥耳，而歜誤爲土酥乎？然歜不詳味上句乃王倚爲致美肴饌也。身在秦州而長安之冬葅，金城之土酥，且求畜豕割鮮焉，非肴饌之美而何？故人情味晚誰似〔三〕，令我手脚輕欲漩。辭變切。老馬爲駒總不虚，詩角弓：老馬反爲駒，不顧其後。注：已老矣，而孩童慢之。箋云：此喻幽王見人反悔慢之，遇之如幼稚，不自顧念後至年老人之遇己，亦將然也。當時得意况深眷。但使殘年飽喫飯，只願無事長相見〔四〕。趙云：列子載智叟所云，有殘年餘力之語。

【校勘記】

〔一〕「抓」，清刻本、排印本作「搔」。

〔二〕「爲」，文淵閣本、文津閣本、文瀾閣本、清刻本、排印本作「而」。

〔三〕「故人情味晚誰似」，「味」，二王本杜集卷二作「義」，「誰似」文淵閣本、文瀾閣本、清刻本、排印本作「無似」，文津閣本作「似無」。

〔四〕「願」，文淵閣本、文津閣本、清刻本、排印本作「顧」。案，二王本杜集卷二作「願」。

奉先劉少府新畫山水障歌

趙云：此詩篇中使字，云不合，云怪底，云得非，云無乃，云似聞，云乃是，皆以形容其所畫景物之逼真也。云玄圃〔一〕，云瀟湘，云天姥，乃取仙山及人間奇境稱比之也。

堂上不合生楓樹，怪底江山起煙霧。聞君掃却赤縣圖，乘興遣畫滄州趣。史記孟子傳：中國名曰赤縣神州。謝玄暉：既懽懷禄情，復協滄州趣。趙云：史記：中國名曰赤縣神州，言比幽遠之地，明顯靈異也。後世京邑屬縣有赤有畿。其浩穰者爲赤。奉先，乃今之蒲城縣也。縣東有蒲城，西魏亦以爲名。劉少府善畫，爲奉先之景物猶未曠遠，故杜云聞其掃赤縣圖，乘興遣劉公，更作滄州之幽趣矣。何以知其初爲奉先景物圖？以公橋陵詩云：居然赤縣立。此篇下文有云：乃是蒲城鬼神入。則所謂赤縣，正指奉先明矣。畫師亦無數，好手不可遇。對此融心神，知君重毫素。趙云：蓋公之意，言既遇劉公遺畫滄州趣矣，劉公對此圖而心神融釋。無他，劉公之心亦自重其毫素而樂爲之也。融，乃列子骨肉都融之義。左太沖招隱詩：前有寒泉井，聊可瑩心神。文賦云：唯毫素之所擬〔二〕。注：毫，筆也。書縑曰素。而五君詠有曰：向秀甘淡薄，深心托毫素。豈但祁岳與鄭虔，祁岳、鄭虔，當世善畫者〔三〕。筆跡遠過楊契丹。得非玄圃裂，離騷：朝發軔於蒼梧，夕來至乎玄圃〔四〕。圃在崑崙山，所以有仙人居焉。山海經曰：閬風之山，上倍之，是謂玄圃。無乃瀟湘翻。王徵君詩：窈藹瀟湘空。悄然坐我天姥下，耳邊已似聞清猿。天姥，山名也。謝靈運登海嶠詩：哀猿響南巒〔五〕。又：暝投剡中宿，明登天姥岑。杜補遺：吳越郡國志：天姥山與括蒼山相連。石壁上有字，高不可識。春月，則聞簫鼓笳吹之聲也。趙云：祁岳、鄭虔、楊契丹三人，皆士人之善畫山水者。契，音喆；姥音莫五切，皆言所畫山水者此趣也。葛仙公傳云：崑崙一曰玄圃，一曰積石瑶房，一曰閬風臺，一曰華蓋、天柱，皆仙人所居也。反思前夜風雨急，乃是蒲城鬼神入。元氣淋漓障猶濕，真宰上訴天應泣。趙云：可謂佳句之雄拔者。本朝錢希白洞微志云：無雲而雨，謂之天泣。野亭春還雜花遠，丘希範書：雜花生樹。漁翁暝踏孤舟立。滄浪水深青溟闊，欹岸側島秋毫末。孟子云：明足以察秋毫之末。不見湘妃鼓瑟時，至今斑竹臨江活。帝之二女啼，以涕揮竹，盡斑。薛云：楚詞遠遊：使湘靈鼓瑟兮，令海若舞馮夷。趙云：以狀所畫之竹，言湘妃遠矣，不親見其鼓瑟時，但餘斑竹在耳。張華博物志：舜之二妃，淚下染竹即斑。妃死爲湘水神，故曰湘妃竹。劉侯天機精，莊子：嗜欲深者，其天機淺。愛畫入骨髓。自有兩兒郎，揮灑亦莫比。大兒聰明到，能添老樹巔崖裏。小兒心孔開，貌得山僧及童子。趙云：禰衡有：大兒孔文舉，小兒楊德祖。若耶溪，雲門寺，吾獨胡爲在泥滓？青鞋布襪從此始。杜補遺：南史：何胤〔六〕，字子季，隱居不仕。會稽山多靈異，往遊焉，居若耶山雲門寺。初，胤二兄求、點并棲遁，逮胤又隱焉，世號點爲大山，胤爲小山，亦曰東山兄弟〔七〕。又云大隱、小隱。

【校勘記】

〔一〕「玄圃」，文瀾閣本作「元圃」，係避諱；清刻本、排印本作「縣圃」。

〔二〕「唯」，文淵閣本、文津閣本、文瀾閣本、清刻本、排印本作「爲」。

〔三〕「世」，文淵閣本、文津閣本、文瀾閣本、清刻本、排印本作「時」。

〔四〕「夕來」，文津閣本作「少來」，訛。案，文選卷三十二離騷作「夕余」。

〔五〕「巒」，原作「蠻」，據宋詩卷三改。

〔六〕「何胤」，文瀾閣本作「何運」，清刻本、排印本作「何允」，係避清諱。

〔七〕「世號點爲大山胤爲小山亦曰東山兄弟」原作「世號點爲小山胤爲大山亦曰步山兄弟」。「大山」、「小山」倒誤，「東山」訛作「步山」，據南史卷三十改。又，「胤爲小山」，文瀾閣本作「運爲大山」，清刻本、排印本作「允爲小山」，係避清諱。

湖城東遇孟雲卿復歸劉顥宅宿宴飲散因爲醉歌

疾風吹塵暗河縣，楊給事誄：軼我河縣，俘我洛畿。趙云：長門賦：天漂而疾風。鮑照出自薊北門行有曰：疾風衝塞起，沙礫自飄揚。湖城濱河，故謂河縣。行子隔手不相見。湖城城南一開眼，駐馬偶識雲卿面。趙云：管子：道塗揚塵，十步不相見。識面字，與「李邕求識面」出處同。後漢應奉傳注：造車匠於門内出半面視奉。後奉於路見車匠，識而呼之。北齊張耀守門，云：領火至識面方開。況非劉顥爲地主，嬾迴鞭轡成高宴。趙云：越語：越王以會稽三百里爲范蠡地，曰：皇天后土，四鄉地主正之。言地之鬼神也。左傳：地主致餼。言人爲地之主也。吴書孫奂傳：爲江夏太守，有地主之稱。劉侯歎我攜客來，置酒張燈促華饌。且將款曲終今夕，休語艱難尚酣戰。趙云：淮南子曰：魯陽公與韓戰，戰酣日暮，援戈而麾之，日爲之反三舍。照室紅爐促曙光，縈牎素月垂文練。天開地裂長安陌，寒盡春生洛陽殿。時盜賊充斥，而肅宗理兵議收復也。趙云：上句言其事，下句言其時，句法使謝惠連與柳惲相荅云：日映昆明水，春生鳷鵲棲。豈知驅車復同軌，書同文，車同軌。可惜刻漏隨更箭。陸佐公新漏刻銘云：銅史司刻，金徒抱箭。趙云：言孟雲卿同在湖城時。借用車同軌字。人生會合不可常，庭樹鷄鳴淚如綫。趙云：古詩云：鷄鳴高樹顛。曹子建詩：庭樹微銷落。淚如綫，言不絶也，蓋欲斷復續之貌。張率遠期詩：空閨淚如霰[一]。江文通雜體詩：握手淚如霰。

【校勘記】

〔一〕「張率遠期詩」二句，「張率」原作「張正見」，檢「空閨淚如霰」句，玉臺新詠卷六、梁詩卷十三作張率遠期，當是誤置，據改。又，「閨」，文淵閣本、文津閣本、文瀾閣本、清刻本、排印本作「閏」，訛。

閿鄉姜七少府設鱠戲贈長歌 閿音文。

姜侯設鱠當嚴冬，昨日今日皆天風。趙云：韓詩外傳云：昨日何生？今日何成？漢高皇后八年，太尉入未央宫，擊吕産；走，天風大起。河凍未漁一作黄河美漁。不易得，鑿冰恐侵河伯宫。饔人受魚鮫人手，周禮天官内饔：饔，和也，熟食曰饔，割烹煎和之稱。潘安仁西征賦：饔人縷切，鑾刀若飛。趙云：左傳：公膳，日雙鷄，饔人竊更之以鶩。海上有鮫人，泣則成珠，居於水中。今公言河凍而漁人未可以漁，則饔人之所受者乃鮫人授之，所以深言魚之難得而珍重之也。洗魚磨刀魚眼紅。無聲細下飛碎一作素。雪，有骨已剁觜春葱。七啓云：纍如疊縠，離若散雪。輕隨風飛，刃不轉切。又：膾西海之飛鱗〔一〕。七命云：范公之鱗，出自九溪。赬尾丹腮，紫翼青鬐。命支離，飛霜鍔。紅肌綺散，素膚雪落。觜，平聲。偏勸腹腴愧年少，軟炊香飰一作粳。

緣老翁。薛云：按禮記：冬右腴。鄭氏曰：腴，腹下也。前漢書：九州膏腴。顏師古曰：腹之下肥曰腴。杜補遺：少儀曰：羞濡魚者進尾，冬右腴，夏右鰭。注：腴，腹下也。廣韻曰：腴，腹下肥。維摩經曰：維摩詰從香積如來所取滿鉢香飯，普薰毗耶城。梁劉孝威謝東宮賜聖僧餘饌啓曰〔二〕：齊桓栢寢之器，周穆軒宮之寶，乳麋香飯，素捺糗漿，莫不氣馥上天，薰流下界。落碪何曾白紙濕，放筯未覺金盤空。新懽便飽姜侯德，詩：既醉以酒，既飽以德。清觴異味情屢極。東歸貪路一作貧路。自覺難，欲別上馬身無力。可憐爲人好心事，於我見子真顏色。不恨我衰子貴時，悵望且爲今相憶。趙云：陳周弘讓答王褒書有云：南風雅操，清觴妙曲。左傳云：必嘗異味。好心事，如言好心腸也。

【校勘記】

〔一〕「膾」，文淵閣本、文津閣本、文瀾閣本、清刻本、排印本作「鱠」。

〔二〕「劉孝威」，原作「劉少威」，據清刻本、排印本並參全梁文卷六十一謝東宮賜聖僧餘饌啓改。案，劉孝威，彭城人，南朝梁詩人，駢文家。

戲贈閿鄉秦少翁短歌

鮑云：唐志：閿鄉，屬陜郡。

去年行宮當太白，鮑云：謂肅宗駐鳳翔也〔一〕。唐志：鳳翔府郿縣有太白山〔二〕。朝迴君是同舍客。直不疑爲同舍郎，疑盜金。同心易曰〔三〕：同心之言。不滅骨肉親，每語見許文章伯。唐文三變，王楊爲之伯。趙云：王充論衡超奇篇有云：文辭之伯。而魏陳琳與吴張紘書云：此間率少於文章，易爲雄伯。今日時清兩京道，相逢苦覺人情好。昨夜邀懽樂更無，多才依舊能潦倒。嵇康書：知吾潦倒麄疎，不切事情。趙云：北史崔瞻傳云：自天保以後，重吏事，謂容止醖藉者爲潦倒，而瞻終不改焉。故公詩於潦倒謂之能也。

【校勘記】

〔一〕「駐鳳翔也」四字，底本漫滅，據文淵閣本、文津閣本、文瀾閣本、清刻本、排印本補。

〔二〕「郿縣有太」四字，底本漫滅，據文淵閣本、文津閣本、文瀾閣本、清刻本、排印本補。

〔三〕正文「心」字，注「易」字，底本漫滅，據文淵閣本、文津閣本、文瀾閣本、清刻本、排印本補。

李鄠縣丈人胡馬行

丈人駿馬名胡騮，前年避胡過金牛。金牛，地名。迴鞭却走見天子，朝飲漢水暮靈州。漢水，漢江水也，在楚地方城。靈州，靈武郡。唐理〔一〕：回樂縣〔二〕，秦始皇屬北地郡。趙云：肅宗即位靈武，故迴鞭見天子，則自漢水而來靈州。自矜胡騮奇絶代，乘出千人萬人愛。一聞説盡急難材，趙云：急難材，如劉備之的顱一躍三丈過檀溪，以免劉表之追；劉牢之馬跳五丈澗，以脱慕容垂之逼也。轉益愁向駑駘輩。頭上鋭耳批秋竹，脚下高蹄削寒玉。黄伯仁龍馬頌曰：耳如剡筩，目象明星。始知神龍别有種，不比俗馬空多肉。洛陽大道時再清，趙云：已收復東京矣。累日喜得俱東行。鳳臆龍鬐一作鱗鬐。未易識，側身注目長風生。趙云：皆馬之奇相，如劉琬馬賦曰：吾有駿馬，名曰騏雄。龍頭鳥目，鱗腹虎胸。

【校勘記】

〔一〕「唐理」，當係「唐書地理志」之省稱，據舊唐書卷三十八地理志補。

〔二〕「回樂縣」，原作「回紇縣」，據清刻本、排印本並參漢書卷二十八地理志、文獻通考卷六田賦考改。

送長孫九侍御赴武威判官

驄馬新鑿蹄，銀鞍被來好。徐敬業：汗馬躍銀鞍。趙云：漢桓典爲御史，號嚴明，人畏憚之。每乘驄馬，當時爲之語曰：行行且止，避驄馬御史。今送長孫侍御，故得以驄馬爲言。銀鞍字多矣，如辛延年羽林郎詩曰：銀鞍何煜爚，翠蓋空踟躕。江文通別賦：龍馬銀鞍，朱軒繡軸。繡衣黃白郎，漢侍御史有繡衣直指，持斧捕盜。趙云：王賀，字翁孺〔一〕，武帝時爲繡衣侍御史，逐捕群盜。騎向交河道。漢侯應上書：車師前國，王治交河城。河水分流繞城下，故號交河。唐安西去交河郡七百里。問君適萬里，取別何草草。天子憂涼州，嚴程須到早。去秋群胡反，不得無電掃。風激電掃。此行收遺甿，風俗方再造。唐書：王室再造。族父領元戎，元戎，帥也。名聲國中老。奪我同官良，飄飖按城堡。使我不能餐，令我惡懷抱。趙云：群胡反，指吐番也。公前詩多以胡言安慶緒、史思明。今此接於涼州之下，則非言安史也。後漢：閻忠説皇甫嵩曰：旬月之間，神兵電掃。范曄於吴漢贊云〔二〕：電掃群孽。蔡琰詩云：飢當食兮不能飡。若人才思闊，若人，美長孫侍御也〔三〕。見上送程録事還鄉注。溟漲浸絶島。罇前失詩流，塞上得一作多。國寶。趙云：班固云：賦者，古詩之流。史云：有臣如此，國之寶也。皇天悲送遠，雲雨白浩浩。九辯：皇天平分四時兮，竊獨悲此凜秋。憭慄若在遠行〔四〕，登山臨水兮送將歸。趙云：言上天亦悲人之遠去，所以雲雨愁態，浩浩然白也。東郊尚烽火，朝野色枯槁。趙云：東郊，指言史思明。蓋東京雖復，而洛陽之東猶用兵也。楚辭漁父篇：屈原顔色枯槁。**西極柱亦傾，如何正穹昊。**列子湯問篇：折天柱。又云：帝怒流於西極〔五〕。趙云：西極傾，指言吐蕃侵廓、岷〔六〕、霸等州，其勢方熾也。梁元帝阿育王像碑曰：璇璣玉衡，穹昊所以紀物。

【校勘記】

〔一〕「王賀」，原作「王禁」，據清刻本、排印本並參漢書卷九十八元后傳改。

〔二〕「范曄於吴漢贊云」，清刻本、排印本作「范蔚宗吴漢贊云」。案，范曄，字蔚宗，宋順陽人，南北朝時期史學家。

〔三〕「長孫侍御」，「長」字原奪，據文淵閣本、文瀾閣本、清刻本、排印本補。

〔四〕「憭慄」，原作「悲秋」，據清刻本、排印本並參楚辭章句卷八宋玉九辯改。

〔五〕「帝怒流於西極」，「怒」字，列子集釋卷五湯問引録盧文弨曰：「『恐』坊本作『怒』。」又，俞樾曰：「盧重玄本作『帝恐流於西極，失群仙聖之居』，當從之。」

〔六〕「廓」，清刻本、排印本作「擾」，訛。

送樊二十三侍御赴漢中判官

威弧不能弦，自爾無寧歲。易：弦木爲弧，剡木爲矢，弧矢之利，以威天下，蓋取諸睽。鮑明遠：寧歲猶七奔[一]。國語：姜氏告於公子曰：自子之行，晉無寧歲。趙云：揚雄河東賦曰：彏天狼之威弧。其後張平子思玄賦又云：彎威弧之拔刺。蓋因天有弧星[二]，而用易「弧矢之利，以威天下」。威字貼之。川谷血横流，揚子：川谷流人之血。豺狼沸相噬。天子從北來，長驅振凋敝。頓兵岐梁下，肅宗理兵鳳翔。却跨沙漠裔。趙云：此一段言安氏父子爲亂而乘輿播遷，肅宗駐蹕鳳翔也。自鳳翔而極西，則沙漠矣，故言跨其裔。二京陷未收，四極我得制。杜補遺：爾雅釋地：東至於泰遠，西至於邠國，南至於濮鉛，北至於祝栗，謂之四極。注：此四方遠極之國名。列子：斷鼇之足以立四極。蕭索一作瑟。漢水清，緬通淮湖稅。使者紛星散，王綱尚旒綴。古詩：星使日夜馳。詩：爲下國綴旒。公羊傳：君若贅旒然。趙云：此二段言二京雖陷，而邊鄙不可不安，故遣使爲多也。漢中，今之興元府，漢水在焉，與淮、湖通征稅之物。樊之往漢中，正以四極不可不制，故遣使爲多。星散，所以言其不止一處。庾信寒園即目詩云[三]「寒園星散居」，乃其義也。非是李郃二使星入蜀事。南伯從事賢，君行立談際。揚雄：或立談間而封侯。趙云：南伯，指言漢中主將也。從事，指言樊爲判官也。言南伯與從事俱賢，相投在立談間耳。詩北山：我從事獨賢。生知七曜曆，月令：命太史司天曆，候日月星辰七曜爲經，二十八宿爲紀。杜補遺云：漢志注：日月五星謂之七曜。北史：劉焯以博學洽聞。如九章筭術、周髀、七曜書莫不覈其本根，窮其秘要。手畫三軍勢。馬援於帝前，聚米爲山谷，指畫形勢，開示衆軍。所從道徑，往來曲折，昭然可曉。帝曰：虜在吾目中矣。杜補遺云：前漢：張安世子千秋，與霍光子禹俱隨度遼將軍范明友擊烏桓。還，謁大將軍光，問千秋鬭戰方略，山川形勢。千秋口對兵事，畫地成圖，無所忘失。光復問禹，禹不能記，曰：皆有文書。光歎曰：霍氏世衰，張氏興矣。

冰雪淨聰明，雷霆走精鋭。趙云：聰明如冰雪之淨，精鋭如雷霆之走，所以美之也。戰國策：季良謂魏王曰：恃兵之精鋭而欲攻邯鄲。射雉賦云：欣吾志之精鋭。

幕府輟諫官，朝廷無此一作比。例。至尊方旰食，左傳：伍奢曰：楚君、大夫其旰食乎？旰，晏也。仗爾布嘉惠。賈誼弔屈原賦：恭承嘉惠兮，俟罪長沙。

補闕暮徵入，柱史晨征憩。老子爲柱下史。趙云：以義推之，樊判官其初必先爲補闕而召之；既爲補闕，又爲侍御，而自侍御往漢中也。晨征憩者，以晨征行，而因執別則暫憩息也。

正當艱難時，天步艱難。實藉長久一作大。計。回風吹獨樹，白日照執袂。趙云：此言別時之景也。庾信和趙王途中詩云：迴風即送師。周王褒送葬詩：平原着獨樹[四]，皋亭望列村。楚辭：青春受謝白日照。其後張季鷹雜詩：白日照園林。

慟哭蒼煙根，山門萬重閉。居人莽牢落，遊子方迢遞。徘徊悲生離，局促老一世。九章：悲莫悲兮生別離。古詩云：局促轅下駟。薛云：前漢書灌夫傳：上怒內史曰：公平生數言魏其、武安長短，今日廷論，局促効轅下駒。趙云：上林賦：牢落陸離。注：猶遼落也。

陶唐歌遺民，後漢更列一作別。帝。恨無匡復姿，一作資。聊欲從此逝。左傳：吴季札聞唐之歌，曰：思深哉，其有陶唐氏之遺民乎！漢高祖曰：吾亦從此逝矣。趙云：兩句言民復而中興。其兩句又自言無能而當引去也。陶唐歌遺民，普言生民尚皆是陶唐之遺者[五]，以明其非作亂之人。後漢更列帝，則以漢光武中興而後，復有十二帝，以比肅宗中興也。

【校勘記】

〔一〕「七」，原作「亡」，據清刻本、排印本並參文選卷二十八、宋詩卷七鮑照東武吟改。

〔二〕「天」，文淵閣本、文瀾閣本、文津閣本作「矢」。

〔三〕「目」，原作「日」，據清刻本、排印本並參北周詩卷三寒園即目改。

〔四〕「着」，文津閣本、清刻本、排印本作「看」。

〔五〕「是」，清刻本、排印本作「有」，當是。

送從弟亞赴安西一云河西。判官

鮑云：亞字次公。肅宗在靈武，上書論當世事，擢校書郎。杜鴻漸節度河西，奏署幕府。故詩云：令弟草中來，蒼然請論事。

南風作秋聲，殺氣薄炎熾。南風作秋聲，言當生育而有肅殺。趙云：南風，夏日之風也，而作秋聲，故肅殺之氣倚薄炎熾也。盛夏鷹隼擊，時危異人至。趙云：月令又云：立秋之日，鷹隼擊。今節候當盛夏而鷹隼擊，則有所搏取，不得不擊。譬之時危亂，則須異人，故異人自然來至也〔一〕。異人，正指其弟亞矣。後漢王朗還許下，人稱其才進。或曰：不遇異人，當得異書。問之，果得王充論衡之益。令弟草中來，蒼然請論事。趙云：古詩：濟濟令弟。而謝靈運酬從弟惠連曰：末路值令弟。詔書引上殿，奮舌動天意。言君意爲之回動也。解嘲云：伸其舌而奮其筆[二]。兵法五十家，爾腹爲篋笥。兵法見前漢藝文志。邊韶：腹便便，五經笥。趙云：前漢藝文志有兵權謀十三家，兵形勢十一家，陰陽十六家，兵技巧十三家，總曰：凡兵書五十三家七百九十篇，圖四十三卷也。應對如轉圓，漢祖從諫若轉圓。杜補遺：開元遺事：張九齡每與賓客議論，滔滔不竭，如下坂走丸。時人服其俊辯。疎通略文字。經綸皆新語，足以正神器。易屯：君子以經綸。陸賈造新語。老子：天下神器。宗廟尚爲灰，君臣俱一作皆。下淚。九廟爲賊所焚也。安慶緒盡焚九廟也。趙云：崆峒地無軸，清海天軒輊。崆峒，見自京赴奉先縣詩注。言天地未安也。杜補遺：詩：戎車既安，如輊如軒。馬援傳：居前不能令人輊，居後不能令人軒。注：軒輊，輊重也。軒輊則或輊或重，低昂而不安矣。西極最瘡痍，連山暗烽燧。漢制：有寇則舉烽燧。相如諭蜀文曰：烽舉燧燔。杜補遺：唐六典曰：唐鎮戍烽候所至，大率相去三十里，其逼邊者，築城以置之。其放煙有一炬至三炬者，每日初夜舉一炬，謂之平安火。餘則隨賊多少而爲差[三]。光武紀：修烽燧。注：前書音義曰：邊方備警急，作土臺，臺上作桔槔，頭上有兜零，以薪草置其中，常低之。有寇即然火，舉之以相告曰烽。又多積薪，寇至即燔之，望其煙曰燧。晝則燔燧，夜則舉烽。廣雅言：兜零，籠也。趙云：季布傳：瘡痍未瘳。帝曰大布衣，布衣，韋帶之士。新添：左傳：衛文公大布之衣，大帛之冠。藉卿佐元帥。謂杜鴻漸。坐看清流沙，所以子奉使。書曰：西被于流沙。疏：流沙，西境最遠者也。而地理志以流沙爲張掖居延澤是也。計三危在居延之西，太遠矣，志言非也。趙云：流沙，亦西邊地名。書曰：西被于流沙。則在西之遠處，皆因吐蕃之亂而言之。歸當再前席，文帝前席賈生。注：漸促近聽說。適遠非歷試。舜歷試諸難[四]。須存武威郡，爲晝長久利。孤峰石戴驛，快馬金纏轡。黄羊飫不羶，蘆酒多還醉。踴躍常人情，慘澹苦士志。安邊敵何有，反正計始遂。高祖撥亂世而反之正。趙云：此一段又期以安邊敵。何有，正言吐蕃何足平哉！當念天子反正，車駕歸長安，方爲計遂也。吾聞駕鼓車，不合用騏驥。杜補遺：後漢循吏傳曰：建武十三年，異國有獻名馬者，日行千里；又進寶劍，價兼百金，詔以馬駕鼓車，劍賜騎士。建武，乃光武年號。龍吟迴其頭，夾輔待所致。左傳：夾輔周室。趙云：公意言以亞爲安西判官，特使騏驥駕鼓車耳。故馬回頭所望在夾輔天子也。龍吟，指言騏驥。

【校勘記】

〔一〕「來」，原作「未」，據文瀾閣本、清刻本、排印本改。

〔二〕「伸」，全漢文卷五十三作「信」。

〔三〕「賊」，文淵閣本作「其」，文津閣本作「則」，均訛；清刻本、排印本作「炬」。

〔四〕「難」，文淵閣本、清刻本、排印本作「艱」。

送韋十六評事充同谷郡防禦判官

安祿山大亂，甫與韋宙同陷賊，後皆遁歸行在所。鮑云：注以爲宙〔一〕。宙乃丹之子〔二〕，仕宣宗時，非此所送人也。

昔沒賊中時，潛與子同遊。今歸行在所，王事有去留。天子行幸所在曰行在。詩：王事靡盬。偪側偪側，見上注。兵馬間，主憂急良籌。史范雎：主憂臣辱，主辱臣死。子雖軀幹小，老一作志。氣橫九州。趙云：趙書曰：劉曜討陳安於隴城，安死。人謠曰：隴城健兒有陳安，軀幹雖小腹中寬，愛養將士同心肝。挺身艱難際，張目視寇讎。朝廷壯其節，奉詔令參謀。鑾輿駐鳳翔，同谷爲咽喉。西都賦：乘鑾輿。鳳翔府扶風郡，隋置鳳栖，尋改爲麟遊郡。同谷郡，今成州，晉仇池郡，漢下辨縣，舊名武街城。趙云：魏都賦：正位居體者，以中夏爲喉舌。西扼弱水道，禹貢：弱水既西。集注：十洲記云：鳳麟洲在西海之中，四面有弱水遶之。鴻毛不浮〔三〕，不可越也。南鎮枹罕陬。一作氐羌陬。唐安鄉郡〔四〕河州理枹罕縣。枹罕，故羌侯邑。枹，音孚，本枹鼓字也。此邦承平日，剽劫吏所羞。前漢地理志：椎剽掘冢。師古曰：椎殺人而剽劫之。剽，急也。況乃胡未滅，控帶莽悠悠。府中韋使君，道足示懷柔。詩：懷柔百神。令姪才俊茂，二美又何求。受詞太白腳，太白，山名。杜補遺：辛氏三秦記曰：太白山在武功縣南，去長安五百里，不知高幾許。俗云：武功太白，去天三百。周地圖記曰：太白山甚高，上常積雪，無草木。半山有雲如瀑布則澍雨。人常候，驗如離畢焉。故語曰：南山瀑布，不朝則暮。録異記曰：金星之精，墜於終南圭峰之西，因號爲太白〔五〕。其精化爲白石狀，如美玉，常有紫氣覆之。玄宗立玄元廟於太寧里臨淄舊邸，取其石琢爲像焉。

走馬仇池頭。成州上禄縣有仇池也。晉永嘉末爲氐楊茂搜所據〔六〕。杜補遺：三秦記曰：仇池山上廣百頃，地平如砥。其南北有山路，東西縣絶百仞。一夫守道，萬夫莫向。山勢自然有樓櫓却敵之狀，上有崗阜泉源。史記謂秦得百二之固也。南史：武興國，本仇池。楊難當自立爲秦王。本朝同州河池乃故地。後漢西南夷傳：白馬氐居河池，一名仇池山，在今成州上禄縣南。三秦記曰：仇池山，本名仇維，州上有池，故曰仇池，在滄、洛二谷之間，常爲水所衝激，故下石而上土，形如覆壺。仇池記曰：仇池百頃，周回九千四十步，天形四方，壁立千仞，自然樓櫓却敵之狀，分置調均，竦起數丈，有踰人功。凡二十七道，可攀援而上東西二門，盤道自下至上凡有七里。上則崗阜低昂，泉流交灌。酈元水經曰：羊腸盤道三十六回，開天圖謂之仇夷，所謂積石嵯峩，嶔岑隱阿者也。古色一作邑。沙土裂，前書音義曰：沙土曰漠，即今磧也。趙云：西邊近沙漠之地，故沙土裂。積陰雪雲稠。一作積雪陰雲稠。羌父豪猪靴，羌兒青兕裘。趙云：長楊賦有「拖豪猪」〔七〕。宋玉招魂曰：君王親發兮憚青兕。説文曰：兕如野牛，青皮堅厚，可以爲鎧。吹角向月窟，顔延年：歌月毳來賓。毳，窟也。月窟，西極。長楊賦：西壓月窟。杜補遺：樂録曰：蚩尤率罔兩與黄帝戰于涿鹿，帝乃命吹角爲龍鳴以禦之〔八〕。至魏武北征烏丸，度沙漠，而軍士思歸，於是減爲中鳴，而聲更悲矣。胡角者，本以應胡笳之聲，後漸用之。蒼山旌旆愁。鳥驚出死樹，趙云：吳平爲句章，州門前忽生一株青桐樹，上有歌謡之聲，惡而斫之。平隨軍北虜，首尾三年。死樹欻自還立於故根上，樹巔空中歌曰：死樹今更青，吳平尋當歸。故公詩又曰「君不見前者摧折桐，百年死樹中琴瑟」也。龍怒拔老湫。郊祀志：湫淵，祠朝那。湫水在涇州界，興雲雨〔九〕。土俗亢旱，每於此求之。相傳云龍之所居也，天下山川隈曲有之。湫，音子由切。古來無人境，今代横戈矛。趙云：孫興公遊天台山賦序云：卒踐入無人之境〔一〇〕。傷哉文儒士，憤激馳林丘。中原正格鬭，相抱而殺之曰格。趙云：格鬭字，祖出前漢，而陳琳飲馬長城窟行云：男兒寧當格鬭死，何能怫鬱長城道。禮記：傷哉，貧也！後會何緣由。百年賦命定，豈料沈與浮。且復戀良友，握手步道周。謝玄暉〔一一〕：桑榆陰道周。趙云：詩：有杕之杜，生于道周。釋文：周，曲也。論兵遠壑淨，亦可縱冥搜。天台賦序。題詩得秀句，札翰時相投〔一二〕。趙云：陸瑜仙人覽六箸篇云：避敵情思巧，論兵勢重新。

【校勘記】

〔一〕「寅」，文淵閣本作「韋」，文津閣本作「宇」，訛。

〔二〕「寅」，文瀾閣本無。

〔三〕「鳩」，文瀾閣本作「鴻」。案，海內十洲記作「鴻」。

〔四〕「安鄉郡」，清刻本、排印本作「安昌郡」。案，枹罕郡之地志沿革與稱謂，新、舊唐書記載互異。舊唐書卷四十地理志「河州下」「隋枹罕郡」條云：「天寶元年，改爲安鄉郡。」新唐書卷四十地理志「河州安昌郡下」云：「本枹罕郡，天寶元年更名。」

〔五〕「因」，原作「田」，據太平廣記卷三百九十八石部改。

〔六〕「楊茂搜」，原作「羌文茂」，訛，據清刻本、排印本並參舊唐書卷四十一地理志改。

〔七〕「長楊賦」，原作「上林賦」，訛，據清刻本、排印本並參文選卷九、全漢文卷五十二揚雄長楊賦改。

〔八〕「帝」，清刻本、排印本無。又，「命」，清刻本、排印本無。

〔九〕「雲」，文淵閣本、文津閣本、文瀾閣本、清刻本、排印本無。

〔一〇〕「卒」原奪，據清刻本、排印本補。

〔一一〕「謝玄暉」，原作「詩玄暉」，訛，據文淵閣本、文瀾閣本、清刻本、排印本改。

〔一二〕「時」，原作「特」，訛，據清刻本、排印本並參二王本杜集卷二、百家注卷六、分門集注卷二十、草堂詩箋卷十、黄氏補注卷四以及錢箋卷二改。

送李校書二十六韻

鮑云：李舟也。國史補言舟好事，與妹書曰：釋迦生中國，設教如周孔。周孔生西方，設教如釋迦。天堂無則已，有則君子生。地獄無則已，有則小人入。則其人可知，公故極稱道。

代北有豪鷹，生子毛盡赤。鍾、岱二山出鷹。趙云：以物之奇俊者譬李舟也。晉孫楚鷹賦曰：有金剛之俊鳥，生井陘之巖阻。隋魏彦深鷹賦曰：惟玆禽之化育，寔鍾山之所生。而今公言代北，未見所出也。渥洼騏驥兒，尤異是龍脊。趙云：前漢書曰：武帝元鼎四年，馬出渥洼水中。東方朔曰：騏驥騄耳，天下之良馬也。爾雅曰：騮馬黄脊。

驥，音乾。**李舟名父子，**趙云：名父之子也。前漢蕭育傳：王鳳以育名父之子，除爲功曹。王導謂述名父之子，不可無祿。**清峻流輩伯。**趙云：流輩之伯也。伯者，長之義。晉有八伯，以比八達。漢官儀曰：侍御史，周官也，爲柱下史，冠法冠。一名柱後，以鐵爲柱，言其審固不撓，常清峻也。**人間好妙年，不必須白皙。**左傳：東門之皙㈠，實興我役。趙云：左傳昭公二十六年：冉豎曰：有君子白皙。**十五富文史，十八足賓客。十九授校書，二十聲輝**一作煇。**赫。**

衆中每一見，使我潛動魄。自恐二男兒，辛勤養無益。趙云：淵明云：雖有五男兒，俱不好紙筆。二男兒，亦倣此矣。**乾元元**一作二。**年春，萬姓始安宅。**乾元，肅宗時年號。始收復京師，民始安居。**舟也衣綵衣，**列女傳曰：老萊子孝養二親，行年七十，嬰兒自娛，着五色綵衣。嘗因取漿水上堂，跌仆，因卧地爲小兒啼，或弄烏鳥於親側。**告我欲遠適。倚門固有望，斂衽就行役。**詩：父曰：嗟！予子行役。趙云：戰國策：齊王孫賈之母謂賈曰：汝朝出而晚來，則吾倚門而望；汝暮出而不還，則吾倚閭而望汝。陶淵明勸農四言云：敢不斂衽。**南登吟白華，已見楚山碧。**白華：孝子之潔白。趙云：吟白華而見楚山碧，則舟必以王事南往於漢上矣。**藹藹咸陽都，冠蓋日雲積。**藹藹，言其氣象也。咸陽，古雍郡也。冠蓋，士大夫也。雲積，言多也。西都賦云：冠蓋如雲。

何時太夫人，堂上會親戚。文帝紀：列侯妻稱夫人。列侯死，子復爲列侯，乃得稱太夫人。子不爲列侯，亦不得稱。潘安仁閑居賦：太夫人在堂。又云：席長筵列孫子。陶淵明：悅親戚之情話。**汝翁草明光，**漢武帝太初四年，秋，起明光宮。師古曰：三輔黃圖：在城中。元后傳云：成都侯商避暑，借明光宮。凡掌制誥文字謂之視草也。趙云：後漢尚書郎含香握蘭，直宿於建禮門，太官供膳，奏事明光殿，下筆爲詔誥，出語爲誥令。其在唐則中書舍人也。凡掌制誥，必有草，故謂之起草。春明退朝録載：凡公文，中書謂之草，樞密院謂之底，三司謂之檢。又可以見中書舍人所行曰草也。武后臨朝，天授元年，壽春王成器兄弟五人初出閤，同日受册，有司撰儀注，忘載册文。及百僚在列，方知闕禮，宰臣相顧失色。中書舍人王勮立召書吏五人執筆，口草五王册，一時俱畢。則起草者，中書舍人之職。天子正前席。見前詩注。歸期豈爛熳，别意終感激[二]。趙云：豈爛熳，言必不至於過期也。而别意終感激，乃人情離别之常也。莊子：道德不同[三]，而性命爛熳。孟子趙岐章指曰：千載聞之，猶有感激。顧我蓬屋姿，謬通金閨籍。曹子建：顧念蓬屋士，貧賤誠足憐。謝玄暉出尚書省詩：既通金閨籍。小來習性懶，晚節一作歲。慵轉劇。嵇叔夜絶交書：少加孤露，性復疎慵。又：嬾與慢相成。每愁悔吝作，如覺天地窄。羨君齒髮新，行己能夕惕。語：行己有恥。易乾卦：夕惕若厲。臨岐意頗切，對酒不能喫。趙云：李陵詩：對酒不能酬。迴身視緑野，慘澹如荒澤。老雁春忍飢，哀號待枯麥。時哉高飛燕，絢練新羽翮。老雁，甫自喻也。時燕，喻李校書。趙云：漢時謡：大麥青，小麥枯。赭白馬賦云：别輩超群，絢練夐絶。注：絢練，疾也。長雲濕褒斜，西都賦：右界褒斜、隴首之險。見第一卷子午谷注。杜補遺：後漢順帝紀：罷子午道，通褒斜路。褒斜，漢中谷名。南谷名褒，北谷名斜，首尾七百里。鄭子真所耕在此谷口。斜音余遮切，俗讀作横斜之斜，非也。漢水饒巨石。趙云：言漢上景物之愁寂，以勸其歸也。江文通雜體詩云：海濱饒奇石。無令軒車遲，衰疾悲宿昔。古詩：思君令人老，軒車來何遲。

【校勘記】

〔一〕「東」，春秋左傳襄公十七年作「澤」。

〔二〕「終」，清刻本、排印本作「中」，訛。

〔三〕「道」，莊子集釋卷四下在宥第十一作「大」。

洗兵馬 收京後作。

中興諸將收山東，趙云：山東者，今之河北也。蓋謂之山東、山西，以太行山分之也。今所謂山東，乃昔言齊地，則以泰山言之矣。安禄山反，先陷河北諸郡。至二京已復，慶緒奔于河北之後，史思明降，嚴莊降，能元皓降，而河北諸郡漸復矣，故曰中興諸將收山東。捷書日趙作夕。報清晝同。趙云：夕者，日之晚也。詩曰：日之夕矣，牛羊下來。晝者，日之中也。莊子曰：正晝爲盜，日中穴坏。夕晚之報與日晝同，言其好消息之真也。舊本誤作日報清晝同，所以起學者之疑。河廣傳聞一葦過，胡危命在破竹中。衛詩：誰謂河廣，一葦杭之。晉杜預傳：今兵威已振，譬如破竹。數節之後，迎刃而解，無復著手處也。秖殘鄴城不日得，獨任朔方無限功。趙云：鄴城，相州也，乃賊所窟穴〔一〕。四月，以相州爲安成府，可見矣。至九月方能圍相州，十一月方能敗之。故公於作是詩時云殘者，言餘也。只殘字，是唐人語。任〔二〕朔方，指言郭子儀也。子儀素爲朔方節度使，後又加河西、隴右。時專任子儀，故云獨任。京師皆騎汗血馬，回紇餧肉蒲萄宮。汗血事，見一卷高都護驄馬行注。張耳傳：如以肉餧虎，何益？三輔黃圖曰：漢有蒲萄宮。趙云：蒲萄宮，考之長安志，載有東、西蒲萄園。景龍文館記云：中宗召近臣騎馬入櫻桃園，馬上口摘櫻桃，遂宴東蒲萄園，奏以宮樂。則所謂蒲萄宮者，雖不指其東西，而謂此園耳。舊注作漢有蒲萄宮，考之漢宮室名，別無此名也。視回紇爲虎，以言其强暴爲患也。舊唐史載：初收西京，回紇欲入城劫掠，廣平王固止之。及收東京，回紇遂入府庫取財帛，於市井村坊剽掠三日而止，財物不可勝計。廣平王又賚之以錦罽寶貝，葉護大喜。則回紇之如虎可知〔三〕。蒲萄宮，漢匈奴傳：元壽之年，單于來朝，舍之上林苑蒲萄宮。趙豈未之見耶〔四〕？已喜皇威清海岱，常思仙仗過崆峒。禹貢：海岱惟青州。王元長：崆峒山，黃帝順下風膝行進而問道〔五〕。趙云：青徐諸郡皆復，天下無事，則可以問道。此所以常思其如此。三年笛裏關山月，趙云：祿山以天寶十四載反，歲在乙未。安慶緒以至德二載弑其父，歲在丁酉。是歲復二京，則爲三年。關山月，古樂府曲名。梁元帝有詩，周王褒燕歌行云：無復漢地關山月，唯有漢北薊城雲。萬國兵前草木風。成王功大心轉小，文王，小心翼翼。時成王爲元帥。鮑云：乾元元年，徙封俶爲成王〔六〕。郭相謀深古來少。郭子儀也。司徒清鑒懸明鏡，李光弼。趙云：本傳：至德二載，光弼加檢校司徒。新書：光弼自司徒遷司空。猶稱司徒，則新史誤也。尚書氣與秋天杳。僕固懷恩。趙云：尚書，指言王思禮。本傳，長安平〔七〕，思禮先入清宮，收東京，戰數有功，遷兵部尚書。以爲房琯，非是。按：至德元載十月，琯用車戰以敗。二載，琯罷相，貶邠州刺史。舊注云作懷恩，亦非是。據本傳，復兩京，懷恩雖有功，止詔加鴻臚卿。其後，乾元二年方入爲工部尚書。今公詩是收復兩京後，豈却是懷恩耶？二三豪俊爲時出，整頓乾坤濟時了。東走無復憶鱸魚，張翰見秋風起，乃思吳中蓴羹、鱸魚，遂命駕東歸。吳蓋托意避亂，今不必如此也。南飛覺

有安巢鳥。古詩：越鳥巢南枝。曹子建詩：願隨越鳥翻南翔。趙云：曹孟德詩：烏鵲南飛。大率兵亂則非特人不安，鳥亦不安，時平則鳥獸亦安矣。**青春復隨冠冕入，紫禁正耐煙花繞。**謝希逸：收華紫禁。趙云：乾元元年正月，授皇帝以傳國璽。此時衣冠并入而定矣，故云青春復隨冠冕入。紫禁，紫宮之禁也，蓋以紫微帝座得名。**鶴駕通宵鳳輦備，鷄鳴問寢龍樓曉。**薛夢符云：按漢宮闕疏：白鶴宮，太子之所居，凡人不得輒入。隨太子左右監率門，唐龍朔中改爲左右崇掖衛，垂拱中改爲鶴禁衛。杜補遺：劉向列仙傳曰：王子喬，周靈王太子晉也，好吹笙，作鳳鳴。遊伊洛間，道士浮丘公接上嵩山，三十餘年後，復於此山上告桓梁曰：告我家，七月七日待我緱氏山頭。果乘白鶴駐山顛。望之不得到，舉手謝時人而去。故後世稱太子之駕曰鶴駕，宮曰白鶴，禁曰鶴禁。又文選：王融，字元長。曲水詩序曰：儲后睿哲在躬，出龍樓而問豎，入虎闈而齒冑。注：龍樓，漢太子門名也。文王爲太子，鷄初鳴而衣服至寢門外，問内豎之御者曰：今日安否？何如？沈休文齊故安陸昭王碑文曰：「式掌諸命」，「允膺嘉選。博望之苑載暉，龍樓之門以峻。」趙云：按漢書，成帝爲太子，上嘗急召。太子出龍樓門〔八〕，不敢絶馳道。張晏曰：門樓上有銅龍，若白鶴、飛廉之爲名也。此龍樓本出。若王元長所用，則出於此耳。蓋王元長文合禮記與漢書兩事爲句，而杜公則又出於王元長而變之也。**攀龍附鳳勢莫當**〔九〕，**天下盡化爲侯王。**揚子：攀龍鱗，附鳳翼。時攀附而立功者皆有恩。趙云：班固、韓、彭等叙傳曰：雲起龍驤，化爲侯王。崔群送符載歸蜀序亦云：不習俎豆，化爲侯王。汝等，指化侯王之人也。唐舊史載：肅宗至德二載四月，帝在鳳翔。是時府庫無蓄積，專以官爵賞功。諸將出征，皆給空名告身，自開府、特進、列卿、大將軍，下至中郎、郎將，聽臨事注名。其後又聽以信牒授人官爵，有至異姓王者。諸有官者，但以職任相統攝，不復計官爵高下。大將軍告身一通，纔易一醉。凡應募入軍者，一切衣金紫，至有朝士僮僕衣金紫而身執賤役者。名器之濫，至是而極焉。今所謂盡化爲侯王，蓋言此輩也。**汝等豈知蒙帝力，**莊子曰：帝力於我何有哉！**時來不得誇身**

强。關中既留蕭丞相，蕭何餉饋，不絕糧道。趙云，謂郭子儀也。幕下復有張子房。高祖曰：運籌帷幄之中，吾不如子房。謝宣遠張子房詩：婉婉幕中畫。張公一生江海客，身長九尺鬚眉蒼。杜補遺：仇池翁云：久困江湖，不見偉人。昨在金山，滕元發以扁舟破巨浪，出船巍然，使人神聳，好箇没興底。張鎬，相公。杜子美云：張公一生江海客，身長九尺鬚眉蒼。謂張鎬也。唐舊史云：蕭昕與鎬友善，表薦之，曰：如鎬者，用之則爲王者師，不用則幽谷之叟爾。玄宗擢鎬爲拾遺〔一〇〕，不數年，出入將相。徵起適遇風雲會，扶顛始知籌策良。二十八將論：咸能感會風雲。趙云：陸士衡樂府云：藹藹風雲會。語：顛而不扶。青袍白馬更何有，趙云：公自謂也。庾信哀江南賦曰：青袍如草，白馬如練。於雁門公碑銘言其祖父之功曰：白馬如練，玄旗如墨。亦以形容其旗馬。侯景之亂，先有童謡云：青絲白馬壽陽來。而景以朝廷所給青布〔一一〕，皆用爲袍，采色尚青。景乘白馬，青絲爲轡，欲以應讖。今公詩取字用耳，非言安、史及吐蕃也。何有者，言在我者何所有哉？殊無所利也，唯知喜再昌而已。後漢今周喜再昌。趙云：後漢，則東京之漢。今周，則宇文之周。庾信於齊王碑序云：昔東京，既稱炎漢再受；今周曆，即是酆都中興。此乃喜再昌之義。若以爲卜年卜世之周，則於今周字無出。寸地尺天皆入貢，奇祥異瑞争來送。不知何國致白環，丘希範書：白環西獻，楛矢東來。顔延年歌：亘地稱皇，罄天作主。月毳來賓，日際奉土。世本曰：舜時，西王母獻白環及佩。復道諸山得銀甕。禮運：山出器車。注：器，謂若銀甕丹甑。隱士休歌紫芝曲，集注：皇甫謐高士傳：秦世道滅德消，坑黜儒術，四皓於是退而作歌曰：莫莫高山，深谷逶迤。曄曄紫芝〔一二〕，可以療飢。唐虞世遠，吾將何歸。駟馬高蓋，其憂甚大。富貴之畏人兮，不如貧賤之肆志。乃共入商洛，隱地肺山。詞人解撰河清頌。新添：鮑照，字明遠。元嘉中，河濟俱清，當時以爲美瑞。照爲河清頌。趙云：公詩言此者，是歲既收京，而於七月嵐州合河關〔三〕、黄河三十里清如水。蓋收京之祥，實事也。

田家望望惜雨乾，布穀處處催春種。布穀，鳴鳩也。趙云：楊惲云：田家作苦。故對布穀催耕之鳥。東坡在黄州作五禽言，自注曰：士人謂布穀爲脱却布袴。

淇上健兒歸莫懶，城南思婦愁多夢。東山詩，五章言室家之望女也，「婦歎于室」。趙云：淇上，衛地也。衛詩云：泉原在左，淇水在右。今衛州與相州相鄰，則指言圍相之兵矣。健兒，見上哀王孫詩注。

安得壯士挽天河，淨洗甲兵長不用。梁沈約詩：安得壯士馳奔曦。前漢李左車歌：安得壯士翻日車。武王伐紂，大雨洗兵。趙云：六韜有洗濯甲兵。

【校勘記】

〔一〕「穴」，原作「元」，據文淵閣本、文津閣本、文瀾閣本、清刻本、排印本改。

〔二〕「任」，原作「出」，據清刻本、排印本改。

〔三〕「如」，文淵閣本、文津閣本、文瀾閣本、清刻本、排印本作「爲」。

〔四〕「蒲萄宮漢匈奴傳」六句，據上下文義，蓋爲郭知達編纂集注時所補。

〔五〕案，此注簡省致文意不通。「王元長」以下十四字，見文選卷三五王元長永明九年冊秀才文五首其二「是以崆峒有順風之請」注。

〔六〕「俶」，文淵閣本作「叔」，訛。

〔七〕「平」，原奪，據新唐書卷一百四十七王思禮傳補。

〔八〕「龍樓門」，文淵閣本、文津閣本、文瀾閣本、清刻本、排印本作「龍門樓」，訛。案，漢書卷十成帝紀第十云：「上嘗急召，太子出龍樓門，不敢絶馳道。」

〔九〕「勢」，二王本杜集卷二作「世」。

〔一〇〕「玄宗」，文淵閣本、文津閣本、清刻本、排印本作「明皇」。文瀾閣本作「皇皇」，訛。

〔一一〕「朝廷」，文瀾閣本、清刻本、排印本作「朝庭」，訛。

〔一二〕「曄曄紫芝」，「曄曄」文淵閣本、文津閣本、文瀾閣本作「煜煜」，清刻本、排印本作「奕奕」，係避清諱。又，「紫」文瀾閣本作「煜」，訛。

〔一三〕「合河關」，原作「合關河」，倒誤，據舊唐書卷三百七五行志並參先後解輯校乙帙卷四洗兵馬注

〔一四〕校記乙正。

早秋苦熱堆案相仍 時任華州司功。

七月六日苦炎蒸，對食暫飡還不能。趙云：蔡琰詩：飢當食兮不能飡。每愁一作常恐。夜中一作來。

自足一作皆是。蠍，趙云：蠍者，螫蟲，中原有之，南中無有。韓退之謫南方，及其歸也，有詩云：照壁喜見蠍。則每以得歸爲念，雖蠍之螫而見之反喜也。今公苦熱，固宜以足蝎爲愁。況乃秋後轉多蠅。趙云：退之詩有曰：朝蠅不須驅，莫蚊不須拍。蠅蚊滿八區，可與盡力格。秋風九月至，掃不見蹤跡。今公詩却以秋後多蠅爲苦，則韓言其理，杜怪其事。束帶發狂欲大叫，簿書何急來相仍。唐書：切於簿書期會。趙云：論語：束帶立於朝。陶淵明不肯束帶見督郵。南望青松架短一作絶。壑，安得赤脚踏層冰。趙云：江文通擬謝光禄郊遊詩：風散松架險。松枝可以爲架，故因謂之架焉。層冰，見上高都護驄馬行注。

立秋後題

日月不相饒，節叙昨夜隔。玄蟬無停號，秋燕已如客。古詩：秋蟬鳴樹間，玄鳥逝安適〔一〕。宋玉：燕翩翩而辭歸，蟬寂寞而無聲。平生獨往願，惆悵年半百。淮南王莊子略要曰：江海之士，山谷之人，輕天下，細萬物而獨往。司馬彪注曰：獨往，自然不復顧世。罷官亦由人，何事拘形役？歸去來詞：既自以心爲形役，奚惆悵而獨悲？陶淵明詩：誰謂形蹟拘？

【校勘記】

〔一〕「安」，原作「將」，據清刻本、排印本並參文選卷二十九、漢詩卷十二古詩十九首改。

新刊校定集注杜詩卷五

古詩寓秦州及同谷縣，行赴蜀中作。

貽阮隱居昉

陳留風俗衰，人物世不數。晉書：阮籍字嗣宗，陳留尉氏人也。父瑀，魏丞相掾。子渾，姪咸，咸子瞻，瞻弟孚，咸從子脩，孚族弟放，放弟裕，皆陳留人。塞上得阮生，迥繼先父祖。趙云：公言阮氏自晉人之後無所聞，今日於秦州得阮昉也。貧知静者性，自益毛髮古。師云：語曰：仁者静。注：無欲故静，性静者多壽。車馬入鄰家，蓬蒿翳環堵。江文通詩：顧念張仲蔚，蓬蒿滿中園。莊子庚桑楚：鑿垣牆而殖蓬蒿。昭十六年傳：斬之蓬蒿藜藋而共處之。月令：藜莠蓬蒿並興。儒行：儒有一畝之宫，環堵之室。注：環堵，面一堵也。五版爲堵。張景陽詩：環堵自摧毁。清詩近道要，趙云：傅咸贈崔伏詩曰：人之好我，贈我清詩。識字用心苦。劉棻嘗從揚雄學作奇字。劉歆觀之，泣曰空自苦。趙云：字作子，言阮爲詩所以近道要者，以其用心苦也，惟杜公識之。尋我草逕微，褰裳踏寒雨。崔駰達旨辭曰：與其有事，則褰衣濡足，冠掛不顧。趙云：詩：褰裳涉溱。更議居遠林，避喧甘猛虎。沈休文詩：避世非避喧。足明箕潁客，榮貴如糞土。陸士衡云：徐幹少無宦情，有箕潁之心。晉語：玉帛、酒食，猶糞土也。愛糞土以毁五常，無乃不可乎？箕，山名，潁，水名，許由、巢父隱處。僖二十八年傳〔一〕：榮季曰：況瓊玉乎？是糞土也。趙云：箕潁，出謝靈運擬徐幹詩序，非陸士衡。舊注誤。

【校勘記】

〔一〕「僖二十八年傳」，清刻本、排印本作「左傳」。

遣興三首

下馬古戰場，四顧但茫然。蘇子卿〔一〕：行役在戰場。風悲浮雲去，黃葉墜我前。朽骨穴螻蟻，老子曰：其人已死，其骨已朽。陸機挽歌：豐肌饗螻蟻，妍骸永夷泯。趙云：莊子云：在上爲烏鳶食，在下爲螻蟻食。又爲蔓草纏。江淹恨賦：試望平原，蔓草縈骨，拱木斂魂。故老行嘆息，今人尚開邊。嚴助傳：武帝時征伐四夷，開置邊郡。使公得志廟堂，固不求邊功，不賞邊臣矣。趙云：漢虜互勝負，封疆不常全。前漢匈奴傳：當孝武時，雖征伐克獲，而士馬物故亦略相當。雖開河南之野，建朔方之郡，亦棄造陽之北九百餘里。匈奴人民每來降漢，單于亦輒拘留漢使以相報復，其桀驁尚若斯，安肯以愛子而爲質乎？韓安國：漢數千里地，争利則人馬罷，虜以全制其敝。去病云：漢匈奴相紛拏，殺傷大當。孫子：一勝一負，兵家常勢。安得廉耻一作頗。將，三軍同晏眠。

右一

【校勘記】

〔一〕「蘇子卿」，清刻本、排印本作「蘇武」。參見卷三新婚别校勘記〔六〕。

高秋登寒一作塞。山，南望馬邑州。前漢地理志：馬邑屬雁門郡。晉太康地記云：秦時建此城，輒崩不成。有馬周旋馳走反覆，父老異之，因依以築城，遂名爲馬邑。漢王恢伏兵馬邑旁谷中是也。趙云：舊注指爲雁門馬邑，非是。蓋公詩在秦州所作，其登山南望，豈却望北地雁門之馬邑乎？馬邑，秦州地名，今於本處有石碑標榜焉。其土人及曾遊秦州者，自能言之，此所謂不行一萬里，不曉杜甫詩也。降虜東擊胡，壯健盡不留。時回紇助順〔一〕，收復京師，遂進收東都。前漢匈奴傳曰：漢大發關東輕鋭士，盡力擊匈奴。郡國吏三百石伉健習騎射者皆從軍。

穹廬莽牢落，匈奴傳：匈奴父子同穹廬卧。師古曰：穹廬，旃帳也。其形穹隆，故曰穹廬。上有行雲愁。老弱哭道路，願聞兵甲休。前漢賈捐之傳：珠崖反，連年不定。議大發軍，捐之建議不可，曰：當此之時，寇賊並起，軍旅數發，父戰死于前，子鬬傷於後，女子乘亭障，孤兒號於道，老母寡婦飲泣巷哭。上從之。前漢匈奴傳：匈奴上漢書曰：願寢兵休士，以安邊民，使少者得成其長，老者得安其處。鄴中事反覆，一云何蕭條。死人積如丘。後漢：韓遂語馬騰曰：天下反覆，未可知。趙云：兩京雖復矣，而賊猶保相州。既圍復解，則士卒傷死可知矣。諸將已茅土，載驅誰與謀。李陵與蘇武書：陵謂足下當享茅土之薦〔二〕。策文：錫君玄土，苴以白茅。新添：詩：載馳載驅。趙云：當兩京之復，各論諸將之功而加官爵矣，則破鄴之戰，誰復效力哉！宜公之所深憂也。

右二

【校勘記】

〔一〕「時」，原作「詩」，據文瀾閣本、清刻本、排印本改。

〔二〕「謂」，原作「爲」，據清刻本、排印本並參文選卷四十一答蘇武書改。

豐年孰云遲，甘澤不在早。陸機雲賦：甘澤雰霈。孫楚雪賦：膏澤液，普潤中田。肅肅二麥〔一〕，實豐年。曹子建：良田無晚歲，膏澤多豐年。耕田秋雨足，禾黍已映道。春苗九月交，顏色同日老。勸汝衡門士，衡門，見上秋雨歎注。勿悲尚枯槁。漁父：形容枯槁。莊子：枯槁之士。趙云：此篇慰貧士之詩也。時來展材力，先後無醜好。但訝鹿皮翁，忘機對芳草。列仙傳：鹿皮翁者，菑川人也，少爲府小吏，機巧，舉手能成器械。岑山上有神泉，人不能至也。小吏白府君，請木工斧斤三十人，作轉輪懸閣，意思叢生。數十日，梯道四門成。上其顛作茅舍，留止其旁。趙云：鹿皮翁，固是神仙，神仙皆遺世故。然於此言忘機，則以鹿皮翁本巧於機械，及其避世，忘去機慮，結茅岑山，坐對芳草矣。公題是遣興，見諸將以戰伐之功，富貴驕矜，而貧者寂寞，既慰之以秋成當飽，可免憔悴，又期之以時來展材力，亦當富貴。不以先者爲好，而後者爲醜也。又終之以鹿皮翁之忘機，則豈顧富貴之先後哉。鹿皮翁殆公自托耳。

右三

【校勘記】

〔一〕「二」，全晉文卷六十孫楚雪賦作「三」。

昔遊

趙云：此篇名昔遊，蓋公紀遊王屋山與東蒙山之實也。王屋山有華蓋峰，所謂華蓋君，董先生必是實事。詳味公之詩，意可見矣。於紀實中因使神仙事以稱之也。

昔謁華蓋君，深求洞宮脚。玉棺已上天，白日亦寂寞。後漢：王喬爲葉令，後天下玉棺於堂前，吏人推排，終不揺動。喬曰：天帝獨召我耶？乃沐浴服飾寢其中，蓋便立覆。宿夕葬於城東，土自成墳。其夕，縣中牛皆流汗喘乏，而人無知者。百姓乃爲立廟，號葉君祠。暮升艮岑頂，艮岑，東北之岑也。巾几猶未却。趙云：華蓋君所戴之巾，所憑之几尚在也〔一〕。弟子四五人，入來淚俱落。余時遊名山，發軔在遠壑。離騷：朝發軔於蒼梧。又：朝發軔於天津。良覿違夙願，謝靈運詩：搔首訪行人，引領冀良覿。含凄向廖廓。林昏罷幽磬，竟夜伏石閣。王喬下天壇，微月映皓鶴。嵇康琴賦：王喬披雲而下墜。天台賦：王喬控鶴以沖天。何敬祖：在昔王子喬，有道發伊洛。迢遞陵峻岳，連翩御飛鶴。此王喬却是周靈王太子王子晉。子晉一名喬。晨溪嚮虛駛，歸徑行已昨。豈辭青鞋胝，趙云：青鞋，山行之具。胝，足病也。莊子曰：手足胼胝。惆悵一作悵望。金匕藥。東蒙赴舊隱，尚憶同志樂。東蒙，山名。昔者先王以爲東蒙主。趙云：此又叙其遊東蒙山也。公玄都壇歌寄元逸人曰：故人昔隱東蒙峰。又與李白同尋范十隱居曰：余亦東蒙客，憐君如弟兄。豈所謂赴舊隱與同志樂者乎？休事董先生，董先生，董京威也。行吟常宿白社之中，時乞市肆，得碎繒結以自覆。趙云：休事董先生，則東蒙山必有董先生矣。舊注便差排作董京威，自是已往神仙矣，亦豈在東蒙山邪？於今獨蕭索。胡爲客關塞，道意久衰薄。妻子亦何人，丹砂負前諾。晉葛洪求勾漏令，以錬丹砂。雖悲髮變鬢，章忍反，一云鬢髮變。謝玄暉詩：有情知望鄉，誰能鬢不變。詩：鬢髮如雲。趙云：髮之黑者曰鬢。鬢髮變，言變而爲白也。未憂筋力弱。扶藜望清秋，有興入廬霍。謝靈運詩：遊當遊羅浮，行必息廬霍。江淹：擬靈運詩：靈境信淹留，賞心非徒設。平明登雲峰，杳與廬霍絕。

【校勘記】

〔一〕「也」，文淵閣本、文津閣本、文瀾閣本、清刻本、排印本無。

幽人

易：履道坦坦，幽人貞吉。陸士衡詩：幽人在浚谷。

孤雲亦群遊，神物有所歸。陶潛詠貧士詩：萬族各有托，孤雲獨無依。趙云：孤雲所以譬幽人之畸獨者也。然以類相聚，則終至於群遊，蓋以神物有歸故爾，又若志士之相遇也。麟鳳在赤霄，何當一來儀。劉公幹詩：鳳凰集南嶽，徘徊孤竹根。何時當來儀，將顯聖明君。書：鳳凰來儀。張協七命：掛歸翮於赤霄之表。漢書：麟鳳在郊藪。孔融曰：麟鳳來頌聲作。趙云：以比賢人之宜來，乃賈誼所謂「鳳凰翔於千仞兮，覽德輝而下之」也。赤霄，丹霄也。楚辭曰：載赤霄而凌太清。張茂先鷦鷯賦序：彼鷲、鶚、鵾、鴻、孔雀、翡翠，或凌赤霄之際。然鳳凰云在赤霄可也，而麟亦謂之下赤霄，學者常疑之。殊不知徐陵之生，寶誌見之曰：此兒天上石麒麟。則麟自天而降，亦宜在赤霄者矣。此四句，孤雲蓋公自比，群遊以比同志之幽人。麟鳳又以比同志之幽人。所謂同志之幽人，則下句惠、荀輩。往與惠荀輩，中年滄洲期。杜補遺：惠遠、許詢也。謝玄暉之宣城詩：既懽懷禄情，復協滄洲趣。李善注揚雄賦云：世有黃公者，起於滄洲，頤神養性，故後人以滄洲爲隱者所居。或云隋圖經曰：漢水逕琵琶谷，至滄浪洲，乃漁父棹歌處〔一〕，滄洲即滄浪洲也。趙云：惠、荀惜乎無考。杜田補遺便指爲惠遠、許詢，此自是晉人。今公詩云與惠荀輩，則當時人。其荀字是姓，即非許詢，蓋詢乃詢問之詢，豈可彊差排邪？又況公於惠遠兩謂之廬山遠，未嘗摘用惠字也。滄洲期，言隱淪之所也。詩人之言隱，多用滄洲字。杜田又引滄洲云即滄浪洲，非是。天高無消息，棄我忽若遺。

詩谷風：將安將樂，棄予如遺。郭泰機詩：衣工秉刀尺〔二〕，棄我忽若遺。古詩：棄我如遺跡。內懼非道流，幽人見瑕疵。僖七年傳：不汝瑕疵。史：道家者流。洪濤隱語笑，曹植：泛舟越洪濤。晉王凝之風賦：驅東極之洪濤。郭璞江賦：鼓洪濤於赤岸。木玄虛海賦：洪濤瀾汗。曹毗江賦：洪濤突兀而橫持。蔡邕賦：洪濤湧以沸騰。晉蘇彥詩：洪濤奔逸勢〔三〕。鼓枻蓬萊池。孫楚賦：舟人鼓枻而揚歌。史：漁父鼓枻而去。崔嵬扶桑日，山海經云：大荒之中，暘谷上有扶桑。十日所浴，九日居下枝，一日居上枝，皆載烏。又山海經曰〔四〕：日出暘谷，浴于咸池，拂于扶桑。杜補遺：東方朔十洲記曰：扶桑在碧海中，樹長數千丈，一千餘圍，兩兩同根，更相依倚，故名扶桑。北史言有沙門慧深來荊州，云：扶桑國在大漢國二萬餘里，其樹葉似桐，所生如筍，國人食之，實似梨而赤，其皮可爲紙，廣六尺餘。照曜珊瑚枝。梁元帝馬詩：照曜珊瑚鞭。餘見上送孔巢父注。風帆倚翠蓋，暮把東皇衣。屈平九歌有東皇太一。又：孔蓋兮翠旌。說苑：鄂君泛舟於新陂之上，張翠羽之蓋。張平子東京賦：翠羽之高蓋。曹植曰：仰摭翠蓋。陸士衡詩云：翩翩翠蓋羅。嚥漱元和津，天台賦：嗽以華池之泉。杜補遺：黃庭經曰：口爲玉池太和官，嗽咽靈液災不忓。注：口中液水爲玉津。又中黃經曰：但服元和，除五穀，必獲寥天得真籙。注：服元和，謂咽津液。所思煙霞微。知名未足稱，局促商山芝。見上喜晴及洗兵馬注。趙云：漢武帝曰：局促效轅下駒。所思既在乎煙霞之微，則遺世絕物矣。雖四皓知名，猶爲局促也。五湖復浩蕩，周禮：揚州其浸五湖。注：太湖方五百里，故曰五湖。歲暮有餘悲。張景陽詩：歲暮懷百憂。有志之士，志未獲伸，而時不我與，則未嘗不以時逝爲歎也。故多以歲暮爲之憂悲。趙云：鮑照有古詩，其題曰歲暮悲。

【校勘記】

〔一〕「棹」，原作「悼」，據清刻本、排印本改。

〔二〕「尺」，原作「赤」，據清刻本、排印本改。

〔三〕「勞」，藝文類聚卷九水部下、晉詩卷十四蘇彦西陵觀濤詩作「勢」。

〔四〕「曰」，文淵閣本、文津閣本、文瀾閣本、清刻本、排印本作「云」。

佳人

王深父云：俗偷則人之無告者，政不足以恤之也。

絶代有佳人，李延年歌：北方有佳人，絶代而特立。幽居在空谷。一作山谷。詩：皎皎白駒，在彼空谷。自云良家子，趙充國傳：六郡良家子。新添：漢成帝選良家子充後宮。零落依草木。關中昔喪敗，兄弟遭殺戮。官高何足論，不得收骨肉。趙云：此乃貴人之家，詩人蓋不欲出其名氏耳。世情惡衰歇，萬事隨轉燭。夫婿輕薄兒，沈休文詩：長安輕薄兒。趙云：光武謂鄧禹曰：孝孫素謹，當是長安輕薄兒誤之耳。新人已如玉。古詩：燕趙多佳人，美者顔如玉。合昏尚知時，鴛鴦不獨宿。詩：鴛鴦于飛。鄭氏婚禮謁文贊曰：鴛鴦鳥，雄雌相類，飛止相隨。列異傳：宋康王埋韓馮夫妻，宿夕，文木生，鴛鴦雄雌各一，常栖樹上，晨夕交頸，音聲感人。杜補遺：本草云：合歡即夜合也，人家多植之，葉似皂莢、槐，極細而繁密，一名合昏。陳藏器云：其葉至暮即合，故曰合昏。文選：陸倕刻漏銘曰：合昏暮捲，蓂莢晨生。注：合昏，木名，其葉夜合。明舒。埤雅云：鴛鴦匹鳥，有思者也。説文稱，鳳言、鸛鶇、鴛思，是也。崔豹古今注曰：鴛鴦，鳧類也，雌雄未嘗相離，人得其一，一思而死，故謂之匹鳥，鴛性如此。故先王慎於取之。俗云：雄鳴曰鴛，雌鳴曰鴦。稽聖賦曰：雌鳩奚別，鴛鴦奚雙。　趙云：隋江總閨怨詩曰：池上鴛鴦不獨自，帳中蘇合還空然。

但見新人笑，那聞舊人哭？

後漢：竇玄舊妻與玄書別曰：棄妻斥女敬白竇生：卑賤鄙陋，不如貴人。妾日已遠，彼日已親。衣不厭新，人不厭故。悲不可忍，怨不可去。彼猶何人〔一〕，而居我處。玄以形貌絕異，天子以公主妻之，故云。　趙云：此詩人之情也。李白亦云：新人如花雖可寵，舊人似玉由來重。古詩：新人工織縑，故人工織素。

在山泉水清，出山泉水濁。

趙云：此佳人怨其夫之辭。晉孫綽三日蘭亭詩序曰：古人以水喻性，有旨哉斯談！非以停之則清，混之則濁耶？情因所習而遷移，物逐所遇而感興。公句蓋言人之同處山谷幽寂之地，則如泉水之在山，無所撓之，其清可知。其夫之出也〔二〕，隨物流蕩，遂爲山下之濁泉矣。

侍婢賣珠迴，牽蘿補茅屋。

東方朔傳：董偃母以賣珠爲事。　趙云：侍婢既賣珠，又使之牽蘿以補茅屋，空谷寂矣。茅屋有缺，尚即補之，其治家勤謹如此。梁昭明太子開善寺法會詩：牽蘿下石磴，攀桂陟雲梁。

摘花不插髮一作鬢。**，采栢動盈掬。**

詩：終朝采綠。不盈一掬。　趙云：古詩：穹谷饒芳蘭，采采不盈掬。上句言不事粧飾，此詩所謂「自伯之東，首如飛蓬。豈無膏沐，誰適爲容」之意。下句以言幽閑之所爲也。

天寒翠袖薄，日暮倚脩竹。

趙云：上句則天色已寒而翠袖尚薄，又似言其無衣，且無心於服飾矣。下句則其所思者遠矣，蓋兄弟殺戮，夫婿輕薄，豈不感槩於懷哉！

【校勘記】

〔一〕「猶」，文淵閣本作「何」，訛；清刻本、排印本作「獨」。案，藝文類聚卷三十人部十四別下録後漢竇玄舊妻與竇玄書作「獨」。

〔二〕「也」，原作「山」，據清刻本、排印本改。

赤谷西崦人家

躋險不自安，一作喧。出郊已清目。溪迴日氣暖，逕轉山田熟。謝靈運詩：躋險築幽居。枚乘七發云：依絶區兮臨迴溪。鳥雀依茅茨，藩籬帶松菊。陶淵明：三逕就荒，松菊猶存。宋玉曰：藩籬之鷃，料天地之高。趙云：左傳：如鷹鸇之逐鳥雀。堯土階三尺，茅茨不剪。如行武陵暮，欲問桃源宿。一本作桃花。陶潛桃源記曰：晉太康中，武陵人捕魚，從溪而行。忽逢桃花林，夾兩岸數百步，無雜木，芳華鮮美，落英繽紛。漁人異之，前行，窮林，林盡，見山有小口，髣髴有光，便捨舟，步入。初極狹，行四五十步。忽然開朗，邑屋連接，雞犬相聞，男女被髮，怡然自樂。見漁人，大驚，問所從來，要還爲設酒食。云先世避秦難，率妻子來此，遂與外隔絶，不知有漢，無論魏晉也。既出，白太守，太守遣人隨而尋之，迷，不復得路。

西枝村尋置草堂地夜宿贊公土室二首

出郭眄細岑，披榛得微路。天台賦云：披荒榛之蒙籠。趙景真書：步澤求蹊，披榛覓路。溪行一流水，曲折方屢渡。

贊公湯休徒，惠休上人，姓湯。好静心迹素。昨枉霞上作，盛論巖中趣。後漢：旌車之招，相望於巖中。怡然共攜手，恣意同遠步。捫蘿澀先登，天台賦：攬樛木之長蘿。謝靈運：蔓弱豈可捫。陟巘眩反顧。要求陽岡暖，顔延年：陽陵團精氣，陰谷或煙寒[一]。謝靈運：朝旦發陽崖，景落憇陰峰。苦涉陰嶺沍。惆悵老大藤，沉吟屈蟠樹。卜居意未展，杖策迴且暮。屈原卜居。左太冲：杖策招隱士。趙云：太公避狄，杖策去邠。曾巔一作夭。餘落日，草蔓已多露。謝靈運：築觀基曾巔。又云：日落山照耀。盧子諒：凝露沾蔓草。詩：謂行多露。

右一

【校勘記】

〔一〕「或」，文選卷二十二、宋詩卷五顔延年應詔觀北湖田收作「曳」。

天寒鳥已歸，月出山更静。山，一作人。更，一作已。陶潛：衆鳥相與飛。未夕復來歸。趙云：禮記：天寒既至。詩：月出皎兮。土室延白光，松門耿疎影。謝靈運：攀崖照石鏡，牽葉入松門。躋攀倦日短，語樂寄夜永。謝靈運：常苦夏日短。天台賦：恣語樂以終日。趙云：

天寒，則時在冬，故用日短。尚書：日短星昴。明燃林中薪，暗汲石底一作泉。井。大師京國舊，德業天機秉。莊子：其嗜欲深者，其天機淺。從來支許遊，支遁，字道林，講維摩經。遁爲法師，許詢爲都講。遁，衆謂無以歷難。詢設一難以調遁，不能復通。趙云：支遁以比贊公，許詢公以自比。興趣江湖迥。數奇謫關塞，李廣數奇。孟康曰：奇，隻不耦也。如淳曰：數爲匈奴所敗，爲奇不耦。師古曰：言廣命隻不耦合也。孟説是。杜正謬：師古既以數奇爲命隻不偶合，則數乃命數之數，非疏數之數也，而音作所角反者，蓋傳印之誤也。宋景文公筆録云：孫宣公奭，當世大儒，亦以數奇爲朔。余後得江南漢書本，乃所具反。以此考之，殆傳印者誤以具爲角也。因是詩注猶仍舊音，故特辯之。趙云：李善注徐敬業古詩「寄言封侯者，數奇良可歎」下注：如淳曰：數，所具切。宋景文公偶未見也。道廣存箕潁。太丘道廣，廣則難周。謝靈運徐幹詩序云：幹有箕潁之心。何知戎馬間，復接塵事屏。幽尋豈一路，遠色有諸嶺。晨光稍朦朧，更越西南頂。陶淵明：恨晨光之熹微。

右二

寄贊上人

一昨陪錫杖，天台賦：振金策之鈴鈴。注云：金策，錫杖。卜鄰南山幽。年侵腰脚衰，未便陰崖秋。趙云：言初欲於贊公土室之處卜鄰，時爲年齒所侵而腰脚衰弱，則其地爲陰崖，而當時之秋，非所便安，要須擇地也。晉潘岳西征賦云：眺華岳之陰崖。重岡北面起，竟日陽光留。茅屋買兼土，買，一作置。斯焉心所求。趙云：四句乃可卜之地[一]，蓋山北面高起而障日，故陽光爲之留。陽光者，則非若陰崖之多蔭濕，故可結茅屋，且兼其地土買之，乃心所求者也。近聞西枝西，有谷杉桼一作漆。稠。亭午頗和暖，石田又足收。天台賦：羲和亭午。杜補遺：御覽載纂要云：日光曰景。日月之光通明曰景，日景曰晷，日氣曰晛，日初出曰旭，曰昕，曰晞，大明曰昕。晞，乾也。日温曰煦，在午曰亭午，在未曰昳，日晚曰旰，日將落曰薄暮，日西落光返景在下曰倒景。左傳云：吳將伐齊，子胥曰：夫得志于齊，猶獲石田也，無所用之。今云石田、足收，則雖無用之田，猶可種而穫也。子美醉時歌又有「石田茅屋荒蒼苔」之句。趙云：八句則於重岡北面起處聞得西枝村之西，其谷中杉漆之木稠多而和暖，其石田又可種，便可於此結茅屋矣。當期塞雨乾，宿昔齒疾瘳。徘徊虎穴上，新添：班超云：不入虎穴，安得虎子？面勢龍泓頭。趙云：考工記云：審曲面勢。言審其曲直，面其形勢也。柴荆具茶茗，遥路通林丘。與子成二老，來往亦風流。謝靈運：促裝反柴荆[二]。孫綽風流爲一時冠。趙云：四句則公與贊老既爲隣矣，可茶茗相交，往來通好也。孟子稱太公、伯夷曰：二老者，天下之大老也。

【校勘記】

〔一〕「乃」，清刻本、排印本作「有」。

〔二〕「促」，原作「俶」，據清刻本、排印本作並參文選卷二十六謝靈運初去郡改。

太平寺泉眼

招提憑高岡，見第一卷奉先寺注。疎散連草莽。景帝紀：廣薦草莽。草稠曰薦，深曰莽。出泉枯柳根，汲引歲月古。石間見海眼，趙云：成都記云：石笋之下是海眼。又：劉崇遠作金華子又云：北海郡因發地得五銖錢，取之不盡。得一石，記云：此是海眼，以錢鎮之。天畔縈水府。新添：小説：潤州爲中源水府。杜云：張纘南征賦：曾潭水府。廣深尺丈間，宴息敢輕侮。青白二小虵，幽姿可時覩。如絲氣或上，爛漫爲雲雨。公羊傳曰：觸石而出，膚寸而合，不崇朝而偏天下者，太山之雲也。趙云：二小虵，蓋實事也。其吐氣則爲雨。舊注非是。山頭到山下，鑿井不盡土。趙云：自山頭至山下，皆石而已，不能窮盡至有土處也。鑿井之難如此，而得此泉眼爲可美矣。取供十方僧，香美勝牛乳。趙云：佛經每以牛乳供佛，今云泉之香美勝之，所以重言之也。北風起寒文，弱藻舒翠縷。舒，一作勝。明涵客衣淨，細蕩林影趣。何當宅下流，餘潤通藥圃。三春濕黃精，一食生毛羽。嵇康書：又聞道士遺言，餌朮、黃精，令人久壽，意甚信之。杜補遺：神農本草〔一〕：黃精久服，輕身延年。日華子云：黃精九蒸九曝，食之駐顔。博物志云：天姥謂黃帝曰：太陽之草名黃精，餌之長生。太陰之草名鉤吻，入口立死。人信鉤吻之殺人，不信黃精之益壽，不亦惑乎？真誥云：衡山中有學道者張禮正、冶明期二人。禮正以漢末在山中服黃精，顔色丁壯，常如年四十時。後乘雲升天，今在方諸飈室，爲上仙。魏文帝詩：服之四五日，身體生羽翼。

【校勘記】

〔一〕「神農本草」，清刻本、排印本作「本草云」。

夢李白二首

死別已吞聲，生別常惻惻。宋鮑照行路難：吞聲躑躅不敢言。蘇武詩：淚爲生別滋。歐陽建：惻惻心中酸。楚詞：悲莫悲兮生別離。謝靈運：惻惻廣陵散。江南瘴癘地，逐客無消息。劉孝標：流離大海之南，寄命瘴癘之地。李斯：爲秦逐客。趙云：白坐永王璘之累，長流夜郎。會赦還潯陽，坐事下獄。潯陽，今之江州也，屬江南東路，故云。故人入我夢，明我長相憶。樂府云：夢見已在傍，忽覺在他鄉。上有加飡食，下有長相憶。恐非平生魂，路遠不可測。魂來楓林青，楚辭：湛湛江水兮上有楓。阮籍：湛湛長江水，上有楓樹林。魂返關塞黑。趙云：白謫在南，其所經歷乃楓林也。在秦與公相見，故其去又歷關塞也。君今在羅網，何以有羽翼。落月滿屋梁，猶疑照顏色。宋玉神女賦：若白日初出照屋梁，若明月舒其光。西清詩話云：李太白歷見司馬子微、謝自然、賀知章，或以爲可與神遊八極之表，或以爲謫仙人。其風神超邁，英爽可知。後世詞人狀者多矣，亦間於丹青見之，俱不若少陵云：落月滿屋梁，猶疑照顏色。熟味之，百世之下，想見風采〔一〕，此與李太白傳神詩也。水深波浪闊，無使蛟龍得。續齊諧記曰：屈原五月五日投汨羅而死，楚人哀之，每至此日祭之。漢建武中，長沙人區回見一人，自稱三閭大夫，曰：君嘗見祭，甚善。然爲蛟龍所苦。今若有惠，可以楝葉塞之，縛以五色絲，此二物蛟龍所畏也。趙云：因借夢寄以憂之且戒之也。言蛟龍，則又因歷江湖而言之也，與下篇舟楫恐失墜同意，舊注所引非是。

右一

【校勘記】

〔一〕「風」，文淵閣本、文津閣本、文瀾閣本、清刻本、排印本作「丰」。

浮雲終日行，遊子久不至。古詩：浮雲蔽白日，遊子不反顧。蓋言遊子之拘繫，不若浮雲之疎散也。趙云：三夜頻夢君，情親見君意。趙云：其身雖不至，而三夜入夢，斯爲情親矣。告歸常局促，苦道來不易。趙云：漢武帝云：局促効轅下駒〔二〕。江湖多風波，一云秋多風。舟楫恐失墜。出門搔白首，若負平生志。冠蓋滿京華，斯人獨顦顇。左太沖詩：濟濟京城内，赫赫王侯居。冠蓋陰四術〔一〕，朱輪竟長衢。寂寂楊子宅，門無卿相輿。寥寥空宇内，所講在玄虛。孰云網恢恢，將老身一作才。反累。老子：天網恢恢，疎而不漏。趙云：此公閔白之辭也。千秋萬歲名，寂寞身後事。張翰曰：使我有身後名，不如即時一杯酒。阮籍詩：千秋百歲後，榮名安所之。趙云：公以事理，寄之一歎而已。漢有鼓吹鐃歌十八曲，其上之回曲有云：千秋萬歲樂無極。

右二

【校勘記】

〔一〕「漢武帝」，原作「漢景帝」，參見本集卷一苦雨奉寄隴西公王徵士校勘記〔五〕。

〔二〕「術」，原作「街」，據清刻本、排印本並參文選卷二十一、晉詩卷七左太沖詠史八首其四改。

有懷台州鄭十八司户 虔時坐汙賊，貶台州司户。

天台山名。隔三江，一云江海。風浪無晨暮。趙云：水經載：韋昭以松江、浙江、浦陽江爲三江也，而天台在其外矣。鄭公縱得歸，老病不識路。沈休文：夢中不識路，何以慰相思。趙云：暗使韓非子中事：六國時，張敏與高惠爲友，每相思不能得見，敏便於夢中往尋。但行至半道，即迷不知路，遂迴。如此者三。昔如水上鷗，今如罝中兔。詩：肅肅兔罝。趙云：何遜詩曰：可憐雙白鷗，朝夕水上遊。性命由他人，悲辛但狂顧。山鬼獨一脚，一足曰夔，魍魎也。薛云：楚詞：屈原九歌中有山鬼〔一〕。蝮虵長如樹。招魂：蝮蛇蓁蓁，雄虺九首。呼號旁孤城，歲月誰與度？從來禦魑魅，多爲才名誤。文十八年：舜流四凶族渾敦、窮奇、檮杌、饕餮，投諸四裔，以禦魑魅。趙云：左傳曰：入山不逢不若，魑魅魍魎，莫能逢旃。而公寄李白詩云：魑魅喜人過，亦使此事。「多爲才名誤」句法，亦古詩「多爲藥使誤」也。夫子嵇阮流，更被時俗惡。嵇康、阮籍。嵇康書云〔二〕：阮嗣宗爲禮法之士所繩，疾之如讎。海隅微小吏，眼暗發垂素。潘安仁秋興賦：素髮颯以垂領。黃帽映一云鳩杖近。青袍，非供折腰具。陶潛：焉能折腰閭里小兒！杜補遺：後漢禮儀志：八十九十，賜玉杖長尺，以鳩鳥爲飾，故又謂之鳩杖。鳩者，不噎之鳥，欲老人不噎。趙云：鳩杖字，一作黃帽，非是，蓋操船之人曰黃帽耳。鳩杖，老人之杖耳。在朝廷以吏老待之，而乃映小官之青袍，所以非供折腰具也。平生一杯酒，見我故人遇。相望無所成，乾坤莽迴互。沈休文：平生少年日，分手易前期。勿言一樽酒，明日難重持。古詩：瀟湘逢故人。趙云：張翰曰：不如即時一杯酒。暗用謝朓詩山川不可夢，況乃故人杯也。公言徒有平生一杯酒，欲見我故人，與之相遇而同飲。今不可見矣，故有末句。相望無所成，而天地變移，以言時事之反覆矣。

【校勘記】

〔一〕「九歌中」，原作「九歌章句」，據清刻本、排印本改。又，「九歌中」文淵閣本、文津閣本、文瀾閣本作「九章歌句」，訛。

〔二〕「云」，文淵閣本、文津閣本、文瀾閣本、清刻本、排印本作「曰」。

遣興五首

蟄龍三冬卧，老鶴萬里心。易：龍蛇之蟄，以存身也。舞鶴賦：結長悲於萬里。趙云：東方朔云：三冬文史足用。諸葛孔明卧龍，以比賢俊之未遇。龍卧而終起，鶴雖老而終遠飛，則賢俊雖未遇而終用也。昔時賢俊人，未遇猶視今。蘭亭序：後之視今，猶今之視昔。趙云：蓋言視今之未遇者，則可以推知昔時之賢俊也。京房傳：臣恐後之視今，猶今之視前也。嵇康不得死，一云且不死。孔明有知音。江淹恨賦：中散下獄，神氣激揚。徐庶薦孔明。趙云：嵇康與吕安相善，二人素爲鍾會所不喜。安以家事繫獄，辭相證引，遂復收康，棄市。此爲不得其死也。徐庶薦孔明於劉先主，先主三顧其草廬，起之爲國相，此爲有知音也。公詩謂有才者遇耶！以嵇康之才而不得其死，謂有才者不遇邪。而孔明卒有知音，則在遇不遇而已。又如壠底松，用舍在所尋。古詩：鬱鬱澗底松。大哉霜雪榦，歲久爲枯林。傷有材而不見用〔一〕。趙云：歎松有霜雪榦，不用而爲枯木矣。莊子曰：孔子云：天寒既至，霜雪既降，吾是以知松柏之茂也。

右一

【校勘記】

〔一〕「材」，文淵閣本、文津閣本、文瀾閣本、清刻本、排印本作「才」。

昔者龐德公，未曾入州府。襄陽耆舊間，處士節獨苦。豈無濟時策，一作術。終竟畏羅罟。一云終歲畏罪罟。林茂鳥有歸，水深魚知聚。舉家隱鹿門，劉表焉得取。後漢逸民傳：龐德公者，南郡襄陽人也。未嘗入州府，夫妻相敬如賓。荆州刺史劉表數延請，不能屈，乃就候之。謂曰：夫保全一身〔一〕，孰若保全天下乎？龐公笑曰：鳩鵲巢於高林之上〔二〕，暮而得所栖；黿鼉穴於深淵之下，夕而得所宿。夫趨舍行止，亦人之巢穴也。且各得其栖宿而已，天下非所保也。因釋耕於壠上，而妻子耘于前。表指而問曰：先生若居畎畝〔三〕，而不肯官禄，後世何以遺子孫乎？龐公曰：世人皆遺之以危，今獨遺之以安。雖所遺不同，未爲無所遺也。表歎息而去。後遂攜其妻子登鹿門山，採藥不返。杜補遺：襄陽記云：鹿門山，舊名蘇嶺山。建武中，襄陽侯習郁立神祠於山，刻二石鹿夾神道口，俗因謂之鹿門廟，遂以廟名山。

右二

【校勘記】

〔一〕「全」，文淵閣本、文津閣本、文瀾閣本、清刻本、排印本無。

〔二〕「鳩」，清刻本、排印本作「鴻」。

〔三〕「若」，後漢書卷八十三逸民列傳作「苦」。

我今日夜憂，諸弟各異方。不知死與生，何况道路長。蘇武詩：良友遠別離，各在天一方。山海隔中州，相去悠且長。古詩：相去萬餘里，各在天一涯。道路阻且長，會面安可知。避寇一分散，飢寒永相望。豈無柴門歸，欲出畏虎狼。趙云：陶淵明田舍詩云：長吟掩柴門，聊爲壠畝民。今公所言，指其身所居之屋。歸，則望諸弟之歸也。欲出畏虎狼，則諸弟之出，畏虎狼而不能也。仰看雲中雁，禽鳥亦有行。魏文帝：仰看明月光。傅休奕詩：仰觀南雁翔。

右三

蓬生非無根，漂蕩隨高風。天寒落萬里，不復歸本叢。客子念故宅，三年門巷空。曹子建：轉蓬離本根，飄颻隨長風。何意迴飆舉，吹我入雲中。高高上無極，天路安可窮。類此遊客子，捐軀遠從戎。趙云：說苑：魯哀公曰：秋蓬惡其本根，美其枝葉，秋風一起，根本拔矣。故子建與公皆得用之。悵望但烽火，戎車滿關東。生涯能幾何，常在羈旅中。匈奴傳：烽火通甘泉宮。詩：戎車既駕〔一〕。

右四

【校勘記】

〔一〕「駕」，原作「屆」，據清刻本、排印本並參毛詩正義卷九采薇改。

昔在洛陽時，親友相追攀。送客東郊道，遨遊宿南山。曹子建：鬬雞東郊道，驅上彼南山。趙云：蓋倣張景陽詠史詩「昔在西京時，朝野多歡娛。藹藹東都門，群公祖二疎」也。詩：以遨以遊。謝靈運擬曹植詩序云：公子不及世，事但美遨遊。**煙塵阻長河〔一〕，樹羽成皋間。**有瞽：崇牙樹羽。置羽也〔二〕。成皋在鞏、洛間。羽，羽旗也。趙云：言鞏、洛之亂，成皋在鞏、洛間也。**迴首載酒地，豈無一日還。**前漢揚雄傳：好事者載酒過之。陶潛親朋好事，或載酒肴而往。**丈夫貴壯健，慘戚非朱顏。**

右五

【校勘記】

〔一〕「塵」，文淵閣本、文津閣本、文瀾閣本、清刻本、排印本作「霞」，訛；案，二王本杜集卷三作「塵」，可證。

〔二〕「置羽也」，清刻本、排印本作「樹置也」。

遺興五首

朔風飄胡雁，慘澹帶砂礫。鮑明遠：疾風衝塞起，砂礫自飛揚。又：胡風吹朔雪。劉公幹：涼風吹砂礫。**長林何蕭蕭，秋草萋更碧。**古詩：回風動地起，秋草萋已緑。謝玄暉：春草秋更緑。趙云：曹植四言云：仰彼朔風。王正長云：朔風動秋草。其後謝玄暉：朔風吹飛雨。**北里富薰天，高樓夜吹**

笛。左太沖：南鄰擊鍾磬，北里吹笙竽。揚雄：燎薰皇天。古詩：西北有高樓，上有絃歌聲。焉知南隣客，九月猶絺綌。精曰絺，麤曰綌。杜補遺：隋袁充少時，父黨過門，方冬，充尚衣葛，戲充曰：絺兮綌兮，凄其以風。充曰：維絺維綌[一]，服之無斁。南鄰之客非服絺綌，而無斁也，蓋貧而未有禦寒之服故耳。子美遣遇詩又曰：自喜遂生理，花時甘緼袍。暮春者，春服既成。花時而緼袍，豈非無春服歟？趙云：以九月授衣，而猶絺綌；花時已暖，當有春服而甘緼袍，則公之貧如此。

右一

【校勘記】

〔一〕「維絺維綌」，清刻本、排印本作「惟絺與綌」。

長陵鋭頭兒，出獵待明發。秦武安君頭小而鋭。趙云：詩云：明發不寐。騂弓金爪鏑，白馬蹴微雪。趙云：言鏑上有金爪之飾，非富貴人之箭不然也[一]。蹴字，見上高都護驄馬行注。未知所馳逐，但見暮光滅。趙云：言出獵之子，馳逐未厭，而日晚當歸也。歸來懸兩狼，門户有旌節。詩：並驅從兩狼兮。楊國忠以劍南旌節導駕。趙云：言其獵有所獲，乃是貴家也。旌節，貴人所建而羅列於門者也。

右二

【校勘記】

〔一〕「然」，清刻本、排印本作「能」。

漆有用而割，膏以明自煎。蘭摧白露下，桂折秋風前。莊子人間世：山木自寇也，膏火自煎也。桂可食，故伐之；漆可用，故割之。龔勝死時〔一〕，有老父來弔，哭甚哀。既而曰：嗟虖！薰以香自燒，膏以明自銷，龔生竟夭天年，非吾徒也。阮籍詩：膏火自煎燒，多財爲患害。世說：毛伯成負其才氣，稱曰：寧爲蘭摧玉折，不作蕭敷艾榮。府中羅舊尹，沙道尚依然。故事，凡拜相之後，禮絶班行，府縣載沙填路。自私第至於城東街，名沙堤。赫赫蕭京兆，今爲時所憐。前漢五行志：成帝時，童謠曰：邪徑敗良田，讒口亂善人。桂樹華不實，黃雀巢其顛。故爲人所羨，今爲人所憐。蕭望之嘗爲左馮翊，後飲鴆自殺。又盧諶云：何武不赫赫，遺愛常在人〔二〕。趙云：東坡先生云：明皇雖誅蕭至忠，然常懷之。侯君集云：蹭蹬至此。至忠亦蹭蹬者耶〔三〕！故杜子美云：赫赫蕭京兆，今爲時所憐。因先生之言，乃知此篇全爲蕭至忠而言也。按本傳，至忠始在朝，有夙望，容止閑敏，見推爲名臣。斯可比之漆、膏、蘭、桂者矣。又云，外方直，糾摘不法，而內無守，觀時輕重而去就之。參太平公主逆謀，主敗，至忠遁入南山。數日，捕誅之。考其平生：景龍元年九月相睿宗，景雲元年六月貶；是月復相，七月罷；明皇開元元年正月復相，七月誅。此漆之割、膏之煎、蘭之摧、桂之折也。雖已誅矣，然明皇賢其爲人，心愛之終不忘。後得源乾曜，亟用之。謂高力士曰：若知吾進源乾曜乎？吾以其貌言似蕭至忠。力士曰：彼不嘗負陛下乎？帝曰：至忠誠國器，但晚謬爾。其始不謂之賢哉！此可以推見當杜公時，猶爲人所憐也。舊注便差排作蕭望之，非是。

右三

【校勘記】

〔一〕「龔勝」，原作「兩龔」，據清刻本、排印本並參漢書卷七十二王貢兩龔鮑傳改。

〔二〕「人」，文選卷二十五、晉詩卷十二盧子諒贈崔温作「去」。

〔三〕「耶」，文淵閣本、清刻本、排印本作「也」。

猛虎憑其威，往往遭急縛。曹操謂吕布：縛虎不得不急。雷吼徒咆哮，枝撑已在脚。忽看皮寢處，無復晴閃爍〔一〕。左傳：臣食其肉而寢處其皮矣〔二〕。杜補遺：襄二十八年：子雅、子尾怒。盧蒲嫳曰：譬之如禽獸，吾寢處之矣。注：言能殺而席其皮。人有甚於斯，足以勸元惡。趙云：書：元惡大憝。退之猛虎行亦類此。

右四

【校勘記】

〔一〕「晴」，文淵閣本作「睛」。又，二王本卷三作「情」，錢箋卷三作「睛」。

〔二〕「臣食其肉而寢處其皮矣」，「肉」排印本作「矣」，「矣」排印本作「肉」，乙誤。

朝逢富家葬，前後皆輝光。共指親戚大，緦麻百夫行。送者各有死，不須羨其强。君看束縛去〔一〕，亦得歸山崗。吴人殺諸葛恪，以籧篨裹屍，束縛以篾，棄之於石子崗。師云：緦麻服之疎遠者，尚有百夫行，其富盛可知。

右五

【校勘記】

〔一〕「縛」，二王本卷三作「練」，錢箋卷三作「練」，一作「縛」。

遣興五首

天用莫如龍，有時繫扶桑。頓轡海徒湧，神人身更長。漢食貨志：天用莫如龍，地用莫如馬，人用莫如龜。郭璞：六龍安可頓，運流有代謝。杜補遺：淮南子曰：日出于暘谷，浴于咸池，拂於扶桑，是謂晨明。經於隅泉，是謂高春。頓于連石，是謂下舂。爰止羲和，爰息六螭，是謂懸車。薄於虞泉，是謂黄昏。注：扶桑，東方之野。六螭，即六龍也。日乘車駕以六龍，羲和馭之。薄於虞泉而回也。日賦云：升咸池而擢秀，奄六螭而息轡。又曹子建與吴季重書曰：日不我與，曜靈急節。思抑六龍之首，頓羲和之轡。注：六龍，日車；羲和，日御。趙云：繫扶桑，則楚詞劉向九歎之遠逝篇有曰：維六龍於扶桑。日賦乃本朝吴淑所爲。説者謂神人指言羲和。日經海底出入，方頓轡而經海，則羲和御車同入於海。海水雖湧波，而羲和身自增長。謂之神人，不足怪也，蓋如釋氏之摩茘支天佛身湧遮日之類。

性命苟不存，英雄徒自彊。吞聲勿復道，新添：王育：往事吞聲，拊膺不復道。真宰意茫茫。趙云：言人生浮脆，性命不存，日運不停，則徒自爲英雄耳，故吞聲勿道，莫測真宰之意，茫茫然也。鮑照詩云：吞聲躑躅不敢言。莊子云：若有真宰存焉。師云：揚子曰：龍以不制爲龍。今言縶則被制矣，蓋譏怙勢强暴者。

右一

地用莫如馬，無良復誰記。趙云：易曰：牝馬地類，行地無疆。一曰王良也〔一〕，言世無王良，豈知記省地用之馬乎？師云：謝宣遠詩：四達雖平直，蹇步愧無良。此日千里鳴，追風可君意。趙云：追風，秦始皇七馬之一名。此言若望王良而鳴矣，可見無良是王良也。君看渥洼種，見上注。態與駑駘異。不雜蹄齧間，逍遥有能事。莊子馬蹄篇。趙云：一曰蹄分，皆相蹄。齧，如魏文帝齧膝之齧。蹄人、齧人，言馬之劣。又曰蹄，則馬蹄可以踐霜雪；齧，則齕草飲水之謂。已上各有義理，言馬之間暇，而能事可以行千里也。易：天下之能事畢矣。

右二

【校勘記】

〔一〕「王良」，原作「良王」，姓名倒誤，據此句下趙次公注「世無王良」句以及文瀾閣本、清刻本、排印本乙正。

陶潛避俗翁，未必能達道。觀其著詩集，頗亦恨枯槁。趙云：因陶潛而有所悟，故作此詩，非直詆陶也。陶集中固有恨枯槁之語矣，如怨詩楚調云：夏日長抱飢，寒夜無被眠。歲暮和張常侍云：屢闕清酤至，無以樂當年。飲酒詩云：顔淵稱爲仁，長飢至于老。雖留身後名，一生亦枯槁。又曰：意抱困窮節，飢寒飽所更。有會而作曰：弱年逢家乏，老至更長飢。惄如亞九飯，當暑厭寒衣。雜詩云：豈期過滿腹，但願飽粳糧。禦冬乏大布，麄絺以應陽。正爾不能得，哀哉亦可傷。斯不謂之頗亦恨枯槁乎？枯槁字〔一〕，見楚辭漁父篇〔二〕：屈原形容枯槁。而莊子有枯槁之士。達生豈是足，默識蓋不早。易曰：默而識之。馬融達生任性，不好儒者之節。有子賢與愚，何其掛懷抱。杜補遺：淵明文有命子詩曰：夙興夜寐，願爾斯才。爾之不才，亦已焉哉！又責子詩曰：雖有五男兒，總不好紙筆。天運苟如此，且進杯中物。子美謂掛懷抱者，此也。王立之詩話云：東坡言：山谷爲余言，杜子美困於三蜀，蓋不知者詬病，以爲拙於生事，又往往譏宗文、宗武失學，故寄之淵明以解嘲。其詩名遣興，可解也。俗人不領，便以爲譏病淵明，所謂癡人前不得説夢！

右三

【校勘記】

〔一〕「字」，清刻本、排印本無。

〔二〕「見」，原奪，據清刻本、排印本補。

賀公賀知章。雅吳語，杜補遺：世說：劉真長始見王丞相，時盛暑，丞相以腹熨彈棊局，曰：何乃渹！（音虛觥反。）吳人謂冷爲渹。劉既出，人問見王公云何？劉曰：未見他異，唯聞作吳語爾。又語林曰：真長云：丞相何奇，止能作吳語及細唾也。在位常清狂。昌邑王傳：清狂不惠。凡狂者，陰陽脉盡濁。今此人不狂似狂者，故言清狂也。或曰：色理清徐而心不惠曰清狂，如今白癡也。上疏乞骸骨，黃冠歸故鄉。薛云：禮記郊特牲曰：野夫黃冠草服也。言知章乞爲道士，故云黃冠。爽氣不可致，王徽之字子猷。桓公嘗謂徽之曰：卿在府日久，比當相料理。徽之初不酬答，直高視，以手板拄頰云：西山朝來，致有爽氣耳。斯人今則亡。顏淵今也則亡。山陰一茅宇，江海日淒涼。知章事明皇，爲秘書監，自號四明狂客。及秘書外監，晚節尤誕放。天寶初，病，夢遊帝居。及寤，遂請爲道士，歸鄉里〔一〕，以宅爲千秋觀，表求湖數頃爲放生池。有詔賜鏡湖一曲。鏡湖，在會稽山陰，想知章結茅於其旁矣。

右四

【校勘記】

〔一〕「鄉」，文淵閣本、文津閣本、文瀾閣本、清刻本、排印本作「故」。

吾憐孟浩然，短褐即長夜〔一〕。史記：寒者利短褐。陸士衡：送子長夜臺。王仲宣：長夜何冥冥。趙云：范曄傳〔二〕：曄在獄中爲上題扇云：去白日之炤炤，即長夜之悠悠〔三〕。賦詩何必多，往往凌鮑謝。鮑照、謝朓。趙云：往往之義，忽忽如此也。應璩百一詩云：朋等稱才學〔四〕，往往見歎譽。清江空舊魚，趙云：是思浩然平生之事。浩然嘗有詩曰：試垂竹竿釣，果見查頭鯿。今言清江之內，空有舊魚，而人不見也。**春雨餘甘蔗。**趙云：王士源爲浩然詩集序云：灌園藝圃以全高。然則，春雨餘甘蔗，豈浩然嘗自營蔗區乎？惜無所明見。**每望東南雲，令人幾悲吒。**杜補遺：郭璞遊仙詩：臨川哀年邁，撫心獨悲吒。趙云：浩然襄陽人，襄陽在秦州之東南。末句思而不見，故望雲而空增悲吒耳[五]。

右五

【校勘記】

〔一〕「裋」，原作「短」，據二王本杜集卷三及清刻本、排印本改。

〔二〕「范曄」，文津閣本作「范煜」，文瀾閣本作「范蔚宗」，清刻本、排印本作「范奕」，係避清諱。

〔三〕「即」，南史卷三十三范曄傳作「襲」。

〔四〕「朋」，文選卷二十一、魏詩卷八應璩百一詩作「用」。

〔五〕「增」，原奪，據清刻本、排印本補。

前出塞九首

趙云：此詩與後出塞皆代邊士之作也。

戚戚去故里，悠悠赴交河。陸士衡：悠悠行邁遠，戚戚憂思深。古詩：戚戚何所迫。又，悠悠隔山陂。又，回車駕言邁，悠悠涉長道。杜補遺：按：唐西州交河在伊州西七百里，河水分流繞城下，因以名之。漢侯應上書云：車師前國王治交河城。公家有程期，亡命嬰禍羅。程限期會也。漢竇榮亡命山林。趙云：若畏公家之期程而逃亡其命，則必有收捕，禍所及矣。君已富土境，開邊一何多？見上今人尚開邊注。棄絶父母恩，吞聲行負戈。陸士衡：夕息常負戈。

右一

出門日已遠，不受徒旅欺。骨肉恩豈斷，蘇武詩：骨肉緣枝葉。趙云：詩：骨肉離散〔一〕。男兒死無時。走馬脱轡頭，木蘭曲云：南市買轡頭。手中挑青絲。梁簡文帝紫騮馬詩：青絲懸玉蹬。又云：宛轉青絲鞚。捷下萬仞岡，俯身試搴旗。曹子建：仰手接飛猱，俯身散馬蹄。狡捷過猴猿，勇剽若豹螭。左太冲：振衣千仞岡。史：斬將搴旗。

右二

【校勘記】

〔一〕「趙云詩骨肉離散」，清刻本、排印本作「漢書今王骨肉至親」。

磨刀嗚咽水，嗚，一作呼。水赤刃傷手。欲輕腸斷聲，心緒亂已久。鮑照東門行：離聲斷客情。

又，行子心腸斷。杜補遺：辛氏三秦記曰：隴山，天水大坂也。俗歌云：隴頭流水，鳴聲幽咽。遥望秦川，肝腸斷絶。故名嗚咽水。又云：東人西役，升此而顧，莫不悲思。其歌云：隴頭泉水，流離西下。念我此行，飄然曠野。登高望遠，涕淚雙墮。趙云：以磨刀於水，刀刃傷手，則邊士之辛苦尤甚。腸斷聲，指言嗚咽水也。言心緒久亂，欲不愁而不可得也。丈夫誓許國，憤惋復何有。功名圖麒麟，戰骨當速朽。麒麟閣，宣帝圖畫功臣于此閣也。宋司馬造石椁。孔子曰：死不如速朽。趙云：以功名自期，爲丈夫之事矣。

右三

送徒既有長，遠戍亦有身。高祖以亭長爲縣送徒驪山。生死向前去，不勞吏怒嗔。路逢相識人，附書與六親。哀哉兩決絶，不復同苦辛。國忠領劍南，募使遣戍瀘南，餉路險乏，舉無還者，人人思亂。此詩所以作。趙云：此詩題名出塞，首篇曰悠悠赴交河，大率皆戍西邊耳。舊注豈可臆度，便差排作楊國忠耶？

右四

迢迢萬餘里，領我赴三軍。軍中異苦樂，主將寧盡聞。王仲宣從軍詩：從軍有苦樂，但問所從誰。趙云：古詩：迢迢牽牛星。吴書張紘傳曰：此乃偏將之任，非主將之宜。隔河見胡騎，倏忽數百群。趙云：似指言吐蕃之兵也。我始爲奴僕，幾時樹功勳。漢衛青奮於奴僕。

右五

挽弓當挽强，用箭當用長。晁錯云：弩不可以及遠，與短兵同。射不能中，與亡矢同。中不能入，與亡鏃同。此將不省兵之過。趙云：以言士卒之各矜其能。射人先射馬，擒賊先擒王。前漢匈奴傳：月氏欲殺冒頓，冒頓奔歸。頭曼令將萬騎，冒頓乃作鳴鏑，習勒其騎射，令曰：鳴鏑所射，而不悉射者，斬。後冒頓以鳴鏑射單于善馬，左右悉射之。冒頓知其可用，遂以鳴鏑射頭曼，左右皆隨之，遂殺頭曼而自立。趙云：以言士卒之各欲致其功。此詩人之能道事也。殺人亦有限，列國自有疆。苟能制侵陵，豈在多殺傷。趙云：孟子曰：定於一，孰能一之？不嗜殺人者能一之。而喜開邊者，乃好大喜功之主，則公之詩豈不益於教化乎！

右六

驅馬天雨雪，軍行入高山。逕危抱寒石，指落曾冰間。陸士衡：驅馬陟陰山，山陰馬不前〔一〕。仰憑積雪巖，俯涉堅冰淵。杜補遺：前漢匈奴傳：匈奴攻太原，高帝自將兵擊之。會冬雨雪，卒之墮指者十二三。**已去漢月遠，何時築城還。浮雲暮南征，可望不可攀。**趙云：使周王褒燕歌行「無復漢地關山月，唯有漠北薊城雲」之意。蓋入胡地則遠於漢月，所往者西北，則美雲之南征也。宋之問詩云：明河可望不可親。

右七

【校勘記】

〔一〕「陰」，文選卷二十八、晉詩卷五陸士衡飲馬長城窟行作「高」。

單于寇我壘，百里風塵昏。王僧達：千里黃沙昏。**雄劍四五動，彼軍爲我奔。**雷煥得雙劍於豐城，劍有雄雌。薛云：吳越春秋：吳王闔閭使干將造劍二枚，一干將，二鏌鋣。鏌鋣者，干將之妻。干將夫婦乃斷髮剪爪，投之爐中。金鐵乃濡，遂以成劍。陽曰干將，而作龜文；陰曰鏌鋣，而作漫理。雄，猶陽也。烈士傳：作雌劍、雄劍。杜正謬：烈士傳曰：眉間尺者，謂眉間闊一尺也，楚人干將、鏌鋣之子。楚王夫人常於夏納涼而抱鐵柱，心有所感，遂懷孕，後產一鐵。楚王命鏌鋣鑄此精爲雙劍，三年乃成，劍一雌一雄，鏌鋣乃留雄而以雌進。劍在匣中常有悲鳴，王問群臣，群臣對曰：劍有雌雄，鳴者雌憶其雄也。王大怒，即收鏌鋣殺之。眉間尺乃爲父殺楚王。新添：烈士傳：劍有雌雄。雄干將，雌莫耶。越絶書曰：楚王作鐵劍三枚，晉鄭聞而求之，不得，興師圍楚之城，三年不解。楚引太阿之劍，登城而麾之〔一〕，三軍破敗，士卒迷惑，流血千里。**虜其名王歸，繫頸授轅門。**曹子建求自試表：昔賈誼求試屬國，請繫單于之頸而制其命。終軍以妙年使越，欲得長纓係其王，羈致北闕。轅門，以車爲轅門也。杜補遺：前漢匈奴傳：武帝使霍去病、衛青操兵臨瀚海，虜名王貴人以百數。宣帝紀：單于遣其名王奉獻。師古注〔二〕：名王謂有大名，以別諸小王也。趙云：周禮掌舍：掌王會同之舍，設車宮轅門。注：謂王行止，宿險阻之處，備非常，次車以爲藩，則仰車以其轅表門。其後行師則主將遂有轅門之制也。　潛身備行列，一勝何足論。趙云：此詩士卒有功而不欲論，豈當時主將之艱故耶〔三〕？

右八

【校勘記】

〔一〕「登城而」三字，文淵閣本、文津閣本、文瀾閣本、清刻本、排印本無。

〔二〕「師古注」，原作「注師古」，據清刻本、排印本乙正。

〔三〕「艱」，清刻本、排印本作「暗」。

從軍十年餘，能無分寸功。衆人貴苟得，欲語羞雷同。曲禮曰：毋雷同。注：雷之發聲，物無不同時應者。人之言，當各由己，不當同然也。趙云：此又代士卒有功而不欲論之詩。　中原有鬭爭，況在狄與戎。詩：戎狄是膺。西戎、北狄也。　丈夫四方志，安可辭固窮。禮射義：男子生，以桑弧蓬矢射天地四方，示男子之有事也。語：君子固窮。趙〔一〕：棗道彥雜詩：士生則懸弧，有事在四方〔二〕。

右九

【校勘記】

〔一〕「趙」，文瀾閣本、清刻本、排印本作「趙云」。

〔二〕「棗道彦雜詩」，「棗道彦」原作「棗彦道」，檢「士生則懸弧」二句，文選卷二十九作棗據雜詩，姓名乙誤，據清刻本、排印本並參文選乙正。又，「雜」，清刻本無。案，棗據，字道彦，西晉潁川長社人。

後出塞五首

鮑云：天寶十四年，乙未三月壬午〔一〕，安禄山及契丹戰於潢水，敗之，故有後出塞五首，爲出兵赴漁陽也。

男兒生世間，及壯當封侯。後漢：班超常輟業投筆，歎曰：無他志略，猶當效傅介子、張騫立功異域，以取封侯，安能久事筆硯間乎？梁竦：丈夫，生當封侯。戰伐有功業，焉能守舊丘。趙云：言不可無所展用也。鮑明遠結客少年場云：去鄉三十載，復得還舊丘。召募赴薊門，軍動不可留。鮑明遠：始隨張校尉，召募到河源。趙作占募。吴志云：中郎將周祗乞於鄱陽。占募，蓋占謂自隱度而應募也〔二〕。千金買馬鞍，一作鞭。百金裝刀頭。唐刺史見觀察使，皆靴足握刀頭〔三〕，候路左。趙云：倣木蘭歌：西市買馬鞭，南市買轡頭。又，梁范靖妻沈氏昭君怨云「千金畫雲鬢，百萬寫娥眉」也。舊注引唐刺史見觀察使，皆握刀頭候路。雖有證刀頭字〔四〕，非是。若刀頭所先，則古樂府有何當大刀頭矣。閭里送我行，親戚擁道周。班白居上列，酒酣進庶羞。班白者不負戴於道路矣。曹子建：緩帶傾庶羞。趙云：詩：有杕之杜，生于道周。周禮：庖人，供喪紀之庶羞。少年别有贈，含笑看吴鉤。鮑明遠結客少年行：驄馬金絡頭，錦帶佩吴鉤。吴越春秋：吴王作鉤[五]，淬以人血，試之以人也。薛云：吴越春秋：越王允常聘歐冶子作名劍五[六]，一曰純鈎，二曰湛盧，三曰豪曹，四曰魚腸，五曰巨闕。秦客薛燭善相鈎，視之，燭曰：光乎如屈陽之華，沉沉如芙蓉始生於湖。觀其光如水溢于塘，此名純鈎。吴鈎，即純鈎也。杜正謬：按吴越春秋闔閭内傳曰：闔閭既寶莫耶之劍，復命於國中作金鉤，令曰：能爲善鉤者，賞之百金。吴作鉤者甚衆，而有人貪王之重賞也，殺其二子血釁金，遂成二鉤，獻于闔閭而求賞，王曰：何以異于衆鉤乎？作鉤者曰：吾之作鉤，殺二子而釁之。王鉤甚衆，形體相類，不知所在。鉤師向鉤呼二子之名：吴鴻、扈稽，我在於此，王不知汝之神也。聲絶於口，兩鉤飛出，王驚曰：寡人誠負於子。乃賞百金，遂服而不離身。薛氏以純鈎爲吴鉤，蓋純鈎，劍名，非鉤也。故左太冲吴都賦云：吴鉤越棘，純鈎湛盧。則純鈎與吴鉤自爲兩物耳。趙云：吴鈎，刀名也，刃彎。今南蠻用之，謂之葛黨刀，義或然矣。

右一

【校勘記】

〔一〕「三」，排印本作「二」，訛。

〔二〕「趙作占募」以下二十八字，當是郭知達編輯集注時所作補注。

〔三〕「足」，清刻本、排印本作「袴」。

〔四〕「有」，原作「用」，據文淵閣本、文津閣本、文瀾閣本、清刻本、排印本改。

〔五〕「吴」，文淵閣本、文津閣本、文瀾閣本、清刻本、排印本無。

〔六〕「越王允常」，原作「吴王允」，檢「聘歐冶子作名劍五」六句，初學記卷二十二武部劍、太平御覽卷三百四十三兵部劍載吴越春秋事作「越王允常」，據改。

朝進東門營，夏官大司馬：帥以門名。疏：古者軍將蓋爲營治於國門，魯有東門襄仲，宋有桐門右師，皆上卿爲將軍者。趙云：此言河陽府士卒。東門營，自是所起士卒處，東門之營也。

暮上河陽橋。李陵詩：攜手上河梁，遊子暮何之。王仲宣從軍詩：朝發鄴都橋，暮濟白馬津。落日照大旗，馬鳴風蕭蕭。周禮司常：建九旗，以待國事。車攻：蕭蕭馬鳴，悠悠旆旌。言不讙譁也。荆軻歌：風蕭蕭兮易水寒。平沙列萬幕，部伍各見招。幕府，見上送高三十五詩注。程不識正部曲行伍營陣，擊刁斗。趙云：士卒之多，則將各有幕，故一部伍之人各相招認以居其幕也。中天懸明月，令嚴夜寂寥。子虛賦：曳明月之珠旗。趙云：但見月懸中天，正照此夜，而人不囂譁，則令嚴可知也。東坡先生詩曰「令嚴鍾鼓三更月」，乃用此也。悲笳數聲動，壯士慘不驕。李陵書：胡笳互動，牧馬悲鳴。借問大將誰，恐是霍嫖姚。霍去病爲嫖姚校尉。服虔曰：嫖姚，勁疾之貌。荀悦漢記作票字。霍去病後爲驃騎將軍，尚取嫖姚之字耳。今讀者音漂遥，不當其義。趙云：句法使曹子建七哀詩：借問歎者誰？言是客子妻[一]。又，郭景純遊仙詩：借問此何誰，云是鬼谷子也。嫖姚，公作平聲字使，蓋未經顔師古改音以前，相承作服虔平聲字讀耳。蓋如庾信詠屏風詩有云：急節迎秋韻，新聲入手調。寒衣須及早，將寄霍嫖姚。則所相承者然也。前漢：漢王問：大將誰也？

右二

【校勘記】

〔一〕「客」，魏詩卷七作「宕」。

古人重守邊，今人重高勳。重守邊，保其疆場而已。重高勳，則邀功而生事。此後世所以有窮兵黷武之君也。豈知英雄主，出師亘長雲。詩：我出我車。趙云：此譏好大喜功之主也。今人所以重高勳者，以英雄之主，出師之多，連亘長雲，則高勳不可不建矣。六合已一家，四夷且孤軍。高祖曰：天下同姓一家。慎無反。又，天子以六合爲家。遂使貔虎士，奮身勇所聞。牧誓：如虎如貔。趙云：六合一家，則內外無患〔一〕；內外無患，則四夷之軍孤。如此，則不必用兵。而尚用之不已，故士卒皆奮起，勇往其所聞之處矣。後所謂大荒、玄冥北是也。拔劍擊大荒，日收胡馬群。見三卷「回略大荒來」注。高祖紀：拔劍擊柱。古詩：胡馬嘶北風。趙云：大荒，西邊之地皆是矣。古有大荒西經之書也。誓開玄冥北，月令：其神玄冥。持以奉吾君〔二〕。獻功也。趙云：玄冥，北方之神。玄冥北，則盡玄冥所主之北地也。

右三

【校勘記】

〔一〕「患」字下，文淵閣本、文津閣本、文瀾閣本、清刻本、排印本有「矣」字。

〔二〕「持以」，清刻本、排印本作「拔劍」，訛。

獻凱周禮注：凱，獻功之樂。日繼踵，兩蕃靜無虞。趙云：西北已寧也。漁陽豪俠地，擊鼓吹笙竽。漁陽，北地也。朱叔元書：奈何以區區漁陽，結怨天子？左太冲：南鄰擊鍾磬，北里吹笙竽。趙云：漁陽吹笙竽，則燕薊亦復而民樂也。雲帆轉遼海，粳稻來東吳。遼海，遼東郡。劉晏：雲帆桂楫。趙云：轉遼海，則通遼東矣。越羅與楚練，照耀輿臺軀。昭七年傳：皂臣輿僕臣臺。曹子建：下逮輿臺。趙云：故越羅楚練賜予建功之人〔一〕，雖是輿臺，亦照曜其身矣。主將位益崇，氣驕凌上都。邊人不敢議，議者死路衢。時好邊功，李林甫任蕃將也。開邊喜功之弊，至於卒貴而將驕，如此不亦可罪乎？

右四

【校勘記】

〔一〕「故」，清刻本、排印本作「以」。

我本良家子，石季倫詩：我本漢家子。趙充國：六郡良家子。出師亦多門。趙云：左傳：晉政多門也。將驕益愁思，身貴不足論。躍馬二十年，恐辜明主恩〔二〕。蔡澤曰：躍馬疾驅，四十三年足矣。薛云：按古樂府雉子班行〔二〕：以死報君恩，誰能辜恩昞。坐見幽州騎，長驅河洛昏。時禄山自幽州陷河洛。曹子建：幽并遊俠兒，長驅陷匈奴。中夜間道歸，故里但空村。藺相如使人奉璧間道馳歸趙。顏延年：

惡名幸脱免，窮老無兒孫。坡云：詳味此詩，蓋禄山反時，其將有脱身歸國，而去國還故里，幽門蔚蓬藜。杜補遺：漢祖紀：間道走軍。注：間，空也。投空隙而行不公顯也。禄山盡殺其妻子者。不出姓名，亦可恨也。

右五

【校勘記】

〔一〕「辜」，清刻本、排印本作「孤」，訛。

〔二〕「按」字，文淵閣本、文津閣本、文瀾閣本、清刻本、排印本無。

新刊校定集注杜詩卷六

古詩

別贊上人

此詩將離秦州而別之也。

百川日東流，客去亦不息。謝玄暉：大江流日夜，客心悲未央。我生苦漂蕩，何時有終極。趙云：曹子建詩：相思無終極。贊公釋門老，放逐來上國。還爲世塵嬰，頗帶憔悴色。陸士衡：牽世嬰時網。又，世網嬰我身。楊枝晨在手，豆子兩一作雨。已熟。杜補遺：佛經云：手把青楊枝，徧洒甘露水。又僧祇律：楊枝，齒木也。食畢，持之嚼一頭碎，用剔牙齒中滯食。毗奈耶云：嚼楊枝有五利，一除風，二除熱，三令口滋味，四消食，五明目。又灌頂經云：昔維耶黎民遭疫，禪提奉佛教持呪往辟之，疫人皆愈。其禪提所嚼齒木擲地成林，林下有泉，後民復有疾，取泉水，折楊柳洒拂，病者無不痊癒。把楊枝洒甘露事出於此。趙云：以見贊當春方爲寺主之時，來秦州，而已見豆熟之際矣。本草：豆九月採。齊民要術曰：九月中，候近地葉黄者，速刈之。則豆熟在九月。公以十月末離秦州，而此先別之也。一説謂豆子眼中黑睛也，言無邪視。是身如浮雲，語曰：於我如浮雲。杜補遺：維摩經：是身如響，屬諸因緣；是身如浮雲，須臾變滅；是身如電，念念不住。安可限南北。新添：魏文帝臨江歎曰：此天所以限南北也。趙云：以言時序雖飄忽於道人體上，春雖在長安，秋時在秦州，爲無南無北也。異縣逢舊友，初欣寫胸臆。古樂府：他鄉各異縣。趙云：詩：我心寫兮。而謝靈運擬曹植詩云：歡娛寫懷抱。天長關塞寒，歲暮飢凍逼。一云天長關塞遠，歲暮飢寒迫[一]。趙云：一作天寒關塞遠，歲暮飢凍逼。非。蓋寒與凍字相侵也。次公以爲別留詩在十月，而句云歲暮飢寒逼，蓋言其所以往同谷之情，將爲歲暮之計，以捄飢寒也。野風吹征衣，欲別向曛黑。鮑明遠：野風吹秋木，行子心腸斷。謝靈運詩：朝遊窮曛黑。馬嘶思故櫪，歸鳥盡斂翼。嘶，一作鳴。王正長：朔風動秋草，邊馬有歸心。陶潛：日入群動息，歸鳥趨林鳴。古來聚散地，宿昔長荊棘。姑蘇臺：荊棘霜露霑人衣。相看俱衰年，出處各努力。趙云：吳越春秋載：越人送其子弟，作離別相去之辭曰：行行各努力。

【校勘記】

［一］「迫」，清刻本、排印本作「逼」。

萬丈潭

同谷縣作。趙云：按地志，一名鳳凰潭。

青溪合冥寞，神物有顯晦。趙云：青溪所以合而冥寞，蓋以神物所藏有顯晦也。謝莊詩：青溪如委黛，黃沙似舒金。神物，指言龍也。有顯有晦，許慎所謂能幽能明者也。晉劉琬賦曰：大哉龍之爲德，變化屈伸。隱則黃泉，出則升雲。今兼言其有顯有晦，以引下文，述其蟠隱必藉深潭也。龍依積水蟠，窟壓萬丈内。孫興公天台賦：臨萬丈之絕冥。張景陽：流澗萬餘丈。趙云：文子曰：積水成海。而魏都賦曰：回淵漼，積水深[一]。荀子：積水成淵，蛟龍生焉。跼步凌垠堮，音噩。西京賦：靈囿之中，前後無有垠堮。淮南子：出於無垠堮之門。側身下煙靄。前臨洪濤寬，却立蒼石大。山危一徑盡，岸絕兩壁對。削成根虛無，顏延年：踐華因削成。趙云：西山經云太華之山，削成而四方。倒影垂澹瀨。一作澍。天台賦序：或倒影於重溟。薛云：前漢郊祀：谷永曰：世有仙人，服食不終之藥。遙興輕舉，陟遐倒景，覽觀縣圃，浮游蓬萊[二]，耕耘五德，朝種暮穫，與山石無極。注：如淳曰：在日月之上，反從下照，故其景倒。杜補遺：孫綽天台賦「倒景」注言此山以臨深海，山倒景在水中。謝靈運應詔詩云：張組眺倒景，列筵矚歸潮。注：山臨水而影倒。沈休文遊沈道士館詩：一舉凌倒景，無事適華嵩。注：倒景在日月之上，日月反從下照，故其景倒。谷永，同上薛注。又，司馬相如大人賦：貫列缺之倒景兮，涉豐隆之滂濞。注：服虔曰：列缺，天門也。陵陽子明經曰：列缺氣去地一千四百里。倒景氣去地四千里，其景皆倒在下。詳諸家所言，即倒景有二說。倒景垂澹瀨，與天台賦、應詔詩「倒景」同義，非谷永、相如所言「倒景」也[三]。黑如灣澴底，清見光炯碎。孤雲到來深，飛鳥不在外。高蘿成帷幄，陸士衡：密葉成翠幄。天台賦：踐莓苔之滑石，搏壁立之翠屏。蔭樛木之長蘿〔四〕，援葛藟之飛莖〔五〕。寒木壘一作疊。旌旆。遠川曲通流，嵌竇潛洩瀨。造幽無人境，發興自我輩。天台賦：卒踐無人之境。趙云：晉人多云此正在我輩。告歸遺恨多，將老斯遊最。閉藏脩鱗蟄，出入巨石礙。何事炎天過，快意風雨會。雨，一作雲。趙云：似譏龍不以時爲澤矣。蓋言其徒閉藏之深，以礙巨石而艱於出入，炎天須雨而不雨。炎天既過，何用爲〔六〕風雨會乎？如此則成秋霖矣。廣雅云：南方曰炎天。魏文帝芙蓉池詩：遨遊快心意。周禮：風雨之所會。一本作雲雨會，字則應德璉詩：欲因雲雨會，濯翼陵高梯〔七〕。

【校勘記】

〔一〕「深」，原奪，據文選卷六左思魏都賦補。

〔二〕「遊」，文淵閣本作「海」，訛。

〔三〕「詳諸家所言」以下三十七字，蓋爲郭知達編輯集注時所補。

〔四〕「蔭」，文選卷十一孫綽遊天台山賦作「攬」。

〔五〕「藟」，原作「藩」，訛。據文津閣本、清刻本、排印本並參文選卷十一孫綽遊天台山賦改。

〔六〕「爲」，文淵閣本、文津閣本、文瀾閣本、清刻本、排印本作「與」。

〔七〕「陵」，文津閣本、清刻本、排印本作「淩」。

兩當縣吴十侍御江上宅

寒城朝煙澹，山谷落葉赤。謝玄暉：寒城一凝眺，平楚正蒼然。謝靈運：曉霜楓葉丹，夕曛嵐氣陰。陰風千里來，吹汝江上宅。謝玄暉：朔風吹飛雨，蕭條江上來。趙云：詳味詩意，吴侍御遷謫之因，爲辨論良民不是姦細，以此忤權貴而得罪耳。首四句以秦地之時候景物言其宅在兩當縣之江上，所以爲之感激也。兩當枕嘉陵江上。傳云吴侍御宅，今其子孫尚居之。鵾雞號枉渚，日色傍阡陌。王徽詩：窈靄瀟湘空，欻吸鵾雞悲。謝靈運：弭棹薄枉渚，指景待樂闋。九歌：朝騁鶩兮江皋，夕弭節兮北渚。楚辭：朝發枉渚，暮宿辰陽。七發：獨鵠晨號乎其上〔一〕，鵾雞哀鳴翔乎其下。杜補遺：相如賦云：藺玄鶴，亂鵾雞。張揖曰：鵾雞，似鶴，黄白色。張無盡武陵圖經糾繆云：余閱四方圖經，何其舛訛之多也。以武陵善德山一事觀之，餘可知矣。武陵之東有二山，一曰枉山，二曰踴出山。吴均宋起居注云〔二〕：元嘉七年五月大水，武陵枉山陷爲枉渚。隋開皇中，刺史樊子蓋以枉山嘗爲善卷所居〔三〕，名其地爲善德山，悦其名而遺其實也。唐貞元中，總印禪師居踴出山，鑿井啖泥，刳木庵，開山建寺。裴公美易山名爲古德山，院爲古德禪院。宣鑒嗣之，而德山之名遂著。劉禹錫集：善卷壇，在枉山上，又曰枉渚，在郭東。周朴詩曰：先生遺迹武陵西〔四〕。且善卷之有壇，壇非堯舜時所有地。枉山陷而壇在山上，枉渚在東而謂之在西，斯則訛之又訛矣。太平御覽載江南諸水云：湘州記曰：枉山在郡東十七里，有枉水焉。山西溪口有小灣〔五〕，謂之枉渚。山有楚祠焉。謹按：兩當縣今隸鳳州，乃古雍州之地。而子美是詩云「鵾雞號枉渚」者，蓋渚之斜曲而不直者，皆謂之枉渚，非武陵及湘潭之枉渚也。故陸雲答張士然詩曰：通波激枉渚，悲風薄丘榛。注：枉曲也，亦以斜曲爲義。趙云：以楚地之時候景物言之，鵾雞正實道其事，楚地有之。楚辭曰：鵾雞啁哳。乃借問持斧翁，幾年長沙客。武帝末，暴勝之爲直指使者，衣繡衣。持斧翁，指言吴侍御也。長沙，即潭州，賈誼所謫之地。謂當陰風之來，空吹汝兩當之宅。方鵾是事祖。

雞之號，而其身在長沙，皆所以哀之也。哀哀失木狖，矯矯避弓翮。狖，羊就反。西都賦：猿狖失木。淮南子：從風而飛，以愛氣力，銜蘆而翔，以避弋繳。張華賦：又矯翼而增逝；徒銜蘆以避繳〔六〕，終爲戮於此世。趙云：以吳之失所也。亦知故鄉樂〔七〕，未敢思宿昔〔八〕。飛鳥過故鄉，猶躑躅。昔在鳳翔都，共通金閨籍。謝玄暉：既通金閨籍。趙云：金閨，金馬門也。共通者，公爲左拾遺，與吳共通籍也。天子猶蒙塵，見三卷北征詩注。東郊暗長戟。書泰誓：東郊不開〔九〕。鼂錯曰：兩陣相近，平地淺草，可前可後，此長戟之地也。又曰：勁弩長戟，射疏及遠。兵家忌間諜，此輩常接跡。李牧爲雁門，謹烽火，多爲間諜。臺中領舉劾，君必慎剖析。舉善劾有罪，御史職也。衛玠問樂廣夢思之成病，廣命駕爲剖析之。王湛與王濟因共談易，剖析入微。不忍殺無辜，所以分黑白。書：與其殺不辜，寧失不經。曹子建：蒼蠅間白黑，讒巧令親疎。上官權許與，失意見遷斥。謝靈運：遭物悼遷斥。趙云：言執許與之權也。權許與，則其不許吳之所論矣。任延傳：善事上官，臣不敢奉詔。仲尼甘旅人，王弼：仲尼旅人，則國可知矣。向子識損益。左傳：鄭人鑄刑書，叔向貽子產書：三辟之興，皆叔世也。杜正謬：後漢：向長，字子平。潛隱於家，讀易至損、益卦，喟然歎曰：吾已知富不如貧，貴不如賤，但未知死何如生耳。朝廷非不知，閉口休嘆息。予時忝諍臣，公時爲拾遺。丹陛實咫尺。左傳：天威不違顏咫尺。相看受狼狽，見三卷北征注。至死難塞責。趙云：公爲拾遺，以見吳之出而不能言也。行邁心多違，出門無與適。詩：行邁靡靡。沈休文：江海事多違。趙云：詩：中心有違。於公負明義，惆悵頭更白。袁陽源詩：義分明於霜。趙云：落句公之恨深矣。

【校勘記】

〔一〕「獨」，原作「鶚」。據清刻本、排印本並參文選卷七、全漢文卷二十枚乘七發改。

〔二〕「宋起居注」，「起」原作「地」，據清刻本、排印本改。又，「宋起」文淵閣本作「來地」，訛。

〔三〕「樊子蓋」，原作「樊子重」，據隋書卷三帝紀三與卷六十三樊子蓋傳改。

〔四〕「迹」，文淵閣本、文津閣本、文瀾閣本、清刻本、排印本作「集」。

〔五〕「灣」，原作「彎」，據文淵閣本、文津閣本、文瀾閣本、清刻本、排印本改。

〔六〕「弋儌張華賦又矯翼而增逝徒衛蘆以避」十六字，諸校本脱。

〔七〕「知」，文淵閣本作「如」，訛。二王本杜集卷三作「知」，可證。

〔八〕「昔」，文淵閣本作「音」，訛。二王本杜集卷三作「昔」，可證。

〔九〕「泰誓」，檢「東郊不開」句，尚書正義卷二十費誓第三十一作「費誓」。

發秦州 乾元二年，自秦州赴同谷縣紀行十二首。

我衰更嬾拙，生事不自謀。無食問樂土，無衣思南州。詩：適彼樂土。雪賦：裸壤垂繒。注：不衣國也。謝靈運：南州實炎德，桂樹陵寒山。趙云：言其行止無定也。莊子云：吾無糧，我無食。因無食，故問樂土而往就也。楚辭云：嘉南州之炎德。南州氣暖，因無衣故思南州藉其暖也。漢源十月交，天氣如涼秋。鮑云：漢源屬同谷郡。大槩美同谷風土多暄，利於貧士，非九月、十月之交去秦也。詩：十月之交。草木未黃落，況聞山水幽。栗亭名更嘉，下有良田疇。趙云：漢源、栗亭，蓋同谷地，今成州也。按九域志，二縣曰同谷，曰栗亭矣[一]。地在秦之南界首，去秦一百九十五里。月令：草木黃落。充腸多薯蕷，永和初，有採藥於衡者，道迷，糧盡，過息巖下，見一老翁，四五年少對執書。告之以飢，與之食物如薯蕷，後不復飢。杜補遺：陶隱居云：薯蕷，處處有之，掘取食之，以充糧。圖經云：湖[二]、閩中出一種根如芋，而皮紫色，煎煮食之俱美，彼土人呼曰藷，音殊。山海經云：景山，北望少澤，多藷藇。音與，與薯蕷同。郭璞云：根似芋，可食，江南人呼藷爲儲。語有輕重爾，其實一種，南北之産不同，故其形類差別。崖蜜亦易求。杜補遺：本草載：石蜜，陶隱居云：即崖蜜也，高山巖石間作之。又木蜜，呼爲食蜜，懸樹枝作之。張華博物志云：遠方，山郡幽僻處出蜜，所著巉巖石壁，非攀緣所及，唯於山頂籃轝，自懸掛下，遂得採取。僧覺範冷齋夜話載：東坡橄欖詩云「待得微甘回齒頰，已輸崖蜜十分甜」，乃云崖蜜事。鬼谷子曰：照夜清，螢也；百花醴，蜜也；崖蜜，櫻桃也。趙云：鬼谷子之書，揣摩捭闔，談說之書耳，豈曾論及名物哉！今其書在世間可考也，而洪覺範敢爾眩惑學者，今因此及之。密竹復冬筍，清池可方舟。西都賦：鏡清流。又，方舟并騖，俛仰極樂。注：方，並也。趙云：謝靈運登石門最高頂詩：密竹使徑迷。方舟，並兩船。爾雅：大夫方舟。雖傷旅寓遠，庶遂平生遊。此邦俯要衝，實恐人事稠。應接非本性，登臨未銷憂。趙云：漢書：李燮曰：涼州天下要衝。王子敬過越州，見潭壑澄澈，清流寫注，乃云：山川之美，使人應接不暇。宋玉：登山臨水送將歸。王粲登樓賦云：登茲樓以四望，聊暇日以銷憂。谿谷無異石，塞田始微收。豈復慰老夫，惘然難久留。趙云：以景趣言之，則谿谷無異石；以地利言之，則塞田始微收，皆不足以慰我懷抱，而當去也。日色隱孤戍，烏啼滿城頭。趙云：何遜詩曰：團團日隱洲。烏啼，見第一卷哀王孫注。中宵驅車去，飲馬寒塘流。古詩飲馬長城窟。磊落星月高，蒼茫雲霧浮。趙云：古詩：兩頭纖纖新月生，磊磊落落向曙星。庾信詩：寂寞歲陰窮，蒼茫雲貌同。大哉乾坤內，吾道長悠悠。易曰：大哉乾元。詩曰：悠悠蒼天。

【校勘記】

〔一〕「矣」，文淵閣本、文津閣本、文瀾閣本、清刻本、排印本作「也」。

〔二〕「湖」，清刻本、排印本作「浙」。

赤谷

趙云：此篇才離秦州所歷之處也。

天寒霜雪繁，正月繁霜。趙云：孔子云：天寒既至，霜露既降。遊子有所之。李陵：遊子暮何之。豈但歲月暮，重來未有期。古詩：凜凜歲云暮〔一〕。又，歲月忽已晚。沈休文：飛光忽我遒，豈止歲月暮。古詩：會面安可期。蘇武：相見未有期。趙云：意言既往同谷，豈止迫此歲暮而不再返秦州？過此以往，重來無期也。晨發赤谷亭，險難方自茲。任彥昇：晨發富春渚。又云：湍險方自茲。亂石無改轍，我車已載脂。曹子建：中塗絶無軌，改轍登高岡。泉水：載脂載舝，還車言邁。趙云：言塗雖值亂石，業已欲前矣，不以亂石之故而改轍焉。山深苦多風，落日童稚飢。魏文帝善哉行：谿谷多風，霜露沾衣〔二〕。苦寒行：行行日已遠，人馬同時飢。悄然村墟迥，煙火何由追。曹子建：中野何蕭條，千里無人煙。趙云：王仲宣詩：四望無煙火。貧病轉零落，一云飄零。曹子建：零落歸山丘。謝靈運：萬事俱零落。故鄉不可思。又，鬱鬱多愁思，綿綿望故鄉。文帝善哉行：還望故鄉，鬱何壘壘〔三〕。常恐死道路，永爲高人嗤。語：寧死於道路乎？古詩：但爲後世嗤。趙云：光武爲賊所敗，自投高岸，遇突騎王豐下馬援之。光武謂耿弇曰：幾爲虜嗤。又，顯宗詔：有過稱虛譽，尚書皆宜抑而不省，示不爲諂子嗤也。

【校勘記】

〔一〕「凜凜」，原作「凉凉」，據文津閣本、清刻本、排印本並參漢詩卷十二古詩十九首其十六「凜凜歲云暮」改。

〔二〕「善哉行」，原作「苦哉行」，檢「谿谷多風」二句，文選卷二十七、魏詩卷四作善哉行。又，本集卷十茅屋爲秋風所破歌「脣焦口燥呼不得」句下注、卷十二毒熱寄簡崔評事十六弟「水中無行舟」句下注、卷十三鄭典設自施州歸「庶脱蹉跌厄」句下注、卷二十九秋日夔府詠懷寄鄭監審李賓客之芳一百韻「獼猴壘壘懸」句下注，以及卷三十十六夜翫月「半夜有行舟」句下注所引魏文帝此詩皆題作善哉行，亦可證，據改。以下均同。

〔三〕「故」，原作「古」，據文淵閣本、文津閣本、文瀾閣本、清刻本、排印本改。

鐵堂峽

趙云：此篇特紀行旅之辛苦，又逢時之多艱耳。

山風吹遊子，縹緲乘險絕。文選賦云：神仙縹緲。硤形藏堂隍，壁色立積鐵。徑摩穹蒼蟠，魏文帝：蕭條摩蒼天。棗道彦詩：深谷下無底，高巖暨穹蒼〔一〕。趙云：徑之屈蟠而摩天，以言其高。爾雅曰：穹，蒼，蒼天也。古歌：黃鵠摩天極高飛。石與厚地裂。趙云：張平子東京賦：豈徒跼高天，蹐厚地而已哉？脩纖無限竹，嵌空太始雪。限，一作垠〔二〕。坱圠無垠。太始雪，言其古也。易有太始。趙云：威遲哀壑底，徒旅慘不悦。殷仲文：哀壑叩虚牝[三]。謝靈運：徒旅苦奔峭。顔延年：改服飾徒旅，首路跼險艱。又：隱閔徒御悲，威遲良馬煩。趙云：詩云：周道倭遲。毛萇注：歷遠貌。水寒長冰横，我馬骨正折。謝靈運：石横水分流。詩：我馬瘏矣。荀子：折筋絶骨。古詩：鳥雀飢噤死，羊馬骨欲折。後漢李固傳：霍光憂愧發憤，悔之折骨。生涯抵弧矢，盜賊殊未滅。飄蓬踰三年，迴首肝肺熱。趙云：抵者，逢抵之抵。抵弧矢，則遭用兵之時也。飄蓬事，商君書曰：夫飛蓬遇飄風而行千里[四]，乘風之勢也；故古詩云：轉蓬離本根，飄飄乘長風。而曹子建詩亦曰：轉蓬離本根，飄飄隨長風。晉司馬彪詩又曰：秋蓬獨何幸，飄飄隨風轉。若飄蓬兩字，則曹子建又云風飄蓬飛，載離寒暑也。踰三年，則自至德二載，歲在丁酉，至乾元二年，歲在己亥，爲三年矣。公後於發同谷縣自注云：乾元二年十二月一日，自隴右赴劍南也。莊子：吾生也有涯。

【校勘記】

〔一〕「東道彦」，原作「常道彦」，檢「深谷下無底」二句，文選卷二十九、晉詩卷二作東道彦雜詩，據改。

〔二〕案，注「限一作垠」以下至卷十一終，現存宋刊殘卷静嘉堂本。

〔三〕「牝」，原作「無」，據晉詩卷十四殷仲文南州桓公九井作詩改。

〔四〕「飄」，文淵閣本、文津閣本、文瀾閣本、清刻本、排印本奪。

鹽井 蜀都賦：家有鹽泉之井。

鹵中草木白，青者官鹽煙。地爲鹵者生鹽。杜補遺：禹貢曰：海濱廣斥。注：許慎説文云：鹵，鹹地也，東方謂之斥，西方謂之鹵。又漢宣帝紀：帝常困於蓮勺鹵中。注：如淳曰：蓮勺縣有鹽池，縱廣十餘里，其鄉人名鹵中。師古曰：今在櫟陽縣東。官作既有程，煮鹽煙在川。程，限也。前漢：吳王東煮海爲鹽。趙云：陳琳詩云：官作自有程，舉築諧杵聲。汲井歲榾榾，莊子天地篇：子貢見漢陰丈人，方將爲圃畦，鑿隧而入井，抱甕而出灌，榾榾然用力甚多而見功寡。出車日連連。駢拇篇：又奚連連如膠漆纏糾。連，結也。趙云：詩：執訊連連。自公斗三百，轉致斛六千。轉致，言貿易也。斗三百、斛六千，言其利相倍什。君子慎止足，小人苦喧闐。趙云：老子：知足不辱，知止不殆。而合用止足兩字，則張景陽詠史詩「達人知止足」也。我何良歎嗟，物理固自然。一云亦固然。老子：道法自然。

寒硤 寒硤、雲門，皆秦地名。

行邁日悄悄，山谷勢多端。詩：行邁靡靡。又，憂心悄悄。漢武帝紀：吏道雜而多端。雲門轉絶岸，積阻霾天寒。爾雅釋天：風而雨土爲霾。趙云：江賦：絶岸萬丈〔一〕。寒峽不可度，我實一作貧。衣裳單。趙云：庾信梅詩：真悔着衣單〔二〕。況當仲冬交，泝沿增波瀾。野人尋煙語，行子傍水餐。此生免荷殳，未敢辭路難。候人詩：荷戈與殳。

【校勘記】

〔一〕「江賦」，原作「海賦」，檢海賦無「絶岸万丈」句，考文選卷十二、全晉文卷一百二十郭璞江賦有此句，當是誤置，據改。

〔二〕「悔」，原作「梅」，據北周詩卷四庾信梅詩「真悔著衣單」並參百家注卷十一、分門集注卷十一此詩所引注改。

法鏡寺

身危適他州，勉强終勞苦。神傷山行深，愁破崖寺古。嬋娟碧鮮淨，吳都賦：「檀欒嬋娟，玉潤碧鮮。」謂竹。趙云：神雖傷於山行之深，而愁之破散，以逢崖邊古寺也。碧鮮，言竹也。竹謂之嬋娟，故孟郊有三嬋娟詩，曰竹嬋娟、月嬋娟、人嬋娟也。蕭槭寒籜聚。潘安秋興賦：庭樹槭以洒落。謝靈運：初篁苞緑籜。盧子諒：槭槭芳葉零，蘂蘂紛華落。射雉賦：陳柯槭以改舊。槭，音所隔反。回回山根水，冉冉松上雨。山，一作石。劉公幹：回回自昏亂。趙云：楚辭：老冉冉以將至。王褒九懷之蓄英曰：上乘雲兮回回。洩雲蒙清晨，魏都賦：窮岫泄雲，日月恒翳。謝朓：泄雲已漫漫，久雨亦凄凄〔一〕。趙云：曹子建詩：雲散迷城邑，清晨復來還。初日翳復吐。陶潛：景翳翳以將入。宋玉賦：白日初翳。曹子建：微陰翳陽景。曹顔遠：密雲翳陽景。趙云：翳與吐，相對之辭。嵇叔夜雜花詩云：光燈吐輝華。朱甍半光炯，户牖粲可數。趙云：沈佺期云：紅日照朱甍。儒行：蓬户甕牖。拄策忘前期，出蘿已亭午。天台賦：羲和亭午。廣雅云：日在午曰亭午。趙云：冥冥子規叫，微徑不復取。子規，一名杜宇，蜀人以爲望帝魂。趙云：蜀記曰：昔人有姓杜名宇，王蜀，號曰望帝。杜宇死，俗説云化爲子規。蜀人聞子規鳴，以爲望帝之魂也。莊子：至道之精，杳杳冥冥。屈原涉江云：深林杳以冥冥兮。

【校勘記】

〔一〕「謝朓」，原作「顔延年」，檢「泄雲已漫漫」二句，齊詩卷三作謝朓遊敬亭山，當是誤置，據改。

青陽峽

塞外苦厭山，南行道彌惡。岡巒相經亘，雲水氣參錯。盧子諒：岡巒挺茂樹。謝靈運詩：遡流觸驚急，臨圻阻參錯〔一〕。

趙云：沈佺期哭蘇崔二公詩有云：親朋雲水擁，生死歲時傳。林迥硤角來，天窄一作穿。壁面削。磎西五里石，奮怒向我落。仰看日車側，俯恐坤軸弱。後漢李尤九曲歌：安得力士翻日車。趙云：淮南子注云：日乘車駕以六龍。坤軸即地軸也，地下有三千六百軸。兩句言落石之聲勢，以其聲震天而日車爲之側，其勢可以壓地，而坤軸爲之弱也。魑魅嘯有風，天台賦：始經魑魅之塗。鮑明遠蕪城賦：木魅山鬼，野鼠城狐。風嘷雨嘯，昏見晨趨。趙云：公凡言山之幽處，多使魑魅。左傳云：入山，不逢不若。魑魅魍魎，莫能逢旃。霜霰浩漠漠。昨憶踰隴坂，四愁詩：欲往從之隴坂長。趙云：見青陽峽之高，乃思往昔所見以譬之也。隴坂，漢書：天水郡注：有大坂，名曰隴坂。秦州記曰：隴坂九曲，不知高幾里。高秋視吴岳。杜補遺：周禮：雍州，其鎮曰嶽山。注：吴嶽也。漢書地理志曰：吴山在汧縣西，國語謂之西吴，秦都咸陽以爲西岳。東笑蓮花卑，北知崆峒薄。華山有蓮花峰。崆峒，見上北征注。超然侔壯觀，景福殿賦〔二〕：雖咸池之壯觀，夫何足以比讎。趙云：言青陽峽山超特而起，可侔吴岳之壯觀也。老子：宴處超然。壯觀字，司馬相如曰：此天下之壯觀也。舊注在後矣。已謂殷寥廓。天台賦：太虛寥廓而無閡〔三〕。曹子建：太谷何寥廓。趙云：殷，乃殷其雷之殷，雖言聲而與隱義同〔四〕。突兀猶趁人，及兹嘆冥寞。嘆，一作欲。趙云：言行去青陽峽山之遠，將謂其已隱空虛寥廓之間而不見矣，却突兀而趁人也。謂至其趁人之際，歎神造之冥寞不可測也。

【校勘記】

〔一〕「圻」，原作「折」，據文選卷二十六、宋詩卷二謝靈運富春渚詩改。

〔二〕「賦」，原奪，據文津閣本、清刻本、排印本補。

〔三〕「闋」，原作「關」，據清刻本、排印本並參文選卷十一、全晉文卷六十一孫綽遊天台山賦改。

〔四〕「雖言聲而與隱義同」句下，文淵閣本有「學者所當留意焉」七字，他校本均無。

龍門鎮

細泉兼輕冰，沮洳棧道濕。魏風：彼汾沮洳〔一〕。潤濕之處，故爲沮洳。漢高紀：王燒絶棧道。師古曰：棧即閣也，今謂之閣道。不辭辛苦行，迫此短景急。舞鶴賦：急景凋年。石門雲雪隘，古鎮峰巒集。旌竿暮慘澹，風水白刃澀。胡馬屯成皋，成皋，滎陽之間。胡馬，回紇也。趙云：成皋，鞏洛之地。意言安史之兵耳。舊以爲回紇，非也。是時乾元二年之冬，回紇未反，不可妄引也。陸士衡從軍詩：胡馬如雲屯。防虞此何及。言已後時矣。嗟爾遠戍人，山寒夜中泣。士衡：苦哉遠征人，拊心悲如何。

【校勘記】

〔一〕「魏風彼汾沮洳」，「風」「彼」二字原奪，據文津閣本、清刻本、排印本補訂。

石龕

熊羆咆我東，虎豹號我西。魏武帝苦寒行：熊羆對我蹲，虎豹夾路啼。我後鬼長嘯，我前狨又啼。山鬼嘯，見上注。東坡云：楊大年云：狨之形似鼠而大，尾長作金色，生川峽深山中。人以藥矢射殺之，取其尾，爲卧褥鞍被坐氈之用。狨甚愛惜其尾，既中毒，即囓斷其尾以擲之，惡其爲身害也。蓋輕捷善緣木，猨狖之類。趙云：此四句蓋道山行所逢，雖依傍魏武帝苦寒行「熊羆對我蹲，虎豹夾路啼〔一〕」，而「四我」乃公之新格，蓋劉琨扶風歌止曰「鹿遊我前，猴戲我側」兩句而已。天寒昏無日，山遠道路迷。登高賦：白日西其將匿；天慘慘而無色。恨賦：白日西匿；岱雲寡色。驅車石龕下，仲冬見虹霓。月令：孟冬之月。虹藏不見。趙云：仲冬見虹霓，怪所見也。伐竹者誰子，悲謌上一作抱。雲梯。爲官采美箭，五歲供梁齊。趙云：墨子曰：公輸班爲雲梯取宋。而郭景純遊仙詩云：靈谿可潛盤，安事登雲梯。爾雅：東南之美者，有會稽之竹箭也。梁齊，梁謂汴州，齊謂今之山東，皆安史之兵所在也，故采箭以供官用矣。苦云直簳盡，無一作應。以充提攜。仲冬之月，日短至，則伐木取竹。注：堅成之極時。奈何漁陽騎，颯颯驚蒸黎。祿山之亂，皆漁陽之士。趙云：漁陽騎，指言安慶緒之兵也。

【校勘記】

〔一〕「魏武帝苦寒行」三句，「魏武帝」原作「魏文帝」，「苦寒行」原作「古塞行」，據清刻本、排印本並參文選卷二十七、魏詩卷一魏武帝苦寒行改。

積草嶺

連峰積長陰，白日遞隱見。颼颼林響交，慘慘石狀變。山分積草嶺，路異明水縣。旅泊吾道窮，仲尼曰：吾道窮矣。王弼曰：仲尼旅人。趙云：孔子云：吾道其非耶？衰年歲時倦。卜居尚百里，休駕投諸彥。江淹：金閨之諸彥。趙云：屈原有卜居篇。謝靈運擬鄴中詩序有云：二三諸彥。舊注在後矣。邑有佳主人，情如已會面。會面，見一卷贈衛八處士詩注。來書語絶妙，遠客驚深眷。食蕨不願餘，茅茨眼中見。謝靈運：想見山阿人，薜蘿若在眼。陸士龍：髣髴眼中人。趙云：左太沖詠史詩：飲河期滿腹，貴足不願餘。魏文帝詩曰：眼中無故人。

泥功山

朝行青泥上，暮在青泥中。泥濘非一時，版築勞人功。不畏道途永，乃將汩没同〔一〕。趙云：公言反同版築之汨没於泥中也。白馬爲鐵驪，馬色青曰驪。小兒成老翁。哀猿一作猱。透却墜，死鹿力所窮。趙云：詩：野有死麕。故用之。鹿之所以死，以力窮於泥中走困也。寄語北來人，後來莫匆匆。

【校勘記】

〔一〕「乃」，清刻本、排印本作「反」。案，二王本杜集卷三作「乃」。

鳳凰臺

山峻不至高頂。此詩思見太平之君子也。趙云：此篇因山名鳳凰臺，乃思鳳有雛在上，恐其飢渴而起，意思有以飲食之，庶見其爲瑞於世也。

亭亭鳳凰臺，謝惠連：亭亭映江月。西京賦：干雲霧以上達，狀亭亭以迢迢。劉公幹：亭亭山上松。北對西康州。西伯今寂寞，鳳聲亦悠悠。西伯，謂文王也。西伯時，鳳鳴于岐陽。石一作山。峻路絶蹤，石林氣高浮。安得萬丈梯，爲君上上頭。恐有無母雛，飢寒日啾啾。我能剖心出，書：剖賢人之心。飲啄慰孤愁。心以當竹實，炯然忘外求。血以當醴泉，豈徒比清流。趙云：莊子曰：鳳非竹實不食，非醴泉不飲。雛在高山之上，而二物未可得，故公欲以心當竹實，以心中之血比醴泉。炯然忘外求，公自言其剖心之實，止爲鳳乃嘉瑞，憫其雛之飢而飼之，別無所圖也。所重王者瑞，敢辭微命休。薛云：春秋元命包：周成王時，大治，鳳凰來舞於庭。成王乃援琴而歌：鳳凰翔兮於紫庭，余何德兮以感靈。瑞應圖曰：鳳凰，王者之嘉瑞。趙云：據春秋元命包曰：鳳凰遊文王之都，故武王受鳳書之紀。今公據古而言耳，薛却引成王時事，非是。左傳序：麟鳳五靈，王者之嘉瑞。坐看綵翮長，舉意八極周。趙云：鳳凰羽具五采，故謂之綵翮。八極周，使王褒聖主得賢臣頌云：周流八極，萬里一息。雖言馬而借用之耳。自天銜瑞圖，一云讖圖。飛下十二樓。十洲記：崑崙山有十二玉樓。杜補遺：春秋元命包：黃帝遊元扈洛水之上。元扈，石室也，與大司馬容光等臨觀，鳳凰銜圖置帝前〔一〕，帝再拜受圖。前漢郊祀志：黃帝時爲五城十二樓，以俟神人於執期，名曰延年。應劭注曰：崑崙玄圃，五城十二樓，仙人之所居。又集仙録曰：王母所居，玉樓十二。瑞華之闕，光碧之堂。趙云：十二樓事，出史記曰：天上白玉京，五城十二樓。自天銜圖，故以十二樓字終之。圖以奉至尊，鳳以垂洪猷。薛云：山海經：鳳首文曰德，翼文曰禮，背文曰義，膺文曰仁，腸文曰信。趙云：鳳凰之來，所以垂世之大猷，言其不妄下集也。薛夢符引不相干矣。再光中興業，一洗蒼生憂。深衷正爲此，群盗何淹留。

【校勘記】

〔一〕「銜」，原奪，據藝文類聚卷九十九祥瑞部下鳳皇、初學記卷三十鳥部鳳第一補。

乾元中寓居同谷縣作七首

有客有客字子美，白頭亂一作短。髮垂過耳。歲拾橡栗隨狙公，以其寓居，故自稱有客。按新史言甫居同谷，拾橡以自給，兒女有至餓殍者。趙云：潘安仁云：素髮颯以垂領。謝靈運云：星星白髮垂。莊子云：古者獸多民少，皆巢居以避之。晝拾橡栗，暮棲樹上，故命曰有巢氏。薛云：按列子：宋有狙公愛狙而養之，誑之曰：與若芧，朝三而暮四，足乎？衆狙皆起而怒。俄而曰：與若芧，朝四而暮三，足乎？衆狙皆伏而喜。注：芧，栗也。後漢李恂：食橡以自資。天寒日暮山谷裏。中原無書歸不得，手脚凍皴皮肉死。嗚呼一歌兮歌已哀，悲風爲我從天一作東。來。劉越石扶風歌云[一]：浮雲爲我結，飛鳥爲我旋。

右一

【校勘記】

[一]「扶風歌」，原作「井風歌」，訛，據清刻本、排印本改。

長鑱長鑱白木柄，我生托子以爲命。黃精一作獨。無苗山雪盛，黃魯直云：黃精，當作黃獨。往時儒者不解黄獨，故作黄精。以予考之，黄獨是也。本草：赭魁。注：肉白皮黄也，漢人蒸食之，山東人呼爲土芋，江西人呼爲土卵。杜正謬：黄精當作黄獨，同歸當作空歸。謹按神農本草：赭魁。陶隱居云：狀如小芋子，肉白皮黄。梁漢人名爲黄獨，蒸食之。子美寓居成州之同谷，其地正與梁漢接境，方艱食，餔糒不給，乃以長鑱斸黄獨而食之。然是時雪盛無苗，了無所得，遂爾空歸，故至於男呻女吟也。鑱，鋤銜切，又士緘切。廣韻曰：吳人云犂鐵，又云土具。短衣數挽不掩脛。甯戚叩角歌曰：短布單衣不及骭。此時與子空一作同。歸來，男呻女吟四壁靜。相如家徒四壁立。嗚呼二歌兮歌始放，里閭爲我色惆悵。首章天哀其窮，次章人亦哀其窮矣。杜補遺：列子曰：昔韓娥東之齊，鬻歌假食。逆旅，人辱之，因曼聲哀哭，一里老幼，悲愁相對，三日不食。老杜放歌而里閭惆悵，意頗類此。趙云：人哀其窮，正如李陵天地爲陵震動，壯士爲陵飲血之勢。

右二

有弟有弟在遠方，一作各一方。趙云：南史：梁文帝謂虞荔曰：我方有弟在遠方，此情甚切。公正使此矣三人各瘦何人强。後漢：趙孝弟禮爲賊所得，將食之，孝自縛詣賊曰：禮瘦，不如孝肥。賊感其意，俱舍之。趙云：江子之説子美有四弟，此謂三弟者，潁、豐、觀也。一弟占，隨子美。第十三卷有詩云：久客應吾道，相隨獨爾來。其説是。生别展轉不相見，樂府：他鄉各異縣，展轉不相見。胡塵暗天道路長，詩：道阻且長。趙云：古詩道路阻且長也。東飛駕鵝後鶖鶬，揚雄傳：豈駕鵝之能捷。鶖鶬，惡禽也。鶬九頭。詩：有鶖在梁。杜補遺：廣韻曰：駕，雁屬。方言：雁自關而東，謂可鳥，鵝，可鳥，音加，與駕同，東楚之外謂之鵝，或謂之鶬鵝。爾雅釋鳥云：鶬麋鴰。郭璞云：今呼鶬鴰，蓋鴰類也。鶖，禿鶖也。埤雅云：狀如鶴而大，長頸赤目，其毛辟水毒，好啗蛇。北史：明帝朝獲禿鶖於宫内，遂養之。翟光曰：此即詩所謂有鶖在梁。解云：禿鶖，貪戀之鳥，野澤所育，不應入於殿廷。臣聞野物入舍，古人以爲不善，是以張蒔惡鵀[一]，賈誼忌鵩。鶢鶋魏黄初蹔集而去，文帝猶以爲戒。況鷙鶩之禽，必資魚肉菽麥稻粱之養，豈可留意於醜形惡聲哉！衛侯好鶴，曹伯愛雁，身死國滅，可爲寒心。以是觀之，鶖乃惡禽也。故子美艱難行役處每言之，如前飛禿鶖後鴻鵠之類是也。趙云：因山谷中所有禽鳥而言之。鴐鵝，雁也，方言以自關而東呼之云。然鶬，爾雅謂之麋鴰，注，蓋鴰類。公言眼前雖有此等物，安得乘之以見其弟乎？杜田引非是[二]。安得送我置汝傍。嗚呼三歌兮歌三發，汝歸何處收兄骨。收，一作取。僖三十二年：殽有二陵。必死是間，余收爾骨。非特己窮而已，而兄弟之親亦莫知其存亡。

右三

【校勘記】

〔一〕「張蒔」，原作「張華」，據清刻本、排印本並參魏書卷六十七崔光傳載崔光所上表「張蒔惡鵀」云云改。

〔二〕「非是」，文淵閣本、文瀾閣本作「是非」，訛。

有妹有妹在鍾離，趙云：鍾離，濠州也。公後有詩曰：近聞韋氏妹，迎在漢鍾離。蓋其夫已歿，而夫之兄迎在鍾離也。良人早歿諸孤癡。長淮浪高蛟龍怒，十年不見來何時？一作遲。扁舟欲往箭滿眼，杳杳南國多旍旗。趙云：濠州，今屬淮南西路，故以長淮言之。浪高蛟龍怒，詩人狀其路之險艱也。自荆渚以往皆謂之南國。詩云：文王之道，被于南國。又云：滔滔江漢，南國之紀。是已。資治通鑑載：乾元二年八月乙巳，襄州將康楚元[一]、張嘉延據州作亂，刺史王政奔荆楚。九月，稱南楚霸王。九月甲午，張嘉延襲破荆州，荆南節度使杜鴻漸棄城走。澧、朗、郢、峽、歸等州官吏聞之，爭潛竄山谷。按通鑑目録，是年八月甲午朔，則此九月當是甲子朔。其下又載戊辰事，則甲子乃初一日，而戊辰乃初五日，又豈誤甲子爲甲午邪？今七歌有曰枯樹，有曰木葉黄落，則秋時之作，乃聞此荆南之亂矣。

嗚呼四歌兮歌四奏，林猿爲我啼清晝。猿非有情者，而亦爲之啼，則窮可知矣。杜補遺：蔡氏西清詩話云：林猿，古本作竹林，後人不知，乃易爲林猿。今本皆因之。嘗有自同谷來，籠一禽，大如雀，色正青，善鳴。問其名曰，此竹林鳥也。少陵凡於詩目，必紀其處以明風俗方物，貽後人豈可妄意易之耶？此説蔡氏得於傳聞，未足爲信。蓋猿多夜啼，今啼清晝，自有意義。趙云：同谷無深林，自是無猿，當以西清爲是[二]。

右四

【校勘記】

〔一〕「康楚元」，原作「康楚兀」，據排印本並參資治通鑑卷二百二十一、唐紀三十七改。

〔二〕「當以西清爲是」句尾，底本有匿名批識，曰：「蔡説，未敢以爲然。」他校本皆無。

四山多風溪水急，寒雨颯颯枯樹濕。一云樹枝濕。黄蒿古城雲不開，白狐跳梁黄狐立。趙云：管子曰：狐應陰陽之變，六月而一見，蓋難見之物。公以在窮谷而每見之，此爲所怪歎矣。我生胡爲在窮谷，中夜起坐萬感集。

趙云：陸士衡古詩有「中夜起歎息」。謝靈運詩：千念集日夜，萬感盈朝昏。嗚呼五歌兮歌正長，魂招不來歸故鄉。招魂曰：魂兮歸來反故居。

右五

南有龍兮在山湫，古木巃嵸枝相樛。巃，盧紅、力董切。嵸，子紅、子孔切。劉安招隱士：桂樹叢兮山之幽，偃蹇連卷兮枝相繚。山氣巃嵸兮石嵯峩。趙云：本出上林賦：崇山矗矗，巃嵸崔嵬。巃，音力孔切。嵸，音緫。木葉黄落龍正蟄，漢武帝秋風辭：草木黄落雁南飛。蝮蛇芳福切。東來水上遊。招魂曰：蝮蛇蓁蓁。我行怪此安敢出，拔劍欲斬且復休。嗚呼六歌兮歌思遲，一云怨遲遲。溪壑爲我迴春姿。鄒衍被讒，仰天而泣，五月爲之降霜。則士之怨憤，足以感通於造物而然矣。東坡云：六歌一篇爲明皇作也。明皇以至德二年至自蜀，居興慶宫，謂之南内。明年改元乾元。時持盈公主往來宫中，李輔國常陰候其隙間之，故上元二年，帝遷西内。

右六

男兒生不成名身已老，三一作十。年飢走荒山道。趙云：李少卿答蘇武書曰：男兒生以不成名，死則葬蠻夷中也。自丁酉至德二載至己亥乾元二年，爲三年也。長安卿相多少年，富貴應須致身早。古詩：致身青雲上。山中儒生舊相識，但話宿昔傷懷抱。趙云：宿昔者，往日之謂也。曹植詩曰：歡娱寫懷抱。嗚呼七歌兮悄終曲，仰視皇天白日速。江文通：青春速天機，素秋馳白日。傷時不我留也。趙云：末句又變新意，以終七歌之義。蓋此一日之歌也，自一歌至七歌，歌聲既窮，而日晚暮矣。前人每言白日西匿、白日蹉跎、白日晚者多矣。

右七

發同谷縣

乾元三年十二月一日，自隴右赴劍南紀行。

賢有不黔突，聖有不暖席。文子曰：墨子無黔突，孔子無暖席。趙云：淮南子修務訓篇曰：孔子無黔突，墨子無暖席。而班孟堅答賓戲曰：孔席不暖，墨突不黔。二書雖孔突墨席、墨突孔席之異文，而意皆聖賢之不安逸者耳。今公詩云「賢有不黔突，聖有不暖席」，則主用答賓戲，蓋墨子賢而孔子聖故也。舊注引文子曰：墨子無黔突，孔子不暖席。謬撰辭語，差排作文子所云。且文子，周平王時人也，豈却稱孔、墨事乎？況我飢愚人，焉能尚安宅。聖賢尚不免此，吾豈能安宅乎？孟子曰：仁人之安宅也。趙云：易云：上以厚，下安宅。詩云其究安宅也。始來茲山中，休駕喜一作嘉。地僻。奈何迫物累，一歲四行役。趙云：詩：父曰：嗟！予子行役。蓋嘗考是年歲在己亥，春三月，公回自東都，有新安吏、潼關吏、新婚别、垂老别、無家别詩。又按唐史，是月八日壬申，九節度之師潰於相州。公夏在華州，有夏日歎、夏夜歎。時秋七月，公棄官往居秦州，有寄賈至、嚴武詩，略曰：舊好腸堪斷，新愁眼欲穿。此一秋賦詩至多。冬則以十月赴同谷縣，有紀行十二首，七歌、萬丈潭詩。今十二月一日又自隴右赴劍南。此爲一歲之中，自東都而趨華，自華而居秦，而赴同谷，自同谷而赴劍南，爲四度行役也。忡忡去絶境，杳杳更遠適。停驂龍潭雲，迴首白崖石。一作虎崖。臨歧别數子，握手淚再滴。江淹：樽酒送征人，握手淚如霰。交情無舊深，趙云：公於同谷寓居未久，蓋多新交，而惜别之情則如故舊之深遠。窮老多慘戚。平生嬾拙意，偶值棲遁跡。謝靈運：既枉隱淪客，亦棲肥遁賢。郭景純：京華遊俠客，山林隱遁栖。去住與願違，趙云：嵇康云：事與願違。仰慙林間翮。陶潛：遲遲出林翮。

木皮嶺

首路栗亭西，尚想鳳凰村。季冬攜童一作幼。稚，辛苦赴蜀門。南登木皮嶺，艱險不易論。汗流被我體，祁寒爲之暄。喻蜀檄：流汗相屬。書：冬祁寒[一]。趙云：漢書：周勃汗流浹背。遠岫争輔佐，謝玄暉：窗中列遠岫。千巖自崩奔。雪賦：瞻山則千巖俱白。謝靈運：洲島驟回合，圻岸屢崩奔。趙云：争輔佐，言輔佐木皮嶺，以見木皮嶺之高也。顧愷之云：千巖競秀，萬壑争流。始知五嶽外，別有他山尊。趙云：亦據其最高而實道以形容之，別無他譏意。惟五嶽言尊字，則後漢張昶華山碑云山莫尊於嶽，澤莫盛於瀆也。詩：他山之石。仰干一作看。塞天趙作大。明〔二〕，俯入裂厚坤。趙云：仰干、俯入，指山而言也。若作仰看，則看字在人言之，又句法凡弱矣。塞大明，言其高而蔽塞日之明也。記曰：大明生於東。易曰：順而麗乎大明。舊注本作塞天明，誤矣。惟厚坤所以對大明。厚坤，以易坤厚載物而言之。再聞虎豹鬬，屢跼風水昏。劉安招隱士：虎豹鬬兮熊羆咆。高有廢閣道，棧道也。摧折如短一云斷。轅。下有冬青林，今之梗柟也。鮑云：木名，經冬不彫，今所在多有之。石上走長根。西崖特秀發，煥若靈芝繁。潤聚金碧氣，蜀都賦：金馬騁光而絶影，碧雞倏忽而曜儀。清無沙土痕。憶觀崑崙圖，一作墟。目擊玄圃存。玄圃、閬風，在崑崙中，見淮南子。又庾肩吾有從皇太子出玄圃詩。趙云：蓋以崑崙之玄圃，比木皮嶺也。水經曰：崑崙其高萬一千里。葛仙翁傳曰：崑崙，一曰玄圃，一曰閬風。此可見取高以爲言矣。孔子見溫伯雪子，目擊而道存。對此欲何適，默傷垂老魂。陶潛：胡爲皇皇兮欲何之。

【校勘記】

〔一〕「祁」，文淵閣本作「祈」。

〔二〕「天」字下注云：「趙作『大』。」案，當以「大」爲是，二王本杜集卷三、十家注卷十一、百家注卷十一、分門集注卷十一、錢箋卷三皆作「大」，亦可證。

白沙渡

畏途隨長江，渡口下絶岸。莊子：畏途者，十殺一人，則父子兄弟相戒。釋文云：險阻道，可畏懼也。趙云：江賦：絶岸千丈〔一〕。差池上舟楫，杳窕入雲漢。陸士衡：遺響入雲漢。趙云：差池，緩進之貌，起於詩：燕燕于飛，差池其羽。天寒荒野外，日暮中流半。趙云：孔子云：天寒既至。主父偃云：日暮途遠。鮑照還都道中云：茫然荒野中，舉目皆凛素。鶡冠子云：中流失船，一壺千金。我馬向北嘶，古詩：胡馬嘶北風。趙云：言身雖南行，而馬尚懷同谷，向北嘶鳴。蓋道實事，以形容離同谷之不得已也。山猿飲相喚。水清石礧礧，沙白灘漫漫。九歌：石磊磊兮葛蔓蔓。沈休文：歸海水漫漫。趙云：庾信詩云：昏昏如坐霧，漫漫如行海〔二〕。迥然洗愁辛，多病一疎散。迥，一作翛。高壁抵嶔崟，一作岑。洪濤越凌亂。曹植：泛舟越洪濤。趙云：選詩云：南山鬱嶔崟。西都賦云：起洪濤而揚波。謝惠連云〔三〕：清波越凌亂。臨風獨回首，攬轡復三歎〔四〕。王夷甫慨然攬轡。古詩：一彈再三歎。曹子建：欲還絶無蹊，攬轡止踟蹰。趙云：范滂登車攬轡。左傳：置食三歎。禮記：一唱三歎。

【校勘記】

〔一〕「江賦」，原作「海賦」，檢海賦無「絶岸千丈」句，考文選卷十二、全晉文卷一百二十郭璞江賦「絶岸万丈」句，當是誤置，據改。

〔二〕「如」，北周詩卷三庾信擬詠懷詩作「疑」。

〔三〕「謝惠連」，「謝」原作「詩」，據文津閣本、文瀾閣本、清刻本、排印本改。

〔四〕「攬」，文淵閣本作「擥」，訛。

水會渡 一云水迴渡。

山行有常程，中夜尚未安。微月没已久，崖傾路何難。謝靈運：崖傾光難留。趙云：丘希範云：崖傾嶼難傍。大江動我前，洶若溟渤寬。謝玄暉：大江流日夜。謝靈運：江漲無端倪。鮑明遠：穿池類溟渤。篙師暗理楫，歌笑輕波瀾。謝靈運：理棹遄還期，遵渚鶩幽炯〔一〕。薛云：左太冲吴都賦：篙工檝師，選自閩禺。習御長風，狎翫靈胥。霜濃木石滑，風急一作烈。手足寒。入舟已千憂，陟巘仍萬盤。謝靈運：入舟陽已微。詩：陟則在巘。趙云：盤字韻，又倣陸士衡詩：仰陟高山盤。迴眺一作出。積水一作石。外，始知衆星乾。遠遊令人瘦，衰疾慙加餐。古詩：思君令人老。又，努力加飡飯。謝靈運：衰疾當在斯。曹子建：沈憂令人老。又，吾得行遠遊；遠遊欲何之。

趙云：屈原有遠遊賦。

【校勘記】

〔一〕「驚幽炯」，文選卷二十六、宋詩卷三謝靈運初去郡詩作「鶩翛坰」。

飛仙閣

土一作出。門山行窄，微徑緣秋毫。一云徑微上秋毫。孟子：明足以察秋毫之末。棧雲闌干峻，梯石結構牢。見登歷下員外新亭注。萬壑欹疎林，一作竹。積陰帶奔濤。趙云：顧愷之云：萬壑争流。寒日外淡泊，長風中怒號。莊子：風作則萬竅怒號。歇鞍在地底，始覺所歷高。往來雜坐卧，人馬同疲勞。趙云：句法使苦寒行「人馬同時飢」。浮生有定分，飢飽豈可逃。歎息謂妻子，我何隨汝曹。馬援傳：吾欲使汝曹聞人過失，如聞父母之名。

五盤

五盤雖云險，山色佳有餘。陶淵明：山氣日夕佳。仰凌棧道細，俯映江木疎。漢祖入漢中，燒絕棧道。地僻無網罟，水清至一作反。多魚。云水至清則無魚。公據所見而反用之也。班超云：水清無大魚。好鳥不妄飛，野人半巢居。禮運：夏則居橧巢。王康琚：昔聞太平時，亦有巢居子。新添：搜神記：巢居知風。喜見淳朴俗，坦然心神舒。新添：莊子：澆淳散朴。趙云：孔安國云：坦然，明白也。左太冲云：前有寒泉井，聊可瑩心神。東郊尚格鬬，巨猾何時除。費誓：東郊不開。東京賦：巨猾間舋。趙云：指言東京之東郊，安史之兵所在。公詩前篇屢云矣。格鬬字，出前漢，見上注。故鄉有弟妹，流落隨丘墟。曹子建：零落隨山丘。趙云：前篇所謂有弟在遠方、有妹在鍾離也。成都萬事好，豈若歸吾廬。古詩：客行雖云樂，不如早旋歸。李白：錦城雖云樂，不如早還家。陶潛：吾亦愛吾廬。

龍門閣

清江下龍門，絕壁無尺土。長風駕高一作白。浪，郭景純：吞舟浮海底，高浪駕蓬萊。謝靈運云：晨策尋絕壁。長風，見首篇注。趙云：言風駕起之。浩浩自太古。古詩：浩浩陰陽移。趙云：浩浩，水貌，音上聲。其在水言之，如醴泉涌而浩浩。書：浩浩滔天。危途中縈盤，一云縈盤道。仰望垂線縷。滑石欹誰鑿，謝靈運：苔滑誰能步。浮梁裊相拄。西京賦：峙遊極於浮柱。陸佐公：形聳飛棟，勢超浮柱〔一〕。目眩隕雜花，頭風吹過雨。一云過飛雨。魏祖讀陳琳檄草，頭風自愈。趙云：滑石之欹，浮梁之裊，皆難行之地，故目生眩，頭生風矣。史：心亂目眩。目之昏眩，如見雜花之隕，頭或生風，如過雨之吹。皆言其地險絕而然也。目花之義，如佛書云：空本無華，病者妄執。吹雨之義，如宋齊丘化書有云：觀迴瀾者頭目自旋。或謂正是目或生眩，以見雜花之隕；頭或生風，以因過雨之吹，非由地險絕而然。審如此，則何用承滑石、浮梁之下言之，而下句緊云百年不敢料，一墜那得取乎？百年不敢料，一墜那得取。潘安仁：人生天地間，百年孰能要。飽聞一作知。經瞿塘，足見度大庾。瞿塘，峽名；大庾，嶺名。趙云：以龍門閣之險峻推言而比之也。瞿塘峽在巫山之下，大庾嶺在虔州之前也。終身歷艱險，恐懼從此數。易：君子以恐懼脩省。

【校勘記】

〔一〕「陸佐公」之「佐」原作「左」，檢「形聳飛棟」二句，文選卷五十六、全梁文卷五十三作陸佐公石闕銘，據改。

石櫃閣

季冬日已長，山晚半天赤。蜀道多早花，江間饒奇石。江淹詩：深山多靈草，海濱饒奇石。石櫃曾波上，臨虛蕩高壁。薛云：按郭璞江賦：迅蜼臨虛以騁巧，孤玃登危而雍容。招魂：娭光眇視，目曾波些。清暉回群鷗，暝色帶遠客。謝靈運：山水含清暉。又云：林壑斂暝色。羈栖負幽意，感歎向絕跡。信甘孱懦嬰，不獨凍餒迫。優遊謝康樂，放浪陶彭澤。晉謝玄暉也〔一〕；陶潛，彭澤令。杜正謬：謝玄封康樂公，是。靈運襲其封，與何長瑜等以文章賞會，共爲山澤之遊，詩家稱謝康樂，乃靈運，非玄也。以南史考之，謝密傳云：謝渾爲韻語獎勸靈運等曰：康樂誕通度，實有名家韻。王籍傳云：籍爲詩慕謝靈運，至其合也，殆無愧色。時人咸謂康樂之有籍，如仲尼之有丘明。武陵昭王曄傳云：曄與諸王共作短句詩〔二〕，學謝靈運體。高帝曰：康樂放蕩作體，不辨有首尾；安仁、士衡深可宗尚。簡文與湘東王書云：時有効謝康樂、裴鴻臚文者，抑亦惑焉，何者？謝客吐言，天材出於自然，時有不拘，是其糟粕，亦謂靈運也。因是詩注以康樂爲謝玄，故詳辨云。吾衰未自由，謝爾性有適。指康樂與彭澤。

【校勘記】

〔一〕「晉謝玄暉也」，清刻本、排印本作「謝玄康樂公」。又，「謝玄」，清刻本、排印本原作「謝元」，係避諱。案，此處當指謝靈運，而非謝玄，詳見此注下文所引杜田正謬云：「詩家稱謝康樂，乃靈運，非玄也。」

〔二〕「暈」，文淵閣本、文津閣本、文瀾閣本、清刻本、排印本作「煜」，係避清諱。

桔柏渡

文州、嘉陵二江合流處也，東下入渝，合通荆門。

青冥寒江渡，駕竹爲長橋。青冥，見首篇注。竿濕煙漠漠，一云竹竿濕漠漠。江永一作水。風蕭蕭。謝玄暉：生煙紛漠漠。荆軻云：風蕭蕭兮易水寒。連笮動嫋娜，征衣颯飄颻。連竹索而爲梁，謂之笮。前漢：邛笮之君。急流鴇鷁散，絶岸黿鼉驕。西都賦：鶬鴰鵁鶄。趙云：郭璞上林賦注曰：似雁無後趾也。詩鴇羽。西轅自茲異，東逝不可要。高通荆門路，闊會滄海潮。孤光隱顧盻，遊子悵寂寥。無以洗心胸，前登但山椒。趙云：言我西往於蜀，自此分異，而水則東逝而通荆門，會滄海，爲不可要挽也。杜補遺：謝惠連詩：悲猿響山椒。漢武帝李夫人賦：息馬山椒。廣雅曰：土高四墮曰山椒。廣韻曰：山頂也。謝莊月賦：菊散芳於山椒。謝靈運：稅鑾登山椒。

劍門

趙云：此篇歎地險而惡負固者也，不主在德不在險之義言之。何則？保有山河，闢爲一國，曰古諸侯，則有在德不在險之義。若四海一家，統制乎天子，則爲劍門者，特方面之有險處耳，正所惡乎負固也。張孟陽劍閣銘，其所用吴起之言，特以引公孫之滅，劉氏之降，懲其負固者耳，與魏文侯自恃山河之意大不同也。世有東溪先生者，解杜詩十六篇，每篇爲小序而後注解，自以爲啓杜公之關鍵，而傳于世。於此篇小序云：劍門，勸務德不恃險也。此正惑於吴起之言以爲説矣，大爲非是。蓋使守蜀者，雖專務乎德，遂能保劍門之險，可自爲一國乎？特以此篇歎地險而惡負固耳。

惟天有設險，劍門一作閣。天下壯。北有劍門，天設之險。趙云：易云：天險，不可升也；地險，山川丘陵也。王公設險以守其國。以易出處言之，則不可升係之天，山川丘陵係之地，設險係之人。今公詩句，則參取易中字語，以言劍門乃天造之險也。詩句雄壯當如此，不必泥其闢犯也。東溪於上句注云：險出於自然也。於下句注云：地險莫能擬也。此泥於易，而反成不明。

連山抱西南，石角皆北向。劍山上石皆北向如拜伏狀。趙云：先言地形雖險而趨中原，自然之勢。觀劍門之山，雖抱西南而石角北向，則有面内之義，豈欲使之僻爲一區哉！東溪於「連山抱西南」注云：包括異域也。於「石角皆北嚮」云：朝上國而不背之也。其下句近之，而上句所云是何等語乎！

兩崖崇墉倚，刻畫城郭狀。蜀都賦：金城石郭，兼匝中區。既麗且崇，實號成都。趙云：兩崖崇墉倚而下，正言其是形勢之地，遂使負固者，恃爲險絶欲擅有其珍産之意。崇墉，言高崇之垣墉，非毛詩崇墉。蓋毛詩乃崇國之墉。此崇墉即是詩：其崇如墉。張協玄武館賦云[一]：崇墉四匝，豐厦詭譎。刻畫字多矣，如周伯仁云：刻畫無鹽。

一夫怒臨關，一作門。百萬未可傍。傍，一作仰。張孟陽劍閣銘：一人荷戟，萬夫趑趄。趙云：此言恃爲險絶也。其義起於蜀都賦曰：一人守隘，萬夫莫向。故李白蜀道難亦云：一夫當關，萬夫莫開。然公用於五言，則第三字爲腰字，最爲難下，非怒字不足以盡之。蓋其雖險，一夫可守，而非怒則猶不能爲也。莊子：螳蜋怒其臂以當車轍。夫以車轍之隆，而虫臂之怒，欲以當之，則臨關以當百萬之師者，非以一夫之怒乎？此下得怒字好矣。**珠玉走中原，岷峨氣悽愴。**青城、峩眉，二山也。趙云：岷山在成都之西，青城山是也。峩山在成都之西南，峩眉山是也。珠玉才走中原，而岷、峨有惜之意。至於悽愴，此重言形勢之地。自欲爲一區而擅其珍産也。珠玉之於中原，必着走字者，按地鏡圖曰：玉之千歲者行遊諸國。後漢孟嘗傳：合浦郡不産穀實，而海出珠，實與交趾比境，常通商販，貿糴糧食。先時宰守多貪穢，詭人採求，不知紀極，珠遂漸徙於交趾郡界。嘗爲太守，革易前弊，去珠復還。此珠之所謂走也。珠玉走中原，托言珠玉之自走而向中原，其意又有避就之義，蓋若石勢皆北向，未嘗不面內也，其着走字不亦切乎？**三皇五帝前，雞犬莫相放。**莫，一云各。自蜀至秦，方與中國通。趙云：雞與犬相放不收，言其混同通達，無彼此之間，又豈分疆界爲限隔哉！**後王尚柔遠，職貢道已喪。**書：柔遠能邇。趙云：惟後王函容，不加誅伐，故使守者得以跋扈而廢職貢也。彼跋扈者自不可制，公姑托以後王尚柔遠，而不敢斥言王者削弱而不能制之矣。**至今英雄人，高視見霸王。**趙云：惟其不能制而不修職貢，遂使英雄者見霸王，特在高視之間，可以爲之。於是并吞或割據，皆極力爲之而不少讓。今一作令。**并吞與割據，極力不相讓。**趙云：此指言劉備。及李特於晉元康中[二]，隨流人至劍門，箕踞四顧，太息曰：劉禪有如此地而面縛於人乎？遂密收合七千餘人，進攻成都，殺刺史趙廞，自稱益州牧，改元建初。謂之并吞與割據，是兩件事。并吞則欲兼乎鄰壤，其字出賈誼過秦論有并吞八荒之心。割據，則專有乎一方，字出陸士衡辨亡論云：故遂割據山川，跨制荆吳。**吾將罪真宰，意欲鏟疊嶂。**海賦：鏟臨崖之阜陸。趙云：莊子：若有真宰存焉。任彦升云：疊嶂易成響。**恐此復偶然，臨風默惆悵。**成都，自前漢公孫述、後漢劉備、晉李雄、王建、孟知祥之屬，皆因中原多事，恃險割據也。趙云：末四句，則公忠憤之辭矣。

【校勘記】

〔一〕「玄」，文津閣本、清刻本、排印本作「元」，係避諱。

〔二〕「於」，清刻本、排印本無。

鹿頭山

鹿頭何亭亭，是日慰飢渴。趙云：西都賦之言宫室曰：狀亭亭以迢迢〔二〕。陸士衡詩：願保金石軀，慰妾常飢渴。連山西南斷，俯見千里豁。自秦入蜀，山嶺重複，極爲險阻。及下鹿頭關，東望成都，沃野千里，葱鬱之氣，乃若煙霧靄然。遊子出京華，劍門不可越。京華，一云咸京。薛云：按文選張孟陽劍閣銘曰：惟蜀之門，作固作鎮。是曰劍閣，壁立萬仞。酈元水經注：小劍戍北去，大劍三十里，連山絶險，飛閣相連，故謂之劍閣。及兹阻險盡，始喜原野闊。殊方昔三分，霸氣曾間發。天下今一家，雲端失雙闕。隋書：今天下一家。華闕雙邈，重門洞開。又，飛升躡雲端。又薛云：按神異經曰：東南有石井，其方百丈。上有二石闕俠東南面，上有蹲熊，有榜著闕，題曰地户。又古樂府仙人篇：閶闔正嵯峨，雙闕萬丈餘。又孫興公遊天台賦：雙闕雲竦以夾路。趙云：先聖本紀：許由欲觀帝意，曰：帝坐華堂面雙闕，君之榮願亦得矣。失雙闕，則以天下既一家也。失字，鮑照詩「霧失交河城」之失。悠然想揚馬，繼起名硉兀。左太冲作蜀都賦：江漢炳靈，世載其英。鬱若相如，皭若君平。

王褒暐曄而秀發〔二〕，揚雄含章而挺生。揚，揚雄；馬，馬相如〔三〕。趙云：以二人文章之祖，故思之耳。有文令人傷，何處埋爾骨。紆餘脂膏地，慘澹豪俠窟。蜀都賦：外負銅梁於宕渠，內函要害以膏腴。趙云：上林賦曰：紆餘逶邐。而陸士衡曰：山澤紛迂餘。脂膏事，東觀漢記：孔奮字伯魚，爲姑臧長。時天下亂，河西獨安。姑臧長居數月，輒致資産。奮在姑臧四年，財物不增，唯老母妻子但菜食。或謂奮曰：置脂膏中，亦不能自潤。成都富饒之地，故公指爲脂膏也。仗鉞非老臣，宣風豈專達。趙云：許靖傳：昔營丘翼周，仗鉞專征。專達，言宣天子之風，而非專自己之所爲也。周禮曰：大事則從其長，小事則專達。冀公僕射裴冕。柱石姿，論道邦國活。趙云：前漢辛慶忌任國柱石。田延年謂霍光曰：將軍爲國柱石。書：三公論道。周禮：坐而論道。師云：上句言杖鉞方面，非耆舊以宣風行化，豈能專達？皆美裴也。斯人亦何幸，公鎮踰歲月。趙云：言裴公爲尹，尚有歲月之期，此斯人之所以幸也。以見杜公初來成都，非爲嚴武而來。

【校勘記】

〔一〕「狀亭亭以迢迢」原作「狀迢迢以亭亭」，詩語倒誤，據文選卷二、全後漢文卷五十二張衡西京賦訂正。

〔二〕「暐」，文淵閣本、文瀾閣本作「煜」，文津閣本、清刻本、排印本作「奕」，係避清諱。

〔三〕「馬相如」，即「司馬相如」之省稱，清刻本、排印本作「司馬相如」。

成都府

趙云：樂史寰宇記載：成都縣，漢舊縣，以周文王從梁山止岐山，一年成邑，三年成都，因名之。又云：蜀王據有巴蜀之地，本治廣都、樊鄉，徙居成都。秦惠王遣張儀、司馬錯定蜀，因築成都而縣之。

翳翳桑榆日，照我征衣裳。歸去來[一]：景翳翳以將入。東觀記：收之桑榆。江淹：曾是迫桑榆。趙云：桑榆，記日也[二]。淮南子：日西垂，景在於樹端，謂之桑榆。光武云：失之東隅，收之桑榆。翳翳，則晚日之狀。阮嗣宗詠懷詩曰：灼灼西隤日，餘光照我衣。我行山川異，忽在天一方。趙云：古詩：各在天一方。詩：我行其野。晉書：風景不殊，舉目有山河之異。但逢新人民，未卜見故鄉。曹子建：不見舊耆老，但覩新少年；山川阻遠別，後會日月長。大江東流去，一作從東來。遊子去日長。謝玄暉：大江流日夜。短歌行：去日苦長。趙云：大江指言岷江從東來，而日去不已，亦猶遊子之日去未有已期。曾城填華屋，季冬樹木蒼。西都賦：闉城溢郭，旁流百廛。蜀都賦：寒卉冬馥。曹子建：生存華屋處。高唐：玄木冬榮。西都賦：靈草冬榮，神木叢生。趙云：曾城，層起之城。東京賦：脩竹冬青。淮南子：崑崙山上有曾城九重。華屋字，史記平原君傳：歃血於華屋之下。前於發同谷縣題下公自注云：乾元二年十二月一日，隴右赴劍南紀行。而今詩云：季冬樹木蒼。則至成都乃是月也。元祐中，胡資政守蜀，作草堂詩文碑引：先生至成都月日不可考。蓋不詳此也。喧然名都會，吹簫間笙簧。曹子建：名都多妖女，京洛出少年。詩：吹笙鼓簧。薛云：前漢志：勃、碣之間一都會也。信美無與適，側身望川梁。王仲宣登樓賦：雖信美而非吾土兮，曾何足以少留。四愁詩：側身西望涕沾裳。鳥雀夜各歸，中原杳茫茫。趙云：觀衆鳥識巢而夜歸，乃思其中原故鄉之地而不得返也。初月出不高，衆星尚争光。自古有羈旅，我何苦哀傷。鮑明遠：古來共如此，非君獨撫膺。長門賦：衆雞鳴而愁予兮，起視月之精光。觀衆星之行列兮，畢昴出於東方。杜補遺：是詩子美寓意深矣。淮南子云：日西垂，景在樹端，謂之桑榆也。九辨云：仰明月而太息，步列星而極明。説曰：桑榆之景〔三〕，理無遠照。今也日薄桑榆，而其光翳翳，止足照我衣裳，則不能遠照矣，以喻明皇播越，傳位肅宗，以太上皇居西内，則不能照臨天下也。將旦陰伏，月明星稀，今也衆星與初月争光，蓋以初月之出不高，不能中天而兼照故也，以喻肅宗即位未久，禄山雖已殄滅，而史思明之徒尚在也。蓋肅宗即位於天寶之丁酉，而子美乾元庚子至成都，以其時考之，故知其寓意如此。趙云：謂杜公方以鳥雀夜歸而歎不得返中原之次，却説及肅宗，甚無謂也。觀末句所云，止自感歎而已。

【校勘記】

〔一〕「歸去來」，文津閣本、清刻本、排印本作「歸去來辭」。

〔二〕「記」，十家注卷十一、百家注卷十一、分門集注卷十一皆作「晚」，當是。

〔三〕「説曰桑榆之景」，「説曰」文淵閣本作「世詩」，訛。

新刊校定集注杜詩卷七

古詩

石笋行

集注：杜光庭石笋記云：成都子城西曰興義門，金容坊有通衢，幾百五十步。有石二株，挺然聳峭，高丈餘，圍八九尺。耆舊傳云：其名有六，曰石笋，曰蜀妃闕，曰沈犀石，曰魚鳧仙壇，曰西海之眼，曰五丁石門，皆非。圖經云：石笋街乃前秦寺之遺址，殿宇樓臺咸以金寶飾之，爲一代之勝概。後遭兵火而廢，或遇夏秋霖雨，里人猶拾珠玉異物。前蜀丞相諸葛亮命掘之，俯觀方驗測隱其象，有篆字曰：蠶叢氏啓國誓蜀之碑。以二石柱横理連接，鐵貫其中，歷代故不可毁。復鐫五字，濁歜燭觸蠲，時人莫能曉察，惟孔明默悟斯旨，令左右瘞之。後蜀主李雄召丞相范賢，詰其所自，再掘而詳之。賢議曰：然厥字五，其理各有所主，亥子歲濁字，可記主其水灾；寅卯歲歜字，可記主其飢饉；己午歲燭字，可記主其火灾；申酉歲觸字，可記主其兵革；辰戌丑未歲蠲字，可記主稼穡充益，民物富贍。悉以年事推之，應驗符響。又云蜀之城壘，方隅不正，以景測之，石笋於南北爲定，無所偏邪。今按石笋在西門外，僅百五十步，二株雙蹲，一南一北，北笋長一丈六尺，圍極於九尺五寸，南笋長一丈三尺，圍極於一丈二尺。南笋蓋公孫述時折，故長不逮北笋。趙云：此篇作於上元元年。是年李輔國日離間二宫，擅權之迹甚彰，故因賦石笋而指譏李輔國也。

君不見益州城西門，陌上石笋雙高蹲。成都記：石笋各折爲五六段，相續以立，人云五丁擔〔一〕，亦曰蜀王妃墓表。公孫述時此石折，故治中從事任文公歎曰：西州智士死，吾其當之。歲中果卒。古來一作老。相傳是海眼，苔蘚食盡波濤痕。成都記：距石笋二三尺，每夏月大雨，往往陷作土穴〔二〕，泓水湛然。以竹測之，深不可及，以繩繫石而投其下，愈投而愈無窮。凡三五日，忽然不見。嘉祐春，牛車碾地，忽陷，亦測而不能達。父老云見此多矣，此亦甚異者，故有海眼之説云〔三〕。趙云：按唐劉崇遠作金華子書，載海眼一事云：北海郡國發得五銖錢，取之不盡，得一石記云：此是海眼。華陽風俗記曰：蜀人曰：我州之西，有石笋焉。天地之植，以鎮海眼，動則洪濤大濫。雨多往往得瑟瑟，此事恍惚難明論。成都記：石笋及林亭沙石之地，雨過必有小珠，或青黃如粟者，亦有細孔，可以貫絲。薛云：瑟瑟，碧珠也。杜陽雜編：有瑟瑟幕，其色如瑟瑟，輕明虛薄，無與爲比。杜補遺：酉陽雜俎：蜀石笋街，夏中大雨，往往得雜色小珠。俗謂之地當海眼，莫知其故。蜀僧惠巖曰：前史説蜀少城飾以金璧珠翠，桓溫怒其太侈，焚之。合在此地。今拾得小珠，時有孔者。得非是乎？餘同薛。恐是昔時卿相墓，立石爲表今仍存。揚雄蜀王本紀云：武都丈夫化爲女子，顏色美絶，蓋山精也。蜀王納以爲妃。無幾物故。乃發卒之武都擔土，葬於成都郭中，號曰武擔。以石作鏡一枚，表其墓。華陽國志曰：王哀念之，遣五丁之武都，擔土爲妃作塚，蓋地數畝，高七丈。立石，俗今名爲石笋〔四〕。趙云：公亦又以意逆之，不敢專指爲何人墓耳〔五〕。武擔土葬如上所載，又嘗觀録異記所載：乾寧二年〔六〕，蜀州刺史節度參謀李師恭治第於成都錦浦里北門，第西與李冰祠鄰。距宅之北，地形漸高崗，西南與祠相接。於其堂北，鑿地五六尺，得大塚，塼甓甚固。於塼外得金錢數十枚，各重十八銖。不知誰氏墓也。其地北百許步有石笋，知石笋即此之闕矣。録異記所載如此，則公所謂，恐是承古老相傳云。惜哉俗態好蒙蔽，莊子：蔽蒙之民。亦如小臣媚至尊。趙云：此正以專指李輔國一內臣耳，連結張妃。肅宗信任之，呼爲阿父。

乾元元年，張妃爲皇后，而輔國之權尤熾，人争附之。公於祭房相國文云：太子即位，揖讓倉卒；小臣用權，尊貴倏忽。正以言李輔國，則今詩云如小臣媚至尊者。石笋以一堆石而蒙蔽於人，人或指爲海眼，或指爲表墓，説終不明，此可惡而俗態好。其蒙蔽如輔國之蔽肅宗，而人信好之也。政化錯迕失大體，趙云：言肅宗信之也。坐看傾危受厚恩。時林甫、國忠傾危王室，故子美此詩有所謂耳。趙云：言輔國之寵幸也。舊注引李林甫、楊國忠，蓋公乾元二年離同谷來蜀，作此詩，時李與楊已死矣。又二公皆爲相，豈可謂之小臣耶？嗟爾石笋擅虚名，後來未識猶駿奔。詩：駿奔走在廟。趙云：言人之争附輔國也。安得壯士擲天外，使人不疑見本根。梁沈約詩云：安得壯士駐奔曦。華陽風俗録云：蜀人曰：我州之西，有石笋焉，天植之以鎮海眼，動則江濤大濫。四方之人有來觀者則奇而怪之。贊皇公曰：夫笋之爲狀也，亭亭揭峭，高然若削，圭芒天成，神矣。今小大相壘，至八九節，束以鐵鼓，出於人力，又何神乎？遂命抽出鐵鼓，伺事變怪，則寂然而神怪不作。趙云：言要使天下知其一内臣耳也。公作是詩在上元元年之夏七月，輔國果離間二宫，矯詔遷上皇於西内矣。公之遠見，不亦明乎？漢高祖：安得猛士兮守四方。宋玉：長劍耿介倚天外。

【校勘記】

〔一〕「擔」，原作「檐」，據文淵閣本、清刻本、排印本並參全唐文卷七百四十四盧求成都記序改。以下均同。

〔二〕「土穴」，文津閣本作「大穴」，清刻本、排印本作「上穴」。

〔三〕「云」，清刻本、排印本無。

〔四〕「今」，清刻本、排印本作「人」。

〔五〕「敢」，清刻本、排印本作「得」。

〔六〕「二」，太平廣記卷三百九十塚墓二作「三」。

石犀行

成都記：石犀在李太守廟内。

君不見秦時蜀太守，刻石立作三犀牛。華陽國志：秦孝文王以李冰爲蜀守。冰作石犀五頭以壓水精，穿石犀溪於江南，命曰犀牛里。後轉爲耕牛二頭：一在府市橋門，今所謂石牛門；一在淵中。又自前堰上分穿羊摩江、灌口西，於玉女房下白沙郵〔一〕，作三人立水中。與江神要：水竭不至足，盛不没肩。時青衣出象山下〔二〕，伏行地中，會江南安，觸山脇溷崖，水脈漂疾〔三〕，破害舟船，歷代患之。冰發卒鑿平崖，通正水道。或曰：冰鑿崖時，水神怒，冰乃操刃入水中與神鬭〔四〕，迄今蒙福。成都記亦云石犀五。今云三犀牛，未詳。趙云：此篇因石犀而指譏廟堂無經濟之人也。自古雖有厭勝法，天生江水向一云須。東流。襄陽白銅鞮歌：漢水向東流。又莫愁歌：河中之水向東流。匈奴傳：上以厭勝所在。師古注：漢高紀云：蕭何初立未央宫，以厭勝之術，理亦宜然。趙云：本朝樂史寰宇記載志云在市北，乃李冰所立以厭水怪。故公直以爲厭勝耳。蓋言厭勝者將欲使水東流邪？則水自然東流矣，何用石犀爲厭勝也？列子曰：地不滿東南，故百川水潦歸焉。此江水東流謂之天生之義也。蜀人矜誇一千載，泛溢不近張儀樓。按圖經：秦張儀築少城，在大市西。又周地圖云：張儀築城屢壞〔五〕，不能立，忽有一龜周旋，正依龜行廵築，遂得立。今有龜化橋。成都記云：張儀樓在子城南。又曰，張儀樓高一百尺，初築此城，雖曰附龜，蓋以順江山之勢，正即爲斜矣，乃作此樓而定南北焉。趙云：又言厭勝者詭怪之事，爲不足憑故，水終有時而爲害焉。隄防者正道，故終藉人力以爲隄防也。張儀樓事，按圖經：秦張儀築少城在城西。少之爲言，小也。有樓焉，故號張儀樓。南史：始興王與蔡仲熊登張儀樓，商略先言往行〔六〕。可見有是樓之證矣。本朝樂史寰宇記云：張儀樓，宣明門樓也。然今宣明門之名亦不可考矣。今年灌口損户口，此事或恐爲神羞。後漢書：户口減如毛米。書武成：以濟兆民，無作神羞。左傳：苟捷有功，無作神羞。終藉隄防出衆力，高擁木石當清秋。先王作法皆正道，詭怪何得參人謀。莊子：恢詭譎怪。又：諔詭幻怪〔七〕。易：人謀鬼謀。嗟爾三犀不經濟，缺訛只與長川逝。語：子在川上曰：逝者如斯。趙云：此公之寓意於三犀，指譏廟堂無經濟之人甚明。夫無經濟之用，終亦缺訛，隨長川而漂逝矣。乾元二年，乃呂諲、李峴、李揆、第五琦同平章事。五月，李峴言毛若虛希中人旨，用刑亂法。帝怒，李揆不敢爭，出峴爲蜀州刺史。七月呂諲以從中人馬尚書之請，爲人求官罷。九月第五琦鑄重規錢非是，十月貶爲惠州刺史。公詩之作，正在次年五月、六月之間，諸公之失，皆已著見，唯李揆未露。至次年，揆懼呂諲復用，乃遣吏構其過失。諲密訴諸朝，帝怒，貶揆爲袁州長史。然則公豈不明見其非經濟者乎？經濟字，見上注。但見元氣常調和，自免洪濤恣彫瘵。曹子建詩：泛舟越洪濤。趙云：此公有經濟之量，知水土之平，特在乎得人。蓋宰相以燮理陰陽爲事，則調元氣之謂也。洪濤字祖，雖出西京賦「鼓洪濤而揚波」，而晉木華海賦云：「帝嬀巨唐之世〔八〕，天綱浡潏，爲彫爲瘵。洪濤瀾汗，萬里無際。」專用木華海賦之意，言水之廣大爲天綱紀，而洪水橫流，乃爲彫傷瘵病於民矣。莊子有陰陽調前漢李尋傳：五行以水爲本，其精玄武婺女〔九〕，天地所和。武后嘗問陳子昂：調元氣以何道？還有「稟元氣於靈和」。安得壯士提天綱，再平水土犀奔茫！陳蕃傳：志清天綱。舜典：咨！禹汝平水土。趙云：梁沈約云：安得壯士駐奔曦。陳蕃傳：雖有志清天綱。而杜公所用，則取海賦以水爲紀，終始所生。水爲準平，王道公正修明，則百川理，絡脈通；偏黨失綱，則涌溢爲敗。天綱。

【校勘記】

〔一〕「白沙郵」，原作「自涉郵」，訛，據華陽國志卷三蜀志改。

〔二〕「象山」，華陽國志卷三蜀志作「蒙山」。

〔三〕「脈」，原作「遞」，訛，據華陽國志卷三蜀志改。

〔四〕「與」，原作「乞」，訛，據文淵閣本、清刻本、排印本並參華陽國志卷三蜀志改。

〔五〕「壞」，原作「壤」，訛，據文淵閣本、文津閣本、文瀾閣本、清刻本、排印本並參華陽國志卷三蜀志改。

〔六〕「蔡仲熊」，原作「蔡仲能」，訛，檢「始興王與蔡仲熊登張儀樓」一句，南史卷四三齊高帝諸子下作「蔡仲熊」，據改。

〔七〕「詉詭幻怪」句，「詉」字下原衍「絶」字，據莊子集釋內篇德充符删。

〔八〕「唐」，文淵閣本、清刻本、排印本作「害」，訛。

〔九〕「精」，漢書卷七十五李尋傳作「星」。

杜鵑行

華陽風俗録：鳥有杜鵑者，其大如鵲而羽烏，聲哀而吻有血。土人云，春至則鳴，聞其初聲者有別離之苦，人皆惡聞之，惟田家候其鳴則興農事。趙云：按蜀記曰：昔人有姓杜名宇，號曰望帝。宇死，俗説云化爲子規。規，鳥名也，一名鵑。蜀人聞子規鳥，皆曰望帝也。遂於鵑字上加以杜姓，謂之杜鵑。又直名之爲杜宇。以次公考之，此鳥乃暮春之時，農夫以爲耕候。曰規曰鵑，其義取圓春之事也。王介甫亦於字説言之矣。然有二種：其一褐色，四川中亦有，而内地多有之，名曰子規，仿像其聲之四云不如歸去。其一色黑，似烏而小，兩吻赤如血，而其聲二。内地亦有，而蜀中多有之，名曰杜鵑，仿像其聲之二云杜宇。夫所謂鵑之名，自古有之。漢書謂之曰鵑。歐陽率更載臨海異物志曰題鴂，一名田鵑。春三月鳴，晝夜不止，音聲自呼。俗言取梅子塗其口，兩邊皆赤。至麥子熟，鳴乃止。率更據志以爲塗口而後赤，蓋信所傳聞耳。蜀人既傳杜宇化爲鵑，而加杜姓，稱爲杜鵑，又曰杜宇，然其聲未必是呼杜宇也。蓋望帝之前，則聲云布穀，則催耕之鳥而已。杜公於長安玄都壇詩云：子規夜啼山竹裂。於雲安詩云：兩邊山木合，終日子規啼。則指不如歸去四聲者而言之。今有杜鵑行，其後又有杜鵑詩，則指杜宇之二聲者言之。惟其指杜宇之二聲者言之，故詩皆言帝王之事。

君不見昔日蜀天子，化作杜鵑似老烏。成都記曰：杜宇亦曰杜主，自天而降，稱望帝。好稼穡，教人務農，治郫城，亦曰望帝。至今蜀人將農者必先祀杜主。時荆州人鼈靈死，其尸泝流而上，至汶山下復生。見望帝，望帝因以爲相，號曰開明。會巫山壅，江人遭洪水，開明爲鑿通流有大功。望帝因以其位禪焉。後望帝死，其魂化爲鳥，名曰杜鵑，亦曰子規。又云子規深春乃有聲低且怨，與北之思歸樂都不同也。洛京東西多此鳥，人以爲子規者，誠妄矣。又云，宇禪位于開明，升西山隱焉，時適三月子規鳥鳴，故蜀人悲子規鳥。寄巢生子不自啄，群鳥至今與哺雛。雖同君臣有舊禮，骨肉滿眼身羈孤。業工竄伏深樹裏，四月五月偏號呼。其聲哀痛口流血，所訴何事常區區？爾惟一作豈摧殘始發憤，羞帶羽翮傷形愚。蒼天變化誰料得，萬事反覆何所無。萬事反覆何所無，豈憶當殿群臣趨！趙云：鮑照行路難云：中有一鳥名杜鵑，言是古時蜀帝魂。聲音哀苦鳴不息，羽毛憔悴似人髡。飛走樹間逐虫蟻，豈憶往日天子尊。念此死生變化非常理，心中惻愴不能言。今公所謂哀痛流血，又有摧殘之語，及末句憶群臣趨，且云萬事反覆，蓋出於此也。

戲作花卿歌

高適傳：梓州副使段子璋反，以兵攻東川節度李奐。率州兵與西川節度使崔光遠攻子璋，斬之。西川牙將花驚定者，恃勇，誅子璋，大掠蜀，天子怒。

成都猛將有花卿，學語小兒知姓名。薛云：左太冲蜀都賦：金城石郭，兼匝中區。既麗且崇，實號成都。齊桓康隨武帝起兵〔一〕，恣行暴害，江南之人畏之，以其名怖小兒。禰衡：大兒孔文舉，小兒楊德祖。用如快鶻風火生，薛云：按南史：曹景宗謂所親曰：我昔在鄉里，騎快馬如龍，與年少輩數十騎，拓弓弦作礔礰聲，放箭如餓鴟叫，平澤中逐麞，數肋射之，渴飲其血，飢食其胃，甜如甘露漿。覺耳後生風，鼻尖出火，此樂使人忘死，不知老之將至。見賊唯多身始輕。漢光武見大敵則勇。綿州副使着柘黄，綿州副使段子璋也。着柘黄，僭乘輿服色也。趙云：高適傳云：梓州副使段子璋反。而公今詩云：綿州副使着柘黄，則梓州字誤傳爲綿州乎？着柘黄，天子之服也。柘黄字，或云當是赭黄。本朝詩曰：戴了宫花賦了詩，不容重見赭黄衣。赭黄衣，赭，赤也。赤與黄二色之合爲赭黄。皆不敢輒改，併俟博聞。我卿掃除即日平。子璋髑髏血模糊，手提擲還崔大夫。子璋，即段子璋也。崔大夫，崔光遠也。杜補遺：古今詩話云：杜少陵時，有病瘧者。少陵曰：吾詩可療之。「夜闌更秉燭，相對如夢寐」。其人誦之，瘧猶是也。少陵曰：更誦吾詩云〔二〕。蓋「子璋髑髏血模糊」一聯〔三〕，誦之果愈。詩感鬼神，蓋不誣也。李侯重有此節度，趙云：重，乃重疊之重。蓋段子璋既攻東川，則李奂必失節度矣；以花卿斬之，則李侯復保有節度焉。人道我卿絶世一作代。無。既稱絶世無，天子何不喚取守京都。譏其奪掠也。魯直云：子美作花卿歌，雄壯激昂，讀之想見其人也。楊明叔爲余言，花卿家在丹稜東館鎮，至今有英氣血食其鄉，見封爲忠應公。詩話苕溪漁隱曰：細考此歌，想花卿當時在蜀，雖有一時平賊之功，然驕恣不法，人甚苦之。子美不欲顯言，末句含蓄，蓋可知矣。

【校勘記】

〔一〕「桓康」，原作「栢康」，乃「桓」字避諱缺末筆之形訛，據南齊書卷三十、南史卷四十六桓康傳改。

〔二〕「云」，文津閣本、清刻本、排印本無。

〔三〕「蓋」，文津閣本、清刻本、排印本作「乃取」。

贈蜀僧閭丘師兄 太常博士均之孫。

大師銅梁秀，左思蜀都賦：外負銅梁於宕渠〔一〕，內函要害於膏腴。杜補遺：太平御覽載張孟陽蜀都賦注云：銅梁，山名也。按其山有桃枝竹，東西連亘二十餘里。山嶺之上平整，遠望諸山，此獨秀也。山在合州界銅梁縣。籍籍名家孫。袁陽源白馬篇：籍籍關外來，車從傾國鄽。嗚呼先博士，炳靈精氣奔。左太冲蜀都賦：近則江漢炳靈，世載其英。鬱若相如，皭若君平。惟昔武皇后，臨軒御乾坤。多士盡儒冠，墨客藹雲屯。揚子雲長楊賦：藉翰林以爲主人，子墨爲客卿以諷。陸士衡：胡馬如雲屯。當時上紫殿，不獨卿相尊。謝玄暉直中書省：紫殿肅陰陰。世傳閭丘筆，峻極逾崑崙。禹本紀言崑崙高二千五百里，日月所相避隱爲光明也。詩：峻極于天。鳳藏丹霄暮，一作穴。龍去白水渾。東京賦：我世祖忿之，乃龍飛白水，鳳翔參墟。青熒雪嶺東，西都賦：琳珉青熒。新添：蜀有雪山。碑碣舊製存。杜補遺：東蜀牛頭山下，有閭丘均撰瑞聖寺磨崖碑，嚴政書。寺今改爲天寧羅漢禪院。斯文散都邑，高價越璵璠。均以文名，當時四方碑碣，多出其手。璵璠〔二〕，玉器也。晚看作者意，妙絕與誰論？陸韓卿賦有云：歌能妙絕。吾祖詩冠古，同年蒙主恩。豫章來日月，歲久空深根。豫章，良材也。小子思疏闊，豈能達詞門？窮愁一揮淚，愁，一作秋。陸士衡：揮淚歎流離。又，揮淚廣川陰。相遇即諸昆。我住錦官城，成都記：錦城以江山明麗，錯雜如錦。

兄居祇樹園。金剛經：佛在舍衛國祇樹給孤獨園。杜補遺：楞嚴經云：祇桓精舍。注云：祇桓，林樹名，具云祇陁桓[三]，或云逝多。此云戰勝，即太子名。林主是彼，故云勝林精舍。建立有二因緣，須達長者施園，祇陁太子施樹，故金剛經云：祇樹給孤獨園。地近慰旅愁，往來當丘樊。天涯歇滯雨，粳稻卧不翻。漂然薄遊倦，始與道旅一作侶。敦。景晏步脩廊，而無車馬喧。陶淵明：結廬在人境，而無車馬喧。夜闌接軟語，法華經：又以軟語。一云言詞柔軟。杜補遺：維摩經云：菩薩成佛時，命不中夭，大富梵行，所言誠諦。常以軟語，眷屬不離，善和諍訟。言必饒益，不疾不恚。落月如金盆。漠漠世界黑，一作空。驅驅爭奪繁。唯有摩尼珠，可照濁水源。言性照圓明如摩尼珠然，雖照濁水，而不爲汙濁所累也。如語云：涅而不緇。杜補遺：圓覺經：譬如清淨摩尼寶珠映於五色，隨方各現。諸愚癡者見彼摩尼，實有五色，圓覺淨性，現於身心，隨類各應，亦復如是。觀無量壽佛經云：諸天童子，摩尼以爲纓絡，光照百餘里，猶如和合百億日月，不可具名。室志云：馮翊嚴生，家漢南峴山，得一珠如彈丸，色黑，胡人曰：此西國清水珠也。若至濁水，泠然洞徹矣。以三十萬易之而去。

【校勘記】

〔一〕「宕」，文淵閣本作「巖」，清刻本、排印本作「岩」，皆訛。

〔二〕「璠璵」，文瀾閣本、排印本作「璵璠」。

〔三〕「具」，文津閣本、清刻本、排印本作「或」。

泛溪

落景下高堂，進舟泛迴溪。謝靈運：對嶺臨迴溪。趙云：廣雅云：日將落曰薄暮。又，日西落，光反照於東，謂之反景。故公今云落景也。迴溪字，祖出枚乘七發云：依絕區兮臨迴溪。誰謂築居小，謝靈運：躡險築幽居。未盡喬木西。詩：南有喬木。趙云：言不必大屋綿亘以盡喬木之地。遠郊信荒僻，秋色有餘悽。練練峰上雪，纖纖雲表霓。趙云：峰上雪，應是遠，言西山之上峰雪。承秋色之後而言雪，則西山謂之雪山，四時皆雪也。雪云練練，以言其白。江淹麗色賦云：色練練而欲奪。又梁吳均贈周承詩：練練波中白。皆取此義。纖纖字，則古詩有「兩頭纖纖」之名。童戲左右岸，一云兒童戲左右。謝靈運：海鷗戲春岸。罟弋畢提攜。趙云：言兩岸皆有兒童嬉戲，至盡攜網罟，畢弋以取魚鳥。莊子曰：畢弋者多，鳥亂於上；網罟者多，魚亂於下。網罟者，取魚之器。畢弋者，取鳥之器。今所謂罟弋，言網罟畢弋。所謂畢提攜，却是畢盡之畢也。翻倒荷芰亂，指揮逕路迷。謝靈運：連巖覺路塞，密竹使逕迷。來人忘新行[一]，去子惑故蹊。趙云：其爲嬉戲，至翻倒芰荷而亂，互相指揮，無所適從，故於逕路翻成迷惑也。陸韓卿詩：荷芰始參差。得魚已割鱗，採藕不洗泥。人情逐鮮美，物賤事已一作亦。睽。趙云：得魚則便割其鱗而殺之[二]，採藕則不及洗泥而食之，皆兒童之戲也。雖是兒童之戲，而於人情以鮮美爲貴，於物以非新爲賤。物既可賤，事亦睽離矣。此龍陽君以得魚棄前魚爲恩奪而泣者也。公因目前實事起意，以雖小兒猶知好新而厭故也。吾村靄暝姿，異舍雞亦棲。蕭條欲何適，出處庶可齊。沈休文：蕭條何所欲。趙云：以既無所適，遂可以處，不必出也。衣上見新月，霜中登故畦。濁醪自初一作新。熟，東城多鼓鼙。趙云：蓋言濁酒幸自初熟可以供飲，宜安郊村之興，況東城多鼓鼙乎！濁醪字公屢使。本出魏都賦：清酤如濟，濁醪如河。東城，東州之城也。是年四月，東川節度兵馬使段子璋反。五月，西川節度使崔光遠使牙將花驚定擊斬之。驚定乘勝大掠東蜀，至天子聞之而怒，則雖七月，兵應未定，故云。

【校勘記】

〔一〕「行」，宋詩卷三謝靈運登石門最高頂詩作「術」。

〔二〕「其鱗」，原作「鱗鱗」，據文淵閣本、文津閣本、文瀾閣本、清刻本、排印本改。

題壁上韋偃畫馬歌

鮑云：朱景玄畫斷云：韋偃伯父工龍馬，父鑾工山水松石，偃又工仙僧老松異石。人知其善畫馬，不知其松石更工。

韋侯別我有所適，知我憐君一作渠。畫無敵。戲拈禿筆掃驊騮，欻見騏驎出東壁。顔延年白馬賦：欻聳躍以鴻驚。驊騮，良馬也；騏驎，瑞獸也。餘見上天育驃騎歌注。一匹齕草一匹嘶，坐看千里當霜蹄。時危安得真致此，與人同生亦同死。莊子：馬蹄可以踐霜雪，齕草飲水。吕布嘗御良馬，號曰赤兔，能馳城飛塹，馳突燕軍，一日或至三四，斬首而出。趙云：乃「所向無空闊，真堪托死生」之意。其事則世説曰：劉備之初奔劉表，表左右欲因會取備。備覺，如廁便出，所乘馬的顱走墮襄陽城檀溪水中。備急，謂的顱曰：今日厄，何不努力！的顱一踴三丈，得過。又如劉牢之爲慕容垂所逼，馬跳五丈澗而脱。

戲題畫山水圖歌 王宰畫丹青絕倫。

十日畫一水，五日畫一石。能事不受相促迫，王宰始肯留真跡。壯哉崑崙方壺一云丈。圖，列子湯問：夏革曰：渤海之東，不知幾萬億里，有大壑焉，實惟無底之谷。其下底名曰歸墟〔一〕。八宏九野之水〔二〕，天漢之流，莫不注之而無減焉。注：世傳天河與大海通，其中有五山，一曰岱輿，二曰員嶠，三曰方壺，四曰瀛洲，五曰蓬萊。又周穆王宿于崑崙之河，汾水之陽。山海經云：崑崙山有五色水。趙云：此圖應畫江山之勢闊遠，故直以爲崑崙與方壺山之圖形容之。挂君高堂之素壁。巴陵洞庭日本東，巴陵，岳陽也。洞庭在其左，海東有日本國。赤岸水與銀河通，赤岸，地名。杜補遺：南兗州記曰：瓜步山東五里，江有赤岸山，南臨江中。羅君章云：赤岸若朝霞。即此也。濤水自海入江，衝激六七百里至北岸側，其勢始衰。郭景純江賦云：鼓洪濤於赤岸。餘巴陵洞庭事，見第四寄薛三郎中「青草洞庭湖」補遺〔三〕。趙云：又狀其水之闊遠。文選枚乘七發云：凌赤岸矣。後學者見郄昂作岐邠涇寧四州八馬坊碑有云：我有唐之新造國也，於赤岸澤僅得牝牡三千匹。遂惑赤岸所在。殊不知此隴右間，亦有赤岸矣。巴陵之洞庭，日本國之東；真州之赤岸，通銀河之水，此皆狀其遠也。中有雲氣隨飛龍。莊子：姑射山有神人，乘雲氣，御飛龍，而遊乎四海之外。舟人漁子入浦漵，山木盡亞一作帶。洪濤風。江賦：舟子涉人。又，蘆人漁子。海賦：舟人漁子，徂南極東。七發：陵赤岸，篲扶桑。趙云：楚辭：入溆浦。而倒用之，則何遜詠白鷗詩云：孤飛出浦溆，獨宿下滄洲。莊子有山木篇。西京賦：起洪濤而揚波。尤工遠勢古莫比，咫尺應須論一作千。萬里。薛云：按南史：竟陵王子良孫賁，字文煥〔四〕，能書善畫，於扇上圖山水，咫尺之內，便覺萬里爲遥〔五〕。矜慎不傳，自娱而已。焉得并州快剪刀，剪取吴松半江水！趙云：言吴地之松江也。苕溪漁隱曰：予讀益州畫記云：王宰大曆中，家于蜀川〔六〕，能畫山水，意出象外。老杜與宰同時，此歌又居成都作，其許與必不妄。

【校勘記】

〔一〕「其下」，列子湯問作「其下無」。

〔二〕「八宏」，文津閣本、清刻本、排印本作「入」。

〔三〕「第四」，檢本集，寄薛三郎中詩見於卷十四。

〔四〕「文焕」，文淵閣本、文津閣本、文瀾閣本、清刻本、排印本作「文炳」，訛。南史卷四十四竟陵王子良傳云：「賁，字文奂。」案，「奂」通「焕」。

〔五〕「内」，文淵閣本作「間」。

〔六〕「川」，文淵閣本、文津閣本、文瀾閣本、清刻本、排印本作「州」。

題李尊師松樹障子歌

老夫清晨梳白頭，趙云：禮記云：大夫得謝，自稱曰老夫。左傳云：牽率老夫。曹子建云：雲散還城邑，清晨復來還。鄒陽云：白頭如新。又，前人有白頭翁之語。玄都道士來相訪。握髮呼兒延入户，周公一沐三握髮。古詩：呼兒烹鯉魚。趙云：手提新畫青松障。障子松林静杳冥，趙云：楚辭曰：杳冥兮晝晦。憑軒忽若無丹青。陰崖却承霜雪一作露。榦，馬季長長笛賦：生於終南之陰崖。南都賦：幽谷嶜岑，夏含霜雪。趙云：登樓賦：憑軒檻以遥望。而江淹擬張綽云：憑軒詠堯老。孔子曰：霜雪既降，吾以是知松栢之茂也。偃蓋反走虬龍形。老夫平生好奇古，趙云：抱朴子云：天陵偃蓋之松。故北齊魏收詩云：古松圖偃蓋，新栢寫煙崟[一]。隋煬帝古松詩云：獨留麈尾影，猶横偃蓋陰。反走虬龍形，言松身之反走如之也。若抱朴子云：松樹皮中有聚脂，狀如龍形。乃言松脂之形，則栢之古身[二]，亦可狀爲虬龍矣。對此興與精靈聚。已知仙客意相親，更覺良工心獨苦。東坡詩話云：故人董傳善論詩。余嘗云子美詩不免有凡語。「已知仙客意相親，更覺良工心獨苦」，此豈非凡語耶？傳笑曰：此句殆爲君發。凡人用意深處，人罕能識，此所以爲獨苦，豈獨畫哉！杜補遺：古今詩話云：管子曰：事無終始，無事多業。此言學者貴能成就也。唐人爲詩，皆量己力以致功，常積精思數十年，然后各自名家[三]。今人不然，未有小得，已高視前人，自以爲無敵。然知音之難，萬事悉然。杜工部詩云「更覺良工心獨苦」，用意之妙，有舉世莫之知者，此其所以爲獨苦歟！趙云：古詩云：晨風懷苦心。陸士衡猛虎行云：志士多苦心。豫章行云：曾是懷苦心。則公蓋用此也。松下丈人巾屨同，偶坐似一作自。是商山翁。悵望一作惆悵。聊歌紫芝曲，時危慘澹來悲風。商山翁、紫芝曲，並見上喜晴及洗兵馬注。

【校勘記】

〔一〕「煙崟」，文津閣本作「幽崟」。案，北齊詩卷一魏收庭柏詩作「爐峰」。

〔二〕「栢」，清刻本、排印本作「松」。

〔三〕「然后」，清刻本、排印本作「始」。

古柏行

傷有其才而不得其用也。趙云：此詩凡三段，自「孔明廟前有老栢」至「月出寒通雪山白」八句，指言今夔州孔明廟之栢；自「憶昨路遶錦亭東」至「正直元因造化功」八句，追言成都先主廟之栢；自「大厦雖傾要梁棟」至「古來材大難爲用」八句，總言兩處之栢。起意以嗟大材之人，且自况其身。

孔明廟前有老柏，廟在成都先主廟西隅。夔州則先主廟、武侯廟各別。趙云：孔明爲蜀相，成都則先主廟，而武侯祠堂附焉。夔今詠栢，專是孔明廟而已，豈非夔州栢乎？公詩集中，其在夔也，屢有孔明廟詩。於夔州十絶云：武侯祠堂不可忘，中有松栢參天長。以絶句證之，則此乃夔州之詩明矣。柯如青銅根如石。趙云：任昉述異曰：盧氏縣有盧君塚〔一〕，塚傍栢二株，勁如銅石也。黄貢獻之云：在費多得家見述異志一本〔二〕，正有其柯如青銅，其根如鐵石之文。則公必使青銅，尤爲有據。霜皮溜雨四十圍，黛色參天二千尺。

曹子建：荆棘上參天。新添：緗素雜記云：沈存中筆談云：四十圍乃是徑七尺，無乃太細長乎？予謂存中性機警，尤善章算術，獨於此爲誤，何也？古制以圍三徑一，四十圍即百二十尺。圍有百二十尺，即徑四十尺矣，安得云七尺也？若以人兩手大指相合爲一圍，則是一小尺，即徑一丈三尺三寸，又安得云七尺也？武侯廟栢當從古制爲定。則徑四十尺，其長二千尺宜矣。遯齋閑覽云：沈不知子美之意，但言其色而已。猶言其翠色蒼然，仰視高遠，有至於二千尺，而幾於參天也。若如此求疵，則二千尺，固未足以參天。而詩人謂峻極于天者〔三〕，更爲妄語。范蜀公云：武侯廟栢才十丈，而杜云二千尺，以謂詩人好大其事。學林新編云：按子美潼關吏詩曰：大城鐵不如，小城萬丈餘。豈有萬丈城邪？姑言其高。四十圍二千尺者，亦姑言其高且大也，詩人之言當如此。而存中乃拘以尺寸校之，則過矣。趙云：庾肩吾過建昌故臺詩曰：圖雲初溜雨，畫水即生苔。鮑照與其妹書言所歷之處曰：半山以下，純爲黛色。其四十圍、二千尺，又用栢事以形容今栢之長大也。四十圍，則隋均州圖經云：南陽武當南門且有社栢，樹大四十圍。梁蕭欣爲郡，伐之。二千尺，則巴郡有柏樹，大可十圍，高二千尺餘。此並載樂史太平寰宇記中。公夔州絶句有云：武侯祠堂不可忘，中有松栢參天長。則夔州廟中之栢，當公賦詩時，目見其高大，故今又有參天二千尺之句。前輩既不知此是夔州詩〔四〕，而又不見樂史所載栢事，乃爲紛紛之説。

君臣已與時際會，

蜀先主：孤之有孔明，如魚之有水也。趙云：揚子云：堯舜禹，君臣也，而並。孟達辭先主表云：際會之間，請命乞身。

樹木猶爲人愛惜。

左傳：思其人，猶愛其樹，況用其道而不恤其人乎！劉歆曰：思其人，猶愛其樹，況宗其道而毀其廟乎！趙云：佛書有云樹木神。三國志注，載魏書言太祖屯兵堤南，樹木幽深，吕布疑其有伏。前既已言栢之大高矣，便可接「氣接巫峽」「寒通雪山」，皆爲形容之句，而却插此兩句何也？曰，此公詩之妙處也。蓋栢雖有四十圍之大，二千尺之長者，而後人如蕭欣輒伐之不能久有。惟此栢以君臣際會之休故，人愛惜以至于今也。惟其如此，然後致「氣接」「寒通」之遠焉。

雲來氣接巫峽長，月出寒通雪山白。

宜都山川記曰：巴東三峽巫峽長。詩眼云：形似之意，蓋出於詩人之賦，「蕭蕭馬鳴，悠悠旆旌」是也。激昂之語，蓋出於詩人之興，「周餘黎民，靡有孑遺」是也。古人形似之語，如鏡取形、燈取影也。故老杜所題詩，往往親到其處，益知其工。激昂之言，孟子所謂不以文害辭、辭害意。初不可形迹考，然如此乃見一時之意。余遊武侯廟，然後知古栢詩，所謂「柯如青銅根如石」，信然，決不可改，此乃形似之語。「霜皮溜雨四十圍，黛色參天二千尺。」「雲來氣接巫峽長，月出寒通雪山白。」此激昂之語。不如此，則不見栢之大也。文章固多端，警策往往在此兩體耳〔五〕。趙云：巫峽，主雲來言之。高唐賦曰：妾居巫山之陽，高丘之岨。朝爲行雲，暮爲行雨。巫峽在夔之下。巫峽之雲來，而栢之氣與接。雪山，主月出言之。雪山謂之西山。記云：月出于西。雪山在夔之西。雪山之月出，而栢之寒與通，皆言其高大也。東方朔别傳曰：凡占，長史東耕，當視天有黄雲來覆車，五穀大熟。梁吴均詠雲詩有云：白雲蒼梧來，過拂章華臺〔六〕。於雲亦使來字矣。詩云：月出皎兮。盛弘之荆州記載古歌曰：巴東三峽巫峽長，猿鳴三聲淚霑裳。又陳陰鏗渡青草湖詩曰：穴去茅山近，江連巫峽長。夔州雖不望見雪山，大概在蜀西之一帶。西域記：雪山積雪不消，冬夏望之皆白，故云雪山白。此言夔州之栢尤明，亦所以引下段言成都之栢，在雪山之下，而此栢寒通雪山矣。

憶昨路繞錦亭東，先主武侯同閟宮。

詩：閟宮有侐。趙云：此乃追言成都先主廟之栢，杜公近方離成都而來夔，故止可言憶昨也。士夫誤誦此詩句之熟，以爲憶昨路繞錦城東；又生疑惑，乃謂先主廟在成都南門外，而子美云錦城東，爲不可曉。此不自知其誤誦之熟也。嚴武有寄題杜二錦江野亭詩，此豈所謂錦亭乎？或是當時先主廟西又有錦亭。雖不見所載，而以意逆志爲然。公自西郊草堂，遶所謂錦亭而往，乃爲東矣。同閟宮，蓋又紀實也。今廟中塑先主武侯之像。

崔嵬枝榦郊原古，窈窕丹青户牖空。

趙云：郊原古，則先主廟栢在平地而古也。下句感物弔古，言窈窕深邃，所施丹青之户牖徒存而無人也。謝宣遠詩云：窈窕承明內。言宮殿之深邃矣。張良廟教云：可改構棟宇而修丹青。老子云：鑿户牖以爲室。

落落盤踞雖得地，冥冥孤高多烈風。

趙云：杜篤首陽山賦曰：長松落落，卉木蒙蒙。梁沈約高松賦云：鬱彼高松，栖根得地。冥冥孤高，則言栢之高，而望之冥冥，如揚子云：鴻飛冥冥。尚書：烈風雷雨弗迷。而今在栢用之，則七發之言桐樹云：冬則烈風之所激。

扶持

自是神明力，正直元因造化功。薛云：孫興公天台賦：嗟台岳之所異挺，實神明之所扶持。趙云：列子曰：穆王見偃師歎曰：人之巧乃與造化同功。前漢有云：造化之功。大厦如傾要梁棟，大厦將顛。萬牛迴首丘山重〔七〕。趙云：大厦以比國家。如傾以言多難，梁棟以栢喻人材。庚子嵩目和嶠：森森如千丈松，施之大厦，有棟樑之用也。後漢：馮衍說辭曰：明帝復興，而大將軍爲之梁棟。不露文章世已驚，未辭剪伐誰能送？甘棠：勿剪勿伐。趙云：栢木有文采，具在其中，故云不露文章，人已訝其高大。下句蓋自況其不憚麋軀捐身，以應器使，然誰能送致之乎？苦心豈免容螻蟻，香葉終經宿鸞鳳。趙云：栢實與葉，其味苦，故栢心亦苦。心雖苦矣，而不免螻蟻之所穿，以況小人之見凌也。下句豈非公自況其終接鴛鸞之侶乎？謝承後漢書曰：方儲遭母憂，種松柏，鸞棲其上。志士幽人莫怨嗟，古來材大難爲用！莊子：吾有大樹，人謂之樗。其大本擁腫而不中繩墨。立之塗，匠者不顧。今子之言大而無用，衆所同去也。趙云：王充論衡效力篇云：或伐薪於山，輕小之木，合能束之。至於大木，十圍以上，引之不能動，推之不能移，則委之於山林，收所束之小木而已。由斯以論，知能之大者，其猶十圍以上木也。人力不能舉薦，其猶薪者不能推引也。孔子周流，無所留止，非聖才不能，道大難行，人不能用也。故夫孔子，山中巨木之類也。論衡之語如此。公所謂材大難爲用，豈不出於此乎？

【校勘記】

〔一〕「盧氏縣」，原作「虞氏縣」，據文津閣本並參太平御覽卷九百五十四引録任昉述異記改。

〔二〕「費多得」，先後解輯校丁帙卷四此詩引趙次公原注〔一〕作「費貢夢德」。

〔三〕「峻」，原作「駿」，據文淵閣本、文津閣本、文瀾閣本、清刻本、排印本改。

〔四〕「詩」，文淵閣本、文津閣本、文瀾閣本、清刻本、排印本無。

〔五〕「耳」，文津閣本、文瀾閣本、清刻本、排印本無。

〔六〕「雲」，原作「雪」，檢「白雲蒼梧來」二句，見於梁詩卷十一作吴均詠雲詩二首其二，據改。

〔七〕「牛」，排印本作「年」，訛。

戲爲雙松圖歌

韋偃畫。

天下幾人畫古松，畢宏已老韋偃少。畢宏亦畫工也。絶筆長風起纖末，仲尼作春秋，絶筆於「獲麟」。長笛賦：其應清風也，纖末奮蕱。滿堂動色嗟神妙。趙云：滿堂，如：滿堂爲之不樂。左傳：使者色動而言肆。兩株慘裂苔蘚皮，屈鐵交錯迴高枝。白摧朽骨龍虎死，黑入太陰雷雨垂。松根胡僧憩寂寞，庬眉皓首無住著。偏袒右肩露雙脚，金剛經：偏袒右肩，右膝著地。之庬眉皓首，衣冠甚偉。楞嚴經云：名無住行，名無著行。趙云：因畫胡僧而紀詠之，故用佛書字焉。公摘其字而合用之也。張良傳載四皓然唐有中興間氣集載鄭賢詩云：高僧無住著，何日出東林。賢與公同時人，莫知孰先用也。葉裏松子僧前落。韋侯韋侯數相見，我有一匹好東一作素。絹，重之不減錦繡段。四愁詩：美人贈我錦繡段。趙云：不減者，不虧也。本出左傳：不爲末減。其後晉人多言某人不減某人。已令拂拭光凌亂，謝惠連：清波時凌亂。趙云：梁吴均行路難曰：未央採女棄鳴篪，爭見拂拭生光儀。謝朓和劉繪詩：頳紫共彬駁，雲錦相凌亂。請公放筆爲直幹。

喜雨

春旱天地昏，日色赤如血。前漢：河平元年，日出赤如血。趙云：日赤色如血，公極言旱日之可畏。舊注引前漢河平元年，日色赤如血。河平者，成帝年號也。成帝本紀及漢天文志並無之，乃晉光熙元年五月壬辰癸巳，日光四散，赤如血流，照地皆赤。甲午又如之。占曰：君道失明。又永嘉五年三月庚申，日散光，如血下流，所照皆赤。舊注摸稜，妄引年號，有誤後學，故爲詳出之也。農事都已休，兵戎況騷屑。巴人困軍須，慟哭厚土熱。左傳：皇天厚土，寔聞此言。趙云：按本朝樂史寰宇記，載閬州閬中郡，春秋之巴國也，有渝水，爲前漢高祖紀所謂巴渝之舞是已。公詩每有巴字，皆多閬州詩矣。厚土，經傳只使后土，至厚地字方使厚薄之厚。今公厚土，蓋因有厚地，故用厚坤，又用厚土耳。舊注便改左傳作皇天厚土實聞此言，非是。滄江夜來雨，真宰罪一雪。真宰，見第三卷注。穀根小蘇息，沴氣終不滅。趙云：沴氣，陰陽錯謬之氣也。沴，音戾。莊子曰：陰陽之氣有沴。何由見寧歲，解我憂思結。國語：自子之行，晉無寧歲。鮑明遠：寧歲猶七奔。崢嶸群山雲，交會未斷絶。

趙云：交會字，周禮「陰陽之所交，風雨之所會」而合成。安得鞭雷公，滂沲洗吴越！時聞浙右多盜賊。出獵賦：霹靂列缺，吐火施鞭。又，鞭洛水之宓妃。南都賦：鞭魍魎。趙云：霶霈，言大雨也。詩云：月離于畢，俾滂沲矣。

太子張舍人遺織成褥段

客從西北來，遺我翠織成。古詩：客從遠方來，遺我一端綺。趙云：織成者，綵物之名。後漢輿服志云：織成者多。開緘風濤涌，中有掉尾鯨。江賦：揚鬐掉尾。又，介鯨乘濤以出入。海賦：其魚則横海之鯨。偃尾高濤，巨鱗插雲。趙云：顔延年詩：春江壯風濤。逶迤羅水族，瑣細不足名。客云充君褥，承君終宴榮。空堂魑魅走，高枕形神清。趙云：曹子建詩：公子敬愛客，終宴不知疲。公言其可以皆言織紋也。爲褥，而爲褥之用有三：一則可承終晝之宴；二則設之於高堂，而魑魅見其上海獸怪狀，必驚而走；三則寢於其上，可以除魔去魘，神魂自清也。於一句五字中意各存矣。領客珍重意，顧我非公卿。留之懼不祥，左傳：服之不衷，身之災也。施之混柴荆。服飾定尊卑，大哉萬古程。書：車服以庸。今我一賤老，裋褐更無營。貢禹：裋褐不完。師古曰：裋者，謂僮竪所着布長襦也。褐，毛布也。裋音竪。趙云：簡册所載有短褐，有裋褐。公每對屬處則用短褐，蓋短窄之褐也。裋褐，取童豎之褐爲義。今單句云裋褐更無營，則用裋褐亦可，大率貧者之服耳。煌煌珠宮物，寢處禍所嬰。書云：臣有作福作威玉食，害于而家，凶于而國。趙云：珠宮，指言龍宮也。楚辭云：貝闕兮珠宮。蓋言以此褥而寢處，非卑賤者所宜，懼嬰於禍，又以成不祥之義也。説文云：嬰，繞也。如曹子建四言云：咨我小子，凶頑是嬰。歎息當路子，干戈尚縱橫。掌握有權柄，衣馬自肥輕。語：乘肥馬，衣輕裘。趙云：今當用兵之時，其當路得勢之人，乘此干戈擾攘，操握權柄，自然乘肥馬，衣輕裘，非我所預也。孟子曰：夫子當路於齊。淮南子：置鑒燧掌握之中。李鼎死岐陽，實以驕貴盈。趙云：李鼎於史無傳，唯見姓名於舊史崔光遠傳：上元元年，以李鼎代光遠爲鳳翔節度使。又，新唐書載於上元二年二月云：奴剌、党項羌寇寶雞，焚大散關，寇鳳州，鳳翔尹李鼎敗之。此李鼎之可見者。史有恃寵驕盈。來瑱賜自盡，氣豪直阻兵。上元三年，肅宗追瑱入京，裴茂稱瑱屈强難制，宜早除之。寶應二年，貶瑱播州縣尉，翌日賜死。左傳：阻兵安忍。皆聞黄金多，坐見悔吝生。蘇季子，位高金多也[一]。老子曰：多藏則厚亡。易云：吉凶悔吝，生乎動。奈何田舍翁，受此厚貺情。漢祖起田舍翁。錦鯨卷還客，始覺心和平。振我麤席塵，媿客茹藜羹。王子淵頌：羹藜含糗者，不足論太牢之滋味。趙云：莊子云：藜羹不糝。舊注所引在後，又字倒矣。

【校勘記】

〔一〕「金多」，文淵閣本、文津閣本作「多金」。

丈人山

青城山記云：此山爲五岳之長，故名丈人，有丈人觀。

自爲青城客，不唾青城地。爲愛丈人山，丹梯近幽意。趙云：唾地者，有所惡而唾也。元魏爾朱榮手毁匿名書，唾地曰云云是也。不唾其地，所以敬之也。陳徐陵作玉臺新詠，載劉勳妻王宋雜詩云：千里不唾井，况乃昔所奉〔一〕。丹梯，上山之路也。謝玄暉敬亭山詩：要欲追奇趣，即此陵丹梯。靈運：躡步陵丹梯。丈人祠西佳氣濃，陶潛：山氣日夕佳。後漢：氣佳哉！鬱鬱葱葱。緣雲擬住最高峰。靈光殿賦：緣雲上征。掃除白髮黄精在，君看他時冰雪容。世説：黄精久服，反老爲少。趙云：按本草，黄精味甘平，補益，輕身延年不飢。嘗讀逸史載虞鄉、永樂縣連接，其中道者往往而過。有吕生者，居二邑間，自爲童兒時，斸黄精煮服之。十年行若飄風。母逼令飡飯，諸妹置猪脂於酒中强飲之，乃逼於口鼻噓吸之際，一物自口中落，長二寸餘。衆共視之，乃一黄金人子。吕生乃仆卧不起。移時方起。先是吕生雖年近六十，鬢髮如漆，及是皓首。觀此，則黄精有掃除白髮之功矣。漢書：掃除煩苛。莊子：姑射神人，肌膚若冰雪。

【校勘記】

〔一〕「王宋雜詩」句，「宋」原奪，檢下「千里不唾井」二句，玉臺新詠卷二作劉勳妻王宋雜詩，據補。

又，「雜」，文淵閣本作「維」，訛。

百憂集行

趙云：詩：我生之後，逢此百憂。而王筠行路難云：百憂俱集斷人腸。故取爲題。

憶年十五心尚孩，年，一作昔。趙云：孩者，可提之童也。魯昭公十五而猶有童心〔一〕。老子：若嬰兒之未孩。聖人皆孩之。十五乃志學之時，心未免於孩，故云尚孩。押孩字韻，陶淵明命子四言云：日居月諸，漸免於孩。健如黄犢走復來。庭前八月梨棗熟，一日上樹能千迴。即今倏忽已五十，坐卧只多少行立。强將笑語供主人，悲見生涯百憂集。趙云：公生於壬子先天元年，至此則五十歲也。主人，蓋卜居詩所謂「主人爲卜林塘幽」之主人，豈地主者乎？學者多妄指以爲府尹，非也。入門依舊四壁空，相如家居，徒四壁立。老妻覩我顔色同。癡兒未知父子禮，叫怒索飯啼門東。集注：班超幼年每索飯，稍遲即叫怒。父曰：此子異日當爲萬户侯。

【校勘記】

〔一〕「十五」，左傳襄三十一年作「十九」。

投簡成華兩縣諸子

明皇幸蜀，號成都爲南京，故成華得稱赤縣。

赤縣官曹擁材傑，十州記：神州赤縣。軟裘快馬當冰雪。長安苦寒誰獨悲，杜陵野老骨欲折。趙云：京畿倚郭謂之赤縣。史記鄒衍所謂神州赤縣。成都當此時號爲南京，故公詩指兩縣，得謂之赤縣。梁簡文帝與蕭臨川書：八區内侍，厭直御史之廬；九棘外府，且息官曹之務。沈約懷舊：吏部信才傑。蔡伯世云：此成都詩，不應言長安。其夜字之訛，故誤作安耳，況卒章之意明甚。其說非是〔一〕。此公雖在成都而遠念長安之寒，下句南山、青門，則言長安之地矣。杜陵屬京兆，後漢李固傳：霍光憂愧發憤，悔之折骨。南山豆苗早荒穢，揚惲傳詩曰：田彼南山，蕪穢不治。種一頃豆，落而爲萁。青門瓜地新凍裂。史記：邵平種瓜於長安城。東漢書：霸城門，所謂青門也，即長安城東門。鄉里兒童項領成，詩：節彼南山〔二〕；四牡項領。趙云：按陶淵明所謂鄉里小人，故公又云：鄉里小兒狐白裘。項領成，言其長成而得意也。後漢吕强陳政事書有云：群邪項領。朝廷故舊禮數絕。左傳：名位不同，禮亦異數。任彦昇哭范僕射詩：平生禮數絕。自然棄擲與時異，況乃疎頑臨事拙。飢卧動即向一旬，弊衣何啻聯百結。劉公幹：彌曠十餘旬。趙云：重言其貧也。説苑言「子思居於衛，二旬九食」之義。貧士傳：董先生衣百結。君不見空牆日色晚，此老無聲淚垂血！趙云：卞和獻玉而遭刖，則哭於空山；淚盡，繼之以血。

【校勘記】

〔一〕「是」，原作「長」，訛，據清刻本、排印本改。

〔二〕「節彼南山」，清刻本、排印本作「駕彼四牡」。

徐卿二子歌

趙云：二子字雖是實道其事，而論語：見其二子焉。

君不見徐卿二子生絶奇，感應吉夢相追隨。詩：吉夢維何？維熊維羆。乃生男子。趙云：曹子建詩：飛蓋相追隨。孔子釋氏親抱送，盡是天上麒麟兒。徐陵年數歲，家人攜見寶誌上人，誌以手摩頂曰：天上石麒麟也。大兒九齡色清澈，秋水爲神玉爲骨。小兒五歲氣食牛，滿堂賓客皆迴頭。揚子：吾家之童烏，九齡而與我玄文。大兒，見四卷劉少府詩。尸子：虎豹之駒，雖未成文，已有食牛之氣。謝希逸月賦：滿堂變容，回皇如失。趙云：世說：孔文舉有二子，大者十歲，小者五歲。晝日父眠，小者牀頭盜酒飲之。大兒謂曰：何以不拜？答曰：偷，何行禮？此載年小而善言語也。管輅別傳言何晏尚書神明清澈，見世說注。陳遵傳、王莽傳皆有賓客滿堂云云也。舊注引月賦「滿堂變容」，不相干矣。吾知徐卿百不憂，積善衮衮生公侯。易：積善之家。衮衮，見上醉時歌注。丈夫生兒有如此二雛者，名位豈肯卑微休！趙云：左傳：名位不同。王充論衡自紀篇：位雖卑微，行苟離俗，必與之友。

病柏

有柏生崇岡，童童狀車一作青。蓋。琴賦：托峻岳之崇岡。魏文帝：西北有浮雲，亭亭如車蓋。杜補遺云：蜀志：先主舍東南角，籬上有桑樹生高五丈餘，遙望見童童如小車蓋，往來者皆怪此樹非凡。先主少時，與諸小兒戲諸樹下，戲言吾必當乘此羽葆蓋車。又，齊書：太祖宅在武進〔一〕，南有桑樹，狀如車蓋。上年數歲，遊於其下，從兄敬宗謂曰：此樹爲汝生也。偃蹙龍虎姿，主當風雲會。神仙傳：麒麟客有龍虎之姿。趙云：魏吴季重答魏太子牋：臣幸得下愚之才，值風雲之會。晉陸機塘上行言江蘺曰：被蒙風雲會，移居華池邊。史有感遇風雲、依乘風雲。神明依正直，故老多再拜。趙云：傳：聰明正直之謂神。今言栢樹正直，而神明反依之也。詩：召彼故老。豈知千年根，中路顏色壞。出非不得地，蟠據亦高大。梁沈約高松賦云：鬱彼高松，栖根得地。元魏奚斤之言赫連昌曰：未有盤據之資。易：君子以積小成大。歲寒忽無憑，日夜柯葉改。歲寒，然後知松栢之後彫。禮器：如松柏之有心，貫四時不改柯易葉。趙云：古詩：日夜黄，日夜踈。言其不覺如此之義。丹鳳領九雛，哀鳴翔其外。建康實録：鳳將九雛，再見于豐城，衆鳥從之。洞簫賦：孤雌寡鵠，娛優乎其下。春禽群嬉，翺翔乎其顛。琴賦：翔鸞集其顛。杜補遺：按吴兢樂府古題要解云：鳳將雛，漢世曲名。晉應璩百一詩云：言是鳳將雛。又，北齊陽松玠談藪云：東海何承天，除著作，年已邁。諸佐郎並少年。荀伯玉呼爲妳母。承天云：卿當言鳳凰將九子，妳母何言邪？亦將雛之義。趙云：古歌詞隴西行曰：鳳凰鳴啾啾，一母將九雛。南都賦：鸞鷟鵷雛翔其上。鴟鴞志意滿，養子穿一作窟。穴內。詩有鴟鴞篇。客從何鄉來，佇立久吁怪。趙云：上句倣古詩客從遠方來也。李善注文選：吁，疑怪之辭。此摘用矣。

靜求元精一作無根。理，浩蕩難倚賴。趙云：後漢郎顗傳：元精所生，王之佐臣。而晉阮籍詠懷詩曰：天地絪縕，元精代序。

【校勘記】

〔一〕「武進」，原作「進武」，地名倒誤，據南史卷四齊本紀上乙正。

新刊校定集注杜詩卷八

古詩

病橘

此詩傷物失所而至於困悴。趙云：此篇直叙事紀實而感歎之詩。舊注妄矣。

群一作伊。橘少生意，雖多亦奚爲！惜哉結實小，一作少。酸澀如棠梨。剖一作劃。之盡蠹蝨，采掇爽其宜。其，一作所。詩：薄言采之；薄言掇之。紛然不適口，莊子：柤、梨、橘、柚，皆可於口。豈只存其皮。蕭蕭半死葉，七發：其根半死半生，冬則烈風漂霰飛雪之所激〔一〕。未忍別故枝。玄冬霜雪積，劉公幹：自夏涉玄冬。况乃迴風吹。趙云：柤梨橘柚，其味相反，而皆可於口。今云不適口，則以其病反言之。橘皮可用於藥，病亦不可用矣。半死葉，借七發言半死字用也。宋沈約霜來悲落桐詩云：宿莖抽晚榦，新葉生故枝。梁元帝纂要曰：冬曰玄英，亦曰玄冬。注引劉公幹詩。亦詩人承用之熟，非祖出也。**嘗聞蓬萊殿，羅列瀟湘姿。**瀟湘有橘柚，橘洲。世説：江南爲橘，江北爲柚。**此物歲不稔，玉食少光輝。**書：惟辟玉食。周禮：共食玉。少，一云失。杜云：天子玉食。言所食之珍貴如玉[一]。**寇盜尚憑陵，當君減膳時。**天子徹樂減膳。**汝病是天意，吾愁**一云諗。**罪有司。**趙云：此八句是一段。蓬萊殿，在東内大明宮含涼殿前。則橘多生於湘潭間。張華詩曰：橘生湘水側，菲陋人莫傳。逢君金華宴，得在玉几前。古詩言庭樹云：此物何足貴。玉食，所食之珍貴如玉。注引王齊則共食玉，乃真是玉屑，非此之謂。禮云：凶年，天子徹樂減膳。吾愁罪有司，言自是天意使橘病而不供，不可歸罪有司。一作諗字，義止訓告，非也。**憶昔南海使，奔騰獻荔枝。百馬死山谷，到今耆舊悲！**唐書：貴妃嗜荔枝，必欲生致之。乃置騎傳送，走數千里，其味未變，已至京師。集注：漢和帝紀云：舊南海獻龍眼、荔枝，十里一置，五里一候，奔騰險阻，死者繼路。時臨武長唐羌，縣接南海，乃上書陳狀。帝下詔曰：遠國珍羞，本以薦奉宗廟。苟有傷害，豈愛民之本。其敕太官勿復受獻。謝承漢書云：唐羌，字伯游，辟公府，補臨武長。縣接交州，舊貢荔枝、龍眼。驛馬晝夜傳送，至有遭虎狼毒害，頓仆死亡不絶。道經臨武，羌乃上書諫和帝曰：臣聞上不以滋味爲德，下不以貢膳爲功。故天子食太牢爲尊，不以果實爲珍。伏見交阯七郡獻生龍眼等，鳥驚風發。南州地土，惡虫猛獸，不絶於路，至於觸犯死亡之害。死者不可復生，來者猶可救也。此二物升殿，未必延年益壽。帝從之。羌即棄官還家[二]，不應徵。杜云：公借其事以譏楊妃。舊注引唐書，其説非。唐所貢乃涪州荔枝，由子午道而往，非南海也。趙云：此用獻荔枝事比之，奇矣。杜所引是。故公後有絶句云：側生野岸及江蒲，不熟丹宮滿玉壺。雲壑布衣駘背死，勞人重馬翠眉須。

【校勘記】

〔一〕「漂」，原作「慓」，據清刻本、排印本並參全漢文卷二十枚乘七發改。

〔二〕「之」，清刻本、排印本無，當是。

〔三〕「即」，清刻本、排印本無。

枯椶 此詩，傷民困於重斂也。

蜀門多椶一作栟〔一〕。櫚，高者十八九。其皮割剥甚，雖衆亦易朽。徒布如雲葉，青青歲寒後。交横集斧斤，凋喪先蒲柳。薛云：北史：韋世康與子弟書曰：耄雖未及，壯年已謝。霜早秋梧，風先蒲柳。又晉書：顧悦之與簡文帝同年，而髮早白。帝問其故。對曰：松栢之姿，經霜猶茂；蒲柳之質，望秋先零。說文：楊柳也。詩：蒲柳之木二種，一種皮正青，一種皮紅。布，一作有。　趙云：廣志曰：椶，一名栟櫚。張平子南都賦云：其木則楈枒栟櫚，結根竦本，垂條嬋媛。布緑葉之萋萋，敷華蘂之蓑蓑。栟音并，櫚音閭〔二〕。若論公所賦，指蜀中之椶，則蜀都賦云：其木則有椶椰楔樅矣。莊子曰：松栢在冬夏青青。孔子曰：歲寒然後知松栢之後彫。椶葉如車輪，雖冬亦青，故借用。阮嗣宗詠懷詩有「走獸交横馳」。蒲柳一物，乃揚之别名。世說：顧悦之，梁簡文問曰：卿何以先老？答曰：蒲柳之質，望秋先零；松栢之姿，隆冬轉茂。椶以多剥而彫喪，故以此形容之。　傷時苦軍乏，律，乏軍興。一物官盡取。嗟爾江漢人，生成復何有。有同枯椶木，使我沉歎久。死者即已休，生者何自守？何，一作能。啾啾黄雀啄，側見寒蓬走〔三〕。念爾形影乾，摧殘没藜莠。蜀人取椶皮以充用。惟軍興誅求尤急。趙云：家語：孔子謂哀公曰：一物之理，亂亡之端。江文通書：一物之微，有足悲者。下六句因椶一物以興江漢之人。詩曰：滔滔江漢，南國之紀。此夔州詩也〔四〕，而用江漢，於夔爲近。死者即已休，猶椶之既已剥多而枯死。生者何自守，猶椶之未剥者終復遭剥也。後四句又着椶而言矣。黄雀，小鳥耳，西京賦云：翔鶤仰而不逮，況青鳥與黄雀。

【校勘記】

〔一〕「栟」，中華補訂作「并」，訛。

〔二〕「閶」，原作「櫚」，據宋本杜工部草堂詩箋改。

〔三〕「寒」，排印本作「塞」，訛；案，二王本杜集卷四作「寒」，可證。

〔四〕「詩」，清刻本、排印本作「語」，訛。

枯柟

此詩傷抱材者老死丘壑，而不材者見用也。

楩柟枯崢嶸，蜀都賦：楩楠幽藹於谷底。鄉黨皆莫記。不知幾百歲，慘慘無生意。趙云：楩柟枯崢嶸，則其枝之高大矣。王荆公崢嶸終日對枯柟，用此。上枝摩皇天，魏文帝：脩條摩蒼天。下根蟠厚地。易：坤厚載物。趙云：古香爐詩曰：請説王仲宣登樓賦：天慘慘而無色。

銅爐器，崔嵬象南山。上枝似松栢，下根據銅盤。魏文帝：脩條摩蒼天。皇天字，多矣。左傳云：皇天后土。故用對厚地，其字雖出於詩，謂地蓋厚，而前人先用，則張平子東京賦云「跼高天，蹐厚地」也。舊注引易坤厚載物，似是而非。莊子：下蟠于地。

巨圍雷霆拆，萬孔蟲蟻萃。七發：夏則雷霆霹靂之所感。趙云：言其枯也。舊注引七發，非特出處止言龍門之桐，又不是拆之義。病栢云：鴟鴞志意滿，養子穿穴內。古栢行云：苦心不免容螻蟻。相類也。

凍雨落流膠，衝風奪佳氣。趙云：凍雨舊本作涷。涷音東。楚詞大司命云：使涷雨兮灑塵。爾雅：暴雨謂之涷。郭璞曰：今江東夏月暴雨爲涷雨。少司命曰：衝風至兮水揚波。衝風，隧風也。梁孝元帝納涼云：高春斜日下，佳氣滿欄楹。

白鵠遂不來，天雞爲愁思。謝靈運：天雞弄和風。杜云：西京賦：掛白鵠。舊注曰〔一〕：獨鵠晨號乎其上。非是。天雞，出爾雅鳥篇注〔二〕：鶾雞赤羽。逸書曰：文鶾若彩雞，成王時，蜀人獻之。趙云：盧眈化爲白鵠。公又云：黃泥野岸天雞舞。薛夢符注：爾雅釋鳥：鶾，天雞〔三〕。注云：小虫，黑身，赤頭，一名莎雞。非是。

猶含棟樑具，無復霄漢志。趙云：枏者珍材，雖枯而可充用。公自況充用之外，不復更望升拔。衆人之見，則以枯而不採。

種榆水中央，成長何容易。截承金露盤，裊裊不自畏。西都賦：抗仙掌以承露。西京賦：立修莖之仙掌，承雲表之清露。趙云：汜勝之書：種木無期，因地爲時。三月榆莢雨時，高地强土，可種。則榆賴潤濕而後生，故言水中央。詩云：宛在水中央。東方朔：談何容易。漢書：孝武作栢梁、銅柱，承露仙人掌之屬。梁簡文帝詩曰：定用方諸水，持添承露盤。梁元帝善覺寺碑曰：金盤上竦，非求承露。皆參用之。西都賦云金莖，西京賦云脩莖。若非銅柱，而以枏爲莖，則可用。彼榆之脆弱，烏能勝其任哉！蓋興小夫之承重任也。

【校勘記】

〔一〕「曰」，清刻本、排印本無。

〔二〕「鳥篇」，清刻本、排印本作「釋鳥」。

〔三〕「釋蟲」，檢下句「鶾天雞」，爾雅注疏釋鳥第十七作「釋鳥」。

憶昔二首

趙云：舊本失次於成都詩中。今第二篇末句云「灑血江漢身衰疾」，則夔州詩也。與枯椶詩嗟爾江漢人同。

憶昔先皇巡朔方，千乘萬騎入咸陽。後漢靈帝末，京都童謠曰：侯非侯，王非王，千乘萬騎上北邙。趙云：先皇言肅宗也。朔方郡，今之夏州。肅宗即位靈武，乃北地郡，而朔方在靈州之鄰，則車駕所巡矣，既廵車駕歸長安。漢高帝紀：沛公西入咸陽。陰山驕子汗血馬，長驅東胡胡走藏。史：胡者，天之驕子。大宛有汗血駒，見留花門注、沙苑行。前漢匈奴傳：侯應云：北邊塞至遼東，外有陰山，東西千餘里，草木茂盛，多禽獸。李廣出師斥奪此地。長老言匈奴失陰山之後，過之未嘗不哭。趙云：驕子指言回紇也。至德二載，廣平王俶爲兵馬元帥，郭子儀副之，以朔方、安西、回紇、南蠻、大食兵討安慶緒，時回紇兵最有功。赤汗血，見上驄馬行注。東胡，指言安慶緒也。時廣平王之兵戰于澧水，而慶緒敗走。鄴城反覆不足怪，關中小兒壞紀綱。張后不樂上爲忙。至今今上猶撥亂，勞心焦思補四方。胡走藏，祿山敗也。鄴中反覆，史思明未服也。關中小兒，越王係欲奪嫡也。張后，肅宗張皇后也。時玄宗幸蜀，后侍肅宗起靈武，遂立爲后。后能牢籠干豫政事，遷太上皇，譖建寧王倓賜死，皆后謀也。及肅宗大漸，后挾越王係謀危害太子，爲李輔國誅。上爲忙，以代宗畏后也。　鮑云：按關中小兒，當爲越王係是也〔一〕。舊注云：今上代宗自爲太子，授天下兵馬元帥。及即位，内平張后、越王之難，外經營河朔。　趙云：史言：時慶緒奔于河北，明年，乾元元年，蔡希德等復會安慶緒，賊復振，以相州爲成安府。鄴城，即相州也。舊注：祿山敗，思明未服，誤矣。蓋當回紇助順之時，祿山已爲慶緒所殺，而史思明却又殺慶緒。所以東坡詩話曰：關中小兒謂李輔國也。張后，謂肅宗張皇后也。爲留猛士守未央，謂郭子儀奪兵柄入宿衛也。舊注至謂關中小兒爲越王係奪嫡，則自有東坡成説正其謬。張后能牢籠干豫政事，後與李輔國謀徙上皇，又屢欲危太子，皆張后之惡也。上爲忙，指肅宗。舊注以代宗畏后，非是。今上猶撥亂，代宗撥亂也。前漢書：撥亂反正。

我昔近侍叨奉引，往在詩云：我昔忝近侍〔二〕。時代宗享郊廟也。此詩亦言代宗時事，而云我昔近侍叨奉引，然二史皆不載，故不知所任官也。出兵一云兵出。整肅不可當。趙云：公於肅宗朝爲拾遺，掌供奉諷諫。奉引則供奉之事。舊注謂奉引事二史皆不載，故不知所任官，是何等語！杜補遺引唐六典：補闕、拾遺，武后置二人以掌供奉、諷諫。子美至德二年肅宗授左拾遺，明年收京，扈從還長安，蓋拾遺掌供奉扈從也。爲留猛士守未央，致使岐雍防西羌。犬戎直來坐御牀，百官跣足隨天王。吐蕃陷長安，天子奔陝。趙云：守未央。東坡以爲郭子儀。按史：程元振以子儀有天下功，醜爲詆譖。肅宗不納其語，然猶留守京師。明年，吐蕃入寇，陷長安。未央，宫名，漢蕭何所建。高祖大風歌云：安得猛士守四方。子儀於肅宗時召還，在乾元二年之七月。既留京師，次年吐蕃入寇，岐、雍之間，防賊不暇。犬戎指言吐蕃。傳云：本西羌屬，拜必手堀地爲犬號。直來坐御牀，則在代宗廣德元年十月陷京師時。南史侯景傳：齊文宣夢獼猴坐御牀。僕固懷恩阻兵於汾州，引回紇、吐蕃之衆入寇河西。吐蕃繼陷涇州，遂逼京師而陷之。天子車駕幸陝，故云百官跣足隨也。願見北地傅介子，老儒不用尚書郎。傅介子，北地人，持節使，誅斬樓蘭王安歸首，懸之北闕，封介子爲義陽侯。木蘭行云：欲與木蘭賞，不用尚書郎。趙云：公於廣德二年以嚴武再尹成都，自閬中歸。武用爲參謀，固爲尚書工部員外郎矣。今也止願見如傅介子者，使斬贊普之首，則老儒不復須尚書郎也。此爲夔州詩。

右一

【校勘記】

〔一〕「是也」前，原衍「乃」字，據清刻本、排印本删。

〔二〕「我昔忝近侍」，本集卷十二往在詩作「微軀忝近臣」。

憶昔開元全盛日，趙云：鮑明遠蕪城賦曰：當昔全盛之時。小邑猶藏萬家室。稻米流脂粟米白，公私倉廩俱豐實。開元間，承平歲久，四郊無虞，居人滿野，桑麻如織，雞犬之音相聞。趙云：管子：倉廩實而知禮節也。九州道路無豺虎，遠行不勞吉日出。言道路無阻隔，所至皆通達，不必擇日而後出也。齊紈魯縞車班班，左傳：强弩之末，不能穿魯縞。桓帝初，京都童謡曰：車班班，入河間。薛云：前漢志：齊織作冰紈綺繡純麗之物。師古曰：冰，謂布帛之細，其色鮮潔如冰也。紈，素也。趙云：班婕妤詩：新製齊紈素，皎潔如霜雪。婕妤所據，范子曰「紈素出齊」。男耕女桑不相失。揚子：男子畝，婦人桑。

宫中聖人奏雲門，天下朋友皆膠漆。周禮大司樂：歌大吕，舞雲門，以祀天神。後漢：陳重、雷義爲友。語曰：膠漆自謂堅，不如雷與陳。劉孝標絶交論：道協膠漆。叔孫通制禮儀，蕭何定律令。揚雄解嘲：叔孫通起於枹鼓之間，解甲投戈，遂作君臣之儀，得也。聖漢權制，而蕭何造律，宜也。百餘年間未災變，叔孫禮樂蕭何律。趙云：雲門者，黄帝之樂名。叔孫、蕭何，以比開元之大臣。豈聞一絹直萬錢，有田種穀今流血。洛陽宫殿燒焚盡，宗廟新除狐兔穴。安史之亂，民困於役，而不得耕桑。長安宫殿九廟，焚燒略盡。張孟陽七哀詩：園寢化爲墟，周墉無遺堵〔一〕，狐兔窟其中，蕪穢不復掃。趙云：流血，以言戰伐殺人之多。揚子云〔二〕：川谷流人之血。傷心不忍問耆舊，復恐初從亂離説。小臣魯鈍無所能，朝廷記識蒙禄秩。周宣中興望我皇，灑血江漢長衰疾。劉公幹：小臣信頑魯，僶俛安能返。長，一作身。宣王承厲王之亂，復修文武之業，周道復興。趙云：灑血江漢，則公在夔故。詩曰：滔滔江漢，南國之紀。此夔州詩。

右二

【校勘記】

〔一〕「墉」，底本漫滅，據静嘉堂本補。

〔二〕「揚子云」，清刻本、排印本作「東都賦」。

冬狩行 時梓州刺史章彝兼侍御史留後東川。

君不見東川節度兵馬雄，校獵亦似觀成功。杜云：上林賦：天子校獵。李奇注云：以五校兵出獵也。夜發猛士三千人，清晨合圍步驟同。禮：天子不合圍。禽獸已斃十七八，殺聲落日迴蒼穹。幕前生致九青兕，馲駞礨峞垂玄熊。以馲負熊。東西南北百里間，髣髴蹴踏寒山空。羽獵賦：羨漫半散，蕭條數千里之外[一]。東西南北，騁嗜奔欲。拖蒼豨，跋犀犛，蹶浮麋。斮巨狿，搏玄猿。南都賦：排捷陷扃，蹴踏咸陽[二]。趙云：魏文帝、王粲皆有校獵賦。呂安與嵇茂齊書云：蹴崑崙使西倒，蹋太山令東覆。又，維摩經云：譬如龍象蹴踏，非驢所堪。有鳥名鸜鵒，力不能高飛逐走蓬。肉味不足登鼎俎，鷦鷯賦：毛弗施於器用，肉不登于俎味。左傳：有鸜鵒來巢。童謠曰：鸜鵒鸜鵒，往歌來哭。鸜鵒賦：恃陋體之腥臊[三]，亦何勞於鼎俎。胡爲見羈虞羅中？春蒐冬狩侯得同，陳子昂：豈不在遠遊，虞羅所見尋。四時田狩，諸侯得行其事。趙云：周禮：春蒐夏苗，秋獮冬狩。本天子之事也，而諸侯同之，故云侯得同。虞羅，虞者之網羅。公詩又云：獸猶畏虞羅。使君五馬一馬驄。況今攝行大將權，號令頗有前賢風。章彝兼侍御史，故云一馬驄，故事使君五馬車。趙云：漢制，諸侯五馬，出應劭漢官儀。其云一馬驄，則以章留後兼侍御史也。後漢桓典爲侍御史[四]，有威名，好騎驄馬。京師語曰：行行且止，避驄馬御史。飄然時危一老翁，十年厭見旌旗紅。喜君士卒甚整肅，爲我迴轡擒西戎。草中狐兔盡何益，天子不在咸陽宮。朝廷雖無幽王禍，得不哀痛塵再蒙。嗚呼！得不哀痛塵再蒙！時天子避狄。史：中侯與西夷、犬戎攻幽王於驪山。時代宗在陝，詔徵天下兵，而程元振用事，媒孽大臣，皆疑懼不進，天下無一人應召者。故此詩末章大有感激也。趙云：此篇蓋廣德二年十月已後作也。八月，吐蕃入寇。十月，陷邠州及奉天，車駕幸陝。又三日，吐蕃陷京師，故云不在咸陽宮。塵再蒙，則言明皇以祿山之禍已蒙塵於蜀矣，今天子又以吐蕃之故蒙塵於外。左傳：臧文仲曰：天子蒙塵于外。漢書有「下哀痛之詔」。

【校勘記】

〔一〕「千」，全漢文卷五十一羽獵賦作「千萬」。

〔二〕「排揵陷扃」二句，「揵」清刻本、排印本作「撻」，「踏」全後漢文卷五張衡東京賦十三作「蹈」。

〔三〕「鸛鴿賦」二句，「鸛」文津閣本作「鸚」；案，「鸛鴿」文選卷十三、全後漢文卷八十七作「鸚鵡」。

又，「忖」，原作「恃」，據文選、全後漢文改。

〔四〕「桓典」，原作「亘典」，係避宋諱，此改。

韋諷録事宅觀曹將軍霸畫馬圖

國初已來畫鞍馬，神妙獨數江都王。師：名畫記：江都王緒，霍王元軌之子，多才藝，善書畫，鞍馬擅名。垂拱中，官至金州刺史。趙云：鮑照詩：鞍馬光照地。明皇雜録云：王維、鄭虔皆善繪畫，時稱神妙。將軍得名三十載，人間又見真乘黃。乘黃，見第三卷瘦馬行注〔一〕。增添：詩：大叔于田，乘乘黃。趙云：以將軍所畫，其在於人間，真是乘黃也。乘黃，乘馬也。瑞應圖曰：乘黃，王者輿服，有度則出。山海經曰：白氏之國，白身被髮。有乘黃，其狀如狐，背上有角，乘之壽二千歲。注云：即飛黃也。淮南子曰：黃帝時飛黃服皁是已。公詩此句，泛言其所畫之馬，而以乘黃比之，繼之以「曾貌先帝照夜白」至「輕紈細綺相追飛」六句，以言其爲天子畫馬也。曾貌先帝照夜白，馬名也。明皇別傳：上乘照夜白。龍池十日飛霹靂。師：長安志：龍池在南內南薰殿。蓋曹承詔畫馬所，在此殿也。薛云：唐會要：明皇在藩邸，宅居興慶里。宅有龍池涌出，日以浸廣。至開元中，用爲興慶宮。明皇雜録云：上所乘馬，有玉花驄及照夜白，皆駿逸無比，當時命圖寫之。趙云：照夜白者，乃真龍耳，故畫出照夜白，而龍池之中飛霹靂者，凡十日也。蓋畫者真龍在圖，感動龍池中龍如此。薛夢符所引意不相干。內府殷紅馬腦盤，師：唐史：裴行儉平都支、遮匐，獲馬腦盤，廣二尺〔二〕，文采粲然。軍吏持之趍跌，盤碎，行儉色不少吝。婕妤傳詔才人索。唐制，以婕妤、才人代世婦。趙云：馬腦盤，內府之物。婕妤秩尊，故傳詔；才人秩卑，故親往索之。盌賜將軍拜舞歸，輕紈細綺相追飛。師：言詔索內府馬腦盤賜曹將軍也。今本作盌字，誤。趙云：盤賜將軍，蓋專賜之，其從者輕紈與細綺也。吳越春秋：采葛女之歌曰：群臣拜舞天顏舒。貴戚權門得筆跡，始覺屏障生光輝。昔日太宗拳毛騧，近時郭家師子花。（吐蕃潰，郭子儀收復京師，代宗以九花虬賜之，一名師子驄。）今之新圖有二馬，復令識者久歎嗟。此皆騎戰一敵萬，縞素漠漠開風沙。其餘七匹亦殊絶，迥若寒空動煙雪。霜蹄蹴踏長楸間，（曹子建名都篇：走馬長楸間。杜云：莊子有「馬蹄可以踐霜雪」。維摩經：龍象蹴踏，非驢所堪。）馬官廝養森成列。可憐九馬爭神駿，（漢武帝有九逸。支遁曰：憐其神駿耳。）顧視清高氣深穩。借問苦心愛者誰？後有韋諷前支遁。

（支遁字道林。趙云：自「昔日太宗」至「氣深穩」十二句，正是韋諷家所見之畫，凡九疋也。按長安志：太宗昭陵有六駿，在陵後，曰拳毛騧。師子花，亦近時郭家所有之實者。舊注不省，云漢時有九逸，而薛夢符又引西京雜記以正其爲漢文有良馬九疋，混亂旁似，疑惑後學。莊子有「馬蹄可以踐霜雪」。支遁養真馬，韋諷藏畫馬，皆苦心所愛。蓋惟好之篤，而用心苦也。）

憶昔巡幸新豐宮，（新豐宮，驪山也。）翠華拂天來向東。（南都賦：望翠華之葳蕤。東都賦：旌旗拂天。）騰驤磊落三萬匹，皆與此圖筋骨同。（明皇幸驪山，王毛仲以廐馬數萬從，每色爲一隊，相間若錦繡。趙云：因見此九馬圖畫，懷思先皇。新豐宮，則以漢高事；下句射蛟，則以漢武事；朝河宗，則以穆天子事比先皇也。高帝，沛豐邑中陽里人。太上皇懷其故鄉，特爲造新豐邑。驪山在其南，先皇所常遊幸。翠華，天子之旗也。南都賦：望翠華之葳蕤。東都賦：旗拂天也。自長安而幸新豐，自西而東也。今此所畫，正如先皇三萬匹，皆駿馬也。）

自從獻寶朝河宗，無復射蛟江水中。（元封五年，漢武自潯陽浮江親射蛟江中，獲之。師云：蓋傷明皇不復遊幸。趙云：言先皇之出狩，而遂上昇乎。穆天子傳曰：河曰河宗，四瀆之所宗。穆天子乘八駿以遊行。穆天子傳又云：天子西征，至陽紆之山，河伯馮夷，都是，爲河宗。觀春山之寳玉也。沈佺期詩云：河宗來獻寳，天子命焚裘。君不見金粟堆前松柏裏，龍媒去盡鳥呼風。漢武歌曰：天馬駷龍媒。金粟堆，在玄宗泰陵南。增添：唐舊記云：玄宗親拜五陵，至睿宗橋陵，見金粟山崗，有龍盤鳳翥之勢，謂侍臣曰：吾千秋萬歲後，宜葬此。暨升仙，群臣遵先旨以葬焉。趙云：先皇陵寢之畔，龍媒既去，鳥徒呼風於松栢間耳，故曰鳥呼風。

【校勘記】

〔一〕「第三卷」，案，檢瘦馬行詩，見於本集卷四。

〔二〕「二」，文淵閣本、文津閣本、文瀾閣本、清刻本、排印本作「三」，訛。

送韋諷上閬州録事參軍

國步猶艱難，詩：天步艱難。兵革未衰息。萬方哀嗷嗷，十載供軍食。庶官務割剥，不暇憂反側。誅求何多門，賢者貴爲德。民困於役而無訴，故哀嗷嗷。杜云：鴻雁詩：哀鳴嗷嗷。一云賢俊愧爲力。哀，一作尚，載，一作年。趙云：此篇公憂國愛民之意切矣。詩云：國步蔑斯。嗷嗷，衆口愁也。周禮云：使無敢反側，以聽王命。後漢光武紀：帝云：使反側子得以自安也。既以軍食而須求，乃且乘勢割剥，寧不憂民之怨而反側乎？此公之所遠慮也。賢者貴爲德，一作賢俊媿爲力，非，蓋義不足也。韋生富春秋，高五王傳：皇帝春秋富。師古曰：言年幼也。比之於財力未匱竭，故謂之富。洞澈有清識。操持紀綱地，喜見朱絲直。鮑照白頭吟：直如朱絲繩。當今豪奪吏，大吏豪奪。自此無顔色。趙云：録事者，一州之紀綱。管子曰：凡輕重散斂以時，即平準。故大賈富家不得豪奪吾人也。必若救瘡痍〔一〕，先應去蝥賊。詩：去其螟螣，及其蝥賊。爾雅釋虫：食根曰蝥〔二〕。揮涙臨大江，高天意悽惻。行行樹佳政，師：曹植與吴季重書曰：足下在彼，自有佳政。慰我深相憶。此詩欲抑暴斂。趙云：前漢季布傳：瘡痍未瘳。此詩在梓州送韋。臨大江，梓州江也。

【校勘記】

〔一〕「若」，原作「苦」，據清刻本、排印本並參二王本杜集卷四改。

〔二〕「釋虫食根曰蝥」，清刻本、排印本作「食節賊食根蝥」。又，「根」原作「心」，據清刻本、排印本並參爾雅注疏卷九釋虫改。

陪章留後惠義寺餞嘉州崔都督赴州

中軍待上客，趙云：中軍，以指章留後。上客，以指崔都督。晉以郤縠將中軍。孔融謁李膺，爲登龍之上客。令肅事有恒。左傳凡言某人中軍，則以言主將也。六國呼蘇秦、張儀爲上客。令肅事有恒，言章留後號令嚴肅，而事有定式。前驅入寶地，趙云：詩：伯也執殳，爲王前驅。法華經云：國名浄垢，琉璃爲地，黄金爲繩。祖帳飄金繩。趙云：善形容事實者。一本作探。趙云：餞席謂之祖道。祖，蓋祭名也。前漢疏廣傳：故人邑子，爲張祖道供帳〔一〕。佛寺，佛居以七寶爲地。惠義寺在梓州之南，故於南陌留爲歡宴而復登此山也。南陌既留歡，茲山亦深登。徐敬業登琅邪城：此江稱豁險，茲山復鬱盤。清聞樹杪磬，謝朓：雲端楚山見〔二〕。遠謁雲端僧。迴策匪新岸，所攀仍舊藤。耳激洞門飈，目存寒谷冰。出塵閟軌躅，畢景遺炎蒸。鮑明遠：侵晨赴早路，畢景逐前儔。永願坐長夏，將衰棲大乘。法華經：決定説大乘。又，佛自在大乘。羇旅惜宴會，艱難懷友朋。勞生共幾何，魏武帝：對酒當歌，人生幾何〔三〕。離恨兼相仍。鮑照：何慙宿昔意，猜恨坐相仍。趙云：木末曰杪。枚乘詩：美人在雲端，天路隔無期。

【校勘記】

〔一〕「張」，原作「帳」，據文津閣本、清刻本、排印本改。案，漢書卷七一疏廣傳作「設」。

〔二〕「謝朓」，原作「鮑照」，檢鮑照詩無「雲端楚山見」句，考文選卷二十七、齊詩卷三謝朓休沐重還丹陽道中詩有此句，當是誤置，據改。

〔三〕「魏武帝」，原作「魏文帝」，檢魏文帝詩無「對酒當歌」二句，考文選卷二十七、魏詩卷一魏武帝短歌行有此二句，當是誤置，據改。

閬州東樓筵奉送十一舅往青城縣得昏字

曾城有高樓，制古丹臒存。梓材：既勤朴斲，惟其塗丹臒。注：塗以漆丹以朱而後成。山海經云：青丘之山，多有青臒。頭陁碑：朝霞爲丹臒。趙云：曾城有高樓，則「西北有高樓」之勢。淮南子：崑崙山之上，有曾城九重。迢迢百餘尺，西京賦：狀亭亭以迢迢〔一〕。古詩：迢迢牽牛星，雙闕百餘尺。陸士衡：高樓一何峻，迢迢峻而安。豁達開四門。新添：舜闢四門。漢高祖，豁達大度。雖有車馬客，而無人世喧。陶淵明：結廬在人境，而無車馬喧。有，一作會。趙云：鮑明遠舞鶴賦云：歸人寰之喧卑。游目俯大江，列筵慰別魂。江淹：黯然銷魂者，惟別而已。謝靈運：得以慰別魂。蘇武：俯觀江漢流。是時秋冬交，節往顏色昏。雪賦：歲將暮，時既昏。登樓賦：步棲遲以徙倚兮，白日忽其將匿。風蕭瑟而並興，天慘慘而無色。天寒鳥獸伏，霜露在草根。獸狂顧以求群，鳥相鳴而舉翼。沈休文：

樹頭鳴風飇，草根積霜露。今我送舅氏，萬感集清罇。渭陽詩：我見舅氏[二]。謝靈運：千念集日夜，萬感盈朝昏。趙云：我送舅氏，詩渭陽篇全語。齊謝朓與江水曹詩：山中上芳月，故人清樽賞。豈伊山川間，迴首盜賊繁。趙云：言一别之後，豈只是山川間隔，回首則有盜賊繁多爲可憂。蓋吐蕃之勢未已，有吞蜀之意。鮑明遠云：豈伊白璧賜，將起黄金臺。高賢意不暇，王命久崩奔。謝靈運：圻岸屢崩奔。趙云：高賢，指言十一舅。所以不皇暇給者，以王命所在，久崩奔而遵承之。臨風欲慟哭，聲出已復吞。趙云：賈誼：可爲慟哭者二。聲出已復吞，則取江淹所謂吞聲展用，而倒押爲韻。

【校勘記】

〔一〕「狀亭亭以迢迢」，原作「狀迢迢以亭亭」，參見本集卷六鹿頭山校勘記〔一〕。

〔二〕「見」，文津閣本、清刻本、排印本作「送」。

將適吳楚留别章使君留後兼幕府諸公 得柳字。

我來入蜀門，歲月亦已久。古詩：歲月忽已晚。豈唯長兒童，自覺成老醜！阮籍詩：朝爲美少年，夕暮成醜老。常恐性坦率，失身爲杯酒。古詩：失意杯酒間。近辭痛飲徒，折節萬夫後。前漢：郭解年長，更折節爲儉，以德報怨。

趙云：喪失其身，特是爲愛酒耳。舊注「失意杯酒間」，非是。折節者，摧折其節而悔過之義。前漢：郭解年長，更折節爲儉也。昔如縱壑魚，王褒頌：如巨魚之縱大壑。今如喪家狗。家語：纍纍然若喪家之狗。既無遊方戀，語：遊必有方。行止復何有。相逢半新故，取別隨薄厚。不意青草湖，在湖南。扁舟落吾手。趙云：可行則行，可止則止。自「不意青草湖，扁舟落吾手」，以言將適吴、楚，可謂奇句矣。眷眷章梓州，開筵俯高柳。樓前出騎馬，帳下羅賓友。健兒簸紅旗，此樂幾難朽。趙云：六句紀宴會之實事。日車隱崑崙，莊子：若乘日之車。鳥雀噪户牖。波濤未足畏，三峽徒雷吼。所憂賊盗多〔一〕，重見衣冠走。中原消息斷，黄屋今安否？趙云：此段言日已向晚，别筵之散，遂有行矣。然登舟而親波濤，猶未足以慰沃吾欲去之心，則三峽徒爲雷吼之聲而已。我之所憂，則憂在盗賊多而衣冠奔逃，至尊未知消息也。此吐蕃陷京師，代宗出狩，而地遠所未知也。終作適荆蠻，王仲宣：遠身適荆蠻；荆蠻非我鄉。安排用莊叟。謝靈運：居常以待終，處順故安排。趙云：莊子：造適不及笑，獻笑不及排，安排而去化，乃入於寥天。一注：安其推移而忘其變化也。隨雲拜東皇，挂席上南斗。謝靈運：揚帆采石華，挂席拾海月。趙云：屈原九歌有東皇太一篇。春秋説題：南斗爲吴。海賦云：掛帆席。有使即寄書，無使長回首。趙云：玉臺新詠所載近代西曲歌：有客數寄書，無客心相憶。

【校勘記】

〔一〕「賊盗」，二王本杜集卷四、百家注卷十八、分門集注卷十一、草堂詩箋卷二十、黄氏補注卷八、集千家注杜工部詩集卷十以及錢箋卷五、杜詩輯注卷十、杜詩詳注十二作「盜賊」。

楆拂子

趙云：此篇言物微而有用，特以夏月多蠅，而拂子能除之。東溪云：明皇不明，賢人棄逐，故作是詩以諷焉。詩作於梓州，廣德元年之夏，乃是代宗時，豈干明皇邪？

楆拂且薄陋，豈知身効能。不堪代白羽，有足除蒼蠅。 諸葛嘗持白羽扇指麾。又，顧榮伐陳敏，以白羽扇麾之。詩：營營蒼蠅。山谷言事見新唐書適從何處來者是也；注乃引營營青蠅，其義安在哉？余謂此說誤矣。此乃元稹事，在子美後。子美以對白羽，皆前代事。信乎！不行一萬里，不讀萬卷書，不可看老杜詩(一)。

熒熒金錯刀， 張平子四愁詩：美人贈我金錯刀。　集注：李善文選注錯刀云：續漢書曰：佩刀，諸侯王黃金錯環。謝承後漢書曰：詔賜應奉金錯把刀。　續漢書：班固與弟超書曰：竇侍中遺仲叔金錯，半垂刀一枚。前漢食貨志曰：錢新室更造契刀，錯刀。契刀，其環如大錢，身形如刀，長二寸。文曰：契刀，刀直五百。錯刀，以黃金錯其文，一刀直五千。熒熒金錯刀，乃佩刀之屬也，第三十六卷對雪詩云「金錯囊徒罄」乃是錢刀，而以金錯之也。第一十三卷虎牙行「金錯旌竿滿雲直」，蓋以黃金而錯鏤旌竿也。大抵古人之於器物，以黃金錯之，皆謂之金錯，如秦嘉妻以金錯盌奉其夫盛水之類，是以當隨其器物而名之，不可以名同不究其實焉。

擢擢朱絲繩。 鮑照：直如朱絲繩。

非獨顏色好，亦用顧眄稱。 趙云：言楆拂之柄朴而無飾，非若金錯刀之熒熒。楆拂之絲散而不長，非若朱絲繩之擢擢。彼二物之名可稱，亦非特以其金朱之好顏色耳。刀用以佩，弦用以彈，皆係乎人之顧眄焉。

吾老抱疾病，家貧卧炎蒸。咂膚倦撲滅，賴爾甘服膺。 蠅蚋咂膚。顏子得一善，則拳拳服膺。趙云：莊子曰：蚊蝱咂膚，則通夕不寐。書云：若火之燎于原，其猶可撲滅。物微世競棄，義在誰肯徵？三歲清秋至，未敢闕緘縢。趙云：末句，蓋言秋至而無蠅矣，仍珍藏之，未敢使緘縢之滅裂也。莊子：緘縢扃鐍謂之固。

【校勘記】

〔一〕「山谷言事」至「不可看老杜詩」，蓋爲郭知達編纂集注時所補。

丹青引 贈曹將軍霸。

將軍魏武之子孫，於今爲庶爲清門。左氏昭傳三十二年：三后之姓，於今爲庶，王所知也。趙云：魏武，則曹公操也。北史咸陽王禧傳有言「清脩之門」。英雄割據雖已矣，文彩風流今尚存。晉樂廣、王衍見重於時，天下言風流者，推王樂。趙云：英雄割據，文彩風流，皆以言曹公。公雖至其子丕即帝位，然本割據。阮籍云：時無英雄，使孺子成名！陸士衡辨亡論：故遂割據山川，跨制荆吳。司馬遷書：恨文彩不表於後世。而韋玄成不及父賢〔二〕，而文彩過之。學書初學衛夫人，晉李夫人名衛，善書。但恨無過王右軍。王羲之善書，爲古今之冠。丹青不知老將至，富貴於我如浮雲。語曰：不知老之將至。又曰：不義而富且貴，於我如浮雲。趙云：衛夫人云：有一弟子，號王逸少，用筆咄咄逼人也。呂氏童蒙訓：謝無逸云：老杜有自然不做底語到極至處者，如「丹青不知老將至，富貴於我如浮雲」。此自然不做底語到極至處者也。如「金鍾大鏞在東序，冰壺玉衡懸清秋」，此雕琢語到極至處者也。

開元之中常引見，承恩數上南薰殿。凌煙功臣少顏色，唐畫李靖等二十四人於凌煙閣〔二〕。時貞觀中〔三〕，太宗爲序。將軍下筆開生面。良相頭上進賢冠，後漢志：進賢冠，古緇布冠，儒者之服也。猛將腰間大羽箭。太宗常自製長弓大羽箭，皆倍常制。褒公鄂公毛髮動，鄂公，尉遲敬德；褒公，段志玄。英姿颯爽來酣戰。趙云：南熏殿，長安志未載，蓋其所遺志也〔四〕。貞觀中，太宗畫李靖等二十四人於凌煙閣，至開元時顏色已暗，而曹將軍重爲之畫，故云開生面。蓋因左氏狄人歸先軫之元，面如生也。淮南子曰：魯陽公與韓戰酣，日暮，援戈而揮之，日爲之反三舍。已上言曹將軍之傳神。

先帝天馬玉花驄，畫工如山貌不同。是日牽來赤墀下，劉孝標辨命論：時在赤墀之下。迴立閶闔生長風。詔謂將軍拂絹素，意匠慘澹經營中。斯須九重真龍出，一洗萬古凡馬空。玉花却在御榻上，榻上庭前屹相向。至尊含笑催賜金，圉人太僕皆惆悵。趙云：閶闔者，天門名也，其風曰閶闔風。吳越春秋載子胥爲吳立閶門以象天門通閶闔。李善注云：天有紫微宮門，名曰閶闔。則天子之門可言閶闔。師民瞻本作迴立，非是。迴立則首向殿陛，而尾向殿門，豈非迴立乎？馬之立而生風，以其神駿也。龍馬有生風字，又於閶闔爲有情矣。意匠字，摘使文賦「意司契而爲匠」。慘澹，肅然之意。晉壹道人言欲雪之狀曰：乃先集其慘澹。古樂府云：淺立經營中。一洗萬古凡馬空，乃古今奇句。玉花驄，先帝之馬也。畫手精妙，盡得其真，至尊賞之，揮涕而賜金可也，乃笑而賜。若圉人太僕，却知感槩爲之惆悵，則公詩微意可推矣。弟子韓幹早入室，言得其真蹟也，故稱入室。新添：語：由也升堂矣，未入於室也。亦能畫馬窮殊相。幹唯畫肉不畫骨，忍使驊騮氣凋喪！將軍盡善蓋有神，必逢佳士亦寫真。薛云：右按晉書：顧愷之善丹青，每畫人成，或數年不點目睛。人問其故，答曰：四體妍蚩，本無闕少於妙處，傳神寫照，正在阿堵中。即今漂泊干戈際，屢貌尋常行路人。途窮返遭俗眼白，言識者蓋寡耳。世上未有如公貧。趙云：繼論幹所畫以推見曹將軍之盡善，則骨肉俱畫而有神也。公於畫取畫骨及肉，而曰將軍盡善蓋有神。若於書不取肥失真，而曰書貴瘦硬方通神。然則公蓋通書畫之妙矣。梁簡文帝詠美人看畫詩云：可憐俱是畫，誰能辨寫真？但看古來盛名下，唐房琯贊曰：盛名之下爲難居矣。終日坎壈纏其身。壈，盧感反。趙云：王立之詩話：世有注杜詩者，君不見古來盛名下，乃引新唐書房琯贊云：盛名之下難居。終日坎壈纏其身，乃引孟子少坎軻。真可以發觀者之一笑。

【校勘記】

〔一〕「韋玄成」，原作「韋元成」，係避諱，此改。

〔二〕「畫」，文淵閣本作「書」，訛。

〔三〕「貞觀」，原作「正觀」，係避諱，此改。以下均同。

〔四〕「志」，清刻本、排印本作「忘」，訛。

桃竹杖引 贈章留後。

江心蟠石生桃竹，爾雅謂桃枝。山海經謂桃枝竹也。蒼波噴浸尺度足。斬根削皮如紫玉，江妃水仙惜不得。江賦：冰夷倚浪以傲睨，江妃含嚬而縹緲。注：冰夷，水仙也。梓潼使君開一束，滿堂賓客皆歎息。君一作者。憐我老病贈兩莖，出入爪甲鏗有聲。老夫復欲東南征，乘濤鼓枻一作棹。白帝城。白帝城在魚復，有公孫述像也。路幽必爲鬼神奪，杖劍一作拔劍。或與蛟龍爭。趙云：蜀都賦云：其中則有靈壽桃枝。注云：靈壽，木名也，出涪陵縣。桃枝，竹屬也，出墊江縣。二者可以爲杖。今此桃竹杖生於江心之盤石。爾雅云：桃枝四寸有節，相去四寸。其調直修長，中杖者，亦自難得，故云尺度足。北史楊津傳：受絹依公尺度。江賦云：江妃含嚬而縹緲。舊注引列仙傳曰：江妃二女出遊江濱，蓋鄭交甫所挑者。其水仙，則呂向注江賦「冰夷倚浪以傲睨」之下曰，冰夷，水仙人也。重爲告曰：杖兮杖兮，爾之生也甚正直，慎勿見水踴躍學變化爲龍，趙云：即使葛陂事。神仙傳曰：壺公遺費長房歸，以一竹杖與之，騎此當還家，以投葛陂中。長房騎杖，忽然如眠，便到家。以竹投葛陂，顧之，乃青龍也。使我不得爾之扶持，滅跡於君山湖上之青峰。君山在洞庭湖心也。噫！風塵澒洞兮豺虎咬人，時盜賊害人如豺虎。忽失雙杖兮吾將曷從？趙云：戰國策：蘇秦曰：多割楚以滅迹。又李陵書：滅迹掃塵。謝靈運詩：滅迹入靈峯。吴華覈上疏曰：卒有風塵不虞之變。淮南子云：未有天地之時，鴻濛澒洞，莫知其門。張載詩曰：賊盜如豺虎[一]。觀公重告之辭，以正直美之，以學爲龍戒之，其所望於章留後可謂忠矣。

【校勘記】

〔一〕「張載」，原作「王粲」，檢王粲詩無「盜賊如豺虎」句，考初學記卷十四禮部下、晉詩卷七張載七哀詩有此句，當是誤置，據改。

寄題江外草堂 梓州作，寄成都故居。

我生性放誕，賀知章晚節尤誕放。難欲逃自然[一]。嗜酒愛風竹，卜居必一作此。林泉。遭亂到蜀江，卧痾遺所便。沈痾，病也。趙云：謝靈運登池上樓詩：卧痾對空林[二]。誅茅初一畝，屈原卜居：誅鋤草茅以力耕。儒行：儒有一畝之宫。廣地方連延。經營上元始，斷手寶應年。趙云：公以乾元二年十二月末至成都[三]，明年即上元元年，乃公建草堂之始。又二年，即寶應元年乃公成草堂之日。詩靈臺：經之營之。斷手字，晉、魏以來之語。齊民要術言種小豆：初伏斷手爲中時，中伏斷手爲下時。本朝淳化法帖中載唐高宗勑云：使至，知玄堂已成，不知諸作早晚得斷手。凡營造了當言斷手者矣。敢謀土木麗，自覺面勢堅。東京賦：審曲面勢。考工記：審察方面形勢之宜。趙云：土木被文繡。考工記云：審曲面勢，以飭五材。注云：察五材曲直方面形勢之宜。臺庭隨高下，敞豁當清川。庭，一作亭。陸士衡：清川帶華薄。雖有會心侶，數能同釣船。薛云：古樂府短歌：不羨一囊錢，唯重心襟會。干戈未偃息，安得酣歌眠。趙云：會合心意之朋侶。晉簡文在華林園謂左右：會心處不必在遠，翛然林外，便有濠濮間之趣。蛟龍無定窟，黄鵠摩蒼天。魏文帝：翛條摩蒼天。古來達士志，一云賢達士。寧受外物牽。趙云：譬諭以言賢達之士無常居止，齷齪者則有所拘矣。古烏生八九子歌曰：黄鵠摩天極高飛。顧惟魯鈍姿，豈識悔吝先。偶攜老妻去，慘澹陵風煙。事迹無固必，語：孔子：毋固，毋必。幽貞愧雙全。趙云：上兩句雖曰自謙，而實言君子行留當在先見。慘澹，肅然之意。慘澹字，見前注。秦本紀云：本原事迹，幽而不貞。非君子之幽也。易曰：蹇，利幽人之貞。故云貴雙全。尚念四小松，蔓草易拘纏。霜骨不堪長，永爲鄰里憐。趙云：公有四松詩云：四松初移時，大抵三尺强。別來忽三歲，離立如人長。今此懷念之。易拘纏，一作已拘纏；不堪長，一作不甚長，皆非。蓋易字、堪字方工。

【校勘記】

〔一〕「難」，文淵閣本、清刻本、排印本作「雅」。案，二王本杜集卷四、百家注卷十八、分門集注卷六、草堂詩箋卷二十以及錢箋卷五同底本作「難」，黄氏補注卷八、集千家注杜工部詩集卷九、杜詩輯注卷十以及杜詩詳注卷十二作「雅」。

〔二〕「林」，原作「牀」，據藝文類聚卷二十八人部十二、宋詩卷二謝靈運登池上樓改。

〔三〕「二年」，原作「元年」，據宋呂大防、蔡興宗、魯訔杜甫年譜以及黃鶴年譜辨疑訂正。

述古三首

此詩傷賢者不得志也。

赤驥頓長纓，列子周穆王：右驂赤驥。非無萬里姿。悲鳴淚至地，爲問馭者誰？鳳凰從天來，何意復高飛？竹花不結實，念子忍朝飢。劉公幹：鳳凰集南岳，徘徊孤竹根。於心有不厭，奮翅凌紫氛。豈不常勤苦，羞與黃雀群。趙云：王襃聖主得賢臣頌云：周流八極，萬里一息。鳳凰來而復飛，此與劉公幹詩同意。莊子曰：鵷鶵非梧桐不棲，非練實不食，非醴泉不飲。郭象注：練實，竹實也，其色白如練。薛夢符引劉公幹魯都賦：竹則翠實離離，鳳鸞攸食。古時君臣合，可以物理推。賢人識定分，進退固其宜。大臣以道事君，可則進，否則奉身以退。趙云：四句以結一篇之義。驥以無善馭而頓纓，鳳以無竹實而飛去，實賢者進退之義也。

右一

市人日中集，易：日中爲市。於利競錐刀。江文通：競錐刀之利。置膏烈火上，哀哀自煎嗷。莊子：膏火自煎也。農人望歲稔，相率除蓬蒿。所務穀爲本，邪贏無乃勞。莊子：長梧封人曰：昔予爲禾，耕而鹵莽之，則其實亦鹵莽而報予；芸而滅裂之，其實亦滅裂而報予。予來年變齊，深其耕熟耰之，其禾繁以滋，予終年厭餐。舜舉十六相，身尊道何高。文十八年傳：昔高陽氏有才子八人，天下之人謂之八愷，高辛氏有才子八人，天下之人謂之八元，此十六族也。堯不能舉，而舜舉之，天下如一，同心戴舜以爲天子，以其舉十六相故也。秦時任商鞅，法令如牛毛。商君，名鞅，相秦十六年，天資刻薄少恩，變秦法令，宗室貴戚多怨望者，後滅商君之家也。趙云：市井之利，以譬商鞅之任末也；耕農之利，以譬元凱之務本也。左傳昭六年云：錐刀之末，將盡争之。舊注引江文通云，在後矣。人之争利，如膏火自煎。莊子云：膏以明自煎。農人專在務本種穀，故指市人之孳孳爲利爲勞矣。張衡西京賦云：何必昏於作勞，邪贏優而足恃。注云：昏，勉也；邪，僞也；優，饒也。何必當勉力作勤勞之事乎？欺僞之事自餘贏豐饒足恃也。當衡作賦，以美市利爲主，故鄙農夫種田之勞；今詩以務本爲主，故翻用衡賦邪贏無乃勞也。坡説見上「自比稷與契」注。如牛毛者，言其多也。治亂之本在任人，故爲國者貴知本。商以利爲業，甚末爾，非本也。農以稼爲業，差似近本。然以穀爲本非先務，故孟子陳堯舜之道以闢許行、陳相。蓋務穀者，農之本；務人者，治之本。得其人則治，如舜之舉十六相是也；非其人則亂，如秦任商鞅是也。明皇初用姚、宋，猶前；終用林甫、國忠，猶後。此其驗也。詳彼所注之意，分爲三：以商之爲末不如農爲本，農爲本不如任人之爲本。夫任人者，君也，豈可與商、農爲甲乙哉！此詩止是以商比商鞅，以農比十六相耳，識者宜審之。

右二

漢光得天下，祚永固有開。禮：有開必先。豈惟高祖聖，功自蕭曹來。經綸中興業，何代無長才！吾慕寇鄧勳，寇恂、鄧禹。濟時信良哉。耿賈亦宗臣，羽翼共徘徊。休運終四百，漢祚終四百，故范蔚宗獻帝贊曰：終我四百，永作虞賓。圖畫在雲臺。雲臺圖功臣像。易云：君子以經綸。趙云：此篇大意，言中興者必得其人耳。班固之傳蕭曹云：漢之宗臣，是謂相國。今於耿賈，所以又謂之亦也。羽翼徘徊，乃高祖云羽翼已成者也。

右三

漢：鄧禹聞光武安集河北，即杖策北渡見之。謝靈運詩：晨策尋絶壁〔五〕。趙云：吴越春秋載古公乃杖策去邠。陸士衡詩：杖策將遠尋。李善注以魯仲連杖策而去爲祖，乃在吴越春秋事之後。**四顧俯層巔，**趙云：謝靈運過始寧墅：築觀基曾巔。**淡然川谷開。雪嶺日色死，霜鴻有餘哀。焚香玉女跪，霧裏仙人來。**趙云：雪嶺，見上古栢行注。時既冬雪濃厚，可知日色在其上，蓋望之如死矣。題是道觀，故使玉女、仙人字。曹植遠遊詩：靈鼇戴方丈，神岳儼嵯峨。仙人翔其隅，玉女戲其阿。梁簡文帝望浮圖上相輪絶句：光中辨垂帶，霧裏見飛鸞。仙人玉女四字連出，見宋書樂志歌辭。**陳公讀書堂，石柱仄青苔。悲風爲我起，激烈傷雄材。**新添：莊子：齊桓公讀書於堂上〔六〕。師云：子昂官至右拾遺〔七〕，以父喪解歸廬塚。縣令段簡貪暴，聞其富，欲害子昂。家人納錢二萬緡，簡薄其賂，捕送死獄中。東川節度使李德明爲立旌德碑於梓州，學堂至今猶存。子美蓋傷此也。趙云：唐書：子昂，梓州射洪人，苦節讀書，尤善屬文。古詩：浩歌正激烈。漢書：武帝雄材大略。

【校勘記】

〔一〕「戴」，文淵閣本作「載」，訛。

〔二〕「陸士衡」、「衡」文淵閣本作「銜」，訛。

〔三〕「第一」，文淵閣本作「第一天」。

〔四〕「相去之遠」，清刻本、排印本作「附會之説」。

〔五〕「尋」，文淵閣本做「臨」，訛。

〔六〕「齊桓公」，原作「齊威公」，係避宋諱，此改。

〔七〕「至」，清刻本、排印本奪。

陳拾遺故宅

拾遺平昔居，大屋尚脩椽。悠揚荒山日，慘澹故園煙。位下曷足傷，所貴者聖賢。舊注引本傳：莫非聖賢之先務。非是。趙云：位下曷足傷，則子昂官止拾遺而已。有才繼騷雅，哲匠不比肩。公生揚馬後，名與日月懸。趙云：「有才繼騷雅，哲匠不比肩。」則江左浮麗之詩，至子昂而初變。其詩本乎離騷、二雅也。殷仲文〔一〕：哲匠感蕭辰。選詩：長幼不比肩。揚則雄，馬則司馬相如。皆蜀人，故云公在揚馬後，以顯其爲蜀之能文者。「名與日月懸」，使荀子貴名起如日月。同遊英俊人，多秉輔佐權。彥昭超玉價，郭振起通泉。到今素壁滑，灑翰銀鉤連〔二〕。盛事會一時，此堂豈千年？超，一作趙。按新書〔三〕：趙彥昭，甘州人，以權幸進。中宗時，有巫出入禁掖，彥昭以姑事之。得宰相，巫力也。英俊人，子昂與陸餘慶、王無競、房融、崔泰之〔四〕、盧藏用、趙元最厚善。趙云：上兩句正用引下彥昭、郭元振，後句直言子昂與趙、郭二人題壁見在耳。趙則彥昭，郭則元振。彥昭本傳雖云以權幸等〔五〕。二人皆作宰相，秉輔佐權也。湛方生曰：素壁流光。索靖書勢曰：婉若銀鈎。壁上之字見在，乃其一時盛事，人將愛護之，此堂豈止千年也。與元結中興頌何千萬年之語同。元注「英俊人」，非是，與詩之下聯意不連屬。**終古立忠義，感遇有遺編。**傳言：子昂死，有文集十卷，盧藏用爲之序，盛行于代。趙云：子昂有感遇詩三十首〔六〕。

進，然亦必有才智者，故以超玉價言之。元振則自通泉尉而往，先天二年爲兵部尚書，同中書門下三品，定策誅竇懷貞

【校勘記】

〔一〕「殷仲文」，「殷」原作「商」，係避宋諱，此改。

〔二〕「翰」，清刻本、排印本作「軫」，訛。

〔三〕「按」，文淵閣本作「接」，訛。

〔四〕「崔泰之」原作「崔泰」，奪「之」字，據新唐書卷一百七陳子昂傳補。

〔五〕「竇懷貞」，「貞」原作「正」，係避諱，此改。

〔六〕「遇」原作「寓」，據文淵閣本、文津閣本、文瀾閣本、清刻本、排印本改。

謁文公上方

野寺隱喬木，山僧高下居。詩：南有喬木。孟子：非謂有喬木之謂也。石門日色異，絳氣横扶疎。江文通：絳氣下縈薄[一]。注：絳氣，赤霞氣也。窈窕入風磴，長蘿分卷舒。陶潛：既窈窕以尋壑。謝靈運：側徑既窈窕。庭前猛虎卧，高僧傳：僧惠永感虎來馴。遂得文公廬。俯視萬家邑，煙塵對階除。吾師雨花外，不下十年餘[二]。高僧傳：有講經而天雨花者。杜田補遺：楞嚴經：世尊座天雨百寶蓮花[三]，青黄赤白，間錯紛糅[四]。梁僧法雲講次，天花散墮。又：勝光寺道宗講時，天花旋遶講堂，飛流户内。長者自布金，禪龕只晏如。趙云：佛書，給孤獨長者有好園，祇陁太子以黄金布之，而迎佛居止。今云長者自布金，則公言布金者是長者也，不待太子之金矣。大珠脱玷翳，白月當空虛。趙云：大珠、白月，皆言文公之清淨。大珠，如五色摩尼珠。白月，佛書：望已前爲白月，已後爲黑月。甫也南北人，檀弓：今丘也，東西南北之人也[五]。蕪蔓少耘鋤。久遭詩酒汙，何事忝簪裾。王侯與螻蟻，同盡隨丘墟。願聞第一義，迴向心地初。金篦刮眼膜，價重百車渠。無生有汲引，兹理儻吹噓。趙云：第一義，如華嚴經有第一義諦。法華經：更以異方便，助顯第一義。願聞字，則論語：願聞子之志。回向，則華嚴經有十回向。心地初，押初地字韻，倒言之也。初地，則楞嚴經：脩行有十地，以歡喜爲初地。以心地字貼之，則佛書有心地法門；華嚴經梵行品、初發心功德品亦詳此義矣。金篦刮眼膜，則涅盤經：如盲目人爲治目，故造詣良醫。是時，良醫即以金篦决其眼膜。又，法苑珠林載後周張元，其祖喪明，元憂泣。因讀藥師經，盲者得視之言，遂請僧按儀轉誦至七日夜，夢一翁以金篦療其祖目〔六〕，曰：三日必差。公用此以比佛法之能刮除昏翳也。車渠，寶名，出佛書：金銀琉璃，車渠馬碯〔七〕。無生字，佛云：無生法忍。汲引字，劉向：更相汲引，不爲比周。自「願聞第一義」而下，公以稱美文公。東坡云：子美詩：「知名未必稱〔八〕，局促商山芝」；又，「王侯與螻蟻，同盡隨丘墟。願聞第一義，回向心地初。」乃知子美詩外，别有事在。其深知公矣。

【校勘記】

〔一〕「縈」，原作「榮」，據文淵閣本、文津閣本、清刻本、排印本並參梁詩卷三江淹從冠軍建平王登廬山香爐峰詩改。

〔二〕「年餘」，排印本作「餘年」，訛。

〔三〕「座」，文淵閣本奪。

〔四〕「糅」，文淵閣本作「楺」。

〔五〕「丘」，清刻本、排印本作「某」，文津閣本作「邱」。

〔六〕「其」，文淵閣本作「具」，訛。

〔七〕「馬碯」，文津閣本作「瑪瑙」。

〔八〕「必」，本集卷五幽人作「足」。

奉贈射洪李四丈

丈人屋上烏，人好烏亦好。毛詩：瞻烏爰止〔一〕，于誰之屋。注：富人之屋，烏所集也。杜田補遺：尚書大傳曰：武王登夏臺以臨殷民。周公旦曰：臣聞之，愛其人者，愛其屋上烏；憎其人者，憎其儲胥。又韓詩外傳：武王至于邢丘，天雨三日不休。問太公，對曰：愛其人及屋上烏〔二〕，惡其人，憎其儲胥〔三〕。咸劉厥敵〔四〕，靡使有餘。二說大同小異，故併載之〔五〕。人生意氣豁，不在相逢早。趙云：北史李延壽叙傳：載閻信謂其祖李曉之言曰：古人相知，未必在早。南京亂初定，所向色枯槁。遊子無根株，茅齋付秋草。東征下月峽，挂席窮海島。趙云：南京，成都也。肅宗至德二年〔六〕以蜀郡爲南京，鳳翔爲西京，西京爲中京〔七〕。公又有云「南京西浦道」。所謂亂初定，指言前年辛丑歲四月壬午，劍南東川節度兵馬使段子璋反，僭稱王，建元黃龍。五月，崔光遠擊斬之。此亂初定也。茅齋付秋草，指言浣花草堂。挂席，則海賦「挂帆席」。謝靈運：挂席拾海月。月峽，則渝州有明月峽〔八〕，三峽之始。海島，海中之山。此公欲扁舟南下也。萬里須十金，妻孥未相保。蒼茫風塵際，蹭蹬騏驎老。志士懷感傷，心胸已傾倒。趙云：此三韻，公有所求於李丈矣。

【校勘記】

〔一〕「爰」，文淵閣本作「奚」，訛。

〔二〕「及」，文淵閣本作「及其」。

〔三〕「憎其儲胥」，「儲」原闕，據文淵閣本、文津閣本、文瀾閣本、清刻本、排印本補。

〔四〕「劉」，文淵閣本作「使」，訛。

〔五〕「之」，文淵閣本作「也」。

〔六〕「宗」，文淵閣本作「京」，訛。

〔七〕「中京」，清刻本、排印本作「中原」，訛。

〔八〕「渝」，文淵閣本作「榆」，訛。

早發射洪縣南途中作

將老憂貧窶，筋力豈能及。征途乃一作復。侵星，鮑明遠：侵星赴早路，畢景逐前儔。趙云：論語：不知老之將至。禮：老者不以筋力爲禮。復侵星，一作乃侵星，非。蓋復字接上兩句之義，言既貧老爲行人，而其行早也〔一〕。得使諸病入。一本作疾入。鄙人寡道氣，在困無獨立。俶裝逐徒旅，顏延年：改服飭徒旅。杜田補遺：張平子思玄賦〔二〕：簡元晨而俶裝〔三〕。注：俶，始也。達曙一本作達曉。陵險澀。潘正叔：世故尚未夷，崤函方險澀。寒日出霧遲，清江轉山急。僕夫行不進，駑馬苦一作若。維縶。趙云：詩：縶之維之。汀洲稍疎散，風景開怏悒。空慰所尚懷，終非曩遊集。衰顏偶一破，勝事難屢挹。茫然阮籍途，更灑楊朱泣。文選：汀洲採白蘋。阮籍嘗不由徑路而行，途窮則泣。楊朱泣多岐。趙云：其在途也，如阮籍之窮途；其爲泣也，如楊朱之泣岐。

【校勘記】

〔一〕「行」下，清刻本、排印本有「又」字。

〔二〕「張平子」，清刻本、排印本作「張衡」。案，張衡，字平子，東漢南陽西鄂人。

〔三〕「晨」，文選卷十五、全後漢文卷五十二思玄賦作「辰」。

通泉驛南去通泉縣十五里山水作

溪行衣自濕，亭午氣始散。天台賦：羲和亭午，遊氛高褰〔一〕。冬温蚊蚋在，人遠鳧鴨亂。登頓生曾陰，江文通：日落長沙渚，曾陰萬里生。欹傾出高岸。趙云：詩：高岸爲谷。驛樓衰柳側，縣郭輕煙畔。一川何綺麗，劉公幹：綺麗不可忘。盡日窮壯觀〔二〕。趙云：史：天下之壯觀。山色遠寂寞，江光夕一作日。滋漫。傷時愧孔父，孔子之嘆鳳鳥不至。子在川上。山梁雌雉。皆傷時。去國同王粲。王粲，字仲宣，山陽人。避地荆州，後爲魏侍中，在荆州日嘗思歸，因登樓作賦。趙云：王粲，漢獻帝西遷，粲從至長安。以西京擾亂，乃之荆州依劉表。其七哀詩云：西京亂無象，豺虎方遘患。復棄中國去，遠身適荆蠻。此之謂去國。我生苦飄零，所歷有嗟嘆。詩關雎，故嗟嘆之。

【校勘記】

〔一〕「氛」，文選卷十一、全晉文卷六十一天台賦作「氣」。

〔二〕「日」，二王本杜集卷五作「目」。案，十家注卷十一、百家注卷十六、分門集注卷十一均作「日」。

過郭代公故宅

郭震，字元振，封代國公。

豪雋初未遇，其跡或脱略。江淹賦：脱略公卿，跌宕文史。趙云：賈誼：山東豪俊並起。梁孝王傳：豪俊之士從之。左太沖詠史詩：方其未遇時，憂在塡溝壑。代公尉通泉，放意何自若。元振，尉通泉，嘗盜鑄及掠賣部口以餉遺賓客。及夫登衮冕，直氣森噴薄。太沖吴都賦〔一〕：噴薄沸騰，寂寥長邁。磊落見異人，豈伊常情度。新書：武后召，與語，奇之，索文章，上寶劍篇，遂得擢用。後聘吐蕃還，疏言吐蕃大將論欽陵請去四鎮兵卒，分十姓地，爲不便。趙云：人謂蔡伯喈曰〔二〕：不見異人，必得異書。定策神龍後，宮中翕清廓。新書：明皇之誅太平公主，元振獨領軍扈從。事定，宿中書十四日，以功封代國公。俄頃辨尊親，指揮存顧托。是日，太上皇傳位太子，拜元振中書門下三品。群公有慙色，玄宗之舉事也，諸宰相走伏外省。蕭至忠、竇懷貞等皆從逆。趙云：此叙代公平生也。公初爲尉，任俠使氣，撥去小節，如盜鑄掠口，所謂豪俊脫略放意者也。先天二年，以中書同三品〔三〕。蕭至忠、竇懷貞等附太平公主謀逆，明皇發兵誅之。睿宗聞變，登承天門樓，躬率兵誅懷貞等，獨公總兵扈帝。事定，宿中書十四日。所謂登衮冕而直氣噴薄，與夫定策神龍後，清宮中，辨尊親，存顧托，而群公有慙色也。按公助誅太平，以功封代國，在先天二年癸丑歲〔四〕，乃明皇即位之次年，是年改開元。若神龍，則中宗即位改元之號，歲在乙巳，去先天二年凡八年。而公云定策神龍，學者疑之，因論之曰：太平擅寵，自中宗來，則禍貽在神龍而下也。中宗盡景龍四年庚戌，凡六年。是年，睿宗即位，改景雲，至延和元年內禪，歲在壬子，未登三年〔五〕。是年八月，明皇即位，改先天。太平擅寵，自中歷睿，至明皇始定。今杜公微意，不欲指中、睿之失，故追言神龍後，以見代公贊翊除患，兆自神龍來也〔六〕。猶玉華宮乃貞觀二十年太宗作爲避暑，而公詩曰：不知何王殿。蓋以太宗創業，貞觀習治，而勞費於營建，逸豫於離宮，故詩人諱之曰「不知何王殿」也。俄頃辨尊親，指揮存顧托，則以太平公主初有廢玄宗之意，及其既誅，則君臣之間，明皇得尊位；父子之間，明皇爲親傳，所以成睿宗顧托之意。舊注：太上皇傳位太子。非是。其云磊落見異人，以承直氣噴薄之下，是專説誅太平事〔七〕。舊注又雜之以武后召見奇之，及聘吐蕃還，上疏事，此豈可以言其同中書門下三品爲登衮冕時邪？王室無削弱。迴出名臣上，丹青照臺閣。我行得遺迹〔八〕。一作趾。池館皆疏鑿。壯公臨事斷，顧步涕橫落。高詠寶劍篇，杜云：元振寶劍歌：君不見昆吾鐵冶飛炎煙，紅光紫氣俱赫然。良工鍛鍊凡幾年，鑄作寶劍名龍泉。龍泉顔色如霜雪，良工嗟咨嘆奇絶。瑠璃玉匣吐蓮花，錯鏤金環生明月。正逢天下無風塵，幸得用逢君子身〔九〕。精光黯黯青蛇色，文章片片緑龜鱗。非直結交遊俠子，亦曾親近英雄人。何言中路遭棄捐，零落飄淪古獄邊。雖復埋沉無所用，猶能夜夜氣衝天。神交付冥漠。杜云：選：潘安仁作夏侯湛誄〔一〇〕：心照神交〔一一〕，唯我與子。南史：劉訏，字彦度。阮孝緒博學隱居，不交當世，訏一造之，即願以神交。列子曰：夢有六候：正、噩、思、覺、喜、懼。此六夢者，神所交也。沈休文和宣城詩：神交疲夢寐，路遠隔思存。注：夢有六候，皆神所交。與謝相去遠，但神交而已。所謂神交，正此義也〔一二〕。晉嵇康：以高契難期，每思郢質。所與神交者，唯阮籍、山濤〔一三〕，遂爲竹林之遊。預其流者，向秀、劉伶、阮咸、王戎。魏武帝文曰：悼繐帳之冥寞。顔延年拜陵廟詩：衣冠終冥寞，陵邑轉葱青〔一四〕。謝惠連祭古冢文：以不知其名字遠近，假爲之號曰冥漠君。

【校勘記】

〔一〕「太沖」，原作「靈運」，據清刻本、排印本並參文選卷五、全晉文卷七十四左思吴都賦改。

〔二〕「蔡伯喈」，「喈」原作「邕」，據文淵閣本、文津閣本、文瀾閣本、清刻本、排印本改。案，蔡邕，字伯喈，陳留圉人，東漢文學家。

〔三〕「中」，原作「兵」，據句下注「此豈可以言其同中書門下三品爲登袞冕時邪」及清刻本、排印本改。

〔四〕「癸」，文淵閣本作「登」，訛。

〔五〕「登」，清刻本、排印本作「及」。

〔六〕「兆」，原作「召」，訛，據清刻本、排印本改。

〔七〕「誅」，文淵閣本、文津閣本、文瀾閣本、清刻本、排印本無。

〔八〕「行得」，原作「得行」，據文淵閣本、文津閣本、文瀾閣本、清刻本、排印本並參二王本杜集卷五、百家注卷十六、分門集注卷十三以及錢箋卷五改。

〔九〕「用逢」，清刻本、排印本及全唐詩卷六十六寶劒篇作「周防」。

〔一〇〕「夏侯湛」，「侯」文淵閣本作「作」，訛。

〔一一〕「心照神交」，文淵閣本作「心神相交」；案，文選卷五十七、全晉文卷九十三夏侯常侍誄作「心照神交」。

〔一二〕「義」，文淵閣本作「意」。

〔一三〕「山」，文淵閣本作「也」，當訛。

〔一四〕「邑」，文淵閣本作「樹」，訛。

觀薛稷少保書畫壁

少保有古風，得之陝郊篇。公詩：驅車越陝郊，北顧臨大河。惜哉功名忤，但見書畫傳。趙云：稷字嗣通，道衡曾孫，歷太子少保。當貞觀、永徽間，虞世南、褚遂良以書顯家，後莫能繼。稷外祖魏徵家多藏虞、褚書。稷鋭精臨倣，結體遒麗，遂以書名天下。畫又絶品。及竇懷貞伏誅，稷以知其謀，賜死萬年縣獄中。此叙稷書畫甚明。有古風，傳稱以辭章自名，則詩有古風宜矣。其功名事，傳云：稷言鍾紹京胥史，無才望，不宜爲中書令；又與崔日用數争帝前。非不美也，而以知懷貞之謀以死，則功名之忤[一]。今杜公於通泉縣見其書畫之傳。我遊梓州東，遺跡涪江邊。畫藏青蓮界，書入金牓懸。師云：惠普寺額[二]，薛少保書。趙云：青蓮界，佛寺也，見佛書。金牓字，取神仙事以形容之。神異經：東方有宫，青石爲墻，高三仞。左右闕高百丈，畫以五色。門有銀牓，以青石碧鏤，題曰天地長男之宫。西方有宫，白石爲墻，五色黄門，有金牓而銀鏤，題曰天地少女之宫。仰看垂露姿，不崩亦不騫。漢曹喜工篆隸，變懸針垂露之法。詩天保：不騫不崩。騫，虧也。鬱鬱三大字，蛟龍岌相纏。趙云：稷所書惠普寺碑上三字，字方徑三尺許，筆畫雄勁，傍有贔屭纏捧，乃龍蛇岌相纏也。今在通泉縣慶壽寺聚古堂。余嘗到寺觀之，三字之傍，有贔屭纏捧。詩人道實事爲壯觀之句耳。又揮西方變，發地扶屋椽。慘淡壁飛動，到今色未填。師云：兼畫西方像一壁，筆力蕭洒，風姿逸發，並居神品。趙云：所畫西方變相今亡矣。而公詩云「又揮西方變」，至「到今色未填」，指言當日所見。填字即窴字。字書云：塞也，又訓久。今云「色未填」[三]，則色未昏滅之意。未詳所出，豈言其色未久，而尚如新邪？此行疊壯觀，郭薛俱才賢。不知百載後，誰復來通泉。通泉前有郭代公，後有薛少保，故云郭薛。趙云：相如云：此天下之壯觀也。疊言其書與畫。郭薛真所謂才賢邪〔四〕？

【校勘記】

〔一〕「忤」，原作「誤」，據清刻本、排印本並參詩歌正文「惜哉功名忤」改。

〔二〕「惠普寺」，「普」原作「義」，據清刻本、排印本作並參詩中正文「鬱鬱三大字」二句下引趙次公注「稷所書惠普寺碑上三字」云云改。

〔三〕「云」，原作「公」，據清刻本、排印本改。

〔四〕「謂」字，文淵閣本作「爲」。

通泉縣署屋壁後薛少保畫鶴

薛公十一鶴，皆寫青田真。晉永嘉記〔一〕：青田有雙鶴，生子即便去。趙云：青田，晉永嘉郡記：有沐溪野去青田九里，中有一雙白鶴，年年生伏子，長大便去，常餘父母在耳。多云神所養也。畫色久欲盡，蒼然猶出塵。杜田補遺：南史：劉歊矯矯出塵，如雲中白鶴〔二〕。低昂各有意，薛公畫鶴〔三〕，寫真者，模寫其真形。低昂皆有意，如返啄、疎翎、唳天、警露之類，皆隨而名之。磊落如長人。晉嵇紹在稠人中，昂昂然若野鶴在鷄群。佳此志氣遠，豈惟粉墨新。萬里不以力，群遊森會神。威遲白鳳態，非是倉鶊鄰。揚雄甘泉賦：夢吐白鳳。秋胡詩：行路正威遲。詩七月：有鳴倉鶊。注：倉鶊，黃鸝也。杜田補遺：禽經曰：鳳有五，東方曰發明，南方曰鷦明，西方曰鷫鷞〔四〕，北方曰幽昌，中央曰鳳。又曰：青鳳謂之鶡，赤鳳謂之鶉，黃鳳謂之鷗，紫鳳謂之鷟，白鳳謂之鷫。高堂未傾覆，幸得慰佳賓。曝露墻壁外，終嗟風雨頻。赤霄有真骨，恥飲洿池津。冥冥任所往，脫略誰能馴。杜云：鮑照鶴賦：夕飲于瑤池。有遺支遁鶴者，遁曰：爾沖天之物，寧爲耳目之玩？遂放之，任所往。趙云：楚詞：載赤霄而凌太清。在禽鳥言之，則張華鷦鷯賦序：彼鷲、鶚、鵾、鴻、孔雀、翡翠，或凌赤霄之際，或托絕垠之外。王子年拾遺記：周昭王時，塗脩國獻丹鶴〔五〕，飲於溶溪之水。江淹擬嵇康詩，其言靈鳳，而曰夕飲玉池津。孟子：數罟不入洿池。揚子：鴻飛冥冥，弋人何慕焉？江文通：脫略公卿。顏延年詠嵇康詩：龍性誰能馴。

【校勘記】

〔一〕「永嘉記」，清刻本、排印本作「永嘉郡」，訛。

〔二〕「南史劉歊」，原作「北史劉敵」，檢「矯矯出塵」二句，不見於北史，考南史卷四十九劉歊傳有此二句，據改。又，「歊」，清刻本空闕，排印本作「敲」，訛。

〔三〕「薛公」，「公」原作「云」，據文淵閣本、文瀾閣本、清刻本、排印本改。

〔四〕「曰鷫鷞」三字，文淵閣本奪。

〔五〕「國」，文淵閣本奪。

陪王侍御同登東山最高頂宴姚通泉晚攜酒泛江

姚公美政誰與儔，不減昔時陳太丘。世說：陳紀，字元方。年十一，候袁紹，問曰：卿家君在太丘，遠近稱之，何所履行？元方曰：老父在太丘，强者綏之以德，弱者撫之以仁，恣其所安，久而益敬。袁公曰：孤往爲鄴令，正行此事。不知卿家君復何師〔一〕？元方曰：周公不師孔子，孔子不師周公。趙云：荀子：在朝則美政。不減，不虧也。晉人語，每云某人何不減某人。太丘，陳寔也，爲太丘長。潁川四長，陳居其一，可見太丘美政。邑中上客有柱史，多暇日陪驄馬遊。老子爲柱下史，舊説驄馬御史。趙云：上客，戰國策：六國呼蘇秦、張儀爲上客。柱史，指言王侍御。多暇日，荀子：其爲人也多暇日。特摘字用耳。驄馬事，後漢：桓典爲侍御史，嘗乘驄馬。京師人畏之，語曰：行行且止，避驄馬御史。東山高頂羅珍羞，晉謝安雖貴〔二〕，而東山之志不謝〔三〕。曹子建：緩帶傾庶羞。趙云：東山，即題所謂登東山最高頂，非謝安東山。羞者，韻書致滋味爲羞。周禮有膳羞、庶羞、百羞。珍字，周禮有珍用八物，故合云珍羞字。舊注引曹子建詩，却是庶羞矣。下顧城郭銷我憂。登樓賦：聊暇日以銷憂。趙云：詩：以寫我憂。清江白日落欲盡，復攜美人登綵舟。笛聲憤怒哀中流，妙舞逶迤夜未休。燈前往往大魚出，聽曲低昂如有求。漢武秋風辭：攜佳人兮不能忘〔四〕。橫中流兮揚素波。簫鼓鳴兮發棹歌，歡樂極兮哀情多〔五〕。荀子：瓠巴鼓瑟，游魚出聽。趙云：美人，起於詩：有美一人。而文士用美人，如四愁云：美人贈我金錯刀。三更風起寒浪湧，取樂喧呼覺船重。滿空星河光破碎，四座賓客色不動。請公臨深莫相違，迴船罷酒上馬歸。人生歡會豈有極，無使霜過霑人衣。言樂極則悲來。師云：謝莊月賦：月既没兮露欲晞，歲方晏兮無與歸。佳期可以還，微霜霑人衣。趙云：此一段乃晏子戒流連之樂之義。其句亦倣謝希逸月賦。臨深字，孔子如臨深淵、如履薄冰句法之義〔六〕。如言請公莫違戾臨深之戒，所以有下句之囑。霜過，一作霜露。

【校勘記】

〔一〕「復」，原作「父」，據文淵閣本、文瀾閣本、清刻本、排印本改。

〔二〕「貴」，文淵閣本作「貧」，訛。

〔三〕「謝」，清刻本、排印本作「忘」。

〔四〕「攜」，清刻本、排印本作「懷」。

〔五〕「歡」，原奪，據文淵閣本、文津閣本、文瀾閣本、清刻本、排印本補。

〔六〕「句法」二字，清刻本、排印本無。

春日戲題惱郝使君兄

使君意氣凌青霄，憶昨歡娱常見招。趙云：意氣凌，乃魏劉楨射鳶詩意氣凌神仙之勢。凌青霄，乃仲長統可以凌雲霄、司馬紹統言椅桐曰上凌青雲霓、張華或凌赤霄之勢。北山移文：干青霄而直上。左太冲詠史：馮公豈不偉，白首不見招。**細馬時鳴金騕褭，佳人屢出董嬌嬈。**嬌嬈，名姬也[一]。師云：漢武帝鑄金作馬蹄狀，謂之金騕褭。盧照鄰詩：漢家金腰褭。趙云：騕褭，神馬名。漢武帝鑄金爲褭蹄麟趾，故有金褭蹄，而言馬則曰金騕褭也。上言馬，下言婦人，故公今詩用對董嬌嬈。後漢宋子侯董嬌嬈詩言採桑之事也。

東流江水西飛燕，可惜春光不相見。願攜王趙兩紅顏，再騁肌膚如素練[二]。通泉百里近梓州，請公一來開我愁。趙云：上兩句以興見招之後，不復見佳人，故有下句願攜之請[三]。意者流水以自比，而燕以比佳人乎。宋江夏王劉義恭詩：眷戀江水流。又沈約白銅鞮詩：漢水回東流[四]。古詩：願爲雙飛燕。公在通泉，郝在梓州。欲郝自梓州攜二妓來通泉耳。其「東」、「西」句法，則古東飛伯勞等歌：東飛伯勞西飛燕，黃姑織女時相見。沈約送友人別詩：遥裔發海鴻，連翩出檐燕。春秋更去來，參差不相見[五]。**舞處重看花滿面，樽前還有錦纏頭。**唐王元寶富而無學識，嘗會賓客。明日，親友謂曰：昨日必多佳論。元寶曰：但費錦纏頭爾。趙云：錦纏頭字，唐人以綵賞舞者之稱。舊注引唐王元寶事，止一事耳。又如大姨以三百萬爲唐帝作纏頭錦之費，則又一事矣。

【校勘記】

〔一〕「也」，文淵閣本作「者」，清刻本、排印本無。

〔二〕「肌」，排印本作「飢」，訛。

〔三〕「不復見佳人故有下句願攜之請」，清刻本、排印本無「復」、「有」二字；又，「攜」，文淵閣本作「有」。

〔四〕「迴」，玉臺新詠卷十、梁詩卷六沈約此詩作「向」。

〔五〕「沈約」，原作「江淹」，檢「遥裔發海鴻」四句，江淹詩無，考藝文類聚卷二十九人部十三、梁詩卷六沈約送別友人詩有此四句，當是誤置，據改。

天邊行

趙云：詩中與大麥行皆有胡與羌字，則廣德元年十二月，吐蕃陷松、維、保三州等處以後之事。此篇云臨大江哭，則閬州之江。大麥行云大麥乾枯，則今歲廣德二年三月半間也。

天邊老人歸未得，日暮東臨大江哭。隴右河源不種田，胡騎羌兵入巴蜀。

大歷中，吐蕃三道入寇，誡其衆曰：吾要蜀川爲東府。連陷郡邑，士庶奔亡山谷。　趙云：天邊老人，公在長安居杜陵，而有田在洛陽，無日不思歸，故曰歸未得也。大江，指言閬水，乃嘉陵江至此而大矣。酈道元注水經，每言某山某處臨大江。下兩句蓋言吐蕃爲患。今歲廣德二年，公自梓州再至閬中。去年廣德元年，吐蕃七月陷隴右諸州，則隴右、河源不種田矣。十二月陷松、維、保三州，則胡騎、羌兵入巴蜀矣，謂之胡騎羌兵，羌與胡素自交結。觀今歲廣德二年七月，僕固懷恩以吐蕃、回紇、党項兵入寇，吐蕃雖曰羌，而有回紇在焉，非胡而何？巴蜀，巴與蜀也。樂史寰宇記於閬州青石縣載：昔巴蜀争界，山爲自裂，若引繩分之。觀此，巴蜀蓋相連，其陷松、維、保州，必有入巴蜀之事，但史不載，無所考證。唯資治通鑑云：吐蕃陷松、維、保三州及雲山新築二城，西川節度使高適不能救。於是劍南、西山諸州亦入於吐蕃矣。其言入巴蜀，亦何怪哉！

洪濤滔天風拔木，前飛禿鶖後鴻鵠。

項王圍漢王，大風拔木。　趙云：上句亦盛言之，以比禍亂，其語則選有鼓洪濤。書：浩浩滔天。古詩：枯桑知天風。鶖，音秋，玉篇：水鳥也。公於同谷七歌之一，言弟在遠方云：東飛駕鵝後鷟鶬，安得送我至汝傍。亦因物以起思矣。九度附書向洛陽，十年骨肉無消息！趙云：言洛陽、隴右陷之故。今歲廣德二年甲辰，逆數十年，歲在乙未。天寶十四載十一月，祿山反，其後祿山子與二史、吐蕃更爲患，是爲十年。而公田舍在洛陽之偃師，宜道路隔絶，寄書而骨肉無消息也。字則玉臺新詠載近代西曲歌：莫作缾落井，一去無消息。

大麥行

大麥乾枯小麥黃，婦女行泣夫走藏。見上送高三十五書記詩注。後漢：桓帝時童謠曰：小麥青青大麥枯，誰當穫者婦與姑，丈夫何在西擊胡〔一〕。東至集璧西趙作北。梁洋〔二〕，集璧、梁洋，皆蜀地郡名。趙云：圖經：集璧在閬之東〔三〕，梁洋雖在東而退近北。其一作西字，非是。問誰腰鐮胡與羌。鮑明遠東武吟：腰鐮刈葵藿。師云：又言吐蕃與回紇。叢話：潘子真云：古人造語，俯仰紆餘，各有態〔四〕。如桓帝時童謠皆合問答之詞，公今四句，實有所自。豈無蜀兵三千人，一云千人去。部領辛苦江山長。安得如鳥有羽翅，托身白雲還故鄉。

【校勘記】

〔一〕「丈夫」，文淵閣本作「天夫」，訛；後漢書卷十三五行志作「丈人」。

〔二〕「梁」，原作「粱」，據文淵閣本、文津閣本、文瀾閣本、排印本並參二王本杜集卷五以及題下注

「集璧梁洋皆蜀地郡名」改。

〔三〕「集璧」下，文淵閣本有「地」字。

〔四〕「各有態」，文津閣本、清刻本、排印本作「各有態度」。

苦戰行

苦戰身死馬將軍，自云伏波之子孫。干戈未定失壯士，使我歎恨傷精魂！趙云：伏波者，將軍之號，後漢馬援也。干戈未定，則吐蕃去冬陷松、維、保三州，用兵豈便息邪？晉阮籍詠懷詩：容色改平常，精魂自漂淪。謝靈運詩：異人秘精魂。去年江南討狂賊，臨江把臂難再得。別時孤雲今不飛，時獨看雲淚横臆。鮑云：謂段子璋戰遂州，時公與此人送別江上。今其死矣，故有感而作。遂州在涪江之南，故云江南。趙云：江南，蓋言閬州江之南，如夔州社日云：今日江南老，它年渭北童〔一〕。所謂江南，亦言夔江之南，非江南道也。言去年，則與下篇去秋行之義同。臨江把臂，則公必與馬别時在閬州江上。末句變使李少卿詩：良時不再至，離别在須臾。屏營衢路側，執手野踟蹰。仰視浮雲馳，奄忽互相踰。蘇子卿詩：俯觀江漢流，仰視浮雲翔。良友遠離别，各在天一方。詳味公詩，因馬將軍死，追悼之。

【校勘記】

〔一〕「它年」，本集卷三十社日兩篇其二作「他時」。

去秋行 時段子璋反於東川。

去秋涪江木落時，臂槍走馬誰家兒？到今不知白骨處，部曲有去皆無歸。見部曲異平生注〔一〕。遂州城中漢節在，遂州城外巴人稀。鮑云：上元二年四月，劍南節度兵馬使段子璋反，陷緜州。遂州刺史嗣虢王巨死之。節度李奐奔于成都，故詩云遂州城中漢節在，蓋傷之也。戰場冤魂每夜哭，空令野營猛士悲。趙云：按樂史寰宇記：涪江在射洪縣。此廣德二年詩，不是言段子璋事。何以言之？上元二年四月壬午，劍南東川節度兵馬使段子璋反，僭稱王，建元黃龍。五月，崔光遠擊斬之，當年夏時已平矣。今云去秋涪江木落時，應是公在彼有九日詩之際，乃廣德元年也。公眼見其去，是以有感而作。意者應如廣南市舶使呂太一反，逐其節度使張休。逐而不殺，則有漢節在之理。遂州城外巴人稀，則所以討叛亂者，皆梓、閬之兵。意者敗績而死亡者多〔二〕，則有巴人稀之實。劉越石四言：永負冤魂。漢高祖：安得猛士兮守四方。

【校勘記】

〔一〕「注」，文淵閣本作「句」，訛。

〔二〕「績」，文淵閣本作「續」，訛。

光禄坂行

山行落日下絶壁，西望千山萬山一作水。赤。謝靈運：日落山照耀。樹枝有鳥亂鳴一作棲。時，暝色無人獨歸客。謝靈運：林壑斂暝色。馬驚不憂深谷墜，草動只怕長弓射。白日賊多，翻是長弓子弟〔一〕。安得更似開元中，一云年。鄭棨傳信記：開元初，上勵精理道，不六七月，天下大治。安西諸國，悉平爲郡縣，行者不囊糧，上猶惕厲未已。道路即今多擁隔。鮑云：崔寧傳：寶應初，蜀亂，山賊乘險，道路不通。與此詩合。趙云：萬山，一作萬水，非是。水豈可合山言赤乎？有鳥亂棲，一作亂鳴，非。蓋亂棲所以呼喚暝色字也。言獨歸客，則公之妻孥在梓。

【校勘記】

〔一〕「白日賊多」二句，清刻本、排印本作：「白日多山賊，挾弓矢刼人。」

山寺

章留後同遊，得開字。

野寺根石壁，諸龕遍崔嵬。前佛不復辨，百身一莓苔。天台賦：踐莓苔之滑石。雖有古殿存，世尊亦塵埃。如聞龍象泣，足令信者哀。薛補遺：王簡棲頭陀寺碑：正法既没，象教陵夷。又：馬鳴幽讚，龍樹虚求。經：有比丘名龍樹。龍象，猶佛象也。杜正謬：維摩經：菩薩勢力，譬如龍象蹴踏，非驢所堪。傳燈録：達磨是六衆所師，波羅提法中龍象。乃鱗毛頭中最巨者[一]，猶麒麟之於走獸，鳳凰之於飛鳥，故經稱僧之出類曰龍象，非佛象也[二]。趙云：公題僧寺、紀僧詩，必用佛書中字，以爲當體。今云世尊亦塵埃，實道其事。或曰：下句歲晏風破肉，十二月也。十月以吐蕃寇奉天之故，車駕幸陝州。十二月甲午，雖車駕已至自陝矣，而巴蜀僻遠未聞，猶以爲在外。則公今所云者，無乃微寄意乎？其説亦是。龍象，言僧也。杜田正謬引維摩經、傳燈録出處並是。然解其義云：乃鱗毛頭中最巨者，則其意分爲二物：鱗頭中最巨爲龍，毛頭中最巨爲象。然維摩經所謂龍象蹴踏[三]，非驢所堪，曰蹴踏，則龍無蹴踏之義。龍象，乃龍之象耳，如言龍馬者乎？以俟明識。

使君騎紫馬，捧擁從西來。樹羽静千里，臨江久徘徊。山僧衣藍縷，告訴棟梁摧。公爲顧賓徒，咄嗟檀施開。吾知多羅樹，却倚蓮華臺。諸天必懽喜，鬼物無嫌猜。以兹撫士卒，孰曰非周才？師云：左氏：篳簬藍縷，以啓山林。篳簬，柴車。藍縷，敝衣。杜田補遺：左氏：篳簬藍縷。方言曰：南楚凡人貧，衣被醜弊，謂之須捷，或謂之褸裂。褸，音縷；衣壞，或謂之藍縷。左氏謂篳簬藍縷是也。佛經曰：佛告堅意菩薩：何以一念行於六度？答曰：是菩薩一切悉捨心無貪着。名檀，六波羅蜜之一。大乘論云：檀越者，檀施也，謂此人行檀，能越貧窮海，故又云梵語陀那鉢底。此言施主，今稱「檀那」者，即訛「陀」爲「檀」，去「鉢底」留「那」故也。方言曰：褸裂、須捷，敗也。又：襜褕，其短者謂之裋，以布而無緣，敝而紩之，謂之襤襤。又云裯，謂之襤裯。敝衣褸，謂之襏，謂綴結。又，酉陽雜俎：貝多出摩伽陀國，西土用以寫經，樹長六尺，經冬不凋。此樹有三等，一多羅婆力叉貝多，二多梨婆力叉貝多羅，三部闍婆力叉貝多。多羅、多梨並書其葉，部闍一色，取其皮書之。貝多、婆力叉，皆梵語。貝多，漢翻爲葉。婆力叉，漢翻爲樹。多羅樹，即婆力叉貝多之一也。趙云：詩：崇牙樹羽。本言樂，而今所謂樹羽，則軍旅所設之物。江淹別集登紀南城詩：君王澹以思，樹羽望楚城。則若旗幟之屬矣。静千里，則章留後境内無戰也。衣藍縷，杜田引方言，其説是。石崇咄嗟而辨。吾知多羅樹，却倚蓮花臺，以形容寺既修建如此。多羅樹，見酉陽雜俎。如已經所譯之經，在涅槃經有湧身高七多羅樹，或云一多羅樹。蓮花臺，佛所坐之臺。其字如涅槃經：猶如鴛鴦處蓮花臺。則指水中蓮花所生之萼。故佛言蓮花有鬚、有臺，止借字用耳。槃，音盤，佛書字也。

窮子失淨處，高人憂禍胎。杜田補遺：法華經信解品三：譬如有人，年既幼稚，捨父逃逝，馳騁四方。年既長大，加復困窮。父求不得，中止一城，其家大富〔四〕，財寶無量。窮子庸賃，遇到父舍，受雇除糞，羸瘦顦顇，糞土塵坌，汙穢不淨。其父宣言，爾是我子，捨吾逃走，忽於此間遇會得之，今我所有一切財物，皆是子有。窮子歡喜，得未曾有。蓋喻諸佛子等，以三苦故，於三死中，受諸熱惱、迷惑、無知，樂著小法，得遇世尊，蠲除諸法戲論之糞，獲至涅槃一日之價〔五〕，得此已心大歡喜。趙云：窮子失淨處，是法華經中事，言窮子之所以窮，以其失淨處。高人之所以高，以能憂禍胎。楞伽經：樂不淨處如飛蠅。禍胎，雖起於福生有基，禍生有胎，兩字連出，如齊武帝謂臨賀王曰：汝包藏禍胎。窮子，指言藍縷之山僧。高人，指言章留後。章公所以修建僧寺，意欲諸僧得其清淨，而免梁棟摧壓之禍。

歲晏風破肉，荒林寒可迴。思量入道苦，自哂同嬰孩。趙云：上句言風淒緊，至於破肉，況在荒林，其寒豈可遂回乎？可回者，言不可回。後句公自傷也。老子：若嬰兒之謂孩。言入道如小童之就學辛苦。

【校勘記】

〔一〕「頭」，文淵閣本、文津閣本、文瀾閣本、清刻本、排印本作「類」，當是。

〔二〕「非佛象也」，文淵閣本作「非即佛象也」。

〔三〕「謂」，文淵閣本作「爲」，誤。

〔四〕「家大」，文淵閣本作「大家」。

〔五〕「盤」，文淵閣本無。

南池

崢嶸巴閬間，所向盡山谷。安知有蒼池，萬頃浸坤軸。呀然閬城南，枕一作控。帶巴江腹。芰荷入異縣，粳稻共比屋。堯，比屋可封。皇天不無意，美利戒止足。高田失西成，此物頗豐熟。清源多衆魚，遠岸富喬木。獨嘆楓香林，春時好顔色。

杜田補遺：三巴記：閬白二水合流，自漢中至始寧城下〔一〕，入涪陵曲，通三曲〔二〕，有如巴字，曰巴江。經峻峽中，謂之巴峽。唐詩：杜宇呼名叫，巴江學字流。江水連巴字，鐘聲出漢川〔三〕。趙云：坤軸，海賦：又似地軸挺拔而争迴。巴江，則杜田引三巴記，杜説是。異縣，出古詩：他鄉各異縣。比屋，董仲舒：堯舜在上，比屋可封。美利，易乾：能以美利利天下〔四〕。止足，祖出老子：知足不辱，知止不殆。晉張景陽詠史：達人知止足，遺榮忽如無。西成，書：平秩西成。此物，左傳載叔向之母言美婦人曰：三代之亡，皆此物也。古詩之言奇樹曰：此物何足貴，但感别經時。芰荷入異縣，則池之大如此；粳稻共比屋，則以灌溉所致也。皇天不無意至此物頗豐熟四句，以結芰荷入異縣，粳稻共比屋也。高田，則灌溉所不及者。言高田不豐，而失西成，故此粳稻之物爲池水所溉者，却豐熟焉。無它，乃皇天之意使人知止足之分也〔五〕。池水所溉之田豐熟矣，彼水所不及之田，雖失西成，亦豈不足乎？

南有

漢王祠，終朝走巫祝。歌舞散靈衣，潘安仁寡婦賦：仰神宇之寥寥，瞻靈衣之披披。荒哉舊風俗。高堂亦明王，魂魄猶正直。不應空陂上，縹緲親酒食。淫祀自古昔，非唯一川瀆。趙云：十句因實事而戒淫祀。公詩蓋有補於教化矣〔六〕。左傳：聰明正直之謂神。傳云：非所祭而祭，名曰淫祀。干戈浩茫茫，地僻傷極目。楚詞：極目千里兮傷春心。平生江海興，遭亂身局促。沈休文：纓佩空爲忝，江海事多違。古詩：蟋蟀傷局促。師云：臨池動江海之興，以時亂不得往也〔七〕。趙云：傷極目，摘用楚辭。局促，漢武帝：局促如轅下駒〔八〕。駐馬問漁舟，躊躇慰羈束。

【校勘記】

〔一〕「閬白二水」以下十三字，文瀾閣本作「杜說是異縣出古詩他鄉各異縣」。案，此十三字與下引重複，錯簡；又，「白」原作「自」，據太平御覽卷六十五地部「巴字水」條改。

〔二〕「通三曲」，太平御覽卷六十五地部「巴字水」條作「折三曲」。

〔三〕「杜宇呼名叫」四句，文津閣本作「杜宇呼名叫巴江學流江水水連巴字鐘聲出漢川」。案，全唐詩卷五百一十九載李遠送人入蜀作：「杜魄呼名語，巴江作字流。不知煙雨夜，何處夢刀州。」

〔四〕「能」，文淵閣本、文津閣本、文瀾閣本、清刻本、排印本作「始能」。

〔五〕「知」，文淵閣本、文津閣本、文瀾閣本、清刻本、排印本無。

〔六〕「補」，文淵閣本作「稱」。

〔七〕「時」，文淵閣本作「詩」，訛。

〔八〕「漢武帝」，原作「漢景帝」，參本集卷一苦雨奉寄隴西公王徵校勘記〔五〕。

發閬中

前有毒蛇後猛虎，溪行盡日無村塢。時盜賊縱横，政役煩重，而民不安居也。江風蕭蕭雲拂地，山木慘慘天欲雨。女病妻憂歸意速，秋花錦石誰復數？別家三月一得書，避地何時免愁苦。賢者避地。趙云：前有毒虵後猛虎，實道其事，非以興托，舊注非是。沈休文云：高楊拂地垂。女病妻憂歸意速，言歸梓州也。秋花錦石，可玩之物，以歸意速，故不復數之。此冬時歸而言秋花，豈前日所開未謝之花邪？公九月自梓往閬，至十二月復歸梓〔一〕，其去妻孥三箇月，故云別家三月一得書。

【校勘記】

〔一〕「復」，文淵閣本無。

閬山歌

趙云：春正月，自梓州挈家再往閬中。三月之半，聞嚴武再鎮蜀，遂離閬歸成都途中所作之詩。

閬州城東靈山一云雪山。白，閬州城北玉臺碧。靈山、玉臺，閬山名。松浮欲盡不盡雲，江動將崩已一作未。崩石。那知根無鬼神會，已覺氣與嵩華敵。中原格鬬且未歸，應結茅齋看青壁。兩相敵曰格鬬。趙云：未崩石，舊本正作已崩石，非。蓋欲盡不盡、將崩未崩，方成語脈，已崩矣，豈復能動邪？況下有已覺氣與嵩華敵也。那知根無鬼神會，已覺氣與嵩華敵，兼言靈山與玉臺也。中原格鬬，乃去歲廣德元年吐蕃十月陷京師，邠州，寇奉天、武功，車駕幸陝。十二月，陷松、維、保三州。至今歲之春，干戈豈息邪？五岳之名，雖參摘兩字而用，今以鬼神熟字對嵩華，則潘岳晉武帝誄有等壽嵩華爲連文，有出處。

閬水歌

嘉陵江山何所似〔一〕，嘉陵江，源出散關，而入于閬。石黛碧玉相因依。正憐日破浪花出，更復春從沙際歸。巴童盪槳杜補遺：槳，檝屬。方言：檝，謂之橈，或謂之櫂，所以隱櫂謂之槳。攲側過，水雞銜魚來去飛。閬中勝事可腸斷，閬州城南天下稀。閬州城南有山，極秀麗，謂之錦屏山。趙云：謝安石内集，問諸子曰：白雪紛紛何所似？阮籍詩：寒鳥相因依。謝靈運詩：蒲稗相因依。日破浪花出，以日出正照水也，如云日出破浪花矣。謂之破浪花，取南史宗慤：願乘長風破萬里浪。春從沙際歸，則何處無春，而眼中所見，城南之沙際花草明媚，爲自沙際回歸。句意蓋如費昶雜詞：水逐桃花去，春隨楊柳歸。槳所以摇楫之處，杜時可之説是〔二〕。蓋古歌云艇子打兩槳者，扶兩楫而來也。上云閬中，又云閬州，舉全郡言之曰閬中。名山志：閬山多仙聖遊集。圖經曰：閬山四合於郡，故曰閬中，亦謂之閬内。閬州城南，則指錦屏山也。

【校勘記】

〔一〕「山」字右側，静嘉堂本有補鈔之注「山一作色」四字，文淵閣本、文津閣本、文瀾閣本、清刻本、排印本無。

〔二〕「杜時可」，清刻本、排印本作「杜補遺」；又，「時」文淵閣本作「詩」，訛。

三絶句

前年渝州殺刺史，鮑云：崔寧傳所書山賊也。前年渝州殺刺史，謂段子璋陷綿遂；今年開州殺刺史，謂徐知道之反，有乘亂者。開去成都遠，不知其故，史不書，失之。今年開州殺刺史。群盗相隨劇虎狼，食人更肯留妻子。

右一

二十一家同入蜀，唯殘一人出駱谷。自説二女齧臂時，迴頭却向秦雲哭。世説趙飛燕姊弟少貧微。及飛燕見召，與女弟齧臂而別。趙云：指言當時出駱谷之人。正始四年，曹爽伐蜀〔一〕。諸軍入駱谷三百餘里，不得前，牛馬驢贏以運轉，死略盡。魏志曰：少帝甘露三年，蜀將姜維出駱谷，圍長安。即此谷道，其後廢塞。唐武德七年，復開。今云唯殘一人出駱谷，則自蜀歸秦，出駱谷以往也，故後有向秦雲哭之句。此其初豈避羌渾之暴來蜀中乎？二女齧臂，乃紀其實。史記：吴起與其母訣，齧臂而盟。今所用蓋飛燕事，見伶玄所作飛燕外傳。

右二

【校勘記】

〔一〕「四年」，三國志卷九作「五年」。

殿前兵馬雖驍雄，縱暴略與羌渾同。時神策軍恣横。聞道殺人漢水上，婦女多在官軍中。趙云：言其縱暴尤甚於羌渾，即下兩句是也。

右三

莫相疑行

男兒生無所成頭皓白，牙齒欲落真可惜。憶獻三賦蓬萊宮，自怪一日聲輝赫。集賢學士如堵墻，觀我落筆中書堂。新唐書：甫獻賦，帝奇之，使待制集賢院，命宰相試文章。按：開元十三年，改集仙殿爲集賢殿，麗正殿書院爲集賢殿書院，院内五品以上爲學士，六品以上爲直學士〔一〕。禮：孔子射於矍相之圃，觀者如堵墻。趙云：天寶九載〔二〕，明皇納處士之議，以明年朝獻太清宮，朝享太廟，有事於南郊。公獻三賦以預言其事，於是待制於集賢。李陵書：男兒生無所成名。往時文彩動人主，此日飢寒趨路傍。天寶末，以家避亂鄜州，獨陷賊中。至德二載，竄歸鳳翔，謁肅宗，授左拾遺〔三〕。詔許至鄜迎家。明年收京，扈從還長安。房琯罷相，甫上疏論琯有才，不宜廢免。肅宗怒，貶琯邠州刺史，出甫爲華州司功。屬關輔饑亂，棄官之秦州，又居成州同谷，自負薪採梠，餔糒不給，遂入蜀。乃上元元年，卜居成都浣花里。趙云：李蕭遠運命論：封己養高，勢動人主。劉公幹詩：行者盈路傍〔四〕。晚將末契托年少，當面輸一作論。心背面笑。時甫依嚴武，幾爲武所殺。杜田補遺：陸機嘆逝賦：托末契於後生，余將老而爲客。趙云：當面論心背面笑，孔毅夫集句用對翻手作雲覆手雨，亦工。論，一作輸，字雖新而費力。寄謝悠悠世上兒，不爭好惡莫相疑。

【校勘記】

〔一〕「六品以上爲直學士」句，「上」舊唐書卷四十七百官志二作「下」。

〔二〕「天寶九載」，新唐書卷二百一杜甫傳作「天寶十三載」，訛。

〔三〕「授左拾遺」，新唐書卷二百一杜甫傳作「授右拾遺」，訛。

〔四〕「行」，文選卷二十、魏詩卷三劉楨公宴詩作「從」。

遭田父泥飲美嚴中丞

甫與嚴武世舊，故入蜀依之。傳言：甫結廬浣花里，與田畯野老相狎蕩。

步屧隨春風，村村自花柳。田翁逼社日，邀我嘗春酒。杜田補遺：屧，音枼，蓋履舄也。宋袁粲爲丹陽尹，嘗步屧白楊郊野間，道遇士大夫，便呼與酣飲。魏應璩與從弟君胄書：日吟詠花柳之下〔一〕。酒酣誇新尹，畜眼未見有。迴頭指大男，渠是弓弩手。籍丁爲兵。名在飛騎籍，飛騎，軍名。曹子建白馬篇：名編壯士籍。左傳：名在重耳。又曰：名在諸侯之策。長番歲時久。長番，猶長在直，言無更代。前日放營農，辛苦救衰朽。差科死則已，誓不舉家走。今年大作社，社祭也，以祈農事，春祈秋報，故歲有春秋二社。拾遺能住否？叫婦開大瓶，盆中爲吾取。感此氣揚揚，須知風化首。郡守、縣令，風化之首。語多雖雜亂，說尹終在口。朝來偶然出，自卯將及酉。久客惜人情，如何拒鄰叟？

高聲索果栗，欲起時被肘。言屢爲掣肘。指揮過無禮，未覺村野醜。月出遮我留，仍嗔問升斗。師云：問升斗，如汝陽三斗，焦遂五斗，劉伶五斗解醒，李白一斗合自然是已。趙云：此篇多使俗語，如弓弩手，如差科，如長番等字是也。步屧字，則宋袁粲事。大作社，變左傳子産大爲社也。氣揚揚字，晏子傳：其御者意氣揚揚。語多雖雜亂，陶淵明飲酒詩：父老雜亂言，觴酌失行次。月出遮我留，使漢祖紀：三老董公遮説漢王。肘字，使史記：魏桓子肘韓康子於車上〔二〕。舊注非是。

【校勘記】

〔一〕「花」，文選卷四十二應璩與從弟君苗君胄書作「葩」。

〔二〕「魏桓子」，原作「魏威子」，係避宋諱，此改。

新刊校定集注杜詩卷十

古詩

别唐十五誡因寄禮部賈侍郎

九載一相逢，百年能幾何。古詩：百年能幾時，會少别還多。復爲萬里别，送子山之阿。白鶴久同林，潛魚本同河。薛云：謝靈運擬鄴中詩：未塗幸休明，棲集逮薄質。趙云：白鶴、潛魚，以譬聚散。衰老强高歌。歌罷兩悽惻，燕丹送荆軻入秦，别於易水之上。高漸離擊缶，軻歌，髮上衝冠，士皆淚垂。六龍忽蹉跎。杜云：淮南子：六龍所以駕日車，羲和所以御六龍。阮嗣宗詩：娱樂未終極，白日忽蹉跎。注：蹉跎，言遲暮。趙云：廣雅曰：蹉跎，失足。以言日晚。王褒樂府高句麗云：不惜黄金散盡，只畏白日蹉跎。劉孝威反之，則白日云蹉跎也〔一〕。相視髮皓白，况難駐羲和。胡星墜燕地，漢將仍橫戈。蕭條四海內，人少豺虎多！少人慎莫投，多虎信所過。飢有易子食，宋華元夜登楚子反床〔一〕，而告病曰：吾國易子而食，析骸而爨。獸猶畏虞羅。趙云：「胡星墜燕地」，言今歲上元二年三月，史朝義弒其父思明。漢將仍橫戈，言朝義襲僞位，復爲亂，而常休明、衛伯玉、尚衡、侯希逸、來瑱之屬，復與之戰也。人少豺虎多，以豺虎喻賊盜。張孟陽云：賊盜如豺虎。今詩實言豺虎，故有下句焉。詩話載：蕭條四海內，至獸猶畏虞羅。劉貢父云：此等句真含蓄深遠，大不可模倣，信矣。虞羅，虞者之羅。橫戈，戰國策：衛行人燭過，免冑橫戈而進。子負經濟才，天門鬱嵯峨。飄飖適東周，周平王東遷于洛，謂之東周。趙云：經濟，見上石犀行注。天門，泰山之稱。記云：泰山盤道屈曲而上，凡五十餘盤，經小天門、大天門。仰視天門，如穴中視天窗。又，漢官儀：泰山東上七十里，至天門。所以稱鬱嵯峨。來往若崩波。南宮吾故人，白馬金盤陀。南宮，禮部也。杜田正謬云：天官書：南宮朱鳥，權、衡，太微，三光之庭。藩臣將相執法郎位，衆星咸在。漢建尚書百官府，名曰南宮，蓋取象也，猶唐以中書省爲紫微，尚書省爲文昌之類。後漢鄭弘：爲尚書令，前後所陳有補益王政者，皆注之南宮以爲故事〔三〕。以此考之，南宮非禮部也〔四〕。若元稹爲南宮散郎，禮部郎中，號南宮舍人，蓋南宮猶言南省，非止稱禮部。歷考禮部之名，方起於江左，而南宮已見於漢時，益知元注之謬。故人，言賈侍郎。金盤陀，馬鞍校具之飾。雄筆映千古，見賢心靡他。念子善師事，歲寒守舊柯。爲吾謝賈公，病肺臥江沱。趙云：詩：之死矢靡它〔五〕。今言賈侍郎心惟存乎見賢而已，更無它也。歲寒守舊柯，論語：歲寒，然後知松柏之後彫。舊柯之義，則禮記：貫四時而不改柯易葉。

【校勘記】

〔一〕「云」，藝文類聚卷四歲時中、初學記卷四歲時部下、梁詩卷十八劉孝威詠織女詩作「未」。

〔二〕「華元」，原作「子罕」，據清刻本、排印本並參春秋左傳集釋宣公十五年改。

〔三〕「注」，後漢書卷三十三鄭弘傳作「著」。

〔四〕「南宫」，文淵閣本作「南官」，訛。

〔五〕「之死矢靡它」，「死」原作「子」，訛，據清刻本、排印本並參詩經鄘風柏舟改。

柟樹爲風雨所拔歎

倚江柟樹草堂前，故老相傳二百年。誅茅卜居總爲此，五月髣髴聞寒蟬。趙云：詩：召彼故老。相傳，蓋如酈道元注水經秭歸縣城云：故老相傳，謂之劉備城。屈原問詹尹：寧誅鋤草茅，以力耕乎〔一〕？屈原有卜居一篇。五月髣髴聞寒蟬，言其高也。東南飄風動地至，老子：飄風不終朝。江翻石走流雲氣。莊子：雲氣不待族而雨。榦一作幹。排雷雨猶力争，師云：退之南山詩：力雖能排斡，雷電怯呵詬。根斷泉源豈天意。滄波老樹性所愛，浦上童童一青蓋。野客頻留懼雪霜，行人不過聽竽籟。莊子：地籟。趙云：浦上，則律詩謂「南京西浦道」。舊本作一青蓋，師民瞻作車蓋，是。蓋先主舍東南有一桑，遥望之童童若車蓋。懼雪霜，言樹之高大而氣象慘肅。聽竽籟，言其聲之鼓動如之，字則宋玉高唐賦：纖條悲鳴，聲似竽籟。舊注引地籟，非。虎倒龍顛委榛棘，淚痕血點垂胸臆。我有新詩何處吟？草堂自此無顔色！趙云：乃卞和淚盡，繼之以血。

【校勘記】

〔一〕「詹尹」，原作「漁父」，訛，據清刻本、排印本並參楚辭章句卷六卜居改。

茅屋爲秋風所破歌

八月秋高風怒號，杜田補遺：莊子：大塊噫氣，其名爲風。是唯無作，作則萬竅怒號。卷我屋上三重茅。茅飛度江灑一作滿。江郊，高者挂罥長林梢，下者飄轉沉塘坳。趙云：灑字，西都賦風毛雨血，灑野蔽天之灑。一作滿，非是。南村群童欺我老無力，忍能對面爲盜賊。公然抱茅入竹去，脣焦口燥呼不得，歸來倚杖自嘆息。趙云：韓詩外傳：乾喉焦脣，仰天而嘆。曹子建善哉行曰：來日大難，口燥脣乾。故兩出而參用之。鮑明遠：倚杖牧鷄豚。俄頃風定雲墨色，秋天漠漠向昏黑。布衾多年冷似鐵，嬌兒惡卧踏裏裂。床頭屋漏無乾處，雨脚如麻未斷絶〔一〕。自經喪亂少睡眠，長夜沾濕何由徹。趙云：公前有詩云：出門復入門，雨脚但依舊。一本作兩脚，今觀如麻，則知以雨脚爲正。睡眠字，出佛書，涅槃經亦有之。安得廣厦千萬間，大庇天下寒士俱歡顔，風雨不動安如山。嗚呼，何時眼前突兀見此屋，吾廬獨破受凍死亦足！左傳：楚申叔展問還無社曰：有麥麴乎？有山芎藭乎？注：二物可以禦濕，欲使無社逃泥水中。時子美方爲嚴武所不容，詩之作其近於此乎？趙云：此五句公之用心：有一夫不獲，若己推而納諸溝中。白樂天詩：我願布裘長萬丈，與君同蓋洛陽城。蓋亦有志衣被天下者，然近乎戲語，豈有萬丈之裘乎？若公言千萬間之廣厦，則其言信而有徵。舊注引左傳楚申叔展事，與詩意大不相干。

【校勘記】

〔一〕「雨」，文淵閣本、文津閣本作「兩」，訛。

入奏行贈西山檢察使竇侍郎。

竇侍御，驥之子，鳳之雛。杜云：桓譚新論：善相馬者曰薛公，得馬，惡貌而正走，其名驥子。師云：龐統，德公之從子。德公謂統爲鳳雛。晉陸雲：幼時，吴尚書閔鴻見而奇之曰：此兒若非龍駒，當是鳳雛。北齊裴景鸞、景鴻，並有逸才，河東呼景鸞爲驥子。年未三十忠義俱，骨鯁絕代無。唐李吉甫傳：君有骨鯁之忠臣。骨鯁者，剛正之謂。蓋肉之有骨，而魚之有鯁。史云：忠臣骨鯁。炯如一段清冰出萬壑，置在迎風寒露一作露寒。之玉壺。元注：漢有迎風寒露之館。杜田補遺：張平子西京賦：既新作於迎風，增露寒與儲胥。注：魏武帝先作迎風館於甘泉山，後加儲胥、露寒二館。趙云：鮑明遠詩：清如玉壺冰。露寒，舊本作寒露。豈傳者惑於句律而倒寫邪？公槐葉冷淘云：萬里露寒殿，開冰清玉壺。則用字初未嘗倒，信傳寫之誤。蔗漿歸厨金盌凍，洗滌煩熱足以寧君軀。晉張協蔗賦：㓻甘蔗以療渴，若漸醪而含蜜[一]。杜田補遺：前漢禮樂志景星歌曰：百末旨酒布蘭生，泰尊柘漿析朝酲。注：應劭曰：柘漿取甘柘汁以爲飲，可以解朝酲。柘，與蔗同。趙云：蔗漿，宋玉招魂：濡鱉炮羹有蔗漿。杜田引漢禮樂志景星歌，雖是，而在宋玉招魂之後。舊注引晉張協蔗賦，又是摸稜。足以寧君軀，言寧君王之軀也。蓋以冰清蔗美比竇矣。政一作整。用疎通合典則，戚聯豪貴耽文儒。趙云：上句言政之疎通，與典則符合，雖疎通而不放也。下句言其與豪貴聯爲親戚，耽好文儒，雖豪貴而不驕也。戚字，意戚里之家乎？兵革未息人未蘇，天子亦念西南隅。吐蕃憑陵氣頗麤，時吐蕃欲取成都爲東府。竇氏檢察應時須。運糧繩橋壯士喜，以竹繩爲橋。斬木火井窮猿呼。八州刺史思一戰，三城守邊却可圖。火井，蜀地名。杜田補遺：博物志：臨邛有火井，縱橫五尺，深十餘丈[二]。諸葛丞相往觀之，後火益盛，以盆着井，煮鹽得成後，以家火投井中，火即滅，迄今不復燃。應時須，言應副時之所須也。此行人奏計其檢校之迹，則下句運糧繩橋、斬木火井是已。八州刺史，雖不可輒考，而三城則西山三城。

未小，密奉聖旨恩宜殊。繡衣春當霄漢立，漢繡衣，直指。綵服日向庭闈趨。老萊綵服以娛親。杜云：束皙補亡詩：眷戀庭闈。省郎京尹必俯拾，江花未落還成都。肯訪浣花老翁無？一云公來肯訪浣花老。爲君酤酒滿眼酤〔三〕，與奴白飯馬青芻。又云攜酒肯訪浣花老，爲君著衫捋髭鬢。趙云：豈入奏八州欲戰之事乎？前年吐蕃陷廓州，今歲雖不動，而意專在窺蜀，豈八州刺史欲逆戰之乎？詳詩意可見。繡衣，竇君官侍御也，故使繡衣。漢侍御史繡衣持斧。綵服，竇君必長安人，其親在彼。省郎、京尹，言其所加進之官。還成都，則入奏之返也。西清詩話載唐人弔杜子美云：賦出三都上，詩須二雅求。蓋少陵遠繼周詩法度，余嘗以經旨箋其詩云：與奴白飯馬青芻，雖不言主人，而待奴馬如此，則主人可知，與詩所謂言刈其楚、言秣其馬，言刈其蔞、言秣其駒同意。肯訪浣花老翁無，一云公來肯訪浣花老，末句又云：攜酒肯訪浣花老，爲君著衫捋髭鬢。皆不成言語。

【校勘記】

〔一〕「漸醪」，藝文類聚卷八十七作「嗽醴」；「醪」文淵閣本作「膠」，訛。

〔二〕「十餘」，太平御覽卷一百八十九居處部録博物志作「二三」。

〔三〕「酤酒」，「酤」原作「酣」，據清刻本、排印本並參二王本杜集卷五、十家注卷九、百家注卷十五、分門集注卷九及錢箋卷四改。

大雨

西蜀冬不雪，春農尚嗷嗷。搜神記：萬物焦枯，百姓嗷嗷。上天回哀眷，朱一作清。夏雲鬱陶。謝靈運：幽居猶鬱陶。執熱乃沸鼎，纖絺成縕袍。詩：誰能執熱。劉陶：養魚沸鼎。秋興賦：釋纖絺。論語：衣敝縕袍。風雷颯萬里，霈澤施蓬蒿。敢辭茅葦漏，已喜黍豆高。三日無行人，二一作大。江聲怒號。莊子：萬竅怒號。趙云：朱夏，則梁元帝纂要：夏曰朱明，亦曰朱夏。鬱陶，孟子：象謂舜：鬱陶思君爾。蓋鬱結於陶窑之義，故可使於朱夏之雲。莊子：縕袍無表。樂史寰宇記：秦李冰穿二江於成都行舟，今謂內江、外江。左思賦：帶二江之雙流。流惡邑里清，趙云：流惡，左傳有汾、澮流其惡，言大雨所蕩，流出穢惡。邑里，祖出鶡冠子：士之居邑里者。孫楚答弘農故吏四言：皓首老成，率彼邑里。謝玄暉始出尚書省詩：邑里向疎蕪。矧茲遠江臯。荒庭步鸛鶴，鸛鳴則雨應[一]。隱几望波濤。沉痾聚藥餌，頓忘所進勞。則知潤物功，可以貸不毛。諸葛亮：五月渡瀘，深入不毛。趙云：言沉痾之故而聚藥餌，今得大雨清凉，頓忘供進藥餌之勞。公病肺疾，以雨凉爲便。易：潤萬物者，莫潤乎水。不毛者，地不生物。因雨之潤，雖不毛之地，亦假貸而生。陰色靜壠畝，勸耕自官曹。四鄰出耒耜[二]，孟子：負耒耜。何必吾家操。

【校勘記】

〔一〕「鸛」，文淵閣本作「鶴」。

〔二〕「出耒耜」，二王本杜集卷五、錢箋卷四作「耒耜出」。

揚旗

二年夏六月，成都尹鄭公置酒公堂，觀騎士試新旗幟。趙云：後漢：孝桓帝校獵廣成〔一〕，遂幸函谷關上林苑，陳蕃諫曰：今有三空，豈宜揚旗耀武，騁心輿馬之觀乎？揚旗字，公取爲詩名。

江一作風。雨颯長夏，府中有餘清。謝靈運：密林含餘清。我公會賓客，肅肅有異聲。初筵閱軍裝，羅列照廣庭。詩：至止肅肅。又：賓之初筵。庭空六一作四。馬入，駊騀揚旗旌。甘泉賦：崇土陵之駊騀兮〔二〕。駊，音頗；騀，音我。山阜之高低也。迴迴偃飛蓋，劉公幹：回回自昏亂。曹子建：飛蓋相追隨。熠熠迸流星。河東賦：掉奔星之流旃。校獵賦：曳彗星之飛旗。來纏一作衡。風飈急，去擘山岳傾。材歸俯身盡，曹植詩：俯身散馬蹄〔三〕。妙取略地平。虹蜺就掌握，舒卷隨人輕。高唐賦：蜺爲旌。王沉賦：曳招搖之脩旗，婉若虹之垂天。選：虹旗櫺麾而就卷。趙云：略地字，借取漢書攻城略地。虹蜺，以言旗卷舒。隨人輕，所以結騎士揚舉之妙。三州陷犬戎，但見西嶺青。公來練猛士，欲奪天邊城。此堂不易升，庸蜀日已寧。吾徒且加餐，休適蠻與荆。書：庸、蜀、微、盧。古詩：上言加飡飯。王仲宣：遠身適荆蠻。趙云：上兩句言去年十二月，吐蕃陷松、維、保三州，在西山之地。三州陷，則西嶺者，其色徒青耳。末言得嚴公在蜀，不必捨去。江雨，一作風雨。六馬，一作四馬。來纏，一作來衝。皆非。

【校勘記】

〔一〕「孝桓帝」，原作「孝威帝」，文瀾閣本作「威帝」，係避宋諱，此改。

〔二〕「土陵」，文淵閣本作「王陵」，訛。案，漢書卷八十七揚雄傳作「丘陵」。

〔三〕「曹植」，原作「鮑照」，檢「俯身散馬蹄」句，不見於鮑照詩，見於文選卷二十七、魏詩卷六曹植白馬篇，當是誤置，據改。

溪漲

當時浣花橋，溪水纔尺餘。白石一作月〔一〕。明可把，艷歌行：水清石自見。水中有行車。華陽風俗録：浣花亭在州西南，有江流，至清之所也。其淺可涉，故中有行車。甫宅在焉。蔡伯世作常時。趙云：明可把，水清淺而見之。詩云：白石鑿鑿。一作白月，非。有行車，水淺可知。秋夏忽泛溢，豈唯入吾廬。莊子：秋水時至，百川灌河。陶潛：吾亦愛吾廬。蛟龍亦狼狽，況是鼈與魚。七發説濤云，其旁作而奔起也。六駕蛟龍，附從太白。横暴之極，魚鼈失勢。趙云：六、七月之交，水多時漲時止耳。泛溢，傳所謂泛濫衍溢。狼狽本一獸，各半其體相附而行。苟失其一，無據矣。倉皇失據者，謂之狼狽。兹晨已半落，歸路跬步疎。馬嘶未敢動，前有深填淤。荀子：不積跬步，無以致千里。趙云：跬，丘弭切，與跪同，舉一足也。前漢溝洫志：填淤反壤之害。顔師古曰：壅泥也。青青屋東麻，散亂牀上書。不意遠山雨，夜來復何如？趙云：苧麻，爲布者；胡麻，爲油者。苧自生至成皆青，胡始生則青，成則黄。六、七月之交而色青青，胡麻也。我遊都市間，晚憇必村墟。乃知久行客，終日思其居。趙云：村墟，止言草堂。

【校勘記】

〔一〕「一作月」，二王本杜集卷五、錢箋卷四作「一作日」。

戲贈友二首

元年建巳月，肅宗去上元二年號，止稱元年，月以斗建辰爲名。趙云：肅宗辛丑上元二年九月壬寅，去尊號，又去上元號，稱元年。以十一月爲歲首，曰建子月。至今年建巳月，乃居常四月也。是月，庚戌朔甲寅，上皇崩，則初五日也。改元寶應，復以正月爲首呼稱。隔十二日丙寅，帝崩，則十七日也。代宗即位。今云元年建巳月，作詩應在十七日前，實歲壬寅四月也。

郎有焦校書。

自誇足膂力，能騎生馬駒。一朝被馬踏，脣裂板齒無。壯心不肯已，欲得東擒胡。

趙云：書：膂力既愆。詩：老馬反爲駒。禪老亦云：馬駒踏天下人去。魏武帝樂府：老驥伏櫪，志在千里。烈士暮年，壯心不已。

元年建巳月，官有王司直。馬驚折左臂，骨折面如墨。

杜云：倣後漢李固傳：霍光憂愧發憤，悔之骨折。國語：吴王之黑旗，望之如墨。趙云：折臂，莊子：化予之左臂以爲雞。羊祜傳：墮馬折臂。左傳：肉食者無墨。舊注穿鑿字。

駑駘漫染一作深。泥，何不避雨色？

勸君休歎恨，未必不爲福。

所諷近白居易新豐折臂翁。杜田補遺：淮南：塞上翁，馬亡入胡，中皆弔之。翁曰：何知非福？居數月，馬引胡駿馬歸，皆賀之。翁曰：何知非禍？及家富馬良，其子好騎，墮而折體，又弔之。曰：何知非福？居一年，胡人大入，丁壯戰死者十九，其子獨以跛故，父子得獲相保。

觀打魚歌

綿州江水之東津，魴魚鱍鱍色勝銀。

詩：魴魚，赬尾。鱍鱍，跳躍貌。杜田補遺：爾雅：魴魾也，今之鯿魚。陸機疏：魴魚廣而薄，肥甜而少肉，細鱗，魚之美者。詩：魴鱮甫甫。甫者，美之至也。又曰：鱣鮪發發。音撥，即鱍也。義訓曰：魚掉尾曰鱍，口上下噞喁。漁人漾舟沉大網，截江一擁數百鱗。衆魚常才盡却棄，赤鯉騰出如有神。陶弘景本草：鯉最爲魚中之主，形可愛，又能神變，乃至飛越山湖，所以琴高乘之。潛龍無聲老蛟怒，迴風颯颯吹沙塵。饔子左右揮霜刀，鱠飛金盤白雪高。西征賦：饔人縷切，鑾刀若飛。應刃落俎，靃靃私壘反。霏霏。徐州禿尾不足憶，漢陰槎頭遠遁逃。禿尾、查頭，皆魚名。魴魚肥美知第一，趙云：廣州記：魴魚廣而肥甜，魚之美者。既飽驪娱亦蕭瑟。君不見朝來割素鬐，咫尺波濤永相失。

又觀打魚

蒼江漁子清晨集，設網提綱萬一作取。魚急。能者操舟疾若風，撑突波濤挺叉入。顔回濟于觴深之泉，見操舟者若神。杜云：莊子：津人之操舟若神，且曰：善游者數能也。潘安仁西征賦：徒觀其鼓枻迴輪，灑鈎投網，垂餌出入，挺杈來往。小魚脱漏不可紀，半死半生猶戢戢。大魚傷損皆垂頭，屈强泥沙有時立。廣志：武陽小魚大如針，一斤千頭，蜀人以爲醬。趙云：前篇使漁人，此使漁子，變文也。疾若風，即易：撓萬物者，莫疾乎風。半死半生，借使七發之言桐曰：其根半死半生。垂頭，世説：支公好鶴，有遺以雙鶴，翅長欲飛去。支惜之，乃鎩其翮(一)。鶴軒翥不復能飛，乃反顧翅，垂頭視之，如似懊喪意。東津觀魚已再來，主人罷鱠還傾杯。日暮蛟龍改窟穴，山根鱣鮪隨雲雷。杜田補遺：郭璞注爾雅：鱣，大魚，似鱏而鼻短，口在頷下，體有斜行，甲無鱗，肉黃。江東呼爲黃魚。埤雅：鼻有軟骨，俗謂之玉板。爾雅：鮥鯀鮪。陸機注：鮪魚，形似鱣而青黑，頭小而尖，似鐵兜鍪，口亦在頷下，其甲可磨薑。益州人謂之鱣鮪。大者爲王鮪，小者爲鯀鮪，一名鮥，肉色白。今遼東東萊謂之尉魚，或謂之仲明者，樂浪尉也，溺死海中，化爲此魚。張平子賦：王鮪岫居山，有穴爲岫。埤雅：鮪中春從河西上，得過龍門，便化爲龍。否則點額而還，鮪岫居而能變化，故云山根鱣鮪隨雲雷。干戈兵革鬭未止，一云干戈格鬭尚未已。鳳凰麒麟安在哉？吾徒胡爲縱此樂，暴殄天物聖所哀。春秋繁露曰：恩及虫魚，則麒麟至。孝經援神契曰：德至鳥獸，則鳳凰翔。師云：書：暴殄天物。增添：禮記王制：無事而不田，曰不敬；田不以禮，曰暴天物。趙云：格鬭，舊本作干戈兵革鬭未止，非是。蓋干戈、兵革同義。所謂格鬭，是年建卯月，河東軍亂，殺其節度使鄧景山，兵馬使辛雲京自稱節度使；河中軍亂，殺李國貞及其節度使荔非元禮[二]；郭子儀爲兵馬副元帥，屯絳州，而七月十六日徐知道反於成都，皆其事也。

【校勘記】

〔一〕「翮」，文淵閣本作「羽」。

〔二〕「李國貞」，「貞」原作「正」，係避宋諱，此改。

越王樓歌

綿州州府何磊落，顯慶年中越王作。太宗子越王貞，中宗顯慶中爲綿州刺史，創此樓。趙云：文選：雙鶴磊落。孤城西北起高樓，碧瓦朱甍照城郭。古詩：西北有高樓，上與浮雲齊。趙云：作，言作綿州也。易：神農氏作。語：作者七人。孟子：賢聖之君六七作，其間必有名世者作。傅咸贈何邵王濟詩序：何公既登侍中，武子俄而亦作。此作字是重字，可押住矣。樓在城西北，實道其事，與古詩合。玄都廟詩：碧瓦初寒外。法鏡寺詩：朱甍半光炯。葛洪神仙傳載，蔡少霞夢人托書新宮銘，有碧瓦鱗差，瑶階肪截。沈佺期詩：紅日照朱甍。謝玄暉：飛甍夾馳道。樓下長江百丈清，山頭落日半輪明。君王舊跡今人賞，轉見千秋萬古情。趙云：李白：峨眉山月半輪秋。時明皇、肅宗皆上仙矣，故云千秋萬古情。

海椶行

趙云：海棠記載李贊皇云：花木以海爲名者，悉從海上來。

左綿公館清江濆，海椶一株高入雲。趙云：古樂府：高城上入雲。龍鱗犀甲相錯落，蒼稜白皮十抱文。自是衆木亂紛紛，海椶焉知身出群。趙云：亂紛紛，王長元古意：况復飛螢夜，木葉亂紛紛。世説載：殷中軍道韓太常曰：康伯少自標置，居然是出群器。移栽北辰趙本作地。不可得，時有西域胡僧識。

姜楚公畫角鷹歌

楚公畫鷹鷹戴角，師云：名畫記：姜皎，上邽人，善畫鷹鳥。玄宗在藩邸，皎爲尚衣奉御，有先識之明。玄宗即位，累官太常卿，封楚國公。殺氣森森一云如〔一〕。到幽朔。觀者貪愁掣臂飛，畫師不是無心學。趙云：言如在幽朔，見此鷹之殺氣，蓋名鷹出於此地。孫楚鷹賦：有金剛之俊鳥，生井陘之巖阻。森森，一作森如，其語不快。此鷹寫真在左綿，却嗟真骨遂虛傳。梁間燕雀休驚怕，亦未趙作未必。摶空上九天。言有其質無其才也。趙云：亦詩人變化形容其畫耳。舊注非。

【校勘記】

〔一〕「一云」，文瀾閣本作「亦云」。

嚴氏溪放歌

時郭英乂代嚴武鎮蜀，麤暴不能容甫，故有公卿獨驕之作。趙云：送嚴武至綿，少留。繼聞徐知道亂，遂便往梓。初不見挈家之證，此詩云東遊西還，豈至此方歸成都迎家乎？但不知嚴氏溪何地耳。苕溪漁隱曰：按王原叔注云云，予謂是説無據。質之唐書及小説，嚴武卒，郭英乂代之。未幾，有崔旰之亂。甫未嘗爲英乂幕客，何爲不見容。唐史云：武待甫甚善。甫嘗醉登武牀，瞪視曰：嚴挺之乃有此兒！武雖暴猛，外若不爲忤，中銜之。一日，欲殺甫，集吏於門。武將出，冠鈎于簾三。左右白其母，奔救得止。以此知「邊頭公卿仍獨驕」之句，當爲此也。

天下甲馬未盡銷，豈免溝壑常漂漂。劍南歲月不可度，成都，在劍嶺之南。邊頭公卿仍獨驕。費心姑息是一役，肥肉大酒徒相要。嗚呼古人已糞土，獨覺志士甘漁樵。趙云：言邊頭公卿自爲驕縱，雖於我如此，無補於事也。指當時居邊守臣獨驕，有跋扈不遵王命之意。舊注謂郭英乂麤暴，是矣。又云，不能容甫而公有所云，則是公私一己而已，況英乂乃成都尹，豈得謂邊頭乎？非公詩本意。公直言邊之守臣不遵王命，豈若崔旰者乎？彼其獨驕而徒於我費心姑息，特一役耳，何補於事哉！所以姑息者，酒肉相招要而已。禮記：君子之愛人也以德，小人之愛人以姑息。潘安仁云：此一役也，而二美具焉。韓非子曰：厚酒肥肉，甘口而病形。呂氏春秋：肥肉厚酒，務以自强，命曰明腸之食。世説：過江諸人，每暇日輒相要出新亭，藉卉飲宴。公之心以其獨驕，其專在尊主强國乎？所以又有糞土、漁樵之嘆。況我飄轉無定所，時甫方避地流徙，無所依止。終日慼慼忍羈旅。秋宿霜溪素月高，喜得與子長夜語。東遊西還力實倦，從此將身更何許？知子松根長茯苓，遲暮有意來同煮。鮑云：永泰元年，公在成都。夏，嚴武卒，郭英乂代爲節度，苛暴不能容公。故公往來東川，所謂東遊西還力實倦。杜田補遺：淮南子云：下有茯苓，上有菟絲。茯苓，千歲松脂也。菟絲生其上，而無根，一名女蘿。圖經：茯苓生枯松下，形塊無定，似鳥獸、人、龜形者佳。今所在大松處皆有之。陶隱居：茯苓作九散者，皆先煮之。仙經服食爲至要，通神而致靈，和魂而鍊魄，明竅而益肌，厚腸而開心，調榮而理衛，能斷穀而不飢，上品仙藥也。趙云：蓋傷歲晚矣，欲服餌長生之藥。楚辭：傷美人之遲暮。

相從歌 贈嚴二別駕。時方經崔旰之亂。

我行入東川，十步一回首。成都亂罷氣蕭瑟[一]，浣花草堂亦何有。趙云：十步一回首，李陵詩五步一彷徨之勢。成都亂罷氣蕭瑟，言七月徐知道反，八月伏誅，劍南大亂。楚詞：秋之爲氣也，蕭瑟兮草木搖落而變衰。傳：亦何有焉。梓州一作中。豪俊大者誰？本州從事知名久。把臂開樽飲我酒，酒酣擊劍蛟龍吼。烏帽拂塵青螺粟，紫衣將炙緋衣走。將以紫綬易緋衣。趙云：豪俊大者，指嚴二。烏帽青螺、紫衣走，言供過之人。粟，則帽之紋也。舊注非。銅盤燒蠟光一作炎。吐日[二]，夜如何其初促膝。增添：詩：夜如何其？夜未央。促膝，言膝相近，入則促膝密語。黃昏始扣主人門，誰謂俄頃膠在漆。古詩：以膠投漆中。又：陳雷膠漆。萬事盡付形骸外，趙云：莊子：索我於形骸之外。百年未見歡娛畢。神傾意豁真佳士，久客多憂今愈疾。高視乾坤又何愁，一軀交態同悠悠。垂老遇君未恨晚，似君須向古人求。魏志張邈傳：後，陳登，字元龍。劉備曰：若元龍文武膽志，當求之於古耳。晉王戎從弟衍，字夷甫。帝聞其名，問戎曰：夷甫當世誰比？戎曰：未見其比，當從古人中求耳。

【校勘記】

〔一〕「瑟」，錢箋卷五作「颯」。

〔二〕「蠋」，文淵閣本作「燭」。案二王本杜集卷五作「臘」，錢箋卷五作「蠟」。

短歌行 贈王郎司直。

王郎酒酣拔劍斫地歌莫哀，趙云：王郎司直，應是公之親。其字如謝安謂道蘊曰：王郎，逸少子，不惡。而道蘊曰：不意天壤之間，乃有王郎。酒酣拔劍斫地歌莫哀，蓋由史記：東方朔酒酣，據地歌曰：陸沈於俗，避世金馬門。今云斫地歌，依傍酒酣據地歌也。後漢：劉玄緒將議元帝未可舉尊號〔一〕，而張卬拔劍擊地曰：疑事無功，不得有二。今云斫地者，依傍拔劍擊地也。我能拔爾抑塞磊落之奇才。趙云：磊落奇才而遭抑塞也〔二〕。成公綏天地賦：山岳磊落而羅峙。世説載桓温平蜀，置酒李勢殿，雄才爽氣，音調英發，其狀磊落。奇才字，晉有奇才科。郭璞詩：奇才應世出。豫章翻風白日動，吳都賦：木則楓柟豫章。鯨魚跋浪滄溟開。鯨魚之大者。吳都賦：長鯨吞航。杜田補遺：炙轂子載：崔豹古今注：鯨，海魚也。大者長數千里，小者千丈。常以五六月生子，就岸邊，至七八月，導其子還大海中。鼓浪成雷，濆沫成雨，水族驚畏逃匿。趙云：以美木、大魚比之。跋浪，則跋跳而出，如跋扈之跋，跋馬之跋。且脱佩劍休徘徊。西得諸侯棹錦水，蜀江也。欲向何門趿珠履。春申君客三千，皆躡珠履。魚之大，不須佩劍遊諸侯之間。趙云：兩句一義，謂其如豫章之高，鯨亦將向何門而可乎？鄒陽：何門而不可曳長裾乎？珠履，孟嘗君事。公意在挽之而南下。子欲西遊諸侯之間，棹錦水而漾舟，仲宣樓頭春已深，樓在荆州。青眼高歌望吾子。阮籍能爲青白眼，以重輕人。

眼中之人吾老矣。趙云：樓，指言荆州[三]。王粲，字仲宣，自來荆，嘗登樓作賦。今直以荆州樓爲仲宣樓，祖出梁元帝詩：朝出屠羊縣，夕返仲宣樓。蓋以仲宣一世名人，故得以名之。猶天子之天禄閣，可謂之子雲閣也。眼中之人，直指王郎。是我眼中之人，而呼之曰眼中之人乎，今吾老矣也。魏文帝詩：回頭四向望，眼中無故人。陸士龍詩：感念桑梓城，髣髴眼中人。北齊邢子才七夕詩：不見眼中人，誰堪機上織。吾老矣，孔子之語。

【校勘記】

〔一〕「劉玄」，原作「劉元」，係避諱，此改。

〔二〕「塞」，原作「殿」，據詩中正文「我能拔爾抑塞磊落之奇才」及清刻本、排印本改。

〔三〕「樓指言荆州」，文淵閣本作「言荆州城樓」。

短歌行 送祁録事歸合州，因寄蘇使君。

前者途中一相見，人事經年記君面。後生相動一作勸。何寂寥，趙云：寂寥，感動也。君有長才不貧賤。陳平傳：張負曰：人固有好美如陳平而長貧者乎？趙云：嵇康：長才廣度，無所不淹。君今起柂春江流，趙云：柂，所以行大舟。余亦沙邊具小舟。幸爲達書賢府主，趙云：指言合州蘇使君。江花未盡會江樓。

草堂

草堂在成都浣花[一]。揚子琳之亂，甫去草堂，亂定復歸。

昔我去草堂，蠻夷塞成都。今我歸草堂，成都適無虞。趙云：蔡伯世以此詩爲今歲廣德二年甲辰春晚所作，蓋前二年寶應元年壬寅四月代宗即位，成都尹嚴武入爲太子賓客，二聖山陵以武爲橋道使。六月，以兵部侍郎爲西川節度使，未到，而七月劍南西川兵馬使徐知道反，拒武不得進，成都大亂。別無蠻夷事。豈徐知道引蕃兵來耶？下云始聞蕃漢殊，又云[二]：西卒却倒戈。可見矣。請陳初亂時，反覆乃須臾。前漢：願少須臾無死。大將赴朝廷，時崔寧入朝，留其弟寬守成都，揚子琳等乘間來襲。群小起異圖。中宵斬白馬，盟歃氣已麤。穀梁：齊桓衣裳之會十有一，未嘗有歃血之盟。蘇秦說趙，令會天下之將通質刳白馬而盟。漢高祖刑白馬盟。孟子：五覇，桓公爲盛。葵丘之會，諸侯束牲載書而不歃血也。西取邛南兵，子琳與邛州柏貞節同叛。[三]北斷劍閣隅。布衣數十人，亦擁專城居。揚子琳爲瀘州刺史，柏貞節邛州刺史。趙云：大將指嚴武，入爲太子賓客。詩：慍于群小。古羅敷行：四十專城居。布衣擁專城，專一城以居，言其爲守也。似指徐知道輒遂爲守，而數十布衣擁扶之。

公自有本注爲即揚子琳、柏貞節之徒。是時，二人必白衣而已。後三年，乃永泰元年乙巳，揚子琳、柏貞節各以牙將同討崔旰之亂，自別一事。蓋杜公注直云揚子琳、柏貞節之徒可也，而上更有即字。作詩在後三年，是時二人已爲牙將，乃著即字明之。其言亦擁專城居，罪之辭也，義在一亦字矣。

其勢不兩大，始聞蕃漢殊。子琳本賊帥，杜鴻漸表爲刺史。趙云：左傳：物莫能兩大。西卒却倒戈，子琳爲寧妻任氏所敗，走，爲王守仙所誅。趙云：西卒，豈西山之卒，乃蕃兵乎？書：前徒倒戈。賊臣互相誅。焉知肘腋禍，自及梟鏡徒〔四〕。前漢郊祀志：梟，鳥名，食母。破鏡，獸名，食父。黃帝欲絕其類，使百吏祠皆用之。破鏡如貙而虎眼。漢五月五日作梟羹賜百官。杜田補遺：楞嚴經：如土梟等附塊爲兒，及破鏡鳥以毒樹果抱爲其子，子成，父母皆遭其食，其類充塞。是名衆生十二種類。漢志以破鏡爲獸，楞嚴以破鏡爲鳥，未知孰是。江統曰：寇發心腹，害起肘腋，疢篤難療，瘡大愈遲。義士皆痛憤，紀綱亂相踰。一國實三公，左傳僖五年：晉士蔿全語云：一國三公，吾誰適從？萬人欲爲魚。趙云：昭元年：劉定公歎禹之功曰：微禹，吾其魚乎！字則光武紀：百萬之衆，可使爲魚。以其有沉溺之患。今云萬人欲爲魚，則初無沉溺之意，特言其爲害如此耳。唱和作威福，孰肯辨無辜。趙云：洪範：臣無有作福作威。眼前列杻械，背後吹笙竽。談笑行殺戮，濺血滿長衢。到今用鉞地，風雨聞號呼。鬼一作人。妾與鬼馬，色悲充爾娛。師云：齊宣王好竽，必三百人齊吹。東郭先生不知竽，而濫三百人中，以吹竽食祿。趙云：詠史詩：南隣擊鐘磬，北里吹笙竽。左傳：至於用鉞。鬼妾與鬼馬，已殺其主矣，則妾謂之鬼妾，馬謂之鬼馬，如匈奴以亡者之妻爲鬼妻也。一作人妾，非是。國家法令在，此又足驚吁。賤子且奔走，三年望東吳。弧矢易繫辭：弧矢之利，以威天下。暗江海，難爲遊五湖。不忍竟舍此，時蜀既平，甫復舍草堂。復來薙榛蕪。入門四松在，步堞一云步屧。萬竹疎。趙云：後篇四松云：別來忽三歲，離立如人長。避賊今始歸，春草滿空堂。蔡伯世以爲公自閬攜家歸蜀，再依嚴武。今句奔走三年，則其遊梓、閬三年也。此在今歲廣德二年，則甲辰明矣。薙，音涕，除草之謂。周禮有薙氏之官。步堞乃步屧，如宋袁粲爲丹陽尹，常步屧白楊郊野間。公詩又有步屧尋春風、步屧深林晚。舊作城堞之堞，無義。舊犬喜我歸，低徊入衣裾；鄰舍喜我歸，沽酒攜胡蘆；一云提榼壺。大官喜我來，遣騎問所須；城郭喜我來，賓客隘村墟。趙云：此四韻木蘭歌格也。其辭：耶娘聞女來，出郭相扶將。阿姊聞妹來，當户理紅粧。小弟聞姊來，磨刀霍霍向猪羊。攜胡蘆，一作提榼壺，非。古詩用字以快、老爲貴。天下尚未寧，健兒勝腐儒。黥布傳：上對衆折隋何：爲天下安用腐儒哉！飄飄風塵際，何地置老夫。於時見疣贅，骨髓幸未枯。飲啄媿殘生，食薇不敢餘。莊子：駢拇，疣贅。養生主：澤雉十步一啄，百步一飲。嵇康：採薇山阿。師云：左思詠史詩：飲河期滿腹，足不敢願餘。趙云：健兒，見上哀王孫詩注。疣贅，則公自傷見剩其身在天地間。一飲啄，以禽鳥自比。食薇不敢餘，倣古詩：食蕨不願餘。

【校勘記】

〔一〕「浣花」，文淵閣本作「浣花溪」，文瀾閣本作「花」。

〔二〕「云」，原作「去」，訛，據文淵閣本、文津閣本、文瀾閣本、清刻本、排印本改。

〔三〕「柏貞節」，「貞」原作「正」，係避宋諱，此改。以下均同。

〔四〕「鏡」，文淵閣本、文瀾閣本、清刻本、排印本作「獍」。案，「梟鏡」、「梟獍」兩通。

四松

四松初移時，大抵三尺强。別來忽三歲，離立如人長。趙云：禮記：離坐離立。以人譬之。會看根不拔，莫計枝凋傷。幽色幸秀發，疎柯亦昂藏。趙云：蜀都賦：褎曄曄而秀發。王所插小藩籬，本亦有隄防。趙云：藩籬，祖出史記賈誼之言曰：無藩籬之限。張茂先鷦鷯賦：長於藩籬之下。禮記：脩利隄防。張終然振撥損，詩：終然允臧。得愧一作恠。千葉黄。敢爲故林主？趙云：王仲宣詩：飛鳥翔故林。黎庶猶未康。避賊今始歸，春草滿空堂。覽物歎衰謝，及兹慰凄凉。前詩有：入門四松在。清風爲我起，灑面若微霜。足以一作爲。送老資，聊待偃蓋張。我生無根蔕，語：吾豈匏瓜也哉！配爾亦茫茫。有情且賦詩，事迹可兩忘。趙云：風言洒，則張茂先言：穆如灑清風。陸機連珠云：秋風夕灑。足爲送老資，言可爲送老之資助。蓋公自言年漸老，四松更長，所以資助送老之翫矣。偃蓋字於松爲當體。抱朴子：天陵偃蓋之松，與天齊其久，與地等其長。故有下句我生無根蔕，配爾亦茫茫。事迹字，史記秦本紀云：本原事迹。勿矜千載後，慘澹蟠穹蒼。

水檻

蒼江多風飇，雲雨晝夜飛。茅軒駕巨浪，焉得不低垂？遊子久在外，門户無人持。高岸尚爲谷，詩：高岸爲谷，深谷爲陵。何傷浮柱欹。扶顛有勸誡，恐貽識者嗤。語：危而不持，顛而不扶，則將焉用彼相矣。既殊大厦傾，可以一木支。川林一作臨川。視萬里，何必欄檻爲？人生感故物，慷慨有餘悲。漢高祖過沛，置酒沛宫，慷慨傷懷，泣數行下。趙云：張平子西京賦：跱遊極於浮柱，浩重欒以相承。注：三輔名梁爲極，作遊梁置浮柱上也。可以字，如蘇子卿：鹿鳴思野草，可以喻嘉賓。阮嗣宗：獨有延年術，可以慰我心。感故物而悲，則如韓詩外傳載孔子出遊少原之野，有婦人哭甚哀，問之，婦人曰：向刈蓍薪，亡吾簪，是以哀。非傷亡簪，不忘故也。又，田子方出見老馬於道，喟然有志焉，以問於御者曰：此何馬也？御曰：故公家畜也。罷而不用，故出放之。田子方曰：少而盡其力，老而棄其身，仁者不爲也。束帛而贖之。窮士聞之，知所歸心。舊注引漢祖過沛，亦可證慷慨之意。

破船

平生江海心，宿昔具扁舟。豈惟清谿上，日傍柴門遊。蒼惶避亂兵，緬邈懷舊丘。鄰人亦已非，野竹獨脩脩。船舷不重扣，江賦：詠採菱以扣舷。埋沒已經秋。仰看西飛翼，下媿東逝流。故者或可掘，新者亦易求。所悲數奔竄，白屋難久留。趙云：江海心，謝靈運：本自江海人，忠義感君子。扣舷事，晉夏仲御以足扣船，歌吳曲。仰看西飛翼，不媿東逝流，則傷不能長往自如，若飛鳥之飛，若水之注也。如此寧不藉船乎？今故者亦可掘於沙埋之間，新者亦可求買，唯悲在奔竄不定，而不寧居於白屋耳。此又反覆曲折，詩人之情也。公屢以浣花溪爲清溪〔一〕，則水色青之溪也。謝莊詩：青溪如委黛，黃花似散金。舊丘，言浣花。舊丘字，則鮑明遠：復得還舊丘。荀子：周公待白屋之士。

【校勘記】

〔一〕「清」，文津閣本、文瀾閣本、清刻本、排印本作「青」。

營屋

趙云：詩：經之營之。謂之營，別有所營建。

我有陰江竹，能令朱夏寒。陰通積水內，高入浮雲端。甚疑鬼物憑，不顧剪伐殘。東偏若一作苦。面勢，户牖永可安。愛惜已六載，茲晨去千竿。蕭蕭見白日，洶洶開奔湍。度堂匪華麗，養拙異考槃。草茅雖薙葺，衰疾方少寬。洗然順所適，此足代加飡。寂無斤斧響，庶遂憩息懽。趙云：欲竹間起屋之作。首四句言竹之茂盛[一]。自東偏若面勢而下，則言欲起屋矣。用愛惜已六載之語推之，此今歲永泰元年詩。公之草堂云：經營上元始，斷手寶應年。上元元年歲在庚子，寶應元年歲在壬寅，則有竹已在庚子歲，今永泰元年乙巳是爲六載也。與上江村五首之一云迢遞來巴蜀，蹉跎又六年同。朱夏字，梁元帝纂要：夏曰朱明，亦曰朱夏。積水字，文子：積水成海。魏都賦：回淵漼，積水深。雲端字，枚乘詩：美人在雲端。剪伐字，詩：勿剪勿伐。東偏字，左傳：居我東偏。面勢字，考工記：審曲面勢。户牖字，老子：鑿户牖以爲室。度堂字，考工記：室中度以几，堂上度以筵。考槃字，詩之篇名。其詩：考槃在阿、考槃在澗。考，成也。槃，樂也。言於此養拙而已，非若碩人之在阿、在澗而後成其樂也。除草曰薙。周官有薙氏之官[二]。草茅雖薙葺，衰疾可少寬。言雖有薙葺之勞，而吾之衰疾乃得寬也。加飡字，古詩：上言加飡飯。代加飡，則以新屋之成，疾寬而順適所致然也。寂無斧斤響，言屋成而無復用斧斤聲，於是乎始有憩息之樂。

【校勘記】

〔一〕「四」，原作「六」，據詩中正文及文淵閣本、文津閣本、文瀾閣本、清刻本、排印本改。

〔二〕「周官」，文淵閣本作「周禮」。案，周官即周禮的别稱。

宿青溪驛奉懷張員外十五兄之緒

漾舟千山内，日入泊荒一作枉。渚。師云：謝靈運詩[一]：弭棹泊枉渚。趙云：蜀都賦：漾輕舟。謝惠連西陵遇風詩：漾舟陶嘉月[二]。莊子云：日入而息。選詩：通波激枉渚，此將至荆南。我生本飄飄，今復在何許。言未有所定止也。詠懷詩：良辰在何許。趙云：阮籍許，所也。石根青楓林，猿鳥聚儔侶。言猿鳥猶能聚其儔侶，而人不能致於安適，則甫之羈困可見矣。趙云：楚詞：江水湛湛兮上有楓。楚地多楓，公於楚詩每用楓字。月明遊子靜，畏虎不得語。趙云：古詩：相望一水間，脉脉不得語。中夜懷友朋，乾坤此深阻。趙云：詩：豈不懷歸，畏此友朋。下句言青溪驛。浩蕩前後間，佳期付荆楚。趙云：浩蕩，流放之貌。祖出楚詞：怨靈脩之浩蕩。又，志浩蕩而傷懷。又，心飛揚兮浩蕩。非言水之浩蕩。

【校勘記】

〔一〕「謝靈運詩」，文淵閣本作「謝靈運五言詩」。

〔二〕「謝惠連」，原作「謝靈運」，檢「漾舟陶嘉月」句，見於文選卷二十五謝惠連西陵遇風獻康樂詩，當是誤置，據改。

屏迹

衰年一作顏。甘屏迹〔一〕，幽事供高卧。師云：陶潛高卧北窗之下。鳥下竹根行，龜開萍葉過。

年荒酒價乏，日併園蔬課。獨酌甘泉歌〔二〕，一云獨酌酣且歌。歌長擊樽破。杜補遺：世說：王大將軍敦每酒後輒詠魏武樂府曰：老驥伏櫪，志在千里。烈士暮年，壯心不已。以如意打唾壺，唾壺盡缺。子美長歌而擊樽破類此。趙云：衰年作衰顏，蓋下有年荒酒價乏也。年荒酒價乏，日併園蔬課。兩句通義，蓋以乏酒價之故，則併課園蔬賣之，以充沽直。獨酌甘泉歌，所以承上酒價乏之故，且復有真率之意。一作獨酌酣且歌，非是。擊樽破，則杜田補遺是。

【校勘記】

〔一〕「衰」，文淵閣本、文津閣本、文瀾閣本、清刻本、排印本作「暮」，訛。案，二王本杜集卷五作「衰」，可證。

〔二〕「獨」，二王本杜集卷五、十家注卷十二、百家注卷十五、分門集注卷十二以及錢箋卷十二作「猶」。

贈別賀蘭銛

黃雀飽野粟，群飛動荆榛。師云：李善注劉公幹詩：黃雀，諭俗士也〔一〕。趙云：黃雀群飛，比時人之蹇淺。今君抱何恨，寂寞向時人。趙云：傷賀蘭而問之，如下句所云。老驥倦驤首，騏驥逢伯樂之知，驤首長鳴。趙云：戰國策：汗明見春申君曰：夫驥之齒長矣，服鹽車而上太行。漉汗灑地，白汗交流，中坂遷延，負轅不能上。伯樂遭之，下車，攀而哭之，解紵衣以冪之。驥於是俛而噴，仰而鳴，聲造於天，仰見伯樂之知己。今云倦，則以無伯樂也。蒼鷹愁易馴。趙云：暗使呂布與慕容垂事。愁，則以苟於食養而愁也。

高賢世未識，固合嬰飢貧。國步初返正，初復京師。乾坤尚風塵。史思明猶鴟張河朔。悲歌鬢髮白，遠赴湘吴春。我戀岷下芋，君思千里蓴。生離與死別，自古鼻酸辛！趙云：國步返正，是廣德元年十二月車駕已自陜還長安[二]，而吐蕃繼陷松、維州。次年，史載僕固懷恩以吐蕃、回紇、党項兵數十萬入寇，朝廷大恐。十月，寇邠州，先驅至奉天。詔郭子儀屯奉天，堅壁不戰。十一月，吐蕃軍潰。又云，是歲嚴武破吐蕃於當狗城，克鹽州城。公以嚴武再尹成都，三月自閬州還。今詩所云國步初返正，言車駕之還長安未多時。乾坤尚風塵，言吐蕃等之亂。舊注模棱不考之語，若以爲安史之事，則復京師在至德二年，史思明殺安慶緒在乾元二年，事不相接也。下又云我戀岷下芋，君思千里蓴，則此詩豈不是公再還成都乎。我戀岷下芋，說在西蜀。君思千里蓴，說賀蘭赴湘、吴。岷下芋，出貨殖傳：卓王孫：岷山之下，沃壄千里。下有蹲鴟，至死不饑。師古注：蹲鴟，芋也。千里蓴，出晉陸機：千里蓴羹，未下鹽豉。鼻酸辛，高唐賦：孤子寡婦，寒心酸鼻。

【校勘記】

〔一〕「喻俗士」，文淵閣本作「諭時士」，文津閣本作「喻鄙士」，文瀾閣本作「諭將士」。

〔二〕「陜」，諸校本作「陜州」。

新刊校定集注杜詩卷十一

古詩

杜鵑

華陽風俗録見上杜鵑行注。識者謂此詩上四句非詩，乃題下甫自注爾，後人誤寫。一説謂上皇幸蜀還，肅宗用李輔國謀，遷之西内，上皇悒悒而崩，此詩感是而作。

西川有杜鵑，東川無杜鵑。涪萬無杜鵑，雲安有杜鵑。趙云：世有杜鵑辯，仙井李新元應之作，鬻書者編入東坡外集詩話，非矣。其説曰：南都王誼伯書江濱驛垣，謂子美詩歷五季兵火，舛缺離異，雖經其祖父所理，尚有疑闕者。誼伯謂西川有杜鵑，東川無杜鵑。涪萬無杜鵑，雲安有杜鵑，蓋是題下注，斷自我昔游錦城爲首句。誼伯誤矣。且子美詩備諸家體，必非牽合程度者也。是篇句落處凡五杜鵑，豈可以文害辭、辭害意邪？原子美之意，類有所感，托物以發，亦六義之比興，離騷之法歟。按博物志：杜鵑生子寄之他巢，百鳥爲飼之。胡江東所謂杜宇曾爲蜀帝王，化禽飛去舊城荒。且禽鳥至微，知有所尊，故子美云重是古帝魂，又云禮若奉至尊。蓋譏當時刺史有不禽鳥若也。唐自明皇後，天步多棘，刺史能造次不忘君者，可一二數。嚴武在蜀雖横斂刻薄，而實資中原，是西川有杜鵑。其不虔王命，負固以自抗，擅軍旅，絕貢賦，如杜克遜在梓州，爲朝廷西顧憂，是東川無杜鵑耳。至於涪萬、雲安刺史，微不可考。凡其尊君者爲有，懷貳者爲無，不在夫杜鵑之真有無也。誼伯以爲來東川聞杜鵑聲繁而急，乃始歎子美詩跋䡴紙上語。又云：子美不應疊用韻，何邪？子美自我作古，疊用韻無害於爲詩。僕所見如此，誼伯博學强辯，殆必有折衷之。元應之説如此。次公謂元應言杜詩備衆體，是矣。於三絕句有：前年渝州殺刺史，今年開州殺刺史。已有兩刺史矣。於草堂詩：舊犬喜我歸，鄰舍喜我歸。大官喜我來，城郭喜我來。已有四喜我矣。亦豈拘尋常程度邪？今詩四句，有四杜鵑，亦詩所謂有酒醑我，無酒酤我。坎坎鼓我，蹲蹲舞我之勢。謂觀其言有杜鵑、無杜鵑，無杜鵑、有杜鵑，錯綜其語，豈直是題下注邪？王立之知其髣髴。其説云：公杜鵑詩與古詩之謠語無異，豈復以韻爲限。立之之説非不是，然亦不悟錯文之語，與夫雅詩四我之勢也。後又有一杜鵑，則亦八仙歌用阮籍秋懷重押歸字，謝靈運述祖德重押人字。一篇之中有兩船、兩眠、兩天、兩前字者也。次公所見，此四句真以言杜鵑之有無也。其下云：我昔遊錦城，結廬錦水邊。杜鵑暮春至，哀哀叫其間。則以成西川有杜鵑之句。下又云：君看禽鳥情，猶解事杜鵑。今忽暮春間，值我病經年。身病不能拜，淚下如迸泉。則以成雲安有杜鵑之句。詩之引結甚明。若其言尊君之義，則自在中間鋪叙，不必泥首四句便爲美刺。況此詩作於雲安，乃大曆元年春，嚴武已死於去年夏，時郭英乂爲崔旰所殺，繼而杜鴻漸來，豈可指爲嚴武之有君邪？又雲安在唐是夔州之屬縣，非有刺史，豈可比西東之列乎？元應之説又爲穿鑿。

我昔遊錦城，結廬錦水邊。趙云：陶淵明：結廬在人境。有竹一頃餘，喬木上參天。趙云：曹子建：荆棘上參天。杜鵑暮春至，哀哀叫其間。我見常再拜，重是古帝魂。生子百鳥巢，百鳥不敢嗔。一作喧。仍爲餧其子，世説杜鵑養子於百鳥巢，百鳥共養其子而不敢犯。趙云：以物飼人之謂餧。張耳傳：以肉餧虎。禮若奉至尊。成都記：見上杜鵑行化作杜鵑似老烏注。趙云：公所以賦杜鵑之意，舊注不得其説，乃或用公在雲安詩：兩邊山木合，終日子規啼證雲安有杜鵑之實，不知此乃言其鳴云不如歸去之子規，與玄都壇詩子規夜啼山竹裂者同，非今所謂杜鵑也。又謂上皇幸蜀還，肅宗用李輔國謀，遷之西内，上皇悒悒而崩，此詩感是而作。亦非。蓋遷上皇豈獨百鳥餇杜鵑之子不若哉！況上皇之遷西内在辛丑上元二年，明年遂崩，至今歲丙午大曆元年公在雲安賦詩，已六年矣。既隔肅宗，又隔當日代宗，而却方説遷徙事以爲刺哉？若杜鵑事，則成都記所云。自昔至今，所傳如此。然鵑與子規兩種，形聲不同。以杜宇化爲鵑，所以公言重是古帝魂也。鮑照行路難之七云：愁思忽而至，跨馬出北門。舉頭四顧望，但見松柏荆棘鬱蹲蹲。中有一鳥名杜鵑，言是古時蜀帝魂。聲音哀苦鳴不息，羽毛憔悴似人髡。今公所謂喬木上參天，又謂哀哀叫其間，又云重是古帝魂，蓋出於此。至若常再拜而重之，不能拜而淚下，則尊君親上之意。

鴻雁及羔羊，有禮太古前。行飛與跪乳，識序如知恩。晉羊祜雁賦：鳴則相和，行則接武。前不絶貫，後不越序。春秋繁露曰：凡贄，卿用羔。羊有角而不用〔一〕，如好仁者。執之不鳴，殺之不謕，類死義者。羔飲其母，必跪，類知禮者，故羊之爲言猶祥，故以爲贄。聖賢古法則，付與後世傳。君看禽鳥情，猶解事杜鵑。今忽暮春間，值我病經年。身病不能拜，淚下如迸泉！此詩譏世亂不能明臣之義者，禽鳥之不若也。杜田補遺：劉越石扶風歌：據鞍長歎息，淚下如流泉。

【校勘記】

〔一〕「角」，原作「用」。據文淵閣本、文津閣本、文瀾閣本、清刻本、排印本並參藝文類聚卷九十四獸部中録春秋繁露改。

引水

夔俗無井，皆以竹引山泉而飲，蟠屈山腹間，有至數百丈。

月峽瞿唐雲作頂，庚仲雍荆州記：巴楚有明月峽。趙云：荆州記：巴楚有明月峽、廣德峽、東突峽，今謂之巫峽、秭歸峽〔一〕、歸鄉峽。桑欽水經：與酈道元所注又有多名。本朝樂史寰宇記於渝州載有明月峽，以石穴圓似之，故以名。至夔州載三峽，則曰：西峽、巴峽、巫峽。意者西峽即明月峽也。今云月峽瞿唐雲作頂，言自明月峽至瞿唐皆是連山，所以雲作頂。亂石崢嶸俗無井。楚俗山居負水而食，故高者引水。雲安無泉，尤難得水。雲安沽水僕奴悲〔二〕，魚復移居心力省。後漢地理志：魚復，屬巴郡，古庸國。左傳文十年：魚人逐楚師。是也〔三〕。師云：此自雲安徙夔。趙云：魚復即夔州，今倚郭奉節縣，乃漢魚復縣。白帝城西萬竹蟠，接筒引水喉不乾。人生留滯生理難，斗水何直百憂寬。莊子：期斗升水之活。趙云：盧照隣喜秋風至詩：形骸歲枯槁，生理日摧殘。還思不動行，賴此百憂寬。

【校勘記】

〔一〕「秭歸」，原作「歸秭」，地名倒誤，據藝文類聚卷六地部、太平御覽卷五十三地部録荆州記乙正。

〔二〕「僕奴」，二王本杜集卷六、百家注卷二十四、分門集注卷二十五及錢箋卷六作「奴僕」。

〔三〕「十」，檢「魚人逐楚師」句，春秋左傳注文公十六年作「十六」。

青絲

青絲白馬誰家子，梁吳均：白馬黄金羈。梁元帝：宛轉青絲鞚。趙云：青絲，所以言鞚，梁元帝詩是已。白馬，馬中驕貴者。遊俠少年多騎白馬。古樂府有白馬字。南史侯景傳：初，大同中童謡曰：青絲白馬壽陽來。及景叛，乘白馬青絲爲轡，欲以應讖。而崔顥輕薄少年詩：青絲白馬冶遊園，能使行人駐馬看。則矜誇馳騁者然矣。必當時有良家子之惡少者爲賊盜也。麤豪且逐風塵起。風塵，喻亂離。鮑云：豈懷恩之反，有從亂者。趙云：麤豪字，吴志孫權言甘寧是已。風塵多，以言征戰。盗賊逐風塵起，則乘此爲盗者矣。不聞漢主放妃嬪，誅貴妃。師云：乾元元年正月，出宫女三千人。近静潼關掃蜂蟻。師云：收東、西京。趙云：此公戒約麤豪子之辭。殿前兵馬破汝時，十月即爲虀粉期。趙云：告以必破亡之證。莊子：宋王之猛，非直驪龍也。子能得珠者，必遭其睡也。使宋王而寤，子爲虀粉。夫虀之爲言，若以菜爲虀。粉之爲言，散全物爲屑。未如又作知。面縛歸金闕，左傳：克許。許子面縛銜璧。萬一皇恩下玉墀。時降者皆授節鎮河北之患，自此起矣。趙云：此篇蔡伯世以爲五谷盗賊事，其説是。按通鑑於廣德二年正月載吐蕃入長安也，諸軍亡卒及鄉曲無賴子弟，相聚爲盗。吐蕃既去，猶竄伏南山、子午等五谷，所在爲患。丁巳，以太子賓客薛景仙爲南山五谷防禦使，討之。按正月己亥朔至丁巳，則十九日也。此詩蓋公於春初聞盗賊之事，未聞薛景仙討之之命所作，所以有殿前兵馬破汝時之句。莊子知北遊：萬分未得處一焉。

近聞

近聞犬戎遠遁逃，說文解字曰：赤狄，本犬種，故字從犬。匈奴聞漢兵大出，老弱奔走，毆畜産遠遁逃。蕭望之曰：狄遁逃竄伏。牧馬不敢侵臨洮。臨洮，郡名。賈誼過秦論：胡人不敢南下而牧馬。渭水逶迤白日淨，隴山蕭瑟秋雲高。崆峒五原亦無事，北庭數有關中使。言突厥和。似聞贊普更求親，舅甥和好應難棄。贊普，吐蕃也。薛云：唐吐蕃傳：其俗謂强雄曰贊，丈夫曰普，故號君長贊普。今西域有籛逋者，即贊普之聲訛而爲籛逋。今讀普從逋音，而公所用止從本字耳。求親事，新書不載，但云永泰、大曆間再遣使來聘，今因公詩見之。臨洮郡，今洮州。趙云：犬戎，指吐蕃，本西羌屬，拜必手据地爲犬號。逶迤字，選：紆餘逶迤。蕭瑟字，選：翕茸蕭瑟。白日淨、秋雲高，形容其無事也。臨洮，今在九域志爲熙州。渭水，則秦隴一帶所經皆是。隴山，今之隴州。地志：隴山，天水大坂也。其坂九回，不知高幾許。崆峒，山名。樂史寰宇記：禹迹之内，崆峒者三。其一在臨洮，秦築長城之所起，則洮岷一帶皆是也，今專以言渭州。五原，則今之鹽州西南拶邊。北庭數有關中使，則又言突厥通好也。或云回紇等國皆在北之地。既不附吐蕃，故亦遣使於國中，其說亦是。爾雅曰：妻之父爲外舅。又曰：謂我舅者，吾謂之甥。則妻父者舅。婿者，甥也。孟子言堯之於舜：帝館甥于貳室。師：正觀十五年，妻文成公主。中宗景龍二年妻金城公主。開元二年，自言舅甥乞和親。見吐蕃傳。今言肅、代時。

漁陽

時禄山平，以雍王遥領范陽、盧龍節制而不出閤。

漁陽突騎猶精鋭，杜云：漢光武謂馬武曰：吾得漁陽、上谷突騎，欲令將軍將之。又唐六典注：蔡邕曰：冀州强弩，幽州突騎，天下之精兵也。赫赫雍王都節一作前。制。猛將飄然恐後時，本朝不入非高計。禄山已破，朝廷不能革其積弊，復以盧龍授藩鎮，故李懷仙、朱滔之屬，得以跋扈，竟不爲朝廷所有。趙云：漁陽突騎，指雍王所統兵。編年通載：十月，雍王适討史朝義。甲戌，大敗之於横水，克河陽東郡。其將張獻誠以汴州降。十一月，薛嵩以相、衛、洺、邢降，張志忠以趙、定、深、常、易降。時公在梓，聞雍王之勝，尚聞河北猶有未入朝者，乃諭諸將：苟飄然而來，已自後時，而不入本朝，豈高計乎？舊注模稜其説，以雍王适領范陽、盧龍節制，而不出閤。又云，禄山已破云云，皆非。禄山死在至德元載，繼有子慶緒，又繼之以史思明，思明子朝義。自禄山天寶十四載反，至廣德元年正月安、史併滅。今於雍王爲兵馬元帥時，謂之安、史併滅可也，豈得止爲禄山平乎？朱滔反，又是德宗建中三年時事；李懷光反，又是德宗興元元年時事，豈所謂不入本朝邪？至以雍王适爲遥，李懷光爲懷仙，雕本之誤。漁陽突騎，幽州素有此兵號突騎。杜田説是。戰國策：季良謂魏王曰：恃兵之精鋭而欲攻邯鄲。荀子：湯、武之仁義，桓、文之節制。成公綏嘯賦：志離俗而飄然。史云：不後時以縮。蕭望之：志在本朝。禄山北築雄武城，舊防敗走歸其營。禄山逆謀日熾，築壘范陽北，號雄武。繫書請問燕耆舊，今日何須十萬兵？趙云：舉往事以懲警不朝之將。魯仲連繫書約矢以射聊城中。名之曰燕耆舊，則本吾民之父老，又托之問耆舊，以警諸將耳。

黄河二首

鮑云：黄河北岸海西軍，胡人高鼻動成群。謂吐蕃入寇。舊注謂禄山，非。黄河西岸是吾蜀，謂鄭公軍當狗之戰。舊注謂明皇、肅宗，非。趙云：前章罪海西軍不能禦寇。黄河之北，大海之西，則河北一帶之州郡也。後章憫蜀人困於供給，終之以願君王無奢侈云。

黄河北岸海西軍，椎鼓鳴鐘天下聞。趙云：言其飲食宴樂之雄侈。鐵馬長鳴不知數，胡人高鼻動成群。禄山之反，皆漁陽突騎及所養同羅，降奚、契丹曳落河，并誘致諸蕃，皆胡騎也。趙云：傳有虞坂之馬，望伯樂而長鳴。李陵報蘇武書：胡笳互動，牧馬悲鳴，吟嘯成群。

右一

黄河西岸趙作南岸。是吾蜀，欲須供給家無粟。願驅衆庶戴君王，混一車書棄金玉。時明皇在蜀，肅宗起靈武。師云：庾信江南賦：并吞六合，混一車書。趙云：上之人須蜀人之供給，乃至於家無粟。其字依傍陶潛瓶無儲粟。公所願與衆庶同心禦難伐叛，以尊戴君王，使天下車同軌，書同文，棄金玉而尚敦朴，用意深矣。書：衆非元后何戴。黄河南岸，一作西岸。師民瞻所傳任昌叔本取之，非是。蓋河自西注東，正定是南北岸，其曲處而後有東西岸也。成都路雖在中國西南，以河言之，雖遠而實南耳。時史思明未滅，車書猶未混一。車書混一，前人全語。棄金玉，傳：不寶金玉。

右二

自平

自平中宮一作官。呂太一，呂太一，代宗時爲廣南市舶使。東坡詩話：自平宮中呂太一，世莫曉其義，妄者以唐有自平宮。偶讀玄宗實録，有中官呂太一叛於廣南，詩蓋云「自平中官呂太一」，故下文有「南海收珠」之句。見書不廣，輕改文字，鮮不爲笑。杜正謬云：以「自平」爲宮名，非。蓋中官呂太一爲市舶使，逐張休作亂，以兵平之，故云「自平中官呂太一」。宮中乃中官，傳印者誤。按舊史代宗紀，廣德元年十二月甲辰，宦官市舶使呂太一逐廣南節度使張休，縱兵大掠廣州。「中官」誤爲「宮中」明矣。趙云：杜田因東坡而爲之説，而事乃代宗時爲異也。今按資治通鑑亦載如此。詩話豈誤以代爲玄乎？中官字，范曄宦者論：於是中官始盛。

收珠南海千餘日。近供生犀翡翠稀，太一反，賦不上供。復恐征戍干戈密。趙云：以中官既平，國家於南海收珠又千餘日。千餘日，二年十箇月也。自廣德元年歷二年、永泰元年兩全年，至今歲大曆元年十月已後，是爲千餘日。二年十箇月之後，近復生犀翡翠之不供，無乃煩國家征伐之干戈乎？公憂國如此。

蠻溪豪族小動搖，世封刺史非時朝。蓬萊殿裏諸主將，才如伏波不得驕。師云：杜言洞豪世襲刺史，雖不奉朝請，但羈縻而已。今若盡取，則生邊患。趙云：此又戒約溪洞蠻也。謂其小有動搖，便受吾唐世封爲刺史，非是從時朝之禮者。不知殿前主兵之將，才如伏波，可辦征南之事，汝不得自驕悍也。與殿前兵馬破汝時，十月即爲虀粉期同意。

除草

去蕁草。蕁，徐鹽反，或音潛。蘇東坡云：蕁草，蜀中謂之毛蕁，毛芒可畏，觸之如蜂蠆，治風疹，以此點之，一身失去。葉背紫者，入藥。蕁，山韭。

草有害於人，曾何生阻脩。言草之毒者，不必生阻脩之處。雖平夷之地，亦有之。趙云：此主除惡之義，以惡蕁草之爲害也。言其直生平地近處。詩：道阻且脩。舊注非。其毒甚蜂蠆，左傳：蜂蠆有毒。其多彌道周。周，道兩傍。清晨步前林，江色未散憂。芒刺在我眼，霍光驂乘，上內嚴憚之，若有芒刺在背。焉得待高秋？霜雪一霑凝一作衣，蕙葉亦難留。趙云：蜂蠆，蕁上皆芒刺，觸之能螫人。彌道周，蕁最蔓生，字則詩：生于道周。在眼字，謝靈運詩：想見山中人，薜蘿若在眼。又欲先秋除去之，若待秋，則霜雪一霑，蕙與蕁草同一衰落，亦美惡俱盡矣。謝靈運詩：崖傾光難留。霑凝，自在草上，一作霑衣，非。荷鋤先童稚，陶徵君：荷鋤雖有倦。趙云：陶潛詩：帶月荷鋤歸。舊注在後。後漢鄧禹傳：父老童稚，滿其車下。日入仍討求。趙云：莊子：日入而息。轉致水中央，豈無雙釣舟？頑根易滋蔓，左傳：無使滋蔓。敢使依舊丘。鮑明遠：復得還舊丘。趙云：水中央，詩：宛在水中央。舊丘，自閬州歸成都，指草堂之居。草堂：斷手寶應年。是夏，送嚴武至綿，遂往梓、閬，至今年廣德二年春末又歸，故得指爲舊丘。自茲藩籬曠，更覺松竹幽。芟夷不可闕，疾惡信如讎。左傳：周任言：爲國家者，見惡如農夫之務去草焉。芟夷蘊崇之，絕其本根，勿使能殖，則善者信矣。師云：後漢：張儉清潔中正，疾惡若讎。趙云：藩籬字，賈誼：無有藩籬之限。

客居

趙云：此雲安詩。

客居所居堂，前江後山根。下塹萬尋岸，蒼濤鬱飛翻。趙云：王粲詩：苟非鴻鵰，孰能飛翻。本言禽鳥，今轉用於蒼濤愈奇矣。葱青衆木梢，沈休文：林薄杳葱青。邪豎雜石痕。增添：沈休文詩：峭壁思邪豎，絶嶺復孤圓。子規晝夜啼，壯士斂精魂。趙云：江文通恨賦：拱木斂魂。晉阮籍詠懷：容色改平常，精魂自漂淪。峽開四千里，水合數百源。人虎相半居，相傷終兩存。蜀麻久不來，吳鹽擁荊門。蜀人以麻布貨易吳鹽。西南失大將，商旅自星奔。時崔寧殺郭英乂。杜云：劉孝標廣絶交論：靡不望影星奔。今又降元戎，已聞動行軒。時除杜鴻漸爲成都尹。舟子候利涉，亦憑節制尊。趙云：峽開四千里，千字可疑。豈自渝州明月峽至夔州西陵峽而下，有水路四千里乎？相傷終兩存，由老子言人神兩不相傷而變用之。蜀麻久不來，吳鹽擁荊門，以商旅不行之故，舊注亦是。按編年通載，永泰元年閏十月，劍南兵馬使崔旰反，殺其帥郭英乂。又按資治通鑑：大曆元年二月壬子，以杜鴻漸爲山南西道、劍南東、西川副元帥、劍南西川節度使，以平蜀亂。今云西南失大將，則崔旰殺郭英乂。今又降元戎，則時除杜鴻漸鎮蜀。英乂以定襄郡王領節度，故云大將。鴻漸以宰相充尹山西、劍南副元帥，故云元戎。「舟子候利涉，亦憑節制尊」，所以結商旅星奔而麻鹽不通之句。詩：招招舟子。易：涉大川。節制，元戎之節制，字見上漁陽詩注。言用兵。舟子爲商賈，亦以節制，然後免攘奪之憂。我在路中央，生理不得論。甫依嚴武，武死，英乂麤暴不能容，旋有崔寧之亂，甫所以進退不能。卧愁病脚廢，徐步視小園。短畦帶碧草，悵望思王孫。思嚴武。增添：劉安招隱辭：王孫遊兮不歸，春草生兮萋萋。鳳隨其凰去，鮑云：豈鄭公之夫人繼亡？籬雀暮喧繁。言賢者亡，小人喧競也。時崔寧、楊子琳、柏正節更來成都。覽物想故國，十年別荒村。趙云：欲南下歸長安，到處留滯，今尚在半路。舊注非。蓋武永泰元年四月盡日死，公五月下戎州，九月在雲安，有客居之堂。至今歲二月已後，聞子規賦此，豈曾見郭英乂之來邪？自徐步而下四句，因步小園見草、見雀，感於物而興焉。故見短畦之碧草，則思王孫。司馬相如琴歌：鳳兮歸故鄉，遨遊四海兮求其凰。故見暮雀之喧繁而懷鳳凰之遊往。舊注以王孫作思嚴武，暮雀作崔寧等，甚無謂也。荒村，故國之居，十年不歸，爲荒村。日暮歸幾翼，北林空自昏。安得覆八溟，爲君洗乾坤。時厭亂久，故甫前有洗兵馬，此有洗乾坤之説。稷契易爲力，言得人，天下不足治。犬戎何足吞。儒生老無成，臣子憂四藩。篋中有舊筆，情至時復援。趙云：幾翼，譬能歸鄉者幾人。自昏，譬故居昏暗，無有歸棲之翼。道路梗澀之故。繼之以覆八溟、洗乾坤。公又曰「遥拱北辰纏寇盜，欲傾東海洗乾坤」「安得壯士挽天河，盡洗甲兵長不用」，皆此意。援字，曹子建：援筆從此辭。

客堂

趙云：詩中「客堂叙節改」，故取兩字名篇。

憶昨離少城，成都内城曰少城。趙云：蜀都賦：亞以少城，接乎其西。注：少，小也，在大城西。而今異楚蜀。捨舟復深山，窅窕一林麓。栖泊雲安縣，雲安屬夔州。趙云：捨舟字，謝靈運：捨舟眺回渚。棲泊，義出謝惠連謂維舟止宿。初欲捨舟矣，乃是窈窕之一林麓，所以姑維舟棲泊也。至云客堂敘節改，方有屋山中居耳。消中内相毒。師云：消中，消渴也。胡彦伯與庾肩書：昔長卿病消中，余今亦然。舊疾甘載來，衰年得無足。趙云：言此疾相嬰，至衰年，未痊疾，亦得無足乎？此深自傷之辭。死爲殊方鬼，李陵死爲異域之鬼。頭白免短促。老馬終望雲，南雁意在北。馬望雲，雁意在北，以所居非故國自喻。别家長兒女，欲起慙筋力。趙云：殊方，文子：殊方偏國。西都賦：殊方異類。東都賦：殊方别區。免短促，自寬之辭。望雲、在北，懷鄉之譬。此倣胡馬嘶北風，越鳥巢南枝之意，變文耳。慙筋力，以老病爲慙。禮：老者不以筋力爲禮。客堂叙節改，具物對羈束。謝靈運：野蕨漸紫苞。渚秀蘆笋緑。蘆竹笋，楚人謂之蕨牙。巴鶯一作稼。紛未稀，徼麥早向熟。悠悠日動江，漠漠春辭木。日華川上動。謝玄暉：生煙紛漠漠〔一〕。趙云：巴稼，舊本作巴鶯，非。劉章云：深耕概種，立苗欲疏。紛未稀，則苗猶多耳。稼與麥一體之物，若作鶯字，句不相聯。臺郎選才俊，自顧亦已極。甫先授右拾遺。趙云：臺郎，謂省部。公爲尚書工部員外郎，自稱臺郎。漢官儀：尚書郎，初從三署郎選詣尚書臺試，每一郎缺，則試五人，先試牋奏。初入臺稱郎中，滿歲稱侍郎。故郎中、侍郎之名，猶因三署本號也。此臺郎之稱矣，舊注模稜。前輩聲名人，埋没何所得？居然綰章紱，受性本幽獨。前輩聲名人，不可專指。如黄香群書無不涉獵，京師號曰：天下無雙，江夏黄香。京師貴戚慕其聲名，更饋衣物，拜尚書郎。章紱，謂緋魚。居然字，尹文子：形之與名，居然别矣。平生憩息地，必種數竿竹。王子猷所居必種竹。云：不可一日無此君。事業只濁醪，杜云：李善注恨賦濁醪夕飲之下引嵇康與山巨源書：濁醪一盃，彈琴一曲。營葺但草屋。

上公有記者，累奏資薄禄。嚴武奏甫受劍南參謀。趙云：必有如栢中丞者薦之，但無可考。舊注：受劍南參謀，亦前日一端之事。主憂豈濟時，師云：史記：主憂臣辱。趙云：主憂，言當主之憂而不能効力以濟時事。身遠彌曠職。師云：魏文帝詔：官吏不虔，曠職廢事。趙云：蓋由身遠愈成閑曠職業。循文廟筭正，循文守文廟，廟堂算籌算。獻可天衢直。左傳：獻可替否。易：何天之衢，亨。尚想趨朝廷，毫髮裨社稷。形骸今若是，進退委行色。傷不得行其志爾。師云：柳下季：車馬有行色。

【校勘記】

〔一〕「漠」，原作「漢」，據文淵閣本、清刻本、排印本並參文選卷二十二、齊詩卷三謝朓遊東田詩改。

石硯平侍御者。

平公今詩伯，秀發吾所羨。奉使三峽中，長嘯得石硯。巨璞禹鑿餘，禹開鑿以疏江河。趙云：王充論衡：文詞之伯。今云詩伯，如公又用詞伯、文章伯也。秀發，見上四松詩注。禹鑿，言石。郭景純江賦：巴東之峽，夏禹疏鑿。舊注不切。異狀君獨見。其滑乃波濤，趙云：薛道衡祭江文：帷蓋静於波濤。其光或雷電。聯坳各盡墨，多水遞隱見。揮灑容數人，十手可對面。比公頭上冠，正質未爲賤。當公賦佳句，況得終清宴。曹子建：公子愛敬客，終宴不知疲。公含起草姿，不遠明光殿。致于丹青地，知汝隨顧眄。明光殿，霍去病借以避暑。杜云：漢殿名。秦記曰：明光殿以金爲阯，玉爲階。元后傳曰：成都侯商病，欲辟暑，從上借明光殿。趙云：平公爲侍御。頭上冠，則獬豸冠。獬豸，一角獸，而能觸邪。所以爲正質。以硯比冠，取其正直之質。因硯以美平公。起草者，中書舍人事，翰墨之職，於硯爲親。丹青地，公卿之地也。鹽鐵論：公卿者，神化之丹青。

三韻三篇

高馬勿唾唾，一作捶。趙云：當以捶爲有義。面，長魚無損鱗。辱馬馬毛焦，困魚魚有神。君看磊落士，不肯易其身。馬魚尚不可輕，士有被褐懷玉者，而可輕乎？

蕩蕩萬斛船，影若揚白虹。起檣必椎牛，師云：非椎牛饗士不足以起立帆檣。釋名：船二百斛曰舠，三百斛曰艇。趙王石虎造萬斛之舟。今取其大者以比興。椎牛，所以饗衆功。張遼戰孫權，夜募敢從之士，得八百人，椎牛犒饗。韓退之征蜀聯句：椎肥牛呼牟。亦用此椎字。挂席集衆功。自非風動天，莫置大水中。趙云：得大風後可飽其帆也。鮑照舞鶴賦：箕風動天。

列士惡多門，晉政多門。小人自同調。名利苟可取，殺身傍權要。何當官曹清，爾輩堪一笑。趙云：列士，如列女之列，言就列之士。進身者欲恩出一門耳。謝靈運：誰謂古今殊，異代可同調。梁張纘別離賦：在百代而奚殊，雖千年而同調。名利苟可取，殺身傍權要。此戒之之辭，如孔子：富而可求也，雖執鞭之士吾亦爲之。今欲名利依人，則將許人以死，唯權要之是托。論語：殺身以成仁。詳味句，當時蓋有依非其人而爲好官者。梁簡文帝與蕭臨川書：列棘外府，且息官曹之務。

柴門

趙云：杜元凱注左傳蓽門圭竇之人：蓽門，柴門。

泛舟登瀼西，楚俗以山谷間水可涉爲瀼，其涉也謂之踏瀼。秦俗以堰水爲瀼，皆謂之瀼。趙云：夔州惟有東瀼溪，見水經注。瀼東、瀼西水兩傍之名，舊注元不引出處。今云登瀼西，則舟已泊而登岸。恐學者惑踏灢之語，以登字當之，故爲之解。

迴首望兩崖。東城乾旱天，其氣如焚柴。長影没窈窕，餘光散唅呀。趙云：焚柴，則燔柴也。爾雅：祭天曰燔柴。積薪櫝而焚之。舊本餘光散唅呀，在韻書唅音憾，哺也；呀，虛加切，張口也。固有唅呀字，公今所用，無乃硆砑字乎？蓋硆砑注：谷中也。用此字然後有義。陶淵明：既窈窕以尋壑。謝靈運：長磴入窈窕。言乾旱之氣，亘滿於丘壑窈窕硆砑之間。若言唅呀，無義矣。大江蟠嵌根，歸海成一家。禹貢：入于海。趙云：嵌巖之根，字出莊子：賢者伏於大山嵌巖之下。蓋江水至此，傍峽而行，雖蟠曲嵌根，終朝宗于海矣。下衝割坤軸，海賦：又似地軸挺拔而爭回。竦壁攢鏌鋣。蕭瑟灑秋色，氣一作氛。昏霾日車。趙云：鏌鋣，劍名。巫峽之竦，蓋如劍矣。柳子厚詩：海畔尖山似劍鋩。日車事，淮南子：爰止羲和，爰息六螭，是謂懸車。注：日乘車，駕以六龍，羲和馭之。字則莊子：乘日之車。舊本氣昏，一作氛昏，當以爲正。蓋上已有氣如焚柴，而氛昏字又寫風土之昏也。峽門自此始，夔州爲峽門。最窄容浮查。禹功翊造化，疏鑿就欹斜。江賦：巴東之峽，夏后疏鑿。巨渠決太古，衆水爲長虵。風煙渺吴蜀，舟檝通鹽麻。趙云：峽門，方入峽之門。舊注：夔州爲峽門。非。衆水爲長虵，其比亦新矣。我今遠遊子，飄轉混泥沙。師云：易：需于泥；需于沙。謂遇難也。萬物附本性，約身不願奢。茅棟蓋一床，清池有餘花。濁醪與脱粟，濁醪，嵇康；脱粟，公孫弘。在眼無咨嗟。山荒人民少，地僻日夕佳。陶淵明：山氣日夕佳。貧病一作賤。固其常，富貴任生涯。

老於干戈際，宅幸蓬蓽遮。石亂上雲氣，杉清延月華。賞妍又分外，理愜夫何誇〔一〕。漢書：理得則不怨。足了垂白年，師云：畢卓：左手持蟹螯，右手持酒杯，拍浮酒船中，便足了一生。敢居高士差。趙云：泥沙，江賦：或混淪乎泥沙。不願，孟子：不願人之文繡，不願人之膏粱〔二〕。茅棟，沈休文詩：茅棟嘯蹲鴟。在眼，謝靈運：薜蘿若在眼。選：莫不咨嗟。又云：所以咨嗟。垂白，後漢：班超妹書：今超年已垂白。敢居高士差，言不敢過差，居其上。書此豁平昔，迴首猶暮霞。趙云：紀其詩篇之成時，猶未晚也。世説：殷仲堪每謂子弟云：勿以我受任方州，云我豁平昔時意。然前云回首望兩崖，今云回首猶暮霞，豈偶重耶？

【校勘記】

〔一〕「賞妍又分外」二句，「賞妍」原作「賞愜」，「理愜」原作「理妍」，據二王本杜集卷六、百家注卷二十六、分門集注卷六、黄氏補注卷十一並參先後解輯校戊帙卷四及錢箋卷六改。又，草堂詩箋卷二十九此詩正文「賞妍」下有異文云「妍一作愜」，「理愜」下有異文云「愜一作妍」。案，「賞愜」、「理妍」無義，當以「賞妍」、「理愜」爲是。

〔二〕「粱」，原作「梁」，據清刻本、排印本並參孟子正義卷二十三告子上第十七章改。

貽華陽柳少府

繫馬喬木間，趙云：劉琨詩：繫馬長松下。詩：南有喬木。問人野寺門。柳侯披衣笑，見我顏色溫。並坐石堂下〔一〕一云堂下石，俛視大江犇。火雲洗月露，盧思道：火雲赫而四舉。絶壁上朝暾。謝靈運：早聞夕飇急，晚見朝日暾。趙云：世説：桓公入峽，絶壁天縣，驚波電激。謝靈運：晨策尋絶壁。自非曉相訪，觸熱生病根。觸，冒也。趙云：晉程曉詩：可憐褦襶子，觸熱向人家。南方六七月，出入異中原。老少多暍死，汗踰水漿翻。趙云：熱病謂之暍。武王下車而扇暍。莊子：暍者反冬乎冷風者。是已。世説：鍾會、鍾毓俱見魏文，毓面有汗。帝問：何以汗？曰：兢兢皇皇，汗出如漿。俊才得之子，筋力不辭煩。指揮當世事，語及戎馬存。涕淚濺我裳，悲氣排帝閽。思玄賦：叫帝閽使闢扉兮，覿天皇于瓊宮。趙云：老者不以筋力爲禮，因俊才得柳少府，不辭筋力而往謁也。帝閽，楚辭：吾令帝閽開關兮。揚雄甘泉賦：遺巫咸兮叫帝閽。舊注引張平子思玄賦在後矣。排，謂排闥。鬱陶抱長策，書：鬱陶乎予心。長策，良策也，有良策而不見用，故鬱陶耳。趙云：鬱陶，孟子載：象謂舜：鬱陶思君爾。賈誼：振長策而馭宇内。義仗知者論。吾衰卧江漢，但愧識璵璠。潘正叔：寸晷惟寶，豈無璵璠。言已之所識止璵璠而已，以美柳侯。趙云：璵璠，比柳少府。璵璠，逸論語：璵璠，魯之寶玉。孔子曰：美哉璵璠！遠而望之，煥若也；近而視之，瑟若也。一則理勝，一則字勝。倒用璵璠字，元注潘正叔詩是。文章一小伎，於道未爲尊。起予幸班白，因是托子孫。趙云：言取少府，道德之美，非止文章。後漢揚賜傳：造作賦説，以蟲篆小技見寵於時。北史李渾謂魏收：雕蟲小技，我不如卿；國論典章，卿不如我。於道言尊，老子：道尊德貴。起予，論語：起予者商也。言柳少府有道可尊，起發予於班白衰老之間，因此相見而有子孫可托之幸。托字，論語：可以托六尺之孤。托子孫，曹操少時見橋玄，謂曰：天下方亂，群雄虎争，能安之者，其在君乎？然君實亂世之英雄，治世之姦賊，恨吾老不見君富貴，當以子孫相托。俱客古信州，夔，古信州。結廬依毁垣。相去四五里，徑微山葉繁。時危挹佳士，况免軍旅喧。醉從趙女舞，歌鼓秦人盆。揚惲書：家本秦地，能爲秦聲。婦，趙女也，雅善鼓瑟，酒後耳熱，仰天撫缶而呼嗚嗚。李斯書：隨俗雅化，佳冶窈窕，趙女不立於側也。夫擊甕叩缶，彈箏搏髀，而歌嗚嗚快耳者，真秦之聲也。莊子：鼓盆。增添：成公綏琵琶賦：飛龍列舞，趙女駢羅。進如驚鶴，轉似回波。趙云：陶淵明：結廬在人境。時危，普言中原之亂。免軍旅，夔州幸免爾。趙女，古稱燕歌趙舞。盆，甕缶之變稱。子壯顧我傷，我驢兼淚痕。餘生如過鳥，師云：李白詩：生猶鳥過目，胡乃自結束。景公一何愚，牛山淚相續。趙云：家語：見飛鳥過。莊子：如雀、蚊、虻之過乎前。張景陽詩：忽如鳥過目。故里今空村。

【校勘記】

〔一〕「堂下」，二王本杜集卷六、錢箋卷六作「下堂」。

同元使君春陵行 并序

覽道州元使君春陵行，兼賊退後示官吏作二首，志之曰：當天子分憂之地，效漢官良吏之目。今盜賊未息，知民疾苦，得結輩十數公，落落然參錯天下爲邦伯，萬物吐氣，天下少安可待矣〔一〕。不意復見比興體制，微婉頓挫之詞，感而有詩，增諸卷軸，簡知我者，不必寄元。趙云：元結，字次山。其春陵行序云：癸卯歲授道州刺史。道州舊四萬餘户，經賊已來，不滿四千，大半不勝賦税。到官未五十日，承諸使徵求符牒二百餘封，皆曰：失期限者，罪至貶削。於戲！若悉應其命，則州縣破亂，刺史焉欲逃罪；若不應命，又即獲罪戾，必不免也。吾將守官，靜以安人，待罪而已。此州是春陵故地，故作春陵行，以達下情。其賊退示官吏詩序云：癸卯歲，西原賊入道州，焚掠幾盡而去。明年，賊又攻永州破邵，不犯此州邊鄙而退。豈力能制敵？蓋蒙其傷憐而已。諸使何爲忍苦徵歛？故作詩一篇以示官吏。詩更不能載，觀序意，則詩可見矣。

遭亂髮盡一作遽。白，轉衰病相嬰。沉緜盜賊際，狼狽江漢行。歎時藥力薄，爲客羸瘵成。趙云：言非不進藥，以歎時之故，憂思奪之，病雖痊，而藥力減半。吾人詩家秀，博采世上名。前漢溝洫志：上作歌云：泛濫不止兮愁吾人。粲粲元道州，前聖畏後生。粲粲，美之盛也。史：三女爲粲。孔子：後生可畏。趙云：後生，對前人之辭，非直謂年少爲後生也。如周公爲先，則孔子爲後生；孔子爲先，則孟子爲後生。今言前聖畏後生，則道州雖晚生唐世，乃爲前代聖哲所畏矣。若詩三百六十篇，其中周公、召、康公、家父、穆父之所作，皆有益於其君，非前聖之謂乎？觀乎春陵作，欻見俊哲情。復覽賊退篇，結也實國楨。趙云：楨幹，所以支屋也。題曰楨，旁曰幹。史以譬賢材，曰：國之楨幹。賈誼昔流慟，賈誼：可爲慟哭。趙云：慟，如子哭之慟。匡衡常引經。衡上疏陳便宜，及朝廷有政議，引經以對。道州憂黎庶，詞氣浩縱橫。道州，元結也。劉公幹：君侯多壯思，文雅縱橫飛。兩章對秋月，一作水。一字偕一作皆。華星。趙云：上句言如月之皎潔，下句言無一字而不若華星之燦爛也。魏文帝詩：華星出雲間。致君唐虞際，純朴憶大庭。大庭氏。趙云：既致君於堯、舜之間，又憶大庭氏之純朴，則道州事君，豈蹇淺者哉！魏應璩與從弟君冑書：思致君於有虞，濟蒸民於塗炭。大庭氏，上古帝王之號，事見莊子。何時降璽書，前漢循吏傳：二千石有治效，輒以璽書勉勵焉。用爾爲丹青。趙云：爲丹青，則藻縟王猷，粉飾治具之義。鹽鐵論：公卿者，神化之丹青。用爾，則尚書用汝作舟楫，作霖雨也。獄訟久衰息〔一〕，漢禮樂志：百姓素樸，獄訟衰息。豈唯偃甲兵！悽惻念誅求，薄斂近休明。乃知正人意，不苟飛長纓。陸士衡：長纓麗且光〔二〕。趙云：左傳：王孫滿：德之休明。以歎其不苟且在冠冕之中也。涼飇振南岳，南岳，衡山。之子寵若驚。老子：寵辱若驚。趙云：道州在南，故以涼飇言之。下句言道州爲刺史，其寵辱若驚，故如下句所云也。色阻金印大，刺史印綬。師云：晉王敦舉兵。周顗曰：今年殺賊奴，取金印如斗大。興含滄溟一作浪。清。我多長卿病，趙云：孺子歌曰：滄浪之水清兮，可以濯我纓；滄浪之水濁兮，可以濯我足。孔子

（曰：弟子志之：清，斯濯纓；濁，斯濯足。興含滄溟清，非有洗濯昏穢之意。舊本改作滄溟清，非。滄溟，大海。不可言清。金印，刺史之印。）日夕思朝廷。肺枯渴太甚，漂泊公孫城。（長卿司馬相如病渴。）呼兒具紙筆，隱几臨軒楹。作詩呻吟內，墨淡字欹傾。感彼危苦詞，（趙云：公孫述自號白帝，而城在夔之東，曰白帝城。）庶幾知者聽。（師云：庾信哀江南賦序曰：不無危苦之辭〔四〕，惟以悲哀爲主。趙云：此一段因以自言其心懷存憂國而已。）

【校勘記】

〔一〕「待」，二王本杜集卷六、錢箋卷七作「得」。

〔二〕「久」，二王本杜集卷六、錢箋卷六作「永」。

〔三〕「陸士衡長纓麗旦光」，「陸士衡」文淵閣本作「陸壬衡」，訛；「旦光」，文選卷二十六、晉詩卷五陸士衡吳王郎中時從梁陳作詩作「旦鮮」。

〔四〕「無」，原作「見」，據清刻本、排印本並參全后周文卷八庾信哀江南賦序改。

狄明府 博濟

梁公曾孫我姨弟，（狄仁傑封梁國公，母之姉妹之子曰姨弟。）不見十年官濟濟。大賢之後竟陵遲，（語：子張曰：

我之大賢與。浩蕩古今同一體。比看伯叔四十人[一]，有才無命百寮底。今者兄弟一百人，幾人卓絶秉周禮！元年，齊仲孫湫來省難。及還，公問：魯可取乎？對曰：魯秉周禮，未可動也。言猶守先王之法度也。此言兄弟雖多，能守梁公之法，幾人耳。在汝更用文章爲，長兄白眉復天啓。馬良兄弟五人並有才名，鄉里諺曰：馬氏五常，白眉最良。眉中有白毛，因以爲稱。左氏：天將啓之。汝門請從曾公説，梁公也。太后當朝多巧詆。狄公執政在末年，濁河中不汚清濟。言獨立於朝，不移於衆邪。趙云：謝玄暉詩[二]：紛虹亂朝日，濁河汚清濟。國嗣初將付諸武，公獨廷諍守丹陛。武后當朝，革唐爲周。欲以武三思爲儲貳，以問宰相，皆莫敢對。仁傑獨曰：臣觀天下，未厭唐德。禁中決册請房陵，房陵，中宗所在。前一作滿。朝長老皆流涕。狄仁傑傳：中宗在房陵，吉頊、李昭德皆有康復讜言，則天無復辟意。唯仁傑每從容奏事，無不以子母恩情爲言。則天漸省悟，召還中宗。太宗社稷一朝正，漢官威儀重昭洗。后嘗夢雙陸不勝。仁傑曰：雙陸不勝，無子也。因進説：文皇帝身陷鋒鏑而有天下，以傳子孫。陛下因監國，掩而有之，又欲以三思爲後，且子母與姑姪孰親？若立三思，廟不祔姑。后感悟，即日迎中宗復唐社稷。光武紀：人見司隸僚屬，皆歎喜不自勝[三]。老吏或垂泣曰：不圖今日復見漢官威儀。時危始識不世才，誰謂荼苦甘如薺。謝詩：防口猶寬政，飡茶更如薺。師云：詩：誰謂荼苦，其甘如薺。汝曹又宜列鼎食，身使門户多旌棨。列鼎，一作裂土。賢者之後，宜有土。杜云：唐制，節度使就第賜旌節，三品以上門立戟。後漢匈奴傳注：有衣之戟曰棨。胡爲飄泊岷漢間，干謁王侯頗歷詆。詆，評也。息夫躬歷詆漢朝公卿。況乃山高水有波，秋風蕭蕭露泥泥。謝詩：凝露方泥泥。虎之飢，下巉嵒；蛟之横，出清泚。早歸來，黄土污衣眼易眯。師云：晉王導嘗遇西風起，舉扇自蔽曰：元規塵污人。莊子：播糠眯目。趙云：家語云：子路游楚，列鼎而食。歷詆，當作抵。詩：零露泥泥。

【校勘記】

〔一〕「伯叔」，二王本杜集卷六、錢箋卷七作「叔伯」。

〔二〕「謝玄暉」，作「謝元暉」，係避諱，此改。

〔三〕「歎」，後漢書卷一光武帝紀作「歡」。

韓諫議注

〔一〕趙云：舊本止云寄韓諫議，無傳記可考，其人時應在岳州，是好道者。不然，人物必清爽，有仙風道骨。如李白，故甫用神仙言之。玉京群帝宴集，言君臣際會，以張良比韓，歎其滯留不在朝。

今我不樂思岳陽，岳陽，巴陵，屬湖南〔二〕。身欲奮飛病在床。詩：静言思之，不能奮飛。趙云：今我不樂，出詩全語。下云日月其除。詩：或偃息在床。美人娟娟隔秋水，詩人以美人比君子，故詩有：彼美人兮，西方之人兮。濯足洞庭望八荒。左太沖：濯足萬里流。趙云：美人，指韓。如李白所謂美人不來空斷腸，美人在時花滿堂之謂。娟娟，美人貌。隔秋水，言其時。莊子：秋水時至。公在夔，韓在岳，爲隔秋水。濯足字，雖孺子歌有：滄浪之水兮，可以濯我足。而單言濯足，則左太沖詩：濯足萬里流。淮南子：登太山，履石封，以望八荒。揚雄幸河東賦：陟西岳以望八荒。鴻飛冥冥日月白，青楓葉赤天雨霜。趙云：鴻飛冥冥，揚子全語。鮑照詩：窮秋九月荷葉黃，北風驅雁天雨霜。雨，去聲。玉京群帝集北斗，玉京，帝居，言五方各有帝，惟北極爲至尊。薛云：晉天文志：北極五星，北辰最尊者也。北斗七星，在太微北。七政之樞機，陰陽之元本；故運乎天中，臨制四方，以建四時而均五行；人君之象，號令之主。注以斗爲極，誤矣。五星經云上白玉京〔三〕、黃金闕。杜補遺：靈樞金景內經曰：下離塵境，上界玉京。元君注云：玉京者，無爲之天也。東西南北，各有八天，凡三十二天，蓋三十二帝之都也。玉京之下，乃崑崙北都。羅峰北帝，乃三十六洞之所居處。趙云：玉京，史記云：天上白玉京，五城十二樓。群帝，據儒書，亦有五方之帝，道書三十三天，各有帝云。集北斗，則會集於北斗，薛說是。群帝言諸貴人，如諸王、三公之類。北斗言天子。五方之帝，三十三天之帝，雖稱帝，而於大帝爲卑，故止稱群帝字也。或騎麒麟翳鳳凰。芙蓉旌旗煙霧樂，楚辭：搴芙蓉兮木末。影動倒景搖瀟湘。郊祀志：登遐倒景。注：在日月之上反照，故其影倒。趙云：騎麒麟翳鳳，建芙蓉之旗，言群帝然也。集仙傳：天人降王妙想家，乘麒麟、鳳凰、龍、鶴、犬、馬，是已。旌旗在煙霧之間，而影上動倒景，以形容群帝神仙之事。爲韓在岳陽，所以專言其上動倒景，下則搖瀟湘，以引下句。星宮之君醉瓊漿，楚詞：瑤漿密勺〔四〕，實羽觴。辛酉既陳〔五〕，有瓊漿。羽人稀少不在傍。似聞昨夜赤松子〔六〕，恐是漢代韓張良。昔隨劉氏定長安，帷幄未改神慘傷。張良，其先韓人。高祖立蕭相國，良乃稱家世相韓。及韓滅，不愛萬金之資，爲韓報仇强秦，天下震動。今以三寸舌爲帝者師，封萬户，位列侯，此布衣之極，於良足矣。願棄人間事，欲從赤松子遊耳。乃學道，欲輕舉。高祖曰：運籌帷幄之中，決勝千里之外，吾不如子房。趙云：星宮之君，則降於群帝者，以況禁從之人。羽衣，則又降於星宮之君者，以況諸通籍朝見之人〔七〕。楚辭：仰羽人於丹丘〔八〕。謝靈運入麻源第三谷詩：羽人絶髣髴，丹丘徒空筌。如韓諫議之流，皆得預宴集。然至者稀少，乃有不在傍者焉，以指言韓矣。陸士衡漢高祖功臣頌序：太子傅留文成侯韓張良。故公以羽人待之。爲其姓韓，挨傍張良是韓國人，從赤松子遊比之。神慘傷，未能獻運籌於上。又引下句國家成敗吾豈敢也

國家成敗吾豈敢，色難腥腐食風香〔九〕。師云：梁元帝詩：梅氣入風香。趙云：以韓之才，不得參預帷幄，托韓自謙之言，吾豈敢也。爲吾之事者，不肯甘厭腐腥，所食者風香而已。神仙傳：壺公留費長房於群虎中，皆張口攫地，交手前來擊之。長房不恐。明日，又内長房石室中。頭上有大石，方數丈，茅繩懸之，諸蛇並往嚙繩欲斷。長房不移。公曰：子可教矣。乃命噉溷，臭惡非常，中有蟲長寸許。長房色難之。公歎而謝遣之，曰：子不得仙也。今以子爲地上主者，可壽百餘年。鮑明遠升天行：何時與汝曹，啄腐共吞腥。言既升天矣，無復此事也。今云色難腥腐，亦是其意。風香，未見所出，意神仙所食之物，如王母所謂風實雲子乎？

周南留滯古所惜，太史公留滯周南。南極老人應壽昌。春秋元命苞：老人星，治平則見，見則主壽。趙云：又以太史公比之。南極老人言韓在岳陽。晉天文志：老人星見，主壽昌。舊注引春秋元命苞，雖是，而遺壽昌兩字全語。

美人胡爲隔秋水，焉得置之貢玉堂。師云：傷韓斥在外不見用，望其歸帝傍也。

【校勘記】

〔一〕詩題，百家注卷二十六、分門集注卷十七、錢箋卷五作「寄韓諫議」。

〔二〕「湖南」，底本有墨筆圈改，作「湖北岳州」，誤，據静嘉堂本及中華訂補本訂正。

〔三〕「上白玉京」，先後解輯校戊帙卷五此詩趙次公原注〔四〕引述薛夢符注作「太上白玉京」。

〔四〕「瑶漿密勺」四字，文津閣本無。

〔五〕「辛」，文選卷三十三、全上古三代文卷十宋玉招魂作「華」。

〔六〕「夜」，二王本杜集卷六、百家注卷二十六、分門集注卷十七、錢箋卷五作「者」。

〔七〕「羽衣則又降於星宫之君者」句中「羽衣」二字，據詩中正文，當作「羽人」。案，先後解輯校戊帙卷五趙次公原注〔五〕作「羽人」，可證。

〔八〕「仰」字，静嘉堂本墨筆圈改作「仍」，訛。

〔九〕「食」，二王本杜集卷六作「飡」，錢箋卷五作「餐」。

課伐木并序

課隷人伯夷、幸秀、信行等，入谷斬陰木，冬官：輪人爲輪，斬三材必以時。注：人材在陽，仲冬斬之，在陰，仲夏斬之。人日四根止。維條伊枚，詩：終南何有，有條有枚〔一〕。正直侹然。晨征暮返，委積庭内。我有藩籬，是缺是補，載伐篠簜，禹貢：揚州，篠簜既敷。注：篠，竹箭；簜，大竹。伊仗枝持，旅次于小安〔二〕。山有虎，知禁，若恃爪牙之利，必昏黑撐突。夔人屋壁，列一作洌〔三〕。樹白菊鏝爲牆〔四〕，實以竹，示式遏。爲與虎近，混淪乎無良。賓客憂一作齒。害馬之徒，莊子：黃帝於襄城下見牧馬童子而問天下，童子曰：爲天下何異乎牧馬？去其害馬者。苟活爲幸，可嘿息已。作詩付宗武誦〔五〕。趙云：舊本列樹白菊，師民瞻本作白蒭，是。蓋荻屬也。廬陵嘗謂杜甫無韻者不可讀，今此可見。

長夏無所爲，客居課奴僕。清晨飯其腹，持斧入白谷。師云：周禮：白谷，地名。趙云：伐木爲枝持，今之籬槭也。苦竹爲籬，叙所謂載伐篠簜也。跨小籬，跨越所居而遮護之。曹子建贈白馬王彪詩：清晨發皇邑。持斧，借用漢書：繡衣持斧。青冥曾顛後，十里斬陰木。杜云：周禮山虞：仲冬斬陽木，仲夏斬陰木。鄭司農云：陽木春夏生者，陰木秋冬生者。鄭玄云：陽木生南山，陰木生北山。趙云：楚辭：據青冥而攄虹。張平子南都賦言木有：攢立叢駢，青冥盱瞑。曾巔，謝靈運詩：葺宇臨回谿，築觀基曾巔。人肩四根已，亭午下山麓。趙云：梁元帝纂要：日在午曰亭午。尚聞丁丁聲，天台賦：羲和亭午。詩：伐木丁丁。功課日各足。蒼皮成積委，素節相照燭。藉汝跨小籬，當仗苦虛竹。空荒咆熊羆，乳獸待人肉。趙云：叙止言防虎，詩又及熊羆。山居所防，豈獨虎耶。後言虎穴連里閭，以防虎爲多。不示知禁情，豈唯干戈哭！城中賢府主，處貴如白屋。蕭蕭理體淨，蜂蠆不敢毒。左氏：蜂蠆有毒。趙云：周公下白屋之士。漢史謂：以白茅覆屋也。理體淨，亦老子治道貴清淨之意。唐人避治字諱，多作理。虎穴連里閭，隄防舊風俗。泊舟蒼江岸，久客慎所觸。舍西崖嶠壯，雷雨蔚含畜。牆宇資屢脩，衰年怯幽獨。爾曹輕執熱，爲我忍煩促。師云：張華詩：煩促每有餘。趙云：詩：誰能執熱，逝不以濯。秋光近青岑，季月當泛菊。報之以微寒，共給酒一斛。趙云：以字倣詩報之以瓊瑤、瓊玖。

【校勘記】

〔一〕「枚」，毛詩正義卷六終南篇作「梅」。

〔二〕「旅次于小安」，句前二王本杜集卷六、百家注卷二十五、分門集注卷二十五、錢箋卷六有「則」字。

〔三〕「一作洌」，二王本杜集卷六、百家注卷二十五、分門集注卷二十五、錢箋卷六作「一作例」。

〔四〕「菊」，先後解輯校戊帙卷三此詩題下注作「萄」；又，錢箋卷六「菊」字下注云：「一作萄。」

〔五〕「付」，錢箋卷六作「示」。

園人送瓜

江閒雖炎瘴，瓜熟亦不早。栢公鎮夔國，滯務茲一掃。食新先戰士，成十年傳：桑田巫言：晉侯不食新矣。注：言公不得及食新麥。共少及溪老。傾筐蒲鴿青，滿眼顏色好。竹竿接嵌竇，引注來鳥道。沉浮亂水玉，魏文帝：浮甘瓜於清泉。赤松子服水玉。愛惜如芝草。師云：晉嵇含瓜賦〔一〕：世云三芝，瓜處一焉，謂之草芝〔二〕。落刃嚼冰霜，開懷慰枯槁。許以秋蔕除，謝玄暉：殘翩似秋蔕。仍看小童抱。一作飽。東陵跡蕪絕，楚漢休征討。東陵，邵平種瓜之地。園人非故侯，種此何草草。趙云：此太守遣送官園中瓜詩。除乃除園之除。秋蔕，選四言詩：翩若秋蔕。特泛言草木，今借字用，緣瓜有蔕也。史記：邵平，故秦東陵侯。秦破，爲布衣。貧，種瓜於長安城東。瓜美，俗謂之東陵瓜。當楚漢争戰之時，今云蕪絕，楚漢征討休息矣。草草，勉其勤於治園。此篇兩押草字，豈東坡所云兩耳義不同，故重用邪。舊本正作小童抱，一作飽，與全篇押韻方同上聲，當取飽字。

【校勘記】

〔一〕「嵇含」，原作「嵇喜」，檢「瓜賦」云云，太平御覽卷九百七十八、全晉文卷六十五作嵇含，當是誤置，據改。

〔二〕「草芝」，太平御覽卷九百七十八嵇含甘瓜賦序作「土芝」；又，全晉文卷六十五嵇含瓜賦有「雲芝」、「水芝」、「土芝」三芝，無「草芝」名。

信行遠脩水筒 引泉筒

汝性不茹葷，清淨僕夫內。秉心識本一作根。源，於事少滯礙。雲端水筒坼，林表山石碎。鮑明遠：雲端楚山見，林表吳岫微。觸熱藉子脩，通流與厨會。往來四十里，荒險崖谷大。日曛驚未飡，曛，黑。貌赤媿相對。浮瓜供老病，裂餅常所愛。晉何曾傳：蒸餅上不坼作十字不食。於斯答恭謹，足以殊殿最。文賦：考殿最於錙銖。注：下功曰殿，上功曰最。詎要方士符，神仙傳：葛玄以符投水中，即逆流十丈。何假將軍蓋？行諸直如筆，用意崎嶇外。宋玉文章高出崎嶇之外。杜田補遺：直如筆，言其有用而不邪曲也。北魏古弼，太宗嘉其直而有用〔一〕，賜名曰筆。以其頭尖，又名之尖頭奴，時呼爲筆公，後改名弼。趙云：公食餅則裂而與常所私愛信行。故繼以於斯答恭謹，足以殊殿最。裂餅，暗使王羆與客食餅，客裂餅緣，羆曰：只是不飢。方士符、將軍蓋，是求水一事。方士，意類夷道縣事，但無符字耳。夷道縣句將山下有三泉。傳云本無泉，居人苦遠汲，傭人多賣水與之。一女子孤貧繿縷，無貨易。有一乞人，衣麤貌醜，瘡痍竟體。人見穢惡，唯女子割飯飼之。乞人食畢曰：我感嫗行善，欲思相報，爲何所須？女曰：正願此山下有水可汲。乞人乃取腰中書刀，刺山下三處，即飛泉湧出。將軍蓋，意是貳師事，但無蓋字耳。東觀漢記：耿恭爲校尉，居疏勒。匈奴來攻，城中穿井十五丈。恭曰：聞貳師將軍拔佩刀刺山，飛泉出，今漢德神靈，豈有窮乎！向井請禱，井泉濆出。行諸，論語：子路：聞斯行諸？言信行修水筒，但使之直如筆，以來其水。

【校勘記】

〔一〕「北魏古弼」二句，「北魏」原作「北齊」，「太宗」原作「太武」，據北史卷二十五、魏書卷二十八古弼傳改。

槐葉冷淘

青青高槐葉，采掇付中厨。曹子建：豐膳出中厨。詩：薄言采之、薄言掇之。趙云：新麪來近市，趙云：晏子宅近市。汁滓宛相俱。趙云：鄭玄注周禮：盎齊，言汁滓俱也。入鼎資過熟，加飡愁欲無。趙云：古詩：上言加飡飯。碧鮮俱照筯，香飯兼苞蘆。趙云：香飯，見上閿鄉姜少府設鱠戲贈長歌詩注。苞蘆，則蘆筍之嫩者。或曰：夔州土人謂之苞蘆。經齒冷於雪，勸人投比珠。趙云：明月之珠，以暗投人。

摘字用耳。顧隨金騕褭，金騕褭，馬也。走置錦屠蘇。蜀人元日入香藥，漬酒而飲，謂之屠蘇。名，或作屠穌。玉篇：屠穌，庵也。通俗文：屋下曰屠穌〔一〕。杜田補遺：屠蘇，屋

廣韻：屠穌，草庵。又：屠穌酒元日飲之，可除温氣，則屠穌有二義。是詩走置錦屠穌，乃屋也，非酒。古樂府劉孝威結客少年場行：插腰銅匕首，障日錦屠穌。趙云：騕褭，神馬名。漢武帝鑄金作褭蹄麟趾之狀，言馬曰金騕褭，珍稱之也。盧照鄰詩：漢朝金騕褭，秦代玉氛氳。舊本作屠蘇字，誤。意錦屠穌指御前帳屋。馳貢此冷淘，先置之帳屋，甜泊以俟進也。故下句云路遠故恐泥焉。路遠思恐泥，興深終不渝。獻芹則小小，野人有美芹而獻於君者。薦藻明區區。左傳：蘋蘩薀藻之菜，可羞於王公，薦於鬼神。師云：嵇康絶交書：雖有區區之意，亦已疎矣。萬里露寒殿，上林賦：過鳷鵲，望露寒。露寒，漢殿名。開冰清玉壺〔二〕。鮑照詩：清如玉壺冰。君王納凉晚，此味亦時須。

【校勘記】

〔一〕「下」，太平御覽卷一百八十一居處部「屠蘇」條録通俗文作「平」，當是。

〔二〕「冰」，諸校本作「水」，訛。

行官張望補稻畦水歸

東屯大江北，一作枕大江。趙云：「一作」非。蓋東屯在大江北，一句中有東、北字，詩家之工。百頃平若按。六月青稻多，

千畝碧泉亂〔一〕。趙云：公之田，想能幾何，而云千畝，則併東屯之田言之。插秧適云已，引溜加溉灌。更僕往方塘，更僕，以番次更代使之。劉公幹：方塘含白水。趙云：儒行：更僕未可終也。決渠當斷岸。西都賦：決渠降雨，荷插成雲。趙云：鮑明遠蕪城賦：崒若斷岸，矗以長雲。謝爕關山月云：咽流喧斷岸，游沫聚飛梁。公私各地著，前漢食貨志：理民之道，地著爲本。師古曰：謂安土也。趙云：謂有官田在其間矣。浸潤無天旱。主守問家臣，陸韓卿云：庶子及家臣〔二〕。分明一作朋。見溪伴。芊芊炯翠羽，剡剡生銀漢。鷗鳥鏡裏來，關山雲邊看〔三〕。趙云：主守，指行官張望。家臣，其下所臣之人。左傳：公臣不足，取之家臣。又曰：輿臣皂，皂臣隸。乃臣屬之臣，不必惑君臣而後爲臣也。何以知主守爲行官張望也？後有行官張望刈稻向畢遣女奴阿稽豎子阿段往問，而曰：「尚恐主守疎，用心未甚臧。清朝遣婢僕，寄語踰崇岡。」可見爲行官張望矣。然則家臣豈婢僕之謂乎？舊本分明見溪伴，師作分朋，是。蓋如此方成字對。此篇皆對矣。翠羽，曹子建洛神賦：或拾翠羽。銀漢，廣雅：天河謂之天漢，亦曰銀漢。鏡裏、雲邊，皆狀畦水明潔。秋菰成黑米，菰米，彫胡。精鑿一作穀。傳白粲。薛云：鄭氏釋詩俾疏斯粺，云：米之率，糲十、粺九、鑿八、侍御七。杜田補遺：菰米，見第三十秋興詩「波漂菰米沉雲黑」。左氏傳：粢食不鑿，音作，昭其儉也。注：鑿，謂治米使白，字本作糳。唐韻：糳，精細米也。說文：糯米一斛，春九斗曰糳。漢役流法有鬼薪白粲之辟。鬼薪，謂採薪給祭祀之用；白粲，謂擇米使正白，亦以供祭祀。玉粒足晨炊，紅鮮任霞散。趙云：成黑米事，唐本草圖經：菰，謂之茭白〔四〕。歲久中心生白臺，如小兒臂，謂之菰手。其臺中有黑者，謂之茭鬱。至後結實，乃彫胡米也。梁庾肩吾納涼詩：黑米生菰葑，青花出稻苗。玉粒，蘇秦所謂米貴於玉，止言米粒之珍貴。下云紅鮮，方是言飯紅潤之色。韓信傳：晨炊蓐食。謝玄暉詩：餘霞散成綺。

終然添旅食，作苦期壯觀。楊惲：田家作苦。遺穗及衆多，我倉戒滋漫〔五〕。遺秉、滯穗也。又公自喜之辭。趙云：詩：終然允臧。魏文帝：旅食南館。史：此天下之壯觀。公謂遺秉及衆多之人，其可謂壯觀乎。公濟物之心，異乎田翁之慳鄙矣。

【校勘記】

〔一〕「畝」字旁，静嘉堂本匿名批識曰：「一作畦，是。」案：二王本杜集卷六、十家注卷七、百家注卷二十五、分門集注卷七、錢箋卷六作「畦」。

〔二〕「陸韓卿」，「卿」字原奪，檢「庶子及家臣」句，文選卷二十六、齊詩卷五均作陸韓卿奉答内兄希叔詩，據補訂。案，陸厥，字韓卿，南朝齊詩人。

〔三〕正文「關山雲邊看」句中「雲」字，二王本杜集卷六、十家注卷七、百家注卷二十五、分門集注卷七及錢箋卷六均作「雪」。

〔四〕「謂之茭白」，原衍一「之」字，先后解輯校戊帙卷三趙次公原注〔八〕作「謂之茭白」，據删。案，文瀾閣本作「謂之曰茭白」，衍一「曰」字；文淵閣本、文津閣本、清刻本、排印本作「謂之茭茭白」，衍一「茭」字。

〔五〕「倉」，文淵閣本、文津閣本、文瀾閣本、清刻本、排印本作「食」，訛。案，二王本杜集卷六、十家注卷七、百家注卷二十五、分門集注卷七、錢箋卷六作「倉」，可證。

催宗文樹雞柵

吾衰怯行邁，旅次展崩迫。趙云：言不欲他適，且旅泊於此舒展其崩摧逼迫也。孔子：甚矣，吾衰也。詩：行邁靡靡。易：旅即次。又：旅焚，其次。任彥昇辭奪禮啓：不任崩迫之情。愈風傳烏雞，本草：烏雌雞，治風。秋卵方漫喫。趙云：秋卵方漫喫，以春卵可抱育，秋卵充食而已。故接以自春生成者明之。自春生成者，隨母向百翮。驅趁制不禁，喧呼山腰宅。課奴殺青竹，楚人以火炙竹，去其汗，謂之殺青。趙云：爲簡册者謂之汗青。終日憎赤幘。赤幘，雞之有冠。趙云：赤幘，指雄雞。小說：空宅有怪，或居之。中夜，有赤幘來者，問其怪類，答曰：老雄雞也。今雄雞之頂，雖有赤幘〔一〕，兩字亦有出矣。踏藉盤按翻，塞蹊使之隔。牆東有隙地，可以樹高柵。避熱時來歸，問兒所爲跡。織籠曹其內，令入不得擲。趙云：言所柵之雞以避熱故，往往歸來宅內，所以問兒更合如何有爲而遏止之。稀間可突過，觜爪還汚席。我寬螻蟻遭，彼免狐貉厄。應宜各長幼，自此均勍敵。籠柵念有脩，近身見一作知。損益。言非特製雞而已，於近身之事，亦可知損益也。趙云：兩句戒兒之辭，使之密不可踰也。舊本狐貉厄。狐貉之厚以居。貉，善睡之獸，其皮與狐皆可爲裘，未嘗聞其食雞。豈狐狸字而誤邪？自勍敵，則平時無柵與籠，必相鬬矣。近身見損益，於籠柵之間，已有損益之義。凡近身之事，可推而見。舊一作知，義亦同。見字，如復其見天地之心乎之見。明明領處分，一一當剖析。不昧風雨晨，亂離減憂感。雞鳴之詩序：詩者以爲亂世則思君子。子美之減憂感可見。趙云：上兩句皃領旨命。雞鳴篇：風雨如晦，雞鳴不已。雞鳴不以風雨而廢，譬君子亂世不改其度。在亂離之際憂戚，必有失節之事，故因雞鳴而減憂戚，則不妄其所爲矣。其流則凡鳥，其氣心匪石〔二〕。趙云：世説：吕安詣嵇康，不在，其兄喜出見之。安題門作鳳字而去。鳳，言凡鳥也。心匪石，以申言雞鳴之不改。詩：我心匪石，不可轉也。倚賴窮歲晏，撥煩去一作及。冰釋。未似尸鄉翁，拘留蓋阡陌。祝雞翁居尸鄉山下，養鷄百餘輩，皆有名字，呼名則種別而至，販雞及賣子。見列仙傳。趙云：上兩句，川人近歲除，以雞爲饋送，則歲晏撥去眼前百翮之煩，多如冰釋矣。莊子：涣若冰將釋。雞去而便押冰釋字，以不泥於拘留，如尸鄉翁之多養，至於填蓋阡陌也。

【校勘記】

〔一〕「雖有」，原作「雞是」，清刻本、排印本作「赤是」，訛，參先後解輯校戊帙卷三趙次公原注〔三〕改。

〔二〕「其氣」，清刻本、排印本作「氣其」，訛。

園官送菜

園官送菜把，本數日闕，矧苦苣、馬齒，掩乎嘉蔬，傷小人妬害君子，菜不足道也，比而作詩。趙云：比者，三曰比之義也。

清晨蒙菜把，常荷地主恩。趙云：自叙甚明，詩亦相貫。國語：越王以會稽三百里爲范蠡地，曰：後世有敢侵蠡之地者，皇天后土、四鄉地主正之。其後有土如州縣者，皆謂地主。守者愆實數，略有其名存。苦苣刺如針，馬齒葉亦繁。青青嘉蔬色〔一〕，埋沒在中園。園吏未足怪，世事因堪論。趙云：園官送者，多苦苣、馬齒莧。所謂嘉蔬者，但沒於中園，不以相遺也。張載登成都白菟樓：原隰植嘉蔬。郭景純江賦：挺自然之嘉蔬。公苦雨詩又云：嘉蔬沒溷濁，時菊碎榛叢。亦以賢者之見掩也。嗚呼戰伐久，荆棘暗長原。乃知苦苣輩，傾奪蕙草根。蕙草，薰草。小人塞道路，爲態何喧喧。又如馬齒盛，氣擁葵荏昏。葵荏，嘉蔬。趙云：八句雖分兩段而通義。叙雖總云苦苣、馬齒，掩乎嘉蔬，詩則奪蕙草者歸之苦苣，擁葵荏者歸之馬齒。於馬齒譬小人，則前所謂苦苣者，蓋如小人可知。葵荏正以言嘉蔬。蕙草雖不可爲蔬，要之君子之比。皆不以文害辭、辭害意。點染不易虞，絲麻雜羅紈。一經器一作氣。物內，永挂麤刺痕。志士採紫芝，放歌避戎軒。畦丁負籠至，感動百慮端。趙云：別引借譬之。刺音糲，此公所傷甚矣。苦苣、馬齒在器物內，所盛以爲饋餉，既出其物，則器空矣，亦何害事哉？而一經器物所盛，便永遠掛其麤刺之痕，尚有可惡之意，然則君子固宜傷所染矣。此志士所以歌紫芝而不顧也。紫芝曲見上洗兵馬行注。

【校勘記】

〔一〕「嘉蔬」，文淵閣本、文津閣本、文瀾閣本、清刻本、排印本作「蔬嘉」，倒誤。案，二王本杜集卷六、百家注卷二十二、分門集注卷十六作「嘉蔬」，可證。

上後園山脚

朱夏熱所嬰，清旦趙作旭。步北林。趙云：梁元帝纂要：夏謂朱明，亦曰朱夏。清旭字，江賦：視雰祲於清旭。小園背高岡，挽葛上崎崟。曠望延駐目，飄颻散疏襟。潛鱗恨水壯，去翼依雲深。趙云：譬隱淪之士，須幽曠深遠而後可。蓋魚潛，以淵爲安。水壯則非淵矣。鳥栖，以深山爲安，雲深則山深矣。壯字，顔延年：春江壯風濤。勿謂地無疆，德合無疆。劣於山有陰。山北曰陰。時喪亂，九州分裂，孰若山陰之可以避亂。石榞遍天下，師云：曹毗詩：周馳困石榞。杜田補遺：唐韻曰：榞音原，木名，皮可食。實如甘蔗，謂之石榞，未究其旨。趙云：杜田云：未究其旨。或云，善本止是石原。蓋平地曰原，承上句山有陰之下，言山陰石平處，雖遍天下有之，而涉水行陸以往，兼有浮沉而難到。又引下句登隴首而經碧岑，已十年矣，亦自喜遂其所欲也。水陸兼浮沉。自我登隴首，十年經碧岑。劍門來巫峽，薄倚浩至今。自鳳翔赴同谷，由同谷入蜀，沿流下峽，皆山水鄉。師云：孫綽：薄倚我林下。趙云：柳惲詩：隴首秋雲飛〔一〕。劍門來巫峽，薄倚浩至今，所以成十年之語。薄倚，即倒用謝靈運相倚薄也。故園暗戎馬，骨肉失追尋。時危無消息，老去多歸心。志士惜白日，荀子：君子愛日。久客藉黃金。古詩：徒有萬里志，欲行囊無金。杜田補遺：文選傅休奕雜詩：志士惜日短，愁人知夜長。趙云：惜白日，歎功名之不立。藉黃金，歎客況之貧薄。注引古詩。雖亦是金事，而公詩止言久客，本無行意也。敢爲蘇門嘯，庶作梁父吟。阮籍常登蘇門山，遇孫登，與商略終古。登不應，籍長嘯而退，至半嶺，有聲若鸞鳳之音，乃登之嘯也。諸葛亮爲梁父吟。趙云：言在山陰之居，猶藉黃金爲生。非直若孫登遺世離物，故取嘯事以見意。庶作梁父吟，則希諸葛亮雖高卧猶懷經世之意也。

【校勘記】

〔一〕「柳惲」，原作「顏延年」，檢「隴首秋雲飛」句，顏延年詩無此句，考太平御覽卷六百二、梁詩卷八作柳惲擣衣詩，當是誤置，據改。

驅豎子摘蒼耳

江上秋已分，林中瘴猶劇。畦丁告勞苦，無以供日夕。蓬莠猶不焦，野蔬暗泉石。卷耳況療風，本草：葈耳，或曰苓耳，形似鼠耳，詩云卷耳，主風濕周痺。童兒且時摘。一云童僕先時摘。侵星驅之去，爛漫任遠適。放筐亭午際，洗剥相蒙冪。趙云：蒼耳，今羊負來。詩謂之卷耳，云：采采卷耳，不盈傾筐。古人已食之。野蔬暗泉石，指卷耳生於濕地。洗剥相蒙冪，洗其土，剥其毛。登床半生熟，下筯還小益。加點瓜薤間，依稀橘奴跡。趙云：登床，登食床也。半生熟，或作生菜，或作熟菜。何曾日食萬錢，猶謂無下筯處。小益，療風故也。瓜、薤、橘，皆卷耳同時之物。襄陽記：李衡種橘於龍陽洲，謂其子：吾有千頭木奴，歲可收絹數千疋。亂世誅求急，黎民糠籺窄。杜田補遺：陳平家貧，與兄伯居。常耕田，縱平使遊學。嫂疾平不親家生産[一]，曰：亦食糠覈耳。孟康曰：覈，麥糠中不破者也。晉灼曰：覈音紇，京師人謂麄屑爲覈頭。飽食復何心，荒哉膏粱客。薛云：唐柳芳氏族論：三世有三公者曰膏粱，有令僕者曰華腴。杜田補遺：庖人：用禽獻[二]，春膳膏香，夏膳膏臊，秋膳膏腥，冬膳膏羶。公食大夫禮以稻粱爲加膳。則膏粱，膳之至珍者。趙云：孟子：不願人之膏粱。富家厨肉臭，戰地骸骨白！寄語惡少年，黃金且休擲。燕太子得荆軻，與之臨池。軻以瓦抵鼉。太子命捧金以進，軻用抵之。又進，軻曰：非爲太子愛金，乃臂痛耳。趙云：吴筠古意詩：中有惡少年，伎能專自得[三]。

【校勘記】

〔一〕「嫂疾平不親家生産」，「平」文瀾閣本作「貧」，訛。案，「親」，史記卷五十六陳丞相世家作「視」。

〔二〕「獻」，文淵閣本、文津閣本作「獸」，訛。

〔三〕「吴筠」，原作「梁元帝」，文津閣本作「梁武帝」，皆訛。檢「中有惡少年」二句，藝文類聚卷三十三人部十七、梁詩卷十一作吳筠詩，當是誤置，據改。

昔遊

趙云：魏文帝與吳重書：念昔日南皮之遊〔一〕。又一書：恐永不得爲昔日遊。故摘昔遊字爲韻〔二〕。

昔者與高李，高適、李白。晚登單父臺。宓子賤嘗爲單父宰。鮑云：唐志：單父，屬宋州。寒蕪際碣石，萬里風雲來。杜正謬：蔡氏西清詩話，唐史稱杜甫與李白、高適同登吹臺，慨然莫測也。桑柘葉如雨，飛藿共徘徊。清霜大澤凍，禽獸有餘哀。質之少陵昔遊詩：昔者與高李，晚登單父臺。則知非吹臺。三人詞宗，果登吹臺，豈無雄詞傑唱耶？予謂蔡氏未曾熟讀杜詩爾。遺懷詩云：昔我遊宋中，惟梁孝王都。名今陳留亞，劇則貝魏俱。憶與高李輩，論交入酒壚。氣酣登吹臺，懷古視平蕪。豈非與李白高適同登吹臺耶？趙云：公追言其少年日，正冬日晚，與高李登單父臺。句曰寒蕪，曰飛藿，曰清霜，最後曰景晏楚山深，又見作詩之時亦冬也。西清詩話云云，正謬是。單父臺，名偃月臺，見李白詩。碣石在海邊，臺上可視望。飛藿共徘徊，言與桑柘之葉俱落而飛〔三〕，相與徘徊。豆謂之藿。阮籍詠懷：秋風吹飛藿，零落從此始。師民瞻本作楓藿，非。蓋桑柘與豆皆田中物，楓木與豆藿不可相連也。清霜降而大澤凍，禽獸寒而哀。是時倉廩實，洞達寰區一作瀛。開。開元之際，天下富庶，民俗殷阜。山入河隍之賦，稅府之積，不可勝計。猛士思滅胡〔四〕，將帥望三台。時邊帥有帶平章者，祿山求宰相不得，遂反。君王無所惜，駕馭英雄材。幽燕盛用武，時祿山擊契丹，無寧歲。

供給亦勞哉〔五〕。吳門轉粟帛，泛海陵蓬萊。時韋堅於望春樓下鑿潭以通漕，大置南海珍貨，船尾相銜數千里不絕，上御樓觀之。趙云：公遊山東在未獻賦之前，蓋開元之末，天寶之初。倉廩實可知矣。「猛士思滅胡」，蕃將務邊功；「將帥望三台」，舊注是。然此普說諸邊士與將也。至幽燕盛用武下，方說朔方矣。蓋時有事于契丹，于突騎施〔六〕，于突厥，又安祿山擊契丹，無寧歲也。轉粟帛，正以供給幽燕之勞。舊注韋堅鑿潭，非。肉食三十萬，左傳：肉食者鄙，未能遠謀。獵射起黃埃。隔河憶長眺，青歲已摧頹。肅宗渡河，入靈武。不及少年日，無復故人杯。趙云：言幽燕屯兵之多，憶其長眺之事，傷其今日之老也。舊注非。少年日，見第一篇注。故人杯，齊謝朓離夜詩：山川不可夢，況乃故人杯。賦詩獨流涕，亂世想賢才。有能一作君能。市駿骨，莫恨少龍媒。古有市駿馬骨而得駿馬者，喻尊士之似賢者，則必得真賢。趙云：公傷流落不偶。戰國策：郭隗謂燕昭王曰：古之君有以千金求千里馬者，三年不能得。涓人言於君曰：請求之。君遣之，三月得千里馬。馬已死，買其首五百金。反以報。君大怒：所求者生馬，安事死馬而捐五百金乎！曰：死馬且買五百金，況生馬乎。天下必以王爲能市馬。馬今至矣！不期年千里之馬至者三。今王誠欲致士，先從隗始。隗且見事，況賢於隗者，豈遠千里哉！於是昭王爲隗築宮而師之。樂毅自魏往，鄒衍自齊往，劇辛自趙往，士皆奏燕。言已死之骨尚能市之，何況恨無龍媒者邪！苟求之，則至。龍媒，漢禮樂志：天馬來，龍之媒。商山議得失，四皓也，謂安漢太子。蜀主脫嫌猜。蜀主劉備爲曹操嫌猜。趙云：先主既用孔明，關、張之徒不平，日毀之。先主曰：孤之有孔明，猶魚之得水。此之謂脫嫌猜。舊注非。呂尚封國邑，封於營丘，號齊。趙云：文王用太公，而終至出封於齊爲諸侯。傅說已鹽梅。趙云：言高宗用傅說，若作和羹，爾爲鹽梅。已，則用之之謂。四皓隱於商山，孔明卧於南陽，呂尚釣於渭濱，傅說築於傅巖，皆出以應用，有以召之故也。公不忘君、忘世，且言高、李皆賢才可用。

景晏楚山深，水鶴去低回。龐公任本性，攜子卧蒼苔〔七〕。後漢龐德公與妻子隱鹿門山。孟子：窮則獨善其身，達則兼善天下。

上數公皆能乘時以有爲者，甫自悲不得其時，莫若倣龐公之絜己爾。趙云：此詩是冬，言在夔也。陶淵明詩：景晏步脩廊，水鶴去低徊。以興其閑曠。既不如上七人者信用而出，但若龐公任其隱淪，本性耳。

【校勘記】

〔一〕「與吳季重書」，「季」字原脱；檢「念昔日南皮之遊」句，文選卷四十二作魏文帝與朝歌令吳質書，據補。案，吳質，字季重，三國時魏人，文學家。

〔二〕「韻」，文瀾閣本、清刻本、排印本作「題」。

〔三〕「葉」，文淵閣本作「業」，訛。

〔四〕「胡」，文瀾閣本作「吴」，訛；錢箋卷七本作「虜」。

〔五〕「亦」，文淵閣本、文津閣本、文瀾閣本、清刻本、排印本作「不」，皆訛。案，二王本杜集卷六、百家注卷三十、分門集注卷十四作「亦」，可證。

〔六〕「突騎」下，原脱「施」字，據新唐書、舊唐書所載突騎施事並參先後解輯校戊帙卷十一此詩趙次公原注〔六〕補。

〔七〕「攜」，清刻本、排印本作「揚」，訛。

新刊校定集注杜詩卷十二

古詩

往在

趙云：此篇六段，鋪叙甚明，舊注亂之。

往在西京日，胡來滿彤宫。趙云：彤宫，天子之宫。丹謂之彤，故丹墀謂之彤墀。中宵焚九廟，天子九廟。趙云：天子七廟，王莽增爲九廟，今云九廟，以盛者言之。雲漢爲之紅。解瓦飛十里〔一〕，繐帷紛曾空。繐帷，廟中素帷。疚心惜木主，一一灰悲風。疚心，心如有疚〔二〕；木主，神主也。史記：武王伐紂，載木主而行。合昏排鐵騎，清旭吁玉切。散錦𩌏。杜田補遺：古樂府紫騮馬曲：玉鐙繡纏鬃，金鞍覆錦𩌏。鞍帕也。趙云：清旭，見上後園山脚注。合昏，黄昏。錦𩌏，一作錦𧄍，以𩌏爲正。公又嘗曰：𫘝駘帕錦𩌏。若𧄍字，驢之别名，殊無義也。賊臣表逆節，相賀以成功。是時妃嬪戮，連爲糞土叢。王昭君辭：昔爲匣中玉，今爲糞上英。師云：幸蜀記：天寶十五載七月九日，禄山令張通儒害霍國公主、永王妃、侯莫陳氏、駙馬楊朏等八十餘人，又害皇孫、郡縣主諸妃等三十六人。當宁陷玉座，玉座，帝坐[三]。時禄山及吐蕃兩陷京邑，天子出奔。趙云：當宁，天子當宁而立也。謝玄暉銅雀臺詩：玉座猶寂寞，況乃妾身輕。舊注：時禄山及吐蕃兩陷京邑，天子出奔。則以代宗廣德元年十月事，亂明皇天寶十五載事。白間剥畫蟲。杜田補遺：何平叔景福殿賦：皎皎白間，離離列錢。晨光内照，流景外烻。張銑注：白間，窗也，以白塗之，畫爲錢文，猶言綺疏、青瑣之類。漫叟詩話亦謂出景福殿賦，云：余嘗以白間對黄裏。趙云：白間之上，所畫剥落也。不知二聖處，玄宗、肅宗。私泣百歲翁。車駕既云還，楹角欻穹崇。代宗自陝還，先脩九廟。楹角，廟楹。左傳魯：丹楹刻桷。故老復涕泗，祠官樹椅桐。宏壯不如初，已見帝力雄。時屢臻喪亂，國力凋弊，雖未及火焚之前，而已見帝力之雄矣。趙云：六句述肅宗至德二載九月復京師也。椅桐梓漆。舊注於楹角欻穹崇下注：代宗自陝還，先脩九廟。則又以代宗廣德元年十二月事亂肅宗至德二載事。前春禮郊廟，祀事親聖躬。微軀忝近臣，景從陪群公。廣德元年，吐蕃陷京師，代宗幸陝。是年郭子儀收復，帝還京。二年春，享廟及郊，新、舊唐史皆不載甫官。薛云：文選：東都賦：天官景從，祲威盛容。師云：杜爲左拾遺，自稱忝近臣。趙云：述乾元元年四月辛亥，祔神主于太廟。甲寅，享于太廟，有事于南郊也。但史所載，乃四月中事，而詩云前春，豈前歲乎？登堦捧玉册，玉册，册文。峨冕耿一云聆。金鍾。趙云：聆金鍾，舊本正作耿。師民瞻本專取聆金鍾，是，言聽金奏也。峩冕聆金鍾，則奉祠者皆具法服也。侍祠恧先露，掖垣邇濯龍。侍祠之官恧暴露，猶假濯龍門，即宗廟未至全備爾[四]。薛云：後漢：桓帝祠老子於濯龍宮，以文罽爲壇飾，黃金爲釦器，設華蓋之座。杜補遺：晉天文志：太微，天子之庭，五帝之座也。南蕃中二星間曰端門，東曰左執法，西曰右執法。左執法之東，左掖門也。右執法之西，右掖門也。又曰：紫宮垣十五星，一曰紫微，大帝之坐也〔五〕。李尋傳曰：天官上相、上將，皆顓面正朝。太微，宮垣也。西垣爲上將，東垣爲上相。蓋王者之建宮室，皆取法於天，故有宮垣、紫微垣，宮掖、左右掖門之名。所謂掖垣者如此。後漢百官志：濯龍監一人。本注云：濯龍亦園名。張平子東京賦曰：濯龍芳林，九谷八溪。薛綜注載洛陽圖經曰：濯龍，池名，故歌曰：濯龍望如海，河橋渡似雷。顏延年赭白馬賦：處以濯龍之奧。注：濯龍，廐名。李善載盧植集曰：詔給濯龍廐馬三百匹〔六〕。諸家稱濯龍不同，大抵以池得名，而置監宮園廐，皆因之也。趙云：恧先露，則見在預其事者爲榮〔七〕；有合侍祠，而不幸，所以慙恧。史有先朝露，以言不幸也。天子惟孝孫，師云：謂代宗。五雲起九重。韓愈賀慶雲表。按沈約宋書：慶雲五色者，太平之應。又據孝經援神契：王者德至山陵，則慶雲出。鏡奩換粉黛，翠羽猶蔥曨。光烈陰皇后崩，明帝性孝，追慕無已。時當謁陵，夢先帝太后若平生，明旦率百官上后陵，帝從席前，伏御床，視太后鏡奩中物，感動悲涕。趙云：孝孫，指肅宗。以其祠事先祖，故稱孝孫，詩言成王曰徂賚孝孫。鏡奩換粉黛，所以供后廟神御之物。翠羽，所以飾神御之物者。曹子建洛神賦：或拾翠羽。前者厭羯胡，明皇，祿山陷長安。後來遭犬戎。代宗，吐蕃陷長安。俎豆腐羶肉，罘罳行，户郎反。角弓。文帝紀注：顏師古曰：罘罳，謂連闕曲閣，以覆重刻垣墉之處，其形罘罳然，一曰屏也。杜田補遺：段成式酉陽雜俎正誤曰：士林間多呼殿桷護雀網爲罘罳。禮記曰：疏屏，天子之廟飾。鄭注：屏，謂之樹，今罘罳刻之爲雲氣蟲獸，如今之闕。張揖廣雅曰：復罳，謂之屏。劉熙釋名曰：罘罳在門外。罘，設也。臣將入請事，於此設重思。西漢文帝七年，未央宮東闕罘罳災。罘罳在外，諸侯之象，後果七國舉兵。王莽性好時日小數，遣使壞園門罘罳，曰：使民無復思漢也。魚豢魏略：黃初三年，築諸門闕外罘罳。成式自筮仕已來〔八〕，凡見縉紳數十人，皆謬言罘罳事，故辨之。趙云：羯胡，安、史。犬戎，吐蕃。又言吐蕃汙瀆宗廟之事。蕃人所食，腥羶狼籍，故腐於俎豆。而罘罳之上，行挂角弓。安得自西極，申命空山東。盡驅詣闕下，士庶塞關中。

主將曉逆順〔九〕，元元歸始終。一朝自罪己，萬里車書通。鋒鏑供鋤犂，征戍聽所從。冗官各復業，土著還力農。君臣節儉足，朝野懽呼一作娱。同。食貨志：安民之道，土著爲本。張景陽詩：昔在東都時〔一〇〕，朝野多歡娛。趙云：曉逆順，言曉喻之以順逆。歸始終，言令終始一節，爲臣無犯順也。罪已之詔。車書通，則車同軌、書同文。鋒鏑供鋤犂，以兵器爲農器。史：銷鋒鏑。征戍聽所從，則不復拘留之爲征戍，聽其所從，或爲農、爲民也〔一一〕。當擾攘之際，有冗濫爲官，則復其舊業。雖土著户口，有失耕種，還服田力穡以爲農也。中興似國初，繼體如太宗。端拱納諫諍，和風日沖融。赤墀櫻桃枝，隱映銀絲籠。千春薦陵寢，永永垂無窮。杜田補遺：月令：仲夏之月，天子嘗黍，羞以含桃，先薦寢廟。注：含桃，櫻桃也。漢惠帝常出離宫，叔孫通曰：古者有春嘗果，方今櫻桃可獻，願陛下出，因取櫻桃獻宗廟。上許之。諸果獻由此興。又，唐李綽歲時記：四月一日，内園進櫻桃寢廟，薦訖，頒賜各有差。趙云：言禍亂之初，宗廟焚毀，今既修建，則薦獻之禮不可闕。京都不再火，涇渭開愁容。歸號故松柏，老去苦飄蓬。趙云：號音平聲。因説朝廷宗廟之下，自亦及其先墳之思，言欲歸號哭於祖先墳墓之間，而苦飄泊不能歸。所以自傷也。商君曰：夫飛蓬遇飄風而千里，乘風之勢也。庾信燕歌行：千里飄蓬無復根。

【校勘記】

〔一〕「十」，文淵閣本、文津閣本、文瀾閣本、清刻本、排印本作「千」。

〔二〕「有」字原缺，據文淵閣本、文津閣本、文瀾閣本、清刻本、排印本補。

〔三〕「坐」，文淵閣本、文津閣本、文瀾閣本、清刻本、排印本作「座」。

〔四〕「爾」，文淵閣本、文津閣本、文瀾閣本、清刻本、排印本作「耳」。

〔五〕「坐」，文淵閣本、文津閣本、文瀾閣本、清刻本、排印本作「座」。

〔六〕「盧植」，原作「曹植」，據文選卷十四赭白馬賦并序「委以紅粟之秩」句下注並參杜詩詳注卷十六此詩「掖垣邇濯龍」句下引録改。

〔七〕「見」，文淵閣本作「先」。

〔八〕「已」，文淵閣本、文津閣本、文瀾閣本、清刻本、排印本作「以」。

〔九〕「主」，原作「王」，據中華影宋本、文淵閣本、文津閣本、文瀾閣本、清刻本、排印本改。

〔一〇〕「東都」，文選卷二十一、晉詩卷七張協詠史詩作「西京」。

〔一一〕「爲民也」，文淵閣本、文津閣本作「或爲民」。

雷

大旱山岳焦，密雲復無雨。杜云：莊子：大旱金石流，玉山焦而不熱〔一〕。易小畜：密雲不雨。南方瘴癘地，罹此農事苦。周禮：司巫，若國大旱，則率巫而舞雩。神農求雨書：祈而不雨則曝巫。曝巫不雨，則積薪擊鼓而焚神山。封內必舞雩，峽中喧擊鼓。真龍竟寂寞，土梗空俯僂。土梗，土龍也。葉公好畫龍，而真龍入室。趙云：戰國策有桃梗、土梗之喻。吁嗟公私病，稅斂缺不補。故老仰面啼，瘡痍向誰數？前漢季布傳：瘡痍未瘳。言民傷於賦役，如被瘡痍。暴尪或前聞，鞭巫非稽古。尪，非巫也，瘠病之人，其面上向，俗謂天哀其病，恐雨入其鼻，故天爲之旱，所以僖公欲焚之。杜田補遺：禮記：歲旱，穆公召縣子而問然，曰：天久不雨，吾欲暴尪而奚若？曰：天則不雨，而暴人之疾子，虐，毋乃不可歟？然則吾欲暴巫而奚若？曰：天則不雨，而望之愚婦人，於以求之，毋乃已疏乎？趙云：檀弓：未之前聞也。稽古，出書。請先偃甲兵，處分聽人主。萬邦但各業，一物休盡取。水旱其數然，堯湯免親覩。堯九年之水，湯七年之旱，其數然也。趙云：言堯之水，湯之旱，豈免親見乎？上天鑠金石，群盜亂豺虎。招魂曰：十日並出，流金鑠石。七哀詩：盜賊如豺虎。趙云：鑠金石，又用鄒陽衆口鑠金也。鑠石，魏應璩與岑文瑜書：頃者，炎日更增甚，沙礫銷鑠，草木焦卷。二者存一端，愆陽不猶愈。趙云：以賊與旱爲二也。就二者之中，言雖愆陽而旱，不猶勝於盜賊乎？愆陽，左傳則冬無愆陽。愆，過也。師云：二者皆有傷於和氣也。左傳：不猶愈乎？昨宵殷其雷，風過齊萬弩。復吹霾翳散，虛覺神靈聚。氣暍腸胃融，汗滋衣裳污。一作腐。吾衰尤拙計，失望築場圃。九月築場圃。注：春夏爲圃，秋冬爲場。殷其雷，詩篇名。暍，音謁，傷熱也。莊子：暍者反冬乎泠風。而武王扇暍是也。

【校勘記】

〔一〕「玉」，莊子集釋卷一上逍遥遊作「土」。

火

楚俗，大旱則焚山擊鼓，有合神農書。

楚山經月火，大旱則斯舉。趙云：大旱，書：若歲大旱。周禮：大旱帥巫而舞雩。斯舉，論語：色斯舉矣。舉，則舉火之謂。言舉行其事也。舊俗燒蛟龍，驚惶致雷雨。爆嵌魑魅泣，崩凍嵐陰昈。師云：昈，音乎古反。韻書注：文彩，狀明。趙云：雷雨作解。崩凍嵐陰昈，則冰雪下墮，其文采明昈於嵐陰之間。羅落沸百泓，根源皆萬古。青林一灰燼，雲氣無處所。趙云：上兩句言百泓之根源皆自萬古，而同沸於今日也。下言雲氣托於林木青葱之内，青林既灰燼，雲氣無所止泊也。宋玉高唐賦：風止雨霽，雲無處所。入夜殊赫然，新秋照牛女〔二〕。風吹巨焰作，河棹騰煙柱。勢欲焚崑崙，光彌焮洲渚。師云：焮，許靳反，灰也。趙云：舊本河棹，善本作河掉。言風吹巨焰高起，可遠照河水，而爲之震掉，煙直上如柱也。晉潘尼火賦：芬輪紆轉〔三〕，倏忽横厲。震響達乎八溟，流光燭乎四裔。即其義也。承河掉騰煙柱之下，勢欲焚崑崙者，河之所自出；書，火炎崑崗。皆參合言之。焮字，左傳：火所焮燎。腥至焦長虵，聲吼纏猛虎。神物已高飛，不見石與土。爾寧要謗讟，憑此近熒侮。薄關長吏憂，甚昧至精主。趙云：神物，言蛟龍。蛟龍已高飛〔三〕，不礙石與土。古傳人不見風，牛不見火，龍不見石故也。前句舊俗燒蛟龍，驚惶致雷雨，此俗人無知，以旱焚山，其事如此。豈知神物安可驚恐之邪？苟必以爲謗讟神物而焚侮之。旱之害農，至於焚山侮神，寧不爲人害邪？亦宜關于長吏之憂也。豈水旱有數，冥冥中有主之者，惟此神物，其至精之主乎？民之無知，甚昧厥理，則長吏所憂在此。遠遷誰撲滅，書：若火燎于原，不可嚮邇，其猶可撲滅。趙云：選「爛熳遠遷」故。將恐及環堵。趙云：老子：將恐滅，將恐歇。詩：將恐將懼。儒行：儒有環堵之室。流汗卧江亭，更深氣如縷。

【校勘記】

〔一〕「秋」，原作「火」，據文淵閣本、文津閣本、文瀾閣本、清刻本、排印本並參二王本杜集卷六、百家注卷二十五、分門集注卷二十五以及錢箋卷六改。

〔二〕「芬輪」，全晉文卷九十四潘尼火賦作「紛綸」。

〔三〕「蛟龍」，文淵閣本、文津閣本、文瀾閣本、清刻本、排印本奪。

七月三日亭午已後校熱退晚加小凉穩睡有詩因論壯年樂事戲呈元二十一曹長

今兹商用事，餘熱亦已末。衰年旅炎方，趙云：公在夔，爲楚地，故云炎方。生意從此活。亭午減汗流，北鄰耐人聒。晚風爽烏匼，筋力蘇摧折。薛：子美曰「馬頭金匼匝」，所謂烏匼，即烏巾也。古詩：清風爽烏匼。趙云：梁元帝纂要：日在午曰亭午。周勃汗流浹背。烏匼，今亦有匼頂巾之語。閉目踰十旬，大江不止渴。趙云：公有肺疾痟中之病，當暑則尤甚。退藏恨雨師，健步聞旱魃。雨師，行雨師，退藏，不用事也。杜田補遺：神異經：南方有人，長二三尺，裸身而目在頂上，走行如風，名曰魃。所見之國大旱，赤地千里。一名狢，遇得之，投圂中乃死，旱災即消。山海經：蚩尤作兵犯黃帝。令應龍攻於冀州之野，蚩尤以風伯從而大風雨。帝下天女魃止雨，遂殺蚩尤。不得復上，故所居不雨。趙云：退藏，借用易「退藏於密」。旱魃有健步實事。見上神異經。園蔬抱金玉，無以供採掇。密雲雖聚散，徂暑終衰歇。前聖慎焚巫，魯僖公欲焚巫（一），臧文仲止之。武王親救暍。武王見暍人，王自左擁而右扇之。見世紀。陰陽相主客，時序遞回斡。灑落唯清秋，昏霾一空闊。蕭蕭紫塞雁，南向欲行列。趙云：抱金玉，言其貴而難得如金玉，與詩之言金玉爾。音同意。易：密雲不雨，自我西郊。密雲或聚而散，終不爲雨也。然七月暑既徂矣，其餘熱亦衰，此造化必然之理，故云陰陽相主客，與時序遞回斡也。然以前聖焚巫，武王親救暍閒於中，何也？蓋言聖人深知陰陽寒暑之理，於旱不欲焚巫。扇暍，又言聖人不敢變易天地之寒暑，但憫憐暍人，扇而救之。如此，方深藏微意，以起時序回斡也。謝惠連七夕詩：傾河易回斡。時叙回斡，自有定叙，故清秋則昏霾一掃空矣。觀紫塞之雁，已有南向之行列，則寒之代暑，豈不信乎？不必以熱爲念。

欻思紅顏日，霜露凍階闥。胡馬挾彫弓，鳴弦不虛發。上林賦：弦不虛發，中必決眥。長鈚逐狡兔，突羽當滿月。師云：庾亮賦：突羽先馳。劉孝標賦：彎弧滿月之勢。梁范雲詩：長鈚破犬膽，短鋋劇雉翮。薛云：家語：子路[二]：白羽若月，赤羽若日。杜田補遺：廣韻：鈚，箭也。是詩上句云：胡馬挾彫弓，鳴弦不虛發。則是鈚爲箭明矣。突羽，蓋箭翎。鈚，音批。趙云：此思少年乘寒射獵，感歎年老也。鈚，韻書：箭也。突羽當滿月，又以言箭。其羽奔突而疾，故曰突羽。滿月，所以言挽弓之滿，箭當其挽滿之間也。薛夢符引家語，非。

惆悵白頭吟，古樂府有此吟：疾人相知，以新間舊，不能至白首。蕭條遊俠窟。杜云：郭景純遊仙詩：京華遊俠窟。遊俠，豪傑也。前漢有遊俠傳。趙云：白頭吟，祖出卓文君以司馬相如置妾之故，以其不能至於白首而爲此吟，而公所用止取白頭吟詠耳，舊注引前漢遊俠傳，非窟字出處矣。

臨軒望山閣，縹緲安可越。高人鍊丹砂，未念將朽骨。世説丹砂可以駐年。薛夢符續注：抱朴子：臨沅縣廖氏世壽[三]，後移居，子孫輒殘折。他人居其故宅，復壽。不知何故，疑井水赤，乃掘井左右，得古人埋丹砂十斛，丹汁入井，是以飲水得壽。又，古樂府：但使丹砂就，能令德萬年。杜田補遺：漢陰真君金華大丹訣：姹女隱在丹砂中，或出真形在老翁。子須與我萬年壽，復須與我嬰兒容。金碧經序曰：丹書云：服丹砂者，乃得長生，老者反少，烏飡成鳳，虵餌成龍[四]，枯木再緑，朽骨再肉，五金土石，並化至寶。趙云：望山閣，望元二十一之閣。高人，指元君。元必好道之士，此云丹砂，後云吾子得神仙也。

少壯跡頗疏，歡樂曾倏忽。杖藜風塵際，老醜難翦拂。翦，裁也。拂，拂拭，言老醜難可矜飾。趙云：此言少壯蹤跡踈散，歡樂已過。今風塵間，既已老醜，縱高人念之，亦難於翦拂也。莊子：原憲杖藜應門。風塵，言兵亂。老醜，倒用阮嗣宗詠懷：朝爲媚少年，夕暮成醜老。劉孝標絶交論：翦拂使其長鳴。北史盧思道傳：翦拂吹嘘，長其光價。吾子得神仙，本是池中物。周瑜：蛟龍得雲雨，非復池中物。張華：煩促每有餘。賤夫美一睡，煩促嬰詞筆。趙云：言我非若子之得神仙〔五〕，美一睡而已。美一睡，而苦熱之煩促，所以嬰累詞筆而作詩也。

【校勘記】

〔一〕「欲」，文淵閣本作「砍」，訛。

〔二〕「子路」，清刻本、排印本作「子路曰」。

〔三〕「世壽」，文淵閣本、文津閣本、文瀾閣本作「亡壽」，訛；清刻本、排印本作「多壽」。案，抱樸子卷十一仙藥作「世壽」。

〔四〕「餌」，文淵閣本作「鉺」，訛。

〔五〕「言」，文淵閣本無。

牽牛織女

趙云：此篇戒女子之防身，婦人之守禮，蓋國風之義。

牽牛出河西，織女處其東。牽牛、織女，皆星名。增添：焦林天斗記：天河之西，有星煌煌，謂之牽牛。天河之東，有星微茫，曰織女。萬古永相望，七夕誰見同？叢話：學林新編：世傳織女嫁牽牛，渡河相會。按史記。晉天文志：河鼓星在織女、牽牛之間，俗因傳會爲渡河之説，媟瀆上象，無所根據。淮南子云：烏鵲填河成橋而渡織女。荆楚歲時記：七夕，河漢間奕奕有光景，以此爲候，是牛女相過。其説怪誕。子美今詩意，不取世俗説也。神光意一作竟難候，此事終蒙朧。颯然精靈合，何必秋遂通！周處風土記：七月七日夜，洒掃於庭，露施几筵，設酒脯時果，散香粉於河鼓、織女，言此二星神當會。少年守夜者咸懷私願，或云見天漢中奕奕有白氣，有光曜五色，以此爲證，便拜而乞願。乞富、乞壽、乞子，唯得乞一，不得兼求。三年乃言之。趙云：公之新意矣。亭亭新粧立，龍駕具曾空。杜云：謝朓七夕賦：迴龍駕之容裔，亂鳳管之凄鏘。謂織女。世人亦爲爾，祈請走兒童。稱家隨豐儉，白屋達公宫。趙云：白屋，貧人之屋。如周公下白屋之士。公宫，公侯之家。左傳有守於公宫、教于公宫、溝其公宫之類。雖曰白屋達公宫，而下句則言公宫之如此。膳夫翊堂殿，鳴玉凄房櫳。曝衣遍天下，竹林七賢傳：舊俗以七月七日曝衣。時南阮富，所曝皆錦繡。北阮貧，乃立長竿，摽大布犢鼻於庭中〔一〕。曰：未能免俗。北阮，阮咸。曳月揚微風。師云：謝莊賦：曳雲表之素月。蛛絲小人態，曲綴瓜果中。荆楚歲時記：七夕，婦人結綵縷，穿七孔針於中庭以乞巧，有喜子網於瓜上，則爲得巧。初筵詩：賓之初筵。瀼重露，日出甘所終。嗟汝未嫁女，秉心鬱忡忡。防身動如律，竭力機杼中。雖無舅姑事〔二〕，敢昧織作功。明君臣契，咫尺或未容。義無棄禮法，恩始夫婦恭。小大有佳期，戒之在至公。方圓苟齟齬，丈夫多英雄。一云勿替丈夫雄。薛云：楚詞九辯：圓鑿而方枘兮，吾固知其齟齬而難入。趙云：於戒女子防身之下，又以君臣比夫婦之義，言胡不觀君臣相契之事，分明於咫尺之間，臣苟有虧，君或不容之矣。爲人婦者，義在無棄禮法，而承恩在夫婦恭也。蓋因織女每歲有期爲不可亂，爲人女、人婦者，當守至公之戒也。凡相背戾，則圓鑿而方枘矣。婦人、女子，一有齟齬，爲丈夫者，豈能容乎？此詩非徒見婦女之義，知此則爲臣之義得矣。丈夫多英雄，一作勿替丈夫雄。出孔文擧論盛孝章書：孝章實丈夫之雄也。於今詩斷章無義。蓋丈夫多英雄，以警女子之守節而勿替，丈夫雄，則方且開喻丈夫焉，是爲無義。蔡伯世乃不取丈夫多英雄之句，未之思也。

【校勘記】

〔一〕「南阮富」、「北阮貧」，世説新語箋疏任誕第十條作：「北阮皆富」、「南阮貧」。

〔二〕「舅姑」，二王本杜集卷六、錢箋卷六作「姑舅」。

毒熱寄簡崔評事十六弟

大暑一作火。運金氣，荊揚不知秋。五行相生，以成四時。夏，火也；秋，金也。金當代火而畏火，故金氣伏而火盛，所以熱也。趙云：大火，一作大暑。火運金氣，當以大火爲正。蓋言七月之候。詩：七月流火。火者，大火也。月令：孟秋之月，盛德在金。大火流而運金氣，所以爲七月。七月，則當有秋也。荊、揚，楚地，是爲炎方，故獨不知秋。不知秋，則猶炎燠矣。舊注却引三伏之義，與下句不貫。林下有塌翼，陳孔璋檄：垂頭塌翼〔一〕，莫所憑恃。水中無行舟。杜云：書：罔水行舟。趙云：上句鳥以熱而難飛，下句人以熱而難涉。魏文帝善哉行：深深川流，中有行舟。今翻用之。千室但掃地，閉關人事休。老夫轉不樂，旅次兼百憂。蝮虵暮偃蹇，空牀難暗投。趙云：掃地、閉關，皆以熱。故易旅卦：旅即次。又，旅焚其次。詩：逢此百憂。古詩：空牀難獨守。借用明月之璧，夜光之珠，以暗投人。炎宵惡明燭，況乃懷舊丘。杜云：鮑照：去鄉三十載，復得還舊丘。開襟仰內弟，執熱露白頭。束帶負芒刺，接居成阻脩。趙云：內弟，題所謂崔十六弟。晉人以姑舅兄弟爲外兄弟。劉禹錫謝崔員外與任十四兄同過詩：何人萬里能相憶，同舍仙郎與外兄。杜公詩有白水縣崔評事，意者其諸舅之子矣，而云內弟，蓋所未曉。詩：誰能執熱，逝不以濯。鄒陽：白頭如新。論語：束帶立於朝。霍光傳：若負芒刺。詩：道阻且脩。何當清霜飛，會子臨江樓。載聞大易義，諷興詩家流。蘊藉異時輩，檢身非苟求。薛云：前漢孔光等論曰：咸以儒宗居宰相位，服儒衣冠，傳先王語，其蘊藉可也〔二〕。趙云：書：檢身若不及。皇皇使臣體，信是德業優。楚材擇杞梓，杞梓，楚之良材。漢苑歸驊騮。杜田補遺：左傳：楚令尹子木問聲子，曰：晉大夫與楚孰賢？對曰：晉卿不如楚，其大夫則賢，皆卿材也。如杞、梓、皮革，自楚往也。雖楚有材，晉寔用之。趙云：皇皇使臣體，指崔評事，蓋必爲使也。詩：皇皇者華。君遣使臣，杞梓、驊騮以美崔。於杞梓言楚材，舊注模稜。於驊騮言漢苑，則漢有天馬之苑，皆取字爲詩句耳。短章達我心，理爲一云待。識者籌。

【校勘記】

〔一〕「塌」，文選卷四十四、全後漢文卷九十二陳孔璋爲袁紹檄豫州作「搨」。

〔二〕「孔光」，原作「孔稚圭」，誤，檢「咸以儒宗居宰相位」四句，見于漢書卷八十一匡張孔馬傳，據改。案，孔光，字子夏，魯國人，孔子十四代孫，西漢大臣。

壯遊

〔一〕趙云：此篇五十六韻，乃八段。自「往昔十四五」至「俗物都茫茫」，十四句是一段，叙其爲學、爲性之事；自「東下姑蘇臺」至「欲罷不能忘」，二十句一段，叙其遊吴越之事；自「歸帆拂天姥」至「獨辭京尹堂」，六句一段，叙其自吴越回長安赴貢舉之事；自「放蕩齊趙間」至「忽如攜葛强」，十句一段，叙其既下第而遊齊趙之事；自「快意八九年」至「賞遊實賢王」，四句一段，叙其自齊趙回長安交友之事；自「曳裾置醴地」至「引古惜興亡」，十八句一段，叙其獻三大禮賦得官，在長安見時政得失之事；自「河朔風塵起」至「凋瘵滿膏肓」，十四句一段，叙禄山反，明皇幸蜀，肅宗即位用兵，而官兵敗之事；自「備員竊補衮」至「酸鼻朝未央」，十二句一段，叙其在行在拜拾遺言事之事；自「小臣議論絶」至「側佇英俊翔」，十四句一段，叙其以言事而出，流落於外，今則楚地而樂間曠之事。公平生出處，詳於此篇，史官爲傳，當時爲墓誌，後人爲集序，皆不能考此以書之，甚可惜也！

往昔又云往者。十四五，出遊翰墨場。阮籍：昔年十四五，志尚好書詩[二]。鮑明遠：十五諷詩書，篇翰靡不通。趙云：歲數雖見實道，阮籍詩云此恰好處不放過也[三]。與東坡五十二歲詩用孔融之語云五十之年初過二同格。謝宣遠賦張子房詩：粲粲翰墨場。斯文崔魏徒，崔鄭州尚，魏豫州啓心。以我似班揚。班固、揚雄。趙云：指崔、魏爲斯文之人。字則孔子：天之未喪斯文。七齡思即壯，開口詠鳳凰。九齡書大字，有作成一囊。趙云：禮記：古者爲年齡。齒亦齡也，七齡、九齡字，則梁劉勰文心雕龍序志篇曰：余生七齡，乃夢彩煙若錦，則攀而採之。揚雄言其子童烏曰：九齡而與我玄文。莊子：開口而笑。傅延陵有作。此言有作，則作文章之作。性豪業嗜酒，嫉惡懷剛腸。杜田云：嵇叔夜與山巨源書：剛腸嫉惡，輕肆直言，遇事便發，此甚不可二也。師云：孔文舉薦禰衡表：嫉惡若讎。脱略小時輩，結交皆老蒼。飲酣視八極，俗物都茫茫。江淹恨賦：脱略公卿，跌宕文史。趙云：左傳：鄭良霄出奔以嗜酒。阮籍謂王戎：俗物已復來敗人意。通往者十四五至此爲一段，叙其爲學、爲性之事。東下姑蘇臺，伍被傳：淮南王陰有邪謀，被諫之曰：昔子胥諫吳王，吳王不用，迺曰：臣今見麋鹿遊姑蘇之臺。張晏曰：姑蘇，吳臺名。師古曰：吳地記云：因山爲名，西南去國二十五里。史吳世家：越伐吳，敗之姑蘇。越絶書：闔廬起姑蘇臺，三年聚材，五年乃成，高見三百里。吳都賦：造姑蘇之高臺，臨四遠而時見[四]。已具浮海航。航，大舟。到今有遺恨，不得窮扶桑。山海經：大荒之中，暘谷上有扶桑。陸機前緩聲歌：總轡扶桑底，濯足陽谷波。趙云：姑蘇臺，在今蘇州。見越絶書。浮海航，則孔子道不行，乘桴浮于海，變使航字，則詩：誰謂河廣，一葦杭之。淮南子：日出扶桑。海東也。十洲記：扶桑在碧海中，上有天帝宮，東王所治。樹長數千丈，二千圍，同根更相依倚，故曰扶桑。言雖具航而不往，故不得窮扶桑。

王謝風流遠，王戎、謝安。

闔廬丘墓荒。闔廬，吳王公子光也。吳越春秋：闔廬死，葬于國西北，名曰虎丘。穿土爲川，積壤爲丘。發五都之士十萬人，共治千里。冢池四周，深丈餘，銅棺三重，積水銀爲池。池廣六十步，黃金珠玉爲鳧雁之屬，扁諸之劍在焉。葬之三日，金精上揚，爲白虎，據其上，故號虎丘。

劍池石壁仄，師：劍池，吳王淬劍之所，去姑蘇三十里。

長洲芰荷香〔五〕。枚乘遺吳王書：脩治上林，雜以離宮，積聚玩好，圈中禽獸，不如長洲之苑。服虔曰：吳苑。孟康曰：以江水洲爲苑。韋昭曰：長洲在東吳。吳都賦：帶朝夕之濬池，佩長洲之茂苑。趙云：王，則諸王；謝，則諸謝，不專指也。劉禹錫詩：舊來王謝堂前燕，飛入尋常百姓家。是已。劍池，上所謂扁諸之劍在池中也。

嵯峨閶門北，清廟映回塘。陸士衡吳趨行：吳趨自有始，請從閶門起〔六〕。閶門何峨峨，飛閣跨通波。清廟，文王之廟。杜田補遺：吳越春秋闔閭内傳：闔閭委計於子胥，乃使相土嘗水，象天法地，造築大城。陸門八，以象天八風，水門八，以法地八窗。立閶門者，以象天門通閶闔風。立蛇門者，以象地户。闔閭欲西破楚，楚在西北，故立閶門以通天氣，因復名之破楚門。欲東并越，越在東南，故立蛇門以制敵國。吳在辰，其位龍也。越在巳，其位蛇也。故天門上有木蛇，北向首内，示越屬於吳。清廟，非文王之廟，乃吳文皇帝孫和廟也。子皓，改葬和，號明陵。又分吳郡丹陽，爲吳興郡，置太守，四時奉祠，立寢堂，號清廟。趙云：吳者，太伯之國；文王，太伯之兄子，不容有廟于吳。下句方言吳太伯。

每趨吳太伯，撫事淚浪浪。皇覽曰：太伯冢在吳縣北梅里聚，去城十里。吳太伯，弟仲雍，皆周太王之子。王季歷賢，而有聖子昌。太王欲立季歷，以及昌。於是太伯、仲雍二人犇荆蠻，文身斷髮，示不可用，避季歷。季歷果立，是爲王季，而昌爲太子。太伯之犇荆蠻，自號勾吴。荆蠻義之，從而歸之。趙云：楚辭：淚余襟之浪浪。**枕戈憶勾踐，**越王勾踐，允常之子，既逃會稽之耻，反國，苦身焦思，曰：汝忘會稽之耻耶？出則嘗膽，卧則枕戈。**渡浙想秦皇。**秦始皇紀：十一月，行至雲夢，望祀虞舜于九疑山。浮江下，觀藉柯，渡海渚。過丹陽，至錢塘。臨浙江，水波惡，乃西百二十里，從狹中渡。上會稽，祭大禹，望于南海，立石刻頌秦德。晉灼曰：江水至會稽山陰爲浙江。**蒸魚聞匕首，**史刺客傳：專諸，吴堂邑人，吴公子光之欲殺王僚，得專諸，善待之。後具酒請王僚，使專諸置匕首魚腹中進之，以刺王僚。僚死，光自立爲王，是爲闔廬。**除道哂要章。**前漢朱買臣：吴人，嘗從會稽守邸者寄居飯食。及拜爲太守，買臣衣故衣，懷印綬，步歸郡邸。值上計，時會稽吏方群飲，不視買臣。買臣入室中，守邸與共飲食，少見其綬。視其印，會稽太守章也。守邸驚，出語上計掾吏。皆醉，呼曰：妄誕耳！守邸曰：試來視之。其故人素輕買臣者入内視之，還走，曰：實然！坐中驚駭，白守，相推排陳列中庭拜謁。買臣徐出户。有頃，長安厩吏乘駟馬車來迎買臣，遂乘傳去。會稽聞太守至，發民除道，縣長吏並送迎。入吴界，見故妻治道，呼令後車載其夫妻，到太守舍園中，給食之。居一月，妻自縊死。**越女天下白，鏡湖五月凉。**杜田補遺：梁任昉述異記：鏡湖，世傳軒轅氏鑄鏡湖邊，因得名。今軒轅磨鏡石尚存，石畔常潔，不生蔓草。趙云：越女，枚乘七發：越女侍前，齊姬奉後。天下白，言其色至美。五月凉，言湖間不知有暑氣。**剡溪蘊秀異，**晉宋間名士多起於此。**欲罷不能忘。**趙云：欲罷不能忘，上四字，顔淵之語。言愛剡溪之秀異，不能捨去。剡溪，越州之奇，天下之勝景，故蘊蓄秀異之氣。舊注誤認説人物之蘊秀異，非是。通東下姑蘇臺，此二十句爲一段，叙吴越之事。**歸帆拂天姥，**謝靈運登臨海嶠詩：暝投剡中宿，明登天姥岑。姥，莫古反。**中歲貢舊鄉。**新史：甫少貧，不自振，客遊吴越、齊趙間，舉進士不第。趙云：上句初離越州，捨剡溪而行。謝靈運詩。則天姥正接剡溪矣。舊鄉，指長安，其得貢在此年，句則首篇所謂甫昔少年日，早充觀國賓。**氣劘屈賈壘，目短曹劉牆。**賈山傳贊：賈山自下劘上。孟康曰：

劘，謂剴切之也。蘇林曰：劘，音摩，摩勵也。屈原、賈誼。壘，喻戰，壘賜之牆也，及肩。故曰短曹子建、劉公幹文章也。趙云：以文章有戰勝之事，比之戰壘。左傳宣十二年，楚許伯曰〔七〕：吾聞致師者，御靡旌摩壘而還。今用劘字，出賈山傳，其義一也。牆，言其所藏之高下。目短之言，可窺見曹、劉之蘊。忤下考功第，武德舊令，考功郎監試貢舉人。貞觀已來，乃員外郎專掌貢舉。省郎之殊美者，至開元中，移貢舉於禮部。獨辭京尹堂。放蕩齊趙間，裘馬頗清狂。春歌叢臺上，叢臺，趙王之臺，在邯鄲。鄒陽云：全趙之時，武力鼎士袨服叢臺之下者，一旦成市，不能止幽王之湛患。張平子：楚架章華於前，趙建叢臺於後。冬獵青丘旁。青丘，地名。呼鷹皁一作紫櫪林，逐獸雲雪岡。射飛曾縱鞚，鮑照：幽并重騎射，少年好馳逐；獸肥春草短，飛鞚越平陸。引臂落鶖鶬。引，一云跋。李廣長臂。蘇侯據鞍喜，監門胄曹蘇預也。薛云：南史：顏峻好騎馬遊里巷，遇知舊輒據鞍索酒，得必傾盡，欣然自得。忽如攜葛強。舉鞭問葛強，何如并州兒〔八〕。快意八九年，西歸到咸陽。許與必詞伯，賞遊實賢王。賞，一作貴。孟子：賢王好善而忘勢。趙云：咸陽，秦都名，古長安也。王充論衡：文辭之伯。賢王，言宗室之賢者。後漢：沛獻王輔在國謹節，始終如一，稱爲賢王。此四句言其自齊、趙歸長安事。許與，兩字一義，賞遊亦兩字一義，一作貴遊，非。曳裾置醴地，奏賦入明光。玄宗朝饗，甫獻大禮三賦。楚元王敬申生，置醴以代酒。天子廢食召，群公會軒裳。脱身無所愛，帝奇其材，使待詔集賢，命宰相試文章，擢河西尉，不拜。痛飲信行藏。趙云：承賢王之下，故云曳裾。鄒陽：何王之門，不可曳長裾乎？明光，漢殿名。公天寶九載冬進三大禮賦，待制於集賢，委學官試文章，再降恩澤。公嘗曰：集賢學士如堵墻，觀我落筆中書堂。公召試文章，授河西尉，辭不行，改右率府胄曹掾。

以不任事爲安。所謂脱身無所愛，故惟痛飲而已。行藏，雖起論語「用之則行，舍之則藏」兩字。潘安仁賦：孔隨時以行藏。黑貂不免弊，蘇季不用於秦而黑貂裘弊。班鬢兀稱觴。秋興賦：班鬢彪以承弁。閑居賦：稱萬壽以獻觴。杜曲晚一作挽。耆舊，四郊多白楊。坐深鄉黨敬，日覺死生忙。趙云：言杜曲晚年耆舊皆爲鬼録，故在四郊多墓上之白楊。則公在鄉里更爲長上，故曰坐深，而日但覺眼前死者、生者之事忙。朱門任傾奪，赤族迭罹殃。任，一云務。揚子解嘲：客徒欲朱丹其轂，不知一跌，赤吾之族。趙云：兩句通義，言大臣之取禍。朱門，見上自京赴奉先縣詠懷注。一作務，非。國馬竭粟豆，漢有太常三輔粟豆。官鷄輸稻粱。時五坊有供奉鬬雞，又有鬬雞使。舉隅見煩費，引古惜興亡。舉一隅則衆費可知，言引古辨今，足以知其興亡而可痛惜者也。趙云：言國家横費。稻粱，見上同登慈恩寺塔注。孔子：舉一隅不以三隅反，則不復也。既舉東，則知西、南、北。如此煩費，可以引古驗今，知興亡之所在。通「曳裾置醴地」至此十八句，叙獻賦得官，在長安見時政之事。河朔風塵起，禄山起河朔。岷山行幸長。玄宗幸蜀。兩宮各警蹕，萬里遥相望。肅宗即位靈武。趙云：兵興謂之風塵。天寶十四載十一月，禄山反，陷河北諸郡，又陷東京。十五載六月，陷潼關，京師大駭。詔親征，遂幸蜀。故曰河朔風塵起，岷山行幸長。七月，以皇太子爲天下兵馬元帥，北收兵至靈武，裴冕等奉太子即皇帝位，是爲肅宗，改元至德，尊皇帝曰太上天帝。太上在蜀，肅宗在靈武，所謂「兩宮各警蹕，萬里遥相望」。崆峒殺氣黑〔九〕，少海旌旗黃。師云：崆峒，謂靈武。少海，謂太子。旌旗黃，謂帝位。禹功亦命子，涿鹿親戎行。以廣平王爲天下兵馬元帥。王，肅宗之子代宗。杜田補遺：東宮故事：天子比大海，太子爲少海。山海經：無皋之山，南望幼海。郭璞注：幼海，少海也。淮南子：九州之外，乃有八寅，亦曰寅澤，東方曰太清，曰少海。或謂肅宗太子廣平王爲元帥，故云少海〔一〇〕。詳觀詩意，恐非是。崆峒在西，少海在東。河朔風塵起，岷山行幸長，則東西南北皆不寧也。禹功亦命子，蓋啓與有扈戰于甘之野，正指太子爲元帥。涿鹿親戎行，蓋黄帝與蚩尤戰涿鹿，即指肅宗親征。趙云：上句指肅宗行在之兵，下句指廣平王俶爲天下兵馬元帥之兵〔一一〕。蓋肅宗初幸平凉〔一二〕，未知所適。裴冕、杜鴻漸勸之靈武起兵，再過平凉。至德二載二月，次鳳翔，則用崆峒言之。閏八月，以廣平王俶爲天下兵馬元帥，則用少海言之。崆峒，山名。樂史寰宇記：禹跡之内，山名崆峒者三，並見上洗兵馬注。今此云崆峒殺氣黑，則主安定崆峒言之。蓋涇與原相接。按唐志：涇州安定郡，原州平凉郡。元和四年分原州平凉縣，名之曰行渭州。而於原州平高縣之下注：有崆峒山。樂史寰宇記亦然。又於涇州保定縣亦載有崆峒，一名笄頭山。大抵涇、原相接，渭在其中，則崆峒一帶之地。故今云崆峒殺氣黑，主安定崆峒言之也。肅宗自靈武起兵，後次於鳳翔。皆隴右一道之地矣。杜田殊不考上下文之義，上句正以承上少海之句，蓋明皇以天下兵馬元帥命肅宗矣。至肅宗又以天下兵馬元帥命廣平王俶，此所謂亦命子也。亦命子字，挨傍舜亦以命禹。下句又以指言肅宗，蓋黄帝與蚩尤戰於涿鹿，而肅宗親治兵於鳳翔，爲親戎行矣。翠華擁吴岳，翠華，天子羽葆。螭虎噉豺狼。趙云：翠華，天子之旗。上林賦：建翠華之萎蕤。英岳，或作吴岳，並未見。或云，太白山之名。翠華擁之，治兵在鳳翔故也。螭虎，天兵；豺狼，寇賊。爪牙一不中，胡兵更陸梁。房琯敗于陳濤，賊既得志，則愈陸梁。趙云：爪牙，言天子大將。詩：祈父，予王之爪牙。祈父，大司馬也。爪牙一不中，指房琯陳濤斜之敗，又以南軍戰敗之事也。一不中，言如射，偶不中耳。大軍載草草，凋瘵滿膏肓。薛云：春秋左氏傳：秦伯使醫緩視晉侯疾，曰：在肓之上，膏之下，攻之不可，達之不及，藥不至焉，不可爲也。趙云：傷軍須誅求之苦。通河朔風塵起至此爲一段，敘禄山反，明皇幸蜀，肅宗即位，官兵敗之事也。備員竊補衮，譏時相房琯，雖敗然亦備員。趙云：公自言充左拾遺而合有所言也。舊注譏時相，非是。憂憤心飛揚。上感九廟焚，天子九廟。下憫萬民瘡。斯時伏青蒲，前漢史丹傳：元帝欲易太子。丹聞上獨寢，直入卧內，伏青蒲上泣諫。注：以青規地曰青蒲，非皇后不得至此。廷諍守御牀。王陵面折廷諍。衛瓘托醉，跪帝牀前，以手撫牀，曰：此坐可惜。君辱敢愛死？檀弓：申生不敢愛其死。赫怒幸無傷。詩：王赫斯怒。聖哲體仁恕，宇縣復小康。哭廟灰燼中，鼻酸朝未央。時天子收復京師，先素服哭廟，而后受朝。趙云：公上疏論琯有才，不宜廢免。肅宗怒，貶琯邠州刺史，出公爲華州司功。故其下有伏青蒲、守御牀、敢愛死與赫怒之句。此一段十二句，叙述身在行在，拜拾遺之事。

小臣議論絶，老病客殊方。鬱鬱苦不展，張平子：鬱鬱不得志。羽翮困低昂。秋風動哀壑，碧蕙捐微芳。陸士衡塘上行：江蘺生幽渚，微芳不足宣。四節逝不處，繁華難久鮮。淑氣與時殞，餘芳隨風捐。趙云：議論絶，以罷拾遺而出。殊方，言在夔州，字則西京賦：殊方偏國。鬱鬱，不得志之貌。碧蕙捐微芳，言客於秋時。一作損，非。之推避賞從，漁父濯滄浪。漁父歌：滄浪之水清，可以濯我纓。趙云：之推、漁父，皆以自比。介之推從晉文公歸國，賞不及，亦不言。後避賞入山。此公言其嘗扈從，而今在外也。漁父，公言其有江海之興。榮華敵勳業，歲暮有嚴霜。吾觀鴟夷子，才格出尋常。群兇逆未定，側佇英俊翔。范蠡既雪會稽之耻，以爲大名之下不可久居，遂泛舟浮海，變姓名，號鴟夷子。趙云：自傷勳業之寡，榮華之微。然歲律云暮，嚴霜必降，傷其遲暮，不能勵勳業以取榮華。所慕者，范蠡扁舟事而已。蠡高舉遠引，乃出尋常之才格。末句則付之英俊矣。通小臣議論絶至此十四句爲一段，叙以言事而出流落於外，今在楚地，而樂間曠之事也。

【校勘記】

〔一〕詩題，文淵閣本作「北遊」，訛。

〔二〕「尚」字底本漫滅，據文淵閣本、文津閣本、文瀾閣本、清刻本、排印本補。

〔三〕「歲數雖見實道阮籍詩云此恰好處不放過也」，簡省難通，清刻本、排印本作：「歲數雖少陵自道其實，用阮籍詩乃是恰好處不放過也。」當是。

〔四〕「時見」，文選卷五、全晉文卷七十四左思吴都賦作「特建」。

〔五〕「芰荷」，二王本杜集卷六、錢箋卷七作「荷芰」。

〔六〕「吴趨行吴趨自有始」，「行」字上原奪「趨」字；「自」上「趨」原作「越」，訛，據晉詩卷五陸士衡吴趨行訂補。

〔七〕「楚」，原作「晉」，訛，據左傳宣公十二年改。

〔八〕「鞭」，文淵閣本、文津閣本、文瀾閣本、清刻本、排印本作「鞍」。

〔九〕「崆峒殺氣黑」，「氣黑」中華訂補作「黑氣」，乙誤。

〔一〇〕「云」，原作「無」，訛，據清刻本、排印本改。又，文瀾閣本作「曰」。

〔一一〕「廣平王」，中華訂補作「廣午王」，訛。

〔一二〕「初」字下，文淵閣本、文津閣本、文瀾閣本、清刻本、排印本有「年」字。

阻雨不得歸瀼西甘林

三伏適已過，陰陽書：夏至後第三庚爲初伏，第四庚爲中伏，立秋後初庚爲末伏。王彪之井賦：三伏焦暑，亢陽重授〔一〕。輕飆不扇，濈雲不覆。驕陽化爲霖。欲歸瀼西宅，阻此江浦深。壞舟百板坼，峻岸復萬尋。篙工初一棄，恐泥勞寸心。佇立東城隅，悵望高飛禽。趙云：言有船而破壞，舟人棄之不用，故寸心有恐泥之勞。下句則望瀼西阻於渡涉，恨無羽翼飛去。草堂亂玄圃，不隔崑崙岑。昏渾衣裳外，曠絶同層陰。園甘長成時，三寸如黄金。諸侯舊上計，厥貢傾千林。禹貢：淮海惟揚州，厥苞橘柚，錫貢。漢武：計偕。注：計者，上計簿使也。江文通：日落長沙渚，曾陰萬里生。蜀都賦：户有橘柚之園。趙云：公意珍重其甘林，有同玄圃。與崑崙不相隔耳，而以雨之故，衣裳之外，氣象昏渾，其曠絶之處，同曾陰之一色也。葛仙翁傳：崑崙一名玄圃，蓋崑崙山中有名玄圃。邦人不足重，所迫豪吏侵。客居暫封植，日夜偶瑶琴。昭公二年：季氏有佳樹，宣子譽之。武子曰：宿敢不封殖此樹也。趙云：言甘可入貢爲至尊之御，而邦人反不重。苦豪吏侵奪。想土人不復多種矣。近世蜀中官取荔枝，至有荔枝之家伐去不留，亦此類也。邦人既不重之，惟客居尚可封殖。瑶琴，言如琴瑟之不去身，朝夕玩之。虚徐五株態，側塞煩胸襟。焉得輟兩足，杖藜出嶇嶔。條流數翠實，師云：劉孝儀緑李賦：緑珠滿條流。又，翠實纍纍。偃息歸碧潯。靈運：舉目眺嶇嶔〔二〕。拂拭烏皮几，喜聞樵牧音。令兒快搔背，脱我頭上簪。張景陽詩：投耒循岸側〔三〕，時聞樵採音。增添：郤詵山行，喜聞樵語牧唱，洗盡五年塵土腸胃。欣然倚驂臨水，久之而去。趙云：齊謝朓詠烏皮隱几詩：蟠木生附枝，刻削豈無施。取則龍文鼎，三趾獻光儀。勿言素韋潔，白沙尚推移。曲躬奉微用，聊承終宴疲。下句則得歸瀼西，聞平日之音而喜，搔背脱巾，歸林下之樂如此。

【校勘記】

〔一〕「亢」，原作「元」，訛，據全晉文卷二十一王彪之井賦改。

〔二〕注「靈運舉目眺嶇嶔」，清刻本、排印本置於上條注「師云」十八字之前。

〔三〕「側」，文選卷二十九、晉詩卷七雜詩作「垂」。

雨三首

峽雲行清曉，煙霧相徘徊。風吹蒼江樹，雨灑石壁來。淒淒生餘寒，殷殷兼出雷。白谷變氣候，師：白谷，地名。朱炎安在哉？高鳥溼不下，居人門未開。楚宮久已滅，幽珮爲誰哀？侍臣書王夢，賦有冠古才。冥冥翠龍駕，多自巫山臺。楚詞：雷填填兮雨冥冥。

高唐賦：虹爲旌，翠爲蓋。婉若遊龍乘雲翔。增添：韓詩外傳：鄭交甫逢江妃二女出於江濱，挑之，女遂解珮與之。甫悦受珮。去數步，空懷無珮，女亦不見。謝玄暉：朔風吹飛雨，蕭條江山來。楚襄王夢與神人遇，宋玉作高唐賦曰〔一〕：旦爲朝雲，暮爲行雨。朝朝暮暮，陽台之下。趙云：此篇主巫山之雨爲意，故云楚宮久已滅，幽珮爲誰哀。幽珮，以雨聲如珮，此神女珮也。高蟾亦曰：丁當玉佩三更雨，疑出於此。侍臣，指玉也。賦，則高唐神女賦也，以載楚王夢事。翠龍駕，又指神女。故以雨歸之神女。多之爲義，非數數之多，乃十分之多也。龍駕，出謝朓七夕賦：回龍駕之容曳〔二〕。

右一

【校勘記】

〔一〕「蕭條江山來」，「山」文選卷三十、齊詩卷三謝玄暉觀朝雨作「上」。

〔二〕「曳」，全齊文卷二十三謝朓七夕賦作「裔」。

青山淡無姿，白露誰能數？趙云：暗用佛書雨露皆有頭數之義。片片水上雲，蕭蕭沙中雨。殊俗狀巢居，曾臺俯風渚。楚地面水背山，俗多架木爲居，以就地勢。佳客適萬里，沉思情延佇。趙云：此必有所别之人，而可當佳客之稱。挂帆遠色外，驚浪滿吴楚。久陰蛟螭出，寇盗一云冠蓋。復幾許！趙云：四句憂佳客旅興之辭。驚浪、蛟螭、寇盗，皆實言。既言寇盜，豈復以驚浪比永王，蛟螭比賦斂乎？况永王璘之叛，是至德二載事。此詩以挂帆言之，則爲荆南；以白露言之，則時爲秋。乃大曆三年之秋。不亦相遠乎？古詩：河漢清且淺，相去復幾許。

右二

空山中宵陰，微冷先枕席。回風起清曉，萬象淒已碧。古詩：回風動地起。陸士衡：迅雷中宵激，驚電光夜舒。落落出岫雲，渾渾倚天石。日假何道行，天文志：日有行黄道，有行赤道者。時雨，久陰晦，不知日之所行何道。雨含長江白。連檣荆州船，江賦：舳艫相屬，萬里連檣。有士荷戈戟。南防草鎮慘，霑濕赴遠役。群盜下辟山〔一〕，師云：辟山，夔路縣名，今屬恭州。總戎備强敵。水深雲光廓，鳴櫓各有適。漁艇息一作自。悠悠，夷歌負樵客。留滯一老翁，書時記朝夕。趙云：此篇蓋時荆渚間有寇盜。前篇云寇盜復幾許，此篇特詳焉。南防草鎮慘，則寇盜在草鎮矣。水深雲光廓，鳴櫓各有適，公羨慕之辭。漁艇自悠悠，夷歌負樵客，思其上遠適之興不可得，乃思其次也。漁舟自如，樵客之放爲夷歌，亦足樂矣。而留滯爲客者一老翁，爲可傷。姑書時節朝夕而已。

右三

【校勘記】

〔一〕「辟山」，文淵閣本作「壁山」。

又上後園山脚

昔我遊山東，憶戲東岳陽。窮秋立日觀，師云：漢官儀曰：泰山東南名日觀。矯首望八一云北。荒。顔延年：日觀臨東冥。朱崖著毫髮，朱崖，海南州。碧海，東也[一]，遠望若毫髮然。師云：茅君内傳：岱山之洞，上有丹闕朱崖。碧海吹衣裳。師云：十州記：扶桑鎮於碧津。漢武内傳曰：藥有碧海琅玕。蓐收困用事，玄冥蔚强梁。蓐收，秋神；玄冥，冬神。言四時相代。用事，則休者困而王者强梁矣。逝水自朝宗，鎮石各其方。言逝者無所止，而止者不易其所也。平原獨憔悴，農力廢耕桑。非關一作北闕。風露凋，曾是戍役傷。於時國用富，足以守邊疆。朝廷任猛將，遠奪戎虜場。於時，當時也。當玄宗富盛之時，不能節用自守，而委任蕃將，求功夷狄。到今事反覆，故老淚萬行。龜蒙不復見，況乃懷舊鄉。龜蒙山去東岳近，尚不可見，況故鄉乎？肺萎屬久戰，骨出熱中腸。師云：劉琨書：肺萎骨出，四體不支。憂來杖匣劍，更上林北岡。瘴毒猿鳥落，峽乾南日黃。秋風亦已起，江漢始如湯。苦熱行：赤阪横西阻，火山赫南威。身熱頭且痛，鳥墮魂來歸[二]。湯泉發雲潭，焦煙起石圻。登高欲有往，蕩析川無梁。師云：劉休玄詩：河廣川無梁，山高路難越。哀彼遠征人，去家死路傍。不及父祖塋，壘壘塚相當。魏懷舊賦〔三〕：冢纍纍以接隴。華表，丁令威歌：何不學仙冢纍纍。後漢：直如弦，死路邊。

【校勘記】

〔一〕「東」，原作「海」，據清刻本、排印本改。

〔二〕「鳥墮魂來歸」，「墮」原作「隨」，訛，據文選卷二十八、宋詩卷七改。

〔三〕「魏懷舊賦」，清刻本、排印本作「潘岳」。

雨

山雨不作泥，江雲薄爲霧。晴飛半嶺鶴，風亂平沙樹。明滅洲景微，隱見巖姿露〔一〕。趙云：以見微雨便晴。山雨，陳張正見經季子廟詩：山雨濕苔碑。拘悶出門遊，曠絶經目趣。消中日伏枕，卧久塵及屨。豈無平肩輿？師云：晉王子敬經吴郡，聞顧辟彊有名園，先不相識，乘平肩輿徑入。趙云：空曠遠絶之處，即是經目之景趣。平肩輿，轎子也。莫辨望鄉路。兵戈浩未息，虵虺反相顧。趙云：虵虺，夔已在南，多有之。或云：以比盗賊兇徒。選：尚爲虵，爲虺。悠悠邊月破，鬱鬱流年度。

趙云：言破除之破，一月而去也。公有句云「二月已破三月來」，亦此破義。鍼灸阻朋曹，鍼灸所以救療，譬良友朋[一]。糠籺對童孺。時既乏良朋，所對者童孺而已。糠籺，言非實德。　趙云：以伏枕之病，須鍼灸以安養。故與朋曹阻隔。下言貧食糠籺，與童孺相對。舊注皆非。一命須屈色，新知漸成故。窮荒益自卑，飄泊欲誰訴？師云：李顒詩：冗寮慙屈色。尪羸愁應接，俄頃恐違一云危。迕。浮俗何萬端？幽人有高步。龐公竟獨往，龐德公未嘗入州府。夫妻相敬如賓。劉表不能屈，後攜妻子入鹿門山，不返。尚子終罕遇。後漢逸民傳：尚長，字子平，隱居不仕，肆意遊五岳名山，不知所終。　趙云：上兩句似言嚴鄭公。蓋嚴武辟公節度參謀，所謂一命也。言受人一命，當屈色以下之。漸成故，言其死也。言才得新知，漸成故沒，重歎知己之難遭也。故繼之以窮荒益自卑，飄泊欲誰訴。以尪羸不堪應接，故愁。既倦而不久，則才俄頃而已，又却有違迕之憂，宜起高步之念而欲長往矣。左太沖詠史詩：高步追許由。龐公、尚子，蓋高步之人，公誠慕之，而罕逢遇也。宿留洞庭秋，天寒瀟湘素。杖策可入舟，送此齒髮暮。漢書：宿留聱言。　楚詞：嫋嫋兮秋風，洞庭波兮木葉下。　趙云：宿留，音秀溜。出漢書，如言等候也。宿留之義，蓋由星宿留待之意。公詩言候秋時可登舟而往矣[二]。洞庭、瀟湘，所往之處。

【校勘記】

〔一〕「姿」，文淵閣本、文津閣本、文瀾閣本、清刻本、排印本作「資」，訛。案，二王本杜集卷六、百家注卷二十四、分門集注卷一以及先後解輯校戊帙卷二均作「姿」，可證。

〔二〕「友朋」，文淵閣本、文津閣本、文瀾閣本、清刻本、排印本作「朋友」。

〔三〕「登」，文淵閣本、文津閣本、文瀾閣本、清刻本、排印本作「發」。

贈李十五丈別

趙云：自「峽人鳥獸居」至「南入黔陽天」，言其在夔流落間，得會李十五丈而送別之也；自「汧公制方隅」至「歡罷念歸旋」，言李丈往謁汧公，而不得俱往耳，約其歸也。

峽人鳥獸居，其室附層巔。魏都賦：巖崗潭淵，限蠻隔夷，峻危之竅也。蠻陬夷落，譯導而通者，鳥獸之氓也。下臨不測江，中有萬里船。多病紛倚薄，少留改歲年。絕域誰慰懷？開顔喜名賢。孤陋忝末親，等級敢比肩。人生意頗一作氣。合，相與襟袂連。一日兩遣僕，三日一共筵。揚論展寸心，壯筆過飛泉。杜田補遺：曹子建作王仲宣誄：文若春華，思若湧泉。發言可詠，下筆成篇〔一〕。李廣利拔刀刺山，飛泉湧出。飛泉，言文瀏湸快利。玄成美價存，韋賢四子，少子玄成，復以明經歷位至丞相。故鄒魯諺曰：遺子黃金滿籯，不如教子一經。子山舊業傳。庾信，字子山，父肩吾爲梁太子中庶子，掌書記。徐陵及信並爲抄撰學士，信父子東宮，出入禁闥，文並綺麗，世號徐庾體。趙云：倚薄，謝靈運：拙疾相倚薄。絕域，李陵奉使絕域。孤陋，記：孤陋而寡聞。揚論者，揚舉言論。不聞八尺軀，常受衆目憐。且爲苦辛行，蓋被生事牽。北迴白帝棹，南入黔陽天。汧公制方隅，汧，李之所封。杜田補遺：汧公，李勉。按舊史，上元初爲梁州刺史，山南西道防禦使。李十五丈在峽中往謁之，故子美作此詩爲別也。迥出諸侯先。封内如太古，時危獨蕭然。清高金莖露，一作掌。正直朱絲弦。西都賦：抗仙掌以承露，擢雙立之金莖。軼埃壒之混濁，鮮顥氣之清莫〔三〕。鮑明遠詩：清如玉壺冰，直如朱絲繩。黨錮傳：直如弦，死道邊。昔在堯四岳，今之黄潁川。四岳分掌四岳之諸侯。黄霸爲潁川守，有治狀。皆美李汧公也。于邁恨不同，所思無由宣。山深水增波，解榻秋露懸。客遊雖云久，主要月再圓。晨集風渚亭，醉操雲嶠篇。丈夫貴知己，歡罷念歸旋。趙云：汧公，善琴，有名琴曰響泉、韻磬者。舊注意以爲李十五丈，乃云：汧，李之所封。杜田引舊史如此。然以舊史上元初言之，則在肅宗時。上元元年歲在庚子，今公詩首句云峽人鳥獸居，分明是夔州詩。乃丁未大曆二年，相去七年矣。勉之爲山南西道防禦，新史不載，但云代宗時進工部尚書，封汧國公。滑亳節度使令狐彰且死，表勉爲代。勉居鎮且八年。假令是代宗初事，則乃壬寅寶應元年，其居鎮八年，乃己酉大曆四年，在潭州，與今所送李十五丈，時皆不合。然則，汧公又非李勉乎？以俟博聞。詩：從公于邁。陳蕃爲周璆、徐孺子下榻，蓋言汧公待李丈如陳蕃之待周、徐，當秋露懸之時也。客遊雖云久，主要月再圓，言公留李丈，必須兩月也。知己，史記：士伸於知己，而屈於不知己。

【校勘記】

〔一〕「文若春華」四句，原作：「發言可詠，下筆成篇。文若春華，思若湧泉。」詩句倒誤，據文選卷五

十六、全三國文卷十九曹植王仲宣誄乙正。

〔二〕「莫」，清刻本、排印本作「英」。

贈鄭十八賁

趙云：鄭賁，蓋雲安知縣。句云異味煩縣尹，知公八月末到雲安，其在忠州禹廟云荒庭垂橘柚，乃八月之物，此詩云追隨飯葵堇，亦七、八月之物。

温温士君子，前漢律曆志：以銅有似士君子之行。言不爲燥濕寒暑變其節，不爲風雨暴露改其形。令我懷抱盡。靈芝冠衆芳，安得闕親近。趙云：詩：温温恭人。詩：人有士君子之行焉。舊注引律曆志，在後矣。盡字，韻書在忍切，又津忍切，皆上聲。今作去聲，才刃切之呼，韻書不載矣。懷抱盡字，公又云：懷抱向人盡。豈只是懷抱字，如謝靈運詩：歡娛寫懷抱，而貼以盡字乎？雖抱字韻書亦從上聲。靈芝，比鄭。蓋靈芝，人所喜見者，故不可闕於親近之也。韓退之：若鳳凰芝草，賢愚以爲美瑞。亦是意矣。親近，前漢書：親之近之。遭亂意不歸，竄身跡非隱。趙云：公自言也。詩式微：胡不歸。山濤吏非吏，隱非隱。細人尚姑息，吾子色愈謹。高懷見物理，識者安肯哂？卑飛欲何待，捷徑應未忍。杜田補遺：張衡應閒曰〔一〕：捷徑邪至，我不忍以投步。干進苟容，我不忍以歙肩。楚辭：夫惟捷徑以窘步。王逸曰：徑，邪道也。曹大家東征賦：遵通衢之大道兮，求捷徑欲從誰？注：惟遵行正直大道，不求邪佞，捷徑也。又，唐盧藏用傳：士大夫指嵩少、終南爲仕塗捷徑。趙云：君子之愛人也以德，細人之愛人也以姑息。下句言鄭十八甘心於下位，不求捷徑以僥倖也。捷徑字，祖出離騷經楚辭，今貼以應未忍，則張衡應閒近是也。示我百篇文，詩家一標準。羈離交屈宋，屈原、宋玉。

牢落值顏閔。顏淵、閔子騫。趙云：示我百篇文，下所謂把文驚小陸。屈宋、顏閔比鄭十八。交與值，自公言之也。水陸迷畏一作長。途，藥餌駐脩軫。古人日已遠，青史字不泯。薛云：應劭風俗通曰：青史善著書。青史者，人姓名。趙云：上兩句公自言。青史，殺青竹簡之史。蓋猶或黃絹或黃紙所書，謂之黃卷耳。劉峻答劉秣陵書：青簡尚新〔二〕。江文通：俱啓丹册，並圖青史。薛夢符補遺乃引應劭風俗通云云，不知薛何自而得此風俗通之謬與？或別有所紀，字偶相犯，亦不可知。不泯，詩：靡國不泯。選：盛德不泯。步趾詠唐虞，追隨飯葵堇。數杯資好事，異味煩縣尹。趙云：詠唐虞而飯葵堇，非樂道而然邪？堇音謹。杜田：堇葵皆菜之美者。古詩：蓼蟲避葵堇。蓋蓼味辛。食辛之蟲，所以避葵堇。或曰，詩：七月烹葵及菽。則葵甘滑之菜可以養老。又，周原膴膴，堇荼如飴。堇，芹菜。堇辛苦，而如飴之甘，則以周原之膴厚也，謂堇與葵皆菜之美，可乎？杜公但據古詩葵堇字連出，以言所可食之菜耳，況古言葵堇，葵有言露葵〔三〕，而堇亦有言露堇者矣，乘露而美乃秋間之物。選：嚴冬而思堇。以其不可得矣。心雖在朝謁，力與願矛盾。抱病排金門，衰容豈爲敏？敏，不敏也，如左傳「魯人以爲敏」同。趙云：矛盾，相背之謂。蓋矛所以刺，盾所以蔽也。事出韓非子。嵇康曰：事與願違。今云力與願矛盾，即力與願違之義也。

【校勘記】

〔一〕「應聞」，「聞」原作「問」，據清刻本、排印本並參後漢書卷五十九張衡列傳改。以下均同。

〔二〕「劉秣陵」，文淵閣本、文瀾閣本、清刻本、排印本作「劉青陵」，文淵閣本作「劉青秣陵」，皆訛。檢「青簡尚新」句，文選卷四十三、全梁文卷五十七作追答劉秣陵沼書，可證。

〔三〕「有」，清刻本、排印本作「所」。

殿中楊監見示張廟諱草書圖

趙云：公所與楊監三詩，前二詩無時節可考，但以舊本與後送別乃九月詩相連。

斯人已云亡，草聖秘難得。及茲煩見示，滿目一悽惻。悲風生微綃，潘安仁：凱風揚微綃。萬里起古色。鏘鏘鳴玉動，落落群松直。連山蟠其間，溟漲與筆力。有練實先書，臨池真盡墨。張伯英善草書，凡家之帛，必先書而後練。臨池學書久，池水盡墨〔一〕，人謂草聖。俊拔爲之主，暮年思轉極。趙云：斯人，指言張旭。漢張伯英善草書，人謂草聖。玉動、松直、山蟠，皆以狀其草書。溟漲與筆力，言筆力浩汗，若溟渤之漲水乞與之也。書練與池墨，亦伯英事，以比旭也。俊拔爲主，言其書之所主，由其俊拔故也〔二〕。未知張王後，誰並百代則？嗚呼東吳精，蘇州人。逸氣感清識。張芝草書，每大醉，叫呼狂走，乃下筆，自視以爲神。楊公拂篋笥，舒卷忘寢食。趙云：張則伯英〔三〕，王則羲之。此轉用張、王善書以言張旭矣。逸氣感清識，則張旭之逸氣，感楊監之清識。感者，感格之感，言致得如此也。念昔揮毫端，不獨觀酒德。張自言始見公主、擔夫爭道而得書法意〔四〕，觀公孫大娘舞劍器而得其神俊。觀張旭用意，不獨在於大醉而已。趙云：言旭之善飲。公詩嘗曰：張旭三杯草聖傳，脱帽露頂王公前，揮毫落紙如雲煙。故用酒德字結之。劉伶善飲，有酒德頌。

【校勘記】

〔一〕「墨」，文淵閣本、文津閣本、文瀾閣本、清刻本、排印本作「黑」。

〔二〕「故」，清刻本、排印本作「甚」。

〔三〕「伯英」，「伯」字原脱，據清刻本、排印本並參本詩所引注文「張伯英善草書」云云補。

〔四〕「擔」，原作「檐」，訛，據文淵閣本、文津閣本、文瀾閣本、清刻本、排印本改。

楊監又出畫鷹十二扇

近時馮紹正，能畫鷙鳥樣。師云：名畫記〔一〕：馮紹正開元中爲户部侍郎，尤善畫鷹鶻鷄雉，形態觜爪毛彩俱妙。明公出此圖，無乃傳其狀。殊姿各獨立，清絶心有向。疾禁千里馬，氣敵萬人將。狀其快疾勇決。薛云：前漢：文帝有獻千里馬。三國志評曰：關羽、張飛，萬人之敵。師云：古詩：健馬馳千里。殷芸小説：諸葛亮才智精鋭，内外敏捷，萬人將也〔二〕。憶昔驪山宫，冬移含元仗。天寒大羽獵，此物神俱王。玄宗盛時，嘗以冬十月幸温泉，宫時肆獵。當時無凡材，百中皆用壯。時寧王有高麗赤鷹，尤俊異，帝獵則置之駕前，號快雲兒。趙云：千里馬，則驥一日千里也。萬人將，言可以統將萬人之材，必英雄者矣。含元，殿名。大羽獵字，揚子雲有羽獵賦。神王字，莊子：澤雉十步一啄，百步一飲。神雖王，不善也。百中，音去聲，戰國策：蘇厲謂周君曰：

養由基射，百發百中。用壯字，易大壯：九三，小人用壯。注言：用其壯也。粉墨形似間，識者一惆悵。干戈少暇日，真骨老崖嶂。爲君除狡兔，會是翻韝上。

【校勘記】

〔一〕「名畫記」，「記」字原脱，據清刻本、排印本補。

〔二〕「將」，文淵閣本、文津閣本、文瀾閣本、清刻本、排印本作「敵」。

送殿中楊監赴蜀見相公

趙云：相公，杜鴻漸。送子清秋暮。則詩作於大曆元年九月，蓋鴻漸是年二月壬午授劍南西川節度使，平蜀亂。明年夏四月，請入朝奏事，許之。既去，不復來蜀。

去水絶還波，古詩：長江無回波。洩雲無定姿。陸機賦：有輕盈之艷狀，無實體之真形。師云：顔延年詩：洩雲自飄風。人生在世間，聚散亦暫時。離别重相逢，偶然豈定期。送子清秋暮，風物長年悲。師云：蕭慤詩：悽惻長年悲。趙云：淮南子：木葉落，長年悲。豪俊貴勳業，邦家頻出師。相公鎮梁益，軍事無孑遺。趙云：詩：靡有孑遺。解榻再見今，陳蕃禮周璆，別置一榻，去則懸之，來則解。用才復擇誰？況子已高位，爲郡得固辭。難拒供給費，愼哀漁奪私。干戈未甚息，紀綱正所持。泛舟巨石横，師云：左傳：晉飢，秦輸之粟，命曰泛舟之役。登陸草露滋。山門日易夕，當念居者思。趙云：在世間，莊子：人生世間，若白駒之過隙。言杜相公待楊監，如陳蕃待周、徐也。用才，即是用人才。泛舟巨石横，登陸草露滋。言或舟或陸，行役之苦。山門日易夕，公自言在夔，故以山門言之。日易夕，則一别之後，光陰易换。居者，乃公自言。左傳有居者、行者之語。

新刊校定集注杜詩卷十三

古詩

秋行官張望督促東渚耗一作刈。稻向畢清晨遣女奴阿稽豎子阿段往問

文十年：王在渚宫，注：小洲曰渚。趙云：舊本耗稻，一作刈，非。蓋此秋詩，未是收刈時。耗稻，於稻中消耗蒲稗，免相奪取。或云耗稻是方言。

東渚雨今足〔一〕，佇聞粳稻香。謝靈運詩：滮池溉粳稻。説文：粳稻屬稻稌〔二〕。上天無偏頗〔三〕，蒲稗各自長。前漢匈奴傳：朕聞天不頗覆，地不偏載。謝靈運湖中作：芰荷迭映蔚，蒲稗相因依。趙云：劉公幹詩：物類無偏頗〔四〕。人情見非類，田。前漢：朱虚侯章請爲吕太后言耕田。高后兒子畜之，笑曰：顧乃父知田耳。若生而爲王子，安知田乎？章曰：臣知之。太后曰：試爲我言田。章曰：深耕穊種，立苗欲疏，非其種者，鉏而去之。太后默然。師古曰：以斥諸吕也。穊，稠也。穊種者，言多生子孫。田家戒其

荒。前漢武帝紀：野荒治苛也。注曰：荒田畝不闢。功夫競搰搰〔五〕，除草置岸傍。食貨志：芸，除草也。莊子天地篇：搰搰然用力甚多。蒲稗，皆水草。上天以無偏頗不擇稻與蒲稗，皆生長之。然人情見非類，則非類如蒲稗，雖可亂真，人情終見之也。此亦劉章非其種者，耡而去之之意。故力田之家，戒田荒穢，爲蒲稗奪之也。荒，則田萊多荒之荒，何至引漢武野荒治苛乎？除草，乃蒲稗矣。穀者命之一云令士。本，客居安可忘？范子計然曰：五穀者，萬民之命，國之重寶。晉書：黎元以穀爲命。青春具所務，勤墾免亂常。吴牛力容易，並驅動莫當。一云紛遊場。世説：滿奮云：吴牛見月而喘。詩：並驅從兩牡兮。潘安仁籍田賦云：遊場染屨〔六〕。又世説云：今之水牛生江淮，故謂吴牛。畏熱，見月疑日，所以喘也。趙云：上兩句追言其當春時，已備具其所務矣。所務，務農。墾，墾田。勤於墾田，免亂務農之常，蓋以命之本，雖客居而不忘也。力容易，言其力之多，不以爲難也。東方朔：談何容易。並驅，雙駕之也。場者，疆場之場。紛游場，則所用並驅之牛，非止一雙而已。亦四隣耒耜出，所以紛然也。舊本正作動莫當，非。蓋言耕而已，無動莫可當之義〔七〕。豐苗亦已穊，見上注。雲水照方塘。劉公幹雜詩：方塘含白水。有生固蔓延，靜一資隄防。趙云：豐苗亦已穊，則劉章所謂也。蔓延，選：軒檻曼延。今言滋蔓連延，亦同義。前漢：韋孟諷諫四言詩：矜矜元王，恭儉靜一。注：靜守一道也。隄防，史：如水之有隄防。有生固蔓延，言均爲有生如蒲稗，固蔓延於稻中矣。然靜守一道，則專在稻苗焉。欲靜一，則在除之。資隄防，亦防其惰農而不致力也〔八〕。督領不無人，提攜一作挈。頗在綱。書盤庚：若網在綱，有條而不紊。趙云：督領，指行官張望。除去蒲稗，必有所役之人，督領者提挈之〔九〕，如舉綱張目耳。荆揚風土暖，周官：揚州、荆州宜稻。江淹：南中氣候暖，朱華凌白雪〔一〇〕。肅肅候微霜。尚恐主守疎，用心未甚臧。

清朝遺婢僕，寄語踰崇岡。趙云：尚恐主守疎，又指行官張望。公前篇行官張望補稻畦水歸詩：主守問家臣，分明見溪畔。主守亦言張望。家臣者，豈婢僕之謂乎？故今題遣女奴阿稽、豎子阿段往問，而云清朝遣婢僕，寄語踰崇岡。西成聚必散，書：平秩西成。不獨陵我倉。詩：我倉既盈。又：曾孫之庾，如坻如京。潘安仁籍田賦：我倉如陵，我庾如坻。豈要仁里譽，感此亂世忙。非欲賙施要仁里之譽，蓋亂世不可不畜積以爲給。趙云：言既除去蒲稗，而稻成可收，則當如此段之事也。公前篇有曰：遺穗及衆多，我倉戒滋漫〔二〕。而今詩曰：西成聚必散，不獨陵我倉。則公及物之胸懷如此。張平子思玄賦：匪仁里其焉宅兮，匪義跡其焉追。北風吹蒹葭，蟋蟀近中堂。詩：十月蟋蟀，入我床下。故近中堂。荏苒百工休，鬱紆遲暮傷。禮月令：霜降，百工休。謝宣遠詩：履運傷荏苒。陸士衡：紆鬱游子情。謝琨：遲暮獨如何〔三〕。趙云：四句又言冬候。詩：蒹葭蒼蒼，白露爲霜。故風吹言蒹葭。遲暮字，楚辭：傷美人之遲暮。蒲稗除矣，稻既成而收且散之矣，迨此冬時，百工當休矣，然余有遲暮之傷，則詩人之情也。此詩反覆曲折，語多深隱，不作尋常紆餘之詩，近乎著書。

【校勘記】

〔一〕「東渚」二字原缺，據清刻本、排印本補。又，「東渚」文淵閣本作「東注」，訛。

〔二〕「稻屬稻稌」四字原缺，據文淵閣本、文津閣本、文瀾閣本、清刻本、排印本補。

〔三〕「上」字原缺，據文淵閣本、文津閣本、文瀾閣本、清刻本、排印本補。

〔四〕「偏頗」，文選卷二十三、魏詩卷三作「頗偏」。

〔五〕「揩揩」，文淵閣本以及二王本杜集卷七作「楷楷」。案，莊子集釋卷五下天地第十二作「揩揩」，應以「揩揩」爲是。

〔六〕「遊」，文選卷七、全晉文卷九十一潘岳藉田賦作「坻」。

〔七〕「無」字原缺，據文淵閣本、文津閣本、文瀾閣本、清刻本、排印本補。

〔八〕「惰」，清刻本、排印本作「隋」，訛。

〔九〕「挈」，文淵閣本作「攜」。

〔一〇〕「凌」，原作「陵」，訛，據文選卷三十一、梁詩卷四改。

〔一一〕「戒」，原作「成」，訛，據文淵閣本、清刻本、排印本並參本集卷十一行官張望補稻畦水歸詩改。

〔一二〕「謝琨」，檢「遲暮獨如何」句，文選卷二十二、晉詩卷十四作「謝混」。案，全晉文卷八十三「謝琨」下有案語曰：「琨，爵里未詳，案藝文類聚目爲宋人。」又曰：「『宋』字皆『晉』之誤，『琨』與『混』形相近，今姑編于謝混之後，俟考。」姑存疑。

覽柏中允兼子姪數人除官制詞因述父子兄弟四美載歌絲綸

唐書：柏氏無顯人。惟柏耆傳云：將軍良器之子，元和中人，不顯州郡。甫又有詩寄柏學士林居。趙云：舊本中允，師民瞻本作中丞，是。蓋近體詩有題云陪柏中丞觀宴將士。然民瞻便指爲柏貞節〔一〕，非。詩句有戮力自元昆，意其方是柏貞節也。然竊有疑焉。公又有柏學士林居、柏大兄弟、柏二別駕詩，皆是文人，豈可指言柏貞節之家乎？俟明識辨之。綵綸，言制詞。

紛然喪亂際，見此忠孝門。晉卞壼傳：翟湯歎曰：父死於君，子死於父，忠孝之道，萃於一門。蜀中寇亦甚，栢氏功彌存。深誠補王室，戮力自元昆。魏書：重以王室多故。爾雅：先生爲昆。漢高紀：戮力，注：并力。趙云：柏氏立功於蜀，其爲名字，於史無所考。以意逆之，必柏貞節也。今所謂柏中丞，意是貞節之弟。而子姪數人，則姪者，貞節子矣。此無他，以詩云戮力自元昆，則言柏中丞之兄，豈乃柏貞節乎？其父子兄弟有功於行陣，則詩人宜以忠孝稱之矣。書：聿求元聖，與之戮力。舊注引高祖紀，在後矣。

三止錦江沸，獨清玉壘昏。左太沖蜀都賦：廓靈關而爲門，包玉壘而爲宇。注：玉壘，山名。華陽國志：錦江，言蜀人織錦濯其中則鮮明，濯他江必不好，故曰錦江。成都記：玉壘山，導江縣西北三十里。趙云：沸字上着止，傳：以湯止沸。錦江，據寰宇記：濯錦江，係之華陽縣。公入蜀見成都亂。蓋寶應元年歲壬寅七月，劍南西川兵馬使徐知道反，拒嚴武之來，不得進。永泰元年歲乙巳，崔旰反，殺郭英乂。次年，揚子琳以瀘州牙將同邛州牙將柏貞節討旰。杜鴻漸表子琳爲瀘州刺史，貞節爲邛州刺史。西蜀大亂，各遣罷兵。於大曆三年歲戊申〔二〕，七月，子琳以瀘州刺史反，陷成都，蜀中又亂。此錦江三沸也。然寶應元年徐知道反，公有草堂詩：布衣數十人，亦擁專城居。下注云即柏貞節、揚子琳之徒。則貞節乃預寶應亂之數。永泰二年，既稱討崔旰，而西蜀大亂，又云各遣罷兵，則貞節乃所以亂蜀者。大曆陷成都，雖是揚子琳，而貞節本其同類，不見有貞節預討楊子琳事。若指柏氏爲貞節，實未安也。李善注云：玉壘，山名，湔水出焉，在成都西北岷山界。以今考之，永康軍是也。錦江沸，自指成都府。今又云玉壘昏，則永康軍當時亦有亂矣。或又曰永康軍緊靠威、茂，今威州即唐維州。吐蕃嘗寇松、維，豈所謂玉壘昏乎？高名入竹帛，鄧禹：垂功名於竹帛。新渥照乾坤。子弟先卒伍，芝蘭疊璵璠。謝玄與從兄朗爲叔父安所器重，曰：譬如芝蘭玉樹，生於階庭。同心注師律，易：師出以律。灑血在戎軒。後漢贊二十八將：有來群后，捷我戎軒。梁吴均：袖間血洒地。絲綸實具載，禮緇衣：子曰：王言如絲，其出如綸。王言如綸，其出如綍。紱冕已殊恩。班固西都賦：紱冕所興。趙云：芝蘭比其子弟有香秀之美。璵璠比其子弟如良玉之珍。亦晉書所謂佳子弟如芝蘭玉樹，常使生於庭側也。語：孔子言禹曰：惡衣服而致美乎紱冕。奉公舉骨肉，誅叛經寒温。金甲雪猶凍，朱旗塵不翻。陸佐公石闕銘〔三〕：朱旗萬里。每聞戰場説，欻激懦氣奔。趙云：奉公舉骨肉，言柏公内舉不避親，并帥子弟赴難。誅叛經寒温，則誅叛者，前年之事，至今作詩時，已經一寒一温。金甲雪猶凍，則効力之時，在冬至，今雪猶凝於甲而凍。朱旗塵不翻，則蒙犯戰塵，重而不翻。聖主國多盜，賢臣官則尊。方當節鉞用，必絶祲沴根。趙云：多盜，言國多盜賊。有能伐叛之賢臣，朝廷不惜爵賞，故官則尊也。節鉞用，以其有功，必使膺節鉞之用，言爲節度使也。爲節度使不可虚受爵賞，必絶祲沴根，以報朝廷。吾病日迴首，雲臺誰再論。後漢馬武等傳二十八將論：永平中，顯宗追感前世功臣，乃圖畫二十八將於南宮雲臺。作歌挹盛事，推轂期孤騫。前漢鄭當時：推轂士及官屬丞史，誠有味其言也。注：言薦舉人如車轂之輪轉。馮唐傳：王者遣將，跪而推轂。此詩注柏中允爲柏耆。按新、舊二史所載：耆止入鎮州説王承宗，諭承宗移鎮及使李同捷，以擅殺同捷，流放至賜死。而詩中乃言効力於成都。又云三止錦江沸，即非耆矣。切疑爲柏貞節，崔旰之殺郭英乂也，貞節與瀘州楊子琳帥師以討之。杜鴻漸鎮蜀，表授邛州刺史。二史於傳無所考信，故未能修去，闕之以俟有聞。趙云：上句公自言其絶望於富貴，無復論畫像之事。下句公自負其詩所稱美，可以推柏公而使之孤騫。推轂，舊注引馮唐傳，又别一義。

【校勘記】

〔一〕「貞節」，原作「正節」，係避諱，此改，以下均同。又，「貞」文淵閣本作「負」，訛。

〔二〕「三」，文淵閣本、文津閣本、文瀾閣本、清刻本、排印本作「二」，訛。

〔三〕「陸佐公」，原作「陸左公」，文淵閣本作「陸太公」，皆訛，據文選卷五十六、全梁文卷五十三改。

聽楊氏歌

佳人絶代歌，獨立發皓齒。前漢外戚傳：李延年侍上起舞，歌曰：北方有佳人，絶代而獨立。前漢枚乘七發：皓齒蛾眉，命曰伐性之斧。薛云：楚詞：朱唇皓齒嫭以姱。又古樂府雜曲：從來著名推趙子，復有丹唇發皓齒。杜云：阮籍詠懷詩：南國有佳人，榮華若桃李〔一〕。朝游江北岸，夕宿瀟湘沚。時俗薄朱顔，誰爲發皓齒。滿堂慘不樂，前漢刑法志：古人有言，滿堂飲酒，有一人向隅而悲泣，則一堂皆爲之不樂。響下青虚裏。一作浮雲裏。江城帶素月，謝希逸月賦：素月流天。趙云：濱江州縣，謂之江城。公詩有：江城今夜客、獨宿江城蠟炬殘、鼓角動江城。言成都也。呈漢中王：江月滿江城。送卿二翁：白馬出江城。與今所云江城帶素月，言夔州也。況乃清夜起。曹子建：中夜起長歎。老夫悲暮年，壯士淚如水。魏武帝樂府：烈士暮年，壯心不已。荆軻歌于易水之上，士皆淚垂。杜云：荆軻歌云：壯士一去兮不復還。曹子建詩：清夜遊西園。舊引却是中夜。老夫悲暮年，壯士淚如水。其所感如此。左傳：牽帥老夫。淚如水，淚下如流泉同義。玉杯久寂寞，山海經曰：犬戎國有一女子，跪進玉杯食。韓子曰：紂爲象箸而箕子怖，以爲象箸必不加於土鉶，必將犀玉之杯，象箸玉杯必不羹菽藿，則必薦豹胎。金管迷宮徵。趙云：玉杯、金管，皆爲聲曲者也。玉杯，今之所擊水盞；金管，今之吹笛。以金玉言之，取其貴也。如箕子諫紂，以爲象箸則必爲玉杯。王逸：顏淵之簞瓢勝慶封之玉杯。玉杯之寂寞，言其不敢爲聲。金管迷宮徵，言其聲之不逮於歌。皆以形容歌聲之妙。勿云聽者疲，愚智心盡死。韓娥過，宋人辱之。娥曼聲而哭，長幼皆泣下，宋人謝之，娥乃曼聲而歌，老幼皆喜躍。師云：江淹別賦：骨肉悲而心死。古來傑出士，豈待一知己〔二〕。孟子曰：豪傑之士，雖無文王猶興。趙云：傳云：士伸於知己，屈於不知己。故於傑出士下使知己字。一本作傑出事，不取。吾聞昔秦青，傾側一云傾倒。天下耳。杜田補遺：列子曰：昔薛譚學謳於秦青，未窮青之技，自謂盡之，遂辭歸。青弗止，餞於郊衢，撫節悲歌，聲振林木，響遏行雲。譚乃謝，求反，終身不敢言歸。趙云：秦青，一本作秦音，非。杜說是。蓋傾天下之耳，則非特一知己而已。

【校勘記】

〔一〕「榮」，文選卷二十九、魏詩卷七作「容」。

〔二〕「待」，文瀾閣本作「特」，訛。

荆南兵馬使太常卿趙公大食刀歌

趙云：此篇蓋柏梁體。分爲兩段。上段十七句，平聲；於中，又分六段。下段十五句，仄聲；于中，又分三段。句云：玄冬示我胡國刀，則十二月。師云：按唐史：大食國本波斯地，帶佩銀刀。

太常樓船聲嗷嘈，漢武鑿昆明池，始製樓船。上建樓櫓，官有樓船將軍。師云：沈約賦：聲嗷嘈而遠邁。問兵刮寇趨下牢。下牢，楚地。牧出令奔飛百艘，牧，州牧；令，縣令。牧出令奔，同赴軍事。艘，船也。劉備遣關羽乘船數百艘，皆會於江陵。猛蛟突獸紛騰逃。趙云：四句言趙太常以軍事爲使。乘大舟，則可用樓船字矣。公送李大夫赴廣州亦曰斧鉞下青冥，樓船過洞庭。聲嗷嘈，則鳴鑼擊鼓鼓枻之聲。上牢、下牢，夔已下水關之名。趨下牢，以羌蠻之亂也。所謂寇者，指此矣。羌連白蠻。飛百艘，應軍須之船。船經山過，故水蛟山獸，猛突者亦驚逃矣。白帝寒城駐錦袍，華陽國志：先主征吳，於夷道還，屯於巴東。巴東，治魚復縣。公孫述更名白帝，章武中改曰永安。玄冬示我胡國刀。壯士短衣頭虎毛，莊子說劍：庶人之劍，蓬頭、突鬢、垂冠，曼胡之纓，短後之衣。憑軒拔鞘天爲高。趙云：白帝城，公孫述所築。述號白帝，故謂白帝城。在夔州東。壯士短衣頭虎毛，則拔鞘之人以虎頭爲飾。王仲宣登樓賦：憑軒檻以遥望。師云：西京雜記：漢高祖斬白蛇，劍在室中，光影猶照於外。開匣拔鞘，輒有風氣，光彩射人。翻風轉日木怒號，冰翼雪淡傷哀猱。趙云：翻風轉日，刀揮霍之勢。張纘南征賦：平湖夷暢，翻光轉彩。冰翼雪淡，刀瑩薄嚴冷之狀。莊子：大塊噫氣，其名爲風。是惟無作，作則萬竅怒號。木怒號，風鼓之故也。傷哀猱，駭利刃之傷。言及哀猱，則因木而及之。詩：毋教猱升木。鐫錯碧甖鸊鵜膏，方言：野鳧甚小，好没水中。南楚人謂之鸊鵜。爾雅注：鸊鵜，似鳧而小，膏中瑩刀劍。鋩鍔一云銛鋒。已瑩虛秋濤。王褒頌：巧冶鑄干將之朴，清水淬其鋒，越砥斂其鍔。注：鋒刃芒端。秋濤，言色澄徹。趙云：戴暠渡關山詩：馬銜苜蓿葉，劍瑩鸊鵜膏。鬼物撇捩辭坑壕，蒼水使者捫赤條。搜神記：秦時，有人夜渡河。見一人丈餘，手橫刀而立，叱之乃曰：吾蒼水使者。龍伯國人罷釣鼇，趙云：鬼物，本隱藏於坑壕，見刀乃撇捩而辭遁焉。坑壕，城下之所。蒼水使者，是刀之事。今以比呈刀之人乃蒼水使者矣。又，吳越春秋載禹登衡岳，血白馬以祭。夢見赤繡衣男子，稱玄夷蒼水使者，曰：聞帝使文命于斯，故來候之。此又於楚地爲切。釣鼇，列子湯問篇：龍伯之國有大人，一釣而連六鼇，合負而趣歸其國焉。以蒼水使者提刀而呈，龍伯國人見之乃罷釣鼇而去，又言刀之神也。芮公迴首顏色勞。芮公，荊南節度使。分閫救世用賢豪，趙云：迴首顏色勞，望趙太常之來也。傳：閫外之事，將軍制之。芮公分天子之閫，以救于世。賢豪，指趙也。公後有王兵馬二角鷹詩又云：荊南芮公得將軍，亦如角鷹下翔雲。可見芮公之欲得賢豪者矣。趙公玉立高歌起。攬環結佩相終始，萬歲持之護天子。得君亂絲與君理，隱四年傳：衆仲曰：以德和民，不聞以亂。以亂，猶治絲而棼之。漢龔遂曰：治亂民猶治亂繩。桓温表：抗節玉立，誓不降辱。趙云：攬環結佩，則莊嚴其服。相終始，則成就芮公用賢豪之意。萬歲持之奉天子，則持此刀以奉天子，乃相終始之事。理亂絲有二事，謝承後漢書：方儲爲郎中，章帝使文郎居左，武郎居右，儲正住中。曰：臣文武兼備，在所施用。上嘉其材，以繁亂絲付儲，使理。儲拔刀三斷之，曰：反經任勢，臨事宜然〔二〕。北齊文宣帝，神武第二子。神武使諸子理亂絲。帝抽刀斬之，曰：亂者必斬。此刀事也。舊注引左傳，與刀事不相干。蜀江如線針如水〔三〕。蜀水至瞿塘爲峽，所束如線。荊岑彈丸心未已，言有以一丸泥封大散關。賊臣惡子休干紀。史記：亂臣賊子。陸士衡：誅鋤干紀。魑魅魍魎徒爲耳，宣三年傳：王孫滿曰：昔夏之方有德也，遠方圖物，貢金九牧，鑄鼎象物，百物而爲之備，使民知神、姦。故民入川澤、山林，不逢不若，魑魅魍魎，莫能逢之。注：魑，山神，獸形；魅，怪物；魍魎，水神。妖腰亂領敢欣喜。用之不高亦不庳，不似長劍須天倚。師云：此言趙公玉立高歌，視蜀江如針線，荆岑如彈丸，其豪氣如此，賊臣魑魅安所容哉。杜田補遺：余知古荆楚故事曰：襄王與唐勒、景差、宋玉等遊雲陽臺。王曰：能爲大言者乎？勒曰：壯士怒兮絶天柱，北斗戾兮泰山夷。差曰：狡士猛毅，撼搖覆載。鋸牙鋸雲聲其大，吐舌萬里唾一世[四]。玉曰：方地爲輿，圓天爲蓋，彎弓挂扶桑，長劍倚天外。王曰：善。趙云：蜀江之小，才如線，而水才如針，荆岑之地才如彈丸，而不軌之心殊未休已，故戒之休干紀也，況此刀一用，可以斬除之乎。江如線，針如水，錯以成文。高適云：爭一彈丸之地。魑魅魍魎，比賊臣惡子。腰領，言所斬之處。庳者[五]，卑也。不高不庳，則用之適宜。吁嗟光禄英雄弭，大食寶刀聊可比。丹青宛轉麒麟裏，光芒六合無泥滓。趙云：卿有九，太常光禄爲九列之首。二職常兼領，魏志：常林徙光禄，勳太常。梁陸倕有爲王光禄轉太常謝表。則光禄又指趙兵馬使。英雄弭，言英雄弭止未振，猶寶刀未用也。丹青宛轉麒麟裏，使建功圖畫於麒麟閣，如趙充國之屬。如是，則光芒生於六合，永滅妖氛，斯爲無泥滓矣。

【校勘記】

〔一〕「垂」下，原脱「冠」，據莊子雜篇説劍第三十訂補。

〔二〕「事」，文淵閣本、清刻本、排印本作「時」。

〔三〕「針如水」，二王本杜集卷七作「如針水」。案，先後解輯校戊帙卷十一作「如針水」，百家注卷二

十九、分門集注卷十六、草堂詩箋卷四十二、黄氏補注卷十三均作「針如水」；錢箋作「如針水」，異文云：「一作針如水」。

〔四〕「二」字原缺，據文淵閣本、文津閣本、文瀾閣本、清刻本、排印本訂補。

〔五〕「庳」，文淵閣本作「痹」。

王兵馬使二角鷹

悲臺蕭瑟石巃嵸，潘岳西征賦：巃嵸逼迫〔一〕。注：巃嵸，高大貌。師云：古詩：人生百年内，杳默歸悲臺。哀壑杈枒浩呼洶。師云：古詩：哀壑叩虛牝。中有萬里之長江，迴風滔日孤光動。師云：薛道衡詩：日照孤光蕩。趙云：荆南枕大江之上，故爾。角鷹翻倒壯士臂，將軍玉帳軒翠氣。師云：潘岳詩：軍門挂玉帳。杜田補遺：揚子雲甘泉賦：乘雲閣而上下兮，紛蒙籠以混成〔二〕。曳虹彩之流離兮，颺翠氣之宛延。師古曰：宮室曠大，自然有紅紫氣。一本作軒昂氣，理或然也。趙云：玉帳，將軍之帳。李白亦使。世有書曰玉帳經，言武事也。帳之深邃含蘊翠氣，而壯士臂鷹於前，鷹翻倒而軒開之。二鷹猛腦條徐墜，師云：張綽詩：霜鶻猛轉腦，狡兔避空谷。目如愁胡視天地。師云：晉孫楚鷹賦：深目蛾眉，壯似愁胡。趙云：舊本：二鷹猛腦徐侯𣯦。猛腦固言鷹之頭腦猛厲，而徐侯𣯦字殊無義理。王介甫善本作條徐墜，於理或然。徐墜，晉潘尼苦雨賦：始蒙濊而徐墜，終滂霈而難禁。杉雞竹兔不自惜，師云：異物志：杉雞，黃冠青綬常在杉樹下。又，竹兔，小如野兔，常食竹葉。溪虎野羊俱辟易。唐書：裴旻善射虎，一日疊三十六頭。見一老人，曰：此彪也。前有真虎，將軍遇之，殆矣。旻怒馬赴之，果一小虎伏地而吼。旻馬辟易，弓矢墜地。師云：宜都山多，虎穴在深溪回谷中〔三〕。南海志：野羊成群觸人。趙云：項羽傳：揚喜追羽，羽叱之，喜人馬俱驚，辟易數里。師古曰：辟易，謂開張而易其本處。辟，頻亦反。溪虎野羊俱辟易，正自言虎羊見鷹畏懼而退縮。鞲上鋒稜十二翮，鮑明遠：昔如鞲上鷹。師云：傅玄鷹賦：勁翮二六，機連體輕。將軍勇鋭與之敵。將軍樹勳起安西，崑崙虞泉入馬蹄。薛云：楚詞：回靈光於虞淵〔四〕。注〔五〕：虞淵，日所入也。虞泉，乃虞淵。唐高祖諱淵，故云。白羽曾肉三狻猊，白羽，箭；猊，師子。敢決豈不與之齊。師云：應瑒詩：戰士志敢決。趙云：與之齊字，禮記：信，婦德也，一與之齊，終身不改。魏文帝與吳質書：吾德不及，年與之齊。荊南芮公得將軍，亦如角鷹下翔一云入朔。雲。惡鳥飛飛啄金屋，安得爾輩開其群，驅出六合梟鸞分。趙云：惡鳥飛飛啄金屋，言可憎之惡鳥啄富貴家之屋，當得角鷹之輩開破之，故有梟鸞分之句。江總：黃鵠飛飛遠。又曰：黃鳥飛飛有時度。梁張率：望鳥飛飛滅。金屋，漢武帝曰：阿嬌當以黃金屋貯之。

【校勘記】

〔一〕「潘岳西征賦」，檢西征賦無「寵從逼迫」句，考全後漢文卷四十三傅毅舞賦有此句，或是誤置。

〔二〕「成」，文淵閣本、文津閣本、文瀾閣本奪。

〔三〕「回」，原作「同」，訛，據清刻本、排印本改。

〔四〕「回靈光」，文淵閣本作「曰靈光」，訛。案，全漢文卷三十五楚辭思古作「囚靈玄」。

〔五〕「注」，文淵閣本、文津閣本、文瀾閣本作「流」，訛。

甘林

捨舟越西岡，謝靈運：舍舟眺迥渚。入林解我衣。趙云：史：惟恐入山之不深，入林之不密。青芻適馬性，好鳥知人歸。晨光映遠岫，陶潛：晨光熹微。謝玄暉：窗中列遠岫。夕露見日晞。趙云：晞，乾也。選：朝露待日晞。詩：見晛聿消。遲暮少寢食，趙云：楚詞：傷美人之遲暮。語：吾嘗終日不食，終夜不寢。清曠喜荊扉。選詩：豈徒暫清曠。沈休文詩：荊扉新且故。言晚年不以寢食爲嗜，而喜所居之荊扉也。經過倦俗態，在野無所違。試問甘藜藿，莊子：藜羹不糝。趙云：阮籍詠懷詩：趙李相經過。謝叔源遊西池詩：願言屢經過。詩：君子在野。選：予甘藜藿，未暇此食也。舊注卻改莊子藜羹字爲藜藿，誤矣。未肯羨輕肥。子路：乘肥馬，衣輕裘。喧靜不同科，出處各天機。不同科三字，語：爲力不同科。莊子：其嗜欲深者，其天機淺。師云：古詩：喧静本性習。趙云：天機，雖三出莊子，今所用，則蚿曰：予動吾天機。注，自然也。即非所謂嗜欲深者天機淺之類矣。勿矜朱門是，郭景純：朱門何足榮，未若托蓬萊。

陋此白屋非。明朝步鄰里，長老可以依。時危賦斂數，脱粟爲爾揮。公孫弘食一肉，脱粟飯。師古曰：才脱粟而已，不精鑿也。言民雖困賦斂，猶能致意於賓客，故曰可依。相攜行豆田，秋花藹菲菲。子實不得喫，貨市送王畿。盡添軍旅用，迫此公家威。主人長跪辭〔一〕，戎馬何時稀？我衰易悲傷，屈指數賊圍。勸其死王命，慎莫遠奮飛。趙云：子實不得喫，言豆子雖結實，長老者不得喫也。主人，又指長老。詩：不能奮飛。

【校勘記】

〔一〕「辭」，二王本杜集卷七作「問」。

雨

行雲遞崇高，易：雲行雨施。飛雨藹而至。潺潺石間溜，汩汩松上駛。亢陽乘秋熱，百穀皆已棄。皇天德澤降，燋卷有生意。前雨傷卒暴，今雨喜容易。不可無雷霆，間作鼓增氣。趙云：應璩與岑瑜書：頃者炎旱，日更甚。砂礫銷鑠，草木燋卷。史：勇夫增氣。佳聲達中宵，所望時一致。清霜九月天，髣髴見滯穗。郊扉及我私，詩：遂及我私。一云栽耘。我圃日蒼翠。恨無抱甕力，庶減臨江費。子貢過漢陰，見一丈夫方爲圃畦，鑿隧而入井，抱甕而出灌。趙云：顔延之贈王太常詩：郊扉常晝閉。及我私，言公田。不必惑下句有我圃字而云一作栽耘也。二我字不同義。況七月，豈栽耘時乎？末句公自注分明，義則恨不能抱甕如漢陰丈人以汲水，乃買水於人，斯爲臨江之費矣。

鄭典設自施州歸

趙云：此篇兩段，自上句至「森疎見矛戟」是一段。鄭典設往謁裴施州，意氣相投，情分欵密，且言其有簡册之樂焉。下則公言嘗得裴之惠書，又美裴能寫字。自「倒屣喜旋歸」至「庶脱蹉跌厄」是一段，言喜鄭典設之歸語行歷事，喜聞太守之賢而公動往謁之懷，當在孟冬乘轎而往。

吾憐滎陽秀，冒暑初有適。名賢慎出處，不肯妄行役。旅茲殊俗遠，竟以屢空迫。顔淵屢空〔一〕。南謁裴施州，氣合無險僻。攀援懸根木〔二〕，師云：張華詩：攀援得山行。江總賦：岸木懸根〔三〕。登頓入天石。師云：謝莊詩：疲人登頓怯。又施州有連天石。青山自一川，城郭洗憂戚。聽子話此邦，令我心悦懌。其俗則純朴，不知有主客。温温諸侯門，禮亦如古昔。勑厨倍常羞，師云：劉公幹詩：供膳勑中廚。謂省廚。杯盤頗狼籍。史滑稽傳：履舄交錯，杯盤狼籍。時雖屬喪亂，事貴賞一作當。匹敵。師云：曹祖詩：萬里無匹敵。中宵愜良會，師云：古詩：今日宴良會。裴鄭非遠戚。師云：張載詩：與君未遠戚。庾信云：偏方殊俗。公自中原來，故指夔爲殊俗。趙云：殊俗字，非詩序家殊俗。攀援，選：何可攀援。登頓，選：疲於登頓。謝靈運過始寧墅詩：山行窮登頓。城郭洗憂戚，下句言遂如至親，非特遠戚而已。此親戚與憂戚字不同。舊本正作賞匹敵，非。當，音去聲，言待匹敵之當也。群書一萬卷，博涉供務隙。他日辱銀鈎，森疎見矛戟。薛夢符云：北史：李義深有當世才，而用心險峭。時人語曰：矛戟森森李義深。師云：李隅詩：筆落字有力，矛戟空縱横。杜田補遺：世説：裴令見鍾士季如觀武庫，但見矛戟。詳觀是詩，所謂矛戟，非心之險峭，蓋言書之快利，森森如矛戟。趙云：言裴施州之藏書好學，能書也。劉向傳云：博極群書。銀鈎，索靖叙草書云：婉若銀鈎，漂若驚鸞。矛戟字，薛非是。書苑：歐陽詢尤工行書，出於大令，森然如武庫之矛戟。大令，王獻之〔四〕。倒屣喜旋歸，蔡邕倒屣迎王粲。畫地求所歷。乃聞風土質，又重田疇闢。刺史似寇恂，列郡宜競惜。見「權宜借寇恂」注。趙云：倒屣，不上鞋踵。畫地，路温舒畫地爲獄，議不入。寇恂爲潁川守，百姓遮道曰：願從陛下復借寇君一年。北風吹瘴癘，羸老思散策。師云：王粲詩：散策高堂上。渚拂蒹葭塞，一作寒。嶠穿蘿蔦冪。此身仗兒僕，高興潛有激。孟冬方首路，顔延年：改服飭徒旅，首路跼險艱〔五〕。强飯取崖壁。歎爾疲駑駘，汗溝血不赤。師云：崔駰賦：顧駑駘而疲瘁兮，何以堪其載馳。古詩：老馬難汗血。終然備外飾，駕馭何所益？

我有平肩輿，前途猶準的。師云：古善哉行：世路幾蹉跌。趙云：「北風吹瘴癘」至「高興潛有激」，則鄭典設歸在秋時，公時散策遨遊，拂渚穿嶠，皆散策之地。蒹葭塞，舊本作寒，非。興有激，亦思往謁裴施州。故以孟冬爲往期。既以駑駘不可馭，則乘轎而往。肩輿，轎也。汗溝，馬援銅馬相法曰：汗溝欲深長。漢書：大宛國別邑七十餘城，多善馬。馬汗血，言其先天馬子也。鳥道，南中八志曰：交趾郡治龍編縣，自興古鳥道四百里。蓋以其險絕，獸猶無蹊，人所莫由，特上有飛鳥之道耳。梁沈約愍塗賦：依雲邊以知國，極鳥道以瞻家。庶脱蹉跌厄，乘肩輿而不騎駑駘，自免蹉跎困跌之厄。翩翩入鳥道，師云：江逌詩：孤煙迷鳥道。庶脱蹉跌厄。

【校勘記】

〔一〕「顔淵屢空」，清刻本、排印本作：「語：其庶乎！屢空。」

〔二〕正文「南謁裴施州」以下三句，文淵閣本、文津閣本、文瀾閣本當作注文字體，誤。

〔三〕「師云」以下十七字，清刻本、排印本闕。

〔四〕「王獻之」，原作「王羲之」，據文瀾閣本並參晉書卷六十五王瑨傳改。

〔五〕「艱」，文淵閣本、清刻本、排印本作「難」。

種萵苣并序

既雨已秋，堂下理小畦，隔種一兩席許萵苣，向二旬矣。而苣不甲坼，伊人莧青青。趙云：別本伊人作獨野，是。傷時君子，或晚得微禄，轗軻不進，因作此詩。趙云：舊本萵苣作萎苣，必誤[一]。蓋詩中言藝其子，豈却言萎苣耶[二]？

陰陽一錯亂，驕蹇不復理。師云：蔡邕詩：苦熱氣驕蹇。枯旱於其中，師云：晉江統[三]：枯旱之思雨露。炎方慘如燬。師云：王室如燬。鄭注：如燬，謂酷烈也。植物半蹉跎，嘉生將已矣。趙曰：漢書：嘉生之類。注：專指爲禾。曹植書：民失嘉生。雲雷欻奔命，師伯集所使。趙云：雲雷，易：雲雷，屯。史：雨師灑道，風伯掃塵。指麾赤白日，澒洞青光起。趙云：指麾赤白日，言赤日，或言白日足矣，而曰赤白日，蓋云赤然之白日也。淮南子：未有天地之時，濛鴻澒洞[四]，莫知其門。則澒洞者，氣昏貌。青光起，則白日赤色，變爲青光，斯雨候矣。雨聲先已風，散足盡西靡。趙云：張協詩：森森散雨足[五]。風從東南來，所以西靡也。皇覽：東平思王冢在無鹽。人傳言王在國思歸京師，後葬，其冢上松柏皆西靡。言盡者，亦皆義矣。或者引選：望咸陽而西靡，語意不盡。山泉落滄江，霹靂猶在耳。終朝紆颯沓，信宿罷蕭洒。堂下可以畦，呼童對經始。苣兮蔬之常，隨事蓺其子。破塊數席間，增添：鹽鐵論：周公之時，風不鳴條，雨不破塊〔六〕。荷鋤功易止。兩旬不甲坼，空惜埋泥滓。趙云：言初無畦而始經營之。詩：經始勿亟。蓺者，種也。隨所有事而種之。蓋其有事於蔬茹故也。易：百穀草木皆甲坼〔七〕。選：奮迅泥滓。野莧迷汝來，宗生實於此。師云：左思吴都賦：宗生高岡〔八〕。杜田補遺：楊子雲蜀都賦：其竹則宗生族攢，俊茂豐美。左思吴都賦：楠榴之木，相思之樹。宗生高岡，族茂幽阜。趙云：迷漫於苣也。苣有兩種，有苦苣，甜苣。苦苣易生而甜苣比之難生。公於前篇園官送菜詩以苦苣掩乎嘉蔬而罪之云：乃知苦苣輩，傾奪蕙草根。今於甜苣，此下四句則罪野莧之掩乎苣。此輩豈無秋，亦蒙寒露委。翻然出地速，滋蔓户庭毀。師云：左傳：無使滋蔓。蔓，難圖也。因知邪干正，掩抑至没齒。趙云：此輩，指野莧。論語：飯蔬食飲水，没齒無怨言。賢良雖得禄，守道不封己。趙云：言賢良之人得位，不似邪佞得位而封己，亦猶嘉蔬之苣，出地不滋，非似野莧得地滋蔓也。封己，國語：叔向曰：引黨以封己。韋昭注曰：封，厚也。李蕭遠運命論：孔子之孫子思：希聖備體而未之至，封己養高，勢動人主。擁塞敗芝蘭，衆多盛荆杞。中園陷蕭艾，老圃永爲耻。趙云：中園字，選詩：蓬蒿滿中園。老圃字，語：吾不如老圃。登于白玉盤，漢官儀：封禪壇有白玉盤。藉以如霞綺。趙云：如霞綺，言藉之之綺如霞也。古人每言綺饌，蓋貴家以錦綺藉食。謝玄暉詩：餘霞散成綺。惟珍貴苣之故，則所登者玉盤，所藉者霞綺矣。莧也無所施，胡顔入筐篚？趙云：曹子建表：犯詩人胡顔之戒〔九〕。李善注：胡，何也。即詩胡不遄死之義。毛萇曰：何顔而不速死？殷仲文表：亦胡顔之厚。詩：筐篚幣帛，以將其厚意；采采卷耳，不盈頃筐。

【校勘記】

〔一〕「必」，清刻本、排印本無。

〔二〕「蓋詩中言藝其子」兩句，清刻本、排印本闕；其中，「藝」文瀾閣本作「蓺」，「耶」文淵閣本、文津閣本作「耳」。

〔三〕「師云晉」三字，清刻本、排印本無。

〔四〕「濛鴻澒洞」，文淵閣本、文津閣本作「濛鴻澒動」，訛。案，淮南子卷七作「澒濛鴻洞」。

〔五〕「張協」，原作「謝朓」，檢謝朓詩無「森森散雨足」句，考文選卷二十九、晉詩卷七張協雜詩十首其四有此句，當是誤置，據改。

〔六〕「風不鳴條」二句，鹽鐵論卷六作：「雨不破塊，風不鳴條。」

〔七〕「穀」，周易正義卷四咸傳作「果」。

〔八〕「左思吴都賦」，原作「張平子南都賦」，檢南都賦無「宗生高岡」句，考文選卷五、全晉文卷七十四左思吴都賦有此句，當是誤置，據改。

〔九〕「戒」，文選卷二十、全三國文卷十五作「譏」。

秋風二首

秋風淅淅吹巫山，上牢下牢修水關。上牢、下牢，峽内地名。水關，關津。吴檣楚柂牽百丈，暖向神都寒未還。趙云：謝惠連詩：淅淅振條風。公嘗曰：淅淅風生砌。江至吴、楚，用帆矣。在夔州，則吴船之檣，楚船之柂，猶用百丈牽以上水也。神都，神明之都，言吴、楚也。吴都賦：伊兹都之函洪，傾神州而韞櫝。要路何日罷長戟，戰自青羌連百蠻。中巴不曾消息好，暝傳戍鼓長雲間。趙云：要路，言往吴楚之要路，其荆渚之間，有羌蠻之戰，則要路長戟滿矣。舊本連百蠻，師民瞻作白蠻，是。蓋巂州西有烏蠻、白蠻。公夔府詠懷云：絶塞烏蠻北。

右一

秋風淅淅吹我衣，東流之外西日微。天清小城擣練急，師云：鮑照詩：寒城搗素練。石古細路行人稀。趙云：前篇言夔人征戍戰伐之苦，今篇自叙其旅泊不歸之懷。東流之外西日微，寫眼前之景，宛轉含畜，道不盡淒感之意。不知明月爲誰好，早晚孤帆他夜歸。會將白髮倚庭樹，故園池臺今是非。趙云：倚庭樹，倚長安故居庭樹。既是隔絶池臺，有變易之理，又問其今是與非。

右二

久雨期王將軍不至

趙云：此篇自首句至「人生會面難再得」〔一〕，言久雨王將軍不至，敘眼前之景。自「憶爾腰下鐵絲箭」，至「十月荆南風怒號」〔二〕，紀贈王將軍英勇。

天一作山。雨蕭蕭滯一作帶。茅屋，空山無以慰幽獨。銳頭將軍來何遲，白起頭小而銳。令我心中苦不足。數看黃霧亂玄雲，時聽嚴風折喬木。泉源泠泠雜猿狖，泥濘漠漠飢鴻鵠。歲暮窮陰耿未已，人生會面難再得。趙云：幽獨，楚辭：幽獨處乎山中。謝靈運晚出西射堂詩：安排徒空言，幽獨賴鳴琴。銳頭將軍，以白起比王君。王豈亦頭小而銳邪？史：汝來何遲遲。古詩有：會面安可知。李延年歌：佳人難再得。憶爾腰下鐵絲箭，師云：阮瑀詩：箭紐鐵絲剛，刃插銀刀白。射殺林中雪色鹿。師云：陸雲詩：仁鹿幾千年，皮毛如霜雪。前者坐皮因問毛，知子歷險人馬勞。異獸如飛星宿落，應弦不礙蒼山高。師云：顏延年賦：野雁應弦而墮落。安得突騎只五千，崒然眉骨皆爾曹。走平亂世相催促，一豁明主正鬱陶。憶一云恨。昔范增碎玉斗，鴻門之會，漢王使張良獻玉斗於范增，增碎之。未使吴兵著白袍〔三〕。師云：侯景命東吴兵盡著白袍，自爲營陣。昏昏閶闔閉氛祲，時賊據京師。十月荆南雷怒號。趙云：白袍，南史：梁人陳慶之麾下悉著白袍，所向披靡。先是洛中謡曰：名軍大將莫自勞〔四〕，千兵萬馬避白袍。蓋江左事也。豈吴、楚之間有戰伐事乎？公詩前篇：戰自青羌連白蠻；而編年通載：大曆二年九月，桂州山獠反。皆南方事。惜不可詳考。閶闔，吴閶闔門。時京師晏然。十月雷，實記其變。

【校勘記】

〔一〕「首」原作「上」，據清刻本、排印本改。

〔二〕「風」，底本模糊，據文淵閣本、文津閣本、文瀾閣本、清刻本、排印本補。

〔三〕「吴」，原作「吾」，據二王本杜集卷七、百家注卷三十、分門集注卷十五、錢箋卷七並参此詩句下引「師云」注改。

〔四〕「名軍大將莫自勞」，「勞」南史卷六十一作「牢」。

别李秘書始興寺所居

不見秘書心若失，及見秘書失心疾。安爲動主理信然，師云：與老子静爲躁君同義。我獨覺子神充實。師云：相法曰：目精晃朗，形神充實者，主壽不死。趙云：詩未見君子，既見君子之義。心若失者，心若亡若失。左傳昭二十二年：楚王有心疾。謝朓怨情：故人心尚爾，故心人不見。藝文類聚載俗説：阮光禄大兒喪，哀過，遂得失心病。此心若失之失。列子：若有所遺失。是謂心疾。安爲動主，義以秘書之能。安以主動，故其神充實。豈亦通佛法之妙而然乎？重聞西方正觀經，佛，西方之教，其法有大觀大覺。老身古寺風泠泠。妻兒待來且歸去，他日杖藜來細聽。杜田補遺：西方無量壽經教韋提希及未來世一切衆生，觀於西方極樂世界。以佛力故，當得見彼清浄國土，如執明鏡自見面像，凡十六觀。日想爲初觀，水想爲第二觀，地想爲第三觀，樹想爲第四觀，八功德水想爲第五觀，總觀想爲第六觀，花座想爲第七觀，像想爲第八觀，偏觀一切色想爲第九觀，觀世音菩薩真實色聲想爲第十觀，觀大勢至菩薩色身想爲第十一觀，音觀想爲第十二觀，雜觀想爲第十三觀，上品生想爲第十四觀，中品生想爲第十五觀，下品生想爲第十六觀。作是觀者，名爲正觀。若他觀者，名爲邪觀。

縛雞行

小奴縛雞向市賣，雞被縛急相喧争。家中厭雞食蟲蟻，師云：陶侃詩：山雞啄蟲蟻。不知雞賣還遭烹。蟲雞於人何厚薄，師云：此孟子見牛未見羊同意。吾叱奴人解其縛。師云：許子面縛銜璧以見楚王，楚王命解其縛。雞蟲得失無了時，注目寒江倚山閣。師云：古詩：千里勞注目。趙云：縛急字，吕布既降曹操，曰：今日已往，天下定矣。顧劉備曰：玄德，卿爲坐上客，我爲降虜，繩縛我急，獨不可一言邪？操笑曰：縛虎不得不急。一篇之妙，在乎落句。蓋雞之所以得者，蟲之所以失；人之所以得者，雞之所以失。人之得失如雞、蟲，又且相仍何時而了乎？注目寒江倚山閣，則所思深矣。黄魯直深達詩旨，其書酺池寺書堂云：小黠大癡螗捕蟬，有餘不足夔憐蚿。退食歸來北窗夢，一江風月趁漁船。可與言詩者當自解也。步里客談云：古人作詩斷句輒旁入他意，最爲警策，如老杜云雞蟲得失無了時，注目寒江倚山閣是也。黄魯直作水仙花詩亦用此體，云：坐對真成被花惱，出門一笑大江横。至陳無已云：李杜齊名吾豈敢，晚風無樹不鳴蟬，則直不類矣。

負薪行

峽民男爲商，女當門户。坐肆於市廛，擔負於道路者，皆婦人也。

夔州處女髮半華，四十五十無夫家。更遭喪亂嫁不售，一生抱恨堪咨嗟。土風坐男使女立，應當門户女出入。十有八九負薪歸，賣薪得錢當供給〔一〕。至老雙鬟只垂頸，野花山葉銀釵並。筋力登危集市門，師云：史記：刺繡文不如倚市門。趙云：孫子曰：去如處女，敵人開户。語：四十、五十而無聞焉。陸機詩：土風清且嘉。晉傅玄豫章行：男兒當門户，墮地自生神。江賦：狐玃登危而雍容〔二〕。今公詩怪巫山之女麤醜，而昭君獨美，似後篇士無英俊而屈原獨奇也。死生射利兼鹽井。夔有鹽井。師云：班彪：乘時射利，商人之功。面粧首飾雜啼痕，地褊衣寒困石根。師云：仲炯詩：蒼煙遠石根。若道巫山女麤醜，何得此一作北。有昭君村？昭君村，在神女廟下。薛云：歸州圖經：王嬙字昭君。漢紀注云：南康秭歸人，待詔掖庭。元帝竟寧元年，匈奴呼韓邪單于來朝，帝賜單于王嬙爲匈奴閼氏。按樂府解題云：帝後宮多使畫工圖形，按圖召幸。宮人皆賂畫工〔三〕。昭君恃貌，獨不與，乃惡圖之。後匈奴入朝，選美人配之。昭君當行，入辭，光彩射人，悚動左右。天子重失信外國，悔恨不及。窮按其事，畫工杜陵毛延壽等皆棄市。琴操載：昭君，王穰女，端正閑麗，年十七，獻之元帝。以地遠不幸，備後宮。積五六年，帝每遊後宮，昭君常怨不幸。後單于朝賀，帝宴之，盡召後宮，昭君乃盛飾而至。帝問欲以一女賜單于，誰能行者。昭君越席請往。時單于使在旁，帝驚，恨不及。昭君至，單于大悦，遣使報，送白璧一雙，駿馬一十匹，胡地至寶之物。昭君恨帝始不見遇，乃作怨思之歌曰：梨葉萋萋，其葉黄。有鳥處此，集于芭桑。父兮母兮，道路脩長。嗚呼哀哉！憂心惻傷。單于既死，子達立，昭君謂達曰：將爲漢？將爲胡？曰：將爲胡。於是昭君伏毒而死。單于葬之。胡中多白草，而冢獨青。詞人爲歌弔之，鄉人思之，爲之立廟。廟有大柏，圍六丈五尺，枝葉蓊鬱，出故臺之上，及有搗練石在廟側溪中〔四〕，今香溪也。廟屬巫山縣。樂府與琴操不同，故並載之。

【校勘記】

〔一〕「當」，百家注卷二十二、分門集注卷二十五、錢箋卷七作「應」。

〔二〕「江賦」，原作「海賦」，檢海賦無「狐玃登危而雍容」句，考文選卷十二郭景純江賦有此句，當是誤置，據改。又，「狐」江賦作「孤」。

〔三〕「賂」，文淵閣本、清刻本、排印本作「賄」。

〔四〕「又」，原作「及」，訛，據清刻本、排印本改。

最能行

峽中丈夫絶輕死，少在公門多在水。富豪有錢駕大舸，貧窮取給行艓子。杜田補遺：博雅曰：舸，舟也。揚雄方言：南楚江、湖、湘，凡船大者謂之舸。艓，小舟名，音葉。言輕如小葉。切韻、玉篇並不載艓字。小兒學問止論語，大兒結束隨商旅。欹帆側柂入波濤，撇漩捎濆無險阻。撇漩捎濆，皆操舟者所能。朝發白帝暮江陵，頃來目擊信有徵。瞿塘漫天虎鬚一作眼。怒，歸州長年行最能。峽人以操舟人爲長年。此鄉之人氣量窄，悮競南風疎北客。左傳：南風不競。若道士無英俊才，何得山有屈原宅？屈原有宅歸州。杜田補遺：後漢郡國志秭歸注：荆州記[一]：秭歸縣北百里，有屈平故宅，方七頃，累石爲屋基，今其地名樂平。趙云：撇字，使王褒四子講德論：膺騰撇波而濟，不如乘舟之逸也。甘泉賦：乘輿之出曰：捎夔魖而抶獝狂。孔子見温伯雪子：目擊道存。蓋事觸我目，謂之目擊。左傳：君子之言，信而有徵。行最能，言行瞿唐峽與虎鬚灘甚易也。北客，公自言。屈原宅，杜田引郡國志注謂：地方七頃。豈併以其左右之田言之乎？舊注云：峽人富則爲商旅，貧則爲人操舟，以地居山水之間，瘠惡無以耕也[二]。

【校勘記】

〔一〕「荆州」，原作「荆洲」，據文淵閣本、清刻本、排印本改。

〔二〕「舊注云」至「瘠惡無以耕也」，考先後解輯校丁帙卷四此詩趙次公注〔五〕無，據上下文義，蓋爲郭知達編纂集注時所補。

寄裴施州

廊廟之具裴施州，潘安仁：器非廊廟姿。宿昔一逢無此流。金鍾大鏞在東序，薛云：詩：鼖鼓維鏞。大鍾曰鏞。書曰：天球、河圖，在東序。鍾鏞，以言至和所自出東，陽位也。趙云：廊廟之具字，公再使矣。前云當今廊廟具。謂之具，若所謂猶含棟梁具。今使金鍾大鏞在東序，則亦取國家大器比裴君之重。冰壺玉衡縣清秋。薛云：鮑照詩：清如玉壺冰。書：在璇、璣、玉衡，以齊七政。玉衡，正天文之器，以比裴君。冰壺、玉衡，二物清瑩，比裴君之清。懸清秋，又當氣象之爽時，其清尤甚。自從相遇感多病，三歲爲客寬邊愁。堯有四岳明至理，漢二千石真分憂。漢宣帝：與我共理者，惟良二千石乎？趙云：公言其在邊地爲客，以裴君爲政三年於施，可寬吾之愁也。四岳，書：四岳九官十二牧。至理字，列子：均天下之至理。張湛注：事物皆均，則理無不至。郭象莊子注：至理盡於自得。王康琚反招隱詩：矯性識至理。二千石，漢百官公卿表：郡守，秦官。掌治其郡，秩二千石。幾度寄書白鹽北，苦寒贈我青羔一作絲。裘。師云：小説：劉向作彈碁以獻成帝，帝説，賜青羔裘。霜雪迴光避錦袖，龍蛇動篋蟠銀鉤。趙云：白鹽，夔州山。公居白鹽之北。裴君寄書與公也。霜雪回光，言其裘。龍蛇銀鉤，言其書。銀鉤字，索靖言書曰：婉若銀鈎。青羔裘，舊本一作青絲裘，非。蓋以青羔之皮爲身，而以錦爲袖。記：羔裘玄冠，不以弔。夫羔裘貴矣，青羔裘尤異也。霜雪回光而避之，言寒不能侵。紫衣使者辭復命，再拜故人謝佳政。將老已失子孫憂，後來況接才華盛。趙云：紫衣使者，所差來之人。辭復命，舊本作辟復命，無義。師民瞻作辭，方有義也。才華盛，應言裴君諸子，蓋云我雖將老而免憂子孫，以後人相接，有裴君諸子才華盛美也。

奉酬薛十二丈判官見贈

趙云：此篇極難解，姑以意逆之。似是公泊船處一美士，文采風流，有司馬相如挑卓氏之作。公既見其人，又見有搜求其人而去者。佳士，豈薛丈子弟親戚乎？故及丈人安坐之語，且言國家輕刑以寬之，又言此士俊乂以勉之。嘗觀太平廣記載嚴武一事云：武少時任俠。於京城，與一軍使鄰居。軍使有室女，容色艷絕。武窺見，乃誘至宅。月餘，遂竊以逃。東出關，將匿於淮泗間。軍使覺，窮其跡，亦訊其家人，乃暴於官，亦以上聞。有詔遣萬年縣官捕捉，乘遞馹行數日，隨路已得其蹤。武自鞏縣方雇船下，聞制使至，懼不免，乃以酒飲女，中夜乘其醉，解琵琶絃縊殺之，沈於河。明日，使至。搜武之船無跡，乃已。公詩意有類於此，當俟博聞。

忽忽峽中睡，悲風方一醒。西來有好鳥，爲我下青冥。羽毛淨白雪，慘澹飛雲汀。既蒙主人顧，舉翮唳孤亭。持以比佳士，及此慰揚舲。趙云：後漢：忽忽不樂。曹子建公讌詩：好鳥鳴高枝。

楚辭：據青冥而攄虹。晉道壹道人之言雪曰先集其慘澹也。主人顧，在好鳥言之，主人者，公也。若以比佳士，言之，則主人者，豈郡刺史之徒邪？及此慰揚舲，則逢佳士見好鳥，可以比之，爲能慰公欲揚舟而下者矣。劉勰彌勒石像碑：似揚舲游水，馳錫登山。

清文動哀玉，見道發新硎。莊子：庖丁之刃，若新發於硎。趙云：上言佳士文清如玉聲之哀，蓋環佩之類。下句言佳士之才敏。欲學鴟夷子，貨殖傳：范蠡浮江湖，改姓，適齊，爲鴟夷子。注：顏師古曰：自號鴟夷者，言若盛酒之鴟夷，多所容受，可卷懷與時張弛。陳遵傳曰：自用如此，不如鴟夷也。待勒燕山銘。竇憲勒功燕然山，班固爲之銘。趙云：范蠡，號鴟夷子。小説載其以西子而去。李賀昌谷詩：刺促成幾人，好學鴟夷子。用杜公今句四字也。蓋問佳士者以擬欲學范蠡載西子游五湖乎？莫待如竇固立功勒銘乎？

誰重斷蛇劍，漢高祖有斬蛇劍。一云口重斬邪劍。致君君未聽。志在麒麟閣，見今代麒麟閣注。無心雲母屏。後漢：鄭弘爲太尉，時舉將第五倫爲司空，班次在下，正朔朝見，弘曲躬自卑。上遂聽置雲母屏風，分隔其間，由此爲故事。趙云：兩句皆是建功立名事。舊本正作斬蛇劍，乃漢高祖事，不可在常人言之。卓氏近新寡，豪家朱門扃。相如才調逸，銀漢會雙星。司馬相如初遊臨邛，富人卓氏女文君新寡，善琴，相如因以琴心挑之，遂爲夫婦。客來洗粉黛，日暮拾流螢。不是無膏火，勸郎勤六經。老夫自汲澗，野水日泠泠。我歎黑頭白，君看銀印青。見上露雨銀章瀏注。卧病識山鬼，九章有山鬼。爲農知地形。誰矜坐錦帳，漢百官志：郎官給錦帳。苦厭食魚腥。趙云：公又述其瀼西山居之事。黑頭白，公之自傷。銀印青，則佳士也。銀印言青，蓋金銀之色晃曜，望之有青熒之光。公於是言其卧病爲農，錦帳何足矜乎。給錦帳，公爲工部員外郎，故云。謝玄暉在郡卧病呈沈黨詩。前漢揚惲與孫會宗書曰：長爲農夫没此身矣[一]。以在夔、楚，故用山鬼字。孫子有地形篇。食魚腥，又在夔之事。東南兩岸坼，積水注滄溟。碧色忽一云苦。惆悵，風雷搜百靈。見兹山朝百靈注[二]。空中石一云有。白虎，赤節引娉婷。自云帝里一云季。女，文選：我天帝之季女。噀雨鳳凰翎。弄玉，帝女。乘鳳凰仙去[三]。襄王薄行跡，莫學冷如丁。丁令威也，去家一千年始一歸。千秋一拭淚，夢覺有微馨。見宋玉高唐賦並神女賦。人生相感動，金石兩青熒。李廣射石虎，没羽。揚子雲：至誠則金石爲開。選賦：琳珉青熒。趙云：十四句忽有搜求其如卓氏之人而去者。東南兩岸坼[四]，横水注滄溟，必佳士者之在舟中，而公有揚舲之行，泊船江邊，故道岸坼水注之景。緣風雷搜百靈，故水之碧色亦爲之惆悵。娉婷，指如卓氏之人。白虎、赤節，以狀來搜求者。帝里女，必京師人家之女。一作帝季女，則是皇家之女矣。噀雨字，取暮爲行雨，欒巴噀酒爲雨字言之。鳳凰翎，弄玉與蕭史騎鳳而仙事。以巫山神女及秦公主弄玉比如卓氏之人，可以意逆之，爲貴家女矣。張景陽雜詩：房櫳無行跡。江文通擬張華詩：蘭徑少行跡。冷如丁字，俗語冷丁丁地[五]，蓋匠者之造丁，其初出火，頃刻之熱，已則沈冷矣。或者謂言丁令威，歸家爲沈冷。又齊諧記載桂陽城武丁者，有仙道。忽謂其弟曰：七日織女渡河，諸仙悉還宫。吾向已被召。弟問何當還。曰：吾更後三千年當還耳。明日失丁所在。兩事皆久去而後歸。爲沈冷者如此，又托爲卓氏之人之怨辭。襄王行迹薄，又囑之以莫如丁之沈冷也。以襄王語所謂佳士者，又自比神女以成噀雨之義。丈人但安坐，休辨渭與涇。龍虵尚格鬬，洒血暗郊坰。吾聞聰明主，治國用輕刑。銷兵鑄農器，今古歲方寧。文王日儉德，俊又始盈庭。詩：濟濟多士，文王以寧。榮華貴少壯，豈食楚江萍。楚昭王渡江得一物，大如斗，色赤，以問孔子曰：此萍實也。趙云：丈人，指薛丈。但安坐，古相逢行：丈人且安坐，調絃未遽央。江萍事，楚王渡江，有物觸船，問之，孔子云：萍實也。以孺子之歌告王曰：楚王渡江得萍實，大如斗，赤如日，割而食之甜如蜜。今言豈食楚江萍，則佳士者豈非留滯於夔，而公言其因此脱去者乎？輕刑，周禮：刑新國用輕典。公題鄭十八著作虔詩亦云也。霑新國用輕刑，可見慰唁佳士者之於刑亦輕而已。歲方寧，翻使國語：晉無寧歲。言今古歲方寧，如言遭遇寧歲，前無古後無今，以甚幸之也。詩：發言盈庭。

【校勘記】

〔一〕「錦帳何足矜乎」至「長爲農」四十二字，文瀾閣本闕。

〔二〕「玆」，文淵閣本、文津閣本、文瀾閣本、清刻本、排印本作「滋」。

〔三〕「仙」，文淵閣本、清刻本、排印本作「飛」。

〔四〕「拆」，原作「折」，清刻本、排印本均作「拆」，訛，據詩中正文「東南兩岸拆」改。

〔五〕「丁地」，文淵閣本「地」上衍一「字」字。

暇日小園散病將種秋菜督勒耕牛兼書觸目

不愛入州府，畏人嫌我真。襄陽耆舊記：龐德公在沔水上，不入襄陽城。及乎歸茅宇，一云及歸在茅屋。旁舍未曾嗔。老病忌拘束，應接喪精神。江村意自放，林木心所欣。趙云：真，則真率之謂。平時應接，以禮文蓋，僞耳。漢書：高祖適從旁舍來。前漢：以老病乞骸骨。世說：使人應接不暇。秋耕屬地濕，山雨近甚匀。冬菁飯之半，牛力晚來新。杜田補遺：張平子南都賦：酸甜滋味，百種千名。春卯夏筍，秋韭冬菁。蘇菽紫薑，拂擻𩟄腥。注：菁，蔓菁。深耕種數畝，未甚後四鄰。嘉蔬既不一，名數頗具陳。荆巫非苦寒，採擷接青春。趙云：飯之半，以冬菁飯牛，是其芻之半也。史記：甯戚飯牛於車下。力言新，黄石公三畧：士力曰新。飛來兩白鶴，暮啄泥中芹。雄者左翮垂，損傷已露一云及。筋。一步再血流，尚經一作驚。矰繳勤。三步六號叫，志屈悲哀頻。鸞皇不相待，側頸訴高旻。杖藜俯沙渚，爲汝鼻酸辛。趙云：十二句，序所謂書觸目也，然因以興焉。飛來兩白鶴，古樂府有此篇，公三使矣。舊本正作尚經矰繳勤，經一作驚。當以驚爲正，言既傷而流血矣。尚於矰繳恐之勤勞也〔一〕。鸞皇不相待，鸞皇，超擢高翔之人。訴高旻，鶴豈不能沖天哉！而困於此。阮嗣宗詠懷：對酒不能言，悽愴懷酸辛。宋玉賦：寒心酸鼻。

【校勘記】

〔一〕「尚於矰繳恐之勤勞也」，先後解輯校戊帙卷四此詩引趙次公注〔六〕「恐」字上有「驚」字，當是。

寫懷二首

趙云：前篇不管世態之曲直，次篇願終契於真如，傷世悼俗甚矣。

勞生共乾坤，何處異風俗？冉冉自趨競，行行見羈束。趙云：古樂府陌上桑：盈盈公府步，冉冉幕中趨。古詩：行行重行行。無貴賤不悲，無富貧亦足。萬古一骸骨，隣家遞歌哭。鄙夫到巫峽，三歲如轉燭。趙云：賤之所悲，以貴形之，無貴則賤者不悲。貧之所不足，以富形之，無富則貧者亦足。巫峽在夔州下，公以永泰元年歲乙巳到雲安，蓋屬夔州；次年來夔，今年又在夔，此之謂三歲如轉燭。全命甘留滯，忘情任榮辱。朝班及暮齒，日給還脫粟。編蓬石城東，采藥山北谷。許徵君詢詩：采藥白雲限，聊以肆所養。編蓬，茅屋也。公後篇瞿唐石城草蕭瑟。用心霜雪間，不必條蔓緑。趙云：公嘗爲左拾遺，今爲尚書工部員外郎，乃通籍於朝班者。時年五十六，所謂暮齒。二者當奉養之厚，而日給還脫粟飯而已。編蓬，言結茅屋於瀼西。兩句以成采藥之意，言冬采之不必待春也。非關故安排，謝靈運詩：居常以待終，處順故安排。曾是順幽獨。謝靈運詩：安排徒空言，幽獨賴鳴琴。達士如弦直，小人似鉤曲。曲直吾不知，負暄候樵牧。趙云：莊子：安排去化，乃入於寥天一。後漢童謠：直如弦，死道邊；曲如鉤，封公侯。公變用之。負暄，列子揚朱篇：宋國有田夫，常衣緼，以過冬。暨春東作，自曝於日，不知天下之有廣厦隩室、緜纊狐狢。謂其妻曰：負日之暄，人莫知者。

右一

夜深坐南軒，明月照我膝。驚風翻河漢，梁棟已出日。洛神賦：若白日之照屋梁。群生各一宿，飛動自儔匹。吾亦驅其兒，營營爲私實趙云：實，一作室，非。一作室。天寒行旅稀，歲暮日月疾。榮名忽一作或。中人，楚詞云：薄寒中人。世亂如蟣虱。趙云：世之紛亂如蟣虱之營營也。或字非。古者三皇前，滿腹志願畢。胡爲有結繩，陷此膠與漆。禍首燧人氏，厲階董狐筆。燧人火化而爭欲之心生，董狐直筆而是非之端起。故以燧人爲禍首，以董狐爲厲階。詩：婦有長舌，惟厲之階。君看燈燭張，轉使飛蛾密。放神八極外，俛仰俱蕭瑟。終契如往還，一云終然契真如。得匪合一云金。仙術。趙云：莊子：鼴鼠飲河，不過滿腹。三皇之前，民未有知結繩之政。後民僞日起，其相附離若膠漆然。莊子曰：待繩約膠漆而固者，是侵其德也。又曰：又奚連連如膠漆纆索，而遊乎道德之間哉？今將與之結繩，則已相結約而爲膠漆矣。「君看燈燭張，轉使飛蛾密」，又傷法令之苛明，而投死之多也。此段蓋莊子駢拇及馬蹄篇之義以撓天下；又曰：屈折禮樂以正天下之形。此亦聖人之過也。傷世如此，於是雖放神八極之外，而一俛一仰，莫不氣象蕭瑟，則淳澆朴散，無處不然也。然則如何而可？亦曰「終然契真如」者，西方佛教而已。舊本正作「終契如往還」，於義不明。師云：北齊邢子才遊仙詩：安得金仙術，兩腋生羽翼。

右二

可歎

天上浮雲如白衣，斯須改變如蒼狗。古往今來共一時，人生萬事無不有。近者抉眼去其夫，一云眯。河東女兒身姓柳。丈夫正色動引經，酆城客子王季友。群書萬卷常暗誦，孝經一通看在手。貧窮老瘦家賣屨，好事就之爲攜酒。趙云：浮雲變態不常，然初白衣而變爲蒼狗，事之無定如此。譬古今一時，而萬事之變不可名狀也。雲如狗，北史元諧傳：雲如蹲狗去鹿。古往今來，傳曰：四方上下曰宇，古往今來曰宙。萬事無不有，應詹與陶侃書：其間事故，何所不有。事變無所不有何哉？夫婦之際，貴有始終。在女兒言之，有姓柳者，不喜見其夫，如抉眼中之物而去之。東北人方言，不喜見者每曰抉眼。一作抉眯，非是。人之動作，貴乎有義。在丈夫言之，有王季友者，能正色引經。兩事一非一是，此萬事無不有也。王季友，唐文粹唯載其詩，觀全篇所云，則王佐之才者。劉向博極群書。梁孝元帝敗，焚圖書十四萬卷。曰：讀書萬卷，猶有今日！一通，一本之謂。後漢賈逵傳：帝令逵自選高才者，教以左氏，與簡紙經傳各一通。在手字，詩：六轡在手。許靖傳：五侯九伯，制御在手。攜酒，暗使揚雄傳：好事者載酒肴從遊學。豫章太守高帝孫，引爲賓客敬頗久。聞道三年未曾語，小心恐懼閉其口。太守得之更不疑，人生反覆看亦醜。趙云：紀述季友，且言其逢主人李太守，二人皆王佐才。下句言人生相得氣合，則勿疑；若更反覆，旁人看之亦醜矣。北史盧貢傳：帝言，劉昉之徒皆反覆子。明月無瑕豈容易，師云：淮南子：明月之珠〔一〕，不能無纇。紫氣鬱鬱猶銜斗。見三十六卷劉十判官詩。張華事，璧與劍皆以比季友。時危可仗真豪俊，二人得置君側否？趙云：珠璧皆有明月之稱，在玉謂之無瑕，在珠謂之無纇。舊注非。豈容易，言難得之。東方朔：談何容易。紫氣，酆城劍也。太守頃者領山南，邦人思之比父母。王生早曾拜顔色，高山之外皆培塿。左太沖魏都賦：培塿之與方壺。培塿，小堆阜。杜田補遺：左氏傳：部婁無松柏。杜預注：部婁，小阜。說文：培塿，小土山。方言曰：冢，秦晉間謂之培塿。風俗通：培塿者，即阜之類。今齊、魯間，山之小高者，名培塿。趙云：王生之拜太守，顔色如仰高山，餘人真培塿也。用爲羲和天爲成，用平水土地爲厚。王也論道阻江湖，李也丞疑曠前後。死爲星辰終不滅，見「方朔爲歲星」注。致君堯舜焉肯朽。杜田補遺：夏侯湛東方朔畫贊序：談者又以先生棄俗登仙，神變造化，靈爲星辰，此又是奇怪恍惚不可備論者也。莊子曰：傅說得之，以相武丁，乘東維，騎箕尾，而比於列星。趙云：堯典分命羲叔、和叔，羲仲、和仲，以主四時。故曰：天爲成。書：地平天成。堯典又曰：伯禹作司空，汝平水土。故曰地爲厚。此併言二公。蓋論道，言其可爲三公。書：三公論道經邦。考工記：坐而論道，謂之王公。丞疑，言其可爲宰相。傳：左輔右弼，前疑後丞。阻江湖，留滯江湖而阻隔於致身。曠前後，天子前後曠闕斯人也。死爲星辰事，杜時可論亦是一端矣。素問：黃帝謂岐伯：願夫子溢志盡言其事，令終不滅。致君堯舜。見首篇注。吾輩碌碌飽飯行，風后力牧長迴首。風后、力牧，黃帝臣。杜田補遺：陶淵明集聖賢群輔錄：風后受金法。金法，言能決理是非。力牧，受準與天老、五聖、知命、窺紀、地典，爲黃帝七輔。州選舉翼佐帝德，見論語摘輔象。又帝王世紀：黃帝夢大風，吹天下塵垢皆去；復夢人執千鈞之弩，驅羊數萬群。帝歎曰：風大號，令垢去土后在也。豈有姓風名后者哉？千鈞之弩，異力能遠，驅羊萬群，牧民爲善。豈有姓力名牧者哉？乃得風后於海隅，力牧於大澤。趙云：自謂其不逮二公，徒飽飯而已。風后、力牧，黄帝七輔之二，人名。長回首，則有笑吾輩飽飯之意；以形容二公可爲宰輔，當如風后、力牧。

【校勘記】

〔一〕「月」，文淵閣本作「子」。

觀公孫大娘弟子舞劍器行并序

大曆二年十月十九日，夔府别駕元持宅，見臨潁李十二娘舞劍器，壯其蔚跂。問其所師，曰：余公孫大娘弟子也。開元三載，余尚童稚，記於郾城觀公孫氏舞劍器渾脱，瀏灕頓挫，獨出冠時。自高頭宜春、梨園二伎坊内人，洎外供奉，曉是舞者，聖文神武皇帝初，公孫一人而已。玉貌錦衣，況余白首。今兹弟子，亦匪盛顔。既辨其由來，知波瀾莫二。撫事慷慨，聊爲劍器行。往者吴人張旭，善草書帖，數嘗於鄴縣見公孫大娘舞西河劍器，自此草書長進，豪蕩感激，即公孫可知矣。趙云：郾城，潁州屬縣。時乙卯開元三年，公方四歲。吕汲公疑其誤。次公有説，具紀年篇次〔一〕。

昔有佳人公孫氏，一舞劍器動四方。觀者如山色沮喪，天地爲之久低昂。趙云：觀者如山，倣禮記矍相之射，觀者如堵。天地爲之低昂，倣李陵書天地爲陵震動。㸌如羿射九日落，堯時十日並出。堯令羿射中九日。日烏皆死，墮其羽翼。矯如群帝驂龍翔。師云：夏侯玄賦：又如東方群帝兮，騰龍駕而翱翔。來如雷霆收震怒，罷如江海凝清光。趙云：四句狀舞劍器之妙勢。如成都尹鄭公堂狀騎士揚旗之作：「迴迴偃飛蓋，熠熠迸流星。來纏風飆急，去擘山岳傾。」驂龍，晉劉琬神龍賦：惟天神龍，上帝之馬。詩：如震如怒。選詩：秋月懸清光。絳脣珠袖兩寂寞，蕪城賦：玉皃絳脣。趙云：序使玉貌，詩使絳脣。鮑照蕪城賦有蕙心紈質，玉貌絳脣。珠袖，序所謂玉貌錦衣亦是矣。兩寂寞，言公孫大娘已死。晚有弟子傳芬芳。臨潁美人在白帝，李十二娘。妙舞此曲神揚揚。與余問答既有以，感時撫事增惋傷。先帝侍女八千人，公孫劍器初第一。五十年間似反掌，風塵傾動昏王室。趙云：指言祿山之亂也。梨園弟子散如煙，薛云：唐書志：玄宗既知音律，又酷愛法曲。選坐部伎子弟三百，教於梨園，號皇帝梨園子弟，宮女數百亦爲梨園弟子，居宜春北院。趙云：祿山亂，梨園弟子皆流散。晉陸機隴西行：我静如鏡，民動如煙。或謂録異記載：吴王夫差女曰玉，私悅韓重，許爲之妻，事不諧而死。後冥與重合，王欲致重之罪，玉見身於王，夫人出而抱之，正如煙焉。遂公用此事〔二〕，其説迂。梨園弟子如李龜年輩，豈止女人乎？女樂餘姿映寒日。趙云：指言李十二娘。又冬月見之也。金粟堆南木已拱，江淹恨賦：拱木斂魂。趙云：金粟堆，在長安明皇泰陵北。唐舊紀：玄宗親拜五陵，至睿宗橋陵，見金粟山岡有龍盤鳳翥之勢，謂侍臣曰：吾千秋萬歲後，宜葬此。暨升遐，群臣遵先旨焉。今云金粟堆南，懷想泰陵也。公觀曹將軍畫馬圖詩又曰：金粟堆前松柏裏，龍媒去盡鳥呼風。亦言泰陵。木拱，左傳：晉公謂蹇叔曰：爾墓之木拱矣〔三〕。瞿唐石城草蕭瑟。趙云：歎與李十二娘俱在夔也。玳筵急管曲復終，薛云：按古樂府今日樂相樂行：綺殿文雅遒，玳筵歡趣密。又曰歌：朱唇動，愛神舉〔四〕。洛陽少童邯鄲女。古稱淥水今白紵，催絃急管爲君舞。樂極哀來月東出。老夫不知其所往，足繭荒山轉愁疾。趙云：言其去留未定，徒足繭荒山耳。足胝如繭。所謂重趼累蠒是已。師云：淮南子：楚欲攻宋，墨子聞之，自魯而趨，十日十夜，足重繭而不休息，至於郢。

【校勘記】

〔一〕「篇」，文淵閣本、文津閣本、文瀾閣本、清刻本、排印本作「編」。

〔二〕「遂」，清刻本、排印本作「謂」。

〔三〕「晉公」，春秋左傳注僖公三十二年及昭公三年作「秦公」。

〔四〕「朱唇動愛神舉」文淵閣本、文津閣本作：「朱唇變，動神舉。」案，宋詩卷七、樂府詩集卷五十五舞曲歌辭代白紵曲作：「朱唇動，素腕舉。」

虎牙行

虎牙，灘名，嶮絶。蕭銑僭江陵，屯兵于此。鮑云：虎牙，山名。盛弘之荆州記：郡西泝江六十里，南岸有山，名荆門。北岸有山，名虎牙，二山相對，楚西塞也。

秋風欻吸吹南國，天地慘慘無顔色。趙云：秋風，師民瞻本作北風，是。蓋下皆冬意。江文通雜擬：欻吸鶗鴂悲，注：猶俄頃也。今公用於風，則謝朓和蕭子良高松賦：卷風飈之欻吸，積霰雪之巖嵦。慘慘無顔色，展用登樓賦〔一〕：天慘慘而無色。洞庭揚波江漢迴，師云：楚詞：洞庭波兮木葉下。虎牙銅柱皆傾側。虎牙、銅柱，並灘名。巫峽陰岑朔漠氣，峰巒窈窕溪谷黑。杜田補遺：是詩以秋風吹南國，而洞庭揚波以回江漢，故銅柱及虎牙山皆傾側，虎牙乃山非灘。郭璞江賦：虎牙嵥豎以屹崒，荆門闕竦而盤薄〔二〕，注：虎牙、荆門二山，夾岸相對，江流其中。後漢光武紀：田戎、任滿據荆門。山在南，上合下開，其狀似門，虎牙山在北，石壁色紅，間有白文，類牙。二山，楚西塞，在峽州夷陵縣東南。趙云：洞庭、江漢、虎牙、銅柱、巫峽，雖相去遠，皆南國之地。詩：滔滔江漢，南國之紀。今冬矣，以風吹之故，其流回轉。舊注以爲二灘名。不知虎牙乃山，又不知銅柱灘之所在。杜田謂銅柱、虎牙皆山矣。按銅柱，灘名；虎牙，山名。酈道元注水經：江水又東，逕漢平二百餘里。左自涪陵，東出百餘里，而届于横石，東爲銅柱灘，在今涪陵之下。水經正經曰：江水又東，歷荆門、虎牙之門。虎牙山又在銅柱灘下。今以風吹故，山與灘勢皆傾倒。巫峽雖在南方，以風寒故成陰岑，而如朔漠之氣。杜鵑不來猿狖寒，山鬼幽憂雪霜逼。楚九歌有山鬼詩。趙云：冬時近春，杜鵑亦可以來。以風寒故，深藏而不來。杜鵑、猿狖、山鬼，皆南國之物。楚老長嗟憶炎瘴，三尺角弓兩斛力。壁立石城横塞起，金錯旌竿滿雲直。趙云：南方炎瘴，今以風寒故，楚之老人翻長嗟而憶炎瘴，與韓退之簟詩皇天何時反炎燠之意同。三尺角弓，斗力未多。以風寒故，堅勁難開，如兩斛之力。弓言斛力，南史：齊魚復侯子響，勇力絶人，開弓四斛力。壁立石城，言白帝城，乃山石自然之城。字則史「石城湯池」。金錯旌旗，如金銀纏竿槍之類[三]。**漁陽突騎獵青丘，**祿山反，皆漁陽突騎，漁陽、青丘屬洛陽。趙云：子虛賦：秋田乎青丘。注：青丘國在海東三百里，齊地也。自亂離至此十年，盜賊未息，征戍未散，誅求未已，宜寡妻之哭，遠客之悲。舊注：青丘屬洛陽。不知何所據而言？**犬戎鏁甲聞丹極。**犬戎、吐蕃時陷京師。**八荒十年防盜賊[四]，征戍誅求寡妻哭，遠客中宵淚霑臆。**趙云：師民瞻作圍丹極，是。蓋漁陽突騎，言安史；犬戎鏁甲，言吐蕃。公作詩在夔，乃今歲大曆二年。史朝義滅於廣德元年正月，吐蕃是年陷京師於八月，去今四年，而詩及之，蓋追言之，引下十年防盜賊之句也。漁陽突騎，公凡三使。其一言幽燕之兵，曰：漁陽突騎猶精鋭，赫赫雍王都節制；又，漁陽突騎邯鄲兒，酒酣並轡金鞭垂。今言安史者，蓋安史亦用幽燕兵。後漢：光武克邯鄲，置酒高會。謂馬武曰：吾得漁陽上谷突騎，欲令將軍將之。唐六典注引蔡邕：冀州强弩，幽州突騎，天下之精也。

【校勘記】

〔一〕「展」，清刻本、排印本作「蓋」，訛。

〔二〕「闢」，文淵閣本作「開」，文選卷十二、全晉文卷一百二十江賦作「闢」。

〔三〕「金」，原作「今」，訛，據文淵閣本、文津閣本、文瀾閣本改。

〔四〕「十年」，文淵閣本、文津閣本、文瀾閣本、清刻本、排印本作「千里」，訛。案，二王本杜集卷七作「十年」，可證。

錦樹行

今日苦短昨日休，歲云暮矣增離憂。趙云：今日、昨日字，韓詩外傳：昨日何生，今日何成。或用莊子山木篇爲證，不知莊子：昨日山中之木以不材生，今主人雁以不材死。無今日字連上昨日字也。歲云暮矣，詩：歲聿云暮。霜凋碧樹行錦樹，萬壑東逝無停留。趙云：上句木葉經霜而紅若錦。下句逝者如斯夫之意也。碧樹，列子：吴楚之國有大木焉，其名爲柚，碧樹而冬生。萬壑，顧凱之言會稽：千巖競秀，萬壑争流。荒戍之城石色古，東郭老人住青丘。趙云：荒城石色，謂石城。東郭，指夔州之郭。前篇云佇立東城隅。老人，公自言。青丘，則瀼西之居在東郭，亦名青丘乎？與齊地青丘偶同名。飛書白帝營斗粟，琴瑟几杖柴門幽。青草萋萋盡枯死，天馬跂足隨氂牛。莊子作氂牛，音離。趙云：草枯，則無以充天馬之飼，與氂牛無異。公嘗曰「草枯騏驥病」，又曰「試看明年春草長」〔一〕，皆此意也。漢書禮樂志：天馬來從西極。氂牛，則蠻中牛。自古聖賢皆薄命〔二〕，伯夷餓死，孔子栖栖，顔回之夭，孟軻之坎軻，皆薄命聖賢也。姦雄惡少皆封侯。漢祖之起取侯者，皆屠狗刀筆之人。故國三年一消息，終南渭水寒悠悠。五陵豪貴反顛倒，鄉里小兒狐白裘。五陵，漢帝五陵。薛云：史記：秦囚孟嘗君，君求救於幸姬，姬曰：願得君狐白裘以獻昭王。有客能爲狗盜，入秦宫藏，盜得狐白裘獻之，遂得歸齊。又禮：士不衣狐白。又王襃講德曰：千金之裘，非一狐之腋。趙云：五陵豪貴，漢徙貴人與豪俠之家於陵寢地，以壯大之也。五陵，見上哀王孫注。用豪貴之實，若韋賢徙平陵，車千秋徙長陵，黄霸、平當、魏相徙平陵，張湯徙杜陵，杜周徙茂陵，蕭望之、馮奉世、史丹徙杜陵。所謂五陵之貴者。又若郭解傳：及徙豪茂陵也，解貧不中訾，吏恐，不敢不徙。衛將軍爲言：解家貧，不中徙。上曰：解布衣，權至使將軍，此其家不貧。解徙，諸公送者出千餘萬。此謂五陵之豪者。反顛倒，言其子孫也。鄉里小兒四字，挨傍陶淵明「我不能爲五斗米折腰，拳拳鄉里小人」。

生男墮地要膂力，一生富貴傾家國。莫愁父母少黄金，天下風塵兒亦得。趙云：此四句亦「閭閻聽小子，談笑覓封侯」之意〔三〕。佛書：朝生王子，一日墮地，便勝凡人。晉傅玄豫章行：男兒當門户，墮地自生神。生男有膂力之故，可以用武致功，取富貴傾動家國，與美人容貌一顧傾人城，再顧傾人國之傾不同。

【校勘記】

〔一〕「年」，文淵閣本、文津閣本奪。

〔二〕「皆」，二王本杜集卷七、錢箋卷七作「多」。

〔三〕「笑」，本集卷三十復愁十二首之十作「話」。

赤霄行〔一〕

孔雀未知牛有角，渴飲寒泉逢觝觸。赤霄玄圃須往來，翠尾金花不辭辱。杜田補遺：埤雅：博物志：孔雀尾多變色，或紅或黄，有如雲霞無定，人採其尾，有金翠，五年而後成。始生三年金翠尚小，初春乃生，四月後彫，與花蘂俱衰。雌者不冠，尾短，無金翠。人採其尾，以飾扇拂，生翠則金翠之色不減〔二〕。南人取其尾者，握刀蔽於叢竹潛隱之處，伺過，急剪之。若不即斷，回首一顧，無復光彩矣。趙云：孔雀，赤霄玄圃往來之物。渴而飲泉，不知牛有角，而逢觝觸，值非其類也。赤霄，楚詞載：赤霄而凌太清。在孔雀言之，張茂先鷦鷯賦序：彼鷲鶚鶤鴻，孔雀翡翠，或凌赤霄之際，或托絶垠之外。玄圃，在崑崙山上之別名。見葛仙公傳。觝觸，文子：兕牛之動以抵觸。而觝字，嵇叔夜琴賦：觸巖觝隈。翠尾金花，孔雀之羽毛。晉左九嬪孔雀賦〔三〕：戴緑碧之秀毛，擢翠尾之脩莖。鍾會賦：丹口金輔，玄目素規。

江中淘河嚇飛燕，銜泥却落羞華屋。

杜田補遺：爾雅釋鳥：鵜，鴮鸅。郭璞注：今之鵜鶘也。沈水食魚，故名洿澤，俗呼爲淘河。曹風：維鵜在梁。陸機疏：鵜，水鳥，如鶚而極大，喙長尺餘，直而廣，口中正赤，頷下胡大如數升囊，若小澤中有魚，便群共貯水，滿其胡而棄之，令水竭盡，魚在陸地，乃共食之，故曰淘河。本草：鵜鶘，大如蒼鵝，頤有皮袋，容二升物，展縮由袋，中盛水以養魚，一名淘河，身是水沫，唯胸前有兩塊肉如拳。云昔爲人竊肉入河，化爲此鳥，今猶有肉，因名逃河。莊子：魚不畏網而畏鵜鶘，以其竭澤而取。本草引竊肉逃河事，名異而義殊。當以爾雅注釋爲正。趙云：嚇字，莊子：鴟得腐鼠，鵷鶵過之。仰而視之曰嚇也。燕從江上來，爲淘河所疑，意謂燕争其魚而嚇之。歸華堂之上，負此羞耻，銜泥卻落焉。屋字韻，上使銜泥，古詩：思爲雙飛燕，銜泥巢君屋。史記平原君傳：歃血於華屋之下。孔雀與燕皆自譬。牛與淘河譬見辱之子。華屋，主人之屋。豈言夔州所依主人如柏中丞者乎？

皇孫猶曾蓮勺困，

孝宣帝紀：帝初爲皇孫，高材好學。然亦喜遊俠，鬬鷄走馬。具諳知閭里姦邪，吏治得失。數上下諸侯，常困於蓮勺鹵中。如淳曰：爲人所困辱也。蓮勺縣有鹽池，縱廣十餘里，鄉人名爲鹵中。蓮，音輦，勺，音灼。

衛莊見貶傷其足〔四〕。

成十七年傳：刖鮑牽而逐高無咎。齊人來招，牽之弟鮑國而立之。仲尼曰：鮑莊子之知不如葵，葵猶能衛其足〔五〕。注，葵傾葉向日，以蔽其根。言鮑牽居亂不能危行言孫。趙云：言衛莊之所以見貶於孔子者，以自傷其足也。皇孫遭困，所以自寬；衛莊見貶，又以自責。老翁慎莫怪少年，葛亮貴和書有篇。趙云：老翁，自言。少年，所見辱之子。貴和，蜀志諸葛亮傳。陳壽所上諸葛氏集目録凡二十四篇，而貴和第十一。惜其書不傳。以亮貴和自責，蓋惟不能和，必召辱矣。丈夫垂名動萬年，記憶細故非高賢。趙云：此句見公胸懷廓落無宿憾矣。乃顔淵犯而不校者乎？前漢匈奴傳：孝文遺匈奴書：朕與單于，皆捐細故。師古曰：細故，小事。師云：公不以細故芥蔕於胸次，則與必報睚眦之怨者異矣。

【校勘記】

〔一〕此詩，文津閣本闕。

〔二〕「翠」，清刻本、排印本作「採」。

〔三〕「孔」，文淵閣本作「孤」，誤。

〔四〕「衛莊」，參正文「衛莊見貶傷其足」句下注「鮑莊子之知不如葵」、錢箋卷七此詩注「衛一作鮑」，兼考春秋左傳注成十七年所載，當以「鮑莊」爲是。

〔五〕「葵」，原奪，據文淵閣本、文津閣本、文瀾閣本、清刻本、排印本補訂。

前苦寒二首〔一〕

漢時長安雪一丈，牛馬毛寒縮如蝟。楚江巫峽冰入懷，虎豹哀號又堪記。杜田正謬：西京雜記：漢元封二年，大雪深數尺，野中鳥獸皆死，牛馬踡縮如蝟。鮑明遠出自薊北行：疾風衝塞起，沙礫自飄揚。牛馬縮如蝟，角弓不可張。秦城老翁荆揚客，師云：杜陵，秦地，公自謂也。慣習炎蒸歲絺綌。玄冥祝融氣或交，手持白羽未敢釋。漢時雪五尺，今一丈加言之也。馬牛寒縮爲異，況虎豹哀號又堪記矣。白羽，言扇。

右一

去年白帝雪在山，今年白帝雪在地。凍埋蛟龍南浦縮，寒刮肌膚北風利。楚人四時皆麻衣，楚天萬里無晶輝。三足之烏足恐斷，羲和送將安所歸。趙云：雪在山，尚少；在地，則多。南浦縮，水涸少也。楚地多熱，四時麻衣，以雪爲訝也。無晶輝，則雪下之天如此也〔二〕。淮南子：日中有踆烏。注，踆，趾也。謂三足烏。羲和，日御。以雪寒足斷，則羲和馭日車失其所歸矣。師云：樂社云：南浦蟄龍凍。

右二

【校勘記】

〔一〕詩題，二王本杜集卷七、錢箋卷七作「前苦寒行」。又，此題二首，文津閣本闕。

〔二〕「如」，文淵閣本作「知」，訛。

後苦寒二首〔一〕

南紀巫廬瘴不絕，太古以來無尺雪。蠻夷長老怨苦寒，崑崙天關凍應折。師云：古詩：崑崙杳雲際，天關煙氣昏。杜補遺〔二〕：詩：滔滔江漢，南國之紀。說者以江漢爲南紀，非。南紀乃分野名。唐天文志〔三〕：東循嶺徼，達甌、閩中，是謂南紀，所以限蠻夷。趙云：自江漢以南皆謂南紀，非特江漢。巫廬，二山名。蓋夔州巫山，江州廬山，皆在南紀。郭景純江賦：巫廬嵬崫而比嶠。南國謂炎方，故瘴不絕。前漢藝文志有太古以來年紀二篇。神異經：崑崙有銅柱焉。其高入天，所謂天柱。圍三千里，周圓如削，銅柱下有回屋，辟方百丈，所謂天關，豈天柱乎？列子：共工氏與顓頊爭爲帝，怒觸不周之山，天柱折也。玄猿口噤不能嘯，白鵠翅垂眼流血。安得春泥補地裂？趙云：司馬相如上林賦：玄猿素雌；陸機苦寒行：玄猿臨岸嘆。張平子西京賦：挂白鵠，聯飛龍。若實有玄猿、白鵠之事，酈道元水經注：鄧芝射玄猿。玄猿自拔矢，卷木葉塞射瘡。芝嘆曰：傷物之性，吾其死矣。鄧德明南康記：盧耽，仕州爲治中。少學仙術，善解飛騰。每夕輒淩虛歸家，曉則還州。嘗元會至曉〔四〕，不及朝列。化爲白鵠至閤前，迴翔欲下〔五〕。威儀以帚掃之，得一隻履。耽驚還就列，內外左右，莫不駭異。史記日者傳：噤口不能言。古樂府飛烏行：吾欲銜汝去，口噤不能開。後漢馮異傳：始垂翅回谿，終奮翼澠池。老子：地無以寧，將恐裂。

右一

【校勘記】

〔一〕詩題，二王本杜集卷七、錢箋卷七作「後苦寒行」。又，此題二首，文津閣本闕。

〔二〕「杜」，文淵閣本、文津閣本、文瀾閣本、清刻本、排印本作「杜田」。

〔三〕「唐天文志」，「唐」原作「廣」，據新唐書卷三十一天文志改。案，本集諸詩注釋「南紀」時引録新唐書天文志，對該書的稱引歧互，如此詩「南紀巫廬瘴不絶」下引杜田注、卷三十四公安送李二十九弟晉肅入蜀餘下沔鄂詩「南紀連銅柱」下引趙次公注、卷三十五江閣對雨有懷行營裴端公詩「南紀風濤狀」下引杜田注皆作「廣天文志」，均訛；而卷十四八哀詩故右僕射相國張公九齡詩「相國生南紀」下引杜田注、卷十六題衡山縣文宣王廟新學堂呈陸宰詩「南紀改波瀾」下引趙次公注皆作「唐天文志」，是。

〔四〕「曉」，藝文類聚卷四歲時中引録鄧德明南康記、先後解輯校戊帙卷十一此詩趙次公注〔三〕作「晚」。

〔五〕「迴」，原作「細」，據清刻本、排印本改。又，文淵閣本作「翮」。

晚來江門失大木，猛風中夜吹白屋。天兵斷斬青海戎，殺氣南行動坤軸〔一〕。趙云：青海戎，言吐蕃。師云：春秋括地圖：地有四柱，三千六百軸也。不爾苦寒何太酷！巴東之峽生凌澌，彼蒼迴斡人得知。荆州人木玄虚海賦：又似地軸，挺拔而争回。言苦寒之故，以天兵斬盡吐蕃，殺氣所致也。歌：巴東之峽巫山長，猿鳴三聲淚霑裳。詩：彼蒼者天。言寒氣酷甚，天亦爲之回轉斡旋。

右二

【校勘記】

〔一〕「坤」，錢箋卷七作「地」。

晚晴〔一〕

高唐暮冬雪壯哉，舊瘴無復似塵埃。峽中每嵐瘴起，如塵埃翳天。崖沉谷没白皚皚，江石缺裂青楓摧。南天三旬苦霧開，舞鶴賦：嚴嚴苦霧。赤日照耀從西來。六龍寒急光徘徊，六龍日御也。照我衰顔忽落地，口雖吟詠心中哀。未怪及時少年子，揚眉結義黄金臺。燕昭築黄金臺以禮泊乎吾生何飄零，支離委絶同死灰！支離，言不爲時所用也。莊子：支離疏。又：心固可使如死灰。趙云：師民瞻郭隗。鮑照：豈伊白璧賜，特起黄金臺。本改舊本高堂作高唐，是。蓋夔州所作，宜使巫山之高唐也。日從西來，天晚而後見日故也。六龍，所以駕日車。淮南子謂之六螭。

【校勘記】

〔一〕此詩，文津閣本闕。

復陰〔一〕

方冬合沓玄陰塞，昨日晚晴今日黑。萬里飛蓬映天過，孤城樹羽楊風直。江濤簸岸黄沙走，雲雪埋山蒼兕吼。師云：鮑照詩：蒼兕號空林。君不見夔子之國杜陵翁，牙齒半落左耳聾！夔州，古夔子國。杜陵，子美故里。趙云：合沓，洞簫賦：薄索合沓。注，重沓也。昨日、今日，韓詩外傳：昨日何生，今日何成。孤城樹羽，則白帝城上屯戍之旗。太公誓師曰蒼兕云云。

【校勘記】

〔一〕此詩，文津閣本闕。

夜歸[一]

夜來歸來衝虎過，山黑家中已眠卧。傍見北斗向江低，仰看明星當空大。庭前把燭嗔兩炬，峽口驚猿聞一箇。白頭老罷舞復歌，杖藜不睡誰能那？趙云：此篇雄壯渾成。涅槃經：行止眠卧。公又使睡眠字，亦涅槃經有如人喜眠，睡眠滋多也。前漢書：王莽時，夏侯勝、邴漢以老病罷。韋賢以老病罷歸。豈摘字用乎？南史蔡興宗傳：太尉沈慶之日加老罷私門，兵刀頓闕。方是兩字全出。莊子：原憲杖藜應門。

【校勘記】

〔一〕此詩，文津閣本闕。

寄柏學士林居[一]

自胡之反持干戈，天下學士亦奔波。避亂奔散，如波之奔。歎彼幽栖載典籍，蕭然暴露依山阿。言無所休庇也。漢書：衣冠暴露。青山萬里静散地，白羽一洗空垂蘿[二]。亂代飄零余到此，古人成敗子如何？荆揚春冬異風土，風土記：荆揚間春寒冬暖，所以爲異。巫峽日夜多雲雨。神女：朝爲雲暮爲雨。赤葉楓林百舌鳴，黄泥野岸天鷄舞。天鷄，鳥名。謝靈運：海鷗戲春岸，天鷄弄和風。盜賊縱横甚密邇，形神寂寞甘辛苦。幾時高議排金門，各使蒼生有環堵。趙云：宋謝惠連秋胡四言：念彼奔波，意慮回惑〔三〕。謝靈運南山詩：疑此永幽栖。晉嵇康：采薇山阿。王弼：投戈散地。既居散地，則眼不見干戈，此所以白羽一洗也。家語：子貢言軍旅：赤羽如日，白羽如月。空垂蘿，則不見白羽，但見垂蘿耳。此大曆二年之冬。春，則去年十二月，周智光反，據華州；正月，同、華將吏殺智光，傳首闕下。九月，吐蕃寇靈州，又寇邠州。同月，桂州山獠反。斯謂賊盜縱横。或云别有盜賊，去夔爲近。史所不載，有因公詩而見者。鵾雞舞於蘭渚，而公六絶句首篇云：竹高鳴翡翠，沙僻舞鵾雞。今取舞字變云天雞舞。

【校勘記】

〔一〕此詩，文津閣本闕。

〔二〕「羽」，二王本杜集卷七、錢箋卷七作「雨」。

〔三〕「謝惠連」，原作「謝靈運」，檢謝靈運詩無「念彼奔波」二句，考藝文類聚卷四十一樂部、宋詩卷四謝惠連秋胡行二首其二有此二句，當是誤置，據改。又，「意慮回惑」句，宋詩秋胡行「慮」作「眠」。

寄從孫崇簡〔一〕

嵯峨白帝城東西，南有龍湫北虎溪。吾孫騎曹不記馬，業學尸鄉多養雞。杜田補遺：世說：王子猷爲桓沖騎曹參軍〔二〕。桓問曰：卿何署？曰：不知何署？時見牽馬來，似是馬曹。又：所管有幾馬？曰：何由知其數？又問：馬死多少？曰：未知生，焉知死。趙云：尸鄉事，列仙傳：祝鷄翁，洛陽人。居尸鄉北山下，養雞皆有名字。暮栖樹，晝放散食，欲取呼名即至。販雞及子，得千萬錢，輒置錢去。龐公隱時盡室去，武陵春樹他人迷。趙云：龐公，襄陽人，居峴山。劉表就候之，歎息而去。後攜妻子登鹿門山，采藥不反。武陵，在今鼎州，即桃源也。陶淵明集載：晉太元中，武陵人捕魚，緣溪行，忘路遠近。忽逢桃花林，得一山。山有小口，髣髴若有光。捨船從口入。行數十步，豁然開朗。土地平曠，屋舍儼然。黄髮垂髫，並怡然相樂。見漁人，乃驚。問所從來，便要還家。既出，及郡，詣太守說。即遣人隨往。遂迷，不復得路。盡室，俗所謂挈家也。左傳：盡室以行。詩：豈無他人。蓋言崇簡既如龐公攜妻子以隱，他日人有誤入其境，則如武陵之迷也。與汝林居未相失，近身藥裹酒長攜。牧叟樵童亦無賴〔三〕，莫令斬斷青雲梯。文選注：仙者，以雲而升，謂之雲梯。趙云：謝靈運登石門最高頂：惜無同懷客，共登青雲梯。

【校勘記】

〔一〕此詩文津閣本闕。

〔二〕「王子猷」，「猷」原作「獻」，訛，據清刻本、排印本改。

〔三〕「叟」，二王本杜集卷七、先後解輯校戊帙卷十一、錢箋卷七作「豎」。案，十家注卷九、百家注卷二十九、分門集注卷九、草堂詩箋卷四十二、黄氏補注卷十三均作「叟」。

西閣曝日〔一〕

凜冽倦玄冬，負暄嗜飛閣。趙云：梁元帝纂要：冬曰玄英、玄冬。負暄，見寫懷上篇注。羲和流德澤，顓頊愧倚薄。曹子建：悲風鳴我側，羲和逝不留。重陰潤萬物，何懼歲不周。倚薄，見前注。毛髮且自私〔二〕，肌膚潛沃若。太陽信深仁，衰氣欻有托。欹傾煩注眼，容易收病脚。趙云：帝曰顓頊，見禮記月令。謝靈運詩：拙疾相倚薄，猶得靜者便。倚薄，附著之謂。舊本具自和，師民瞻本作且自私，是。欹傾煩注眼，則光采注眼之煩，眩而欹傾也。流離木杪猿，翩僊山顛鶴。敬祖：連翩御飛鶴。謝靈運：仰看條上猿。朋知苦聚散，哀樂日已作。即事會賦詩，人生忽如昨。古來遭喪亂，賢聖盡蕭索。胡爲將暮年，憂世心力弱。趙云：鳥獸之寒，見日則喜。公曝日西閣，非徒取暖快，且有所思念焉。用是知人之情：聚則樂，散則哀。朋友知舊苦聚而復散也。惟其既聚復散，此哀樂於一日之間已自作也。舊本作用知，非。

【校勘記】

〔一〕此詩文津閣本闕。

〔二〕「且自私」，二王本杜集卷七、百家注卷二十三、分門集注卷五、黄氏補注卷十三作「具自和」，草堂詩箋卷四十四作「且自和」。

水閣朝霽奉簡嚴雲安〔一〕

東城抱春岑，江閣隣石面。崔嵬晨雲白，朝旭射芳甸。謝玄暉有雜英滿芳甸。雨檻卧花叢，風牀展書卷。鈎簾宿鷺起，丸藥流鶯轉。呼婢取酒壺，續兒誦文選。晚交嚴明府，矧此數相見。趙云：去秋有贈鄭十八賁云：異味煩縣尹。鄭十八者，雲安知縣也。今此詩題云簡嚴雲安，又是新知縣邪？公詩兩字每使文選〔二〕，嘗示宗武曰：熟精文選理。今又曰續兒誦文選，則於文選爲精矣。

〔一〕「轉」，或作「囀」。

【校勘記】

〔一〕此詩文津閣本闕。

〔二〕「兩字每使」，清刻本、排印本作「最得力於」。

晚登瀼上堂〔一〕

故躋瀼岸高，頗免崖石擁。開襟野堂豁，繫馬林花動。趙云：選賦：向北風而開襟。莊子：似繫馬而止。雉堞粉似雲〔二〕，薛云：公羊傳：五板而堵，五堵而雉，百雉而城。堞，城牆馬面也。山田麥無隴。春氣晚更生，江流靜猶湧。四序嬰我懷，群盜久相踵。黎民困逆節，天子渴垂拱。趙云：胡戎盜賊犯順爲逆節。天子皇皇，不得垂衣拱手。所思注東北，深峽轉脩聳。趙云：東北，言長安。由峽中轉視高山而往，斯爲深峽。衰老自成病，郎官未爲冗。淒其望呂葛，不復夢周孔。濟世數嚮時，斯人各枯冢。老子：其人與骨皆朽矣。趙云：公爲尚書工部員外郎，而郎官上應列宿，未爲冗矣。謝靈運發石首城詩：欽聖若旦暮，懷賢亦淒其。不復夢周孔，以不復得用周孔之道以經濟矣。孔子曰：甚矣，吾衰也，久矣，吾不復夢見周公。呂、葛，太公、武侯，言前時濟世非無其人，人與骨皆朽爲枯冢矣。楚星南天黑，蜀月西霧重。安得隨鳥翎，迫此懼將恐。詩云：將恐將懼。

【校勘記】

〔一〕此詩，文津閣本闕。

〔二〕「似」，錢箋卷七作「如」。

敬寄族弟唐十八史君〔一〕

與君陶唐後，盛族多其人。聖賢冠史籍，枝派羅源津。甫自撰萬年縣君京兆杜氏墓銘曰：其先係統于伊祁，分姓於唐杜。春秋傳云：穆叔謂之世禄。其在兹乎？漢高紀贊曰：范宣子亦曰：祖自虞以上爲陶唐氏，在夏爲御龍氏，在商爲豕韋氏，在周爲唐杜氏。注：唐、杜，二國名。在今氣磊落，巧僞莫敢親。介立寔吾弟，濟時肯殺身。遠巧僞而介立者，史君也。物白諱受玷，行高無污真。得罪永泰末，放之五溪濱。漢黃瓊：嗷嗷者易爲污，嶢嶢者易爲缺。四子講德：青蠅不能穢垂棘。詩：白圭之玷，尚可磨也。語：殺身以成仁。馬援傳：擊武陵、五溪蠻夷。注：雄、樠、酉、潕、辰，所謂五溪。趙云：上兩句明其得罪之由，以不受汙玷而致然也。與皓皓者易污之義不同。五溪蠻夷，皆盤瓠子孫。今在辰州界。鸞鳳有鎩翮，先儒曾抱麟。顏延年詠嵇中散詩：鸞翮有時鎩。鎩，所拜切，殘也。劉越石詩：誰云聖達節，知命故不憂。宣尼悲獲麟，西狩涕孔丘。注：孔子亦抱麟而泣。趙云：鎩者，殘羽。淮南子：飛鳥鎩羽。先儒，孔子。公羊傳：哀公十四年春，西狩獲麟。何以書？記異也。

孔子曰：孰爲來哉！孰爲來哉！反袂拭面，涕泣沾袍。今云抱麟，則前書所紀或有載抱麟而泣也。雷霆霹長松，骨大卻生筋。一失不足傷，念子孰自珍。趙云：松骨大而生筋，則霹不能盡破。喻唐雖得罪未能傷，以其熟于自珍也。泊舟楚宮岸，戀闕浩酸辛。除名配清江，清江屬施州。厥土巫峽鄰。登陸將首途，筆札枉所申。趙云：楚宮，指夔州，蓋襄王所遊宮。樂史寰宇記於巫山縣載楚宮之名。施州清江縣，在夔州南。九域志：北至本州界一百里，自界首至夔一百二十五里。巫山縣則在夔東七十五里，故云厥土巫峽鄰。前云得罪永泰末，放之五溪濱。永泰末，則歲在乙巳。五溪濱，則辰州。今公出峽，乃戊申大曆三年。寄此詩而云除名配清江，則再貶責矣。歸朝跼病肺，叙舊思重陳。顔延年：春江壯風濤。劉越石：棄置勿重陳。趙云：詩：謂天蓋高，不敢不跼。此跼爲不申之義。公言其歸朝不得，則思叙舊以往。春時得一見也。春風洪濤壯，王粲海賦：洪濤奮蕩。又西京賦：起洪濤而揚波。谷轉頗彌旬。我能泛中流，搪突鼉獺瞋。趙云：谷轉，郭景純江賦：盤渦谷轉。漢武帝秋風辭：橫中流兮揚素波。孔融汝南優劣論：頗有蕪菁，唐突人參。周伯仁謂庾元規曰：何乃刻畫無鹽以唐突西施？任彦昇謝記室牋：惟此魚目，唐突璠璵。長年已省柂，省，視也。柂，乃正船木。長年，則川人謂操舟者。慰此貞良臣。指言唐史君也。

【校勘記】

〔一〕此詩文津閣本闕。

釋悶〔一〕

趙云：詩六韻，謂之古詩；而中四韻盡對，謂之近體；而字眼不順，句之平側不拘，蓋所謂吳體者乎？

四海十年不解兵，犬戎也復臨咸京。祿山思明之亂方已，而吐蕃復陷京城。趙云：自天寶十四載歲乙未，安祿山反，至廣德元年歲癸卯吐蕃復陷京師。此詩二年歲在甲辰春半已聞車駕歸京師之作，吐蕃之兵未已。祿山於天寶十五載嘗陷京師，而今吐蕃再陷焉，故云。失道非關出襄野，揚鞭忽是過湖城〔二〕。杜補遺：莊子：黃帝將見大隗乎具茨之山，至於襄城，七聖皆迷，無所問塗。適遇牧馬童子，而問焉。晉王敦作逆，明帝騎馬齎七寶鞭至湖陰察軍形，敦晝寢，夢日遶城，忽驚覺曰：營中有黃鬚鮮卑奴來，何不縛取！命騎追之，不及。趙云：犬戎犯京師，代宗車駕幸陝。湖城之句，皆以黃帝言之。湖城，則黃帝鼎湖所在，今幸陝所經過之地。豺狼塞路人斷絕，烽火照夜屍縱横。天子亦應猒奔走，群公固合思升平。但恐誅求不改轍，聞道嬖孽能全生。指程元振。時元振用事媒孽大臣，故吐蕃入寇以至功臣不肯用命。趙云：豺狼，以譬賊盜。張孟陽詩：賊盜如豺虎。車駕雖歸長安，而有乞還洛巡海之説，故云：天子亦應厭奔走，群公固合思升平。嬖孽，指程元振，此猶未知其死也。江邊老翁錯料事，眼暗不見風塵清。

【校勘記】

〔一〕此詩，文津閣本闕。

〔二〕「湖」，二王本杜集卷七、錢箋卷七作「胡」。

新刊校定集注杜詩卷十四

古詩

八哀詩并序

傷時盜賊未息，興起王公、李公，歎舊懷賢，終于張相國。八公前後存没，遂不詮次焉。王仲宣、張景陽皆作七哀詩。黄鳥，哀三良。亦其義也。趙云：選有七哀詩名，曹子建、王仲宣、張景陽皆作焉。止一首而名七哀詩，特取其義耳。注：謂痛而哀，義而哀，感而哀，怨而哀，耳目聞見而哀，口歎而哀，鼻酸而哀。子建之詩爲漢末征役別離婦人哀歎，仲宣之詩專哀漢亂，景陽之詩雖再賦，前則哀人事遷化，後則哀帝室漸衰。今公八篇以哀八公，而名八哀詩，挨傍選詩題目耳。八人，皆故矣，舊本四篇作「故」字，四篇作「贈」字，誤也。蓋傳本惑公所謂八公前後存没之語乎？公特言八公存没，或前或後，如某甲殁時，某乙猶存，而詩不能詮次其殁之前後耳。記曰：我欲作九原。又曰：死而可作，吾誰與歸？王公思禮，李公光弼，皆良將，公傷盜賊，欲作其死以爲用，故主二公爲首。興起者，作之謂矣。至歎舊懷賢，則通言下六公。

贈司空王公思禮 思禮加守司空，上元二年薨，贈太尉，謚武烈。

司空出東夷，童稚刷勁翮。趙云：思禮上元元年加司空，次年薨。雖贈太尉，以薨時官稱之。按史，高麗人，故云東夷。後漢鄧禹傳：父老童稚。此所先見者。元魏成淹曰：羔裘玄冠不以弔，此童稚所知也。隋煬帝言薛道衡：我少時與之行役，輕我童稚。陳孔璋爲曹洪與魏文帝書：揮勁翮。張景陽七命：落勁翮。刷字，沈休文和謝宣城詩：將隨渤澥去，刷羽泛清源。追隨燕薊兒，穎鋭一云脱。物不隔。思禮，營州城傍高麗人也。少習戎旅，隨節度使王忠嗣至河西，與哥舒翰對爲押衙。　趙云：按史：思禮父爲朔方軍將。思禮習戰鬭，所謂「追隨燕薊兒」。追隨字，曹植詩：飛蓋相追隨。燕薊兒，猶山簡傳所謂幽并兒。平原君傳：毛遂曰：使遂早得處囊中，乃穎脱而出。服事哥舒翰，意無流沙磧。趙云：按哥舒翰爲隴右節度使，思禮與中郎將周秘事翰，授右衛將軍、關西兵馬使，從討九曲。九曲接西戎地，流沙在其外。意無流沙磧，言輕視西戎，不以爲意。無字，則左太沖詩：志若無東吳。未甚拔行間，犬戎大充斥。短小精悍姿，屹然强寇敵。左傳：盜賊充斥。杜田補遺：前漢：嚴延年爲人短小精悍，敏捷於事。　趙云：按史，加金城太守，安禄山反，翰爲元帥，奏思禮赴軍。玄宗曰：河隴精鋭，悉在潼關。吐蕃有釁，唯倚思禮耳。犬戎，指吐蕃。　師云：史記郭解傳：解爲人短小精悍。貫穿百萬衆，出入由咫尺。馬鞍懸將首，甲外控鳴鏑。薛云：前漢書：冒頓作鳴鏑，習勒其騎射。應劭曰：驍箭。洗劍青海水，刻銘天山石。思禮以拔石堡城功，除右金吾衛將軍，充關西兵馬使。蔡琰詩：馬鞍懸虜頭。鳴鏑，匈奴以射頭曼者，班固爲竇憲刻燕然銘。九曲非外蕃，其王轉深壁。薛云：唐會要：景龍四年，贊普請昏，以左衛大將軍楊矩爲送金城公主使。後矩爲鄯州都督，吐蕃厚賂之，因請河西九曲地爲公主湯沐邑。矩奏與之。吐蕃既得九曲，尤與唐地近，自是復叛。傳：以功授右衛將軍、關西兵馬使，從討九曲。趙云：舊本出入由字，應是猶字，方有義。洗劍青海，刻銘天山，皆言戰勝深入。青海、天山，皆西戎地。思禮既從討九曲，則非外蕃矣。轉深壁，言吐蕃主逃遠地爲壁壘。飛兔不近駕，杜田補遺：飛兔，古之神馬。兔善走，躍而復能飛，以名馬，其駿快可知。淮南子：夫待騕褭、飛兔而駕之，則世莫乘車矣。言其難得也。陳孔璋答東阿牋：飛兔流星，超越山海。龍驤所不敢追，駑馬可得齊足哉？魏志：吕布有馬名赤兔，能馳城飛塹，故語曰：人中有吕布，馬中有赤兔。鷙鳥資遠擊。十二歲，翰征九曲，思禮後期，欲引斬之，續命使釋之。思禮徐言曰：斬則斬，却喚作何物，諸將皆以是壯之。曉達兵家流，飽聞春秋癖。胸襟日沈静，肅肅自有適。趙云：鷙鳥，鷹隼之屬。傳：鷙鳥之擊。月令：鷹隼早擊。兵家流，漢藝文志：兵家者流，凡百八十二家。春秋癖，晉杜預雖爲將軍，有左傳癖。裴楷目夏侯玄云：肅肅如入宗廟中，但見禮樂器。潼關初潰散，萬乘猶辟易。偏裨無所施，元帥見手格。祿山反，思禮從翰守潼關，密語翰誅國忠，又欲以三千騎劫之，翰不從，遂敗。思禮爲偏裨，而謀不見從，翰遂被擒。元帥，翰也。萬乘，天子。辟易，播遷。趙云：辟，讀從闢；易，音周易之易。項籍傳：楊喜騎追羽，羽還，叱之，喜人馬俱驚，辟易數里。師古曰：辟易，謂開張而易其本處。今言明皇乘輿播遷也。蓋天寶十五年六月辛卯〔一〕，吐蕃將火拔歸仁執哥舒翰，叛降于賊，遂陷潼關，京師大駭。甲午詔親征，遂幸蜀。元帥〔二〕，指翰。見手格，爲敵手所格而去。太子入朔方，至尊狩梁益。胡馬纏伊洛，中原氣甚逆。趙云：太子，肅宗。七月丁卯，以皇太子爲天下兵馬元帥，北收兵至靈武，裴冕等奉皇太子甲午即皇帝位。至尊狩梁益，又申言明皇。纏伊洛，言祿山兵在東京。中原氣，則長安一帶。肅宗登寶位，塞望勢敦迫。翰既敗，潼關不守。玄宗幸蜀，太子入靈武圖興復，而群臣勸進，遂即位以從人望。思禮奔行在。趙云：易係辭：聖人之大寶曰位。塞望勢敦迫，言塞天下之望，其勢出於裴冕等所迫也。公時徒步至，請罪將厚責。際會清河公，間道傳玉册。天王拜跪畢，讜議果冰釋。思禮至行在，上責其不堅守，坐纛下，將斬之。會房琯在蜀，奉太上皇册命至，諫上，以爲可收後效，遂釋之。趙云：言跪受房公玉册。肅宗初欲誅思禮，以房公可收後效讜直之語，故冰釋其所欲誅之意。莊子：渙若冰將釋。左傳序：渙然冰釋。翠華卷飛雪，熊虎亘阡陌。屯兵鳳凰山，師云：理兵鳳翔。帳殿涇渭闢。天子所在，以帳爲殿，象宮闕臺殿。師云：言乘輿還南。趙云：翠華，天子之旗。上林賦：建翠華之蕤蕤。卷飛雪，言其時之在冬。一作雪中飛，非。周禮：熊虎爲旗。亘阡陌，言兵旗之多。舊注却是摘字，言兵旅，非矣。屯兵鳳凰山，方是言兵旅也。帳殿，曲水聯句，庾肩吾：迴川入帳殿，列俎間芳洲。劉孝綽曲水宴詩：皇心睠樂飲，帳殿臨春渠。帳殿闢于涇、渭，則在平涼，乃渭州。金城賊咽喉，詔鎮雄所搤。思禮既釋，尋副房琯戰便橋，不利，更爲關內行營節度，河西隴右伊西行營兵馬使，守武功以控賊。及廣平王收復，思禮入清宮。師云：史：馬援擊五溪蠻夷，進壺頭，搤其咽喉。趙云：金城，唐蘭州郡名，今武功也。前漢：昭帝始元六年，置金城郡。臣瓚曰：稱金，取其堅固也[三]。乃墨子金城湯池之義。師古曰：一云以郡在京師之西，故謂金城。金，西方之行也。咽喉字，史：中夏爲咽喉。搤字，音乙革切。婁敬：夫與人鬬，不搤其亢，拊其背，未能全勝。今陛下入關而都，按秦之故地[四]，此亦搤天下之亢而拊其背也。杜田補遺：揚子雲解嘲：蔡澤，山東之匹夫也。西揖彊秦之相，搤其咽亢其氣。新史：思禮守武功，此搤金城之咽喉。禁暴靖無雙，爽氣春淅瀝。巷有從公歌，詩：無小無大，從公于邁。野多青青麥。趙云：左傳：武有七德，而禁暴居其首。事則本傳言其持法嚴整，士不敢犯也。爽氣，借用晉王徽之：西山朝來，致有爽氣。今言山川之氣清爽，如雪霰之淅瀝。字出雪賦。巷字，詩：巷無居人。歌則歌此也。莊子：青青之麥，生於陵陂。及夫哭廟後，復領太原役。郭子儀收復兩京，時太廟爲賊所焚，權移神主於大內長安殿，上皇謁廟請罪，及光弼鎮河陽，制以思禮爲太原尹、北京留守、河東節度使。趙云：於思禮詩用哭廟字，由思禮先入清宮故也。新史：長安平，思禮先入清宮。乾元二年，代李光弼爲河東節度副大使。然謂之「復領太原役」，則已前亦嘗在太原矣，而史不載，無可考。恐懼祿位高，悵望王土窄。不得見清時，上元二年思禮薨，廣德元年史朝義滅，痛其不見時清也。嗚呼就窀穸。左傳：唯是窀穸之事。永繫五湖舟，傷其不得功成身退。悲甚田橫客。田橫死，賓客聞之，從死者五百人，言思禮賓客尤甚於橫。千秋汾晉間，事與雲水白。趙云：汾晉言河東。前句復領太原役，必兩次在太原，宜有顯績，歷千年如雲水之白。昔觀文苑傳，豈述廉藺績！廉頗、藺相如，古名將。嗟嗟鄧大夫，士卒終倒戟。趙云：形容思禮文不足而武有餘。廉、藺名將，豈必書其文采於文苑傳乎？漢史有文苑傳。鄧景山，曹州人，以文吏爲太原尹，北京留守。太原一偏將罪當死，諸將各請贖其罪，景山不許；其弟請以身代，又不許；其弟請納馬一匹，以贖兄罪，景山許其減死。衆怒曰：我等人命，輕如一馬乎？遂殺景山。左傳：晉靈輒報趙宣子一飯之恩，倒戟於公徒。

【校勘記】

〔一〕「天寶」，原作「至德」，誤，檢下所引「吐蕃將火拔歸仁執哥舒翰」事，見於新唐書卷五玄宗本紀

「天寶十五載」條所載，據改。

〔二〕「帥」，文淵閣本作「師」，訛。

〔三〕「金」，原脱，檢下句所引「取其堅固也」，見於漢書地理志卷二十八下顔師古注引臣瓚云：「稱金，取其堅固也。」據補。

〔四〕「按秦之故地」，「地」原脱，檢下句所引「此亦搤天下之亢而拊其背」，見於史記卷九十九、漢書卷四十三婁敬傳引婁敬語，據補。

故司徒李公光弼

司徒天寶末，北收晉陽甲。唐李光弼傳：光弼，營州人，善騎射，能讀班氏漢書。少從戎，嚴毅有大略。天寶十三年，郭子儀薦之堪當閫寄。禄山亂，玄宗幸蜀，肅宗理兵靈武，授光弼户部尚書，兼太原尹。晉陽，太原。趙云：光弼加檢校司徒，至德二載，尋遷司空。今據爲司徒已前事稱其官耳。按史：禄山反，郭子儀薦其能，持節河東節度副大使，知節度事。晉陽，河東太原。北收晉陽甲，言用河東太原兵矣。傳雖不著，可以意逆之。晉陽甲字，公羊定十三年，晉趙鞅取晉陽之甲，討君側之惡。胡騎攻吾城，愁寂意不愜。人安若泰山，薊北斷右脇。朔方氣乃蘇，黎首見帝業。賊將史思明等四僞帥來攻城，光弼麾下衆不滿萬，皆烏合人。賊以太原屈指可取，光弼伺其怠出擊，大破之，斬首十餘萬級。又破思明于嘉山，河北歸順者十餘郡。朔方，河北。趙云：「胡騎攻吾城」，傳言史思明、李立節、蔡希德攻饒陽者矣。晉劉琨：長嘯而胡騎退却。世說：左太沖作三都賦，初，思意甚不愜〔一〕。傳：其安若泰山，危如累卵。右脅，佛書有左脅卧，右脅卧之語。而斷右脅，挨傍斷匈奴右臂言也。觀公爲華州郭使君進滅殘寇形勢圖狀云：平盧兵馬在賊左脅。今所謂右脅正此義也。前漢：高祖五載而成帝業。光弼屢戰勝，所以斷薊北之脅，蘇朔方之氣，使萬民得見帝業。

二宫泣西郊，九廟起頹壓。至德二載，郭子儀收復兩京，權移神主于大內長安殿，上皇謁廟請罪。今云二宫，蓋并肅宗言之。西郊，則上皇自蜀歸京師之郊。九廟，往在詩注。

未散河陽卒，思明僞臣妾。復自碣石來，火焚乾坤獵。高視笑祿山，公又大獻捷。乾元二年，爲天下兵馬元帥，與九節度兵圍安慶緒於相州，拔有日矣。史思明自范陽來救，屢絶糧道。光弼身先士卒，苦戰勝之。思明因殺慶緒，即僞位，縱兵河南，賊勢甚熾。光弼議洛不足抗賊，遂檄官吏令避寇，引兵入三城。賊憚光弼，頓兵白馬祠，不敢西犯宫闕。遂戰於中潬西，大破逆黨，賊走保懷州。趙云：唐史：史思明乘勝西嚮，光弼敕陣徐行，趨東京，謂留守韋陟曰：賊新勝，難與争鋒，欲屈之以計。然洛無見糧〔二〕，危偪難守，公計安出？陟曰：益陟陝兵〔三〕，公保潼關，可以持久。光弼曰：兩軍相敵，尺寸地必争，今委五百里而守關，賊得地，勢益張。不如移軍河陽，北阻澤潞，勝則出，敗則守，表裏相應，賊不得西，此猨臂勢也。遂悉軍趨河陽。賊帥周摯與安太清攻北城，光弼禽周摯及徐璜玉、李秦授矣，惟太清挺身走。思明未知，猶攻南城。光弼驅所俘示之，思明大懼，築壘以拒官軍。太清襲懷州，守之。光弼又降賊二將高暉、李日越，决丹水灌懷州。王師乘城，擒太清、楊希仲，送之京師，獻俘太廟。今云未散河陽卒，則方悉軍河陽時也。僞臣妾，則思明必嘗僞降。自碣石來與火獵皆不載於傳，而固有此事也。碣石，海畔山，在冀州之域，則兵仍自北來也。笑祿山，言思明笑祿山而自矜也。獻大捷，傳所謂獻俘。

異王册崇勳，小敵信所怯。擁兵鎮河汴，千里初妥帖。異王，以非劉氏而王者。杜田正謬：光弼以功封臨淮王，非謂非劉氏而王。小敵信所怯，謂北邙之敗也。光武與王鳳等戰，自將步騎千餘前去，諸部喜曰：劉將軍平生見小敵怯，今見大敵勇，甚可怪也。趙云：異王，異姓之王。光弼封臨淮郡王，按新史在寶應元年封王，後書收許州，破走史朝義，不見怯小敵。鎮河汴事，若相州北邙之敗，則魚朝恩爲之，又非可言小敵也。又，乃在封王之前，當俟博聞。妥帖字，文賦：或妥帖而易施。

青蠅紛營營，風雨秋一葉。內省未入朝，死淚終映睫。趙云：唐史：相州、北邙之敗，朝恩羞其策繆，故深忌光弼切骨，程元振尤嫉之。二人用事，日謀有以中傷者。及來瑱爲元振讒死，光弼愈恐。吐蕃寇京師，代宗詔入援。光弼畏禍，遷延不敢行。及帝幸陝，猶倚以爲重，數存問其母，以解嫌疑。帝還長安，因拜東都留守，察其去就。光弼以久須詔書不至，歸徐州收租賦爲解。帝令郭子儀自河中輦其母還京。二年，光弼疾篤，奉表上前後所賜實封，詔不許。薨，年五十七，詔百官送葬延平門外。青蠅紛營營，指魚、程也。風雨秋一葉，言其危也。內省未入朝，則光弼既當入援京師而不行，又拜東都留守，若遂就之。當由長安朝而後往，正復以內自省過，未敢就也。青蠅，詩篇名，以刺讒也，言讒如青蠅之汙物。論語：內省不疚。睫字韻，孟嘗君：涕淚承睫。

大屋去高棟，長城掃遺堞。平生白羽扇，裴啓語林曰：諸葛武侯白羽扇指麾三軍也。零落蛟龍匣。趙云：高棟，言爲國之棟幹。長城，如李勣之賢長城。平生白羽扇，以諸葛亮比之。零落蛟龍匣，言扇羽零落也。蛟龍匣，應是劍匣，言劍之如蛟龍在匣〔四〕，而扇羽零落於其間。

雅望與英姿，二十八將論：至使英姿茂績，委而不用。惆悵槐里接。命京兆尹第五琦監護喪事，葬三原，詔宰臣百官祖送延平門外。前漢：槐里屬右扶風。趙云：世說：魏武將見匈奴使，自以形陋不足以雄遠國，使崔季珪代己，自捉刀立牀頭。既畢，令間諜問曰：魏王如何？匈奴使曰：魏王雅望非常；然牀頭捉刀人，乃英雄也。槐里，葬地，屬右扶風，今之鳳翔府，正在長安之西。

三軍晦光彩，烈士痛稠疊。直筆在史臣，將來洗箱篋。趙云：其代子儀朔方也，營壘士卒麾幟無所更，光弼一號令之，氣色乃益精明。則其死，三軍光彩爲晦暗矣。又云光弼用兵，謀定後戰，能以少覆衆，治師訓整，天下服其威名，軍中指顧，諸將不敢仰視。則其死，英烈之士思其威重，痛感不一而止矣。選詩：巖峭嶺稠疊。下言史以直筆書光弼功業，不幸遭讒，致公恐懼之事。將來洗淨箱篋汙辱，此必當時猶有以相州、北邙之敗歸罪光弼者矣。載記慕容盛：時無直筆之史。漢書：箱篋刀筆之任。**吾思哭孤冢，南紀阻歸檝。**甫避亂荆衡，故云南紀。趙云：南紀，楚分。若南下，則歷南紀，往歸長安可以哭光弼之冢。今阻而不能，故云。**扶顛永蕭條，未濟失利涉。疲薾竟何人，灑涕巴東峽。**巴東峽在荆州。趙云：語：顛而不扶。西都賦：原野蕭條。未濟，易之卦名：利涉大川。或曰扶顛，言大厦之顛，意若用棟梁比之。書：若涉大川，用汝作舟檝。利涉，以舟檝比之。然前句已有大屋去高棟，指爲公句意重疊。不知公正用論語扶顛字，豈止指爲扶大厦之顛乎。左傳：本必先顛；則木之顛也。又曰自下射之顛、杜回躓而顛，則人之顛也。漢史：興國救顛。選：暴興疾顛。則顛亦不在屋言矣。疲薾，莊子：薾然疲役。巴東峽，指夔州。古詩：巴東之峽巫山長。雲安，夔州屬縣，去州不百五十里，可以言巴東峽。舊注爲在荆州，非。

【校勘記】

〔一〕「思意」，原作「意思」，無義；世説新語箋疏文學第六十八條云：「左太沖作三都賦，初成，時人互有譏訾，思意不愜。」據以乙正。

〔二〕「糧」，文淵閣本、文津閣本、文瀾閣本、清刻本、排印本作「陟」。

〔三〕「陟曰益陟陝兵」，二「陟」字，文淵閣本作二「屈」字，訛。

〔四〕「如」，原脱，參先後解輯校丁帙卷一此詩趙次公注〔一四〕訂補。

贈左僕射鄭國公嚴公武

趙云：舊本作贈字，非。新、舊史載武歷職，互有同異。武初以蔭調太原府參軍事，隴右節度使哥舒翰奏充判官，累遷殿中侍御史。玄宗入蜀，擢諫議大夫。至德初，赴肅宗行在，房琯薦爲給事中。已收長安，拜京兆少尹兼御史中丞。坐琯事，貶巴州刺史。舊史却云綿州。久之，遷東川節度使。上皇合劍南爲一道，擢武成都尹、劍南節度使。舊史却又云：遷御史大夫，入爲太子賓客，遷京兆尹，爲二聖山陵橋道使。新史於此封鄭國公，遷黄門侍郎。舊史未言其封國，却云罷兼御史大夫，改兼吏部侍郎，尋遷黄門侍郎耳。復出尹成都，節度劍南。既破吐蕃兵，加檢校吏部尚書。舊史於此方云封鄭國公。永泰初，卒，贈尚書左僕射。新、舊史所載互有異同如此〔一〕。竊觀巴州嚴武賦光福寺楠木歌碑題下云：衛尉少卿兼御史嚴武。夫武在巴州，既有碑證，則新史爲是。舊史言綿州者，非。官銜謂之衛尉少卿兼御史而已，應自御史中丞降御史也〔二〕。又通鑑：上元二年五月載：西川節度使崔光遠與東川節度使李奐共攻綿州，斬段子璋。而杜公有嚴中丞枉駕見過詩，題下注云：嚴自東川除西川，敕令兩川都節制。乃是寶應元年二月間詩。則五月之後，李奐去東川，而後嚴公爲東川節度使。崔光遠去西川，嚴公却自東川除西川，敕命一時令兩川都節制耳，未是專以兩川合爲一道也。寶應，代宗年號，如此則史云：上皇合劍南爲一道，擢武成都尹、劍南節度使，非也。武寶應元年初來成都，既而四月歸朝〔三〕，則在成都才四月而已。又按，通鑑當年六月壬戌，載以兵部侍郎爲西川節度使。七月癸巳，劍南兵馬使徐知道反，拒武，不得進。此武第二次來成都，雖不得進，其官是兵部侍郎，其任只是西川節度使，尤可推見前日止是敕命一時指揮〔四〕，合兩川都節制也。中間公有寄嚴大夫詩，題是九日所寄，則在六月，以兵部侍郎爲西川節度使，不得進之後，却爲御史大夫矣。又按通鑑，廣德二年春癸卯，載劍南東、西川爲一道，以黄門侍郎嚴武爲節度使。舊史於此稱武破吐蕃，加檢校吏部尚書，封鄭國公。此第三次來成都，方專是合兩川爲一道也。次年永泰元年四月薨。公詩有「主恩前後三持節」，今哀之詩云：三掌華陽兵。豈不是寶應元年春，初爲兩川都節制，次以兵部侍郎來，雖不得進，而專節度西川。廣德二年，代宗方以東、西川爲一道，而武以黄門侍郎來，斯爲三持節與三掌華陽兵乎？嚴之謫巴州，非綿州，以碑刻證之。嚴公之節度東、西川，或兼或專，以通鑑及公詩證之。見新、舊史不足憑如此。

鄭公瑚璉器，華岳金天晶。趙云：子謂子貢曰：汝，器也。曰：何器也？曰：瑚璉也。禮記：有虞氏之兩敦，夏后氏之四璉，殷之六瑚，周之八簋，蓋宗廟之器也。武封鄭國公，故以鄭公稱之。瑚璉器，言爲宗廟之器。武，挺之之子，華州華陰人。爾雅曰：華爲西岳。言其降爲武，故云金天，而武乃其晶也。古帝王之號曰金天氏。晶，音精。字書：精，光也。漢史：天陽之晶。選：晶茹、金晶。

昔在童子日，已聞老成名。趙云：本傳：武字季鷹。母不爲挺之所荅，獨厚其妾英。武八歲，怪問其母，母語之。武以鐵鎚就英寢，碎其首。左右驚，白挺之曰：郎君戲殺英。武曰：安有大臣厚妾而薄妻者，兒故殺之，非戲也。父奇之，曰：真嚴挺之之子！此在童子日，已聞老成名矣。詩：雖無老成人，尚有典刑〔五〕。

嶷然大賢後，復見秀骨清。大賢，謂嚴子陵。趙云：大賢指嚴挺之。舊注非是。按新史嚴挺之傳：姿質軒秀。舊史武傳：神氣雋爽。則見其父，又見其子也。如是，大賢挺之明矣。

開口取將相，小心事友生。甫與武世契，嘗醉登武床，呼斥其父名，而武不忤。趙云：莊子：開口而笑。詩：小心翼翼。詩：不如友生。開口取將相。傳：遷黄門侍郎，與元載厚相結，求宰相而事不遂是已。小心事友生，蓋普言其實。舊注拘矣，況史云最厚杜甫，然欲殺甫者數矣乎？

閲書百紙一云氏。**盡，落筆四座驚。**趙云：後漢：王充家貧無書，嘗遊洛陽市肆，閲所賣書，一見輒能誦憶。百紙盡，猶五行俱下之義。一作百氏盡，非。六經諸史，何獨百氏乎？王子敬傳：桓温嘗使書扇〔六〕，筆誤，因畫作烏駮牸牛，甚妙。雖畫事而借字用耳。公寄李白：筆落驚風雨。又公詩自言云〔七〕：觀我落筆中書堂。

歷職匪父任，嫉邪常力爭。武弱冠，以門蔭策名，哥舒翰奏充判官。至德初，肅宗初靖難，大收才傑，武仗節赴行在。宰相房琯首薦才略，累遷給事中。趙云：史：武初調太原府參軍事，累遷殿中侍御史。言其初雖補蔭，而其後致身自得爲侍御史也。按殿中侍御史，魏置也，二人居殿中，伺察非法。所謂嫉邪者，御史之職。舊注引武爲給事中，乃在肅宗時，與力爭、嫉邪有何相干？父任，漢書：父任爲郎。

漢儀尚整肅，武爲侍御史。胡騎忽縱横。趙云：以武爲御史，所以肅清官儀。下句武方爲侍御，值禄山亂，從玄宗入蜀也。光武爲司隸校尉，時三輔東迎更始，見諸將過，皆冠幘而服婦人衣，莫不笑之，或有畏而走者。及見司隸僚屬，皆歡喜不自勝。老吏或垂涕曰：不圖今日復見漢官威儀。劉琨傳：清肅而胡騎退却。

飛傳自河隴，傳，張戀反。逢人問公卿。趙云：史：玄宗入蜀，擢諫議大夫。則天寶末，武在蜀中矣。飛傳，即傳遞之報也。河隴，則會、蘭、熙、河、洮、岷、入階、文州，西來蜀中之道，蓋肅宗即位靈武，前路梗澀，多由此路來。蜀中有飛傳，自河隴來，武必問公卿爲誰，或問某人在亡。

不知萬乘出，雪涕風悲鳴。受詞劍閣道，謁帝蕭關城。河隴、劍閣、蕭關城事，新、舊史皆不載。趙云：上兩句言肅宗七月丁卯即位靈武，又十月癸未，次彭原郡。在蜀之遠，亦不知萬乘所出之的，所以雪涕悲鳴。於是請於玄宗，乞往行在。蕭關在原州，謂平凉郡，即今原州。舊注非。

寂寞雲臺仗，庾信哀江南：非無北闕之兵，猶有雲臺之仗。飄飖沙塞旌。趙云：言行宫儀衛草創也。沙塞，指河隴行在之地。江山少使者，笳鼓凝皇情。顔延年：窮遠凝聖情。又：笳鼓震溟洲。壯士血相視，忠臣氣不平。密論貞觀體，揮發岐陽征。肅宗理兵鳳翔。感激動四極，聯翩收二京。二京，長安、東都。二史皆不載武收復功。趙云：貞觀體〔八〕，言太宗朝事。岐陽征，固指鳳翔而道實事〔九〕，然亦左傳：成王有岐陽之蒐也。史：至德初，赴肅宗行在，房琯薦爲給事中。已收長安，拜京兆少尹。則中間建議收復，密論揮發之事矣。**西郊牛酒再，**沈休文碑：牛酒日至，壺漿塞陌。西郊謂文王。牛酒謂擊牛釃酒饗士。**原廟丹青明。**叔孫通爲原廟。注：原，重也。先以有廟，今更立之。脩張良廟教云：可改構棟宇而脩丹青也。趙云：西郊，長安西郊，二駕還復之所經。至德二年九月癸卯，復京師；十月丁卯，車駕入長安，則已具牛酒矣。十二月丙午，上皇至自蜀郡，則又具牛酒，謂之再歟。舊注謂文王，大非。原廟丹青明，則賊陷京師，焚毀九廟。車駕既入，首營建之。丹青，宮室之飾。**匡汲俄寵辱，**匡衡、汲黯。**衛霍竟哀榮。**衛青、霍去病。趙云：匡衡，汲黯，言鄭公諫諍如之。既拜京兆少尹，坐房琯事，貶巴州刺史，此寵之所辱也。衛青，霍去病，言鄭公能用兵如之。爲東川節度使，遷謫中可哀而復榮也。哀榮，則自「其生也榮，其死也哀」而摘用之。**四登會府地，三掌華陽兵。**既收長安，以武爲京兆少尹兼御史中丞，時年三十二，後又遷京兆尹兼御史大夫。華陽，成都，武以史思明阻兵不之官，優遊京師，頗自矜大。出爲綿州刺史，遷劍南東川節度使。登發，上皇誥以劍南兩川合爲一道，拜武成都尹，充劍南節度使。入復求爲方面，拜成都尹。在蜀累年，恣行猛政，威震一方。趙云：會府，指京兆府、成都府。鄭公，京兆少尹，又爲京兆尹，爲成都尹，劍南節度，又復節度劍南，此爲四登會府也。三掌華陽兵，其事實具于題下注中。書曰：華陽黑水惟梁州。則東、西川皆華陽。**京兆空柳色，**一云市。張敞爲京兆尹，走馬章臺街。唐詩有章臺柳。**尚書無履聲。**漢哀帝擢鄭崇爲尚書僕射。數求見諫諍，上初納用。每見曳革履，上笑曰：我識鄭尚書履聲。注，生曰革。趙云：上句又申言兩爲京兆之舊迹。柳色，章臺柳是已。若作柳市，非。下句言其在外加檢校吏部尚書，而未嘗以尚書之識見上。**群烏自朝夕，白馬休橫行。**成帝時御史府中列柏株，常有野烏。趙云：上句言爲殿中侍御史，而遷爲別官，故烏但自朝夕也。下句言爲諫議大夫。漢制，諫議大夫無常員，皆名儒宿德爲之，隸光祿。張湛爲光禄大夫，數陳正議，常乘白馬。光武每有異政，輒曰：白馬生且復諫矣。休横行，言其常乘白馬矣。今爲别官，則休止馬之横行也。或云：侯景爲亂，乘白馬，以青絲爲鞚而應讖。公詩屢使白馬以言賊，則此方只説嚴公耳。

諸葛蜀人愛，文翁儒化成。陳壽言：蜀人愛亮，雖甘棠之詠召公，鄭人之歌子産，未足爲過。西漢文翁守蜀，召下縣子弟以爲學官弟子，爲除更繇，高者補郡吏，以爲孝弟力田，由是大化。蜀之學，於京師比齊魯。

公來雪山重，公去雪山輕。雪山，西山。趙云：四句言鎮成都。諸葛、文翁，皆取其在蜀比之。雪山在松、維州外，今威、茂州也。積雪雖夏不消，故號雪山，乃緊與吐蕃爲界。公來雪山重，言安而不搖，謂吐蕃畏公不敢動摇，而輒犯順，所以爲重也。輕重，亦如鹽鐵論言賢者所在國重，所去國輕。

記室得何遜，韜鈐延子荆。梁書：何遜爲建安王記室，王愛文學之士，日與遊宴。又爲廬陵王記室，復隨府於江州。晉孫楚字子荆，參石苞驃騎軍事。

四郊失壁壘，虚館開逢迎。堂上指圖畫，軍中吹玉笙。趙云：上兩句言鄭公所辟幕客皆美材也。禮記：四郊多壘，卿大夫之辱也。虚館開逢迎，言開閤以禮士。公孫弘至宰相封侯[一〇]，起客館，開東閤以延賢人，與參謀議。下兩句則政治優遊可見。

豈無成都酒，憂國只細傾。時觀錦水釣，問俗終相并。意待犬戎滅，人藏紅粟盈。前兩句言其車騎之出，非專爲間遊，終以問俗爲事。

以兹報主願，庶或一云獲。裨世程。趙云：犬戎，吐蕃。鄭公再節度劍南日，破吐蕃七萬衆于當狗城，遂克鹽川城西。然其意終待盡滅，而人免誅求，家給人足也。庶獲，一作庶或，非。

炯炯一心在，見「此心炯炯君應識」注。沉沉二豎嬰。晉侯求醫于秦伯，使醫緩爲之。未至，公夢疾爲二豎子曰：彼良醫也，懼傷我焉，逃之。其一曰：居肓之上，居膏之下，若我何？醫曰：疾不可爲也。在肓之上，膏之下，攻之不可，達之不及，藥不至焉，不可爲也。公曰：良醫也。

顔回竟短折，顔回二十

九，蚤死。武終時年四十。洪範注：短未六十，折未三十。賈誼徒忠貞。褚淵碑：忠貞允亮。飛旐出江漢，潘安賦：飛旐翩以啓路。孤舟轉荆衡。荆衡，楚地。趙云：鄭公死於蜀，靈櫬舟行而歸。陶淵明：或棹孤舟。虚無馬融笛，悵望龍驤塋。空餘老賓客，身上媿簪纓。杜田補遺：晉征吴，童謡曰：阿童復阿童，銜刀飛渡江。不畏岸上獸，但畏水中龍。阿童，王濬小字。武帝因以謡言拜濬爲龍驤將軍。太康六年卒，葬柏谷山，大營塋域，葬垣周四十五里，面别開一門，松柏茂盛。本傳所載止此，非以龍驤名墓也。趙云：後漢：馬融性好音樂，作長笛賦。今云「虚無馬融笛」，則鄭公好笛，可知矣。老賓客，公自言也。媿簪纓，公蓋感歎其因武之辟爲參謀，而官爲工部員外郎賜緋者也。

【校勘記】

〔一〕「如此」，文淵閣本作「知此」。

〔二〕「應自」，「應」原作「舊」，訛，據先後解輯校丁帙卷一此詩題下注所引趙次公原注改。案，「應自」文淵閣本、文津閣本、文瀾閣本、清刻本、排印本作「舊史」，均訛。

〔三〕「歸」，文淵閣本作「師」，訛。

〔四〕「是」，文淵閣本作「時」，訛。

〔五〕「雖無老成人」，句前原脱「詩」，據毛詩正義卷十八蕩之什並參先後解輯校丁帙卷一此詩引趙次公原注〔二〕訂補。

〔六〕「桓温」，原作「亘温」，係避諱，此改。

〔七〕「公」，原作「古」，訛，據清刻本、排印本改。

〔八〕「貞觀」，原作「正觀」，係避諱，此改。

〔九〕「鳳翔」，文淵閣本、文津閣本作「鳳朔」，皆訛。

〔一〇〕「公孫弘」，原作「公孫洪」，文瀾閣本、清刻本、排印本作「公孫宏」，係避諱，此改。

贈太子太師汝陽郡王璡 舊本作贈字，非。

汝陽讓帝子，眉宇真天人。虬鬚似太宗，色映塞外春。讓皇帝憲，本名成器，睿宗長子，立爲皇太子，以玄宗有討平韋氏之功，懇讓儲位，封寧王。薨，謚讓皇帝。長子汝陽郡王璡也。書生相太宗龍鳳之姿，天日之表，又有虬鬚。趙云：舊史無所考證。若新史：璡眉宇秀整，性謹潔，善射。帝愛之，則出於公詩。讓皇帝，睿宗子，玄宗以其有高世行，故追謚讓皇帝。有子十九人，其聞者璡、莊、琳、瑀。枚乘七發：陽氣見於眉宇之間。天人，以曹植比之。邯鄲淳見曹植曰：天人也。植於魏爲陳留王，以比汝陽王。公嘗贈二十韻詩：特進群公表，天人夙德升。亦此之謂。真天人字，鄧禹傳注：衆皆竊言：劉公真天人。虬鬚似太宗，蓋實道其事。塞外，未知指何地。或曰：其就封汝陽，爲塞外。按後漢郡國志：汝南郡，高帝置，雒陽東南六百五十里，有上蔡，則蔡州也。唐地理志：蔡州汝南郡，管縣十，其一曰汝陽。然以汝陽爲塞外，所未安。或別有所主，未見，以俟博聞。往者開元中，主恩視遇頻。出入獨非時，禮異見群臣。愛其謹潔極，新史採此語。倍此骨肉親。從容聽朝後，或在風雪晨。忽思格猛獸，江都王力格猛獸。苑囿騰清塵。司馬相如諫獵書：今陛下好陵阻險，卒然遇逸材之獸，駭不測之地，犯屬車之清塵，豈不殆哉？羽旗動若一，萬馬肅駪駪。三禮圖：全羽爲旞、析羽爲旌，皆五采，繫之於旞旌之上，謂注旄於竿首也。詩：駪駪征夫。注：衆多貌。詔王來射雁，拜命已挺身。箭出飛鞚内，上又回翠麟。又一作入。翻然紫塞翮，下拂明月輪。趙云：上，言箭直上；翠麟，所騎馬。箭出馬鞚外，且既上矣。方未射落雁下之間，又急迴轉馬，言其能之捷也。一作上入，無義。紫塞翮，言雁。紫塞，北塞。崔豹古今注：秦所築長城，土皆紫色，漢亦然。塞者，所以擁夷狄也。雁從北方來，謂之紫塞翮。或引雁塞事，非。蓋雁塞乃荆州事，盛弘之荆州記：雁塞北接梁州汶陽郡，其間東西嶺，屬天無際，雲飛風翥，望崖迴翼，唯一處爲下。朔雁達塞，矯翮裁度，故名雁塞，同於雁門也。下拂明月輪，言雁下而拂弓。胡人雖獲多，天笑不爲新。長楊賦：上將大誇胡人，以多禽獸。令胡人手搏之，自取其獲，上親臨觀焉。天笑，天子之笑。薛云：仙傳拾遺：木公與一玉女投壺，設有不入者，天爲之囅噓。注：囅噓，開口而笑也。囅，呼監切。王每中一物，手自與金銀。趙云：京師常有胡人在焉，天子射獵，必命之獵。袖中諫獵書，扣馬久上陳。漢武帝自擊熊逐獸〔一〕，相如因上書諫之。伯夷、叔齊叩武王馬而諫。竟無銜橜虞，相如書：且夫清道而後行，中路而馳，猶時有銜橜之變。聖聰矧多仁。官免供給費，水有在藻鱗。匪唯帝老大，皆是王忠勤。趙云：言王雖隨射獵，而有書諫獵。在藻字，詩：魚在在藻。水有在藻鱗，非特止獵，且不漁也。子虛、上林賦，前既叙獵，其後又言漁矣。晚年務置醴，門引申白賓。璡歷大僕卿，與賀知章、褚庭誨爲詩酒交〔二〕。天寶又加特進。漢楚元王交，好書，多材藝，少與魯穆生、白生、申公俱受詩於浮丘伯。元王既至楚，以穆生、白生、申公爲中大夫。初，元王敬禮申公，穆生不嗜酒，元王每置酒，嘗爲穆生設醴。師古曰：醴，甘酒也。少麴多米，一宿而熟〔三〕，不齊之也。道大容無能，永懷侍芳茵。趙云：言王好賓客。家語：道大不容。莊子：無能者無所求。公言王以道大而容其無能，每禮待之，所以永懷侍王之芳茵也。好學尚貞烈，義形必霑巾。揮翰綺繡揚，篇什若有神。趙云：論語：有顏回者好學。傳：義形於色。孔融薦禰衡表：思若有神。川廣不可泝，墓久狐兔隣。張孟陽七哀詩：借問誰家墳，皆云漢世主。狐兔窟其中，蕪穢不復掃。趙云：言别後流落於蜀，欲泝而上見王，則川廣不可泝。倣詩：漢之廣矣，不可泳思。宛彼漢中郡，王弟瑀早有才望，偉儀表。天寶十五載，從玄宗幸蜀，封漢中王。文雅見天倫。見「天倫恨莫俱」注。何以開我悲，泛舟俱遠津。温温昔風味，少壯已書紳。舊遊易磨滅，衰謝多酸辛！趙云：言王弟之美。劉公幹贈五官中郎將詩：君侯多壯思，文雅縱橫飛。穀梁：甲乙，天倫，以言兄弟。泛舟俱遠津，公泛舟往，漢中王瑀泛舟來夔，皆阻於遠津，不能開此悲懷也。詩：温温恭人。世説載支道林喪其同學法度之後，神氣賈喪，風味轉墜。古詩：少壯不努力。周王褒與周弘讓書：年事遒盡，容髮衰謝。

【校勘記】

〔一〕「自」，原作「目」，訛，據文淵閣本、文津閣本、文瀾閣本、清刻本、排印本改。

〔二〕「褚庭誨」，文淵閣本、文津閣本、文瀾閣本、清刻本、排印本作「褚廷誨」。案，舊唐書卷九十五、新唐書卷八十一李璡傳作「褚庭誨」；全唐文卷三百八孫逖授褚廷誨給事中制作「褚廷誨」。

〔三〕「二」，文淵閣本、文津閣本、文瀾閣本、清刻本、排印本作「不」，訛。

贈祕書監江夏李公邕

趙云：舊本作贈字，非。李自北海守罪死，在天寶中，至代宗時贈祕書監，今以所贈官爲題。又曰，江夏李公，所未諭也。後漢郡國志：江夏郡，高帝置。唐地理志鄂州曰：江夏郡，有江夏縣焉。李，揚州江都人，而云江夏，以俟博聞。史云：杜甫以邕負謗死，作八哀詩傷之。此詩六段，自「長嘯宇宙間」至「竟掩宣尼袂」，先論人才彫喪，有李公文章，人求其文，奉以金帛，李復以振施，而終嘆其窮也；自「往者武后朝」至「魂斷蒼梧帝」，言邕敢言，而以枉貶遵化尉事也；自「榮枯走不暇」至「易力何深嚌」，言邕再起再徙，至於罪死也；自「伊昔臨淄亭」至「鯤鯨噴迢遰」，公叙與邕論文，而傷邕以文見嫉，且稱美其詩也；自「坡陁青州血」至「舊客舟凝滯」，則申言邕死而不得往弔也；末句重懷邕詩，可以解憂。

長嘯宇宙間，高才日陵替。趙云：長嘯，嘆嘯之長。不必真若孫登、阮籍之聲。左傳：上陵下替。古人不可見，前輩復誰繼？憶昔李公存，詞林有根柢。唐文苑傳：邕，廣陵江都人。父善，注文選。邕少知名，在長安，李嶠、張廷珪并薦詞高行直，堪爲諫官。聲華當健筆，灑落富清製。趙云：庾信作宇文順文集序：章表健筆，一付陳琳。風流散金石，追琢山岳鋭。邕早擅才名，尤長碑頌，中朝衣冠，天下寺觀，多出其手。情窮造化理，學貫天人際。董仲舒言：天人相與之際。趙云：文選：見天人際。干謁走其門，碑版照四裔。各滿深望還，森然起凡例。杜預左氏傳序〔一〕：發凡以言例。邕雖貶黜在外，人多齎金帛往求其文。趙云：碑版，謝靈運詩：圖牒復磨滅，碑版誰傳聞。杜預於春秋分凡例，若凡祀、凡上功之屬。森然起凡例，以邕文有春秋體，輕重適當。蕭蕭白楊路，洞徹寶珠惠。龍宮塔廟湧，浩劫浮雲衛。杜田補遺：釋氏要覽：梵言塔婆，唐言高顯，今俗稱爲塔。梵言蘇偷婆，唐言寶塔。梵言窣堵波，唐言墳。梵言浮圖，唐言聚相。西域記：建塔者謂立表，且見塔有三義：一表人勝，二令他生住，三爲報恩。皆有等級，若初果一級、二果二級、三果三級、四果四級，表超三界也。辟支佛十一級，表未超無明一支。故佛塔十三級，表超十二因緣也。度人經：唯有元始浩劫之家，部制我界，統乘玄都。法華經：如人以力磨，三千大千國土，復盡抹爲塵，一塵爲一劫。廣異記：丁約謂韋子威曰：郎君終當棄俗，尚隔兩塵。儒謂之世，釋謂之劫，道謂之塵，竊詳浩劫雖出道經。子美所稱恐非也。蓋俗謂塔之一級二級爲一劫二劫，故子美岳麓道林二寺行亦曰「塔劫宮牆壯麗敵」也。若以爲世劫之劫，則玉臺觀詩，亦使浩劫字，乃滕王於調露中，任閬州刺史日所造，去子美未百年，豈可言浩劫因王造乎？薛云：南史：阿育王佛滅度後，一日一夜造八萬四千塔。梵言塔，華言廟也。王簡棲頭陁寺碑：功濟塵劫。唐書：辛替否曰：窮金三脩塔廟。仙傳拾遺：昆明池龍宮，有仙方三十六首。趙云：墓間多種白楊。得邕之文，如寶珠洞徹，所以爲惠。龍宮塔廟，言道觀佛宇，乃神龍宮中所湧之宇，或塔或廟也。浩劫，無窮之劫。龍宮之塔廟，得邕之文，亘歷浩劫，而浮雲衛護之也。宗儒俎豆事，故吏去思計。李玄盛爲酒泉太守，百姓思之，請勒銘，許之。羊祜爲荊州刺史，立碑峴山，百姓見而悲感，號墮淚碑。趙云：上句言作修學校記、文宣王廟記之屬。語：俎豆之事。下句言使者、太守、縣令替罷，而作頌政碑、頌功德碑之屬。前漢何武：其所居亦無赫赫名，去後常見思。謝安爲吳興守，在官無當時譽，去後爲人所思。眄睞已皆虛，跋涉曾不泥。趙云：眄睞皆虛，則其文字便應副之，於一經目間，來人已去，而虛於前矣。跋涉不泥，又言來人無滯留也。向來映當時，豈獨勸後世。沈休文論：辭人才子，并標能擅美，獨映當世。

是以一時之士，各相慕習也。豐屋珊瑚鉤，騏驎織成罽。紫騮隨劍几，漢高帝紀：賈人毋得衣罽。師古曰：罽，織毛，若今毼及氍毹之類。趙云：豐屋，大屋。易曰：豐其屋，蔀其家。珊瑚鉤，屋中之簾鉤，或帷帳之鉤，以爲邕之饋餉。三字，神仙傳：王母以珊瑚鉤擊玉壺而歌。罽，音居例切，西胡毳衣也。罽上所織者，騏驎也。義取無虛歲。傳言：自古鬻文獲財者，未如邕之盛。趙云：既有馬，又隨之以寶劍與憑几也。分宅脱驂間，感激懷未濟。吳志：周瑜推道南大宅以舍孫策，升堂拜母，有無通共。史記：越石父賢在縲紲中。晏子出，遭之塗，解左驂贖之，延爲上客。趙云：邕雖以文受財，而氣義好與，思古人分宅、脱驂之事，其所感激，常以未有所濟爲懷。趙岐孟子章指：雖千載之間，猶爲感激。衆歸賙給美，擺落多藏穢。邕素負美名，頻被貶斥，皆以能文養士，而賈生、信陵之流，執事忌勝，剥落在外。趙云：衆人歸其能賙給，在邕身則雖多藏，而能擺落其穢也。陶淵明飲酒詩：擺落悠悠談，請從餘所之。獨步四十年，風聽九臯唳。邕知名長安中，死天寶初。四十年間，可謂獨步。累獻詞賦，甚稱玄宗旨。後因上計中使臨索其新文，以文章徹天聽，故有九臯唳云。趙云：九臯唳，比之以鶴。詩：鶴鳴于九臯。傳言帝封太山，還汴州，詔獻詞賦。帝悦。嗚呼江夏姿，江夏黄香。竟掩宣尼袂。孔子獲麟，反袂拭面，稱吾道窮。或云：江夏姿，比以黄香之無雙。漢人語：天下無雙，江夏黄香。然出處無「姿」，以俟博聞。往者武后朝，引用多寵嬖。否臧太常議，邕有批韋巨源謚議。面折二張勢。初，邕爲左拾遺。御史中丞宋璟奏侍臣張昌宗兄弟有不順之言，請付法斷。邕進曰：璟言事關社稷，望可其奏。則天始允。璟出，謂邕曰：子名位尚卑，若不稱言，禍將不測，何爲造次如是？邕曰：不顛不狂，其名不彰。衰俗凛生風，排蕩秋旻霽。忠貞負冤恨，宮闕深旒綴。放逐早聯翩，低垂困炎厲。邕始與張東之善，貶富州司户，又貶舍城丞。召還，爲姚崇所嫉，貶括州司馬，徵爲陳州。玄宗東封回，邕於汴獻詞賦，頗自矜衒，爲張説所惡，發陳州贓事，抵死。許人孔璋疏救之，會赦免，貶遵化尉。後於嶺南從中官楊思勗討賊有功，轉括、滑、淄三州刺史。上計京師，邕少有名，累被貶逐，後進不識。京洛聚觀，以爲古人，或傳眉目有異，衣冠望風，尋訪門巷。又中使臨問，索其新文，復爲人陰中，竟不進用。日斜鵩鳥入，魂斷蒼梧帝。趙云：邕以忠正，負寃而貶。天子深居九重，不加省察，所謂宫闕深旒綴也。旒，冕之垂旒。唐地理志：嶺南道，欽州管縣五，遵化其一。此放逐在早年已聯翩矣。炎厲，言遵化。日斜鵩鳥入〔二〕，言其愁寂如賈誼。蒼梧，今梧州。帝舜之狩，至蒼梧而死。魂斷蒼梧帝，則邕魂斷於思帝舜之君。梁吴筠酬鮑幾詩：依依望九疑，欲謁蒼梧帝。公詩又云：縹緲蒼梧帝。榮一作策。枯走不暇，星駕無安税。李斯：未知税駕。趙云：言一榮一枯不常，故走不暇，所以無安穩税駕之地。榮枯，一作策枯，意謂扶策枯杖，非是。既言策杖，豈更言星駕邪？税駕者，止息其駕。詩：星言夙駕也。幾分漢庭竹，杜田補遺：漢文帝三年，初與郡守爲銅虎符、竹使符。注：應劭曰：銅虎符，第一至第五，國家當發兵遣使者至郡合符，乃聽受之。竹使符，以竹箭五枚五寸，鐫刻篆書。第一至第五，張晏曰：符以代古之珪璋，從簡易也。師古曰：與郡守爲符者，謂各分其半，右留京師，左以與之。使，音所吏切。趙云：邕從楊思勗討嶺南有功，徙澧州司馬。起爲括、淄、滑州刺史。上計京師。以讒出爲汲郡、北海太守是也。夙擁文侯篲。魏文侯擁篲以迎朋友。終悲洛陽獄，事近小臣斁。禍階初負謗，易力何深嚌。邕與柳勣馬一匹。及勣下獄，吉温令勣引邕，議及休咎事，遂誅。趙云：洛陽獄，息夫躬傳：躬用賈惠之説，祝盜。有人上書言躬懷怨恨，非笑朝廷所進用，候星宿，視天子吉凶，與巫同祝詛。上遣侍御、廷尉逮躬，繫洛陽詔獄。欲掠問，躬仰天大呼，因僵仆死。又，蔡邕與其叔父質，以中常侍程璜飛章，言邕、質以私事請托於劉郃。邕上書，不省。於是下邕、質於洛陽獄，劾以大不敬。以吕强伸請，減死一等，髡鉗。然公於李公邕詩用洛陽獄字，應以蔡邕比之耳。小臣斁事，晉獻公寵姬曰驪姬，置毒於胙肉中，以誣太子申生。以其胙與犬〔三〕，犬斃；與小臣，亦斃。邕之竟坐柳勣之累，杖死北海郡。新史云：邕以讒媚不得留〔四〕，出爲汲郡太守。天寶中，左驍衛兵曹參軍柳勣有罪下獄，邕嘗遺勣馬，故吉溫使引邕嘗以休咎相語，陰遺賂。宰相李林甫素忌邕，因傅以罪，詔遣祁順之、羅希奭就郡杖殺之。故如蔡邕以飛章而下洛陽獄，如申生胙肉之事，爲可悲也。禍階字，易：言語以爲階。詩：惟厲之階。其禍之階，端起於負謗，而在孤危之中，易爲力以排之。夫以易爲力可排之身，而排之者何至於深嚌之乎？此公之所爲傷也。嚌，音才詣切。注：嘗至齒也。書所謂太保受祭嚌，禮所謂君執鸞刀，羞嚌。今云深嚌，則直盡之矣。伊昔臨淄亭，酒酣托末契。甫陪李北海宴歷下亭詩是。趙云：臨淄亭在齊州。末契，陸機歎逝賦：托末契於後生，余將老而爲客。重叙東都別，朝陰改軒砌。論文到崔蘇，崔信明、蘇源明皆以文章擅世。趙云：潘安仁楊仲武誄：曰昃景西，望子朝陰。論文到崔蘇，公雖無顯注，崔豈崔尚者乎？指盡流水逝。近伏盈川雄，唐文苑傳：楊炯爲盈川令，卒。張説曰：楊盈川文思如縣河注水，酌之不竭，既優於盧照鄰，亦不減王勃。未甘特進麗。特進李嶠。趙云：張説曰：李嶠之文如良金美玉，無施不可。公壯遊詩：往者十四五，出遊翰墨場。斯文崔魏徒，以我似班揚。自注云：崔鄭州尚，魏豫州啓心。蘇豈蘇頲乎？頲與李乂對掌書命。帝曰：前世李嶠、蘇味道，文擅當時，號蘇李；今朕得頲、乂，何媿前人哉？又景龍後與張説以文章顯，稱望略等，故時號燕許大手筆。按，頲從封泰山還，卒，年五十八。考玄宗封泰山之年，在開元十三年，時杜公亦近二十歲，則亦前此得遊於蘇頲矣，與於十四、五而見崔尚爲不相戾。是非張相國，相扼一危脆。玄宗東封回，邕於汴累獻詞賦稱旨，頗自矜。自云當居相位，又素輕張説，時説爲中書令，甚惡之。趙云：相國，張説。新史：邕素輕張説，與相惡。會稽人告邕贓貣枉法，下獄當死。竟減死，貶遵化尉。公詩蓋言是亦非張説以相國勢力所能勝，特邕身危脆，易於一扼耳。爭名古豈然，魏文帝典論：文人相輕，自古而然。鍵捷欻不閉。老子：善閉者不用關鍵。趙云：鍵，巨健切，牡鑰也。欻，許勿切，有所吹起兒。古語：争名於朝，争利於市。公今云「争名古豈然，鍵捷欻不閉」，言争名之説自古如此，亦當牢閉關鍵，勿誇捷急，勿令開露，方是全身之道。而邕於關鍵則捷急，而欻然不閉，所以召禍。深悲之也！例及吾家詩，曠懷掃氛翳。慷慨嗣真作，和李大夫。咨嗟玉山桂。郄詵：崑山片玉，桂林一枝。鍾律儼高懸，鯤鯨噴迢遞。趙云：公以詩自負如此。言例及，則邕與公比肩，以詩爲常例也。氛翳，言讒謗之人。玉山桂、鍾律、鯤鯨，皆比其詩。玉山之桂，取其秀拔；鍾律，取其聲之和雅；鯤鯨，取其勢之强壯。坡陁青州血，蕪没汶陽瘞。邕葬所。趙云：青州總言山東。書禹貢：海岱惟青州。周禮：正東曰青州。坡陁青州血，傷言杖死也。汶水之陽在魯，今之鄆州。閔子騫：吾在汶上矣。下句言邕權葬之處。哀贈竟蕭條，恩波延揭厲。代宗時，國恩例得贈祕書監。趙云：邕以讒死，至代宗時，例得贈祕監，此爲恩波延揭厲也。丘遲侍宴詩：肅穆恩波被。詩：深則厲，淺則揭。延揭厲，所延及淺及深，普及之也。子孫在如綫，舊客舟凝滯。史：不絶如綫。江淹别賦：舟凝滯於水濱。趙云：上句傷其無後，下句公自傷其流落在雲安，未能扁舟以走。君臣尚論兵，將帥接燕薊。朗詠六公篇，邕有張、桓等五王洎狄相公六公詩。憂來豁蒙蔽。盧藏用嘗謂邕如干將、莫耶，難與争鋒，但虞傷缺耳，後卒如其言。趙云：上兩句時多艱，當復如邕者，慷慨陳説，故詠其六公篇，可以解憂也。公自注：張、桓等五王，則桓彦範、敬暉、崔玄暉、張東之、袁恕己，與狄仁傑爲六也。豁字，殷浩謂諸子：勿謂吾任方州豁平昔意。又，王獻之：使人惋悲，政常隨事豁之耳。見本朝淳化法帖。公於過郭代公故宅斷章云「高詠寶劍篇，神交付冥漠」，句法同此。後漢張衡七辯：予雖蒙蔽，不敏旨趣，敬授教命。

【校勘記】

〔一〕「杜預」，文淵閣本、文津閣本、文瀾閣本、清刻本、排印本作「杜云」。參百家注卷二十一、分門集注卷二十二此詩所引「洙曰」注，當作「杜預」爲是。

〔二〕「鳥入」，文淵閣本、文津閣本、文瀾閣本、清刻本、排印本奪。

〔三〕「與」，文淵閣本作「於」、文津閣本作「于」，訛。

〔四〕「娼」，文淵閣本、文津閣本、文瀾閣本、清刻本、排印本作「媢」，訛。

故秘書少監武功蘇公源明

武功少也孤，徒步客徐兖。趙云：源明，京兆武功人，擅名鄉邑，故得直以武功名之，如滎陽言鄭虔也。新書：少孤，寓居徐、兖。蓋出杜詩言之耳。讀書東岳中，十載考墳典。新史：源明初名預，字弱夫。少孤，寓居徐兖，工文辭。時下萊蕪郭，忍飢浮雲巘。負米晚爲身，每食臉必泫。子路爲親百里負米。源明養不及親，負米自爲而已，故每食必泫。趙云：東岳，泰山也。萊蕪，兖州縣名。下萊蕪郭，正言其自東岳而下也。泫，則泫然流涕之謂。夜字照爇薪，薛云：文士傳：侯瑾，字子瑜，家貧傭賃，暮燒柴薪讀書。趙云：照爇薪，暗用晉中興書：范汪家貧〔一〕，好學，燃薪寫書。既畢，誦讀亦竟。垢衣生碧蘚。庶以勤苦志，報兹劬勞願。趙云：詩曰：哀哀父母，生我劬勞。源明既喪父母，則勤苦爲學，所以圖報劬勞也。學蔚醇儒姿，賈山涉獵書記，不能爲醇儒。文包舊史善。左傳序：仲尼因魯史策書成文。其餘皆即用舊史。灑落辭幽人，歸來潛京輦。射策君東堂，宗匠集精選。制可題未乾，乙科已大闡。文章日自負，吏祿亦累踐。晨趨閶闔内，足踏宿昔趼。杜田補遺：蔡邕獨斷稱：漢制，天子之書四，一策書，二制書，三詔書，有三品，其文告某官如故事，是爲詔書；群臣有所奏請，尚書令奏下之，有制詔，天子答之，曰「可」，以爲詔書；群臣有所表請，無尚書令奏「制曰」之字，則答曰「已奏如書」，亦曰詔書。四曰戒敕，自魏晉已後，皆因循以册書詔敕，總名曰詔，唐因隋不改。趙云：辭幽人，離去東岳也。本傳：源明天寶間及進士第，更試集賢院，故云射策，謂量其小大，署爲甲、乙之科，列而置之，不使彰顯，有欲射者，隨其所取，得而釋之，以知優劣。吏祿亦累踐，晨趨閶闔内，則史之所謂累遷太子諭德。累遷，則累踐之義。太子宮在禁内，則趨閶闔内之義。宿昔趼，言由貧賤中來也。足胝曰趼，莊子：百舍重趼。一麾出守還，源明累遷太子諭德，出爲東平太守，故召爲國子司業。薛云：文選：屢薦不入官，一麾乃出守。黃屋朔風卷。不暇陪八駿，虜庭悲所遺。平生滿樽酒，斷此朋知展。憂憤病二秋，有恨石可轉。安祿山陷京師，源明以病不受僞官。趙云：詩：我心匪石，不可轉也。言麾去之，遂出爲守。出守還，史謂出爲東平守，召爲司業也。天子之車，其蓋之裏，飾之以黃，是爲黃屋。選詩：黃屋非堯心。黃屋朔風卷，明皇乘輿以祿山反而出狩。祿山自幽燕反，是爲朔風卷。源明既由東平還京，適值天子出狩，不得扈從而留虜庭，每悲恨以遺懷耳。八駿，周穆王乘八駿以出遊。祿山陷京師，故爲虜庭。又云：源明雅善杜甫、鄭虔。方源明在賊，則「平生滿樽酒，斷此朋知展」，可知矣。肅宗復社稷，得無逆順辨。肅宗復兩京，權考功郎中知制誥。趙云：汙賊爲逆，不汙賊爲順。范曄顧其兒，沈休文宋書：范曄爲高祖相國掾〔二〕，稍遷太子詹事，坐謀反誅。范泰之子。趙云：若范曄、李斯，徒有顧憶耳。范曄坐謀反誅，臨刑醉，其子藹亦醉，取地土及果皮以擲曄，呼爲別駕數十聲。曰：父子同死，不能不悲。此謂顧其兒也。李斯憶黃犬。李斯傳：二世二年七月具斯五刑，論腰斬咸陽市。顧謂其中子曰：吾欲與若復牽黃犬，俱出上蔡東門，逐狡兔，豈可得？言汙賊受誅者，惟祕書異乎是矣。祕書茂松意，源明後以秘書少監卒。茂松意，以不變節於艱危，如松柏不爲風霜所奪。再扈祠壇墠。前後百卷文，枕藉皆禁臠。篆刻揚雄流，溟漲本末淺。言其文美也。禁臠事，晉元帝始鎮建業，公私窘罄。每得一豚，以爲珍膳。項上一臠尤美，輒以薦帝，群下未嘗敢食，呼爲禁臠。揚雄謂賦爲童子雕蟲篆刻，壯夫不爲，然雄竟爲河東、長揚、羽獵賦傳於後，故曰揚雄流。溟漲本末淺，則謂其文之波瀾浩汗，雖溟海之漲，比之猶爲淺。師云：書曰：爲三壇同墠。謝靈運海詩：溟漲無端倪。青熒芙蓉劍，犀兕豈獨剸。吳越王允常取純鈎劍示薛燭，曰：光乎如屈陽之華，沈沈如芙蓉始生於湖。王褒頌：巧冶鑄干將之樸，水斷蛟龍，陸剸犀兕。反爲後輩褻，予實苦懷緬。師云：張雄詩：緬懷古哲人。趙云：上句比源明諫諍，能斷割於事。緬，彌兖切，注，遠也。此事不見史傳，當以公詩爲正。煌煌齋房芝，事絶萬手搴。漢武大興祠祭。齋房生芝而作歌。肅宗時，宰相王璵以祈禬進，勸上興祠禱事，禁中稍崇淫祀。源明數進時政得失。趙云：宰相王璵勸興祠禱事，源明曰：王者之於天地神祇，享之以牲幣而已。平日不祈方士，彼淫巫愚祝〔三〕，妄有關説，甚爲不可。事絶萬手搴，則當時佐爲淫祀，指望搴取房芝者，非一手也。垂之俟來者，正始貞勸勉。不要懸黃金，胡爲投乳贙。獸名，似犬。杜田正謬：爾雅：贙有力。注：出西海大秦國，似狗多力獷惡，音畎，又音鉉。炙轂子載贙銘曰：爰有獷獸，厥形似犬，飢則馴服，飽則反眼。出于西海，名之曰贙。趙云：下兩句且危之也。乳贙，言贙之乳者，猶乳虎也。言佞媚則黃金可縣，而切直則犯上之怒，不啻投乳贙也。贙字，沈佺期：且懼威非贙，寧知心是狼〔四〕。結交三十載，任彥升哭范雲僕射：結歡三十載，生死一交情。吾與誰遊衍。新史亦言源明雅善杜甫、鄭虔。滎陽復冥寞，罪罟已横罥。嗚呼子逝日，始泰則終蹇。長安米萬錢，凋喪盡餘喘。戰伐何當解，歸帆阻清沔。趙云：言源明死，公不得一弔酹之。遊衍，詩：及爾遊衍。滎陽，指鄭虔。公自有本注。横罥，横去聲，言源明未死間，猶及見肅宗反正之後，時已向泰矣。源明死後，時復屯蹇。舊注引是時乘大盜之餘，國用覂屈。史思明陷洛陽，有詔幸東京[五]，源明以方旱饑，陳十不可以諫。遂罷東幸。却是源明生前事，豈不與今詩相反乎？下句公言其在雲安，不得泝沔歸鄉。覂音捧。尚纏漳水疾，劉公幹：余嬰沈痼疾，竄身清漳濱。永負蒿里餞。蒿里，送士大夫、庶人挽歌。

【校勘記】

〔一〕「范汪」，文淵閣本、文津閣本、文瀾閣本、清刻本、排印本作「范旺」，訛。

〔二〕「范曄」，文淵閣本作「范煜」，文瀾閣本作「范蔚宗」，清刻本、排印本作「范奕」，係避諱。下同。

〔三〕「彼」，文淵閣本、文津閣本、文瀾閣本、清刻本、排印本作「被」。

〔四〕「是」，文淵閣本、文津閣本、文瀾閣本、清刻本、排印本作「似」。

〔五〕「詔」，文淵閣本作「韶」，訛。

故著作郎貶台州司户滎陽鄭公虔　文藝傳：虔，鄭州滎陽人，天寶初爲協律郎。

鶢鶋至魯門，不識鍾鼓饗。莊子至樂篇：昔者海鳥止於魯郊，魯侯御而觴之于廟，奏九韶以爲樂，具太牢以爲膳。鳥乃眩視憂悲，不敢食一臠，不敢飲一杯，三日而死。此以己養養鳥也，非以鳥養養鳥也。海鳥，鶢鶋也。孔子謂臧文仲不智者三，祀鶢鶋一也。注：鶢鶋止於魯東門，文仲使國人祀之。孔翠望赤霄，愁思彫籠養。孔翠，孔雀、翡翠，其志在丹霄，然終不免籠樊之愁者，以其質異於衆禽也。故鸚鵡賦：彼鷲、鶚、鵾、鴻、孔雀、翡翠，或陵赤霄之際，或托絶垠之外。翰羽足以沖天，觜距足以自衛。然皆負繒嬰繳，羽毛入貢，何者？用於人者，然也。趙云：禰衡鸚鵡賦：閉以彫籠，剪其翅羽。言鄭公如鶢鶋，如孔翠，非鐘鼓所能樂之，彫籠所能拘之。滎陽冠衆儒，早聞名公賞。地崇士大夫，況乃氣精爽。往者公在疾，蘇許公頲，位尊望重，素未相識，早愛才名，躬自哀問。天然生知姿，學立游夏上。神農或闕漏，黄石愧師長。黄石，古書也。薛云：漢張良傳：老父出一編書曰：讀是則爲王者師。後十三年，孺子見我濟北穀城山下，黄石即我矣。遂去，不見。世所謂三略者，即其書也。此言黄石愧師長，名其人耳，非書也。公著薈蕞等諸書之外，又撰胡本草七卷。趙云：生知，論語：生而知之者，上也。學立游夏上，則以四科文學子游、子夏故也。本傳：虔長於地里，山川險易、方隅物産、兵戍衆寡，無不詳。又云：初，虔追紬故書可誌者得四十余篇，國子司業蘇源明名其書爲薈稡。今公自注作薈蕞。按字書：稡，子骨切，秭稡也。而秭，蒲骨切。秭稡，禾秀不成聚向上貌。會稡之義，意言聚會稡細之物。若公所用薈蕞字，詩：薈兮蔚兮。左傳：蕞爾國。薈，烏外切，草多貌；蕞，徂外切，小貌。薈蕞之義，意言蕞小之物。二名字不同而義相近，當以公詩爲正。公下又注云：虔著書之外，又撰胡本草七卷。故今所云神農或闕漏，以言其於藥石名件，乃神農本草之不載者也。黄石，世有黄石公兵書三略。藥纂西極名，兵流指諸掌。趙云：西極名，則胡本草之謂。藝文志：兵家者流。論語：指諸掌。貫穿無遺恨，薈蕞何技癢。趙云：文賦：常遺恨以終篇。公言詩，亦曰毫髮無遺恨。顔氏家訓載應劭風俗通：太史公記高漸離變名易姓，爲人傭保，匿作於宋子。久之，作苦，聞其家堂有擊筑，伎癢，不能無出言。伎癢者，懷其伎而腸癢。潘岳射雉賦亦云：徒心煩而伎癢。今史記並作徘徊，或作彷徨不能無出言，是爲俗寫傳誤。圭臬星經奧，蟲篆丹青廣。新史：虞集撰當世事，著書八十餘篇。有窺其藁者，告虔私傳撰國史，虔蒼黃焚之，坐謫十年。名其書爲會稡[一]。孔子作春秋，游、夏不能贊。虔私撰國史，是出其上也。神農、黃石、藥纂、兵流，皆古書也，言虔無不貫穿，復通游藝星經丹青之類。趙云：圭臬，言其善地理。選言：陳圭置臬。圭者，土圭，所以測日景。臬者，表臬，所以度廣狹。王粲遊海賦[二]：吐星出日，天與水際。其深不測，其廣無臬。星經，又言能天文，二者必欲精，故所以言其奧。蟲篆，言其書。字雖出揚子雲賦：童子雕蟲篆刻，而此言蟲篆，必謂其篆字耳。丹青，又言能畫。續晉陽春秋：戴逵善圖畫，窮巧丹青。二者其事博，所以言廣。子雲窺未遍，揚雄，字子雲，少好學博覽，無所不見。方朔諧太枉。東方朔上書：臣年十三學，三冬文史足用，十五學擊劍，十六學詩書，誦二十二萬言，十九學孫吴兵法，戰陣之具，鉦鼓之教，亦誦二十二萬言，凡臣朔已誦四十四萬餘言。趙云：上句言奇字與方言，下句虔能知荒遠之所在。東方朔每言其所諧皆神仙之處，故云諧枉，猶太迂枉。王粲海賦：章亥所不極，盧敖所不届。與今句之勢相似。神翰顧不一，體變鍾兼兩。杜補遺：書苑曰：虔善草隸。呂總云：虔書如風送雲收，霞催月上。鍾兼兩，鍾繇、鍾會也。繇，魏人，字元常，善隸書，行草亦盡其妙。精思學書，卧畫被穿，如廁忘歸。袁昂云：鍾書有十二種，意外巧妙，實亦多奇。會，字士季，繇之子也，亦善書。羊欣云：繇行書二王之亞，子會，書筋骨謹密，頗有父風。或云曰「兼兩車」[三]。按後漢：吴恢爲南海太守，欲殺青寫書，子祐諫曰：此書若成，則載之兼兩。昔馬援以薏苡被謗，王陽以衣裳徼名，嫌疑之間，先賢所慎。是詩美鄭虔書翰體變，非言車也，當以「兼兩鍾」爲正。趙云：鍾兼兩，杜時可引書苑云云。是詩美鄭虔書翰體變，非言車也。田意謂兼二鍾爲是。然田何必惑「兼兩」之字爲有出邪？車謂一兩，乃去聲，其「兼兩」亦去聲矣。於鍾字有何說邪？則字變態如鐘，而兼其父子謂之鍾兼兩方可解説。雖然，未敢必也，以俟明識。文傳天下口，大字猶在牓。昔獻書畫圖，新詩亦俱往。滄洲動玉陛，宣一作寡。鶴誤一響。三絶自御題，四方尤所仰。虔自寫其詩，并畫以獻。帝大署其尾曰：鄭虔三絶。　趙云：滄洲動玉陛，言本滄洲隱淪之客，而動天子玉陛之上。舊本誤一響，或云善本是悟字，言感悟君王，在乎一響。詩：鶴鳴于九皋，聲聞于天。是也。今從悟字。寡鶴，獨鶴之謂。舊本正作宣鶴，師民瞻本又作宫鶴，皆無義。嗜酒益疏放，虔嗜酒疏放，故杜甫贈詩：「賴得蘇司業，時時與酒錢。」蘇司業，源明。　趙云：嗜酒字，出揚雄傳。彈琴視天壤。嵇康：目送歸鴻，手揮五弦。　趙云：莊子：示之以天壤。形骸實土木，親近唯几杖。趙云：嵇康傳：土木形骸。親近，言親之、近之。如淳于長以外親親近，蓋言親近天子。今言几杖，則未嘗暫離之意。未曾寄官曹，突兀倚書幌。虔初坐謫還京師，上愛其材，欲置左右。以不事事，更爲置廣文館以爲博士。聞命，不知廣文曹司何在。宰相曰：上增國學，置廣文館以居賢者，今後世言廣文博士自君始，不亦美乎？晚就芸香閣，遷著作郎。魚豢典略：芸香辟紙魚蠹，故藏書臺稱芸臺。　趙云：虔由廣文博士遷著作郎，而著作郎即典司文籍〔四〕，故云。胡塵昏坱莽。反覆歸聖朝，點染無滌盪。值祿山反，遣張通儒劫百官置東都〔五〕，僞授虔水部郎中。因稱風緩求市令，潛以密章達靈武，故云言無一點所染，不煩澆蕩之也。老蒙台州掾，泛泛浙江槳。祿山平，免死，貶台州司户參軍。　趙云：賊平，與張通儒〔六〕、王維并囚宣陽里。三人皆善畫，崔圓使繪齋壁。虔方悸死，即極思，祈解於圓。卒免死，貶台州司户參軍事，故云。履穿四明雪，東郭先生久待詔公車，貧困。其履行雪中有上，足跡踐地。飢拾楢溪橡。四明、楢溪，皆浙江地名，言虔貧困，拾橡而食之。杜田補遺：唐史：虔以污祿山僞官，貶台州司戶。四明、楢溪，皆屬台州。孫綽天台賦：登陸則有四明、天台。二山相接，在台州。齊楢溪而直進。趙云：暗使列子：冬日食橡栗。空聞紫芝歌，見上隱士休歌紫芝曲注。不見杏壇丈。莊子漁父篇：孔子遊乎緇帷之林，坐乎杏壇之上。弟子讀書，孔子絃歌鼓琴。奏曲未畢，有漁父者下船而來[七]。趙云：兩句則以四皓與漁父比之。天長眺東南，秋色餘魍魎。天台賦：始經魑魅之塗，卒踐無人之境。趙云：左傳：入山不逢不若，魑魅魍魎，莫能逢之。魍魎[八]，山中之物。別離慘至今，班白徒懷曩。春深秦山秀，葉墜清渭朗。劇談王侯門，野稅林下鞅。鮑明遠：無由稅歸鞅。趙云：公懷思長安。時有劇談者，在王侯之門，而我稅鞅於林野，不得去也。操紙終夕酣，時物集遐想。詞場竟疎闊，平昔濫推獎。盧諶：濫吹乖名實。趙云：推獎，推舉獎借之。公憶鄭之推獎己也。舊注詩，即是齊宣王使人吹竽，東郭處士雜其間，至文王即位，一一聽之，處士乃逃，方知其濫事。如此，非徒於今句無義，又成甚句法耶？百年見存沒，牢落吾安放。一云倣。蕭條阮咸在，出處同世網。阮咸，阮熙子，任達不拘，雖處世，不交人事。他日訪江樓，含悽述飄蕩。著作與今秘書監鄭君審，篇翰齊價，謫江陵，故有阮咸「江樓」之句。趙云：吾安倣，孔子將死，曳杖而歌曰：泰山其頹乎！梁木其壞乎！子貢曰：泰山其頹，吾將安仰？梁木其壞，吾將安放？阮籍與其姪咸共爲竹林之遊，今以阮咸比鄭審，故云「空余阮咸在」也。舊注非。「出處同世網」，審謫江陵，公客夔之雲安，斯爲同出處。江樓，指江陵之樓。

【校勘記】

〔一〕「會稡」，詩中正文作「薈蕞」，文淵閣本、文津閣本、文瀾閣本、清刻本、排印本皆作「薈稡」。

〔二〕「遊海賦」，「遊」字原脱，據全漢文卷九十補，下同；又，文津閣本脱「遊海」二字。

〔三〕「云」，文淵閣本、文津閣本、文瀾閣本、清刻本、排印本皆作「曰」。

〔四〕「籍」，文淵閣本、文津閣本作「簿」。

〔五〕「張通儒」，文淵閣本、文津閣本作「張通叔」，訛。

〔六〕「張通儒」，文淵閣本、文津閣本、文瀾閣本、清刻本、排印本作「張通叔」，訛。

〔七〕「孔子遊乎緇帷之林」云云，「孔子」原作「莊子」，訛，據清刻本、排印本並參莊子集釋雜篇漁父第三十一改。

〔八〕「魍魎」，文淵閣本、文津閣本、清刻本、排印本皆作「魑魅」。

故右僕射相國張公九齡

相國生南紀，金璞無留礦。張九齡父爲韶州别駕，因家始興，今爲曲江人。九齡幼敏，善屬文，十三以書干廣州刺史王方慶，大嗟賞之，曰：此子必能致遠。金玉未成器曰礦。言九齡成器早，故不留礦。杜田補遺：詩：滔滔江漢，南國之紀。説者援是詩，以江漢爲南紀，非也。蓋南紀乃分野名。唐天文志云：東循嶺徼，達甌閩中，是謂南紀。所以限蠻夷也。張相國，曲江人，曲江隸韶州，正嶺徼甌越之地。大抵自江漢以南，皆謂之南紀，非特江漢而已。圓覺經曰：譬如銷金礦，金非銷故有。雖復本來金，皆以銷成就。一成真金體，無復重爲礦〔一〕。

仙鶴下人間，獨立霜毛整。矯然江海思，復與雲路永。

趙云：以仙鶴之譬言之〔二〕，義又通貫〔三〕。鶴本仙物，既下人間，整刷羽翰，固矯然有優遊江海之思，而復思奮飛，與雲路齊永。

寂寞想土階，未遑等箕潁。

堯土階三尺，想土階有致君堯舜之心也。有致君之心，故未遑於箕潁。箕潁山水，巢父、許由隱地。

上君白玉堂，倚君金華省。

九齡登進士第，應拔萃，登乙科，拜校書郎。玄宗在東宮，舉文藻之士親加策問，九齡對策高第，遷右拾遺。白玉堂，金華省，言直登清華之地。趙云：張公爲校書郎，爲左拾遺、左補闕，爲中書舍人，爲秘書少監，集賢院學士，此皆上白玉堂而倚金華省也〔四〕。任昉爲王思遠辭侍中表：敷奏於金華之上，進揖於玉堂之下。

碣石歲崢嶸，天地日蛙黽。

趙云：碣石，海畔山。禹嘗夾行其右，書曰：夾右碣石。是也。碣石歲崢嶸，似以比九齡之孤高。鮑明遠舞鶴：歲崢嶸而愁暮。注：廣雅曰：崢嶸，高貌。歲之將盡，猶物之高。今云碣石歲崢嶸，言碣石之歲歲孤高也。下句言聲之喧雜。時李林甫用事故耳。牛仙客爲尚書，九齡執不可。帝以林甫之言決用之。國語：蛙黽之與同渚。師云：碣石在朔方，斥祿山也。蛙黽以群小在位，九齡言祿山反，帝荒淫不聽，遂去相位。

退食吟大庭，何心記榛梗。

大庭，古至治之國，言九齡雖退食之間，未嘗忘致治。趙云：大庭，古至治之主。九齡思反淳復朴，如大庭之世。每退食自公，嘗吟詠之，不復記其有猜嫌榛梗之事。

骨驚畏曩哲，鬒變負人境。

鬒，黑髮變而爲白，以負人事而已。謝玄暉：誰能鬒不變。趙云：畏不逮於前人。下句則憂其髮白將老，傷功名之不立。江淹別賦：心折骨驚。

雖蒙換蟬冠，右地恧多幸。

侍中冠，加貂蟬。九齡爲相，以文雅爲上知，右相李林甫惡之，引牛仙客以傾之，遂罷。趙云：上句乃侍中事，豈九齡亦加侍中而史不載邪？漢官儀：侍中冠武弁大冠，亦曰惠文冠，加金璫，附蟬爲文，貂尾爲飾，謂之貂蟬。下句九齡以尚書右丞相罷政事。言九齡在右地，已慚惡爲多幸。何者？有林甫之嫉，仙客之憾，則得此爲幸矣。敢忘二疏歸，疏廣爲太子太傅，謂兄子受曰：吾聞知足不辱，知止不殆，豈如父子相隨出關歸老，不亦善乎？遂上疏乞骸骨，公卿設祖道，供帳東都門外。痛迫蘇耽井。趙云：神仙傳：蘇仙翁耽，郴縣人，養母至孝。言語虛無，時謂之癡。忽辭母云：受性應仙，當違供養。涕泗欲別。母曰：汝去之後，使我如何存活？曰：明年天下疫疾，庭中井水，簷邊橘樹，可以代養。井水一升、橘葉一枚，可療一人。縣東北有山，仙翁所栖遊處，因而得仙。九齡爲工部侍郎，知制誥，乞歸養，詔不許。遷中書侍郎，以母喪解，毀不勝哀。「敢忘二疏歸」，以言其嘗欲引退矣。詔不許而至於母死，所痛者迫切於蘇耽之留井橘以代養也。九齡，韶州人〔五〕。韶西北與郴接，才一百八十里，故得以爲言。紫綬映暮年，荊州謝所領。初九齡爲相，薦長安尉周子諒爲監察御史。至是子諒以妄陳休咎，上親加詰問，令於朝堂決殺之〔六〕。九齡坐引非其人，左遷荊州大都督府長史。庾公興不淺，庾亮鎮武昌，諸佐吏殷浩之徒，乘月登南樓，俄而不覺亮至，將起避之。亮徐曰：諸君少住，老子於此興不淺。便據胡床，與浩等談詠。其坦率如此。黃霸鎮每靜。賓客引調同，謝靈運：異代可同調。諷詠在務屏。趙云：循吏傳：黃霸獨用寬和爲治，擢爲揚州刺史、潁川太守，治爲天下第一。自漢興言治民吏，以霸爲首。調同，倒用。故對務屏，其字則屏去俗務也。詩罷地有餘，篇終語清省。一陽發陰管，淑氣含公鼎。乃知君子心，用才文章境。九齡善屬文，有集二十卷。趙云：言九齡能詩文有名稱也。一陽發陰管，黃鐘之律也。言其詩和而可聽於耳。淑氣含公鼎，大亨之和也。言其詩美而可味於口。下兩句則以其爲有用之文故也。此詩前押「鬢變負人境」，今又押「用才文章境」，蓋所未解。豈人境字乃人景乎？散帙起翠螭，倚薄巫廬並。謝靈運：散秩問所知〔七〕。巫、廬，二山名。趙云：言開散曲江文帙，神物欻起，其高至并巫、廬之山也。翠螭字，揚雄解難：翠虬絳螭之將登乎天。廣雅：龍有角曰螭。既皆龍屬，則翠、螭可互用也。倚薄，相附著也。謝靈運：拙疾相倚薄。巫廬，郭景純江賦：巫廬嵬崫而比嶠。巫則巫山，在夔州；廬則廬山，在江州。綺麗玄暉擁，牋誄任昉騁。謝朓，字玄暉，少有美名，爲文綺麗。任昉，字彥升，長於牋誄。趙云：綺麗，陸機文賦：或藻思綺合，清麗芊眠。摘而用之。擁則言其多，騁則言其放，皆集中文字如此也。自我一家則，未闕隻字警。史記序：勒成一家。傳序：隻字之褒。千秋滄海南，名繫朱鳥影。韶州，即滄海之南。朱鳥，南方之宿。當時謂九齡爲滄海遺珠，其有名稱矣。歸老守故林，戀闕悄延頸。波濤良史筆，蕪絶大庾嶺。恨賦：終蕪絶於異城。九齡自荊州請歸拜墓，因遇疾，卒，年六十八，謚文憲。至德初，上皇在蜀，思九齡先覺祿山面有反相，乃下詔褒贈司徒，仍遣使就韶州致祭。趙云：守故林，其在荊州，久之，封始興縣伯，請還展墓也。向時禮數隔，制作難上請。再讀徐孺碑，猶思理煙艇。後漢：徐稚，字孺子，爲南州高士。趙云：上兩句言帝眷已衰，難以所制作上請於朝也。此豈九齡有爲史之書邪？後漢徐孺子，曲江爲之墓碣，其銘所謂靈芝無根，醴泉無源者是也。公之句意，蓋言昔嘗讀之，而起煙艇之興；今再讀之，而猶思理煙艇；則以慕徐孺之高風，故江漢之念不忘也。小舟曰艇。師云：九齡嘗督洪州，作徐孺子碑載于集中。

【校勘記】

〔一〕「重」，文淵閣本、文津閣本、文瀾閣本、清刻本、排印本作「仍」。

〔二〕「以仙鶴之譬」，「以」文津閣本作「似」，訛；又，「之」，清刻本、排印本作「下」。

〔三〕「通貫」上，文淵閣本衍「以」字。

〔四〕「此皆」，文淵閣本作「皆此」，文津閣本奪「此」字。又，「倚」，文淵閣本、文津閣本、文瀾閣本、清刻本、排印本作「俯」。

〔五〕「詔不許」以下一九字，文淵閣本、文津閣本、文瀾閣本、清刻本、排印本脱，係錯簡。

〔六〕「殺」，文淵閣本奪。

〔七〕「問」，文淵閣本、文津閣本、文瀾閣本、清刻本、排印本作「無」。

醉爲馬所墜諸公攜酒相看

甫也諸侯老賓客，罷酒酣歌拓金戟。騎馬忽憶少年時，散蹄迸落瞿唐石。白帝城門水雲外，低身直下八千尺。粉堞電轉紫遊韁，粉堞，城堞也，以堊土塗之，故曰粉堞。師云：韁以紫絲爲之，故曰紫韁。庾信詩：醉來拓金戟。趙云：阮籍詩：憶昔少年時。曹子建詩：低身散馬蹄。古詩：白馬紫遊韁。東得平岡出天壁。江村野堂爭入眼，垂鞭嚲鞚凌紫陌。向來皓首驚萬人，自倚紅顏能騎射。安知決臆追風足，朱汗驂驔猶噴玉。朱汗，血汗；驂驔，猶步驟也；噴玉，噴沫如玉。杜田補遺：古樂府驄馬行：驄馬鏤金鞍，拓彈落金丸〔一〕。意欲驂驔走，先作野遊盤。穆天子傳歌曰：黃之澤，其馬噴玉，皇人壽穀。師云：王褒詩：萬里決臆駒。崔豹古今注：始皇七馬，一名追風。趙云：決臆，決度於胸臆。追風，太宗十驥之一名。取俊疾之義。驂驔，崔液正月十五夜遊詩：驂驔始散東城曲，倏忽還逢南陌頭。不虞一蹶終損傷，人生快意多所辱。趙云：一蹶，王褒：過都越國，蹶如歷塊。雖無一字，而意是。快意，魏文帝芙蓉池作：遨遊快心意。職當憂戚伏衾枕，況乃遲暮加煩促。朋知來問腆我顏，杖藜强起依僮僕。語盡還成開口笑，提攜別掃清谿曲。酒肉如山又一時，初筵哀絲動豪竹。共指西日不相貸，喧呼且覆盃中淥。趙云：衾枕字，起於初詩角枕粲兮，錦衾爛兮，而摘用之。遲暮、煩促、杖藜、開口笑、初筵字，蓋皆有出。楚辭：傷美人之遲暮。張茂先：恬曠苦不足，煩促每有餘。莊子：原憲杖藜應門。又載盜跖云：開口而笑，一月之中不過四五日。詩：賓之初筵。是已。酒肉如山，又倣左傳：有酒如澠，有肉如陵。何必走馬來爲問，君不見嵇康養生被殺戮！嵇康著養生論，後以事誅。言何必以我走馬輕生爲問，正若嵇康養生而不免誅戮，則事豈可料乎？

【校勘記】

〔一〕「丸」，文淵閣本作「九」，訛。

李潮八分小篆歌

蒼頡鳥跡既茫昧，字體變化如浮雲。蒼頡，黄帝臣，觀鳥跡而爲文字。自蒼頡之後，字體變易如浮雲，無定體。趙云：孔子：不義而富且貴，於我如浮雲。陳倉石鼓又已訛，大小二篆生八分。周太史籀始創大篆唐蘇勗載記，石鼓文，謂之周宣王獵碣，共十鼓，其文則史籀大篆。漢蔡邕，字伯喈，爲中郎將，正六經于太學石壁，天下摹學。邕大篆入妙品。小篆者，秦丞相李斯删古文，複篆及史籀之書也。初，諸侯力正文字異形。秦始皇帝初兼天下，丞相李斯乃奏同之，罷其不與秦文合者。斯作蒼頡篇，胡毋敬作博學，皆取史籀大篆，或頗改，所謂小篆。杜田補遺：書苑云：八分書，秦羽人上谷王次仲飾隸書爲之，鍾繇謂之章程書。王愔曰：王次仲始以古書方廣少減勢，建中初以隸書作楷法，字方八分。始皇得次仲文簡略，赴急疾之用，甚善之。蔡文姬别傳：臣父邕言八分書，割程邈隸字去八法，割李斯小篆去二分取八分，故曰八分書。蔡希總曰：王次仲以楷法局促，更引而伸之爲八分，故號曰八分書。張懷瓘云：八分本謂楷書。楷者，法也，漸若八字分散，故名八分。趙云：陳倉，屬鳳翔。石鼓事，其略見韓退之詩：周綱陵遲四海沸，宣王憤起揮天戈。又云：鐫功勒成告萬世，鑿石作鼓隳嵯峨。則周宣之物也。其上所篆字，見東坡詩注云：我車既攻，我馬既同。又云：其魚惟何？惟鱮與鯉。何以貫之？惟楊與柳。此在東坡所見時，云惟此六句可讀，餘多不可通。不知杜公時所見如何也。秦有李斯漢蔡邕，中間作者寂不聞。嶧山之碑野火焚，棗木傳刻肥失真。嶧山碑，李斯書也，爲野火所焚。人惜其文，故以棗木傳刻。史記：始皇二十八年，東行郡國。上鄒嶧山，刻石頌秦德。苦縣光和尚骨立，書一作畫。貴瘦硬方通神。杜田補遺：後漢桓帝紀：延熹八年春正月，遣中常侍左悺之苦縣祠老子。注：老子，苦縣厲鄉人，屬陳國，故城在今亳州。續漢書：桓帝夢老子，令中常侍左悺於賴鄉祠之。詔陳相邊韶立祠兼刻石，即蔡邕伯喈八分書也。又靈帝紀：光和五年，始置鴻都門生。注：於鴻都門內置學，其中諸生皆勑州郡三公舉召，能爲尺牘、辭賦及工書鳥篆者。書苑云：靈帝好書，詔天下尚書於鴻都門。至者數百人。時南陽人師宜官稱八分爲最，大則一字徑丈，小則方寸千言，甚矜其能。以是考之，疑苦縣蔡邕書，光和師宜官書也。及詳觀此歌，「嶧山之碑野火焚」，謂李斯書也；「苦縣光和尚骨立」，謂蔡邕書也。故初言「秦有李斯漢蔡邕」，次言「惜哉李蔡不復得」，卒言「丞相中郎丈人行」，而未嘗一言師宜官。然苦縣之祠立於桓帝之延熹，而光和，靈帝之年號，豈非祠立於延熹，而碑刻於光和乎？延熹至光和纔十年之近爾，或謂光和爲伯喈書華山碑，苦縣老子朱龜碑，未知孰是。趙云：李斯、蔡邕，蓋善八分之有名稱者。苦縣光和事，杜時可引後漢云云。次公推公「尚骨立」之語，則以苦縣於前時已有蔡邕碑刻，至光和再刻之，幸未失真，而尚猶骨立爲可貴〔一〕。蓋公之所貴以瘦硬爲神〔二〕，故於嶧山之碑，則傷棗木之失真；於苦縣之碑，則喜光和之尚骨立也〔三〕。下句李蔡不復得，重結上文，豈容光和碑更是師宜官書邪？書貴瘦硬，一作畫字，非。惜哉李蔡不復得，李斯、蔡邕。吾甥李潮下筆親。尚書韓擇木，騎曹蔡有鄰。開元已來數八分，潮也奄有二子成三人。韓擇木，昌黎人，官工部尚書、散騎常侍，工八分，師蔡邕法，風流閑媚，號伯喈中興。蔡有鄰，濟陽人，官冑曹參軍，善八分。始拙弱，至天寶中，遂精妙。相、衛間，多其筆跡。況潮小篆逼秦相，快劍長戟森相向。八分一字直百一作千。金，蛟龍盤拏肉屈强。吴郡張顛誇草書，草書非古空雄壯。張旭，吴郡人，官右率府長史〔四〕。善草書，言吾見公主擔夫爭路而得其意；後又觀公孫氏舞劍器，而得其神。醉輒草書，揮筆大叫，以頭濡墨水中，天下呼爲張顛，醒後自視以爲神。人謂之草聖。豈如吾甥不流宕，丞相中郎丈人行。丞相斯。中郎邕。丈人行，尊老之稱。巴一作江。東逢李潮，逾月求我歌。我今衰老才力薄，潮乎潮乎奈汝何！趙云：末句倣項羽歌「虞兮虞兮奈若何」之勢。韓退之石鼓歌：

少陵無人謫仙死，才薄將奈石鼓何？」蓋又倣此句。益見公爲退之所服如此。巴東，巴一作江，非。巴東，言夔州。

【校勘記】

〔一〕「尚猶骨立爲可貴」，「猶」文津閣本、文瀾閣本、清刻本、排印本作「有」；「貴」，文津閣本無。

〔二〕「貴」，文淵閣本、文津閣本、文瀾閣本、清刻本、排印本無。

〔三〕「喜」，文淵閣本作「熹」，文津閣本無。

〔四〕「右」，文津閣本作「左」。

別蔡十四著作

賈生慟哭後，寥落無其人〔一〕。安知蔡夫子，高義邁等倫！獻書謁皇帝，志已清風塵。流涕灑丹極，萬乘爲酸辛。天地則創痍，朝廷當一作多。正臣。異才復間出，周道日惟新。趙云：當正臣，言當須正直之臣。舊本作多直臣，非。劉向：正臣進者，治之表。賈生，賈誼。陳治安之策有慟哭者一。莊子載孔子：聞將軍高義。列子説符篇：爲等倫皆許諾。前漢季布傳：今創痍未瘳。詩：周雖舊邦，其命惟新。使蜀見知己，別顔始一伸。主人薨城府，扶櫬歸咸秦。巴道此相逢，巴道，蜀道。相如諭蜀文：巴蜀之士。會我病江濱。趙云：使蜀見知己，則郭英乂爲蜀節度使，蔡爲使往見之也。史記：士伸於知己。主人，言郭英乂。英乂永泰元年閏十月，爲崔旰所殺，所以言薨。而蔡著作扶護靈櫬由舟行以歸秦也。巴道，指夔州。船泊夔州，與公相逢也。憶念鳳翔都，聚散俄十春。我衰不足道，但願子意陳。稍令社稷安，自契魚水親。蜀先主得孔明，猶魚之得水也。我雖消渴甚，敢忘帝力勤！尚思未朽骨，復覩耕桑民。積水駕三峽，浮龍倚長津。揚舲洪濤間，仗子濟物身。趙云：古歌：帝力何加於我哉[二]！老子云[三]：其人與骨俱朽。文子：積水成海。魏都賦：回淵漼，積水深也。駕字，郭景純遊仙詩：高浪駕蓬萊。劉勰彌勒石像碑：似揚舲游水，馳錫登山。王粲遊海賦[四]：洪濤奮蕩。西京賦云：起洪濤而揚波。鞍馬下秦塞，王城通北辰。北辰，北極，象於帝居。趙云：下秦塞，則出陸矣。北辰，孔子：「譬如北辰。」玄甲聚不散，兵久食恐貧。杜田補遺：竇憲傳：班固燕然山銘：玄甲曜日，朱旗絳天。注：玄甲，鐵甲也。前書：發屬國之玄甲。窮谷無粟帛，使者來相因。若馮南轅使，書札到天垠。趙云：馮，讀爲憑。窮谷，指夔州。來相因者，來不斷。借使漢書太倉之粟，陳陳相因之字。自長安望夔，在北而望南也，故來夔之使爲南轅。南轅字，出左傳。書札，古詩：客從遠方來，遺我一書札。天垠，指夔州以遠，故云天垠也。

【校勘記】

〔一〕「寥」，原作「塞」，訛，據二王本杜集卷七、百家注卷二十一、分門集注卷二十、黃氏補注卷十四並參先後解輯校丁帙卷三以及錢箋卷五改。

〔二〕「何」，文津閣本無。

〔三〕「老子云」，文津閣本「云」上本衍「六」字。

〔四〕「遊海賦」，「遊」字原奪，據全漢文卷九十補，下同。

別李義〔一〕

神堯十八子，十七王其門。道國洎舒國，實惟親弟昆。唐高祖二十二子，此止云十七王，其門未詳也。道王，名元慶，第十六子；舒王元名，第十八子。鮑云：高祖二十二子，道王元慶、舒王元名、衛懷王玄霸、楚哀王智雲，皆先薨。太子建成、巢王元吉以事誅，詔除籍。故止言十八。太宗有天下，故有十七子封王。趙云：神堯，唐高祖。史：高祖二十二子。今詩云神堯十八子，豈以竇皇后生建成、太宗、玄霸、元吉，而建成、元吉誅，太宗爲皇帝，玄霸在隋時已死，於四子之外，乃有十八子耶？學者尚疑之，然謂十七王其門，則又可疑也。又豈以萬妃所生智雲，亦先被害於隋末耶？其所在高祖爲唐皇帝而得封者：元景王荆，元昌王漢，元亨王酆，元方王周，元禮王徐，元嘉王韓，元則王彭，元懿王鄭，元軌王霍，元鳳王虢，元慶王道，元裕王鄧，元名王舒，靈夔王魯，元祥王江安，元曉王密，元嬰王滕。凡十七子爲得王，而各爲一門者耶？鄒陽與梁孝王書：何王之門而不可曳長裾耶？道國，道王也，名元慶，乃第十六子；舒國，舒王也，名元名，乃第十八子。而曰實惟親弟昆，若言同一母所生。而史載：元慶則劉婕妤所生，元名則小楊嬪所生。其母同者，乃宇文昭儀生元嘉及第十九子靈夔，所謂實惟親弟昆者，又與史不合。然則，公當時親所傳聞，與史不合，必有能辨之者。中外貴賤殊，余亦忝諸孫。趙云：詳味詩意，則李義者，道國之裔孫；而公則舒國後裔之外孫故也。舊注不省，解却云：公自言杜與李同出於陶唐氏。是何夢語！蓋前篇與唐十八使君詩云：與君陶唐後，自是杜與唐。何得輒差排爲杜與李乎？丈人嗣王葉，唐制，諸子襲封者謂之嗣王。之子白玉温。道國繼德業，請從丈人論。丈人領宗卿，肅穆古制敦。先朝納諫諍，直氣横乾坤。子建文筆壯，河間經術存。曹子建能文。漢河間王明經術，獻禮樂三雝之教。趙云：丈人，言李義之父。嗣王業，則繼嗣前王之業。舊注云云，才有字相犯，便妄引用，非是。之子，指李義也。白玉温，使温其如玉也。下句道國繼德業，請從丈人論，又以申言丈人乃道國之後，其能繼道國之德業者，請從李義之父言之也。宗卿，宗正卿也。唐制，宗正寺卿一人，從三品，掌天子族親屬籍，以别昭穆。領陵臺、崇玄二署。肅穆字，丘遲詩：肅穆恩波被。先朝納諫諍，考其時，當是玄宗，然未敢必也。温克富詩禮，骨清慮不喧。洗然遇知己，談論淮湖奔。憶昔初見時，小襦繡芳蓀。文選，芳蓀，紫綺爲上襦。袴也。師云：謝靈運詩：浥露馥芳蓀。趙云：襦，短衣也。史記載賈誼過秦論：寒者利裋褐。徐廣注曰：一作短，小襦，音豎。舊注妄添選五言詩爲七字，何輒附會如此！長成忽會面，慰我久疾魂。三峽春冬交，江山雲霧昏。正宜且聚集，恨此當離罇。莫怪執杯遲，我衰涕唾煩。王仲宣：但愬杯行遲。解嘲：涕唾流珠沫。趙云：莫怪執杯遲，以語衆人也。舊注引仲宣詩，却是訴主人行杯之遲耳。師云：孫楚詩：離樽悲當席。重問子何之？西上岷江源。願子少干謁，蜀都足戎軒。誤失將帥意，不如親故恩。甫幾不能脱嚴武之暴，又爲郭英乂所不容，有是句。少年早歸來，梅花已飛翻。趙云：王粲四言詩：苟非鴻鵰，孰能飛翻。公於言江亦曰：蒼濤鬱飛翻。努力慎風水，豈惟數盤飧。古詩所謂加飧食。猛虎卧在岸，蛟螭出無痕。王子自愛惜，老夫困石根。趙云：數，所角反。努力，字出吴越春秋。舊注於慎風水注云：言世若風波。穿鑿，非是。猛虎卧在岸，蛟螭出無痕，却有所興寄矣。生别古所嗟，發聲爲爾呑。趙云：楚辭：悲莫悲於生别離。呑字韻倒押。呑聲字，恨賦：莫不飲恨而呑聲。

【校勘記】

〔一〕此詩，文津閣本與下首送高司直尋封閬州順序顛倒；又，此詩正文「老夫困石根」三句及其句下所有注文，文津閣本闕。

送高司直尋封閬州〔一〕

丹雀銜書來，文王之時，赤雀銜書，集于周社。暮棲何鄉樹？驊騮事天子，辛苦在道路。司直非冗官，荒山甚無趣。借問泛舟人，胡爲入雲霧？與子姻婭間，既親亦有故。詩：瑣瑣姻婭。

萬里長江邊，邂逅一相遇。趙云：丹雀、騂騮，以比高司直。尚書中侯曰：赤雀銜丹書入豐，止于昌前。昌拜，稽首受之。舊注非。騂騮事，列子：周穆王肆意遠遊，駕八駿之乘，有曰：右服騂騮。謂之事天子，則以穆王稱穆天子，有傳也。司直通籍事主，故以丹雀之於文王，騂騮之于穆王比之。長卿消渴再，公幹沈綿屢。長卿，相如，病渴。劉公幹詩：余嬰沈痼疾，竄身清漳濱。趙云：王無功病後醮宅云：公幹苦沈綿，居山畏不延。清談慰老夫，開卷得佳句。時見文章士，欣然淡情素。伏枕聞别離[二]，疇能忍漂寓。良會苦短促，溪行水奔注。熊羆咆空林，遊子慎馳鶩。西謁巴中侯，閬爲巴中。艱險如跬步。趙云：巴中侯，封閬州也。主人不世才，先帝常特顧。拔爲天軍佐，崇大王法度。淮海生清風，南翁尚思慕。公宫造廣廈，木石乃無數[三]。初聞伐松柏，猶卧天一柱。趙云：拔爲天軍佐，則必嘗佐禁旅之任。淮海生清風，則必嘗爲揚州等處官。南翁，南方老人也。項籍傳：南公曰：楚雖三户，亡秦必楚。公宫，左傳：溝其公宫。又曰：處其公宫。凡官府貴處，謂之公宫矣。天一柱，言廊廟之具。神異經：崑崙有銅柱焉。其高入天，所謂天柱。列子：昔共工與顓帝争，怒而觸不周之山，天柱折其一。柱字，則緣荆南有一柱觀，止用一柱，故得合言天一柱。此非封閬州之爲廊廟器[四]，不足當之。舊注惑於公宫字，却注云幕府方須材，意以指高使君言之，非是。我病一作瘦。書不成，成字讀亦誤。爲我問故人，勞心練征戍。此詩，觀末章則閬州是房琯也。趙云：前十句總言封閬州，方貫此下句。蓋故人字，所以指閬州也。我疾，所以成「長卿消渴再，公幹沈綿屢」之句。一作我瘦，非。書不成，豈干瘦事！

【校勘記】

〔一〕「州」，文瀾閣本作「中」，訛。

〔二〕「聞」，文淵閣本、文津閣本、文瀾閣本、清刻本、排印本作「問」，訛。案，二王本杜集卷七作「聞」，可證。

〔三〕正文「木石乃無數」，「木」字以上、「石」字以下所有正文及其注釋，係錯簡，據諸校本訂正。

〔四〕「非封閬州之爲廊廟器」，「非」文瀾閣本、清刻本、排印本奪；又，「非封」文淵閣本、文津閣本作「門」，訛；又，「器」文淵閣本、文津閣本、文瀾閣本、清刻本、排印本作「氣」，訛。

遣懷

昔我遊宋中，惟梁孝王都。宋，古大梁。名今陳留亞，陳留，屬汴州。劇則貝魏俱。貝、魏，州名，在河北劇大。邑中九萬家，高棟照通衢。舟車半天下，主客多歡娱。趙云：孝王都，今之京師汴都是已。陳留，在今雖爲京師屬縣；在唐，則今之東京，唐陳留郡也。貝、魏，在河北方面最繁劇。主客者何？主，則本處人；客，則遊寄者。選詩：朝野多歡娱。白刃讎不義，黃金傾有無。殺人紅塵裏，報答在斯須。言多豪俠。趙云：鮑明遠詩：失意杯酒間，白刃起相讎。憶與高李輩，高適、李白。論交入酒壚。兩公壯藻思，得我色敷腴。世説：王濬仲爲尚書令，着公服，乘軺，經黄公酒壚中過，顧謂後車客曰：吾昔與嵇叔夜、阮嗣宗共酣飲此壚。竹林之遊，亦預其末。自嵇康阮籍云亡，便爲時所羈紲。今日視此雖近，邈若山河。師云：鮑照行路難：意氣敷腴在盛時。薛云：爾雅：蕍榮也。郭璞曰：蕍猶敷蕍，亦草之榮也。氣酣登吹一作文。臺，懷古視平蕪。吹臺，梁王歌臺，今謂繁臺。左太沖詩：酒酣氣益振。趙云：西清詩話：唐史稱，杜甫與李白、高適同登吹臺，慨然莫測也。質之少陵昔遊：昔者與高李，晚登單父臺。則知非吹臺。三人皆詞宗，果登吹臺，豈無雄詞傑倡著後世邪？杜田云：予謂蔡氏蓋未曾熟讀杜詩爾。遣懷詩不云乎：「昔我遊宋中，惟梁孝王都。名今陳留亞，劇則貝魏俱。憶與高李輩，論交入酒壚。氣酣登吹臺，懷古視平蕪。」此豈非甫與李白、高適同登吹臺邪？其説是。吹臺在今宋門外，謂之天清寺繁臺是已。於梁孝王時曰吹臺，蓋歌吹之臺也。一作文臺，非。芒碭雲一去，雁鶩空相呼。前漢：高祖隱於芒碭山澤間，吕后與人俱求，常得之。高祖怪問后，后曰：季所居上常有雲氣，故從往，常得季。雲去，乃人亡也。不欲指言之爾。人亡，雁鶩相呼。先帝正好武，寰海未凋枯。猛將收西域，長戟破林胡。玄宗時開拓境土，如安禄山、王君㚟、張守珪、王宗嗣輩，皆以邊功爲己任，故張説獻鬬羊以箴之，而上不之改。百萬攻一城，獻捷不云輸。組練棄如泥，國語：吴人大破楚軍。楚之免者，惟組練三百而已。組，甲被練也。尺土負一作勝。百夫。拓境功未已，元和辭大鑪。趙云：雁鶩相呼，以興其荒寂，如麋鹿遊姑蘇，黍離麥秀之類。玄宗盛時，以百萬兵攻一城，豈無勝負？但獻捷而已，未嘗言輸。組練棄如泥，則不憚物之費，爭一尺之土，以百夫爲償，則不惜人之命。莊子：以天地爲大鑪〔一〕。末句言政失其和於天地間矣。亂離朋友盡，合沓歲月徂。吾衰將焉托，存没再嗚呼！蕭條益堪媿，獨在天一隅。一云蕭條疾益甚，媿獨天一隅。趙云：詩：亂離莫矣。洞簫賦：薄索合沓。注云：重沓也。朋友，指言高李。孔子：甚矣，吾衰也。天一隅字，古詩：各在天一隅。乘黄已去矣，凡馬徒區區。不復見顔鮑，顔延年、鮑明遠。鮑嘗作荆州參軍，作蕪城賦以諷宋臨海王。趙云：乘黄，神馬。言高適、李白。顔鮑又以申比二公。公嘗與白詩云：「俊逸鮑參軍。」則顔乃以比高適乎？繫舟卧荆巫。荆州巫峽。臨飡吐更食，常恐違撫孤。趙云：蓋恐違戾撫養高、李二公之孤也。此其爲朋友之義。

【校勘記】

〔一〕「地」，文瀾閣本作「也」，訛。

君不見簡蘇徯

君不見道邊廢棄池，君不見前者摧折桐。百年死樹中琴瑟，蔡邕取爨下桐爲琴。一斛舊水藏蛟龍。積水成淵，蛟龍生焉。趙云：異苑：吳平在勾章州門外，忽生一株桐，上有謠歌之聲。平惡而斫之。其後，桐自還立於故根上。又聞歌聲，曰：死樹今更青，吳平尋當歸。桐材所以爲琴瑟。言今死樹猶可爲之，以譬士終有用也。庾信擬連珠曰：日南枯蚌，猶含明月之珠；龍門死樹，尚抱咸池之曲。舊注非是。言蛟龍終非池中物，則蛟龍固在水，而池中之水亦有蛟龍矣。雖一斛舊水，猶可藏之。亦以譬士當守所養也。丈夫蓋棺事始定，古詩：蓋棺事乃已。君今幸未成老翁，何恨憔悴在山中！深山窮谷不可處，霹靂魍魎兼狂風。趙云：君今幸未成老翁。選：魏文帝與吳質書：時有所慮，乃至通夜不瞑。志意何時，復類昔日。已成老翁，但未白頭耳！末句以不知有何所恨，而甘心憔悴於山中乎？乃陳山中不可住，招之使出矣。此亦宋玉招魂之意。

贈蘇四徯

異縣昔同遊，各云猒轉蓬。古詩：爲客若轉蓬。趙云：古詩：它鄉各異縣。曹植雜詩：轉蓬離本根，飄颻隨長風。袁陽源效古詩：勤役未云已，壯年徒爲空。迺知古時人〔一〕，所以悲轉蓬。別離已五年，尚在行李中。左傳：秦晉圍鄭〔二〕，燭之武夜見秦伯，曰：行李之往來。注：行李，使人。戎馬日衰息，乘輿安九重。天子之門九重。乘輿，天子所乘輿。時京師初復。有才何棲棲，將老委所窮。爲郎未爲賤，甫爲宣義郎檢校工部員外郎，非以階官。後篇云「雖爲尚書郎」，可以證矣。其柰疾病攻。子何面黧黑，焉得豁心胸？巴蜀倦剽劫，下愚成土風。崔旰之亂。幽薊已削平，禄山節鎮。荒徼尚彎弓。時思明未平。斯人脱身來，豈非吾道東！儒林傳：初，梁項生從田何受易，丁寬爲項生從者，讀易精敏，材過項生，遂事何。學成，寬東歸，何謂門人：易已東矣。師古曰：言丁寬得其法術以去。趙云：上兩句方指言蘇徯。面黧黑字，列子：面目黧黑。巴蜀倦剽劫，則段子璋之亂，又崔旰之亂。燕薊尚彎弓，則安之亂，雖已削平，而猶有盜賊。彎弓字，史：士不敢彎弓而報怨。斯人，又指蘇徯。在危難之間脱身來此，蓋亦以道合行於巴中，猶古人所謂吾道東也。乾坤雖寬大，所適裝囊空。肉食哂菜色，少壯欺老翁。況乃主客間，古來偪側同。趙云：左傳：肉食者鄙。菜色，傳云：民無菜色。下兩句言時之寬舒，則寬舒同；時之偪側，則偪側同也。西京賦：駢羅偪仄。公事有詩偪側行者，亦用此耳。君今下荆揚，獨帆如飛鴻。二州豪俠場，人馬皆自雄。一請甘飢寒，再請甘養蒙。趙云：欲其晦迹以自全耳。

【校勘記】

〔一〕「知」，文淵閣本、文津閣本作「之」，訛。

〔二〕「秦晉」，文淵閣本、文津閣本、清刻本、排印本作「晉秦」。

寄薛三郎中

人生無賢愚，飄飄若埃塵。自非得神仙，誰免危其身？與子俱白頭，役役一云没没。常苦辛。雖爲尚書郎，不及村野人。憶昔村野人，其樂難具陳。藹藹桑麻交，公侯爲等倫。天末厭戎馬，我輩本常貧。趙云：雖爲尚書郎，固是實道爲尚書工部員外郎之事，而木蘭歌云：木蘭不用尚書郎。有此三字也。具陳，見首篇注。等倫字，列子全語，説符篇載俠客相與言：必滅虞氏之家爲等倫，皆許諾。天末，選賦有云[一]：雲斂天末。詩有云：佳人眇天末。戎馬，老子云：戎馬生於郊。子尚客荆州，我亦滯江濱。峽中一卧病，瘧癘終冬春。春復加肺氣，此病蓋有因。早歲與蘇鄭，蘇源明、鄭虔是也。痛飲情相親。二公化爲土，嗜酒不失真。蘇鄭亦皆嗜酒。趙云：言其以酒死也。余今委脩短，豈得恨命屯。聞子心甚壯，所過信席珍。上馬不用扶，每扶必怒嗔。趙云：記：儒有席上之珍以待聘。每扶，一作忽扶，非。蓋每字與必字相應也。賦詩賓客間，揮灑動八垠。乃知蓋代手，可蓋覆當代也，漢書：功業蓋代。才力老益神。青草洞庭湖，東浮滄海漘。君山可避暑，況足采白蘋。杜補遺：岳州圖經：洞庭湖在縣西南一里。荆州記云：巴陵南有青草湖，與洞庭湖相連接，周回數百里，日月出没其中。湖之南有青草山，因以爲名。博物志曰：君山，洞庭之山也。庚穆之湘州記云：昔秦始皇欲入湘觀衡山，而遇風浪，幾敗溺，至此山而免，因號爲君山。又荆州圖經云：湘君所遊，故曰君山。有神，祈之則利涉。韓退之黄陵廟碑載山海經曰：洞庭之山，帝之二女居之，則君山者，因湘君得名，非始皇也。韓碑辨湘君夫人事甚詳，不復録。

子豈無扁舟，往復江漢津？我未下瞿唐〔二〕，空念禹功勤。聽説松門峽，吐藥攬衣巾。高秋却束帶，鼓枻視清旻。

趙云：十二句蓋公有意於扁舟儘南而下，陳其所歷所遊之處，欲借薛郎中所往復江漢之舟而往。然未下瞿唐外，空念禹功。則劉子所謂美哉禹功，微禹，吾其魚乎也。聞松門峽之好，則方喫藥而吐之，遽攬衣巾思去也。松門峽，無所考。豈亦如巴峽中有瞿唐灘，當時遂名爲瞿唐峽者乎？以俟博聞。高秋束帶而鼓枻，則言方是往時矣。論語：束帶立於朝。潘安仁西征賦：鼓枻迴輪。注：郭僕方言曰：今江東人呼枻爲軸。

鳳池日澄碧，濟濟多士新。余病不能起，健者勿逡巡。上有明哲君，下有行化臣。

趙云：鳳池，指禁省之地。晉荀勗守中書監侍中，專管機事。及遷尚書令，人有賀者，曰：奪我鳳凰池，諸公何賀焉？濟濟多士四字，詩之全語。健者，指言薛據，蓋有所望之也。健者兩字，後漢袁紹傳：董卓欲廢立，紹勃然曰：天下健者，豈爲董公！

【校勘記】

〔一〕「云」，原作「玄」，文瀾閣本、清刻本、排印本作「元」，皆訛，據先後解輯校戊帙卷二此詩注〔四〕改。

〔二〕「唐」，二王本、文瀾閣本作「塘」。

大覺高僧蘭若

巫山不見廬山遠，松林蘭若秋風晚。杜正謬云：釋氏要覽曰：蘭若者，梵言阿蘭若，唐言無静。四分律云空静處，薩婆多論云閑静處，智度論云遠離處，大悲經阿蘭若。注云：離諸惡務。故數説不同，其實無諍也。趙云：廬山遠，廬山惠遠也。大覺和尚雖是巫山之僧，而比爲遠公。往謁之而不遇，故云「巫山不見廬山遠」。蘭若，佛宫名。蓋梵語耳。一老猶鳴日暮鍾，諸僧尚乞齋時飯。趙云：漢初應曜隱於淮陽山中，與四皓俱徵，曜獨不至。時人語曰：南山四皓，不如淮陽一老。又，管寧書：唯陛下聽野人山藪之願，使一老者得盡微命。若本出，則魯哀公指孔子爲一老。香爐峰色隱晴湖，香爐峰，廬山勝境，如香爐上有飛泉。種杏仙家近白榆。神仙董奉居廬山，治病重者種杏五株，輕者一株，號董仙杏林。趙云：公題下注云：「和尚去冬往湖南。」今此乃言江州廬山事，即隱晴湖是江南彭蠡湖，恐湖南字誤。香爐峰事，遠法師廬山記：東南有香爐山，孤峰秀起〔二〕，遊氣籠其上，氛氳若煙也。近白榆，言其所居之高，近乎星辰。古詩曰：天上何所有？歷歷種白榆。飛錫去年啼邑子，高僧：有飛錫而赴齋者，見三十四卷太陽沙門詩注。杜補遺：昔高僧隱峰遊五臺，出淮西，擲錫飛空而往西天。比丘持錫有二十五威儀。凡至室中不得著地，必掛於壁牙，故釋子稱遊行僧爲飛錫，安住僧爲掛錫。孫綽天台賦云：王喬控鶴以沖天，應真飛錫以躡虛。注：應真，得道人。獻花何日許門徒？高僧傳：戒行嚴潔，天女來獻花。趙云：言去年往湖南也。天台山賦：飛錫。注云：得真道之人，執錫杖而行於虛空，故云飛也。邑子，同邑之子也。朱買臣傳：會邑子嚴助貴幸，薦買臣。獻花事，後分經載釋迦初爲淨惠仙人時，獻五蓮花於燃燈佛。此獻花之祖也。其後獻花于羅漢者，如法注記：龍神捧鉢而曲躬，天女獻花而胡跪。門徒者，一門之徒屬，如七十二子爲孔門之徒。又，後漢李固傳：表舉薦達，例皆門徒。此皆一門徒屬之義。佛書所載，雖外道之黨類，亦謂之門徒。其在佛僧，則謂諸弟子來從者爲門徒矣。

【校勘記】

〔一〕「起」，文淵閣本、文津閣本、文瀾閣本、清刻本、排印本作「望」。

新刊校定集注杜詩卷十五

古詩

憶昔行

趙云：憶昔者，追憶往昔也。鮑照衰老行：憶昔少年時，馳逐好名晨。故公有憶昔之作，止摘兩字爲題，然必目之所親見，身之所親歷者。憶昔先皇巡朔方、憶昔開元全盛日，此紀目所親見也。今篇憶昔北尋小有洞，此紀身所親歷也。公在關塞時，有昔遊篇，與今篇大意相應，更相發明，具列于逐段之下。公往尋華蓋君而不見，故前篇謂之昔遊，今篇謂之憶昔。

憶昔北尋小有洞，洪河怒濤過輕舸。茅君內傳：大天之內有玄中之洞三十六所。第一王屋山之洞，周圍萬里，名曰小有清虛之天。趙云：禹貢：底柱、析城，至于王屋。注云：山在冀州南，河之北。疏：王屋在河東垣縣東北。今云北尋小有洞，則往王屋者，過河而北行也。唐廣切韻注：楚以大船曰舸，而類書載釋名亦曰：南楚江湘，凡船之大者謂之舸。

辛勤不見華蓋君，艮岑青輝慘么麽。趙云：昔遊云：昔謁華蓋君，深求洞宮脚。玉棺已上天，白日亦寂寞。暮升艮岑頂，巾几猶未却。參詳二詩之意，蓋公遊王屋，本欲謁華蓋君，適值君死也。玉棺上天，則托仙以爲言矣。華蓋字，於傳記有三焉：山有名華蓋，則葛仙公傳之言崑崙別名也；星有華蓋，則晉天文志云：大帝上九星曰華蓋，所以覆蔽大帝之座也〔一〕；肺爲華蓋，則道家醫家之説也〔二〕。今云華蓋君，應是道號，不知何所取也。舊注引葛仙公傳事，則是指崑崙矣。艮岑，二詩皆言之，的是王屋之處。么麼，細也。艮岑之青輝，固不細矣，以華蓋君之不在，故慘然而細也。千崖無人萬壑靜，三步回頭五步坐。趙云：千崖萬壑，則顧愷之之言會稽云：千巖競秀，萬壑争流。下句則魏文帝臨高臺曰五里一顧，六里徘徊之勢也。曹公祭橋玄文：車過三步，腹痛莫怪。李陵别蘇武詩：轅馬顧悲鳴，五步一彷徨。秋山眼冷魂未歸，仙賞心違淚交墮。趙云：上句言望華蓋君，招之而不來也；下句言欲爲仙賞之遊，而事與願違，所以悲泣也。宋玉招魂有魂兮歸來者凡十二。今言魂未歸，着未字者，以反言之也。舊注撰引招魂云：魂來兮未歸。妄矣。嚴休復唐昌玉蘂花詩：魂消眼冷未逢真。豈亦出於杜公耶？當秋時在山中有所望，故云眼冷也；仙賞心違，以賞心字貼心違也。謝靈運云：良辰、好景、賞心、樂事，四者難并。而所賞之心，乃仙賞之心也。左傳：王心不違。詩：中心有違。故公屢使寸心違、壯心違、心事違也。羊叔子峴山之碑，謂之墮淚碑。弟子誰依白茅室？盧老獨啓青銅鎖。巾拂香餘搗藥塵，階除一作前。灰死燒丹火。趙云：此四句實道其事。白茅室，則莊子云築特室，席白茅也。一作白石室〔三〕，非。盧老者，蓋所見之人，應是華蓋君親信者，故曰獨啓青銅鑰。巾、拂是兩物，階、除亦可作兩字對。公律詩有云：慣看賓客兒童喜，得食階除鳥雀馴。可見矣。一本作階前，非。玄圃滄洲莽空闊，金節羽衣飄婀娜〔四〕。落日初霞閃餘映，倏忽東西無不可。舊注：十洲記：崑崙山三角，一角正西，曰玄圃臺；其一處有積金，爲天鏞城〔五〕，四千里。城安金臺〔六〕。金節羽衣，則以黃金爲節，鳥羽爲衣。漢武帝拜欒布爲五利將軍，使衣羽衣立白茅上。注曰：以鳥羽爲衣，取其神仙飛翔之意。趙云：四句言華蓋君當在仙境往來也。葛仙傳云：崑崙，一曰玄圃也。滄洲，則十洲之一洲也。爾雅曰：西北方之美，有崑崙之墟璆琳琅玕焉〔七〕，則崑崙在西北。列子云：渤海之東有大壑，名曰歸墟。中有五山，蓬萊其一也。豈可云大海之中有崑崙、滄洲、蓬萊乎？金節羽衣，則仙人之服御也。婀娜，美貌。文選有芝蘭婀娜，而韓退之元和聖德頌有旗常婀娜，亦言其美也。當玄圃與滄洲空闊之間，乃華蓋君金節羽衣之所往來矣。晚則落日之所映，早則初霞之所映。其在此時也，或東遊滄洲，或西遊崑崙，倏忽然無不可者，言其任意之閑放也。餘映字，王仲宣七哀詩：山岡有餘映，巖阿增重陰。而霞映之勢，則又孔稚圭北山移文云：高霞孤映。閃者，不定之貌。

松風磵水聲合時，青兕黃熊啼向我。徒然咨嗟撫遺跡，至今夢想仍猶作。一作佐。趙云：四句公自言其在山中之愁寂，而想華蓋君于今不忘也。風吹松而鳴，澗水激石而鳴，皆可愁矣。宋玉招魂曰：君王親發兮憚青兕。兕必言青，則說文曰：兕如野牛，青皮堅緊，可以爲鎧。國語：晉叔向曰：昔吾先君唐叔，射兕于徒林，殪，以爲大甲。韋氏解亦云：兕似牛而青。六韜：文王囚羑里，散宜生得黃熊而獻之紂。舊注云：成王時，東夷獻黃熊。按，類書載周書云：成王時不屠國獻青熊。未嘗有獻黃熊也，蓋輒改以附會其説如此。當其在山中時，聞松風、磵水之聲，青兕、黃熊之啼，愁寂不堪，徒有咨嗟。撫華蓋君之遺迹，至今夢想猶見之也。舊本猶作字作佐字，當是作字，但音佐而已，此南人語音。公詩又曰主人送客何所作，自注云：音佐，可見矣。公之今句則言今猶作此夢也〔八〕。

祕訣隱文須内教，歲晚何功使願果〔九〕。更討衡陽董鍊師，南遊早鼓瀟湘柂。舊注：董鍊師，神仙也，隱於衡陽，祕訣隱文。按道藏書中有隱訣，其書曰：太清九宮，其最高者稱太皇、紫皇、玉皇。趙云：此四句結一篇之義，以爲求仙須得有功行而傳秘訣，不見華蓋君矣，却思南遊而訪董鍊師。討者，尋訪也。與昔游詩「杖藜望清秋，有興入廬霍」同意。南史：梁有胡僧祐者，得以願果爲字也。真誥載紫清真妃詩：濯足玉天池，鼓柂牽牛河。庾闡揚都賦：青雀飛艫，餘皇鼓柂。

【校勘記】

〔一〕「覆」，底本模糊，據文淵閣本、文津閣本、文瀾閣本、清刻本、排印本補。

〔二〕「之説」，底本漫滅，據文淵閣本、文津閣本、文瀾閣本、清刻本、排印本補。

〔三〕「白石室」，文淵閣本、文津閣本、文瀾閣本、清刻本、排印本脱「石」字。

〔四〕「節」，底本模糊，據文淵閣本、文津閣本、文瀾閣本、清刻本、排印本補。

〔五〕「鏞」，文淵閣本作「墉」，文津閣本作「鄘」，均訛。

〔六〕「城」下，清刻本、排印本有「上」字，當是。

〔七〕「之墟」，清刻本、排印本作「墟之」，當是。

〔八〕「今」，文淵閣本、文津閣本、清刻本、排印本作「此」。

〔九〕「歲晚」，二王本杜集卷八、十家注卷八、百家注卷三十、分門集注卷八、草堂詩箋卷四十五、黄氏補注卷十五以及錢箋卷八作「晚歲」。

魏將軍歌

趙云：古樂府有丁督護歌、臨江王節士歌，紀述其人，皆謂之歌，故公前有戲作花卿歌，今又有魏將軍歌，乃其例也。

將軍昔著從事衫，鐵馬馳突重兩銜。別駕，亦曰治中從事。孔恂爲別駕從事。銜，銜勒也。趙云：著從事衫，則初爲幕官於元帥府耳。馬勒重銜，則戰馬之謹也。後漢：陳衆，人號爲白馬陳從事。被堅執鋭略西極，崑崙月窟東嶄巖。高祖紀：朕親被堅執鋭。師古曰：被堅，謂甲冑。執鋭，謂利兵。爾雅：西至於邠國，謂之西極。相如賦：嶄巖參差。揚雄長楊賦：西壓月窟，東震日域。趙云：崑崙事，郭璞崑崙丘贊曰：崑崙月精，水之靈府。惟帝下都，西羌之宇。則崑崙於中國，固在西矣。而比之月窟，則猶在東也。揚雄：西壓月窟。注：月窟者，月之所生也。今云崑崙月窟東嶄巖，蓋言崑崙在月窟之東，其形嶄巖然也。公詩句承略西極之下，所以壯西極之處矣。此四句一段，言將軍立功於西邊也。君門羽林萬猛士，惡若哮虎子所監。監，領也。君門，羽林禁旅也。漢有羽林軍。詩：闞如哮虎。言其勇也。趙云：此兩句言將軍監軍於殿前也。五年起家列霜戟，一日過海收風帆。門列棨戟也。趙云：列戟，貴者之門，蓋所謂棨戟。過海收風帆，則有事於西極。既了，過西海而還，其帆可收矣。所以承略西極之下，則爲過西海。或於一日之中，過海收帆，又以形容其速返。戟謂之霜戟，帆謂之風帆，詩家造語。兩句是對也。上句言將軍之驟貴，下句言將軍遠征而速返也。平生流輩徒蠢蠢，長安少年氣欲盡。魏侯骨聳精爽緊，華嶽峰尖見秋隼。趙云：氣欲盡，則觀將軍之富貴功名而然矣。謝承後漢書：竇武上疏曰：奉承詔命，精爽隕越。秋隼，清秋之隼鳥。凡鷙鳥以秋而健，公後篇曰「秋鷹整翮當雲霄」是已。華嶽峰尖之上見秋隼，所以比其骨聳而精爽緊歟。此四句可推見將軍之在長安也。星纏寶校金盤陁，夜騎天駟超天河。師云：庾愷白馬篇：星纏碼磁轡。劉孝摽詩：寶校纏障泥。鮑照詩：金銅飾盤陁。古注，天官書：漢中四星，曰天駟；旁一星，曰王良；旁八星，絶漢，曰天潢。趙云：星纏寶校，則倒使顔延年赭白馬賦全語。薛夢符引張平子東京賦：龍輈華轙，金鍐鏤錫。方釳左纛，鉤膺玉瓖。所謂寶校，此其具第尊卑之制殊耳。天駟，言將軍之馬，乃御廄之馬也。超天河，則以帝京之地比天上，以言將軍夜騎之，豈若金吾巡邏之事邪？**欃槍熒惑不敢動，翠蕤雲旓相蕩摩。**欃槍，妖星。熒惑，火星。翠蕤雲旓，皆旗也。相蕩摩，舒閑貌。張衡西京賦：棲鳴鳶，曳雲旓。相如子虛賦：錯翡翠之威蕤。又東都賦：望翠華之威蕤。趙云：欃槍，妖星，以比寇亂。熒惑，火星，以比强暴。不敢動，言畏其威也。以承天駟、天河之下，故復用天星言之。翠蕤雲旓，以見將軍所建之旗，皆天兵之儀也。**吾爲子起歌都護，酒闌插劍肝膽露，鉤陳蒼蒼風玄武。**一作玄武暮。趙云：都護，漢官也。漢遣王吉護匈奴南北兩道，故曰都護。古樂府有丁督護。督護，即都護也。鉤陳，星名。晉天文志：鉤陳六星，在紫宫中。故天子殿前亦有鉤陳，所以法天也。蒼蒼，言其明也。陸倕石闕銘云：把鉤陳。注：鉤陳，兵衛之象，故王者把焉。玄武者，闕名。三輔舊事曰：未央宫北有玄武闕。舊本誤以武字爲韻，云風玄武，極無義理，徒誤學者。以鉤陳則蒼蒼，以玄武則暮，言當酒闌插劍之時如此。甘泉賦：伏鉤陳使當兵。注：營陳星也。**萬歲千秋奉明主，臨江節士安足數！**趙云：楚王謂安陵君曰：寡人萬歲千秋之後，誰與樂此？杜田曰：古樂府載宋陸厥臨江王節士歌曰：節士慷慨，髮上衝冠。彎弓挂若水，長劍竦雲端。此兩句上則言將軍常監軍於殿前爲宿衛，末則言將軍乃天子之節士，非特臨江王節士比也。舊注謂夔州號臨江軍，非。蓋臨江軍今屬江西，而夔州則號寧江軍也。

北風

北風破南極，朱鳳日威垂。洞庭秋欲雪，鴻雁將安歸？詩：北風其涼。趙云：南極，言楚地。公在楚，故所見者此也。因南極之下，故承之以朱鳳，南方之鳥也。因洞庭之下，故乘之以鴻雁，蓋雁隨陽之鳥也。而洞庭乃往衡陽之路，雁本違寒而就温。今洞庭方秋而欲雪，則又寒矣，又將奚往乎？朱鳳在南極，北風破南極而威垂；鴻雁過洞庭，洞庭秋欲雪而安歸？皆言值時如此，於是乎失所也。威垂，無氣象之貌。鳳與鴻雁皆公自況。揚子：君子在治若鳳，在亂若鳳。又云：鴻飛冥冥，弋人何慕焉。義與下句相喚，蓋亦公自嘆在風塵之際，方旅泊而未得歸矣。舊注北風破南極，以喻小人道長，君子道消，非是。十年殺氣盛，六合人煙稀。吾慕漢初老，時清猶茹芝。趙云：此戊申大曆三年詩也。自乙未天寶十四年至此十三年矣，而云十年殺氣盛，則舉其大數爲詩句耳。殺氣盛，則安史雖滅，而吐蕃尚熾也。記月令：殺氣浸盛。曹子建詩：千里無人煙。末句言商山四皓，以秦之亂避之入山，方漢之初，可以出矣，而猶茹芝焉，則以畏禍之心，未能已也。近有東溪先生集者，其中有釋杜詩十六篇，以北風爲第二篇。序云：北風，悲燕寇衰弱王室〔一〕，禍加臣民。寇來自北，故況北風。曾不考公賦詩之年辰與處所，直誤以爲安史之亂，不知此乃大曆三年所作詩也〔二〕。言吐蕃則可，豈可尚以爲燕寇之亂王室乎？亦又豈有寇自北來之事乎？恐惑後學，故爲辨之。

【校勘記】

〔一〕「衰」，文淵閣本作「哀」，文津閣本作「襄」，均訛。

〔二〕「所作詩也」，文淵閣本「詩」字上有「之」字。

客從

客從南溟來，遺我泉客珠。珠中有隱字，欲辨不成書。莊子：海運則將徙於南溟。趙云：此篇倣客從遠方來，遺我雙鯉魚之格，而別生新意也。珠所從來不易得，其中若自言之者。任昉述異記：南海鮫人室，水居如魚，其眼泣則出珠。鮫人，即泉仙也，又名泉客。必言南溟來，非特取譬，乃蔡伯世所謂長沙當南溟孔道，蓋公詩雖興寄，亦每感於物而興之，非泛爲比也。師云：神異經：鮫人織絞綃於泉室，出以賣之。嘗客主人家，臨去，索盤，泣珠以遺主人。又淮南王劉安，以一寶珠四面中有四字，名曰刋字珠。緘之篋笥久，以俟公家須。開視化爲血，哀今徵斂無。趙云：必用泉客珠，言其珠從眼泣所出也。至於化爲血矣，猶慮公家之徵斂，無以供之，故哀。世有東溪先生集者〔一〕，其中有釋杜工部詩十六篇，引云：擬毛詩之序，以撮其大要而判釋之，且以爲啓杜詩之關鍵。以此客從爲第三篇，序云：客從，悲遠方貢賦不入中原也。於上四句注云：時四方以玉帛貢天子，多爲盜賊所掠，不至王庭。珠小，物可匿以獻也。中有隱字，字又不成書，不敢顯書貢天子也。於下四句注云：周衰，方物不至，諸侯之國猶通王使之求金。安史之際，法廢道梗，雖欲征斂，亦無所矣。頃同蔡伯世定此詩乃大曆四年潭州作，而東溪又誤以爲安史之際，是不知安史至此已滅七年矣，大非也。

【校勘記】

〔一〕「有」，文淵閣本奪，訛。

白馬

白馬東北來，空鞍貫雙箭。可憐馬上郎，意氣今誰見？近時主將戮，中夜傷於戰。傷，一作商。喪亂死多門，嗚呼涕如霰！趙云：此篇記事之作。蔡伯世云乃潭州詩。主將，謂崔灌也。公自衡州如長沙而逢亂。按九域志：衡州北至州界九十二里，至潭州三百九十里。以公自南而北言之，則所見之白馬爲東北來矣。空鞍貫箭，則人亡馬還也。古歌辭每以郎稱騎馬之人，如折楊柳云：腹中愁不樂，願作郎馬鞭。出入擐郎臂，蹀座郎膝邊〔一〕。公又嘗曰馬上誰家白面郎，大率少年之稱耳。傷於戰，一作商於者，山名，在虢州，與此潭州之亂無相干，斷不可取。江文通雜體詩：日暮浮雲滋，握手淚如霰。屈原九章哀郢篇：望長楸而太息兮，涕淫淫其若霰。東溪先生誤以主將之戮爲禄山之亂，蓋禄山叛於天寶十四載，弑於至德元載，而又以白馬非戰馬〔二〕。昔侯景之亂，舉軍皆白馬青袍，而謂非戰馬可乎？恐誤學者，不可不辨。師云：按唐史：大曆三年商州兵馬使劉洽殺其刺史殷仲卿。杜所言商於戰，豈此歟？

【校勘記】

〔一〕「蹀座」，原作「踪座」，文淵閣本、清刻本、排印本「踪跡」，文瀾閣本作「蹤跡」，文津閣本作「蹤蹤」，皆訛，據梁詩卷二十九折楊柳歌辭改。

〔二〕「白馬」，「馬」原脱，據下文所引趙注「舉軍皆白馬青袍」二句訂補。

白鳧行

君不見黃鵠高於五尺童，化爲白鳧似一作象。老翁。故畦遺穗已蕩盡，天寒歲一作日。暮波濤中。鱗介腥膻素不食，終日忍飢西復東。魯門鶢居亦蹭蹬，聞道如今猶避風。趙云：趙壹詩：被褐懷金玉，蕙蘭化爲芻。劉琨詩：何意百鍊剛，化爲繞指柔。夫剛之異乎柔，蕙蘭之異乎芻，體性之自然也。剛化爲柔，蕙蘭化爲芻，非其體性之變，而乃事意之易，爲可歎矣。鵠與鶴同類，遠舉之物，古人多通言之，故有黃鵠，亦有黃鶴。韓詩外傳載田饒云：黃鵠一舉千里。詩義疏曰：鶴大如鵝，長三尺。此言其飛之遠而形之高大也。莊子曰：鶴脛雖長，斷之則憂；鳧脛雖短，續之則悲。此言鵠高而鳧庳也。今公云：黃鵠化爲白鳧，化爲之義，乃趙壹之蕙蘭化爲芻，劉琨之剛化爲柔者也。鵠高五尺，宜高舉遠引，乃摧藏低回，化作白鳧之狀，象老翁之傴僂，天寒歲暮，困於波濤之中，忍飢西東，無所投迹，此賢者失所之譬也。孟子：五尺之童適市。魏文帝云：已成老翁，但未頭白耳。詩：遺秉，滯穗。禮記：天寒既至。歲暮字，起於詩。此疊字格也。鶢鶋事，國語載：海鳥曰爰居，止於魯南門之外三日。臧文仲使國人祭之。展禽曰：祀，國之大節也。無功而祀之，非仁也。今茲海其有災乎？夫廣川之鳥獸，常知避其災也。是歲也，海多大風。注：爰居之所避也。詳味此詩，前六句蓋公自況，末兩句尚念及同志之人，故謂之亦蹭蹬。蹭蹬，失勢之貌。海賦言大鯨失勢之狀曰：蹭蹬窮波，陸死鹽田。公以魚自喻己之失勢曰蹭蹬無縱鱗。今言爰居之失勢，則曰亦蹭蹬，聞道如今猶避風也。

蠶穀行

天下郡國向萬城，無有一城無甲兵！時盜賊充斥，天下皆用兵。天下郡國，則後漢：光武披輿地圖，指示鄧禹曰：天下郡國如是，今始得其一。焉得鑄甲作農器，趙云：此暗使顔回之語。家語載：回曰：回願得明王、聖主輔相之。使鑄劍戟爲農器，放牛馬於原藪。一寸荒田牛得耕。牛盡耕，蠶亦成。不勞烈士淚滂沲，男穀女絲行復歌。趙云：烈士見平日牛不得耕，蠶無所成，則涕淚滂沲。今也見牛耕而男穀，蠶成而女絲，則喜而行歌焉。行歌字，主烈士言之也。舊注引揚子言政之思斁，而以男子畝，婦人桑爲思，至於行復歌，則人樂其政可知矣。不亦自爲昏惑之説乎？

折檻行

趙云：詩句中使朱雲事，因取名題也。按：成帝朝，張禹以帝師位特進，甚尊重。雲上書求見，公卿在前。雲曰：臣願賜尚方斬馬劍，斷佞臣一人〔一〕，以厲其餘。上問：誰也？對曰：張禹。上大怒，令御史將雲下。雲攀殿檻，檻折。雲呼曰：臣得下從龍逄、比干遊於地下足矣！此永泰元年之作。當在四月末、五月間，公方流離，下船歷戎、渝、忠，至雲安縣而泊船以居，應方及之耳〔二〕。

嗚呼房魏不得見，秦王學士時難羨。青襟一作衿。胄子困泥塗，白馬將軍若雷電。趙云：太宗初爲秦王，既平天下，鋭意經籍，於宮城之西開文學館，以待四方之士。於是以杜如晦、房玄齡〔三〕，並以本官兼弘文館學士，圖其形狀，且顯爵士〔四〕，命褚亮爲像贊，藏之書府，號十八學士。給五品珍饍，分爲三番，更直宿于閣下。預入閣者，時人謂之登瀛洲。青衿，舊本作青襟，非是。衿，衣系也；襟，交衽也。其物不同〔五〕。詩云：青青子衿。貼以胄子，則書云：命夔教胄子。注：胄子，長子也，謂卿大夫子弟也。左傳：使吾子辱在泥塗。青衿胄子困泥塗，則學校之廢，非特白屋之子失學，雖貴胄子弟，皆困辱于泥塗〔六〕。按：通鑑於永泰元年不著月日，載云：自安史之亂，國子監堂室頹壞，軍士多借居之。祭酒蕭昕上言學校不可遂廢，於大曆元年春正月乙酉，敕復補國子學生。則學校之廢已久，而公之詩作于永泰元年蕭昕未上言之前矣。魏龐德每戰，常陷陣。與關羽交戰，射羽中額。時德常乘白馬，羽軍謂爲白馬將軍，皆憚之。雷電，言白馬之駿驟，其光揮霍似之。大意言武人之寵幸，故其威勢如此。

千載少似朱雲人，至今折檻空嶙峋。婁公不語宋公語，尚憶先皇容直臣。趙云：千載云者，非謂自漢成帝至唐代宗永泰元年爲千載也。若考其年數之實，才七百六十六年耳。此乃謂朱雲者，千載人也。正所以美雲之正直，不畏誅戮，雖千載之悠悠，少似之者。至今折檻空嶙峋，以罪成帝初不能容而必欲誅之，賴辛慶忌之免冠叩頭流血，以死争而救之，然後得免，至今餘折檻之迹存在，竟不能踈抑張禹也。所以引下句先皇則能容直臣焉。嶙峋，高貌。左太沖魏都賦：陛楯嶙峋。婁公，則師德也；宋公，則璟也。言互以正直爲心。師德上元初爲監察御史，其所事者，高宗與武后。本傳不載其諫諍事〔七〕。今因公詩指爲直臣而知之。宋璟歷事武后、中宗、睿宗、明皇。中宗嘉其直。其後張嘉貞代璟爲相，閱堂按，見其危言讜論，未嘗不失聲歎息。詳味詩意，思治世文物之盛，而聖君有諫諍之臣。致君堯、舜，如房、魏二人不得而見；則思其上而不得，且思其次，爲學士以文采結主知者。又至欲有所諫諍，小臣如朱雲，大臣如婁公、宋公。然爲朱雲則成帝本不能容之，惟婁、宋則先皇能容也。大意譏代宗亦不能容直臣矣。又按通鑑於永泰元年春載：左拾遺洛陽獨孤及上疏曰：陛下召裴冕等待制以備詢問，此五帝盛德也。頃者陛下雖容其直，而不録其言，有容下之名，無聽諫之實。此忠鯁之人所以竊歎。觀此，則公詩作於永泰元年爲審。非以譏其有容下之名，無聽諫之實，不若先皇之真能容直臣乎？直臣字，用成帝以旌直臣之語。師云：師德深沉有度量，人有忤己，輒遜避以自免，能以功名始終，故無面折庭争之迹。璟剛正敢言，其事具載本傳。詳此詩意，蓋歎世無宋公之敢言，而亦無婁公之容物。不然，先朝之臣，特舉此二人，何哉？

【校勘記】

〔一〕「人」，清刻本、排印本作「人頭」。

〔二〕「應方及之耳」，清刻本、排印本作「乃作是詩耳」。

〔三〕「房玄齡」，原作「房元齡」，係避諱，此改。以下均同。

〔四〕「顯爵土」，文津閣本作「顔爵王」，訛；又，「顯」，清刻本、排印本作「頒」。

〔五〕「物」，清刻本、排印本作「初」。

〔六〕「于」字原無，據文淵閣本、文津閣本、清刻本、排印本補。

〔七〕「載」，清刻本、排印本作「傳」。

朱鳳行

君不見瀟湘之山衡山高，山巔朱鳳聲嗷嗷。側身長顧求其群，翅垂口噤心甚勞。下愍百鳥在羅網，黃雀最小猶難逃。願分竹實及螻蟻，盡使鴟梟相怒號。趙云：此篇托興君子小人甚明。詩有六義，四曰興。解者云，感於物而興焉者也。公在衡州，衡山則眼前所見也，朱鳳則衡山上之物也，因其物而有作，乃以爲興矣。湘中記曰：遥望衡山如陣雲，沿湘千里，九向九背，乃不復見。故云瀟湘之山衡山高。句則古歌云巴山之峽巫峽長之勢也。魏劉楨詩：鳳凰集南嶽，徘徊孤竹根。故云山巔朱鳳聲嗷嗷。韻書云：衆口愁也。詩：哀鳴嗷嗷。側身長顧求其群，此以譬君子之無朋也。張平子四愁詩：側身東望。古詩：邊馬長顧鳴。選賦：獸顛狂以求群。翅垂口噤心甚勞，後漢馮異傳：始垂翅於回溪，終奮翼於澠池。史記日者傳：噤口不能言。古樂府飛鳥行：吾欲銜汝去，口噤不能開。詩：勞心忉忉。所譬君子，復何人哉？蓋公之胸懷也。末句，盡，音儘。左傳：周禮盡在魯矣。是也。百鳥與黃雀，皆鳥類之小者，而鳳凰憫之，則憂及小類。鳳凰非竹實不食，今欲分之以與螻蟻，則憫及微物。鴟梟，惡禽也，唯嗜腐鼠，莊子以爲嚇鵷鶵者。盡使之怒號，則鳳凰不管其自争自怒也。四句托鳳之憂小類，閔微物，惡凶惡，乃公仁義之心如此。劉楨詩於「鳳凰集南嶽，徘徊孤竹根」之下云：「於心有不厭，奮翅凌紫氛。豈不常勤苦，羞與黃雀群。」而公念黃雀之難逃於羅網，爲鳳所憫。則公之與劉楨，其心有間矣。百鳥、黃雀，譬小類；螻蟻，譬微物；鳳凰，譬君子；鴟梟，譬小人。此篇非君子、小人之譬甚明乎？此詩乃大曆五年衡州所作之詩也，時亂離日久，賢者思引其類，有爲而不可得也。

惜別行送向卿進奉端午御衣之上都

肅宗昔在靈武城，祿山之亂，肅宗即位靈武。書：昔在帝堯。指揮猛將收咸京。向公泣血灑行殿，天子在外曰行殿。佐佑卿相乾坤平。逆胡冥寞隨烟燼，卿家兄弟功名震。麒麟圖畫鴻雁行，言兄弟俱畫像於麒麟閣。紫極出入黃金印。趙云：天寶十五年七月，以皇太子爲天下兵馬元帥，北收兵至靈武。裴冕奉皇太子即位，是爲肅宗。明年九月復京師。向公，無所考其名。佐佑卿相乾坤平，言平乾坤，非獨卿相之力，乃向公佐佑之力也。宣帝畫功臣於麒麟閣，前漢蘇武傳使此麒麟字。公他篇言圖畫處多使騏驎字，具于句法義例。尚書勳業超千古，雄鎮荊州繼吾祖。趙云：尚書鎮荊州，言李之芳也。繼吾祖，則公自言杜預也。預在晉爲鎮南大將軍，都督荊州諸軍事。裁縫雲霧成御衣，拜跪題封賀端午。向卿將命寸心赤，青山落日江潮白。趙云：寸心赤，倒用赤心字，而以寸心貼之，字乃典而不虛矣。青山落日江潮白，言向卿行歷之景物也。句可謂奇矣。師云：沈約賦：衣若蟬翼，被若雲霧。卿到朝廷說老翁，漂零已是滄浪客。趙云：滄浪客，公自言。漁父歌曰：滄浪之水清兮，可以濯我纓；滄浪之水濁兮，可以濯我足。

醉歌行 贈公安顔少府請顧八題壁。

神仙中人不易得，顔氏之子才孤標。顔氏，公安少府也。趙云：神仙中人，杜田云：世説：王恭，美姿儀。嘗披鶴氅裘，涉雪而行。孟昶窺見之，曰：此真神仙中人也。又語林曰：王右軍目杜弘治曰：面如凝脂，眼如點漆，此神仙中人。今取字以言顔少府。揚子曰：顔氏之子。今於少府言之。天馬長鳴待駕馭，秋鷹整翮當雲霄。趙云：天馬、秋鷹，所以比顔。前漢禮樂志：天馬徠，從西極。天馬徠，龍之媒。劉孝標絶交論：剪拂使其長鳴。秋鷹，則如前秋隼矣。整翮字，晉棗腆寄石季倫詩：望風整輕翮，因虚舉雙翰。翰，去聲。師云：范曄：天馬獨長鳴。張載鷹賦：凌風整翮。君不見東吳顧文學，顧況，吳人。君不見西漢杜陵老。前漢都長安，後漢都洛陽。長安在洛陽之西，故前漢謂之西漢。杜公，長安杜陵人也。詩家筆勢君不嫌，詞翰升堂爲君掃。甫爲醉歌詩請顧寫也。坡云：王子敬過戴安道草堂飲，安道求子敬文。子敬攘臂大言曰：我詞翰雖不如古人，與君一掃素壁。今山陰草堂碑是，辭翰俱美。趙云：辭翰升堂爲君掃，公自言其詩家之詞，與顧君筆勢之翰，升顔少府之堂，各爲之一掃也。世説注：辭翰清新。是日霜風凍七澤，烏蠻落照銜赤壁。趙云：子虚賦：楚有七澤。烏蠻，施黔所連之蠻。赤壁，在黄州，周瑜敗曹操之地在西，故銜落照於是。杜時可引王得臣赤壁辨云有三焉，云云幾二百餘言爲冗矣。霜風之凍及七澤，落照遠銜赤壁，皆詩人因所在而廣之之辭(一)。酒酣耳熱忘頭白，感君意氣無所惜，一爲歌行歌主客。

一本云一醉歌行歌主客。杜云：楊惲傳：酒酣耳熱，聲鳴鳴而歌秦聲。末句歌主客，主則顔少府，客則公與顧八也。魏文帝與吳質書曰：每至觴酌流行，絲竹並奏，酒酣耳熱，仰而賦詩。當此之時，忽然不自知其樂也。

【校勘記】

〔一〕「而」，清刻本、排印本無。

歲晏行

歲云暮矣多北風，瀟湘洞庭白雪中。漁父天寒網罟凍，莫徭射雁鳴桑弓。趙云：詩：歲聿云暮，北風其涼〔一〕。易：作結繩而爲網罟，以佃以漁。師云：莫徭，蠻夷。隋地理志：長沙郡雜有夷，名曰莫徭。自言其先祖有功，常免征役，故以爲名。禮記：桑弧蓬矢射四方。桑弧，即桑弓。去年米貴闕軍食，今年米賤太傷農。高馬達官厭酒肉，此輩杼軸茅茨空。楚人重魚不重鳥，一作肉。汝休枉殺南飛鴻。舊注云：穀貴則傷民，穀賤則傷農。孟子：良人出則必饜酒肉而後反。公詩意蓋言在位者不知爲政，但厭酒肉而已。風俗通：吴楚之人嗜魚鹽，不重禽獸之肉。趙云：此輩杼軸，猶言斯民杼軸。詩云：小東大東，杼軸其空。廣韻玉篇：軸，作柚，機具也，杼機之持緯者。揚方言：東齊土作謂之杼，木作謂之軸。南飛，沈約聞夜鶴篇曰：復值南飛鴻，參差共成侶。況聞處處鬻男女，割慈忍愛還租庸。往日用錢捉私鑄，今許一云來。鉛錫和青銅。

刻泥爲之最易得，好惡不合長相蒙。萬國城頭吹畫角，此曲哀怨何時終！趙云：唐制：授人以口分、世業田，凡授田者，丁歲納粟稻，謂之租。用人之力，歲不過二十日。不役者日爲絹三尺，謂之庸。舊注引唐制，盜鑄者死，没其家屬。至天寶間，盜鑄益甚，雜以鐵、錫，無復錢形，號公鑄者爲官鑪錢。此天寶時事。今公詩在大曆中作，則大曆私鑄尤多也。刻泥爲之最易得，似言以泥爲錢模也，故言易得。好，音好醜之好。惡，音善惡之惡。錢有好惡故也。師云：江淹別賦：割慈忍愛，離邦去里。張正見夜感詩：畫角聲不斷，淒涼懷萬感。

【校勘記】

〔一〕「涼」，底本模糊，據文淵閣本、文津閣本、文瀾閣本、清刻本、排印本補。

夜聞觱篥

笳管也。卷蘆爲頭，截竹爲管，出胡地，制法角音。

夜聞觱篥滄江上，衰年側耳情所嚮。鄰舟一聽多感傷，塞曲三更欻悲壯。積雪飛霜此夜寒，孤燈急管復風湍。君知天地一作下。干戈滿，不見江湖一作湘。行路難。趙云：觱篥者，世皆識之。杜時可引樂部幾百餘言，雖無害於義，似爲冗矣。句中之警，在塞曲三更欻悲壯，蓋胡笳有出塞曲、入塞曲也。禰衡擊鼓爲漁陽摻檛，聲益悲壯。公律詩嘗曰「五更鼓角聲悲壯」，亦用此矣。急管，復就觱篥言之也。君知天地干戈滿，君，則指言吹觱篥之人。江湖行路難，則公自謂也。行路難，樂府詩題。師云：按：龜茲國造觱篥，能作十二音，後轉入中國。晉閭丘沖詩〔二〕：側耳眩歸鴻。晉王讚聞笛詩：淒涼塞曲愁。曹植賦：急管閒發。張讚詩：孤燈乍明滅。張華賦：風湍猛惡。

【校勘記】

〔一〕「閭丘沖」，原作「閭丘中」，文淵閣本作「閭印沖」，訛；據晉詩卷八、全晉文卷一百二十四、世説新語箋疏品藻第九條改。案，閭丘沖，字賓卿，高平人，西晉詩人。

發劉郎浦

挂帆早發劉郎浦，薛云：江陵圖經：劉郎浦在石首縣，孫權與劉備成婚於此，因以得名。疾風颯颯昏亭午。舟中無日不沙塵，岸上空村盡豺虎。十日北風風未迴，客行歲晚尤相催。白頭厭伴漁人宿，黄帽青鞋歸去來。趙云：此公自公安縣欲往岳州所經行之處。劉郎浦，乃公安之下石首縣也。岸上孤村盡豺虎，乃實道其事。舊注言多盗賊，亦是。蓋張孟陽云：盗賊如豺虎也。北風風未迴，所以儘催船之南行也。黄帽青鞋歸去來，則雖在江湖而猶厭與漁人爲伴，乃欲深藏高隱矣。歸去來，則陶淵明有詞。

暮秋枉裴道州手札率爾遣興寄遞呈蘇渙侍御

久客多枉友朋書，素書一月凡一束。虚名但蒙寒温問，泛愛不救溝壑辱。言友朋之書雖多，但蒙寒温之問，而不足極憂也。孟子：志士不忘在溝壑。齒落未是無心人，舌存耻作窮途哭。趙云：古詩：客從遠方來，中有尺素書。詩雖有生芻一束，而南史何思澄作名紙一束也。問寒温者，書牘之常也。晉王獻之嘗與兄徽之、操之俱詣謝安。二兄多言俗事，獻之寒温而已。論語：泛愛衆而親仁。而晉、宋間，遂以朋友爲泛愛。殷仲文桓公九井詩：廣筵散泛愛。蓋猶兄弟謂之友于，子孫謂之貽厥，君子謂之凡百。洪駒父云：此歇後語也。子美詩：山鳥山花吾友于。韓退之：誰謂貽厥無基址，未能免俗，何邪？漢書：齒髪墮落。張儀從楚相飲，門下意張儀盜璧，共笞掠之。其妻曰：子毋讀書遊説，安得此辱？儀曰：視吾舌尚在不？妻笑曰：在。儀曰：足矣。窮途哭，則阮籍傳：時率意獨駕，不由徑路。車跡所窮，輒慟哭而反。本傳元無途窮字，而顔延年五君詠，其於籍曰：物故不可論，途窮能無慟。則公所用，蓋取顔延年之字也。此上六句，泛言諸友寄書相慰其老與窮耳。道州手札適復至，紙長要自三過讀。盈把那須滄海珠，入懷本倚崑山玉。元注：言得裴書勝珠之盈把，倚裴如崑山之玉。趙云：滄海珠，薛夢符引閻立本稱狄仁傑曰：可謂滄海遺珠。狄在公之前，亦自可證，而閻立本有可謂之語，則已前固有此語矣。崑山玉，則郤詵所謂崑山片玉也。倚字，世説：毛曾與夏侯玄共坐，時人謂蒹葭倚玉樹。盈把字，出文選。公又云：浩歌淚盈把。入懷字，則如窮鳥入懷；又云：使金如粟，不以入懷。珠與玉，以比道州之書。三過讀，王筠於書三過五抄。師云：十道志：道州，即漢封長沙定王子買域之地。撥棄潭州百斛酒，蕪沒瀟岸千株菊。使我晝立煩兒孫，令我夜坐費燈燭。憶子初尉永嘉去，紅顏白面花映肉。師云：梁簡文帝詩：少年多意態，面白多映肉。軍符侯印取豈遲，紫燕緑耳行甚速。阮步兵：厨中貯酒數百斛，故酒則撥棄，而菊則蕪没也。晝立夜坐，則得書而有所思也。紫燕緑耳行甚速。言真超軼之才也。趙云：空得書而不相聚，煩兒孫者，煩其侍立矣。其所思者何？思其初爲尉之少年，且又言其進用而材之俊逸。軍符，則爲節度使，爲將帥也。侯印，則封侯佩印矣。紫燕、緑耳，皆駿馬名。則西京雜記：文帝自代還，有良馬九，號爲九逸，其一曰紫燕也。列子：周穆王駕八駿之馬，而左緑耳。此道州手札而下，至此專言裴道州有書，因書而思道州。昔日爲尉，且言其人俊逸也。聖朝尚飛戰鬭塵，濟世宜引英俊人。兵戈未息，宜薦才引士，以濟斯世也。黎元愁痛會蘇息，夷狄跋扈徒逡巡。如用得其人，則黎民蘇而夷狄息。師云：後漢：質帝目梁冀曰：此跋扈將軍也。授鉞築壇聞意旨，頽綱漏網期彌綸。毛詩：無然畔援。鄭玄云：畔援，猶跋扈也。張衡西京賦：睢盱跋扈。齊高祖謂侯景飛揚跋扈。徒逡巡，言其空自遷延，不久掃蕩也。授鉞築壇，言用將。晉禮樂志：漢、魏故事，遣將出征，符節郎授節鉞於明堂。韓信傳：高祖築壇拜信。漢書：網漏吞舟之魚。師云：沈約詩：孰能振頽綱。顧和謂王導曰：明公作輔，寧使網漏吞舟，何緣采聽風聲。郭欽上書見大計，劉毅答詔驚群臣。趙云：郭欽事，晉武帝時，匈奴稍因忿恨，殺害長吏，漸爲邊患。侍御史郭欽上疏曰：戎狄强獷，歷世爲患。今西北之方，戎狄雜居，恐百代之後爲患。宜及平吴之功，以復上郡。帝不許。故干寶有言曰：思郭欽之謀，而寤戎狄有釁也。劉毅事，晉武帝嘗顧謂劉毅曰：朕方漢之如何主？對曰：桓、靈也。帝曰：朕克己爲理，方之桓、靈，不亦甚乎？對曰：桓、靈賣官錢入公府，陛下賣官錢入私門，以此言之，殆不如也。他日更僕語不淺，明公論兵氣益振。傾壺簫管黑白髮，黑，一作理。儛劍霜雪吹青春。師云：古詩：舞劍凝霜雪。趙云：他日，前日也。皆謂其非今日耳。禮記儒行：孔子對魯哀公曰：遽數之，不能終其物；悉數之，乃留更僕，未可終也。注：僕，太僕也。君燕朝則正位掌擯相。更之者，爲久將倦，使之相代。氣益振字，左太沖詩：酒酣氣益振。黑白髮，言飲酒聽樂而寬愁，白髮爲之再黑。一作理字，淺矣。霜雪，言劍之光。吹青春，則豪氣吹之也。自「聖朝尚飛戰鬭塵」，至此言朝廷須才，道州必用，且逗留他日相會之樂也。

宴筵曾語蘇季子，後來傑出雲孫比。八世孫曰雲孫。趙云：蘇季子，蘇秦也。兩句通義，言於閑宴筵席之間，曾語及蘇涣侍御，乃六國時蘇秦之遠孫，可比之也。徐穉傳：角立傑出。雲孫，爾雅：子之子爲孫，孫之子爲曾孫，曾孫之子爲玄孫，玄孫之子爲來孫，來孫之子爲晜孫，晜孫之子爲仍孫，仍孫之子爲雲孫。至是而爲孫者七世矣，言輕遠如浮雲，故自季子至侍御，取其最遠者言之。

茅齋定王城郭門，藥物楚老漁商市。市北肩輿每聯袂，郭南抱甕亦隱几。趙云：定王城，乃潭州，則漁商市亦必潭州之地。後五篇有聽蘇涣誦詩之作，則蘇在潭州矣。漁商市之北，乘肩輿而聯袂，以言與蘇相逐之歡。定王城之南，抱甕隱几，言蘇之居處。莊子載：子貢南遊於楚，反於晉。過漢陰，見一丈人，方將爲圃畦。鑿隧而入井，抱甕而出灌，搰搰然用力甚多，而見功寡。孟子有隱几而卧，莊子有隱几而坐也。師云：先賢傳：晉阮籍居市北，而富於車徒，每出肩輿數十里，正聯袂牽裾，飲酣自若。

無數將軍西第成，早作丞相山東起。趙云：後漢：馬融爲大將軍西第頌，以此頗爲正直所羞。舊注引上爲去病治第。況無將軍第之連文也。山東起，則班固云山西出將，山東出相也。舊注改作東山，便引謝安爲證，非是。公亦何拘於西對東邪！師云：杜言時危，無數將軍皆得治第宅，勉蘇早起濟世爾。

烏雀苦肥秋粟菽，蛟龍欲蟄寒沙水。舊注：烏雀方得時，而蛟龍退藏，甫自喻也。師云：古樂府：秋園足粟菽，烏雀時來馴。張融：潛蛟困寒水。

天下鼓角何時休，陣前部曲終日死。舊注：部曲，隊伍也。趙云：兩句又以傷時干戈之未息，以引下句激昂二公之致功名也。自「宴筵曾語蘇季子」至此十二句〔一〕，所以呈蘇侍御，蘇時在潭州，題云遞呈者是已，而詩句則言時之急難，必須蘇君輩爲功名也。師云：續漢書：大將軍營五部，部有校尉一人，部下有曲，曲有軍候一人。附書與裴因示蘇，此生已媿須人扶。致君堯舜付公等，早據要路思捐軀。趙云：致君堯舜上。魏應璩與從弟君胄書〔二〕：思致君於有虞，濟蒸民於塗炭。古詩：先據要路津。傳有云：捐軀清難。末句則結一篇，併以簡二公矣。

【校勘記】

〔一〕「語」，文淵閣本作「詔」，訛。

〔二〕「君」，文淵閣本作「居」，訛。

奉贈李八丈判官曛

我丈時英特，宗枝神堯後。珊瑚市則無，騄驥人得有。舊注：驥不稱其力，稱其德也，故在人則有之。趙云：神堯，唐高祖也。珊瑚生於海中之石上，以鐵網取之。尋常市中所無，惟鬱林郡有珊瑚市。見梁任昉述異記。騄驥者，騄耳與騏驥。穆天子八駿中有之，故云「人得有」。騄驥字，見文選。早年見標格，秀氣衝星斗。事業富清機，官曹貞獨守。頃來樹嘉政，皆已傳衆口。薛云：范曄賦〔一〕：秀氣初生也。趙云：

雷次宗豫章記：吳未亡，常有紫氣見牛斗之間。張華問雷孔章，孔章曰：惟斗牛之間有異氣，是寶物也，精在豫章豐城。張華遂以孔章爲豐城令。至縣，掘深二丈，得玉匣，長八尺。開之，得二劍，其夕牛斗氣不復見。曹顏遠思友詩：精義測神奧，清機發妙理。獨守字，古詩：空床難獨守。庾闡詩：得親子標格。李膺書：清機妙譽。劉琨表：獨守之臣。師云：

艱難體貴安，冗長吾敢取。言於艱難之際，能脱略細務也。薛云：文選文賦云：故無取乎冗長。

區區猶歷試，炯炯更持久。討論實解頤，操割紛應手。趙云：艱難體貴安，言時方艱難，爲政不擾，其大體貴在安靜。冗長吾敢取，凡物之剩者爲冗長。長，音去聲。王恭曰：平生無長物是已。今言爲政，本分之外，其如物之冗長者，吾不取之。吾字，指李八丈之自言也。書：歷試諸難[二]。傳云曠日持久也。論語：世叔討論之。左傳未能操刀，而使之割也。解頤，注：使人笑不止也。莊子：得之於心，應之於手。

篋書積諷諫，宮闕限奔走。趙云：兩句通義，言雖有諫書之多，積滿朝篋，而身則不能造宮闕也。上句亦似樂羊謗書滿篋之篋。諫有五，諷諫爲上。書：駿奔走。

入幕未展材，一作懷。秉鈞孰爲偶！舊注云：鈞，衡也。詩：秉國之鈞。趙云：上句言其爲判官。入幕字，世説：桓宣武與郄超議芟夷朝臣，條牒既定，其夜同宿。明晨起，呼謝安、王坦之入，擲疏示之。郄猶在帳内。謝安含笑曰：郄生可謂入幕之賓矣。史：秉鈞當軸。秉鈞孰爲偶，言其可以爲宰相，孰與之爲匹偶也。

所親問淹泊，泛愛惜衰朽。趙云：此下公自謂矣。傳云：愛其所親也。論語：泛愛衆而親仁。前人如殷仲文云：廣筵散泛愛，遂以爲朋友之呼矣。謝靈運富春渚詩：赤亭無淹薄。注引王逸楚辭注曰：泊，止也。薄，與泊同。

垂白辭南翁，委身希北叟。趙云：杜欽傳：紅陽侯與欽子業書曰：誠哀老姊垂白。謝靈運詩：星星白髮垂。史：策名委身。項籍傳：范增説項梁云：南公稱之曰：楚雖三户，亡秦必楚。注：南公，南方之老人也。班固幽通賦：北叟頗識其倚伏。指塞上之父爲北叟也。舊注引淮南子，遂輒改塞上之人爲北叟，不知事則用淮南子塞上翁失馬，而字則用班固也。師云：張載賦：垂白之叟。古詩：南翁獨守窮。馬融傳：論得北叟之後福。真成窮轍鮒，或似喪家狗。秋枯洞庭石，風颯長沙柳。高興激荊衡，知音爲回首。趙云：莊子：轍中之鮒，呼莊周求斗升之水以活。是也。孔子：纍纍如喪家狗。見家語與史記。秋枯洞庭石，則水落石出，所以爲枯也。洞庭、長沙，荊與衡，皆相連之地。當是時之秋也，上則枯洞庭之石，而在此則風飄颯長沙之柳，故其爲興於潭之上，則激荊；於潭之下，則激衡。非以地相連爲言耶？師云：江逭詩：秋枯波始下。李充賦：風長颯颯。

【校勘記】

〔一〕「范曄賦」，文瀾閣本作「范蔚宗」；又，「范曄」，文淵閣本作「范煜」，清刻本、排印本作「范奕」，參見本集卷四送長孫九侍御赴武威判官校勘記〔四〕。

〔二〕「難」，清刻本、排印本作「艱」。

別董頲

窮冬急風水，逆浪開帆難。師云：張綽詩：逆浪排風舲。士子甘旨闕，內則：慈以旨甘急於養父母，故不憚道途之寒也。不知道里寒。有求彼樂土，南適小長安。趙云：小長安，鄧州，見十道志。光武紀注：續漢書，淯陽縣有小長安，故城在今鄧州南陽郡西。今公詩言逆浪開帆難，若在潭州言之，逆浪則往衡州而南矣。公意蓋言往鄧州必泝江漢而上，自潭順流至岳，乃泝江、泝漢，於此深言其難者也。下句有舟楫去之語，則以言其離潭先順流矣。開帆，舟人常語。公詩又曰：主人錦帆相爲開。詩：適彼樂土。別我舟楫去，覺君衣裳單。素聞趙公節，兼盡賓主歡。已結門廬當作閭。望，無令霜雪殘。趙云：易：刳木爲舟，剡木爲楫。舟楫之利，以濟不通。舊本作到我舟楫去，或曰：到我，言到及於我，如見訪之義。甚費力矣，別我自分明也。沈約白馬篇：唯見恩義重，豈覺衣裳單。趙公必知鄧州者也。已結門閭望，則董君之往鄧，以甘旨闕之故，而離其母之側，故用母望事。齊王孫賈之母謂賈曰：汝朝出而晚來，則吾倚門而望汝；暮出而不還，則吾倚閭而望汝。舊本作門廬望，非。無令霜雪殘，囑其早歸也。師云：趙當是辟置董頲者，或恐是荆南兵馬使太常卿趙公〔一〕。老夫纜亦解，脱粟朝未餐。飄蕩兵甲際，幾時懷抱寬？漢陽頗寧静，漢陽軍在岳陽。峴首試考槃。當念着白帽，采薇青雲端。趙云：左氏：老夫耄矣，無能爲也。梁謝靈運送方山詩：解纜及流潮。劉孝綽還渡浙江詩：解纜辭東越。江淹擬謝惠連詩：解纜候前侶。前漢公孫弘脱粟飯。言脱其殼而已，未甚精細也。楚辭：屑瓊蘂以朝餐。漢陽頗寧静，峴首試考槃，此兩句以意逆之，則前此漢陽必有擾攘之事，今兹寧静，故於峴山可以試考槃也。詩：考槃在阿。漢陽，則漢水之陽。峴首，在襄州，與鄧州相近。公因董君往鄧，故思及之。白帽，公嘗使云：白帽應須似管寧。然考之管寧傳，則云常著皂帽，而杜佑通典作帛帽，豈今國志本誤耶？以有白帢、白接䍦言之，則白帽蓋閑散者之服耳。采薇，四皓之事。又伯夷、叔齊采薇首陽。古詩：美人在雲端。師云：寰宇記：峴山在襄陽縣東十里，羊祜與鄒湛嘗登此山。考槃，言隱於峴山也。詩注云：考，成也；槃，樂也。爲賢者不見用，則成樂於山谷耳。子美，襄陽人，蓋欲歸隱峴首，因董歸鄧而言宜相念也。

【校勘記】

〔一〕「兵」，底本原作「與」，旁批圈改作「兵」，是。案，文淵閣本、清刻本、排印本作「兵」可證。又，「兵」文瀾閣本奪；「兵」中華影宋本作「與」。

奉送魏六丈佑少府之交廣

賢豪贊經綸，功成空名垂。子孫不振耀，一云子孫没不振。歷代皆有之。鄭公四葉孫，長大常苦飢。衆中見毛骨，猶是麒麟兒。磊落貞觀事，致君樸直詞。家聲蓋六合，行色何其微。趙云：易：君子以經綸。左傳云：不可没振。一作不振耀。雖史有震耀都部，却非此振耀字，又不如没不振之老健也。鄭公，魏鄭公也。晉中興書：嵇紹謂其友曰：琅琊王毛骨非常，殆非人臣之相。今取毛骨二字用耳。竇誌見徐陵曰：此兒天上石麒麟。公詩又曰：盡是天上麒麟兒。貞觀事，言鄭公諫諍也。鄭公貞觀時，多所獻替。新史云：犯顔正諫，議者謂雖賁育不能過是已。蓋六合字，蓋代之蓋也。莊子：今者車馬有行色。遇我蒼梧陰，忽驚會面稀。議論有餘地，公侯來未遲。虚思黄金貴，一作遺。自笑青雲期。趙云：蒼梧，則桂州之地。蒼梧陰，指言潭州，蓋在桂州之北。古詩：主稱會面難。莊子：游刃有餘地。左傳：公侯之子孫，必復其始也。方在貧困之中，故思有以黃金饋遺之者。舊本黃金貴，非是，蓋淺近也。言貴達如在青雲之上，自笑其期之遠也。長卿久病渴，武帝元同時。季子黑貂弊，得無妻嫂欺。尚爲諸侯客，獨屈州縣卑。南遊炎海甸，浩蕩從此辭。趙云：從此辭之交廣也。長卿病渴，而公有渴病，公每以自況，學者遂疑今句爲公自言。若以爲公自言，則文理不貫矣。豈魏君亦有渴疾故，公取以況之乎？上兩句以長卿況之，次兩句以蘇秦況之，自是分明。相如傳：相如口吃而善著書，常有消渴病。又云：蜀人楊得意爲狗監，侍上。上讀子虛賦而善之，曰：朕獨不得與此人同時哉！得意曰：臣邑人司馬相如自言爲此賦。上驚，乃召問相如。渴病與武帝所言是兩事，非相連載，但相如身上事，此所以比魏佑病而能文，不如相如之遇也。季子事，史記載蘇秦未用，黑貂裘弊。又出遊數歲，大困而歸。兄弟、嫂妹、妻妾皆竊笑之。此所以比魏佑之有才而困厄也。尚爲諸侯客，則魏丈之交廣，亦是干謁諸侯耳。獨屈州縣卑，言其爲少府也。南遊炎海甸，申言其往交廣也。海甸，海之郊甸，猶言淮甸也。選云：張英風於海甸。師民瞻本作海句，無義。窮途仗神道，世亂輕土宜。解帆歲云暮，可與春風歸。趙云：即阮籍至窮途而哭。世亂，則亂世之倒用也。仗神道，以正直行也。輕土宜，言其不懷土也。詩：歲聿云暮。可與春風歸，言其解帆，已逼歲暮，其於交廣，同春風之歸至也，非謂暮歲去而春風時便却還歸耳。出入朱門家，華屋刻蛟螭。玉食亞王者，樂張遊子悲。侍婢艷傾城，綃綺輕一作煙。霧霏。堂中琥珀鍾，行酒雙逶迤。新歡繼明燭，梁棟星辰飛。兩情顧盼合，珠碧贈於斯。言交廣繁富如斯。薛云：按博雅：碧瓐，玉也。司馬相如子虛賦曰：錫碧金銀。上貴見肝膽，下貴不相一作見。疑。心事披寫間，氣酣達一作遠。所爲。錯揮鐵如意，莫避珊瑚枝。趙云：東方朔十洲記：臣放韜隱而赴王庭，藏養生而侍朱門矣。又如郭景純遊仙詩：朱門何足榮。史記：盟於華屋之下。而曹子建云平生華屋處，零落歸山丘也。蛟螭，則蛟龍螭虎，似龍無角曰螭。前漢陳咸傳：奢侈玉食。師古曰：玉食，美食如玉也。晉王衍性豪侈，麗服玉食。皆特著其奢侈耳。舊注引洪範惟辟玉食，故以亞言之，模稜之語。樂張遊子悲，以其爲客故也。古詩：遊子暮何之。莊子：黃帝張咸池之樂於洞庭之野。傾城，則李延年歌：北方有佳人，絶代而獨立。一顧傾人城，再顧傾人國。綃綺輕霧霏，言綃綺輕靡如霧霏也。綃，鮫人所織，鮫人、泉客織輕綃於泉室，出以賣之。琥珀鐘，以琥珀爲酒鐘。「新歡繼明燭，梁棟星辰飛」，言燭熖光明梁棟，如星辰之飛逸也[一]。珠碧贈於斯，言珠碧，則交廣之所有。氣酣，則又以飲而酣也。左太冲酒酣氣益振是已。石崇傳：崇與王愷爭豪，武帝每助愷。嘗以珊瑚樹賜之，高二尺許，世所罕比。愷以示崇，崇便以鐵如意擊之，應手而碎。愷既惋惜，崇曰：不足多恨。乃命左右悉取珊瑚樹高三、四尺者六、七株，示之。今云錯揮鐵如意，莫避珊瑚枝，必言此則交廣諸侯，宜多有此物也。師云：石崇有琥珀酒鐘，自「出入朱門家」至「珠碧贈於斯」，皆言當時侯門之盛，中言「玉食亞王者」，亦以見時危多僭矣。始兼一作爲。逸邁興，終慎賓主儀。戎馬闇天宇，嗚呼生別離！趙云：上兩句公又戒之以義矣。雖繫碎珊瑚氣之逸邁，然賓主之儀，不可不慎也。此贈人以言者乎。生別離，楚辭：悲莫悲於生別離。

【校勘記】

〔一〕「星辰」，文淵閣本、清刻本、排印本作「辰星」。

別張十三建封

趙云：詳味此篇，張建封罷爲幕官往京師，公與之別。其詩頗慰勞稱美之也。觀後祀何疎蕪，以見裴、劉之子孫不振。潮落回鯨魚，言水之減落，鯨魚無所容，回轉而去，以見建封之罷官。君臣各有分，言過合有數，以見其捨於此而逢於彼。雖當霰雪嚴，因紀嚴冬，而比爲威嚴所侵，以見其主公之不相顧。末四句，雲臺、天衢，以見其往長安。掃碧海，則又望其功業及天下之意。

嘗讀唐實録，國家草昧初。草者未除，昧者未明，未治之初也[一]。易屯：天造草昧。劉裴建首義，龍見尚躊躇。趙云：劉，則文静；裴，則裴寂。文静於大業爲晉陽令，裴寂爲晉陽宮監。時唐祖鎮太原，二人察上有大志，又見太宗器度非常，乃與決大計。將發，高祖不從。文静因裴寂開説，又令寂交於太宗，遂得進議焉。易：見龍在田。龍見尚躊躇，言高祖初不從也。秦王撥亂姿，一劍總兵符。趙云：秦王，太宗也。言太宗之決意也。漢書：高祖撥亂反正。又曰：提三尺劍取天下者[二]，朕也。兵符，銅虎竹使符。汾晉爲豐沛，暴隋竟滌除。汾晉，唐公故鄉，喻若漢祖之豐沛也。言唐公起自汾晉，卒能誅滅暴隋。宗臣則廟食，後祀何疎蕪！宗臣，指劉、裴。漢以蕭、曹爲宗臣，所以比之也。廟食，是配享於廟。梁竦云：大丈夫生當封侯，死當廟食。而云後祀何疎蕪，則其家祭祀自至於疎蕪，蓋以子孫之不顯達也。彭城英雄種，宜膺將相圖。爾惟外曾孫，倜儻汗血駒。建封，劉文静外孫。倜儻，言有不羈之才。趙云：倜儻，汗血，皆出前漢禮樂志：元狩三年，馬生渥洼水中，作云[三]：太一況，天馬下。霑赤汗，沫流赭。志俶儻，精權奇。霑赤汗，注曰：大宛馬汗血霑濡也。師云：劉文静傳：自言系出彭城。眼中萬少年，用意盡崎嶇。相逢長沙亭，乍問緒業餘〔四〕。趙云：長沙，潭州。時公在潭州，與建封相見。舊注：世緒所業也。乃吾故人子〔五〕，童丱聯居諸。趙云：史：此吾故人之子也。詩：總角丱兮。詩：日居月諸。相從之久，自童丱時，已與聯日月也。揮手灑衰淚，仰看八尺軀。內外名家流，風神蕩江湖。名家流，太史公論六家指要云：名家儉而善失真，然其控名實，不可不察〔六〕。史云：自與駑駘不同，風神自異。師云：謝安見王衍曰：風神太秀。范雲堪晚交，嵇紹自不孤。擇材征南幕，潮落回鯨魚〔七〕。載感賈生慟，復聞樂毅書。趙云：此六句通義，蓋言若逢范雲者，則堪托晚交；若得山濤者，則嵇紹雖喪父而不孤。於此既爲幕客，而主人不禮之，故如鯨魚之去落潮矣。得無激昂慟哭，欲有陳於朝廷，而又有與主人絕之書乎？梁書：范雲初與高祖遇於齊竟陵王子良邸，又接里閈，高祖受禪。雲嘗侍讌〔八〕，高祖謂臨川王宏等曰：我與范尚書少親善，申四海之敬，今爲天下主，此禮既革，汝宜代我呼范爲兄。二王下席拜，與雲同車還尚書省，時人榮之。雲好節尚奇，專趣人之急。少時與領軍長史王畡善。畡亡於官舍，貧無居宅，雲乃迎喪還家，躬營唅斂。則如范雲者，堪托晚交矣。嵇康與山濤結神交。康臨誅，謂其子紹曰〔九〕：山公在，汝不孤矣。則如山濤者，而後孤爲可托。按建封傳：字本立，鄧州南陽人，客隱兖州。少喜文章，能辯論，慷慨尚氣，自許以功名顯。李光弼鎮河南，盜起蘇、常間，殘掠鄉縣。代宗召中人馬日新，與光弼麾下偕討。建封見中人，請前喻賊，可不須戰。因到賊屯，開譬禍福，一日降數千人，縱還田里，由是知名。則建封之材可見矣。湖南觀察使韋之晉辟署參謀，授左清道兵曹參軍，不樂職，輒去。則所謂擇材征南幕，潮落回鯨魚者乎？征南，將軍號也。杜預爲征南將軍。韋之晉昔在湖南，當時必有征南之事矣。其入幕也，初以擇材而用，忽爾不樂職罷去。故有潮落回鯨魚之譬。潮落，以譬主人之恩衰；鯨魚，以比建封之大力。賈誼弔屈原：彼尋常之汙瀆兮，豈能容吞舟之巨魚。橫江湖之鱣鯨兮，固將制於螻蟻。惟其如鯨魚之回轉而去矣，於是載感賈生慟，則陳策于朝廷。賈誼言於帝，有痛哭者一，流涕者二，長太息者三故也。樂毅爲燕伐齊，燕惠王疑之，使騎劫代毅。毅畏誅，遂降趙。惠王遺毅書，且謝之，毅亦報書焉。夏侯玄見其書，以爲知機合道，以禮終始。復聞樂毅書，則言建封與其主人絶也。樂毅絶燕，乃諸侯事，可使矣。詳味此六句，豈韋之晉與建封之内外兩族，有事契而不能終始之耶？

主憂急盜賊，師老荒京都。舊丘復一作豈。稅駕，大厦傾宜扶。趙云：傳：主憂臣辱。左傳：師直爲壯，曲爲老。兩句言國步如此，勉建封之必往也，故繼之以舊丘復稅駕，大厦傾宜扶。言既罷幕府，無便只歸止息於舊丘也。鮑照結客少年行：去鄉三十載，復得還舊丘。李斯：吾安所稅駕哉？傾宜扶，即孔子所謂：危而不持，顛而不扶，焉用彼相。傳：大厦將傾，非一木之支。摘取參合而爲句也。

君臣各有分，管葛本時須。管仲、諸葛亮，世所須也。

雖當霰雪嚴，未覺栝栢枯。禹貢：杶榦栝栢。

高義在雲臺，嘶鳴望天衢。羽人掃碧海，功業竟何如？十洲記言蓬萊山在碧海之中，水皆碧波，曰碧海。趙云：管仲之於齊威，葛亮之於劉先主，君臣相契，蓋皆定分也。賢者之逢聖主，豈足怪哉？又以勉建封之行矣。栝栢，言建封之材。當霜霰而不枯，乃孔子歲寒然後知松栢後凋之意。詩：如彼雨雪，先集維霰。漢武帝制策：講聞高義久矣。莊子載孔子之語盜跖曰：聞將軍高義。雲臺，漢之南宮雲臺。庾信哀江南賦有云：雲臺仗，則天子每在雲臺矣。如建武三年，光武聞馮魴有方略，徵詣行在所，見於雲臺。又，顯宗論諸臣之功，畫於雲臺。高義之在雲臺，言聲名上達也。或云，言其可爲雲臺之棟梁，與下句嘶鳴望天衢，則以駿馬比之，可以致遠也。文選：飛翼天衢。公於賀沈八丈東美除膳部員外郎律詩云：天路牽騏驥，雲臺引棟梁。即此之謂，是不然。何則？今公上言高義在於雲臺，豈有棟梁之意乎？惟其高義達之雲臺，所以望天衢而嘶鳴，於義自通矣，不在泥公別詩句之相犯也。羽人，神仙也。以其飛騰如有羽毛焉。楚辭：仰羽人於丹丘，留不死之舊鄉。謝靈運入麻源第三谷詩：羽人絶髣髴，丹丘徒空筌。則始用羽人字於詩也。碧海，東方朔十洲記：東有碧海，廣狹浩汗，與東海等。水不鹹苦，正作碧色。掃碧海，以言其無一塵一芥之汙也，蓋澄清天下之譬乎？以建封爲羽人，其所望之深矣。

【校勘記】

〔一〕「未治」，清刻本、排印本作「喻開創」。

〔二〕「尺」，原作「赤」，訛，據文瀾閣本、清刻本、排印本並參漢書卷一高帝紀改。

〔三〕「作云」，清刻本、排印本作「作歌云」，當是。

〔四〕「乍」，文淵閣本、文津閣本、文瀾閣本、清刻本、排印本作「作」，訛；案，二王本杜集卷八、錢箋卷八作「乍」，可證。

〔五〕「乃吾」，清刻本、排印本作「吾乃」，倒誤，二王本杜集、錢箋作「乃吾」，可證。

〔六〕「控」，清刻本、排印本作「正」。

〔七〕「潮」，二王本杜集作「湖」。錢箋正文作「湖」，異文云：「一作潮。」

〔八〕「嘗」，文淵閣本作「常」，訛。

〔九〕「謂」，文淵閣本作「爲」，訛。

人日寄杜二拾遺〔一〕

趙云：高蜀州適於肅宗時，以諫議大夫除揚州大都督府長史。李輔國數短毀之，下除太子詹事。未幾蜀亂，出爲彭州刺史，又遷蜀州。而新唐史適傳云：出爲蜀彭刺史。先蜀而後彭，誤矣。

人日題詩寄草堂，草堂，公所結於浣花。遥憐故人思故鄉。趙云：人日字，東方朔古書也。歲之八日：一鷄、二犬、三豕、四羊、五牛、六馬、七人、八穀。其日晴，所主之物育，陰則災。項羽見秦皆以燒殘，又懷思東歸曰：富貴不歸故鄉，如衣錦夜行。柳條弄色不忍見，梅花滿枝空斷腸。趙云：兩句所以思故鄉也。夫梅柳觸處有之，而思故鄉，則思其時之事矣。梁簡文帝春日詩：桃含可憐紫，柳發斷腸青。柳不忍見而梅空斷腸，亦此意也。身在南蕃無所預，心懷百憂復千慮。今年人日空相憶，明年人一作此。日知何處。趙云：身在南蕃，指蜀州於國爲南蕃也。傳有稱爲北蕃，史有竊爲東蕃，此南蕃之例也。豈當成都改爲南京，而蜀州在成都之南，故爲南蕃乎？百憂千慮，合使兩出。詩：罹此百憂。傳：智者千慮，必有一失。古詩：上有長相憶，下有加飧食。一卧東山三十春，豈知書劍與一作老。風塵。龍鍾還忝二千石，任蜀州刺史。愧爾東西南北人。杜公前有詩曰：甫也東西南北人。謝安：高卧東山。趙云：一卧東山，高君自言也。適，渤海人，少落魄，不治生事，客梁宋間。杜公又有詩云：昔者與高李，晚登單父臺。高謂高適，李謂李白。單父在齊，則適又遊齊。今云東山者，豈皆在長安之東乎？荆軻好讀書擊劍。又項羽傳：初學書，不成，去學劍。後人言書劍所以爲干謁之具。風塵，古人或止以言塵埃。陸士衡云：京洛多風塵。是也。或以言兵塵，顏之推云：風塵暗天起。是也。今此以言兵塵矣。豈知書劍老風塵，則言所學書劍，豈知其徒老於兵戈之際耶？舊本正作與風塵，説者以爲卧東山三十春，所以不復知有書劍之用，且不知有風塵之變，此説費力矣。老風塵，又所以引末句之言，蓋初以書劍從事，而至老却遭風塵，然雖龍鐘而還爲太守，有媿於杜公。爲東西南北之人也，孔子曰：丘也，東西南北之人也。則以孔子歷聘比杜公矣。琴操載卞和怨歌曰：空山歔欷涕龍鐘。周王褒與周弘讓書曰：援筆攬紙，龍鐘横集。則皆以爲涕淚之貌，大率不能收斂之意。故韓退之之言孟郊亦曰：白首誇龍鐘。蘇鶚演義云：龍鐘，不昌熾不翹舉之貌，如藍鬖拉搭之類。二千石，漢刺史之秩。適初爲彭州，今爲蜀州，所以謂之還忝也。

【校勘記】

〔一〕詩題，清刻本、排印本作「附高適人日見寄」。

追酬故高蜀州人日見寄 并序

開文書帙中，撿所遺忘，因得故高常侍適往居在成都時，高任蜀州刺史人日相憶見寄詩。淚灑行間，讀終篇末，自枉詩已十餘年。莫記存没，又六七年矣。老病懷舊，生意可知。今海内忘形故人，獨漢中王瑀與昭州敬使君超先在。愛而不見，情見乎辭。大曆五年正月二十一日，却追酬高公此作，因寄王及故弟。趙云：所云枉詩，其枉字，謝靈運酬從弟惠連云：傾想遲嘉音，果枉濟江篇。故公又云昨枉霞上作，亦此枉字也。

自蒙蜀州人日作，不意清詩久零落。今晨散帙眼忽開，一作明。迸淚幽吟事如昨。嗚呼壯士多慷慨，合沓高名動寥廓。趙云：傅咸贈崔伏詩：人之好我，贈我清詩。魏文帝與吴質書曰：何圖數年之間，零落略盡，言之傷心。謝靈運酬從弟惠連詩：散帙問所知。洞簫賦云：蕭索合沓。注：言重沓也。韓信傳：信仰視滕公曰：上不欲就天下乎，何斬壯士？慷慨字，高祖紀：上乃起舞，慷慨傷懷。嗚呼壯士多慷慨，合沓高名動寥廓。言高君有慷慨之節，飛動之名也。師云：謝靈運詩曰：散秩有餘清。庾闡詩曰：高士苦幽吟。張濳詩曰：壯士自慷慨。歎我悽悽求友篇，感時鬱鬱匡君略。師云：小雅伐木云：矧伊人矣，不求友生。顏延之曰：媿乏匡君之大略。錦里春光空爛熳，瑶墀侍臣已冥寞。時適已亡。瀟湘水國旁黿鼉，鄠杜秋天失鵰鶚。趙云：上句謂高君歎我而悽悽，所以有人日之寄，斯謂求友篇也。詩：相彼鳥矣，猶求友聲。下句對時而感其志鬱不得伸其匡君之謀略，忝二千石而已。斯爲匡君之略不伸也。前漢高祖紀：安能鬱鬱久居此乎？錦里春光空爛熳，序所謂往居在成都時，高任蜀州刺史人日相憶見寄詩，今於正月二十一日方和，所以嘆言成都時景一句也。錦里，言成都山川景物，錯雜如錦，故以謂之錦里也。瑶墀侍臣已冥寞，則適爲刑部侍郎左散騎常侍，乃天子玉墀之從臣，今追言其死而冥寞也。瀟湘水國傍黿鼉，公今和詩之地在潭州，故言。鄠杜秋天失鵰鶚，則久離長安，每當秋時，不見鄠杜間縱放鵰鶚之樂。鄠杜，屬長安。鄠邑，杜陵也。鵰鶚以秋天而尤健，公又嘗曰：鵰鶚在秋天。東西南北更堪論，白首扁舟病獨存。猶拱北辰纏寇盜，欲傾東海洗乾坤。趙云：上兩句答高君所謂「娩爾東西南北人」之句，且言其扁舟在海也。北辰，以言天子之居，而爲寇盜所纏繞，不得去也，此又指言吐蕃矣。蓋三年寇靈州及邠州，四年冬又寇靈州也。於是欲傾東海，一洗乾坤矣。公又嘗云：「安得壯士挽天河，淨洗甲兵長不用。」邊塞西蕃最充斥，衣冠南渡多崩奔。西蕃，吐蕃也。充斥，猶縱橫崩奔避亂也。鼓瑟至今悲帝子，曳裾何處覓王門？趙云：上句指言吐蕃。左傳：盜賊充斥。次句則公之扁舟儘欲南下亦是矣。晉元帝渡江，衣冠皆南渡。悲帝子，則公在潭州，故用潭州事以爲悲焉。屈原九歌湘夫人篇：帝子降兮北渚。帝子謂堯女也。堯二女娥皇、女英，隨舜不及，墮於湘水之渚，是爲湘靈。而曰湘靈鼓瑟者，曲江賦有此句，而承用之，世傳以爲然也。爲引下句思漢中王瑀，故因用潭州所悲之事以先之。鄒陽與梁孝王書：何王之門，而不可曳長裾乎？今以不見漢中王，故云何處覓王門。文章曹植波瀾闊，服食劉安德業尊。長笛誰能一云鄰家。亂愁思？薛云：後漢馬融傳：有雒客舍逆旅吹笛，融去京師逾年，暫聞甚悲而樂之，遂作長笛賦。昭州詞翰與招魂。趙云：上兩句以稱美漢中王，蓋曹植，魏之陳留王也，最能文章。於文章言波瀾，公嘗論詩曰毫髮無遺恨，波瀾獨老成也。劉安，漢之淮南王也，與八公著書言神仙之事。古詩：服食求神仙，多爲藥所誤。兩句可見漢中王必能文而好道術也。末句必言長笛，又以追思高蜀州而及之。向子期作思舊賦，以思嵇康。序云：鄰人有吹笛者，發聲寥亮，追思曩昔遊宴之好，感音而嘆，故作賦云。今言吹長笛者是誰，乃能亂我愁思乎？方追思高蜀州聞笛而愁思將散亂之間，憑仗敬昭州與招其魂也〔一〕。宋玉憫屈原文離索，作詞以招之，命曰招魂。舊本一作長笛鄰家亂愁思。鄰家字雖是本出處，而用字偪，實不如誰能字之宛轉也。詞翰是兩字，世說注云：辭翰清新，則有摯虞之妙。公詩又曰：詞翰兩如神。

【校勘記】

〔一〕「仗」，文淵閣本作「伏」，訛。

蘇大侍御涣靜者也旅于江側凡是〔一〕不交州府之客人事都絶久矣肩輿江浦忽訪老夫舟檝而已茶酒内余請誦近詩肯吟數首才力素壯詞句動人接對明日憶其湧思雷出書篋几杖之外殷殷留金石聲賦八韻記異亦記老夫傾倒於蘇至矣趙云：謝靈運詩：拙疾相倚薄，還得靜者便。肩輿，轎也。王子敬乘平肩輿徑入顧辟彊之園。殷殷，詩：殷其雷。是也。此序云賦八韻記異，而詩止有七韻，不知是八字之誤，或詩脱一韻也？然詩意則貫耳。

龐公不浪出，蘇氏今有之。趙云：後漢龐德公，居峴山之南，未嘗入城府。蘇氏今有之，言蘇涣亦不交州府也。再聞誦新作，突過黄初詩。黄初，魏文帝年號。文帝爲魏太子，當後漢建安末，在鄴宫，七子從之遊，皆能詩。如謝靈運、江文通，至皆擬其作，則其詩之善可知矣。突過，言蘇涣新作如「建安七子」之流，又過之也。乾坤幾一作泊。反覆，揚馬宜同時。趙云：言當時有兵革之事，幸天下不至傾覆也。幾者，危之之辭。揚雄、馬相如。漢武帝聞楊得意誦相如子虚賦而善之，曰：朕獨不與此人同時哉！得意曰：臣邑人司馬相如爲此賦。上驚嘆而召之。言美蘇之文辭如二公，雖當兵亂之際，幸天下不至於傾覆，則天子宜得如揚、馬者，與之同時而召見也。東觀漢記：王丹謂陳遵曰：俱遭世反覆，唯我二人爲天地所遺。今晨清鏡中，勝食齋房芝。前漢：元封二年，芝生甘泉，齋房産草，九莖連葉。今比涣詩如房芝可茹也。余髮喜却變，白間生一作添。黑絲。趙云：余髮喜變白而爲黑，以聞其詩之故。昨夜舟火滅，一作接。湘娥簾外悲。百靈未敢散，風破一作波。寒江遲。趙云：湘娥悲，百靈未散，皆以聞其詩而然也。公在潭州，故使潭州事。湘娥，所謂帝子，鼓瑟之湘靈也。宗愨曰：願乘長風破萬里浪。破作波，非。

【校勘記】

〔一〕「凡是」，清刻本、排印本無。

送重表姪王殊〔一〕評事使南海

趙云：以曾老姑言之，至公則四世也；以高祖母言之，至王殊則五世也，故公視王殊爲重表姪矣。殊，一作砅。

我之曾老姑，爾之高祖母。趙云：此潘安仁所謂爾親伊姑，我父惟舅之勢也。爾祖未顯時，歸爲尚書婦。趙云：尚書王珪也，貞觀十年，拜禮部尚書。西清詩話辨唐書王珪傳所載：珪微時，母李嘗曰：兒必貴，然未知所與遊者何如人，而試與偕來。會元齡等過其家，李闞大驚，勑具酒食，歡盡日，喜曰：二客公輔才，汝貴不疑。今觀此詩，則珪母杜氏，非李氏也。一説謂珪之祖僧辯爲梁太尉尚書令，則知珪之母杜氏爲其婦也。西清詩話非。隋朝大業末，房杜俱交友。趙云：房元齡、杜如晦與王珪同學於文中子，則俱交友可知矣。唐書：王珪始隱居時，與房元齡、杜如晦善。長者來在門，荒年自餬口。陳平門多長者車。隱公十一年傳：餬其口於四方。家貧無供給，客位但箕箒。俄頃羞頗珍，寂寥人散後。入怪鬢髮空，吁嗟爲之久。自陳剪髻鬟，市鬻充杯酒。趙云：翦髮，言其好客，未必實事。暗使晉陶侃母嘗翦髮，具酒食延賓客事，以形容之也。上云天下亂，宜與英俊厚。向竊窺數公，經綸亦俱有。此言房、杜二公，見上注。次問最少年，虬髯十八九。虬髯，言太宗。子等成大名，皆因此人手。下云風雲合，龍虎一吟吼。趙云：風雲、龍虎，則易「雲從龍，風從虎」也。願展丈夫雄，得辭兒女醜。

秦王時在座，真氣驚户牖。古注：馬援曰：乃知帝王自有真也。趙云：洪龜父云：老杜送表姪王評事詩：我之曾老姑，爾之高祖母。從頭如此叙説，都已無意。其後忽云：秦王時在座，真氣驚户牖。再論其事，他人更不敢如此道也。其説是。然上言虬髯，則王殊母所見之辭[二]，蓋秦王，太宗也，所以引下句尚書踐台斗之事。龜父不省也。西清詩話云：一婦人識真主於側微，史缺文而繆誤，獨少陵載之，號詩史，信矣。及乎貞觀初，尚書踐台斗。貞觀中珪以侍中輔政。夫人常肩輿，上殿稱萬壽。夫人以命婦預輔政。

六宮師柔順，法則化妃后。易坤卦：柔順利正。至尊均嫂叔，盛事垂不朽。漢路温舒疏：至尊與天合符。魏文帝與吳質書：辭義典雅，足傳于後，此爲不朽矣。鳳雛無凡毛，五色非爾曹。趙云：鳳鶵，指尚書之子也。鳳言鶵者，古有鳳將鶵之曲；言毛者，南史：謝超宗，靈運孫，鳳之子。超宗作殷淑儀誄，帝大嗟賞，謂謝莊曰：超宗殊有鳳毛，靈運復出五色。則傳載天老之鳳五色備舉，出東方君子之國。非爾曹，則固非貶王評事也，以言非爾而誰。晉陸雲，字士龍，幼時吳尚書閔鴻見而奇之，曰：此兒若非龍駒，當是鳳鶵。

往者胡作逆，乾坤沸嗷嗷。安禄山亂也。趙云：嗷嗷，韻書：衆口愁也。祖出詩：哀鳴嗷嗷。吾客在一作左。馮翊，爾家同遁逃。趙云：左馮翊，同州也。公避寇同州，其事顯矣。争奪至徒步，塊獨委蓬蒿。趙云：公困於徒步，塊然在蓬蒿中也。淮南子曰：塊然獨處。劉越石曰：塊然獨坐。逗留熱爾腸，十里却呼號。趙云：王評事見公之逗留不進，而生熱腸。逗留不進，四字出後漢書。顔氏家訓：墨翟之徒，世謂熱腹；楊朱之侶，世謂冷腸[一]。腸不可冷，腹不可熱，當以仁義爲節文爾。今云熱腸，蓋亦方言耳。公又云熱中腸也。自下所騎馬，右持腰間刀。左牽紫遊韁，飛走使我高。公自注云：昔鄴下童謡曰：青青御路楊，白馬紫遊韁。古注：公言避亂日輟，白馬載我，使走免難於危險之中。趙云：紫遊韁，則公自注已明。公於此係第二次使紫遊韁，而始自注，亦猶第二次使昏鴉而始自注引何遜詩者矣。次公於句法義例論之爲詳。苟活到今日，寸心銘佩牢。懷輟馬之恩。庾信愁賦曰：誰知一寸心。亂離又聚散，宿昔恨滔滔。水花笑白首，春草隨青袍。趙云：公言在潭州，濱於江，故爲水花所笑。春草隨青袍，以言王評事往南海也。庾信哀江南賦云：青袍如草。師云：阮紹泛西池詩：白首登畫船，反慮水花笑。水花、水芝，皆蓮也。廷評近要津，節制收英髦。北軀漢陽傳，南泛上瀧舠。趙云：古詩：先據要路津。節制收英髦，言南海節度使幕中要賢材也。漢陽，今之漢陽軍也。傳，張戀切，郵馬之謂，漢高祖紀所謂乘傳是已。古注爲傳車也，如今之乘驛。瀧，吕江切。廣雅云：南人呼湍爲瀧。韓退之所謂隴頭瀧是已。舠，則釋名云：船三百斛曰舠。自漢陽而往，故曰北驅漢陽傳。其往也，以有使南海之役，故曰南泛上瀧舠。家聲肯墜地，利器當秋毫。見烜赫舊家聲注。言能自振立，不令委墜。趙云：太史公言：李陵頹其家聲。老子曰：利器不可以示人。虞詡曰：不逢錯節盤根，何以知利器。番禺親賢領，籌運神功操。番禺，縣名。趙云：番、禺，二山名，在廣州。親賢領，則必宗室之子爲節度。大夫出盧宋，寶貝休脂膏。杜補遺言：廣州李大夫。盧，則盧奐；宋，則宋璟，所以比李大夫。唐舊史：奐爲南海太守。南海郡利兼水陸，瓌寶山積。劉巨鱗、彭杲相繼爲太守，五府節度皆坐贓死，乃授奐任。貪吏斂跡，人用安之。又云，自開元四十年，廣府節度使清白者四：裴伷先、李朝隱、宋璟及盧奐。此所以比李大夫於盧、宋，謂之出，則又出其上也。寶貝休脂膏，謂廉潔而不污於貨利也。昔漢孔奮清潔，身處膏脂而未嘗自潤。洞主降接武，海胡舶千艘。趙云：廣南有溪洞蠻，其長謂之洞主。降接武，降，户江切。禮記：堂上接武。言相繼而降也。杜補遺：番禺雜録：番商遠國運寶貨，非舶不可。劉恂市舶録：獨檣舶，深五十餘肘；三木舶，深一百餘肘。肘者，西域以爲度也。船總名曰艘，猶今言幾隻也。我欲就丹砂，跋涉覺身勞。葛洪聞交阯出丹砂，求爲勾漏令。至廣州，刺史鄧洪留，乃止羅浮山鍊丹。安能陷糞土，有志乘鯨鼇。趙云：鯨，海中大魚也。鼇，巨鼇也，列子所謂戴五山者。神仙琴高有騎鯉之事，則鯨鼇爲可乘，尤可知也。見李白騎鯨魚注。左氏：況珠玉乎？實糞土也。或驂鸞騰天，聊作鶴鳴皋。江淹別賦：駕鶴上漢，驂鸞騰天。趙云：詩：鶴鳴于九皋，聲聞于天。聊作鶴鳴皋，則今之詩聊如鶴鳴也。

【校勘記】

〔一〕「殊」，文津閣本、二王本杜集卷八、十家注卷九、百家注卷三十二、分門集注卷九以及錢箋卷八均作「砯」。

〔二〕「則公詩之辭」，句中原衍一「之」字，據文津閣本刪；文淵閣本作「云時在座之辭」，文瀾閣本作

「則公説之之」，皆訛；清刻本、排印本作「則公詩中之辭」。

〔三〕「腸」，文淵閣本作「腹」。

詠懷二首

趙云：此公自潭而往，非特止於衡，蓋欲儘南往矣。何以言之？第一篇曰：「夜看酆城氣，回首蛟龍池。」第二篇曰：「飄飄桂水遊，悵望蒼梧暮。」又曰：「多憂汙桃源，拙計泥銅柱。」又曰：「結托老人星，羅浮展衰步。」又云：「風濤上春沙。」則二月離潭而上尤明。

人生貴是男，丈夫重天機。趙云：列子載孔子遊於太山，榮啓期行乎郕之野，鼓琴而歌。孔子問曰：先生所樂何也？對曰：吾樂甚多。天生萬物，惟人爲貴，而吾得爲人，是一樂也；男女之别，男尊女卑，故以男爲貴，吾既得爲男矣，是二樂也；人生有不見日月，不免襁褓，吾既已九十矣，是三樂也。莊子：天機不張。注：不靈也。又曰：嗜欲深者天機淺。未達善一身，得志行所爲。孟子：窮則獨善其身，達則兼善天下。又曰：得志行乎中國。又曰：善推其所爲而已矣。嗟余竟轗軻，將老逢艱危。趙云：陸機嘆逝賦：余將老而爲客。胡雛逼神器，逆節同所歸。胡鶵，安史也。逼神器，陷長安也。老子曰：天下神器不可爲也。爲者敗之，執者失之。趙云：逆節同所歸，則言所從其爲臣爲將者也。許靖與曹公書：足下專征之任，凡諸逆節，多所誅討也。河洛化爲血，公侯草間啼。安史亂河洛之間，格鬬尤甚，故云化爲血。公卿奔竄，故啼於草間也。西京復陷没，翠蓋蒙塵飛。趙云：西京，長安也。復陷没，則對河洛化血之辭，故言復焉。以其先陷河北，又陷東京，於此又陷西京也。翠蓋，天子之車蓋。宋玉賦：翠爲蓋。蒙塵，天子出狩也。

左傳：蒙塵于外。正指言明皇。舊注謂吐蕃陷京師，天子幸陝。自是代宗廣德元年事。下又言兩宮，蓋指明皇與肅宗尤明，舊注謬矣。**萬姓悲赤子，兩宮棄紫微。**趙云：兩宮，明皇、肅宗。紫微，蓋言帝座。**倏忽向二紀，奸雄多是非。**趙云：自天寶十四載禄山亂，至今大曆五年，凡十六年，故得以向二紀爲稱。奸雄多是非，則其間有尊君者，有跋扈者，斯爲多是非矣。**本朝再樹立，未及貞觀時。**趙云：再樹立，方言代宗也。**日給在軍儲，上官督有司。**趙云：大曆五年，吐蕃之兵未息故也。唐志：設屯田以益軍儲。又晉天文志：觜觿明則軍儲盈。注：儲，積也。孟子：有司莫以告書，茲用不犯於有司。**高賢迫形勢，豈暇相扶持？**趙云：迫於用兵之形勢也。孟子：疾病相扶持。又**疲苶苟懷策，棲屑無所施。**趙云：疲苶，公自言也。莊子：苶然疲役。今公言其疲勢困苦之身，雖有良策，方在流落棲屑間，無所施展也。舊注却云：言上下顧忌，無所施爲。錯矣。**先王實罪己，愁痛正爲茲。**左傳云：禹湯罪己，其興也勃。然愁痛字，如漢武下哀痛之詔。**歲月不我與，蹉跎病於斯。**趙云：歲月不我與，即論語歲不我與。公歎其蹉跎疾病而不得進用，以寶劍蛟龍自比也。**夜看鄷城氣，回首蛟龍池。**語：危而不持，顛而不扶。鄷城事，見「紫氣衝牛斗」注，下句見「蛟龍得雲雨」注。**齒髮已自料，意深陳苦詞。**趙云：言自料其齒落髮脱，但意深詞苦，爲不能自已耳。

又

邦危壞法則，聖遠益愁慕。飄飖桂水遊，悵望蒼梧暮。趙云：時身尚在衡州，欲往而懷歎也。桂水，出會稽，禹崩之地。

蒼梧，舜葬之所，以言聖遠益愁慕也。潛魚不銜鈎，走鹿無反顧。趙云：蓋以自譬。詩：魚潛在淵，或在于渚。左傳：古人有言曰：鹿死不擇音，鋌而走險，急何能擇。嗷嗷幽曠心，拳拳異平素。趙云：嗷嗷，蓋有如嗷日之嗷，言幽曠心自分明也，而乃拳拳屈身全生，此所以異乎素矣。衣食相拘閡，朋知限流寓。趙云：謝靈運詩：再與朋知辭。又擬王粲詩序：家本秦川，貴公子孫，遭亂流寓，自傷情多〔一〕。風濤上春沙，千里浸江樹。趙云：顔延年詩：春江壯風濤。選詩：雲中辨江樹。逆行少吉日，時節空復度。井竈任塵埃，舟航煩數具。趙云：任塵埃，則言其居止之處，井與竈不汲不爨，所以塵埃。牽纏加老病，瑣細隘俗務。萬古一死生，胡爲足名數。趙云：言貴賤壽夭，同一死生。胡爲足名數，自弔其困於形名度數，不敢踰越也。多憂汙桃源，拙計泥銅柱。桃源，見欲問桃花宿注。趙云：桃源，在今鼎州。陶淵明集載之甚詳，多憂而往則亦汙之矣。銅柱，後漢馬伏波所建，於愛州西南角之極處。按寰宇記：愛州九真郡有銅柱，馬援以表封疆。韋公幹爲刺史，欲椎鎔貨之。人曰使君果壞是〔二〕，吾屬爲海神所殺矣。訴之都督韓約。約移書辱之而止。今公詩云拙計而泥之，則欲必往也。未辭炎瘴毒，擺落跋涉懼。趙云：兩句通義，言未得遂辭去炎瘴之毒，與未停息跋山涉水之恐懼。虎狼窺中原，焉得所歷住？師云：徐庶曰：今虎狼輩窺覘中原，不可不備。趙云：張孟陽詩：賊盜如豺虎。今云虎狼窺中原，此大曆五年詩。四年十一月吐蕃方寇靈州，常謙光擊敗之，然窺中原之意蓋未已也。公死於是年，其歲在庚戌〔三〕，其後大曆八年，歲在癸丑。十月，吐蕃又寇涇、邠，則當公之未死時，雖不見其爲寇之地，而猶有窺中原之意矣。公詩又嘗曰：「北極朝廷終不改，西山盜賊莫相侵。」則指吐蕃爲盜賊。今言其有窺中原之意，故其所經歷，不可爲久住計也。葛洪及許靖，避世常此路。趙云：晉書葛洪傳：洪以年老，欲鍊丹以祈壽。聞交趾出丹，求爲句漏令。洪遂將子姪俱行，乃止羅浮山鍊丹。此洪南行由此路之證也。三國志蜀書：許靖，字文休。漢靈帝時爲御史中丞。避董卓之誅，走至交趾。後以劉璋所招入蜀，仕先主。魏王朗嘗與書曰：足下周遊江湖，以暨南海，歷觀夷俗，可謂偏矣。此許靖南行亦由此路也。賢愚誠等差，自愛各馳騖。揚雄曰：方其有事，則聖賢馳騖而不足也。羸瘠且如何，魄奪針灸屨。擁滯僮僕慵，稽留篙師怒。篙師，舟人也。終當挂帆席，天意難告訴。選：木玄虛海賦：候勁風，揭百尺，維長綃，挂帆席。又選注謂：張帆待高風而行。南爲祝融客，勉强親杖屨。結托老人星，羅浮展衰步。祝融峰地多神仙所居。老人星在南極。趙云：祝融，神名。南爲祝融之地，晉志：老人一星在弧南，一曰南極。秋分旦見於丙，春分夕沒于丁。茅君内傳曰：大天之内，有地中之洞天三十六所。羅浮之洞周回五百里，名曰朱明曜真之天。羅浮山記曰：羅浮者，蓋總稱焉。羅，羅山，浮，浮山，二山合體，謂之羅浮。在增城、博羅二縣之境，有神仙所居。謝靈運初發石首城詩：遊當羅浮行。親杖屨、展衰步，則欲南往，爲南方祝融之客也。

【校勘記】

〔一〕「情多」，文淵閣本作「多情」。

〔二〕「使」，原作「史」，訛，據文淵閣本、文津閣本、文瀾閣本、清刻本、排印本補。

〔三〕「戌」，原作「戍」，訛，據清刻本、排印本改。

新刊校定集注杜詩卷十六

古詩

送顧八分文學適洪吉州

中郎石經後，八分蓋憔悴。蔡邕拜中郎將，校書東觀。邕以經籍去聖久遠，文字多謬，俗儒穿鑿，疑誤後學。熹平中，表求正定六經文字，靈帝許之。邕乃自書册於碑，使工刻，立於太學門外。兩京記：貞觀中，得蔡邕石經數段。邕能八分書。顧侯運鑪錘，筆力破餘地。運鑪錘，言能鍛鍊以成一家之書也。薛云：莊子云：皆在鑪錘之間耳。趙云：南史：王僧虔論書云筆力驚異，又云極有筆力。破字，見首篇注。莊子：遊刃恢恢然有餘地。昔在開元中，韓蔡同贔屭。開元中，韓擇木、蔡有鄰善八分書。杜補遺：張平子西都賦：綴以二華，巨靈贔屭。注：贔屭，作力之貌。贔，平秘切；屭，許備切。趙云：公前篇李潮八分歌：尚書韓擇木，騎曹蔡有鄰。開元已來數八分，潮也奄有二子成三人是已。玄宗妙其書，是以數子至。御札早流傳，揄揚非造次。明皇師擇木，嘗於彩牋上八分書賜張說。杜補遺：言明皇精妙於此書也。書苑：唐明皇好圖畫，工八分章草，豐茂英特。初張說爲麗正殿學士，獻詩。明皇自於彩牋上八分書讚曰：德重和鼎，功逾濟川。詞林秀發，翰苑光鮮。所謂御札流傳。三人並入直，韓、蔡、顧三人。恩澤各不二。顧於韓蔡內，辨眼工小字。分日示諸王，鈎深法更秘。顧文學八分外，尤能小字。趙云：易：鈎深致遠。文學與我遊，蕭疎外聲利。文選：鮑明遠詠史詩：五都矜財雄，三川養聲利。追隨二十載，浩蕩長安醉。高歌卿相宅，文翰飛省寺。視我揚馬間，視我如揚雄、司馬相如。趙云：浩蕩長安醉，醉而謂之浩蕩，言醉之放肆也。間字，蓋如季孟之間，伯仲之間者，言當二子之中也。白首不相棄。驊騮入窮巷，必脱黄金轡。潘岳詩：白首同所歸。趙云：顧君騎馬來相訪，必脱轡留之。馬謂之驊騮，轡謂之黄金，侈言其富貴也。一論朋友難，遲暮敢失墜。古來事反覆，相見横涕泗。嚮者玉珂人，誰是青雲器。玉珂，鳴珂也，謂馬飾。杜補遺：神農本草：珂，貝類，大如鰒皮，黄黑而骨白，以爲馬飾，生南海。吴都賦：致遠流離與珂珬。注：珬，老鵰所化以裁制，刻若馬勒者，謂之珂。珬，珂之璞也。珬，邃、戌二音。廣韻曰：珂珬，音戌。劉望曰：老鵰所化，出日南。通典曰：老鵰入海爲珬，可截作勒，謂之珂。兩説有異，未知孰是。晉阮咸字仲容，性任達，不拘細節。顔延年五君詠：仲容青雲器，實禀生人秀。趙云：遲暮，楚詞：傷美人之遲暮。敢失墜，左傳：行父奉以周旋，弗敢失墜。

才盡傷形體，一作骸 杜云：齊書：江淹夢得五色筆，由是文章日新。後夢人稱郭璞取之，自後爲詩，絶無美句，時人以爲才盡。又任昉字彦昇，以文章見稱，當時無輩，時人稱任筆沈詩。昉聞以爲病，晚節最好詩。欲以傾沈，用事屬辭不得流便，都下士子慕之，轉爲穿鑿，於是有才盡之談矣。又鮑照字明遠，文辭贍逸。文帝好文章，自謂人莫能及。照悟其旨，爲文多鄙言累句，咸謂照才盡，實不然也。趙云：傷形體，傷其老病也。莊子：墮爾形體。病渴汙官位。司馬相如病渴。李尋：久汙玉堂之署。趙云：公適有此病。故舊獨依然，時危話顛躓。我甘多病老，子負憂出志。胡爲困衣食，顏色少稱遂。遠作苦辛行，順從衆多意。舟檝無根蔕，蛟鼉好爲祟。後漢方術王喬傳：吏人祈禱，無不如應。若有違犯，亦立能爲祟。況兼水賊繁，特戒風飇駛。崩騰戎馬際，晉：史臣曰：邵、李、郭、魏諸將，契闊喪亂之辰，驅馳戎馬之際。往往殺長吏。前漢陳勝傳：於是諸郡縣苦秦吏暴，皆殺其長吏，將以應勝。子干東諸侯，左傳成十六年：郤犨將新軍（一），且爲公族大夫，以主東諸侯。勸勉防縱恣。邦以民爲本，魚飢費香餌。趙云：顏色少稱遂，稱音去聲，稱意而通遂也。衆多，衆人也。鄒陽云：衆多之口苦辛。選詩：坎坷長苦辛。殺長吏，則正言湖南兵馬使臧玠，殺其團練使崔灌，遂據潭州反矣。又云：自「子干東諸侯」十四句，則公贈人以言有補於時者。書曰：民爲邦本。傳曰：重賞之下有勇夫，香餌之下有潛魚。下兩句言當厚施予，以恤民爲本也。請哀瘡痍深，告訴皇華使。使臣精所擇，進德知歷試。惻隱誅求情，當勤恤民困。固應賢愚異。不可一槩苛急，當存賢愚之用心。趙云：瘡痍者，民困病之譬也。前漢季布傳：方今創痍未瘳。詩：皇皇者華。君遣使臣，故謂之皇華使。進德，易：君子進德修業。歷試，書：歷試諸難。言朝廷所遣使臣，必擇賢者而來，可以告之矣。彼能惻隱誅求之情，賢者固異於愚人矣。烈士惡苟得，禮記曲禮：臨財毋苟得。俊傑思自致。

趙云：烈士、俊傑，皆以指言顧文學，所以責望之深矣。**贈子猛虎行，出郊載酸鼻。**陸士衡樂府猛虎行：渴不飲盜泉水，熱不息惡木陰。惡木豈無枝，志士多苦心。皆勉其自振立也。

【校勘記】

〔一〕「犨」，原作「隼」，訛，據清刻本、排印本並參春秋左傳注成公十六年改。

上水遣懷

趙云：此洞庭湖上湘江往潭州也，何以明之？句云「崷崒清湘石，逆行雜林藪」可見矣。其上水也，是春時。何以明之？公陪裴使君登岳陽樓近體詩曰：春泥百草生。則自洞庭上湘水乃春時矣。此詩四段：自「我衰太平時」至「常如中風走」十四句，泛叙其衰病流落之態；自「一紀出西蜀」，至「逆行雜林藪」十四句，專叙其由蜀如楚之事；自「篙工密逞巧」至「何事獨罕有」八句，因言操舟之神以起經濟之譬；自「蒼蒼衆色晚」至「吞聲混瑕垢」八句，專言行路之難，有熊、虎之虞，亦因以譬寇盜之充斥也。

我衰太平時，身病戎馬後。蹭蹬多拙爲，安得不皓首。驅馳四海内，童稚日餬口。趙云：言盡室征行，諸子止食粥而已。童稚字，後漢鄧禹傳：父老童稚，垂髮戴白，滿其車下。左傳：許公曰：寡人有弟，而使餬其口於四方。注：餬，粥也。**但遇新少年，少逢舊親友。低顔下色地，故人知善誘。後生血氣豪，舉動見老醜。**言少年不相知，但以老醜見欺而已。李固曰：一日朝會，見諸侍中並皆年少，更無一宿儒，大人可顧問，誠可嘆息也。趙云：言遇新少年，每低顔下色，不敢介亢，故人見之者，亦知我以善誘爲心耳。顔淵曰：夫子循循然善誘人。故人兩字，申言舊親友者。後生血氣豪，又以言新少年如此。血氣字，論語：血氣方剛。老醜字，倒用阮籍詩：朝爲媚少年，夕暮成醜老。**窮迫挫曩懷，常如中風走。**傷世態之薄也。朱叔元與彭寵書〔一〕：伯通獨中風狂走，自捐盛時。趙云：窮迫字，倒用莊子：迫窮禍患。挫曩懷，則挫其平生之豪氣也。如中風走，則爲風狂之人矣。**一紀出西蜀，于今向南斗。**趙云：公自乾元二年入蜀，至大曆五年離蜀而在楚地，乃南斗之分，恰十二年矣。**孤舟亂春華，暮齒依蒲柳。**暮齒，暮年也。顧悦曰：蒲柳常質，望秋先零。杜補遺：北史：韋世康與子弟書曰：耄雖未及，壯年已謝。霜早楸梧，風先蒲柳。**冥冥九疑葬，聖者骨亦朽。蹉跎陶唐人，鞭撻日月久。**陶唐堯氏，其民無知焉。山海經曰：蒼梧之川〔二〕，其中有九疑山，舜之所葬。九山相似，行者疑惑，故名之曰九疑。趙云：聖者，指虞舜也；陶唐，帝堯氏也。蹉跎陶唐人，則承舜葬之下，言自陶唐以來，時歲蹉跎，天下之人，遭鞭撻之苦，其爲日月也久矣。蓋在國有誅求期會之急，在民有乖争陵犯之變，斯所以致鞭撻也。**中間屈賈輩，讒毁竟自取。鬱没二悲魂，蕭條猶在否。**趙云：屈，則屈原；賈，則賈誼。屈以大夫上官靳尚之譖沉於汨羅，賈以絳侯勃、灌嬰之害謫于長沙，皆眼前楚地之可弔者也。**崷崒清湘石，逆行雜林藪。篙工密逞巧，**逞巧操舟者矜其能也。趙云：經清湘石而逆行，則公在潭而往矣。**氣若酣杯酒。謌謳互激遠，回斡明受授。善知應觸類，各藉穎脱手。**穎脱，喻敏捷。趙云：回斡者，回動斡轉其船也。字則謝惠連詠牛女詩：傾河易回斡。明受授，則船之首尾相呼，以求水脉，此之謂受授。下四句所以起經濟之譬也。易：觸類而長之。穎脱字，起于毛遂云：

使遂蚤得處囊中，乃穎脱而出，非特其末見而已。古來經濟才，何事獨罕有。趙云：欲求經濟天下者，如操舟之妙，何獨罕有乎？蓋有才難之嘆矣。經濟字，晉石苞傳：景帝對宣帝曰：苞雖細行不足，而有經國才略。夫貞廉之士，未必能經濟世務。蒼蒼衆色晚，熊挂玄虵吼。黄羆在樹顛，正爲群虎守。趙云：柳子厚云：蒼然暮色，自遠而至。乃此蒼蒼之義也。詩義疏曰：熊能攀緣上高樹，見人顛倒投地而下也。柳子厚作羆説云[三]：鹿畏貙，貙畏虎，虎畏羆。觀公詩意，以羆升樹而守虎明矣。黄羆，爾雅曰：羆，如熊，黄白文。爲虎守，爲音于僞反，若讀從爲作之爲，則反是虎守羆矣。師云：梁蕭若静詩：玄蛇吼古林，蒼熊揉窮嶺。莊子：天之蒼蒼，其正色邪？羸骸將何適，履險顔益厚。庶與達者論，吞聲混瑕垢。趙云：詩：顔之厚矣。江淹恨賦云：莫不飲恨以吞聲也。左傳：國君含垢，瑾瑜匿瑕。

【校勘記】

〔一〕「朱」，原作「未」，訛，據文淵閣本、文津閣本、文瀾閣本、清刻本、排印本並參文選卷四十一、全後漢文卷二十一朱叔元爲幽州牧與彭寵書改。

〔二〕「川」，清刻本、排印本作「間」。

〔三〕「羆」，原作「熊」，訛，據全唐文卷五百八十四柳宗元羆説改。

遣遇

磬折辭主人，開帆駕洪濤。趙云：莊子漁父篇：夫子曲要磬折。言其恭。磬折者，折腰如磬也。選詩云：泛舟越洪濤。春水滿南國，朱崖雲日高。朱崖，南海地名。漢賈捐之：罷擊朱崖。趙云：朱崖，海中之洲也，賈捐之請罷擊者。遠言之，則以承南國之下也。師云：寰宇記潭州仙宮記曰：南岳記注：丹崖南，即仙人宮。子美此詩乃湘州所作。朱崖，即謂此地作也。如歌鼓秦人盆，即非莊子之鼓盆。子美用事類如此。舊注以罷朱崖，甚非。彼自在南海，子美未嘗往。舟子廢寢食，飄風爭所操。乘風而行。爾雅：回風爲飄。我行匪利涉，謝爾從者勞。石間采蕨女，鬻菜輸官曹[一]。趙云：鬻市，一作鬻菜，非。利涉，即易云「利涉大川」。丈夫死百役，暮返空村號。譏役斂煩重也。聞見事略同，刻剝及錐刀。錐刀猶刻剝也。左傳：錐刀之末。趙云：所聞所見皆似此，應官曹之誅求也。及錐刀，非止取其大者，雖錐刀瑣末猶及之。貴人豈不仁，視汝如莠蒿。索錢多門户，誅求不一。喪亂紛嗷嗷。奈何黠吏徒，漁奪成逋逃。漁，如漁獵然，不以法也。趙云：貴人豈不仁，視汝如莠蒿。兩句通義，言爲貴人者，豈是不仁，而以莠蒿視汝等耶？其索錢多門户者，時喪亂之故。所以使嗷嗷，紛然之多也。就此索錢之中，更有黠吏者，以漁奪爲事，而成就民之逃竄矣。自喜遂生理，花時甘緼袍。語：衣敝緼袍。趙云：花時可以單衣。而甘緼袍，則所以得遂生理，勝於逋逃之民也。

【校勘記】

〔一〕「菜」，清刻本、排印本作「市」。

解遣〔一〕

趙注：一作解憂。東坡先生云：「減米散同舟」至「拳拳期勿替」，杜甫詩固無敵，然自「致遠」以下句，真村陋也。此最其瑕謫，世人雷同不復譏評，過矣。然亦不能掩其善也。東坡之説如此。然公之意，亦以藉衆力而濟險，猶資百慮而持危者矣，故曰理可廣也。

減米散同舟，路難思共濟。向來雲濤盤，衆力亦不細。雲濤盤，灘石，極爲嶮阻。衆力，言得其助。趙云：此言雲濤之間盤轉而出〔二〕，乃方言謂之盤灘者乎？舊注恐只是臆度而附會其説。且觀詩句首云「減米散同舟」，則減舟中之米，而散與同舟之人，乃所以謝其用力也。謝其用力，豈不以盤灘之故耶？蔡琰：關山阻脩兮行路難。郄鑒值永嘉喪亂，鄉人共飼之。公常攜二小兒往食。鄉人曰：各自飢困，以君之賢，欲共濟君爾，恐不能有所存。呀坑一作帆。瞥眼過，趙云：呀坑，如口之呀開者也。一作呀帆，則無義。飛櫓本無蔕。得失瞬息間，致遠宜恐泥。百慮視安危，分明曩賢計。茲理庶可廣，拳拳期勿替。趙云：無蔕字，班孟堅答賓戲云：上無所蔕，下無所根。致遠恐泥，論語全句。百慮與拳拳，出易。百慮而一致，得一善，則拳拳服膺，而弗失之矣。勿替，出詩：勿替引之。

【校勘記】

〔一〕詩題，二王本杜集卷八作「解憂」。

〔二〕「而」，原作「米」，訛，據清刻本、排印本改。案，文淵閣、文津閣本作「采」，均訛。

宿鑿石浦

早宿賓從勞，仲春江山麗。飄風過無時，舟檝敢不繫。飄，暴風也。師云：江逌賦：賓從告勞。老子曰：飄風不終朝。趙云：莊子曰：泛乎若不繫之舟。風而不繫，則流蕩矣。回塘澹暮色，日没衆星嘒。缺月殊未生，青燈死分翳。青燈，言無光也。趙云：詩云：嘒彼小星。窮途多俊異，亂世少恩惠。以世亂，故恩惠少，而窮途多俊異也。趙云：俊異之士在窮途，則膏澤不下於民，而亂世少蒙其恩惠。即非是亂世少恩惠以致俊異之窮。舊注非。鄙夫亦放蕩，草草頻卒歲。斯文憂患餘，聖哲垂彖繫。聖人作易，與民同憂患也。其言象皆示於彖繫。趙云：詩：無衣無褐，何以卒歲。易曰：作易者，其有憂患乎。斯文之中，以憂患之餘而垂世者，易也，彖繫之間可見矣。

早行

歌哭俱在曉，行邁有期程。孤舟似昨日，聞見同一聲。飛鳥數求食，潛魚亦獨驚。前王作網罟，設法害生成。網罟，先王所以養民也，而後人反以爲業。賦斂，所以平民也，而後人反以害民。趙云：詩：行邁靡靡。有期程者，期日之行程也。舊本潛魚亦獨驚，師民瞻本作何獨驚，是。蓋言鳥數數出求食，所以自飽；魚既潛而猶驚，所以求安。而小民利之，羅網其鳥，罟罪其魚，害物之生成，此公所以反傷前王之設法也。易曰：作結繩而爲網罟，以佃以漁。故公云爾。此直因眼前所見而言之。舊注非是。碧藻非不茂，高帆終日征。干戈未揖讓，崩迫開其情。以干戈未寧，故崩迫而情僞日開。趙云：碧藻非不茂，又是眼前所見，以爲可留連玩愛之物，而迫於高帆之征也。梁劉孝威渡吉陽洲詩：幸息榜人唱，聊望高帆開。崩迫開其情，則開放其情懷於終日征行之間也。舊注穿鑿。

過津口

南岳自茲近，湘流東逝深。南岳，衡山也。湘流，湘江也。趙云：酈道元注水經云：湘水又北，逕衡山縣東。山在西南，有三峰。經謂之岣嶁山，爲南岳也。又云：衡山東南二面臨映湘川，自長沙至此江湘七百里中，有九背，故漁者歌曰：帆隨湘轉，望衡九回。今公詩言南岳近而繼以湘流深，則此之謂矣。和風引桂楫，趙云：梁元帝烏栖曲云：沙棠作船桂爲楫，夜渡江南採蓮葉。春日漲雲岑。回首過津口，而多楓樹林。楓，木名。趙云：阮籍詠懷詩：湛湛長江水，上有楓樹林。白魚困密網，黃鳥喧嘉音。物微限通塞，惻隱仁者心。趙云：白魚，鯈魚也。鯈，音條，乃莊子與惠子遊于濠梁之上，而莊子曰：鯈魚出遊，從容者也。崔豹古今注曰：白魚小，好群游浮水上，名曰白萍。惟其小而群，則密網之所取無遺。斯所以爲困也。對黃鳥喧嘉音，則詩所謂「睍睆黃鳥，載好其音」者。白魚以群而小困於密網，物之所以塞者也。黃鳥以和風春日之際而嘉音喧然，物之所以通者也。物之通塞雖微不足道，而仁者於物，每惻隱其困塞矣。孟子曰：惻隱之心，仁之端也。甕餘不盡酒，膝有無聲琴。聖賢兩寂寞，眇眇獨開襟。傷時無君子，獨開襟而已。趙云：於此有酒可飲，有琴可玩，而思聖與賢兩皆寂寞，無與言者，則亦獨開襟而自適耳。無聲琴，即陶淵明有琴而無絃也。九歌曰：目眇眇而愁予。王仲宣登樓賦：向北風而開襟。無聲字，蓋禮記所謂無聲之樂。

次空靈岸

沄沄逆素浪，落落展清眺。幸有舟檝遲，得盡所歷妙。空靈霞石峻，楓栝一作枯。隱奔峭。師云：張載賦：霞石駁落。古詩：峻嶺極奔峭。趙云：謝靈運七里瀨詩云：晨積展遊眺。又，徒旅苦奔峭。李善注云：淮南子曰：岸峭者必陀。許慎曰：陀，落也。謂楓栝之木，遮隱欲奔之峭岸間耳。光武謂耿弇曰：前在南陽建此大策，常以爲落落難合。王衍謂王澄曰：誠不如卿落落穆穆然也。石勒曰：大丈夫行事當礌礌落落。揚子雲長楊賦：沄沄沸渭。青春猶無私，白日亦偏照。爲山嶺障閡，故偏照也。可使營吾居，左傳：使營菟裘，吾將老焉。終焉托長嘯。毒瘴未足憂，兵戈滿邊徼。嚮者留遺恨，恥爲達人誚。迴帆覬賞延，佳處領其要。長嘯字，文選成公子安嘯賦云：邈跨俗而遺身，乃慷慨而長嘯。趙云：兵戈，前漢戾太子贊：止息兵戈。而庾信周齊王碑序云〔一〕：夏官以兵戈爲主，專謀七德。嚮者留遺恨，恥爲達人誚，豈公前日經此而不能久住，故有遺恨之留，懷達者所誚之恥，故今則雖上水矣，仍回帆以覬望賞玩之遷延，而領佳處之要也。司馬相如傳：邊關益斥，南至牂柯爲徼。張揖注曰：徼，謂以木、石、水爲界者也。師云：潘尼詩：回帆轉高岸，歷日得延賞。

【校勘記】

〔一〕「而」，清刻本、排印本作「又」。

宿花石戍

午辭空靈岑，夕得花石戍。空靈在歸州，花石戍屬峽州。鮑云：唐志：潭州有花石戍，舊注非是。薛云：右按歸州圖經：空舲峽，東西四十里，在峽州夷陵縣界。

十道志：歸有空舲峽〔一〕。空靈，當作空舲。趙云：自上水遣懷而下古詩，一一自是上水詩分明。空靈岸、花石戍，雖不可考其地，要之皆上湘水耳。舊注輒云空靈岸在歸州，花石戍在峽州，非特乖戾公經行之地，而却是下水矣，豈得前云「沄沄逆素浪」乎？

岸疏開闢水，一作山。木雜今古樹。自白狗峽至空靈山、花石，皆開闢之峽。趙云：開闢水字，吳主嘗見呂岱，說，步騭言北欲以沙囊塞江，每讀其表，輒獨失笑：此江自開闢以來，寧可以囊塞之乎？疏字，則又江賦云「巴東之峽，夏后疏鑿」之疏也。一作開闢山，則非特無出，而於疏字無義。孔稚圭詩：草雜今古色，巖留冬夏雲〔二〕。故曰木雜古今樹〔三〕。

地蒸南風盛，春熱西日暮。四序本平分，氣候何迴互。趙云：上句言炎方之地蒸鬱，在南風之中爲盛。次句言凡暑熱之日，至日暮則須涼，今以炎方之地，故春熱在西，日暮而不息也。下兩句，宋玉九辯云：皇天平分四時兮，竊獨悲此凜秋。今公蓋言時方當春，在他處亦豈有熱？而今此地熱，則於四序爲回互矣。海賦「乖蠻隔夷〔四〕，回互萬里」也。

茫茫天造間，一本作地。理亂豈恒數〔五〕。繫舟盤藤輪，杖策古樵路。罷人不在村，罷人，言民困於征役而罷敝。不在村，不安居也。野圃泉自注。柴扉雖蕪没，農器尚牢固。山東殘逆氣，吳楚守王度。安史之亂，王命所及者，吳楚蜀而已。誰能扣君門，下令減征賦。惆下情不上達也。趙云：易曰：天造草昧。前人云：治亂惟冥數耳。今公云理亂豈恒數，蓋立爲新説者也。意以爲在政之得失而已，故下有「柴扉雖蕪没，農器尚牢固」之句，則公之意在於務農重穀矣。山東，今之河北。杜牧云：山東王不得不王，霸不得不霸，所以指言燕趙之地。今言殘逆氣，則以安史之亂雖已定，而大曆三年六月，兵馬使朱希彩殺其節度使李懷仙，猶有逆氣存焉。吳楚之間知所尊王，乃當時之事。惟吳楚守王度，故欲扣門而與之減征賦也。其中使字繫舟，則起於泛若不繫之舟。杖策，則太王杖策去邠；又魯仲連杖策而入海。罷人，音疲。周禮云：

以嘉石平罷民也。柴扉，范彦龍詩曰：日暮欵柴扉〔六〕。農器，則史云：鑄劍戟以爲農器。王度，左傳云：思我王度〔七〕。

【校勘記】

〔一〕「有」，清刻本、排印本作「州」。

〔二〕「雲」，齊詩卷二孔稚珪旦發青林詩作「霜」。

〔三〕「古今」，文淵閣本、文津閣本、文瀾閣本、清刻本、排印本作「今古」。

〔四〕「鑾」，排印本作「鑾」，訛。

〔五〕「恒」，原作「常」，係避宋諱，此改。案，此句下所引趙次公注「今公云理亂豈恒數」云云，以及二王本杜集卷八、十家注卷十一、百家注卷三十、分門集注卷十一與錢箋卷八均作「恒」，可證。

〔六〕「日暮」，文選卷二十六、梁詩卷二范彦龍贈張徐州稷作「有客」。

〔七〕「思我王度」，「思」原作「遵」，訛，據底本旁批及清刻本、排印本並參左傳昭公十二年改。

早發

有求常百慮，斯文亦吾病。以兹朋故多，窮老驅馳併。趙云：易曰：易一致而百慮。孔子曰：天之未喪斯文也。公之意以爲有所求人，必多爲思慮，然吾以斯文自任，衆所共知，而亦爲吾病，何也？乃下句云「以兹朋故多，窮老驅馳併」也。蓋人以吾任斯文者，多是朋友故舊。今則散在他處，欲見之，自是驅馳頻併也。早行篙師怠，席挂風不正。席，張席以爲帆，風不正不順也。趙云：海賦曰：掛帆席。蓋以席爲帆故也。又謝靈運詩：揚帆采石華，掛席拾海月。昔人戒垂堂，傳曰：千金之子，坐不垂堂。今則奚奔命？杜云：左傳：一歲七奔命。趙云：方奔命於驅馳，其與垂堂之戒不爲異乎？傳云：罷於奔命也。濤翻黑蛟躍，日出黄霧映。鮑明遠：騰沙鬱黄霧，翻浪揚白鷗。趙云：張景陽詩云：黑蜧躍重淵。黑蛟躍，亦此之類。煩促瘴豈侵，頹倚睡未一作還。醒。趙云：張茂先詩曰：恬曠苦不足，煩促每有餘。今言於此困於煩促，豈是瘴欲相侵乎？故摧頹倚薄而睡未醒也。僕夫問盥櫛，暮顔靦青鏡。暮顔衰醜，有愧於對鏡。師云：謝靈運詩：白髮愧青鏡。隨意簪葛巾，隋王胄詩云：庭草無人隨意緑。仰慙林花盛。側聞夜來寇，幸喜囊中淨。艱危作遠客，干請傷直性。謂有求於人也。薇蕨餓首陽，史記伯夷、叔齊事。粟馬資歷聘。六國以粟、馬資儀、秦，使之歷聘。賤子欲適從，疑悞此二柄。二柄，謂采薇及歷聘也。趙云：一則餓以爲高，一則聘以爲榮，此二柄也。未知所適從，故疑悞而不决矣。此所以重自傷也。傳曰：一國三公，吾誰適從。韓非子有二柄篇曰：明王之所導制其臣者，二柄而已矣。雖言刑與德，今公取字用耳。

次晚洲

參錯雲石稠，雲石相互雜也。沈約詩：煙林雲石稠。師云：坡陁風濤壯。坡陁，泛濫之貌。趙云：謝靈運詩：臨圻阻參錯。哀二世賦云：登坡陁之長坂。顔延年詩：春江壯風濤。晚洲適知名，秀色固異狀。言其狀不一也。棹經垂猿把，身在度鳥上。水漲而船所經者高也。趙云：張載論：白猿玄豹，藏於欞檻，何以知其接垂條於千仞。則猿可謂之垂也。梁虞騫詩：澄潭寫度鳥。周庾信和浮圖詩：幡搖度鳥驚。師云：庾闡詩：垂猿把臂飲。梁蕭子暉詩：仰雲看度鳥。擺浪散帙妨，危沙折花當。師言：擺浪有妨於散帙，危沙相過則折花相值，皆紀舟行之實。趙云：謝靈運詩：散帙問所知。羇離暫愉悅，羸老反惆悵。暫愉悅，次晚洲也；反惆悵，歎行役也。趙云：承折花之下，故暫爾愉悅也。中原未解兵，吾得終疎放。兵未解而得疎放，以不見用於世也。趙云：正傷時之擾攘，吾豈得終疎放而不憂懼且流落乎？舊注非是。

望岳

趙云：岳者，南岳衡山也。按樂史寰宇記：衡山，在潭州之湘潭縣。以其當翼軫，度應機衡也。而王存九域志：湘潭縣在州南一百六十里。衡山應又在外矣。今云望岳，則將過湘潭而望之。

南岳配朱鳥，秩禮自百王。書：五月南巡狩，至于南岳衡山。釋山又云：霍山爲南岳。衡之與霍皆一山有兩名，而學者多以霍山不得爲南岳。又云：漢武帝來始名之。斯不然矣。衡山，一名霍山，言萬物霍而大也。應劭曰：風俗通曰〔一〕：岳者，稱考功德〔二〕，黜陟之故謂之岳。四方皆有七宿，各成一形。南方之宿象鳥，故謂之朱鳥。書：望于山川。注：諸侯境内名山大川，如其秩次望祭之。故五岳牲禮視三公，四瀆視諸侯，其餘視伯子男。趙云：荊州記曰：衡山者，五岳之南岳也。下踞離宫，攝位火鄉。赤帝館其巔，祝融托其陽，故號曰南岳。今云配朱鳥者，朱鳥，南方之宿故也。蓋井、鬼、柳、星、張、翼、軫七星在南方，而井、鬼爲鶉首，柳爲鶉尾。又曰：鳥帑已上七星總曰朱鳥。前漢天文志曰：南宫朱鳥，權、衡。今南岳所以配朱鳥矣。秩禮自百王，秩則尚書「咸秩無文」之秩。秋者，等也。等秩之禮，其來久矣，故云自百王。

歘吸領地靈，鴻洞半炎方〔三〕。地之百靈。顔延年詩：邑社總地靈。趙云：江文通雜擬詩：歘吸鵾鷄悲。注云：猶俄頃也。又，謝朓松風賦云：養風飈之歘吸，則翕忽之義，故對洪洞。王褒四子講德論云：洪洞朗天。則言天地神光洪洞相通，明朗於天地。又，洞簫賦：風洪洞而不絕。地靈字，祖出大戴禮，有集地之靈；炎方字，出選。

邦家用祀典，在德非馨香。五岳皆載祀典。趙云：即書所謂黍稷非馨，明德惟馨也。

巡守何寂寥，有虞今則亡。自戰國縱橫，而巡守之禮亡矣。虞舜五年一巡狩。趙云：書舜典曰：五月南巡狩，至于南岳。故云：語曰：今也則亡。

洎吾隘世網，行邁越瀟湘。隘言，世網所拘迫也。行邁，猶行役也。趙云：公言所以行邁者，以世網隘窄，故欲曠懷於江湖之上也。詩云：行邁靡靡。

渴日絶壁出，漾舟清光旁。趙云：難逢日霽，以望其峰，於日如渴也，蓋如渴雨之渴。盛弘之荊州記曰：衡山有三峰極秀。一峰名芙蓉峰，最爲竦傑，自非清霽素朝不可望見。又云：紫蓋峰者，天明輒有一隻白鶴回翔其上。則望日之如渴也如此。謝靈運詩曰：辰策尋絶壁。清光，則日之清光也，所謂清霽素朝者歟？祝融五峰尊，峰峰次低昂。紫蓋獨不朝，争長嶫相望。祝融，峰名也。朱陵、祝融、紫蓋、石菌、芙蓉，所謂五峰也。争長，言相峙而立，有如争長也。趙云：考衡山記，其可稱者有芙蓉峰，有紫蓋峰，有石囷峰。而韓退之詩曰：紫蓋連延接天柱，石廩騰擲堆祝融。則又有天柱峰、祝融峰，其爲五峰矣。舊注輒以朱陵字補之爲峰名。此乃荆州記云衡山。朱陵之靈臺一句，非言峰也。左傳：滕侯、薛侯來朝争長。恭聞魏夫人，群仙夾翱翔。魏夫人，神仙也，主衡山。薛云：按真誥：南岳夫人與弟子言，東嶽上真卿司命官等，右二十二真人坐西起南向東行〔四〕，太和靈嬪上真太夫人，右十五女真東坐，北起南行。上真司命南岳夫人，即魏夫人也。杜補遺：夫人諱華存，字賢安。晉司徒舒之女也。幼純讀書，喜神仙。其後，四仙人降，車從鮮盛。夫人既與仙者遊，盡傳其祕術。咸和八年終，壽八十三。舊傳以謂夫人實不死，以杖代尸而升天。扶桑大帝君授夫人青瓊之板，册録之文，治南岳。趙云：周庾信西門豹廟詩曰：恭聞正直祀，良識佩韋心。有時五峰氣，散風如飛霜。牽迫限脩途，未暇杖崇岡。言爲行邁拘限，未暇策杖而登崇崗。歸來覲命駕，沐浴休玉堂。三歎問府主，曷以贊我皇。牲璧忍衰俗，神其思降祥〔五〕。吴都賦：玉堂對霤，石室相距。注：皆仙人所居也。又云，玉堂府主所居也。故有三歎之問。謂世亂俗薄，祀典闕而不舉，欲贊之於帝，崇牲璧則神必降祥於此矣。趙云：舊注引吴都賦，其説是。又云玉堂府主所居，自爲惑亂矣。既休玉堂，由此往問府主，自不相妨。末句牲璧忍衰俗，則牲與璧之費，衰俗不忍具之，而府主忍費於衰俗之中也。

【校勘記】

〔一〕「來始名之」至「風俗通曰」，清刻本作：「始乃名之，斯不然矣。應劭風俗通曰：衡山，一名霍山，言萬物霍然而大也。」排印本作：「始乃名之衡，不然矣。應劭風俗通曰：衡山，一名霍山，言萬物霍然而大也。」

〔二〕「稱」，風俗通義卷十作「捔」。

〔三〕「鴻」，清刻本、排印本作「洪」。

〔四〕「左二十二」，真誥校注卷一運象篇作「右二十三」。

〔五〕正文「命駕」二字、「沐浴休玉堂」五句，注「吴都賦」以下二十六字，底本漫滅，爲中華本訂補。

湘江宴餞裴二端公赴道州

白日照舟師，朱旗散廣川。群公餞南伯，肅肅秩初筵。餞，謂群公相餞也。南伯，謂道州南邦也。詩：賓之初筵，左右秩秩。亦整肅貌。趙云：此篇鋪叙甚明。白日照字，楚詞云：青春受謝白日照。群公字，揚雄羽獵賦：群公常伯楊朱、墨翟之徒。鄙人奉末眷，佩服自早年。末眷，於裴有親也。早年，少年也，已自佩服其德矣。義均骨肉地，懷抱罄所宣〔一〕。盛名富事業，無取愧高賢。不以喪亂嬰，保愛金石堅。言宜以功業著盛名，使無媿於高賢也。無嬰於喪亂，以變名節，宜保之若金石之固。子美以骨肉之義，故其所言及此也。趙云：公自謙之辭，言盛名與富貴事業兩件皆無所取，斯所以慙媿於高賢矣。高賢，指言裴端公也。計拙百寮下，氣蘇君子前。會合苦又作共。不久，哀金石，謂保身之意耳。舊注非是。樂本相纏。交遊颯向盡，宿昔浩茫然。促觴激萬慮，促觴，言行觴急促也。掩抑淚潺湲。重別而有所感也。熱雲集曛黑，缺月未生天。九歌：横流涕兮潺湲。謝靈運：朝遊窮曛黑。古詩：三五明月滿，四五蟾兔缺。師云：袁山松詩：熱雲沸空中。趙云：馮衍答任武達書曰：敢不陳露宿昔之意。白團爲我破，師云：古樂府：青青林中竹，可作白團扇。又古詩：透迤摇白團。以熱困於摇扇，故曰爲我破也。華燭蟠長煙。薛云：按梁元帝燭賦：長袖留賓待華燭。燭燼落，燭華明。鴰鶡催明星，杜云：鴰，音括。鶡，音曷。旦鳥，禮記注：求旦之鳥。解袂從此旋。上請減兵花抽珠漸落，珠懸花更生。甲，下請安井田。永念病渴老，附書遠山巔。

【校勘記】

〔一〕「罄」，文淵閣本、文津閣本、文瀾閣本、清刻本、排印本作「慶」，均訛，二王本杜集卷八作「罄」，可證。

題衡山縣文宣王廟新學堂呈陸宰

旄頭彗紫微，無復俎豆事。旄頭，胡星也；彗，彗星；紫微，帝宮也。胡星彗帝宮，喻禄山亂中原、陷長安也。世亂，俎豆之事不講，故云無復也。趙云：按晉天文志：昴七星，天之耳也。又爲旄頭，胡星。彗紫微，則言其犯帝座也。又曰：紫宫垣十五星，其西蕃七，東蕃八，在北斗北，一曰紫微，大帝之座也，天子之常居也。彗字，在天文志與孛俱爲妖星之名。雖别爲一星，而今云「旄頭彗紫微」，則言胡星爲妖也。公詩又曰「胡星一彗孛」是已。此追言安史之亂也。孔子曰：俎豆之事則嘗聞之矣。金甲相排蕩，青衿一憔悴。蓋民狃於戰争，不遑學校也。詩云：青青子衿。

嗚呼已十年，儒服弊于地。師注云：庾翼詩：儒服一何弊。征夫不遑息，學者淪素志。我行洞庭野，欻得文翁肆。文翁爲蜀郡守，興建學校以教蜀人，故風俗大變，可比齊、魯。侁侁，整肅貌。胄子，謂元子以下至卿大夫子弟。從學者若舞風雩而至也。語曰：風乎舞雩也。趙云：文翁肆字，則揚子所謂書肆，陶淵明所謂講肆也。侁侁，整肅貌。胄子，書曰：命夔典樂，教胄子也。論語疏云：雩者，祈雨之祭名。使童男女舞之，因謂其處爲舞雩。舞雩之處有壇墠樹木，可以休息，故云風凉於舞雩之下也。今云若舞風雩至，則取其義而已。侁侁胄子行，若舞風雩至。周室宜中興，孔門未應棄。是以資雅才，涣然立新意。周室，借周以喻唐也。言唐所以宜中興，則孔門豈可棄乎？蓋君君、臣臣、父父、子子，百姓日用而不知者，皆在是也。雅才，陸宰也。新學資之而成爾。趙云：詩：任賢使能，周室中興。然雅才指言陸宰也。字則王充論衡自紀篇有云：士貴雅才而慎興，不用高據以顯達。杜云：前漢杜鄴子林清静好古，有雅才。又見胡廣傳注：後漢高彪有雅才，而訥於言。衡山雖小邑，首唱恢大義。世亂而衡山能首建學校也〔一〕。因見縣尹心，根源舊宮閟。詩閟宮頌僖公能復周公之宇也。趙云：毛曰：閟，閉也。言無事而閉。鄭氏箋云：閟，神也。謂之神宮。今舊宮閟，倒用押韻，且其義大率深閟之謂。講堂非曩構，大屋加塗墍。下可容百人，墻隅亦深邃。何必三千徒，始壓戎馬氣。學校者，教化之所自也。魯侯能修泮宮，而淮夷攸服，則其所以折暴亂者，何必三千之徒？言文德足以服遠也。趙云：講堂字，後漢鮑永傳：孔子闕里無故荊棘自除，自講堂至於里門。非曩構，則一新之也。塗墍字，書云：惟其塗墍茨。三千徒，指言孔子之弟子也。林木在庭户，密幹疊蒼翠。有井朱夏時，轆轤凍階戺。耳聞讀書聲，殺伐災髣髴。聞讀書之聲而樂也。趙云：言聞讀書聲而樂，彼殺伐之災在此，特覺其髣髴而已，蓋讀書之氣勝之故也。故國延歸望，衰顏減愁思。南紀改波瀾，言能以文德易暴亂也。趙云：以聞讀書聲而遲延故國之思，減衰顏之愁。南紀字，唐天文志云：東循徼嶺，達甌、閩中，是謂南紀，所以限蠻夷也。改波瀾，亦以聞讀書聲而洗波瀾之氛妖。西河共風味。史記：子夏居西河教授，爲魏文侯師。共風味者，言人樂其教也。采詩倦跋涉，載筆尚可記。尚可記，一云記奇異。采詩之官雖不可達，載筆而記之可也。趙云：兩句言采詩之官，倦於跋山涉水之勞，而不來采之，則史官之載筆尚可記陸宰之美也。高歌激宇宙，凡百慎失墜。趙云：左傳曰：奉以周旋，罔敢失墜。公言我今之高歌，爲君子者當勿失墜也。詩：凡百君子。此亦以友于爲兄弟，以貽厥爲子孫之比，具於凡百慎交綏解。

【校勘記】

〔一〕「首」，文淵閣本作「守」，訛。

入衡州

趙云：此篇作五段鋪叙。自「兵革自久遠」至「寬猛性所將」，言兵戈興起，雖無害於帝王之興，但將帥失律，君臣含容，以致天下節度各任其性之寬猛以召亂，如下文也。自「嗟彼苦節士」至「明徵天莽茫」，指言潭帥崔灌爲别將臧玠所殺，灌之苦潔其身，裁制其下之所致，而傷福善明證之報不足憑也。自「銷魂避鋒鏑」至「春容轉林篁」，則叙其避難而走也。自「片帆在郴岸」至「蚊蚋焉能當」，叙其已得脱難入衡州而美衡帥之得人也。自「橘井舊地宅」至「鵬路觀翺翔」，叙其將往郴州寓居而終之以觀衡帥之擢用也。

兵革自久遠，興衰看帝王。漢儀甚照耀，胡馬何倡狂。言漢唐法度未墜，胡馬之亂，徒猖狂爾。趙云：上兩句言兵革雖不息，徒自歲月之久，而興起其衰謝，自看帝王之舉耳。興衰，乃興衰撥亂之謂也。後漢：光武爲司隸校尉，父老見之，曰：今日復見漢官儀。今言唐之法度未改，故以比之。胡馬，追言安史之兵也。老將一失律，清邊生戰場。失律，失法律也。易曰：失律凶。趙云：似言哥舒翰之失潼關，房琯之敗于陳濤斜，九節度之敗于相州者也。君臣忍瑕垢，河岳空金湯。言避亂出行，城池不守也，故空金湯。左傳曰：國君含垢，瑾瑜匿瑕。言有所容也。金謂金城，湯謂湯池也。趙云：曰金城湯池，言城如金之堅，池如湯之阻。今以君相初含容奸逆，不即誅戮，故使河岳之地，雖是金城湯池，失守而空自如之也。重鎮如割據，安史亂後，天下裂爲藩鎮，賦不上供，如割據焉。輕權絶紀綱。軍州體不一，各自爲政也。寬猛性所將。趙云：於是天下節度，稍自威重，則如一方之割據，苟或權輕，則絶其紀綱而不振矣。以時言之，軍州所在不一其體；以性言之，爲政寬猛不一其性，苟昧於設施，所以召亂矣。嗟彼苦節士，素於圓鑿方。九辨云：圓鑿而方枘兮，吾固知其鉏鋙而難入。趙云：苦節，指言崔灌也。按新史：以士行修謹聞。大曆中，爲湖南觀察使。時將吏習寬弛，不奉法。灌每以禮法繩之，下多怨。

崔灌以苦節爲政，是昧圓枘不入方鑿之義，而公今句則言鑿宜圓矣。乃於圓鑿而方之，文異而義同也。易節卦上六：苦節貞凶。象曰：其道窮也。**寡妻從爲郡，兀者安短牆。**

凋弊惜邦本，惜民之彫弊也。書曰：民爲邦本。趙云：言寡妻平日遭擾，自從崔太守爲郡之後，如兀足者之安於堵牆之下，不復驚動也。文王刑于寡妻。**哀矜存事常。**趙云：曾子曰：如得其情，則哀矜而勿喜。言不妄刑罰，哀矜其人，存事體之大常也。其爲士行，修謹如此。**旌麾非其任，**言非其人也。**府庫實過防。**惜財賞也。**恕己獨在此，多憂增內傷。偏裨限酒肉，卒伍單衣裳。**厚自奉養而不恤軍旅也。趙云：灌之修謹既如上所云，然於是委以旌麾，則非其所任，蓋爲帥在寬猛適中，施予不吝，豈可過防於府庫之費乎？苟自恕已，則可獨在此矣。而多憂其費，務從減省，徒增內傷而已。於是偏裨則酒肉之儉，卒伍則衣裳之單，遂以召亂，如下文所云也。三略曰：良將恕己而治人。曹子建表云：誠可謂恕己治人，推恩施惠者矣。**元惡迷是似，聚謀洩康莊。**薛云：右按爾雅曰：五達謂之康，六達謂之莊。杜補遺：史記列傳曰：騶奭者，齊諸騶子，亦頗采鄒衍之術以紀文〔一〕。於時齊王嘉之〔二〕，爲開第康莊之衢。趙云：元惡，指言臧玠。灌既以禮法繩裁其下〔三〕，故有多怨。玠與判官達奚覯忿爭，覯曰：今幸無事。玠曰：欲有事耶？拂衣去。是夜，以兵殺覯。灌皇遽走，遇害。玠遂據潭州。迷是似，言凶惡之人，不識崔帥所爲本由禮法，而迷此之是似，乃聚謀而洩發于康莊也。詩：是以似之。**竟流帳下血，大降湖南殃。**代宗時，湖南兵馬使臧玠殺其帥崔灌。**烈火發中夜，高煙燋上蒼。至今分粟帛，殺氣吹沅湘。福善理顛倒，明徵天莽茫。**九歌：令沅湘兮無波。阮籍：曠野莽茫茫。趙云：流血、降殃，發烈火、分粟帛，皆以言其亂也。書曰：天道福善禍淫。又曰：明徵定保。今以崔帥之謹潔，由禮而被禍，則福善之理豈不顛倒？明徵於天豈不莽茫乎？**銷**

魂避飛鏑，累足穿豺狼。隱忍枳棘刺，遷延胝趼瘡。言避亂奔走危窘，如穿豺狼間行也。心痛悼喪亂，如忍棘刺手，足胝趼而成瘡。趙云：江文通別賦云：黯然銷魂，唯別而已。飛鏑字，出選。累足，行步驚恐之義。漢書：累足脅息。豺狼字，多矣，如豺狼當道。隱忍，漢史云：隱忍以就功名。枳棘，如枳棘非鸞鳳所棲。遷延，左傳云：遷延之役。胝，音張尼切。列子云：手足胼胝。趼，音吉典切。莊子云：百舍重趼。胝與趼，皆是足瘡之名。遠歸兒侍側，猶乳女在旁。久客幸脱免，暮年慚激昂。幸於免患也。蕭條向水陸，汩没隨漁商。報主身已老，入朝病見妨。悠悠委薄俗，鬱鬱回剛腸。老而不可報主，病而不可入朝，故不免委身薄俗，鬱鬱回剛腸而已。趙云：激昂字，王章妻謂章曰：今在困厄，不自激昂。暮年字，魏武樂府云：烈士暮年。參錯走洲渚，春容轉林篁。謝靈運：遡流觸驚急，臨圻阻參錯。趙云：謝靈運詩：注謂圻岸之險，參差交錯也。參，音七森切。學記：善待問者，如撞鐘。待其從容，然後盡其聲。疏云：春，謂擊也。以爲聲之形容，言每一春，而爲一容，然後盡其聲。今言其行之悠悠，如鐘聲之春容，未便盡也。大曰洲，小曰渚。竹木皆謂之林篁，叢竹也。片帆左郴岸，郴，地名。通郭前衡陽。衡州也。華表雲鳥埤，名園花草香。旗亭壯邑屋，烽櫓蟠城隍。杜補遺：三代世表：會旗亭下。注：市樓也，立旗於上，故名旗亭。張衡西京賦：廓開九市，通闤帶闠。旗亭五重，俯察百隧。注：旗亭，市門樓。魏都賦：抗旗亭之嶢嶭。櫓，城上守禦望樓。城隍，池之無水者。趙云：公意往郴，故具片帆；而言衡之左，則郴岸。衡在郴州之西北。九域志：郴州西北至本州界，一百三十七里，則郴在衡州之東南，故云在郴岸。衡陽，即衡之倚郭縣，故云「通郭前衡陽」也。埤在經書音毗。詩云：政事一埤遺我。晉語：秦醫和曰：松柏不生埤。注云：下濕也。而國語音云：音卑，又皮靡反。今公所用乃側聲之音，於此難講。或云，恐是雲鳥陣字之誤。公嘗云「共説總戎雲鳥陣」，但於華表亦無説。中有古刺史，言其愛民莅事，如古之刺史。盛才冠巖廊。杜補遺：顔延年遊蒜山詩曰：空食疲廊肆。李善注：廊，巖廊也，朝廷所在也。文穎漢書注曰：嵓廊，殿下小屋。趙云：出武帝制曰：舜遊嵓廊之上。扶顛待柱石，獨坐飛風霜。趙云：刺史乃柱石之臣。獨坐者，御史也。豈公後篇所注崔侍御潠者乎？風霜，則御史之任。崔篆御史箴曰：簡上霜凝，筆端風起。又蘇味道贈封御史詩云：風連臺閣起，霜就簡書飛。元希聲贈皇甫侍御詩云：肅子風威，嚴子霜質。是已。昨者問瓊樹，高談隨羽觴。公自言得侍刺史，如問瓊樹然。陸士衡：四坐咸同志，羽觴不可筭。注：羽觴，謂其置鳥羽於觴，以急飲也。趙云：如所謂蒹葭倚玉樹也。晉束皙傳：昔周公城洛邑，因流水而泛酒。故逸詩云：羽觴隨波。張平子西都賦：羽觴行而無筭。無論再繾綣，已是安蒼黃。趙云：左傳：繾綣從公。劇孟七國畏，前漢游俠傳：劇孟以俠顯。吴楚反時，條侯爲太尉，乘傳東討。至河南，得劇孟，喜曰：吴楚舉大事而不求劇孟，吾知其無能爲已。天下騷動，大將軍得之若一敵國。馬卿四賦良。司馬相如字長卿，有子虛、上林賦、哀二世賦、大人賦，並載漢史傳。門闌蘇生在，蘇生，侍御渙。勇鋭白起强。趙云：劇孟、馬卿，皆以比刺史。白起以比蘇渙，劇孟以比其豪，馬卿以比其能文。白起，善用兵，事秦昭王，料敵合變，出奇無窮，聲震天下。門闌蘇生在，公自注云：蘇生，侍御渙。則渙在崔公潠之幕。而其人勇鋭，用白起以比其可爲將。問罪富形勢，凱歌縣否臧。末章皆美刺史也。趙云：公於末篇自注云：聞崔侍御潠乞師于洪府，師已至袁州北。此所謂問罪、凱歌者乎？富形勢，則以兵之形勢精强也。懸否臧，易曰：師出以律，否臧凶。而懸闕，則非否臧之凶矣。氛埃期必掃，蚊蚋焉能當。趙云：氛埃、蚊蚋，比臧玠也。橘井舊地宅，仙山引舟航。上句見橘井尚高褰注，下句見蓬萊如可到注。杜田補遺：桂陽列傳：蘇耽種橘、鑿井，以救時疫，病者食橘飲水即愈。趙云：橘井，在郴州。神仙傳：蘇耽將仙，謂其母：以庭前橘葉一片，水一杯，使病者以水服橘葉，病即愈。斯可見其有宅矣。仙山，則指言蘇仙所仙之山。按水經載：耽既仙之後，乘白馬而返其所鑿井處，世謂馬嶺山。公謀欲往郴，故云引舟航也。舊注引蓬萊如可到之句，則遂指仙山爲東海中之三山矣，非是。**此行厭暑雨，厥土聞清涼。**言親刺史之德而亡炎暑。趙云：此又指言郴州矣。公詩有曰：郴州頗涼冷，橘井尚淒清。是已。舊注所言又却是猶說衡州刺史，非是，又無比德之意。**諸舅剖符近，**言諸舅皆作郡。**開緘書札光。頻繁命屢及，磊落字百行。江總外家養，**陳書：江總字總持，七歲而孤，依於外氏，聰敏有至性。舅蕭勱名重當時，尤所鍾愛，常謂總曰：爾操行殊異，神彩英秀，後之知名，當出吾右。**謝安乘興長。**謝安寓居會稽，出則魚弋山水，入則言詠屬文，無處世意。常往臨安山中，坐石室，臨濬谷，悠然嘆曰：此亦伯夷何遠？又與孫綽等泛海，吟嘯自若，放情丘壑。每遊賞，必以妓女從也。趙云：公詩每以崔姓爲舅。剖符近，則必有姓崔者爲刺史矣，豈崔侍御漠乎？頻繁者，重疊也。江總則公自比其爲崔氏之甥，謝安則公自比其遊行之興。**下流匪珠玉，擇木羞鸞凰。**下流，自言也，言己非珍異，然得所托也。趙云：論語曰：惡居下流而訕上者。公又嫌其爲人特下流耳，非是珠玉之珍也。傳曰：鳥則能擇木，木豈能擇鳥。史又曰：窮猿投林，何暇擇木！公之意自謙，言其不暇擇木，非若鸞凰之非梧桐不棲，故羞鸞凰也。**我師嵇叔夜，**恬靜寡欲，含垢匿瑕也。**世賢張子房。**彼掾張勸。**柴荊寄樂土，鵬路觀翺翔。**寄居樂土。當日觀刺史爲朝廷拔用也。趙云：師嵇叔夜，則公自言其放曠嬾散如嵇康。世賢張子房，公自有本注，美張勸也。謝靈運初去郡云：促裝反柴荊。樂土，指郴州。詩云：適彼樂土。鵬路，則莊子云九萬里者也。

【校勘記】

〔一〕「鄒」，史記卷七十四孟子荀卿列傳作「騶」。

〔二〕「於時齊王嘉之」「時」，史記卷七十四孟子荀卿列傳作「是」；又，文津閣本「齊王」上脱「於時」二字。

〔三〕「法」，底本漫滅，據中華訂補本補。

風雨看舟前落花戲爲新句

江上人家桃樹枝，春風細雨出疎籬〔一〕。影遭碧水潛勾引，趙云：古樂府薄命篇云：艷花勾引落。風妬紅花却倒吹。吹花困癲傍舟檝，水光風力俱相怯。趙云：庾信畫屏風詩：水光連岸動。劉孝儀渡吉陽洲詩曰：噪鼓揚風力。赤憎輕薄遮入懷，趙云：赤憎，方言也。公嘗云：輕薄桃花逐水流。梁武帝春歌曰：階上香入懷，庭中花照眼。遮之爲言輒也，如「遮莫鄰鷄下五更」之遮。珍重分明不來接。一作折。趙云：師本作來折，非〔二〕。蓋全篇言落花耳〔三〕，豈復更言人之不折乎？濕久飛遲半欲高，縈沙惹草細於毛。蜜蜂胡蝶生情性，偷眼蜻蜓避伯勞。師云：詩：七月鳴鵙。釋文云：伯勞也。蓋此詩末句與莊子蟬棲美蔭，不知螳蜋在其後；螳蜋捕蟬，不知黄雀在其後；黄雀不知挾彈者在其後同意。

【校勘記】

〔一〕「風」，二王本杜集卷二作「寒」。案，百家注卷三十一、分門集注卷二十四、草堂詩箋卷三十七、補注杜詩卷十六、錢箋卷八均作「寒」。又，杜詩詳注卷二十三作「寒」，注異文云「郭作風」。

〔二〕「非」，文淵閣本奪。

〔三〕「落」下，文淵閣本衍「一」字。

清明

著處繁花矜是又云務足。日，長沙千人萬人出。渡頭翠柳艷明眉，争道朱蹄驕齧膝。朱建平善相馬。魏文將出，取馬入。建平曰：此馬今日死矣。及將乘，馬惡香，齧帝膝，帝怒，殺之。趙云：蕭子暉冬曉詩曰：繁花無處盡，還銷寒鏡中。舊本矜作務，蔡伯世本作矜，是。朱蹄，則以朱飾其蹄。左傳：衛公馬朱其尾鬣。舊注：齧膝事，馬性偶如此。若皆如此，豈不傷人乎？公蓋使王褒聖主得賢臣頌曰：駕齧膝，驂乘旦。張晏曰：皆良馬名。應劭曰：馬驕有餘氣，常齧膝而行。況上句云「細柳艷明眉」，則柳自明其眉；今云「朱蹄驕齧膝」，則馬自齧其膝矣。争道字，本出左傳：宋萬，宋之臣也，與閔公博，争道。公今用之，爲善用字矣。此都好遊湘西寺，諸將亦自軍中至。馬援征行在眼前，葛强親近同心事。伏波將軍馬援征交趾女子徵側，又擊武陵五溪蠻夷。趙云：舊本作諸將之自軍中至，師民瞻本之作亦是。

此實道其事耳，此以比主帥。金鐙下山紅粉一作日。晚，牙檣捩柂青樓遠。杜補遺：古樂府劉生詩：座驚稱字孟，豪雄道姓劉。廣陌通朱邸，大路起青樓。又張正見採桑詩：倡妾不勝愁，結束下青樓。又文選美女篇：借問女安居？乃在城南端。青樓臨大路，高門結重關。趙云：青樓，則所祓禊之處，岸上有之也。舊本作紅粉晚，當作紅日晚。捩柂，轉船也。古時喪亂皆可知，人世悲歡暫相遣。弟姪雖存不得書，干戈未息苦離居。逢迎少壯非吾道，況乃今朝更祓除。祓除，上巳。束晳曰：周公城洛邑，因流水以泛觴。後人相緣，因爲盛集。趙云：周禮：女巫掌歲時祓除、釁浴。鄭注：如今三月三日上巳往水上之類。唐氣朔大曆五年三月三日清明，以清明值上巳，則更祓除之義尤明。

岳麓山道林二寺行

玉泉之南麓山殊，玉泉，地名。山足曰麓。道林林壑爭盤紆。杜補遺：盛弘之荊州記曰：長沙西岸有麓山，其下有精舍，左右林嶺，環回泉澗，傍有礬石，每至嚴冬，其水不停霜雪〔二〕。山足曰麓，蓋衡山足也。趙云：謝靈運詩：林壑斂暝色。承「道林」字下使「林壑」，此詩人之巧也。子虛賦：其山則盤紆茀鬱。而用林壑盤紆，則變張平子南都賦「谿壑錯繆而盤紆」也。寺門高開洞庭野，殿脚插入赤沙湖。洞庭、赤沙，皆湖名。趙云：洞庭湖在岳州之前，赤沙湖在永州。酉陽雜俎云：勾容赤沙湖。今衡山麓寺而云，此廣大之語。而潭州之下流爲洞庭，上流乃永州，湘水所從出，亦可以言矣。正猶夔州古栢行云：雲來氣接巫峽長，月出寒通雪山白。赤沙湖，對洞庭野，以莊子有云黄帝張樂於洞庭之野也。五月寒風冷佛骨，六時天樂朝香爐。香爐峰也。趙云：冷佛骨，舊一作冷拂骨，非。不惟不對，而骨却在人言之矣。朝香爐，直言佛寺香爐耳。六時天樂朝之，則壁間所畫之天樂也。舊注云香爐峰，却是廬山事矣。地靈步步雪山草，釋書言佛得道於雪山。僧寶人人滄海珠。言性圓明而無瑕纇也。杜正謬：楞嚴經云：雪山大力白牛，食其山中膩肥香草，此牛唯飲雪山清水，其糞微細，可和合旃檀。趙云：大戴禮有集地之靈，而顔延年云「邑社總地靈」，故對僧寶。其字則佛、法、僧爲三寶也。滄海珠，如閻立本稱狄仁傑曰：可謂滄海遺珠矣。步步，如謝希逸作宣貴妃誄，有龍逶遲於步步；梁元帝烏栖曲：那知步步香風逐。故對人人，則曹子建云：人人自謂握靈蛇之珠。塔劫宮牆壯麗敵，香厨松道清涼俱。趙云：塔劫，則塔之層劫也。香厨，則禪刹中有香積厨也。皆實道其事耳。蓮花一作池。交響共命鳥，釋書有共命鳥，二首一身。金牓雙迴三足烏。三足烏，言寺額金牓有回鸞反鵲之勢。杜補遺：阿彌陁經：極樂國常有迦陵頻伽共命之鳥。是諸衆鳥晝夜六時出和雅音。其音演暢五根、六力、七菩提分、八聖道分如是等法。金牓，神異經：西方有宫，白石爲墻，五色黄門。有金牓而銀鏤，題曰天地少女之宫。淮南子：日中有踆烏。注云：三足烏也。雙回三足烏，蓋言大字之勢如此。相如大人賦：亦幸有三足烏爲之使。此摘而用之，言金牓字勢如日中之烏飛動炫耀也。方丈涉海費時節，玄圃尋河知有無。天台賦：涉海則方丈蓬萊。張騫贊曰：禹本紀言：河出崑崙。自張騫使大夏之後，窮河源，惡覩所謂崑崙者乎！玄圃，乃崑崙也。趙云：史記：海中有三神山，一曰方丈。而孫興公天台賦序云：涉海則方丈蓬萊也。玄圃，崑崙山之别名，見葛仙翁傳。而尋河事，則禹本紀言：河出崑崙。自張騫使大夏之後，窮河源，烏覩所謂崑崙者乎。兩句以言方丈、玄圃遠在何處，皆不可得往，不若今岳麓寺之傍近，可即而居也，故有下句桃源、橘洲之興。暮年且喜經行近，春日兼蒙暄暖扶。飄然班白身奚適，旁此煙霞茅可誅。楚詞：寧誅鉏草茅以力耕乎？言當暮年，欲誅草茅旁此而居也。桃源人家易制度，桃源，秦人避難之地。易制度，言世更變也。橘洲田土仍膏腴。橘洲在長沙。杜云：武陵圖經云：橘洲在龍陽縣東北五十里。吳志孫休傳注：載盛弘之荆州記云：李衡字叔平，仕吳，爲丹陽太守。每欲理産業，妻習氏輒不聽從。衡密遣人於武陵龍陽縣泛洲種甘橘千株。臨死，語其子曰：汝母惡吾營家，故貧如此。然吾於武陵泛洲種千頭木奴，不責汝衣食，後當得千匹絹，亦足用耳。衡亡後，其子以白其母。母曰：此當是種甘橘也。汝父嘗稱太史言：江陵千株橘，其人與千户侯等，殆謂此矣。然人患無德義，不患於貧，苟能守道，用茲何爲〔二〕？吳末甚盛茂，果獲千縑。晉咸熙中，猶有存者。今此洲上居民數十家，亦多有橘株，故呼爲橘洲。又水經注：龍陽縣之橘洲，長二十里。吳丹陽太守李衡植甘橘於其上。臨死，敕其子曰：吾州里有木奴千頭，不責汝衣食，歲絹千匹。又湘中記曰：或曰，昭潭無底，橘洲浮。橘洲有二，其一在龍陽，即李衡種甘橘之所；其一在長沙，去州十里。子美言橘洲乃長沙，非龍陽也。湘中記所載亦長沙橘洲。漢張禹買田，皆膏腴上價者也。趙云：桃源，在今之鼎州。陶淵明集載晉太和中漁父得往事。易制度，言其宮室朴略，所以制度易爲也。舊注非。橘洲，在武陵，正亦鼎州。鼎州與潭州並一帶之地，則公所欲往，皆爲無礙。然桃源在鼎州，而橘洲亦在鼎，此一州中事矣，則必指武陵之橘洲而已，況桃源有秦人避地事，而此橘洲有李衡種橘事乎。潭府邑中甚淳古，太守庭内不喧呼。昔遭衰世皆晦跡，今幸樂國養微軀。依此老宿亦未晚，老宿，僧之年臘高者。富貴功名焉足圖！久爲野客尋幽慣，細學何顒免興孤。見何顒興未忘注。趙云：潭府者，曾潭之府也。梁張纘南征賦云：曾潭水府。潭州得名，政以其水之潭潭耳。緣有曾潭水府字，故得取用潭府。何顒，在後漢黨錮傳乃急義名節之士，與今詩句不相干。或曰，應是周顒，而所傳之誤。周顒，宋人，長於佛理，終日長蔬。雖有妻子，獨處山舍。若作周顒，則於賦二寺詩，並野客尋幽之下爲有說。一重一掩吾肺腑，一重一掩，山也，有如吾肺腑然。薛云：按前漢書衛青曰：吾幸得以肺腑待罪行間。山鳥山花吾友于。與之同處，若兄弟也。杜補遺：陶淵明詩：一欣侍温顔，再喜見友于。南史：劉湛友于素篤。北史：李謐事兄盡友于之誠。趙云：書：友于兄弟。而晉以來便用稱兄弟。宋公放逐曾題壁，物色分留與一作待。老夫。宋之問之貶也，塗經於此，有詩尚在壁間。趙云：舊本作分留與老夫，與，一作待，當以待爲正。蔡伯世云：作與字，意乃淺近，是。

【校勘記】

〔一〕「水」，太平御覽卷四十九地部作「上」。

〔二〕「用」，文淵閣本奪。

舟中苦熱遣懷奉呈陽中丞通簡臺省諸公〔一〕

媿爲湖外客，看此戎馬亂。中夜混黎甿，脱身亦奔竄。謂避臧玠之亂入衡州也。趙云：指言洞庭湖之外，則衡州是也。老子云：戎馬生於郊。戎馬亂，指言臧玠之亂也。事詳見前注。平生方寸心，反掌帳下難。謂崔灌見殺也。晉張輔傳：後爲天水故帳下督富整所殺。徐庶母爲曹公所獲，庶辭先主，指其心曰：本欲與將軍共圖王霸之業者，以此方寸之地也。今已失老母，方寸亂矣。先主伐吳，張飛臨發，其帳下將張達、范彊殺飛，持其首順流而奔孫權，亦猶臧玠之殺崔灌也。故云帳下難。前詩亦云「竟流帳下血」。

嗚呼殺賢良，按新史：灌爲治，不煩苛，人便安之。居澧州二年，增户數萬。詔特進五階，以寵異政。不叱白刃散。趙云：舊本反掌。蔡伯世本作反當，其說是。公自言平生有經世之心，而反當帳下有難，至於賊殺賢良，乃不能一叱白刃使散，蓋自以爲媿矣。帳下，指臧玠；賢良，指崔灌也。吾非丈人特，没齒埋冰炭。薛云：按論語：管仲奪伯氏駢邑三百，飯疏食，没齒無怨言。韓子曰：冰炭不同器。耻以風病辭，胡然泊湘岸。趙云：四句通義，言能叱白刃散者，非丈人之特不可，而吾非是此人，徒没齒埋於冰炭之中矣。丈人者，長老之稱。特字，即詩云：百夫之特。冰炭，言不相入。既不能叱白刃散，却以風病辭，此爲可耻矣。但以逃難而來，故自問其胡然泊湘江之岸也。詩曰：胡然而天也，胡然而帝也。入舟雖苦熱，垢膩可溉灌。痛彼道邊人，形骸改昏旦。痛彼遇亂而死者。中丞連帥職，詩有方伯連帥之職。封内權得按。身當問罪先，縣實諸侯半。謂陽中丞也，封邑半於古諸侯。師曰：中丞楊琳，自澧上達長沙問罪。見子美後詩注。趙云：中丞，陽公也。舊史云：衡州刺史陽濟，各出兵討臧玠〔二〕。謂連帥，乃古之諸侯。史有問罪之師。詩：元戎十乘，以先啓行。士卒既輯睦，薛云：按春秋左氏傳：隨武子曰：昔歲入陳，今茲入鄭。民不罷勞，君無怨讟。而卒乘輯睦，事不奸矣。啓行促精悍。詩：爰方啓行。似聞上游兵，稍逼長沙館。上游，江之上流也。杜補遺：漢書：項羽自立爲西楚霸王。使人徙義帝，曰：古之帝者，地方千里，必據上游。乃徙義帝長沙郴縣。趙云：即後篇公自注云：楊中丞琳問罪，將士皆自澧上達長沙也。鄰好彼克脩，天機自明斷。趙云：所以指言楊中丞琳矣。南圖卷雲水，北拱戴霄漢。美名光史臣，長策何壯觀。南圖，謂圖畫湖南也。北拱，謂誅亂鉏暴以尊王室也。如此，則書於史臣者光美，而見於策略者爲壯觀也。杜正謬云：南圖，蓋莊子鵬飛九萬里而圖南事。故子美送嚴公詩又云「南圖迴羽翮，北極捧星辰」也。趙云：蓋言南之所圖謀，欲卷盡雲水也。劉孝標辨命論曰：荊昭德音，丹雲不卷。北拱，即孔子云：北辰居其所，而衆星拱之。戴霄漢，則所以尊君也。驅馳數公子，咸願同伐叛。聲節哀有餘，夫何激衰懦。言願同伐叛之公子。聲名節槩，足以振激衰懦。衰懦，猶軟弱也。趙云：數公子事，按唐書：澧州刺史楊子琳、道州刺史裴虬、衡州刺史陽濟，各出兵討玠。宗室李勉爲廣州刺史，亦以兵討玠。此謂數公子也。選云：奉義詞以伐叛。偏裨表三上，鹵莽同一貫。薛云：按前漢馮奉世上書討羌，願益兵。上爲發六萬人，太常千秋將以助焉。奉世以得其衆，不須復煩將。上讓之曰：大將軍出必有偏裨，又何疑焉。趙云：此別說有偏裨之將三人上表，而敷陳不明同一貫耳，如莊子：可不可爲一貫。着同字，則又用同條共貫合之也。始謀誰其間，迴首增憤惋。趙云：惟其所陳一貫而不明，所以問誰在其間爲始謀者乎，徒令我回首憤惋也。於是引下句美李端公。宗英李端公，宗室之英秀也。杜補遺：梁邵陵王讓丹陽尹表曰：臣進非民譽，退異宗英。又呂温河間王李恭贊曰：堂堂河間，仁勇是經。適駿有聲，爲唐宗英。李肇國史補：宰相相呼曰堂老，兩省相呼爲閣老，尚書丞郎相呼曰曹長，郎中員外御史補遺相呼爲院長，唯御史相呼爲端公。李端公，蓋御史也，名勉，見上入衡州。趙云：李勉爲御史中丞，京兆尹。大曆中，出爲廣州刺史，亦以兵討玠。守職甚昭焕。變通迫脅地，謀畫焉得筭。王室不肯微，凶徒略無憚。此流須卒斬，神器資强幹。薛云：按道德經云：天下神器不可爲也。杜補遺：班固西都賦：冠蓋如雲，七相五公；與夫州郡之豪傑，五都之貨殖，三選七遷，充奉陵邑。蓋以强幹弱枝，隆上都而觀萬國也。趙云：李公能變而通之，於賊兵迫脅之地，用其謀畫，更得算計可行乎。詩云：國既卒斬。今此則言終誅斬此凶徒也。扣寂豁煩襟，皇天照嗟嘆。趙云：陸士衡文賦：課虛無以責有，扣寂寞而求音。

【校勘記】

〔一〕「陽」，清刻本、排印本作「楊」。

〔二〕「各出兵討臧玠」，「臧」文淵閣本作「賊」，訛；文津閣本作「各討兵出詩臧玠」，錯簡。

聶耒陽以僕阻水書致酒肉療飢荒江詩得代懷興盡本韻至縣呈聶令陸路去方田驛四十里舟行一日時屬江漲泊于方田

耒陽馳尺素，見訪荒江眇。義士烈女家，風流吾賢紹。尺素，書也。史刺客傳：聶政殺韓相，自死。其姊榮伏屍哭，極哀，死政之旁。晉、楚、齊、衛聞之，皆曰：非獨政能也，乃其姊亦烈女也。趙云：古詩：客從遠方來，遺我尺素書。舊本荒江眇，師民瞻本作荒江渺，是。公又云：江湖渺霽天。昨見狄相孫，許公人倫表。杜補遺：南史：孔休源字慶緒，爲晉安王長史。武帝敕王曰：孔休源人倫儀表，當每事師之。又任彦升撰王文憲集序曰：國學初興，華夷慕義，經師人表，允兹實望〔一〕。前期翰林後，屈跡縣邑小。言聶之才，宜在翰苑，而反屈跡縣邑。趙云：舊本前期翰林後，蔡伯世云：別本作前朝。其説是。豈聶之父祖，嘗爲翰林之職乎？知我礙湍濤，半旬獲浩漾。趙云：一本以上句爲荒江眇，遂於此句爲半旬獲浩渺。師民瞻云：浩漾，音以沼切。注云：大水貌。謝靈運山居賦云：吐泉原之浩漾[二]。麾下殺元戎，湖邊有飛旐。潭州臧玠殺其帥崔灌。子美避亂而往衡州故也。庾公上武昌，出石頭。百姓看於岸上，歌曰：庾公上武昌，翩翩如飛鳥。庾公還揚州，白馬引素旐。素旐，乃庾尋亡也。趙云：舊注雖是而非。飛旐字所出，潘安賦云：飛旐翻以啓路。孤舟增鬱鬱，僻路殊悄悄。側驚猿猱捷，仰羨鸛鶴矯。禮過宰肥羊，愁當置清醥。張平子：鬱鬱不得志。詩：憂心悄悄。蜀都賦：猨狖騰希而競捷。又：置酒高堂，觴以清醥。曹子建：烹羊宰肥牛。言聶以肥羊清醥，乃見於禮也。杜補遺：曹子建七啓云：乃有春清醥酒，康狄所營。醥，匹眇切，青白色。揚雄酒賦云：其味有宜城醪醴，蒼梧醥清。蜀都賦云：觴以清醥，鮮以紫鱗。醥，清酒也。杜詩一本作清縹，故兩載之。詩曰：既有肥羜，以速諸父。「禮過宰肥羊」，言聶令待遇厚也。人非西喻蜀，唐蒙通夜郎，徵發巴蜀吏卒，因軍興法，誅其渠帥，巴蜀大驚。上聞之，使相如作檄以責唐蒙，因喻巴蜀人非上本意之事也。興在北坑趙。秦將白起破趙，四十餘萬軍遂降秦，白起悉坑之。趙云：兩句又公自言也。方行郴岸靜，未話長沙擾。時臧玠殺崔灌，長沙擾亂也。崔師乞已至，澧卒用矜少。問罪消息真，開顔憩亭沼。聞崔侍御瀷乞師于洪府，師已至袁州北，楊中丞琳問罪，將士皆自澧上達長沙。趙云：公自注甚明。蔡伯世云：公避亂竄還衡州，衡州諸將乃嘗寓家衡陽，獨至長沙，還罹此變。尋於江上阻暴水，半旬不食。耒陽聶令具舟致酒肉迎歸，一夕而卒。則此詩蓋公之絶筆矣。舊譜乃云：還襄漢，卒於岳陽。尤誤矣。

【校勘記】

〔一〕「實望」，文選卷四十六、全梁文卷四十四王文憲集序作「望實」。

〔二〕「原」，全宋文卷三十一山居賦作「流」。

新刊校定集注杜詩卷十七

近體詩

冬日洛城北謁玄元皇帝廟

唐書：天寶元年，陳王府參軍田周秀上言：玄元皇帝降于丹鳳門之通衢，告錫靈符在尹喜之故宅。上遣使就尹喜宅，遂發得之，乃置玄元廟於大寧坊，親享于新廟。是秋，改爲太上玄元皇帝宫。二年，追尊大聖祖玄元皇帝，仍於天下諸郡爲紫極宫，秋改譙郡紫微宫爲太清宫。趙云：玄元皇帝，李老君也。

配極玄都閟，配皇等極。老子曰：是謂配天極。玄都，觀也。閟，閉也，神也。詩：閟宫有侐。杜正謬：玄都，老子觀名。天寶二年，追尊老子爲聖祖玄元皇帝，仍於天下諸郡建紫極宫。趙云：此首兩句已對。詩家第二字側入謂之正格，如今篇兩句是也。第二字平入謂之偏格，如後篇諫官非不達，詩義早知名是也。唐名賢輩詩多用正格，如公律詩用偏格者十無一二，沈存中筆談嘗論之矣。配極之義，杜補遺以爲配紫極，是。蓋紫極，北極也。晉謝安建宫室，體合辰極，乃其義矣。舊注引老子是謂配天古之極，輒裁其語云：是謂配天極，以傅會其説。殊不知是謂配天，乃是句絶，而古之極次之也。以廟在城之北，故曰配極。憑高禁籞長。前漢宣紀詔：池籞未御幸者，假與貧民。注：籞者，禁苑。前漢書音義曰：折竹以縣繩連之，使人不得往來，謂之籞。趙云：范靖妻沈氏登樓曲：憑高川陸近〔一〕。則人憑其高。而杜公以義行語，則言處所憑附於高，故公詩又云「户牖憑高發興新」，又云「招提憑高岡」也。玄都，丹臺，仙真之所也，故用玄都言廟。舊注云玄都觀，非是。守祧嚴具禮，周禮春官：守祧。注：遠廟曰祧，遷主之所藏也。掌節鎮非常。地官掌節。注：節，猶信也，行者所執之信。掌節，掌守邦節而辨其用。趙云：周禮：守祧。既尊玄元爲聖祖，故監廟者得謂之守祧。必有御賜之信以爲鎮，故得借掌節以爲言，此詩人之功用也。漢景帝詔曰：禮官具禮儀。碧瓦初寒外，金莖一氣旁。劉駼駒詩曰：縹碧以爲瓦。班固西都賦：抗仙掌以承露，擢雙立之金莖。郊祀志：漢武作柏梁、銅柱，承露仙人掌之屬也。趙云：葛洪神仙傳載蔡少霞夢人托書新宮銘，有云：碧瓦鱗差，瑤階肪截。初寒，是十月，題云：冬日來謁也。字則風土記曰：九月九日折茱萸房以插頭，言辟除惡氣而禦初寒。金莖，廟中未必有，詩人言之，以壯宮殿之形勢耳。潘安仁西征賦：化一氣而甄三才。山河扶繡户，謂户上繪畫若繡也。梁沈約春風詠：鳴珠簾於繡户。日月近雕梁。雕刻梁棟也。趙云：吳起言魏有山河之固。詩：瞻彼日月。檀約陽春歌曰：白日映雕梁。碧瓦在初寒之外，金莖在一氣之旁，而繡户爲山河所扶，雕梁相近日月，皆言廟之高大也。與「日月低秦樹，乾坤繞漢宮」同法。今四句皆言廟之據高，而句法雄大耳。仙李蟠根大，猗蘭奕葉光。神仙傳：老子姓李，名耳，字伯陽。盤根大，故枝葉繁盛，謂唐室以李爲聖祖。杜補遺：老子生，指李樹爲姓，而唐以爲聖祖，故云云。梁任昉述異記曰：中山有縹李，大如拳，呼仙李。故陸士衡賦曰：仙李縹而神李紅。武帝生於猗蘭殿。趙云：此以紀玄元之盛美，言自老子盤根而來，至唐又如蘭之猗猗，爲累世有光也。仙李對猗蘭，蓋起於猗蘭操，孔子所作也。舊注及杜田引漢殿名爲證，非。杜公以李氏之世譬之猗蘭，蓋亦孔子所謂蘭爲王者香也。虞詡云：盤根錯節。晉潘安仁作楊仲武誄云：伊子之先，奕葉熙隆。世家遺舊史，道德付今王。史記有老子傳而無世家。老子道德經，明皇御注。趙云：本傳曰：老子著書上下篇，言道德之意。西京賦曰：學乎舊史氏。顏延年赭白馬賦云：訪國美於舊史。孟子云：今王發政施仁；今王田獵，鼓樂於此。**畫手看前輩，吴生遠擅場。**廟有吴道子畫。張平子東京賦：秦政利觜長距，終得擅場。鮑云：山谷道人簡王立之曰：凡作詩賦，要以宋玉、賈誼、相如、子雲爲師。略依放其步驟，乃有古風。杜詩云：畫手看前輩，吴生遠擅場。蓋古人於能事不獨求誇時輩，要須前輩中擅場耳。趙云：梁張纘別離賦曰：太常劉侯，前輩宿達。又，選有喜謗前輩。擅場，蓋取鬬鷄之勝者言之。**森羅移地軸，**河圖括象曰：地有三百六十軸。**妙絶動宫牆。**言筆跡巧妙冠絶也。趙云：肇論曰：萬象森羅。魏文帝與吴質書曰：公幹五言詩之善者，妙絶時人。海賦云：又似地軸挺拔而争迴。宫牆，則論語有：譬之宫牆。**五聖聯龍衮，千官列鴈行。**唐書：天寶八年，上謁太清宫，上聖祖玄元皇帝尊號爲聖祖大道玄元皇帝。高祖、太宗、高宗、中宗、睿宗五帝，皆加大聖皇帝之字。禮記：天子龍衮。丘遲書：功臣名將，鴈行有序。謂繪五帝侍從也[二]。趙云：荀卿曰：天子千官。詩：兩驂鴈行。應劭漢官儀載：典職楊喬糾羊柔曰：柔知丞郡鴈行，威儀有序。**冕旒俱秀發，**禮器：天子之冕，十有二旒，諸侯九，上大夫七，下大夫五，士三。趙云：今句正言五聖之像。舊注更引諸侯、大夫、士之制，惑後學矣。左思蜀都賦：王褒暐曄而秀發[三]。**旌旆盡飛揚。**儀仗也。趙云：旌旆，旌之有旆也。陸士衡詩：長旌誰爲旆。飛揚，於旌旆之義，則選賦云：蜺旌飄以飛揚。**翠柏深留景，紅梨迥得霜。風筝吹玉柱，**風筝，謂製筝挂之風際，風至則鳴也。沈約詩[四]：玉柱揚清曲。**露井凍銀床。**古詩：後園鑿井銀作床，金瓶素綆汲寒漿。趙云：四句寫所見之景物也。翠柏在冬，其實與葉皆翠。左九嬪松柏賦云：列翠實之離離。魏收庭柏詩云：陵寒翠不奪。是矣。紅梨，言梨葉得霜而紅也。梁庾肩吾尋周處士詩云：梨紅大谷晚，桂白小山秋。迥，遠也。深與迥，則柏、梨皆非一株矣。風筝，今内地有之。玉柱字，使柳惲七夕詩：秋風吹玉柱。又參使袁淑正情賦曰：陳玉柱之鳴筝。露井，露地之井也。湯僧濟詩：昔日倡家女，插花露井邊。銀床字，舊注引古，雖是而非。銀床兩字所出，蓋如庾肩吾侍讌九日詩：銀床落井桐。庾丹秋閨云：空汲銀床井。身退卑周室，史：老子，周守藏室之史也。修道德，其學自以隱無名爲務〔五〕。居周久之，見周之衰，乃去。經傳拱漢皇。漢文、景崇黃老教。谷神如不死，老子：谷神不死。養拙更何鄉。趙云：兩句，又以紀玄元之事實。乃杜公因落句自言其身，而起此句。謂老子之引退，爲周室日以卑削之故。卑字是句之腰，便用作斡旋之字矣。其經所傳之人，可用之以拱翼漢皇，指言文、景之間崇黃老之教也。如此，則老子之道，不亦大乎？故杜公以爲吾之谷神如不死，則養拙更何鄉而可乎？惟以老子之道而已。潘安仁閒居賦云：仰衆妙而絕思，終優遊以養拙。鄉，如所謂道德之鄉，與出入無時，莫知其鄉之鄉同義，不必指洛城也。一作方，亦此義耳，而字不若鄉之典。

【校勘記】

〔一〕「陸」，文淵閣本作「路」，訛。

〔二〕「書」，原作「畫」，訛，檢「功臣名將」二句，全梁文卷五十六作丘遲與陳伯之書，據改。

〔三〕「暐曄」，「暐」文選卷四、全晉文卷七十四作「韡」，藝文類聚卷六十一居處部作「煒」；「曄」，文津閣本、文瀾閣本作「煜」。

〔四〕「沈約」，原作「江淹」，檢「玉柱揚清曲」句，江淹詩無此句，考梁詩卷七沈約詠箏詩有此句，當是誤置，據改。

〔五〕「自以」，文津閣本、文瀾閣本、清刻本、排印本作「以自」。

行次昭陵

唐太宗文皇帝之陵也。

舊俗疲庸主，舊俗謂隋民舊染汙俗，庸主煬帝疲困也。群雄問獨夫。獨夫，以失道而無助。書：獨夫紂。群雄，如李密之流。趙云：自此而下至「賢路不崎嶇」是一段。庸主、獨夫，指隋煬帝也。舊俗，謂隋民疲困於庸昏之主。賈誼過秦論曰：向使子嬰有庸主之材，僅得中佐，秦猶未亡也。詩：懷其舊俗。晉陸機辨亡論有曰：群雄蜂駭[一]。讖歸龍鳳質，讖，書也。唐太宗龍鳳之姿，天日之表。威定虎狼都。蘇秦傳：秦，虎狼之國也。趙云：太宗方四歲，有書生見之，曰：龍鳳之姿，天日之表。其年幾冠，必能濟世安民。高祖以爲神，採其語，名之曰世民，故曰「讖歸龍鳳質」。蘇秦傳：秦，虎狼之國也。太宗之取天下，先定關中，故曰「威定虎狼都」。改姿字爲質，改國字爲都，詩句如是停等而後可。若歸字，取劉琨言歷數有所歸之歸。定字，取尚書一戎衣而天下定。又穀梁取威定霸之定。豈不謂之句之領耶？天屬尊堯典，父子，天屬也。尊堯典，謂循其典法也。太宗，高祖次子。神功協禹謨。謂親定九州也。趙云：尊堯典，謂循高祖之法度，豈亦以高祖爲神堯皇帝，故得用堯典字耶？神功協禹謨，詩人意取帝王之成功，韻自押到，蓋所謂禹成厥功，而書有禹謨也。舊注謂親定九州，若如此，却成協禹貢矣。必謂之神功，則禹謂之神禹也。神功字，宋謝靈運得句云：此語有神功。見鍾嶸詩品所載。風雲隨絶足，風雲會合，隨馬足而起也。日月繼高衢。日月，謂相繼而明高祖禪也。趙云：上句言風雲之會，下句言繼高祖之明。風雲字，多矣。如感會風雲。絶足字，魏文帝與孫權送馬書曰：中國雖饒馬，其知名絶足，亦時有之耳。登樓賦：假高衢而騁力。文物多師古，文物，典章。左傳：文物以紀之。師古謂以古爲師也，猶稽古。趙云：尚書：事不師古。朝廷半老儒。太宗之時，朝廷多老儒。趙云：老儒，如房、杜之屬。太宗爲天策上將軍，寇亂稍平，乃鄉儒官作文學館[二]，收聘賢才。如杜如晦等十八人，分番宿閣下，悉給珍膳。每暇日，訪以政事，討論墳籍。在選中者，謂之登瀛洲。及即位，儒臣之老如房、杜輩，太半在朝爲卿相。直詞寧戮辱，賢路不崎嶇。太宗納諫容直言，如魏徵之切直，無所不至，而能容之。孫伏伽諫論元律，罪不當死，賜以蘭陵公主園，直百萬。其用人如馬周，咸能盡其才。趙云：四句實録也。賢路不崎嶇，則不艱於進用。説苑楚令尹虞丘子謂莊王曰：臣爲令尹，處士不升，妨群賢路。潘安仁詩：在疚妨賢路。干寶云：師尹無具瞻之貴，而顛墜戮辱之禍日有。南都賦：下蒙籠而崎嶇。鸜鵒賦云[三]：崎嶇重阻。往者灾猶降，蒼生喘未蘇。指麾安率土，盪滌撫洪鑪。謂陶成天下，如洪鑪爾。壯士悲陵邑，幽人拜鼎湖。趙云：此六句言太宗末年，有日食、太白晝見之災[四]；興翠微、玉華之役；高麗、龜茲之戰，相繼用師；則太宗之意，猶欲好大喜功，勤兵於遠。立思方如此，遽爾升遐，故繼之以壯士悲陵邑也。論語：往者不可諫。書：海隅蒼生。謝安：其如蒼生何。災降字，使皇天降災。蘇字，使后來其蘇也。劉向新序曰：先王之所以指麾，而四海賓服者，誠德之至也。樂緯云：商湯改制，盪滌故俗。而東都賦云：因造化之盪滌。盪，音他浪切；亦上聲；音徒浪切。詩：率土之濱。用對洪爐，如禪家洪爐上一點雪。荆軻云：壯士一去不復還。易：幽人貞吉。西都賦：三選七遷，充奉陵邑。鼎湖事，黄帝鑄鼎，鼎成而仙去，後世名其地爲鼎湖。出前漢郊祀志。玉衣晨自舉，上賜霍光玉衣，耿秉死，亦賜玉衣。玉衣，御服也。鐵馬汗常趨。陸佐公：鐵馬千群。趙云：玉衣，貴人死者珍異之衣。漢儀注：以玉爲衣，如鎧狀，連綴之，以黄金爲縷。太宗雖死矣，玉衣如鎧，晨則自舉。此以意度鬼神之事。鐵馬，非戰莫用也。所像之鐵馬猶汗以趨，則太宗勤兵之意，瞑目而未終矣。松柏瞻虛一作靈。殿，師云：古詩：虛殿自生風。塵沙立暝途。師云：張協詩：塵沙蔽暝途。寂寥開國日，謂太宗躬親戎馬，平一天下，開國建社。易：開國承家。流恨滿山隅。趙云：此公自紀其過陵之實也。仲長子昌言曰：古之葬，松柏、梧桐以識其墳也。故曹植寡婦詩曰：高墳鬱兮巍巍，松柏森兮成行。謝靈運經盧陵王墓下詩曰：徂謝易永久，松柏森已行。可見矣。繁欽述行賦曰：茫茫河濱，實多沙塵。謝靈運擬阮瑀詩曰：河洲多沙塵，風悲黃雲起。然則，沙、塵兩物，可倒用乎？末句重弔其平生開國之勤勞。今死，則寂寥而流恨也。選有：列萬騎於山隅。

【校勘記】

〔一〕「蜂」，原作「鋒」，據文選卷五十三、全晉文卷九十八陸機辨亡論改。

〔二〕「官」，原作「宫」，據文淵閣本、文津閣本、文瀾閣本、清刻本、排印本改。

〔三〕「鸚鵡賦」上，原衍「白」字，據文選卷十三、全後漢文卷八十七删。

〔四〕「灾」，原作「祥」，據文淵閣本、文津閣本、文瀾閣本、清刻本、排印本改。

贈韋左丞丈濟

首卷有贈韋左丞丈二十二韻。杜補遺：按唐史，韋思謙，高宗之時爲尚書左丞，振明綱轄，朝廷肅然。武后時同鳳閣鸞臺三品。子承慶、嗣立。武后時嗣立代承慶爲鳳閣舍人、黃門侍郎。承慶亦代爲天官侍郎及知政事。父子並爲宰相，世罕其比。嗣立二子曰恒、曰濟。恒終陳留太守，濟天寶中授尚書左丞，凡三世居之。濟文雅頗能修飾政事，所至有治稱。

左轄頻虛位，晉天文志：轄星傅軫兩旁〔一〕，主王侯。左轄爲王者同姓，右轄爲異姓。杜正謬云：唐六典云：左、右丞掌管轄省事，糾舉憲章。舊史：劉洎上疏曰：尚書萬機，寔爲政本。是以二丞方於管轄，八座比於文昌。故左丞謂之左轄。趙云：自此至接亭衢八句，皆以紀韋左丞也。魏晉以來，左丞得彈奏八座，故傅咸云：斯乃皇朝之司直，天臺之管轄。後人用左轄字，義起於此，非是取左轄星之名。今年得舊儒。相門韋氏在，經術漢臣須。漢韋賢及子玄成，父子皆以經術爲相。趙云：濟乃嗣立之子，承慶之姪。嗣立、承慶，並爲宰相，故得引漢韋氏爲言。相門字，魏志陳思王傳載諺云：相門有相。經術字，如史云：不務經術。時議歸前列，天倫恨莫俱。天倫，兄弟也。穀梁：兄弟，天倫也。趙云：嗣立有二子，恒、濟知名，故有是句。禮記：龜爲前列。鴒原荒宿草，鳳沼接亭衢。常棣：脊令在原，兄弟急難。注：脊令，雝渠也。飛則鳴，行則搖，不能自舍耳。箋云：雝渠，水鳥，而今在原，失其常處，則鳴求其類，天性也。猶兄弟之急難。檀弓：曾子曰：朋友之墓，有宿草而不哭。注：宿草，謂陳根也。晉荀勗守尚書令。勗久在中書，專管機事。及失之，甚罔然悵恨。或有賀之者，曰：奪我鳳凰池，諸君賀我耶！趙云：易：何天之衢，亨。言濟兄弟是前輩，爲時議所歸，惜其一亡，至於宿草已荒，然濟由左丞可以接鳳池亭衢。又美其可爲中書之貴也。有客雖安命，莊子：知其無可奈何而安之若命[二]。衰容豈壯夫。謂以窮達而肥癯，非壯夫也。趙云：公自謂也。詩：有客有客。壯夫字，出揚子。家人憂几杖，几，老者所憑；杖，老者所扶持也。家人憂其老也，故借言几杖。禮：大夫致仕，則必賜之几杖。趙云：禮：七十者杖於家。以年老須几杖，故爲家人之憂。甲子混泥途。襄三十年傳：晉悼夫人食輿人之城杞者，絳縣人或年長矣，無子而往，與於食。有與疑年，使之年。曰：臣，小人也，不知紀年。臣生之歲，正月甲子朔，四百有四十五甲子矣，其季於今三之一也。趙孟曰：武不才，任君之大事，以晉國之多虞，不能由吾子，使吾子辱在泥塗久矣，武之罪也。不謂矜餘力，還來謁大巫。陳琳答張紘書：小巫見大巫，神氣盡矣。亦爲言文章。趙：論語：行有餘力，則以學文。正謂矜誇餘力之文也。歲寒仍顧遇，以顧遇之禮不改，故云歲寒。論語：歲寒，然後知松栢之後凋也。**日暮且踟蹰。**日暮，謂暮齒也。漢書：日暮途遠。遇，故雖日暮猶踟蹰而不欲行也。詩：搔首踟蹰。趙云：以公顧**老驥思千里，**魏武樂府云：老驥伏櫪，志在千里。**飢鷹待一呼**〔三〕。魏志：陳登謂吕布曰：曹公言待將軍，譬如養鷹然，飢則爲用，飽則揚去。權翼之言慕容垂曰：猶鷹也，飢則附人，飽則高飛。鮑照蕪城賦有云：飢鷹厲吻。趙云：劉表有呼鷹臺也。雖飢矣，猶待呼，則不苟就食也。一呼字，亦借使振膺一呼，又仰天一呼，不必泥。漢書注音去聲。**君能微感激，亦足慰榛蕪**〔四〕。一云折骨效區區。趙云：此又不能無所求之情也。一云折骨效區區，又有以報其施矣。感激字，祖出趙岐孟子章指曰：千載聞之，猶有感激。選云：伊洛榛蕪。然一云之語，非報其施，亦何至言折骨也。

【校勘記】

〔一〕「傅」，文淵閣本作「珍」，訛。

〔二〕「若」，原作「者」，訛，據清刻本、排印本並參莊子内篇人間世改。

〔三〕「待」，文淵閣本、文津閣本、文瀾閣本、清刻本、排印本作「得」，訛。二王本杜集卷九、百家注卷一、分門集注卷十七作以及錢箋均作「待」，可證。

〔四〕「蕪」，底本漫滅，據文淵閣本、文津閣本、文瀾閣本、清刻本、排印本補。

投贈哥舒開府翰二十韻

今代麒麟閣，何人第一功？漢武帝獲麟，作麒麟閣以畫功臣像也。漢宣帝甘露三年，上思股肱之美，乃圖畫大將軍霍光等十一人於麒麟閣。漢高祖論功行封，以蕭何功爲第一。趙云：諸本多誤以麒麟作騏驎，惟此篇方不誤。蕭何第一功。所謂麒麟閣、第一功，各是一端實事，故可爲實對矣。君王自神武，駕馭必英雄。尚書：帝德廣運，乃聖乃神，乃武乃文。前漢刑法志：高祖躬神武之才，總攬英雄。吳張昭曰：人君能駕馭英雄。趙云：英雄，所以指翰也。君王字，左傳曰：與君王哉。餘見上君王問長卿注。易：神武而不殺。開府當朝傑，論兵邁古風。齊職儀曰：開府儀同三司。秦漢無文，唐制從一品。趙云：此至和戎，通四韻以言翰爲開府之事。翰於天寶十一載加開府儀同三司故也。陸瑜仙人覽六箸篇：避敵情思巧，論兵勢重新。先鋒百勝一作戰。在，略地兩隅空。劉牢之爲前鋒，百戰百勝，號爲北府兵，敵人畏之。漢書：鄂秋曰：曹參雖有野戰略地之功。趙云：如馬謖傳：有魏延、吳壹，論者皆言宜令爲先鋒。漢高祖紀：陳涉遣武臣等略地。翰嘗攻吐蕃石堡城，遂以赤嶺爲西塞，豈略地之事實邪？謂兩隅，意其在西北也。青海無傳箭，天山早挂弓。翰嘗築城於龍駒島，而吐蕃不敢近青海。趙云：胡人每起兵，則傳箭爲號，如今雲南蠻刻牌之類。薛仁貴傳：將軍三箭定天山，將士長歌入漢關。天山，即祁連山。匈奴謂天爲祁連。早挂弓，則不復用。廉頗仍走敵，見上「廉頗出將頻」注。魏絳已和戎。魏絳勸晉侯和戎，以爲有五利，公從之。趙云：廉頗爲趙將，破齊勝魏，功爲多。後免，歸趙。復使伐魏之繁陽，拔之。今公詩以此兩句繼早挂弓之後，此必中間議不用兵，故言廉頗仍可以走敵，而魏絳和戎之策已行也。惜乎無以考之。每惜河隍棄，新兼節制通。趙云：此而下至歸來御席同，通五韻以言翰加節度之事。翰十一載冬入朝，十二載春進封涼國公，兼河西節度使。蓋以河隍之久棄，欲得翰收復之，故使之節度河西也。荀子：秦之鋭士不足以當桓[一]、文之節制。智謀垂睿想，出入冠諸公。王忠嗣被罪，詔翰入朝，帝虛心待之。趙云：惟其方往謀復河隍，而爲帝所系想，則入而歸朝，出而建節，其榮耀爲諸公之冠矣。明年遂復河隍。事載編年，可考矣。舊注引王忠嗣事，在復河隍之前，非是。智謀，如智者順時而謀、智者不爲愚者謀。日月低秦樹，乾坤繞漢宮。趙云：此言其收復之效也。按傳云：攻破吐蕃洪濟、大莫門等城，收黃河九曲，以其地置洮陽郡，築神策、宛秀二軍。此所謂日月所臨，特低秦樹；乾坤所包，獨繞漢宮。樹，則日月低而親之；宮，則乾坤匝而繞之。蓋宇宙在乎手，及揭天地以趨新之類，乃所謂開廣之句矣。胡人愁逐北，宛馬又從東。言吐蕃嘗盜積石軍麥，爲翰所破，隻馬無還者。漢書注曰：師敗曰北。高紀：當是時秦兵彊，常乘勝逐北。漢伐大宛，得天馬，乃作歌曰：天馬來，歷無草，徑千里，循東道。言翰能以威武，故蠻夷畏服，宛馬復來也。薛云：文選：阮籍詩：天馬出西北，由來從東道。趙云：賈誼云：追奔逐北。此言翰之威武：胡人既愁其攻逐而敗北矣，又得宛馬而從東來。舊注引吐蕃盜麥事，乃在節度河西前，非是。受命邊沙遠，歸來御席同。邊沙，一作軍麾。翰屢鎮邊郡，翰嘗來朝，帝命高力士賜宴，詔尚食生擊鹿，取血瀹腸以賜之。趙云：邊沙遠，指言河西爲遠。御席同，言復河隍而歸，寵宴之盛。此並終節制河西後來事，舊注皆在河西節度已前，非是。軒墀曾寵鶴，畋獵舊非熊。左傳：懿公好鶴，鶴有乘軒者。文王將出獵，卜之曰：所獲非熊非羆，非虎非貔，乃霸王之輔也。趙云：言翰之貴寵，已如乘軒之鶴，明皇得之如文王之得吕望。杜預注云：大夫乘軒。而公今云軒墀，何也？以待博雅辨之。茅土加名數，禹貢徐州：厥貢惟土五色。王者封五色土爲社，建諸侯則各割其方色土與之，使立社。燾以黃土，苴以白茅，茅取其潔，黃土取王者覆四方。名數，謂等其爵位輕重而爲之名數，故名位不同，禮亦異數。趙云：此言翰進封西平郡王也。王莽傳：先賜茅土。名數，禮：物有名有數也。舊注引名位不同，禮亦異數。名位自是在人言之，不可合也。山河誓始終。

沛公封功臣，誓曰：使黃河如帶，太山若礪，國以永存，爰及苗裔。於是申以丹書之信，重以白馬之盟。趙云：陸士衡云：武功侔山河。**策行遺戰伐，契合動昭融。**趙云：此言翰之謀策已行，可以遺落戰伐。其所合如契，而動於顯煥也。詩：昭明有融。**勳業青冥上，交親氣槩中。**須賈謂范睢曰：不意君能自致於青雲之上。靈運詩：托身青雲上。下句言以氣義結人也。趙云：此四句而下，通十二句，乃公作詩針線，暗以言自己也。今四句言翰勳業之高，在青冥之上，而其待交親以氣槩結之。勳業，出吳志：張昭謂孫權曰：爲人後者，貴能負荷先軌，以成勳業。又潘安仁作誄文有曰：勳業未融。青冥，猶言青雲也。交親，起於記云：非禮不交、不親。而曹植贈丁儀有云：親交義不薄。贈徐幹云：親交義在敦。今兩字豈倒用耶？**未爲珠履客，已見**一作是。**白頭翁。**春申君客三千餘人，其上客皆躡珠履。公自言未爲翰上客，已白頭也。趙云：白頭翁雖常語，然漢書壺關三老上書[二]。車千秋曰：白頭翁教我[三]。又，文虔之禱霽夜，夢見白頭翁曰云云，明日乃霽。句意則使魏文帝與吳質書曰：已成老翁，但未頭白耳[四]。江表傳：曾有白鳥集殿前，孫權曰：此何鳥也？諸葛恪曰：白頭翁。張昭自以坐中最老，疑恪以鳥戲之。**壯節初題柱，**公自言壯節有題柱志也。成都記：昇仙橋，司馬相如初西去，題其柱曰：不乘赤車駟馬，不過此橋。果以傳車至其處。**生涯獨轉蓬。**言晚節流離，如蓬之轉風也。曹子建詩：轉蓬離本根，飄飄隨長風。何意迴飈擧，吹我入雲中。趙云：莊子：吾生也有涯。兩字所合，則王績先用也。**幾年春草歇，今日暮途窮。**主父偃云：日暮途遠。嵇康書曰：若道盡途窮則已耳。趙云：梁元帝：既看春草歇，還見雁南飛。謝靈運：芳草亦未歇。**軍事留孫楚，**晉書：孫楚，字子荆，才藻卓絶，爽邁不群，多所陵傲，闕鄉曲之譽。年四十餘，始參鎮東軍事。後遷佐著作郎，復參石苞驃騎軍事。楚既負其材氣，頗侮易於苞。初至，長揖曰：天子命我參卿軍事。因此而嫌隙遂構。劾參軍不敬府主[五]。**行間識呂蒙。**吳志：呂蒙，字子明，年十六。幼隨姊夫鄧當擊賊，時當職吏以蒙年幼，輕之曰：彼豎子何能爲？此以肉餧虎耳。他日，與蒙會，又蚩辱之。蒙大怒，拔刀殺吏，出。俄而孫策召置左右。魏文帝問趙咨：吴王何等主也？咨曰：拔吕蒙於行陣。防身一長劍，將欲倚崆峒。

一作防身有長劍，聊欲倚崆峒。宋玉賦：長劍耿介倚天外。趙云：公欲有所冀於翰，故先引以爲言曰：以軍事則能留孫楚，異乎石苞之不容；以行間則識吕蒙如孫策者。如此，則我所防身之長劍，亦欲倚之於崆峒也。崆峒，取隴右高山，翰所臨之地，以比翰也。

【校勘記】

〔一〕「桓」，原作「威」，係避宋諱，此改。

〔二〕「壺關三老」，原作「壺丘三老」，清刻本、排印本作「壺邱三老」，皆訛，據文瀾閣本並參漢書卷六十三武五子傳録壺關三老茂上漢武帝書改。

〔三〕「白頭翁教我」，句前原脱「車千秋」，據漢書卷六十六車千秋傳並參晉書卷四十八閻纘傳引録閻纘所上書補。

〔四〕「頭白」，文淵閣本、文津閣本、文瀾閣本、清刻本、排印本作「白頭」。

〔五〕「參軍」下，文淵閣本有「之」字。

上韋左相二十韻

鮑云：韋見素襲父爵彭城郡公，十三載拜武部尚書。從帝入蜀，詔兼左相。

鳳曆軒轅紀，本注云：見素，相公之先人，遺風餘烈，至今稱之，故云「丹青憶老臣」。公時爲兵部尚書，故云「聽履上星辰」。昭十七年傳：秋，郯子來朝，公與之宴。昭子問焉，曰：少皡氏鳥名官，何也？郯子曰：吾祖也，我知之。我高祖少皡摯之立也，鳳鳥適至，故紀於鳥，爲鳥師而鳥名。鳳鳥氏，曆正也。注：少皡，金天氏，黄帝之子。鳳鳥知天時，故以名曆正之官。史記曰：黄帝名軒轅。趙云：或曰：鳳曆，則少皡之紀耳，而曰軒轅紀，何邪？豈公誤指爲黄帝也？次公以爲不然。此自是一事，而公所用則應是黄帝使伶倫截嶰谷竹，聽鳳凰之聲以爲十二律；而吹十二律以推十二月，十二月定而曆成矣。不亦謂之鳳曆乎？紀，則言曆之紀也。更俟博雅者辨之。**龍飛四十春。**自玄宗即位至天寶十一載，四十年也。十三載，韋見素爲武部尚書，同中書門下平章事。龍飛，玄宗即位也。趙云：登極謂之龍飛，取易卦九五「飛龍在天」之義。自明皇即位至天寶十三載，四十三年。而此言四十春，蓋詩家舉其大目耳。鳳曆對龍飛，軒轅紀對四十春，用人名對數，尤老手之妙。**八荒開壽域，一氣轉洪鈞。**荒，大也。八方也。張茂先答何劭詩：洪鈞陶萬類。趙云：言時之治平也。莊子云：遠在八荒之外。潘安仁西征賦云：化一氣而甄三才。漢策：驅民于仁壽之域。其下開、轉字，可謂妙矣。**霖雨思賢佐，丹青憶老臣。**高宗命傅説曰：若歲大旱，用汝作霖雨。趙充國傳：充國以功德與霍光等，列畫未央宮。成帝時，西羌嘗有警，上思將帥之臣，追美充國，迺召揚雄即充國圖像而頌之。後漢胡廣傳：靈帝思感舊臣，乃圖畫廣及太尉黄瓊於省内，詔議郎蔡邕爲其頌云。趙云：上句指言用見素爲相也，下句非甫題下自注。見素之先人，則後學無由而見。言丹青，則應見於圖畫之間也。前漢書曰：上天祐之，爲生賢佐。老臣字，多矣。如疏廣曰：此金者，聖主所以惠養老臣也。趙充國：亡踰於老臣者矣。**應圖求駿馬，**梅福傳：欲以三代之法，取當世之士，猶以伯樂之圖，求騏驥於市〔一〕而不可得，亦已明矣。趙云：魏曹植獻文帝馬表曰：臣於先帝世，得大宛紫騂馬一匹，形法應圖。舊注引梅福傳，却是不可按圖求馬事矣，非干此也。**驚代得騏驎。**張揖注相如賦：雄曰騏，雌曰驎，其狀麇身、牛尾、狼蹄，一角。趙云：此是通句一對，言見素以材而見用也。

沙汰江河濁，言爲吏部日也。北史：辛雄爲尚書郎，會沙汰郎官，雄與羊琛等八人俱見留。魏舒傳：時欲沙汰郎官，非其才者罷之。舒曰：吾即其人也。襆被而出。孫綽傳：沙之汰之。瓦礫在後，事祖並在北史辛雄之前。**調和鼎鼐新。**說命：若作和羹，爾惟鹽梅。釋器云：鼎絶大者曰鼐。趙云：此句言見素爲文部侍郎時也。文部，即吏部，而當時更名耳。沙汰，乃吏部事。沙汰其濁，則清仕流矣。江河，譬也。下句言爲相時，謂之新，則由文部侍郎拜武部尚書同平章事。**韋賢初相漢，范叔已歸秦。**韋賢，字長孺，授昭帝詩。宣帝即位，以先帝師，甚見尊重。本始三年，代蔡義爲丞相，封扶陽侯。史記：范睢，字叔，更名姓曰張禄。王稽載入秦，昭王大悦，拜睢爲客卿，封應侯，相秦。趙云：此兩句言美其爲相也。**盛業今如此，傳經固絶倫。**韋賢兼通禮、尚書。少子玄成，復以明經仕至丞相，故鄒魯諺曰：遺子黄金滿籯，不如一經。趙云：下句兩言如韋、范之盛業也。傳經固絶倫，則於二相之中，又如韋賢之能傳經。**豫樟深出地，滄海闊無津。**豫樟木，良材也。滄海百谷之所歸，其淵不可津涯。趙云：上句以言其材也。豫樟，珍材，最難長。嵇康曰：生七年，然後可覺。深出地，則拔而起矣。下句以言其量也。滄海，說文云：東海通謂之滄海。其見於文人，則甘泉賦：東臨滄海。西都賦：覽滄海之湯湯。出地，如易「雷出地奮，豫；明出地上，晉」。無津，雖起於書「若涉大水，其無津涯」，而選詩有：清濟固無津。**北斗司喉舌，東方領搢紳。**李固傳：陛下之有尚書，猶天之有北斗也。北斗爲天之喉舌，尚書亦爲陛下喉舌。斗斟酌元氣，運于四時。尚書：出納王命。郊祀志：搢紳者弗道。李奇曰：搢紳，插笏於紳。紳，大帶也。臣瓚曰：縉，赤白也；紳，大帶也。左氏傳有縉雲氏。師古曰：李云搢紳是也。字本作搢，插笏於大帶之間，與革之間耳，非插於大帶也。或作薦紳者，亦謂薦笏於紳帶之間，其義同。相如曰：搢紳先生之徒。杜補遺：見素，天寶中爲兵部尚書，故云「北斗司喉舌，聽履上星辰。康王之誥曰：太保率西方諸侯入應門左，畢公率東方諸侯入應門右。時見素爲相，率百官，故云東方領搢紳。趙云：周禮云：左九棘，孤卿大夫位焉，群士在其後。左者，東方之位。爲左相，其秩則孤矣。位在東方之九棘，而領卿大夫群士，不亦謂之領搢紳乎？

持衡留藻鑒，聽履上星辰。公時兼兵部尚書。鄭崇，哀帝時爲尚書僕射，數求諫爭，上納用之。每見曳革履，上笑曰：我識鄭尚書履聲。趙云：見素爲吏部侍郎，平判皆誦於口，銓選平允，人多德之。藻鑒是兩字，如晉太康制云：藻鑒銓衡。又，李重言銓管九流，品藻清濁也。持衡，銓衡之義也。上星辰，以言其親帝之旁，猶言上雲霄也。

獨步才超古，任昉曰：勳遂超古。**餘波德照鄰。**一云餘陰照比鄰。趙云：此重美其才德也。曹子建云：仲宣獨步於漢南。禹貢：餘波入于流沙。其義則左傳：若波及晉國者，皆君之餘也。故顔延年陶徵士誄有云〔二〕：泛餘波矣。戰國策魯仲連遺燕將書有云：名高天下，光照鄰國。以其超大，故言獨步；照燭傍鄰，故言餘波。此又句法也。語：德不孤，必有鄰。又王坦之傳：江東獨步王文度〔三〕。

聰明過管輅，魏志方伎傳：管輅喜仰視星辰，常云：家鷄野鵠，猶尚知時，況於人乎？能明天文，人號之神童。天寶十五載，是年八月，肅宗立，改元至德。十月丙申，有星犯昴，見素言於肅宗曰：昴者，胡也，禄山將死矣。帝曰：日月可知乎？見素曰：福應在德，禍應在刑。昴金忌火，行當火位，昴之昏中，乃其時也。既死其月，亦死其日〔四〕。明年正月甲寅，禄山其殪乎！及禄山死，日月皆不差。管輅善天文地理，今見素所言如此之驗，所謂聰明過管輅也。**尺牘倒陳遵。**前漢遊俠傳：遵，字孟公，略涉傳記，贍於文辭。惟善書，與人尺牘，主者藏去以爲榮。倒，猶傾服也。趙云：見素必善書矣，惜乎史所不載，因公詩見之。

豈是池中物？由來席上珍。吴志周瑜傳、晉書劉元海傳並云：蛟龍得雲雨，非復池中物也。禮儒行：儒有席上之珍以待聘。趙云：豈是，出詩豈是不思。由來，易：其所由來者漸矣。

廟堂知至理，風俗盡還淳。趙云：此言其宰相之能事畢矣。呂氏春秋載孔子曰：脩之廟堂之上，折衝千里之外。至理即至治也。以高宗諱治，故當曉避改耳〔五〕。鍾會欲害嵇康，曰：幸因釁除之，以淳風俗。而還淳，則還有允還化淳，乃倒用、摘用也。**才傑俱登用，愚蒙但隱淪。**趙云：自此而下，公自謂也。晉文苑傳序：吉父、太沖，江左之才傑。孔氏注：若時登庸云：順是事者，將登用之。隱淪，見首篇注。**長卿多病久，子夏索居頻。**司馬長卿常有消渴病。索居，蕭索也。子夏離群索居。出禮記。趙云：公以二人自比也。**回首驅流俗，生涯似衆人。**趙云：此言欲回首而驅出流俗，然爲生之涯，終似衆人也。孟子：同乎流俗。揚子：賢人則異於衆人矣。生涯，見上投贈哥舒翰注。**巫咸不可問，鄒魯莫容身。**列子：有神巫自齊來，命曰季咸，知人生死、存亡、禍福、壽夭，期以歲月，卒爲壺丘子所困。莊子盜跖篇：孔子再逐於魯，削跡於衛，窮於齊，圍於陳蔡，不容身於天下〔六〕，豈足貴耶？**感激時將晚，蒼茫興有神。爲公歌此曲，涕淚在衣巾！**趙云：孟子章指曰：千載聞之，猶有感激。時將晚，則日暮途遠之義。蒼茫，荒寂之貌。潘安仁哀永逝文有云：視天日兮蒼茫；何遜集載何寘南詩有云〔七〕：蒼茫曙月落〔八〕。荒寂之間而興有神也，則感激所致，不自覺如神也。古詩：誰能爲此曲，宋子侯歌曰：吾欲竟此曲，此曲愁人腸。劉越石詩曰：我欲竟此曲，此曲悲且長。安仁楊荊州誄有云：涕淚霑襟。又楊仲武誄云：涕霑于巾。沈休文詩有「寧假濯衣巾」，則參用之矣。巾，說文曰：佩巾也。

【校勘記】

〔一〕「騏驥」，文淵閣本、文津閣本、文瀾閣本、清刻本、排印本作「騏麟」。

〔二〕「陶徵士誄」，原作「除徵士詩」，據文選卷五十七顔延年陶徵士誄並參本卷奉贈鮮于京兆二十韻「文章實致身」句下注引「陶徵士誄序」改。

〔三〕「王文度」，原作「王文廣」，據清刻本、排印本並參晉書卷七十五王坦之傳改。

〔四〕「亦」，文淵閣本、文津閣本、文瀾閣本、清刻本、排印本作「又」。

〔五〕「曉」，清刻本、排印本作「時」。

〔六〕「容」，文淵閣本作「客」，訛。

〔七〕「何寘南」原作「何寘」，「南」字原奪，據梁詩卷九引何寘南詩補。

〔八〕「落」，原作「苦」，據梁詩卷九何寘南答何秀才詩改。

奉贈太常張卿均二十韻

按唐書：均，張説之長子也。九載爲大理卿，後出爲建安太守。歲中召還，再遷太常卿。禄山亂，受僞命，特免死，長流合浦。

方丈三韓外，前漢郊祀志：自齊威、宣、燕昭使人入海，求蓬萊、方丈、瀛洲此三神山者。其傳在渤海中。魏志：韓在帶方之南，東西以海爲限，有三種，一曰馬韓，二曰弁韓，三曰辰韓。崑崙萬國西。禹貢注：崑崙在荒服之外，流沙之内。羌髳之屬，皆西戎也。趙云：三韓，今日之高麗也，方丈在其外。水經云：崑崙在西北，去嵩高五萬里。列子言：三山根不相連着。博物志言：崑崙從廣萬一千里。建標天地闊，天台賦：赤城霞起以建標。詣絶古今迷。氣得神仙迥，恩承雨露低。按唐書：均弟垍，以主婿，玄宗特深恩寵，許於禁中置内宅，侍爲文章，賞賜珍玩，不可勝數。時均亦供奉翰林，垍嘗以所賜示均，均戲謂垍曰：此婦翁與女婿，非是天子與學士也。相門清議衆，儒術大名齊。

均，垍俱能文，說在中書，兄弟皆掌綸翰之職。趙云：竊爲之說曰：方丈，則弱水之所隔；崑崙，則炎山之所環，是皆仙聖居集之地。齊威、宣、燕昭王，求方丈而不得，張騫尋河源而惡睹所謂崑崙。四句以譬禁掖之清切，乃神仙之地，惟有仙風道骨始能遊，且承恩寵也，故下云：氣得神仙迥，恩承雨露低。此指言張均父子。舊史載均兄弟，方其父說在中書時，已掌綸翰之任。今以公詩參之，可謂詩史矣。均，相國之子。故曰「相門清議衆」。舊史言均、垍俱能文，故曰「儒術大名齊」。曹子建云：相門出相。荀子云：儒術行而天下富。劉頌云：今清議不肅，人不立德。穀梁云：臣不專大名。

軒冕羅天闕，琳琅識介珪。莊子：古之所謂得志者，非軒冕之謂也。禹貢：厥貢球琳琅玕。注：球琳，玉名。琅玕，石而似珠。釋地云：西北之美，有崑崙墟之球琳琅玕焉。詩崧高：錫爾介珪，以作爾寶。趙云：言乘軒衣冕之人，森羅于帝闕，而就其中如琳琅，則識張卿之爲介珪爾。介珪，大珪也。詩云：以其介珪，入覲于王。

伶官詩必誦，夔樂典猶稽。邶詩簡兮序：衛之賢者仕於伶官，皆可以承事王者。注：伶官，樂官也。書：后夔典樂。趙云：此正言其爲太常卿也。舊史載均坐垍貶建安太守。還，遷太常卿。而公詩亦云贈太常張卿，詩復用樂事。新書止云：均爲刑部尚書。坐垍，貶建安。還，授大理卿。乃誤以垍自盧溪司馬還爲太常。今所取信者，杜公耳。古者採詩而伶官誦之，以諫王焉。太常卿，掌樂者也。張卿以誦詠所採之詩。夔樂之所典，張卿猶更稽考之。

健筆凌鸚鵡，後漢禰衡有才辯，在黃祖坐上，爲鸚鵡賦，筆不停綴，文不加點。凌，過也。**銛鋒瑩鸊鵜。**鸊鵜，水鳥也。膏中瑩刀。趙云：上句美其能文。庾信作宇文順文集序云：章表健筆，一付陳琳。下句美其才器如劍之利。王充論衡云：足不彊則跡不遠，鋒不銛則割不深。戴暠度關山詩：劍瑩鸊鵜膏。揚雄方言云：野鳧也。

友于皆挺拔，公望各端倪。友于，言兄弟也。語：友于兄弟。公望各有所歸也。趙云：此而下至嘉謨及遠黎，言均兄弟之貴，且有勳業也。友于，見上裴道州詩注。海賦云：又似地軸挺拔而爭迴。下句言其兄弟負公輔之望，各有端倪，非過當也。王導嘗謂虞駿曰：孔愉有公才而無公望，丁譚有公望而無公才，兼之者，其在卿乎！莊子載孔子曰：終始反覆，不知端倪。鄭處誨明皇雜録載：上幸張垍宅曰：中外大臣，才堪宰輔者，與我悉數，吾當舉而用之。垍逡巡不言。上曰：固無如愛婿。既逾月不拜，垍怏怏，意爲李林甫所排。上嘗曰：吾命宰輔，當徧舉子弟耳。其後因緣他故，不致大用。此詩所以云各有端倪也。

通籍踰青瑣，元帝紀：令從官給事官司馬中者，得爲大父母、父母、弟兄通籍〔一〕。應劭曰：籍者，爲二尺竹牒，記其年紀名字物色，縣之宮門，案省相應，乃得入也。謝玄暉詩：既通金閨籍〔二〕。漢給事日暮入對青瑣門拜，謂之夕郎。青瑣刻爲連瑣，而青塗之。

亨衢照紫泥。亨衢，亨塗也。後漢志注：漢舊儀曰：天子信璽六。璽皆以武都紫泥封，青囊白素裏，兩端無縫，尺一板中約署。皇帝〔三〕。趙云：通籍，通朝見之籍。漢元帝紀：禁中有青瑣門。亨衢，祖出易：何天之衢，亨。

靈虬傳夕箭，歸馬散霜蹄。梁陸倕：新漏刻銘云：靈虬承龍。言漏刻之體以龍承之也。趙云：此言晝日之接，晚始歸也。靈虬，刻漏之體，以龍承之。箭是刻漏浮水之物。選云：金徒抱箭是也。書：歸馬華山之陽。此李善所謂文雖出彼而意殊，不以文害意也。莊子：馬蹄可以踐霜雪。曹子建白馬篇：俯身散馬蹄。西羌用兵有傳箭。守城之令，亦有夜傳箭。傳夕箭，散霜蹄，皆合成之。

能事聞重譯，前漢平帝紀：越裳重譯獻雉。師古曰：譯謂傳言也。道路絶遠，風俗殊隔，故累譯而後乃通。相如：重譯納貢。

嘉謨及遠黎。趙云：此又以美其爲太常卿也。上句言其所能之事，聞播於重譯之蠻夷矣。太常，即古之宗伯，兼掌禮樂。朝會之際，蠻夷在焉。下句言其典禮之謨，又爲天下所觀，斯乃及遠方之黎庶矣。陳沈炯爲周洪辭太常表云：儻九賓闕相，封禪失儀，責以司存，云誰之咎？則所能之事豈不系望於蠻夷乎？書曰：宗伯掌邦禮，治神人，和上下。則所陳之謨豈不及黎庶乎？易曰：天下之能事畢矣。揚子：謨合皋陶謂之嘉。

弼諧方一展，班序更何躋。皋陶謨曰：謨明弼諧。莊二十年傳：朝以正班爵之義，帥長幼之序。趙云：自此至末句，公自叙。盧諶答劉琨四言詩有曰：弼諧靡成，良謨莫陳。公云方一展，展則其陳字之義，即是翻用盧諶詩，不用皋陶謨，豈亦捨祖而用孫乎？班序字，出選：班序海内。舊注非是。

適越空顛躓，遊梁竟慘悽。莊子逍遥：宋人資章甫而適越，越人斷髮文身，無所用之。顛躓，危困也。鄒陽，齊人，知吴王不可説。是時，梁孝王待士，於是陽與枚乘、嚴忌等皆去之梁，從孝王遊。趙云：公初落魄，嘗適越矣。本傳所謂客吴越、齊趙間是也。公又嘗遊梁矣。古詩贈李白篇所謂亦有梁宋遊是也。今公雖爲右率府胄曹，然欲展弼諧於張卿，而班列次序又不可攀，則復有去而之他之意。將適越乎？空如前日之顛躓；將遊梁乎？竟如前日之慘悽。此詩人之思也。若句中用字，莊子云：是今日適越而昔至也。其欲往越，故取有出處兩字言之。司馬相如傳：相如因病免，客遊梁。因其欲往梁，又取有出處兩字言之。舊注雖亦是，而字隔並倒，爲非本出矣。躓音致，與跋疐之疐同。顛躓，起左傳：杜回躓而顛。慘悽，選有：憯懷慘悽。憯音七念切。謬知終畫虎，馬援傳：初，兄子嚴〔四〕、敦並喜譏議，援戒之曰：龍伯高敦厚周慎，口無擇言，謙約節儉，廉公有威，吾愛之重之，願汝曹效之。杜季良豪俠，好憂人之憂，樂人之樂。父喪致客，數郡畢至，吾愛之重之，不欲汝曹效也。效伯高不得，猶爲謹敕之士，所謂刻鵠不成，尚類鶩也。效季良不得，陷爲天下輕薄子，所謂畫虎不成，終類狗也。趙云：公自言其謬誤所知，而事之不成也。微分是醯鷄。莊子田子方篇：孔子見老聃，孔子出，曰：丘之道也，其猶醯鷄歟！微夫子之發吾覆也，吾不知天地之大全也。注：醯鷄者，甕中之蠛蠓也。司馬云：酒上蠛蠓。趙云：公自言其受分微細，而局促如此。萍泛無休日，桃陰想舊蹊。萍無根，隨流而已。謝靈運：蘋萍泛沈深。李廣贊曰：李將軍悛悛如鄙人，口不能出辭，及死之日，天下知與不知，皆爲流涕，彼其中心，誠信於士大夫也。諺曰：桃李不言，下自成蹊。趙云：萍泛，公自譬其無定。想舊蹊，乃懷念舊日見知之人也。吹噓人所羨，騰躍事仍睽。趙云：舊見知之人吹噓之，而爲人所羨矣。然至於騰躍之便，則仍乖睽。如此。碧海真難涉，十洲記：扶桑在碧海之中也。青雲不可梯。郭璞遊仙詩：靈溪可潛盤，安事登雲梯。趙云：騰躍事，如涉碧海，梯青雲之難也。顧深慚鍛鍊，韋彪傳：鍛鍊之吏。言深文之吏，入人之罪，猶工冶陶鑄鍛鍊，使之成熟也。前漢路温舒曰：鍛鍊而周内之。趙云：舊注非是。或曰：前人以注意作詩爲歲鍛月鍊，豈公自謙，言其爲詩慙於鍛鍊乎？公每以詩自負，豈有此理。又於顧深慙之下無義。以次公觀之，造刀劍者，鍛鍊而後成。張景陽七命曰：楚之陽劍，歐冶所營。銷踰羊頭，鏷越鍛成。乃鍊乃鑠，萬辟千灌。注云：鍊、鑠、辟、灌，並銷鑄鍛鍊之名。則鍛鍊者，豈刻苦成材之義乎？言張卿恩顧我雖深，而已却自慙鍛鍊之未至也。此則亦未敢專定，以俟博雅者明之。**才小辱提攜**。提攜，猶挈維之也。趙云：言才之小，辱張卿之提攜。此則分明與鍛鍊成材而可提攜之，其義相應。禮記：長者與之提攜。**檻束哀猿叫**，一作巧。淮南子：置猿檻中，巧捷，無所肆其能。鮑明遠詩：今作檻中猿。趙云：言其有所窘束而不得逞，與蹭蹬無縱鱗同意。謝靈運云：哀猿響南巒。**枝驚夜鵲棲**。魏武帝樂府云：月明星稀，烏鵲南飛。繞樹三匝，何枝可依。趙云：言其驚悸於棲止之間矣。東坡云：月明驚鵲未安枝，用此驚字。**幾時陪羽獵，應指釣璜溪**。注：揚雄傳：雄十二月從羽獵。璜玉也。吕望釣於蟠溪，得璜焉。刻曰：姬受命，吕佐之，報在齊。趙云：孝成帝時羽獵而揚雄從焉，有羡慕其得近清光之意。末句則言不免歸釣耳。謂之釣璜溪，公使事爲新語。

【校勘記】

〔一〕「弟兄」，文淵閣本、文津閣本、文瀾閣本、清刻本、排印本作「兄弟」。

〔二〕「闈」，文淵閣本作「闈」，訛。

〔三〕「皇帝」下，疑有脱誤；案，馬端臨文獻通考卷一百十五王禮考十「圭璧符節璽印」條作「皇帝帶綬」。

〔四〕「兄」下，文淵閣本有「之」字。又，「子」文津閣本作「之」，訛。

敬贈鄭諫議十韻

趙云：唐史有鄭雲逵，爲諫議大夫，乃德宗時。今此與公同時，但無所考其名耳。

諫官非不達，詩義早知名。鄭諫議雖不得名，必善於詩者，下皆詩事。趙云：論語：欲速則不達。詩大序曰：詩有六義焉。韓退之云：試將詩義授，如以肉貫串。亦用此也。知名，史多云：某人最知名。言爲天子諫諍之官，非不謂之顯達；而於作詩之義，又早歲已有名，此專美之也。下句正言其詩可以知名。不達，如主父偃宦不達。早知名，如潘岳夏侯湛誄序云：少知名。破的由來事，先鋒孰敢爭。言詩句中理如射破的。庾翼謂謝尚曰：卿若破的，當以鼓吹相賞。尚應聲中之，即以副鼓吹給之。趙云：破的，如射之中。先鋒，如戰之勇。曹子建詩：控弦破左的。而王濟與王愷射，一發破的。先鋒，見上投贈哥舒翰注。由來，易：其所由來者漸矣。孰敢，如論語：孰敢不正。思飄雲物外，一作動。律中鬼神驚。言意思遠到。相如奏大人賦飄飄有淩雲之氣，如律呂和諧，足以驚鬼神。趙云：此如文賦言：神遊萬仞，精鶩八極。舊注非是。律中鬼神驚，如李白烏夜啼詩可泣鬼神。舊注又非是。左氏：太史登觀臺以望，必書雲物。詩序云：動天地，感鬼神。毫髮無遺恨，波瀾獨老成。曲盡物理，故無遺恨。才思浩瀚，故如波瀾。兼詞意壯健，故有言老成也。趙云：學者如悟此兩句，便會作好詩矣。一篇既好，其中才有一字一句不佳，雖如毫髮之小，則心自慊慊有恨矣。舊注所云，却是模稜。波瀾，言詞源之浩汗，既有波瀾而又老成，則不徒爲泛濫矣。蓋波瀾則俊者容有之，而老成難得也。鮑照白頭吟：毫髮一爲瑕，丘山不可勝。文賦云：常遺恨以終篇。謝靈運登池上樓云：傾耳聽波瀾。詩云：雖無老成人。野人寧得所，天意薄浮生。趙云：自此而下，皆公自叙也。野人，公自稱耳。其字如左氏：野人與之塊。得所字，起於各得其所。浮生字，雖起莊子，而鮑照云：浮生旅昭代。多病休儒服，莊子哀公曰：舉魯國而儒服。趙云：前漢張良傳：良多病，未嘗持兵。休儒服，則以多病而欲休罷之。冥搜信客旌。天台賦云：遠寄冥搜。趙云：似言欲搜討幽冥之地，信客旌所指耳。周禮，公卿大夫，各有所建。而後世通謂之旌，如言使旌是已。築居仙縹緲，木玄虛海賦：神仙縹緲，食玉清涯。師云：神仙高縹緲。趙云：上句言所居之高遠，蓋接上所謂冥搜而至其地也。縹緲，在宮室言之，則王文考魯靈光殿賦：忽縹緲以響像。旅食歲崢嶸。鮑明遠舞鶴賦：歲崢嶸而催暮。趙云：言爲旅之時，日危而易過。魏文帝云：旅食南館。使者求顏闔，莊子讓王篇：魯君聞顏闔得道之人也，使人以幣先焉。顏闔守陋閭，苴布之衣而自飯牛。終逃魯君之使。趙云：以築居而在仙縹緲之地，故使者求之，如求顏闔。諸公厭禰衡。後漢禰衡有才辯，氣剛傲，好矯時慢物。曹操怒之，送與劉表，後侮慢表，耻不能容，以江夏太守黃祖性急，故送衡與之，後竟爲祖所殺。趙云：以旅食之久，故諸公厭之，如禰衡初托曹公，又托劉表，又托黃祖，故云。將期一諾重，辯士曹丘生謂季布曰：楚人諺曰：得黃金百斤，不如得布一諾。欻使寸心傾。謝玄暉詩：孰爲勞寸心。趙云：列子：文摯謂叔龍曰：吾見子之心矣，方寸之地虛矣。陸士衡賦有：吐滂沛乎寸心。君見途窮哭，宜憂阮步兵。阮籍也。顏延年詠阮步兵詩：物故不可論，途窮能無慟。

奉贈鮮于京兆二十韻

鮑云：鮮于仲通也。唐紀十年書劍南節度使鮮于仲通及雲蠻戰于西埤河，敗績。不見其爲京兆，豈先爲京兆邪？豈以節度爲京兆邪？開元以來，在位無鮮于姓者，詩有鮮于萬州，乃其子也。

王國稱多士，賢良復幾人。文王詩：思皇多士，生此王國。趙云：言王者之國，號稱多士，而賢良無幾也。賢良，如周禮以親賢良之義，非指科目。異才應間出，爽氣必殊倫。氣宇清爽，有殊於衆人。趙云：以言鮮于京兆。魏韋誕叙志賦：無匡時之異才，每瘠寐以歎息〔一〕。選有自前代之間出，又曰：山川間出。王徽之云：西山朝來，致有爽氣。始見張京兆，宜居漢近臣。張敞傳：敞守京兆尹，其治京兆，略循趙廣漢之跡，爲久任職。漢制：出爲二千石，有治狀者，入爲公卿。故曰近臣。趙云：以張敞比之。張，守京兆之有稱者，當時語曰：前有趙、張。孟子云：觀近臣以其所爲主。驊騮開道路，鵰鶚離風塵。猶俊異得路也。趙云：以比其俊，言其得路。公每使馬與鷹況人材。

侯伯知何算，一作等。文章實致身。趙云：此言侯伯多矣，而鮮于之致身，則實以文章，此微言而含不盡之意。算字，雖是論語何足算也，而此則顔延年作陶徵士誄序有云：貴賤何算。論語：事君，能致其身。奮飛超等級，容易失沈淪。趙云：詩云：不能奮飛。月令：貴賤之等級。潘安仁西征賦云：無等級以寄言。東方朔云：談何容易。言惟其奮飛而超邁於官之等級，故其離去沈淪也易而不難，故有下句。脱略磻溪釣，操持郢匠斤。呂望釣於磻溪。莊子：郢人堊墁其鼻端若蠅翼，使匠石斲之。匠石運斤成風，聽而斲之，盡堊而鼻不傷，郢人立不失容。趙云：脱略其釣，則乃起而操郢斤也。江淹恨賦：脱略公卿。雲霄今已逼，台衮更誰親。趙云：密雲曰雲，薄雲曰霄。上公應天上三台。三公一命衮，故得稱衮。更誰親，言惟我也。鳳穴雛皆好，龍門客又新。此言鮮于諸子也。陸雲幼時，閔鴻見而奇之：此兒若非龍駒，即是鳳雛。趙云：下句言其門下客來者，一番又新矣。李膺有重名而接士，登其門者號登龍門。已暗引入公之自謂矣。義聲紛感激，敗績自逡巡。感激，見上贈左丞詩。左傳：凡敵大崩曰敗績，師徒崩撓之義〔二〕。逡巡，退貌。趙云：言鮮于之義聲雖紛然感激之多，而我之敗績，則自逡巡而不進也。選有雖欲逡巡。途遠一作永。欲何向？主父偃曰：日暮途遠。天高難重陳。

曹植：天高聽卑。劉越石：棄置勿重陳。學詩猶孺子一作子夏。語曰：小子何莫學夫詩。又，孔子謂子夏：始可與言詩。鄉賦忝嘉賓。晁錯傳云：以臣錯充賦。鄉賦，猶鄉舉。詩鹿鳴：燕嘉賓。不得同晁錯，吁嗟後郄詵。趙云：晁錯對策高第。郄詵對策爲天下第一，自曰猶桂林一枝，崑山片玉。此公本傳謂其舉進士不中也。計疎疑翰墨，公有詩云：儒冠多誤身。乃疑之矣。時過憶松筠。謂有歲寒。趙云：上句乃憤歎之語，與文章憎命達，儒術誠難起同義。下句言時已過矣，則思隱於山林。舊注謂歲寒，非是。禮記：時過而後學。歸田賦曰：揮翰墨以奮藻。獻納紆皇眷，中間謁紫宸。殿名。趙云：唐書李林甫傳載：帝詔天下士，有一藝者得詣闕就選。林甫恐士對詔斥己，即建言：士皆草茅，未知禁忌，徒以狂言亂聖聽，請悉付尚書試問，而無一中程者。林甫因賀上，以爲野無留才。今兩句鋪叙其赴闕就選之語。西都賦序：朝夕獻納。紆者，縈繫也。紫宸殿，在東内大明宮，即内衙之正殿。中間謁紫宸，則未對詔間，豈亦見帝乎？且隨諸彦集，江淹別賦：金閨諸彦。方覬薄才伸。公獻三賦，召試集賢院。破膽遭前政，陰謀獨秉鈞。劉陶傳：關東破膽。詩：秉國之均。陳平曰：我多陰謀，道家所忌。微生霑忌刻，萬事益酸辛。趙云：謝靈運：二三諸彦。列子云：薄於才而厚於命。言公之對詔，意本望高選，而爲林甫所沮，故言破膽遭前政。觀其言多士狂惑聖聽，則爲破膽矣。後漢申屠剛傳：衆賢破膽。以陰謀秉鈞，非林甫而何！阮嗣宗詠懷云：對酒不能言，悲愴懷酸辛。忌刻，言林甫忌賢而慘刻也。交合丹青地，恩傾雨露辰。有儒愁餓死，早晚報平津。交契在華顯之地。又當沛澤下流之辰，而愁餓死者，以時有所不容也。平津侯，公孫弘開閤延賢人〔三〕，故人賓客仰衣食，以喻鮮于。趙云：丹青地，指言爲公卿之地也。鹽鐵論云：公卿者，神化之丹青。此言交遊合聚於丹青之地，而獨以餓死爲愁，所賴者在鮮于京兆如公孫弘爾。

【校勘記】

〔一〕「韋誕」，「韋」字原脱，檢「無匡時之異才」二句，全三國文卷三十二魏三十二作韋誕叙志賦，據補。

〔二〕「崩撓」，文淵閣本作「撓敗」，清刻本、排印本作「奔撓」。

〔三〕「公孫弘」，原作「公孫洪」，文瀾閣本、清刻本、排印本「公孫宏」，係避諱，此改。

贈特進汝陽王二十二〔一〕韻

趙云：八哀詩太子太師汝陽王璡曰：汝陽讓帝子。而舊注又以此爲棣王琰之子，何自眩惑也。此詩在八哀詩所贈之先，蓋其特進時耳。特進正二品，而太子太師從一品也。

特進群公表，漢官儀曰：諸侯功德優盛，朝廷所敬異者，賜位特進也。天人夙德升。邯鄲淳見曹植才辯，歸，對其所知，歎植之才，謂之天人。夙，早也。趙云：詩：群公先正。舜元德升聞。霜蹄千里駿，武帝謂劉德爲千里駒。師古曰：言若駿馬，可致千里。風翮九霄鵬。莊子：鵬怒而飛，其翼若垂天之雲，摶扶摇而上者九萬里。趙云：莊子：馬蹄可以踐霜雪。服禮求毫髮，左傳：服於有禮，社稷之衛。推忠忘寢興。趙云：言其於禮無纖毫違背。鮑照白頭吟：毫髮一爲瑕，丘山不可勝。詩：載寢載興。聖情常有眷，朝退若無憑。不挾貴也。趙云：言聖情獨眷遇之，而王謙抑焉，於朝退而若無憑恃其貴也。仙醴求浮蟻，奇毛或賜鷹。師古曰：醴，甘酒。楚元王敬禮申公等，穆生不嗜酒，王每置酒，常爲穆生設醴。曹子建：浮蟻鼎沸，酷烈馨香。趙云：以聖情之眷，故神仙之醴則有浮蟻，奇異之毛則有鷹，皆賜之也。釋名曰：酒有泛齊，浮蟻若萍。前人集中有謝賜鷹表。

清關塵不雜，中使日相乘。會稽典録：丁覽門無雜賓。劉孝標論：不雜風塵。吳志朱然傳：中使日食之物〔二〕，相望於道。趙云：既有殊賜，所以中官日相乘矣。乘者，一使已到，而又有一使乘駕其上也。清關塵不雜，則形容其門牆之深嚴。國語云：人神不雜。易云：剛柔相乘。

晚節嬉遊簡，不以嬉遊爲務也。平居孝義稱。自多親棣萼，友愛兄弟也。趙云：鄒陽云：晚節末路。詩云：常棣之華，萼不韡韡。哀今之人，不如兄弟。

誰敢問山陵？後漢東平王蒼傳：帝欲爲原陵，蒼上疏諫，帝從而止。趙云：似言王之謙抑，表陳其父憲宿素退讓，不敢當大號之意。蓋明皇既追謚憲爲讓皇帝，乃號其墓爲惠陵。璡既辭其大號，況敢望山陵之名乎？舊注所引不相干。

學業醇儒富，賈山涉獵書記，不能爲醇儒。辭華哲匠能。殷仲文詩：哲匠感蕭辰。筆飛鸞聳立，章罷鳳騫騰。美其書翰也。杜補遺：吳質答魏太子牋云：發言抗論，窮理盡微，摛藻下筆，龍鸞之文奮矣。趙云：上句言其字有回鸞之勢者，下句言其文有鳳藻之華。舊注皆指爲書翰，非也。

精理通談笑，雖談笑，皆精於理道。張仲景有：精理而無高韻。忘形向友朋。不驕也。寸長一作寸腸。堪繾綣，一諾豈驕矜。趙云：於人之寸長堪繾綣，則待之以一諾，豈更驕矜乎？一作寸腸，無義。選：宴語談笑。左傳云：畏我友朋〔三〕。莊子云：寸有所長。前漢：不如得季布一諾。左氏傳：臧昭伯云：繾綣從公。而傅長虞贈何劭詩序云：願其繾綣，而從之末由〔四〕。驕矜，雖起書云驕淫矜誇，而潘岳河陽縣作云：害盈猶矜驕。此倒用也。

已忝歸曹植，何知對李膺。趙云：曹植爲陳思王，故以比汝陽王。此公自言其身。蓋曹植府中有七才子，曰徐幹，曰劉楨，曰王粲之屬也。對李膺，則又以李膺比王，而不敢以杜密自比。蓋密與膺名行相次，其前有李固、杜喬，號李杜，是時人稱之亦曰李杜。今蓋言己叨忝歸附於曹王，又何敢謂己身姓杜欲配對姓李之汝陽王乎？招要恩屢至，崇重力難勝。公自言雖蒙招要之恩，而禮意崇重，非力所能勝。趙云：選詩：並坐相招要。披霧初歡夕，高秋爽氣澄。衛瓘見樂廣曰：見此人瑩然，若披霧而覩青天也。趙云：梁簡文帝九日詩：是節協陽數，高秋氣已清。王子猷云：西山朝來，致有爽氣。樽罍臨極浦，鳧雁宿張燈。趙云：設樽罍於浦漵之傍，故鳧雁棲宿於張燈之內。樽罍，周禮：尊皆有罍。鳧，詩：弋鳧與雁。皆摘文。極浦，選詩湘君歌云：望涔湯兮極浦。南史韋叡傳：三更起張燈達曙。師云：謝宣威詩：孤舟泊極浦。花月窮遊宴，炎天避鬱蒸。猶河朔避暑之會。趙云：此又繼是春之花月，與夏之避暑也。劉希夷吳中少遊云：芳洲花月夜。選有：不皇遊宴。吳子夜四時歌：鬱蒸仲暑月，長嘯北湖邊〔五〕。淮南子云：南方曰炎天。顏延年夏夜云：炎天方埃鬱。硯寒金井水，荆州記：益陽有金井數百尺〔六〕。古老傳：金人以杖撞地，輒便成井。簷動玉壺冰。鮑明遠：清如玉壺冰。趙云：惟其避鬱蒸，必置清涼之物於前，故硯則寒金井之水，而玉壺之冰，輝動簷端也。金井非一出處。西征記：太極殿上有金井。又異物志：廬陵城中井，亦名金井。其義則是：金井水寒硯，玉壺冰動簷。而句法深穩，當如此倒用也。瓢飲唯三徑，顏回一瓢飲；蔣詡三逕。巖栖在百層。謝靈運詩：栖巖挹飛泉。杜補遺：嵇叔夜絕交書曰：堯舜之君世，許由之巖栖。張升友論曰：黄綺引身巖栖南岳。晉湛方生七歡曰〔七〕：巖栖先生，學道養生，離親絕俗，漱清泉，蔭茂木，慕赤松之清塵，乃飡霞而絕穀。趙云：此公自言也。舊注倒矣。選賦云：井幹疊而百層。且持蠡測海，況挹酒如澠。東方朔曰：以蠡測海。左傳曰：有酒如澠。趙云：挹字，不可以挹酒漿之挹。公自謙損，言其窮約僻陋之人，而得從王遊，如持一蠡測大海，又況享有酒如澠水之多乎？鴻寶寧全秘，劉向傳：上復興神仙方術之事，而淮南王有枕中鴻寶苑祕書。丹梯庶可陵。謝玄暉敬亭山詩：要欲追奇趣，即此陵丹梯。淮王門下客，終不愧孫登。淮南王善屬文，天下方術之士多往歸焉。趙云：淮南王有枕中鴻寶祕書。今公以王既不祕其書，則可陵丹梯而遊仙府矣。謝玄暉詩有：遊宦陵丹梯。淮南王以比汝陽王。孫登見嵇康而不許之，曰：君性烈而才雋，其能免乎！其後，康作幽憤詩曰：昔慚柳下，今愧孫登。言以汝陽無鴻寶之祕，由是得遂其養生，不以嵇康之戮辱而有愧孫登也。

【校勘記】

〔一〕「二十二」，「十」下原奪「二」，據文淵閣本、文津閣本、文瀾閣本、清刻本、排印本訂補。

〔二〕「日」，三國志卷五十六吴書作「口」。

〔三〕「畏」，原作「慰」，訛，據清刻本、排印本並參春秋左傳注卷九莊十一年録詩「畏我友朋」云云改。

〔四〕「末」，原作「未」，訛，據清刻本、排印本並參初學記卷十二職官部下、晉詩卷三傅長虞贈何劭詩序改。

〔五〕「嘯」，原作「肅」，據文淵閣本、文瀾閣本、清刻本、排印本改。

〔六〕「尺」，原奪，據太平御覽卷一百八十九所録荆州記補。

〔七〕「湛」，原作「堪」，訛，據清刻本、排印本並參全晉文卷一百四十湛方生七歡改。

重經昭陵

草昧英雄起，屯難之時也。謳歌歷數歸。孟子：謳歌者，不謳歌堯之子而謳歌舜。語：天之曆數在汝躬。趙云：易屯卦：天造草昧。前漢：英雄並起。劉琨：曆數有歸。隋煬失德，而李密、蕭銑、竇建德、王世充各據一方，獨唐受命，則曆數歸之謂也。風塵三尺劍，漢高紀：上曰：吾以布衣提三尺以取天下。師古曰：三尺，劍也。社稷一戎衣。武成：一戎衣而天下大定。趙云：以漢高祖、周武王言高祖也。曹元首六代論曰：漢祖奮三尺之劍。庾信獻皇祖文皇帝歌辭雖有曰：終封三尺劍，長卷一戎衣。至公風塵、社稷之語，可謂開廣矣。翼亮貞文德，丕承戢武威。書：丕顯哉，文王謨！丕承哉，武王烈！趙云：此言太宗偃武用文也。魏志：高堂隆上疏云：可使諸王君國典兵，鎮撫皇畿，翼亮帝室。又晉卞壼委質三朝，盡規翼亮。任彥升作竟陵王行狀：翼亮孝治，緝熙中教。書：伊尹：肆嗣王丕承基緒。孔子云：修文德以來之。班固云：威武者，文德之輔助。秦始皇本紀刻石之辭曰：武威旁暢，振動四極。貞，則易云：天下之動，貞夫一。戢，則左傳：兵，猶火也，不戢，將自焚。此又無一字無來處矣。聖圖天廣大，無不覆燾也。宗祀日光輝。奕葉隆盛也。趙云：此却言後王之孝祀也。宋徐爰言郊位曰：今聖圖重造，舊章畢新。孝經曰：宗祀文王於明堂。易曰：廣大配天地。其上貼天字，又宜矣。淮南子曰：光輝萬物。而古有含英揚光輝。上貼日字，則前漢李尋傳：日者，陽之長，輝光所燭，萬里同晷。又於建都詩末句云：願駐長安日，光輝照北原。陵寢盤空曲，熊羆守翠微。陵，山陵；寢，寢廟〔一〕。古詩：陵寢暮煙青。趙云：鮑照芙蓉賦：繞金渠之空曲。下句言兵衛之人，如熊如羆，屯守於翠微之際。書有：熊羆之士。翠微，祖出爾雅，山頂之名。葱翠杳微之際，取其高也。再窺松柏路，還見五雲飛。天子有孝感，則五雲見。見往在詩注。趙云：曹植寡婦詩曰：高墳鬱兮巍巍，松柏森兮成行。

謝靈運經廬陵王墓詩曰：徂謝易永久，松柏森已行。可見陵寢矣。孝經援神契曰：王者德至山陵，則慶雲出。五雲者，乃五色之慶雲也。沈約宋書云：慶雲五色。是已。

【校勘記】

〔一〕「寢」，文淵閣本、文津閣本、文瀾閣本、清刻本、排印本作「陵」。

鄭駙馬宅宴洞中

主家陰洞細煙霧，公主家幽洞也。留客夏簟清琅玕。江淹賦：夏簟清兮晝不寐。琅玕，竹也。杜補遺：陶隱居云青琅玕，蜀都賦所稱青珠是也，乃崑山玉樹名；又，九真經中太丹名也。唐本草：琅玕有數種，是琉璃之類，火齊寶也。且琅玕五色，青者爲勝，出嶲州，以西蠻中及于闐國。爾雅曰：西北之美者，有崑崙之璆琳琅玕焉。注：狀如珠。山海經曰：崑崙山有琅玕樹，其子似珠，以珠爲簟，如琅玕色，故云。趙云：琅玕，寶樹名，美物也，故詩家多以比竹。今言竹簟之美耳。舊注作竹既非是，而杜田所引，又作青琅玕，以附會青者爲勝之説。今詩句義直是：主家陰洞煙霧細，留客夏簟琅玕清，而句法深穩，當言細煙霧、清琅玕。此又如：硯寒金井水，簷動玉壺冰。春酒盃濃琥珀薄，本草：琥珀是千年茯苓所化。言酒色如之。杜補遺：李肇國史補曰：松脂入地千年所化，今燒之，亦作松氣。開元時陳藏器注本草曰：宋高祖世，寧州貢琥珀枕，碎以賜兵士，傅金瘡。又云：琥珀出罽賓國，初如桃膠，凝乃成焉。趙云：本言琥珀盃，舊注以爲酒色，非是。冰漿椀碧瑪瑙寒。

陸機苦寒行：渴飲堅冰漿。杜補遺：魏文帝碼碯勒賦序：碼碯，玉屬也。出自西域，文理交錯，有似馬腦，故其方人因以名之。博雅曰：水精謂之石英，琉璃、珊瑚、玫瑰、夜光。隋侯琥珀金精。璣，珠也。蜀石碝砆、硨磲、碼碯、碔砆、瑰瑶、瑨石、瑊玏。珂，石次玉也。神農本草云：碼碯，紅色，亦美石之類，重寶也，生西國玉石間，來中國者，皆以爲器。

誤疑茅堂一作屋。過江麓，已入風磴霾雲端。陸士衡：飛陛躡雲端。趙云：兩句言在富貴之家，都城之地，而有幽逸之興，故誤疑其人自己所結之茅堂，過越江麓，已深入風磴霾藏雲端之處也。師云：鮑照銅山掘黃精詩：既類風磴，復象天井[一]。

自是秦樓壓鄭谷，時聞雜佩聲珊珊。孔子入見衛靈公，夫人南子自絺帷中再拜，環佩之聲璆然。趙云：此言主家本是秦女之樓，而氣象幽邃，壓鄭子真之谷口矣。雖其幽趣壓鄭谷，而終自富貴，故時聞佩聲也。詩：雜佩以贈之。選有：拂墀聲之珊珊。

【校勘記】

〔一〕「既類」二句，初學記卷二十政理部、宋詩卷九鮑照過銅山掘黃精詩作：「既類風門磴，複像天井壁。」

李監宅

趙云：按靈怪録：李令問開元中爲祕書監，左遷集州長史。令問好服翫飲饌，以奢聞於天下。其炙驢罌鵝之屬，慘毒取味，天下言飲饌者，莫不祖述李監，以爲美談。今公詩題李監宅，而有「異味重」之句，豈李監者乃李令問乎？開元中左遷集州，今豈自集州歸，賦詩者尚從故稱乎？

尚覺王孫貴，豪家意頗濃。 王孫，王者之後，亦相尊敬之稱。韓信傳：哀王孫。趙云：宋書恩倖傳論曰：都縣掾吏，並出豪家。今李監蓋大富之家，其姓李，又是宗室之富者。首句似言人之所貴重者，莫過於王孫，然尚覺王孫所貴慕豪家之意爲最濃盛。**屏開金孔雀，** 隋長孫晟貴盛，常畫二孔雀於屏間以擇婿。**褥隱繡芙蓉。** 趙云：此言其富貴。於屏畫孔雀，亦富貴家常事。舊注所引在隋書并北史，並無之。屏言開，則崔融新體云：屏幃幾處開。又徐彦伯芳樹詩云：金縷畫屏開。王僧孺述夢詩云〔一〕：以親芙蓉褥。而繡芙蓉出崔顥盧姬篇云：魏王綺樓十二重，水精簾箔繡芙蓉。隱者，蔽也，如王維「暮雀隱花枝」之隱〔二〕。**且食雙魚美，誰看異味重。** 何敬祖食必四方珍異。趙云：此微誚之也。言我但知食雙魚之美耳，誰復顧其異味之多也。古詩：客從遠方來，遺我雙鯉魚。左傳云：吾食指動，必嘗異味。**門闌多喜色，女婿近乘龍。** 後漢明帝紀：勞賜元氏門闌走卒。薛云：楚國先賢傳：孫儁與李元禮俱娶太尉桓焉之女，時人謂桓叔元兩女俱乘龍。言得婿如龍也。趙云：今云近乘龍，則公詩下字輕重可見。舊注引門闌事，是。蓋明帝紀注引續漢志云：五伯、鈴下、侍閤、門闌部署，街里走卒，皆有程品，多少隨所典領。則門闌之品，貴家方有之。

【校勘記】

〔一〕「王僧孺」，原作「吴均」，檢吴均詩無「以親芙蓉褥」句，考玉臺新詠卷二、梁詩卷十二王僧孺爲人述夢詩有此句，當是誤置，據改。

〔二〕「雀」，原作「省」，訛，據王右丞集箋注卷九、全唐詩卷一百二十六王維晚春歸思改。

重題鄭氏東亭

在新安界。鮑云：即駙馬鄭潛曜。

華亭入翠微，爾雅釋山疏：未及頂上，在旁坡陁之處，名曰翠微也。左太沖蜀都賦云：鬱葐蒀以翠微。注：山氣之青縹者。陸倕石闕銘：上連翠微。趙云：皆言其氣之狀。入，則亭勢欲入其間。秋日亂清輝。謝靈運：山水含清輝。趙云：秋日之光，亂山之輝也。入字、亂字，乃詩句之好處。崩石欹山樹，清漣曳水衣。薛：詩：河水清且漣漪。水成文曰漣。趙云：水衣，水上之青苔。出説文，而張景陽霖雨詩曰：堂上水衣生。選詩：風斷陰山樹。又云：山中有桂樹。紫鱗衝岸躍，蒼隼護巢歸。向晚尋征路，殘雲傍馬飛。趙云：蜀都賦有鮮以紫鱗。又云鏤甲紫鱗〔一〕。又，有華魴躍鱗〔二〕。參用之也。

【校勘記】

〔一〕「鏤甲紫鱗」，檢蜀都賦無此句，考文選卷五、全晉文卷七十四吴都賦有此句，當是誤置。

〔二〕「華魴躍鱗」，檢蜀都賦無此句，考文選卷十、全晉文卷九十西征賦有此句，當是誤置。

題張氏隱居二首

春山無伴獨相求，伐木丁丁山更幽。師云：宋王藉入若耶溪詩：蟬噪林逾静，鳥鳴山更幽。趙云：劉越石四言詩云：獨坐無伴也。詩：伐木丁丁。公今此句亦喧中有静矣。　澗道餘寒歷冰雪，石門斜日到林丘。陸機苦寒行：凝冰結重澗，積雪被長巒。謝惠連詩：落雪灑林丘。趙云：此在春時言之，故首句言春山。莊子：肌膚若冰雪。舊注合字，非是也。不貪夜識金銀氣，史天官書：敗軍破國之墟，下積金寶，上皆有氣，不可不察。以隱居不貪，故夜識其氣象也。　遠害朝看麋鹿遊。伍被諫淮南王曰：昔子胥諫吴王，吴王不用，乃曰：臣今見麋鹿遊姑蘇之臺也。趙云：古人有地鏡圖之書，以觀地下之物。曰：黄金之氣赤黄，銀之氣夜正白，流散在地。今言性雖不貪，而能夜識金銀之氣。舊注云以不〔一〕貪故識，非是。相如子虚賦有錫碧金銀。而郭景純遊仙詩：神仙排雲出，但見金銀臺。左傳：我以不貪爲寶。傳云：全身遠害。麋鹿之遊，本在山中。人在山中，則爲遠市朝之害矣，故得朝看麋鹿遊也。乘興杳然迷去處，言不以出處介意也。　對君疑是泛虚舟。莊子山木篇：方舟而濟於河，有虚船來觸舟，雖有褊心之人不怒，人能虚己以遊世，孰能害之！趙云：公言其乘興而來，欲出欲留，杳然以迷，蓋對張君如泛虚舟耳。舊注却似指張隱居，非是。

右一

【校勘記】

〔一〕「以不」，文淵閣本作「不以」，訛。

之子時相見，邀人晚興留。霽潭鱣發發，詩碩人：鱣鮪發發。釋文：鱣，大魚，口在頷下，長二三丈，江南呼爲黄魚，與鯉全異。發發，盛貌。春草鹿呦呦。呦呦鹿鳴，食野之苹。注：鹿得草呦呦然鳴而相呼也。趙云：之子，出詩，言此子也。杜酒偏勞勸，魏武帝樂府：何以解我憂，唯有杜康酒。康，造酒者。張梨不外求。潘安仁閑居賦：張公大谷之梨。前村山路險，歸醉每無愁。趙云：不外求，言不必求之大谷也。杜酒、張梨，以人著物言之，此亦使字之一格，須是當體穩貼，又時復用之耳。北齊幼主爲無愁之曲，自謂無愁天子。

右二

天寶初南曹小司寇舅於我太夫人堂下累土爲山一簣盈尺以代彼朽木承諸焚香瓷甌甌甚安矣旁植慈竹蓋兹數峰嶔岑嬋娟宛有塵外格致乃不知興之所至而作是詩〔一〕趙云：周禮秋官：司寇掌邦刑。小司寇者，刑官之貳也。今公小司寇舅，則必爲刑部侍郎。土山上栽慈竹，故云「嶔岑嬋娟」。嶔岑，言山。前漢劉安招隱士詩：嶔岑碕礒〔二〕。後漢仇池注引開山圖云：積石嵯峨，嶔岑隱阿。嬋娟，言竹。嘯賦：蔭脩竹之嬋娟〔三〕。

一簣功盈尺，論語：譬如爲山，未成一簣。注：簣，土籠也。三峰意出群。猶華嶽之三峰也。趙云：今句爲實道土山之三峰，而華山記有云：其三峰直上，晴霽可睹。則却有出處，故對一簣，舊注非是。盈尺，取盈尺之璧。世説載殷中軍道韓太常曰：康伯少自標置，居然是出群器。望中疑在野，幽處欲生雲。趙云：詩：君子在野。又禮記：君子在野，則曰草莽之臣。選：河海生雲。慈竹春陰覆，香爐曉勢分。廬山有香爐峰。杜補遺：陸機草木疏云：南方生子母竹，今慈竹是也，又謂之孝竹。漢章帝三年，子母竹生白虎殿前，謂之孝竹。群臣作孝竹頌。此詩序云：累土爲山，代彼朽木，承諸焚香瓷甌。非謂廬山香爐峰也。趙云：兩句並指實事。下句言土山上承香瓷甌，其曉煙勢與春陰分也。惟南將獻壽，詩：如南山之壽。佳氣日氛氳。趙云：以土山之南，便可當南山以獻太夫人之壽也。字取詩「惟南有箕」。宋顔延之七繹有云：昵賓獻壽，中人奉膳。張正見芳樹詩：春浮佳氣裏。氛氳字，祖出楚辭。王逸注云：氛氳，盛貌。而雪賦云：氛氳蕭索。沈約芳樹詩云：氛氳非一香。

【校勘記】

〔一〕詩題，清刻本、排印本均作「假山」，而將此詩題作爲詩序。

〔二〕「岑」，文選卷三十三作「崯」。

〔三〕「嘯賦」，原作「楚辭」，檢楚辭無「蔭修竹之嬋娟」句，考全晉文卷五十九成公綏嘯賦有此句，當是誤置，據改。

龍門

在洛陽之南，遠望雙闕對峙，如門然。趙云：韋述東都記云：龍門號雙闕，與大内對峙，若天闕焉。東都，乃今之西京。地志曰：河南縣闕塞山，一名伊闕，而俗名龍門耳。

龍門横野斷，驛樹出城來。趙云：言驛樹，則相近必有驛。故下云相閲征塗上，宜乎有驛矣。氣色皇居近，東都也。金銀佛寺開。山有佛寺，金碧照耀，最爲勝槩。趙云：謝惠連西陵詩：氣色少諧和〔一〕。孟浩然上張吏部詩：神仙餘氣色。又夕次蔡陽館詩：章陵氣色微。皇居近，則以其對大内也。禰衡表曰：帝室皇居。佛寺，則公古詩所謂遊龍門奉先寺也。佛家謂其所居之莊嚴，多言金銀七寶。相如子虚賦有錫碧金銀。郭璞詩：但見金銀臺。往還時屢改，川水日悠哉。相閲征塗上，生涯盡幾回！趙云：列子有云：入火往還。選有：趣走往還。陸機云：川閲水以成川。選：積水成川。詩云：悠哉悠哉。末句蓋言在龍門閲視征行之人，盡此生涯能幾回也？生涯，見莊子。

【校勘記】

〔一〕「少」，原作「久」，據文選卷二十五、宋詩卷四謝惠連西陵遇風獻康樂詩改。

贈李白

秋來相顧尚飄蓬，潘安仁詩：譬如野田蓬，轉流隨風飄。趙云：庾信燕歌行：千里飄蓬無復根。舊注雖是而非字出。未就丹砂愧葛洪。

趙云：葛洪以交趾出丹砂，求爲句漏令。時公有胄曹之命。白以賀知章薦而待詔，然公意以無益於身，不若稚川爲句漏令之能養生也。痛飲狂歌空度日，飛揚跋扈爲誰雄。跋扈，强梁也。質帝目梁冀曰：此跋扈將軍也。趙云：北史：齊高歡謂其子曰：侯景專制河南十四年，常有跋扈飛揚之心。飛揚之義，如鷙鳥不受絆紲而飛去。跋扈之義。扈，竹籬也。每海水潮，海上人於水未至時先作竹籬以候魚之入，潮水既退，小魚獨留，其大者跳跋籬扈而出。飛揚跋扈，皆强很不臣之謂。公意謂如吾輩之痛飲狂歌〔一〕，亦空度日而已，如强很之輩跋扈飛揚，亦何所爲而自雄？皆不若句漏令之能養生爲有益於身也。

【校勘記】

〔一〕「之」，文淵閣本無。

與任城許主簿遊南池 任城屬濟州。

秋水通溝洫，城隅集小船。晚凉看洗馬，森木亂鳴蟬。語：卑宫室而盡力乎溝洫。趙云：詩：俟我乎城隅。古有太子洗馬。月令有寒蟬鳴。菱熟經時雨，蒲荒八月天。趙云：蒲當八月，未至於荒，其荒者以經時之雨故然邪。此范元實之説。公詩有云：風斷青蒲節，霜埋翠竹根。乃窮冬事也，推此可見矣。晨朝降白露，遥憶舊青氈。王獻之夜卧齋中〔二〕，有偷人入室，盜物都盡，獻之徐曰：偷兒，青氈我家舊物，可特置之。偷人驚走。趙云：白露降，則月令孟秋之候也。承八月下言之，則八月尤是有露。

【校勘記】

〔一〕「王獻之夜卧齋中」，「之夜」二字，文淵閣本奪。

登兗州城樓

東郡趨庭日，兗州，漢之東郡也。南樓縱目初。趙云：公在夔峽賦熱詩有云：何似兒童歲，風涼出舞雩。則小年在兗州矣。意者，公之父爲官於兗，而公隨侍乃若鯉趨而過庭耳。今此當壯年爲布衣時再遊兗。縱目初，則追言兒童時耳。下四句皆縱目事，末句又言臨眺，則今再臨眺也。浮雲連海岱，平野入青徐。書禹貢曰：海、岱惟青州。又：海、岱及淮惟徐州。趙云：海、岱是兩字，東海與岱宗也，故對青、徐。此言縱目之景物，其開廣如此。孤嶂秦碑在，秦本紀：始皇東行郡縣，上鄒嶧山，與諸生刻石頌德，李斯作文。荒城魯殿餘。王文考魯靈光殿賦序云：恭王餘之所立，遭漢中微，未央、建章之殿，皆見隳壞，而靈光巋然獨存。從來多古意，臨眺獨躊躇。趙云：秦碑，謂泰山上刻所立石之辭。此兩句則想像之而已。斷句所以結秦碑、魯殿，爲古意；自趨庭日至今，爲從來矣。

劉九法曹鄭瑕丘石門宴集

趙云：瑕丘，縣名。鄭知縣來而劉宴之也。

秋水清無底，蕭然静客心。趙云：上句雖實事，而「無底」字專出列子，載海之東，有無底之谷。沈休文詩題有新安江水至清淺深見底，又似挨傍而翻用，於字爲典實。師云：謝宣城詩：江月清無底。掾曹乘逸興，漢制以曹官爲掾，如屋之椽也，言有所負荷。鞍馬去相尋。趙云：别作到荒林，舊本作去相尋，則荒林方成對，且二君之宴，公在其間，所以賦詩無專言劉尋鄭之義，此蓋劉爲主人也。鮑明遠：鞍馬光照地。能吏逢聯璧，潘岳、夏侯湛每同行，人以爲連璧。華筵直一金。趙云：能吏，指二公也。直一金字，亦挨傍古人云：此劍直百金，又壺直百金者也。班彪王命論〔一〕：飢寒道路，所願不過一金。王導傳：導與朝賢俱制練布端衣，於是士人翕然競服。練遂踴貴，端至一金。晚來横吹好，泓下亦龍吟。馬融長笛賦：近世雙笛從羌起，羌人伐竹未及已。龍鳴水中不見已，截竹吹之聲相似。杜補遺：後漢班超假鼓吹。注：古今樂録曰：横吹，胡樂也。張騫自西域傳其法於長安，唯得摩訶兜勒一曲。李延年因之，更造新聲二十八解，乘興以爲武樂。後漢以給邊將。趙云：横吹好，則當似龍吟矣，所以感龍吟於泓下，以應之也。横吹雖云胡樂，縱非笛，而别是一物，公今只是借字以言横笛耳。

【校勘記】

〔一〕「王命論」，原作「符命論」，據清刻本、排印本並參全後漢文卷二十三班彪王命論改。

暫如臨邑至𡺚山湖亭奉懷李員外率爾成興

趙云：臨邑縣屬齊州，𡺚，玉篇：助麥切。或曰：𡺚山湖，即鵲山湖。非也。地志云：齊州治歷城。歷城縣東門外十步，有歷水入鵲山湖。今公云如臨邑至𡺚山湖，按本朝王存九域志：臨邑去州北百四十里。而𡺚字之音，又與鵲不同，則所謂𡺚山湖，又別湖之名。

野亭逼湖水，歇馬高林間。鼉吼風奔浪，鼉吼則風起。魚跳日映山。日暖，魚跳戲也〔一〕。趙云：鼉吼在有風而浪起之時，魚跳當日暖映山之時也。暫遊阻詞伯，却望懷青關。趙云：詞伯，指李員外矣。王充論衡：文詞之伯也。李應在青關，故回望。靄靄生雲霧，唯應促駕還。促駕猶速駕也。趙云：此言景物之可愁矣，故當速駕而返。

【校勘記】

〔一〕「戲」，文淵閣本作「躍」。

新刊校定集注杜詩卷十八

近體詩

奉寄河南韋尹丈人

甫故廬在偃師，承韋公頻有訪問，故有下句。

有客傳河尹，逢人問孔融。孔融，公自比也。趙云：言見問者，河南尹也，李膺爲河南尹，而孔融造門爲上客。青囊仍隱逸，章甫尚西東。郭璞受業於鄭公，以青囊書與之。孔子生於魯，嘗冠章甫之冠。長於宋，故衣逢掖之衣〔一〕。章甫，儒冠。趙云：孔子嘗曰：丘也，東西南北之人也。謂其身挾青囊而隱逸，冠章甫而西東。其着仍與尚字，則公言河南尹問人之辭也。鼎食爲門户，詞場繼國風。列鼎而食。門户，閥閲也。詩，列國之風。趙云：上句言河尹之貴，下句言河尹之能詩。尊榮瞻地絶，疎放憶途窮。言地望崇重也。顔延年詩：途窮能無慟〔二〕。趙云：任彦昇作竟陵王行狀有曰：地尊禮絶。疎放，公自謂也。憶途窮，則又言河尹憶問之。濁酒尋陶令，丹砂訪葛洪。王弘九月九日送酒與陶潛，潛得之，便飲而歸。江淹：濁酒聊自適〔三〕。晉葛洪字稚川，欲祈遐壽。聞交趾出丹砂，求爲勾漏令。趙云：放意於杯酒，故尋陶令。祈心於遐年，故訪葛洪。

江湖漂短一作裋。褐，霜雪滿飛蓬。淮南子：霜雪亟集，短褐不完。褐，毛布。詩：首如飛蓬。趙云：短褐，並見上北征詩注。飛蓬，言髮飄亂如之。久在江湖之間，故云漂短褐。髮如飛蓬，而霜雪滿，言其白也。竊又謂霜雪非以言髮之白，乃真所謂霜雪者，蓋公詩作於潭州，適當冬時。兩句述其羈旅流漾江湖，故短褐爲江湖所漂；犯冒霜雪，故飛蓬之髮爲霜雪所滿。此又可考作詩時節爲冬時甚明。二説以俟明識。

牢落乾坤大，周流道術空。趙云：上林賦：牢落陸離。易繫辭云：周流六虚。言天地廣大，而我獨牢落，雖挾道術，竟於周流之際成空而無用。莊子云：古之道術，有在於是。

謬慙知薊子，真怯笑揚雄。後漢方術傳：薊子訓有神異之道，公卿以下候之者，常數百人。解嘲曰：子廼以鴟梟而笑鳳凰，子徒笑我玄之尚白，吾亦笑子之病不遭扁鵲，悲夫！趙云：揚雄著太玄〔四〕，人皆笑之，至以爲可覆醬瓿。惟其周流道術空，故繼之以今兩句。

盤錯神明懼，謳歌德義豐。虞詡曰：不遇盤根錯節，何以知利器。趙云：此言韋尹爲政之能謳歌，如鄭歌子産、漢歌岑君是也。

尸鄉餘土室，難説一作誰話。呪雞翁。後漢地理志：偃師有尸鄉。列仙傳：呪雞翁居尸鄉下，養雞百餘，各有名字，呼名則種別而至。趙云：舊本又云「一作誰話鬬雞翁」。公題下注云：故廬在偃師云云。以義詳之，「難説」字當以「誰話」爲正；「鬬雞翁」無義，當以「呪雞翁」爲正。蓋言誰人話及呪雞翁乎？惟我韋丈人而已。或云，「難説」謂難説得到也。衆人難得説到，而韋丈人獨念之，亦有義，然講解費力。

【校勘記】

〔一〕「逄掖之衣」，「逄」文瀾閣本作「縱」、「衣」文津閣本作「書」。案，禮記儒行第四十一云：「丘少居魯，衣逢掖之衣；長居宋，冠章甫之冠。」

〔二〕「顔延年」，原作「阮籍」，檢「途窮能無慟」句，宋詩卷五作顔延年五君詠，當是誤置，據改。

〔三〕「江淹」，原作「謝混」，檢「濁酒聊自適」句，梁詩卷四作江淹雜體詩三十首并序陶徵君潛田居，當是誤置，據改。

〔四〕「著」，原作「注」，訛，據清刻本、排印本並參先後解輯校已帙卷六此詩引趙次公注〔七〕改。

對雨書懷走邀許主簿

東岳雲峰起，溶溶滿太虛。趙云：楚詞云：雲容容兮雨冥冥〔一〕。字異而義同。震雷翻幕燕，襄二十九年傳：公子朝曰〔二〕：夫子在此，猶燕巢于幕上。驟雨落河一作溪。魚。趙云：舊本一作溪魚，非。蓋幕燕字出左傳，不應以溪魚無出處爲對。河魚，固言河中之魚，亦以左傳有河魚腹疾。雨中魚落，今亦有之。座對賢人酒，門聽長者車。魏志徐邈傳：鮮于輔云：醉客謂酒清爲聖人，酒濁爲賢人。陳平家貧，居陋巷，以席爲門，然門外多長者車轍。趙云：座對賢人酒，則徒有酒而已，故聽長者車之相訪也。既未有過之者，於是相邀許簿矣。相邀愧泥濘，騎馬到階除。趙云：吴都賦：中逵泥濘〔三〕。山簡傳云：時時能騎馬。登樓賦：循階除而下降。

【校勘記】

〔一〕「雲容容」，王逸楚辭章句卷二十九歌山鬼作「雷填填」。

〔二〕「公子朝」，清刻本、排印本作「公子札」，訛。

〔三〕「吴都賦」，原作「魏都賦」，檢「中逵泥濘」句，文選卷五、全晉文卷七十四作左思吴都賦，當是誤置，據改。

巳上人茅齋

巳公茅屋下，可以賦新詩。趙云：潘安仁秋興賦序云：僵息不過茅屋茂林之下。蘇子卿云：可以慰嘉賓〔一〕。阮嗣宗云：可以慰我心。劉公幹云：可以薦嘉賓。下四句乃可賦者也。嵇叔夜琴賦云：臨清流，賦新詩。衡門之下，可以棲遲。枕簟入林僻，茶瓜留客遲。趙云：枕簟字，禮記：斂枕簟。江蓮搖白羽，白羽，扇也。天棘蔓舊本作夢。青絲。杜正謬：「夢」當作「蔓」。天門冬，荊湘間謂之天棘。抱朴子及博物志皆云天門冬，一名巔棘。以其刺故也。然不載天棘之名，豈非方言歟？本草圖經云：天門冬生奉高山谷，今處處有之。春生藤蔓，大如釵股，高至丈餘，葉如茴香，極尖細而疏滑，有逆刺，亦有澀而無刺者。其葉如絲而細散，皆名天門冬。以此考之，則天棘爲天門冬明矣。一本作天棘，然本草及爾雅諸書並無此名。必有博物者能辨之。冷齋夜話云：王仲至言：天棘非煙非霧，自是一種物，曾見一小説，今忘之矣。高秀實云：天棘，天門冬也，見本草，其枝蔓延，疑「蔓」字非「夢」也。然本草：天門冬，一名巔棘。王元之詩：水芝卧玉腕，天棘蔓金絲。則天棘蓋柳也。學林新編云：天棘蔓青絲，今改「蔓」爲「夢」，蓋天門冬亦名天棘，其苗蔓生，好纏竹木上，葉細如青絲，寺院庭檻中多植之，可觀。後人既改「蔓」爲「夢」，又釋天棘爲柳，皆非也。胡仔曰：按本草載抱朴子云：天門冬，或名巔棘。冷齋、學林二説，遂以爲天門冬，何也？其引王元之天棘蔓金絲，又以爲柳，亦何所據？蔡伯世云：此句最疑學者。或曰梵語名柳爲天棘。又近傳東坡杜詩事實一編，更以王逸少詩云「湖上春風舞天棘」爲證，因悟「夢」字乃由「舞」字之訛缺，況以上句考之，正應用草木爲對偶，非有奥義也。趙云：天棘蔓青絲，其「蔓」字是歐陽文忠家善本。未見善本已前，惑於「夢」字之義，群説紛紛。如洪駒父云：嘗問於山谷，山谷云不解；又問王仲至，仲至云出異書。洪覺範作冷齋夜話，又引高秀實之言。蔡伯世又以近傳東坡事實所引王逸少詩爲證，其説不一。然東坡事實乃輕薄子所撰，豈有王羲之詩既不見本集，而不載别書乎？且既使真是王詩，亦何所據而謂之柳乎？此因王元之詩句而添撰也。又有所謂杜陵句解者，南中李歜所爲也，且云聞於東坡云：是天棘弄青絲。此求「夢」字之説不得，遂取夢字同韻之字補之，然「弄」字於青絲爲無交涉矣。高秀實之説頗爲是，明矣。杜田亦知引此。余竊謂王元之詩「天棘舞金絲」[二]，正是用杜詩，若指言天門冬，亦自有金絲之實。本草注又云：葉細似蘊而微黃。是也。洪覺範安知王元之不見杜詩善本，知蔓青絲之義而用之，乃遂强解之爲柳乎？若山谷、仲至皆大儒博雅，以不見善本，爲「夢」字所迷，而仲至不爲無可譏也。且其題自是巳上人茅齋，亦一幽居之僧耳，茅齋前有何非煙非霧之異物乎？其言「江蓮搖白羽」，亦不過種之盆甕中，而花如白羽之搖，以明其雖種於茅齋之前，而蓮乃江蓮也。則對天棘蔓青絲，乃是種天門冬，其枝條延蔓如青絲之長，自足以形容幽居之景物，何遠求他物以當天棘邪？江之蓮，天之棘，抑亦公自造耳。孟子曰：猶白羽之白。蕭子範之言馬曰：纓以紫縷，繫以青絲。

空忝許詢輩，難酬支遁詞。支遁，字道林，講維摩經。遁謂衆議無以歷難。許詢設一難，遁不能復通。趙云：蓋言我空忝爲許詢之流，而難酬對支遁，所以美巳上人也。

【校勘記】

〔一〕「慰」，漢詩卷十二蘇子卿詩作「喻」。

〔二〕「舞」，清刻本、排印本作「蔓」。

房兵曹胡馬詩

胡馬大宛名，鋒稜瘦骨成。漢伐大宛，獲汗血馬，作西極天馬之歌。趙云：古詩：胡馬嘶北風。李陵書云：舉刃指麾〔一〕，胡馬奔走。陸士衡漢高祖功臣頌曰：韓王窘執，胡馬洞開。蓋凡西北之馬，皆謂之胡馬。漢天子初發易卜，曰：神馬當從西北來。得烏孫馬好，名之曰天馬，及得大宛國汗血馬益壯，遂更名烏孫馬曰西極馬，而以天馬名大宛之馬。如是，則胡馬得大宛名者，豈不貴乎！

竹批雙耳峻，風入四蹄輕。劉孝標詩：四蹄不起塵。趙云：後魏賈思勰載相馬經：耳欲鋭而小，如削筩。則所謂竹批矣。故公李丈人胡馬行又曰：頭上鋭耳批秋竹。魯國黃伯仁爲龍馬頌云：雙耳如剡筩。相馬法不取三羸、五駑。其一羸是大蹄〔二〕，其一駑是緩耳。而劉義恭白馬賦有竦身輕足，故公詩於耳言峻，於蹄言輕也。

所向無空闊，真堪托死生。如高歡之的盧，是可托死生也。鄭之小駟，則異於此。趙云：兩句是一義，如世説載劉備之初奔劉表，屯於樊城。表左右欲因會取備。備覺，如厠，便出。所乘馬的顱，曰：今日厄，可不努力！的顱達備意，一踴三丈，得過。又如劉牢之爲慕容垂所逼，策馬跳五丈澗而脱。此其事也。

驍騰有如此，萬里可横行。顔延年赭白馬賦：藝品驍騰。

【校勘記】

〔一〕「麾」，全漢文卷二十八李陵重報蘇武書作「虜」。

〔二〕「蹄」，初學記卷二十九獸部上、太平御覽卷八百九十六獸部八作「頭」。

畫鷹

素練風一作如。霜起，蒼鷹畫作殊。趙云：素練，絹也。因其畫鷹，故風霜起。若作如霜，則止言練之白而已，又起字無分付，非是。攫身思狡兔，攫身，猶竦身也。孫楚鷹賦：擒狡兔於平原。史記：狡兔死，良犬烹。側目似愁胡。隋魏彥深鷹賦：立如植木，望似愁胡。攫音竦，義亦同。鷹事中有竦翮而升之語。趙云：鷹常傾側其目，故傅玄賦曰：左看若側，右視如傾。晉孫楚鷹賦：深目蛾眉，狀如愁胡。故公於王兵馬使二角鷹詩亦云：目如愁胡視天地。絛鏇光堪擿，軒楹勢可呼。絛鏇，所以繫鷹。趙云：上句則所畫絆鷹之絛鏇也，光而堪擿取焉。下句則置畫於軒楹之間，其勢如真可呼也。孫楚賦云：麾則應機，招則易呼。魏彥深鷹賦：姦而難誘，住不可呼〔一〕。何當擊凡鳥，毛血灑平蕪！師云：凡鳥以況小人。班固西都賦：風毛雨血，洒野蔽天。趙云：陳孔璋爲曹洪與魏文帝書有園囿凡鳥之語。而呂安見嵇喜，題門作鳳字，譏其凡鳥，則又出於此。毛血灑字，亦暗使鷹事：有獻鷹於楚文王者，王時獵雲夢，鷹聳翮而升，須臾毛墮若雪，血灑如雨，有大鳥墜地。博物君子曰：此大鵬雛也。言其畫之真，有翻鞲掣臂，搏噬之志可見矣。公於楚姜公畫角鷹落句乃云：梁間燕雀休驚怕，未必搏風上九天〔二〕。則以譏徒有形而無其實者。一曰何當、一曰未必，詩人變化之妙如此。

【校勘記】

〔一〕「住」，原作「往」，訛，據全隋文卷二十魏彥深鷹賦改。

〔二〕「風」，本集卷十姜楚公畫角鷹歌作「空」。

與李十二白同尋范十隱居

李侯有佳句，往往似陰鏗。陳書：陰鏗字子堅，五歲能誦詩賦。及長，博涉史傳，尤善五言詩，爲當時所重。趙云：鏗詩雖見藝文類聚，恨無全集可考。余亦東蒙客，憐君如弟兄。師云：子美居齊兗，故云東蒙客也。趙云：東蒙，山名，乃詩所謂龜蒙之一也。以其在東，故謂之東蒙。公在兗州，故曰東蒙客。此兩句却不對，不知此格，何以謂之近體也？醉眠秋共被，姜肱兄弟，同被而寢。攜手日同行。師云：詩衛北風：惠而好我，攜手同行。趙云：前句云憐君如弟兄，故於共被中暗使姜肱事。又晉祖逖、劉琨情好綢繆，共被而寢。更想幽期處，還尋北郭生。列子：與北郭生連牆而不相通〔一〕。趙云：北郭生，指言范十隱居也。舊注引列子所載，乃南郭生耳。入門高興發，侍立小童清。趙云：殷仲文詩云：獨有清秋日，能使高興盡。鮑照園中秋散詩云：臨歌不知調，發興誰與歡？黄帝曰：異哉小童。落景聞寒杵，屯雲對古城。趙云：梁元帝纂要曰：晚照謂之落景。列子：望之若雲屯焉。謝靈運詩：巖高白雲屯。向來吟橘頌，張華有橘詩，郭璞有贊，謝惠連有賦。誰欲討蓴羹？陸機傳：機嘗詣侍中王濟，濟指羊酪謂機曰：卿吴中何以敵此？答曰：千里蓴羹，未下鹽豉。時人稱爲名對。杜正謬：楚詞自有橘頌，非橘詩贊賦也。趙云：橘頌主意言其受命之不遷耳。蓴羹事，即是張翰在齊王冏府，冏時執權，翰憂禍及，因見秋風起，乃思吴中菰菜、蓴羹、鱸魚鱠，曰：人生貴得適志〔二〕，何能覊宦數千里以要名爵乎？遂命駕而歸〔三〕。俄而冏敗，人以爲見機。今詩作意謂其身與李白〔四〕、范隱居並吟誦屈原之橘頌，守己之有素，又誰肯待倦游、睹秋風而後思蓴羹乎？舊注皆非。不願論簪笏，悠悠滄海情。趙云：惟其前句如此，故無復簪笏之願，而欲寄情滄海也。

【校勘記】

〔一〕「北郭生」，列子仲尼第四作「南郭子」。

〔二〕「貴得」，底本模糊，據文淵閣本、文津閣本、文瀾閣本、清刻本、排印本補。

〔三〕「遂命駕而歸」，底本模糊，據文淵閣本、文津閣本、文瀾閣本、清刻本、排印本補。

〔四〕「今詩作意謂」句，「作意」，原作「意作」，扞格不通，據清刻本、排印本改。

臨邑舍弟書至苦雨黄河泛溢隄防之患簿領所憂因寄此詩用寬其意

二儀積風雨，百谷漏波濤。老子：江海爲百谷王。聞道黄河坼，遥連滄海高。趙云：易有太極，是生兩儀。言天地也。廣雅云：天地曰二儀，以人參之曰三才。薛道衡祭江文：帷蓋静於波濤。西都賦：帶以洪、河、涇、渭之川。選：東燭滄海。又：東臨滄海。職司憂悄悄，謂當職司水之官。師云：詩：職司其憂。郡國訴嗷嗷。趙云：詩：憂心悄悄。後漢有郡國志。選詩：衆人何嗷嗷。職司，指上位之人也。郡國，則水所及者非一州。舍弟卑棲邑，仇覽爲主簿，人謂之棲鸞於枳棘。言位卑下。防川領簿曹。尺書前日至，版築不時操。以版築夾土而築也。書：説築傅巖之野。趙云：此言書中云水遽至，不得即時操版築以防之也。古詩：客從遠方來，遺我尺素書。顔師古注云：今俗言尺書，或言尺牘，乃其遺語耳。難假黿鼉力，江淹：方駕以黿鼉爲梁〔一〕。空瞻烏鵲毛。淮南子云：烏鵲填河。趙云：言無是物爲橋梁也。紀年曰：周穆王三十七年，東至于九江，比黿鼉以爲梁。古傳七夕鵲爲橋，以渡織女也。燕南吹畎畝，趙云：孟子：畎畝之中。濟上没蓬蒿。泛濫至於燕南，濟上皆漂没也。莊子：蓬蒿之間。螺蚌滿近郭，趙云：爲蠃爲蚌〔二〕。蛟螭乘九皋。泛濫，故螺蚌在陸，蛟螭在霄漢也。趙云：選：或藏蛟螭。詩：鶴鳴于九皋。徐關深水府，碣石小秋毫。徐關、碣石，皆地名。書：碣石，入于河。趙云：燕南、濟上、徐關、碣石，皆齊州近境，後有送舍弟潁赴齊詩三首〔三〕，有曰「徐關東海西」，有曰「長瞻碣石鴻」，可以推見。

白屋留孤樹，青天失萬艘。趙云：上句言屋已漂矣，惟孤樹存。下句言萬艘乘漲速去，青天長遠之間，頃刻之中，望之若失矣。吴志趙咨傳：魏文帝曰：吴王頗知書否？咨曰：吴王浮江萬艘，帶甲百萬。吾衰同泛梗，利涉想蟠桃。山海經曰：東海有山，名度索山。有大桃，屈蟠三千里，名曰蟠桃。趙云：論語：甚矣，吾衰也。周易：利涉大川。齊地接東海，而蟠桃在東海，故因水漲而觀萬艘去之之速，可以利涉，想望之也。賴一作却。倚天涯釣，猶能掣巨鼇。列子言龍伯國大人，一釣連六鼇。趙云：釣鼇，亦東海中事。

【校勘記】

〔一〕「方」，清刻本、排印本作「賦」。

〔二〕「嬴」，文津閣本作「羸」，訛。

〔三〕「穎」，原作「頻」，訛，本集卷二十六送舍弟穎赴齊州三首題作「穎」，據改。

過宋員外之問舊莊員外季弟執金吾，見知於代，故有下句。

宋公舊池館，零落守陽阿。守，一作首，阿，山阿也。趙云：伯夷、叔齊隱於首陽山。史記注云：在河東蒲坂，華山之北，河曲之中。之問乃汾州人，去河中皆晉地，則宜爲首陽矣。舊作守陽，則無義。況詩有首陽之巔、首陽之下；而阮籍詩有首陽岑〔一〕，則守陽阿依倣爲熟。或云：公方在齊地，而此使驀大河在晉地爲可疑。然隔此一篇，是送蔡希魯還隴右，則已在長安矣。枉道秖從入，吟詩許更過。趙云：凡枉道而遊者，猶任其入，況能吟詩者而不許其過乎！則公自負可知矣。蓋以宋公平生好詩故也。淹留問耆老，寂寞向山河。趙云：淹留，駐迹之義，欲問耆老員外平日事。員外亡矣，其莊空存，對此山河徒寂寞耳。楚詞：胡爲乎淹留。莊子：恬淡、寂寞。禮記：秋食耆老。劉越石云：如彼山河。孟子：乃屬其耆老而告之。更識將軍樹，悲風日暮多。馮異每所止舍，諸將並坐論功。異常獨屏樹下，軍中呼爲大樹將軍。趙云：公題下自注云云，則以馮異比員外之弟也。考之唐史，之問有二弟，曰之悌者，史載其以驍勇聞。又曰：長八尺，開元中歷劍南節度使。既坐事流竄，復爲擊蠻總管。但止附之問傳尾，而無正傳，不載其爲金吾將軍，今因公自注見之。之悌既爲金吾將軍，則公題莊舍指其大樹，宜矣。

【校勘記】

〔一〕「阮籍」，原作「潘岳」，檢「首陽岑」句，文選卷二十三、魏詩卷十作阮籍詠懷詩，當是誤置，據改。

夜宴左氏莊

風林纖月落，衣露淨琴張。師云：張綽詩：雲表掛纖月。庾信詩：獨識淨琴意。趙云：纖月，初生月也。古兩頭纖纖詩曰：兩頭纖纖月初生。衣露淨琴張，此句亦似艱闕，蓋言當月落之際，衣上有露，而拂於琴以張之，則淨也。莊子之書人名，率用義理寓言爲之，有子琴張，用張琴爲名也。此琴張因可使矣。東坡詩云：新琴空高張，絲聲不附木。亦有琴張字。暗水流花遥，師云：孫登詩：暗水渡潛溪。春星帶草堂。趙云：吴都賦云：帶朝夕之濬池，佩長洲之茂苑。注云：帶、佩，猶近也。又魏都賦曰：列宿分其野，荒裔帶其隅。則帶字又可單用，不必以襟帶、佩帶爲類也。檢書燒燭短，看一作說。劍一作煎茗。引盃長。師云：古詩：看書怯燭殘。因話録：徐世長看劍飲酒，酒酣，舞劍，狂不知止。趙云：謂之檢書，則必尋討事出之類。檢或未獲，宜乎燒燭至於短，此理之常然。因看劍而豪氣生於此，快飲亦宜引盃長矣。東坡有云「引盃看劍話偏長」，正使此句。一作煎茗，無義。又作說劍，亦未必因之而長引盃。又說劍犯莊子，不應只用檢書爲對。詩罷聞吴詠，扁舟意不忘。吴詠，作吴人詠詩聲也。趙云：惟其聞吴詠，故動扁舟之興。

送蔡希魯都尉還隴右寄高三十五書記

時哥舒入奏，勒蔡子先歸。

蔡子勇成癖，癖，好著也。如王濟馬癖，和嶠錢癖，杜預左傳癖之義。彎弓西射胡。曹子建白馬篇：宿昔秉良弓，楛矢何參差。控弦破左的，右發摧月支。趙云：前漢：士不敢彎弓而報怨。西射胡，義自分明，舊注却引曹子建詩：控弦破左的，右發摧月支。左的，自是射的；月支，自是射貼名。假使錯認月支是胡名，亦何干也。健一作男。兒寧鬭死，世說：祖車騎使健兒鼓行劫鈔[一]。壯士耻爲儒。酈食其傳：沛公不喜儒，諸客冠儒冠來者，沛公輒溺其中。趙云：健兒，强健之兒，非今日黥面者，故對壯士。舊注引世說，却是項羽目樊噲曰：壯士也！耻爲儒，此乃治天下當用長槍大劍，何用毛錐子之類，舊注非。公嘗有句云：健兒勝腐儒。官是先鋒得，材緣挑戰須。先鋒，謂先帥衆而行也。鋒，取鋒鋭之義。挑戰，挑之使戰，如左傳之致師。漢高祖紀：項羽謂曹咎曰：謹守成皋。即漢欲挑戰，勿與戰。李奇曰：挑，徒了切。臣瓚曰：挑戰，擿嬈敵求戰也。趙云：國志蜀馬謖傳云：魏延、吴壹，論者皆言宜令爲先鋒。**身輕一鳥過，槍急萬人呼。**輕健如飛鳥。李廣趫健，人目爲飛將軍。呼，驚呼也。趙云：前叙其得官之因，今方以美之也。廬陵嘗云：陳公從易初得杜集，至身輕一鳥，其下脱一字。因與數客各補之。或云疾，或云落，或云起，或云下，莫能定。及得善本，乃過字。陳公歎服，雖一字，不能到也。雖然，過字蓋使家語見飛鳥過，及莊子猶鳥雀蚊虻之過乎前。又張景陽雜詩：人生瀛海内，忽如鳥過目。而公亦屢使鳥過字，如「愁窺高鳥過」。諸君獨不至，是亦未之思耳。然兩句好處，尤在槍急字，非身輕而槍急，何以致萬人之呼？**雲幕隨開府，**幕府，以幕爲府也。西京雜記：成帝設雲幕於甘泉。**春城赴上都。**赴，一作入。趙云：此言哥舒入奏也。唐史：天寶十一載，翰加開府儀同三司。冬，入朝。今公云春城，豈由冬末而涉春乎？凡大將則有幕府，見李廣傳注。古樂府：春城起風色。開府字，晉、宋以來官號亦用矣。班固賦云：隆上都而觀萬國也。**馬頭金匼匝，**古詩：白馬黃金羈，驄馬金絡頭。**駞背錦模糊。**以駞負錦也。趙云：金匼匝，言金絡頭，其狀密而匼匝。鮑照白紵歌云：雕屏匼匝組帳舒〔一〕。駞背負物，而以錦帊蒙之，此之謂模糊。公詩有云：子璋髑髏血模糊。亦遮蓋之義。匼匝、模糊，皆方言。**咫尺雪山路，**郭義恭廣志曰〔二〕：西域有白山，通歲有雪，亦名雪山。班超贊曰：定遠慷慨，專功西遐。坦步葱雪，咫尺龍沙。注：言不以爲遠也。**歸飛西**一作青。**海隅。**言歸隴右也。趙云：此謂希魯先勒還隴右，視雪山咫尺，不以爲遠，故歸飛西海隅也。**上公猶寵錫，**上公，哥舒翰。寵錫，希魯。**突將且前驅。**師云：曹植賦：突將猛快。趙云：上公，言哥舒翰，猶有錫命未已，固當少住；則蔡子突將，當往爲前驅以先歸，舊注以爲錫賚希魯，非是。詩：爲王前驅。石季倫王明君辭：前驅已抗旌。**漢使黃河遠，**漢使張騫窮河源。**涼州白麥枯。**漢桓帝時童謡曰：小麥青青大麥枯，誰當穫者婦與姑，丈夫何在西擊胡。杜正謬：唐陳藏器本草云：小麥秋種夏熟，受四時氣足，兼有寒温。麵熱麩冷，宜其然也。河渭以西，白麥麵凉，以其春種，闕二時之氣故也。以地理志考之，凉州正在河渭之西，其出白麥，蓋土地所宜。趙云：翰爲河西節度使，故言黄河遠，暗用張騫比之。下句言其地、其時也。公詩送高書記亦云：崆峒小麥熟，且願休王師。亦言麥以志時矣。因君問消息，問高消息也。好在阮元瑜。王粲傳：陳留阮瑀字元瑜，少受學於蔡邕，建安中都護曹洪欲使管記室，瑀不爲屈。趙云：此題所謂因寄高書記也。記室，乃書記之任。

【校勘記】

〔一〕「祖車騎」，「祖」原作「桓」、文津閣本作「恒」，「車」文津閣本作「居」，均訛，據世説新語箋疏任誕第二十三條改。

〔二〕「雕屏匼匝組帳舒」，「匝」文津閣本作「匠」；「組」原作「祖」，均訛，據宋詩卷七鮑照代白紵舞歌詞改。

〔三〕「郭義恭廣志」句，「郭義恭」文津閣本作「郭義公」，清刻本、排印本作「劉義恭」，均訛。又，「廣志」原作「志廣」，據清刻本、排印本並參初學記卷三歲時部與卷六地部中、太平御覽卷三百五十六兵部八十七引録乙正。

春日憶李白

白也詩無敵，一作數。飄然思不群。趙云：此詩破頭兩句已對。呼人名爲某也，起于左傳。而回也、賜也之類，在論語尤多。今所謂白也，却犯檀弓：孔白之母死而不喪。子思曰：爲伋也妻者，是爲白也母；不爲伋也妻者，是不爲白也母。有此兩字，故對飄然。爾雅曰：回風爲飄。白是人名，飄是風名，方是可對。晉成公綏嘯賦有云：心滌蕩而無累[一]，志離俗而飄然。舊正作詩無敵，雖有仁者無敵，用真儒無敵於天下，用對不群字，則史有爽邁不群、逸志不群、獨立不群也。小注又作無數，則如食力無數、修爵無數。其無敵不若無數，蓋下言不群，則已是無敵矣，不應更疊意也。今此亦杜公寄言於爲戲，露出消息以示太白，以爲對屬須字有出處，然後爲工之意乎？其云細論文亦在是也。清新庾開府，蕭揚州薦士表：辭賦清新。陸雲別傳：雲亦善爲文，清新不及機。俊逸鮑參軍。鮑照字明遠，爲臨海王參軍。鍾嶸曰：鮑參軍詩如野鶴翻雲，良馬走隄，俊逸奔放。趙云：世説注有云：文翰清新，自有摯虞之妙。俊逸，世説載謝安目支道林如九方皋相馬，略其玄黄，取其俊逸。庾、鮑，所以比白。庾信在周爲開府，鮑照在宋爲參軍。二人本傳及其文集序，與夫諸人議論，如鍾嶸詩品，初無清新、俊逸之目，則自杜公品之也。今讀其詩信然。渭北春天樹，江東日暮雲。事見昔遊詩。江淹詩曰：日暮碧雲合。趙云：此以引末句之意。公於凡寄遠及送行，或居此念彼，則於兩句内分言地之所在。渭北，指言咸陽。咸陽在終南山之南，渭水之北，故得名。時白在會稽，越州也，斯江東矣。何時一樽酒，重與細論文？沈休文：勿言一樽酒，明日難重持。趙云：蘇子卿云：我有一樽酒，欲以贈遠人。魏文帝著典論，有論文一篇；而庾信詩云：論文報潘岳，詠史答應璩。今云論文而至於細，則臻其妙矣，非李、杜莫造也。若兩句之勢，亦孟浩然何時一盃酒，重與季鷹傾者矣[二]。

【校勘記】

〔一〕「滌」，原作「條」，訛，據清刻本、排印本並參全晉文卷五十九成公綏嘯賦改。

〔二〕「季鷹」，原作「李膺」，訛，據百家注卷一、分門集注卷十九「何時一樽酒」二句下所引趙注並參全唐詩卷一百六十永嘉别張子容改。案，張翰，字季鷹，吴郡吴縣人。

贈陳二補闕

世儒多汩没，汩没，不振之貌。夫子獨聲名。趙云：夫子，指陳補闕。禮記：聲名洋溢乎中國。獻納開東觀，謝朓詩：獻納雲臺表。後漢：和帝幸東觀，覽書林，閱篇籍，博選術藝之士以充其官。趙云：兩都賦序：日月獻納。君王問長卿。司馬相如，字長卿。上讀子虚賦而善之，曰：朕獨不得與此人同時哉！狗監楊得意侍上，曰：臣邑人司馬相如自言爲此賦。上驚，乃召問相如。左傳曰：與君王哉！高紀：韓信曰：項羽背約而王君王於南鄭。禮記：西方有九國焉，君王其終撫諸。范增曰：君王爲人不忍。又曰：天下事大定矣，君王自爲之。皂鵰寒始急，天馬老能行。所謂窮而益堅，老而益壯也。自到青冥裏，休看白髮生。言自可致於青霄之上，無以老自怠也。趙云：大宛國汗血馬，謂之天馬，以其先乃天馬之種也。楚詞載：青冥而攄虹。

寄高三十五書記 適

歎息高生老，新詩日又多。美名人不及，佳句法如何？按新唐書：適五十始爲詩，即工，以氣質自高。每一篇已，好事者輒傳之。趙云：漢蔡邕瞽師賦曰：詠新詩以悲歌。句法，本是佛書有法句、經偈，而詩句之有法亦然，故公於詩句，問其法如何。主將收才子，崆峒足凱歌。聞君已朱紱，且得慰蹉跎。趙云：主將，哥舒翰也。翰爲河西節度使，以適爲掌書記。崆峒，隴右山名。足凱歌，言其必勝也。軍捷而還，則奏凱歌。出周禮。朱紱，雖出易，乃芾字，而曹子建用則是朱紱字；江淹雜體詩：用黻字，義皆同。朱紱，則賜緋之謂。

送裴二虯作尉永嘉

孤嶼亭何處？天涯水氣中。嶼，島嶼也。故人官就此，絶境興誰同？趙云：永嘉，乃唐之溫州倚郭縣，屬江南道，故曰水氣中。孤嶼亭，想是永嘉縣尉司景物。故人，則指裴二；就此、絶境，則指孤嶼亭矣。隱吏逢梅福，漢梅福，九江人，補南昌尉。家居常讀書，養性爲事。至元始中，王莽專政，梅福一朝棄妻子，去九江，至今傳以爲仙。其後，見福於會稽者，更名姓，爲吳市門卒。所謂隱於吏矣。趙云：指言裴二也。遊山憶謝公。謝安石寓居會稽，與羲之遊處，出則漁弋山水。常往臨安山中，坐石室，臨濬谷。雖放情丘壑，然每遊賞，必以妓女從也。趙云：謝公，謂謝靈運爲永嘉守，好遊山水，當時號之謝公。今積穀山南有謝公巖焉。郡又有東山，公登東山望海詩云：開春獻初歲，白日出悠悠。可以見其遊山之實矣。舊注非。扁舟吾已就一作具。，把釣待秋風。張翰見秋風起，乃思吳中蓴羹、鱸魚鱠，遂命駕東歸也。趙云：待秋風而把釣，是時鱸魚可鱠也。張翰吳郡人，正是吳中事。

城西陂泛舟

趙云：此渼陂也，在鄠縣西五里。後篇有與源大少府遊陂詩：應爲西陂好。可知也。

青蛾皓齒在樓船，見大食刀詩注。杜補遺：宋玉笛賦曰：命嚴春，使午子，延長頸，奮玉手，摛朱脣，耀皓齒，吟清商，起流徵。朱買臣傳：詔買臣到郡，治樓船。趙云：宋南平王白紵舞曲曰：佳人舉袖曜青蛾。相如賦：皓齒粲爛。橫笛短簫悲遠天。趙云：隋江總梅花落詩：橫笛短簫悽復咽。春風自信牙檣動，庾信賦：鐵軸牙檣。趙云：古歌辭：象牙作帆檣，緑絲何葳蕤。遲日徐看錦纜牽。吳甘寧以錦纜牽船，隋煬帝錦纜龍舟。魚吹細浪搖歌扇，燕蹴飛花落舞筵。以扇自障而歌，故謂之歌扇。搖則言浪之影也。師云：劉孝綽詩：屢將歌罷扇，回拂影中塵[一]。不有小舟能盪槳，百壺那送酒如泉。師云：古詩：舟子盪槳遊。韓奕詩：清酒百壺。趙云：槳所以隱楫之處。古詩：艇子打兩槳。酒如泉，倣左傳酒如澠之語也[二]。

【校勘記】

〔一〕「劉孝綽」，原作「劉孝標」，檢「屢將歌罷扇」二句，梁詩卷十六作劉孝綽和詠歌人偏得日照詩，當是誤置，據改。

〔二〕此注終端，原有匿名批識，曰：「魚吹細浪，指日中。故影摇曳於扇上也。」文淵閣本、文津閣本、文瀾閣本、清刻本、排印本無。

贈田九判官 梁丘

崆峒使節上青霄，河隴降王款聖朝。款，納款也。趙云：此詩乃哥舒翰獻捷之事。崆峒，隴右之名山也。翰於天寶八載，爲隴右節度使，與吐蕃戰于石堡城，更號神武軍。上青霄，言入朝見天子也。蓋領吐蕃降王以朝矣。宛馬總肥春苜蓿，大宛國漢時通，人嗜蒲萄酒，馬嗜苜蓿。後貳師至宛，取善馬，遂採蒲萄、苜蓿種而歸。將軍只數漢一作霍。嫖姚。霍去病爲嫖姚校尉。注：嫖音頻妙，姚音羊召反，皆勁疾之貌，今讀音摽摇者，非。趙云：上句則得吐蕃之馬矣。大宛最出善馬，而吐蕃亦連彼一帶，馬無不善者。苜蓿，所以飼馬肥。春苜蓿，則其入朝在春時也。下句指言翰也。嫖姚字，在漢書音去聲，而公作平聲使。又嘗曰：借問大將誰？恐是霍嫖姚。沈存中筆談亦嘗論矣。豈杜公傳受爲平聲邪？無害於義。蓋周庾信畫屏風詩押飄字韻，末句云：寒衣須及早，將寄霍嫖姚。又梁蕭子顯日出東南隅行云押霄字韻，而云：漢馬三萬匹，夫婿仕嫖姚。陳留阮瑀誰争長？王粲傳：始文帝爲五官將，及平原侯植皆好文學。粲與北海徐幹字偉長，廣陵陳琳字孔璋，陳留阮瑀字元瑜，汝南應瑒字德璉，東平劉楨字公幹，並相友善。趙云：以比田九也。誰争長，則瑀在七子之中爲勝，太祖辟之爲軍謀祭酒也。左傳：滕侯薛侯來朝，争長。京兆田郎早見招。田鳳爲郎，入奏事，靈帝目送之，曰：堂堂乎京兆田郎。鳳，字秀宗。趙云：又以比田九，取其同姓。見招字，翻使左太沖詩：馮公豈不偉，白首不見招。麾下賴君才並入，獨能無意向漁樵。麾下，謂軍中旌麾之下。漁樵，杜公自謂也。趙云：言主將麾下，賴田君之才，與諸俊併入，可獨能無意而甘心向於漁樵乎？舊注以公自謂，公時是布衣，亦豈有使干人提挈入大將幕之理邪？

贈獻納使起居田舍人

獻納司存雨露邊，武后初置匭以受四方之書，謂之理匭使，玄宗改爲獻納使。趙云：唐制，獻納使掌受封事，以獻天子，蓋取兩都賦序日月獻納也。論語：籩豆之事，則有司存。雨露邊，則言天子施恩澤之地。地分清切任才賢。劉公幹詩：拘限清切禁。趙云：此言田君之爲起居舍人，起居舍人從六品，上隸中書省，斯爲禁近矣。舍人退食收封事，唐以舍人、給事中知匭事。宮女開函近御筵。函，爲匭函也。宮女開函，以所投封事奏御也。公。舊注引武后置理匭使，玄宗改爲獻納使，其説是。趙云：詩：退食自公。在天寶九載，帝以匭聲近鬼故也。舊注又引唐以舍人、給事中知匭事，非是。蓋至德元年，方復理匭使之舊名。至寶應元年，命中書門下擇正直清白官一人知匭，以給事中、中書舍人爲理匭使。今舊注乃以中書舍人當起居舍人，以理匭使爲知匭，以寶應事當天寶，皆非。田公以起居舍人爲獻納使，故公詩有舍人字矣。曉漏追趨青瑣闥，青瑣，門也。范彦龍詩：攝官青瑣闥，遥望鳳凰池。晴窗點檢白雲篇。

薛云：右按，漢武帝秋風詞曰：秋風起兮白雲飛。淮南王安傳：武帝每爲報書及賜，常召司馬相如等視草乃遺。趙云：漢宮室有青瑣門，刻爲連瑣之狀，而青塗之。點檢白雲篇，蓋言天子親昵田君如此。揚雄更有河東賦，唯待吹噓送上天。揚雄，成帝時，客有薦雄文似相如。還，上河東賦。此子美自比雄也，故有待吹噓之句。趙云：漢成帝追觀先代遺蹤，亦思欲齊其德號。揚雄以爲臨淵羨魚，不如退而結網。上自西岳還，雄上河東賦以勸。今公自比於雄，欲有所諷諫而上河東賦，以田君爲獻納使，有吹噓之理。舊注引有薦雄者，考雄傳，薦雄時，止是甘泉賦，乃附就其説。

送韋書記赴安西

夫子欻通貴，雲泥相望縣。雲泥，猶貴賤之遠，如雲之與泥。趙云：欻音許勿切，有所吹起貌。忽然而貴也。詳公詩意，則韋君亦貧困矣，忽然通貴，遂有雲泥之隔。揚雄解嘲：當塗者入青雲，失路者委溝渠。吴蒼與矯慎書遂有乘雲行泥之語。晉丁彬書：雲泥異途，邈矣懸絶。白頭無籍在，無籍在朝列也。籍，如通籍之籍。朱紱有哀憐。曹子建：俯愧朱紱。有一作即。趙云：上句公自言也。謂無所倚藉，故用對哀憐字。或一作籍，爲通籍之籍，非唯不對，又不連接上句，又不指言誰人。蓋以言韋君則既爲官矣，以言公身則作此詩時，未曾有官也。蓋後篇重過何氏云：何路霑微禄，歸山買薄田。豈不明甚。下句言韋爲書記，則服緋矣。有哀憐，則言朱紱之人，有哀憐於我。書記赴三捷，采薇：豈敢定居，一月三捷。注：捷，勝也。三勝謂侵伐戰也。公車留二年。東方朔待詔公車。師古曰：公車令屬衛尉，上書者所詣。欲浮江海去，此别意茫然。公以道不偶時，欲放跡於江海。論語：道不行，乘桴浮于海。趙云：三赴戰勝之地，指安西主將也，又以言韋君。公車留二年，則公自謂。公自負其才，既見韋之通貴，而身留公車，故欲去而之江海矣。公三十九歲之冬，上三大禮賦，四十歲之春後，方召試得官。此三十九歲已前，未有官詩，蓋嘗有詣公車之事矣。應是三大禮賦已前，屢進賦而無報，所以云留於公車也。

陪鄭廣文遊何將軍山林十首

東方朔傳：竇太主曰：回輿，枉路臨妾山林。應劭曰：公主園中有山，謙不敢稱第，故托言山林也。

不識南塘路，今知第五橋。師云：南塘、第五橋，皆秦川地名。趙云：此兩句是對。南塘、第五橋之名，於志在萬年縣郭外之西南。後有鄭十八虔貶台州司户，而題其居云第五橋邊流恨水，皇陂岸北結愁亭。則第五橋與皇陂當是目前相近之處。長安皇子陂在萬年縣西南二十五里，以秦葬皇子，起冢陂北原上得名。以皇子陂推之，第五橋可見。如是，則何將軍山林所過之地矣，故於首句言之。名園依緑水，謝玄暉：逶迤帶緑水。野竹上青霄。北山移文：干青霄而直上。新添：庾杲之泛緑水，依芙蕖。雖其義不同，而必謂以有出處，對屬則摘字，當本諸此。谷口舊相得，前漢王貢傳：鄭子真修身自保。成帝時，大將軍王鳳以禮聘子真，子真不詘而終。揚雄曰：谷口鄭子真不詘其志，耕于巖石之下，名震京師。趙云：指言廣文也。濠梁同見招。莊子與惠子同遊濠梁之上。趙云：相視爲莊、惠也。平生爲幽興，未惜馬蹄遥。

右一

百頃風潭上，千重夏木清。師云：謝靈運詩：風潭寒皎潔。趙云：此篇直道景物。舊本作千重，非是。師民瞻本作章。漢食貨志注：大木曰章。夏木，則言其功用在夏而清也。卑枝低結子，趙云：魏文帝芙蓉池作云：卑枝拂羽蓋。師云：古詩：卑枝成屋椽。接葉暗巢鶯。師云：庾亮賦：接葉巢春語之鶯。鮮鯽銀絲鱠，香芹碧澗羹。謝靈運：銅陵映碧澗。趙云：言所煮之羹，乃碧澗之香芹也。薛補遺：碧澗，地名。唐長卿有碧澗别墅詩。翻疑柂樓底，晚飯越中行。趙云：公往時在越州，今言何將軍山林之景似之也。

右二

萬里戎王子，何年别月支？張騫傳：匈奴破月氏王。師古：月氏，西域胡國也。氏，音支。異花開絶域，滋蔓匝清池。趙云：戎王子，説者以爲花名，義固然也。下句云異花，自分明矣。言萬里，則其來遠。言月支，是必月支之物。漢使徒空到，如張騫、李廣利之類。神農竟不知。神農嘗百草之滋味。而竟不知，言多異卉也。師云：漢使如博望侯之得石榴，貳師之得苜蓿、胡桃種於絶域。而無此異花，故曰空到。本草亦不載，故曰不知。露翻兼雨打，開拆漸離披。揚雄賦：配藜四施。注：配藜，披離也。趙云：雨打雖常語，而涅盤經有風雨所打。宋玉云：白露下衆草兮，奄梧楸以離披。舊注所引非祖出。

右三

旁舍連高竹，趙云：漢高祖紀：高祖適從旁舍來。疏籬帶晚花。碾渦深没馬，碾渦，碾磑間水渦漩也。藤蔓曲藏蛇。詞賦工無益，山林跡未賒。盡捻書籍賣，來問爾東家。趙云：時公方爲布衣，故曰：詞賦工無益。又言我之蹤迹，亦不遠在山林也。王粲傳：蔡邕見而奇之曰：吾家書籍文章，盡當與之。魯有東家丘〔一〕。問字，蓋問舍之問。

右四

【校勘記】

〔一〕「魯有東家丘」，「丘」清刻本、排印本均作「某」。

賸水滄江破，殘山碣石開。師云：謝琨詩：小江流剩水。趙云：任彦昇詩：滄江路窮。此故對碣石。禹貢地名。碣石，以其碣起之石矣。所謂碑碣，蓋取此。滄江破而爲賸水，碣石開而爲殘山。賸水殘山，杜公之新語。宋子京得之，於唐書中有殘膏賸馥之句。賸，俗作剩。緑垂風折笋，紅綻雨肥梅。趙云：上句義言風折笋垂緑，下言雨肥梅綻紅。句法以倒言爲老健。銀甲彈箏用，古詩：十五學彈箏，銀甲不曾卸。以銀作指甲，取其有聲。金魚換酒來。阮孚爲常侍，以金貂換酒，帝宥之。興移無灑掃，隨意坐莓苔。趙云：此尤見其野逸之興。

右五

風磴吹陰雪，磴，石道也。磴，復象天井。師云：鮑照詩：既類風趙云：石梯之道也。雲門吼瀑泉，師云：謝光遠：山近雲門斷。酒醒思卧簟，衣冷得一作欲。裝綿。趙云：得字似問辭，言衣之冷矣，得裝綿乎？宜裝綿也。野老來看客，河魚不取錢。秖疑淳朴處，自有一山川。趙云：丘希範詩：野老時一望。左傳：河魚腹疾。淳朴者，太古之世也。以其山野，乃淳朴處矣。

右六

棘樹寒雲色，茵蔯春藕香。師云：本草：茵蔯經冬不死，因舊茵而生，故曰茵蔯。脆添生菜美，陰益食單涼。趙云：四句連義。脆添生菜美，言生菜非一矣，而茵蔯春藕之香脆，又添其美也。陰益食單涼，言鋪食單於棘樹之下，陰益其涼也。謂之益，則山中已涼而又涼也。野鶴清晨出，一作至。山精白日藏。山精，鬼魅。趙云：嵇紹昂昂然如野鶴之在雞群。蜀帝得山精以爲妻。庾信詩：山精鏤寶刀。水府，則積水之府。石林蟠水府，百里獨蒼蒼。庾信温泉碑云：貝闕龍宮，沈淪於水府。

右七

憶過楊柳渚，渚，洲渚也，荊州有渚宫。走馬定昆池。唐安樂公主作定昆池，言勝昆明池也。趙云：皆何將軍山林所經。醉把青荷葉，狂遺白接䍦。世説：白接䍦，衫也。山簡爲襄陽守，嘗醉習家高陽池。襄陽小兒歌曰：山公時一醉，逍遥高陽池。日暮倒載歸，酩酊無所知。復乘駿馬去，倒著白接䍦。舉手問葛彊，何如并州兒。趙云：陳祖孫登詩有：青荷葉日暉〔一〕。及古詩有：荷葉何田田。故合而用之。刺船思郢客，郢客善操舟。趙云：宋玉對問云：客有歌於郢中者。可化用郢客矣。解水乞吴兒。吴兒善泅。趙云：南人謂北人爲傖父，北人謂南人爲吴兒，皆常語也。暗使晉書：夏仲御能隨水爲戲。操柂正櫓，折旋中流。繼而賈充以鹵簿、妓女繞其船，統若無所聞。充曰：此吴兒是木人石心也。又可證其解水之字。坐對秦山晚，江湖興頗隨。趙云：言雖在秦地，而其山清幽，有江湖之興也。

右八

【校勘記】

〔一〕「葉」，陳詩卷六、藝文類聚卷八草部下祖孫登詠城塹中荷詩作「承」。

床上書連屋，階前樹拂雲。趙云：公於竹詩亦云：會見拂雲長。郭景純遊仙詩有：逸翮思拂霄。將軍不好武，稚子總能文。趙云：魏武帝令曰：往歲造百辟刀五枚，先以一與五官將，其餘四，吾諸子中有不好武而好文學，將以次與之。醒酒微風入，嵇康四言：微風動桂。聽詩静夜分。

沈休文：月華臨静夜。**絺衣挂蘿薜，**師云：潘尼賦：絺衣獨挂於青蘿。**凉月白紛紛。**趙云：月白謂之紛紛，言其影在薜蘿之間如此。蘿薜者，藤蘿與薜荔也。詩人每使薜蘿，謂是兩物，故得倒用。東坡亦嘗摘此爲句云：九衢人散月紛紛。

右九

幽意忽不愜，古詩：幽意無斷絶。**歸期無奈何。**趙云：幽意所以不愜者，以須有歸期故也。世説云：左太沖作三都賦，初思意甚不愜。摘而用之。**出門流水住，迴首白雲多**一作雜花多。趙云：雜花多，非。流水住，則又見其處所，當水平慢不流之處爲平地矣。師云：張潛詩：山近白雲多。**自笑燈前舞，誰憐醉後歌！秖應與朋好，風雨亦來過。**趙云：朋好，朋之相好也。顔延年作陶徵士誄：詢諸友好。此詩十篇，蓋春末夏初之作。有曰千章夏木清，有曰茵蔯春藕香，有曰醉把青荷葉；有曰巢鶯，曰肥梅；有言芹，言笋也。

右十

重過何氏五首

問訊東橋竹，師云：褚炫詩：問訊南巷土。將軍有報書。趙云：言欲重過主人，所以托爲問訊其竹，而報許之也，故有下句速往之義。倒衣還命駕，倒衣爲聞報而欲遽往，急命駕也。如詩：顛倒衣裳。高枕乃吾廬。主人無問，故客至則安之，若吾廬也。陶潛：吾亦愛吾廬。趙云：命駕字，起於每一相思，千里命駕，言往之速也。史云：不得高枕而卧。又，解嘲有：庸夫高枕而有餘。花妥鶯捎蝶，溪喧獺趁魚。重來休沐地，師云：漢律：吏五日休下沐。言休息以洗沐也。真作野人居。趙云：上句言見聞之景物也，而句法則花枝安妥之際，有鶯捎掠於蝶；溪聲喧沸之中，是獺趁魚也。漢制，有官者賜休沐。張安世傳：休沐未嘗出。今何氏山林本休沐之地，而真作野人居，則幽靜可知矣。

右一

山雨樽仍在，沙沈榻未移。犬迎曾宿客，鴉護落巢兒。趙云：此言重來所見之事：樽與榻皆前日之所設，樽在而榻未移，又見將軍之好客也。護字，公嘗使：蒼隼護巢歸。皆道實事之句。雲薄翠微寺，天清皇子陂〔一〕。皇子陂，陂名也。趙云：長安志載：翠微宮在萬年縣外終南山之上。

又云：長安縣南六十里，元和中改爲翠微寺。時在公死三十餘年之後，而今詩云寺，爲可疑。然二縣皆倚郭，雖分縣名，其實相連亘，不足疑矣。翠微既在終南之上，其山之長遠，又屬萬年，或屬長安，只以地界言之，又不足疑。惟宫、寺之名，本出臨時，而宫可謂之寺，寺可謂之宫，於義無害，故公使字偶爾犯邪。當俟博聞者辨之。若志所載，止有皇子陂，在萬年縣西南二十五里，以秦葬皇子，起冢陂北原上得名，别無黄子之稱。舊本作黄字，誤矣。公前篇云：今知第五橋，而題鄭十八著作虔詩云：第五橋邊流恨水[二]，皇陂岸北結愁亭。正相近之地，則黄子當爲皇子矣。

向來幽興極，步屧過東籬。陶潛：采菊東籬下。趙云：言幽興之極，已自前時，今重來步屧，直過東籬，言其熟也。屧，無根之履，音所夵切。

右二

【校勘記】

〔一〕「皇子陂」，「皇」原作「黄」，據文淵閣本、文津閣本、文瀾閣本、清刻本、排印本改。案，二王本杜集卷九作「黄子陂」。

〔二〕「第五橋」，「橋」原作「橘」，訛，據本卷陪鄭廣文遊何將軍山林十首其二「今知第五橋」、本集卷十九題鄭十八著作丈詩歌正文「第五橋東流恨水」及清刻本、排印本改。

落日平臺上，梁孝王傳：孝王築東苑，廣睢陽城，大治宫室，爲複道，自宫連屬於平臺三十餘里。師云：平臺非長安景[一]，杜因臺以用字耳。趙云：此直言景物耳。平臺，應是有平穩之臺，而紀其實。舊注非是。春風啜茗時。石欄斜點筆，趙云：置硯於石欄之上也。桐葉坐題詩。翡翠鳴衣桁，蜻蜓立釣絲。自今幽興熟，一作自逢今日興。來往亦無期。師云：顧況坐於流水上，得桐葉題詩云：一入深宮裏，年年不見春。聊題一片葉，寄與有情人。明日，況於上流復題，泛於陂中。後十日，復得詩意答況者。沈約詩：日色下衣桁。

右三

【校勘記】

〔一〕「平」，文淵閣本無。

頗怪朝參懶，樂於安閑，故懶於入朝參謁。應耽野趣長。雨抛金鎖甲，苔卧緑沈槍。槍甲皆器之犀利者，不以功名爲務，故雨抛〔一〕、苔卧也。薛云：右按：車頻秦書曰〔二〕：符堅使熊邈造金銀細鎧，金爲綖以纙之。緑沈，精鐵也。北史：隋文帝賜張奫緑沈槍甲，獸文具裝。武庫賦曰：緑沈之槍。杜補遺：嘗博考緑沈之義，或以爲漆，或以爲用緑爲設飾〔三〕。羲之筆經云：有人以緑沈漆竹及鏤管見遺，藏之多年。實有愛玩。詎必金寶雕琢，然後爲貴乎？此以緑沈爲漆也。又廣志曰：緑沈，古弓名。劉劭趙都賦曰：其器用則六弓四弩，緑沈黄間；堂溪魚腸，丁令角端。古樂府結客少年塲行云：緑沈明月弦，金絡浮雲轡。此言緑沈，皆謂弓也，弩名黄間，以黄飾之也。弓謂之緑沈，其亦以緑爲飾乎？緑沈槍，疑亦以緑而爲飾。趙云：甲言金鎖，以金線連鎖之也。苻堅所造，乃其類也。槍言緑沈，以緑色之物，沈抹其柄也。薛蒼舒所引，是。至引北史隋文帝所賜張奫，妄意解爲精鐵，非也。杜田所引，則可以見弓也、甲也、筆也、槍也，或緑漆之，或緑塗之，皆謂之緑沈。師云：梁簡文帝詩：吴戈夏服箭，驥馬緑沈弓〔四〕。

手自移蒲柳，家纔足稻粱。趙云：上句以言野趣之真。蒲柳，一物耳，即所謂楊也。是木有楊、有柳。爾雅曰：旄，澤柳；楊，蒲柳。是也。下句言其野趣之安。稻粱，九穀之二物。詩云：不能蓺稻粱。看君用幽意，白日到羲皇。陶潛云：羲皇上人。趙云：言到羲皇，則身到其世，即同其人。到字最爲著力。韓退之送僧澄觀言僧伽塔云：僧伽後出淮泗上，勢到衆佛尤瓌奇。乃此到字矣。言白日字，有雍容閑暇不盡之意，如「落花遊絲白日静」也。

右四

【校勘記】

〔一〕「抛」，原作「霑」，據清刻本、排印本並參詩中正文「雨抛金鎖甲」改。

〔二〕「頮」，原作「穎」，據太平御覽卷三百五十五兵部八十六改。

〔三〕「設」，文淵閣本、文津閣本、文瀾閣本、清刻本、排印本均無。

〔四〕「冀」，梁詩卷二十一簡文帝旦出興業寺講詩作「驥」。

到此應嘗宿，相留可判年。蹉跎差跌也。暮容色，衰暮也。悵望好林泉。何路霑微禄，歸山買薄田。斯遊恐不遂，把酒意茫然。賈誼鵩賦：斯遊遂成，卒被五刑。斯遊，此遊也，謂霑禄買田之事也。以爲李斯，則非。趙云：時公方爲布衣，當在三十九歲冬之前。蓋次篇杜位宅守歲詩曰[一]：四十明朝過。而公三十九歲之冬方獻三賦，次年方召試得官，授河西尉，不行，爲右率府胄曹也。斯遊恐不遂，言此遊恐不遂其意耳。

右五

【校勘記】

〔一〕「杜位宅守歲」，「守」上原脱「宅」，據本卷杜位宅守歲詩補；又，文淵閣本作「趙云時遊」，訛。

冬日有懷李白

寂寞書齋裏，終朝獨爾思。更尋嘉樹傳，不忘角弓詩。昭二年傳：晉侯使韓宣子來聘[一]，公享之[二]。韓子賦角弓[三]。既享，宴于季氏，有嘉樹焉，宣子譽之。武子曰：敢不封殖此樹，以無忘角弓，遂賦甘棠。宣子曰：起不堪也，無以及召公。趙云：晉韓宣子聘魯，公享之。宣子賦角弓，蓋言兄弟之國，宜相親也。公前有詩於白云：余亦東蒙客，憐君如弟兄。故今詩云：更尋嘉樹傳，不忘角弓詩。此與醉眠秋共被，暗使姜肱兄弟事合矣。以事出昭二年傳，故云嘉樹傳。以在書齋裏而思白，故於讀書之中，更尋得此傳。因尋此傳，故不忘角弓，言兄弟相親之意。東坡送宋希元詩云：它時莫忘角弓篇。又題萬松詩云：慇懃記取角弓詩。皆由杜公發之也。裋褐風霜入，貢禹：裋褐不完。還丹日月遲。道經言：還丹能使人長生不死。師云：言自授籙成功之晚，蓋白嘗從北海高天師授道籙於齊州紫極宮。趙云：裋褐，當以短爲正。又杜公詠懷云：賜浴皆長纓，與宴非短褐。以長對短，其義尤明。短褐言白之貧，還丹言白有仙風道骨。其所燒還丹，可以遲延日月。賀知章號曰謫仙人，白與道士司馬子微遊，則還丹在白爲當體。**未因乘興去，**王子猷乘興訪戴安道。**空有鹿門期。**漢陰有鹿門山，龐德公所隱之地。趙云：公自言無因乘興如子猷訪戴而去，徒與白有效龐德公隱鹿門山之期約也。

【校勘記】

〔一〕「侯」，文淵閣本奪。

〔二〕「之」，文津閣本作「子」，訛。

〔三〕「韓子」二字，文淵閣本奪。

杜位宅守歲

守歲阿戎家，王戎，字濬仲。少阮籍二十歲，而籍與之交。籍素與戎父渾爲友。戎年十五，隨父渾在郎舍。籍每適渾，俄頃輒去，過視戎，良久然後出。謂渾曰：共卿語，不如與阿戎談。趙云：東坡詩云：頭上春幡笑阿咸〔一〕。又云：欲喚阿咸來守歲，林烏櫪馬鬬喧譁。則杜詩善本當是阿咸字，衆本皆作阿戎。而舊注引王戎事，大誤。意者，杜位小字阿戎也〔二〕。**椒盤已頌花。**周庾信正旦詩：椒花逐頌來。趙云：晉劉臻妻元日獻椒花頌。舊注非事祖矣。**盍簪喧櫪馬，**陳陰鏗詩云：亭嘶皆櫪馬〔三〕。易：勿疑，朋盍簪。**列炬散林鴉。四十**

明朝過，飛騰暮景斜。誰能更拘束？爛醉是生涯。趙云：過，踰過也。公所以感歎，頗有深意。蓋記曰：四十曰强而仕。公於天寶九載三十九歲之冬，預獻明年三大禮賦，表云：甫行四十載矣，沈埋盛時。則亦急於仕矣。天寶十載，方召試授官，得河西尉。不行。則所當强仕之年〔四〕，官猶未定，宜其感歎之切矣。故下云：飛騰暮景斜。而撲句付之醉也〔五〕。選有羽爵飛騰。以四十對飛騰，不必以數對數，此公之妙處。景斜字，沈約傳：景斜乃出。

【校勘記】

〔一〕「春」，蘇軾集卷十七和子由除夜元日省宿致齋三首其二作「銀」。

〔二〕「戎」，原作「咸」，訛，據清刻本、排印本改。

〔三〕「皆」，陳詩卷一陰鏗廣陵岸送北使作「背」。

〔四〕「所」，清刻本、排印本作「正」。

〔五〕「飛騰暮景斜而撲句付之醉也」，「斜而」文津閣本作「叙西」，「撲」清刻本、排印本作「末」，均訛。

與鄠縣源大少府宴渼陂得寒字

應爲西陂好，金錢罄一飡。上林賦：日出東沼，入乎西陂。前漢：曹丘生招權顧金錢。吴越春秋：伍子胥至瀨水之上，謂女子曰：夫人，可得一飡乎？孔融傳：一飡之惠必報。飯抄雲子白，雲子，雨也。荀子雲賦曰：託地而遊宇，友風而子雨。瓜嚼水精寒。薛云：漢武帝内傳：王母謂帝曰：太上之藥，有風實雲子。師云：漢武帝煉丹成，以赤者爲桃實，白者爲雲子。趙云：雲子，指言菰米飯也。西陂中則有菰矣。宋玉云：主人女炊香菰之飯。惟菰米之香滑潔白，然後足以當雲子之譬。或曰：菰米本黑，不白也。然公詩有云：秋菰爲黑穟〔一〕，精鑿成白粲。則春之精乃白矣。雲子，出漢武帝内傳。薛蒼舒所引是，舊注非。無計迴船下，空愁避酒難。主人情爛熳，持答翠琅玕。四愁詩：美人贈我翠琅玕，何以報之雙玉盤。趙云：情爛熳，蓋情多之意。持答翠琅玕，意以篇什當之也。

【校勘記】

〔一〕「秋菰爲黑穟」，「秋」文津閣本、清刻本、排印本作「秒」，訛。案，本集卷十一行官張望補稻畦水歸詩「爲」作「成」、「穟」作「米」。

崔駙馬山亭宴集

蕭史幽棲地，蕭史，弄玉夫也，好吹簫，教弄玉作鳳鳴，而作鳳臺。一旦，夫妻皆隨鳳去。趙云：蕭史，秦女弄玉之婿，故得以言駙馬。林間踏鳥毛〔一〕。洑流何處入，洄洑之水也。亂石閉門高。趙云：皆言其幽棲。客醉揮金椀，詩成得繡袍。李白外傳云：白對明皇撰樂府新詞，得宫錦袍。趙云：醉揮金椀，詩得繡袍，皆富貴家事。揮者，棄也。既醉而遂以金椀與之。史有揮槖金者。又，戴暠詩云：揮金留客坐。乃此詩揮金椀之義。武后使東方虬、宋之問賦詩，先成者得錦袍。亦此得繡袍之謂。舊注所引非是，蓋詩意不在此。清秋多宴會，終日困香醪。

【校勘記】

〔一〕「鳥」，清刻本、排印本作「鳳」。案，二王本杜集卷九作「鳥」、錢箋卷九作「鳳」。

九日楊奉先會白水崔明府

今日潘懷縣，潘岳自河陽轉懷令。同時陸浚儀。陸雲出補浚儀令。縣居都會之要，爲難理，雲到官肅然。坐開桑落酒，世説：桑落河多美酒。來把菊花枝。晉陽秋曰：陶潛九月九日無酒，宅邊摘菊盈把。望見白衣人至，乃王弘送酒〔一〕，便飲醉而歸。趙云：上句指言兩令之相會也。劉隨善造酒〔二〕，熟於桑落之辰，故酒得名焉。水經載之詳矣。庾信從蒲史君乞酒曰：蒲城桑落熟〔三〕，灞岸菊花秋。又謝衛王賜桑落酒詩曰：停盃待菊花。蓋桑葉落，則菊花開之時。當桑葉落而酒熟，乃飲酒之候矣。舊注非。天宇清霜淨，言氣宇清澈也。公堂宿霧披。衛瓘見樂廣曰：若披雲霧而覩青天。趙云：公自言其得見二令。公堂，則楊奉先之公堂也。晚酣留客舞，鳧舄共參差。王喬爲鄴令事。參差，亦包兩令言之。

【校勘記】

〔一〕「王弘」，文瀾閣本、清刻本、排印本作「王宏」，係避諱。

〔二〕「劉隨」，洛陽伽藍記卷四作「劉白墮」。

〔三〕「落熟」，北周詩卷四庾信就蒲州使君乞酒詩作「葉落」。

贈翰林張四學士

翰林逼華蓋，蔡邕傳：擁華蓋而奉皇極〔一〕。逼，言密邇帝座〔二〕。鯨力破滄溟。杜補遺：晉天文志曰：大帝上九星曰華蓋，所以覆大帝之座也。天子之華蓋象之。古今注曰：華蓋，黄帝所作也〔三〕。與蚩尤戰于涿鹿之野，常有五色雲氣，金枝玉葉覆之，而作華蓋。唐百官志：玄宗初，置翰林待詔，以張説、張九齡等爲之，掌四方表疏批荅、應和文章；既而又以中書務劇，乃選文學之士，號翰林供奉，分掌制誥書勑。又改供奉爲學士，專掌内命。其後，選用益重，而禮遇益親，至號爲内相，又以爲天子私人。内宴則居宰相之下，一品之上。韋執誼翰林舊事曰：翰林院在右銀臺門内，麟德殿西。學士院在翰林院之南。後又置東院於金鑾殿西，隨上所在而遷，取其近便也。故事，中書黄麻，爲綸命重輕之辨。近者所出，獨得用黄麻；有用白麻者，皆在此院。矧此院之置，尤爲切近，左接寢殿，北瞻彤樓，晨趍瑣闥，夕宿嚴衛，密之至也。備待顧問，辨疑釋非，持縑牘〔四〕，授遣群務，職之重也。趙云：又職林云：自至德後，天子召集賢學士于禁中草詔，因在翰林待進止，遂以名而置院。每在禁中，天子所在，皆有待詔之所，斯爲逼華蓋矣。滄溟，又以遊泳寬縱之地，鯨力破之，則如宗慤云「願乘風破萬里浪」之破。**天上張公子，**公子，公侯之子孫，美張翰林稱。天上，言非人間。趙云：凡詩人於姓張者，得曰張公子，蓋以前漢趙皇后傳有張公子，時相見；如杜牧贈張祜亦曰：誰人得似張公子。是也。以其在禁中，故言天上也。舊注非是。**宮中漢客星。**漢光武引嚴光入，論道。太史奏：客星犯御座甚急。趙云：博物志載：後漢人乘槎至天河之側，見飲牛者。使問嚴君平。嚴曰：客星犯斗牛。而公詩每作張騫爲使尋河事，蓋承用然也。如庾肩吾奉使江州船中七夕詩曰：漢使俱爲客，星槎共逐流。亦以漢使貼星槎使矣。今詩與張學士，故得用張騫事，舊注非。**賦詩拾翠殿，佐酒望雲亭。**賦詩、佐酒，言侍從宴賞也。趙云：拾翠在東内大福殿東南，望雲在西内景福臺西。以其應和文章，且禮遇内宴。**紫誥仍兼綰，黄麻似六經。**翰林學士掌制誥。紫誥，謂以紫泥封誥也。黄麻謂寫詞於黄紙上，似六經言訓辭深厚如六經也。杜補遺：隴右記曰：武都紫水有泥，其色紫而粘，貢之用封璽書，故詔誥有紫泥之美。後漢輿服志注：漢舊儀曰〔五〕：天子信璽，六。皆以武都紫泥封，青囊，白素裹，兩端無縫。元注紫泥封誥是已。王子年拾遺：元封元年，浮圻國貢蘭金之泥。此金出陽淵，水常沸湧。金狀混混若泥，如紫磨之色。以此封詔函及諸宫門，鬼魅不敢干。漢世，上將出征，及諸使絕國，多以此泥爲印封。衛青、張騫、傅介子、蘇武之使，皆受金泥之璽以封也。馮鑑續事始：貞觀十年，太宗詔用黃麻紙寫詔勅文。又高宗上元三年詔曰：勑制施行，既爲永式，比用白紙，多爲蟲蠹。自今以後，尚書省頒下諸司諸州縣並用黃紙。趙云：李肇翰林志云：凡賜與、徵召、宣索、處分曰詔，用白麻紙。慰撫軍旅曰書，用黃麻紙。又云：南詔及清平官書用黃麻紙。**內分金帶赤，恩與荔枝青。**翰林拜命日，賜金荔枝帶。趙云：楊文公談苑載：腰帶，凡金玉犀銀之品，自樞宰、節度使賜二十五兩金帶，舊用荔枝、松花、御仙三品。雖是本朝名式，然稱舊用，則亦循唐故事矣。三品以荔枝爲首，本以賜樞宰、節度。今詩句則言出於殊恩，非常例故也。謂之荔枝青，言金色之青熒也。公詩又曰：君看銀印青。**無復隨高鳳，**高鳳，後漢逸民也，言張翰林已在顯貴，不復與高鳳爲偶矣。**空餘泣聚螢。**車胤家貧無燈火〔六〕，以絹囊盛螢火以照書讀之。杜正謬：高鳳者，鳳之飛鳴必在於高，如詩云「鳳凰鳴矣，于彼高岡」之類。顏延年秋胡詩云：椅梧傾高鳳，寒谷待鳴律。元注非是。趙云：此公自謂也。高鳳，指言張翰林。舊注非特無義〔七〕，豈可以人名對聚集之螢乎？詩意蓋云：我不能更隨張翰林之高騫，而止餘泣於聚螢耳。**此生任春草，垂老獨漂萍。**春草，言不實，流落漂泛，如萍之在水也。趙云：此言任春時之草生幾度，更不管年華之去耳。此感槩之言，舊注非是。**儻憶山陽會，悲謌在一聽。**山陽，嵇康所居，乃竹林之會也。向秀經康山陽舊居，作聞笛賦。趙云：向秀思舊賦序云：與嵇康、呂安居止接近。公今所謂會字，蓋嵇、向、呂也。它日，向秀不見嵇康，作思舊賦。公今言儻憶者，正預指它日隔闊之事，意謂若以山陽之會爲可憶，則今日悲歌，宜在一聽，而勿忽之也。

【校勘記】

〔一〕「擁華蓋而奉皇極」，「而」，文淵閣本作「兩」；「奉」，文瀾閣本作「白」，皆訛。

〔二〕「邇」，文淵閣本作「而」，訛。

〔三〕「華蓋黄帝所作也」，「蓋黄」二字文津閣本脱；又，「黄」字文淵閣本、排印本作「皇」；案，唐六典卷十一引崔豹古今注作「黄」。
〔四〕「缣」，文津閣本作「兼」，訛。
〔五〕「漢舊儀」，文淵閣本、文津閣本、文瀾閣本、清刻本、排印本作「漢書儀」。
〔六〕「車胤」，清刻本、排印本作「車允」，係避諱。
〔七〕「特」，文淵閣本作「待」，訛。

送張二十參軍赴蜀州因呈楊五侍御

好去張公子，見前注。通家别恨添。兩家相通來往言至契熟，此别恨所以添耳。趙云：通家字，使孔融語。兩行秦樹直，萬點蜀山尖。趙云：張二十由秦而趨蜀，其所歷者，秦樹與蜀山也。樹直、山尖語可謂新奇矣。直，蓋直木無曲影之直。御史新驄馬，謂呈揚侍御也。桓典拜侍御史，常乘驄馬，京師畏憚，爲語曰：行行且止，避驄馬御史。參軍舊紫髯。爲張赴參軍也。郗超髯，府中語曰髯參軍。趙云：舊注是，但紫髯字，却因孫權傳號紫髯將軍可得取而合用之。皇華吾善處，於汝定無嫌。皇華，遣使臣之詩也，言張有使才。趙云：詩：皇皇者華。兩句正以言揚侍御爲皇華之使，乃吾所厚善之人，則於張二十亦必無嫌，所以薦之也。舊注非是。

陪諸貴公子丈八溝攜妓納涼晚際遇雨

落日放船好，輕風生浪遲。竹深留客處，荷淨納涼時。趙云：自梁簡文帝來，皆有納涼詩，而陳徐陵詩句有曰：納涼高樹下；簡文帝晚景納涼詩曰：鳥栖星欲見，荷淨月應來。公子調冰水，佳人雪藕絲。謝玄暉詩：秋藕折輕絲。薛蒼舒、杜補遺皆言，如家語以黍雪桃之雪，且引其注云：雪，拭也。趙云：貴家有以蜜或乳糖伴雪而食者。冰水言調，豈亦用香美之物調和之乎？不然，觸冰爲水爲戲耳。雪藕絲，蓋雪斷之雪。此是方言，如家語，則後人所謂洗雪之雪者矣，非此之謂。片雲頭上黑，應是雨催詩。趙云：此蓋以爲戲也。雨甚，當速歸，而詩不了，則黑雲將欲爲雨以催之矣。東坡嘗使「纖纖入麥黄花亂，颯颯催詩白雨來」。

右一

雨來霑席上，風急打船頭。急一作惡。趙云：涅槃經云風雨所打。亦是方言，蓋江南有謂之打頭風者也。越女紅裙濕，燕姬翠黛愁。越多美女。西施，越女也。古詩：燕趙多佳人。趙云：越女、燕姬，蓋枚乘七發云：越女侍側，齊姬奉後。而鮑明遠舞鶴云：燕姬色沮，巴童心耻也。纜侵隄柳繫，幔卷浪花浮。浪起如花也。趙云：急雨當避，進舟於岸傍，故侵隄柳而繫纜也。下句幔卷於浪花浮之間，蓋雨景中看之也。卷字與梁簡文帝納涼詩「珠簾影空卷」，及王勃「珠簾暮卷西山雨」之卷同。歸路翻蕭颯，陂塘五月秋。趙云：必著稱月者，以當五月炎天，而遂成秋爲可記録。范元實詩眼嘗論其類此者。

右二

白水明府舅宅喜雨得過字

吾舅政如此，喜雨之應禱，故美其政也。古人誰復過！碧山晴又濕，白水雨偏多。精禱既不昧，歡娛將謂何？湯年旱頗甚，今日醉絃歌。湯有七年之旱。此詩先言精禱不昧，即禱而得雨也。故有「醉絃歌」之句。論語：聞絃歌之聲。

陪李金吾花下飲

勝地初相引，徐行得自娛。見輕吹鳥毳，隨意數花鬚。趙云：徐行所以對勝地，其作余行，非。吹鳥毳、數花鬚，所以自娛。細草稱偏坐，香醪懶再沽。趙云：稱字去聲。如公嘗使「偏勸腹腴愧年少」、「漁父忌偏醒」、「驥病思偏秣」之義。此飲酒闌珊而歇於細草之上，惟其偏可於此坐，則不思起矣，雖酒盡亦懶再沽也。**醉歸應犯夜，可怕李金吾。**漢制，金吾將軍主徼巡京師。杜補遺：按韋述西都新記曰：京城街衢，有金吾曉暝傳呼，以禁夜行；唯正月十五日夜，勑許金吾弛禁，前後各一日。故中書侍郎蘇味道上元詩有「金吾不禁夜〔一〕，玉漏莫相催」之句。趙云：此戲李金吾也。王褒洞簫賦云：頌有醉歸之歌。犯夜，亦有所載，世説云：王安期作東海，吏録犯夜人至。王問：何處來？云：從師受書還，不覺夜。王曰：鞭撻甯越以立威名，恐非致化之本。使吏送歸其家。薛夢符所引李廣霸陵事，非。言可怕，則不怕之也。與可憚、可但、可能之可同。

【校勘記】

〔一〕「禁」，原作「惜」，訛，據文淵閣本、文津閣本、文瀾閣本、清刻本、排印本並參全唐詩卷六十五蘇味道正月十五夜詩改。

贈高式顔

趙云：高適之族姪也。見適集。

昔别是何處？相逢皆老夫。趙云：是字可以對皆字，一作人，非是。**故人還寂寞，削跡共艱虞。**莊子：孔子削跡于衛。趙云：削跡，莊子又曰削跡捐勢。則自削藏也。削跡于衛，則人拂削其跡。今此言共艱虞〔二〕，則遭人棄逐矣，此所爲寂寞也〔三〕。**自失論文友，空知賣酒壚。平生飛動意，見爾不能無。**趙云：魏文帝典論有論文一篇。論文最爲難事，公與李白詩云：何時一樽酒，重與細論文。則李白與公敵體，方能當之。今指高爲論文之友，則必能文者。友既相失，空知酒壚所在，不復有人可與共飲也。相如傳注云：壚者，賣酒之處。無人共飲，則亦沈滯塊處而已。忽一見高式顔，則平生飛揚轉動之意，不能自已也。沈佺期於李侍郎祭文云：思含飛動，才冠卿雲。

【校勘記】

〔一〕「艱」，文淵閣本、文津閣本作「難」，訛。

〔二〕「爲」，清刻本、排印本作「謂」，訛。

贈比部蕭郎中十兄 甫從姑之子。

有美生人傑，詩：有美一人。漢高祖云：三者皆人傑，吾能用之。由來積德門。書：汝方積德。漢叔孫通：禮樂，百年積德而後可興。漢朝丞相系，謂蕭相國何。梁日帝王孫。梁武帝姓蕭。趙云：此篇是正格，破題便對。詩：有美一人。生人傑，應是生民傑。唐太宗名世民，故每改世爲代，改民爲人。孟子云：自生民以來，未有如孔子者。易：其所由來者漸矣。詩人多用積德字，庾信周齊王銘曰：胄其積德，必有君臨也。此以引下句。蘊藉爲郎久，以蘊藉而爲郎也。東觀漢記：桓榮温恭有蘊藉。文穎曰：寬博有餘也。魁梧秉哲尊。周勃傳〔一〕：魁梧奇偉。一音悟，魁言丘墟壯大之意也。悟者，言其可驚悟也。趙云：張良贊：聞張良之智勇，以爲其貌魁梧奇偉。注：魁，大貌。梧，言其可驚悟。雖音去聲，而公作平聲，蓋當時皆讀爲吾焉，顔師古自言之矣。司馬相如以貲爲郎；卜式不願爲郎。書：經德秉哲。詞華傾後輩，風雅靄孤騫。趙云：騫字從鳥，虚言切，飛舉之貌也。此屬元字韻中。若其下從馬而爲騫字，却是起虔切，注云：「馬腹縶，又虧也。」乃屬先字韻。學者多誤，故爲明之。宅相榮姻戚，晉魏舒少孤，爲外家寧氏所養。寧氏起宅，相宅者云：當出貴甥。舒曰：當爲外氏成此宅相。後果爲公[二]。杜補遺：北史李靈傳：邢晏稱其甥李繪曰：如對珠玉，宅相之奇，良在此甥。又文苑傳：王褒，字子深，七歲能屬文。外祖梁司空愛之，謂賓客曰：此兒當成吾宅相。趙云：蕭兒，杜家之外孫，故比之魏舒。兒童惠討論。言方兒童時，得蕭兄惠，以討論之益矣。自此而下，公轉入自述之事也。書序：討論墳典。見知真自幼，潘安仁懷舊賦序云：余十二而獲見知於父友東武戴侯楊君[三]，遂申之以婚姻。

謀拙愧諸昆。子美與蕭爲姑舅之昆仲也。趙云：言見知於蕭兄已自幼時。而自後謀拙，則每愧諸兄。書盤庚：予亦拙謀，作乃逸。漂蕩雲天闊，沈埋日月奔。雲天闊，言漂蕩而相去遼遠也[四]。日月奔[五]，謂沈埋而歲月易失也。致君時已晚，懷古意空存。趙云：其謀拙者，飄蕩於外而不能仕進以致君也。魏應璩與從弟君胄書曰：思致君於有虞，濟蒸民於塗炭。懷古，則選曰[六]：眄山川而懷古。又曰：慨長思而懷古。其飄蕩於外，乃在齊魯。下句使山陽、愚谷事，乃是齊魯相近之地。地理志：山陽，漢屬兖州。愚公谷在青州臨淄。考之地圖，青州在兖之東，而臨淄縣在州西北四十里，則山陽與愚谷相近審矣。既在齊魯，則爲雲天闊；既漂蕩之久，則爲日月奔。日月既奔，則致君遂晚，而徒餘懷古之意存耳。中散山陽鍛，嵇康爲中散大夫，性絶巧好鍛。王戎自言與康居山陽二十年，未嘗見喜愠之色。向秀傳：嵇康善鍛，秀爲之佐，相對欣然，旁若無人。趙云：嵇康居在山陽。初康貧，與向秀鍛於大樹之下，自贍給。潁川鍾會，貴公子也，精練有才辯，故往造焉。康不爲之禮而鍛不輟。良久會去。康謂曰：何所聞而來？何所見而去？會以此憾之，譖康於帝，卒有東市之刑。公在山陽之間，因懷古感槩。愚公野谷村。列子：愚公移山，而山北之叟笑之。趙云：韓子：齊桓公逐鹿入谷，見一老，問是爲何谷。對曰：爲愚公谷，以臣名之。桓公曰：視公儀狀非愚人，何爲以愚公名之？對曰：臣故畜牸牛，生子大，賣之而買駒。少年曰：牛不能生馬，遂持駒去。傍鄰以臣爲愚，故名愚公。管仲再拜，曰：此夷吾之過也。使堯在上，咎繇爲理，安有取駒者乎！舊注所引，豈可謂之野谷村哉？公在愚谷之間，因懷古感槩焉。懷愚公之村則有强者凌轢之思矣。杜云：庾信小園賦〔七〕：坐帳無鶴，支床有龜。一寸二寸之魚，三竿兩竿之竹。名爲野人之家，是謂愚公之谷。**寧紆長者轍，歸老任乾坤。**陳平以席爲門，多長者車轍。陶潛：王公紆軫。趙云：公在山陽、愚谷之間，自以其地僻矣，而蕭兄臨之，故有此句。言不煩蕭兄之枉顧，姑任乾坤而歸老，則蕭兄必是向西北人，自此歸矣。感動蕭兄，我亦將自飄蕩，亡所歸焉〔八〕。蓋孤憤之辭也。

【校勘記】

〔一〕「勃」，文淵閣本、文津閣本作「悖」，訛。

〔二〕「後果爲公」，句前文淵閣本有「舒」字。

〔三〕「武」，原作「越」，據文選卷十六、全晉文卷九十一潘安仁懷舊賦改。

〔四〕「相」，文淵閣本脱。

〔五〕「日月奔」，句前文淵閣本有「又」字。

〔六〕「則」，文淵閣本作「賦」。

〔七〕「庾信小園賦」，原作「江淹兔園賦」，文津閣本作「江淹杜云賦」，均訛，據清刻本、排印本並參全後周文卷八庾信小園賦改。

〔八〕「焉」，文淵閣本、文津閣本作「矣」。

九日曲江

綴席茱萸好，風土記：俗於九月九日，折茱萸房以插頭，言辟邪惡。萸，食餌，飲菊花酒，云令人長壽。蓋傳自古，莫知其由。今學者但知費長房教桓景避災厄，令舉家縫茱萸囊繫臂事，而又風土記所云〔一〕，是不知本始也。浮舟菡萏衰。蓮，莖爲茄，葉爲荷，花爲菡萏，根爲藕。季秋時欲半，一作百年秋已半。趙云：西京雜記：九月九日佩茱之句無義。九日意兼悲。江水清源曲，西京雜記：以水源屈曲，故謂之曲江。荆門此路疑。桓温以九日宴從事於龍山，孟嘉落帽。龍山，在荆州門外也。趙云：按劇談録：曲江本秦時隑洲。隑即碕字，巨依切。唐開元中疏鑿爲勝景。南即紫雲樓、芙蓉苑；西即杏園、慈恩寺。花卉環列，煙水明媚。都人遊賞，盛于中和、上巳節。九域志載：江陵府古跡有落帽臺，乃龍山矣。今言在曲江作重九，而疑是龍山，故曰荆門此路疑。晚來高興盡，搖蕩菊花期。陶潛九日無酒，折菊盈把。至晚，王弘送酒，遂醉而返。趙云：此言日晚興盡，則菊花期約又在明年今日焉。斯爲搖蕩矣。殷仲文九井作詩：獨有清秋日，能使高興盡。

【校勘記】

〔一〕「又」，清刻本、排印本作「引」。

官定後戲贈

時免河西尉，爲右衛率府兵曹。趙云：此公自贈耳，故云戲也。

不作河西尉，淒涼爲折腰。陶潛爲彭澤令，郡遣督郵至，縣吏白應束帶見之。潛歎曰：吾不能爲五斗米折腰。老夫怕趨走，率府且逍遥。老夫，自言也，謂州縣有趨走之勞，故怕；率府，閑曹也，得自肆而已。耽酒須微禄，狂歌托聖朝。故山歸興盡，回首向風飈。趙云：天寶九載冬，公預獻三大禮賦。明年十載，乃召試文章，初授河西尉，辭不行，更授衛率府兵曹，故得以老夫爲稱。謂須微禄，故無復歸山之興，但臨風回首而已。興盡，王子猷興盡之義。選詩有樹頭鳴風飈。

承沈八丈東美除膳部員外阻雨未遂馳賀奉寄此詩

今日西京掾，多除南省郎。府掾四人，同日拜郎。通家惟沈氏，謁帝似馮唐。趙云：孔融謁李膺，曰：我乃李君通家子弟也。選詩云：謁帝承明廬。馮唐，則公以自比，蓋唐以白首而見文帝，公四十歲始緣獻賦召試見明皇也。詩律群公問，儒門舊史長。趙云：上句公自言其能詩，下句以言沈東美。謂之舊史，則東美者，史官沈既濟之胄也。清秋便寓直，寓，寄也。晉潘岳兼虎賁郎將，寄直於散騎省。故云寓直。列宿頓輝光。謂郎官上應列宿。趙云：上以言沈受命之時。便，平聲。下以言沈爲膳部，蓋郎官應哀烏之星。未暇申宴慰，含情空激揚。司存何所比，比，屬也，言司之所在何屬。膳部默悽傷。甫大父昔任此官〔一〕。趙云：論語：籩豆之事，則有司存。言沈丈之司，何所比擬乎？公直以比其大父也，蓋公之大父審言嘗爲此官，故因沈丈而追感矣。公自注云大門〔二〕，則大父之新稱。師民瞻本直改作大父，以俟博聞者訂之。貧賤人事略，經過霖潦妨。禮同諸父長，恩豈布衣忘。父長，猶父兄之行也。相尊爾，天子謂同姓諸侯。諸侯謂同姓，大夫皆曰父。趙云：以尊沈丈之年。布衣，則公新召試入官，前此蓋布衣耳。天路牽騏驥，雲臺引棟梁。趙云：枚乘古樂府云：美人在雲端，天路隔無期。而袁彦伯三國名臣贊曰：整轡高衢，驤首雲路。此牽騏驥之謂也。淮南子云：雲臺之高。高誘注：高際於雲，故曰雲臺。袁彦伯三國名臣贊，其言魯肅：曰荷檐吐奇，乃構雲臺。此引棟梁之謂也，即非漢之臺名。傳云：驊騮騏驥，天下之良馬也。陸玩祝曰：莫傾人棟梁。以比沈丈得位，而引末句之意。徒懷貢公喜，颯颯鬢毛蒼。見竊效貢公喜注。王陽在位，貢禹彈冠。趙云：貢公喜字，杜田於首篇止引劉孝標絶交論云：王陽登則貢公喜，罕生逝而國子悲。爲補舊注之遺。此豈獨出於劉孝標邪！陸機鞠歌行云：王陽登，貢公歡，罕生既没國子歎。孰謂前人不相依傍歟？此亦注文選所不到矣。

【校勘記】

〔一〕「大父」，原作「大門」，據二王本杜集卷九、錢箋卷九此詩正文「膳部默悽傷」下引杜甫自注「甫大父昔任此官」改。案，此條趙次公注云「師民瞻本直改作大父」，則師氏當有所據。

〔二〕「公自注云大門」，「大門」二王本杜集卷九此詩杜公自注作「大父」。

新刊校定集注杜詩卷十九

近體詩

奉留贈集賢院崔于二學士 國輔、休烈

昭代將垂白，昭，明也，昭代猶明時。謝靈運：星星白髮垂。途窮乃叫閽。公因不第乃獻賦。阮籍哭途窮。思玄賦[一]：叫帝閽。氣衝星象表，趙云：揚雄甘泉賦：選巫咸兮叫帝閽。氣衝星象，暗以劍爲喻。文選：上應星象。詞感帝王尊。公嘗有詩云「往年文彩動人主」。趙云：此四句言獻三大禮賦也。當天寶九載，時方隆盛。公年三十九歲，雖窮困，自負其才，獻賦而上悦之，故云。舊注引公詩，非是。蓋此方敍述其獻賦之意。而莫相疑行，舊注所云則言獻賦之後聲問輝赫[二]，召試中書堂而文彩動上也。昭代，本是昭世字，鮑明遠云：浮生旅昭世。唐太宗諱世民，故改世爲代，如蓋世改爲蓋代，民傑改爲人傑。杜欽傳：紅陽侯與欽子業書曰：誠哀老姊垂白。天老書題目，春官驗討論。春官，宗伯。公常不第於春官。趙云：此却是方言試

文章，所謂「集賢學士如堵墻，觀我落筆中書堂」時也。舊注所言又非是。蓋有「詞感帝王尊」，已言召試之文了，却接言初赴舉時乎？公於進封西岳賦表云：幸得奏賦，待制於集賢，委學官試文章。則出題目者宰相，而審驗之者禮部矣。三公，謂之卿老，又謂之元老、天老，蓋天子之老也。而黄帝之臣有天老焉。**倚風遺鷁路，**左傳：六鷁退飛過宋都，風也。公自言不第，若鷁之遇風遺路耳。**隨水到龍門。**三秦記：龍門魚登者化爲龍。公不第，故曰到也。**竟與蛟螭雜，寧**一作空。**無燕雀喧。**言不能自致霄漢，故雜蛟螭也。燕雀，喻小人也。**青冥猶契濶，陵厲不飛翻。**趙云：此六句蓋公以文彩動人主矣，意其遂騰踏進用，止授河西尉，不行，改右衛率府兵曹而已〔三〕，此公所以嘆也。與上韋左丞古詩云「主上頃見徵，欻然欲求伸。青冥却垂翅，蹭蹬無縱鱗」同意。而舊注乃以自言其不第，其誤以春官爲赴舉時，故爾。倚風遺鷁路，言倚賴風而往矣，反遭回風而遺失其所往之程路，此乃曲折之句也。龍門，在河中府。其水湍險，魚登者化爲龍。隨水到，則隨水到之而已，不能過也。到龍門而不過，則猶雜蛟螭；遺鷁路而不進，則不免群燕雀而受其喧也。寧無，作空無，非也。青冥，雲也。祖出楚詞，而任彦昇爲王儉文集序：勗以丹霄之價，宏以青冥之期。詩：死生契闊。凌厲者，徑上跨越之義。劉歆遂初賦曰：登句注以凌厲。而嵇叔夜承之云：凌厲中原。飛翻，則王粲詩曰：苟非鴻鵠，孰能飛翻。**儒術誠難起，家聲庶已存。**見烜赫舊家聲注。**故山多藥物〔四〕，勝槩憶桃源。**見欲問桃花宿注。趙云：儒術誠難起，乃儒冠多誤身之意。故山，則襄陽也。甫本襄陽人，徙河南鞏縣。其在長安，則居於杜陵。今在長安作詩而思故山，乃言襄陽矣。桃源，在今鼎州。襄陽之於鼎，雖隔江而頗近。蓋以地志考之，自襄州至鼎州界，總無三百里耳。荀子：儒術行，則天下富。司馬子長曰：李陵頽其家聲。**欲整還鄉旆，長懷禁掖垣。**劉楨詩：誰謂相去遠，隔此西掖垣。**謬稱三賦在，難述二公恩。**甫獻三大禮賦出身，二公常稱述。趙云：整旆字，如劉公幹整駕之整。長懷，則懷崔、于二學士也，蓋集賢院在禁中矣。

【校勘記】

〔一〕「思玄賦」，「玄」原作「元」，係避諱，此改。

〔二〕「問」，文淵閣本作「聞」。

〔三〕「右衛率府兵曹而已」，「衛」文淵閣本、文津閣本、文瀾閣本作「尉」，訛；「而」文津閣本作「已」，訛。

〔四〕「山」，原作「出」，底本圈改作「山」，是，據改。

故武衛將軍挽歌三首

嚴警當寒夜，前軍落大星。晉陽秋〔一〕：是日〔二〕，有星赤而芒角，自東北西南流，投于諸葛亮營。三投再還，往大還小。而亮薨。趙云：軍事以嚴終，軍中謂之嚴警。壯夫思感決，哀詔惜精靈。趙云：感決，疑是敢決。蓋思其敢決邁往之氣也。或是感決，欲隨之以死。王者今無戰，鍾士季檄蜀文：王者之師，有征無戰。書生已勒銘。班孟堅爲竇憲作勒燕然山銘。趙云：無戰、勒銘，言已收將軍之功而享此矣，不得蒙寵加秩而死。封侯意疏闊，編簡爲誰青。

李廣不封侯。餘見青簡爲誰編注。趙云：謂朝廷封侯之意已疏闊矣，則將軍無傳以書於信史，雖有編簡，爲誰而青乎？古者以竹簡寫書，凡欲書，則先殺其青，故謂之青簡。

右一

【校勘記】

〔一〕「晉陽秋」，文淵閣本、文津閣本、文瀾閣本作「晉陽春秋」。

〔二〕「是日」，文淵閣本、文津閣本、文瀾閣本作「曰」。

舞劍過人絶，高祖紀：項莊請以劍舞，因擊沛公。鳴弓射獸能。曹子建詩：攬弓捷鳴鏑，驅上彼南山。左挽因右發，一縱兩禽連。銛鋒行愜順，猛噬失蹻騰。赤羽千夫膳，黃河十月冰。趙云：銛鋒，言舞劍之絶也。猛噬，言射獸之能也。蹻，本音巨虐切，而在唐韻又音巨嬌切。注云：驕也。家語：赤羽若日，白羽若月。千夫膳，言所膳者，千兵也。橫行沙漠外，所向無前也。神速至今稱。岑彭兵至蜀，公孫述以杖擊地，曰：是何神也？趙云：前漢季布傳：樊噲願得十萬衆，橫行匈奴中。公詩意武衛將軍止提赤羽之千兵，渡十月之冰河，能橫行而神速矣。兵機以速爲神。

右二

哀挽青門去，新阡絳水遙。哀挽，哀歌也。漢書：霸城門，民間所謂青門也。趙云：邵平種瓜青門外，其門在東。何以知之？蕭何傳云：平種瓜長安城東也。武衛將軍蓋絳州人，其柩歸絳，則由城東而去矣。絳水出絳山。智伯曰：絳水可以浸安邑是已。路人紛雨泣，諸葛亮亡，人皆野哭。天意颯風飄。杜補遺：曹子建作王仲宣誄曰：延首歎息，雨泣交頸。注：雨泣，言泣下如雨。趙云：杜田所引是。然曹子建本用説苑所云：鮑叔死，管仲舉上衽而哭之，泣下如雨。部曲精仍鋭，見二十七卷部曲異平生注。匈奴氣不驕。無由覩雄略，大樹日蕭蕭。見十八卷更識將軍樹注。

右三

九日藍田崔氏莊

老去悲秋强自寛，宋玉曰：悲哉，秋之爲氣也。興來今日盡君歡。趙云：列子載孔子歎榮啓期曰[一]：善乎，能自寛者也。宋鮑照詩云：酌酒小自寛。王維詩亦云酌酒與君君自寛也。羞將短髮還吹帽，孟嘉九日爲風落帽。笑倩旁人爲正冠。趙云：借用李下不正冠也。藍水遠從千澗落，三秦記曰：藍田有洲方三十里，其水北流，出玉銅鐵石。玉山高並兩峰寒。前漢地理志：藍田山出美玉。趙云：藍水、玉山，乃藍田之山水。考之水經：灞水，古滋水也，亦名藍谷水。有白馬谷水、勾牛谷水、圍谷水、輞谷水、傾谷水、蓼子澗水等合入之，故曰遠從千澗落。藍田山出玉，亦名玉山。述征記曰：山形如覆車之象。故又名覆車山。明年此會知誰健，一作在。醉一作再。把茱萸子細看。

【校勘記】

〔一〕「歎」，原作「歡」，訛，據文淵閣本、文津閣本、文瀾閣本、清刻本、排印本改。

崔氏東山草堂

愛汝玉山草堂静，高秋爽氣相鮮新。有時自發鐘磬響，落日更見漁樵人。盤剥白鴉谷口栗，飯煑青泥坊底芹。白鴉谷、青泥坊，皆地名。何爲西莊王給事，柴門空閉鎖松筠？

王維時被張通儒禁在東山北寺。有所歎息，故云。趙云：考藍田地理，魏置青泥軍於柳城内，俗謂之青泥城，此所謂青泥坊也。志雖不載白鴉谷，應是相近地名。落句及王摩詰者，蓋輞谷在藍田縣，謂之西莊，則在崔氏草堂之西也。唐書鄭虔傳：安禄山反，遣張通儒劫百官置東都云云。後賊平，與張通儒、王維並囚宣陽里。而王維傳止云〔一〕：賊平，皆下獄。則今公詩注所謂禁在東山北寺者，初劫置時也。至囚宣陽里者，下獄時也。此詩追言天寶十四載十二月安禄山陷東京事。

【校勘記】

〔一〕「云後賊平」以下二十一字，底本模糊，據文淵閣本、文津閣本、文瀾閣本、清刻本、排印本補。

對雪

戰哭一作國。多新鬼，見「新鬼煩冤舊鬼哭」注。趙云：借左氏新鬼大也。愁吟獨老翁。亂雲低薄暮，急雪舞迴風。洛神賦：若流風之舞迴雪。趙云：爾雅：回風謂之飄。而楚辭有悲回風之篇。瓢棄樽無緑，爐存火似紅。趙云：酒謂之醽醁，亦曰緑酒，故沈休文云：憂來命緑樽。數州消息斷，愁坐正書空。時方亂離，故數州斷消息也。趙云：前歲十一月，安禄山反，首陷河北諸郡。今歲十二月又陷東京，此之謂也。殷浩書空作咄咄怪事四字也。

月夜

今夜鄜州月，閨中只獨看。時禄山之亂，公奔走避難，家寄鄜州。趙云：天寶十五載夏五月，挺身赴朝廷，獨轉陷賊中，而懷鄜州耳。遥憐小兒女，未解憶長安。趙云：蓋言兒女在鄜州，不能念長安之如何與公之在賊中消息也。此暗使晉明帝事。帝幼而聰哲，爲元帝所寵異。數歲〔一〕，嘗坐置膝前。屬長安使來，因問帝曰：汝謂日與長安孰遠？對曰：長安近。不聞人從日邊來，居然可知也。元帝異之。明日，宴群臣，又問。對曰：日近。元帝失色，曰：何乃異昨日之言乎？對曰：舉頭則見日，不見長安。今公於月夜詩而使日事之意，以寓其兒女不解憶長安，可不謂之奇乎？又以小兒女對憶長安，非老手莫能也。香霧雲鬟濕，清輝玉臂寒。師云：樂府詞：小女雲鬟側。王獻之詩：玉臂薄香殘。趙云：兩句成閨中獨看之語。香霧所浥，則雲鬟濕，以其上承之故也。清輝所照，則玉臂寒，蓋必倚闌憑軒而看故也。何時倚虚幌，雙照淚痕乾。趙云：江文通擬王微詩：練藥矚虚幌〔二〕。或者謂止是言兩目之淚，既得還家，則不復有淚，故月照其雙乾耳。夫淚言雙固是常語，公詩有云：封書兩行淚。又云：亂後故人雙别淚。又云：故憑錦水將雙淚、寂寂繫舟雙下淚。此則皆言兩目之淚。而今詩句法乃云雙照淚痕，則主言照二人淚痕乾矣。

【校勘記】

〔一〕「數歲」句前，諸校本有「年」字。

〔二〕「王微」，原作「王徽」，檢「練藥矚虚幌」句，文選卷三十一、梁詩卷四作江文通王徵君微，據改。

遺興

驥子好男兒，驥子，宗武，公之子也。見宗武生日詩注。前年學語時。問知人客姓，誦得老夫詩。公自謂也。左傳：老夫耄矣。世亂憐渠小，家貧仰母慈。嵇叔夜：母兄鞠育，有慈無威。鹿門攜不遂，龐德公攜妻子入鹿門山隱。公襄陽人，故云。雁足繫難期。蘇武傳：雁足繫書。一云鹿門攜有處，鳥道去無期。趙云：此蓋公獨轉陷賊中而書信不通矣。若用一云鹿門攜有處，鳥道去無期之句，對鳥道，則公尚未得脱身歸鄜州也。鳥道，言其嶮窄。離長安而趨鄜，乃由鳥道矣。天地軍麾滿，山河戰角悲。儻歸免相失，見日一作爾。敢辭遲。

元日寄韋氏妹

趙云：此至德二載之元日，時公四十六歲。春，猶在賊。

近聞韋氏妹，迎在漢鍾離。濠州，鍾離縣。郎伯殊方鎮，京華舊國移。趙云：鍾離，在漢乃九江郡之縣也，在唐爲濠州。郎伯殊方鎮，言作牧於鍾離也。京華舊國，言長安也。移，則以祿山之亂而奔移也。莊子云：殊方偏國。又云舊國、舊都，望之暢然。春城回北斗，郢樹發南枝。見宿鳥戀本枝注。不見朝正使，啼痕滿面垂。趙云：長安城如斗，故曰北斗城。而九江郡古屬揚州，爲楚地也。方春回于北斗城之時，乃樹木發南枝於郢地之日。以紀元日，且見公在長安而妹在鍾離也。越鳥巢南枝，非專指梅，蓋鬼仙詠紅梅詩云：南枝向暖北枝寒。自是近事耳。吴邁遠樂府詩云：春城起風色。郢者，楚郢之郢。不見朝正使，以重紀亂離，四方之使隔絶也。

春望

國破山河在，劉越石云：家國破亡，親友凋殘。城春草木深。感時花濺淚，恨別鳥驚心。司馬温公曰：牂羊墳首，三星在罶。言不可久。古人爲詩，貴於意在言外，使人思而得之。故言之者無罪，聞之者足以戒也。近世詩人惟杜子美最得詩人之體，如此詩句言山河在，明無餘物矣。草木深，明無人矣。花鳥平時可娛之物，見之而泣，聞之而悲，則時可知矣。趙云：謝靈運有感時賦。或者謂花名感時花，鳥名恨別鳥，不亦穿鑿乎？烽火連三月，家書抵萬金。趙云：考此詩作於天寶十五載之正月，蓋祿山反於十四載之十一月，至是則烽火連三月。惟其烽火連三月，所以家書抵萬金。此詩人之語爲有法也。今學者每見家書，遂以此句爲辭，非也。白頭搔更短，渾欲不勝簪。趙云：公時四十五歲，故得以白頭爲言。如鮑照行路難云：白髮零落不勝冠。

憶幼子字驥子，時隔絶在鄜州。

驥子春猶隔，鶯歌煖正繁。趙云：鶯歌，應以其能歌俚詩，遂名之曰鶯歌也。別離驚節換，聰惠與誰論。趙云：公凡言此三，如世事與誰論、妙絶與誰論。澗水空山道，柴門老樹村。趙云：指言鄜州寄家之地。公押村字有「愚公野谷村」，「月挂客愁村」，與此「老樹村」，皆匠立村名之語。憶渠愁只睡，炙背俯晴軒。炙背者，負暄之義也。

一百五日夜對月

無家對寒食，世說：寒食去冬至一百五日。有淚如金波。漢樂志：月穆穆以金波。趙云：史記：馮驩彈劍鋏而歌曰[二]：長鋏歸來兮，胡爲乎無家？如載記慕容熙傳：使有司按驗哭者，有淚以爲忠孝，無則罪之。時公寄家鄜州，而身陷賊中，此所以嘆其無家。金波，月也。斫却月中桂，清光應更多。言月之清光爲桂所掩也。杜補遺：世說：或謂徐孺子曰：若令月中無物，當極明耳。與此同意。趙云：上句暗使吳剛事，語意又暗使徐孺子之意。酉陽雜俎載：傳云：月桂高五百丈，有一人常斫之，姓吳，名剛，學仙道有過，謫令伐樹，隨創隨合。雖是杜公之後段成式所撰，而傳者舊矣。徐孺子年九歲，嘗月下戲。人語以月中無物，當極明。徐曰：不然，譬如人眼中有瞳子，無此必不明。或云此句以興姦邪蔽人主之明。當時楊國忠已死，明皇左右別無姦邪。而杜鴻漸、崔冕之徒，乃至勸太子即位，尊爲太上皇，則姦邪者，其崔、杜之謂乎？雖未必然，而無害於義。仳離放紅蕊，想像嚬青蛾。謝靈運詩：想像崑山姿。趙云：中谷有蓷篇：有女仳離。仳亦離也，音匹婢切，言夫婦之失道而離。公因其夫婦離隔，遂借用耳。謝惠連詩謂謝靈運亦曰：哲兄感仳別，相送越林坰。屈原遠遊賦：思故舊以想像。紅蕊，言寒食時花也。簡文帝列燈賦云：競紅蕊之晨舒。今公詩作於無家之際，言女方值仳離而花發，則亦愁寂而已，可想見其嚬也。舊作青蛾，當爲青娥，翠眉之謂也。公詩有云：青蛾皓齒在樓船。宋南平王白紵舞曲曰：佳人舉袖曜青蛾。李賀夜坐吟有云：鉛華笑妾顰青蛾。却使杜公字也。牛女漫愁思，秋期猶渡河。趙云：公因月夜所感，故起二星相聚之興，言二星離而終聚，其在我未知其何如耳。漫，則以不必愁思，蓋猶有渡河之期。事出齊諧記曰：桂陽城武丁者，有仙道，常在人間。忽謂其弟曰：七月七日織女渡河，諸仙悉還宮。吾向已被召，不得停，與爾别矣！弟問：織女何事渡河？兄何當還？答曰：織女暫詣牽牛。吾去後三千年當還耳。明日，失武丁所在。詩：將子無怒，秋以爲期。

【校勘記】

〔一〕「馮驩」下，原衍「穆以金波」四字，據文淵閣本、文津閣本、文瀾閣本、清刻本、排印本删。

大雲寺贊公房二首本四首，二首在前卷。

心在水精域，清淨境土也。衣霑春雨時。趙云：江摠大莊嚴寺碑云：俯看驚電，影徹琉璃之道；遥拖宛虹，光遍水精之域。蓋佛宇莊嚴，皆以金寶故也。下句言一心所在，初欲往之時，乃當春雨霑衣之際。洞門盡徐步，深院果幽期。謝靈運：平生協幽期。趙云：上句叙所趣詣，盡其徐步也。董賢傳重殿洞門注：門門相當也。言賢僭天子之制。公後有題省中院壁詩云「洞門對雪常陰陰」，則言其幽邃耳。徐步，如曹植云：動霜縠以徐步。到扉開復閉，撞鐘齊及兹。趙云：此書實事也。齊，讀從齋，古用此字。周禮：王齊日三舉。醍醐長發性，釋經云：聞正法，如食醍醐然。飲食過扶衰。杜補遺：陶隱居云：佛經稱乳成酪，酪成酥，酥成醍醐，醍醐乃酥酪之精液也。世説載張天錫之言曰：桑椹甘香，鵶鶵革響。淳酪養性，人無妬心。則醍醐之發性抑可知矣。此釋經所以喻正法也。蓋有醍醐之味，能開發真性，過分得此飲食以扶衰也。把臂有多日，絶交論：把臂之英。開懷無愧辭。趙云：開懷，如云荀莫開懷。左氏：祝史無愧辭。黄鶯度結構，見新亭結構罷注。紫鴿下芳菲。趙云：靈光賦云：觀其結構。而左太沖招隱詩有：嵒穴無結構。楚辭云：佩江蘺之芳菲。愚意會所適，花邊行自遲。湯休起我病，微笑索題詩。沙門惠休，姓湯氏，善屬文。趙云：湯休與鮑照同時，善詩文，以比贊公。新添：世尊舉花，伽葉微笑。見傳燈録。

右一

細軟青絲履，光明白氎巾。深藏供老宿，取用及吾身。杜補遺：南史：高昌國多草木，有草實如繭，中絲如細纑，名爲白氎，國人取織以爲布。仇池翁贈清凉和尚云：會須一洗黄茆瘴，未用深藏白氎巾。蓋使子美故事以白氎布爲巾也。老宿，僧之年老而有宿德者。以供老宿之物而奉吾身，言其敬也。趙云：所以言贊公。贊公待之厚，乃交情之不替也。自顧轉無趣，交情何尚新。道林才不世，晉桑門支遁，字道林，有才辯。惠遠德過人。廬山遠大師有夙德。前漢鄭當時傳：一死一生，乃見交情[二]。雨瀉暮簷竹，風吹青一作春。井芹。天陰對圖畫，最覺潤龍鱗。趙云：青井當作春井，蓋言春時之水井耳。末句則必掛畫龍圖矣。公詩元四篇，其二在古詩三川觀水漲之下，蓋作於至德二載之春。何以知之？古詩有春院，此詩有春雨、春井芹，則可知其爲春。三川觀水漲公自注云：天寶十五年七月中避寇時作。是年是月肅宗即位，改元至德，可以知次年之春爲至德二載矣。

右二

【校勘記】

〔一〕「見」，文淵閣本作「知」，訛。

喜聞官軍已臨賊寇二十韻

胡虜潛京縣，趙云：至德二載，子儀以朔方兵敗安慶緒於灃水，復京師。慶緒奔於陜郡。此之謂潛京縣，京師之縣也。謝朓云：河陽視京縣〔一〕。官軍擁賊濠。城濠也。

鼎魚猶假息，後漢方術謝夷吾傳：遊魂假息也。穴蟻欲何逃？鼎魚穴蟻，言雖假息終不能逃死也。杜補遺：南史：邱遲與陳伯之書云：部落攜離，酋豪猜貳〔二〕。方當繫頸蠻邸，縣首藁街，而將軍魚游沸鼎之中，燕巢飛幕之上，不亦惑乎！趙云：蟻穴事，異苑曰：桓謙，太元中，忽有人皆長寸餘，悉被鎧持槊，乘具裝，馬從埳中出。緣機登竈，尋飲食之所。或有切肉，輒來叢聚。力所能勝者，以槊刺取，徑入穴。蔣山道士令以沸湯澆所入處，寂不復出。因掘之，有斛許大蟻死在穴中。帳殿羅玄冕〔三〕，以帳爲殿羅。玄冕，言君臣聚謀。轅門照白袍。周禮以車轅爲門。照白袍，士皆思用命不止於營內也。趙云：帳殿者，行在之所，以帳爲殿也。庾肩吾曲水聯句曰：迴川入帳殿，列俎間芳洲。梁孝綽曲水宴詩曰：帳殿臨春渠。羅玄冕，言群臣侍也。周禮：弁師掌王之五冕，皆玄冕朱裏。

雖王者之制，而三禮圖載應劭漢官儀，以爲卿大夫玄冕。曹子建責躬詩曰：冠我玄冕。陸士衡詩云：玄冕無醜士。則公侯之服。羅者，不一其人也。如鮑明遠扶宮羅將相之羅。轅門，出周禮，雖亦王者之制，而將亦有之，見項羽傳。白袍，則以朝廷之兵如梁陳慶之所統之兵。梁與魏戰，慶之麾下悉着白袍，所向披靡。先是，洛中謡曰：名軍大將莫自牢，千兵萬馬避白袍。言白袍之可畏也。公詩又曰：未使吴兵着白袍。亦同此矣。

秦山當警蹕，主出入警蹕。漢苑入旌旄。言内地漸復也。趙云：上句言肅宗在鳳翔也。警蹕，出前漢：出稱警，入稱蹕，止行人也。旌旄者，析羽爲之，九旗之一也。旄，則幢也。詩：孑孑干旌；孑孑干旄。言兵往長安，爲入漢苑矣。漢苑者，上林苑也。路失一作濕。羊腸險，羊腸，坂也，在太行，天下之險也。光武贊：金湯失險。雲横雉尾高。崔豹古今注：高宗有雉雊服章，多用翟羽，故有雉尾扇。趙云：安慶緒弑父之年二月，李光弼敗其衆于太原郡。隋煬帝嘗問崔賾羊腸坂。賾對有兩處：一在上黨壺關，一在太原北九十里。則今杜公所謂羊腸者，指太原也。失險者，無復有其險也。彼既失太原羊腸之險，而我勝矣。雲横，則天子所在，雲横其上。如黄帝與蚩尤戰于涿鹿之野，常有雲氣止於帝上。雉尾高，舊注所引是。羊腸却引太行，非。五原空壁壘，五丈原，地名，近長安。時賊退敗，故壁壘空。八水散風濤。關内八水：一涇，二渭，三滻，四灞，五澤，六浩，七澧，八滈。散風濤，言寇亂漸平。趙云：上句言賊退而壘空也。壁壘字出選。考長安志，長安、萬年二縣之外，有畢原、白鹿原、少陵原、高陽原、細柳原，正得原之名者恰有五。若樂遊原，則曰樂陽廟，而亦曰原耳。然則五原者，殆指正名之五原乎？公古詩中崆峒五原亦無事，亦此五原。舊注便作五丈原，非是。惟其收復長安，故得言五原。八水散風濤，則言風波止息之意。顔延年詩：春江壯風濤。今日看天意，遊魂貸爾曹。左傳：今日之事，我爲政。晉元帝云：石勒逋誅，遊魂縱逸。亦祖易之「遊魂爲變」也。乞降那更得，尚許莫徒勞。趙云：賊窘則乞降，黠則尚詐。今安賊既爲官軍所臨，欲望如是不可也。已上言賊被臨之狀，已下鋪叙所臨之人。元帥歸龍種，司空握豹韜。時代宗爲元帥，故曰龍種。豹韜，兵書也。太公六韜有豹韜，第五篇。鮑云：元帥謂廣平王也，司空謂郭子儀也。趙云：時至德二載七月，以廣平王俶爲天下兵馬元帥，往收長安。後更名豫，是爲代宗也。司空郭子儀副之，故有此句。天子之子孫謂之龍種，如隋文帝子勇，勇子儼，雲昭訓所生，乃雲定興女。文帝嘗曰：皇太孫何謂生不得其地？定興奏曰：天生龍種，所以因雲而出。前軍一作旌。蘇武節，蘇武至海上，仗漢節而毛盡落。言前軍皆守節之士。左將呂虔刀。晉書：呂虔爲刺史，有佩刀。相者曰：三公可佩。虔乃贈別駕王祥曰：苟非其人，刀或爲害，以卿有公輔之量，故相與也。言左將，皆輔相之才。趙云：又似言李嗣業。史載，嗣業善用陌刀。高仙芝討勃律時，嘗署嗣業爲左陌刀將，故得稱左將。李歸仁之師果因嗣業以長刀突出斬賊。則公詩雖作於聞官軍臨寇之時，而嗣業善刀之名已著，故得用呂虔刀也。兵氣回飛鳥，羽獵賦：鳥不及飛，獸不得過。言其疾也。威聲沒巨鼇。威聲雄重。杜補遺：北史：彭城王勰從征沔北，除中軍大將，開府，於是親勒大衆。須臾有二大鳥從南來，一向行宮，一向幕府，各爲人所獲。勰言於帝曰：始有一鳥，望旗顛仆，臣謂大吉。帝戲之曰：鳥之畏威，豈獨中軍之略也？吾亦分其一耳！飛鳥避轅門，兵氣回飛鳥，豈畏威而然乎？其事類此。趙云：舊注非是。杜時可補遺所引又穿鑿。蓋公用對威聲沒巨鼇，本亦無出處。必取巨鼇者何？以巨鼇贔屭之物，威聲所加，乃至没之，此狂賊懾服之意。若用回鳥畏威之義，又犯此句，況既云鳥，一向行宮，一向幕府，乃是來集，與回義相反。

戈鋋開雪色，東郊賦：戈鋋彗雲。注：矛，稍也；鋋，音時連切。弓矢尚秋毫。言雖微必中也。趙云：戈、鋋兩物。列子：目將眇者，先睹秋毫。弓矢向之，言能中微也。天步艱方盡〔四〕，詩：天步艱難。時和運更遭。趙云：所謂時和歲豐。文選有：云時之未遭。又：遭遇嘉運。則時與運之下可押遭字韻矣。誰云遺毒螫，西都賦：蕩亡秦之毒螫〔五〕。四子講德論曰：秦之時處位任政者並施毒螫。說文：螫，行毒也。已是沃腥臊。如以湯沃去腥臊也。漢書：蠻夷腥臊。趙云：螫音施隻切。腥臊字，則國語：舅犯對晉侯曰：偃之肉腥臊，將焉用之？而禰衡鸚鵡賦：忖陋體之腥臊。毒螫、腥臊，皆以蟲鳥眇之耳。**睿想丹墀近，**言將收復，復坐朝也。丹墀，以丹漆塗之。**神行羽衛牢。**趙云：蓋言車駕有可還之勢。書云：思曰睿。睿作聖。睿想，天子之念慮也。丹墀者，天子之殿上以丹塗其墀。神行，天子之行也。羽衛，葆羽之衛。牢，則安而無警矣。**花門騰絶漠，**燕山銘：經磧鹵，絶大漠〔六〕。**拓羯渡臨洮。**臨洮，郡名。趙云：時用朔方、安西、回紇、南蠻、大食之兵。今言花門，回紇是也。拓羯，安西是也。臨洮，即洮州，謂之臨洮郡。騰絶漠、渡臨洮，言其喜來助順也。**此輩感恩至，羸俘何足操？**言回紇感恩而助順。其勇鋭，所向無前也。趙云：至勝賊時，果得回紇以奇兵繚賊背夾攻之。晉書：此輩當束之高閣。羸俘，尫羸之俘也。操者，執俘之謂。**鋒先衣染血，**太宗平劉武周，躬臨矢石，血巇兩袖。**騎突劍吹毛。**吹毛，言其利也。古有吹毛之劍。師云：曹植曰：如劍首之吹一毛，亦何足恃。趙云：此對爲最工。先鋒、突騎皆倒使。衣染血，南史梁武帝謂張稷有衣染天血之語。佛書：如吹毛劍。**喜覺都城動，悲連子女號。家家賣釵釧，只待獻春醪。**董卓傳：呂布殺卓，馳賁赦書，以令宮殿内外。士卒皆稱萬歲，百姓歌舞於道。長安中士女賣其珠玉衣裝市酒肉相慶者，填滿街肆。趙云：蓋舉皆望京師收復，其喜如此。九月癸卯，果復京師也。

【校勘記】

〔一〕「謝朓」二句，「謝朓」原作「鮑明遠」，考下文「河陽視京縣」句，文選卷二十七、齊詩卷三作謝朓晚登三山還望京邑句，當是誤置，據改。

〔二〕「部落攜離」二句，原作：「酋豪猜貳，部落攜離。」倒誤，據南史卷六十一、文選卷四十三、全梁文卷五十六邱遲與陳伯之書乙正。

〔三〕「玄」，原作「元」，係避諱，此改。以下均同。

〔四〕正文「矢尚秋毫」四字、「天」一字，注「言雖微必中也」以下三十一字，原闕，據清刻本補。

〔五〕「西都賦」二句，「西都賦」原作「西京賦」，考下文「蕩亡秦之毒螫」句，文選卷一、全後漢文卷二十四作班固西都賦句，當是誤置，據改。

〔六〕「漢」，文淵閣本、文津閣本作「漢」，訛。

喜達行在所三首

更始立光武爲蕭王，悉令罷兵，詣行在所。蔡邕獨斷曰：天子以四海爲家，謂所居爲行在所。時子美自京竄至鳳翔。

西憶岐陽信，岐陽，在鳳翔西。左傳：成王有岐陽之蒐。無人遂却迴。眼穿當落日，心死著寒灰。庚桑楚曰：心若死灰。別賦：骨肉悲而心死。趙云：岐陽，乃鳳翔也，名已見於周。左傳成王有岐陽之蒐是也。公在賊中，引首西望，欲知鳳翔行在消息，無人遂却自鳳翔回，得以問之也。惟其無人可問，則徒眼穿心死而已。莊子：哀莫大於心死。

霧樹行相引霧一作茂。，蓮峰望或開。華山有蓮華峰，一作連山。所親驚老瘦，辛苦賊中來。奔走憔悴，故所親驚其老瘦。漢書：師古曰：所親，素所親任也。趙云：茂樹連山，言自出長安眼中之所見。一作蓮峰，非也。蓋蓮峰乃華山蓮花峰也，豈有却倒過長安之東經同、華之境而來乎？當以茂樹連山字爲正也。鮑照詩：連山眇雲霧。前漢張良傳：所封皆蕭、曹故人所親愛。師古注云云，雖不指言親戚，而公之意則言親戚也。

其二

愁思胡笳夕，言陷賊久，厭胡笳也。李陵書曰：胡笳互動，牧馬悲鳴。蔡琰詩：胡笳動兮邊馬鳴。淒涼漢苑春。漢儀注：養鳥獸者通名爲苑。雖春而淒涼，言殘敝也。生還今日事，後漢：班超妹，同郡曹壽妻昭，上書請超曰：丐超餘年，一得生還，復見闕庭。間道暫時人。間道，伺間隙之道而行。班超從間道到疏勒。趙云：藺相如使其從者自秦間道懷璧以歸趙。司隸章初覩，更始，以光武行司隸校尉入洛陽，人見司隸僚屬皆歡喜不自勝〔一〕，老吏或垂涕曰：不圖今日復見漢官威儀〔二〕，由是識者皆屬心焉。南陽氣已新。後漢光武紀曰：望氣者，蘇伯阿爲王莽使至南陽，遥望見春陵郭，唶曰：氣佳哉，鬱鬱葱葱也。杜補遺：謝玄暉始出尚書省詩：既通金閨籍，復酌瓊筵醴；還覩司隸章，復見東都禮。趙云：庾信哀江南賦曰：反舊章於司隸。喜心翻倒極，嗚咽淚沾巾。趙云：張平子四愁詩曰「側身北望涕沾巾」也。公使沾巾字，屢矣。

【校勘記】

〔一〕「歡」，文淵閣本作「觀」，訛。

〔二〕「威儀」，底本模糊，據文淵閣本、文津閣本、文瀾閣本、清刻本、排印本補。

其三

死去憑誰報，歸來始自憐。楚辭：私自憐兮何極。〔一〕猶瞻太白雪，喜遇武功天。太白山也，武功縣名，屬鳳翔。杜補遺：録異記曰：金星之精墜於終南圭峰之西，因號爲太白。其精化爲白石，狀如美玉，常有紫氣覆之。玄宗立玄元廟於太寧里臨淄舊邸，取其石琢爲像焉。餘見送韋十六評事「受詞太白脚」。趙云：太白山在郿縣。郿，則鳳翔之屬縣也。武功，在唐不屬鳳翔，但近耳。公詩兩句所以顯言歸行在也。於太白言雪，則太白之雪冬夏不消。必曰武功天者，古語有之：武功、太白，去天三百。言最高處也。亦以寓親近行在之意乎？增添：地圖記：太白山甚高，上常積雪，半山有雲如瀑布，則澍雨。人常候，驗如離畢焉。故語曰：南山瀑布，不朝則暮。影静千官裏，心蘇七校前。公入朝鮮當途之交，故言影静。心蘇，言憂釋而心蘇也。前漢刑法志：京師有南、北軍屯，武帝内增七校。注：中壘、屯騎、步兵、越騎、長水、胡騎、射聲、虎賁，凡八校尉。胡騎不常置，故此言七也。今朝漢社稷，新數中興年。凡王室中否而再興謂之中興，如周宣、漢光武是已。時唐有安史之亂，故云。趙云：中興於漢書，中音去聲。今公詩律平側不差，所以見去聲明矣。

【校勘記】

〔一〕「私」，原作「始」，訛，據文淵閣本、文津閣本、文瀾閣本、清刻本、排印本並參楚辭章句卷八九辯改。

得家書

去憑遊客寄，一云休汝騎。來爲附家書。今日知消息，他鄉且舊居。趙云：一云休汝騎，非。言出遊彼處客寄之人，去時憑仗之，日來則爲我附家書也。且舊居，指言寄家在鄜，已是他鄉，但恐亂離更有遷徙，故知消息而喜云耳。熊兒幸無恙，後漢蘇竟傳云：君執事無恙。爾雅曰：恙，憂也。公孫弘傳[一]：何恙不已。驥子最憐渠。驥子，公之子宗武也。臨老羈孤極，謂流離孤苦也。傷時會合疏。以時無交舊也。二毛趨帳殿，二毛，言鬢毛二色，謂班白也。帳殿，謂行在所以帳爲殿也。左傳：宋襄公曰：不禽二毛。黃巢之屯八角帳幄皆象宮殿。一命侍鸞輿。公至行在，授左拾遺。趙云：宗武小字驥子，然則熊兒者豈宗文耶？二毛字，出左傳。而潘安仁云：始見二毛。庾肩吾、劉孝綽詩曾使帳殿字。西都賦：乘鸞輿，備法駕。此詩蓋至德二載七月所作。按，公是歲竄歸鳳翔，授左拾遺，故曰一命侍鸞輿也。左傳云：一命而傴。北闕妖氛滿，北闕，帝闕也。氛滿[二]，謂未收復也。西郊白露初。謂肅殺之威漸生也。趙云：上句指言安慶緒方熾。西郊，指言長安西郊也。蓋賊兵之所在，以白露初言之，則是年七月明矣。涼風新過雁，秋雨欲生魚。農事空山裏，眷言終荷鋤。一云終篇言荷鋤。陶淵明雜詩：種豆南山下，草盛豆苗稀。晨興理荒穢，帶月荷鋤歸。趙云：上句又以紀秋色之新，而起末句之興。月令：鴻雁來在八月。而此云新過雁，則接白露爲近也。公既遭亂無緒，乃欲歸耕而已。一云終篇言荷鋤，非是。

【校勘記】

〔一〕「公孫弘」，「弘」原作「宏」，係避諱，此改。

〔二〕「氛滿」，句前文瀾閣本有「妖」字，文淵閣本、文津閣本有「奴」字。參詩中正文，「奴」當爲「妖」之訛。

奉贈嚴八閣老

鮑云：嚴武也。至德初，房琯薦爲給事中。收長安，拜京兆尹，稱閣老。時爲給事中。

扈聖登一云今日登。黃閣，扈，扈從也。宋忠曰三公。黃閣，禮記鄭玄注云：朱門洞啓，當陽之正色。三公之與天子禮秩相亞，故黃其閣。師云：唐郭承嘏爲給事中。文宗謂宰相曰：承嘏久在黃扉。是也。趙云：徐堅於三公事載沈約宋書云：三公黃閣。前史無義。臣按禮記云：士韠與天子同〔一〕，公侯大夫即異。鄭玄注云云，疑是漢末制也。本朝揚侃撰職林，作宋忠所云，未知孰是。明公獨妙年。明公相，尊美之稱也。蔡文姬謂曹公曰：明公廄有萬馬。妙年，少年也。蛟龍得雲雨，吴志：周瑜上疏孫權曰：劉備以梟雄之姿，而有關羽、張飛熊虎之將。猥割土地以資業之，恐蛟龍得雲雨，終非池中物也。雕鶚在秋天。秋天，鷙鳥擊摶之時也。鵰鶚，在秋天得其時矣。趙云：上句周瑜言劉備全語，下句應有全出。客禮容疎放，官曹可一作許。接聯。新詩句句好，應任老夫傳。趙云：閣老尊矣，惟其以客禮待公而容其疎放，故雖爲官曹而卑可接聯之。應任老夫傳，則欲傳嚴公之好詩句。自非知音，何以至此！

【校勘記】

〔一〕「士」，底本漫滅，據文淵閣本、文津閣本、文瀾閣本、清刻本、排印本補。

留別賈嚴二閣老兩院補闕得聞字

嚴武、賈至。按新書：公家寓鄜，彌年艱窶，詔許公自往視。趙云：唐新史楊綰傳：故事，舍人年久者爲閣老。

田園須暫往，陶淵明：歸去來，田園將蕪胡不歸。戎馬惜離群。老子：戎馬生於郊。禮記：離群索居。去遠留詩別，愁多任酒醺。一秋常苦雨，今日始無雲。山路時一作晴。吹角，那堪處處聞。處處聞，言所在有兵也。趙云：舊本山路時吹角，然既云處處聞，當言晴吹角，蓋言方山路之晴，稍可喜矣，却值吹角；既吹角矣，又處處聞，不亦可爲別愁乎？

晚行口號

三川不可到，時三川在賊境。左傳：周之亡也，其三川震。注：涇、渭、洛水也。歸路晚山稠。落雁浮寒水，飢烏集戍樓。戍樓，防戍之樓也。戍人欲望遠，故作樓。市朝今日異，喪亂幾時休？遠愧梁江總，還家尚黑頭。江總在陳掌東宫管記，與太子爲長夜飲。後主即位，授尚書令。京城陷，入隋爲上開府，復歸老江南。趙云：三川，鄜州縣名。地理志注云：華池水、黑水、洛水所會。舊注乃引周三川震，却成説長安矣。蓋國語云：西周三川皆震。注云：西周，鎬京也。而三川則謂涇、渭、洛。如此則舊注非。鄜州三川所以不可到者，以山稠故也；山稠而不可到者，時當喪亂，憂盜賊也。公北征詩云：坡陁望鄜時，巖谷互出没。夜深經戰塲，寒月照白骨。則舊經殘破矣。落雁浮寒水，與飛鴻滿野同意。飢烏集戍樓，與楚幕有烏同意。蓋言地經喪亂〔一〕，寂乎無人而然也。江總得歸老江南，故曰遠媿也。晉王珣爲桓温掾。温曰：王掾當作黑頭公。

【校勘記】

〔一〕「亂」，底本模糊，據文淵閣本、文津閣本、文瀾閣本、清刻本、排印本補。

獨酌成詩

燈花何太喜，西京雜記云：樊噲問陸賈曰：自古人君皆云受命于天，有瑞應，豈有是乎？賈應之曰：有之。夫目瞤得酒食，燈花得錢財，乾鵲噪而行人至，蜘蛛集而百事喜。小既有徵，大亦宜然。酒綠一作色。正相親。醉裏從爲客，詩成覺有神。如有神助也。公嘗有詩云：讀書破萬卷，下筆如有神。趙云：今公得酒獨酌而用燈花事，大抵取喜事而已。醉裏從爲客者，任從爲客而不辭也。有神字，多在詩言之，則孔文舉言禰衡之能文章曰：思若有神。公詩又云：篇什若有神。而謝靈運亦云：此語神助。兵戈猶在眼，儒術豈謀身。共被微官縛，低頭愧野人。低頭，言愧而不能仰視也。趙云：前漢戾太子贊：止息兵戈。而庾信周齊王碑序云：夏官以兵戈爲主，專謀七德。選詩：薜蘿若在眼。荀子云：儒術行而天下富。左傳有：野人與之塊。

收京三首

仙仗離丹極，謂大駕出幸也。妖星照玉除。晉天文志：妖星，一曰彗星，二曰孛星，凡二十一星。曹子建曰：凝霜依玉除。說文曰：除，殿階也。西都賦曰：玉除彤庭。趙云：西都賦：玉階彤庭。改階字爲除，誤矣。須爲下殿走，世說：熒惑入南斗，天子下殿走。謂避亂也。不可好樓居。史記：公孫卿曰：仙人好樓居，於是上令長安作蜚廉桂觀，甘泉作延壽觀焉。趙云：好樓居，出史記封禪書。今公以仙人比天子也。一作：得非群盜起，難作九重居。語白不取。**暫屈汾陽駕，**莊子：堯往見四子藐姑射之山，汾水之陽。釋音云：案，汾水出太原，今莊生寓言也。謝靈運從遊京口北固詩：昔聞汾水遊，今見塵外鑣。**聊飛燕將書。**史記魯仲連傳：燕將軍攻下聊城，或讒之燕，燕將懼誅，因保守聊城，不敢歸。齊田單攻聊城，歲餘不下。仲連乃爲書，約之矢以射城中，遺燕將。將見仲連書，乃自殺也。趙云：言京城不勞兵戰而駕可復止，若魯仲連飛書而聊城自下耳。所以見收復之易也。**依然七廟略，更與萬方初。**天子七廟。趙云：兵謀謂之廟略，蓋謀之於廟也。言廟略素定，更與萬方一新。更，平聲，蓋更始之義。

右一

生意甘衰白，天涯正寂寥。忽聞哀痛詔，又下聖明朝。漢武帝末年，下哀痛之詔。**羽翼懷商老，**漢高祖時，戚夫人以寵將移動太子。呂后用張良計，召四皓入侍太子朝。上指視戚夫人曰：彼羽翼已成，難動矣。商老四皓隱于商山也。**文思憶帝堯。**堯典：放勛，欽命文思。息嗣反，又如字。趙云：商老，似言郭子儀副廣平王以成功也。文思憶帝堯，指言肅宗。蓋公既被詔歸鄜州，乃聞收京，既懷郭公，又憶主上，皆跂望之心也。不以文害辭，不以辭害意，然後可解。**叨逢罪己日，**罪己，詔也。左傳：臧文仲曰：禹湯罪己，其興也勃焉。**霑洒**一作洒涕。**望青霄。**趙云：感慰而望天也。

右二

汗馬收宮闕，漢蕭何傳：未有汗馬之勞。春城鏟賊壕。趙云：古樂府詩：春城起風色。收復京師在九月，而公詩云春城鏟賊壕，未詳，豈自九月至正月而定乎？蓋賊在京師不無殘破更易，爲之鏟，則盡削平其迹之義也。賞應歌杕杜，詩杕杜，勞還役也。歸一作福。及薦櫻桃。禮月令：仲夏之月，羞以含桃，先薦寢廟。即櫻桃也，今所謂朱桃者是也。前漢叔孫通傳：古者有春嘗果，方今櫻桃熟可獻，願陛下出，因取櫻桃獻宗廟。上許之，諸果獻由此興也。雜虜橫戈數，功臣甲第高。武帝爲霍去病治第宅也。甲第猶言甲乙之次第，謂第一之第也。田蚡治宅甲諸第。趙云：戰國策：衛行人燭過免胄橫戈而進。萬方頻送喜，無乃聖躬勞。班超傳：西域平定，薦勳祖廟，布大喜於天下。言聖躬受喜報之頻而勞也。

右三

月

天上秋期近，人間月影清。入河蟾不没，庾肩吾望月詩：渡河光不濕。擣藥兔長生。傅玄擬天問曰：月中何有，白兔擣藥。玉經曰：月中有兔與蟾，何也？月，陰也；蟾，陽也。而與兔並明。陰，係陽也。薛云：按後漢張衡靈憲序曰：月者，陰精之宗，積而成獸，象兔。陰之類，其數偶。其後有憑焉。羿請無死之藥於西王母，姮娥竊之以奔月，是爲蟾蜍。趙云：公于河係之以蟾，居水之物。古詩有云：採取神藥高山端，白兔搗作蝦蟇丸。而李白亦云：白兔搗藥秋復春。只益丹心苦，能添白髮明。干戈知滿道，休照國西營。時官軍營於國西。休照，爲征夫見月而有感也。趙云：蓋是年閏八月，方以廣平王爲元帥收復長安，則閏八月已前，長安以西不能無兵屯處矣。

哭長孫侍御

道爲詩書重，名因賦頌雄。子雲賦頌，名重漢朝。禮闈曾擢桂，禮闈，禮部所設以取士也。郄詵對武帝曰：臣舉賢良對策，爲天下第一，猶桂林一枝。憲府舊乘驄。御史所居之署，漢謂之御史府，亦謂之憲臺。唐龍朔中，改司經局爲桂坊署，爲東宮之憲府。後漢桓典拜侍御史，執法無所回避，常乘驄馬，京師畏憚，爲之語曰：行行且止，避驄馬御史。流水生涯盡，浮雲世事空。趙云：子在川上曰：逝者如斯夫，不捨晝夜。浮雲，易散之物，孔子嘗以比不義之富貴。今以世事比之，所以悼之也。唯餘舊臺柏，蕭瑟九原中。時御史府中列柏樹。檀弓：獻文子曰：從先大夫於九京也。注：晉卿大夫之墓地在九原[一]。原，作京字也。趙云：漢朱博爲御史大夫，其府列柏樹，常有野鳥數千棲宿其上，晨去暮來，號曰朝夕烏。檀弓：趙文子與叔譽觀乎九原。注：雖云晉地之名，而用於葬處皆可矣，故沈休文云：誰當九原上，鬱鬱望佳城也。今詩句云往日御史府所列之柏樹，今則在墓地種之而蕭瑟也。新添：潘岳述哀：殯宮已肅清，松柏轉蕭瑟。

【校勘記】

〔一〕「原」，底本漫滅，據中華訂補本補。

奉送郭中丞兼太僕卿充隴右節度使三十韻 英乂

詔發西山將，辛慶忌贊曰：秦漢以來，山東出相，山西出將。秋屯隴右兵。唐書郭英乂傳：英乂，知運之季子。至德初，肅宗興師朔野，英乂以將門子特見任用，遷隴右節度使。趙云：英乂先爲秦州都督，乃加隴右節度使，故云西山，正言秦州，不干山西出將事。舊注非是。凄涼餘部曲，燀一作烜。赫舊家聲。謂知運先朝亦爲隴右節度使也〔一〕。宋鮑照東武吟：將軍既下世，部曲亦空存。漢光武紀注：大將軍營有五部，部有三校尉，部下有曲，曲有軍候一人。李廣行無部曲行伍。司馬子長報任少卿書曰：李陵既生降，頹其家聲。趙云：餘部曲，餘秦州部曲也。祿山亂，英乂拜秦州都督、隴右採訪使。知運在先朝先爲隴右節度使，屯西方，戎夷畏憚，故言舊家聲。燀音充善切。史記：威燀旁達。鵰鶚乘時去，見鵰鶚在秋天注。驊騮顧主鳴。趙云：鵰鶚、驊騮，所以美英乂也。公多以此譬人材之卓傑。今此言乘時顧主，則又勸之以趨功名之會，而不忘君也。故又有下句。艱難須上策，容易即前程。言其策略足以自取富貴無難也。當艱難須上策之際，更無難色而容易以往焉。詩：天步艱難。史：周得上策。東方朔云：談何容易。前程字，出選。斜日當軒蓋，高一作歸。風卷旆旌。趙云：言行色也。梁簡文帝雨詩曰：儻令斜日照，併欲似浮絲。又，梁任昉苦熱詩：斜日照西垣。說苑：翟璜謂田子方曰：吾祿厚，得此軒蓋。而范彥龍貽張徐州詩曰：軒蓋照墟落。詩云：悠悠旆旌。兩句之勢，蓋用夏侯湛禊賦：微雲承軒，清風卷旌。松悲天水冷，天水郡，漢武元鼎三年置，秦州地記云：郡前湖水冬夏無增減，因以名焉。沙亂雪山清。後漢明帝紀：祈連，山名，即天山也。一名雪山，在伊州北。趙云：秦州有天水縣，又謂之天水郡。樂史寰宇記：天水縣有井，四時湛然。昔人避難於此，敵人欲漏其水，左右穿鑿，不得水脉，故云天水。松悲，言英乂去而松爲之悲。沙亂似言人馬踐踏，有亂之理。和虜猶懷惠，和，和好也。惠，恩惠也。防邊不敢驚。趙云：和虜，指言吐蕃也。至德二載，使使來請討賊，且修好〔二〕。既而侵廓、岷、霸等州，又請和也。語：小人懷惠。古來於異域，鎮静示專征。專征，謂受斧鉞之賜〔三〕，得專征討。趙云：言待之以静，不時撓之，示以有必征其侵叛之理。已上叙英乂行色，至隴右者如此。燕薊奔封豕，薊縣，燕之所都。前志云：秦舉兵滅燕薊〔四〕。左傳：昭王在隨，申包胥如秦乞師，曰：吳爲封豕長蛇，荐食上國。言吳貪害如蛇豕。封，大也。豕之性善突，故取以喻禄山。周秦觸駭鯨。史：禄山之亂，賊將高嵩擁兵入汧、隴，英乂僞勞之。既而伏兵發，盡虜其衆。駭鯨，言若鯨魚之駭，難禦也。陳琳檄云：若駭鯨觸細網。趙云：天寶十四載十一月，禄山反於幽州，陷河北。十二月，陷東京。十五載六月，陷京師。此所謂奔突幽、薊而觸冒周、秦也。中原何慘黯，餘孽尚縱横。文選：上慘下黯。注：慘，不登貌。哀江南賦：茫茫慘黯〔五〕。殘孽，餘寇也。趙云：慶緒既弑禄山〔六〕，復爲寇，此所謂尚縱横也。選云：絡驛縱横。箭入昭陽殿，檄書，箭也。笳吟細柳營。笳者，胡人卷蘆葉吹之以作樂也。故曰：胡笳，張博望入西域，傳其法於西京。李延年更造新聲二十八解，以爲武樂，有出塞、入塞、抑揚等十曲。細柳營，周亞夫軍營也。趙云：此一段陷京師時事。昭陽殿，漢成帝趙皇后所居，而箭入言禍亂及于宫中也。細柳營，周亞夫所營，在長安。言胡人之笳乃在漢營也。内人紅袖泣，王子白衣行。趙云：言雖是王子，以避亂之故，隱迹爲白衣而行。宸極妖星動，妖星，見本卷收京注。劉越石表：宸極失御。園陵一作林。殺氣平。趙云：宸極者，紫微之宫也。妖星，見晉天文志。殺氣與園陵平也。空餘金椀一作盌。出，光武紀：赤眉焚西京宫室，發掘園陵。金椀出，見早時金椀出人間注。無復繐帷輕。魏武帝遺令：吾婕妤數人，著於銅雀臺，堂上施六尺床，張繐帷。謝玄暉詩：繐帷飄井幹。此言賊凌暴園陵也。趙云：金椀，寢廟及園陵中物。公詩又曰：早時金椀出人間。漢武崩後，有持金椀賣於市之事。繐帷、繐帳，皆靈帳之稱。毀廟天飛雨，焚宫火徹明。項羽入咸陽，殺秦降王子嬰，燒其宫室，火三月不滅。罘罳朝共落，楡桷夜同傾。言賊毀宗廟及宫室。漢書注：師古曰：罘罳，謂連闕曲閣也，以覆重刻垣墉之處，其形罘罳，一曰屏也。東觀元壽二年，盜賊並起，燔燒茂陵都邑，火見未央宫。薛云：右按：詩：方斲是虔。注：椹，謂之虔。升景山楡林木，取松柏易直者，斲而遷之，正於椹上以爲桷也。趙云：罘罳，祖出漢文帝紀：七年六月，未央東闕罘罳災，如淳曰：東闕與其兩旁罘罳皆災也。罘音浮。楡桷字，未見全出。字書楡止云木名也。豈桷以楡木爲之邪？雖師民瞻善本亦作楡桷。薛蒼舒引詩陟彼景山注，以爲楡桷乃掄擇之掄。其説迂謬。楡桷二字甚可疑。若以爲欀桷，則夜徹明之火，無所不焚，謂之傾，則欀桷又非止傾而已。以俟博聞。青箱雜記云：漢書文帝紀云：罘罳災。崔豹古今注云：罘罳，屏也。罘者，復也；罳者，思也。臣朝君至屏外，復思所奏之事於其下。顔師古注云云，又禮記云：疏屏，天子之廟飾也。鄭注云：屏謂之樹，今浮思也。刻之爲雲氣蟲獸，如今闕上爲之矣。余按唐蘇鶚演義，稱罘罳織絲爲之，輕疎浮虚，象羅網交文之狀，蓋宫殿簷户之間也。乃引文宗實録云：大和中甘露之禍，群臣奔上出殿北門，裂斷罘罳而去。又，杜甫天寳末詩云：罘罳朝共落，楡桷夜同傾。又引温庭筠補陳武帝與王僧辨書云罘罳畫卷，閶闔晨開爲證，皆非曲閣屏障之意，反以崔豹、顔師古之徒爲大誤。又案段成式酉陽雜俎稱士林間多呼殿榱桷護雀網爲罘罳，其淺誤如此。乃引張揖廣雅曰：復思謂之屏。又，王莽性好時日小數，遣使壞渭陵、延陵園門罘罳，曰使民無復思漢也。又引魚豢魏略曰：黄初三年，築諸門闕外罘罳爲證〔七〕，反以絲網之説爲大謬。余謂二説皆通。以罘罳爲網，則結繩爲之，施於宫殿簷楹之間，如蘇鶚之説是也。以罘罳爲屏，則刻木爲之，施於城隅門闕之上，如成式之言是也。然就二説之中擇焉，唯段氏之説爲長。案五行志注云：罘罳，闕之屏也。玉篇云：罘罳，屏樹門外也。又云：罘，兔罟也，但屏上雕刻爲之。其形如網罟之狀，故謂之罘罳。音浮思，則取其復思之義耳。漢西京罘罳合版爲之，亦築土爲之，每門闕殿舍前皆有焉。于今郡國廳前亦樹之，故宋子京詩云：秋色淨罘罳。皆其義也。

三月師逾整，群胡勢就烹。趙云：三月，三易月也。公詩又云烽火連三月，亦是此。閏八月初，以廣平王爲天下兵馬元帥。今詩所謂「元帥調新律」是已。逆數閏八月以前，通爲三易月，則當是郭子儀五月及安守忠戰於清渠敗績之後，別訓練士卒，至此師逾整肅，可以擒賊矣。以上十六句叙安氏父子爲寇，而廣平王往收復京師者如此。

瘡痍親接戰，李廣傳：大將軍與單于接戰，單于遁走。勇決冠垂成。此言英乂躬冒矢石，功冠垂成。垂成，猶欲成也。趙云：此微言英乂之敗，而激其再立功也。是年二月，李光弼敗安慶緒於太原，而是時英乂戰於武功，敗績，故有瘡痍之譬，且言其功垂成也。

妙譽期元宰，殊恩且列卿。趙云：上句美其可以爲相。且列卿，則今兼太僕也。

幾時回節鉞，戮力掃欃槍。成十三年傳：戮力同心。欃槍，妖星也。前漢天文志：石氏：見欃雲，如牛。甘氏：不出三月乃生天槍。石氏：見欃雲，如馬。甘氏：不出三月廼生天欃。謝宣遠子房詩：鴻門銷薄蝕，垓下隕欃槍。新添：書：聿求元聖，與之戮力。爾雅曰：彗星爲欃槍。司馬相如大人賦：檻欃槍以爲旌兮，靡屈虹而爲綢。

圭竇三千士，儒行：儒有篳門圭竇。注：門旁穿牆爲竇，如圭。左傳：篳門圭竇之人。僖二十四年：秦伯送衛于晉三千人，實紀綱之僕。雲梯七十城。雲梯，攻城具。高長上與雲齊，可依而立。公輸作雲梯以攻宋，墨子設守宋之備。九攻，而墨子九却之。趙云：公詩有云：蒼茫城七十，流落劍三千。今云三千士者，使莊子劍士夾門而客三千餘人也。七十城，使燕樂毅下齊七十餘城。

恥非齊説客，酈生嘗爲説客，馳使諸侯。漢王使説齊王田廣，廣罷歷下兵守，與漢通和。淮陰侯乃夜謀度兵襲齊。齊以酈生賣己，遂烹之。甘似魯諸生。漢叔孫通傳：臣願徵魯諸生，與臣弟子共起朝儀。趙云：蓋謂以圭竇之貧士尚有三千，而下七十城，亦有爲雲梯之具者，如我曾無說客之談，特爲諸生之事而已。蓋自責其無補於戰也。通籍微班忝，此公自言得爲拾遺通朝籍也。微班，言位下也。通籍，見前漢元帝紀注。

周行獨坐榮。詩：寘彼周行。箋云：周之列位也。後漢：宣秉拜御史中丞，光武特詔御史中丞與司隸校尉、尚書令會同並專席而坐，故京師號曰三獨坐。時英乂爲中丞。趙云：周行，古注謂周之列位，而公意却是周徧之行列也。隨肩趨漏刻，短髮寄一作愧。簪纓。趙云：上句言同入朝也。倒使五年以長，則肩隨之。漏刻，出後漢：功在漏刻。下句以言其在有位之列也。短髮，倒使左傳：髮甚短而心甚長。徑欲依劉表，魏志王粲傳：粲以西京擾亂，皆不就辟。乃之荊州依劉表。還疑厭禰衡。還疑，一云能無。後漢文苑傳：禰衡，字正平。孔融愛禰衡材，數稱述於曹操。操欲見之，而衡素相輕疾，不肯往。操懷忿，而以其才名，不欲殺之，送與劉表。及荊，士大夫先服其才名，甚賓禮之。後復侮慢表，表耻不能容，以江夏太守黃祖性急躁，故送衡與之。卒爲祖所殺。趙云：依劉表，以王粲自比，却疑諸公如曹操、劉表、黃祖輩厭禰衡也。漸衰那此別，忍淚獨含情。廢邑狐狸語，襄十四年傳：南鄙之田，狐狸所居，豺狼所嗥。空村虎豹爭。村言無人，虎豹爭，盜賊縱橫，故也。趙云：公曰狐狸、虎豹，以比盜賊。後漢：張綱奉使，埋輪不行，曰：豺狼當路，安問狐狸！晉張孟陽七哀詩曰：季世喪亂起，盜賊如豺虎。

人頻墜塗炭，仲虺之誥：有夏昏德，民墜塗炭。言民之危險，若陷泥墜火。公豈忘精誠。趙云：禮記：不精不誠，未有能動人也。元帥調新律，前軍壓舊京。鮑云：謂廣平王將復京師也。趙云：元帥，指言廣平王俶，是爲代宗。前軍，指言李嗣業之軍。時代宗爲元帥，郭子儀副之，而李嗣業爲前軍。新律是師律之律。舊京，指言長安。後云仍扈從，則望長安收復而車駕復還也。安邊仍扈從，莫作後功名。莫作，一云無使。時代宗爲元帥，期于收復。公勉郭令立功名，無後衆人也。史：安邊在良將。

【校勘記】

〔一〕「爲」，原作「謂」，訛，據文淵閣本、文津閣本、文瀾閣本、清刻本、排印本改。

〔二〕「好」，底本漫滅，據文淵閣本、文津閣本、文瀾閣本、清刻本、排印本補。

〔三〕「斧」，文淵閣本作「命」，訛。

〔四〕「滅」，文淵閣本作「減」，訛。

〔五〕「慘黷」，文淵閣本、文津閣本、文瀾閣本作「慘黷」，全後周文卷八庾信哀江南賦作「墋黷」。

〔六〕「慶緒既弑禄山」，原作「禄山既弑慶緒」，倒誤，據舊唐書卷一百一十李光弼傳乙正。

〔七〕「罘罳」，原作「罘罘」，據文淵閣本並參先後解輯校乙帙卷三此詩引趙注〔一五〕改。

送楊六判官使西蕃

送遠秋風落，西征海氣寒。帝京氛祲滿，氛祲，不祥之氣，言胡塵污染帝室〔一〕。人世別離難。趙云：此篇是至德二年九月前詩，蓋京師猶未復，所謂帝京氛祲滿，宜在收京師前送遠。公曾云：皇天悲送遠。但未見本出。潘安仁有西征賦。往吐蕃，渡青海而去。祲，音千鴆切，精氣感祥也。阮孚嘗云：氛祲既澄，日月自朗。楚辭云：憂莫憂於生別離。句意倣此。絶域遥懷怒，和親願結歡。敕書憐贊普，贊普，吐蕃主名。兵甲望長安。望長安，言欲入寇也。宣命前程急，惟良待士寬。趙云：絶域，指言吐蕃。李陵書云：奉使絶域。和親字，起於漢。左傳：楚子使椒舉如晉，曰：寡君願結驩於二三君。贊普，其俗謂彊雄曰贊，丈夫曰普，故以號君長。按唐新史吐蕃傳云：至德初，取巂州及威武等諸城，入屯石堡。其明年，使使來請討賊，且修好。肅宗遣給事中南巨川報聘。然歲内侵取廓、霸、岷等州及河源、莫門軍。數來請和，帝雖審其譎，姑務紓患，乃詔宰相郭子儀、蕭華、裴遵慶等與盟。史之所載如是而已。以公詩考之，中國以其懷怨侵叛而與之和親，所以敕書憐其君長欲窺長安之意，而急遣使與和也。詳味惟良待士寬一句，爲楊判官而言。判官者，必以事閑廢，今欲選良材以爲使，則待之以闊略而用之。故下句有起爲官，有正羽翰之語。東坡詩有云：試草尺書招贊普。依倣敕書憐贊普也。子雲清自守，今日起爲官。楊子雲仕宦不達，寂寞自守，起爲官，以子雲比楊判官也。趙云：以子雲比之，取其同姓。清自守，則微言其閑廢者矣。新添：自守字，子雲本傳言附離丁董者，或起家至二千石。時雄方草太玄，有以自守，泊如也。爲官字，子雲解嘲曰：意者玄得毋尚白乎？何爲官之拓落也？垂淚方投筆，言以戎事爲憂，故垂淚投筆，如班超投筆而起，志在功名。傷時即據鞍。劉尚深入五溪，軍没。馬援因復請行，時年六十二。帝愍其老，未許之。援自請曰：臣尚能披甲上馬。帝令試之，援據鞍顧眄[二]，以示可用。趙云：言其恰欲投筆以起，而聞宣命之急，則又亟據鞍而往也。儒衣山鳥怪，漢節野童看。邊酒排金盞，一作盌。夷歌捧玉盤。揚子孝至篇有假儒衣書。蘇武在匈奴中，仗漢節牧羊。排金盞，一作盌，爲正。蓋吐蕃嘗獻奉者，曰金盌一碼，磁杯一耳。見舊唐書。草肥一作輕。蕃馬健，胡人至秋，則草肥馬健，思入寇。雪重拂廬乾。拂廬，蕃帳名。趙云：上兩句蓋王摩詰草枯鷹眼疾[三]，雪盡馬蹄輕之勢也。杜補遺：唐吐蕃傳：吐蕃居邏娑川，其城郭廬舍不肯處，聯毳帳以居，號拂廬。愼爾參籌畫，從茲正羽翰。歸來權可取，九萬一朝摶。言當以功名自致遠大也。趙云：正羽翰，所以引末句九萬一朝摶也。莊子言鵬之飛也，摶扶搖而上者九萬里。扶搖，風名。羽翰從兹而正，則前此爲不正。既正羽翰而摶風九萬里，特在於一朝，則楊君起於閑廢尤明。

【校勘記】

〔一〕「胡塵」，「胡」，文瀾閣本作「寇」。

〔二〕「盻」，文淵閣本、清刻本、排印本作「眄」，文瀾閣本作「盼」。

〔三〕「枯」，原作「苦」，訛，據文淵閣本、文津閣本、文瀾閣本、清刻本、排印本改。

憶弟二首

喪亂聞吾弟，詩：喪亂既平。饑寒傍濟州。人稀吾一作書。不到，以道路榛梗，人稀少而難行也。兵在見何由。孟子：何由知吾可也？憶昨狂催走，無時病去憂。即今千種恨，惟共水東流！狂催走，謂避亂出奔如狂也。

趙云：公自言出奔且往行在所，如狂圖催走。公素多病，則又無時而病去，所以憂也。

右一

且喜河南定，安慶緒棄東都走也。不問鄴城圍。鄴城，史思明所據。百戰今誰在？三年望汝歸。東山，周公東征也。三年而歸，三章言其室家之望汝也。故園花自發，丘希範書：暮春三月，江南草長，雜花生園，群燕亂飛。見故園之旗鼓，感生平於疇昔也。春日鳥還飛。言草木禽鳥尚得其所，而人遭亂離不得相保耳。斷絶人烟久，東西消息稀。趙云：至德二載十月復東京，所謂河南定也。鄴城，史思明所據相州是也。東京既復，安慶緒奔於河北。次年四月，賊復振，以相州爲成安府。則公作詩時，官兵當圍相州也，故曰不問鄴城圍。今河南已定，鄴城方圍之時，而曰花自發、鳥還飛，則言方春之至，草木禽鳥各得其所，而不預人事耳。

右二

得舍弟消息

亂後誰歸得，他鄉勝故鄉。若一作直。爲心厄苦，久念一作得。與存亡。趙云：休明之際，則他鄉雖樂，不如還家。爲遭亂離，則他鄉安處自足居也。直爲，當以若爲正。蓋言何爲而我心厄苦？久以與弟存亡在念故也。與字，如主在與在，主亡與亡之與，故作重字用對心字也。汝書猶在壁，汝妾已辭房。李陵書：生妻去室。舊犬知愁恨，垂頭傍我床。使陸機黄耳事。公又曰：舊犬喜我歸，低徊入衣裾。

鄭駙馬池臺喜遇鄭廣文同飲

不謂生戎馬，老子：戎馬生於郊。何知共酒盃。燃臍郿塢敗，董卓傳：吕布殺卓，使皇甫嵩攻卓弟旻於郿塢，盡滅其族。乃尸卓於市。天時始熱，卓素充肥，脂流於地，守尸吏燃火置卓臍中，光明達旦。握節漢臣回。蘇武仗漢節牧羊，起卧操持，節毛盡落，積十九年還歸。趙云：然臍郿塢敗，言慶緒奔敗如董卓也。握節漢臣回，言虔自陷賊中回，其後謫台州。公詩又云：蘇武看羊陷賊庭。蓋比之如蘇武也。新添：左傳：司馬握節而死。白髮千莖雪，丹心一寸灰。言爲憂患所困而心已若死灰。莊子：心無物矣，故云一寸灰。別離經死地，披寫忽登臺。重對秦簫發，見二十五卷「始知秦女善吹簫」注。以駙馬臺，故云。俱過阮宅來。見二十七卷「自須留阮舍」注。師云：阮籍謂之大阮，阮咸謂之小阮。廣文與駙馬同姓，故云。留連一作醉留。春夜舞，淚落强徘徊。一云醉連春苑夜，舞淚落徘徊。趙云：緣有寸心字、灰心字，故云「丹心一寸灰」。李商隱云：一寸相思一寸灰。用杜公之語也。阮宅字，或曰：晉阮咸與叔籍居道南，諸阮居道北。公于叔遇姪多用此，如曰守歲阿咸家是也。則阮舍、阮宅，皆以阮咸言之。則二鄭同姓，必有少長尊卑；阮宅者，乃指言駙馬家乎？

臘日

新添：廣雅曰：夏曰清祀，殷曰嘉平，周曰大蜡，秦曰臘禮。黄衣黄冠而祭，息田夫也。案史記始皇本紀：三十一年十二月，更名臘曰嘉平。蓋因謡歌曰神仙得者茅初成、帝若學之臘嘉平，而改從殷號也。

臘日常年暖尚遥，今年臘日凍全消。侵凌雲色還萱草〔一〕，漏洩春光有一作是。柳條。縱酒欲謀良一作長。夜醉，還家初散紫宸朝。紫宸，殿也。口脂面藥隨恩澤，翠管銀罌下九霄。唐制：臘日，宣賜口脂、面藥及賜宴。杜補遺：太平御覽載：盧公家範曰：凡臘日，上澡豆及頭膏、面脂、口脂。趙云：紫宸，殿名，在東内大明宫之中，乃内衙之正殿也。舊注是。杜田所引却是人家下者自上其物不干國家恩賜事。詩序：則恩澤乖矣。

【校勘記】

〔一〕「雲」，二王本杜集卷十、百家注卷六、分門集注卷三以及錢箋卷十作「雪」。

紫宸殿退朝口號

户外昭容紫袖垂，唐制：昭容正二品，係九嬪。雙瞻御座引朝儀。師云：酉陽雜俎曰〔一〕：今閤門有宮人引百僚，或云自則天，或言因後魏。據開元禮疏曰：晉康獻褚后臨朝不坐，則宮人引至殿上，至，傳百僚拜。杜補遺：按唐制：天子坐朝，宮人引至殿上。至天祐二年十二月詔曰：宮嬪女職，本備内任。今後每遇延英坐日，只令小黄門祇候引從，宮人不得出内。趙云：天祐，昭宗年號，朱全忠所立者。杜田所引，可見唐之元制矣。雙瞻御坐，則應用昭容二人爲引。謂之瞻，則回瞻也。新添：紀瞻傳：瞻與王導等勸進，帝猶不許，使韓績徹去御座。瞻叱績曰：帝座上應星宿，敢有動者斬。香飄合殿春風轉，花覆千官淑景一作日。移。趙云：宋有合殿之名。荀子云：天子千官。博物志：海上有風山，春風所出。鮑照悲哉行有羇人感淑景之句。師云：謝宣城曰：淑景近花多。晝漏稀一作聲。聞高閣報，天顏有喜近臣知。言近臣密邇清光。宮中每出歸東省，師云：按唐六典：左拾遺門下，右拾遺中書。此言東省，蓋門下也。傳言子美拜右拾遺，史氏之誤。會送夔龍集一作到。鳳池。夔龍，舜之良臣。夔典樂，龍納言鳳池。荀勖爲中書令，及罷，云：奪我鳳凰池。趙云：上句言晝漏之所以希聞，以閣之高，而傳之遠也。吳越春秋載采葛婦詩曰：群臣拜舞天顏舒。近臣，則言左右親近之臣，蓋指貂璫者耳。東省事，唐制，左拾遺隸門下省，而門下省在東，故曰東省。唐之初，門下省在左，延明門東南，中書省在右，延明門西南。此在西内者耳。至高宗居大明宮，兩省曹僚隨便安置，故宣政殿前東廊曰日華門，其東有門下省；西曰月華門，其西有中書省焉。今公所謂歸東省，則日華門東之門下省也，故後篇答岑補闕有曰「我往日華東」也。題是紫宸殿退朝，而紫宸殿在東内大明宮之中，故云。

【校勘記】

〔一〕「酉」，原作「西」，訛，據文淵閣本、文津閣本、文瀾閣本、清刻本、排印本改。

曲江二首

一片花飛減却春，風飄萬點正愁人。且看欲盡花經眼，莫厭傷多酒入脣。范元實詩眼嘗云：或問余，東坡有言：詩至於杜子美，天下之能事畢矣。考之前人，固未有如老杜，後世安知無過老杜者？余曰：如一片花飛減却春，雖使聖人復詠落花，決然更無好語。趙云：元實之言是也。秦少游號稱善辭曲，嘗云：落紅萬點愁如海。以爲佳句，乃使風飄萬點正愁人者也。江上小堂巢翡翠，苑一作花。邊高冢卧麒麟。細推物理須行樂，何用浮名絆此身。西京雜記：五柞宫西青梧觀，柏樹下有石麒麟二枚，是秦始皇驪山墓上物。趙云：兩句皆紀眼前所見也。冢前有石麒麟，蓋富貴之家。卧則冢之荒廢矣，故公落句有感焉。舊本花邊，師民瞻本作苑邊高冢，是。蓋芙蓉苑之邊也。前漢楊惲報孫會宗書曰：人生行樂耳，須富貴何時。

右一

朝回日日典春衣，每日江頭盡醉歸。陳遵日出醉歸。趙云：宋元凶劭傳：日日出行軍。王元長古意：思淚點春衣。酒債尋常行處有，人生七十古來稀。古詩：人生不滿百，常懷千歲憂。晝短苦夜長，何不秉燭遊？穿花蛺蝶深深見，點水蜻蜓款款飛。趙云：老杜不拘以數對數，如四十明朝過，飛騰暮景斜亦是此格。沈存中乃以八尺曰尋，倍尋曰常，謂亦是數目，故對七十；何迂鑿如此。深深字，莊子：其息深深。款款字，司馬遷云：效其款款之愚。傳語風光共流轉，暫時相賞莫相違。趙云：張若虛春江月云：請語風光催後騎，併將歌舞向前溪。馮小憐春日詩：傳語春光道，先歸何處邊。今公所謂傳語，正參用此語，以風光在我輩當共其流轉，相與賞玩，莫相違戾。此豈語同舍之省郎乎？謝玄暉云：日華川上動，風光草際浮。南齊王儉詩：風光承露照，霧色點蘭暉。師云：按，杜子美祖審言詩春日京中有懷云：寄語洛城風日道，明年春色倍還人。以此見子美詩有祖風也。

右二

曲江對酒

苑外江頭坐不歸，水精春一作宮。殿轉霏微。趙云：苑外者，芙蓉苑之外也。曲江在苑北。文宗常誦公詩曰：江頭宮殿鎖千門。遂思復昇平事而修紫雲樓、綵霞亭，日復增創。以此觀之，則天寶、至德時所謂春殿轉霏微，雖不可考知其名，而意可推矣。月宫謂之水精宫，今以言春殿，蓋以狀其清幽也。或云：即殿名。桃花細逐楊花落，黄鳥時兼白鳥飛。趙云：黄魯直詩云：野水漸添田水滿，晴鳩卻唤雨鳩歸。用此格也。縱飲久判人共棄，懶朝真與世相違。吏一云含。情更覺滄州遠，老大悲傷未拂衣。謝玄暉：復叶滄州趣〔一〕。古樂府：老大徒悲傷。趙云：揚雄覈靈賦曰：世有黄公者，起於滄洲，清神養性，與道逍遥。

【校勘記】

〔一〕「趣」，原作「處」，據齊詩卷三、文選卷二十七謝玄暉之宣城郡出新林浦向板橋詩改。案，本集卷五幽人「中年滄洲期」句下引杜補遺注亦作「趣」，可證。

曲江對雨

城上春雲覆苑墻，江庭晚色静年一作夭。芳沈休文三月三日詩：〔一〕。年芳俱在斯。林花着雨臙脂落，水荇牽風翠帶長。荇，水草也，相連而生，故如翠帶。趙云：苑墻，又言芙蓉苑之墻也。師云：杜審言過義陽公主山池詩：綰雪青條弱〔二〕，牽風紫蔓長。龍武新軍深駐輦，芙蓉別殿漫焚香。開元二十六年，析左右羽林軍置左右龍武軍，以左右萬騎營隸焉。芙蓉城連曲江城。　師民瞻云：舊史官志：左右龍武軍。注：太宗選飛騎之尤驍健者，別署百騎以爲翊衛之備。武后加置千騎，中宗加置萬騎，分爲左右營。自開元以來，與左右羽林軍名曰北門四軍。開元二十七年，改爲左右龍武軍。唐始祖諱虎，故唐太宗修晉史，李延壽修南、北史，舊書皆易虎爲武，以避之。如稱琥珀爲武珀，白虎爲白武之類是矣。龍武軍，本龍虎軍，亦避唐諱也。　趙云：兩句意言車駕唯深駐曲江，不復幸芙蓉苑，則別殿焚香爲漫耳。初，玄宗以萬騎軍平韋氏，改爲左右龍武軍，皆用唐之功臣子弟，制若宿衛兵。是時良家子避征戍者，亦皆納資隸軍，分日更上，如羽林。此在新唐史兵志，最爲易考。何時詔一作重。此金錢會，暫一作爛。醉佳人錦瑟旁。杜補遺：開元天寶遺事云：内庭嬪妃，每至春時各于禁中結伴擲金錢爲戲。又酉陽雜俎：梁時，荆州掾爲雙陸賭金錢。　趙云：似言錫錢爲宴。劇談録載：開元中，都人遊賞曲江，盛于中和、上巳節。即賜宴臣僚，會于山亭，賜太常教坊樂。推此則謂賜金錢爲宴也。金錢字，止是言錢。如前漢曹邱生數招權顧金錢，不必真是黄金爲錢者。公宴渼陂云：應爲西陂好，金錢罄一飡。亦此金錢之謂也。杜補遺所引却是黄金爲錢者矣。醉佳人傍者，賜太常教坊樂也。錦瑟字，崔灝渭城少年行曰：渭城橋頭酒新熟，金鞍白馬誰家宿。可憐錦瑟筝琵琶，玉堂清酒就君家〔二〕。則錦瑟者，寶瑟、瑶瑟之謂也。或曰，是佳人名，如青琴、瑟玉、絳樹、緑珠之類。李商隱作錦瑟詩，其詞曰：錦瑟無端五十絃，一絃一柱思華年。説者云，令狐綯之妾名錦瑟，而商隱賦詩雖載詩話，亦不明據，又況是後來事，不可引。若言教坊樂器，則自有錦瑟矣。

【校勘記】

〔一〕「亭」，原作「庭」，據二王本杜集卷十並參百家注卷七、分門集注卷三、黄氏補注卷十九及錢箋卷十改。

〔二〕「雪」，文淵閣本、文津閣本、文瀾閣本作「雲」。案，全唐詩卷六十二杜審言和韋承慶過義陽公主山池五首其二作「霧」。

〔三〕「玉堂清酒就君家」，全唐詩卷一百三十崔顥渭城少年行作「玉壺清酒就倡家」。

賈至早朝大明宮 附載

銀燭朝天紫陌長，禁城春色曉蒼蒼。千條弱柳垂青瑣，百囀流鶯滿建章。劍佩聲隨玉墀步，衣冠身染御爐香。共沐恩波鳳池裏，朝朝染翰侍君王。

奉和賈至舍人早朝大明宮 舍人先世掌絲綸。

五夜漏聲催曉箭，顔氏家訓云：或問：一夜何故五更？更何所訓？答曰：魏漢已來，謂爲甲、乙、丙、丁、戊五夜。又云一二三四五，皆以五爲節。更，歷也，經也，鼓凡五更爾。九重一作天。春色醉仙桃。天子之門九重。漢武故事：西王母齎其桃七枚獻帝，帝欲留核種之。王母笑曰：此桃一千年生，一千年結實，人壽幾何？遂止。西王母指東方朔曰：此桃三熟，此兒已三偷也。趙云：春色着桃如酣醉然。旌旗日暖龍蛇動，宮殿風微燕雀高。朝罷香烟攜滿袖，詩成珠玉在揮毫。東坡曰：杜甫七言之偉麗者，此句是也。趙云：余竊謂夏文莊「硯中旗影動龍蛇」，徐師川「旌旗不動御爐香」，皆剽杜也，然工拙可見矣。硯水之中可見旌旗之影動如龍蛇，而御爐香豈干旌旗動不動乎？或者穿鑿以燕雀高比小人得位，則龍蛇動何所比乎？後學妄論杜詩有如此者。香烟雖是香之烟，而兩字是實，故可對珠玉。欲知世掌絲綸美，池上于今有一作得。鳳毛。禮記：王言如絲，其出如綸。杜補遺：世説：王敬倫風姿似父。作侍中，加授桓公服，從大門入。桓公望之曰：大奴固有鳳毛。大奴，王劭也。梁鍾嶸詩品曰：何晏、孫楚、張翰、潘尼等，並得虬龍片甲，鳳凰一毛。山海經曰：丹穴之山有鳥焉，五彩而文，其名曰鳳[一]。趙云：賈至，曾之子。曾於睿宗末年及開元初再爲中書舍人。後與蘇晉同掌制誥，皆以文辭稱，時號蘇賈焉。玄宗幸蜀，時至拜起居舍人，帝曰：昔先帝誥命，乃父爲之辭，今兹命册，又爾爲之。兩朝盛典出卿家父子，可謂繼美矣。故云。鳳毛，有兩事：南史載：謝超宗者，謝鳳之子，作殷淑儀誄。帝大嗟賞，謂謝莊曰：超宗殊有鳳毛。而池上字，又使荀勖奪我鳳凰池事。

【校勘記】

〔一〕「曰」，文淵閣本奪。

附王維同作

絳幘鷄人送曉籌，尚衣方進翠雲裘。九天閶闔開宮殿，萬國衣冠拜冕旒。

日色纔臨仙掌動，香烟欲傍衮龍浮。朝罷須裁五色詔，佩聲歸到鳳池頭。

附岑參同作

雞鳴紫陌曙光寒，鶯轉皇州春色闌。金鎖曉鐘開萬户，玉階仙仗擁千官。花迎劍佩星初落，柳拂旌旗露未乾。獨有鳳凰池上客，陽春一曲和皆難。

宣政殿退朝晚出左掖

天門日射黃金榜，崔融詩：金牓照晨光，銅鈎起夕涼。春殿晴曛赤羽旗。以赤鳥羽爲旗也。趙云：前漢禮樂志：天門開，詄蕩蕩。神異經云：西方有宫，金牓而銀鏤，題曰：天地少女之宫。赤羽旗，如周官：析羽爲旌。家語：赤羽若日，白羽若月。詄音迭。宫草微微一云霏霏。承委珮，曲禮：主佩垂則臣佩委。爐烟細細駐遊絲。遊絲，蛛絲之遊散者，香烟似之。雲近蓬萊常好一作五。色，雪殘鳷鵲亦多時。蓬萊，殿名。鳷鵲，樓名。趙云：蓬萊殿在紫宸殿之後，皆大明宫中也。鳷鵲，漢觀名，在甘泉宫。謝玄暉詩云：金波麗鳷鵲，玉繩低建章。則借漢宫觀名以比當時之禁掖。侍臣緩步歸青瑣，青瑣，門也，以青畫户邊鏤中，天子制也。退食從容出每遲。趙云：青鎖，漢門名，在未央宫。今亦借用，如范彦龍：攝官青瑣闥。詩：退食自公。

題省中院壁

掖垣竹埤梧十尋，師云：西掖垣在中書省。劉公幹贈徐幹詩：誰謂相去遠，隔此西掖垣。埤，音婢，百畝爲埤。又增也，厚也。洞門對雪常陰陰。洞門，猶洞户也。杜正謬：對雪，當作對霤。左太沖吴都賦云：增岡重阻，列真之宇。玉堂對霤，石室相距。注：櫊霤相接也。蓋是時有鳴鳩乳燕，落花遊絲之語。乃春深時，非可言對雪，殆傳寫之誤爾。董賢傳：重殿洞門。注：洞門，謂門門相當也。趙云：掖垣者，禁掖之垣牆也。埤字，在字書音避移反，附也，助也，補也，增也。引詩云：政事一埤益我。云埤，厚也。今公竹埤，則側聲矣。惟晉語：秦醫和曰：松柏不生埤。注：埤，下濕也。而國語音卑，又皮靡反，方是側聲卑而有所當生之義。所謂對雪常陰陰，蓋爲大明宫直終南山，每清天霽景，視終南山如指掌云。此對終南之雪也。正謬云對雪當作對霤，非是。蓋對霤自是玉堂。凡是堂殿，前有天井，乃爲對霤。鄭玄禮記注曰：堂前有承霤是已。若在洞門言之，則第一重門豈對霤耶？又對承霤則明快矣，豈陰陰耶？杜云落花、乳燕，乃春深時，非可言雪，蓋終南崇山，雖春深而有積雪未消爾。落花遊絲白日靜，鳴鳩乳燕青春深。梁簡文帝春日詩：落花隨燕入，遊絲帶蝶驚。乳燕，雛燕也。趙云：兩句如東坡先主之説，豈不謂之偉麗耶？隋蕭慤春賦云：落花無限數，飛鳥排花渡。庾信燕歌行云：洛陽遊絲百丈連。又云：數尺遊絲即横路。遊絲於春時空中自有之，蓋野馬之類，天地之氣也，即非蛛絲，學者多誤指之矣。月令：季春之月，鳴鳩拂其羽。疏云：案釋鳥云：鶌鳩，鶻鵃。郭景純云：鶌音九物反。鵃音嘲。鶻鵃似山鵲而小，青黑色，短尾多聲。孫炎云：鶻鵃一名鳴鳩，月令所云是也。如此，則止是鶻鵃，乃季春之鳥矣，即非唤雨之鵓鳩。學者復多誤指，雖黄魯直亦誤用云：欲雨鳴鳩日永。若以唤雨之鳩爲鳴鳩，則四時皆鳴，何乃言青春深乎？乳燕字承用之熟，在杜公前則鮑照詠採桑詩乳燕逐草蟲，巢蜂拾花蘂也。腐儒衰晚謬通籍，黥布傳：上置酒，對衆折隨何曰：腐儒！爲天下安用腐儒哉？師古云：腐者爛敗，言無所堪任。通籍，見上注。退食遲迴違寸心。趙云：漢書：高祖云：腐儒幾敗乃公事！詩云：退食自公。寸心，起於列子：文摯謂叔龍曰：吾見子之心矣，方寸之地虚矣。而促用寸心，則陸士衡文賦有吐滂沛乎寸心。方生出寸心字也。若使違字，則詩云：中心有違。左傳云王心不違也。衮職曾無一字補，詩：衮職有闕，仲山甫補之。注：衮，君之上服。補之，善補過也。許身愧比雙南金。古詩：美人贈我緑綺琴，何以報之雙南金。言所報重也。趙云：公前爲拾遺，故用補衮事，不必泥出處是仲山甫而爲宰相事也。一字補，蓋挨傍春秋序云褒之一字，若華衮之贈，故對雙南金。三字，出文選「美人贈我雙南金」。

春宿左省

花隱掖垣暮，啾啾棲鳥過。星臨萬户動，月傍九霄多。趙云：隱者，隱蔽之也。字起于揚雄蜀都賦曰：蒼山隱天。漢宫千門萬户。潘岳書曰：長自絶乎塵埃，迢遊身乎九霄。而沈休文遊沈道士館云：鋭意三山上，托慕九霄中。今言九霄之間月色明偏爲多也。或曰，以九霄比禁掖，爲其在左省作詩，故所云如此。不寢聽金鑰，因風想玉珂。玉珂，馬鳴珂也。趙云：兩句主下句有封事而欲上，故聽開門且想朝馬之鳴珂也。玉珂者，以玉爲珂，富貴事也。明朝有封事，言事也。欲其密，故封之以達。數問夜如何。趙云：唐制，左拾遺六人，從八品上，掌供奉諷諫。大則廷議，小則上封事。故曰有封事也。詩：夜如何其？夜未央。夜未艾，夜向晨者也。

送翰林張司馬南海勒碑 相國製文

冠冕通南極，通，猶通西南夷也。趙云：冠冕，指言張司馬。南極，指言南海之地。文章落上台。謂相國製文也。詔從三殿去，唐有三殿學士。碑到百蠻開。趙云：大明宮中有麟德殿，在仙居殿之西北。此殿三面，亦以三殿爲名。李肇翰林志曰：翰林院在麟德殿西廂重廊之後，門東向。故曰詔從三殿去者，言自翰林壁經三殿而出也。舊注非。野館濃花發，春帆細雨來。趙云：既云往南海，則用帆矣。木玄虛賦云維長綃，掛帆席是已。以春時往，故曰春帆。公又曰：冥冥細雨來。不知滄海上，天遣幾時回？趙云：此句暗用博物志有人乘槎至海犯牛斗事。杜公每用，却多指爲張騫云。

晚出左掖

晝刻傳呼淺，趙云：衛宏漢舊儀：使夜漏起，宮衛傳呼以爲備。陸倕以其所載爲未詳。謂傳呼淺，則在晝不若夜之遠也。春旗簇仗齊。春旗，言羽衛也。退朝花底散，歸院柳邊迷。樓雪融城濕，宮雲去殿低。避人焚諫草，騎馬欲雞棲。趙云：如魏陳群之削草，又高士廉奏議未嘗不焚藁也。詩云：雞栖于塒。舊注引文選：雞登栖而斂翼。非是。

曲江陪鄭八丈南史飲

趙云：應是鄭虔，虔爲著作。所謂南史，以左氏齊南史稱之。

雀啄江頭黃柳花，鵁鶄鸂鶒滿晴沙。自知白髮非春事，歸去來：農人告予以春及，將有事乎西疇。且盡芳樽戀物華。趙云：春事嬉遊賞玩，皆年少之所宜，故白髮非春事矣。舊注非是。近侍即今難浪跡，此身那得更無家。趙云：上句所以自戚，下句所以自喜。蓋公性真率，平昔放浪，今爲近侍，故難浪跡。前此一身轉徙賊中，寄家鄜州，嘗有詩曰：無家對寒食。今既復聚，故喜而曰那得更無家也。丈人才力猶强健，豈傍青門學種瓜！邵平種瓜青門，號邵平瓜。趙云：阮籍詠懷有云：昔聞東陵瓜，近在青門外。注引史記：邵平者，故秦東陵侯，秦破，爲布衣，貧，種瓜於長安城東，故俗謂之東陵瓜。又注云：漢書曰霸城門，民間所謂青門，則長安城東門也。

送賈閣老出汝州

趙云：此送賈至也。前篇有嚴賈二閣老兩院補闕。公自注云：嚴武、賈至也。至爲汝州，唐史不載。

西掖梧桐樹，空留一院陰。喻賈之德猶足庇覆一院。趙云：至於至德中歷中書舍人，而中書舍人隸中書省，在月華門西，故曰西掖。艱難歸故里，去住損春心。趙云：至，河南洛陽人。唐以河南府汝州隸都畿採訪使〔一〕，故云。宮殿青門隔，青門，長安東城門也。隔青門，謂賈出汝州也。雲山紫邏深。邏塞也，取巡邏之義。杜補遺：紫邏，山名也。謹按九域志：汝州梁縣有三山，一霍陽，二崆峒，三紫邏，非以巡邏爲義。人生五馬貴，見二十五卷五馬有光輝注。莫受二毛侵。潘岳秋興賦：予三十有二，始見二毛。二毛，班白也。趙云：五馬，太守事。本出漢官儀：太守五馬。蓋天子六馬，而諸侯則五馬故也。漫叟詩話云：古樂府陌上桑云：五馬立踟躕。用五馬作太守事，自西漢時始然。古乘駟馬車，至漢時太守出則增一馬。事見漢官儀。潘子真詩話：禮：天子六馬，左右驂；三公九卿駟馬，右騑。漢制：九卿則中二千石，亦右驂；太守則駟馬而已。其有功德加秩中二千石如王成者，乃有右駟〔二〕，故以五馬爲太守美稱。師云：古今風俗曰：王逸少，出守永嘉，庭列五馬。繡鞍金勒，出即控之。故永嘉有五馬坊。

【校勘記】

〔一〕「畿」，文淵閣本作「幾」，訛。

〔二〕「駟」，文淵閣本、文津閣本、文瀾閣本、清刻本、排印本作「騑」。

送鄭十八虔貶台州司户傷其臨老陷賊之故闕爲面别情見於詩

趙云：按唐史，虔還著作郎。禄山反，遣張通劫百官置東都〔一〕，僞授虔水部郎中，因稱風緩，求攝市令，潛以密章達靈武。賊平，與張通、王維並囚宣陽里。三人皆善畫，崔圓使繪齋壁，虔等方悸死，即極意祈解於圓，卒免死，貶台州司户參軍事。莊子曰：闕然數日不見。闕爲面别，若言闕然爲面别也。

鄭公樗散鬢成絲，莊子有樗散之材，言不合世用也。酒後常稱老畫師。虔善畫，常獻詩畫于明皇，御批號爲三絶。趙云：莊子謂樗曰散木也，故相承用樗散焉。畫師之句，亦猶王維詩云：夙世謬詞客，前身應畫師。萬里傷心嚴譴日，百年垂死中興時。時初復京師，虔以汙賊貶。倉皇已就長途往，邂逅無端出餞遲。便與先生應永訣，九重泉路盡交期。言交契之期，死生不替也。江淹别賦寫永訣之情。

【校勘記】

〔一〕「張通」，原作「張通儒」，訛，参本集卷十四故著作郎貶台州司户滎陽鄭公虔校勘記〔三〕改。

題鄭十八著作丈

台州地濶海冥冥，雲水長和島嶼青。台州，鄭貶所。趙云：台州臨海郡，本海州也。亂後故人雙別淚，春深逐客一浮萍。以虔貶，故稱逐客。秦李斯在逐客中上書。酒酣懶舞誰相拽，詩罷能吟不復聽。第五橋東流恨水，皇陂岸北結愁亭。第五橋、皇陂，皆長安郭外送別之地。趙云：皇子陂在萬年縣西南二十五里。第五橋未詳。公過何將軍山林詩云：今知第五橋。蓋於此與鄭送別之地。水謂之恨水，亭謂之愁亭，乃一時傷心之言。賈生對鵩傷王傅，蘇武看羊陷賊庭。趙云：上句以言虔遷謫也，下句以言虔爲賊所刼而不附賊也。可念此翁懷直道，也霑新國用輕刑。周禮秋官：大司寇之職，一曰，刑新國用輕典。趙云：惟其直道而不附賊，故得免死而從貶也。禰衡實恐遭江夏，見本卷送鄭中丞詩。方朔虛傳是歲星。夏侯孝若東方朔畫贊云：神變造化，靈爲星辰。注：俗謂東方朔爲太白星精〔一〕。趙云：上句以言虔素才俊，嘗憂有欲殺之者矣。觀其初，集掇當世事著書八十餘篇，有窺其藁者，上書告虔私撰國史，虔倉皇焚之，由協律郎坐謫十年；其於賊平被囚也，幾死而貶，則虔嘗以死爲憂矣。下句以言虔多技能，如方朔而不得親用。博物志載，神仙傳曰：傳説上據辰尾爲箕宿，歲星降爲東方朔。傳説死後有此宿，東方生，無歲星。今公云方朔是歲星，蓋用此説。而夏侯孝若爲朔畫贊序注乃云云，卻成方朔死而爲星矣。舊注止知引此，非是。窮巷悄然車馬絶，案頭乾死讀書螢。車允聚螢讀書。趙云：虔既謫去矣，則平昔過從者車音絶，而所居讀書之處空餘死螢也。

【校勘記】

〔一〕「東方朔爲太白星精」，「東」文淵閣本、文津閣本、文瀾閣本、清刻本、排印本無。

端午日賜衣

師云：按唐會要：開元二十五年，上以端午日，賜宰臣丞相尚書兩省官衣服各一襲。

宫衣亦有名，端午被恩榮。細葛含風軟，香羅疊雪輕。自天題處濕，當暑着來清。意内稱長短，終身荷聖情。一作明。趙云：自天出詩、書。當暑出論語。其他甚明。末句語法稍深，蓋言天子之意内又稱量群臣身材長短而賜之，使有實用而非止虚賜，此所以終身荷聖情也。

贈畢四曜

玉臺後集載曜詩二首。

才大今詩伯，家貧苦宦卑。字晉有八伯，以擬八儁。伯，如侯伯之伯。趙云：伯，宗師之稱也。字起於論衡，有云：周長生文辭之伯，文人之所共宗，而變化用之耳。新唐書云：王楊爲之伯，燕許擅其宗。亦用此字也。饑寒奴僕賤，顔狀老翁爲。同調嗟誰惜，論文笑自知。謝靈運詩：誰謂古今殊，異代可同調。趙云：魏文帝典論有論文篇，爲無同調，故論文亦自知而已。公詩：文章千古事，得失寸心知。亦此之謂也。流傳江鮑體，江文通，鮑明遠。相顧免無兒。伯道無兒。免無兒者，言各有子也。趙云：言既無同調以共論文，則所能江鮑體之文章，止流傳於其子耳。江，謂江淹；鮑，謂鮑照。二人最能文。玄宗嘗曰：蘇瓌有子，李嶠無兒。相顧免無兒，意言各有子以傳世業，即非伯道無兒事。師民瞻本江鮑體作江左體，亦是。言江左，則不止指二人也。

酬孟雲卿

樂極傷頭白，更長愛燭紅。相逢難衮衮，告別莫匆匆。衮衮，見上醉時歌注。趙云：相逢既難得相繼，故不可怱怱爲別也。晉王濟云：張華説漢史，衮衮可聽。張芝云怱怱不暇草書也。新添：史記龜筴傳有云：陰陽相錯，怱怱疾疾。顏氏家訓云：世中書翰，多稱匆匆，相承如此，不知所由。案許慎説文云：匆者，州里所建之旗也。象其柄有三斿，雜帛幅半異。所以趣民故匆遽者，稱爲匆匆。但恐天河落，鮑明遠：夜移河漢落[一]。寧辭酒盞空。孔融：罇中酒不空。趙云：天河謂之落，如鮑照詩。酒盞謂之空，飲盡而空也。舊注所引正與此空字不同。明朝牽世務，揮淚各西東。趙云：前漢：儒者通世務。揮淚字，起於家語：公父文伯卒，敬姜曰：二三子無揮涕。而蘇子卿曰：淚下不可揮。公蓋參使。

【校勘記】

〔一〕「河」，玉台新詠卷四、文選卷三十、宋詩卷九鮑照玩月城西門作「衡」。

奉贈王中允維

中允聲名久，如今契闊深。共傳收庾信，周書：庾信字子山，先與徐陵並爲梁抄撰學士，後仕周，聘於東魏。文章辭令〔一〕，盛爲鄴下所稱信，雖位望通顯，常有鄉關之思。不比得陳琳。琳避難冀州，袁紹使典文章，作檄以告劉備，言曹公失德，不堪依附，反譏曹公父子。後紹敗，曹公得琳，愛其才而不責之。趙云：庾信爲梁東宮學士。侯景之亂，梁簡文帝使率宮中文武千餘人，營於朱雀航。及景至，信以衆先退，奔於江陵。梁元帝承制，除信御史中丞。共傳收庾信，以言肅宗憐維，釋其死罪，止下遷太子中允，此所謂收也。陳琳作檄謗詈曹公。曹公得之，愛之而不咎。維在賊中，禄山大宴凝碧池，悉召梨園諸工合樂，工皆泣。維聞悲甚，賦詩痛悼；則異乎陳孔璋在袁紹時詈及曹父祖矣，故曰不比得陳琳也。一病緣明主，三年獨此心。窮愁應有作，試誦白頭吟。虞卿窮愁，著書白頭吟，以人情樂新而厭故也。趙云：禄山以天寶十四載反，十五載陷京師，安慶緒弑其父自立〔二〕，至至德二載而後京師復焉。方維在賊時，以藥下利，陽瘖。維既以不欲污賊而病，其心三年唯在明主，故云。白頭吟，文君所賦。今公所用，止言當老而吟賦爾。

【校勘記】

〔一〕「文章」，文淵閣本、文津閣本、文瀾閣本作「文帝」，訛。

〔二〕「弑」，文淵閣本作「殺」。

奉陪鄭駙馬韋曲二首

韋曲花無賴，師云：丁廙詩：群花正無賴。家家惱殺人。渌樽雖盡日，白髮好禁一作傷。春。趙云：古詩：白楊多悲風，蕭蕭愁殺人。公用愁殺人矣，此外更變曰：秋江思殺人。又曰：高樓思殺人。今云惱殺人，亦其變也。渌樽雖盡日，一本又作須盡日；白髮好禁春，一本又作不禁春；皆有義。須盡日，當對以好禁春，言既老矣，好禁奈春而行樂也。不禁春，則對以雖盡日，言雖有盡日之酒，而老人却不禁春思也。沈休文和謝宣城詩云：憂來命渌樽。石角鈎衣破，藤枝一作蘿。刺眼新。何時占叢竹，頭戴小烏巾。

其二

野寺垂楊裏，春蛙亂水間。美花多映竹，好鳥不歸山。城郭終何事，風塵豈駐顔。誰能共公子，薄暮欲俱還。趙云：言城中多風塵，徒催人老耳，所以誰肯與公子共迫於暮色，便欲俱還也。蓋尚欲留連之意。

岑參見寄附載

聯步趨丹陛，分曹限紫微。曉隨天仗入，暮惹御香歸。白髮悲花落，青雲羨鳥飛。聖朝無闕事，自覺諫書稀。

奉答岑參補闕見贈

窈窕清禁闥，罷朝歸不同。君隨丞相後，我往一作住。日華東。補闕，官有左右，左屬門下省，右屬中書省。趙云：補闕、拾遺在百官志皆隸門下省，而門下省在日華門之東。杜公爲左拾遺，則所謂我住日華東矣。於參言君隨丞相後，則當隨往尚書省。豈參爲補闕而兼爲諸部中官邪？不然，紀當時參不坐省而隨丞相實事耳。舊注所引據楊侃職林所載，蓋按唐史，門下省有左補闕六人，從七品上；左拾遺六人，從八品上，掌供奉諷諫，大事廷議，小則上封事。其注云：武后時，垂拱元年置補闕、拾遺，左右各二員。新史所載如此，則左屬門下省，右屬中書省，豈武后時耶？然因解隨丞相後而言之，則丞相又却是尚書省矣。恐惑後學，不得不辨。參于史無傳。其詩集杜確序之，止云：自補闕遷起居郎。起居郎又却隸中書省也。俟博者辨之。冉冉柳枝碧，娟娟花蕊紅。故人得佳句，獨贈白頭翁。古詩：冉冉孤生竹。鮑照玩月城西門詩云：娟娟似娥眉〔一〕。五臣注曰：娟娟，明媚貌。

【校勘記】

〔一〕「鮑照玩月城西門詩」二句，「鮑照」原作「王景元」，檢下文「娟娟似娥眉」句，玉台新詠卷四、文選卷三十、宋詩卷九作鮑照玩月城西門詩，當是誤置，據改。

送許八拾遺歸江寧覲省甫昔時嘗客遊此縣於許生處乞瓦棺寺維摩圖樣志諸篇末

詔許辭中禁，慈顏赴北堂。詩：焉得諼草，言樹之背。背，北堂也。北堂，母氏也。一云天詔辭中禁，家榮赴北堂。聖朝新孝理，祖席倍輝光。祖席，飲餞也。漢祖二疏。一云行子倍恩光。趙云：行子倍恩光爲正。蓋孝理者，以孝治天下也；恩光則恩之光也，輝光則不對。内帛擎偏重，宮衣着更香。淮陰清夜驛，京口渡江航。趙云：淮陰，楚州；京口，潤州。蓋往江寧經歷之地。春隔雞人晝，雞人，宮中司曉者。言許方歸寧，尚隔雞人報曉爾。秋期燕子涼。賜書誇父老，壽酒樂城隍。一云竹引趨庭曙，山添扇枕涼。十年過父老，幾日賽城隍。趙云：方春而歸，隔聞宮中報曉也。周官雞人：夜呼旦以嘂百官。秋期燕子涼，其返以秋爲期也。一作竹引趨庭曙，山添扇枕涼。趨庭，則論語：孔子嘗獨立，鯉趨而過庭。扇枕，則黃香事也。然于趨庭而言竹引，似乎無義。豈其庭下實有竹耶？又下句一作賜書誇父

有含蓄之意。蓋謂十年不見父老而過之，又必謁廟以爲榮也。老，壽酒樂城隍。却不及「十年過父老，幾日賽城隍」辭語老當，

看畫曾饑渴，追蹤限淼茫。虎頭金粟影，神妙獨難忘。虎頭，維摩相也。金粟，釋有金粟地。杜正謬：歷代名畫記曰：顧愷之，字長康，小字虎頭，晉陵無錫人，曾於瓦棺寺北殿畫維摩詰，畫訖，光耀月餘。發迹經云：淨名大士，是往古金粟如來。世説注：僧肇注維摩經曰：維摩經者，秦言淨名。蓋法身之大士。今觀子美元題所云，則虎頭金粟影，乃顧愷之所畫維摩圖也。元注則謬矣。趙云：歐陽率更於藝文類聚則載世説：愷之爲虎頭將軍，在甘蔗門中。而洪駒父云：顧愷之小字虎頭，維摩詰是過去金粟如來，蓋據歷代名畫記耳。世説是劉義慶之書，宋于晉未遠，當可考信，而歷代名畫記則後人爲之也。以俟博聞。杜田所引與駒父同〔一〕。

【校勘記】

〔一〕「杜田」，「田」原作「用」，訛，據文淵閣本、文津閣本、文瀾閣本改。

因許八奉寄江寧旻上人

不見旻公三十年，封書寄與淚潺湲。舊來好事今能否，老去新詩誰與傳？趙云：此至德二載詩，公年四十六歲。逆數三十年，則公十六七歲耳。揚雄傳：時有好事者載酒肴從遊學，故對新詩。其字蔡邕瞽師賦：詠新詩以悲歌。棊局動隨幽澗竹，袈裟憶上泛湖船。杜補遺：釋氏要覽云：袈裟者，從色彰稱也。梵言迦羅沙曳，華言不正色。四分律云：一切聞君話我爲官在，頭白昏昏只醉眠。

上色衣不得蓄，當壞作迦沙。葛洪撰字苑，方添衣字，言道服也。大業經：迦沙，名離染服。如幻三昧經云：無垢衣，又名忍辱鎧，又名蓮花衣，謂不爲淤泥所染。

至德二載甫自京金光門出道歸鳳翔乾元初從左拾遺移華州掾與親故别因出此門有悲往事

此道昔歸順，西郊胡正煩。公昔自賊中，間道歸行在也。至今殘破膽，猶有未招魂。言履艱危，膽破魂飛也。宋玉有招魂文。趙云：上句言其逃賊欲之行在，是爲歸順。在金光門道出，故曰此道昔歸順也。西郊胡正煩，則言當歸順時，正值胡在西郊之煩多也。殘者，餘也。漢書云：谷永破膽。宋玉有招魂一篇，以招屈原之魂也。近得歸京邑，移官豈至尊。言移外官，非出天子之意也。無才日衰老，駐馬望千門。趙云：上兩句言既得返長安以拾遺爲官，而移華州掾，本非至尊之意，特以自貽伊戚耳。蓋公以論房琯有才不宜廢免，坐此而貶耳。駐馬望千門，則彷徨不忍去，凝望於宮禁也。謂之千門，使千門萬户之語。

寄高三十五詹事適

安穩高詹事〔一〕，兵戈久索居。子夏離群索居。時來如一云知。宦達，歲晚莫情疎。言無隨世態也。天上多鴻雁，池中足鯉魚。相看過半百，不寄一行書。蘇武繫書雁足。古詩：呼童烹鯉魚，中有尺素書。古人言音信，多以此二物，或謂之鱗羽。趙云：安隱，安穩字也，出佛書：世尊安隱否。兵戈，出戾太子傳贊。鴻雁，則常惠事。公于乾元初從左拾遺移華州掾，方未移時，豈不與高詹事相見乎？及其既移華州，旋於二年秋七月半棄官居秦，有寄彭州三十五詩三十韻，則此詩在秦州寄，高尚爲詹事時詩也。

【校勘記】

〔一〕「穩」，原作「隱」，據二王本杜集卷十、錢箋卷十改。

路逢襄陽少府入城戲呈楊員外綰

甫赴華州日，許寄員外茯苓。

寄語楊員外，山寒少茯苓。杜補遺：史記龜策傳云：茯苓，所謂伏靈者，在兔絲之下，狀如飛鳥之形。新雨已，天清淨無風，以夜捎兔絲去之，即以篝燭此地。篝籠也，謂燃火而籠罩其上。火滅，記其處，明日乃掘取，入地四尺至七尺得矣。伏靈者，千歲松脂也。餘見補遺嚴氏溪放歌行：知子松根長茯苓。歸來稍暄一云侯和。暖，當爲斸青冥。茯苓、松脂，所化斸之乃得。翻動神仙窟，世言華山多茯苓，神仙所居之地。封題鳥獸形。茯苓，似鳥獸形者爲上。兼將老藤杖，扶汝醉初醒。

題鄭縣亭子

鄭縣亭子澗之濱，户牖平高發興新。言臨亭多發，新興也。雲斷岳蓮臨大路，見「蓮峰望忽開」注。路，一作道。天晴宫柳暗長春。趙云：澗之濱，澗水濱也。鮑照詩：發興誰與歡。岳蓮，指言蓮花峰也。大路，蓋言官道耳。詩云遵大路是也。一作大道。古詩有青樓臨大道，然不成詩之聲律。蔡興宗引晉書：檀道濟從劉裕伐姚泓，至潼關，姚鸞屯大路以絶道濟糧道。遂指大路爲陝、華地名，穿鑿矣。夫岳峰所臨，豈專是地名之大路乎？若長春，則指言長春宫也，在同州朝邑縣。去此雖百里，皆華山所臨，故廣言之也。巢邊野雀群欺燕，花底山蜂遠趁人。野雀欺鷰、山蜂趰人，皆感時而作，更欲題詩滿青竹，晚來幽獨恐傷神。故幽獨而傷神也。趙云：上兩句舊注云皆感時而作，非也。此道實事，而偶似譏耳。蓋公以論房琯有才不宜廢，乃天子怒之而出，當時無嫉之者。

望岳

西岳崚嶒一云稜危。竦處尊，華岳也。諸峰羅立一作列。如兒孫。言序列而不敢與岳争長也。趙云：沈休文詩：崚峭起清障。張景陽七命瓊巘崚嶒也。竦，則如宋武帝登竹樂山詩曰：竦石頓飛轅。范雲登三山詩曰：叢嵓竦復垂。庾肅之山贊曰岷閬天竦也。後漢張昶華山碑云：山莫尊于岳，澤莫盛于瀆。安得仙人九節杖，拄倒玉女洗頭盆。仙人有九節杖，笻杖亦九節。玉女洗頭盆，因山形而名。杜正謬：集神録：明皇玉女者，居華山，服玉漿，白日昇天。今山中頂石龜，其廣數畝，高三仞，其側有梯磴達，背建玉女祠。祠前有白石臼，號曰玉女洗頭盆。其中水色碧緑澄澈。雨不加溢，旱不加耗。張平子思玄賦云：戴太華之玉女兮，召洛浦之宓妃。即明皇玉女也。趙云：此篇皆使華岳上之名稱，有仙人九節杖，有玉女洗頭盆，有車箱谷，有箭栝峰，皆處所也。正謬所引載太平廣記。車箱入谷無歸路，師云：寰宇記：華陰縣車箱谷在西南二十五里，深不可測。祈雨者以石投其中，有一鳥飛出，應時獲雨。箭栝通天有一門。稍待秋風涼冷後，高尋白帝問真源。白帝，西方之帝也。趙云：箭栝峰，則華山記云箭栝峰上有穴，才見天。攀緣自穴而上，有至絶處者。又按，記云：山頂上有靈泉二所，一名蒲地，一名太上泉池。此豈所謂真源乎？劉孝儀和昭明太子鍾山講解詩云：降道訪真源。

至日遣興奉寄兩院遺補二首

去歲茲辰捧御床，五更三點入鵷行。晉王沈詩：幸參鵷鷺行。欲知趨走傷心地，此言爲華掾趨走參謁郡將也。正想氛氳滿眼香。御爐，香煙也。無路從容陪語笑，有時顛倒著衣裳。何人錯憶窮愁日，愁日愁隨一線長。一云白日愁隨一線長。歲時記云：宮中以紅線量日影，至日日影添一線。坡云：唐雜録謂宮中以女工揆日之長短。冬至後日晷漸長，此當日增一線之功。黄魯直云：此説爲是。師云：今考輦下歲時記、荆楚歲時記及徐諧歲時廣記並不載此説。子美小至詩「刺繡五紋添弱線」，即非以線量日影也。蓋以刺繡之工添線爲日晷之凖則耳。趙云：詩：東方未明，顛倒衣裳。何人，如言别人。蓋謂别人錯思憶我窮愁之日，殊不知我愁日之愁，則隨一線長，正在此冬至日也。一作白日愁隨一線長，其句不貫于上。

其二

憶昨逍遥供奉班，去年今日侍龍顔。漢高祖隆凖而龍顔。趙云：拾遺掌供奉、諷諫，故曰供奉班。按楊侃職林載：補闕、拾遺，武太后垂拱中置，二人，以掌供奉、諷諫。自開元以來，猶爲清選。左右補闕各二人，供奉者各一人。左右拾遺亦然。夫謂之清選，可以言逍遥矣。麒麟不動爐烟上，孔雀徐開扇影還。

趙云：麒麟者，香爐狀也。孔雀者，爲扇之物也。玉几由來天北極，周禮：王左右玉几。朱衣只在殿中間。趙云：言至日受賀之儀。謂之由來、只在，所以懷想至尊也。周禮司几筵曰：左右玉几。論語曰「北辰居其所而衆星拱之」。北極即北辰也。玉几設於左右，從來在宸扆之前，今以在外，則不能瞻覩之矣。唐禮樂志：元正受賀，皇帝服衮冕。冬至則服通天冠，絳紗袍。而在禮記內，則韠君朱之下注云：天子、諸侯玄端朱裳。則絳紗袍可以言朱衣矣，只在殿中間亦言居其所也。孤城此日堪腸斷，愁對寒雲雪滿山。舞鶴賦：水塞長河，雲滿群山。趙云：但以在外不預朝賀而懷之耳，故有腸斷之歎。

得弟消息二首

近有平陰信，遥憐舍弟存。師云：鄭州平陰縣，本漢肥城縣，隋大業二年改爲平陰縣，屬濟州。趙云：平陰於唐舊屬濟州，州廢於天寶十三載，乃屬鄆州。公前憶弟詩曰：喪亂聞吾弟，饑寒傍濟州。雖是十四載禄山反後詩，蓋猶追道故名耳。側身千里道，言避難不得正行也。寄食一家村。烽舉新酣戰，啼垂舊血痕。烽，燧也，有寇則舉。趙云：淮南子載：魯陽公與韓戰，戰酣，日暮，援戈而麾之，日爲之反三舍。血痕，蓋使淚盡繼之以血也。不知臨老日，招得幾人魂？

其二

汝懦歸無計，吾衰往未期。浪傳烏鵲喜，西京雜記：乾鵲噪而行人至。深負鶺鴒詩。見「鴒原驚陌草」注。生理何顔面，憂端且歲時。兩京三十口，雖在命如絲。趙云：浪傳，烏鵲雖噪，而人不歸也。詩云：鶺鴒在原，兄弟急難。公詩又曰：待汝嗔烏鵲，抛書示鶺鴒。亦此義矣。謝靈運發石首城詩：寸心若不亮，微命察如絲〔一〕。

【校勘記】

〔一〕「城」，原作「戍」，訛，據文選卷二十六、宋詩卷三謝靈運初發石首城改。

寄高適新添

楚隔乾坤遠，難招病客魂。詩名惟我共，世事與誰論。北闕更新主，南星落故園。定知相見日，爛漫倒芳樽。

新刊校定集注杜詩

三

〔唐〕杜甫 著
〔宋〕郭知達 輯注
聶巧平 點校

上海古籍出版社

新刊校定集注杜詩卷二十

近體詩

秦州雜詩二十首

滿目悲生事，因人作遠遊。趙云：延篤與李文德書：吾誦伏羲氏之易，焕兮爛兮其滿目。史記：因人成事。楚辭有遠遊賦。遲迴度隴怯，浩蕩及一作入。關愁。水落魚龍夜，秦有魚龍川。山空鳥鼠秋。禹貢所謂鳥鼠同穴者是矣。鳥鼠，谷名也。杜補遺：太平御覽載關中諸水云：水經注曰：有一水出天水縣西山，人謂小隴山。其水出五色魚，俗以爲龍而莫敢採捕，謂是水爲魚龍水。又爾雅釋鳥云：鳥鼠同穴，其鳥爲鵌，其鼠爲鼵。郭璞注云：鼵，如人家鼠而短尾。鵌，似鵽而小，黄黑色。穴入地三四尺，鼠在内，鳥在外，今在隴西首陽縣，鳥鼠同穴山中。趙云：按水經：渭水有汧水入焉。水有二源，一水出五色魚，俗不敢捕，因謂是水爲魚龍水，亦名魚龍川。然則，魚龍者，魚之龍也。汧水在今隴州。又按唐地理志，鳥鼠同穴山在渭州之渭源。今公詩題謂之秦州雜詩，而用魚龍夜、鳥鼠秋，蓋舉秦、隴一帶事耳。西征問烽火，心折此淹留。別賦：心折骨驚。趙云：潘岳有西征賦。烽火，則時有吐蕃之亂也。史記：李牧謹烽火。楚詞云：又胡爲乎淹留。

右一

秦州城北寺，勝跡隗囂宫。後漢：隗囂據隴西天水郡，寺即囂故居也。苔蘚山門古，丹青野殿空。月明垂葉露，趙云：言月色明白於垂葉之露也。雲逐度溪風。清渭無情極，愁時獨向東。

右二

州圖領同谷，驛道出流沙。同谷，縣名。流沙，地名。師云：天水、隴西、同谷三郡，道通西域，故曰出流沙。降虜兼千帳，居人有萬家。趙云：同谷郡在唐乃成州，隸山南西道採訪。今公所賦秦州詩，乃隴右道，而云州圖領同谷，何也？此因在秦州更欲西往而賦成州詩也。公於乾元中竟寓居同谷縣。馬驕珠汗落，胡舞白題一作蹄。斜。西戎有白題蠻。杜補遺：傅玄乘輿馬賦曰：揮沫成露〔一〕，流汗如珠。一本珠作朱，蓋汗血也。故子美醉爲馬所墜諸公攜酒相看有朱汗駿驒猶噴玉之句〔二〕。南史：白題國王姓支，名稽毅，其先蓋匈奴之别種胡也。漢灌嬰斬匈奴白題一人是也，在滑國東。裴子野傳：武帝時，西北遠邊有白題及滑骨，遣使由岷山道入貢。此二國歷代弗賓，莫知所出。子野曰：漢潁陰侯斬胡白題將一人。服虔注云：白題，胡名也。趙云：服虔注云：謂之白題，題者，額也。其俗以白塗堊其額，故以此得名。舞則頭偏，頭偏則白題亦斜矣。漢郊祀歌：太一況，天馬下。霑赤汗，沫流赭。赤之與赭，非朱而何？年少臨洮子，西來亦自誇。臨洮，郡名也。趙云：今之洮州也。洮州在秦州之西，故云西來亦自誇，誇其年少耳。

右三

【校勘記】

〔一〕「露」，全晉文卷四十六傅玄乘輿馬賦作「霧」。

〔二〕「攜」，文淵閣本作「蔦」，訛。

鼓角緣邊郡，川原欲夜時。秋聽殷地發，風散入雲悲。抱葉寒蟬靜，歸山獨鳥遲。万方聲一槩，吾道竟何之！戎馬之際，天下皆有鼓角聲。人方以武事爲急，吾道何所施乎？趙云：此篇詠鼓角也。抱葉寒蟬靜，歸山獨鳥遲。當秋欲夜之景，則聞鼓角鳴聲爲可傷矣。時東有安史之亂，西有吐蕃之警，故曰萬方聲一槩。楚詞曰：一槩而相量。孔子云：吾道其非耶？何之字祖，雖出莊子，茫乎何之、忽乎何適，而謝靈運初發石首城詩云：苕苕萬里帆，茫茫終何之。而公今用竟何之也。

右四

南使宜天馬，由來萬匹强。阮籍詩：天馬出西北，由來從東道。杜補遺：前漢張騫傳：武帝發書易，卜曰：神馬當從西北來。得烏孫馬好，名曰天馬。及得大宛汗血馬益壯，更名烏孫馬曰西極馬，宛馬曰天馬。渥注、天馬事，詳見沙苑行、驄馬行元注。趙云：此篇專賦天馬也。浮雲連陣没，秋草徧山長。趙云：此以形容馬之多也。聞説真龍種，天馬，龍種也。仍殘老驌驦。見「驌驦一骨獨當御」注。趙云：龍種正言天馬乃神龍之種。左傳：唐成公如楚，有兩驌驦。酉陽雜俎載：肅霜，本俊鳥，而馬形如之。殘者，餘也。唐人語以餘爲殘。末句蓋言所餘之驌驦以遺而不用於戰，故哀鳴思戰鬭也。豈非公自况耶？使當時用公如張鎬，則廟謨神算必能破賊矣。哀鳴思戰鬭，迥立向蒼蒼。

右五

城上胡笳奏，山邊漢節歸。趙云：胡笳，胡人卷蘆葉吹之，名曰胡笳。李陵書云：胡笳互動。蘇武在匈奴中，持漢節卧起。胡笳奏，言用兵以禦吐蕃也。時吐蕃既侵陷州郡，又欲請和而爲之通使也。防河赴滄海，奉詔發金微。杜補遺：續唐書通典：羈縻州有金微州，隸振武軍。趙云：防河赴滄海，則吐蕃雖旋請和，而出入不常，則河又不可不防矣。滄海，豈指青海邪？考之地理，洮州之北河州，河州渡河則鄯州，鄯州之北則青海也。若杜補遺所引金微，其説是。蓋僕固懷恩傳：貞觀二十年，鐵勒九姓大酋領率衆降，分置瀚海、燕然、金微、幽陵等九都督府，别爲蕃州，以僕骨歌濫拔延爲右武衛大將軍金微都督。今云發金微，則防河之士自金微而發也。士苦形骸黑，旌疎鳥獸稀。那堪往來戍，恨解鄴城圍。鄴城，史思明所據。恨解圍者，言士苦於征戍而恨賊之未平也。趙云：言士卒勞苦，故形骸黑。旌疎鳥獸稀，一説謂旌旗疎零，其上所畫之鳥獸稀少矣。周禮曰：熊虎爲旗，鳥隼爲旟。此乃鳥獸之義，以暗言戰不勝，而士卒勞苦，旌旗彫疎。然恐杜公不敢變旗旟二字爲旌，變熊虎鳥隼四字爲鳥獸。一說謂旌之羅列疎遠，鳥驚獸駭而稀。然旌多稠密，則方有鳥驚獸駭之理，而稀則未必然。二說如此，以俟博者辨之。惟師民瞻本作「林疎鳥獸稀」，亦於戍兵無說。豈以戍兵過往，殘伐林木而稀邪？末句正言西邊既苦吐蕃之戰，而鄴城之圍，既圍復解，史賊猶未平，則役戍疲於往來，所以爲恨。

右六

莽莽萬重山，孤城山一作石。谷間。無風雲出塞，不夜月臨關。杜補遺：解道康齊地記曰：齊有不夜城，蓋古者有日夜中照於東境〔一〕，故萊子立此城，以不夜爲名。是詩云不夜，蓋月之時如晝也。趙云：風飄則雲散，故云出塞以其無風。月臨關，所以不夜。神仙傳：王母所居，寶樹萬條，瑶幹千尋，無風而音韻自響。江洪詠薔薇詩：不摇香已亂，無風花自飛。不夜，杜田所引是，其事已載前漢地理志注中矣。或曰：今秦州有無風塞、不夜城，蓋亦後人因杜詩而爲之名也。屬國歸何晚？樓蘭斬未還。蘇武歸漢，爲典屬國。傅介子傳：先是龜兹、樓蘭嘗殺漢使者。介子持節使，誅斬樓蘭王安歸首，懸之北闕〔二〕。趙云：指言吐蕃之使也。公之意尚怒吐蕃之或叛或欲和，而思使者斬之也〔三〕。煙塵一長望，衰颯正摧顔〔四〕。

右七

【校勘記】

〔一〕「蓋古」，文淵閣本作「自古」。

〔二〕「蘭嘗殺漢使」五字、「歸首懸之」四字，底本漫滅，據文淵閣本、文津閣本、文瀾閣本、清刻本、排印本補。

〔三〕「吐蕃之使也公之意」八字、「和而思使者斬之也」八字，底本漫滅，據文津閣本、文瀾閣本、清刻本、排印本補。其中，「思使者斬之也」文淵閣本作「思者也斬之也」，奪「使」字、衍「也」字。

〔四〕「顔」，底本漫滅，據文淵閣本、文津閣本、文瀾閣本、清刻本、排印本補。

聞道尋源使，從天此路迴。張騫尋河源。牽牛去幾許，博物志：昔有人乘查泛河〔一〕，忽忽不知晝夜。至一處，多見織女，有一丈夫牽牛渚次飲之。歸，問嚴君平，君平曰：某日客星犯牛女。宛馬至今來。見宛馬總肥春苜蓿注。趙云：時遣使與吐蕃和，云尋源使，則借張騫以爲言也。博物志載乘槎事，以爲後漢時人，而公屢使作張騫。梁庚肩吾奉使江州船中七夕詩曰：漢使俱爲客，星槎共逐流。亦以漢使貼星槎事使，蓋因詁録所謂詩家承襲也，故繼曰牽牛去幾許，正用乘槎者至天河逢見牽牛丈夫。宛馬至今來，則望吐蕃既和而西域皆通貢也。一望幽燕隔，何時郡國開？時幽燕在賊境，郡國未寧也。東征健兒盡，羌笛暮吹哀。士多死亡，哀憤之氣，形兹羌笛也。趙云：以幽燕未平，郡國未開，故健兒皆東征，聞羌笛而可哀也。

右八

【校勘記】

〔一〕「查」，排印本作「槎」。

今日明人眼，臨池好驛亭。叢篁低地碧，高柳半天青。叢篁低地、高柳半天，是亦傷君子沈下位也。公之命意多有如此者。趙云：叢篁、高柳，止道實景，舊注穿鑿。蓋篁之與柳，何用分君子、小人？觀下句云稠疊多幽事〔一〕，正言有池、有竹、有柳爲幽事，豈有譏誚乎！稠疊多幽事，稠疊，猶重疊也。趙云：謝靈運過始寧墅詩云：巖峭嶺稠疊。喧呼閱使星。時亂，民喜見使者，故喧呼。晉志：流星，天使也。漢李郃指使星以示二使。趙云：指往來使吐蕃者。老夫如有此，不異在郊坰。有此，謂有此亭也。

右九

【校勘記】

〔一〕正文「叢篁低」三字，注「柳半天是亦」五字、「也公之命意多有」七字、「道實景舊注穿」六字、「君子小人觀下句」七字，底本漫滅，據文淵閣本、文津閣本、文瀾閣本、清刻本、排印本補。

雲氣接崑崙，涔涔塞雨繁。羌童看渭水，使客向河源。趙云：崑崙山乃河源所出，秦州詩而言雲氣接崑崙，崑崙雖云去嵩高五萬里，而大率在西方之遠地，爲張大之語，則雲氣可接爲不足怪。如夔州古柏而云月出寒通雪山白也〔一〕。既云雲氣接崑崙，故又曰使客向河源。涔字，積雨曰涔。出淮南子，又倣前漢頭痛涔涔也。羌童看渭水，似言吐蕃之兵窺覷渭水，而朝廷使客如張騫之向往河源也。史記，司馬遷雖云烏覩所謂河源者哉！子長蓋以崑崙之遠，非人跡所能即至，若詩家則用其美事爾。煙火軍中幕，牛羊嶺上村。所居秋草淨〔二〕，正閉小蓬門。

右十

【校勘記】

〔一〕「如」，中華訂補作「而」。

〔二〕「淨」原作「静」，據二王本杜集卷十、錢箋卷十改。

蕭蕭古塞冷，漠漠秋風一作雲。低。黄鵠翅垂雨，薛云：文選：黄鵠一遠別〔一〕，千里顧徘徊。蒼鷹飢啄泥。亦自傷也。薊門誰自北？鮑照有出自薊門北。趙云：薊門，指言安、史也。出自薊門北，樂府有之，不獨鮑照耳。誰自北，則公問收復燕、薊者誰也。漢將獨征西。

不意書生耳，臨衰厭一作見。鼓鞞。趙云：指言往吐蕃之人。漢有征西將軍。

右十一

【校勘記】

〔一〕「别」，原作「則」，據清刻本、排印本並參文選卷二十九蘇武詩改。

山頭南郭寺，水號北流泉。師云：寰宇記：秦州天水縣，有水一泒北流入長安縣界。老樹空庭得，清渠一邑傳。秋花危石底，晚景卧鐘邊。一作前。俛仰悲身世，溪風爲颯一作肅。然。趙云：秋花在危石之底，晚景照卧鐘之邊，皆道實事。蓋寺有卧鐘故也。鮑明遠詠史詩：身世兩相棄。蘭亭序云：俛仰之間，已爲陳迹。

右十二

傳道東柯谷，深藏數十家。對門藤蓋瓦，映竹水穿沙。趙云：公後有示姪佐詩，自注云：佐草堂在東柯谷。則東柯谷乃秦州境中之地。瘦地翻宜粟，師云：崔融詩：瘦地秋草短。陽坡可種瓜。杜補遺：毛文錫茶譜云：宣州宣城縣有塢如山，其東爲朝日所燭，號曰陽坡，其茶最勝。太守常薦於京洛人事。題曰：陽坡横紋茶。是詩所謂陽坡，其亦以日所燭故歟？趙云：此言東柯谷中之瘦地與陽坡也。種粟當在肥地，而瘦地翻自宜粟，言東柯谷中之地無不好者。陽坡，向陽之坡，如所謂陽崖、陽岡、陽陸、陽林也。或云：秦州有陽坡、瘦地。豈後人因杜而名耶？若元稹詩：陽地自尋蕨，村沼且漚菅。亦地名乎？種瓜正要日照，阮籍詩曰：昔日東陵瓜，今在青門外。五色曜朝日，子母相鈎帶。可見矣。船人近相報，但恐失桃花。桃花，水也。俗以三月水爲桃花水。趙云：東柯谷雖不可考，意者自秦州必乘水而往。末句用桃花字，意以東柯谷爲桃源也。船人報恐失桃花，則公欲往不往之際矣。舊注以爲桃花水，誤矣。蓋失桃花水之候，則水尤肥漲，何損於行船乎？又前篇云漠漠秋雲低，秋花危石底；後篇云邊秋陰易夕，地僻秋將盡，皆秋時詩耳，與三月桃花水尤不相干。桃花，言桃源也。

右十三

萬古仇池穴，潛通小有天。世説仇池有地穴，通小有洞天，中有神魚，食之者仙。鮑云：按唐志：成州同谷縣有仇池[一]，與秦城接壤。東坡云：趙德麟曰：仇池，小有洞天之附庸也。王仲至曰：吾嘗奉使過仇池，有九十九泉石，萬山環之，可以避世如桃源。杜補遺：茅君内傳：大天之内有玄中洞三十六所：第一王屋山之洞，周回萬里，名曰小有清虚之天；第二委羽之洞，周回萬裏，名曰大有穴明之天。故子美憶昔云「北尋小有洞」之句。趙云：此篇賦仇池也，並見送韋十六評事詩注。神魚人不見，福地語真傳。仙經有福地、鎮地，皆以名山或洞府爲之也。薛云：按遺書有三十洞天，七十二福地。近接西南境，長懷十九泉。何時一茅屋，送老白雲邊！趙云：公詩所謂通小有、十九泉、神魚事，皆是紀實，但不見仇池記考之耳。福地，則凡名山，多有福地。世有福地記。

右十四

【校勘記】

〔一〕「成州」，文淵閣本作「戍州」，訛。

未暇泛滄海，悠悠兵馬間。塞門風落木，一云塞風寒落木。客舍雨連山。阮籍行多興，龐公隱不還。見昔者龐公注。趙云：前篇云防河赴滄海，則滄海專指西海也。阮籍行多興，按魏氏春秋曰：籍時率意獨駕，不由徑路，車跡所窮，慟哭而返。今言多興，則紀其初行時也。龐公隱不還，龐德公攜妻子隱於鹿門山，採藥不反。隱不還，正欲慕之也。東柯遂疎懶，休鑷鬢毛斑。杜補遺：南史：鬱林王年五歲，戲高帝傍。帝令左右鑷白髮，問王：我誰耶？答曰太翁。帝笑曰：豈有爲人作曾祖而拔白髮乎？即擲鏡鑷。趙云：此句言得遂東柯谷之隱，則凡事疎懶，亦不暇鑷鬢毛矣。

右十五

東柯好崖谷，不與衆峰群。落日邀雙鳥，晴天卷片雲。野人矜險絕，水竹會平分。採藥吾將老，童兒未遣聞。趙云：野人矜險絶，則東柯之人自矜其地險絶，此已含蓄可避世之意，將與野人分水竹之景也。九辯云：皇天平分兮四時。

右十六

邊秋陰易夕，不復辨晨光。謝脁詩：曉星正寥落，晨光復泱漭〔一〕。趙云：陶淵明：恨晨光之熹微。鮑照詩在後。簷雨亂淋幔，山雲低度墻。鸕鷀窺淺井，蚯蚓上深一作高。堂。鸕鷀窺淺井，無食也。蚯蚓上深堂，室空也。趙云：以積雨久陰而然也。車馬何蕭索，門前百草長。趙云：暗使張仲蔚所居蓬蒿滿門，寂無車馬事。

右十七

【校勘記】

〔一〕「謝脁詩曉星正寥落」三句，「謝脁」原作「鮑照」，檢「曉星正寥落」二句，文選卷二十一、齊詩卷三作謝脁京路夜發，當是誤置，據改。

地僻秋將盡，山高客未歸。塞雲多斷續，邊日少光輝。江淹恨賦：搖風忽起，白日西匿。隴雁少飛，岱雲寡色。又秋日蕭索，浮雲無光。警急烽常報，傳聲檄屢飛。鮑明遠：羽檄起邊亭，烽火入咸陽。杜補遺：光武紀：王郎移檄。注：說文曰：檄以木簡爲書，長尺二，以徵召也。魏武奏事曰：若有急，則插以雞羽，謂之羽檄。烽事，見送從弟亞赴安西判官「連山暗烽燧」補遺。趙云：客未歸者，公自謂也。烽，謂烽候。甘氏天文占曰：虜至則舉烽火十丈。如今井桔槔，火錘其頭，若警備急，然火其頭，放之，權重，本低則末仰，見烽火也。飛檄字，潘安仁關中詩云：飛檄秦郊，告敗上京。漢高祖曰：吾以羽檄徵天下兵。西戎外甥國，何得近天威！左傳曰：天威不違顏咫尺。薛云：按唐書：景龍四年，以金城公主下嫁吐蕃。乾元元年，肅宗以幼女寧國公主下降回紇。爾雅曰：妻之父爲外舅。郭璞曰：謂我舅者，吾謂之甥，然則亦呼婿爲甥。孟子曰帝館甥于貳室是也。唐書：贊普奉表言甥舅。趙云：指言吐蕃爲贊普尚主也。近天威，言其敢有窺帝都之心。

右十八

鳳林戈未息，魚海路常難。師云：寰宇記：陝州有鳳林十道者，潞州上黨縣有魚子陂。按肅宗紀：至德二載，安慶緒陷陝郡，九月陷上黨。候火雲峰峻，烽候之火，夏雲多奇峰。縣軍幕井乾。縣軍，謂路險阻，縣之使下也。鄧艾伐蜀，縣軍深入。幕，一作暮。杜補遺：周禮：挈壺氏掌挈壺以令軍事[一]。凡軍事，縣壺以聚櫜。易曰：井收勿幕。趙云：郭子儀取魚海五城，乃此魚海也。候火，烽候之火也。言烽燧在雲峰，峭峻之上。謝靈運詩：滅迹入雲峰。禮：挈壺氏掌挈壺以令軍事。其説是。井收勿幕，解者以井口曰收，勿幕則勿遮幕之。今公但使其字意，言軍旅之衆，飲井者多，而所幕之，井乾其縣示軍中之器以表此井也。舊注縣軍字偶相犯耳。風連西極動，月過北庭寒。趙云：上句因吐蕃之亂，下句因幽、薊之師而有所感也。

故老思飛將，李廣，飛將軍。何時議築壇？漢高祖築壇拜韓信爲大將。

右十九

【校勘記】

〔一〕「事」，參周禮注疏卷三十「掌挈壺以令軍井」句，「事」當作「井」。

唐堯真自聖，野老復何知。莊子所謂帝力何有於我哉。趙云：唐堯，謂肅宗也。野老，公自謂也。曬藥能無婦，應門幸有兒。李令伯表：内無應門三尺之童〔一〕。世説：荀淑使叔慈應門〔二〕，慈明行酒。趙云：此以實事道懷耳。藏書聞禹穴，司馬遷年十歲誦古文，二十四而南遊江淮，上會稽，探禹穴，窺九疑。讀記憶仇池。憶，一作悟。杜補遺：後漢西南夷傳：白氏居河池，一名仇池。注云：在今成州上禄縣南。仇池記曰：仇池百頃，壁立千仞，自然樓櫓却敵之狀，分置調均，竦起數丈，有踰人功。爲報鴛行舊，鷦鷯在一枝。見卑棲但一枝注。趙云：藏書聞禹穴，言禹穴藏書也。其地在南，聞之而已，未可遂往，以引下句讀記憶仇池。仇池，在同谷郡，公有欲往之意，故讀記而懷之。仇池，隴右之福地，前篇可見。鴛行，指言平日同禁省之人。朝臣，故謂之鴛鷺行也。鷦鷯一枝，公自謂也，出莊子：鷦鷯巢於深林，不過一枝。

右二十

【校勘記】

〔一〕「三」，清刻本、排印本作「五」。

〔二〕「叔慈」，原作「叔明」，訛，據世説新語箋疏德行第六條改。

月夜憶舍弟

戍鼓斷人行，戍樓鼓也。邊秋一雁聲。言孤也。露從今夜白，月是故鄉明。師云：謝莊月賦：隔千里兮共明月〔一〕。子美工於用字，析而倒言之，故其語勢尤健。如別來頭併白，相見眼終青之類是也。有弟皆分散，一作羈旅。無家問死生。亂離流落，故無家也。趙云：此篇七月中所作也。月令：孟秋之月，涼風至，白露降。今云露從今夜白者是已。公之二弟方賊亂時，一在濟州，一在陽翟，故言皆分散。無家問死生，又指其弟之無家耳。左傳：鄭莊公云：寡人有弟，不能和協，而使餬其口於四方。史記：馮驩彈劍鋏而歌曰：長鋏歸來乎，居無以爲家。一作有弟皆羈旅，非。寄書長不達，況乃未休兵。

【校勘記】

〔一〕「謝莊月賦」二句，「謝莊月賦」原作「江淹別賦」，檢別賦無「隔千里兮共明月」句，考文選卷十

三、全宋文卷三十四謝莊月賦有此句，當是誤置，據改。

宿贊公房京師大雲寺主謫此安置。

杖錫何來此，秋風已颯然。雨荒深院菊，霜倒半池蓮。放逐寧違性，性安窮達，不以放逐而違爾。虚空不離禪。釋經以禪宗爲空門。相逢成夜宿，隴月向人圓。師云：古詩：隴頭圓月白。趙云：虚空字，指言其所放逐之地在空寂之處。莊子徐無鬼篇曰：逃虚空者，聞人足音而喜是已。夫有道之人，豈以放逐而遂改其性？況其空寂之處正亦是禪家所宜矣。

東樓

萬里流沙道，流沙，地名。老子西涉流沙而不返。征西過此門。晉漢有征西將軍官。但添新戰骨，不返舊征魂。一作但添征戰骨，不返死生魂。趙云：流沙，則自秦州而西往也。師民瞻本作西行過此門，是。蓋泛言西行之人出此西門耳，與征魂不相犯。樓角臨風迥，城陰帶水昏。傳聲看驛使，送節向河源。趙云：樓角，樓之邊角也。臨風迥，以言其高。言及城陰，則樓傳於城上。何遜詩：城陰度塹黑。末句又以言遣使與吐蕃和時。吐蕃旋戰旋請和，故爾。又暗用張騫奉使尋河源事，所以比使者如張騫也。

雨晴

一作秋霽。

天水秋雲薄，秦爲天水郡。從西萬里風。趙云：指言秦州之天水也。陸士衡前緩聲歌云：長風萬里舉。今朝好晴景，久雨不妨農。以得時也。塞柳行疎翠，山梨結小紅。胡笳樓上發，一雁入高空。趙云：行音杭。張祜詩：萬人齊指處，一雁落寒空。句法亦與此同，蓋唯一雁字方好。

寓目

趙云：左傳：得臣與寓目焉。

一縣蒲萄熟，秋山苜蓿多。西域人好飲蒲萄酒，馬食苜蓿。貳師伐宛，將種歸中國也。杜補遺：永徽圖經曰：葡萄生隴西五原燉煌山谷，今處處有之。苗作藤蔓，而極大盛者一二本綿被山谷間。花極細而黄白色。其實有紫、白二色，而形之圓鋭亦二種。又有無核者。謹按史記：大宛以葡萄爲酒。張騫使西域，得其種而還種之，中國始有。蓋北果之最珍者。神農本草云：苜蓿，味苦平無毒，主安中利人，可久食。陶隱居云：長安中，乃有苜蓿園，北人甚重此，南人不甚食之，以其無味故也。廣韻載史記云：大宛國馬嗜苜蓿，漢使所得，種於離宮。又玉篇云：漢書：罽賓國多苜蓿，宛馬所嗜，本作目宿。趙云：此篇題名寓目，皆實道其事。蒲萄，果名；苜蓿，草名。二物本西北所有，因張騫自大宛帶種歸中國，故近西之地多有之。苜蓿以飼馬，關陝人亦食之。薛令之詩云：朝日上團團，照見先生槃。槃中何所有？苜蓿長闌干。是也。梁劉孝儀北使還與永豐侯書曰：馬銜苜蓿，嘶立故墟〔一〕。人獲蒲萄，歸種舊里。則二物西北之產明矣。

關雲常帶雨，塞水不成河。羌女輕一作摇。烽燧，胡兒制一作掣。駱駞。自傷遲暮眼，喪亂飽經過。趙云：關雲、塞水、羌女、胡兒，皆所寓目之事。烽燧，一物二名。燃火曰烽，舉煙曰燧。楚詞云：傷美人之遲暮。阮籍詠懷云：西遊咸陽中〔二〕，趙李相經過。飽，厭也。蓋如石勒謂李陽云：卿亦飽孤毒手。公詩又曰：老樹飽經霜。

【校勘記】

〔一〕「嘶」，底本模糊，據文淵閣本、文津閣本、文瀾閣本、清刻本、排印本補。

〔二〕「西」，原作「四」，訛，據文淵閣本、清刻本、排印本改。

山寺

野寺殘僧少，山園細路高。麝香眠石竹，麝鹿也。鸚鵡啄金桃。亂石通人過，懸崖置屋牢。上方重閣晚，百里見纖毫。趙云：此篇實道山寺之景物耳。石竹，川中綉竹花也。麝香、鸜鵒，言僧家所養者。上方，言在山上之方境也。亂石〔一〕，一作亂水。

【校勘記】

〔一〕「亂石」，原奪，據清刻本、排印本補。

即事

聞道花門破，前有留花門詩。和親事卻非。人憐漢公主，生得渡河歸。杜補遺：按唐史：回紇自肅宗即位，遣使來請助討賊禄山。太子葉護自將四千騎來在所，命同王師進收長安。嚴莊挾安慶緒棄東京北渡河。回紇大掠東都三日，府庫窮殫。葉護還京師，帝遣群臣勞之長樂。帝坐前殿，召葉護升階席，宴且勞之。葉護頓首言：留兵沙苑，臣歸料馬，以收范陽，除殘盜。乾元元年，回紇請婚，許之以幼女寧國公主下嫁。明年可汗死，公主以無子得歸。秋思抛雲鬢，腰支賸寶衣。群凶猶索戰，回首意多違。趙云：公主以秋八月自回紇還。今云「愁思抛雲鬢，腰支賸寶衣」，則猶以無緒而不事梳沐且亦癯瘦也。然首兩句云「聞道花門破，和親事却非」，則若便有犯順之作，中國與戰而破之，所以失和親之好。然於新、舊史皆無所考。其後犯順，自是寶應二年，相去公主之歸乃四年也，而又無破之之事。豈公主才歸之後便爲寇，而中國能破敗之邪？末句則意與首句尤相應。蓋初爲和親之因，以藉其來助；和親既非而索戰，則所以藉之之意又違矣。觀代宗即位，又使劉清潭徵兵以脩舊好，却先爲史朝義誘之而爲寇，斯乃意違之證，但非公主才歸之後耳。俟明識辨之。後漢：陳蕃上疏曰：群凶側目，禍不旋踵。魏公九錫文曰：群凶覬覦，連城帶邑。

遣懷

愁眼看霜露，寒城菊自花。天風隨斷柳，客淚墮清笳。水淨樓陰直，山昏塞日斜。夜來歸鳥盡，啼殺後栖鴉。趙云：此詩直道事實，末句感物以爲興耳。

天河

師云：揚泉物理論：水之精氣上浮，宛轉隨流水，名曰天河也。新添：毛詩：倬彼雲漢，昭回于天。箋云：雲漢，謂天河也。天河，水氣也。精光轉運於天而倬然。

常時任顯晦，秋至輒一作轉。分明。天河至秋則顯見，人目爲銀河。師云：庾亮詩：天河秋轉明。縱被微雲掩，終能一作當非。永夜清。賢人雖則爲群小所掩，然終不害其明也。趙云：師民瞻本輒字作轉，極是。蓋秋已前非無天河也，但或顯或晦，非若秋時之轉轉分明耳。而選有云：寧顯寧晦。頷聯兩句雖實道其事，若以爲寄興亦可，蓋言小人終不能掩君子也。**含星動雙闕，伴月落邊城。牛女年年渡，何曾風浪生。**世說牽牛、織女二星，七夕渡河相聚。趙云：天河在上所臨之處，詩人皆可想。含星動雙闕，則言長安帝闕；伴月落邊城，却指秦州之城。雙闕，祖出先聖本紀曰：許由欲觀帝意，曰：帝坐華堂面雙闕，君之榮願亦足矣。其後古詩：雙闕百餘尺。鮑照結客少年行云：雙闕似雲浮。史記：士蔿曰：邊城少寇。而長楊賦：永無邊城之警。曹子建白馬篇：邊城多警急。河與星謂之動，昔漢武時，星辰影動摇。河漢與月皆謂之落，鮑明遠翫月詩云：夜移衡漢落[一]。牛女渡河事，出齊諧記曰武丁者事。

【校勘記】

〔一〕「衡」，原作「衝」，訛，據玉臺新詠卷四、文選卷三十、宋詩卷九鮑照翫月城西門改。

初月

趙云：初月者，才出之月也，非如鈎新月之謂，與成都府古詩，初月出不高同義矣。

光細弦初趙作豈。**上，影斜輪未安。**師云：小雅：如月之恒。箋云：月上弦而就盈。李隅賦：波水蕩而月輪斜。此蓋譏肅宗始明而終暗也。趙云：易乾鑿度曰：月三日成魄，八日成光。在尚書三日謂之朏，則言其始出也。齊虞羲詠秋月云：初生似玉鈎，裁滿如團扇。所謂初月者，有始生之月，有才出之月。始生之月，乃似玉鈎之月也，在古人止謂之新月。梁蕭綸有詠新月詩是已。其成光之際，則名曰弦。今曆家每於八日標爲上弦。釋名論月曰：弦，半月之名也。其形一旁曲，一旁直，若張弓弦也。既爲半月之名，亦非止名新月矣。梁何遜望初月詩云：初宿長淮上，破鏡出雲明。狀之爲破鏡，亦以言月之半，而題曰初月，則以才出之月名初月也。今公所賦亦然，非謂三日已後，八日已前之月也。梁庾肩吾望月詩曰：渡河光不濕，移輪轍詎開。在月言光與輪，此八日已後之月。今公詩首句云：光細弦豈上，影斜輪未安。蓋亦以月於八日成光，成光則名上弦矣，而光之細，則以其初出也，豈是上弦之光乎？崔豹古今注云：漢明帝作太子時，樂人以歌四章贊太子之德：一曰日重光，二曰月重輪，三曰星重曜，四曰海重潤。則輪字專以言月，不必於滿而後爲輪也。庾肩吾詩：星流時入暈，桂長欲侵輪。劉孝綽詩：輪光缺不半，扇影出將圓。謂之欲侵，謂之光缺，則不必於滿而後爲輪矣。今公以月之初出，其影尚斜，將欲滿而成輪，但未安而全露也。

微升古塞外，已隱暮雲端。

言易落也。杜補遺：是詩肅宗乾元初，子美在秦州避亂時作。微升古塞外，喻肅宗即位於靈武也；已隱暮雲端，喻肅宗爲張后與李輔國所蔽也。按唐史：肅宗即位於靈武，立淑妃張氏爲后。后善牢籠，稍稍預政事，與中人李輔國相助，多以私謁撓權。徙太上皇西内，譖寧王倓賜死，皆其謀也。及肅宗大漸，挾越王係謀危太子，卒以誅死。趙云：月賦云：升清質之悠悠。月之初出，自低而升高，故曰升。今公詩云：微升古塞外，則言才出之月明甚。蓋成魄之月才出便在天半，不假言升也。與成都府古詩云：初月出不高同意。爲是秦州賦詩，故著言古塞外。李陵曰：塞外草衰。有塞外字，而上貼之以古爲古塞外。枚乘詩曰：美人在雲端。有雲端字，而上貼之以暮爲暮雲端，此又詩人之工也。世傳魏道輔云，意主肅宗也，如韓詩「煌煌東方星」。洪興祖謂其順宗時作乎？東方，謂憲宗在儲也。杜田因而立論，則好爲穿鑿者矣。蓋以月言人君已不爲善取譬，況自至德之元，逮乾元之元，肅宗即位已三年，豈得以月之微升比即位乎？

河漢不改色，關山空自寒。

趙云：言月才出時便隱，惟河漢不以月之朓朒弦望而輒改其倬彼之色，關山當此時亦空自寒也。

庭前有白露，暗滿菊花團。

趙云：白露，則以著言初秋時矣。蓋月令：孟秋之月，白露降也。團字韻則詩云零露漙兮，雖止是漙字，而選載謝玄暉詩：猶霑餘露團。又江文通云：簷前露已團。則用團字，張景陽詩：輕露栖叢菊。謝惠連擣衣詩：白露滋園菊。

歸燕

此詩公托意以自喻。自東樓下皆有所感而作，然以前賢措意，皆起一時之興，故不敢妄生意思，曲爲穿鑿也。

不獨避霜雪，其如儔侶稀。四時無失序，八月自知歸。言四時迭運自得其序，而以炎涼往來者，乃燕之自知爾。趙云：蓋燕之歸當八月，似將避霜雪而往。今又爲儔侶稀而歸，則據所見之燕，其去在衆燕之後矣。所謂四時無失序，八月自知歸，此亦暗有事意。周書時訓曰：立秋之日，涼風至，後五日白露降，後五日寒蜩鳴，後五日玄鳥歸。故燕之歸不失四時之序也。春色豈相訪，衆雛還識機。故巢儻未毀，會傍主人飛。趙云：上句乃問燕之辭，言明年春色之時，豈卻相訪乎？蓋有不相訪而往别家爲巢之理。衆雛還識機，言别家容有害之者，衆雛識機，以我不致害之，自再相訪也。末句結之云，此代燕之爲言也。師云：禰衡鸚鵡賦：憫衆雛之無知。

擣衣

謝惠連有擣衣詩。

亦知戍不返，秋至拭清砧。砧，擣衣石也。秋至拭砧作寒衣也。已近苦寒月，況經一作驚。長别心。

言征伐之苦，不保其死生。寧辭擣衣倦，一寄塞垣深。師云：古詩：閨中有一婦，擣衣寄遠人。垣城，墻也。塞垣，邊城。用盡閨中力，君聽空外音。砧聲也。

促織

促織甚微細，秋蟲也。哀音何動人。草根吟不穩，牀下夜相親。久客得無淚，故妻難及晨。久客，故妻皆羈苦易感者也。趙云：牀下夜相親，則婦女及小兒子多置於牀下也。小説載宫人以金籠盛之，蓋有之矣。沈休文宿東園詩有云：樹頂鳴風飇，草根積霜雪。十月蟋蟀，入我牀下。新添：王褒傳：蟋蟀竢秋唫。師古注：今之促織也。毛詩：十月蟋蟀入我牀下。蓋自野而宇，自户而牀。箋謂著將寒有漸，非卒來也。若云取而置之牀下，則失夜相親之意矣。悲絲一作絃。與急管，感激異天真。絲管之感人，不若蟲聲之自然也。趙云：暗用晉書絲不如竹，竹不如肉，以其漸近自然。故絲管之聲，不若蟲聲之天真也。

螢火

幸因腐草出，敢近太陽飛。月令：腐草化爲螢。太陽之光，固非螢火之可近，喻小有才而侵侮大德者。西晉傅咸螢火賦云：雖無補於日月兮，期自竭於陋形。當朝陽而戢景兮，必宵昧而是征。韋承慶直中書省詩云：螢光向日盡，蚊力負山疲。趙云：梁蕭和螢火賦云：見晨禽之曉征，悲扶桑之吐曜。梁沈旋詩云：雨墜弗虧光。陽昇反奪照。則螢火之不敢傍日飛矣。未足臨書卷，時能點客衣。隨風隔幔小，帶雨傍林微。十月清霜重，飄零何處歸？趙云：用車胤事。蓋聚螢之多，然後可以照字也。庾信：書卷滿牀頭。又：天寒舟坂客衣單。梁朱超：可念無端失林鳥，此夜逆風何處歸。

蒹葭

摧折不自守，生質衰脆，不能自守。秋風吹若何？暫時花戴雪，幾處葉沈波。言非歲寒之質也。體弱春風一作甲，一作苗。早，師云：沈約賦：挺春甲而前生。叢長夜露多。江湖後搖落，亦一作只。恐歲蹉跎。趙云：末句似費解。蓋言今在秦州所見之蒹葭已搖落矣，尚餘時月之光景。江湖之上，其物在後搖落，亦恐當歲之暮，有可傷之意。九辯：草木搖落而變衰。阮籍詩：白日忽蹉跎〔一〕。言其晚也。

【校勘記】

〔一〕「阮籍詩」三句，「阮籍」原作「曹子建」，檢曹子建詩無「白日忽蹉跎」句，考魏詩卷十阮籍詠懷詩八十二首其五有此句，當是誤置，據改。

苦竹

青冥亦自守，軟弱强扶持。猶强自振立也。趙云：楚辭：據青冥而攄虹。青冥，雲霄間之貌。蓋指苦竹在高山上者，而言苦竹本野生之物，宜在高山之上。其物叢生，軟弱則然矣。味苦夏蟲避，叢卑春鳥疑。軒墀曾不重，剪伐欲無辭。幸近幽人屋，霜根結在兹。質雖疲軟，然得其托，亦足保其生矣。趙云：莊子：夏蟲不可語於冰。周禮：仲春羅春鳥。下四句方言種人家軒墀者，有不重而剪伐之，若在幽人之家，方有保護結根之理。

除架瓜架也。

束薪已零落，瓠葉轉蕭疎。趙云：西人方言直謂之除架，如甜瓜謂之收園也。瓜架之初，必以薪爲之，今瓜已摘而架上之薪零落矣。瓠即瓜也。毛詩有瓠葉字。幸結白花了，寧辭青蔓除。趙云：瓜初花其色白。結白花則爲瓜實矣。實既結則其蔓可除。秋蟲聲不去，暮雀意何如？架除而蟲鳥失棲托也。寒事今牢落，人生亦有初。言未生之初，則作架以承之，纔結花則有將實之望，而其意稍怠矣。故架壞則除去而不修也，亦猶人事鋭始而怠終爾。趙云：賦詩在秦州，意言寒事雖牢落，則爲客之不堪如此。然人生未嘗無初，則公之初在太平之時，文采動上，聲譽烜赫，本不如是之牢落也。上林賦云：牢落陸離。左傳：夫魯有初。而謝靈運會吟行云：會吟自有初。

夕烽

夕烽來不近，每日報平安。塞上傳光小，雲邊落點殘。照秦通警急，過隴自艱難。聞道蓬萊殿，千門立馬看。師云：長安有蓬萊殿〔一〕，東内紫宸殿之北。觀此則時可知矣。趙云：光武紀修烽燧注甚悉。烽則有一炬、二炬、四炬。志每日初夜舉一炬謂之平安火，餘則隨寇多少而爲差，乃警急之報矣。餘見秦州雜詩及寓目詩注。此篇前四句言平安之報，後四句言警急之報。時吐蕃或侵害、或請和故也。警急字出前漢書，而曹子建白馬篇：邊城多警急，胡虜數遷移。過隴而艱難，則安史之兵猶出没隴上矣。蓬萊殿，在東内大明宮。千門，則所謂千門萬户也。

【校勘記】

〔一〕「有」，原作「者」，訛，據清刻本、排印本改。案，「有」文津閣本作「秦」，訛。

秋笛 一作吹笛。

清商欲盡奏，奏苦血霑衣。五音惟商爲最悲，蓋商主秋而有寥落之意也。趙云：笛一曲謂之奏。方笛之吹商聲，所不堪聞。而今欲盡奏以全其曲，則聞者宜有霑衣之血，淚盡繼之以血也。庾信哀江南賦：望赤岸而霑衣。江文通詩：零淚霑衣裳。

他日傷心極，征人白骨歸。趙云：今日聞商聲而霑衣猶可也，它日士有死於戰而以白骨歸時，若聞此聲，尤傷心之極矣。

相逢恐恨過，故作發聲微。趙云：於此相逢吹笛之人，所吹每恐恨過，乃故意作發聲微細以泄其恨。此與平時吹笛不同矣。相逢兩字主聽吹笛者言之，則公自云也。

不見秋雲動，悲風稍稍飛。言笛聲哀切，風雲亦爲之淒慘也。師云：古詩：角聲起蒼野，秋雲愁不飛。趙云：言不獨人愁而已，雖天亦愁，故雲動而風飛也。不見者，言豈不見之乎〔一〕？古詩歌行多言君不見，而此直云不見，其字起於鮑明遠。

【校勘記】

〔一〕「不」，文淵閣本作「可」。

送遠

帶甲滿天地，盜賊充斥，時方用兵也。帶甲數十萬。莊子：原憲歌商頌，聲滿天地。趙云：史記：蘇秦胡爲君遠行？親朋盡一哭，鞍馬去孤城。草木歲月晚，關河霜雪清。別離已昨日，因見古人情。楚辭：悲莫悲於生別離。師云：胡毋潛詩：只因君別我，再見古人情。趙云：別離非獨今日，已是昨日如此矣。此所以見古人情也。楚辭曰：悲莫悲於生別離。則古人之情豈不可見哉？昨日字出莊子並韓詩外傳。

觀兵

北庭送壯士，燕太子送荊軻於易水上，軻歌曰：壯士一去不復還。貔虎數尤多。書：如虎如貔。杜補遺：爾雅：貔，白狐，其子豰。注：一名執夷，虎豹之屬。詩曰：獻其貔皮。陸機疏云：貔似虎，或曰似熊，一名白狐。遼東人謂之白羆。炙轂子載貔銘曰：書稱猛士如虎如貔，亦豹屬也，又曰執夷。白狐之云似是而非。趙云：此篇自北遣兵來之詩。貔虎，出書，蓋猛獸也。精鋭舊無敵，邊隅今若何？精鋭，猶勇敢也。戰國策：季良謂魏王曰：恃兵之精鋭，而欲攻邯鄲。趙云：此詩人望其必勝而憂之之辭。妖氛擁白馬，元帥待彫戈。趙云：兩句難解。似言吐蕃所乘者乃賊之白馬，妖孽氛氣擁逐而來，元帥所以待北庭之彫，戈而敵之。陳徐陵移齊文有剪妖氛、窮巢穴之語。南史：侯景爲亂，乘白馬，青絲爲轡以應讖。左傳：晉謀元帥，趙云：言當誅魁渠也。趙衰曰：郤縠可。古鼎銘云：王命尸臣，官此栒邑。賜爾和鸞，黼黻彫戈。師云：國語：秦穆公横雕戈，出見晉使者。莫守鄴城下，斬鯨遼海波。趙云：史思明據鄴城，圍之未下。公意謂可緩鄴城之圍，且於遼海斬鯨，則以吐蕃爲急也。鯨以譬吐蕃之强暴。左傳：誅戮而作京觀，謂之封鯨鯢。一云，言不獨守鄴，當覆其巢穴也。

廢畦

秋蔬擁霜露，豈敢惜凋殘！暮景數枝葉，天風吹汝寒。趙云：蔬以秋時而擁霜露，自然凋殘矣，吾豈敢惜之也。然口腹之供所以不忍其凋殘〔一〕，故於暮景之中，數其枝葉餘幾也，故又自憫夫因數菜蔬之餘幾而有天風之寒，是亦豈得已哉！君子之貧爲可傷也。緑霑泥滓盡，香與歲時闌。生意春如昨，悲君白玉盤。趙云：上兩句所以紀秋蔬之凋殘，泥滓又見多雨之意。末句言蔬當春時生意盛茂，以供采掇，猶如昨日，則今之凋殘，不足於食，於我何足道哉！其登於玉盤者遂空矣，爲可悲也。君字蓋專言君王也。應劭漢官儀曰：封禪壇有白玉盤。在至尊言之，尤爲當體。如昨字，選詩有昔日如昨。又：千年別如昨。師云：如李白詩：少時不識月，呼作白玉盤。

【校勘記】

〔一〕「所以」，清刻本、排印本無。

不歸

河間尚征伐，汝骨在空城。從弟人皆有，終身恨不平。數金憐俊邁，總角愛聰明。見「總角草書又神速」注。面上三年土，春風草又生。趙云：此篇公之從弟，有死而寄骨於其處〔一〕，但無所考其名字耳。「數金憐俊邁」，數，應是上聲。數金兩字未解，以俟博聞。

【校勘記】

〔一〕「處」，文瀾閣本作「間」；又，「處」字下，清刻本、排印本有「者」字，是。

天末懷李白

趙云：白於至德二載坐永王璘而謫夜郎。今公在秦州懷之，而遂謂之天末。各天一方〔一〕，可云天末矣。

涼風起天末，君子意如何？月賦：雲斂天末。趙云：東京賦曰：眇天末以遠期〔二〕。而陸士衡承之云：佳人眇天末。擬古詩又云：遊子眇天末，遠期不可尋。鴻雁幾時到，江湖秋水多。趙云：兩句似通句，言書信耳。問鴻雁幾時可到於白之處〔三〕，江湖秋水既多，則鴻雁游泳，其到恐遲也。莊子：秋水時至。文章憎命達，魑魅喜人過。趙云：意與儒冠多誤身同。蓋窮者而後工於文，故文章反憎命達也。舜投四罪以禦魑魅。魑魅，厲鬼也。喜人過，則欲害之矣，以譬小人害君子之意。時白被罪流放，故云。應共冤魂語，投詩贈汨羅。指屈原也。趙云：此比白於賈誼也。屈原其死爲冤也，誼過汨羅，有弔原賦。劉越石四言詩：永負冤魂。

【校勘記】

〔一〕「各天」，清刻本、排印本作「天各」。

〔二〕「東京賦曰」二句，「東京賦」原作「西京賦」，檢西京賦無下句「眇天末以遠期」，考文選卷三、全後漢文卷五十三張衡東京賦有此句，當是誤置，據改。

〔三〕「之處」二字底本漫滅，據中華影宋本補。

獨立

空外一鷙鳥，河間雙白鷗。師云：張華詩：漠漠江水平，低飛雙白鷗。飄飄搏擊便，容易往來遊。趙云：爾雅曰：飄飄謂之猋。蓋風之狀也。而後人用之，則如選云：落葉飄飄。又云羅衣何飄飄也。此言白鷗往來，蓋不知鷙鳥之將搏擊，此爲可寒心矣。公後篇寄賈六嚴八詩：戒其爲文爲詩莫傳於衆，而曰浦鷗防碎首，霜鶻不空拳。則公今詩應有所憂之人乎？晉孫盛騰牋桓温曰：進無鳳皇來儀之美，退無鷹鸇擊搏之困。公今却用搏擊字，則翟方進傳：搏擊豪强，京師畏之。草露亦多濕，蛛絲仍未收。天機近人事，獨立萬端憂。趙云：此道獨立時景兩句，或曰，露下衆草，則將殺草；蛛絲未收，則將羅物。皆有殺意。此並是天機，如人事之多患，宜公有萬端之憂也。

日暮

日落風亦起，城頭烏尾訛。杜正謬：鳥尾，當作烏尾，殆傳印之誤。按後漢五行志：桓帝時京師童謡曰：城上烏，尾畢逋。蓋言處高利獨食，不與下共。謂人主多聚斂也。訛者，斜也。黄雲高未動，白水已揚波。趙云：皆言風也。黄雲以高故，雖有風而未動；白水以在下故，得風而先揚波。淮南子：黄泉之埃，上爲黄雲。而謝靈運擬阮瑀詩云：河洲多沙塵，風悲黄雲起。江文通古別離云：黄雲蔽千里，遊子何時還。白水，言白色之水，此晉文公所謂有如白水是也。列女傳：津吏女歌曰：水揚波兮杳冥冥。少司命云：衝風至兮水揚波。西京賦曰：起洪濤而揚波。羌婦語還哭，胡兒行且歌。將軍別換馬，夜出擁彫戈。趙云：羌婦、胡兒，蓋秦州有寄處者耳，與前篇羌女輕烽燧，胡兒制駱駝同義。將軍以敵人識其所乘舊馬，所以換馬。愈自慎重，故夜出以彫戈擁衛。彫戈字，見本卷觀兵詩注。李廣傳：暫騰而上胡兒馬上。

空囊

翠柏苦猶食，晨霞朝可飡。杜補遺云：楚辭曰：山中人兮採杜若，飲石泉兮飯松柏〔一〕。又列仙傳：仙人偓佺食松柏之實。楚辭曰：飡六氣而飲沆瀣，漱正陽而飡朝霞。注：陵陽子明經云：春食朝霞者，日始出赤氣也；秋食淪漢者，日没後赤黄氣也；冬食沆瀣者，北方夜半氣也；夏食正陽者，南方日中氣也。相如大人賦云：會食幽都，吸沆瀣兮餐朝霞。真誥九華真妃曰：日者，霞之實。霞者，日之精。君唯聞服日實之法，未知餐霞之精也。夫餐霞之經甚秘，致霞之道甚易。此謂體生玉光，霞映上清之法也。趙云：晨霞，師民瞻作明霞，是。蓋不應言，晨而又言朝也。新添：上注不必拘晨朝之複也。如宋玉高唐賦云：旦爲朝雲。豈以旦朝爲複耶〔二〕？大人賦：吸沆瀣兮餐朝霞。嵇中散琴賦：餐沆瀣兮帶朝霞。顔延年五君詠云：中散不偶世，本自餐霞人。**世人共鹵莽，吾道屬艱難。**趙云：此兩句承上句之義。公雖貧困，而所食所飲皆神仙之物，亦以自志其清如此。此無它〔三〕，以世人共鹵莽不明，而吾道適值艱難不遂也〔四〕。字則莊子云：耕而鹵莽之，其實亦鹵莽而報予。孔子云：吾道其非邪？詩：天步艱難。

不爨井晨凍，晉書：樵蘇不爨，清談而已。**無衣牀夜寒。**詩：無衣無褐，何以卒歲？**囊空恐羞澀，留得一錢看。**趙云：暗用趙壹云：文籍雖滿腹，不如一囊錢。父老獻劉寵以錢，而寵留一大錢也。新添：前漢灌夫傳：平生毁程不識不直一錢。

【校勘記】

〔一〕「飯」，文選卷三十三屈原山鬼作「蔭」。

〔二〕「非」，原作「以」，據文淵閣本、文津閣本、文瀾閣本、清刻本、排印本改。

〔三〕「它」，文瀾閣本、清刻本、排印本作「他」。

〔四〕「難」，原作「艱」，據文淵閣本、文津閣本、文瀾閣本、清刻本、排印本改。

病馬

乘爾亦已久，天寒關塞深。塵中老盡力，歲晚病傷心。趙云：此篇暗使田子方事之意。田子方出遊於野，見病馬焉。問之御者，對曰：此故公家畜也，罷而不爲用，故出放之。曰：少盡其力而老棄其身，仁者不爲也。命束帛贖之。出韓詩外傳。琴賦云：愀愴傷心。毛骨豈殊衆，馴良猶至今。物微意不淺，感動一沈吟。趙云：公於駿馬每言其狀之異。而此云「毛骨豈殊衆」，則詩人之言，因以所見而感興，不必拘系也。庾亮登樓曰：老子於此興復不淺。古詩云：馳情整巾帶，沈吟聊躑躅。又如南史王琳傳有云：沈吟不決。

蕃劍

致此自僻遠，又非珠玉裝。師云：曹植七啓：步光之劍，華藻繁縟。綴以驪龍之珠〔一〕，錯以荆山之玉。如何有奇怪，每夜吐光芒。師云：張載劍歌：奇怪兮難名。李陽詩：夜劍焕光芒。虎氣必騰上，龍身寧久藏。風塵苦未息，持汝奉明王。

趙云：雷次宗豫章記曰：吴未亡，恒有紫氣見斗牛之間。張華問雷孔章，孔章曰：是寶物也，精在豫章豐城。令至縣掘獄，得二劍。其夕，斗牛氣不復見。孔章乃留其一，匣而進之。劍至，光曜煒煒，焕若雷發。後張華遇害，此劍飛入襄城水中。孔章臨亡，戒其子恒以劍自隨。後其子爲建安從事，經淺瀨，劍忽於腰間躍出，遂見二龍相隨焉。用對虎氣，按越絶書曰：闔閭冢在吴縣昌門外，葬以磐郢魚腸之劍。葬三日，白虎居上，號曰虎丘。亦無虎氣字。於虎曰氣，於龍曰身，豈公因事而自造語耶？以俟博聞。又世説：王喬墓有盗發之，有一劍停在空中，作龍吟虎吼，復飛上天。

【校勘記】

〔一〕「珠」，清刻本、排印本作「光」。

銅瓶

亂後碧井廢，時清瑶殿深。銅瓶未失水，百丈有哀音。趙云：孟子曰：掘井九仞而不及泉，猶爲廢井也。此必銅瓶之製巧妙，所以知其爲宫殿中汲井之物矣。方時清平，瑶殿深邃，而宫人出汲，想像其銅瓶離水欲上時，有滴水之音也。側想美人意，應非寒甃沈。蛟龍半缺落，猶得折黄金。趙云：四句言銅瓶，乃是不用於汲而留於世者，非是沈在井底所得。側想美人之意，可以推見。然井中或得斷釵遺珥，有黄金蛟龍之狀，則有之矣。師云：蛟龍，蓋瓶上刻鑄之象。今雖缺落，猶可準折黄金，則其工巧可知。

觀安西兵過赴關中待命二首

四鎮富精鋭，言多勇鋭也。晉職官志：四鎮通於柔遠。通典：鎮東將軍，漢末魏武爲之。鎮南，後漢末劉表爲之，魏張魯、晉杜元凱並爲之。鎮西，鄧艾爲之。鎮北、南，魏明帝大和中劉靖、許允並爲之。宋時四鎮，與中軍爲雜號。杜正謬：唐武后時，右鷹揚衛將軍王孝傑擊吐蕃，大破其衆，復取四鎮，更置安西都護府於龜兹〔二〕，以兵鎮守。又唐志：四鎮都督府：龜兹、于闐、焉耆、疎勒也。是詩所謂四鎮，非鎮東、鎮西之類，故詩題云。趙云：戰國策：李良謂魏王曰：恃兵之精鋭，而欲攻邯鄲。摧鋒皆絶倫。能摧鋒陷陣也。趙云：諸葛亮與關羽書曰：未及髯之絶倫逸群也。還聞獻士卒，足以靜風塵。老馬夜知道，齊桓公失道，管仲使隨老馬而得出，以老馬多智也。蒼鷹飢著人。晉載記：權翼言慕容垂猶蒼鷹也，飢則附人，飽則高飛。趙云：老馬譬其慣熟。蒼鷹譬其俊快，以言所獻之兵也。臨危經久戰，用急一作意。始如神。精熟戰陣，用意若神。趙云：此以言去兵。臨危，又以結老馬之義；用急，又以結蒼鷹之義也。

右一

【校勘記】

〔一〕「龜茲」，原作「丘茲」，文津閣本作「邱茲」，據清刻本、排印本改。

奇兵不在衆，史：兵以正合，以奇勝。不在衆者，用師克在和，不在衆也。萬馬救中原。蔡琰謂曹公曰：明公廐有萬馬。趙云：公作此詩在秦州，時乾元二年也。三月，史思明殺安慶緒，九月又陷東京，又陷齊、汝、鄭、滑四州，則兵之用救中原矣。談笑無河北，言談笑可以却敵也。心肝奉至尊。言至誠也。趙云：思明據相州，河北一帶素以陷没，今言安西兵之精鋭，主將於談笑之間，可以蔑無河北。左太沖詠史詩：長嘯激清風，志若無東吴。東坡云：已覺談笑無西戎。則又出於杜也。魯仲連談笑却秦軍。孤雲隨殺氣，飛鳥避轅門。杜補遺：周禮：掌舍掌王之會同之舍，設車宫、轅門。注：王行止宿險阻處，次車以爲藩，則仰車以其轅表門。項籍傳：將入轅門。飛鳥避事，見上「兵氣回飛鳥」注。蔡琰胡笳詩：殺氣朝朝衝塞門。竟日留歡樂，一作觀樂。城池未覺喧。言軍令整肅不囂亂也。

右二

送人從軍

弱水應無地，書：弱水既西，以其力不能載物，故謂之弱水。無地字，用楚詞「下崢嶸而無地」。陽關已近天。陽關，地名。水多也。近天，言山高也。趙云：無地，言弱水、陽關，蓋在西邊。師云：言境土皆入漢矣。今君渡沙磧，累月斷人煙。趙云：沙磧，即所往之道。曹子建詩：千里無人煙。好武寧論命，志於功名故也。封侯不計年。有功即封矣。趙云：言其從軍乃緣好武，於是用命之秋，故不論命。有功者封侯，漢制也。不計年，所以激發之矣。新添：顏駟對漢武帝曰：文帝好文，而臣好武。馬寒防失道，雪没錦鞍韉。趙云：又所以戒之自重。韓子曰：桓公伐孤竹，返而失道。管仲曰：老馬之智可用也。乃放老馬而隨之，遂得道焉〔一〕。今公詩意，言馬寒、雪没亦用此也。師云：梁簡文帝詩：寶馬錦鞍韉。

【校勘記】

〔一〕「焉」，文淵閣本作「馬」，訛。

野望

清秋望不極，迢遞起曾陰。趙云：清秋所以望不極者，以迢遞之處起曾陰也。晉陸沖詩：層巒有曾陰。梁江淹詩：曾陰萬里生。遠水兼天淨，孤城隱霧深。范彦龍效古詩言：霧失交河城。葉稀風更落，山迥日初沈。獨鶴歸何晚，昏鴉已滿林。譏小人衆多也。趙云：末句亦道實事耳。舊注所言未必然，蓋如夜來歸鳥盡，啼殺後栖鴉。亦豈有譏乎？獨鶴字，謝玄暉敬亭山詩：獨鶴方朝唳，飢鼯此夜啼。昏鴉字，則公嘗自引何遜詩：昏鴉接翅歸。

送靈州李判官

羯胡腥四海〔一〕，回首一茫茫。血戰乾坤赤，氛迷日月黄。將軍專策略，幕府盛才良。近賀中興主，神兵動朔方。

【校勘記】

〔一〕「羯胡腥」，文瀾閣本作「烽烟連」，訛。百家注拾遺、分門集注卷二十一均作「羯胡腥」，可證。

示姪佐佐草堂在東柯谷〔一〕。

多病秋風落，君來慰眼前。趙云：左傳云風落山也。自聞茅屋趣，只想竹林眠。趙云：後漢：王霸隱居，止茅屋蓬户。以與姪詩，故對竹林，因實事以寓意。竹林七賢之遊，阮嗣宗與阮仲容叔姪與其二，故末句又及之。滿谷山雲起，侵籬澗水懸。嗣一作阮。宗諸子姪，早覺仲容賢。晉阮咸，字仲容，籍之姪也。籍字嗣宗。

【校勘記】

〔一〕此詩，詩歌正文及其注釋，原闕，據清刻本、排印本補。

佐還山後寄三首〔一〕

山晚浮雲合，湯休詩：日暮碧雲合。歸時恐路迷。澗寒人欲到，村黑鳥應棲。野客茅茨小，田家樹木低。舊諳疎懶叔，須汝故相攜。趙云：末句又以嵇康自處〔二〕。嵇康云：性復疎懶。

右一

【校勘記】

〔一〕詩題、正文及其注釋從「湯休詩」至「末句又以嵇康」，原闕，據清刻本、排印本補。其中，正文「山晚浮雲合」之「合」字，文瀾閣本作「翠」。

白露黄粱熟，分張素有期。已應舂得細，頗覺寄來遲。味豈同金菊，香宜配緑葵〔一〕。老人他日愛，正想滑流匙。趙云：黄粱熟於秋初白露降之時也。言粟而用到金菊，取其物之同時，其色之皆黄也。香宜配緑葵，則以葵爲羹矣。潘安仁閑居賦有：緑葵含露。師云：謝莊賦：南山香黍，滑流盃匙。

右二

【校勘記】

〔一〕「配」，文淵閣本、文津閣本、文瀾閣本、清刻本、排印本作「酌」，訛。案，二王本杜集卷十、錢箋卷十皆作「配」，可證。

幾道泉澆圃，交横落幔坡〔一〕。葳蕤秋葉少，一作菜色。相如子虚賦云：錯翡翠之葳蕤。隱映野雲多。

隔沼連香芰，通林帶女蘿。甚聞霜薤白，重惠意如何？趙云：秋葉少，則日夜零落矣。前篇云「葉稀風更落」。一作菜色，非。師云：梁王均賦：霜薤露葵，藪滿中圃。

右三

【校勘記】

〔一〕「幔」原作「慢」，訛，據清刻本、排印本改。案，二王本杜集卷十作「慢」。

從人覓小胡孫許寄

人説南州路，山猿樹樹懸。舉家聞若駭，一云共愛。爲寄小如拳。師云：南越志：廣夷之山多小樹，玃立如拳。預哂愁胡面，趙云：晉傅玄鷹賦：狀如愁胡。初調見馬鞭。許求聰慧者，童稚捧應癲。師云：齊王融曰：駈吏以鏁城。猶猿猱之見馬鞭，望頓而逃。

秋日阮隱居致薤三十束

隱者柴門内，畦蔬繞舍秋。盈筐承露薤，柴，一作荆。卷耳：不盈頃筐。挽歌辭：薤上朝露何易晞。不待致書求。束比青芻色，圓齊玉筯頭。衰年關鬲冷，味暖併無憂。併，一作復。趙云：薤性暖，本草載能調中補不足。

秦州見勅一作除。目薛三璩授司議郎畢四曜除監察與二子有故遠喜遷官兼述索居凡三十韻

大雅何寥闊，斯人尚典刑。師云：史記：大雅言王公大人德逮黎庶。詩：雖無老成人，尚有典刑。交期余潦倒，才力爾精靈。趙云：上兩句引言雅道之久喪，賢人之幸存。下兩句一以自述，一以言二子。大雅字，非謂詩之大雅，蓋以雅者，正也。大雅正之道，在人言之耳。傅毅舞賦曰：攄予意以洪觀兮〔一〕，繹精靈之所束。嵇康書曰：足下舊知吾潦倒麄踈，不切事情。新添：董允自歎不及費，荐曰：人才力相懸，若此甚遠。二子升同日〔二〕，諸生困一經。文章開突奧，遷擢潤朝廷。突奧深遠皃。荀子：突奧之内，枕簟之上。趙云：言二子由諸生而登朝廷也。一經字，韋賢云：遺子黄金滿籯，不如教子一經。潤朝廷字，如富潤屋，德潤身之潤。舊好何由展，新

詩更憶聽。別來頭併白，古詩：相看俱白頭。相見眼終青。阮籍善爲青白眼，見佳客則爲青眼，見俗客即爲白眼。伊昔貧皆甚，同憂歲一作心。不寧。栖遑分半菽，浩蕩逐流萍。劉孝標絶交論：莫肯費其半菽，罕有落其一毛。流萍，喻流落如萍之在水[三]，任其飄泊也。趙云：漢史：項羽曰：歲饑人貧，卒食半菽。俗態猶猜忌，妖氛忽杳冥。獨慚投漢閣，見「子雲識字終投閣」注。俱議哭秦庭。吴入郢，申包胥求救於秦。秦兵未出，包胥哭於秦庭者七日，勺水不入於口。還蜀祇無補，囚梁亦固扃。司馬相如還蜀。梁孝王怒，鄒陽下獄。陽從獄中上書王，立出之。趙云：自「舊好何由展」至此十四句，雜言交好之舊，今老昔貧之事，流落遭亂之故。其後四句，一句説己，一句説二子也。頭併白，鄒陽云：古語白頭如新。歲不寧，左傳晉無寧歲之義。華夷相混合，宇宙一羶腥。言胡兵亂華也。帝力收三統，薛云：漢書：三統謂天、地、人，即夏、商、周之三正也。天威總四溟。舊都俄望幸，顔延年車駕幸京口詩：春方動宸駕，望幸傾五州。清廟肅惟馨。詩清廟注：謂有清明之德者之宫也。天有清明之德，而文王象之，故以名詩。書云：明德惟馨。雜種雖一作難。高壁，漢書：羌胡雜種，類不一也。高壁，言壁壘尚高深也。長驅甚建瓴。高祖紀：若高屋之上建瓴水。言其勢順而易爲力。建，上聲。焚香淑景殿，漲水望雲亭。法駕初還日，群公若會星。言帝初收復還宫日，百官之輳於朝者若聚星焉。趙云：自「華夷相混合」至此十二句，言安史之亂陷二京，而肅宗收復，駕還長安宫殿之事，群臣之朝也。莊子云：帝力何加於我哉！三統，周得天統，商得地統，夏得人統。收三統，言天地人皆歸之也。左傳：天威不違顔咫尺。莊子：舊國舊都，望之暢然。望幸，則司馬相如云：

泰山梁父設壇場望幸也。舊都，指言長安。望幸，言車駕還也。「清廟肅惟馨」，言再見宗廟也。雜種，指言安史。史有高壁深壘。晉書有卷甲長驅。宮臣仍點染，宮臣，謂薛受司議也，屬東宮。柱史正零丁。畢受御史。老聃爲柱下史。點染零丁，言未盡其才也。官忝趨栖鳳，朝回歎一作欲。聚螢。車胤聚螢〔四〕。喚人看騕褭，不嫁惜娉婷。張易之出塞行：騕褭青緑騎，娉婷紅粉裝。掘劍知埋獄，提刀見發硎。鄴城劍事。莊子：庖丁解牛，十九年而刀刃若新發硎。趙云：自「宮臣仍點染」至此八句，因言群臣之下紀述二子官職，且美之也。司議郎，東宮之官，以比給事中。點染者，爲文字也。此以言薛璩。畢除監察，故以柱史言畢。零丁，介獨之貌。監察御史知朝堂左右廂，而含元殿西南有栖鳳閣，閣下即朝堂。則趨栖鳳者，又以言畢曜也。「朝回歎聚螢」，似言薛璩仍不廢讀書。蓋東宮官屬，多以經教授，以讀書爲事爾。「喚人看騕褭，不嫁惜娉婷」，以言二公初不自眩鬻，以駿馬、以佳人爲喻。「掘劍知埋獄，提刀見發硎」，以言二公稍因遷用而後見其才也。侏儒應共飽，東方朔云：臣朔飢欲死，侏儒飽欲死。漁父忌偏醒。屈原曰：衆人皆醉，惟我獨醒。漁父曰：何不餔其糟而啜其醨。旅泊窮清渭，長吟望濁涇。師云：言志在長安也。羽書還似急，以鳥羽插檄書上，馳告四方，故云羽書。高祖曰：吾以羽檄徵天下兵。烽火未全停。烽燧也。未全停，尚有餘烽也。師老資殘寇，戎生及近坰。忠臣辭憤激，烈士涕飄零。上將盈邊鄙，元勳溢鼎銘。銘功鍾鼎也。仰思調玉燭，誰定握一作淬。青萍。孟子：仰而思之。爾雅：四時調謂之玉燭。調玉燭，猶燮理也。青萍，劍名也。陳孔璋答東阿王牋：君侯體高俗之才，秉青萍、干將之器。拂鐘無聲，應機立斷。隴俗輕鸚鵡，鸚鵡賦：命虞人於隴坻。閉以雕籠，剪其羽翅。原情類鶺鴒。

趙云：自「侏儒應共飽」至此十二句，引言二子，一句轉入自述，又轉入傷時兵亂未已，思平定，而終之以人不己知，且敦友誼也。末句則以懷二子之情結之。「侏儒應共飽」，以言二公猶未甚顯拔，與侏儒共飽耳。「漁父忌偏醒」，公自比屈原之放逐也。「旅泊窮清渭，長吟望濁涇」，公在秦而憶長安故也。謂之窮清渭，則窮其上流，所以言秦。潘安仁西征賦云：北有清渭濁涇。「戎生及近坰」，「上將盈邊鄙」，則時又有吐蕃之患矣。羽書、烽火，皆兵事。史記：李牧息烽火。左傳：師直爲壯，曲爲老。然相承而用，皆以宿師爲老耳。老子云：戎馬生於郊。「隴俗輕鸚鵡」，公自況也。「原情類鶺鴒」，指與二公如兄弟之急難也。鶺鴒，鳥名，首舉而尾應。詩云：脊令在原，兄弟急難。秋風動關塞，高卧想儀形。趙云：詩作於秦州，故云關塞。晉謝安傳：高崧曰：卿屢違朝旨，高卧東山。想儀形，則想望其風彩也。

【校勘記】

〔一〕「兮」，文淵閣本作「弓」，訛。

〔二〕「升」原作「身」，訛，據清刻本、排印本改。二王本杜集卷十、錢箋卷十作「聲」；又案，百家注卷十、分門集注卷二十二均作「身」。

〔三〕「喻」，文淵閣本、文津閣本、文瀾閣本作「與」，訛；清刻本、排印本作「謂」。

〔四〕「車胤」，文淵閣本作「車似」，訛；清刻本、排印本作「車允」，係避諱。

寄彭州高三十五使君適虢州岑二十七長史參三十韻 時患瘧疾〔一〕。

故人何寂寞，今我獨淒涼。老去才雖盡，秋來興甚長。潘安仁有秋興賦。趙云：此篇四句始敘既不見故人，又身老且愁也。才盡字，有兩事：鮑照文辭贍逸，而文帝自謂其文人所莫及。照遂爲鄙言累句，時人以爲才盡，其實不然。又，江淹夢丈夫自稱郭璞，曰：吾有筆在卿處多年，可以見還。淹乃探懷中五色筆授之。自是，文絕無美句，人謂之才盡。又，任昉晚好著詩，用事過多，屬辭不得流便，於是有才盡之歎矣。物情尤可見，詞客未能忘。詞客，謂高岑也，俱以詩名世。海内知名士，雲端各異方。彭在蜀，虢在山南。高岑殊緩步，沈鮑得同行。沈休文、鮑明遠，言高岑可與沈鮑齊驅也。意愜關飛動，篇終接混茫。舉天悲富駱，富嘉謩爲文，皆以經典爲本，時人欽慕，文體爲之一變。駱賓王嘗作帝京篇，當時以爲絕唱。近代惜盧王。盧照鄰、王勃也。照鄰爲鄧王典籤，王重其文。勃六歲能文，與二兄才相類，人謂之王氏三珠樹。悲惜，言各以才不容於世。似爾官仍貴，前賢命可傷。傷上四人也。諸侯非棄擲，半刺已翺翔。刺史，古之諸侯。庾亮與郭游書曰：別駕與刺史，同流王化於萬里，居刺史之半，安可非其人也？漢周昌傳：陛下獨奈何中道而棄之諸侯乎？詩好幾時見，書成無信將。趙云：自「物情尤可見」，至「書成無信將」十六句，因言思二公，轉入稱美之，又以近代文人比以爲意，又言二子作官，而終以懷之而欲寄書也。物情，言世態因物情之可見其轉薄，所以未能忘詞客也。海內字，如武帝謂吾丘壽王曰：子自謂海內寡二。枚乘樂府詩云：美人在雲端。「意愜關飛動，篇終接混茫」，以言二子之詩，其妙如此。世説：左太沖作三都賦初，思意甚不愜。謝靈運還湖中作：慮淡物自輕，意愜理無違。篇終，則答賓戲曰：孔終篇於西狩。文賦曰：常遺恨以終篇也。飛動字，沈佺期於李侍郎祭文云思合飛動，才冠卿雲也。混茫字出莊子，古之人在混茫之中也。富、駱、盧、王皆文士而不容於世者，以言高、岑作貴官，則比四子爲差得意者矣。諸侯，以言高適，半刺，以言岑參，則參必爲今之通判。漢書云：別駕任居刺史之半也。二人皆以詩名，故曰「詩好幾時見」。「書成無信將」，則公在秦州，欲寄書於彭與虢也。

男兒行處是，客子鬬身强。史記范睢傳：穰侯謂王稽曰：得無與諸侯客子俱來乎？ 羈旅推賢聖，孔孟皆羈旅也。 沈綿抵咎殃。三年猶瘧疾，一鬼不銷亡。南史劉損傳：劉伯龍將營什一之方，忽見一鬼在傍撫掌大笑。伯龍歎曰：貧窮固有命，乃復爲鬼所笑。遂止。 隔日搜脂髓，增寒抱雪霜。此皆瘧之狀也。 徒然潛隙地，有靦屢鮮粧。俗言避瘧鬼，必伏於幽隙之地，不爾即畫易容貌。 何太龍鍾極，薛云：按廣韻：龍鍾，竹名。世言龍鍾，取此義也。謂其年老如竹之枝葉搖曳，而不能自禁持也。新添：青箱雜記云：古語有二聲合爲一字者，如不可爲叵，而已爲耳，蓋起於西域二合之音也〔一〕。龍鍾切，爲癃，潦倒切，爲老，謂人之癃老者。以龍鍾、潦倒目之，音義取此。蘇鶚演義謂：龍鍾有似反字之音，而呼者當如呼頭爲髑髏，呼脛爲檄定。而世之學者殆不曉龍鍾、潦倒之義，二三其説，雜然不一。 于今出處妨。趙云：自「男兒行處是」至下句「洮雲片片黃」二十句，轉入公自述其飄泊疾病之事也。「羈旅推賢聖」，言賢聖皆如此，不獨我也。「沈綿抵咎殃」，言其病也。世言瘧疾有鬼，故於瘧疾而言一鬼焉。韓退之有遣瘧鬼詩，是已。世言避瘧鬼於閑隙之處，且塗畫面目。而瘧猶未校〔二〕，故於潛隙地言徒然，於屢新妝言有靦。靦者，慚也。論語如豈徒然哉。詩有靦面目。病則龍鍾而妨出入。卞和怨歌有云：空山歔欷涕龍鍾。又周王褒與周弘讓書云：援筆攬紙，龍鍾橫集。則言涕淚之狀。韓退之醉留東野云：東野不得官，白首誇龍鍾。謂之誇，則放縱之貌。今云龍鍾，則不健而蹭蹬之意也。無錢居帝里，盡室在邊疆。劉表雖遺恨，龐公至死藏。心微傍魚鳥，肉瘦怯豺狼。豺狼，類貪暴者。隴草蕭蕭白，洮雲片片黃。趙云：盡室在邊疆，若非尚在秦州寄居，則已在同谷寄居矣。無錢，庾信擬連珠云：胸中無學，猶手中無錢。左傳：盡室以行也。劉表、龐公事。後漢：龐公者，南郡襄陽人也。居峴山之南，未嘗入城府。荊州刺史劉表，數延請不能屈。表歎息而去。後遂攜妻子登鹿門山，因采藥不返。公蓋以龐公自比，言其將隱不復仕也。「心微傍魚鳥」，以言其隱於山水間之事也。嵇康遊山水，觀魚鳥而心甚樂之；簡文帝云：每覺魚鳥，自來親人。可以見矣。「肉瘦怯豺狼」，言荒山窮谷中，所以怯豺狼。或云以比盜賊。隴草、洮雲，則恐已在同谷，洮於同谷爲近也。彭門劍閣外，虢略鼎湖傍。虢有湖城，乃鼎湖也。薛云：史記：黃帝採首山之銅，鑄鼎於荊山下。鼎成，乘龍而升天，號鼎湖。荊玉簪頭冷，巴牋染翰光。烏麻蒸續曬，丹橘露應嘗。豈異神仙宅，俱兼山水鄉。竹齋燒藥竈，花嶼讀書床。更得清新否？遥知對屬忙。言吟詩也。趙云：自「彭門劍閣外」至此，以言二公爲官之地也。彭州謂之彭門。漢郡國志注：湔縣前有兩石對如闕，號曰彭門。虢略，言在鼎湖之傍。荊玉，正此荊山之玉。荊山，乃在虢、華間也。「荊玉簪頭冷」，爲岑參而言。「巴牋染翰光」，爲高適而言。巴牋，蜀牋也。烏麻、丹橘，雖兩處皆有之，而烏麻似言蜀地，丹橘似言虢中。於烏麻言蒸續曬，蓋服胡麻之法，九蒸九曝也。新清否，言二子之才思新清也。對屬忙，則詩貴對屬之工矣。舊官寧改漢，淳俗本歸唐。濟世宜公等，安貧亦士常。毛遂右手招十九人歃血曰：公等碌碌，所謂因人成事者也。家語：榮啓期曰：貧者士之常。蚩尤終戮辱，胡羯漫猖狂。史記：蚩尤最暴，黄帝伐之也。胡羯，安史。會待妖氛静，論文暫裹糧。孟子：行者有裹糧。言往論文也。趙云：自「舊官寧改漢」至末句，言賊必平而反聚也。舊官寧改漢，此所謂不圖今日復見漢官威儀，言安史雖亂而舊典不改矣。濟世宜公等，言二子。安貧亦士常，公自言也。蚩尤且終取戮辱，況胡羯敢漫浪爲亂乎？

【校勘記】

〔一〕「疾」，二王本杜集卷十、錢箋卷十作「病」。

〔二〕「音」，文淵閣本作「首」。

〔三〕「猶」，文淵閣本、文津閣本、文瀾閣本、清刻本、排印本作「有」。

寄岳州賈司馬六丈巴州嚴八使君兩閣老五十韻

師云：按，賈至，至德中以中書舍人慰安蒲人不法，貶岳州司馬。嚴武，至德中以給事中坐房琯事，貶巴州刺史。

衡岳啼猿裏，趙云：盧照隣巫山高云：莫辨啼猿樹，徒看神女雲。巴州鳥道邊。趙云：南中八志曰：交趾郡治龍編縣，自興古鳥道四百里。蓋以其險絶，獸猶無蹊，人所莫由，特上有飛鳥之道耳。沈約愍塗賦：依雲邊以知國，極鳥道以瞻家。李白蜀道難亦云：西連太白有鳥道也。故人俱不利，謫宦兩悠然。開闢乾坤正，趙云：言收復二京矣。榮枯雨露偏。趙云：言二公不得受聖恩而謫去也。長沙才子遠，趙云：賈誼謫於長沙，西征賦云「賈生，洛陽之才子」，所以比賈司馬。釣瀨客星懸。趙云：自首句至此，言二公之謫也。嚴陵釣於七里瀨。嘗與光武同宿，而以足加帝腹。太史占云：客星犯帝座。所以比嚴君。憶昨趨行殿，天子幸行所止曰行殿。趙云：自此已下二十句，皆公自言在鳳翔所見，以至收復京師時事也〔一〕。肅宗即位靈武，而駐蹕於鳳翔，公自賊中竄身至鳳翔見帝也。殷憂捧御筵。趙云：殷憂，出詩。殷訓多也。討胡愁李廣，奉使待張騫。趙云：時吐蕃既侵陷諸州郡，而又請和，故討之未捷，則愁李廣；使之未還，則待張騫。無復雲臺仗，虛修水戰船。趙云：言行宮草創，故不嚴整法仗也。庾信哀江南賦云：猶有雲臺之仗。漢武帝作昆明池以習水戰，虛修戰船則亦以吐蕃之故也。蒼茫城七十，酈食其馮軾下齊七十餘城。流落劍三千。莊子說劍：昔趙文王喜劍，劍士夾門而客三千餘人，日夜相擊於前。趙云：蒼茫者，不安之貌。城有未復者，爲不安也。流落，則士卒苦戰有散落者矣。畫角吹一作歌。秦晉，一作塞。旄頭俯澗瀍。澗、瀍，水也，在伊洛間〔二〕。趙云：此言安史。前漢天文志：昴爲旄頭，胡星也。師云：時秦雍、太原皆用兵。小儒輕董卓，有識笑苻堅。趙云：小儒、有識，公自謂也。董卓廢立，凶暴無道，以尚書韓馥等爲刺史。馥等到官，與袁紹十餘人各興義兵同盟討卓。苻堅事，違衆伐晉，遂至破敗，故爲有識所笑。指安、史也。浪作禽填海，山海經曰：發鳩之山，有鳥名精衛，赤帝之女。往遊東海，溺而死。不返，化爲精衛。常取西山木石以填東海。那將血射天。商本紀：武乙無道〔三〕，爲偶人，謂之天神。與之博，令人爲行。偶人不勝，乃僇辱之。爲革囊，盛血，仰而射之，命曰「射天」。獵於河渭之間，暴雷，震死。趙云：言安、史不知量也。萬方思助順，一鼓氣無前。言得衆助，故所向無不勝也。左傳：曹劌曰：夫戰，勇氣也。一鼓作氣。趙云：易曰：天之所助者，順也。莊子：舉之無前〔四〕，運之無旁。陰散陳倉北，晴熏太白巔。陳倉郡，陳寶鳴雞在焉，北近長安也。太白，山名。趙云：言將復京師也。陳倉，鳳翔之屬縣，其北乃長安。太白山在鳳翔。陰散、晴熏，則妖氛除而佳氣生也。師云：皆屬鳳翔，言肅宗駐蹕鳳翔也。亂麻屍積衛，破竹勢臨燕。武五子贊：秦始皇即位三十九年，内平六國，外攘四夷，死人如亂麻，暴骨長城之下。衛地，河北相衛間也。杜預傳：今兵威已振，勢如破竹。數節之後，皆迎刃而解。燕地，范陽，禄山巢穴也。趙云：言王師之勝賊於衛，又將臨賊之窟穴也。法駕還雙闕，天子還京也。西都賦：乘鑾輿，備法駕。王師下八川。見「八水散風濤」注。趙云：自「法駕還雙闕」而下十八句，言車駕還長安所見之事也。先聖本紀曰：許由欲觀帝意，曰：帝坐華堂，面雙闕，君之榮，願亦得矣。八川：涇、渭、灞、滻、酆、鎬、潦、潏，長安水名。長安既復而車駕已還，則王師又下八川以收東京也。此時霑奉引，佳氣拂周旋。光武紀：論望氣者蘇伯阿爲王莽使至南陽，望見春陵郭，唶曰：氣佳哉！鬱鬱葱葱然。趙云：公爲拾遺，唐百官志曰左拾遺六人，從八品上，掌供奉諷諫，故云霑奉引。佳氣拂長安城，而周旋不散也。貔虎開金甲，書牧誓：如虎如貔。蔡文姬詩曰：金甲耀日光。麒麟受玉鞭。涼州記：咸寧二年，發張駿陵，得鞭飾以珊瑚。晉明帝以七寶鞭與賣食嫗，即玉鞭或有之，但未知所出也。趙云：麒麟，以言御馬。今按蘇鶚杜陽編：代宗嘗賜郭子儀九花虬馬並紫玉鞭轡，則有玉鞭明矣。又上嘗幸興慶宮，於複壁間得寶匣，匣中獲玉鞭。鞭末有文曰軟玉鞭〔五〕，即天寶中異國所獻。光可鑑物，節文端嚴，雖藍田之美不能過也。屈之則頭尾相就，舒之則頭尾如繩。雖以斧鑕鍜斫，終不傷缺。上歎爲異物，遂以聯蟬繡爲囊，碧玉絲爲鞘。此玉鞭事也。侍臣諳入仗，廄馬解登仙。杜補遺云：唐六典：乘黄廐。注：淮南子云：天下有道，飛黄伏皁。乘黄，獸名，龍翼馬身，黄帝乘之而仙，後因以名廐。趙云：前云無復雲臺仗，則以行宮禮數未全。今則法仗復備，皆侍臣所舊諳入者矣。師云：

杜子美爲拾遺，賈、嚴爲給舍，皆爲侍臣奉引也。晉曹攄詩：侍臣先入仗。花動朱樓雪，城凝碧樹煙。江淹詩：碧樹露芊芊，生煙紛漠漠〔六〕。趙云：此又以紀景物之勝。馮衍顯志賦：伏朱樓而四望。言雪，則車駕還長安，乃十月。叙其所見矣。碧樹，則江淹云：碧樹先秋落。凝字，如顔延年云：空城凝寒雲。衣冠心慘愴，顔延年詩：衣冠終冥漠，陵邑轉葱青。故老淚潺湲。九歌：横流涕兮潺湲。趙云：此則喜極而感也。哭廟悲風急，見「及夫哭廟後」注。朝正霽景鮮。朝正，元日朝會也。趙云：哭廟，以成故老淚潺湲之實；朝正，以成衣冠心慘愴之實。師云：此言法駕還京師時。月分粱漢米，粱漢間所出貢米，月分廩給也。師云：謝承後漢書：章帝分粱漢儲米給民。春得水衡錢。趙云：上句言百官廩給之足，下句則又言蒙賜予之優。漢宣帝本始二年春，以水衡錢爲平陵，徙民起第宅。應劭曰：水衡與少府皆天子私藏爾。縣官公作，當仰給司農。今出水衡錢，言宣帝即位爲異政也。内蘂繁於纈，内蘂，宮花也。宮莎軟勝綿。趙云：此又以言春時之景物。恩榮同拜手，出入一作處。最隨肩。書：皋陶曰拜手稽首。禮：五年以長，則肩隨之。趙云：自此而下二十句，公言其初與賈、嚴同在禁掖，而賈、嚴被譴，獨留在班。既叙述其身矣，且有懷二子，故腸斷眼穿也。晚著華堂醉，寒重繡被眠。轡齊兼秉燭，書枉滿懷牋。趙云：著，音直略切。轡齊，並轡而行也。書枉，在禁掖時往來書尺也。師云：此言與賈、嚴通班聯時事。每覺昇元輔，深期列大賢。趙云：所以極言二公才器，可爲宰輔也。秉鈞方咫尺，詩：秉國之均。鎩翮再聯翩。顔延年詠嵇中散云：鸞翮有時鎩。趙云：言爲宰輔不遠，而乃謫去，如鳥之鎩翮也。史言：執樞秉鈞。鎩，音所介切。淮南子云：飛鳥鎩羽。注云：鎩，殘羽也。江文通擬鮑照詩云：鎩翮由時至。禁掖朋從改，一作换。微班性命全。青蒲甘受一作就。戮，漢元帝疾，史丹以親密侍疾。候上寢，直入卧內，頓首伏青蒲諫。白髮竟垂憐！左太沖：馮唐豈不偉，白首不見招。趙云：公以拾遺爲職，常有諫諍之心，故用青蒲事。白髮字，謝靈運詩：星星白髮垂〔七〕。弟子貧原憲，見難甘原憲貧注。諸生老伏虔。見諸儒引伏虔注。趙云：公以貧自比原憲，以老比伏虔也。莊子：原憲居魯，子貢往見，曰：嘻，先生何病？應之曰：憲聞之，無財謂之貧，學而不能行謂之病；憲貧也，非病也。子貢逡巡而有愧色。以其孔門之列，故曰弟子。伏虔事，本傳雖無「老」文，而傳云：少以清苦建志，入太學受業，有雅才。公蓋自比爲虔之老者也。以其入太學受業，故曰諸生。師資謙未達，鄉黨敬何先。趙云：公以它人待之以師資，然自謙爲未達。老子曰：善人，不善人之師；不善人，善人之資。孔子於季康子饋藥曰：丘未達，不敢嘗也。下句言鄉黨之人將敬父兄而已乎？抑先敬有道德之人也？孟子載：孟季子問公都子曰：鄉人長於伯兄一歲，則誰敬？曰：敬兄。酌則誰先？曰：先酌鄉人。兩句皆參取字出以爲語耳。舊好腸堪斷，新愁眼欲穿。謝靈運：楚人心昔絶，越客腸今斷。鮑明遠：行子心腸斷。趙云：公懷二公也。翠乾危棧竹，紅膩小湖一作池。蓮。趙云：自此而下二十句，以言嚴、賈所居之地，所成之制作，因戒之以防患，而終之以天理難喻也。危棧竹，以指嚴八之巴州在棧閣之外也。小湖蓮，以指賈六之岳州多陂湖，有蓮也。湖，一作池，非。賈筆論孤憤，韓非作孤憤。屬賈司馬。嚴詩賦幾篇。屬嚴使君。趙云：賈曰筆，以能文；嚴曰詩，以能詩。南史有三筆六詩，故也。定知深意苦，莫使衆人傳。貝錦無停織，詩云：萋兮斐兮，成是貝錦。言譖人不已也。朱絲有斷絃。趙云：貝錦以喻讒也。鮑照詩：直如朱絲絃。鍾子期死，伯牙絶絃。公詩句歎二子無知音而戒之也。師云：言直道不行，爲讒人所譖。浦鷗防碎首，霜鶻不空拳。趙云：謂二子如浦鷗，言官如霜鶻，既不空拳，期於必中，則鶻當有碎首之防。戒之至也。地僻昏炎瘴，山稠隘石泉。趙云：上句言岳州近南爲有瘴矣。下句言巴州在亂山間也。謝靈運詩：巖峭嶺稠疊。且將棊度日，應用酒爲年。趙云：既戒之以勿使所作詩傳播，恐因掇禍，而炎瘴之地，亂山之間，復何爲哉？以棊酒爲事而已。典郡終微眇，嚴使君也。治中實棄捐。晉職官志：州置別駕、治中、從事。趙云：治中，治從平聲。二公既在禁掖而出，斯爲「微眇」「棄捐」矣。安排求傲吏，比興展歸田。趙云：莊子：安排去適〔八〕，乃入於寥天一。莊子爲漆園吏而放傲，故時呼之爲傲吏。求傲吏，則安排之理，求之於是人也。陶淵明作歸去來辭曰：田園將蕪胡不歸？言二公之比興，但展舒其歸田之思，則可矣，皆所以戒之也。詩，三曰比，四曰興。顔延年詩：我故非傲吏。去去才難得，蒼蒼理又玄。趙云：去去之語，如去國之義。古詩云：去去復去去。莊子曰：天之蒼蒼，其正色邪？理又玄，則前所謂天理難喻也。玄者，玄妙之玄。老子曰：玄之又玄。古人稱逝矣，吾道卜終焉。終窮也，吾道窮於此乎。趙云：自此而下十二句，轉入公自叙述羈旅之迹也。言古人不復見，則若終身於隱淪矣。漢高祖曰：吾亦從此逝矣〔九〕。孔子曰：吾道其非邪？史云：有終焉之志。隴外翻投迹，漁陽復控弦。趙云：上句實紀其寓居也。下句指言安慶緒再盛也。匈奴傳：控弦之士十萬。子美言棄官居秦隴，而漁陽復阻兵也。笑爲妻子累，甘與歲時遷。親故行稀少，時亂而離散，故親故稀少。兵戈動接聯。接迹聯屬，言充斥也。他鄉饒夢寐，失侶自迍邅。多病加淹泊，長吟阻靜便。趙云：謝靈運始寧墅詩：拙疾相倚薄，還得靜者便。師云：張協書：養病日多，亦愛靜便。如公盡雄俊，志在必騰騫〔一〇〕。趙云：此言二公不久當復用也。一作云：「公如盡憂患，何事有陶甄。」句法費力，非是。

然不應押兩鶱字〔一一〕。

【校勘記】

〔一〕「京師」，文淵閣本、文津閣本、文瀾閣本、清刻本、排印本作「二京」。

〔二〕「洛」，文淵閣本作「門」，訛。

〔三〕「武乙」，文淵閣本、文津閣本、文瀾閣本、清刻本、排印本作「帝乙」。

〔四〕「前」，莊子集釋雜篇説劍作「上」。

〔五〕「曰」，文淵閣本、文津閣本、文瀾閣本、清刻本、排印本作「云」。

〔六〕「江淹詩碧樹露芊芊」二句，檢江淹詩無「碧樹露芊芊」二句，考文選卷二十三、齊詩卷三謝朓遊東田有「遠樹曖仟仟，生煙紛漠漠」二句，或是誤置。

〔七〕「星星」，原作「青青」，據文選卷二十二、宋詩卷二謝靈運遊南亭改。

〔八〕「安排去適」，莊子集釋内篇大宗師作「安排而去化」。

〔九〕「漢高祖曰」，文淵閣本、文津閣本、文瀾閣本、清刻本、排印本作「漢書高祖曰」。

〔一〇〕「鶱」，文淵閣本、文津閣本、文瀾閣本、清刻本、排印本作「騫」。案，底本原作「騫」，旁批圈改作「鶱」。又，二王本杜集卷十此字作「鶱」。又，「如公盡雄俊」兩句，二王本杜集卷十此句有異文，作：「一云公如盡憂患，何事有陶甄。樊言：如公盡雄俊，何事負陶甄。」

〔二〕「字」，底本原作「乎」，墨筆圈改作「字」；又，文淵閣本作「乎」。又，注尾，底本有匿名批識，曰：「張騫字從馬，騰騫字從鳥，恐可雙押。」文淵閣本、文津閣本、文瀾閣本、清刻本、排印本無。

寄張十二山人彪三十韻

獨卧嵩陽一作雲。客，三違潁水春。艱難隨老母，滲澹向時人。趙云：此言張山人自潁水而隱嵩陽，與母同在也。違者，離也。吕氏春秋載：戎夷者違齊如魯。言卧于嵩陽而離潁已三年也。左傳云：險阻艱難，備嘗之矣。謝氏尋山屐，謝靈運好登山，常著木屐。上山則去前齒，下山則去後齒。陶公漉酒巾。陶潛在家，酒熟取頭上葛巾漉酒，畢，還復著之。群兇彌宇宙，此物在風塵。若使之遇時，則必能自致。因寇亂，故在風塵。趙云：此言其雖屐與巾，亦因艱亂而棄也。此物字，出選古詩言奇樹曰：此物何足貴，但感別經時。後漢：陳蕃上疏曰：群凶側目，禍不旋踵。歷下辭姜被，見「醉眠秋共被」注。關西得孟鄰。見「芬芳孟母鄰」注。趙云：自此至盡力潔飧晨，自述其初離齊地，與張相見於關西爲鄰居，乃迤邐鋪陳張山人之能書能詩，且以逃寇侍母也。後漢姜肱有兄弟四人，居貧，作一大布被而共之。公之諸弟在濟州，言辭姜被，則別其弟之時也。孟子之母爲孟子擇鄰，今翻言得孟鄰，則公關西之居，必近張山人。山人有母，故云孟鄰。早通交契密，晚接道流新。靜者心多妙，先生藝絶倫。趙云：九流有道家者流。謝靈運詩：拙疾相倚薄，還得靜者便。傅武仲舞賦云：姿絶倫之妙態。草書何太古，一作應甚苦。詩興不無神。曹植休前輩，張芝更後身。趙云：曹植以終言其詩之神，張芝以終言其草書之古。選有云：喜謗前輩。又梁張纘別離賦曰：太常劉侯，前輩宿達。佛書有前身、今身、後身之説。數篇吟可老，一字買堪貧。將恐曾防寇，深潛托所親。師云：鍾嶸評陸機詩云：驚心動魄，幾於一字千金。趙云：老子：將恐歇。鍾繇云：張樂於洞庭之野，鳥值而高翔，魚聞而深潛。見本朝淳化法帖也。寧聞倚門夕，薛包事母至孝，凡出入必有時，未嘗違也。至期，母必倚門望之，包必至矣。趙云：戰國策：齊王孫賈之母謂賈曰：汝朝出而晚來，則吾倚門而望汝，舊注所引在後矣。盡力潔飧晨。束皙補亡南陔詩云：馨爾夕膳，潔爾晨飧。踈懶爲名誤，嵇康書云：性復踈懶。驅馳喪我真。趙云：自此至亂後別離頻，公又自叙其流落與張相別也[一]。索居猶一作尤。寂寞，禮：離群索居。相遇益愁辛。江淹擬嵇康詩：鐘鼓或愁辛。趙云：漢書揚雄傳：惟寂寞，自投閣。師民瞻本取尤寂寞，是。詩云：邂逅相遇。流轉依邊徼，一作境。師云：時子美居秦。逢迎念席珍。儒行：儒有席上之珍以待聘。時來故舊少，亂後別離頻。世祖修高廟，後漢：光武立高廟於洛陽，四時祫祀。高帝爲太祖，一歲五祀。文公賞從臣。左傳：晉侯賞從亡者，介之推不言祿。趙云：自此至囊中藥未陳，言肅宗反正，張山人雖隱者，亦可施其術也。商山猶入楚，見「羽翼懷商老」注。源水不離一作知。

秦。見「欲問桃花宿」注。趙云：商山，指言四皓隱處。源水，指言桃源。商山在商州。張儀説楚絶齊而交秦，請獻商於之地六百里於楚。其後，止云六里。楚王怒，使屈匄擊秦而敗。商山即商於之地也。桃源在武陵，今之鼎州，秦人避地之所。謂如商山可隱，縱使猶或入爲楚地，而桃源者，雖避地於此，然其地終是秦地焉。以譬張山人之隱淪，當此肅宗之時，皆唐宇宙之内耳。師民瞻本作渭水不離秦。夫渭水，長安八水之一，與七水俱在秦矣，獨於渭言不離秦，似無意義。存想青龍秘，青龍，道家存想之術。騎行白鹿馴。周義真入龍嶠山，見羨門子，乘白鹿而行。耕巖非谷口，揚子：谷口鄭子真耕于嵓石之下。結草即河濱。河上公不知姓，結草河濱讀老子。漢文帝親問道〔二〕，以素書授帝。趙云：言張山人之耕巖，儻非似鄭子真之谷口，則所結茅屋，必如河上公之在河濱矣。肘後符應驗，葛稚川有肘後方數卷。神仙傳：張道陵弟子趙昇，七試皆過，乃授肘後丹經。囊中藥未陳。後漢：王和平性好道術，自以當仙。孫邕少事之。會和平病殁，邕葬之。有書百餘卷。藥數囊，悉以送之。後人言其尸解，邕恨不取其仙藥寶書。旅懷殊不愜，良覿眇無因。謝靈運：引領冀良覿。趙云：自此至餘孽尚紛綸，公言旅寓與張公相遠，而時猶未清，尚在兵戈，蓋安慶緒猶在也。左太沖三都賦，初，思意不愜〔三〕。雪賦：傷後會之無因。自古皆悲恨，浮生有屈伸。易：屈伸相感而利生焉。此邦今一作全。尚武，何處且依仁。語：依於仁。趙云：古詩云：土風尚其武。鼓角凌天籟，莊子云：汝聞地籟而未聞天籟。關山信月輪。古今注有月重輪。趙云：地籟，則比竹是已。天籟，則衆竅是已。古有關山月之曲。王褒詩云：無復漢地關山月。官場一作壕。羅鎮磧，賊火近洮岷。洮岷，地名，屬隴右。趙云：官場，言官之戰場也。一作官壕。鎮磧字未詳。用對洮岷，乃洮州、岷州，則鎮、磧是兩字也。蕭索論兵一作功。地，蒼茫鬭將辰。趙云：陸瑜仙人覽六箸篇：

避敵情思巧，論兵勢重新。蒼茫，荒寂之貌。大軍多處所，餘孽尚紛綸。高興知籠鳥，潘岳秋興賦：猶池魚籠鳥，而有江湖山藪之思。斯文起獲麒。趙云：此兩句一以譬張山人之不得已，一以言張山人之著書。如孔子春秋起於獲麟，太史公史記亦然。窮秋正摇落，迴首望松筠。趙云：言相思之時正值秋之摇落，而望彼松筠能保歲寒，亦因時以寓意也。宋玉云：草木摇落而變衰。

【校勘記】

〔一〕「公」，文淵閣本、文津閣本、文瀾閣本、清刻本、排印本無。

〔二〕「漢文帝」原作「漢景帝」，訛，據清刻本、排印本並參晁公武郡齋讀書志卷十一録葛洪語改。

〔三〕「思意」，原作「意思」，倒誤，據世説新語箋疏文學第六十八條乙正。又參見本集卷十四故司徒李公光弼校勘記〔一〕。

寄李十二白二十韻

昔年有狂客，號爾謫仙人。賀知章，會稽人，自號四明狂客。見白文章乃嘆曰：子，謫仙人也！筆落驚一作聞。風雨，詩成泣鬼神。趙云：白別傳曰：白初自蜀至京師，賀知章聞其名，首訪之。見其烏栖曲，嘆曰：此詩可以泣鬼神。筆落字，王子敬傳：桓溫嘗使書扇，筆誤落，因畫作烏駮牸牛甚妙〔一〕。公借字用耳。今云驚風雨，言其如風雨之疾爲可驚也。孟浩然詩：刻燭限詩成。聲名從此大，汨沒一朝伸。史記知章言白於玄宗。召見金鑾殿，奏頌一篇，賜食，帝爲調羹，召供奉翰林。文彩承殊渥，流傳必絕倫。帝嘗召白爲樂章。白已醉，援筆成文，婉麗精巧無留思。帝愛其才，數宴見。趙云：絕倫，見上注。龍舟移棹晚，趙云：范傳正李翰林新墓碑曰：玄宗泛白蓮池，公不在宴。明皇歡既洽，召公作序。白既被酒於翰苑中，命高力士扶以登舟。今句蓋言停舟以待白矣。獸錦奪袍新。白外傳云：白作樂章，賜以錦袍。趙云：武后時，使東方虬、宋之問輩賦詩。東方虬詩成，賜以錦袍矣，之問繼進，而詩尤工，於是奪錦袍以賜之。故用此兩字，言非特初賜，而又加奪之者也。白日來深殿，青雲滿後塵。師云：鮑照舞鶴賦：逸翮後塵。注：言飛之疾塵反居後，此言致身亨衢，青雲在下也。趙云：上句則易所謂「晝日三接」之意。下句言其貴寵，致身青雲也。應瑗與桓玄書：敢不策馳，敬尋後塵。乞歸優詔許，白爲高力士所譖，自知不爲親近所容，懇求還山，帝賜金放還也。遇我宿一作夙。心親。白與子美等八人爲醉中八仙〔二〕。趙云：公與太白平生相好〔三〕，於公集中屢有與白詩可見矣。舊注云八仙者，子美豈在其中邪？未負一作遂。幽棲志〔四〕，兼全寵辱身。趙云：謝靈運詩：資此永幽棲，豈伊年歲別。老子云：寵辱若驚。劇談憐野逸，嗜酒見天真。趙云：世說：人問支道林曰：何處來？云：今日與謝守劇談一出來。揚雄家貧，嗜酒。醉舞梁園夜，謝莊雪賦：梁王不悅，遊於兔園。今汴州乃梁園故地。趙云：梁沈約九日四言詩曰：葉浮楚水，草折梁園。行歌泗水春。孔子行歌於泗水之上。泗水，今泗州是也。趙云：泗水、梁園，皆白之所曾遊也。才高心不展，道屈善無鄰。趙云：魏應璩書有云：意不宣展。宋謝靈運詩：折麻心莫展。孔子曰：德不孤，必有鄰。左傳曰：親仁善鄰。善無鄰，蓋言無有善之而爲鄰者，此道之所以屈也。處士禰衡俊，諸生原憲貧。趙云：此以比白也。鸚鵡賦序云：黄祖之子射賓客大會。有獻鸚鵡者，舉酒於衡前曰：禰處士，今日無用娛賓，願先生賦之。原憲，孔門弟子，故謂之諸生。稻粱求未足，廣絶交論：分雁鶩之稻粱。薏苡謗何頻！趙云：馬援征交趾，載薏苡種還。人謗之，以爲明珠大貝。此言永王璘反，而譖者以白與其謀也。五嶺炎蒸地，三危放逐臣。見雲山分五嶺，風壤帶三苗注〔五〕。趙云：夜郎與廣南相接，故用五嶺字。書：竄三苗於三危。三危在西，故特以比之。幾年遭鵩鳥，賈誼作長沙王傅，不得志，有鵩集於舍上，遂作鵩賦。獨泣向麒麟。王翰古蛾眉愁曰：朝朝泣對麒麟樹〔六〕，樹下蒼苔日漸班。趙云：孔子見麟而泣，曰：出非其時，吾道窮矣。王翰與公同時人，豈遂用其詩乎？蘇武先還漢，見握節漢臣回注。趙云：此以比白之得還，比武則先也。白傳云：會赦，還潯陽。黄公豈事秦！趙云：黄公，四皓之一者，避秦而居商山〔七〕。比白之不妄從永王璘也。楚筵辭醴日，趙云：以言白在永王璘時，如穆生見楚王，待之不設醴，知幾而辭行也。梁獄上書辰。趙云：以言白在永王璘時，如梁孝王下鄒陽於獄，而鄒陽上書也。此皆永王璘本待白之薄，而白豈與其謀哉！已用當時法，誰將此義陳？趙云：言白之無罪，當時不省察，遂以白爲與謀，而施之以法。誰人用辭醴與獄中上書之義，爲之陳説也？白會赦放還，乃普天之恩也，朝廷元未知白之本不污耳，故以此明之。按白傳：永王璘辟爲府僚佐。璘起兵，白逃歸彭澤，又赦還潯陽〔八〕，坐事下獄時。宋若思將兵赴河南〔九〕，道潯陽，釋白囚，辟爲參謀。老吟秋月下，病起暮江濱。莫怪恩波隔，乘槎與問津。趙云：上兩句蓋公自言其如此。末句蓋言如白之才器，當蒙上知而恩波頓隔，欲上天與問之也。公於老吟病起之中，思念白而起無怪之感。無怪，則本可怪之矣。梁丘遲侍宴應詔詩曰：參差別念舉，肅穆恩波被。乘槎事，見博物志。孔子使子路問津。又宋之問明河篇曰：明河可望不可親，願得乘槎一問津。

【校勘記】

〔一〕「甚妙」，文淵閣本作「之妙」，文津閣本「甚」字闕，文瀾閣本作「極妙」，清刻本、排印本作「絶妙」。

〔二〕「醉」，文淵閣本作「苑」，文津閣本、文瀾閣本作「飲」，清刻本、排印本作「酒」。

〔三〕「太白」，文淵閣本、文津閣本、文瀾閣本、清刻本、排印本作「李白」。

〔四〕「未」，文淵閣本作「永」，文津閣本、清刻本、排印本作「不」，均訛。二王本杜集卷十作「未」，可證。

〔五〕「見雲山分五嶺」二句，「分」本集卷三十五野望作「兼」。又，「風壤帶」文淵閣本作「風雨多」，文津閣本作「風煙地」，文瀾閣本作「風雨竄」，清刻本、排印本作「風雪阻」，均訛。

〔六〕「朝朝」，全唐詩卷一百五十六王翰古蛾眉怨作「朝晡」。

〔七〕「而」，清刻本、排印本作「亂」，文淵閣作「隱」。

〔八〕「赦還潯陽」，「赦」原作「赫」，「潯陽」原作「潘陽」，均訛，據清刻本、排印本改。

〔九〕「宋若思」，原作「宋若愚」，訛，據新唐書卷二百二李白傳改。

新刊校定集注杜詩卷二十一

近體詩

蜀相

趙云：孔明在蜀志，固云丞相亮矣。而蜀相兩字如吴志嚴峻傳云〔一〕：峻嘗使至蜀，蜀相諸葛亮深善之。故以蜀相爲題。

丞相祠堂何處尋？錦官城外柏森森。蜀諸葛亮傳：先主建安二十六年即帝位，册亮爲丞相，録尚書事。祠堂，孔明廟也。成都府城，亦呼爲錦官城，以江山明麗錯雜如錦也。廟有古柏，武侯手植之。趙云：或以其有錦官，如銅官、鹽官之類，其説亦是。不然，止取錦而已，何以更有官字乎？亮祠堂前有古柏，世傳亮手植，既無所據，亦未必然。若夔州絶句云：武侯祠堂不可忘，中有松柏參天長。豈亦是手植乎？庾子嵩目和嶠森森如千丈松，雖磊砢有節目，施之大廈，有棟梁之用。今於柏言森森，亦可矣。映階碧草自春色，隔葉黄鸝空一作多。好音。江文通别賦：春草碧色。詩泮水：懷我好音。王僧達詩：楊園流好音。趙云：兩句見公來此祠廟時，乃春也，故即春之景物言之，謂其人已亡而物空自春耳。空與自兩字句法起於何遜行經孫氏陵詩：山鶯空曙響，隴月自秋暉。其後丁仙芝霍國公主舊宅云：林閑花自落，門閉水空流也[二]。若春色字，則選詩云：春色滿皇州。

三顧頻煩天下計，本傳云：時先主屯新野。徐庶謂先主曰：諸葛孔明，卧龍也，將軍豈願見之乎？先主曰：君與俱來。庶曰：此人可就見，不可屈致也。將軍宜枉駕顧之。由是先主遂詣亮，凡三往，乃見。又，亮上疏曰：先主不以臣卑鄙，猥自枉屈，三顧於草廬之中。言先主之自見亮，亮爲先主而仕，皆爲天下大計也。趙云：頻煩，數數之義。字則如晉庾亮辭中書令表曰：頻煩省闥，出總六軍。又如元魏彭城王勰曰：臣猥何人[三]，頻煩寵授。其見於詩，則如庾信奉和法筵應詔詩云：羈臣從散木，無以預頻煩[四]。又，潘尼贈張仲治詩：張生拔幽華，頻煩登二宮。

兩朝開濟老臣心。先主於永安病篤，召亮屬以後事，謂亮曰：君才十倍曹丕，必能安國，立定大事，若嗣子可輔，輔之；如其不才，君可自取。亮泣曰：臣敢竭股肱之力，効貞信之節，繼之以死！又亮表云：興漢室，還於舊都。此臣所以報先帝，而忠陛下之職分也。兩朝，謂先主及禪也。趙云：張華遊俠篇曰：信陵西反魏，秦人開濟疆。開，謂開豁其謀；濟，謂濟遂其事。兩朝開濟，以言孔明之事主，其開濟者，乃孔明所以爲老臣之心也。趙左師觸龍曰：老臣賤息舒祺，最少。晉書桓宣傳稱宣開濟篤素。

出師未捷一云未用，又云未戰[五]。**身先死，長使英雄淚滿襟！**閔其志不遂也。本傳云：十二年春，亮悉大衆由斜谷出，據武功五丈原。與司馬宣王對於渭南。相持百餘日，其年八月，亮疾，卒于軍。趙云：悼之深矣。亮有出師表。選有云：涕淚沾襟。而滿襟則盈襟之變也。

【校勘記】

〔一〕「孔明在蜀志」以下十二字，清刻本、排印本無。

〔二〕「霍國公主舊宅云」三句，檢全唐詩無霍國公主舊宅詩，考全唐詩卷一百一十四丁仙芝長寧公主舊山池有「庭閑花自落」二句，或是誤置。

〔三〕「猥」，資治通鑑卷一百四十一齊紀七作「獨」。

〔四〕「頻煩」，北周詩卷二庾信奉和法筵應詔詩作「中天」。

〔五〕「又云」，原作「又」，據清刻本、排印本改。

卜居

屈原作卜居一首。原往太卜鄭詹尹家，卜己宜何所居。因述其詞。成都記：草堂寺，府西七里，浣花亭三里，寺極宏麗，有名僧履空居其中，杜員外居處逼近，常恣遊焉。鮑云：上元元年，歲次庚子，公年四十九，在成都。劍南節度使裴冕爲卜成都西郭浣花溪作草堂居焉。所謂「主人爲卜林塘幽」是也。前注爲嚴武，非是。

浣花流一作之。水水西頭，浣花，溪名。主人爲卜林塘幽。主人嚴武也。趙云：世傳崔寧妻任國夫人，逢一異僧，濯其袈裟於是溪，鮮花滿水，因得名浣花溪。學者以爲然。殊不知崔寧者，崔旰也；公於永泰元年離成都，正聞其亂，而公之卜居，先在今春，已有浣花之名，舊矣。公之居在水之東岸江流曲處，公詩所謂「田舍清江曲」是也。其址既蕪没，本朝吕汲公鎮成都日，想像典刑於西岸佛舍，曰梵安寺之傍，爲草堂焉。又，詩所謂主人，學者多指爲嚴武，大非也。嚴武鎮蜀之歲月已具西郊篇注，又主人之云，豈可便指府尹邪？或地主、或所館置之人皆可呼矣。列子云：逆旅之主人。莊子云：主人之雁。史載太公就齊封而行遲，主人曰：客何嬾也？觀此則主人之義明矣。已知出郭少塵事，更有澄江銷客愁。梁張纘啓：常願卜居幽僻，屏避諠塵[一]。謝玄暉詩：澄江淨如練。曹子建詩云：誰與銷愁。趙云：爲才卜居，所以有已知之語。孟浩然詩：平田出郭少，盤坂入雲長。陶淵明云：閑居三十載，遂與塵事冥。客愁字，黄魯直嘗云：客愁非一種，歷亂如蜂房。意其止出於杜公，而祖出未見，以俟博聞。

無數蜻蜓齊上下，一雙溪鶒對沉浮。趙云：雖無數、一雙字至易至熟，若無所出，而無數字如禮云哭踊無數，及云脩爵無數也。一雙字，如賜虞卿白璧一雙也。蜻蜓上下，今水面多然，乃二月已有之矣。梁簡文帝晚春詩曰：花留蛺蝶粉，竹翳蜻蜓珠[二]。此蜻蜓之見於前人也。吴都賦云：溪鶒鸝鷞泛濫其上。此溪鶒之見於前人也。彼溪字加鳥，鶒字以勑在鳥傍，出乎俗字耳。按雜談録：唐河南伊闕縣前大溪，每僚佐有入臺者，即水中先有小灘漲出，石礫金砂，澄澈可愛。丞相牛僧孺爲尉，一旦報灘出，翌日，邑宰與同僚列筵于亭上觀之。有老吏云：此必分司御史，非西臺之命。若是西臺，溪上當有溪鶒雙立。僧孺自負，因舉酒曰：既能有灘，何惜一雙溪鶒？宴未終，俄而有溪鶒雙下。不旬日，拜西臺監察。又若齊上下、對沈浮，其上下字，神農時，雨師至昆侖山，隨風而上下；沈浮字，雖祖出詩云泛泛揚舟，載沈載浮，而連字則吴都賦之言魚云，葺鱗鏤甲、噞喁沈浮，亦欲使學者，知公無兩字無來處矣。

東行萬里堪乘興，須向山陰上一作入**。小舟。**蜀有萬里橋，在浣花之東。昔孔明送吴使至此曰：萬里之行，從此始矣。因是得名。乘興欲傚王子猷，月夜泛舟謁戴安道也。故有下句。山陰，王子猷所居之地。趙云：公言或乘興之間，則徑須要向往山陰，傚王子猷乘舟矣，向字與上向草堂之向義同。公身在成都，便欲往吴地之山陰，似乎太遠，蓋以因萬里之名而起興故耳。

【校勘記】

〔一〕「諠」，清刻本、排印本作「暄」。

〔二〕「晚春詩曰」三句，檢「花留蛺蝶粉」二句，又見梁詩卷二十二作簡文帝晚日後堂詩。

一室

一室他鄉遠，一作老。空林暮景懸。後漢：陳蕃曰：大丈夫處世，當掃除天下，安事一室乎？江文通詩：秋日懸清光。趙云：張景陽雜詩：鳴鶴聒空林。古詩：他鄉各異縣。正愁聞塞笛，獨立見江船。趙云：塞笛，指言白帝城上笛也。巴蜀來多病，荊蠻去幾年。年一作千。成都記：其西即隴之南首，故曰隴蜀，以與巴接，復曰巴蜀。荊蠻，荊楚也。詩謂之蠻荊。太史公：余讀春秋古文，乃知中國之虞，與荊蠻、句吳兄弟也。趙云：公自同谷入蜀，之梓，之閬，又自蜀來夔，故云巴蜀。而樂史寰宇記載山自裂以表巴蜀分界事，則巴與蜀相連之地也。公雖在秦，每欲適楚；今至夔，自問其自此將適荊楚，在幾何年也。王粲詩云：終適荊與蠻〔一〕。指言荊南也。應同王粲宅，留井峴山前。峴山，荊楚也，今屬襄陽，有井在焉，人呼爲仲宣井，云王粲故宅也。趙云：公本襄陽人，又從荊南欲歸襄州矣。

【校勘記】

〔一〕「終適荊與蠻」，文選卷二十三、魏詩卷二王粲七哀詩作「遠身適荊蠻」。

梅雨

杜補遺：周處風土記云：夏至前雨名黄梅雨〔一〕。沾衣服皆敗黦。又，埤雅云：今江、湘、二浙四五月間，梅欲黄落，則水潤土溽，柱礎皆汗，蒸鬱成雨。其霖如霧，謂之梅雨，沾衣服，皆敗汗。故自江以南，三月雨謂之迎梅，五月雨謂之送梅。趙云：川中雖亦有此雨，而土人未識其名，今公因見有此梅雨而著之。

南京西浦道，玄宗幸蜀，改成都置尹，視二京，號爲南京。杜正謬：肅宗至德二年，以蜀郡爲南京，鳳翔爲西京，西京爲中京。非玄宗置。趙云：公詩不妄作，多紀實以詔天下後世，庶乎信而可傳。且「南京西浦道」之句，本是言成都西浦道，公欲著見成都改爲南京，用在詩句中，如進艇首句云：南京久客耕南畝也。説文云：浦，水濱也。西浦，蓋江水西邊之浦溆，如野望云南浦清江萬里橋是已。蓋謂之浦上，則公所居正在此矣，豈非所謂西浦乎？一本作犀浦，蓋惑於今日成都屬縣之郫有犀浦鎮，殊不思下有長江之句，則犀浦道無江；又有茅茨易濕之句，則指言所居；又有蛟龍喜盤渦之句，則言終日所見之江如此，豈是犀浦乎？四月熟黄梅。

湛湛長江去，冥冥細雨來。阮籍詩：湛湛長江水，上有楓樹林。隋煬帝江都夏詩：梅黄雨細麥秋横，楓樹蕭蕭江水平。趙云：句有長江字，乃所以見西浦者，長江之浦也。宋玉九辯云：江水湛湛兮上有楓〔二〕。細雨，乃所謂梅雨。楚辭云：雲容容兮雨冥冥。陳張正見詩云：細雨濯梅林。

茅茨疎易濕，雲霧密難開。茅茨，以茅覆屋也。庾信小園賦：穿漏兮茅茨。趙云：上句乃所以指言其所居。茅茨字，起於堯土階三尺，茅茨不剪。其在常人言之，則如羅含别傳云：桓宣武以爲别駕，以官廨寺喧擾，非静默所處，乃於城西池小洲上立茅茨之屋是已。疎字、濕字，則上漏下濕之義。列子曰：虹蜺也，雲霧也，皆天之積氣也。而於陰重言之，則衛瓘言樂廣云：每見此人，瑩然若開雲霧而覩青天。易云：密雲不雨。茅茨以疎而易濕，已爲可傷，而雲霧尚密，則雨意未已，其爲況如何也？

竟日蛟龍喜，盤渦與岸回。瓠子歌曰：蛟龍騁兮方遠遊。郭璞江賦：盤渦谷轉，波濤山頽。趙云：人以雨而憂屋漏，蛟龍得雨而喜，則爲異於人矣。公所居之上有百花潭，則宜有蛟龍矣。高唐賦云：盤岸巑岏。則岸亦盤矣，故言與岸回也。公於夔州有詩云：盤渦鷺浴底心性。蓋龍之藏，鷺之浴，以盤渦爲樂也。

【校勘記】

〔一〕「前」，太平御覽卷二十三時序部八作「之日」。

〔二〕「九辯」句，檢宋玉九辯無此句，考文選卷三十三騷下、全上古三代文卷十宋玉招魂有「湛湛江水兮上有楓」句，當是誤置。

爲農

趙云：楊惲云：長爲農夫没此生矣。故爲農名詩，非管仲農之子爲農也。

錦里煙塵外，華陽國志：錦江，織錦濯其中，則鮮明，故命曰錦里。公居在近郊，無氛埃，故云煙塵外。江村八九家。圓荷浮小葉，細麥落輕花。卜宅從茲老，爲農去國賒。顏延年詩：去國還故里，幽門樹蓬藜。曲禮：大夫士去國。趙云：左傳：晏子云：非宅是卜，唯鄰是卜。摘用之耳，故對爲農。任昉泛長溪詩：絶物甘離群，長懷忽去國。去王國也。本於王粲詩：復棄中國去，遠身適荊蠻。遠慚句漏令，不得問丹砂。晉葛洪傳：洪，字稚川。從祖玄。吴時學道得仙，號曰葛仙公。其鍊丹祕術，悉得真法。以年老，欲煉丹砂以期遐壽，聞交趾出丹，求爲句漏令。帝以洪資高不許。洪曰：非欲爲榮，以有丹砂。帝從之。

有客

趙云：詩：有客有客，亦白其馬。故取兩字爲題。

幽棲地僻經過少，幽棲所居之地也。經過，往還也，以所居之地幽棲，少往還也。謝叔源遊西池詩：逍遥越城肆，願言屢經過。謝靈運詩：資此永幽棲，豈伊年歲別。趙云：阮籍詠懷詩曰：趙李相經過。舊注引謝叔源，在後矣。老病人扶再拜難。趙云：前漢書有：以老病罷。豈有文章驚海内，謾勞車馬駐江干。詩：寘之河之干兮。注：干，涯也。梁范雲詩：江干遠樹浮。趙云：車言駐，則如北齊劉逖秋朝野望詩曰：駐車憑險岸，飛蓋立平湖〔一〕。馬言駐，則魏文帝駐馬書鞭作臨渦之賦也。漢武帝云：海内寡二。梁元帝烏栖曲云：共泛江干瞻月華。竟日淹留佳客坐，百年麤糲腐儒飡。劉安招隱詩云：攀援桂枝兮聊淹留。又，詩：於焉嘉客。又，我有嘉客。楚辭云：又何足以淹留。麤糲，麤衣糲食也。腐儒，見題省中壁詩注。趙云：戰國策：嚴仲子進百金於聶政，曰：以爲夫人麤糲之費。莫嫌野外無供給，乘興還來看藥欄。趙云：蓋公告客之辭，言客若不以野外荒凉無可供給爲嫌，但乘興來看藥欄也。左傳云：敢不共給。王子猷云：乘興而來。

【校勘記】

〔一〕「立」，藝文類聚卷二十八人部十二、北齊詩卷一劉逖秋朝野望詩作「歷」。

狂夫

趙云：左傳：狂夫阻之。題意主詩末句之義。

萬里橋西一一作新。草堂，公築居浣花里，在萬里橋之西。萬里橋事見卜居詩注。百花潭水即滄浪。成都記：杜員外別業在百花潭，臺猶在。趙云：按欒史寰宇記云：萬里橋，亦名篤泉橋，乃星橋之一也。以諸葛亮故名。其後，明皇至蜀，過此橋，問名於左右，對曰萬里橋。上歎曰：一行嘗謂朕更二十年，因有難，當巡遊至萬里之外，此是也。橋今在城南門外，西即浣花溪，公之草堂在焉。百花潭，浣花之上遊。公言此潭即是孔子所聞孺子歌云：滄浪之水也。草堂之側有此萬里橋、百花潭，可以爲詩對，故公又云「萬里橋西宅，百花潭北莊」，所謂恰好處不放過矣。風含翠篠娟娟靜，謝靈運詩：緑篠媚清漣。雨裛紅蕖冉冉香。趙云：翠篠，竹也。紅蕖，荷花也。娟娟，好妙之貌。古詩云：娟娟新月體。冉冉，漸多之貌。選詩云：柔條紛冉冉。又云：冉冉孤生竹。厚禄故人書斷絶，恒飢稚子色凄涼。上言交態薄也。趙云：史云：無使素飡之人久尸厚禄。古詩云：羽書時斷絶。欲填溝壑唯疎放，自笑狂夫老更狂！公以狂自隱爾。舊史言公於成都浣花里結廬枕江，與田畯野老相狎蕩。嚴武過之，有時不冠，其傲誕如此。趙云：上句言將欲填溝壑而死矣，却唯只是疎放而不管，此其所以爲狂也[一]。下句所以成不憂填溝壑，而但疎放之句。舊注却云公與田畯野老相狎，非矣。

【校勘記】

〔一〕「其」，文淵閣本、文津閣本、文瀾閣本、清刻本、排印本無。

賓至

趙云：左傳云：賓至如歸。

患氣經時久，臨江卜宅新。舊史所謂結廬枕江也。趙云：庾信夜聽擣衣云：臨江愁思歌。卜宅，見左傳。喧卑方避俗，疎快頗宜人。趙云：鮑照舞鶴賦云：歸人寰之喧卑。詩云：宜民宜人。師云：古詩：喧卑避俗居。江總詩：山路目疎快。有客過茅宇，呼兒正葛巾。諸葛亮葛巾羽扇，指麾三軍。趙云：古詩曰：呼兒烹鯉魚。自鋤稀菜甲，小摘爲情親。趙云：蓋言手自鋤治者，希疎之菜甲。因有客而小摘其嫩者，爲情意親密也。師云：謝靈運永嘉記：百卉正發時，聊以小摘供日。

王十五司馬弟出郭相訪兼遺營茅堂貲〔一〕

客裏何遷次，江邊正寂寥。趙云：玉臺後集載楊令公令陳後主妹樂昌公主作詩，其詩云：今日何遷次，新官對舊官。肯來尋一老，愁破是今朝。杜補遺：漢初應曜，隱於淮陽山中，與四皓俱徵，曜獨不至。時人語曰：南山四皓，不如淮陽一老。曜即應劭八代祖也。又，管寧書曰：唯陛下聽野人山藪之願，使一老者得盡微命。趙云：一老，公自謂也。祖出左傳：魯哀公誄孔子曰：天不憖遺一老。杜田所引，是。又謂無祖也。新添：以今攷之，詩十月之交曰：不憖遺一老，俾守我王。趙豈不見乎〔二〕？憂我營茅棟，攜錢過野橋。趙云：沈休文詩：茅棟嘯愁鴟。崔豹詩：野橋行路斷。他鄉唯表弟，還往莫辭遥。趙云：古詩：他鄉各異縣。

【校勘記】

〔一〕「茅堂」，文淵閣本作「牙堂」，訛。

〔二〕「趙豈不見乎」五字，蓋爲郭知達輯注時所評語。

堂成

趙云：魏中山恭王衮疾病，令官屬曰：男子不死於婦人之手，亟以時成東堂。堂成，輿疾往居之。

背郭堂成蔭白茅，以白茅覆屋也。緣江路熟俯青郊。趙云：易：藉用白茅。而今所言，則莊子築特室，席白茅爲近。謝玄暉和徐都曹詩：結軫青郊路。青郊者，春麥蓋地，青青然也，非謂東郊爲青郊。榿林礙日吟風葉，籠竹和煙滴露梢。榿，木名也，不材可充薪而已。惟蜀地最宜，種竹有籠笙名。趙云：榿林、籠竹，正川中之物。二物必於公卜居處先有之矣。暫止一作下。飛鳥將數子，頻來語燕定新巢。趙云：暫下，一作暫止。止字不如下字之穩。列子云：鷗鳥舞而不下。賈誼於鳳凰亦曰：覽德輝而下之。飛鳥將數子，將字起於鳳凰將九子也。定字，大則王者有定都，凡居者有定居，方可敵將字。燕巢，起於左傳：燕巢于幕。旁人錯比揚雄宅，懶惰無心作解嘲。揚雄傳：有田一廛，有宅一區，世世以農桑爲業。哀帝時，丁、傅、董賢用事。雄方草太玄，或嘲雄以玄尚白，而雄解之，號曰解嘲。左太沖詠史詩：寂寂揚子宅，門無卿相輿。寥寥空宇內，所講是玄虛。

田舍

趙云：陶淵明有田舍二首。

田舍清江曲，亦作上。柴門古道傍。趙云：孟浩然云：悠悠清江水，水落沙嶼出。蓋公之草堂在水東岸之曲處，今成都土人謂胡蘆灘者，乃其處也。西岸梵安寺之草堂，特本朝吕汲公爲帥日，想像典刑爲之耳，本非在西岸也。柴門古道傍，則舊趨温江之路。杜元凱注左傳篳門圭竇之人云：篳門，柴門也。草深迷市井，地僻懶衣裳。趙云：有禪師偈云：法堂前草深一丈。迷市井，則其傍有市矣。揚子云：市井相與言。櫸柳枝枝弱，枇杷樹樹香。櫸柳，木名。枇杷，果也。趙云：孟浩然燕子家家入，楊花處處飛之勢也。櫸柳、枇杷，川中多有之。蜀都賦云：其園則有林檎枇杷。古詩：枝枝自相對。庾信：樹樹秋聲。鸕鷀西日照，曬翅滿魚梁。鸕鷀，水鳥也，蜀人以之捕魚。趙云：杜臺卿淮賦云：鸕鷀吐雛於八九，鵁鶄銜翼而低昂。陶侃母責其爲魚梁吏而寄鮓。

進艇

趙云：孔叢子之書，有小爾雅一篇。其中廣器有云：小船謂之艇。故公詩中言小艇，而以進艇名篇。

南京久客耕南畝，北望傷神卧北窗。明皇幸蜀，號成都爲南京，置尹，比兩都。趙云：與上篇「南京西浦道」之用南京意同。北望，望中原也，此其所以傷神矣。晝引老妻乘小艇，晴看稚子浴清江。俱飛蛺蝶元相逐，並蒂芙蓉本自雙。趙云：元相逐、本自雙，因道實事而爲新語也。茗飲蔗漿攜所有，瓷甖無謝玉爲缸。趙云：羊衒之洛陽伽藍記曰：彭城王勰戲謂王肅曰：明日顧我，爲君設邾、莒之飡，亦有酪奴，因此復號茗飲爲酪奴〔一〕。宋玉招魂云：濡鼈炮羔，有蔗漿。瓷甖無謝玉爲缸，言以瓷甖盛之而已，不須謝讓富貴家之玉缸也。范曄宦者傳論有云：或稱伊、霍之勳，無謝於往載。而鮑照喜雨奉勑作云：無謝堯爲君，何用知柏皇。

【校勘記】

〔一〕「羊衒之」，案，中國名人大辭典「楊衒之」條云：「劉知幾史通、晁公武讀書志皆作『羊衒之』，隋書經籍志及今本洛陽伽藍記皆作『楊』。」

西郊

趙云：易：密雲不雨，自我西郊。

時出碧雞坊，西郊向草堂。漢郊祀志：宣帝時，或言益州有金馬、碧雞之神，可醮祭而致。遣王褒持節而求之。故成都有碧雞坊。成都記：草堂去府西七里。趙云：益州在漢，以王陽叱馭過九折坂言之，則黎雅之側，益州刺史之治在焉。成都本曰蜀郡，隸益州，其後曰益州，蜀郡又改名成都，意其貪碧雞之美名，故成都有碧雞坊，今在城北。公草堂在浣花溪之上，而浣花溪在府西七里，則所謂西郊也。草堂固是公野居之名，其在秦州亦嘗於西枝村尋草堂地矣。北山移文云：鍾山之英，草堂之靈。其先，梁簡文帝草堂傳曰：汝南周顒，昔經在蜀，以蜀草堂寺林壑可懷，乃於鍾嶺雷次宗學館立寺，因名草堂，亦號山茨[一]。

市橋官柳細，江路野梅香。成都記：市橋水中有石犀，蓋吴漢爲賊，將延岑所破之處。趙云：江路，循江之路矣。孟浩然早發漁流潭云[二]：日出氣象分，始知江路闊。又云：愁隨江路盡。又云：江路苦邅迴。晉陶侃傳：侃見柳，曰：此武昌官柳也。梅在官則曰官梅，臨江則曰江梅，在野則曰野梅。柳言細，則漢有細柳營也。梅言香，則梁簡文帝梅花賦云：香隨風而遠度。梁元帝詩：梅氣入風香。

傍架齊書帙，看題檢一作減。**藥囊。**趙云：庾信詠懷詩：穀皮兩書帙。戰國策：侍醫夏無且以藥囊提荆軻。檢藥囊，一本作減藥囊，非是。**無人競**一作與，一作覺。**來往，疎懶意何長。**趙云：舊本作競來往，又，競，一作與，俱非是。荆公本作覺來往，且曰下得覺字好也。載在鍾山語録。梁徐悱婦題甘蕉示人曰：夕泣已非疎，夢啼真太數。唯當夜枕知，過此無人覺。又，梁簡文帝冬曉詩之言婦人亦云：會是無人覺，何用早紅粧。庾信奉和言志詩：來往金張館。嵇康云：性復疎嬾。古詩云：仙人騎白鹿，髮短耳何長。

【校勘記】

〔一〕「北山移文云」以下數句，先後解輯校丙帙卷一此詩注〔一〕下校語云：「『其先』句：孔稚圭作北山移文，孔卒於齊，在梁簡文前，故不應言『其先』，趙次公誤記。」當是。

〔二〕「早發漁流潭」句，「漁」文淵閣本、文津閣本、文瀾閣本、清刻本、排印本作「魚」，「流」全唐詩卷一百五十九作「浦」。

所思

趙云：張平子四愁詩每曰：我所思兮。又古詩有云：所思在遠道。

苦憶荆州醉司馬，崔吏部漪。謫官一作居。樽俎一作酒。定常開。趙云：崔公蓋自吏部而謫爲荆州司馬也。其人必好飲者，故以醉司馬戲名之。九江日落醒何處，一柱觀頭眠幾回？禹貢：九江孔殷。地理志：九江，在今廬江潯陽縣南，皆東合爲九道〔一〕。潯陽記：有九江之名，一曰烏江，二曰蜂江〔二〕，三曰烏白江〔三〕，四曰嘉靡江，五曰畎江，六曰源江，七曰廪江，八曰隄江，九曰菌江。荆州路畔有一柱觀在山上，土人呼爲木履觀。梁劉孝綽江津寄劉之遴詩：經過一柱觀，出入三休臺。杜補遺：渚宫故事：宋臨川王義慶，代江夏王鎮江陵，於羅公洲上立觀，甚大，而唯一柱。又於城東北修清暑臺。元注：一柱觀，在荆州路畔山上。以故事考之，非在山上也。趙云：九江在潯陽郡，今之江州也。樂史寰宇記云：潯陽，古之苗國，禹貢荆、揚二州之境。蓋彭蠡以東爲揚州之域，九江以西爲荆州之域。以此言之，九江看日落處則在荆州也。可憐懷抱向人盡，欲問平安無使來。故憑錦水將雙淚，好過瞿塘灩澦堆。瞿塘，峽名；灩澦，石名也，在水中。荆州記：灩澦如馬，瞿塘莫下，灩澦如象，瞿塘莫上。蓋舟人以爲水則也。杜補遺：古樂府：淫預大如洑〔四〕，瞿唐不可觸。庾子輿父域出守巴西而卒〔五〕，子輿奉喪歸。巴東有淫澦石，高二十許丈，及秋至，則纔如馬，傍有瞿唐大灘，行旅忌之，部伍至此，石猶不見。子輿撫心長叫。其夜五更，水忽退減，安流而行，人爲之語曰：淫預如幞本不通，瞿唐水退緣庾公〔六〕。灩澦，古樂府作淫預。趙云：謝靈運詩：歡娛寫懷抱。公所居浣花溪，亦曰濯錦江。志言濯錦以此水則色鮮明，此錦水之義也。

【校勘記】

〔一〕「九道」，尚書正義卷六禹貢第一注疏録地理志作「大江」。

〔二〕「蜂」，尚書正義卷六禹貢第一注疏録地理志作「蜯」。

〔三〕「白」，清刻本、排印本作「曰」，訛。

〔四〕「洑」，唐語林卷八補遺四作「袱」。下同。

〔五〕「庾子輿」，原作「唐子輿」，檢「出守巴西而卒」句，南史卷五十六庾域傳作「庾子輿」，據改。

〔六〕「庾公」，原作「唐公」，檢「瞿唐水退」句，南史卷五十六庾域傳作「庾公」，據改。

江村

趙云：孟浩然永嘉浦館送張子容云〔一〕：江村日暮時。

清江一曲抱村流，長夏江村事事幽。趙云：清江，是眼前江水之清也，舊注引却是施州清江縣矣。沈佺期樂府有所思云：坐看長夏曉〔二〕，秋月生羅帷。吳志：張承言吕岱曰：何其事事快也？而陶淵明詩云：晨夕看山川，事事悉如昔。自去自來一作歸。堂上燕，相親相近水中鷗。老妻畫紙爲碁局，稚子敲針作釣鉤。趙云：公於閑居詩，每道實事耳。燕之自去來，鷗之相親近，禽鳥幽而自適也；妻爲碁局以弈，兒作釣鉤以釣，妻子幽而閑逸也。此之謂事事幽。多病所須唯藥物，微軀此外更何求？何一作無。趙云：張良多病。王充論衡有云：道家以服食藥物，輕身益氣。陸士衡詩：不惜微軀退，但懼蒼蠅前。詩云：亦又何求。而更何求字，如梁簡文帝水月詩云：萬里若消蕩，一相更何求。盛弘之荊州記載：夷道縣乞人謂女子曰：爲何所須？女子曰：所須之物，願此山下有水。晉書：此外蕭然無辦。

【校勘記】

〔一〕「張子容云」，「云」字下衍一「云」字，據文淵閣本刪。

〔二〕「曉」，樂府詩集卷十七鼓吹曲辭二沈佺期有所思作「晚」。

江漲

江漲柴門外，兒童報急流。趙云：柴門，見前田舍詩注。下牀高數尺，倚杖没中洲。趙云：鮑明遠東武吟：倚杖牧雞豚。細動迎風燕，輕摇逐浪鷗。漁人縈小楫，容易拔船頭。趙云：拔船頭，川中舟人之語也。拔有兩音，其音蒲撥切，義則回也。乃回船頭耳〔一〕。

【校勘記】

〔一〕注尾，底本有匿名批識，曰：「『下床』『倚杖』二句言江漲之急，在瞬息之間耳。」文淵閣本、文津閣本、文瀾閣本、清刻本、排印本無。

野老

趙云：字出丘希範詩：村童忽相聚，野老時一望。又，梁簡文帝曲水詩序：都人野老，雲集霧散。

野老籬前江岸迴，柴門不正逐江開。漁人網集澄潭下，賈客船隨返照來。趙云：澄潭，則所謂百花潭矣。返照，落日也。纂要云：日西落，光返照於東，謂之返景也。長路關心悲劍閣，劍門也。閣，棧道也。片雲何意傍琴臺。一作事。又云行雲幾處〔一〕。傍琴臺，見琴臺詩注。趙云：上句回念其初來蜀時道路之難也。鮑照堂上歌行云：萬曲不關心，一曲動情多。琴臺，則司馬相如琴臺也。蓋公自比其如片雲之飄蕩，何事來蜀中親近相如舊所居乎？何事，一作何意，不如何事之快。王師未報收東郡，城闕秋生畫角哀。公自注：南京同兩都，得云城闕也。趙云：去歲乾元二年之秋，史思明陷東京，及齊、汝、鄭、滑四州，乃京之東郡。今復秋矣，而王師未報收復，所以悲也。惟國都而後有城闕。詩云：在城闕兮。陸士衡擬古詩云：名都一何綺，城闕鬱盤桓。成都既改爲南京，故公自注以爲得稱城闕。

【校勘記】

〔一〕「一作事又云行雲幾處」九字，文淵閣本、文津閣本、文瀾閣本、清刻本、排印本無。

雲山

京洛雲山外，音書靜不來。神交作賦客，力盡望鄉臺。賦客，謂宋玉也。山濤、阮籍爲神交，喻不涉形迹以神交也。成都記：望鄉臺，蜀王秀所築。趙云：京洛，言長安與洛陽也。字則陸士衡詩云：京洛多風塵。長安，則班固所謂西都，張平子所謂西京。洛陽，則班固所謂東都，張平子所謂東京。望長安、洛陽之音書而不來，故神交作賦客而已。

作賦客，指言班固與張平子也。舊注差排作宋玉，誤矣。望鄉臺，亦所以望京洛也。楚工之言弓曰：臣之精力盡於此矣。衰疾江邊卧，親朋日暮迴。白鷗元水宿，何事有餘哀？趙云：親朋日暮迴，則來相看者，日暮必歸爲可傷矣。故末句托之白鷗以見興，蓋言我之卧病於江邊，如白鷗之本自水宿，何苦而哀也。古詩：慷慨有餘哀。曹子建七哀詩：悲歎有餘哀。公詩凡使者，通此三焉。

遣興

干戈猶未定，弟妹各何之？言避亂奔散，不知其所適也。趙云：公有諸弟一妹，以干戈之際，各避亂而它之，古詩中所謂「有弟有弟在遠方」，又云「有妹有妹在鍾離」是也。列子載揚朱云：弟妹之所不親。莊子：茫乎何之，忽乎何適。謝靈運初發石首城詩：苕苕萬里帆，芒芒終何之？陶潛：胡爲皇皇欲何之？拭淚沾襟血，梳頭滿面絲。趙云：上句言以思憶而痛悼也。拭淚字，劉孝威春宵詩：回釵挂反鐶，拭淚繩春線。下句言自嘆其老也[一]，故末句有難得相見之句。地卑荒野大，天遠暮江遲。衰疾那能久，應無見汝期。一作時。

【校勘記】

〔一〕「其」，底本漫滅，據文淵閣本、文津閣本、文瀾閣本、清刻本、排印本補。

北鄰

趙云：潘尼應令詩：聖朝命方岳，爪牙司北鄰。

明府豈辭滿，藏身方告勞。後漢張湛傳：明府注：郡所居曰府，明府者，尊高之稱。趙云：韓延壽爲東郡太守，門卒謂之明府，亦其義也。詩：不敢告勞。趙云：明府，所以指言北鄰之人也，蓋有官之人，不太守則縣令也。謝靈運還舊園詩云：辭滿豈多秩，謝病不待年。辭滿者，辭去盈滿也，蓋知足之義。兩句則言北鄰之人，豈是辭滿，故藏身而告勞乎？青錢買野竹，白幘岸江皋。劉隗岸幘大言，意氣自若。趙作清錢，蜀人語，謂見錢也〔一〕。幘謂之白幘，則白緰巾、白帢、白帽之義。楚詞云：朝馳騁乎江皋。愛酒晉山簡，能詩何水曹。山簡本傳云：簡優遊卒歲，唯酒是耽。郡民荆土豪族，有佳園池。簡每出嬉遊，多之池上，輒醉，名之曰高陽池也。梁何遜，字仲言，八歲能賦詩。沈約愛其文，嘗謂遜曰：吾每讀卿詩，一日三復，猶不能已。其爲名流所稱如此，爲安武王參軍兼水部郎，初，遜文章與劉孝綽並見重於世，世謂之何劉。時來訪老疾，步屧到蓬蒿。三輔決録注曰：張仲蔚隱身不仕，所居蓬蒿没人。趙云：宋書曰：袁粲爲丹陽尹，嘗步屧白楊郊野間。

【校勘記】

〔一〕「趙作清錢」三句，蓋爲郭知達編纂集注時所輯録。

南鄰

趙云：左太沖詠史詩云：南鄰擊鍾鼓，北里吹笙竽。

錦里先生烏角巾，巾之有角者。郭林宗遇雨而角折。人皆折角以傚之。薛云：右按晉史：羊祜與從弟琇書曰：既定邊事，當角巾東路，爲容棺之墟。園收芋粟一作栗。不全貧。史記：卓氏曰：吾聞汶山之下，沃野，下有蹲鴟。注：大芋也。成都風俗記曰：大饑不飢。蜀有蹲鴟。趙云：舊本作芋栗，非是。芋與粟所收之多，可謂之園收，若栗於園中，不過一兩樹耳。慣看賓客兒童喜，趙云：魏野詩云：兒童不慣見車馬，走入蘆花深處藏。則今慣看而喜矣。賓客字，如漢書：賓客滿門。得食階除鳥雀馴。言忘機也，類狎鷗翁。趙云：緣置食在階除間，而鳥雀得之以食，所以馴擾，舊注所言爲臏義。登樓賦有循階除而下降也。左傳有如鷹鸇之逐鳥雀也〔一〕。秋水纔一作雖。深四五尺，野航一作艇。恰受兩三人。師云：庾肩吾詩：野航渡溪渚。趙云：世多惑於釋名云：自關而東，方舟或謂之航。豈有恰受兩三人乎？一本作艇。艇乃去聲，公進艇云：晝引老妻乘小艇。沈存中又云：當作艇。艇，小舟也。此甚費力。詩云：誰謂河廣，一葦杭之。如今言一葉舟也。杭即航也〔二〕。一葦猶謂之杭，則野航者，不必名其大也。宋鮑令暉詩有曰：桂吐兩三抹〔三〕，蘭開四五葉。白沙翠竹江村暮，相送一作對。柴門一作籬南。月色新。趙云：皆道其實。曾子曰：白沙在泥，與之皆黑。陳張正見詩曰：翠竹梢雲自結叢。杜預左傳篳門圭竇注云〔四〕：今之柴門也。相送，當作相對。別本柴門一作籬南，非是。

【校勘記】

〔一〕「鸇」，原作「顫」，訛，據文淵閣本、文瀾閣本、清刻本、排印本並參春秋左傳注襄公二十六年改。

〔二〕「杭」，文淵閣本作「枕」，訛。

〔三〕「抹」，文瀾閣本作「林」，清刻本、排印本作「株」。案，玉臺新詠卷十、藝文類聚卷三十一人部十五、宋詩卷九鮑令暉寄行人作「枝」。

〔四〕「圭」，春秋左傳注襄公十年作「閨」。

赴青城縣出成都寄陶王二少尹

老被樊籠役，一云老耻妻孥笑。貧嗟出入勞。客情投異縣，詩態憶吾曹。一作君曹。趙云：異縣，指言青城也。古詩：他鄉各異縣。公以旅貧之故，不免有所投矣。吾曹，指言二少尹也。首句一作老被樊籠役，不若老耻妻孥笑之爲快。吾曹一作君曹，尤爲費力。東郭滄江一作滄浪。合，蜀城之東二水合流。西山白雪高。西山近接維、松，上有積雪，經夏不消。趙云：上句言成都之境。舊注云：蜀城之東，二水合流而南下，土人謂之合水。是。蓋今有合江亭，取此以爲名矣。公必用此以言成都，則公居浣花江上，其水十餘里，遂合城北江矣。此滄江指浣花江言之也。任彦升詩：滄江易成響〔二〕。西山，則松、維州之外山也。滄江方對白雪，一作滄浪，非。文章差底病，趙云：差，去聲。差，病校也。蓋公尚投異縣以干求，自悼雖有文章，可差得何病乎？如蘇東坡謂一字不堪煮之類。回首興滔滔。趙云：回首望家，興滔滔而散漫矣。論語云：滔滔者，天下皆是也。

【校勘記】

〔一〕「滄江易成響」句，考文選卷二十六、梁詩卷五任彦昇贈郭桐廬出溪口見候餘既未至郭仍進村維舟久之郭生方至作：「滄江路窮此，湍險方自兹。疊嶂易成響，重以夜猿悲。」當屬簡省。

因崔五侍御寄高彭州 適

百年已過半，秋至轉飢寒。爲問彭州牧，何時救急難？趙云：傷哉！君子之貧也。易：則思過半矣。書：外有州牧侯伯。詩：兄弟急難。

野望因過常少仙

趙云：北齊劉逖有秋朝野望詩，則野望兩字，亦前人語矣，故公屢有野望之目。少仙，應是言縣尉也。縣尉謂之少府，而梅福爲尉，有神仙之稱。

野橋齊度馬，秋望轉悠哉。趙云：上句言齊度馬，非是，當作齊馬度，蓋言下馬而與馬齊度橋也。晉謠云：五馬齊渡江，一馬化爲龍。乃言人與馬齊渡江水。今公詩句，則言人與馬齊度橋上，特挨傍馬齊渡而取字用耳。詩：悠哉悠哉。而單使則如謝玄暉詩云：耳目暫無擾，懷古信悠哉。竹覆青城合，江從灌口來。青城，山名；灌口，地名。昔秦守李冰，疎鑿離堆，以灌蜀土，因而得名。入村樵徑引，嘗果栗皺開。趙云：栗皺如蝟刺之包者。栗新出而嘗之，所以開其皺而取之。此亦七月末、八月初時矣。落盡高天日，幽人未遣回。趙云：高天，則秋時之天方可言高。幽人，指言常少仙也。

出郭

趙云：孟浩然詩：平田出郭少，盤坂入雲長。則公之前有此出郭兩字，故公詩又曰：已知出郭少塵事。又曰：出郭眄細岑。此篇與野望因過常少仙詩相連，學者遂指爲出青城之郭。以詩考之，頷聯有不合者，況下篇是過南鄰朱山人水亭，乃是成都浣花溪居之南鄰，豈不可專爲成都詩乎？成都諸城門，唯二東門曰大東郭、小東郭，則此詩公既來城中，却自城中出東郭門，繞城歸浣花溪上矣。頷聯可以推見所望之處，斷章可以見歸宿於所居也。

霜露晚淒淒，高天逐望低。遠煙鹽井上，蜀都賦：家有鹽泉井。斜景雪峰西。趙云：學者執此詩接青城詩下，遂謂鹽井，雪峰指青城所接蕃地景物如此，云西山之後有土鹽一種，則有鹽井矣。殊不知西山土鹽，乃取於崖縫之間，非煑井所爲者。雖雪山在青城望之爲近，然浣花溪上詩，公每言西山，則成都何處而不見邪？以其四時雪不消，故曰雪峰。今以遠煙鹽井上言之，則成都唯出大東郭，則東望簡州一帶，可以遠見鹽井之煙，西望西山，落日乃在其上，且謂之遠煙，尤見其義矣。故國猶兵馬，公長安人。他鄉亦一作正。鼓鼙。趙云：上句言史朝義，下句言段子璋。是年五月戊戌，史朝義殺其父思明而襲僞位，尚在公之故鄉，不無兵馬也。四月壬午，劍南東川節度兵馬使段子璋反，西川節度使崔光遠遣牙將花驚定平之，斬其首。驚定既勝，乃大掠東川〔一〕，至天子聞之而怒，則至八、九月間，驚定之兵方息。公在成都，可謂之他鄉聞有此鼓鼙也。公欲歸鄉，則有思明之兵；今在蜀中，則新有段子璋及花驚定之亂，是以歎耳。孟子：所謂故國者，非謂有喬木之謂也。吳大帝授孫慮大將軍詔有云：寵以兵馬之勢也。古詩：它鄉各異縣。禮記：鼓鼙之聲。江城今夜客，還與舊烏啼。師云：鮑照詩：認得舊烏栖。子美言無得不悲也。趙云：江城，指言成都。公詩有曰：鼓角動江城；又曰：獨宿江城臘炬殘。皆指成都。大抵濱江州郡可謂之江城，公詩言之不一矣。謂今夜客，則自此歸浣花溪上之客也。平時逐夜所聞之烏，今夜復聞之，所以謂之舊烏。烏鳴謂之啼，而屬之於夜，則古樂府有烏夜啼也。以烏屬之江城，則前漢書有城上烏尾畢逋也。啼字在人言之，號也、泣也，蓋泣而有聲者。公感亂而與烏俱啼，其傷至矣！

【校勘記】

〔一〕「川」，原作「州」，訛，據前句有「劍南東川節度兵馬使」改。

過南鄰朱山人水亭

趙云：此篇公歸草堂時所作也。所謂南鄰，豈仍是前者錦里先生乎？

相近竹參差，相過人不知。幽花欹滿樹，小水細通池。歸客村非遠，殘樽席更移。看君多道氣，從此數追隨。趙云：竹參差之句，用陳賀循夾池脩竹詩云「緑竹影參差」也。歸客，公自言也。曹子建公讌詩：飛蓋相追隨。

恨別

洛城一別三一作四。千里，胡騎長驅五六年。因避亂入蜀。乙未十一月反〔一〕，趙云：安禄山於天寶十四載慶緒殺禄山，史思明殺慶緒，陷東京，繼亂中原，至庚子上元元年爲六年矣。公有田園在洛陽，故指洛爲家。草木變衰行劍外，兵戈阻絶老江邊。言道路險阻，不可歸也。趙云：上言時已秋矣，而行於劍外也。宋玉九辯曰：草木摇落而變衰。兵戈字，祖出戾太子贊。思家步月清宵立，憶弟看雲白日眠。聞道河陽近乘勝，司徒急爲破幽燕。趙云：司徒，李光弼也。乾元二年，歲在己亥，十月李光弼及史思明戰于河陽，敗之。若以此所謂河陽近乘勝，不應至次年七、八月而後言矣。上元元年六月，李光弼及思明戰于懷州，敗之，於七、八月爲近。亦恐傳聞之誤，而公言之，與傷春詩注：巴蜀僻遠〔二〕，今已收京，而尚賦傷春耳。幽燕，史思明窟穴，蓋其於是年四月更國號大燕，改元順天，自稱應天皇帝。

【校勘記】

〔一〕「載」，文淵閣本、文津閣本、文瀾閣本、清刻本、排印本作「年」。案，新唐書玄宗本紀：天寶三載正月丙申改「年」爲「載」。

〔二〕「僻」，文淵閣本作「避」。

寄賀蘭銛

朝野歡娛後，張景陽詩：昔在西京時，朝野多歡娛。乾坤震蕩中。趙云：朝野歡娛，指安禄山未反前也。黄魯直過睢陽廟云：乾坤震蕩風雲晦，愁絶宗臣陷賊時。用公下句四字。相隨萬里日，總作白頭翁。曹丕書：已成老翁，但未白頭耳。趙云：上句言與賀蘭同來萬里橋之日也，若作道里之萬里，則自長安來蜀，不當著此字也。又以言萬里推之，則自新津歸成都府矣。歲晚仍分袂，江邊更轉蓬。見前注。趙云：謝惠連詩：分袂澄湖陰。曹植詩：轉蓬離本根，飄飄隨長風。袁陽源效古詩乃云：廼知古時人，所以悲轉蓬。勿云俱異域，古詩：與君俱異域。飲啄幾回同。趙云：俱異域，尤見賀蘭之别在它處矣。飲啄，則又以鳥爲譬矣。莊子云：澤雉十步一啄，百步一飲。言身雖各異域，至於須飲須啄則皆同之。

寄揚五桂州譚因州參軍段子之任

五嶺皆炎熱，五嶺有桂，故以桂得名。見野望詩注。宜人獨桂林。杜田補遺：山海經云：桂林八樹，在賁禺東。注，八樹成林，言其大也。賁禺，即今之南海番禺。陳藏器云：桂林嶺，因桂得名。從嶺以南際海，盡有桂樹，唯柳、象州最多。趙云：廣南之地，皆在五嶺外。五嶺，則大庾嶺、騎田嶺、都龐嶺、萌渚嶺、越城嶺也。詩：宜民宜人。梅花萬里外，雪片一冬深。趙云：廣南多梅。萬里外，或云自成都言之，實在一萬里之外。或云，以萬里橋言之，又況明皇言一行謂朕行萬里之外。廣南雖有雪，既有梅花可翫矣，又有雪深，所以有下句之寬懷也。聞此寬相憶，爲邦復好音。趙云：古詩：下言長相憶。顏淵問爲邦。詩云：懷我好音。江邊送孫楚，遠附白頭吟。趙云：孫楚，指言段子也，往爲桂林之參軍，而孫楚常爲驃騎將軍石苞之參軍，故以比之。附白頭吟，則公自以其詩爲白頭吟也。白頭吟祖事出西京雜記。雖是司馬相如將聘妾，文君作白頭吟，相如乃止；然其後遂入樂府爲題，如鮑照所作：直如朱絲繩，清如玉壺冰。何慙宿昔意，猜恨坐相仍。則意在責交好之有始終者也。

逢唐興劉主簿弟

分手開元末，開元二十九年改天寶，至十四載禄山反。連年絶尺書。趙云：分手字，起於沈約。一云：平生少年日，分手易前期。一云：分手桃林崖，望别峴山嶺。

古詩云：呼兒烹鯉魚，中有尺素書。江山且相見，戎馬未安居。戎馬之際，奔走避亂，未安所止也。趙云：未安居，則安慶緒既死，而史思明復熾。戎馬字，出老子。劍外官人冷，關中驛騎疎。趙云：上句言主簿之爲冷官也。唐人以祠部無事謂之冰廳。趙璘云：言其清且冷也。此亦冷官之義矣。下句又言諸相見無書信也。何以知驛騎之爲寄書信？陸凱寄范曄詩：折梅逢驛使，寄與隴頭人。輕舟下吳會，謂當下吳都會之地。主簿意何如？趙云：上句則公自言其欲往兩浙也，故下句問劉君之意，以爲何如。吳會，音會計之會，指會稽也。

和裴迪登新津寺寄王侍郎王時牧蜀。

何限一作恨。倚山木，吟詩秋葉黃。蟬聲集古寺，鳥影度寒塘。趙云：謂之集，則非一蟬矣。下一集字，方可與度字敵。風物悲遊子，登樓憶侍郎[一]。趙云：上句以言其遊寄，下句則公題下注云：王時牧蜀也。老夫貪佛日，隨意宿僧房。杜田補遺：金光明經云：佛日大悲，滅一切闇。又云：無上佛日，大光普照。又云：佛日清淨[二]，滿足莊嚴。佛日暉耀，放千光明。別本佛作費、作賞，皆非。趙云：大抵公作佛寺詩：或贈僧詩，必用佛書中字也。師云：古詩：貪佛不貪僧。

【校勘記】

〔一〕「樓」，二王本杜集卷十一、十家注卷八、百家注卷十二、分門集注卷八以及錢箋卷十一皆作「臨」。

〔二〕「日」，金光明經卷二十四天王品第六作「月」。

敬簡王明府

葉縣郎官宰，後漢王喬爲葉令，有神術。明帝云：郎官上應列宿，出宰百里。周南太史公。顏延年詩：周南悲昔老，留滯感遺氓。趙云：上句取王喬爲縣令，以比王明府也。王喬，顯宗世爲葉令，時謂即古仙人王子喬也。下句取太史公留滯周南以自比也。神仙才有數，流落意無窮。趙云：上句以終葉縣郎官宰之句，下句以終周南太史公之句。凡詩一句説此，一句説彼，或一句説人，一句説己，謂之雙紀格。驥病思偏秣，師云：張協賦：老馬偏其芻秣。鷹愁怕苦籠。趙云：此兩句則又以驥自比，而望君之偏秣；以鷹自比，而不願局促於籠中也。看君用高義，一云看歸。耻與萬人同。趙云：言王明府之高義，其待公也高出萬人之上矣。字出吴越春秋：伍子胥謂要離曰：吴王聞子高義，唯一臨之。曹子建美女篇：佳人慕高義。

重簡王明府

甲子西南異，言西南寒暑，有異中土也。冬來只薄寒。江雲何夜靜，一作盡。蜀雨幾時乾。楚詞：泥汙后土兮何時乾。趙云：此四句蓋實道其事，言雖天道以六甲運行，而西南寒暑有異中原，故冬來只薄寒。而多雨又可厭矣，故公詩又曰「蜀星陰見少，江雨夜來多」是已。行李須相問，盧諶詩：簡才備行李。趙云：左傳：燭之武謂秦伯曰：行李之往來。說者以李爲古之使字，行李言行人也。公望王明府遣人來問。窮愁豈自云作有〔一〕。寬！趙云：所以須遣人來問，無它，以我之窮愁日甚，無自寬時也。家語：孔子之言榮啓期明能自寬者也。一本作有寬，非。望王明府之來問，則豈在新津而王明府乃縣令乎？史記：虞卿以窮愁而著書也。君聽鴻雁響，恐致稻粱難。見一卷「各有稻粱謀」注。師云：二詩末語皆有求於王也。趙云：以鴻雁自況，正有望於稻粱，所以終其須相問之意。廣絕交論云：分雁鶩之稻粱。

【校勘記】

〔一〕「云作有」，文淵閣本作「一竹有」，訛；文津閣本作「一作有」。

建都十二韻

趙云：此篇今歲上元元年九月已後之作。句言窮冬，則十二月也。按新史：肅宗至德二載，以蜀都爲南京，鳳翔爲西京，西京爲中京。上元元年九月，以京兆府爲上都，河南府爲東都，鳳翔府爲西都，江陵府爲南都，太原府爲北都。又，按舊史肅宗紀：上元元年九月，以荆州爲南都，州曰江陵府，官吏制置同京兆。所以知公之詩作於九月已後，所聞已審之時矣。舊注以蜀都爲南都，非是。如杜田正謬，雖知引上所云云，然其意專在正舊注以蜀都爲南都之謬，遂用此建都篇，止言荆州爲南都而作，又非矣。觀全篇，正包籠東南西北皆在焉，具解于後。

蒼生未蘇息，胡馬半乾坤。半天下。議在雲臺上，後漢：議功於雲臺。誰扶黄屋尊？言誰爲安王室也。黄屋，天子車蓋。趙云：廟堂之上，求所以尊王之術也。書云：海隅蒼生[一]，罔不率俾。古注言蒼然而生，則謂草木之屬。而晉書：高崧戲謝安曰：安石不出，將如蒼生何？則以蒼生爲百姓矣。胡馬於東，則言史思明之兵；於西則言吐蕃及西原蠻之兵。是歲，吐蕃陷廓州，西原蠻寇邊也[二]，故曰半乾坤。雲臺，後漢臺名，今公所云議，則廟謨之説也。黄屋，天子車之飾，以引下句建都之議，爲尊王者也。建都分魏闕，下詔闢荆門。恐失東人望，其如西極存。東人謂關中父老也，時明皇在蜀，故云西極存。趙云：荆門以言南都。東人望，以言東都。西極存，以言西都，而篇末之句以言北都也。建都分魏闕，凡謂之都，則有王者之制焉，斯爲分魏闕矣。其建都也，下詔闢荆門，所以爲南都。除京兆府爲上都之外，河南府爲東都，自漢已然矣，而又置南都、西都、北都，實爲異事。恐失東人望，指言河南府之人不服而有觖望之心也。其如西極存，却言以鳳翔爲西都，則所以爲西極之重，斯能保其存。時危當雪恥，恥，國恥也。梁惠王曰：寡人恥之，願比死者一洗之[三]。計大豈輕論。趙云：雪者，洗雪之雪。魯公享孔子以黍雪桃。是下句則公亦譏，建都之議爲無益而輕發耳。雖倚三階正，終愁萬國翻。漢書應劭注：泰階，天之三階也。上階爲天子，中階爲諸侯、爲公卿大夫，下階爲士、庶人，三階正，則是謂太平翻覆也。趙云：東方朔傳云：願陳泰階六符。注云云。時肅宗即位已五年，三階不爲不正矣，而尚未平，所以愁萬國之翻也。牽裾恨不死，漏網荷殊恩〔四〕。前漢志：網漏吞舟之魚。趙云：此已下六句，公自謂也。公嘗爲拾遺，其職諫諍，故有牽裾之語。魏文帝欲遷冀州士以實河南，辛毗諫。帝不答而起，遂引帝裾。公既以言房琯有才不宜廢免，肅宗怒，欲終罪甫，以張鎬之救止放歸，許於鄜州看其妻孥，由是亦疎之矣，故公云然。永負漢庭哭，遥憐湘水魂。賈誼傳：可爲痛哭，屈原沈湘。趙云：兩句通義。公以賈誼自比也。誼建治安之策，有痛哭者一。使漢庭字貼之，則本傳云：漢庭公卿，無出其右也。魂，指言屈原也。誼謫長沙，過汨羅之水，有賦弔屈原。窮冬客江劍，隨事有田園。師云：陳琳詩：二年江劍外。趙云：唐録載太平公主田園遍於近甸，貨殖流於江劍，見本朝太平御覽。此杜公已前事也，又未知復有祖出否耳。陶淵明：田園將蕪胡不歸。風斷青蒲節，霜埋翠竹根。師云：以況節士，不得伸其志。趙云：兩句以成田園之義，言其田園景物有如是也。衣冠空穰穰，言衣冠雖多，而不濟危難。貨殖傳：天下穰穰，皆爲利往。關輔久一作遠。昏昏。趙云：兩句則公之歎深矣。衣冠穰穰，雖多亦奚以爲？關輔昏昏，風塵歷年不解也。庾信云：昏昏如坐霧。久，一作遠，非。願枉一作唯駐。長安日，光暉照北原。趙云：長安日，正用晉明帝所言：日近，長安遠；日遠，長安近，故有此三字也。照北原之義，蓋以太原府爲北都，而陷於史思明；帝日之光，所宜照之矣。枉，一作駐，非。

【校勘記】

〔一〕「蒼生」，尚書正義卷十六君奭作「出日」。

〔二〕「原」，原作「京」，訛，據前句「則言吐蕃及西原蠻之兵」云云改。

〔三〕「洗」，文淵閣本、文津閣本作「洒」，訛。

〔四〕「荷」，二王本杜集卷十一、百家注卷十二、分門集注卷四以及錢箋卷十一作「辱」。

歲暮

歲暮遠爲客，邊隅還用兵。烟塵犯雪嶺，鼓角動江城。趙云：此篇專言吐蕃之亂也。今歲上元元年歲在庚子，吐蕃陷廓州，則其兵熾於西山一帶。西山近接松、維，上有積雪，人謂之雪山。鼓角動江城，言其震驚成都。江城，言成都也。天地日流血，謂多戰鬭也。朝廷誰請纓？趙云：揚子：川谷流人之血〔一〕。請纓字，終軍願請長纓以係虜。濟時敢愛死，寂寞壯心驚。趙云：公自悼其有濟時之志，而壯心已銷故也。

【校勘記】

〔一〕「揚子」，清刻本、排印本作「東都賦」。案，檢「川谷流人之血」句，揚子法言卷十一淵騫有此句，班固東都賦亦引述有此句。

和裴迪登蜀州東亭送客逢早梅相憶見寄

東閣官梅動詩興，還如何遜在揚州。梁書何遜傳：不見揚州事。趙云：題云東亭，而詩云東閣，但皆蜀州之東耳，可以謂之亭，可以謂之閣，特一臨眺之所也。梅屬於官，故曰官梅，與官柳之義同。動詩興，指言裴迪。後人多用作杜公動詩興，誤矣。何遜在梁書卒於廣陵王記室，舊注所云固然矣，而以公詩逆之，用比裴君則何遜遊於揚，裴君寄於蜀，其詠早梅詩同也。蓋古人詠早梅，唯傳何遜一篇，而其梅是官梅耳。見於歐陽率更藝文類聚及徐堅初學記中，其題止曰：梁何遜詠早梅詩。詩曰：兔園標物序，驚時最是梅。銜霜當路發，映雪擬寒開。枝橫却月觀，花遶凌風臺。知應早飄落，故逐上春來。詩首云兔園，則以梁孝王之園比之，必在揚州太守園中也。又云却月觀、凌風臺，應是園中之臺觀名。按樂史寰宇記載揚州事，有風亭、月觀、吹臺，乃宋徐湛之所營，而何遜，梁人，在徐湛之後，豈在後更有此名乎？此時對雪遥相憶，送客逢春一作花。可自由。趙云：上句指言裴迪登東亭之際憶我，所以有見寄之作。下句又言裴迪之見梅也。謂之送客逢花，則東亭應在蜀州城東，必矣，一作逢春，非是。蓋後句有亂春愁也。幸不折來傷歲暮，若爲看去亂鄉一作春。愁。趙云：言裴君幸不折梅以相寄，若折來，則使我傷歲暮矣。曹子建幽思賦：感歲暮而傷心也。若何更欲往看乎？苟欲往看之，則起春思撩亂矣。此皆遭時艱難，流離於外，雖見花而感，亦詩人之情也。春愁，一作鄉愁，非。蓋梅非專是長安有之，無見梅思鄉之義。江邊一樹垂垂發，朝夕催人自白頭。趙云：言我草堂江邊，亦有一樹將發，又將傷歲暮而亂春愁，則頭白可知。

寄贈王十將軍承俊

趙云：詩言錦城中，則指成都城内。題謂之寄贈，莫可考何地寄之。豈在浣花溪上馳往城内，便可謂之寄乎？觀後卷嚴武與公詩云寄題杜二錦江野亭，則自府中馳詩於浣花溪，可謂之寄矣。

將軍膽氣雄，臂懸兩角弓。趙云：孫子荆書曰：并敵一向，奪其膽氣。師云：謝承後漢書：邴丹膽氣過人。纏結青驄馬，出入錦城中。時危未授鉞，勢屈難爲功。趙云：賜斧鉞然後征。受鉞，則爲大將矣。賓客滿堂上，何人高義同。趙云：言王將軍之賓客皆武人耳，豈有膽氣期於爲功，如王君之高誼者乎？此微言之耳。賓客滿堂四字，出漢書，於王莽傳、陳遵傳皆有之。高義字，祖出莊子盜跖篇，而曹子建美女篇云：佳人慕高義。

遊修覺寺 前遊

野寺江天豁，山扉花竹幽。詩應有神助，杜補遺：南史：謝惠連族兄靈運，每有篇章對惠連，輒得佳句。嘗於永嘉西堂思詩，終日不就，忽夢見惠連，即得池塘生春草之句，大以爲工。常云：此語有神助，非吾語也。吾得及春遊。徑石相一作深。縈帶，師云：吴筠賦：山川縈帶，勝槩亦多。川雲自一作晚。去留。禪枝宿衆鳥，師云：盧諶過山寺詩：棲鴿遶禪枝。漂轉暮歸愁。趙云：禪枝字，庾信周新州安昌寺碑云：禪枝四静，慧窟三明。而孟浩然東寺詩亦云：禪枝怖鴿栖。公於佛寺詩或贈僧詩多須用佛家書字，斯爲當體。

後遊

寺憶新遊處，橋憐再渡時。江山如有待，花柳更無私。趙云：言遊者皆得見之，無所私也。野闊煙光薄〔一〕，沙暄日色遲。客愁全爲減，捨此復何之？

【校勘記】

〔一〕「闊」，二王本杜集卷十一、十家注卷八、百家注卷十三、分門集注卷八以及錢箋卷十一皆作「潤」。

題新津北橋樓得郊字

望極春城上，開筵近鳥巢。趙云：古樂府云：春城起風色。白花簷外朶，青柳檻前梢。池水觀爲政，澄清而不撓也。厨煙覺遠庖。遠庖，言其仁也。趙云：因眼前所見而寓意也。漢書云：書稱水曰：潤下。政令順時，則水得其性，此之謂潤下。今爲見池水，則於是可貼以爲政字矣。其意則又顧子與子華遊東池，子華曰：水有四德，池爲一焉。沐浴群生，澤流萬世，仁也；揚清激濁，滌蕩塵穢，義也；弱而難勝，勇也；導江疏河，變盈流謙，智也。顧子曰：我得汝於池上矣。孟子曰：見其生，不忍見其死；聞其聲，不忍食其肉，是以君子遠庖廚也。西川供客眼，唯有此江郊。

奉酬李都督表丈早春作

力疾坐清曉，來詩悲早春。趙云：力疾，祖出越語：范蠡曰：宜爲人客剛而力疾。其後見於史，則晉卞壼拒蘇峻，力疾帥左右苦戰。又，載記：姚弋仲求見石虎，虎力疾見之。又，南齊世祖力疾召樂府奏正聲伎。盧照隣詩序中亦曾使矣。來詩，一本作來時，非。身既疾矣，而所得之詩多悲早春，故添愁覺老也。轉添愁伴客，更覺老隨人。紅入桃花嫩，青歸柳葉新。望鄉應未已，四海尚風塵。趙云：以四海風塵切於望鄉也。時東則有史思明，西則有吐蕃，故云。成都有望鄉臺，此望鄉字所祖。

登樓

趙云：此在閬中已聞代宗車駕還長安之作，又言吐蕃陷松、維、保州事。舊本在成都往新津詩中，遂指爲登新津樓，而妄説紛紛，正如古柏行乃夔州詩，實言其氣接巫峽長，而有廣大之語，以爲説者矣。

花近高樓傷客心，萬方多難此登臨。趙云：古詩：西北有高樓。謝靈運詩：客心非外獎。又有登臨海嶠詩。錦江春色來一作水流。天地，玉壘浮雲變古今。師云：言錦江春色，自天地以來常如此，而玉壘浮雲，則變態古今不同。趙云：兩句可謂雄麗含蓄之句，乃傷時多難而景物不移也。成都江曰錦江，謂以其水濯錦，則錦色愈明也。蜀都賦曰：包玉壘而爲宇。注云：玉壘，山名也，湔水出焉，在成都西北。一作「錦江春水流天地」，此惑於登新津樓，見成都江之來也，便不如「錦江春色來天地」之含蓄，而蔡伯世取之，非矣。公又曰「錦江春色逐人來」，於義則春色之來，在天地中一氣浩大，不可名狀，時無古無今，皆有變態如浮雲。選詩云：春色滿皇州。論語云：於我如浮雲。北極朝廷終不改，西山寇盜莫相侵。時崔旰起西山。趙云：北極者，北辰也。語曰：「譬如北辰，而衆星拱之。」則朝廷之尊安如此。寇盜，指言吐蕃。蓋去年十月，吐蕃陷京師。十五日，聞郭子儀軍至，衆驚潰。子儀復長安。則朝廷似乎改矣，而車駕已還，此其終不改也。而十二月，吐蕃陷松、維、保三州，成都大震，則來相侵矣。故公告之以朝廷，如北極終不改移，爾吐蕃特寇盜耳，無用相侵犯也。以此相應頷聯兩句，見登樓時望全蜀氣象如此。舊注崔旰起兵於西山，非是。崔旰反在永泰元年，歲在乙巳，相去三年，不相干矣。或云：既在閬中作詩，而詩及錦江、玉壘，何也？蓋公初未聞已收宮闕，遂有傷春五首與城上之作；今此已聞車駕之復矣，登樓遠望，感去年吐蕃又陷松、維、保州事，故詩主言蜀中之大疆界也。可憐後主還祠廟，日暮聊爲梁甫吟。趙云：按資治通鑑：廣德元年十二月丁亥，車駕發陝州。左丞顏真卿請先謁陵廟然後還宮，元載不從。真卿怒曰：朝廷豈堪相公再壞耶！載由是銜之。所載如此而已，代宗竟謁陵廟與否，無所考也。以意逆之，公於二年春作傷春詩，時尚未知車駕當年十二月已還京師矣，故傷之而有作。繼聞有承宏之事，所以言朝廷終不改。又聞顔真卿之請，所以有還祠廟之句。今以爲閬中所作，自謂灼然矣。公托言後主之還祠廟，又自謂諸葛可以爲之輔也。考後主傳及諸葛亮傳，並無祠廟之文，唯後主傳注載禪謂亮曰：政由葛氏，祭即寡人〔一〕。斯以祠廟爲事矣。諸葛作梁甫吟，意在譏罪晏子之爲相，今公以諸葛自處而爲其吟，所以罪元載乎？梁甫吟之詞曰：步出齊城門，遥望蕩陰里。里中有三墳，纍纍正相似。問是誰家冢？田强古冶子。力能排南山，文能約地理。一朝被讒言，二桃殺三士。誰能爲此謀？國相齊晏子。

【校勘記】

〔一〕「即」，三國志卷三十三蜀書三作「則」。

春歸

趙云：此言歸時當春也，非謂春色之歸至，又非謂春色之歸往也。

苔逕臨江竹，茅簷覆地花。趙云：言竹生苔徑而臨江，花倚茅簷而覆地耳。古燕歌行云：楊柳覆地亦千條。又云：桃抽覆地春花舒。非花落而在地也。題云春歸，蓋言久出，當春時而歸，非言春色歸往。若誤認題意，遂有落花之義。下句云歸到忽春華，可見矣。別來頻甲子，見甲子混泥塗注。歸到忽春華。忽輕忽也。趙云：別來者，別上句之竹與花也。公於四松古詩曰：別來忽三歲，離立如人長。與此同義。公初自成都遊梓、閬，踰三歲焉，故於甲子得謂之頻。歸到，則言歸成都也。忽春華，言倏忽之間是春。公於四松詩又云：避賊今始歸，春草滿空堂。乃此忽春華之義矣。左傳襄三十年：絳縣人云：臣生之歲，正月甲子朔，四百有四十五甲子矣。春華字，如摛藻艷春華。倚杖看孤石，傾壺就淺沙。遠鷗浮水静，輕燕受風斜。世路雖多梗，師云：曹毗賦：念世路之多梗。吾生亦有涯。莊子曰：吾生也有涯。鮑明遠詩：倚杖收雞豚。趙云：此身一作且應。醒復醉，乘興即爲家。

歸雁

趙云：陳徐陵答尹義言曰：歸雁銜蘆。此歸雁字所出。

春一作東。來萬里客，亂定幾年歸？腸斷江城雁，高高正一作向。北飛。趙云：萬里，言萬里橋也。自西川來東川，所以爲東來之客。今歲廣德元年，史朝義死，思明父子僭號，凡四年，滅。公喜之，爲亂定矣。然尚留於梓。江城指言梓州。雁以春而北歸，公之歸亦向北而不能，宜有斷腸之興矣。

三絶

此三絶，皆愍交道凋敝，風俗衰薄也。初章言新合之情不能久，則莫若不見之也。次章言疎數之無常也[一]。三章言莫若以歲寒自守也。公當亂離之際，奔走流落，而無上下之交。故見於詩者，率皆如此。趙云：世有天廚禁臠者，洪覺範之書也，謂此爲遺音句法。且曰：子美詩言山間野外，意在譏刺風俗，如三絶句詩是也。余謂不然，具解于后。

楸樹馨香倚釣磯，斬新花蘂未應飛。師云：劉孝標賦：斬新鼎物。不如醉裏風吹盡，可忍醒時雨打稀。趙云：斬新字，通方言也。雨打字，即常語。涅槃經云：風雨所打。洪覺範云：上兩句言後進暴貴可榮觀也，後兩句言其恩重才薄，眼見其零落，不若未受恩眷之時。雨比天恩，以雨多故致花易壞也。又云：小人之愚弄朝廷，賢人、君子不見其成敗則已，如眼見其敗，亦不能不爲之歎息耳，故曰：可忍醒時雨打稀。如此則又自爲兩説矣。蓋楸者，梓木也，與楩、楠、豫章同爲真材，不可比之後進也。若必欲比興，則公以自况矣。如楸梓之馨香，倚釣磯間曠之地，其花方新，未便飛落。既不得收用，且於醉裏衮過而落盡，不忍在醒時爲雨所摧打而稀少，則雨乃所以譬患難，豈得却謂之天恩乎？觀其謂之雨打，則非佳意矣。

右一

【校勘記】

〔一〕「數」，文淵閣本、文津閣本、文瀾閣本作「藪」。

門外鸕鷀久不來，沙頭忽見眼相猜。自今已後知人意，一日須來一百迴。

趙云：洪覺範云：上兩句言貪利小人，畏君子之譏其短也，後兩句言君子以蒙養正，瑜瑾匿瑕，山藪藏疾，不發其惡，而小人來革面諂諛，不能媿耻也。余謂此篇正有狎鷗之意，彼以鸕鷀爲小人，亦何所取義乎？一日來一百回，亦豈有諂諛之意乎？

右二

無數春笋滿林生，柴門密掩斷人行。會須上番看成竹，客至從嗔不出迎。趙云：蜀人於竹言上番，則成竹，又曰上篔筍；下番則不成竹，亦曰下篔筍。覺範斷此全篇云：言惟守道爲歲寒也〔一〕。看筍成竹，謂之觀其成材則可，豈有守道之意乎？

右三

【校勘記】

〔一〕「爲」，文淵閣本、文津閣本、文瀾閣本、清刻本、排印本無。

客至喜崔明府見過。

舍南舍北皆春水，但見一作有。群鷗日日來。花徑不曾緣客掃，蓬門今始爲君開。言尋常惟爲鷗鳥往來，未嘗有客至。今也方除剪蓬蒿，以待君子也。盤飧市遠無兼味，樽酒家貧只舊醅。師云：前漢陳遵：食不兼味。陶侃詩：新釀接舊醅。趙云：左傳：盤飧寘璧。易：樽酒簋貳。潘岳作夏侯湛誄有云：重珍兼味。肯與鄰翁相對飲，隔籬呼取盡餘杯。

遣意二首

囀枝黄鳥近，泛渚白鷗輕。一徑野花落，孤村春水生。衰年催釀黍，細雨更移橙。漸喜交遊絶，幽居不用名。陶淵明：歸去來兮，請息交以絶遊。

右一

簷影微微落，津流脉脉斜。野船明細火，宿雁聚圓一作寒。沙。雲掩初弦月，香傳小樹花。鄰人有美酒，稚子夜一作也。能賒。趙云：野船，一本作野松，非是。蓋此夜景矣。初弦字，庾肩吾江州七夕詩：初弦值早秋。香謂之傳，梁王訓詠舞云：衣香十里傳也。小樹字，法華經有云小樹枝。夜能賒，一作也能賒，蓋由北人稱也爲夜，是以誤改耳。

右二

新刊校定集注杜詩卷二十二

近體詩

琴臺

成都記：琴臺院，以司馬相如琴臺得名，而非相如舊臺。舊臺在浣花溪正路，金花寺北廂，號海安寺。梁蕭藻鎮蜀，增建樓臺，以備遊觀，元魏伐蜀，下營於此，掘爲塹，得大甕二十餘口，蓋所以響琴也。隋蜀王秀，更增五臺，并舊爲六。

茂陵多病後，尚愛卓文君。相如居茂陵，常病渴。文君，臨邛卓氏女，少寡，好音。相如以琴心挑之，文君夜奔相如，相如與歸成都。酒肆人間世，相如既歸成都，家居徒四壁立。乃之臨邛，賣車騎酤酒。文君當壚，生自滌器於市也。趙云：言以酒肆爲營生之具爾。莊子有人間世篇。琴臺日暮雲。趙云：江文通擬休上人詩云：日暮碧雲合。野花留寶靨，蔓草見羅裙。趙云：沈佺期梨園亭侍宴詩云：野花飄御座，河柳拂天杯。以花譬寶靨花鈿也，覩野花如文君所留之鈿。蔓草，則詩云：野有蔓草。草之色緑，如見其裙。或以白樂天裙腰細草言之[一]，其義亦通。歸鳳求皇意，寥寥不復聞。杜補遺：徐陵玉臺新詠載相如琴歌曰：鳳兮鳳兮歸故鄉，遨遊四海求其皇。時未通遇無所將，何悟今日升斯堂！有艷淑女在此房，室邇人遐愁我腸。何緣交頸爲鴛鴦。又曰：凰兮凰兮從我栖，得托字尾永爲妃。交情通體心和怡，中夜相從知者誰。雙與俱起翻高飛，無感我心使予悲。趙云：夫相如以文章冠世，固美矣[二]，而此段終非美事。寥寥不復聞，言行媒婚姻，乃所聞者；而挑之使奔，自相如之死，如此者未之聞矣。爲賢者諱，春秋之義，今句其微言，責之者乎？

【校勘記】

〔一〕「裙腰細草」，文瀾閣本奪「腰」字。案，全唐詩卷四百四十三白居易杭州春望作「草緑裙腰一道斜」。

〔二〕「美」，排印本作「然」。

漫成二首

野日一作月。荒荒白，春流泯泯清。趙云：周王褒送葬詩云：塞近邊雲黑[一]，塵昏野日黃。渚蒲隨地有，村徑逐門成。趙云：梁簡文帝晚春詩：渚蒲變新節。公詩又曰：渚蒲芽白水荇青。只作披衣慣，常從漉酒生。陶潛以巾漉酒。趙云：言有酒之家，必從之求酒飲也。眼前無俗物，多病也身輕。杜補遺：世説云：嵇、阮、山、劉在竹林酣飲，王戎後往，阮步兵曰：俗物已復來敗人意。則子美眼邊無俗物，宜其雖病而身輕也。

右一

【校勘記】

〔一〕「塞」，原作「寒」，據藝文類聚卷三十四人部十八、北周詩卷一王褒送葬詩改。

江皋已仲春，謝靈運詩：白日麗江皋。又，詩：仲春喜遊遨。花下復清晨。仰面貪看鳥，迴頭錯應人。讀書難字過，對酒滿壺頻。近識峨眉老，知余懶是真。東山隱者。趙云：楚詞：朝馳騁兮江皋。其後謝玄暉使「幽客滯江皋」。清晨，出子建詩。

右二

春水

三月桃花浪，江人以三月水爲桃花水。江流復舊痕。言復漲也。趙云：韓詩章句於「溱與洧，方涣涣兮」注云：謂三月桃花水下時也。朝來没沙尾，碧色動柴門。古詩：春水似挼藍。接縷垂芳餌，連筒灌小園。已添無數鳥，争浴故相喧。趙云：古詩曰：寄語故林無數鳥，會入群裹比毛衣。陸機苦寒行云：但聞寒鳥喧〔一〕。

【校勘記】

〔一〕「陸機苦寒行」二句，「陸機」原作「崔植」，檢崔植詩無「但聞寒鳥喧」句，考文選卷二十八、晉詩卷五陸機苦寒行有此句，當是誤置，據改。

江亭

坦腹江亭暖，王羲之東床坦腹。長吟野望時。水流心不競，雲在意俱遲。寂寂春將晚，趙云：桓温云：爲爾寂寂，文景笑人。欣欣物自私。陶淵明賦〔一〕：木欣欣以向榮。故林歸未得，趙云：王仲宣七哀詩：飛鳥翔故林。排悶强裁詩。排，去也。答王褒書云：趙云：周弘讓排愁破涕。

【校勘記】

〔一〕「賦」，清刻本、排印本作「辭」。

村夜

風色蕭蕭暮，江頭人不行。趙云：一本作蕭蕭風色暮，則錯字眼矣。又一本作肅肅風色暮，却無義矣。師民瞻本作風色蕭蕭暮，是。上官儀初春詩：風色翻露文，雪花上空碧。村春雨外急，鄰火夜深明。趙云：可謂善道事矣。孟浩然：鄰杵夜聲急。亦詩人偶合，蓋物理當然。李商隱云：渠濁村春急。則分明是使杜公之句。胡羯何多難，樵漁寄此生。趙云：胡羯指言史朝義也。是年三月，史朝義弑其父思明而襲位，改元顯聖。中原有兄弟，萬里正含情。趙云：王仲宣公讌詩曰：今日不極歡，含情欲待誰？而江文通登廬山香爐峰詩：臨風默含情。

早起

趙云：孟子：早起，施從良人之所之。

春來常早起，幽事頗相關。趙云：頗相關，出於梁元帝「別罷花枝不共攀，別後書信不相關」也。蕭綜悲落葉詩：悲落葉，何時還？宿昔并根本〔一〕，無復一相關。陳後主云：風流豈云盡，嬌態强相關。帖石防隤岸，開林出遠山。一丘藏曲折，緩步有躋攀。趙云：一丘對緩步，此不拘以數對數，詩之老成者也。漢書：班固書曰：夫嚴子者，棲遲於一丘，天下不易其樂。故其後謝鯤云：一丘一壑，自謂過之。緩步字，如傳云：緩步而拯溺。童僕來城市，瓶中得酒還。

【校勘記】

〔一〕「宿昔并根本」，藝文類聚卷八十八木部上、北魏詩卷三蕭綜悲落葉作「夙昔共根本」。

畏人

趙云：選詩曰：客子常畏人。故公得以爲題。

早花隨處發，春鳥異方啼。萬里清江上，三年一作峰。落日低。趙云：公所居在萬里橋西。畏人成小築，褊性合幽棲。趙云：謝靈運詩：資此永幽棲。門逕一作逕沒。從榛草，無心待一作走。馬蹄。

可惜

花飛有底急，老去願春遲。趙云：有底，唐人語「有甚底事」也。韓退之詩云：有底忙時不肯來。可惜歡娛地，都非少壯時。趙云：孟子：霸者之民，驩虞如也。而詩人用之如：朝野多歡娱。古詩：少壯不努力。寬心應是酒，遣興莫過詩。此意陶潛解，吾生後汝期。趙云：以酒對詩，詩人皆然。陶淵明所以高世者，此二物而已。公恨不與之同時，故曰後期也。

落日

落日在簾鈎，溪邊春事幽。芳菲緣岸圃，樵爨倚灘舟。趙云：芳菲之圃，緣岸而爲；樵爨之舟，倚灘而泊。此於義本是緣岸芳菲圃，倚灘樵爨舟，而句法藏巧，故云。啅雀争枝墜，飛蟲滿院遊。趙云：蓋道實事，與夏夜歎所謂「虚明見纖毫，羽虫亦飛揚」同。濁醪誰造汝？一酌。一作酌罷。〔一〕散千憂。東方朔曰：夫積憂者，得酒而解。杜補遺：東方朔别傳：武帝幸甘泉，長平坂道中有虫，赤如肝，頭目口齒悉具。朔曰：此謂怪氣，是必秦獄處也。夫積憂者，得酒而解。乃取虫置酒中立消。趙云：魏都賦云：清酤如濟，濁醪如河。一酌散千憂，一可以敵千，乃詩語之工也。一作酌罷，非。

【校勘記】

〔一〕「一作」，清刻本、排印本作「趙作」。

獨酌

步屧深林晚，開樽獨酌遲。趙云：南史：袁粲爲丹陽尹，嘗步屧白楊郊野間，道遇一士人，便呼與酣飲〔一〕。仰蜂粘落蘂，行音杭。蟻上枯梨。趙云：蜂粘花蘂是也，一作落絮，非。行蟻，成行之蟻。薄劣慙真隱，幽偏得自怡。趙云：薄劣，謝靈運詩：彼美丘園道，喟焉傷薄劣。本無軒冕意，不是傲當時。薛云：莊子曰：今之所謂得志者，軒冕之謂也。

【校勘記】

〔一〕「南史」，原作「宋書」，檢宋書無「南史袁粲爲丹陽尹」以下三句，考南史卷二十六袁粲傳、南齊書卷一高帝本紀有此三句，據改。

遠遊

趙云：楚詞有遠遊篇。

賤子何人記，迷方著處家。趙云：記曰：所遊必有方。迷方，則漫行而不知所定止也。鮑照擬古云：南國有儒生，迷方獨淪誤。此之謂著處家矣。或作迷芳，非是。

竹風連野色，江沫擁春沙。種藥扶衰病，吟詩解嘆嗟。似聞胡騎走，失喜問京華。失喜言出於不自覺。趙云：胡騎走，謂史朝義之兵稍衰者也。

徐步

整履一作屐。步青蕪，荒庭日欲晡。晡，向午也。淮南子：日至于悲谷，是謂晡時。趙云：晡，日晚也。芹泥隨燕觜，花蘂上蜂鬚。趙云：公此數篇詩，皆道景爲新句，前篇云：「仰蜂粘花蘂，行蟻上枯梨」；今云：「芹泥隨燕觜，花蘂上蜂鬚」，真冠絶古今矣。把酒從衣濕，吟詩信杖扶。敢論才見忌，賈誼以才見忌。實有醉如愚。潛德於酒也。

寒食

寒食江村路，一作落。風花高下飛。汀煙輕冉冉，竹日淨暉暉。田父一作舍。要皆去，趙云：要，音平聲，言有招要則皆去也。鄰家閑一作問。不違。趙云：言鄰家之問贈亦不違而受之。如，左傳衛出公以弓問子貢之「問」〔一〕。舊本作閑，非。地偏相識盡，雞犬亦忘歸。一作機。趙云：陶潛：心遠地自偏。

【校勘記】

〔一〕「子貢」，春秋左傳注哀公二十六年作「子贛」。

高柟

趙云：此應是下篇古詩風雨所拔之柟矣。

柟樹色冥冥，江邊一蓋青。劉先主所居籬角一樹，遠望若車蓋。近根開藥圃，接葉製茅亭。落景陰猶合，趙云：凡木日景晚照不全照頂，止照其旁，故陰少。今柟以高大，則其旁枝葉濃茂，故云。微風韻可聽。尋常絕醉困，卧此片時醒。

惡樹

獨遶虛齋徑，常持小斧柯。趙云：六韜云：兩葉不去，將成斧柯。幽陰成頗雜，惡木翦還多。趙云：管子云：士懷耿介之心，不蔭惡木之枝。惡木尚能耻之，况與惡人同處！陸士衡猛虎行云：熱不蔭惡木陰，惡木豈無陰，志士多苦心。即用管子矣。翦字，則甘棠云：勿翦勿拜。**枸杞因吾有，雞棲奈汝一作爾。何。**趙云：以惡木蔽障而枸杞不生，因公翦去雜陰而有也。翦去木枝似妨雞棲，故云奈汝何。**方知不材者，生長漫婆娑。**莊子言：櫟杜之樹，匠伯不顧。弟子問之，匠伯曰：彼散木也，無所可用，故能若是之壽也。趙云：莊子云：昨日山中之木，以不才生也〔一〕。

【校勘記】

〔一〕「才」，清刻本、排印本作「材」。

石鏡

成都記：武都山精化爲女子，蜀王開明納爲妃。無幾，物故。王哀之，取武都山土，築爲之塚。蓋地數畝，以石鏡表其門。

蜀王將此鏡，送死置空山。冥寞憐香骨，趙云：蜀王於冥寞之中，憐此女子之香骨也。冥寞，亦取謝惠連祭古冢文，號之爲冥寞君也。**提攜近玉顏。**選：美者顏如玉。趙云：提攜此鏡以近女子之玉顏也。**衆妃無復嘆，千騎亦虚還。**趙云：上句言昔日專寵衆妃，皆有嗟嘆，今既死矣，則無復嘆。下句言人已葬矣，送葬之千騎虚還而已。**獨有傷心石，埋輪月宇間。**見石筍行注。趙云：埋輪，借張綱埋輪爲熟字也。月宇，似言容月之宇，如蕊珠宫、廣寒宫之義，以比埋鏡月處。然非深解，以俟明識。

聞斛斯六官未歸

趙云：此豈前篇所謂斛斯融者乎？絶句云：南鄰愛酒伴，而自注云：斛斯融，吾酒徒。又自閬中再歸成都，則有過故斛斯校書莊以弔矣。

故人南郡去，去索作碑錢。趙云：南郡，今夔、巫之間。酈道元注水經云：秦兼天下，置立南郡。自巫而上皆其域也。夫爲人作碑，而至遠去索錢，爲可傷矣。其求碑之人，又可鄙矣。此公詩句之奇也。**本賣文爲活，翻令室倒懸。**唐書：以文獲財，未有如李邕者。左傳：室如懸罄。孟子：猶解倒懸。師云：管輅射覆云：室家倒懸，門户衆多，藏精育毒，得秋乃化，此蜂窠也。工部用史中字，非用事也，他倣此。趙云：爲活，蜀人方言。倒懸，言其室中飢餓，不啻倒懸，急於飲食之爲解也。**荆扉深蔓草，土銼冷疎煙。**趙云：蜀人呼釜爲銼。趙云：沈休文詩云：荆扉新且故。詩云：野有蔓草。**老罷休無賴，歸來省醉眠。**趙云：蔡興宗傳：太尉沈慶之曰：加老罷私門，兵力頓闕。則言老而罷也，應是常語。故公又云：老罷知明鏡，悲來望白雲。

絶句漫興九首

|趙云：題名漫興，蓋書眼前之景而漫成耳，別無譏誚。

眼見一作前。客愁愁不醒，無賴春色到江亭。|趙云：言所見之客愁，如睡如醉而不醒也。下句言春色既無所倚賴而到江亭矣。時三月春暮，故有下句之可愁也。即遣花飛一作開。深造次，便覺一作教。鶯語太丁寧。|趙云：即便遣花飛去，此所以爲春之造次也。一本作遣花開，非是。造次，率爾之義。鶯亦惜花之飛，而其語丁寧稠疊也。|師民瞻本作第九首。

右一

手種桃李非無主，野老牆低還是家。|趙云：野老，公自稱也。言親手種桃李之人，固自有主，因牆低可盡見他家之桃李，即還是我家無異矣。此足見公之不泥意於分彼此也。恰似春風相欺得〔一〕，夜來吹折數枝花。|趙云：方藉見鄰家桃李以爲翫，而春風相欺，吹折數枝矣。

右二

【校勘記】

〔一〕句尾有匿名批識「相字合音廝」五字，諸校本無。

熟一作耐。知茅齋絶低小，江上燕子故來頻。銜泥點污琴書内，更接飛蟲打著人。趙云：此篇專言燕也，只道實事，無所譏。銜字，俗旁著口，非。

右三

二月已破三月來，漸老逢春能幾回？趙云：破字下得奇。沈佺期度安海入龍編詩云：別離頻破月，容鬢驟催年。亦此破之義。莫思身外無窮事，且盡生前有限杯。張翰詩：使我有身後名，不如即時一杯酒。趙云：以張翰句翻起新意、新語也。

右四

腸斷春江欲盡頭，杖藜徐步立芳洲。趙云：上句王維所謂「行到水窮處」也。顛狂柳絮隨風去，輕薄桃花逐水流。柳絮、桃花，非久固之物，故隨風、逐水，無有定止，亦譏以勢利相交也。趙云：作爲狂怪之語，別無所譏。

右五

懶慢無堪不出村，呼兒日在掩柴門。趙云：懶慢而無所堪任，所以不出村，乃嵇康性疎懶而有七不堪是也。柴門，杜元凱注左傳：篳門，柴門也。陶淵明歸去來云：門雖設而常關。蒼苔濁酒林中静，碧水春風野外昏。趙云：此句法大似「落花遊絲白日静，鳴鳩乳燕青春深」，而驟然誦之，初不覺也。

右六

糝逕楊花鋪白氈，點溪荷葉疊一作疉。青錢。筍根稚子無人見，沙上鳧雛傍母眠。洪覺範冷齋夜話云：筍根稚子無人見，世人不解何等語。唐人食筍詩曰：稚子脱錦綳，駢頭玉香滑。則稚子爲筍明矣。贊寧雜誌曰：竹根有鼠，大如貓，其色類竹，名竹豚，亦名稚子。趙云：筍根雉子，則雉雞之子，出古樂府，有雉子班，故用對鳧雛。西京雜記：太液池，其間鳧雛、鶴子，布滿充積。雉性好伏，况其子之身小，在筍之傍難見，亦可知。緣世間本有作稚子，故起紛紛之説。予問韓子蒼，子蒼曰：筍名稚子，老杜之意也〔一〕，不用食筍詩亦可。覺範之説如此。夫既謂之筍根稚子，則稚子别是一物，豈仍舊却是筍邪？諸説皆非。而贊寧穿鑿尤甚，蜀中竹間有鼠大如貓，成都人豈不皆知之且識之邪？

右七

【校勘記】

〔一〕「之意也」三字，原奪，易造成誤讀，據釋惠洪冷齋夜話卷二補。

舍西柔桑葉可拈，江畔細麥復纖纖。趙云：葉可拈，則三月時葉繁茂，可引手而拈之也。人生幾何春已夏，魏武短歌行：對酒當歌，人生幾何。不放香醪如蜜甜。趙云：如蜜甜，則家語載童兒之歌萍實曰甜如蜜也。不放者，不放脱之謂。

右八

隔户楊柳弱嫋嫋，恰似十五女兒腰。趙云：宋鮑明遠詩：翾翾燕弄風，嫋嫋柳垂道。又，陳徐陵折楊柳云：嫋嫋河隄柳，依依魏主營。琅琊王歌云：新買五尺刀，懸著中梁柱。一日三摩挲，劇於十五女。誰謂朝來不作意，狂風挽斷最長條。趙云：師民瞻本作第一首。

右九

戲爲六絶

趙云：此六篇皆言文章之難事，公雖謂之戲，而中有刀尺矣。

庾信文章老更成，凌雲健筆意縱横。周書：庾信，字子山。有盛才，文采綺艷，爲世人所尚，謂之庾體。宿學後生，競相模範。作哀江南賦，尤爲麗絶，至今行於世。趙云：詩云：雖無老成人，尚有典刑。老成者，以年則老，以德則成也。文章而老更成，則練歷之多，爲無敵矣。故公詩又曰「波瀾獨老成」也。司馬相如作大人賦，武帝讀之，飄然有凌雲之氣。庾信作宇文順文集序曰：章表健筆，一付陳琳。

今人嗤點流傳賦，不覺前賢畏後生。趙云：嗤點，嗤笑點檢之也。干寶晉紀總論有云：蓋共嗤點以爲灰塵，而相詬病矣。陸機豪士賦云：巍巍之盛，仰邈前賢；洋洋之風，俯冠來籍。後生，則孔子曰：後生可畏，焉知來者之不如今也。後生，言在後時所生，不必以年少爲後生也。今人嗤點其賦，則亦公自謂矣。庾信生於前，故謂之前賢。公生於後，故謂之後生。此又反其本傳中語也。

其二

楊王盧駱當時體[一]，輕薄爲文哂未休。楊炯、王勃、盧照鄰、駱賓王，以文辭馳名，號爲四傑。杜補遺：唐史：李敬玄重楊炯、盧照鄰、駱賓王、王勃，必當顯貴。裴行儉曰：士之致遠，先器識，後文藝。勃等雖有文才，而浮躁淺露，豈享爵禄之器哉？趙云：楊炯不伏王勃而畏盧照鄰，嘗曰：媿在盧前，恥居王後。炯意欲云盧楊王駱，而公今云楊王盧駱，則公語中已見品第矣。四子之文，大率浮麗，故公以之爲輕薄爲文，而哂之未休也。孔子曰：是故哂之。下一哂字，而許與見矣。唐人玉泉子之書，載王、楊、盧、駱有文名[二]，人議其疵曰：楊好用古人姓名，謂之點鬼簿；駱好用數對，謂之筭博士。然則，公以之爲當時體，亦豈過爲抵排之説哉！

爾曹身與名俱滅，不廢江河萬古流。趙云：鮑明遠升天行云：何時與爾曹，啄腐共吞腥。老子曰：名與身孰親。列子云：仁義使我先身而後名者也[三]。與名俱滅字，則宋之問云：南史之筆，漏而不書[四]；東嶽之魂，與名俱滅[五]。

【校勘記】

〔一〕「楊王盧駱」，二王本杜集卷十一「楊王」下注云「一作王楊」。

〔二〕「駱」，原作「絡」，訛，據詩中正文「楊王盧駱」及文淵閣本、文瀾閣本、清刻本、排印本改。

〔三〕「先」，列子説符第八作「愛」。

〔四〕「而」，全唐文卷二百四十宋之問在桂州與修史學士吴兢書作「美」。

〔五〕「嶽」，全唐文卷二百四十宋之問在桂州與修史學士吴兢書作「岱」。

其三

縱使盧王操翰墨，劣於漢魏近風騷。謂漢魏文雖近風騷，未識其大全爾。趙云：此篇又再舉盧、王二人，言漢魏之文去古未遠，終有風騷之氣，而照鄰與勃，轉爲輕薄之文，以文比之爲劣。龍文虎脊皆君馭，歷塊過都見爾曹。言君皆得逸才也。杜田補遺：前漢西域傳：孝武之世，蒲梢、龍文、魚目、汗血之馬充於黄門。注：四駿馬名也。又，禮樂志：天馬歌：天馬徠，出泉水，虎脊兩，化若神〔一〕。注：馬毛色如虎脊者有兩也。趙云：文章之妙如龍文虎脊之馬，皆可充君王之馭，然或過都而蹶，則猶不爲良馬。爾曹，指盧、王也。王褒聖主得賢臣頌：過都越國，蹶若歷塊。

【校勘記】

〔一〕「神」，漢書卷二十二禮樂志作「鬼」。

其四

才力應難跨數公，凡今誰是出群雄？趙云：數公，指庾信、楊、王、盧、駱與夫漢、魏諸人也。自眾人觀之，才力未易超跨之。出群字，世說：殷中軍道韓太常曰：康伯少自標置，居然是出群器。群字，亦指數公。而出群雄，則蓋自負矣。或看翡翠蘭苕上，薛云：郭景純：翡翠戲蘭苕，容色更相鮮。言珍禽在芳草間，交相輝映，以比文章。苕者，華也。未掣鯨魚碧海中。言今之爲文者，止得小巧而已。趙云：此兩句言數公者，不過文采華麗而已，而公所自負其出群雄者，如掣鯨魚於碧海，非釣手之善，氣力之雄，安能然哉？蘭苕事，郭景純遊仙詩云云，具見薛注。郭止言珍禽芳草，交相輝映，而公取用言文章也。鯨魚有力，最難得者。木玄虛海賦云：魚則橫海之鯨。潘岳西征賦曰：貫鰓屬尾，掣三牽兩〔一〕。此無一字無來處矣。東方朔十洲記曰：東有碧海，廣狹浩汗，與東海等，水不鹹苦，正作碧色。

【校勘記】

〔一〕「三」，原作「二」，訛，據文淵閣本、清刻本、排印本改。又，「兩」，文淵閣本作「比」，訛。

其五

不薄今人愛古人，清詞麗句必爲鄰。趙云：此公之志也。古人則指言屈宋也。論語：必有鄰。爲鄰字，如天與地爲鄰也。竊攀屈宋宜方駕，恐與齊梁作後塵。屈原、宋玉文才足以方駕並驅。齊梁詩，體格輕麗，文之失始於齊梁也。趙云：言公竊自追攀屈原、宋玉，宜與之並駕矣。恐與字，如孔子謂子貢曰：汝與回也，孰愈之？與，言恐共齊梁之人皆作屈、宋後塵爾。一云：公所以必追逐屈宋者，唯恐不超過齊梁而翻與之作後塵，蓋齊梁詩體格輕麗，公所不取也。亦皆有義。劉孝標絶交論云：方駕曹王。謂曹植、王粲。方，言並也；後塵，應瑗與桓玄書曰：敢不策馳，敬尋後塵。

其六

未及前賢更勿疑，遞相祖述復先誰？趙云：陸機豪士賦序云：巍巍之盛，仰邈前賢。此兩句功用，可敵陸機文賦云：必所擬之不殊，乃闇合乎曩篇。雖杼軸於予懷，怵他人之我先。則公之意矣。唐乾封郊祀詔曰：其後遞相祖述，禮儀紛雜。而在文章言之，則沈休文作謝靈運傳論曰：異軌同奔，遞相師祖。李善注文選亦曰：諸引文證，皆舉先以明後，以示作者必有所祖述也。然則祖述者，文人烏能輒已邪？故雖孔子亦曰祖述堯舜，豈專自己出哉！別裁僞體親風雅，轉益多師是汝師。薛云：南史：徐陵多變舊體，有新意。又，北史：

庾信父肩吾，與徐陵並爲東宫學士，文詞綺麗，世號徐庾體。趙云：裁字，即孔子不知所以裁之；謝靈運傳論文曰：延年之體裁明密。凡文章皆有體，文賦曰：其爲體也屢遷；嵇康曰：才士並爲之賦頌，其體製風流，莫不相襲。公今指言浮華者，謂之僞體，欲裁約之以近風雅。亦無常師，多求之前人，以取其所長，乃爲師耳。汝師者，自謂之辭〔一〕。

【校勘記】

〔一〕詩尾有匿名批識云：「草堂注云：言意尚之不一也。覺於上句意切近。」文淵閣本、文津閣本、文瀾閣本、清刻本、排印本均無。

江漲

江發蠻夷漲，蜀水之源，皆出夷地。山添雨雪流。大聲吹地轉，海賦：又似地軸〔一〕，挺拔而争迴。趙云：揚子云：或問大聲。高浪蹴天浮。海賦：浮天無岸。遊仙詩：高浪駕蓬萊。魚鱉爲人得，蛟龍不自謀。七發：横暴之極，魚鱉失勢。趙云：公於溪漲詩亦曰：蛟龍亦狼狽，而況鱉與魚〔二〕。輕帆好去便，吾道付滄洲。公以道之不行，故有乘桴之意。

【校勘記】

〔一〕「似」，原作「以」，訛，據清刻本、排印本並參文選卷十二、全晉文卷一百五木華海賦改。

〔二〕「而況」，本集卷十溪漲詩作「況是」。

晚晴

村晚驚風度，庭幽過雨霑。夕陽薰細草，趙云：江淹別賦：陌上草薰。江色映疎簾。書亂誰能帙？杯乾可自添。時聞有餘論，未怪老夫潛。趙云：緣王符著潛夫論，故云然。

朝雨

涼氣曉蕭蕭，江雲亂眼飄。趙云：周庾信詩曰：細塵障路起，驚花亂眼飄。風鴛藏近渚，雨燕集深條。黄綺終辭漢，巢由不見堯。趙云：黄公、綺公者，乃四皓中二人。既避秦矣，以漢高欲易太子之故〔一〕，一出而定太子，又且入山，是爲辭漢。晉庾闡閑居賦曰：黄綺結其雲樓〔二〕，漁父欣其濯足，故公逸詩又云「黄綺未稱臣」也。巢由，巢父、許由也。嵇康高士傳曰：巢父，堯時隱人。年老，以樹爲巢而寢其上，故人號爲巢父。堯之讓許由，由以告巢父。巢父曰：汝何不隱汝形，藏汝光？非吾友也。乃擊其膺而下之。許由悵然不自得，乃遇清冷之水，洗其耳，拭其目，曰：嚮者聞言，負吾友。遂去，終身不相見。豈非皆不見堯耶？題是朝雨，而言此者，蓋引下句草堂之興。草堂樽酒在，幸得過清朝。趙云：言不必如黄〔三〕、綺之入山，巢、由之深隱，草堂幸有樽酒，可以過此雨朝。乃詩人之高興，不必泥雨與晴也。謝惠連翫月詩：悟言不知罷，從夕至清朝。

【校勘記】

〔一〕「漢高」，文淵閣本作「漢高祖」。

〔二〕「黄綺結其雲樓」句，「結」、「樓」二字，藝文類聚卷六十四居處部四、全晉文卷三十八庾闡閑居賦分别作「絜」、「棲」。

〔三〕「如」字，文淵閣本脱。

送韓十四江東省覲

趙云：此在蜀州作。

兵戈不見老萊衣，見「休覓綵衣輕」注。歎息人間萬事非。趙云：兵戈字，祖出戾太子傳贊。列女傳：老萊子行年七十，著五色采於親側。干戈阻隔，父母妻子離散，故未嘗見之也。以此一端言之，則萬事皆非有如是也。我已無家尋弟妹，君今何處訪庭闈？趙云：韓君東省，豈不足喜？而公難之，則艱亂之故，在所疑也。束皙補亡詩云：眷戀庭闈。注言：親之所居也。黄牛峽静灘聲轉，白馬江寒樹影稀。江陵縣有白馬洲。趙云：黄牛峽，韓所經之地。

白馬江，蜀州江名，今所稱亦然，乃韓與公爲别之處。盛弘之荆州記曰：宜都西陵峽中有黄牛山，江湍迂回，塗經信宿，猶望見之。行者語曰：朝發黄牛，暮宿黄牛；三日三暮，黄牛如故。此則取其經歷艱苦之處言之。公詩凡寄遠及送行，或居此念彼，必兩句分言地之所在。今將經峽而往，乃自蜀州爲别，故有黄牛、白馬之句焉。舊注引爲江陵，非是。此别還須各努力，故鄉猶恐未同一作堪。歸。趙云：此以别而流落爲懷矣。吴越春秋載越人之歌曰：行行各努力。古詩：遊子悲故鄉。今指言長安，意者韓亦長安人。同歸，一作堪歸，非。蓋同字與各字相應也。

贈杜二拾遺

蜀州刺史高適〔一〕

傳道招提客，招提，見上登龍門奉先寺注。詩書自討論。趙云：論語：世叔討論之。佛香時入院，杜補遺云：維摩經曰：如人入薝蔔林。唯齅薝蔔，不齅餘香。若入此室，但聞佛功德之香，不樂聞辟支佛功德香也。僧飯屢過門。趙云：言燒佛香之際，杜公時入於院中；當僧之齋飯，杜公屢過其門，此所謂招提客矣。聽法還應難，支遁與許詢同講維摩經，互爲設難。尋經剩欲翻。翻，譯也，莊子曰：翻十二經。趙云：舊注所引非是。莊子言孔子繙十二經以説老子。其云繙者，委曲敷衍之謂，非翻譯之義也。十二經解者，以爲六經六緯，非佛十二部經。草玄今已畢，此後更何言？揚子雲作太玄經解嘲序：時方草玄。

【校勘記】

〔一〕詩題，文瀾閣本作「贈杜二拾遺高適」，清刻本、排印本作「高適見贈附載」。

酬高使君相贈 高適

古寺僧牢落，空房客寓居。趙云：牢落，上林賦：牢落陸離。注：猶遼落也。故人供禄米，禄米，俸廩。鄰舍與園蔬。趙云：此實道其事爾。故人，豈正是高使君邪？雙樹容聽法，釋書云：佛説法於祇園樹下。三車肯載書。趙云：法華經有牛車，有鹿車，有羊車，以比三乘也。草玄吾豈敢，賦或似相如。趙云：此答高君來詩之意。揚雄傳：孝成帝時，客有薦雄文似相如者。今公詩姑以著書則不敢，爲賦則能之耳。

草堂即事

趙云：孔德璋北山移文云：鍾山之英，草堂之靈。李善引梁簡文帝草堂傳曰：汝南周顒，昔經在蜀，以蜀草堂寺林壑可懷，乃於鍾嶺雷次宗學館立寺，因名草堂，亦號山茨。今公所建茅屋，取此草堂兩字名之，蓋有所據也。

荒村建子月，獨樹老夫家。肅宗上元中，大赦，去年號，止稱元年，以十一月爲歲首，月以斗所建辰爲名，故有建子月。趙云：此詩正以紀著事始，既著朝廷改月號之始，又著其所居之處，止有獨樹，豈不可謂之詩史乎？周王褒送葬詩：平原看獨樹，皋亭望列村〔一〕。雪裏江船渡，風前逕竹斜。寒魚依密藻，宿鷺起圓沙。趙云：六句皆實道景與事矣。圓沙者，禽鳥宿於沙上，其有隱沙之跡必圓，如魚没痕圓之義。無錢字，庾信擬連珠曰：蜀酒禁愁得，無錢何處賒！

胸中無學，如手中無錢。

【校勘記】

〔一〕「皋」，原作「高」，據藝文類聚卷三十四人部十八、北周詩卷一王褒送觀寧侯葬詩改。

廣州段功曹到得楊五長史書功曹却歸聊寄此詩

衛青開幕府，見上送高三十五書記注。楊僕將樓船。漢征南越，以楊僕爲樓船將軍。趙云：上句指言廣州節度使之幕，而楊五長史者，幕中之人也。下句指楊長史也，以楊僕比之。漢節梅花外，春城海水邊。趙云：上句又指言楊也。漢遣使者，必持節。大庾嶺，古云多梅花。廣州在嶺外，故言梅花外。下句指言廣州也。古樂府云：春城起風色。廣州東南至海四十里，故云海水邊。銅梁書遠及，珠浦使將旋。銅梁、玉壘，皆成都地名，廣州合浦出珠。使將旋言段功曹將還廣州也。趙云：上句指言楊自廣有書來成都也。蜀都賦云：於東則負銅梁。下句指言段功曹之還也。珠浦，乃合浦，今之廉州。廣州，乃廣南東路，廉州乃西路，相去之遠。楊長史豈在廉州乎？故云珠浦使也。杜補遺云：合浦，廉州郡名。方輿記曰：合浦水去浦八十里有瀾洲，其地産珠。郡國志云：合浦海曲，出珠，號曰珠池。嶺表録異云：廉州邊海中有洲島，島上有大池，謂之珠池。每歲刺史親監珠户入池採老蚌，割取珠以充貢。貧病他鄉老，煩君萬里傳。趙云：公自言也。公本家長安而寓居於蜀，則他鄉老矣。

得廣州張判官叔卿書使還以詩代意

鄉關胡騎遠，宇宙蜀城偏。蜀城因隨龜行而築，故勢斜紆不正。趙云：鄉關，指言長安也。胡騎，指言史朝義之兵也。言鄉關以胡騎之阻，故去之遠也。下句言其寓居於宇宙内，在蜀城之偏僻也。舊注非是，當如陶淵明心遠地自偏耳。忽得炎州信，廣在南，故謂之炎州。楚詞云：嘉南州之炎德。趙云：遥從月峽傳。夷陵有明月峽。趙云：樂史寰宇記於渝州之巴縣云：有明月峽，以山壁有圓穴如月名之。舊注引非是。蓋夷陵，峽州也，地理志無之。雲深驃騎幕，霍去病爲驃騎將軍。夜隔孝廉船。劉惔爲丹陽尹，張憑詣惔，惔留宿，明日乃還船。須臾，惔出，傳教求張孝廉船，召同載之。趙云：上句言廣南節度使之幕，而張判官者，幕中之人也。雲深，則自成都望之，然矣。下句言張判官，用張憑比之。夜隔，則阻隔之隔，蓋不見張而空望之之意。却寄雙愁眼，相思淚點懸。

送段功曹歸廣州

趙云：此詩當是今歲建寅月之詩，蓋其句南海春天外故也。

南海春天外，功曹幾月程。峽雲籠樹小，湖日落一作蕩。船明。趙云：峽與湖，皆歸廣南所歷之地也，故言峽雲、湖日之景。一作蕩船明，是。蓋妙在蕩字，乃曰在湖中而倒射船中蕩漾也。交趾丹砂重，韶州白葛輕。白葛，葛布。趙云：交州出丹砂。葛稚川求爲岣嶁令，以丹砂之故也。幸君因估客，時寄錦官城。

魏十四侍御就弊廬相別

有客騎驄馬，江邊問草堂。公所築也。趙云：桓典爲御史，京師畏之。常乘驄馬，人爲之語曰：行行且止，避驄馬御史。故以言魏侍御也。遠尋留藥價，惜別到文場。趙云：上句言遠遠見尋，因留買藥之資。後漢：韓伯休賣藥，口無二價。摘字用耳。下句公自以其居爲文場。杜預贊云：元凱文場，稱爲武庫。入幕旌旗動，歸軒錦繡香。趙云：四句，魏君必爲幕客，但不見在何處。謝安謂郗超曰：卿可謂入幕之賓矣。末句則入王儉幕爲蓮花池。時應念老疾，書跡及滄浪。公自以其居爲漁父之滄浪也。

徐九少尹見過

晚景孤村僻，行軍數騎來。交新徒有喜，禮厚媿無才。趙云：唐以少尹爲行軍長史，若有節度使，即謂之行軍司馬。交新固是實事，而「新」字於「交」言之，則白頭如新也。賞静憐雲竹，忘歸步月臺。趙云：此言徐少尹賞翫幽静而又忘歸之實，蓋公所居有臺焉。何當看花蘂，欲發照江梅。趙云：徐君之好尋幽如此，何當再來看梅之欲發，而其花照江者乎？杜公本言照江之梅，而後人一例使，以到處梅花爲江梅，余所不省也。

范二員外邈吴十侍御郁特枉駕闕展待聊寄此作

暫往比鄰去，比近也。空聞二妙歸。衛瓘與尚書郎索靖俱善草書，時人號爲一臺二妙。趙云：比鄰字，前漢孫寶傳：祭竈請比鄰。二妙，以言范二、吴十耳。空聞其歸，則序所云是也。幽棲誠簡略，衰白已光輝。謝靈運詩：資此永幽棲。范彦龍贈張徐州詩：軒蓋照墟落，傳瑞生光輝。野外貧家遠，村中好客稀。論文或不媿，肯重欵柴扉。范彦龍詩：有客欵柴扉。魏文帝典論有論文篇。

王十七侍御掄許攜酒至草堂奉寄此詩便請邀高三十五使君同到

老夫卧穩朝慵起，白屋寒多暖始開。趙云：禮記：大夫，自稱曰老夫。左傳：牽率老夫。江鸛一作鶴。巧當幽徑浴，鄰雞還過短墻來。趙云：一作江鶴，非是。蓋川中則多有鸛爾。庾肩吾東曉詩：鄰雞聲已傳，愁人竟不眠。繡衣屢許攜家醞，皂蓋能忘折野梅。趙云：上句指言王侍御許攜酒也。漢侍御有繡衣直指。劉惔每云：見何次道飲，令人欲傾家釀。下句指高使君。後漢書：二千石，皂蓋，朱兩幡也。能忘折野梅，此有邀之之意。字則陸凱詩云：折梅逢驛使，寄與隴頭人。戲假霜威促山簡，須成一醉習池回。趙云：霜威，御史風霜之任也。元希聲贈皇甫侍御赴都四言詩「肅子風威，嚴子霜質」也。習池，所以成山簡之語。襄陽記曰：峴山南，習郁大池，依范蠡養魚法，種楸芙蓉菱芡。山季倫每臨此池，輒大醉而歸。常曰：此我高陽池也。城中小兒歌之曰：山公何所往，來至高陽池。日夕倒載歸，酩酊無所知。

王竟攜酒高亦同過用寒字

卧疾荒郊遠，通行小逕難。故人能領客，攜酒重相看。自愧無鮭菜，趙云：一作畦菜，非是。鮭，音户皆切。晉人以魚爲鮭菜也。南史庾杲之：清貧自業，食唯有韮葅瀹韮、生韮雜菜。任昉戲之曰：誰謂庾郎貧？食鮭嘗有二十七種。謂三種韮。空煩卸馬鞍。移罇勸山簡，頭白恐風寒。

少年行二首

莫笑田家老瓦盆，自從盛酒長兒孫。趙云：楊惲傳：田家作苦。老瓦盆，蓋川人以多年之物曰老。東坡云「老櫛隨我久」，亦倚杜公老瓦盆之例矣。揚雄之言鴟夷曰：盡日盛酒，人復借酤。傾銀注瓦趙作玉。驚人眼，共醉終同卧竹根。杜田補遺：酒譜云：老杜「共醉終同卧竹根」，蓋以竹根爲飲器。事見江淹集。然偏閱江集並無竹根事，唯庾信報趙王賜酒詩曰：如聞傳上命[一]，定是賜中樽。野爐然樹葉，山杯捧竹根。此以竹根爲飲器也。趙云：銀玉皆盛酒之器。公詩有云「指點銀缾索酒嘗」，又云「甆罌無謝玉爲缸」。銀、玉，貴富家之物，所以指言少年也。舊本作注瓦，非特疊字，而與銀字豈相類乎？此詩乃少年攜酒器過田家，而田家語少年之所云，故言或傾之於銀，或注之於玉。非不驚人眼也，其與田家自瓦盆中喫酒，而共於一醉，終同卧在竹根之傍耳。竹根字，古詩云：徘徊孤竹根。杜田之説，以竹根爲飲器。夫竹根固是酒杯矣，酒杯既空，豈可謂之卧乎？又别是一物，與傾銀注玉不相接，雖傾銀注瓦，亦不接矣。

右一

【校勘記】

〔一〕「如」，藝文類聚卷七十二食物部、北周詩卷三庾信報趙王賜酒詩作「始」。

巢燕養雛渾去盡，江花結子已無多。趙云：此句蓋八月時也。黄衫年少來宜數，不見堂前東逝波。言行樂當及時也。趙云：黄衫，應是唐人貴富家之服。觀明皇雜録，載貴妃姊虢國夫人恩傾一時，大治第宅，棟宇之盛，世無與比。其所居本韋嗣立舊宅，韋氏諸子亭午方偃息於堂廡間，忽見一婦人衣黄披衫，降自步輦，有侍婢數十，笑語自若。謂韋氏諸子曰：聞此宅欲貨，其價幾何？韋氏降階言曰：先人舊廬，所未忍捨。語未畢，有工人數百，登西廂撤其瓦木。以此推之，公所謂黄衫，其黄披衫乎？蓋若今或單或袷，蓋上之服矣。

右二

野人送朱櫻

西蜀櫻桃也自紅，野人相贈滿筠籠。數回細寫愁仍破，萬顆匀圓訝許同。趙云：且以見櫻桃之爛熟矣。憶昨賜霑門下省，退朝擎出大明宫。金盤玉筯無消息，此日嘗新任轉蓬。唐制：賜近臣櫻桃有宴。轉蓬，自言流落如蓬之隨風，任其轉徙也。杜田補遺：唐李綽歲時記云：四月一日，内園進櫻桃，寢廟薦訖，頒賜各有差。趙云：公嘗爲拾遺，通籍於朝，故霑櫻桃之賜也。初在門下省有宴，故享金盤玉筯之嘗矣。其餘仍許攜去，故云擎出也。轉蓬，則公傷其流落。字則曹植雜詩曰：轉蓬離本根。而袁陽源効古詩乃知古時人，所以悲轉蓬也。

即事

百寶裝腰帶，真珠絡臂韝。馬后傳：蒼頭衣緑韝。注：韝，臂衣也。以縛左右手於事便也。新添：東方朔傳：董君緑幘傅韝。韋昭注：韝形如射韝。餘如上所引注。笑時花近眼，舞罷錦纏頭。錦纏頭以償歌舞者。開元時，富人王元寶常會賓客，元寶富於財而無文采，親友問曰：昨日高會有何佳談〔一〕？元寶視屋角良久曰：但費錦纏頭耳。趙云：此篇贈女人之舞者，直道其事耳。

【校勘記】

〔一〕「高」，排印本作「宴」。

贈花卿

錦城絲管日紛紛，半入江風半入雲。趙云：曹子建四言：長袖隨風，悲歌入雲。此曲秖應天上有，人間能得幾迴聞？薛云：白樂天詩注：霓裳曲，開元中，西凉府節度使楊敬述造。又，鄭愚津陽門詩注：葉法善嘗引上入月宫，聞仙樂。及歸，但記其半，遂於笛中寫之。會楊敬述進婆羅門曲，與其聲調相符，遂以月中所聞爲散序，以敬述所進爲腔。宣室志：玄宗夢仙子十輩，御卿雲而下列於庭，各執樂器而奏之，其度曲清越，殆非人世也。及樂闋，有一仙子前曰：陛下知樂乎？此神仙紫雲之曲也。趙云：「此曲祇應天上有」，亦詩人夸張之語，若以薛所引證，天上有，亦無害於義。然四句古歌辭所載，林鍾宫水調入破第二云：錦庭絲管曉紛紛，半入靈山半入雲。此曲多應天上去，人間能得幾回聞？莫能考所以，當俟博聞。

少年行

馬上誰家白面郎，一作騎馬誰家薄媚郎。臨階下馬坐人牀。趙云：白面郎，蓋言其富貴少年者耳。李白亦云：白玉誰家郎。或作薄媚郎，非是。夫薄媚施之娘可也。不通姓字麤豪甚，指點銀缾索酒嘗。趙云：吴志：孫權言甘寧曰：此人雖麤豪，有不如人意時。然其計略，大丈夫也〔一〕。索酒事，暗用顏延之好騎馬遊里巷，據鞍索酒也。

【校勘記】

〔一〕「計」，三國志卷五十一吳書六作「較」。

蕭八明府寔處覓桃栽

奉乞桃栽一百根，春前爲送浣花村。河陽縣裏雖無數，潘岳爲河陽令，種桃李花，人號曰河陽一縣花。趙云：河陽，蓋以比蕭八所治之縣也，非華陽則成都矣。濯錦江邊未滿園。

從韋二明府續處覓錦竹

華軒藹藹他年到，錦竹亭亭出縣高。趙云：華軒，軒檻之軒。選云：珥筆華軒。他年，則一、二年前也。今公所覓非華陽縣廨，則成都縣廨。題云韋二明府，則指言知縣明矣。江上舍前無此物，幸分蒼翠拂波濤。趙云：古詩之言奇樹曰：此物何足貴，但感別經時。拂波濤三字，恐其爲釣絲竹矣。

憑何十一少府邕覓尋榿木栽

草堂塹西無樹林，非子誰復見幽心？飽聞榿木三年大，與致溪邊十畝陰。趙云：蜀人以榿爲薪，則三年可燒。

憑韋少府班覓松樹子栽

落落出群非欅柳，杜篤首陽山賦：長松落落。青青不朽豈楊梅？莊子云：受命於地，惟松柏獨正〔一〕，在冬夏青青。杜田補遺：本草：楊梅，味酸。乾作屑，止吐酒。多食令人發熱。生青熟紅，肉在核上，無皮殼，其樹如荔枝，而葉細，生江南、嶺南，四五月熟。唐孟詵云：楊梅，和五臟、滌腸胃。上林賦：楊梅、櫻桃，羅乎後宮，列于北園。趙云：兩句皆指言松也。世説載殷中軍謂韓太常曰：康伯少自摽置，居然是出群器。左傳云：死且不朽。欅柳，則蜀中所謂欅木也。公嘗云欅柳枝枝弱，則欅不若松之落落矣。楊梅，其栽易蛀〔二〕，故不若松之不朽。欲存老蓋千年意，爲覓霜根數寸栽。趙云：抱朴子有：天陵偃蓋之松，與天齊其久，與地等其長。故云老蓋千年意。

【校勘記】

〔一〕「正」，莊子集釋内篇德充符第五「正」字上有「也」字。

〔二〕「裁」，原作「裁」，訛，據文津閣本、文瀾閣本、清刻本、排印本改。又，文淵閣本作「載」，訛。

又於韋處乞大邑瓷盌

大邑燒瓷輕且堅，扣如哀玉一作寒玉〔一〕。錦城傳。君家白盌勝霜雪，急送茅齋也可憐。趙云：大邑，邛州屬縣，出瓷器，今猶然也。哀玉，一作寒玉，非。

【校勘記】

〔一〕「一作寒玉」，「玉」文淵閣本、文津閣本、文瀾閣本、清刻本、排印本奪。

詣徐卿覓菓栽

草堂少花今欲栽，不問緑李與黄梅。西京雜記：初修上林苑，群臣遠方各獻名果，制爲美名，以標奇麗。李十五種，内有緑李。石筍街中却歸去，見本詩注。果園坊裏爲求來。趙云：石筍街，在今府城之西，則往公草堂之路。果園坊難考。公詩又云：邛州崔録事，聞在果園坊。公自注云：坊名，在成都〔一〕。

【校勘記】

〔一〕「成都」，原作「城都」，訛，據文淵閣本、文津閣本、文瀾閣本、清刻本、排印本改。

贈别何邕

生死論交地，何由見一人。鄭當時傳：一死一生，乃見交情。悲君隨燕雀，公孫弘傳：鴻漸之翼，困於燕雀。薄宦走風塵。陸士龍：飄飄冒風塵。竇融傳：拔起風塵之中。綿谷元通漢，綿谷縣，屬利州，通漢水。沱江不向秦。沱江在蜀城北三十里，水不入秦。趙云：此上句説何邕之去，必是去利州，而邕必是漢上之人也。下句公自言其在成都也。沱江，在蜀城北，自是可以向秦。不向秦，尚留蜀中，勢不能去，則公有懷故鄉之念矣。五陵花滿眼，傳語故鄉春。趙云：惟其有不向秦之感，故末句又重言之。五陵，見上哀王孫注。馮少鄰春日詩：傳語春光道，先歸何處邊？

贈別鄭錬赴襄陽

戎馬交馳際，柴門老病身。趙云：老子：戎馬生於郊。選云：羽檄交馳。漢書每云以老病罷。把君詩過日，念此別驚神。別賦：使人意奪神駭，心折骨驚。地闊峨眉晚，天高峴首春。趙云：上句公自言其在蜀也。峨眉山在成都之西南。下句言鄭錬之赴襄陽也。峴首山，在襄州〔一〕，羊叔子墮淚碑所在也。爲於耆舊内，試覓姓龐人。龐德公隱於鹿門，屬襄陽也。

【校勘記】

〔一〕「襄州」，清刻本、排印本作「襄陽」。

重贈鄭鍊

鄭子將行罷使臣，囊無一物獻尊親。趙云：言罷使臣，則鄭君必在幕中而罷去也。其親必在襄陽，故稱其貧而無一物以獻也。江山路遠羈離日，裘馬誰爲感激人？言雖清潔，不爲人所知也。趙云：言乘肥衣輕之人，有誰感激而憐鄭之貧也。感激，見上注。

新刊校定集注杜詩卷二十三

近體詩

奉和嚴中丞西城晚眺十韻

汲黯匡君切，汲黯，漢武時以切諫，不得久留内，遷爲東海太守。武帝曰：古有社稷之臣，如汲黯，近之矣！廉頗出將頻。史記：廉頗，趙之良將。頻爲趙將兵伐齊攻魏。直詞才不世，雄略動如神。趙云：上句以結汲黯之直言，下句以結廉頗之雄略，借以比嚴中丞也。政簡移風速，史記：太公封於齊，五月而報政。周公曰：何疾也？夫政不簡不易，民不有近。平易近民，民必歸之也。詩：美教化，移風俗。詩清立意新。新添：文選序云：老莊之作，管孟之流，蓋以立意爲宗，不以能文爲本。層城臨暇景，絶域望餘春。言蜀與京畿遠絶。李陵答蘇武書曰：陵先將軍，功略蓋天地，義勇冠三軍，徒失貴臣之意，剄身絶域之表〔一〕。見文選。旗尾蛟龍會，周禮曰：交龍爲旂。文選：韋孟諷諫詩：四牡龍旂。翰注：謂封爲諸侯，故得服黼黻，建龍旗。樓頭燕雀馴。趙云：大厦成而燕雀相賀之意，出淮南子。地平江動蜀，天闊樹浮秦。趙云：此兩句張大城上所望之遠也。帝念深分閫，軍須遠筭緡。趙云：馮唐曰：上古王者之遺將也，跪而推轂曰：閫以內者，寡人制之；閫以外者，將軍制之。軍須，師旅之費。漢武元狩四年，初筭緡錢。李斐曰：緡，絲也，以貫錢。一貫千錢，出筭二十。師古曰：謂有儲積錢者，計其緡貫而稅之。花羅封蛺蝶，瑞錦送麒麟。趙云：言嚴公入貢，不忘朝廷也。蛺蝶羅、麒麟錦，亦蜀中當時實事。辭第輸高義，觀圖憶古人。趙云：霍去病傳：上爲治第，令視之。對曰：匈奴未滅，無以家爲。吳越春秋載伍子胥見要離曰：吳王聞子高義。馬援傳：顯宗圖畫建武中名臣烈將於雲臺。東平王蒼觀圖，言於帝曰：何故不畫伏波將軍像？帝笑而不言。征南多興緒，事業闇相親。趙云：又以杜預比嚴公也。晉杜預作征南將軍，收滅吳之功，平生事業最著。如策隴右之事、議皇太子之服、造新曆、建河橋、造欹器、陳農事，皆其事業也。興緒，興況意緒也。

【校勘記】

〔一〕「到身絕域之表」，「到」文淵閣本作「勁」、「域」文淵閣本作「城」，均訛。

嚴中丞枉駕見過

自注：嚴自東川除西川，勑令兩川都節制。　趙云：按通鑑於廣德二年春癸卯載：劍南東、西川爲一道，以黄門侍郎嚴武爲節度使。

元戎小隊出郊坰，詩六月篇：元戎十乘，以先啓行。爾雅云：邑外謂之郊，林外謂之坰。書：王出郊。詩：在坰之野。問柳尋花到野亭。川合東西瞻使節，見公自注。地分南北任流一作孤。萍。謂長安有南杜、北杜也。　趙云：此一句公自言矣。自蜀望長安，則長安爲北，而蜀爲南也。

舊注非。扁舟不獨如張翰，趙云：此下四句，皆公之自言。晉張翰字季鷹，本傳别無「扁舟」之文，唯云爲齊王冏曹掾。因見秋風起，思吴中菰菜、蓴羹、鱸鱠，遂命駕歸吴而已。既歸閑適，必有扁舟之樂。白帽應兼似管寧。師云：南史和帝紀：百姓皆著下屋白紗帽。趙云[一]：魏志：管寧青龍中徵命不至。居海上，常著皂帽、布襦袴。杜佑通典帽門載：管寧在家常著皂帽[二]。又郤是匹帛之帛。今言白帽，亦應似之也。寂寞一作今日。江天雲霧裏，何人道有少微星。趙云：少微星，公自謂也。隋天文志：少微四星，在太微西，一名處士星。晉書隱逸傳謝敷：初，月犯少微，占者以隱士當之。俄而敷死。

【校勘記】

〔一〕「趙」，文津閣本作「起」，訛。

〔二〕「皂」，原作「帛」，訛，據文淵閣本、排印本並參通典卷五十七禮十七沿革十七帽門改。

江畔獨步尋花七絶句

江上被花惱不徹，無處告訴只顛狂。走覓南鄰愛酒伴，經旬出飲獨空牀。自注云：斛斯融，吾酒徒。趙云：以出飲之故，其家所寢之牀遂空也。古詩云：蕩子遊不歸，空牀難獨守。公用此意。

右一

稠花亂蘂裹江濱，趙云：裹，一作畏，無義。蓋兩岸並有花，斯爲裹也。司空圖云：千英萬萼裹枝紅〔一〕。蔡伯世正異：裹或作畏，乃字缺訛，當從裹。行步欹危實怕春。詩酒尚堪驅使在，未須料理白頭人。趙云：尚可當詩酒之役也。李靖：尚堪一行。晉書：桓温謂王徽之曰：卿在府日久，當須料理。新添：王羲之云：若蒙驅使，關隴、巴蜀皆所不辭。太陽子好飲，常醉，或問之，曰：晚學俗態未除，以酒自驅。

右二

【校勘記】

〔一〕「千英」句，檢司空圖詩無此句，考全唐詩卷二百九十二司空曙詠古寺花有「千跗萬萼裹枝紅」句，或是誤置。

江深竹静兩三家，多事紅花映白花。趙云：江水之深，竹色之静，又止兩三家而不喧溷，此自足佳矣，故彼紅花、白花相映爲多事也。此皆公出新句。莊子云：富則多事。或云，公江上尋花，見江深竹静處，又紅白花相映爲愜意，多事則多謝之義也，故又有下句云。報答春光知有處，應須美酒送生涯。莊子曰：吾生也有涯，而知也無涯。

右三

東望少城花滿煙，梁益記云：少城，張儀城也。趙云：少城，府中第二重小城，張儀所築也。薛云：左太沖蜀都賦：亞以少城，接乎其西，市廛所舍〔一〕。百花高樓更可憐。誰能載酒開金盞，揚雄傳：好事者載酒肴，從雄遊學。唤取佳人舞繡筵？古詩：燕趙多佳人，美者顏如玉。漢李夫人傳：李延年歌曰：北方有佳人，絶世而獨立。陳徐陵舞詩曰：低鬟向綺席，舉袖拂花黄。

右四

【校勘記】

〔一〕「舍」，文選卷四、全晉文卷七十四左思蜀都賦作「會」。

黄師塔前江水東，春光懶困倚微風。趙云：黄師塔，紀眼前之實也。下句言在春光之中，懶困倚風而立也。桃花一簇開無主，可愛深紅愛一作映。淺紅。趙云：深紅、淺紅二種之中，愛淺紅爲多，則公之風韻高矣。一作映淺紅，於義無取。

右五

黄四娘家花滿蹊，千朵萬朵壓枝低。趙云：東坡云：此詩見子美清狂野逸之態，故僕喜書之。昔者齊魯有大臣，史失其名，黄四娘獨何人哉！乃托於詩以不朽，可使覽者一笑。花蹊，亦桃李不言，下自成蹊中來也。留連戲蝶時時舞，自在嬌鶯恰恰啼。趙云：北史：王晞謂盧思道曰：卿輩亦是留連之一物。自在，則佛書多有之。玉臺後集載上官儀詩云：戲蝶流鶯聚窗外。江總云：梅花落處隱嬌鶯〔一〕。恰恰字，如王無功之言恰恰來也。

右六

【校勘記】

〔一〕「梅花」句，樂府詩集卷二十四横吹曲辭四、陳詩卷七江總梅花落作「梅花密處藏嬌鶯」。

不是愛花即欲死，只恐花盡老相催。趙云：上句意言判一死而酷愛花，如韓退之亦有「都將命乞花」之句。今言不是謂愛花即欲就死，只恐花盡，所以愛花，又恐老之將至爾。此皆杜公狂放之新語也。繁枝容易紛紛落，嫩蕊一作葉。商量細細開。趙云：容易、商量，與上篇告訴、報答、喚取、留連、自在，皆使俗字，不失爲佳。

右七

春水生二絶

趙云：孫權云：春水方生。而春水生三字連出，則杜預云：方春水生，難於久駐。

二月六夜春水生，門前小灘一作籬。渾欲平。鸕鷀溪鶒莫漫喜，吾與汝曹俱眼明。趙云：二禽皆水鳥，見水生而喜，公語之以與汝曹俱眼明，則公可謂與物委蛇而同其波矣。

右一

一夜水高二尺强，數日不可更禁當。趙云：禁當字，亦蜀中語。南市津頭有船賣，無錢即買繫籬傍。無錢字，見上草堂即事注。

右二

春夜喜雨

趙云：宜雨則曰喜雨，厭雨則曰苦雨，曰愁霖。自魏、晉而下，或賦或詩皆云然。曹植、張協、謝莊、謝惠連、鮑照、庾信，皆有喜雨詩。

好雨知時節，管子曰：五政時，春雨乃來〔一〕。當春乃一作及。發生。趙云：爾雅曰：春爲發生。隨風潛入夜，潤物細無聲。言如膏也。趙云：范元實所謂聖人復生不可改矣。野徑雲俱黑，江船火獨明。曉看紅濕處，花重錦官城。趙云：梁簡文帝賦得入階雨云：漬花枝覺重。蜀人以江山明媚，錯雜如綉，故多呼錦官城也。

【校勘記】

〔一〕「五政」二句，管子四時第四十作：「五政苟時，春雨乃來。」太平御覽卷十天部十作：「五政循時，春雨乃來。」

江頭五詠

王筠有才名，沈約重之。約於郊居作齋閣，請筠爲草木十詠，書之於壁，皆直寫之辭，不加篇題。約曰：此詩指物呈形，無假題署。

丁香

丁香體柔弱，亂結枝猶墊。尚書注：墊，溺也。以其體之柔弱而如墊也。凡物之下墮，皆可云墊矣。細葉帶浮毛，疎花披素艷。深栽小齋後，庶近幽人占。幽人去兮曉猿驚〔一〕，見北山移文。易：幽人貞吉。晚墮蘭麝中，休懷粉身念。趙云：末句言結實而墮蘭麝中，俱以體香相類，雖不念粉身可也。

【校勘記】

〔一〕「幽」，文選卷四十三、全齊文卷十九孔德璋北山移文作「山」。

麗春

百草競春華，麗春應最勝。趙云：春華者，春之光華也。如文選：摛藻掞春華[一]。師云：顧愷之詩：麗春絶眾卉。少須好顏色，多漫枝條賸。紛紛桃李枝，處處總能移。趙云：此篇深美麗春，故翻以桃李爲不足貴。阮嗣宗詠懷詩：夭夭桃李花，灼灼有輝光。如何貴此重，卻怕有人知。蔡伯世正異：如何貴此重，當作種。舊作重，乃缺文也。趙云：言珍貴麗春深重，恐別人因我而來移取，甚於桃李矣。

【校勘記】

〔一〕「掞」，文選卷二十四、三十五等班固答賓戲作「如」。

梔子

漢書曰：梔茜薗。注：梔，支子也。本草曰：支子，一名木丹。齊謝朓有墻北梔子詩。梁簡文帝有詠梔子花詩。

梔子比衆木，人間誠未多。梔子，一名薝蔔，花六出，天下之至香。維摩經云：如入薝蔔林中，惟齅薝蔔香，不齅餘香。於身色有用，趙云：蜀人取其色以染帛與紙，故云色有用。與道氣傷和。梔性大寒，其花可食，傷氣。出本草。紅取風霜實，青看雨露柯。趙云：實經霜則紅，雨露潤則柯青。無情移得汝，貴在映江波。趙云：謝朓墻北梔子樹詩曰：有美當階樹，霜露未能移。還思照綠水，君階無曲池。其後梁簡文帝詩曰：素華偏可喜，的的半臨池。則因謝朓以無曲池爲歎，而自言其的的然有池之可臨矣。公今云無情移汝於它處，貴在映江波，則又以有江波之可映，蓋又勝於臨池者乎？

溪鶒

異物志：溪鶒，水鳥，毛有五色，食短狐，其在溪中，無毒氣。

故使籠寬織，須知動損毛。看雲莫悵望，失水任呼號。趙云：左太沖詠史詩曰：習習籠中鳥，舉翮觸四隅。今溪鶒以羽毛之好，則寬爲之籠以防損其毛。既以籠養之，則看雲悵望〔一〕，失水呼號，宜矣。六翮曾經翦，薛云：韓詩外傳曰：鴻舉千里，特六翮耳〔二〕。背上之毛，腹下之毳，益一把，飛不爲加高；損一把〔三〕，飛不爲加下。魏志崔琰傳：鳥能遠飛者，六翮之力也。宋謝惠連溪鶒賦〔四〕：摧羽翮翩翻。孤飛卒未高。且無鷹隼慮，留滯莫辭勞。趙云：溪鶒在籠，不得高飛，然免鷹隼之患，則雖留滯，可莫辭勞倦也。此公自況，蓋退在野居，不爭名宦，亦自無患矣。卒音猝，師民瞻正作猝字。新添：選：謝玄暉詩：常恐鷹隼擊。月令云：鷹隼早鷙。太史公自序云：留滯周南。魏志夏侯玄云：官無留滯。

【校勘記】

〔一〕「悵」，文淵閣本作「帳」，訛。

〔二〕「特」，文選卷二十五、藝文類聚卷九十鳥部上録韓詩外傳作「恃」。

〔三〕「把」，原作「握」，訛，據文津閣本並參文選卷二十五、藝文類聚卷九十鳥部上録韓詩傳改。

〔四〕「宋」，文淵閣本作「宗」，訛。又，「宋」清刻本、排印本奪。

花鴨

花鴨無泥滓，階前每緩行。羽毛知獨立，黑白太分明。趙云：此篇於物則紀實，於義則自況。無泥滓，則比其潔也。每緩行，則比其雍容也。羽毛、獨立，則自比其不群也。黑白分明，則自比其文采之明著也。選云：奮迅泥滓。老子曰：遺物而立於獨〔一〕。諸葛亮謂張溫：其人於清濁太明，善惡太分。後漢朱浮傳：豈不粲然黑白分明哉！不覺群心妬，休牽衆眼驚。稻粱霑一作知。汝在，作意莫先鳴。師云：羽毛獨立黑白分明，則起群心之妬，爲衆目之驚。但稻粱霑足，則無憂先鳴矣。此子美自況也。趙云：稻粱，見上注。陸龜蒙所謂能言鴨。夫鴨之鳴，多欲呼食也。既有稻粱，乃戒之無用先鳴。亦飽食緘言以終之處亂之道〔二〕，此公之自警也。

【校勘記】

〔一〕「老子」二句，檢老子無「遺物而立於獨」句，考莊子集釋外篇田子方第二十一有「似遺物離人而立於獨也」，當是誤置。

〔二〕「亦飽食」句，「飽食」二字、「以終之」三字，清刻本、排印本均脱。

野望

西山白雪三城戍，南浦清江萬里橋。按新史高適傳：上皇還京，復分劍南爲兩節度，百姓弊於調度，而西山三城列戍。適上疏論之，不納。萬里橋，見上卜居注。趙云：西山，在松、維州之外。維州，今之威州是也。冬夏有雪，號爲雪山，所以控帶吐蕃之處。時吐蕃方入寇〔一〕，故須防戍矣。高適上疏，可證三城置戍之始。舊本作三年，非。海内風塵諸弟隔，天涯涕淚一身遥。公以離亂一身入蜀，兄弟遂相隔也。唯將遲暮供多病，未有涓埃報聖朝。跨馬出郊時極目，不堪人事日蕭條！魏書曰：州里蕭條。又曹子建詩：原野何蕭條。又潘安仁西征賦：街里蕭條，邑居散逸。

【校勘記】

〔一〕「時」，原作「詩」，訛，據清刻本、排印本改。

官池春雁二首

自古稻粱多不足，至今溪鶒亂爲群。趙云：韓詩外傳：田饒謂魯哀公曰：黄鵠止君園池，啄君稻粱。且休悵望看春水，更恐歸飛隔暮雲。趙云：公前溪鶒篇以自況，則取其身之文采〔一〕。今春雁詩乃尊雁而鄙溪鶒，則又取雁之孤高〔二〕。詩人變化，豈有拘礙哉！

【校勘記】

〔一〕「之」，文淵閣本奪。

〔二〕「取」字，文淵閣本奪。又，「孤高」，文淵閣本作「孤孤」，訛。

其二

青春欲盡急還鄉，紫塞寧論尚有霜。趙云：雁違寒就温，其來也，避北地之寒而來，至春而歸。北塞，即北地之塞也〔一〕。崔豹古今注曰：秦築長城，土色皆紫，故云紫塞〔二〕。鮑明遠蕪城賦：北走紫塞雁門。謝靈運詩：季秋邊朔苦，旅雁違霜雪。翅在雲天終不遠，力微矰繳絶須防。莊子云：黄帝得之，以登雲天。

故對矰繳。矰，音憎，弋射矢也。繳，音灼，生絲縷也。此見公避患之意。西都賦：矰繳相纏〔三〕。鄭玄曰：結繳於矢，謂之矰。漢張良傳高祖歌曰：「鴻鵠高飛，一舉千里」、「雖有矰繳，尚安所施」。

【校勘記】

〔一〕「塞」，文淵閣本、清刻本、排印本作「寒」，訛。

〔二〕「紫塞」，文津閣本作「紫石」，訛。

〔三〕「相」，原作「根」，據清刻本、排印本並參文選卷一西都賦注改。

水檻遣興二首

趙云：舊本作遣心；師民瞻作遣興，是。蓋遣心，不可謂之新語，謂之生可也。

去郭軒楹敞，無村眺望賒。趙云：蒼頡篇曰：敞，高顯也。李尤高安館銘云：增臺顯敞是已。有林木而後謂之村，惟其無村，所以眺望遠也。澄江平少岸，幽樹晚一作絶。多花。選云：謝玄暉：澄江静如練。細雨魚兒出，微風燕子斜。城中十萬户，此地兩三家。陳子昂上書曰：十萬户受其福。

其二

蜀天常夜雨，江檻已朝晴。新添：黎雅州，蜀之西蕃，地多雨，故名漏天。此公所以有「常夜雨」之句。葉潤林塘密，衣乾枕席清。不堪秪老病，何得尚浮名。趙云：秪字，起於詩：誠不以富，亦秪以異。箋云：秪之爲言，適也。據韻書只是平聲，無作入聲者。淺把涓涓酒，深憑送此生。趙云：淺深兩字，其意工矣。

屏跡二首

用拙存吾道，莊子曰：夫子固拙於用大矣。閑居賦序：和長輿謂潘安仁：拙於用多。孔子曰：參乎！吾道一以貫之。家語：吾道非耶？幽居近物情。顏延年詩：側同幽人居，郊扉常晝閉。桑麻深雨露，燕雀半生成。陶淵明詩：相見無雜言，但道桑麻長。孟子：雨露之所潤，非無萌蘖之生焉[一]。陳勝傳曰：燕雀安知鴻鵠之志。村鼓時時急，漁舟箇箇輕。杖藜從白首，趙云：莊子：原憲杖藜而應門。心跡喜雙清。師云：謝靈運齋中讀書詩：昔余居京華，未嘗廢丘壑。矧乃歸山川，心跡雙寂寞。

【校勘記】

〔一〕「焉」，文淵閣本作「馬」，訛。

其二

晚起家何事，無營地轉幽。新添：禮記內則云：孺子早寢晏起。又漢書云：可以早寢而晏起。公意謂屏跡可以晚起也。又嵇康與山濤云：晝卧喜晚起，而當關呼之不置，一不堪也。竹光團野色，舍影漾江流。蔡伯世正異：團當作圍，山當作舍。趙云：東坡先生常寫此二詩，其「舍影漾江流」作「山影漾江流」。跋云：此東坡居士詩也。或者曰：此杜子美屏跡詩，居士安得竊之？居士曰：夫禾黍穀麥，起於神農、后稷。今家有倉廩，不予而取輒爲盜，被盜者爲失主。若必從其初，則農、稷之物也。今考其詩，字字皆居士實録〔一〕，是則居士詩也，子美安得禁吾有哉？嗚呼，先生之詼諧如此，且見深服杜公之善道事實矣。然山影乃一作舍字，是，蓋成都豈有山耶？失學從兒懶，長貧任婦愁。嚴玄兒懶失學，婦愁長饑。漢書陳平傳：固有美如陳平而長貧者乎？百年渾得醉，一月不梳頭。趙云：嵇康絶交書云：頭面常一月十五日不洗。公蓋用此意也。

【校勘記】

〔一〕「實」，文淵閣本、文津閣本、文瀾閣本作「寶」，訛。

寄題杜二錦江野亭〔一〕 成都尹嚴武作。

漫向江頭把釣竿，懶眠沙草愛風湍。莫倚善題鸚鵡賦， 禰衡爲黃祖之子射作鸚鵡賦，筆不停綴，文不加點。何須不著鵕鸃冠。 佞幸傳曰：孝惠時，郎侍中皆冠鵕鸃冠。音義曰：鵕鸃，鳥名也，以羽毛飾於冠。杜補遺：南越志：增城縣多鵕鸃，山雞也。毛色鮮明，五采眩曜。又淮南子曰：鵕鸃，雉也。孔毅父續世説云：嚴武爲成都尹，與甫有舊。待遇甚隆，結廬於浣花。武時訪之，甫多不冠。故武有此句。趙云：杜公之才，如禰衡之俊，而剛直隱淪，不喜仕官，决不肯爲侍中而冠鵕鸃厠佞臣之列也。故嚴公勸之，不必倚侍才如禰衡而鄙鵕鸃而不著也。腹中書籍幽時曬， 郝隆七月七日曬腹於庭中，人問之，曰：我曬腹中書爾。肘後醫方静處看。 葛洪傳：洪自號抱朴子，抄金匱藥方一百卷，肘後要急方四卷。興發會能馳駿馬， 趙云：此兩句乃是嚴公自云。終須重到使君灘。 趙云：使君灘，應是浣花相近。水經於巴郡枳縣有云：陽亮爲益州，至此而覆，懲其波瀾。蜀人至今猶名之爲使君灘，豈名偶同乎？

【校勘記】

〔一〕詩題，清刻本、排印本作「嚴武見寄附載」。

奉酬嚴公寄題野亭之作

拾遺曾奏數行書，杜公曾任左拾遺，在肅宗至德二年也。是年春宿左省詩云：明朝有封事，試問夜如何〔一〕？懶性從來水竹居。奉引濫騎沙苑馬，杜補遺云：唐六典：補闕、拾遺。武后垂拱中置二人，以掌供奉諷諫。注云：左右補闕、拾遺掌供奉諷諫，扈從乘輿。子美至德二年，肅宗授左拾遺，明年收京，扈從還長安。故公詩每言奉引、侍祠、扈蹕事也。趙云：拾遺既掌供奉，則騎馬以奉引。後漢劉聖公傳：李松奉引，馬驚奔，觸北宮鐵柱，三馬皆死。顏延年赭白馬賦曰：弭雄姿以奉引。沙苑馬，言官所牧馬也〔二〕。幽棲真釣錦江魚。謝安不倦登臨費，趙云：晉書：謝安於東山營墅，樓館林竹甚盛，每攜中外子姪往來遊集，肴膳亦屢費百金。此登臨費之義也。又，安寓居會稽，與王羲之處，出則漁弋山水。每往臨安山中，放情丘壑。今言費，則以嚴公有載酒移廚之費矣。阮籍焉知禮法疏。嵇康絕交書：阮嗣宗與物無傷，唯飲酒過差。至爲禮法之士所繩，疾之如讎。阮籍，則公以自比也。枉沐一作今日。旌旗出城府，草茅無一作荒。逕欲教耡。趙云：屈原卜居賦云：寧誅鉏草茅，以力耕乎。無，一作荒，非。

【校勘記】

〔一〕「試」，本集卷十九春宿左省詩作「數」。

〔二〕「牧」，原作「破」，據清刻本、排印本改。

中丞嚴公雨中垂寄見憶一絶奉答二絶一云嚴公雨中見寄一絶奉答兩絶。

雨映行雲一作宫。辱贈詩，宋玉賦：朝爲行雲。易：雲行雨施。趙云：山谷云：只此雨映兩字，寫出一時景物，句便雅健。余然後曉句中當無虚字。此范元實之説也。行雲，或以爲行宫。師民瞻云：明皇嘗幸蜀，故稱行宫。則嚴公雨中必在明皇往日所幸之地，尚有行宫之名存，在此處寄詩也。按通鑑，永泰元年，玄宗之離蜀也，以所居行宫爲道士觀。縱使嚴公時在此作詩寄杜，杜公亦安敢尚目之爲行宫乎？蔡伯世改作行宫，謂送詩使人，實無義理。若謂之雨映行雲，意自足也。元戎肯赴野人期。六月：元戎十乘。注：夏后氏曰鉤車，先正也；商曰寅車，先疾也；周曰元戎，先良也。左傳：晉文公乞食於野人，與之塊。此蓋借用字。一云：元戎欲動野人知。非是。江邊老病雖無力，强擬晴天理釣絲。

其二

何日雨晴雲出溪，白沙青石光無泥。一云先無泥。只須伐竹開荒徑，古詩：誅茅開小徑。拄杖穿花聽馬嘶。趙云：聽嚴公之馬嘶。此又終前篇肯赴野人期之意。馬嘶，一作鳥啼，無意思。先字去聲讀。

謝嚴中丞送青城山道士乳酒一缾

山缾乳酒下青雲，新添：酒經：空桑穢飯，醞以稷麥〔一〕，以成醇醪，酒之始也。烏梅女𪍿，胡昆反。甜乳九投，澄清百品，酒之終也。氣味濃香幸見分。鳴鞭走送憐漁父，趙云：吴均詩：鳴鞭適太阿〔二〕。漁父，公自謂也。公前篇有理釣絲之句，莊子有漁父篇。洗盞開嘗對馬軍。公自注云：軍州謂驅使騎爲馬軍。趙云：以漁父對馬軍，字爲工矣。

【校勘記】

〔一〕「醞」，原作「醒」，訛，據清刻本、排印本並參酒經卷上改。

〔二〕「吴均詩」二句，「吴均」原作「謝惠連」，檢謝惠連詩無「鳴鞭適太阿」句，考玉臺新詠卷六、梁詩卷十吴均與柳惲相贈答詩六首其二有此句，當是誤置，據改。

嚴公仲夏枉駕草堂兼攜酒饌得寒字 一云鄭公枉駕攜饌訪水亭。

竹裏行廚洗玉盤，花邊立馬簇金鞍。薛云：按古樂府對酒行：金樽清俊滯〔一〕，玉盤亟來親。又白馬行：白馬黄金鞍，蹀躞柳城前。又輕薄篇：象牀沓繡被，玉盤傳綺食〔二〕。文選：徐敬業詩云：鮮車騖華轂，汗馬躍金鞍〔三〕。趙云：應劭漢官儀曰：封禪壇有白玉盤。漢武内傳曰：西王母以七月七日降帝宫，命侍女索桃。須臾，以玉盤盛桃七枚。又，古詩曰：美人贈我雙玉盤〔四〕。

非關使者徵求急，自識將軍禮數寬。嵇康書云：阮籍爲禮法之士所繩，賴大將軍保持之耳。趙云：上句遣使者求賢事。莊子載顔闔守陋閭，苴布之衣而自飯牛。魯君之使者至，顔闔自對之。使者曰：此顔闔之家歟？闔對曰：是也。使者致幣，顔闔曰：恐聽者謬而遺使者罪，不若審之。使者還，反審之。復求之，則不得矣。公詩以嚴公來時，自先遣使者通報，非是求之急也。自識將軍禮數寬，則廉頗傳云：不知將軍寬之至此也。**百年地闢柴門迥，五月江深草閣寒。**趙云：百年地闢，以久荒蕪之地，今才闢而立柴門於此。鄰里絶鮮，所以幽迥也。五月非寒之時，以草閣臨深江，所以寒；與因驚四月雨聲寒同。**看弄漁舟移白日，老農何有罄交歡！**趙云：看弄漁舟，則以言嚴公也。移白日，則終日也。老農，公自言也。字則孔子曰：吾不如老農。語曰：何有於我哉！漢書曰：郭解入關，賢豪交歡。苕溪漁隱曰：律詩之作，用字平側，世固有定體，衆共守之。然不若時用變體，如兵之出奇，變化無窮。杜公此篇，即七言律詩之變體也。韋蘇州詩：南望青山滿禁闈，曉陪鴛鷺正差池。共愛朝來何處雪，蓬萊宫裏拂松枝。如上嚴公寄題錦江亭詩「漫向江頭把釣竿」，亦是變體。唐人如此甚多，學者不可不知。

【校勘記】

〔一〕「俊滯」，樂府詩集卷二十七相和歌辭二、梁詩卷十三對酒行作「復滿」。

〔二〕「綺」，原作「騎」，訛，據玉臺新詠卷五、樂府詩集雜曲歌辭七何遜擬輕薄篇改。

〔三〕「金」，文選卷二十二、梁詩卷十二徐敬業古意酬到長史溉登琅邪城詩作「銀」。

〔四〕「美人贈我雙玉盤」，玉臺新詠卷九、文選卷二十九、漢詩卷六張平子四愁詩作：「美人贈我琴琅玕，何以報之雙玉盤。」

嚴公廳宴同詠蜀道畫圖得空字

日臨公館静，畫列地圖雄。禮記：曾子問云：公館復，私館不復。光武披輿地圖，指示鄧禹。劍閣星橋北，松州雪嶺東。華陽記：李冰造七星橋，上應七星。劍閣，在劍州，乃蜀之門户，即星橋之北也。吴漢伐公孫述，光武謂曰：安軍宜在七星間。蓋謂是也。趙云：九域志於威州云：南去雪嶺二百六十里。松州，即今之威州，故在雪嶺東矣。此兩句已盡蜀道地理。華夷山不斷，吴蜀水相通。趙云：蜀道地理連南詔、西羌。錦江直下，經楚通吴。此兩句又以終言蜀道地理。興與煙霞會，清罇幸不空。趙云：謝脁與江水曹詩：山中正芳月〔一〕，故人清罇賞。孔融曰：罇中酒不空。

【校勘記】

〔一〕「正」，玉臺新詠卷四、齊詩卷六謝脁與江水曹詩作「上」。

奉送嚴公入朝十韻〔一〕

鼎湖瞻望遠，象闕憲章新。鼎湖，黃帝事。陸佐公石闕銘：象闕之制，其來已遠。春秋設舊章之教，經禮垂布憲之文。杜補遺：風俗通義：魯昭公設兩觀於門，是謂之闕。爾雅曰：觀謂之闕。釋名曰：闕在兩旁〔二〕，中間闕然爲道也。博雅曰：象魏，闕也。周禮：懸治象之法于象魏。故闕或謂之象闕，謂之魏闕。梁書何胤曰：闕者，謂之象魏〔三〕。象者，法也；魏者，當塗而高大也。趙云：上句以言肅宗之上昇，下句以言代宗之初立。一止承用此兩句〔四〕，更與下「憲章新」尤爲顯然也〔五〕。四海猶多難，中原憶舊臣。趙云：舊臣，指嚴公。嚴公既自朝廷來蜀，今憶之而召歸，斯爲中原舊臣矣。與時安反側，自昔有經綸。周禮：無敢反側。光武云：令反側子自安。易云：君子以經綸。感激張天步，從容靜塞塵。詩：天步艱難。三國吳志：清天步而歸舊物。南圖回羽翮，北極捧星辰。莊子：夫鵬九萬里而圖南。趙云：上句言嚴公入朝，如鵬之圖南也。下句言嚴公入奉天子，如孔子所謂「北辰居其所，而衆星拱之」也。漏鼓還思晝，宮鶯罷囀春。趙云：其得君常思日晝而朝見，亦晝日三接之義〔六〕。公到闕日，正夏時，故「宮鶯罷囀春」也。空留玉帳術，愁殺錦城人。唐藝文志有玉帳經一卷，兵書也。趙云：玉帳者，大帥、將軍之帳。言嚴公之歸朝，而空留玉帳之術，則錦城人愁而思戀之也。閣道通丹地，江潭隱白蘋。趙云：天子殿上謂之丹墀，一説禁中謂之彤庭，言丹地也。張正見艷歌云：執戟趍丹地〔七〕，豐貂入建章。下句公自言其在草堂。蓋堂之前臨浣花江，近百花潭，故謂之江潭。爾雅曰：苹，蓱也，其大者曰蘋。屈原湘夫人詞曰：登白蘋兮騁望。柳惲詩曰：汀洲採白蘋。隱於白蘋洲渚間，言蘋之多也。此生那老蜀，不死會歸秦。公若登台輔，臨危莫愛身。言當殺身以成仁也。趙云：末句之意，所謂贈人以言者。語：危而不持，顛而不扶，則將焉用彼相矣。

【校勘記】

〔一〕詩題「入朝十韻」四字，原作「十韻入朝」，訛，據文淵閣本、文津閣本、文瀾閣本、清刻本、排印本改。

〔二〕「旁」，文淵閣本、清刻本、排印本作「傍」。

〔三〕「梁書何胤曰」三句，「梁書」原作「南史」，檢南史無「闕者謂之象魏」句，考梁書卷五十一何胤傳有此句，當是誤置，據改。又，「何胤」，文瀾閣本作「何運」，清刻本、排印本作「何允」，係避諱。

〔四〕「止承」，清刻本、排印本作「章首」。

〔五〕「更與下憲章新尤爲顯然也」十一字，清刻本、排印本作：「原所以入朝之故，函蓋通篇。」

〔六〕「之義」底本漫滅，據文淵閣本、文津閣本、文瀾閣本、清刻本、排印本補。

〔七〕「趍」，文淵閣本、文津閣本、文瀾閣本、清刻本、排印本作「移」，樂府詩集卷二十八相和歌辭三、陳詩卷二張正見艷歌行作「超」。

酬别杜二嚴武[一]

獨逢堯典日，再覩漢官時。堯將遜于位[二]，讓于虞舜，作堯典。時代宗初立，蓋取虞舜作堯典之義。未效風霜勁，空慙雨露私。趙云：未效風霜勁，正以嚴爲御史大夫也。御史風霜之任。傳：雨露之所潤。夜鐘清萬户，曙漏拂千旗。並向斜亭謁，俱承别館追。斗城憐舊路，渦水惜歸期。長安故城，城南爲南斗形，北作北斗形，故號曰斗城。見三輔黄圖書[三]。峰樹還相伴，江雲更對垂。試回滄海棹，更妬敬亭詩。秖是書應寄，無忘酒共持。但令心事在[四]，未肯鬢毛衰。最悵巴山裏，清猿惱夢思。

【校勘記】

〔一〕詩題，清刻本、排印本作「嚴公酬别附載」。

〔二〕「堯將遜于位」，清刻本、排印本作「唐堯將遜位」。

〔三〕「三輔黄圖書」，「圖」原作「鳳」，訛，據文津閣本、文瀾閣本、清刻本、排印本改；又「書」清刻本、排印本無。

〔四〕「令」，文淵閣本作「念」，訛。

與嚴二歸奉禮別

別君誰暖眼，將老病纏身。出涕同斜日，臨風看去塵。商歌還入夜，巴俗自爲鄰。紀瞻傳曰：臣聞易失者時，不再者年，故古之志士義人負鼎走，商歌於市，誠欲及時效其忠規，名傳不朽。爲鄰，見上注。尚媿微軀在，遥聞盛禮新。山東群盜散，闕下受降頻。諸將歸應盡，題書報旅人。

送嚴侍郎到綿州同登杜使君江樓宴得心字

野興每難盡，江樓延賞心。王子猷訪戴，乘興而來，興盡而返〔一〕。工部反其意。謝靈運云：良辰美景，賞心樂事。趙云：延展所賞之心也。歸朝送使節，落景惜登臨。宋玉悲秋云：登山臨水送將歸。謝靈運有登臨海嶠詩。稍稍煙集渚，微微風動襟。趙云：還有煙渚字。風賦曰：披襟而當之也。言動襟，則宋玉風重船依淺瀨，輕鳥度曾陰。趙云：淺瀨，出文選。王仲宣詩：巖阿增重陰。檻峻背幽谷，窗虛交茂林。

詩云：出自幽谷。蘭亭記：茂林脩竹。燈花一作光。散遠近，月彩靜高深。趙云：左傳：量地遠近〔二〕。謝玄暉詩：瞻望極高深〔三〕。城擁朝來客，天横醉後參。曹子建云：參横斗没〔四〕。言夜深也。窮途衰謝意，苦調短長吟。趙云：阮籍哭窮途。周王襃與周弘讓書：年事遒盡，容髮衰謝。選有永嘯長吟、短歌微吟。此會共能幾，諸孫賢至今。趙云：指言杜使君於公爲孫行也。不勞朱户閉，自待白河沈。薛云：左傳：晉文謂舅犯曰：所不與舅氏同心者，有如白水。遂沈璧于河。趙云：朱户，謂緜州州治也。白河沈，言天河之沈隱，夜艾也。天河曰銀河，其白可知。宋之問明河篇曰：水精簾外轉逶迤，倬彼昭回如練白。則名之爲白河何疑焉？薛注非是。新添：陳遵每大飲，賓客滿堂，輒關門，取客車轄投井中，雖有急，終不得去。末句用此意。

【校勘記】

〔一〕「返」，文淵閣本、清刻本、排印本作「反」。

〔二〕「左傳量地遠近」，檢春秋左傳注無「量地遠近」句，考禮記正義卷十二王制第五有此句，或是誤置。

〔三〕「瞻」，文選卷二十六、齊詩卷三謝玄暉郡内高齋閑坐答呂法曹詩作「礦」。

〔四〕「參横斗没」，藝文類聚卷四十一樂部一、初學記卷十八人部中、漢詩卷九曹植善哉行作「月没參横」。

奉濟驛重送嚴公四韻 驛去綿州三十里。

遠送從此别，青山空復情。趙云：謝玄暉銅雀臺詩：芳襟染淚跡，嬋娟空復情。幾時盃重把？昨夜月同行。列郡謳歌惜，三朝出入榮。三朝，武仕明、肅、代也。江村獨歸處，寂寞養殘生。

巴西驛亭觀江漲呈竇使君二首

宿雨南江漲，波濤亂遠峰。孤亭凌噴薄，見直氣森噴薄注。萬井逼春容。趙云：學記曰：善待問者如撞鐘，叩之小則小鳴，叩之大則大鳴；待其從容，然後盡其聲。注云：從讀如富父春戈之春。春，謂擊也。以爲聲之形容，言鐘之爲體，必待其擊。每一春爲一容，然後盡其聲。公於江漲言春容，則借字以言水撞擊之狀。於古詩有云：春容轉林篁。借字以言其行之悠悠，如鐘聲一春一容之未便盡也。師云：古詩：相聚得春容。霄漢愁高鳥，泥沙困老龍。宿雨以致高鳥之愁，泥沙以致老龍之困。此言小人在位，而君子沈困也。天邊同客舍，攜我豁心胸。趙云：竇使君亦是客，同在驛亭中者，故云。

其二

轉驚波作怒，即恐岸隨流。賴有盃中物，還同海上鷗。陶淵明詩曰：天運苟如此，且進盃中物。列子云：海上人好鷗鳥，其父欲取玩之，明日鷗鳥舞而不下。關心小剡縣，傍眼見揚州。王子猷居山陰，雪夜訪戴安道。安道時在剡縣，便乘小舟詣之。公欲東遊，因觀江漲而若見揚州也。爲接情人飲，朝來減片愁。

又呈竇使君

向晚波微綠，連空岸脚青。文選：春草碧色，春水綠波〔一〕。送君南浦，傷如之何！日兼春有暮，愁與醉無醒。漂泊猶盃酒，踟躕此驛亭。相看萬里別，同是一浮萍。

【校勘記】

〔一〕「綠」，文選卷十六、全梁文卷三十三江淹別賦作「淥」。

遣憂

亂離知又甚，消息苦難真。詩云：亂離瘼矣，爰其適歸〔一〕。言亂離實甚，雖聞其消息而不真也。受諫無今日，臨危憶古人。禮記：天子齋戒受諫。紛紛乘白馬，攘攘著黃巾〔二〕。後漢靈帝時，鉅鹿人張角自稱黃天，其部師有三十六萬人，皆著黃巾，同日反叛。王審知乘白馬履行陣，望者披靡，號白馬將軍。師云：張湛，光武時，朝或有惰容，湛輒陳諫其失。常乘白馬，帝每見湛，輒言：白馬生且復諫矣。隋氏留宮室，焚燒何太頻。如項羽燒秦宮室，三月火不滅之類。唐太宗入洛陽，觀隋宮殿，歎曰：逞侈心，窮人欲，無亡得乎？撤端門樓，焚乾陽殿。

【校勘記】

〔一〕「爰」，文淵閣本、文津閣本、文瀾閣本、清刻本、排印本作「奚」。

〔二〕「著」原作「看」，訛，據清刻本、排印本並參錢箋卷十八附録杜詩改。

早花

西京安穩未？不見一人來。臘月巴江曲，山花已自開。盈盈當雪杏，艷艷待春梅。直恐風塵暗，誰憂客鬢催。

巴山

巴山遇中使，云自陜城來。盜賊還奔突，乘輿恐未回。天寒召伯樹，地闊望僊臺。詩甘棠，美召伯也。漢武立望僊臺。狼狽風塵裏，群臣安在哉？狼狽，見上北征補遺。漢書主父偃傳云：徐樂、嚴安與偃俱上書。書奏，上召見三人，謂曰：公皆安在？何相見之晚也。

收京

復道收京邑，兼聞殺犬戎。時肅宗尅復京師，公聞之，故有此詩。王洙序公詩云：去年收京[一]，扈從還長安。衣冠却扈從，車駕已還宫。按肅宗紀云：至德二年十二月丙午，上皇天帝至自蜀。凡從蜀郡扈從三品以上予一子官，四品以下與一子出身。宫，即興慶宫也。尅復誠如此，扶持在數公。時王室再造，賴子儀、光弼數公。詩意言京師尅復，實數公扶持之力也。莫令回首地，慟哭起悲風。

【校勘記】

〔一〕「去年」，原作「明年」，據排印本改。又，「收京」二字，底本漫滅，據文淵閣本、文津閣本、文瀾閣本、清刻本、排印本補。

巴西聞收京送班司馬入京

聞道收京廟，鳴鑾自陜歸。漢書司馬相如傳云：鳴玉鸞。言京廟既收，天子鳴鑾，自陜而歸也。傾都看黄屋，正殿引朱衣。漢高祖紀曰：紀信乘王車，黄屋左纛。注：謂天子車以黄繒爲蓋裏。又文選范曄詩云〔一〕：黄屋非堯心。劍外春天遠，巴西勑使稀。念君經世亂，匹馬向王畿。周禮職方氏：方千里曰王畿。

【校勘記】

〔一〕「范曄詩云」四字，清刻本、排印本作「范蔚宗詩」。

送司馬入京

群盜至今日，先朝忝從臣。歎君能戀主，久客羨歸秦。公詩又有「不死會歸秦」之句。黃閣長司諫，丹墀有故人。丞相宰輔政事之堂曰黃閣。文選劉孝標廣絶交論云：彯組雲臺者摩肩，趨走丹墀者疊跡。前漢：班婕妤退處作賦云：俯視兮丹墀，思君兮履綦。向來論社稷，爲話涕霑巾。文選：張平子四愁詩云：側身北望涕霑巾。又潘安仁懷舊賦云：步庭廡以徘徊，涕泣流而霑巾。

花底

紫蕚扶千蘂，黃鬚照萬花。忽疑行暮雨，何事入朝霞。恐是潘安縣，堪留衛玠車。潘岳爲河陽令，植桃李花，人號曰河陽一縣花。衛玠在群伍中有異，乘白羊車，所至看者如堵，號爲璧人。深知好顏色，莫作委泥沙。

柳邊

只道梅花發，那知柳亦新。枝枝總到地，葉葉自開春。古人爲歌詩，使枝枝葉葉字，尚質而不文也。如曹子建艷歌：枝枝自相植，葉葉各相當〔一〕。至子美是詩用此字，遂脱去俗韻，真點石成金手也。紫燕時翻翼，黄鸝不露身。漢南應老盡，灞上遠愁人。

【校勘記】

〔一〕「各」，藝文類聚卷八十八木部上曹植艷歌作「自」。

城上

草滿巴西緑，空城白日長。趙云：按新唐書地理志：閬州本隆州巴西郡，以避玄宗諱改焉。風吹花片片，春動水茫茫。八駿隨天子，趙云：列子：穆王命駕八駿之乘。其云隨天子，則穆王謂之穆天子也。群臣從武皇。趙云：漢武帝也。帝初幸汾陰，至洛陽始巡幸郡縣，寖尋於泰山矣。其所廵幸，周萬八千里，羣臣之從可知也。遥聞出廵守，早晚遍遐荒。趙云：代宗廣德元年十月，吐蕃寇奉天、武功。丙子，車駕幸陜州。戊寅，吐蕃陷京師。末句不敢言天子蒙塵，姑以廵守微言之耳，而云遍廵狩，則以巴閬僻遠，雖今歲猶未知車駕去歲便歸長安之實，但傳聞或議北上蕭關，或欲東廵滄海，且又欲徙洛陽也。尚書：五載一廵狩。

翫月呈漢中王

王，名瑀，讓皇帝之子，汝陽王璡之弟也。

夜深露氣清，江月滿江城。浮一作游。客轉危坐，歸舟應獨行。後漢書云：茅容避雨樹下，危坐愈恭。關山同一照，趙云：照字，舊一本作點，非也。照字乃出月賦，千里共明月之意。烏鵲自多驚。古樂府：月明星稀，烏鵲南飛。遶樹三匝，何枝可栖。欲得淮王術，風吹暈已生。淮南子：月隨灰而暈缺。注云：以蘆灰環月，缺其一面，暈亦隨缺。杜田：古樂府北周王褒關山月云：天寒光轉白，風多暈欲生〔一〕。

【校勘記】

〔一〕「北周」，原作「宋」，據北周詩卷一載王褒關山月詩改。

漢州王大録事宅作

南溪老病客，相見下肩輿。近髮看烏帽，催蓴煮白魚。宅中平岸水，身外滿牀書。憶爾才名叔，含悽意有餘。

陪王漢州留杜綿州泛房公西湖

舊相恩追後，春池賞不稀。房琯相肅宗，以事責官，出爲漢州刺史。湖，琯所鑿也。趙云：按新唐書：房琯於乾元元年以宰相貶，出爲邠州刺史。政聲流聞。召拜太子賓客，遷禮部尚書，爲晉、漢二州刺史。恩追後，則指言於恩追而未行之間，其必數數遊湖。此追道其實也。闕庭分未到，舟楫有光輝。趙云：言未到天子闕庭，且於此遊湖，而當承恩命時，則舟楫爲有光輝矣。東京賦云：闕庭神麗。書高宗云：用汝作舟楫。豉化蓴絲軟，刀鳴鱠縷飛。世説：王武子前有羊酪，問陸雲：吴中何以敵此？雲曰：千里蓴羹，但未下鹽豉。杜補遺：本草云：蓴生水中，葉似鳧葵，採莖堪啖，花黄。自三月至八月，莖細如釵股，通名絲蓴。趙云：蓴鱠，言湖中所有也。使君雙皁蓋，灘淺正相依。趙云：雙皁蓋，言王、杜二史君也。漢制，中二千石，二千石皆皁蓋，朱兩幡。出後漢輿服志。

舟前小鵝兒

漢州城西北角官池作。趙云：官池，即房公湖也。琯未爲漢州刺史，止謂之官池，後人以其池經房公修之，故名之曰房公湖。

鵝兒黄似酒，對酒愛新鵝。引頸嗔船逼，無行亂眼多。翅開遭宿雨，力小困滄波。客散曾城暮，狐狸奈若何？趙云：此篇甚明，不須强注。鵝兒黄似酒，蓋自公始爲之譬也。東坡詩云：小舟浮鴨緑，大杓瀉鵝黄。乃用此意。項羽歌云：虞兮虞兮奈若何。

得房公池鵝

房相西亭鵝一群，眠沙泛浦白於雲。鳳凰池上應回首，爲報籠隨王右軍。趙云：鵝有鳳池之望，恐爲王右軍籠去，此蓋公以自興也。鳳池事，荀勖罷中書令爲尚書，人賀之，乃曰：奪我鳳凰池，何賀我耶？右軍事，王羲之性愛鵝，見山陰道士有群鵝，爲寫道德經，遂籠鵝而歸。今公詩意，蓋以興己之不必望趨華近，已甘從高人所愛，而隨之以飲啄也。

新刊校定集注杜詩卷二十四

近體詩

戲作寄上漢中王二首王新誕明珠。

雲裏不聞雙雁過，掌中貪見一珠新。趙云：會稽典録曰：虞同少有孝行。爲日南太守，常有雙雁宿止廳上[一]。幽明録：張華言入九館之人，所見癡龍，初一珠食之，天地等壽。雁言雲裏，則魏應璩詩曰[二]：朝雁鳴雲中。珠言掌中，則佛書有云[三]：如掌中珠。新添：詩謂久無音問，以王新得子故也。漢使謂單于曰：天子於上林射得雁，雁足有蘇武繫書。三輔決録：孔融見韋元將，與其父書曰：不意雙珠，生於老蚌。

秋風嫋嫋吹江漢，只在他鄉何處人。趙云：屈原湘夫人篇云：嫋嫋兮秋風。吹江漢，則公作此詩時在夔州也。公故於夔州，每用江漢，則二水所經，會於荆渚之下。「秋風嫋嫋吹江漢」之際，是何處人在此他鄉？所以自述也。

【校勘記】

〔一〕「虞同」，檢「少有孝行」三句，藝文類聚卷九十一鳥部中、太平御覽卷四百一十一引會稽典録作「虞國」。

〔二〕「則」，清刻本、排印本無。「詩曰」文淵閣本、文津閣本作「曰詩」；「曰」清刻本、排印本無。

〔三〕「則佛書有云」，清刻本、排印本作「佛書」。

其二

謝安舟楫風還起，梁苑池臺雪欲飛。趙云：謝安以比漢中王。安嘗與孫綽等泛海。風起浪涌，諸人並懼，安吟嘯自若，人咸服其雅量。西京雜記曰：梁孝王好宫室苑囿之樂，築兔園。謝惠連雪賦：歲將暮，時既昏。寒風積，愁雲繁。梁王不悦，遊於兔園。俄而微霰零，密雪下〔一〕。杳杳東山攜漢妓，泠泠一作陰陰。脩竹待王歸。杜補遺：續漢書：梁孝王兔園多植竹，即所謂脩竹園。地志云：孝王東苑方三百里，園苑中有雁池、脩竹園。趙云：上句戲漢中王，方在舟中，其攜妓東山之興尚杳杳然，又所以成謝安舟楫之句。脩竹待王歸，又所以成梁苑池臺之句。

【校勘記】

〔一〕「謝惠連」，原作「謝靈運」，檢「歲將暮」八句，文選卷十三作謝惠連雪賦，據清刻本、排印本並參文選改。

投簡梓州幕府簡韋十郎官 新添

幕下郎君安隱無，趙云：隱，讀從穩。佛書：問訊世尊安隱否。從來不奉一行書。固知貧病人須棄，能使韋郎跡也疎。孟浩然詩：不才明主棄，多病故人疎。亦此意。

答楊梓州

悶到房公池水頭，坐逢楊子鎮東州。却向青溪不相見，回船因載阿戎遊。趙云：青溪，應地名偶同。不然，指水之青碧爲青溪，若緑水、白水之義。古詩云：青溪如委黛。載阿戎遊，必是紀其載兒以遊也。阮籍謂王渾曰：共卿言，不如與阿戎談。阿戎，王戎也，渾之子。

贈韋贊善別

扶病送君發，自憐猶不歸。詩：式微，式微，胡不歸？秖應盡客淚，復作掩荆扉。趙云：客淚，言爲客之淚也。雖送人之際，其身亦客故爾。沈休文宿東園詩云：荆扉新且故。江漢故人少，音書從此稀。往還二十載，歲晚寸心違。趙云：寸心字，本於列子，載龍叔謂文摯曰：吾見子之心矣，方寸之地虚矣。左傳云：王心不違。又，文選庾信愁賦云：且將一寸心，能容萬斛愁〔一〕。又嵇叔夜幽憤詩：事與願違，遘兹淹留。又張季鷹秋日北園詩：旅途驚歲晚，歸興與心違〔二〕。

【校勘記】

〔一〕「文選庾信愁賦」三句，先後解輯校戊帙卷九此詩注〔二〕校語云：「今按，文選成書年代在庾信前，必無庾信賦入選之理。」此説是。又，「且將一寸心，能容萬斛愁」二句，檢庾信詩無，任淵後山詩注卷五古墨行注引有此二句。

〔二〕「又文選庾信愁賦云」以下全部注文，檢先後解輯校戊帙卷九此詩所引趙次公原注〔二〕，無。可知此非趙注，蓋爲郭知達編纂集注時所輯録。

送李卿曄〔一〕

王子思歸日，長安已亂兵。趙云：王子，指李曄也〔二〕。時有吐蕃之亂。霑衣問行在，趙云：十月，代宗出幸陝也。走馬向承明。趙云：漢承明殿在未央宫，霍光傳：太后幸未央承明殿是已。此兩句併言李曄所以去之事。漢武帝詔嚴助居承明之廬。暮景巴蜀僻，春風江漢清。趙云：歲暮之時，僻在巴蜀，公每有意爲荆楚之遊，預言其當春時在江漢間矣，故云。晉山雖自棄，魏闕尚含情。趙云：按宣室志載，唐故尚書李公銑鎮北門時，有道士尹君者隱晉山，不食粟，嘗餌柏葉，與今公在蜀詩全不相干。按新唐書地理志，閬州晉安縣下注云：本晉城，避隱太子諱更名。此所謂晉山乎？以俟博聞。魏闕，天子之闕也。魏者，大也，所謂象魏是已。莊子云：身在江湖之上，而心馳魏闕之下。江文通詩云：臨風默含情。此兩句公自言其身在外而心常在朝廷也。

【校勘記】

〔一〕詩題，文瀾閣本作「送李卿」；又，「曄」，清刻本、排印本作「煜」，係避諱。

〔二〕「曄」，文瀾閣本、清刻本、排印本作「煜」，係避諱。

絶句

江邊踏青罷，迴首見旌旗。趙云：或云江邊踏青乃成都事，每以三月三日出郊，言踐踏青草，故謂之踏青。是不知處處皆然。孟浩然大隄行云：歲歲春草生，踏青三兩日[一]。又豈特川中邪？新添注：唐李綽輦下歲時記：上巳賜宴群臣於曲江，傾城人物於江頭禊飲踏青。風起春城暮，高樓鼓角悲。趙云：古樂府：春城起風色。

【校勘記】

〔一〕「三兩日」，全唐詩卷二十一、卷一百五十九孟浩然大隄行寄萬七作「二三月」。

九日登梓州城

伊昔黄花酒，如今白髮翁。月令云：菊有黄華。費長房謂桓景曰：九月九日可登高飲菊花酒以除災。追歡筋力異，望遠歲時同。禮記：老者不以筋力爲禮。弟妹悲歌裏，朝廷醉眼中。兵戈與關塞，此日意無窮。趙云：兵戈以言格戰，關塞以言屯戍。時吐蕃之亂，既與之戰，且有防守也。

九日奉寄嚴大夫

九日應愁思，經時冒險艱。左傳曰：險阻艱難，備嘗之矣。不眠持漢節，何路出巴山。蘇武傳：匈奴徙武北海上，杖漢節牧羊，卧起操持，節旄盡落。趙云：武爲明皇、肅宗山陵橋道使，故云不眠持漢節也。下句則公自言，蓋公時方在梓，久客而欲出耳。蜀都賦云：東則左綿巴中，百濮所充。蓋自綿而東乃巴也。小驛香醪嫩，重巖細菊斑。遥知簇鞍馬，回首白雲間。趙云：此言九日所遇之景物也。於此遥想其簇鞍馬，而回首白雲以望之，此嚴武所謂杜二見憶者也。

巴嶺答杜二見憶 嚴武〔一〕

卧向巴山落月時，兩鄉千里夢相思。趙云：嚴、杜相去千里，各在一涯，而夢想也。蓋亦千里共明月之意。可但步兵偏愛酒，阮籍聞步兵厨多美酒，營人善釀，求爲校尉。也知光禄最能詩。謝光禄名莊，字希逸，七歲能屬文，所著文字四百餘首行於世，仕至光禄大夫。江頭赤葉楓愁客，楚詞：湛湛江水兮上有楓。籬外黄花菊對誰？張季鷹：黄花如散金。跋馬望君非一度，冷猿秋雁不勝悲。薛云：此詩洪覺範謂之骨含蘇李體。

【校勘記】

〔一〕詩題，清刻本、排印本作「嚴大夫巴嶺見答附載」。

懷舊

趙云：此篇與下所思不見二篇，蓋同時作。何者？公於三人平生之所善。蘇源明已死而追悼之，題則曰懷舊；鄭虔貶台州而聞其消息，題則曰所思；李白久不見而近不得其音信，故題曰不見。懷舊，晉潘安仁追悼楊肇父子，嘗作懷舊賦，故公倚以爲題。

地下蘇司業，情親獨有君。趙云：司業即源明也。公於下自注「地下」字云：王隱晉書載：蘇韶見其弟節云：卜商、顏淵今爲地下修文郎。天寶間，源明自東平太守召爲司業，其後以秘書少監卒。今云司業，則其當時聲稱之著也。那因喪一作哀。亂後，便有一云作。死生分。趙云：喪亂，一作哀亂；便有，一云便作，皆非。蓋時雖亂而非哀，便作不若便有之快。老罷知明鏡，悲來望白雲。趙云：南史蔡興宗傳：太尉沈慶之曰：加老罷私門，兵力頓闕。知明鏡，則因明鏡而知其老罷之狀也。李陵與蘇武詩：仰視浮雲馳。又蘇武別弟詩曰：仰視浮雲翔。自從失詞伯，不復更論文。趙云：王充論衡有云：文詞之伯。論文，見魏文典論。

所思

得台州鄭司户虔消息。

鄭老身仍竄，台州信所一作始。傳。趙云：古樂府有云：有所思。而古詩云：所思在遠道。虔遷著作郎，以安禄山之汙，免死，貶台州司户參軍。爲農山澗曲，卧病海雲邊。趙云：前漢楊惲云：願爲農夫没此生矣。謝玄暉有在郡卧病呈沈尚書詩。卧病對爲農。公古詩亦云：卧病識山鬼，爲農知地形。世已疎儒素，人猶乞酒錢。趙云：虔好飲而貧乏。公嘗與詩云：賴有蘇司業，時時與酒錢。故今言人猶乞酒錢，所以拈出舊語也。徒勞望牛斗，無計斸龍泉。晉書張華寶劍事，蓋以劍比鄭公之在台州，如劍埋土中，雖遠望其有衝牛斗之氣，而無由掘顯之也。台州、酆城，皆在江南，故得用之。龍泉，劍名。水經注：晉太康地理志曰：縣有龍泉可以砥礪刀劍，特堅利，是以龍泉之劍爲楚寶也。又越絶書曰：楚王令人之吴越，見歐冶子、干將，使爲鐵劍三枚，一曰龍泉，二曰太阿，三曰工布。

不見

近無李白消息。吾久不見賈生。公倚以爲題。趙云：漢文帝云：

不見李生久，佯狂真可哀。趙云：箕子避紂而被髪佯狂。唐新史載，白以永王璘之累，長流夜郎。會赦，還潯陽，坐事下獄。世人皆欲殺，吾意獨憐才。趙云：潯陽之獄，蓋亦衆人欲殺之證乎？敏捷詩千首，飄零酒一盃。趙云：漢書：嚴延年爲人短小精悍，敏捷於事。齊陸厥與沈約書云：揚脩敏捷。謝惠連雪賦云：憑雲升降，從風飄零。王僧孺致仕表云：菫蕣朝采，飄零已及。酒一盃，素問云：飲以美酒一盃。新添：張翰曰：使我有身後名，不如生前一盃酒。匡山讀書處，頭白好歸來。白始隱岷山，後客任城，居徂徠山，而並不載匡山。杜補遺：范傳正李白新墓碑云：白厥先避仇，客居蜀之彰明，太白生焉。彰明有大、小匡山，白讀書於大匡山，有讀書臺尚存。其宅在清廉鄉，後廢爲僧坊，號隴西院，蓋以太白得名。院有太白像，唐綿州刺史高忱及崔令欽記，所謂匡山，乃彰明之大匡山，非匡廬也。趙云：詩意則公既在蜀，而白舊有讀書處，欲招其歸來也。

題玄武禪師屋壁 今梓州中江縣，古玄武縣。

何年顧虎頭，滿壁畫瀛洲。虎頭，僧相也。杜正謬云：歷代名畫記曰：顧愷之，字長康，小字虎頭。多才氣，尤工丹青。傳寫形勢，莫不絕妙。曾於瓦棺寺北殿畫維摩詰像，畫訖，光照月餘日。趙云：洪駒父嘗云：顧愷之小字虎頭。維摩詰是過去金粟如來，故乞瓦棺寺顧畫摩詰之詩卒章云：虎頭金粟影，神妙極難忘。乃注云：虎頭，僧相；金粟，金地。此殊可笑也。洪之説如此。以虎頭爲愷之小字，蓋本古今畫録所云耳。然歐陽率更作類書於甘蔗門載世説曰：顧愷之爲虎頭將軍。世説即宋劉義慶之書，其去晉爲未遠，而歐陽率更所據全書中引用，但更不見晉人別作虎頭將軍者。一稱小字，一是官號，當俟博物者辨之[一]。瀛洲，神仙十洲中之一名也。赤日石林氣，青天江水流。此皆言所畫之景物也。水，一作海。錫飛常近鶴，天台賦：振金策之鈴鈴。飛錫杖也。又云：高真飛錫以躡虛[二]。注云：得真道之人，執錫杖而行於虛空，故云飛也。杜補遺：圖經載：舒州潛山最奇絕，而山麓尤勝。誌公與白鶴道人欲之，同請於梁武帝。帝以二人悉具靈通，俾各以物識其地，得者居之。道人云：

某以鶴止處爲記。誌公云：某以卓錫處爲記已。而鶴先飛去，至麓將止，忽聞空中錫飛聲，遂卓於山麓。道人不懌，然以前言不可食，乃各於所識之地築室焉。今之三祖寺、靈仙觀，即其故地也。**杯渡不驚鷗。** 高僧傳：杯渡者，不知其名姓，常乘木杯渡河，因名焉。佛圖澄變化詭異，圖澄在石勒時，以爲海鷗。杜正謬云：傳燈録云：劉宋時，杯渡者不知姓名，常乘木杯渡水，止宿一家，有金像，求之弗得，因竊以去。主人追之至孟津，浮木杯渡河，無假風棹，輕疾如飛。趙云：錫飛杯渡，則必畫僧之登山渡水者。以不驚鷗字貼之，取列子狎鷗之意。**似得廬山路，真隨惠遠遊。** 趙云：言所畫之趣，似是廬山路，可以尋惠遠大師也。

【校勘記】

〔一〕「一稱小字」三句，世説新語箋疏排調第二十五第六十一條「嘉錫案」作：「虎頭是小字，而非官名。」

〔二〕「高」，清刻本、排印本作「應」。案，文選卷十一、全晉文卷六十一遊天台賦作「應」。

聞官軍收河南河北

趙云：史朝義已滅，漸復河南、河北矣，故公遠聞而賦詩也。

劍外忽傳收薊北，初聞涕淚滿衣裳〔一〕。 漢高祖徙燕，將臧荼爲燕王，都薊。薊，即幽州薊縣。唐分十道，薊爲漁陽，屬河北道。師云：唐寶應元年，諸將擊史朝義，朝義走河北，遂克東都。十一月，朝義幽州守將李懷仙斬其首表獻〔二〕，河北平。**却看妻子愁何在，漫卷詩書喜欲狂。**趙云：公每憂喪亂而妻子流離，既聞收薊北，則天下有平定之理，所以却看妻子而不知其愁之所在。下句謂讀書之際，聞已收薊北，得與妻子有長聚之慶，所以漫卷之而喜欲狂也。**白日放歌須縱酒，青春作伴好還鄉。**放歌縱酒，即喜欲狂之意。**即從巴峽穿巫峽，便下襄陽向洛陽。**公自注云：余田園在東京。趙云：此公之意欲離蜀還鄉矣。

【校勘記】

〔一〕「淚」，文淵閣本、文津閣本、文瀾閣本、清刻本、排印本作「泣」，訛。案，二王本杜集卷十二、百家注逸詩拾遺、分門集注卷十三以及錢箋卷十二均作「淚」，可證。

〔二〕「李懷仙」，原作「李懷光」，據清刻本、排印本並參舊唐書改。案，舊唐書卷十二德宗本紀云：「朝義走河北。分命諸將追之，俄而賊將懷仙斬朝義首以獻，河北平。」舊唐書卷一百四十三李懷仙傳云：「朝義以餘孽數千奔范陽，懷仙誘而擒之，斬首來獻。」

涪江泛舟送韋班歸京 得山字

追餞同舟日，傷心一水間。趙云：同舟而濟。古詩云：相望一水間。心，一作春。**飄零爲客久，衰老羨君還。**吴曜韋自陳袁老，求去侍、史二官。花雜一作遠。重重樹，雲輕處處山。梁元帝春日詩：春情處處多。何遜詩：客子行行倦，年光處處華。天涯故人少，更益鬢毛斑。韋班歸京，公猶在蜀，則天涯故人鮮少矣。憂思朋舊，而鬢班也。

春日梓州登樓二首

行路難如此，登樓望欲迷。古樂府有行路難篇。身無却少壯，跡有但羇栖。江水流城郭，春風入鼓鞞。趙云：正月，史朝義雖滅，而三月党項羌寇同州，郭子儀敗之于黄堆山，兵戈猶未可已，所以有鼓鞞。樂記：聽鼓鞞之聲，則思將帥之臣。雙雙新燕子，依舊已銜泥。古詩：思爲雙飛燕，銜泥巢君堂。

右一

天畔登樓眼，隨春一作風。入故園。公前篇自注云：余田園在東京。戰場今始定，移柳更一作豈。能存。趙云：故園之下云戰場，則又指東京而言。是時，史朝義已滅，戰場雖定，而故園經盜賊，所移之柳，豈更能存乎？更字，乃疑辭也。厭蜀交遊冷，思吴勝事繁。

公久居蜀，交遊少。前詩有「天涯故人少」之句，意欲遊兩浙也。張翰在洛，因秋風起而思矣。應須理舟楫，長嘯下荆門。杜補遺云：袁崧宜都山川記曰：南崖有山名荆門，北崖有山名虎牙，二山相對，有象門也。

右二

遣憤

聞道花門將，論功未盡歸。趙云：花門，回紇也。壬寅寶應元年，回紇請助國討賊。次歲癸卯，廣德元年，史朝義自縊死。自從收帝里，誰復總戎機。趙云：言既復帝里，誰人總兵柄乎？恐回紇恃功難制而作逆也。蜂蠆終懷毒，雷霆可震威。左傳曰：君無謂邾小，蜂蠆有毒，況國乎！趙云：蜂蠆，言回紇也。公於此疑回紇。其比之爲蜂蠆，詩人眇之之辭也。雷霆，以言人君之威。賈山傳云：人主之威，非特雷霆也，震之以威，豈有不摧折者哉！欲制回紇以威爾。莫令鞭血地，師云：任昉書：鞭血四海，流離無所。再濕漢臣衣。

送竇九歸成都

文章亦不盡，竇子才縱横。非爾更苦節，何人符大名。晉王獻之年七八歲學書，羲之密從後掣其筆不得，歎曰：此兒後當有大名。易節卦：苦節，不可貞。讀書雲閣觀，問絹錦官城。文選東京賦：起甘泉，結雲閣，觀南山〔一〕。注云：二世起雲閣，欲與南山齊，又起觀於南山巔。我有浣花竹，題詩須一行。

【校勘記】

〔一〕「觀」，文選卷三、全後漢文卷五十三東京賦作「冠」。

贈裴南部

聞袁判官自來，欲有按問。

塵滿萊蕪甑，堂横單父琴。范丹，字史雲，爲萊蕪令，清貧。人歌曰：釜中生魚范萊蕪，甑中生塵范史雲。宓子賤爲單父宰，彈琴，不下堂而治。人皆知飲水，公輩不偷金。鄧攸爲吴郡載米之官，惟飲吴水而已。直不疑爲郎，同舍郎告歸，誤持同舍郎金去。金主意不疑，不疑買金償之。後知非，金主大慚，稱爲長者。梁獄書應作，去聲。秦臺鏡欲臨。師云：鄒陽獄中上書，梁孝王出之。西京雜記：秦始皇有方鏡，照見心膽。女子有邪心者，照之，即膽張心動。始皇輒殺之。獨醒時所嫉，群小謗能深。即出黄沙在，何須白髮侵。使君傳舊德，已見直繩心。古詩：清如玉壺冰，直若朱絲繩。

奉送崔都水翁下峽

無數涪江筏，鳴橈總發時。筏，海中舟，編竹木爲之，大曰筏，小曰桴。橈，楫也。别離終不久，宗族忍相遺。白狗黄牛峽，朝雲暮雨祠。白狗、黄牛，皆峽名，言崔都水所經從之地。宋玉高唐賦序：夢巫山之女曰：妾旦爲朝雲，暮爲行雨。旦朝視之如言，故爲立廟，號曰朝雲。所過憑問訊，到日自題詩。

鄭城西原送李判官兄武判官弟赴成都

憑高送所親，久坐惜芳辰。遠水非無浪，他山自有春。趙云：遠水非無浪，以言其行路之苦辛。他山自有春，言去當春時，觸處皆可行樂，故有下句。野花隨處發，官一作妖。柳著行新。江總侍宴瑶泉殿詩云：野花不識采，旅竹本無行。陶侃傳：侃性敏察，嘗課諸營種柳。都尉夏施盜官柳植之於己門。侃後見，駐車問曰：此是武昌西門前柳，何因盜來此種？施謝罪。天際傷愁别，離筵何太頻！

題鄠縣郭三十二明府茅屋壁

江頭且繫船，爲爾獨相憐。雲散灌壇雨，春青彭澤田。師云：博物志云：太公爲灌壇令，武王夢婦人當道夜哭，問之，曰：吾是東海神女，嫁於西海神童，我行必有大風疾雨。今爲灌壇令當道，廢我行。武王覺，召太公問之，果有疾風暴雨，從太公邑外而過。又吴叙雨賦云：紆灌壇之神馭，爲高唐之麗質。陶潛爲彭澤令，郭明府乃鄠縣令。灌壇、彭澤皆令事，故子美見之於詩以贈行也。頻驚適小國，孟子：滕，小國也。一擬問高天。别後巴東路，逢人問幾賢。

客夜

客睡何曾著，秋天不肯明。魏文帝行旅詩曰：漫漫秋夜長，烈烈北風凉。展轉不能寐，披衣起彷徨。趙云：睡著、天明，通中國之常語，實道其事，而句可謂詣理矣。

入一作捲。簾殘月影，高枕遠江聲。計拙無衣食，途窮仗友生。管子曰：衣食足而知榮辱。顏延年詠阮籍詩云云。詩：雖有兄弟，不如友生。老妻書數紙，應悉未歸情。

陪王侍御宴通泉東山野亭

江水東流去，清罇日復斜。趙云：文選長歌行：百川東赴海，何時復西歸。齊謝朓與江水曹詩：山中上芳日，故人清罇賞。又梁劉苞望夕雨詩：清罇久不薦，淹留遂待君。賈誼鵩賦云〔一〕：庚子日斜也。異方同宴賞，何處是京華。趙云：史曰：秀異産於異方。又云：進各異方。庾信烏夜啼：御史府中何處宿。文選：昔余遊京華。注云：京華，帝都也。亭影臨山水，村煙對浦沙。狂歌過於勝，得醉即爲家。趙云：過於字〔二〕，如過乎恭、過乎儉之義。豈言踰過於勝絶者乎？

【校勘記】

〔一〕「鵩」，文淵閣本、文津閣本、文瀾閣本作「鵬」，訛。

〔二〕「過」，文淵閣本作「遇」，訛。

客亭

秋窗猶曙色，落木更天一作高。風。日出寒山外，江流宿霧中。聖朝無棄物，老病已成一作衰。翁。趙云：老子：長善救物，故無棄物。陳徐陵別毛永嘉詩：嗟余今老病，此別恐長離。此蓋公不怨天、不尤人之意，與孟浩然「不才明主棄，多病故人疎」之語有間矣。以謂聖世才無大小，皆量能適用，無棄擲者，而公亦自嘆其老矣，不能用也。王粲傳魏太子與吳質書云：行年長大，所懷萬端；已成老翁，但未白頭耳。多少殘生事，飄零似轉蓬〔一〕。趙云：曹植雜詩曰：轉蓬離本根，飄颻隨長風。類此客遊子，捐軀遠從戎。而袁陽源效古詩云：迺知古時人，所以悲轉蓬。按淮南子曰：聖人觀轉蓬而爲車。此借用其字以言人之飄零如蓬之轉也。

【校勘記】

〔一〕「似」，文淵閣本、文津閣本、文瀾閣本、清刻本、排印本作「已」，訛；案，二王本杜集卷十二、錢箋卷十二皆作「似」，可證。

行次鹽亭縣聊題四韻奉簡嚴遂州蓬州兩使君咨議諸昆季

馬首見鹽亭，高山擁縣青。雲溪花淡淡，春郭水泠泠。趙云：花淡淡，以其在雲溪，故也。陸士衡文賦：音泠泠而盈耳。又宋玉風賦云：清清泠泠，愈病析酲。全蜀多名士，蜀都賦：近則江漢炳靈，世載其英。鬱若相如，皭若君平。王褒韡曄而秀發[一]，揚雄含章而挺生。禮云：聘名士。嚴家聚德星。陳仲弓從諸子造荀季和。太史奏賢人聚，故人號爲德星聚。長歌意無極，好爲老夫聽。趙云：三嚴，或以爲嚴震之昆季。按唐史，震，梓州鹽亭人，西川節度使嚴武署押衙。武卒，罷歸。今公聞嚴武再鎮蜀，自閬歸成都，過此而見嚴氏，則非嚴震家矣。更俟博聞。

【校勘記】

〔一〕「曄」，文淵閣本、清刻本、排印本作「煜」，係避諱。

倚杖

鹽亭縣作。鮑照詩：倚杖牧雞豚。

看花雖郭内，倚杖即溪邊。山縣早休市，江橋春聚船。趙云：山縣早休市，道事的當，蓋如小市常争米矣[一]。狎一作野。鷗輕白日，一作浪。列子有狎鷗翁，言忘機，故物亦不懼。趙云：言可狎之鷗，遊泳乎白日之中而不知光景之可重也，勝，一作遠矣。歸雁喜青天。物色兼生意，淒涼憶去年。

【校勘記】

〔一〕「常」，文淵閣本、文津閣本、文瀾閣本、清刻本、排印本作「當」。

泛江送魏十八倉曹還京因寄岑中允參范郎中季明

遲日深江水，輕舟送別筵。詩：春日遲遲。帝鄉愁緒外，春色淚痕邊。公詩無一日而忘朝廷，故望帝鄉每生愁緒，對春色妍媚而下淚，則其憂國之心可見矣。見酒須相憶，將詩莫浪傳。趙云：見酒須相憶，言別後他日事也。下句公蓋自負其詩如此。郭受與公詩云：新詩海內流傳偏〔一〕。豈能遏其傳哉！若逢岑與范，爲報各衰年。

【校勘記】

〔一〕「偏」，原作「困」，訛，據本集卷三十六酬郭十五判官附郭受詩以及清刻本、排印本改。又，全唐詩卷二百六十一此詩作「久」。

送路六侍御入朝

童稚情親四十年，中間消息兩茫然。趙云：鄧禹傳：父老童稚，垂髦戴白，滿其車下。言與路相得於總角時也。更爲後會知何地，忽漫相逢是別筵。不分桃花紅勝錦，生憎柳絮白於綿。趙云：天厨禁臠者，洪覺範之書也，以不分桃花紅勝錦，生憎柳絮白於綿，謂之比興格，且曰：錦、綿色紅、白而適用。朝廷用真材，天下福也。惟真材者忠正，小人諂諛似忠，詐訐似正，故爲子美所不分而憎之。不知於桃花，柳絮何所據，而便比諂諛詐訐之小人乎？杜公造爲新語，其云不分、生憎，乃所以深言其紅、白也。劍南春色還無賴，觸忤愁人到酒邊。趙云：桃花之深紅，柳絮之釃白，正是春色放蕩無所藉賴者，翻是觸忤愁人，斷送令到於酒邊以散其愁。然所以愁者，以別筵故也。新添：無賴字見異聞集：織女斜河，亦復無賴。

泛江送客

二月頻送客，東津江欲平。煙花山際重，舟楫浪前輕。淚逐勸盃落，愁連吹笛生。新添：以送客之故而勸之酒，淚所以下。吹笛以爲樂，今吹笛而愁生，亦是别情感動爾。馬融去京踰年，有洛客逆旅吹笛，暫聞之，甚悲感。又，文選向子期思舊賦云：鄰人有吹笛者，發聲寥亮。追想曩昔遊讌之好，感音而歎。離筵不隔日，那得易爲情。離筵，祖餞之筵也。頻日送客亦難乎，其爲情哉。

上牛頭寺

師云：寰宇記：山在梓州郪縣西南二里，高一里，形如牛頭，四岸孤絶，俯臨州郭，上有長樂寺。樓閣煙花，爲一方勝景。

青山意不盡，衮衮上牛頭。趙云：王濟云：張華説史，衮衮可聽。蓋言已遊青山多矣，其意不盡，乃相續而上牛頭也。無復能拘礙，真成浪出遊。花濃春寺静，竹細野池幽。何處鶯啼切，移時獨未休。

望牛頭寺

牛頭見鶴林，梯逕繞幽深。一作秀麗一何深，梯逕一何深。陸士衡赴洛詩：離思一何深。春色浮一作流。山外，天河宿一作没。殿陰。趙云：言殿之高，若與天河相接。此與慈恩寺塔云「七星在北户」同意。宿，一作没。蓋不若宿字之自然。公詠江閣有云：白雲巖際宿〔一〕。與此同義。傳燈無白日，布地有黃金。釋書：以燈喻法。謂能破暗也。六祖相傳一法，故云傳燈。釋書有傳燈録，皆言傳法事。趙云：謂長明燈也。止借釋書傳燈字用。白日亦有燈，故云無白日。又，佛書：祇陁太子以黃金側布給孤長者園中，而延佛居住，故凡言佛宇謂之金地。又，江寧縣寺有晉長明燈，歲久不滅，火色變青而不熱。隋文帝平陳，訝其遠，至今猶在。休作狂歌老，回看不住心。佛書有不住相，常住相。趙云：公止摘不住兩字爲不住心，義取於無所住而生其心也。

【校勘記】

〔一〕「白」，本集卷三十一宿江邊閣作「薄」。

上兜率寺

兜率知名寺，真如會法堂〔一〕。佛書有兜率天宮，故取以名寺，真如禪理也。趙云：真如，佛書云：真際也。公每題佛寺〔二〕、紀佛僧，多用佛書中字。江山有巴蜀，棟宇自齊梁。趙云：江山自有巴蜀時便有之。此乃使羊叔子所謂自有宇宙來，便有此山之義。齊梁好佛，佛宇當是齊〔三〕、梁時所建。庾信哀雖久〔四〕，庾信作哀江南賦。以金陵瓦解而竄身荒谷。趙云：其所以哀者，公自喻也。何顒好不忘。何顒，後漢人，尚氣節，感友人之義而爲之復父讎。與李膺善，後爲宦官所陷，亡匿汝南間，所至皆親其豪傑。趙云：公蓋言已身流離於外，有庾信之哀而不忘交好，如何顒者有救之之心也。然學者多疑其上佛寺詩而及此，斯亦有所感乎？白牛車遠近，且欲上慈航。薛云：清涼禪師般若經序曰：般若者，苦海之慈航，昏衢之巨燭也。杜補遺云：法華經譬喻品曰：有大白牛，肥壯多力，形體殊好[五]，以駕寶車。蓋喻大乘也。

【校勘記】

〔一〕「真」，文津閣本作「直」，訛；案，二王本杜集卷十二、錢箋卷十二作「真」，可證。

〔二〕「公」，諸校本作「故」。

〔三〕「是」，文淵閣本、文津閣本、清刻本、排印本作「時」，訛。

〔四〕「雖」，文淵閣本、文津閣本、文瀾閣本、清刻本、排印本作「離」，訛；案，二王本杜集卷十二、錢箋卷十二作「雖」，可證。

〔五〕「殊」，妙法蓮華經卷二、法華義疏卷六譬喻品作「姝」。

望兜率寺

樹密當山逕，江深隔寺門。霏霏雲氣重，閃閃浪花翻。楚詞九章曰：霰雪紛其無垠兮，雲霏霏而承宇。海賦：蜩像暫曉而閃屍。不復知天大，空餘見佛尊。老子云：天大地大也。佛言：天上天下，惟我獨尊。時應清盥罷，隨喜給孤園。釋書：給孤園，又給孤長者。趙云：前便引祇陁太子求給孤獨長者園以延佛居止，故今佛宇亦稱給孤園。

甘園

春日清江岸，千甘二頃園。襄陽記：李衡於武陵龍陽洲上種甘千樹，臨死勑兒曰：吾州里有千頭木奴。史記蘇秦傳：使我有雒陽負郭二頃田，安能佩六國相印？青雲羞葉密，白雪避花繁。郭璞柑贊：花染繁霜〔一〕，葉鮮翠藍。趙云：本言密葉如雲，白花如雪，而變其語乃云雲羞、雪避，此公新奇之句。結子隨邊使，開筒近至尊。蜀柑向時歲入貢。後於桃李熟，終得獻金門。公自托意於末句也。

【校勘記】

〔一〕「花」，藝文類聚卷八十七果部下、全晉文卷一百二十一郭樸柑贊作「實」。

數陪章梓州泛江有女樂在諸舫戲爲艷曲二首

趙云：一本作李梓州，非是。蓋後有陪章留後也。

上客回空騎，趙云：客既登船，遣騎空回也。史記平原君傳：毛先生至楚而使趙重於九鼎，遂以爲上客。佳人滿近船。選詩：燕趙多佳人，美者顏如玉。江清歌扇底，以扇自障而歌，故謂之歌扇。新添：庾肩吾詩：願以重光曲，承君歌扇塵。野曠舞衣前。玉袖凌風並，趙云：凌風並立，想女樂不一其人矣，所以成「佳人滿近船」之句。金壺隱浪偏。競將明媚色，偷眼艷陽年。一作天。趙云：鮑明遠學劉公幹體詩：朔風吹朔雪，千里度龍山。集君瑶臺裏，飛舞兩楹前。茲辰自爲美，當避艷陽年。艷陽桃李節，皎潔不成妍。今公意蓋謂佳人自衒其美色[一]，偷眼視春光以爭相勝之意[二]。

【校勘記】

[一]「今公意」句，「今」「意」二字，清刻本、排印本無。

[二]「之」，清刻本、排印本無。

其二

白日移歌袖，青霄近笛牀。師云：蔡琰詩：笛牀近柳陰。翠眉縈度曲，古詩：度曲翠眉低。雲鬢儼分行。立馬千山暮，迴舟一水香。使君自有婦，莫學野鴛鴦。師云：古樂府陌上桑羅敷行：使君自有婦，羅敷自有夫。李梓州有女樂，故公以此戲之。又文選曹子建詩：中有孤鴛鴦，哀鳴求匹偶。

登牛頭山亭子

路出雙林外，亭窺萬井中。趙云：佛書云：佛説法於雙林樹下，故公題佛宇每用雙樹雙林字。下句言亭之高，可以窺井邑萬家也[一]。江城孤照日，山一作春。谷遠含風。揚子雲羽獵賦云：山谷爲之風猋。兵革身將老，關河信不通。趙云：時吐蕃猶盛。猶殘數行淚，忍對百花叢！對花垂淚，亦傷時之意也。項羽傳：歌數闋，泣數行下。

【校勘記】

〔一〕「萬」，原作「舊」，據清刻本、排印本改。

陪李梓州王閬州蘇遂州李果州四使君登惠義寺

趙云：師民瞻本作章梓州，是。

春日無人境，虛空不住天。蓋取佛書不住相，謂天運無常以成四時。師云：庾信賦：心遊不住之天。趙云：孫綽天台賦序：踐無人之境。杜牧之傳：若涉無人之地〔一〕。鶯花隨世界，樓閣寄一作倚。山巔。趙云：言當春時，處處有鶯花。世界字，又取佛書中語也。爾雅、釋名：山頂曰巔。遲暮身何得，登臨意惘然。言身老而未有所得也。誰能解金印，蕭洒共安禪。一云三車將五馬，若箇合安禪。趙云：此二句蓋諷四刺史：誰能解所佩之金印而相與安禪聖？按，陶潛解綬去職；又，溫遜嘗爲邑宰，解印綬而去。

【校勘記】

〔一〕「地」，文瀾閣本作「境」，訛。

送何侍御歸朝 章梓州泛舟筵上作。

舟楫諸侯餞，車輿使者歸。趙云：上句指言章梓州作泛舟之筵也，下句言何侍御歸朝也。山花相映發，水鳥自孤飛。趙云：簡文帝云：山川相映發。義雖不同，而以字語之熟用之也。春日垂霜鬢，天隅把繡衣。趙云：前漢暴勝之，衣繡衣持斧，爲直指使者。又，漢侍御史繡衣持斧，言與何侍御把衣爲別也。故人從此去，一作遠。寥落寸心違。選文賦云：吐滂沛乎寸心。詩：中心有違。

江亭送眉州辛別駕昇之 得蕪字

柳影含雲幕，一作重。江波近酒壺。趙云：雲幕，言幕之如雲也，字則漢成帝設雲幕於甘泉宮。異方驚會面，終宴惜征途。趙云：李少卿書云：異方之樂，祇令人悲。又史云：秀異産于異方。終宴字，則曹子建詩「公子敬愛客，終宴不知疲」也。沙晚低風蝶，天晴喜浴鳧。別離傷老大，意緒日荒蕪。文選長歌行云：少壯不努力，老大徒傷悲。

涪城縣香積寺官閣

寺下春江深不流，山腰官閣迥添愁。含風翠壁孤雲細，背日丹楓萬木稠。小院迴廊春一作清。寂寂，浴鳧飛鷺晚悠悠。諸天合在藤蘿外，昏黑應須到上頭。釋書有諸天字，皆言勝樂事，公之末章因以見志也。趙云：蓋言其高而近天爾。

戲題寄上漢中王三首

時王在梓州。初至斷酒不飲，篇有戲述。趙云：漢中王名瑀，讓皇帝之子，汝陽王璡之弟。始封隴西郡公，從明皇幸蜀至河池，封漢中王。

西漢親王子，成都老客星。高祖起漢中，今王封漢中王，故云「西漢親王子」也。後漢嚴陵與光武同宿，而史占云：客星犯帝座。公蓋自言身在成都爲客也。百年雙白鬢，一別五秋一作飛。螢。趙云：公自言其老，久與漢中王別，而方再得相見。五秋螢，蓋是別後五見螢火矣。忍斷盃中物，秖看座右銘。陶潛云：天運苟如此，且進杯中物。崔子玉作座右銘。此蓋公言不必斷酒，却只拘守座右銘爲誡也〔一〕。不能隨皁蓋，自醉逐浮萍。皁蓋，指漢中王之爲梓州也，言王既斷酒，故不能隨其車蓋，而自醉如浮萍之飄泊也。

右一

【校勘記】

〔一〕「座」，原作「坐」，據詩中正文「秖看座右銘」及文瀾閣本改。

策杖時能出，王門異昔遊。房玄齡策杖謁太宗於河北，下句謂其斷酒也。趙云：吳越春秋云：太王避狄，杖策去邠。史記云：魯連子却秦君，平原君欲封之，遂策杖而去。鄒陽曰：何王之門而不可曳長裾乎！「王門異昔遊」，言王之斷酒爾。已知嗟不起，未許醉相留。趙云：已知漢中王嗟我來見時不肯起去，意在求飲，而緣王斷酒，未許留醉也。

蜀酒濃無敵，江魚美可求。蜀都賦：觴以醥清，一醉累月。又云：嘉魚出於丙穴。終思一酩酊，淨掃雁池頭。廣漢郡有金雁池，古老相傳云：有金雁一雙，隱於此池，日暖則見其影。趙云：天后時，高嶠詩云：駕言尋鳳侶，乘歡俯雁池。則往時素有此名於池，可以泛指爲雁池矣。又兒童歌山簡曰：日夕倒載歸，酩酊無所知。

右二

群盜無歸路，衰顏會遠方。趙云：上句指言僕固懷恩以吐蕃、回紇、党項之兵入寇也。尚憐詩警策，猶憶酒顛狂。

文賦：立片言以居要，在一篇之警策。杜補遺：警，驅動貌；策，可以擊馬，謂片言光益一篇，亦猶以策擊馬，得其警動〔一〕。又曹子建應詔詩：僕夫警策，平路是由。蓋言以策而驅其馬使之疾行也。其後梁鍾嶸詩品曰：陳思贈弟，仲宣七哀，公幹思友，阮籍詠懷，靈運鄴中，士衡擬古，陶公詠貧之製，惠連擣衣之作，斯五言之警策者也。趙云：尚憐、猶憶，蓋主漢中王言之。詩警策、酒顛狂，公自主其身而言也。魯衛彌尊重，徐陳略喪亡。漢中王兄弟俱領重鎮。魏文帝與王粲書云：徐陳應劉，一時俱逝。何數年之間，零落殆盡。徐幹、陳琳、應瑒、劉楨。趙云：上句公引魯衛之政兄弟之語，下句言王之賓客多喪也。空餘枚叟在，應念早升堂。枚叟，公自喻也。趙云：雪賦云：召鄒生，延枚叟。語：由也升堂矣。

右三

【校勘記】

〔一〕「警」，原作「驚」，訛，據文淵閣本、清刻本、排印本改。

陪章留後侍御宴南樓

絶域長夏晚，茲樓清宴同。趙云：李陵書：出征絶域。今公借而用之。沈佺期古樂府：坐看長夏曉。亦此意也。朝廷燒棧北，謂在大散之北也。張良説高祖燒絶棧道。趙云：因宴南樓而望長安也。張良燒絶棧道，今摘其字用之，言地理耳。鼓角滿一作漏。天東。趙云：漏天在黎州。蜀之西蕃，地多雨，故名漏天。則梓州當在其東，所以形容其地也。蔡伯世正異：漏天乃地名，在雅州，以其地多雨也，居梓州之西。正文訛作滿。**屢食將軍第，**趙云：公自言其食于章留後之宅，以留後同主兵，故云將軍。第字，霍去病爲驃騎將軍辭第也。**仍騎御史驄。**見上「御史舊乘驄」注。趙云：留後之官，亦御史也。**本無丹竈術，那免白頭翁。**言無丹竈之術以延年也。杜補遺：江文通别賦：華陰上士，服食還仙〔一〕。術既妙而猶學，道以寂而未傳。守丹竈而不顧，鍊金鼎而方堅。駕鶴上漢，驂鸞騰天。暫遊萬里，少别千年。趙云：魏文帝云：已成一老翁，但未頭白耳。字如車千秋云：夢白頭翁教臣也〔二〕。

寇盜狂歌外，形骸痛飲中。言以酒而自隱爾。莊子：索我形骸之內。蘭亭記有放浪形骸之外。**野雲低渡水，簷雨細隨風。**

出號江城黑，題詩蠟炬紅。趙云：夜傳號令，此節度府之事也。當出號之時，宴中方明燭而題詩。又是紀實也。**此身醒復醉，不擬哭途窮。**阮籍以酒自隱，故得免當世之難。常出不由徑，遇途窮則慟哭而返。公自言取籍之自隱於酒，不效其哭途窮也。顏延年詠之云：窮途能無慟。

【校勘記】

〔一〕「仙」，文選卷十六、全梁文卷三十三别賦作「山」。

〔二〕「車千秋」，原作「壺關三老」，参本集卷十七投贈哥舒開府翰二十韻校勘記〔三〕改。

臺上 得涼字

改席臺能迴，留門月復光。趙云：改席，則自南樓移於臺上也。留門，且未閉城門也。詩：月出之光。雲霄遺暑濕，山谷進風涼。月令云：土潤溽暑。溽，濕也。以臺高而在雲霄之間，不知暑氣之失去也。揚子雲羽獵賦：山谷爲之風猋。老去一盃足，誰憐屢舞長。張翰云：不如生前一盃酒。詩云：屢舞僛僛。蜀都賦：紆長袖而屢舞。呂氏春秋韓子曰：長袖善舞。何須把官燭，似惱鬢毛蒼。後漢巴祗爲揚州刺史，不然官燭。以章留後之宴，故云官燭也。

送王十五判官扶侍還黔中 得開字

大家東征逐子回，後漢：扶風曹世叔妻，班彪之女，名昭，字惠姬。和帝數召入宮，令皇后、貴人師事焉，號曰大家。其子穀爲陳留長，大家隨至官，作東征賦述所經歷。趙云：大家，指言王判官母，以班氏比之也。風生洲渚錦帆開。隋煬帝以錦爲帆。青青竹笋迎船出，白白一云日日，一云旦旦。江魚入饌來。杜補遺：楚國先賢傳：孟宗母好食笋，冬月無之，宗入林中哀號，笋爲之生。後漢：姜詩並妻龐氏並至孝母，好飲江水，嗜魚鱠，又不能獨食，夫婦常力作鱠，呼鄰母共之。舍側忽有湧泉，味如江水，每旦輒出雙鯉以供母膳。王判官侍母還黔中，故有此句。離別不堪無限意，艱危深仗濟時才。黔陽信使應稀少，莫怪頻頻一作頻煩。勸酒盃。

隨章留後新亭會送諸君

新亭有高會，行子得良時。高祖本紀云：漢王入彭城，置酒高會。謝靈運詩：良時不見遺。日動映江幕，風鳴排檻旗。絶葷終不改，勸酒欲無詞。已墮峴山淚，因題零雨詩。晉羊祜傳：襄陽百姓於峴山祜平生遊憩之所建碑。望其碑者莫不流涕。杜預因名爲墮淚碑。詩云：零雨其蒙。

倦夜

竹凉侵卧内，野月滿庭隅。趙云：漢書：引入卧内。又王敦謂石崇曰：誤入卿内。古詩云：秋凉野月白。重露成涓滴，稀星乍有無。師云：崔融詩：秋天零重露。曹孟德云：月明星稀。有無者，星明滅之狀也。暗飛螢自照，水宿鳥相呼。晉傅咸螢火賦序：余曾獨處，顧見螢火，熱以自照。蜀都賦：雲飛水宿。杜補遺：師曠禽經：陸鳥曰棲，水鳥曰宿。又云：凡鳥朝鳴曰嘲，夜鳴曰啵。林鳥以朝嘲，水鳥以夜啵。今林棲之鳥多朝鳴，水宿之鳥多夜叫。啵，音夜。字見龍龕手鏡。萬事干戈裏，空悲清夜徂。有感時之志，而不見用於時，故徒悲清夜之徂往也。趙云：時吐蕃之兵方熾也。

悲秋

涼風動萬里，群盗尚縱横。家遠傳一作待。書日，秋來爲客情。此二事皆情意之極者。愁窺高鳥過，老逐衆人行。言鳥東西南北尚有所適，老者尚爲衆人行，亦悲時之不與也〔一〕。趙云：家語：見飛鳥過。詩：有鳥高飛。始欲投三峽，何由見兩京。師云：此公謀下峽也。

【校勘記】

〔一〕「與」，文淵閣本、文津閣本、文瀾閣本、清刻本、排印本作「遇」。

對雨

莽莽天涯雨，江邊獨立時。趙云：於雨言莽莽，可謂新奇矣，蓋猶於日言「野日荒荒白」。江邊獨立，其所思者遠矣。意見下句。不愁巴道路，恐濕漢旌旗。趙云：巴道路，自綿而東也。時治兵禦吐蕃，公之意謂雖往來巴山之道路，而不以爲愁，惟恐濕漢之旌旗矣。雪嶺防秋急，繩橋戰勝遲。趙云：雪嶺，在松維州之外，即西山也。繩橋，以岷江湍急不可爲梁，乃以竹繩而爲之，駕虚以渡，故號繩橋。西戎甥舅禮，未敢背恩私。言父尚公主，則子爲甥，中國爲舅氏也。趙云：孟子：帝館甥於貳室。爾雅曰：謂我舅者，吾謂之甥。初，中宗景龍三年，以雍王守禮女爲金城公主，以妻贊普。其後，玄宗開元間遣使入朝，奉表言甥，言先帝舅云云。今公言望其敦甥舅之禮而勿背焉。師云：時吐蕃陷松州，今言不背恩私，蓋譏失在中國也。

警急

時高公適領西川節度。趙云：警急者，言可警之急也。字祖出漢書，而魏植白馬篇、梁劉孝威結客少年場皆曰：邊城多警急。

才名舊楚將，妙略擁兵機。以美高適也。趙云：考適傳：自諫議大夫除揚州大都督長史，淮南節度使，此所謂楚將也。玉壘雖傳檄，松州會解圍。傳檄，言吐蕃入寇，檄書相聞也。松州正控吐蕃。趙云：蜀都賦：包玉壘而爲宇。傳曰：三秦可傳檄而定也。言高公爲節度，可以傳羽檄而解松州之圍也。廣德元年，吐蕃取隴右。十二月，遂亡松、維、保三州。公詩在未亡松州之前。和親知計拙，公主漫無歸。趙云：唐史，永泰元年乙巳，吐蕃方請和，繼而又叛。時議必再有請嫁公主爲和親計者，故公云爾。餘見留花門「公主歌黄鵠」注。青海今誰得？西戎實飽飛。上句，見贈哥舒翰開府詩注。飽飛，見送高適詩注。趙云：新史：景龍時，吐蕃厚餉使者楊矩，請河西九曲爲公主湯沐，矩表請與其地。九曲者，水甘草良宜畜牧，近與唐接。自是益張雄，易入寇，則青海亦爲其所有矣。公既以吐蕃既有青海，宜其勢如鷹之飽而飛揚，不就縶紲也。

王命

漢北豺狼滿，巴西道路難。趙云：漢與巴相連，蓋吐蕃入寇之地。吴都賦云：矜巴漢之阻，則以爲襲險之右。可以見巴漢之連矣。漢之北，則褒斜也。巴之西，則綿、漢、成都也。血埋諸將甲，骨斷使臣鞍。趙云：廣德元年，使李之芳、崔倫往聘吐蕃，留不遣。虜破邠州，入奉天，天子幸陝。使臣，指李之芳、崔倫。曰骨斷，則憂懼而骨欲斷折之義也。牢落新燒棧，蒼茫舊築壇。燒棧事，見上注。漢王齋戒設壇，拜韓信爲大將軍。趙云：時雍王适爲兵馬元帥，郭子儀副之；而禦奉天之寇，委之子儀，則舊築壇，指郭令公也。深懷喻蜀道，慟哭望王官。時段子璋反於東川，適與崔光遠逆戰斬之。光遠不戢兵，遂大掠。至有斷士女腕取金者，故民怨而望王官之至也。趙云：司馬相如有喻蜀檄，公止取喻蜀字，以言蜀父老望王官之至也。舊注作段子璋反事，自是上元二年高適爲蜀州刺史時，况今篇又不關涉高適。

征夫

十室幾人在，千山空自多。論語：十室之邑。路衢唯見哭，城市不聞歌。民苦征戍，故多悲哭，豈復有笑歌之事。漂梗無安地，用民如榛梗爾，漂泊不遑寧處也。趙云：此句公自言爾。銜枚有荷戈。漢紀：章邯夜銜枚擊項梁定陶。顔師古曰：銜枚者，止言語讙囂，欲令敵人不知其來也。周官有銜枚氏，其狀如箸，横銜之。官軍未通蜀，吾道竟如何？

送元二適江左

亂後今相見，秋深復遠行。風塵爲客日，江海送君情。趙云：公自言其遭戰之時，而飄泊於外也。下句又以言送元之適江左。晉室丹陽尹，公孫白帝城。温嶠爲丹陽尹。趙云：丹陽，潤州也。丹陽置尹，在晉室爲然。今元二必是往潤州爲守，則舟行必經白帝城而下也。城乃公孫述所築。經過自愛惜，取次莫論兵。元嘗應孫吴科舉。論兵字，出古樂府〔一〕。

【校勘記】

〔一〕詩尾，有匿名批識云「四句當通看」五字，文淵閣本、文津閣本、文瀾閣本、清刻本、排印本均無。

章梓州水亭

時漢中王兼道士席謙在會，同用荷字韻。

城晚通雲霧，亭深到芰荷。吏人橋外少，秋水席邊多。近屬淮王至，高門薊子過。趙云：前漢淮南王劉安，於近屬中最賢而有學者，故以比漢中王。後漢薊子訓有神異之道，流名京師，士大夫皆承風嚮慕之。此言席道士，又以尊章梓州能致異人也。荆州愛山簡，吾醉亦長謌。趙云：荆州以比梓州。山簡都督荆、湘、交、廣四州諸軍事，荆土豪族有佳園池，簡出嬉遊，多之池上，置酒輒醉。兒童歌之曰：山公出何許？往至高陽池。日夕倒載歸，酩酊無所知。時時能騎馬，倒著白接䍦。舉鞭向葛强，何如并州兒？葛强家在并州，簡愛將也。吾醉亦長謌，則欲效兒童之爲歌爾。

送陵州路使君赴任

王室比多難，高官皆武臣。時方急於賞功，故武臣在高位。自安史之亂，通九年，亦可謂多難矣。趙云：幽燕通使者，岳牧用詞人。趙云：乾元二年，禄山父子僭號，凡三年而滅。廣德元年，史思明父子僭號，凡四年而滅。安史既平，幽、燕路通矣，使命可以往來也。書觀四岳群牧是也。詞人者，文詞之人，指言路使君也。國待賢良急，君當拔擢新。佩刀成氣象，行蓋出風塵。上句見左相呂虔刀注。皂蓋行春。趙云：時方吐蕃之亂，道路風塵，而刺史之蓋出風塵以往也。戰伐乾坤破，瘡痍府庫貧。乾坤破，所在殘弊也。前漢季布傳：瘡痍未瘳。衆寮宜潔白，萬役但平均。師云：蓋譏當時在位者貪暴，取於民有偏也。趙云：公此四句以誡其爲政〔一〕，可謂贈人以言矣。霄漢瞻佳士，泥塗任此身。秋天正搖落，回首大江濱。趙云：佳士，又以指路君。泥塗，則公自言也。

【校勘記】

〔一〕「其」下，文淵閣本衍「公」字。

薄暮

江水最深地，山雲薄暮時。寒花隱亂草，宿鳥擇一作探。深枝。趙云：史云：鳥則擇木，木豈能擇鳥？

舊國見何日？高秋心苦悲。莊子云：舊國舊邦，望之暢然。漢書云：秋高馬肥。梁簡文帝九日詩：是節協陽數，高秋氣已清。人生不再好，鬢髮白一作自。成絲。

東津送韋諷攝閬州録事

聞説江山好，憐君吏隱兼。晉孫綽嘗鄙山濤，而謂人曰：山濤，吾所不解。吏非吏，隱非隱。寵行舟遠泛，惜別酒頻添。推薦非承乏，操持必去嫌。他時如按縣，不得慢陶潛。陶潛爲彭澤縣令。

惠義寺送王少尹赴成都分得峰字

苒苒谷中寺，娟娟林表峰。欄干上處遠，結構坐來重。騎馬行春徑，衣冠起暮鐘。雲門青寂寞，此別惜相從。

西山三首

夷界荒山頂，蕃州積雪邊。成都記：西山冬夏積雪不消。趙云：唐松、維二州。維，今之威州一帶皆號西山，與吐蕃分界。其山最高，故云夷界荒山頂。築城依一作連。白帝，轉粟上青天。公孫述號白帝，城在夔州。李白「蜀道難，難於上青天」，言其轉粟之難也。趙云：高山之上築城，所以轉粟之艱〔一〕，如上青天〔二〕。秦州記曰：金城郡，漢元始六年置。應劭曰：初築城得金，故名。鄱陽上吴王書曰：轉粟流輸，千里不絶。晉史：披雲霧而覩青天。依則依如之也。蜀將分旗鼓，羌兵助鎧鋋。一作井泉。趙云：以吐蕃陷松、維、保三州，其勢迫蜀，故分旗鼓以禦之。下句蓋言僕固懷恩與之爲寇也。按唐史，廣德二年七月，僕固懷恩以吐蕃、回紇、党項等兵數十萬人入寇。井泉字無義。西戎背和好，殺氣日相纏。時吐蕃陷隴右。趙云：以吐蕃背先帝時盟好，而爲寇不已，殺氣日相纏結矣。

右一

【校勘記】

〔一〕「艱」，文淵閣本作「難」。

〔二〕「如」下，文淵閣本衍「如」字。

辛苦三城戍，長防萬里秋。明皇還蜀後，分東、西兩川爲兩節度。西山列防秋三戍，民罷於役。高適論之，不聽。煙塵侵火井，蜀有火井縣。雨雪閉松州。趙云：松州已陷，閉於雨雪之中。按唐地理志：松州以地産甘松，故名。風動將軍幕，一云蓋。天寒使者裘。趙云：廣德元年，吐蕃没松州，是時既遣將以禦敵，又遣使以和親，故有是句。幕，謂戎幕，一作蓋，非是。漫平聲。山賊營壘，迴首得無憂？言賊壘之多也。

右二

子弟猶深入，關城未解圍。趙云：子弟，言充兵之人也。漢書：解平城之圍。蠶崖鐵馬瘦，灌口米船稀。蠶崖關，灌口地名。趙云：蠶崖，則西山之關隘處也。雪多草枯，故馬不足充戰而瘦。灌口，在今永康軍，亦近西川，以漕運之多而不繼，故船稀。辯士安邊策，元戎決勝威。元戎，元帥也。史：決勝千里之外。趙云：莊子曰：子之談類辯士。前漢車千秋贊：此乃所以安邊境。今朝烏鵲喜，欲報凱歌歸。西京雜記：乾鵲噪而行人至。趙云：周禮：奏凱歌也。傳曰：王師大凱，奏雅歌。

右三

薄遊

趙云：夏侯湛作東方朔畫贊序云：以爲濁世不可以富樂也，故薄遊以取位。又謝靈運初去郡詩：薄遊似邴生。公自秦入西蜀，自蜀而來東川，浮遊不定，故以此爲題。

淅淅風生砌，團團日一作月。隱墻，謝靈運：淅淅振條風。班婕妤扇詩：團團似明月。趙云：梁何遜詩曰：的的帆向浦，團團日隱洲。惟其日晚，晚則低而隱墻。舊注輒改日作月，殊不知下句有秋雁滅、暮雲長，則日晚之景也。遥空秋雁滅，半嶺暮雲長。病葉多先墜，寒花只暫香。秋興賦：槁葉多殞〔一〕。趙云：上句意義在病字與先字。舊注引秋興賦槁葉多殞，非是。巴城添淚一作月。眼，今夕復清光。趙云：公於鄜州，月夜詩云：何時倚虛幌，雙照淚痕乾〔二〕。則以還家而淚乾。今以薄遊無定，見月而添淚也。此句方是言月，然不必有月字而義自明，以今夕清光字見之矣。

【校勘記】

〔一〕「多」，初學記卷三歲時部、全晉文卷九十潘岳秋興賦作「夕」。

〔二〕「月夜」，「月」下原奪「夜」字，檢「何時倚虛幌」二句，本集卷十九題作月夜，據補訂。

新刊校定集注杜詩卷二十五

近體詩

送梓州李使君之任

公自注：故陳拾遺，射洪人也。篇末有云。洙曰：拾遺陳子昂常爲縣令段簡收繫，憂憤死獄中。射洪，梓州之屬縣也。

籍甚黄丞相，能名自潁川。近看除刺史，還喜得吾賢。五馬何時到，雙魚會早傳。老思笻竹杖，冬要錦衾眠。不作臨歧恨，唯聽舉最先。火雲揮汗日，山驛醒心泉。遇害陳公殞，于今蜀道憐。君行射洪縣，爲我一潸然。洙曰：漢黄霸爲潁川太守，治爲天下第一，後代丙吉爲丞相。趙曰：漢官儀：太守五馬。蓋天子六馬，而諸侯五馬也。古樂府：客從遠方來，遺我雙鯉魚。呼兒烹鯉魚，中有尺素書。笻竹與錦皆蜀中所出。公從李使君求此二物也。洙曰：京房傳：舉最當遷。徙以課最被舉。

王閬州筵奉酬十一舅惜别之作

萬壑樹聲滿，千崖秋氣高。浮舟出郡郭，别酒寄江濤。良會不復久，此生何太勞。窮愁但有骨，群盜尚如毛。吾舅惜分手，使君寒贈袍。沙頭暮黄鶴，失侣亦哀號。後山詩話：杜牧云：南山與秋色，氣勢兩相高。最爲警絶。而子美纔用一句云「千崖秋氣高」，語益工。鶴曰：時吐蕃、党項與僕固懷恩之亂方殷，故有「群盜尚如毛」之句。

閬州奉送二十四舅使自京赴任青城

鶴曰：青城縣屬蜀州。

聞道王喬舄，名因太史傳。如何碧雞使，把詔紫微天。秦嶺愁回馬，涪江醉泛船。青城漫污雜，吾舅意淒然。洙曰：漢王喬爲葉令，每朔望，自縣詣臺朝。明帝怪其來數，令太史伺望之。言其臨至，有雙鳧飛來。於是舉羅張之，得一隻舄焉。定功曰：漢書〔一〕：方士言益州有金馬、碧雞，可祭祀致也，宣帝使王褒往祀焉〔二〕。鄭曰：秦嶺在秦州〔三〕。

【校勘記】

〔一〕「漢書」，文津閣本作「濮書」，訛。

〔二〕「使」原奪，據文淵閣本、文津閣本、文瀾閣本、清刻本、排印本訂補。

〔三〕「在秦州」，文淵閣本作「在秦州之東」。

放船

送客蒼溪縣，山寒雨不開。直愁騎馬滑，故作放舟迴。青惜峰巒過，黄知橘柚來。江流大自在，坐穩興悠哉。鮑曰：唐志：蒼溪縣屬閬州。葛常之曰：五言律詩於對聯中十字作一意，詩家謂之十字格。如老杜放船詩云：直愁騎馬滑，故作放舟迴；對雨詩云：不愁巴道路，恐失漢旌旗；江月詩云天邊長作客，老去一沾巾是也。鮑曰：青惜峰巒過，黄知橘柚來。舟行湍移，景物如畫。雖速而不言速也。吴子良荆溪林下偶談：錢起云「山來指樵火，峰去惜花林」，不若子美「青惜峰巒過，黄知橘柚來」。

奉待嚴大夫

鶴曰：按唐紀：上元二年建丑月以嚴武爲成都尹。今公待其至。詩云：不知旌節隔年回。乃次年正月也。又按舊史，武出爲綿州刺史，劍南東川節度使兼御史中丞。上皇誥以劍南兩川合爲一，拜武成都尹兼御史大夫，充劍南節度。此當在乾元二年裴冕爲尹之前，蓋上皇以上元元年七月移居西内，已不復預國事矣。武嘗三鎮蜀，在乾元裴冕之前爲一，是年爲二，廣德二年表公爲參謀時爲三也。寶應元年成都作。

殊方又喜故人來，重鎮還須濟世才。常怪偏裨終日待，不知旌節隔年回。欲辭巴徼啼鶯合，遠下荆門去鷁催。身老時危思會面，一生襟抱向誰開？洙曰：偏裨，謂諸將校也。希曰：偏裨字，見漢書馮奉世傳。趙曰：淮南子注：鷁，大鳥也，畫其象若船首，以禦水患。夢弼曰：公聞嚴武至，欲辭蜀之巴峽，下楚之荆門，以迓之也。

奉寄高常侍

鶴曰：高適爲西川節度，禦吐蕃。師出無功，亡松維等州。以嚴武代還，用爲刑部侍郎左散騎常侍。

汶上相逢年頗多，飛騰無那故人何。總戎楚蜀應全未，方駕曹劉不啻過。今日朝廷須汲黯，中原將帥憶廉頗。天涯春色催遲暮，别淚遥添錦水波。洙曰：地理志：汶水，出泰山萊蕪。蜀亦有汶川，出西山。趙曰：高適先除淮南節度，後爲西川節度，故言總戎楚蜀。修可曰：方駕，並駕也，與方舟之方同。廣絶交論：遒文麗藻，方駕曹王。今言曹劉，乃曹植、劉楨也。洙曰：不啻，猶過多也。家語：何翅惠哉？漢書：汲黯在朝，淮南寢謀。言黯之材足以折衝千里也。史記：廉頗，趙之良將也。漢文帝嘗嘆曰：吾獨不得廉頗、李牧爲將，豈憂匈奴哉？

奉寄章十侍御

公自注：時初罷梓州刺史，東川留後，將赴朝廷。鶴曰：按唐史，是年嚴武再鎮蜀，因小忿，召梓州刺史章彝殺之。公是詩却言其罷梓州，將赴朝廷。豈非將行時爲武所殺？又按彝去年夏，方守梓，未應得代，當是其時欲入奏也。

淮海惟揚一俊人，金章紫綬照青春。指麾能事回天地，訓練强兵動鬼神。

湘西不得歸關羽，此人所諱者。河内猶宜借寇恂。朝覲從容問幽側，勿云江漢有垂綸。

洙曰：章彝，揚州人。趙曰：指麾所能之事，雖天地亦可回，誇大言之。歐公曰：時段子璋反，章討平之，故云。洙曰：蜀將關羽，字雲長，先主收江南諸郡，拜羽爲襄陽太守、盪寇將軍，駐江北。先主西定益州，拜羽督荆州事。後漢：寇恂，字子翼，光武收河内，拜恂爲太守，後移潁川，又移汝南太守。潁川盜賊群起，車駕南征，恂從至潁川，盜賊悉降。百姓遮道曰：願從陛下復借寇君一年。乃留恂。黄曰：美章彝善守東川，恐如關羽、寇恂不得去也。希曰：文選：沈約恩倖論：明揚幽側，惟才是與。晁曰：江漢垂綸，公自言也。

將赴荆南寄别李劍州弟

鶴曰：公仕蜀，連往來梓閬間。將欲出峽遊荆楚，後竟不果。

使君高義驅今古，寥落三年坐劍州。但見文翁能化俗，焉知李廣未封侯。路經灩澦雙蓬鬢，天入滄浪一釣舟。語特悽愴。戎馬相逢更何日？春風回首仲宣樓。洙曰：前漢循吏傳：文翁初爲蜀郡太守，仁愛好教化，見蜀地僻陋，有蠻夷風，乃選郡縣小吏開敏有材者，遣詣京師，受業博士。數歲，皆成就還歸，文翁又修起學宫於成都市中，招下縣子弟以爲學宫弟子，繇是大化。文翁終於蜀，吏民爲立祠堂，歲時祭祀不絶，至今巴蜀好文雅，文翁之化也。李廣傳：廣與從弟子蔡俱爲郎，蔡積功，武帝封爲樂安侯。廣不得爵邑，官不過九卿。廣之軍士及士卒或取封侯。廣嘗與望氣王朔言之，朔曰：將軍自念，豈嘗有恨者乎？廣曰：吾爲隴西守，羌嘗反，吾誘降者八百餘人，詐而同日殺之。至今獨恨此事〔一〕。朔曰：禍莫大於殺降，此乃將軍之所以不得侯者也。趙曰：灩澦堆，在巫峽之口。滄浪，則漁父所歌滄浪之水。在楚地，公時欲南下也。洙曰：魏王粲，字仲宣，以西京擾亂，乃之荆州依劉表，嘗登城樓作賦，故云仲宣樓。

【校勘記】

〔一〕「獨恨」，文淵閣本、文津閣本、文瀾閣本、清刻本、排印本作「恨獨」。

奉寄别馬巴州

公自注：時甫除京兆功曹，在東川。鶴曰：按公傳云：公流落劍南，結廬成都西郭，召補京兆功曹參軍，不至。會嚴武節度劍南東、西川，往依焉。又按唐紀云：上元二年建丑月以嚴武爲成都尹〔一〕。以是知公之除功曹在是年冬也，時草堂方成，道路多梗，而嚴武又來，是以不赴也。

勳業終歸馬伏波，功曹非復漢蕭何。扁舟繫纜沙邊久，南國浮雲水上多。獨把漁竿終遠去，難隨鳥翼一相過。知君未愛春湖色，興在驪駒白玉珂。謂不能就别，知必爲我來也。春湖，馬所居，或巴州景物也。洙曰：馬伏波謂馬巴州也。蕭何，公自謂也。後漢：馬援少有大志，以功名自許，封伏波將軍。修可曰：劉貢父詩話云：杜詩「功曹非復漢蕭何」，按曹參嘗爲功曹，非蕭何也。王定國云：高祖紀：何爲主吏。孟康注曰：主吏，功曹也。貢父之言誤矣，二説皆非。按吴志：虞翻爲孫策功曹。策曰：孤有征討事，未得還府，卿復以功曹爲吾蕭何，守會稽耳。洙曰：前漢王式傳注：驪駒，逸詩篇名也，見大戴禮：客欲去，歌之。其辭云：驪駒在門，僕夫具存；驪駒在路，僕夫整駕。珂者，馬勒飾也。

【校勘記】

〔一〕「嚴武」，文淵閣本奪「武」字。

泛江

方舟不用楫，極目總無波。長日容盃酒，深江淨綺羅。亂離還奏樂，飄泊且聽歌。故國流清渭，如今花正多。趙曰：方舟，並舟也，字出爾雅。大觀曰：深江淨綺羅，言江花色淨，如綺羅也。夢弼曰：末句公思長安之景物也。

陪王使君晦日泛江就黄家亭子二首

鶴曰：王使君謂閬州守也，唐以正月晦日爲令節。

山豁何時斷，江平不肯流。稍知花改岸，始驗鳥隨舟。結束多紅粉，歡娱恨白頭。非君愛人客，晦日更添愁。

右一

有徑金沙軟，無人碧草芳。野畦連蛺蝶，江檻俯鴛鴦。日晚煙花亂，風生錦綉香。不須吹急管，衰老易悲傷。

右二

南征

春岸桃花水，雲帆楓樹林。偷生長避地，適遠更霑襟。老病南征日，君恩北望心。百年歌自苦，未見有知音。此等不忍再讀。

久客

羈旅知交態，淹留見俗情。衰顔聊自哂，小吏最相輕。去國哀王粲，傷時哭賈生。狐狸何足道，豺虎正縱横！洙曰：漢書：翟公書其門曰：一貧一富，乃知交態。漢末西京擾亂，王粲去，而依劉表於荆州。賈誼，文帝時上政事疏云：可爲痛哭者一。張綱傳：豺狼當路，安問狐狸！

春遠

肅肅花絮晚，菲菲紅素輕。日長唯鳥雀，春遠獨柴荆。語近而別。數有關中亂，何曾劍外清。故鄉歸不得，地入亞夫營。鶴曰：按史，是年吐蕃雖退，而二月党項羌寇京兆之富平縣。故云數有關中亂。趙曰：亞夫營在長安，公之故鄉也。漢文帝時，周亞夫軍細柳以備寇。

暮寒

霧隱平郊樹，風含廣岸波。沉沉春色静，慘慘暮寒多。戍鼓猶長擊，林鶯遂不歌。忽思高宴會，朱袖拂雲和。洙曰：周禮大司樂奏雲和之琴瑟。注：雲和，地名，以其産良材而中爲琴瑟也。

愁坐〔一〕

高齋常見野，愁坐更臨門。十月山寒重，孤城水氣昏。葭萌氏種迥，左擔犬戎屯〔二〕。終日憂奔走，歸期未敢論。鮑曰：葭萌屬利州，見唐志。左擔當作武擔，見成都記。

【校勘記】

〔一〕詩題，文津閣本作「愁生」，訛。

〔二〕「擔」，文淵閣本、文津閣本、文瀾閣本作「簷」，均訛。

雙燕

禹偁曰：此詩子美托物比己意。鶴曰：公有意於出峽。

旅食驚雙燕，啣泥入此堂〔一〕。應同避燥濕，自喻。且復過炎涼。養子風塵際，來時道路長。今秋天地在，吾亦離殊方。夢符曰：左傳：子罕曰：吾儕小人皆有闔廬，以避燥濕寒暑。

【校勘記】

〔一〕「唧」，文瀾閣本作「御」，訛。

百舌

十朋曰：百舌者，反舌也，能反覆其舌，隨百鳥之音，春囀夏止。

百舌來何處，重重秖報春。知音兼衆語，整翮豈多身。花密藏難見，枝高聽轉新。過時如發口，君側有讒人。山谷曰：余讀周書月令云「反舌有聲，佞人在側」，乃解老杜百舌詩「過時如發口，君側有讒人」之句。鮑曰：按周書月令乃周公時訓也。

地隅

江漢山重阻，風雲地一隅。年年非故物，處處是窮途。喪亂秦公子，悲凉楚大夫。平生心已折，行路日荒蕪。洙曰：謝靈運擬魏公子鄴中詩序：王粲家本秦川，貴公子孫，遭亂流寓，自傷情多。楚大夫，屈原、宋玉也。

遊子

趙曰：公時欲南下，而尚在巴蜀，故是篇有留滯之嘆。

巴蜀愁難語，吴門興杳然。九江春草外，三峽暮帆前。厭就成都卜，休爲吏部眠。蓬萊如可到，衰白問群仙。趙曰：九江、三峽正是南下之所歷也。洙曰：史記：嚴君平避世，賣卜於成都市中。晉書：畢卓爲吏部郎，比舍郎釀熟，卓因醉夜至其甕間盜飲之，爲掌酒者所縛，明旦視之，乃畢吏部也。趙曰：公意已厭往成都，言休爲酒而眠，更留滯於此，非止南下遊吴而已。蓬萊，仙山。可到，則亦往矣。

歸夢

道路時通塞，江山日寂寥。偷生惟一老，伐叛已三朝。紀事有情，百讀不厭〔一〕。雨急青楓暮，雲深黑水遥。夢歸歸未得，不用楚辭招。趙曰：楚地多楓，此言南下之景。黑水在鄠、杜之間，去長安爲近。

【校勘記】

〔一〕「紀事有情」二句，文淵閣本、文津閣本、文瀾閣本作：「紀事有情孰不愛」。

江亭王閬州筵餞蕭遂州

離亭非舊國，春色是他鄉。老畏歌聲短，愁從舞曲長。二天開寵餞，五馬爛生光。洙曰：後漢：蘇章遷冀州刺史。故人爲清河太守，章行部案其姦贓。乃請太守，爲設酒肴〔一〕，陳平生之好。太守喜曰：人皆有一天，我獨有二天。川路風煙接，俱宜下鳳凰。師曰：閬與遂皆屬蜀道，故云川路風煙接。昔蕭史跨鳳而去，王喬乘雙鳥飛來，皆神仙人。故云俱宜下鳳凰。以美二公不凡也。洙曰：賈誼賦：鳳凰翔于千仞兮，覽德輝而下之。漢黄霸爲潁川太守，是時，鳳凰神爵，數集郡國，潁川尤多。此以美二公爲郡之治效也。

【校勘記】

〔一〕「爲」，文淵閣本、文津閣本、文瀾閣本、清刻本、排印本無。

絶句二首

遲日江山麗，春風花草香。泥融飛燕子，沙暖睡鴛鴦。富貴氣象。

右一

江碧鳥逾白，山青花欲然。今春看又過，何日是歸年？

右二

滕王亭子

公自注：亭在玉臺觀內，王曾典此州。夢弼曰：滕王元嬰，高祖之子也。調露年間任閬州刺史，在閬州有亭，洪州有閣，又有碧落碑。

君王臺榭枕巴山，萬丈丹梯尚可攀。春日鶯啼修竹裏，仙家犬吠白雲間。以亭在觀內，故有下句。清江碧石傷心麗，嫩蘂濃花滿目斑。人到于今歌出牧，來遊此地不知還。

右一

寂寞春山路，君王不復行。古牆猶竹色，虛閣自松聲。鳥雀荒村暮，雲霞過客情。尚思歌吹入，千騎把霓旌。葉夢得詩話：老杜滕王亭子詩云：「古牆猶竹色，虛閣自松聲。」若不用「猶」與「自」兩字，則餘八字凡亭子皆可用，不必滕王也。此皆工妙至到，人力不可及。

右二

玉臺觀二首 公自注：滕王造。趙曰：觀在高處，其中有臺號曰玉臺也。

中天積翠玉臺遥，上帝高居絳節朝。遂有馮夷來擊鼓，始知嬴女善吹簫。雖是江境，語有神雋。以觀内有滕王亭子，故有鼓簫之句。江光隱見黿鼉窟，石勢參差烏鵲橋。更有紅顔生羽翰，翰，作去聲。今人以爲訝未必敢用也。便應黄髮老漁樵。洙曰：列子：周穆王築臺，號中天之臺。漢禮樂志：遊閶闔，觀玉臺。注：上帝之所居。修可曰：顔延年詩：攢素既森藹，積翠亦葱芊。注：松柏重布曰積翠。洙曰：曹植洛神賦：馮夷鳴鼓，女媧清歌。馮夷乃河伯。列仙傳：蕭史教秦女弄玉吹簫，作鳳凰鳴。嬴，秦姓也。淮南子：烏鵲填河成橋而渡織女。

右一

浩劫因王造，平臺訪古遊。綵雲蕭史駐，文字魯恭留。又極典重。宫闕通群帝，乾坤到十洲。水心觀宇。人傳有笙鶴，時過北山頭。趙曰：道書：惟有元始，浩劫之家。梁孝王有平臺。又以魯恭比滕王也。以詩意推之，滕王必有文書遺跡在焉。洙曰：道書中有十洲記，皆言神仙境土。列仙傳：周靈王太子晉好吹笙作鳳鳴，嘗乘白鶴駐緱氏山頭。

右二

渡江

春江不可渡，二月已風濤。舟楫欹斜疾，魚龍偃卧高。渚花張素錦，汀草亂青袍。戲問垂綸客，悠悠見汝曹。

喜雨

南國旱無雨，今朝江出雲。入空纔漠漠，灑迥已紛紛。巢燕高飛盡，林花潤色分。晚來聲不絶，應得夜深聞。趙曰：南國，指荆楚也。安石曰：記云：天降時雨，山川出雲。故可言江出雲也。

送韋郎司直歸成都

竄身來蜀地，甫以避難奔走入蜀，故言竄身。劉公幹贈五官詩：余因沈痼疾，竄身清漳濱。同病得韋郎。韋亦避難者，故言同病。吴越春秋：子胥曰：子不聞河上歌乎？同病相憐，同憂相救。天下兵戈滿，江邊歲月長。别筵花欲暮，春日鬢俱蒼。一作春鬢色俱蒼。

爲問南溪竹，一作笋。南溪，即浣花溪之南也。抽梢合過牆。公自注：余草堂在成都西郭浣花里〔一〕。

【校勘記】

〔一〕「成都」，「成」原作「城」，訛，據文瀾閣本改。

將赴成都草堂途中有作先寄嚴鄭公五首

此詩廣德二年春作，嚴武先鎮蜀，甫依之。武入朝，蜀亂，甫遂去之梓閬。公聞武再鎮蜀，故欲復歸草堂也。

得歸茅屋赴成都，直爲文翁再剖符。直，一作真。昔文翁爲蜀郡太守，故以比嚴武也。説文：符，信也。漢制：以竹長六寸，分而相合。文帝二年，初與郡守爲銅虎符，竹使符音，義曰銅虎符。第一至第五發兵遣使，至郡合符。符合，乃聽受之。竹使符，以竹長五寸鐫刻篆書，亦第一至第五符者，左留京師，右以與之。是以出鎮，亦謂之剖符。甫言復歸草堂者，以武之再鎮蜀耳。

但使閭閻還揖讓，此甫喜復歸得與鄰里相接也。敢論松竹久荒蕪！此甫不敢以私己之園林久廢不治爲念也。魚知丙穴由來美，由，舊作猶。後漢郡國志：漢中郡沔陽縣西有丙穴。酈氏水經注：丙穴出嘉魚，常以二月出[一]，十月入。水泉縣注，魚自穴下還入水[二]。穴口向丙，故曰丙穴。寰宇記：興州順政縣東南七十里有大丙山、小丙山，其崖北有穴，方圓二丈餘，其穴有水潛流，土人相傳名丙穴。周地圖云：其穴向丙，因以爲名。沮水經穴間而過，或謂之大丙水。每春三月上旬，有魚長八九寸，或二三日連綿縱穴出。相傳名嘉魚也。段成式酉陽雜俎：丙穴魚食乳水，食之甚温。神農本草亦云：嘉魚味甘，食之令人肥健悦澤。此乳穴中小魚，常食乳水，所以益人也。酒憶郫一作笙。筒不用沽。郫，賓彌切，一作笙。甫思嚴武先待我之厚，醉我以郫筒之酒，而甫不須沽也。成都記：郫縣因水得名，居人以筒釀酒，蜀王杜宇所都。華陽風俗録：郫人刳竹之大者，傾春釀於筒，閉以藕絲，包以蕉葉，信宿香達於竹外，然後斷之以獻俗，號郫筒。夢弼謂此説非也，郫筒乃酒器也，郫出大竹，土人截以盛酒，故號郫筒。故李商隱詩云：錦石爲棊子，郫筒當酒壺。是也。五馬舊曾諳小徑，甫謂武昔嘗過余之草堂也。餘見前注。幾回書札待潛夫。潛夫，甫自比也。

右一

【校勘記】

〔一〕「二月」，水經注卷二十七「二」作「三」。

〔二〕「自」，原作「目」，文淵閣、文津閣本作「木」，皆訛，據下文所引周地圖並參水經注卷二十七沔水訂正。

處處青江帶白蘋，爾雅釋草：萍之大者曰蘋。故園或作居。猶得見殘春。故園，指成都草堂也。雪山斥候無兵馬，謂西山之亂靖也。錦里逢迎有主人。謂嚴武再鎮成都也。戰國策：田光造燕太子，跪而逢迎，却行爲道。休怪兒童延俗客，不教鵝鴨惱比鄰。比，頻脂切，近也。甫於武有故舊之好，而能如此，則甫之厚德與夫慎重可見矣。習池未覺風流盡，況復荆州賞更新。武每訪草堂，酣飲賦詠，故甫自比之習池。荆州，則以比武之來宴賞，復無窮也。按晉山簡鎮襄陽，諸習氏者，荆土豪族，有佳園地〔一〕。簡每出戲，多於池上，輒醉而歸。名之曰高陽池。

右二

【校勘記】

〔一〕「地」，晉書卷四十三山簡傳作「池」。

竹寒沙碧浣花溪，梁益記：溪水出湔江。居人多造綵箋，故號浣花。公之別館，館後爲崔寧宅，捨爲寺，今尚存焉〔一〕。菱一作橋。刺藤梢咫尺迷。言別草堂之久，宜其荒蕪也〔二〕。過客徑須愁出入，居人不自解東西。解，佳買切，曉也。書籤藥裹封蛛網，籤，千廉切，驗也。野店山橋送馬蹄。言橋與店空送馬蹄於道中往來而已。蓋甫不在草堂故也。肯藉荒亭春草色〔三〕，先判一飲醉如泥。判，普官反切。後漢周澤傳：澤爲太常，清潔循行，盡敬宗廟。嘗卧病齋宫，其妻闚問所苦。澤怒，以妻干犯齋禁，遂收詔獄。時人爲之語曰：生世不諧，作太常妻，一歲三百六十日，三百五十九日齋，一日不齋醉如泥。余按禆官小説：南海有蟲，無骨，名曰泥，在水中則活，失水則醉如一塊泥然。

右三

【校勘記】

〔一〕「梁益記」以下三十五字，文淵閣本闕；文瀾閣本作「溪水造箋故號浣花」。又，「湔江」原作「淤江」，訛，據百家注卷十九、分門集注卷十九改。

〔二〕「言别草堂之久」，文淵閣本作「言有留堂之久」，文津閣本作「有堂之久」，文瀾閣本作「有此草堂已久」。

〔三〕「亭」，二王本杜集卷十三、錢箋卷十三作「庭」。

常苦沙崩損藥欄，也從江檻落風湍。新松恨不高千尺，新松，甫指手植四松也。按集有四松詩云「霜骨不甚長」是也。惡竹應須斬萬竿。甫歸故林，竹之惡者斫之，護其新美者。按集有詩曰「今晨去千竿」，又曰「步屧萬竹疎」是也。生理祇憑黄閣老，甫言生計皆仰于嚴武也。國史補：兩省相呼爲閣老。衰顏欲赴紫金丹。丹陽抱陽山人大藥證：煉粉爲鉛，化汞爲塵，自然伏火，去鉛取丹，更入華池，還源反色，再入神室，更養火六十日，成紫金火丹。若人服食，化腸爲筋，變髓凝骨，自然不死。三年奔走空皮骨，信有人間行路難。古詩有行路難篇。

右四

錦官城西生事微，官，或作里，王荆公作錦官。生事城西微，甫言薄有常産也。烏皮几在還思歸。謂以烏皮爲几也。謝脁詠烏皮隱几詩：蟠木生附枝，彫刻豈無施。曲躬奉微用，聊承終宴疲。昔去爲憂亂兵入，今來已恐鄰人非。恐經亂離而人物變易也。側身天地更懷古，回首風塵甘息機。甫言厭奔走也。共説總戎雲鳥陣，總戎，謂嚴武爲元帥也。太公六韜曰：既以被山而處，必爲雲鳥之陣，陰陽皆備。又曰：以車騎分爲雲鳥之陣。所謂鳥雲者，鳥散而雲飛，變化無窮者也。不妨遊子芰荷衣。遊子，甫自謂也。甫欲參軍謀，不妨吾逸態，而衣芰荷之衣也。屈原離騷篇：製芰荷以爲衣，集芙蓉以爲裳。

右五

别房太尉墓

閬州太守名房琯，字次律，河南人。常與嚴武等交結，貶邠州刺史。上元元年，爲漢州刺史；寶應二年，拜刑部尚書，在路遇疾；廣德六年，卒於閬州僧舍，年六十七也。

按唐書：上皇入蜀，琯建議請分諸王鎮天下。其後賀蘭進明以此譏之肅宗，琯坐是卒廢，不專以陳濤之敗也。司空圖房太尉漢中詩曰：物望傾心久，匈渠破膽頻。注謂祿山初見分鎮詔書，拊膺嘆曰：吾不得天下矣。圖博學多聞，嘗謂朝廷且修史，其言必有自來。今唐書不載此語，惜哉不爲一白之也。

他鄉復行役，駐馬别孤墳。近淚無乾土，言淚多而濕之也。低空有斷雲。對碁陪謝傅，甫自言昔嘗對房太尉圍碁，如陪謝安石也。晉謝安，字安石，薨，贈太傅。初苻堅入寇，諸將退敗，堅屯于淮淝，加安征討大都督。姪謝玄入問計，安指授將帥各當其任，玄等既破堅，有驛書至。安方對客圍碁，看書既竟，便攝於床上，了無喜色，碁如故。把劍覓徐君。把劍，甫以季札自比，將欲掛之於房太尉之墓。出劉向新序：延陵季子西聘晉，帶寶劍以過徐君。徐君觀劍不言而色欲之。季子有上國之使而未獻也，其心許之。致使於晉，反，則徐君已死。於是以劍繫徐君墓樹而去。唯見林花落，鶯啼送客聞。

自閬州領妻子却赴蜀山行三首

鶴曰：公出峽之計〔一〕，聞嚴武再鎮成都，遂歸草堂。

汨汨避群盜，悠悠經十年。不成向南國，復作遊西川。物役水虛照，魂傷山寂然。我生無倚著，盡室畏途邊。趙曰：物役水虛照，言身爲物所役，水亦徒相照，不得優遊觀賞之也。洙曰：漢書：地著注〔二〕，謂安土也。趙曰：左傳：盡室以行。莊子：夫畏途者十殺一〔三〕，則父子兄弟相戒也。

右一

【校勘記】

〔一〕「公出峽之計」，文淵閣本、文津閣本、文瀾閣本作「公出峽之計未遂」。

〔二〕「地著注」，原作「地注著」，「著」與「注」二字倒誤，據漢書卷二十四食貨志上「理民之道地著爲本」句所引顏師古注乙正。

〔三〕「十殺一」，文淵閣本、文津閣本、文瀾閣本、清刻本、排印本作「十殺一人」。

長林偃風色，迴復意猶迷。衫裛翠微潤，馬銜青草嘶。棧懸斜避石，橋斷却尋溪。宛轉語。何日兵戈盡？飄飄愧老妻！洙曰：棧，謂蜀中閣道也。

右二

行色遞隱見，人煙時有無。得高下之趣。僕夫穿竹語，稚子入雲呼。轉石驚魑魅，抨弓落狖鼯。直供一笑樂〔一〕，似欲慰窮途。洙曰：莊子：車馬有行色。趙曰：抨，披耕切。訓，擊彈也。洙曰：狖猿屬鼯鼠也。

右三

【校勘記】

〔一〕「直」，文淵閣本作「真」，訛。

山館

南國晝多霧，北風天正寒。蘇曰：張茂先：北風凛冽，天色正寒。遊子不歸，吾心如割。雖有尺書，吾不能達。路危行木杪，身遠宿雲端。洙曰：謝朓詩：雲端楚山見，林表吴岫微〔一〕。山鬼吹燈滅，厨人語夜闌。趙曰：楚詞有山鬼篇。此山館乃楚地矣。晉傅玄詩〔二〕：厨人進藿茹，有酒不盈杯。雞鳴問前館，世亂敢求安！

【校勘記】

〔一〕「謝朓」，原作「鮑明遠」，檢「雲端楚山見」二句，文選卷二十七、齊詩卷三作謝朓休沐重還丹陽道中，當是誤置，據改。

〔二〕「傅玄」，原作「傅元」，係避諱，此改。以下均同。

贈王二十四侍御契四十韻

往往雖相見，飄飄愧此身。不關輕紱冕，倉頡篇：紱綬也。說文：大夫以上冠也。俱是避風塵。甫以左拾遺出爲華州功曹，而遂自罷官。若輕紱冕者，風塵之警，不得不避亂也。一別星橋夜，華陽地志：李冰守蜀，造橋七，上應斗魁七星。三移斗柄春。以志時也。斗杓隨時而指於昏，指東則爲春矣，三移則三年矣。春秋運斗樞曰：北斗七星，第一名天樞，第二至第四爲魁，第五至第七爲杓，杓即柄也。敗亡非赤壁，言潼關之敗，兩京遂陷，其禍酷烈，殆非赤壁之比也。阮元瑜爲曹公作書與孫權曰：昔赤壁之役，遭罹疫氣，燒船自還，以避惡地，非周瑜水軍所能控抑也。江陵之守，物盡穀殫，無所復據，徙民還師，又非周瑜所能敗也。奔走爲黄巾。爲，于僞切。黄巾，以喻禄山也。後漢皇甫嵩傳：鉅鹿張角，十餘年間衆徒數十萬，遂置三十六方，方猶將軍號也。靈帝中平元年，一時俱起，皆著黄巾爲標幟，時人謂之黄巾。蜀劉焉傳：涼州逆賊數千人，自號黄巾。又鄭玄傳〔二〕：會黄巾寇青部，避地徐州。子去何瀟灑，子指王侍御也。余藏異隱淪。甫因奔走避寇，遂成隱淪，非本志也。餘詳見前注。書成無過雁，言欲寄書而乏便也。蘇武傳：昭帝即位，匈奴與漢和親。漢使復至匈奴，常惠請其守者與俱，得夜見漢使，具自陳道。教使者謂單于，言天子射上林中，得雁，足有係帛書，言武等在某澤中。故范彦龍詩：寄書雲中雁，爲我西北飛也。衣故有懸鶉。公自叙其貧也。荀子：子夏貧，衣如懸鶉。恐懼行裝數，數，色角反。伶俜臥疾頻。伶，郎丁切。俜，普丁切，失所貌。曉鶯工迸淚，秋月解傷神。春鶯秋月，人所賞翫，而鶯所工者在於迸人之淚，月所解者在於傷人之神，則以亂離疾病之所感也。會面嗟黧黑，李斯傳：禹鑿龍門，股無胈[二]，脛無毛，手足胼胝，面目黧黑。含悽話苦辛。謝靈運廬陵墓下詩：含悽泛廣川[三]。古詩：坎坷長辛苦。接輿還入楚，言甫自蜀適荆衡，故以接輿爲比也。接輿，楚人。論語：楚狂接輿是也。王粲不歸秦。自喻不得歸長安之故鄉。故又以王粲爲比也。謝靈運擬魏公鄴公詩序云：王粲本秦川貴公子孫，遭亂流寓，自傷情多。詩曰：整裝辭秦川，秣馬赴楚壤。錦里殘丹竈，言去錦城之久，空殘煉藥之壚矣。花溪得釣綸。言浣溪之人得我前日所遺之釣綸矣。消中祗自惜，消中，甫自謂有消渴之病也。晚起索誰親。索，蘇各切，謂流寓索居而無骨肉之親也。或謂索音求索之索，亦通也。伏柱聞周史，柱史，比王公之爲侍御也。劉向列仙傳：李耳字伯陽，陳人也。生於殷時爲周柱下史。好養精氣，轉爲守藏史。王康琚詩：老聃伏柱史。乘槎有漢臣。乘槎，豈非美王侍御嘗使吐蕃乎？餘見查上似張騫注內。鴛鴻不易狎，龍虎未宜馴。言王侍御不可得而親近，如鴛鴻龍虎之莫能狎馴也。古樂府：莫狎鴛鴻侶。曹植曰：嗟龍虎之未馴。客即挂冠至，交非傾蓋新。時王侍御守漢州，甫自秦亭棄拾遺而來。今一見之，有如舊相識也。晉葛洪掛冠不仕。孔叢子：孔子與程子相遇於途，傾蓋而語。鄒陽傳：白頭如新，傾蓋如故。由來意氣合，直取性情真。浪跡同生死，無心耻賤貧。言共遭亂離而爲密友，真可以托死生而不以甫之貧賤爲耻也。偶然存蔗芋，幸各對松筠。麤飯依他日，窮愁怪此辰。女長裁褐穩，長如字。男大卷書匀。兩聯通義，言麤糲之飯依如他日。所以窮愁者，在乎女長男大，則婚嫁之事來相迫矣。湔口江如練，湔，普崩切，又普冰切。此已下言王侍御之所居也。樂史寰宇記：李冰擁江作湔口〔四〕。湔堰，在導江縣。又云湔口在彭州。或云湔口，岷江所經。謝玄暉詩：澄江静如練。蠶崖雪似銀。王洙云：蠶崖關在西山。黄庭堅云：蠶崖在茂州帶雪山。魯書云：蠶崖在松州。名園當翠巘，巘，魚蹇切。野棹没青蘋。屢喜王侯宅，王侯宅，統言王侍御與嚴鄭公也。時邀江海人。甫自謂常爲嚴鄭公王侍御顧遇也。追隨不覺晚，款曲動彌旬。但使芝蘭秀，甫期與王侍御心德之芳〔五〕，有如芝蘭之秀也。易曰「同心之言，其臭如蘭」是也。或謂晉謝玄答叔父安曰：子弟譬如芝蘭玉樹，欲使其生於庭階耳。何煩棟宇鄰。甫草堂在成都浣花里，王侍御所居在導江縣，故有是句。陶潛答鮑參軍四言詩：歡心孔洽，棟宇惟鄰。山陽無俗物，言王侍御之門下無俗客也。向秀與嵇康爲竹林之遊，經康所居之山陽，作思舊賦云：濟黄河以泛舟兮，經山陽之舊居。阮籍謂王戎曰：俗物亦復來敗人意。鄭驛正留賓。又以鄭莊比王侍御之禮賢也。史記：鄭莊爲太子舍人，嘗置驛馬於長安諸郊，請謝賓客，夜以繼日。出入並鞍馬，鮑照詩：鞍馬光照地。光輝參席珍。儒行：儒有席上珍以待聘。重遊先主廟，先主廟，今在南門外。更歷少城闉。少城，張儀所築也。石鏡通幽魄，蜀主葬其妃，殉以石鏡。琴臺隱絳脣。琴臺，乃司馬相如彈琴之所。餘並見前注。送終惟糞土，結愛獨荆榛。此兩聯又寓意傷鄭公之死，朋舊凋喪。今遇王侍御，禮待之隆，可以駐足也。置酒高林下，觀碁積水濱。此聯以下甫自叙其依王侍御也。或者又謂此以結上句。初以石鏡送終，今墓中之人已糞土矣；以琴結夫婦之好，今則徒生荆棘矣。既往之事爲可弔，則置酒觀碁以遺懷耳。

區區甘累跰，跰，古典切，足瘡也。莊子：百舍重跰而不息。稍稍息勞筋。網聚粘圓鯽，絲繁煮細蓴。蓴，音純，水菜也。此聯又言歸浣花草堂之樂也。餘見前注。長歌敲柳癭，癭，於郢切，謂鐏也、瘤也。曹植詩：我有柳癭瓢。是也。小睡凭藤輪。藤輪，謂車也。鮑照詩：花蔓引藤輪。是也。農月須知課，田家敢忘勤？忘，無放切。浮生難去食，良會惜清晨。列國兵戈暗，今王德教淳。要聞除猰貐，猰，烏八切；貐，勇主切。猰貐，獸名，喻盜賊也。爾雅釋獸：猰貐，類貙，虎爪，食人，飛走。郭璞注：貙大如狗，文如貍。淮南子本經訓：猰貐爲害，堯使羿殺之，萬民皆喜。休作畫麒麟。但以除猰貐爲心，不必志於畫形麒麟閣上也。餘見今代麒麟閣注。洗眼看輕薄，輕薄，言交道之不終者。甫蓋有激而云耳。虛懷任屈伸。莫令膠漆地，萬古重雷陳。甫之望王侍御者〔六〕，至矣。後漢陳重與雷義爲友，時人語曰：膠漆自謂堅，不如雷與陳。

【校勘記】

〔一〕「鄭玄」，原作「鄭元」，係避諱，此改。以下均同。

〔二〕「胈」，原作「肢」，訛，據史記卷八十七李斯傳改。

〔三〕「泛廣川」，原作「托廣州」，文淵閣本、文津閣本作「訖廣州」，皆訛，據文選卷二十三、宋詩卷三謝靈運廬陵王墓下作改。

〔四〕「口」，原作「曰」，訛，據文瀾閣本改。

〔五〕「芳」，文淵閣本、文津閣本、文瀾閣本作「芬芳」。

〔六〕「之」，文淵閣本無。

新刊校定集注杜詩卷二十六

近體詩

寄董卿嘉榮十韻

聞道君牙帳，防秋近赤霄。下臨千雪嶺，却背五繩橋。海內久戎服，京師今晏朝。犬羊曾爛漫，宮闕尚蕭條。猛將宜嘗膽，龍泉必在腰。黄圖遭汚辱，月窟可焚燒。謂宮殿。會取干戈利，無令斥候驕。居然雙捕虜，自是一嫖姚。落日思輕騎，秋天憶射鵰。雲臺畫形像，皆爲掃氛妖。洙曰：牙帳，則元帥建牙旗於帳前也。鶴曰：防秋近赤霄，言列戍西山三城之高也。洙曰：雪嶺即西山繩橋，在岷江。史記：越王勾踐反國，苦身勞思，飲食嘗膽，不忘會稽之耻。龍泉，楚王劍名也。趙曰：書有三輔黄圖，言秦漢宮苑制度。洙曰：長楊賦：西壓月窟。西域傳：斥候百人，五分之夜，擊刁斗自衛。漢光武拜馬武捕虜將軍，明帝初復拜武捕虜將軍。霍去病爲嫖姚校尉。修可曰：北史：斛律光工騎射，嘗射一大禽，形如車輪，而下乃鵰也。邢子高曰：此直射鵰手。當時號爲落鵰都督。趙曰：漢明帝圖畫二十八將於南宫雲臺。

寄司馬山人十二韻

關内昔分袂，天邊今轉蓬。驅馳不可説，談笑偶然同。道術曾留意，先生早擊蒙。家家迎薊子，處處識壺公。長嘯峨嵋北，潛行玉壘東。有時騎猛虎，虚室使仙童。髮少何勞白，顔衰肯更紅？望雲悲轗軻，畢景羨冲融。喪亂形仍役，淒涼信不通。懸旌要路口，倚劍短亭中。永作殊方客，殘生一老翁。相哀骨可换，亦遺馭清風。洙曰：後漢方術傳：薊子訓有神異之道，既到京師，公卿以下候之者，坐上常數百人。費長房爲市椽〔一〕。市中有老翁賣藥，懸一壺於肆頭，及市罷，輒跳入壺中。市人莫之見，惟長房於樓上覩之，異焉，因往再拜，翁乃與俱入壺中。趙曰：史記云：摇摇懸旌，無所終薄。莊子曰：夫列子御風而行，泠然善也。

【校勘記】

〔一〕「椽」，文津閣本、文瀾閣本作「椽」，訛。

寄李十四員外布十二韻〔一〕

公自注：新除司議郎兼萬州别駕，雖尚伏枕，已聞理裝。

名參漢望苑，職述景題輿。巫峽將之郡，荆門好附書。遠行無自苦，内熱比何如。正是炎天闊，那堪野館疎。黄牛平駕浪，畫鷁上凌虚。試待盤渦歇，方期解纜初。悶能過小徑，自爲摘嘉蔬。渚柳元幽僻，村花不掃除。宿陰繁素奈，過雨亂紅蕖。寂寂夏先晚，泠泠風有餘。江清心可瑩，竹冷髮堪梳。直作移巾几，秋帆發敝廬。洙曰：漢博望苑，武帝爲戾太子置之，使通賓客，從其所好。夢弼曰：司議，太子官屬也。以李布新除司議郎，故用博望苑事。洙曰：後漢：周景爲豫州刺史，辟陳蕃爲别駕。蕃不就。景題别駕輿曰陳仲舉座也。洙曰：内熱字，出莊子。黄牛，峽名。修可曰：畫鷁者船頭畫爲鷁，以厭水神。洙曰：郭璞江賦：盤渦谷轉。

【校勘記】

〔一〕「李」，文津閣本作「季」，訛。

歸來

客裏有所適，歸來知路難。開門野鼠走，散帙壁魚乾。洗杓開新醖，低頭著小冠。憑誰給麯蘖，細酌老江干。本作低頭拭小盤，一作著小冠。先生云：著小冠勝。洙曰：謝玄暉詩：散帙問所知。注：帙，書衣也。沈曰：郭璞注：衣書中蟲，今人謂之壁魚。定功曰：壁魚，白魚也，俗傳壁魚入道經函中，因蠹食神仙字，身有五色，人得而吞之，可致神仙。

王録事許修草堂貲不到聊小詰

爲嗔王録事，不寄草堂貲。昨屬愁春雨，能忘欲漏時。其題可備口實，其詩可删。

寄邛州崔録事

邛州崔録事，聞在果園坊。久待無消息，終朝有底忙。應愁江樹遠，怯見野亭荒。浩蕩風塵外，誰知酒熟香？洙曰：果園坊在成都。

過故斛斯校書莊二首

公自注：老儒艱難時，病于庸蜀。歎其殁後方授一官。鶴曰：即斛斯六，乃草堂之鄰，公所謂酒伴者。

此老已云殁，鄰人嗟未休。竟無宣室召，徒有茂陵求。極是恨意，後來作者皆不及，簡齋步驟略近〔一〕。妻子寄他食，園林非昔遊。空餘繐帷在，淅淅野風秋。洙曰：漢文帝召賈誼於宣室。司馬相如病免，家居茂陵。武帝使所忠往取其書，至則相如已死。問其妻，曰：長卿未死時，爲一卷書，言有使來求書，奏之。於是所忠奏焉，天子異之，其遺書言封禪事。謝玄暉詩：茂陵將見求。

右一

【校勘記】

〔一〕「簡齋」，文津閣本作「簡及齋」，衍一「及」字。

燕入非傍舍，鷗歸祇故池。斷橋無復板，卧柳自生枝。又悲於他作。遂有山陽作，多慚鮑叔知。素交零落盡，白首淚雙垂！洙曰：向秀與嵇康爲竹林之遊，後經山陽嵇康之居，作思舊賦。鮑叔與管仲交，管仲曰：生我者父母，知我者鮑子〔一〕。劉孝標絶交論：素交盡，利交興。

右二

【校勘記】

〔一〕「鮑子」，文淵閣本、文津閣本、文瀾閣本作「鮑叔」。

立秋日雨院中有作

廣德三年秋，成都府幕中作。

山雲行絶塞，大火復西流〔一〕。飛雨動華屋，蕭蕭梁棟秋。窮途愧知己，暮齒借前籌。已費清晨謁，那成長者謀。解衣開北户，高枕對南樓。樹濕風凉進，江喧水氣浮。禮寬心有適，節爽病微瘳。主將歸調鼎，吾還訪舊邱。洙曰：張良：願借前箸以籌之。趙曰：公謂晚年得預嚴府參謀也。趙曰：禮寬心有適，謂嚴武待以禮數之寬。病微瘳，公素有肺病也。洙曰：主將，謂嚴武也。公相期武還朝秉政，曰：吾當遂歸計矣。希曰：舊邱，指長安故居也。

【校勘記】

〔一〕「火」，原作「小」，據文淵閣本、文津閣本、文瀾閣本、清刻本、排印本並參二王本杜集卷十三、錢箋卷十三改。

奉和嚴鄭公軍城早秋

秋風嫋嫋動高旌，嫋，奴鳥切，長弱貌。九歌：嫋嫋兮秋風。玉帳分弓射虜營。已收滴博雲間戍，滴博，屯戍之地，名雲間，以言其高也。更奪蓬婆雪外城。蓬婆，城名也。城，克鹽州城。按編年通載：廣德二年，嚴武破吐蕃于當狗城，克鹽州城。吐蕃傳：天寶二年已前，王昱兵次蓬婆嶺。

附嚴武詩

昨夜秋風入漢關，借漢以言唐也。朔雲邊雪滿西山。西山即雪山也，謂其冬夏常積雪故也。更催飛將追驕虜，漢，匈奴常號李廣爲飛將軍。驕虜，指吐番也。莫遣沙場匹馬還。此戒之之辭也。春秋公羊傳：匹馬隻輪無反者。

院中晚晴懷西郭茅舍

幕府秋風日夜清，澹雲疎雨過高城。葉心朱實堪時落，堪者不甚也。階面青苔先自生。復有樓臺銜暮景，不勞鐘鼓報新晴。浣花溪裏花饒笑，肯信吾兼吏隱名。趙曰：汝南先賢傳：鄭欽吏隱於蟻陂之陽。夢弼曰：晉山濤：吏非吏，隱非隱。

到村

碧澗雖多雨，秋沙先少泥。蛟龍引子過，荷芰逐花低。老去參戎幕，歸來散馬蹄。稻粱須就列，榛草即相迷。蓄積思江漢，頑疎惑町畦。久有意出蜀，不曉人事分爾，我殆幕中有不合故。暫酬知己分，還入故林棲。鄭曰：先，先見切。洙曰：曹子建詩：俯身散馬蹄。蒼舒曰：莊子：彼且爲無町畦，亦與之爲無町畦。

宿府

清秋幕府井梧寒，魏明帝詩：雙梧生空井。詩家用井梧自此始矣。獨宿江城蠟炬殘。永夜角聲悲自語，中天月色好誰看。風塵荏苒音書絶，關塞蕭條行路難。已忍伶俜十年事，伶，郎丁切；俜，普丁切，失所貌。甫遭亂奔走，自廣德二年逆數至天寶十四載，凡十年矣。彊移棲息一枝安。甫時寓嚴武幕爲參謀，此一枝之安也。莊子逍遥遊篇：鷦鷯巢於深林，不過一枝。

遣悶奉呈嚴公二十韻

白水魚竿客，魚竿自比太公。清秋鶴髮翁。胡爲來幕下，祇合在舟中。仕宦失志，不能決絶如此。黄卷真如律，青袍也自公。老妻憂坐痺，幼女問頭風。平地專欹倒，分曹失異同。禮甘衰力就，義忝上官通。疇昔論詩早，光輝仗鉞雄。寬容存性拙，翦拂念途窮。露裛思藤架，煙霏想桂叢。信然龜觸網，直作鳥窺籠。不得志之語。西嶺紆村北，南江繞舍東。竹皮寒舊翠，椒實雨新紅。浪簸船應坼，杯乾甕即空。籓籬生野徑，斤斧任樵童。束縛酬知己，蹉跎效小忠。周防期稍稍，信憂纔之態可念。太簡遂匆匆。曉入朱扉啓，昏歸畫角終。不成尋别業，未敢息微躬。烏鵲愁銀漢，駑駘怕錦幪。會希全物色，時放倚梧桐。即據槁梧而瞑，但增桐字迥異。趙曰：上官指嚴武[一]，公在幕府，得關通於上官矣。洙曰：龜觸綱，用史記龜策傳：神龜抵網而遭漁者得之。烏窺籠，用潘岳秋興賦：池魚籠鳥而有江湖山藪之思。師曰：西嶺、南江，述浣花里之景也。洙曰：束縛者，言性本疎散也。大觀曰：别業，指草堂也。夢弼曰：物色謂形容之老。公有望於嚴武，俾得遂倚桐之適也。

【校勘記】

〔一〕「槁」，文淵閣本作「高」，訛。

送舍弟穎赴齊州三首

岷嶺南蠻北，徐關東海西。此行何日到，送汝萬行啼。絶域惟高枕，清風獨杖藜。危時暫相見，衰白意都迷。趙曰：徐關，齊地。言弟自岷蜀起發而之齊耳。

右一

風塵暗不開，汝去幾時來？兄弟分離苦，形容老病催。江通一柱觀，日落望鄉臺。客意長東北，齊州安在哉！鄭曰：荆州有一柱觀，士人呼爲木履觀〔一〕。洙曰：成都有望鄉臺，乃隋蜀王秀所創也。

右二

【校勘記】

〔一〕「士」，文淵閣本作「吐」，文津閣本、文瀾閣本作「土」，皆訛。

諸姑今海畔，兩弟亦山東。去傍干戈覓，來看道路通。短衣防戰地，匹馬逐秋風。莫作俱流落，長瞻碣石鴻。鶴曰：按公作范陽太守盧氏墓誌，盧氏所出，有適會稽賀搗。會稽瀕於海也。趙曰：齊州近海〔一〕，則是山東矣。洙曰：趙武靈王好胡服，士皆短衣。洙云：劉孝標廣絶交論：附騏驥之旄端，軼歸鴻于碣石。注：海畔〔二〕，山也。

右三

【校勘記】

〔一〕「齊州」，原作「徐州」，據文淵閣本、文津閣本、文瀾閣本、清刻本、排印本改。

〔二〕「海畔」，文淵閣本作「海之畔」，「之」字衍。

嚴鄭公堦下小松得霑字

弱質豈自負，移根方爾瞻。細聲聞一作侵。玉帳，疎翠近珠簾。未見紫烟集，虛蒙清露霑。何當一百丈，欹蓋擁高簷。

嚴鄭公宅同詠竹得香字

綠竹半含籜，新梢纔出墻。色侵書帙晚，陰過酒罇凉。雨洗娟娟淨，風吹細細香。但令無翦伐〔一〕，會見拂雲長。孫季昭示兒編云：花竹亦有無香者，世所共知。櫻桃初無香，退之云：香隨翠籠擎初重。則以香言之。竹與枇杷本無香，子美云：風吹細細香；枇杷樹樹香。則皆以香稱之。至于太白，又以柳爲有香，其曰白門柳花滿店香是也。若夫荆公梅詩有云：少陵爲爾添詩興，可是無心賦海棠。豈謂海棠無香而不賦乎？

【校勘記】

〔一〕「但」，文淵閣本、清刻本、排印本作「但」，訛，二王本杜集卷十三作「但」，可證。

奉觀嚴鄭公廳事岷山沲江畫圖十韻得忘字

沲水臨中座，岷山赴此堂。白波吹粉壁，青嶂插雕梁。直訝松杉冷，兼疑菱荇香。雪雲虚點綴，沙草得微茫。嶺雁隨毫末，川蜺飲練光。霏紅洲蘂亂，拂黛石蘿長。暗谷非關雨，丹楓不爲霜。秋成玄圃外〔一〕，景物洞庭傍。繪事功殊絶，幽襟興激昂。從來謝太傅，丘壑道難忘。夢弼曰：禹貢：岷山導江東，别爲沱。寰宇記：沱水在成都府新繁縣。誠齋詩話云：老杜山水圖云：沱水臨中座，岷山赴此堂。白波吹粉壁，青嶂插雕梁。此以畫爲真也。曾吉甫云：斷崖韋偃樹，小雨郭熙山。此以真爲畫也〔二〕。洙曰：秋成，一作秋城。太傅，謝安也。安雖受朝廷，寄東山之志，始末不渝。

【校勘記】

〔一〕「玄」，原作「元」，係避諱，此改。

〔二〕「真」，文津閣本作「直」，訛。

晚秋陪嚴鄭公摩訶池泛舟

公自注：池在府内，蕭摩訶所開，因是得名。

湍駛風醒酒，船回霧起隄。高城秋自落，雜樹晚相迷。坐觸鴛鴦起，巢傾翡翠低。莫須驚白鷺，爲伴宿清溪〔一〕。鄭曰：駛，苦史切，疾貌也。趙曰：清溪，公指浣花溪爾。

【校勘記】

〔一〕「清」，二王本杜集卷十三、錢箋卷十三作「青」。

陪鄭公秋晚北池臨眺

鶴曰：公在嚴武幕中。自遣悶有作奉呈，後如詠竹、泛舟、觀岷沱畫圖至北池臨眺，皆分韻賦詩。其情分稠密如此，而史謂嚴武中頗銜之，不知何所本而云。

北池雲水闊，華館闢秋風。獨鶴先依渚，衰荷且映空。采菱寒刺上，踏藕野泥中。素檝分曹往，金盤小徑通。萋萋露草碧，片片晚旗紅。杯酒霑津吏，衣裳與釣翁。異方初艷菊，故里亦高桐。摇落關山思，淹留戰伐功。嚴城殊未掩，清宴已知終。何補參軍乏，本中曰：何補參軍乏，一作參軍事。歡娱到薄躬。

初冬

垂老戎衣窄，歸休寒色深。漁舟上急水，獵火著高林。日有習池醉，愁來梁父吟。干戈未偃息，出處遂何心。鶴曰：按是年十月，嚴武攻吐蕃、鹽川城，克之。公在幕府，故亦衣戎衣也。趙曰：日有習池醉，謂陪嚴武出也[一]。愁來梁父吟，公以諸葛亮自比也。

【校勘記】

〔一〕「嚴武」，文淵閣本作「嚴」。

正月三日歸溪上有作簡院内諸公

野外堂依竹，籬邊水向城。蟻浮仍臘味，謂酒也。南都賦：醪敷徑寸，浮蟻若萍。釋名：酒有沉齊，浮蟻在上[一]。周庾信謝賜酒詩：浮蟻對春開。鷗泛已春聲。南越志：鷗，水鳥也，在漲海中，隨潮上下，三月風至，乃去。藥許鄰人斸，公之不吝如此。按集有天寒斸茯苓之句，謂以鐵椎斸地而得之也。書從稚子擎。言文書多任稚子也。白頭趨幕府，深覺負平生。公自嘆老而猶參嚴鄭公故人之幕府也。

【校勘記】

〔一〕「齊」，文淵閣本作「池」，訛。

敝廬遣興奉寄嚴公

野水平橋路，春沙映竹村。風輕粉蝶喜，花暖蜜蜂喧。把酒宜深酌，題詩好細論。府中瞻暇日，江上憶詞源。邀其過我，語涉進退，頗自負。跡忝朝廷舊，情依節制尊。還思長者轍，恐避席爲門。趙曰：隋文藝傳云：筆有餘力，詞無竭源。鶴曰：嚴武時尹成都，節制兩川。洙曰：陳平家負郭窮巷，以席爲門，然門外多長者車轍。趙曰：公欲枉嚴公之駕，故用陳平事以激之。

春日江村五首

農務村村急，春流岸岸深。乾坤萬里眼，時序百年心。使人無復思致，故不可及。茅屋還堪賦，桃源自可尋。艱難昧生理，飄泊到如今。

右一

迢遞來三蜀，蹉跎又六年。客身逢故舊，發興自林泉。過懶從衣結，頻遊任履穿。藩籬頗無限，恣意向江天。一本作藩籬無限景，恣意買江天。趙曰：蜀郡、廣漢郡、犍爲郡爲三蜀。鶴曰：公以乾元二年冬入蜀，至是六年矣。洙曰：董威輦衣百結衣。夢弼曰：莊子：衣敝履。穿貧也，非憊也。

右二

種竹交加翠，栽桃爛漫紅。經心石鏡月，到面雪山風。赤管隨王命，銀章付老翁。豈知牙齒落，名玷薦賢中。洙曰：石鏡、雪山，皆在蜀中，注見前。漢官儀：尚書令僕丞郎，月給赤管大筆一雙。公時爲檢校尚書工部郎，故云。鶴曰：公爲工部員外郎，賜緋魚袋。考漢表：銀章青綬。注：銀印，背紐，其文曰章，謂刻曰某官之章。唐雖無賜印者，公謂銀章，特指魚袋而言耳。趙曰：銀章方賜來，故次篇有垂朱紱之句。

右三

扶病垂朱紱，歸休步紫苔。郊扉存晚計，幕府媿群材。燕外時絲卷，鷗邊水葉開。鄰家送魚鱉，問我數能來。洙曰：紱，古蔽膝也，象冕服，以韋爲之。希曰：漢韋賢傳：黼衣朱紱。師古注曰：朱紱爲朱裳畫爲亞文也。亞，古弗字，故因謂之。紱，又作韍。

右四

群盜哀王粲，中年召賈生。群盜、中年，皆不必事實，政是作者。登樓初有作，前席竟爲榮。宅入先賢傳，才高處士名。異時懷二子，春日復含情。洙曰：漢末王粲以西京擾亂，之荆州，嘗思歸，作登樓賦。故先賢傳載：荆州有王粲宅。漢文帝以賈誼爲長沙王太傅。歲餘，思誼，徵至宣室，因問以鬼神事，帝不覺前席。曰：吾久不見賈生〔一〕，自以爲過之，今不及也。

右五

【校勘記】

〔一〕「吾」，文淵閣本作「我」。

絶句六首

日出籬東水，雲生舍北泥。竹高鳴翡翠，沙僻舞鵾雞。夢弼曰：翡翠，羽雀翠、青羽雀。上林賦注：鵾雞，黄白色，長頸，赤喙。

右一

藹藹花蘂亂，飛飛蜂蝶多。幽棲身嬾動，客至欲如何。

右二

鑿井交椶葉，開渠斷竹根。扁舟輕裊纜，小逕曲通村。

右三

急雨捎溪足，斜暉轉樹腰。隔巢黄鳥並，翻藻白魚跳。

右四

舍下笋穿壁，庭中藤刺簷。地晴絲冉冉，江白草纖纖。

右五

江動月移石，溪虚雲傍花。鳥棲知故道，帆過宿誰家？

右六

絶句四首

堂西長笋別開門，塹北行椒却背村。宛曲有趣。梅熟許同朱老喫，松高擬對阮生論。公自注：朱、阮，劍外相知。趙曰：行椒，蓋成行者。

右一

欲作魚梁雲覆湍，因驚四月雨聲寒。青溪先有蛟龍窟，竹石如山不敢安。洙曰：覆一作復，去聲。趙曰：魚梁乃劈竹積石，橫截中流以取魚，而溪下有蛟龍窟，故未敢安也。

右二

兩箇黃鸝鳴翠柳，一行白鷺上青天。窗含西嶺千秋雪，門泊東吴萬里船。此千秋、萬里，是甚氣槩，非苟也。洙曰：西嶺即西山也，冬夏常積雪。鶴曰：公在浣花，未嘗不繫舟也。趙曰：公之志，每欲南下，今言所泊門外之船，乃欲往東吴萬里之船也。漫叟詩話云：詩中有拙句，不失爲奇作，若退之逸詩云

「偶上城南土骨堆，共傾春酒兩三杯」；子美詩云「兩箇黄鸝鳴翠柳，一行白鷺上青天」是也。

右三

藥條藥甲潤青青，色過棕亭入草亭。苗滿空山慙取譽，根居隙地怯成形。

右四

陪李七司馬皁江上觀造竹橋即日成往來之人免冬寒入水聊題短作簡李公

鶴曰：此詩當是公在蜀州作。詳見後篇高使君成都回題下注〔一〕。

伐木爲橋結構同〔二〕，褰裳不涉往來通。天寒白鶴歸華表，日落青龍見水中。顧我老非題柱客，知君才是濟川功。合歡却笑千年事，如此下合歡字誰曉，頗疑其誤。驅石何時到海東？夢弼曰：橋前二柱曰華表。故以白鶴爲言也。青龍以喻橋影。然朝野僉載：河北道趙州有石橋甚工。則天時默啜破趙州，至石橋，馬跪地不進。但見青龍卧橋上，奮迅而怒，乃遁去。洙曰：成都有昇仙橋，相如初西去，題其柱曰：不乘駟馬車，不復過此橋。書：若濟巨川，用汝作舟楫。趙曰：言與賓客落橋之成而歡飲，因笑往事之勞，徒驅石以下海也。洙曰：秦始皇作石橋，欲過海看日出處。有神人能驅石下海，石去不速，神輒鞭之，石皆流血。

【校勘記】

〔一〕「君」，文淵閣本、文津閣本、文瀾閣本作「自」。

〔二〕「木」，二王本杜集卷十三、錢箋卷十三作「竹」。

觀作橋成月夜舟中有述還呈李司馬

把燭橋成夜，迴舟客坐時。天高雲去盡，江迴月來遲。衰謝多扶病，招邀屢有期。異方乘此興，樂罷不無悲。

李司馬橋了承高使君自成都回

鶴曰：時高適守蜀州而攝成都，故云自成都回。按九域志：成都在蜀州之東。故詩中云橋東待使君，又知公是詩在蜀州作也。

向來江上手紛紛，三日功成事出群。已傳童子騎青竹，總擬橋東待使君。洙曰：後漢：郭伋爲并州牧，始至行部，有童兒數百騎竹馬，道次迎拜。

江上值水如海勢聊短述

爲人性僻耽佳句，語不驚人死不休！老去詩篇渾謾興，春來花鳥莫深愁。新添水檻供垂釣，故著浮槎替入舟。焉得思如陶謝手陶淵明、謝靈運。，令渠述作與同遊。

寄杜位

公自述：位京中有宅近西曲江，詩尾有述。

近聞寬法離新州，想見歸懷尚百憂〔一〕。逐客雖皆萬里去，悲君已是十年流。干戈況復塵隨眼，鬢髮還應雪滿頭。玉壘題書心緒亂，何時更得曲江遊？夢弼曰：新州屬廣南道。公之侄杜位貶新州，時朝廷寬其罪，移之於近郡。按集有杜位宅守歲詩，當是明年位即被謫，故云已是十年流也。洙曰：玉壘，蜀之坊名。趙曰：玉壘在蜀州青城縣。公時自成都過青城，因寄此詩。夢弼曰：曲江在長安，爲勝遊之地。杜位有宅近焉。

【校勘記】

〔一〕「歸懷」，二王本杜集卷十三、錢箋卷十一作「懷歸」。

題桃樹

小徑升堂舊不斜，五株桃樹亦從遮。高秋總餽貧人實，來歲還舒滿眼花。簾戶每宜通乳燕，兒童莫信打慈鴉。寡妻群盜非今日，天下車書正一家。

舍弟占歸草堂檢校聊示此詩

久客應吾道，猶云我道，蓋是。相隨獨爾來。孰知江路近，頻爲草堂迴。鵝鴨宜長數，柴荆莫浪開。省事語。東林竹影薄，臘月更須栽〔一〕。

【校勘記】

〔一〕「栽」，文淵閣本、文瀾閣本、清刻本、排印本、錢箋卷十二作「裁」。文津閣本作「哉」，訛。

暮登四安寺鐘樓寄裴十迪

暮倚高樓對雪峰，僧來不語自鳴鐘。孤城返照紅將斂，返照夕陽也。近市浮烟翠且重。多病獨愁常闃寂，闃，古鶪切。闃，僻静也。易：窺其户，闃其無人。注：闃，寂也。故人相見未從容。從容，欵曲也。知君苦思緣詩瘦，思，去聲。太向交遊萬事慵。李白有戲贈甫詩：借問年來何瘦生，只爲從前作詩苦。

觀李固請司馬弟山水圖三首

簡易高人意，匡牀竹火爐。寒天留遠客，碧海挂新圖。雖對連山好，貪看絶島孤。群仙不愁思，有味外味。冉冉下蓬壺。夢弼曰：淮南子：匡牀弱席〔一〕，非不寧。許慎注：匡，安也。

右一

【校勘記】

〔一〕「弱」，淮南子集釋卷九主術訓作「蒻」。

方丈渾連水，天台總映雲。人間長見畫，老去恨空聞。自傷足力之不繼也。上句亦足媿人之不能往者。范蠡舟偏小，王喬鶴不群。此生隨萬物，何處出塵氛。夢弼曰：孫綽天台賦：涉海則有方丈、蓬萊，登陸則有四明、天台，皆古聖之所由化，神仙之所窟宅。洙曰：范蠡爲越破吴，功成名遂，乃乘扁舟泛江湖，變姓名適齊，爲鴟夷子。趙曰：其圖必畫舟與鶴，故以范蠡、王喬比之。王喬鶴事注見前。

右二

高浪垂翻屋，崩崖欲壓牀。野橋分子細，沙岸繞微茫。紅浸珊瑚短，青懸薜荔長。浮查並坐得，仙老暫相將。總是好語。夢弼曰：王子年拾遺記：堯時，有巨查浮於西海。查上有光，若星月。查浮四海，十二年一周天，名曰貫月查，又曰挂星查。羽仙棲息其上。

右三

散愁二首

久客宜懸旆，興王未息戈。蜀星陰見少，江雨夜聞多。百萬傳深入，寰區望匪他。司徒下燕趙，收取舊山河。望李光弼之深也。光弼爲檢校司徒，追收河北。寶應元年進封臨淮王。

右一

聞道并州鎮，尚書訓士齊。并州，太原也。乾元中，李光弼徙河陽，王思禮代爲河東節度使，是時還兵部尚書。其後加司空，則八哀詩稱之以「司空王公」是也。上元二年思禮薨。幾時通薊北，謂平安史之亂也。當日報關西。謂長安以西也。戀闕丹心破，霑衣皓首啼。老魂招不得，歸路恐長迷。屈原有招魂篇。

右二

至後

冬至至後日初長，遠在劍南思洛陽。青袍白馬有何意，金谷銅駞非故鄉。梅花欲開不自覺，棣萼一別永相望。語極有興。愁極本憑詩遣興，詩成吟詠轉淒涼。夢弼曰：金谷園、銅駞陌，豈非洛陽故鄉，行樂之勝境乎？劉禹錫楊柳詞云「金谷園中鶯亂飛，銅駞陌上好風吹」是也。

撥悶 一作贈嚴二别駕。

聞道雲安麴米春，纔傾一盞即醺人。乘舟取醉非難事，下峽銷愁定幾巡。長年三老遥憐汝，捩柂開頭捷有神。已辦青錢防顧直，當令美味入吾脣。夢弼曰：雲安縣屬夔州，今爲雲安軍。東坡志林：退之詩曰：百年未滿不得死，且可勤買抛青春。國史補云：酒有郢之富水，烏程之若下，滎陽之土窟春，富平之石凍春，劍南之燒春。杜子美亦云：聞道雲安麴米春，才傾一盞即醺人。裴硎作傳奇記裴航事，亦有酒名松醪春。乃知唐人名酒多以春，則抛青春亦必酒名也。趙曰：東坡詩「麴米春香並舍聞」，蓋出于此。長年三老，川中呼舟師之名。夢弼曰：峽中以篙師爲長年柂工，三老今俗謂之翁。洙曰：開頭一作鳴鐃，皆行船貌。初行船曰開頭。鄭曰：捩，練結切，拗捩也。趙曰：川人不以準折一色見錢爲青錢。

登高

風急天高猿嘯哀，王洙曰：宋玉云：天高而氣清。潘安仁：勁風淒急。渚清沙白鳥飛迴。無邊落木蕭蕭下，洙曰：江賦：尋之無邊。楚詞：洞庭波兮木葉下。又：風颯颯兮木蕭蕭。不盡長江衮衮來。洙曰：謂不舍晝夜，故云不盡。萬里悲秋常作客，洙曰：宋玉悲秋。

百年多病獨登臺。洙曰：相如多病，卧於茂陵。艱難苦恨繁霜鬢，潦倒新停濁酒盃。洙曰：嵇康曰酒一盃。潦倒龐味。

九日

廣德元年秋閬州，冬梓州作。鶴曰：是年秋公自梓暫往閬州，冬復至梓州。

去年登高郪縣北，今日重在涪江濱。苦遭白髮不相放，羞見黄花無數新。世亂鬱鬱久爲客，路難悠悠常傍人。酒闌却憶十年事，腸斷驪山清路塵。鶴曰：郪縣，屬梓州，涪江水東南，合梓州之射江。孫曰：驪山，指舊日明皇遊幸也。

秋盡〔一〕

鶴曰：是年秋，公自梓州歸成都迎家，冬再往梓州。

秋盡東行且未迴，茅齋寄在少城隈。籬邊老却陶潛菊，江上徒逢袁紹杯。雪嶺獨看西日落，劍門猶阻北人來。不辭萬里長爲客，懷抱何時獨好開〔二〕！鶴曰：成都大城西有少城。洙曰：典略云：劉松、袁紹在河朔，於三伏之際酬飲避暑，號爲河朔飲。

【校勘記】

〔一〕詩題，文瀾閣本作「愁盡」，訛。

〔二〕「獨」，二王本杜集卷十三、錢箋卷十二作「得」。又，此詩下，文淵閣本、文津閣本、文瀾閣本有野望「西山白雪三城戍」一詩，復見於本集卷二十三。

老病

老病巫山裏，稽留楚客中。藥殘他日裏，花發去年叢。夜足霑沙雨，春多逆水風。合分雙賜筆，猶作一飄蓬。趙曰：漢官儀：尚書令僕丞郎，月給赤管大筆一雙。公嘗爲尚書工部郎，故云。

新刊校定集注杜詩卷二十七

近體詩

去蜀

五載客蜀郡，一年歸梓州。如何關塞阻，轉作瀟湘遊。萬事已黃髮，殘生隨白鷗。毛詩：黄髮兒齒。安危大臣在，何必淚長流。漢陸賈曰：天下安，注意相；天下危，注意將。

放船

收帆下急水，卷幔逐回灘。江市戎戎暗，山雲淰淰寒。荒村無徑入，獨鳥怪人看。已泊城樓底，何曾夜色闌。

哭嚴僕射歸櫬

趙云：嚴公再尹成都，乃封鄭國公加檢校吏部尚書。永泰元年四月卒，贈尚書左僕射。

素幔隨流水，歸舟返舊京。舊京，故國也。盧子諒贈崔温詩：北眺沙漠垂，南望舊京路。趙云：歸櫬舟行，故曰素幔隨流水。老親如一作知。宿昔，部曲異平生。按新史：武卒，母哭且曰：今而後吾知免爲官婢矣。又云：言部曲有異於存日也。宋鮑照東武吟：將軍既即世[一]，部曲亦罕存。後漢光武紀注：大將軍營有五部三校尉，部下有曲，曲有軍侯一人。趙云：言嚴公有母在，棄之而去，其母之健尚如宿昔耳。公既死，部曲無主，宜乎異平生也。馮衍答任武書曰敢不陳露宿昔之意，故對平生字，則論語「久要不忘平生」之言。風送蛟龍雨，見上蛟龍得雲雨注。天長驃騎營。晉書：齊獻王攸遷驃騎將軍，時驃騎當罷，營兵數千人戀攸恩德[二]，不肯去。蛟龍以譬嚴公。一哀三峽暮，遺後見君情。趙云：言悲哀之極，而江山亦爲之動色，所以遺傳於後世者，見嚴公有恩德於公之情如此也。

【校勘記】

〔一〕「即」，文選卷二十八、樂府詩集卷四十一、宋詩卷七鮑照代東武吟作「下」。

〔二〕「千」，文淵閣本作「十」。

宴戎州楊使君東樓

勝絶驚身老，情忘發興奇。趙云：此篇破頭便對，蓋言勝雖絶矣，而驚見在之身則老也；情雖忘矣，而發所對之興則奇也。禮記云：忘身之老也。鮑照園中秋散詩云：臨歌不知調，發興誰與歡。

坐從歌妓密，樂任主人爲。語云：不圖爲樂之至於斯也。重碧拈一作酤。春酒，輕紅擘荔枝。曹子建七啓：蒼梧縹清。注：縹，深碧色。蜀都賦：旁挺龍目，側生荔枝。趙云：舊本拈春酒作酤字，非。今就其字誤而言之，酤當與論語沽酒市脯之沽同。又按，詩伐木篇：有酒湑我，無酒酤我。按毛、鄭解此兩句不同。毛云：湑，莤音，所六切，泲之也。酤，一宿酒也。其謂有酒則須泲莤使清而後飲，無酒則雖一宿未清者亦飲，乃王之厚意也。鄭云：酤，買也。王有酒則泲莤之，王無酒則沽買之，其意以爲族人陳王之恩厚於我曹。雖以侈言王之盛意，然豈有天子而沽酒乎？詩人必不如此窮相。此鄭之失也。今杜公詩之酤字，若用毛萇一宿曰酤言之，則不成詩句；用鄭玄酤買言之，二千石設筵，必有公帑，豈亦沽酒乎？舊本作拈，當以爲正。據元稹元日詩云：羞看稚子先拈酒。白樂天歲假詩云：歲酒先拈辭不得。則拈酒乃唐人語也。而杜公又云：門外柔桑葉可拈。又云：試拈禿筆掃驊騮。亦拈之義。拈與擘皆在主及賓身上言之。詩云：爲此春酒，以介眉壽。荔枝見於上林賦。食荔枝而飲春酒，蓋煮酒也。謂之重碧，以酒之色言之也。輕紅，亦言荔枝之顔色也。其後山谷在戎州，有詩云：試傾一杯重碧色，快剥千顆輕紅肌。觀此則可見杜公重碧輕紅之義。後學又以重碧、輕紅爲二妾名，尤可鄙笑。豈不見梁簡文帝梁塵詩云：依幃濛重翠，帶日聚輕紅。輕紅，謂荔枝膜粉紅也。若以名其皮色，則又惑誤學者。師云：戎州，今叙州。重碧，叙州公庫酒名。輕紅，叙州倅園荔子名。樓高欲愁思，横笛未休吹。趙云：樓高而愁思欲生，何横笛之未肯罷休以增愁也。公月夜憶舍弟云：況乃未休兵。與此句法同。

渝州候嚴六侍御不到先下峽

聞道乘驄發，沙邊待至今。趙云：後漢：桓典爲侍御史，有威名。常乘驄馬，人號爲驄馬御史。不知雲雨散，宋玉高唐賦：湫兮如風〔一〕，凄兮如雨。風止雨霽，雲無處所。王粲詩曰：風流雲散，一别如雨。趙云：隋江總别袁昌詩：不言雲雨散，更似東西流。虚費短長吟。古詩有短、長吟。山帶烏蠻闊，巂州西有烏、白蠻。江連白帝深。公孫述以永安爲白帝城，在夔州之側。船經一柱過，留眼一作留滯。共登臨。梁劉孝綽江津寄劉之遴：經過一柱觀，出入三休臺。餘見上卷江通一柱觀注。

【校勘記】

〔一〕「湫」，原作「秋」，據文淵閣本、文津閣本、文瀾閣本、清刻本、排印本改。

聞高常侍亡

忠州作。鮑云：高適也。本傳：繼廣德元年後，言召爲刑部侍郎左散騎常侍。

歸朝不相見，蜀使忽傳亡。虛歷金華省，何殊地下郎。江淹上建平王書：升降承明之闕，出入金華之殿。世説顔回爲地下修文郎。趙云：班固叙傳：鄭寬中、張禹入説尚書、論語於金華殿。注：在未央宫。適爲左散騎常侍而亡，故云虛歷金華省也。王隱晉書載：蘇韶已死，見其弟節。韶云：顔回、卜商，今爲地下修文郎，韶亦一人也。**致君丹檻折，哭友白雲長。**趙云：折檻，言高之諫諍也。觀唐史載：適遷侍御史，擢諫議大夫，負氣敢言，權近側目。致君，見首篇注。朱雲上書，願請尚方斬馬劍，斷佞臣一人。上問：誰也？對曰：安昌侯張禹。上大怒。御史將雲下。雲攀殿檻，檻折。雲呼曰：臣得下從龍逄、比干遊於地下，足矣！未知聖朝何如耳。禮記曰：朋友哭諸寢門之外。**獨步詩名在，秖今故舊傷。**適有詩名於時。又，曹子建與楊德祖書曰：僕少好文章，迄至于今二十五。然今世作者，可略而言：昔仲宣獨步於漢南，孔璋鷹揚於河朔。又，南史：王筠，字元禮。沈約謂筠文章之美，可謂後來獨步。秖字，音支，適也。

宴忠州使君姪宅

出守吾家姪，出守，守土也，刺史是也。古詩：一麾乃出守。**殊方此日歡。**文子云：殊方偏國。**自須遊阮舍，**阮咸與叔父籍爲竹林之遊。咸與籍居道南，諸阮居道北，北阮富而南阮貧。公自比阮籍，而目忠州爲阮咸也。**不是怕湖灘。**忠州下惡灘也。**樂助長歌逸，**一作送。**杯饒旅思**

寬。一作林饒放思寬。昔曾如意舞，牽率强爲看。趙云：王戎嘗以如意起舞。左氏傳：牽率老夫。

禹廟忠州作

禹廟空山裏，秋風落日斜。荒庭垂橘柚，古屋畫龍蛇。招魂：仰觀刻桷畫龍蛇。趙云：書禹貢：厥包橘柚錫貢。雲氣生虛壁，一作噓青壁。江聲走白沙。公於東屯茅屋詩有云：山險風煙僻，天寒橘柚垂。而兩句之勢則盧照鄰文翁講堂詩云空梁無燕雀，古壁有丹青也。趙云：生虛壁，當作噓青壁字爲正，蓋噓字新且工矣。又青壁對白沙亦工。早知乘四載，按史記河渠書云：夏書曰：禹治洪水十三年，三過家不入門。陸行載車，水行載舟，泥行蹈毳，山行即橋。橋，一作輂。書禹貢曰：予乘四載。疏鑿一作流落。控三巴。華陽國志曰：武王克商，封其子宗姬於巴。故漢末，益州牧劉璋以墊江以上爲巴郡，江州至臨江爲永寧郡，朐忍至魚復爲固陵郡，巴遂分矣。璋復改永寧爲巴郡，以固陵爲巴東，徙龐義爲巴西太守，是爲三巴〔一〕。郭璞江賦：巴東之峽，夏后疏鑿。趙云：今按樂史寰宇記於渝州記云：閬、白二水東南流〔二〕，三曲如巴字，是爲三巴。則非有分其地之定名，當俟博聞訂之。

【校勘記】

〔一〕「是」，文淵閣本作「自」。

〔二〕「白」，原作「自」，參卷九南池校勘記〔一〕改。

題忠州龍興寺所居院壁

忠州三峽内，蜀都賦：經三峽之崢嶸。注：三峽，巴東永安縣有高山相對，相去可二十丈，左右崖甚高，人謂之峽，江水過其中。趙云：杜公言三峽者，以明月峽爲首，巴峽、巫峽之類爲中，東突峽爲盡矣。今忠州在渝州之下，夔州之上，斯乃杜公所謂三峽内也。井邑聚雲根。趙云：雲根，言石也。張協詩：雲根臨八極。蓋取五岳之雲觸石而出。則石者，雲之根也。唐人詩多指雲根爲石用之。小市常争米，孤城早閉門。趙云：兩句雖實道其事。而早閉門字，戰國策有邊境早閉晚開也。空看過客淚，莫覓主人恩。趙云：公寓僧寺居而無顧之者，故有是句。淹泊仍愁虎，深居賴獨園。金剛經：給孤獨園。趙云：言淹泊，則滯留於龍興寺之居也。

旅夜書懷

細草微風岸，危檣獨夜舟。趙云：細草，春時也。荀子：微風過之。王仲宣詩：獨夜不能寐。星垂平野闊，月湧大江流。謝玄暉：大江流日夜〔一〕。趙云：東方璆嘗與盧照鄰分韻有云，洶湧大江流。公換一「月」字，點鐵成金矣。名豈文章著，官應老病休。飄零何所似，天地一沙鷗。趙云：飄零字，公使多矣。雪賦：從風飄零。在人言之，取物爲譬也。謝安内集，謂諸子姪曰：白雪紛紛何所似？

【校勘記】

〔一〕「謝玄暉」，原作「王仲宣」，據清刻本、排印本並參文選卷二十六、齊詩卷三謝玄暉暫使下都夜發新林至京邑贈西府同僚改。又「謝玄暉」，清刻本、排印本作「謝元暉」，係避諱。

別常徵君

兒扶猶杖策，卧病一秋强。趙云：吴越春秋云：太王杖策而去邠。字書注：細木杖曰策。白髮少新洗，寒衣寬總長。趙云：白髮以病而少，新洗，沐也。寒衣以病而寬長也。曹子建詩云：瘦覺衣寬長，愁知酒淺淡。故人憂見及，此別淚相忘。趙云：故人，言常徵君也。雖別而俱不能淚，所以成相忘也。各逐萍流轉，來書細作行。趙云：屬其委曲也。漢書言：細書成文，一札十行。

十二月一日三首

今朝臘月春意動，雲安縣前江可憐。一聲何處送書雁，百丈誰家上水船？趙云：百丈，牽船篾。內地謂之笪，音彈。未將梅蘂驚愁眼，要取楸花媚遠天。趙云：言眼前實事，蓋梅未開而楸有花也。其句法可謂新奇矣。明光起草人所羨，肺病幾時朝日邊。明光，殿名也。漢王商欲借以避暑者，起草作制誥也。相如病肺多渴，遂卧疾于茂陵。趙云：後漢尚書郎奏事明光殿〔一〕，下筆爲詔誥，出語爲命令。日邊，言帝都也。晉明帝云：只聞人自長安來，不聞人從日邊來。後人遂以日邊爲帝都。

右一

【校勘記】

〔一〕「尚」，文淵閣本、文津閣本、文瀾閣本、清刻本、排印本奪。

寒輕市上山煙碧，日滿樓前江霧黄。負鹽出井此溪女，打鼓發船何郡郎？新亭舉目風景切，茂陵著書消渴長。趙云：晉王導傳：洛京傾覆，中州士人避亂江左者十六七。每至暇日，邀出新亭飲宴。周顗中坐而歎曰：風景不殊，舉目有江山之異。

上句以避亂流落，所寓如新亭之景物。茂陵，則公自比於相如之有肺疾也。則任船所往，何處看春花也。

春花不愁不爛熳，楚客唯聽棹相將。趙云：楚客，則公自指爲楚地之客也。聽棹相將，

右二

即看燕子入山扉，豈有黄鶯歷翠微。短短桃花臨水岸，輕輕柳絮點人衣。趙云：方十二月一日作詩，而有燕子、黄鶯、桃花、柳絮之言，何也？此義在末句「他日一盃難强進」也。皆逆道其事爾。春來準擬開懷久，老去親知見面稀。

他日一杯難强進，重嗟筋力故山違。趙云：於山謂之違。家語：孔子云：違山十里，猶聞蟪蛄聲也。

右三

又雪

南雪不到地，風土記云：南方無雪。青崖霑一作露。未消。趙云：當作霑爲正。但雪不濃，所以不到地而止着青崖爾〔一〕。顔延年詩：藐盼覿青崖，衍

漾觀緑疇。微微向日薄，脉脉去人遥。冬熱鴛鴦病，峽深豺虎驕。愁邊有江水，焉得北之朝。趙云：末句蓋言當愁之際，觀江水止是朝東入海，安得折而之北，我乘此水以歸長安也。

【校勘記】

〔一〕「地」，原作「也」，據文淵閣本、文津閣本、文瀾閣本、清刻本、排印本改。

奉漢中王手札

國有乾坤大，王今叔父尊。王，讓皇帝之子，代宗之叔父也。剖符來蜀道，言以漢中之封來蜀作守也。前有詩，公自注云：王時在梓州者乎？歸蓋取荆門。由荆門軍取道而往也。峽險通舟過，江長注海奔。書：江漢朝宗于海。亦百川注海之義也。主人留上客，避暑得名園。劉松、袁紹於河朔，三伏之際爲避暑之飲。前後緘書報，分明饌玉恩。趙云：上句言得漢中王手札。饌玉，則前漢陳咸奢侈玉食，晉王武子鮮衣玉食之義。言美食如玉，却非洪範惟辟玉食也。天雲浮絶壁，風竹在華軒。趙云：觀絶壁之天雲，對華軒之風竹。言在名園中如此也。已覺良宵永，何看駭浪翻。趙云：上句言時已秋矣，秋江浪平故也。海賦：驚浪雷奔，駭水迸集。入期朱邸雪，朝旁紫微垣。唐制，諸侯各置邸京師，故有邸吏。朱邸，言邸有朱户。趙云：以雪時爲期而至京也。謝玄暉云：朱邸方開，效蓬心於秋實。晉志：紫宮垣，一曰紫微，大帝之座，天子所居也。枚乘文章老，河間禮樂存。西京雜記：枚皋文章敏疾〔一〕，長卿制作淹遲，皆盡一時之譽。又按漢書：景十三王。河間獻王德，武帝時，來朝獻雅樂。又云：立博士，修禮樂，被服儒術。趙云：上句公自言也。梁孝王時，枚乘在諸文士之間，年最爲高，故謝惠連雪賦召鄒生，延枚叟也〔二〕。次句指漢中王也。傳曰：河間之功，江夏之略，可爲宗室標的者也。悲秋宋玉宅，哀江南賦：誅茅宋玉之宅。宋玉九辯云：悲哉，秋之爲氣也。蕭瑟兮草木摇落而變衰。趙云：宋玉宅在歸州。言王今在歸州，又如悲秋之宋玉也。失路武陵源。見上如逢武陵路注。淹薄俱崖口，東西異石根。趙云：崖口、石根，言巴峽之地如此。漢中王在下流，爲東；公在夔，爲西也。夷音迷咫尺，鬼物傍一作倚。黄昏。楚俗，語言多夷音。又蕪城賦：木魅山鬼；昏見晨趨。趙云：上句則夔之南與蠻相接，不爲不遠，而夔、巴有蠻音，故公詩屢有夷音、蠻語、蠻歌之句。左傳：天威不違顔咫尺。言近也。今言在夔於咫尺之間，語音不同，所以不省而迷也。下句一作傍，當以倚爲正。史云：妖禽孽狐得夜，乃爲不祥。此倚黄昏之義也。犬馬誠爲戀，狐狸不足論。曹子建表：不勝犬馬戀主之情。張綱傳：豺狼當道，安問狐狸。趙云：言其有懷君之心也。從容草奏罷，宿昔奉清罇。趙云：此言漢中王草奏，既罷，當奉飲宴。蓋在昔日常如此也。梁劉苞望夕雨詩曰：清罇久不薦，淹留遂待君〔三〕。

【校勘記】

〔一〕「枚皋」，原作「枚乘」，據西京雜記卷三改。

〔二〕「故謝惠連雪賦召鄒生」二句，「謝惠連」原作「謝靈運」，檢謝靈運詩文無此二句，考文選卷十三、全宋文卷三十四謝惠連雪賦有此二句，當是誤置，據改。

〔三〕「待」，文淵閣本、文津閣本、文瀾閣本、清刻本、排印本作「侍」。

贈崔十三評事公輔

飄飖西極馬，漢郊祀歌：天馬來，從西極〔一〕。來自渥洼池。趙云：以言崔有天馬之妙足，而所從來之遠也。渥洼池，見沙苑行注〔二〕。颯飁寒一作定。山桂，低徊風雨枝。趙云：當作寒山。楚辭云：桂樹叢生兮山之幽。選詩：桂枝生自直。則桂枝不宜低回。今桂所以低迴者，風雨之故也。以喻崔評事之美材，而用於邊徼之小官。飁，音習。唐韻云：颯飁，大風也。此四句是扇對〔三〕。我聞龍正直，道屈爾何爲。趙云：崔如龍之直，而屈在幕府僚屬，故公怪而問之。詩：好是正直。且有元戎命，悲歌識者知！趙云：元戎，節度使也。以元戎命之而有行役，不能無悲歌，唯識者知之。官聯辭冗長，文賦：固無取乎冗長。趙云：崔評事於元戎之僚屬，可辭冗長矣。行路洗欹危。當開公正之路。趙云：以舟行則免欹危之苦也。脱劍主人贈，季札脱劍挂樹以贈徐君。趙云：主人指元戎也。解劍贈人亦理之常，如伍子胥解劍以贈漁父。舊注非是。去帆春色隨。陰沈鐵鳳闕，陸佐公石闕銘：蒼龍玄武之制，銅雀鐵鳳之工。趙云：鐵鳳闕，言帝都也。教練羽林兒。

宣帝紀：羽林孤兒。注：天有羽林星。林，喻若林木之盛；羽，言羽翼、鷙擊之意。故以名武官焉。百官表：取從軍死事者之子，養羽林，官教以五兵，號曰羽林孤兒。**天子朝侵早，雲臺仗數移。**趙云：言天子多難。其朝侵早，以訓兵練卒，故所御非一處，而數移雲臺之仗也。光武圖二十八將於雲臺。**分軍應供給，百姓日支離。**支離，言不親也。**黠吏因封己，公才或守雌。**老子：知其雄，守其雌。趙云：封，厚也，蓋言貪吏乘之以封植其己，廉吏閔之而柔克公正。美崔公之才，守雌柔之道，不乘勢刻剥以私於封己，則爲可尚耳。黠吏，字出前漢詔書。國語：叔向曰：引黨以封己。晉王導謂孔愉有公才而無公望。**燕王買駿骨，**燕昭王以千金市駿骨〔四〕。**渭老得熊羆。**見「田獵舊非熊」，又見「熊羆載呂望」注。**活國名公在，拜壇群寇疑。**孫楚曰：愛民活國。高祖築壇拜韓信。**冰壺動瑤碧，**鮑照詩：清如玉壺冰。**野水失蛟螭。**趙云：上句以言元戎，胸中如冰壺之清。下句則蛟龍得雲雨，終非池中物也。**入幕諸彦聚，**入幕，見上注。別賦：金閨之諸彦。**渴賢高選宜。騫騰坐可致，九萬起於斯。**趙云：方當渴賢而崔君宜應高選，必能騫騰如鵬之九萬里矣。**復進出矛戟，昭然開鼎彝。**趙云：言崔君復於此進，而出其胸中之矛戟，則昭然銘功於鼎彝也。**會看之子貴，歎及老夫衰。**左傳：老夫耄矣，無能爲也。詩：江有沱，之子歸。**豈但江曾決，**孟子：沛然若決江河。**還思霧一披。**衛瓘見樂廣曰：若披雲霧而覩青天。趙云：豈特平時與崔相談論如江河之決，又思一披霧以相見也。**暗塵生古鏡，拂匣照西施。**趙云：公蓋自負其有美質，而久無識者。此所以美崔君而責望之也。**舅氏多人物，無慚困翮垂。**趙云：舅氏之家多有人材，必應如上所言騫騰富貴之事也。今日尚爾行役，無慚困苦也。崔，蓋公之表弟。

【校勘記】

〔一〕「從」，文淵閣本、文津閣本作「自」。

〔二〕「沙苑行」，原作「沙馬行」，檢「渥洼」句，見於本集卷二沙苑行「龍媒昔是渥洼生」句，據改。

〔三〕「是」，文淵閣本、文津閣本、文瀾閣本、清刻本、排印本作「長」。

〔四〕「市」，清刻本、排印本作「買」。

長江二首

衆水會涪萬，涪、萬，峽中二郡名。瞿唐爭一門。瞿唐爲三峽之門。朝宗人共挹，盜賊爾誰尊。趙云：禹貢：江漢朝宗于海。水以其朝宗，人共挹取。若盜賊者，敢有犯順之爲，將欲使誰尊爾乎？孤石隱如馬，高蘿垂飲猿。張華詩：象馬誠可驗，波神亦露機。蓋言灔澦如馬，瞿唐莫下也。歸心異波浪，何事即飛翻。趙云：言水之波飛翻而流去，歸心未便得往，何事即效其飛翻乎？

其二

浩浩終不息，乃知東極臨。一作深。趙云：言水之萬折，必東至於三峽，則其來已遠，可以知東極將逼臨也。衆流歸海意，萬國奉君心。衆流之所以尊海，亦萬國之所以奉君之心也。色借瀟湘闊，趙云：瀟湘在潭州，三峽之水下入洞庭，與瀟湘相連，故云色借。聲驅灩澦深。一作沈。未辭添霧雨，趙云：江海不讓衆流，以爲大。雖霧雨之細，亦可以益其流。接上遇一作過。衣襟。趙云：舟中之人接於其上，則先經過於衣襟間也。此必是微雨而作，實道其事耳。選：詩曰：露霑衣襟。

哭台州鄭司户蘇少監

故舊誰憐我，平生鄭與蘇。存亡不重見，喪亂獨前途。豪俊何人在，文章掃地無。羈遊萬里闊，凶問一年俱。白日中原上，清秋大海隅。夜臺當北斗，泉路著東吴。得罪台州去，時危棄碩儒。移官蓬閣後，穀貴殁潛夫。王符著潛夫論。流慟嗟何及，銜冤有是夫。道消詩發興，心息酒爲徒。許與才雖薄，追隨跡未拘。班揚名甚盛，嵇阮逸相須。會取君臣合，寧詮品命殊。賢良不必展，廊廟偶然趨。勝決風塵際，功安造化鑪。從容詢舊學，慘淡閟陰符。擺落嫌疑久，哀傷志力輸。俗依綿谷異，客對雪山孤。童稚思諸子，交期列友于。詩：友于兄弟。情乖清酒送，望絶撫墳呼。瘧痢飡巴水，瘡痍老蜀都。飄零迷哭處，天地日榛蕪。

承聞故房相公靈櫬自閬州啓殯歸葬東都有作二首

趙云：房琯謫漢州刺史，召而死於道，贈太尉。

遠聞房太尉，舊作太守。歸葬陸渾山。山在伊洛間，昔辛有適伊川，見被髮而祭者，言此地當夷。後爲陸渾之戎所有，山因得名。一德興王後，孤魂久客間。同德以興王業也。伊尹咸有一德，下句言房公謫死，久殯閬州。孔明多故事，蜀志：陳壽與荀勗等定故蜀丞相諸葛孔明故事二十四篇以進。安石竟崇班。謝安薨時六十六。帝三日臨于朝堂，賜秘器、朝服，贈太傅，謚曰文靖。及葬，加殊禮，依大司馬桓温故事。他日嘉陵涕，一作淚。仍霑楚水還。趙云：靈櫬自閬州起發，則由嘉陵江而下故也。

右一

丹旐飛飛日，丹旐，銘旌也。寡婦賦：飛旐翩以啓路。初傳發閬州。風塵終不解，江漢忽同流。趙云：時吐蕃未息也。蓋靈櫬所經，自江漢而下，故曰同流。劍動新身匣，趙云：師本作親身，方有義。書歸故國樓。盡哀知有處，爲客恐長休。趙云：公因聞房公靈櫬之歸，有感於中而發此言也。

右二

雲安九日鄭十八攜酒陪諸公宴

寒花開已盡，菊蘂獨盈枝。趙云：凡涉秋之花，皆謂之寒花也。舊摘人頻異，輕香酒暫隨。趙云：上句言舊時採摘菊花之人，頻改易而不同，見公所逢九日之地不一也。地偏初衣裌，陶潛：心遠地自偏。秋興賦：御裌衣。山擁更登危。風俗記：九日登高以禳災。萬國皆戎馬，酣歌淚欲垂。

答鄭十七郎一絶

雨後過畦潤，花殘步屧遲。把文驚小陸，好客見當時。小陸，陸雲。趙云：小陸，陸士龍也。當時，鄭莊也。小陸，鄭十八。鄭莊好客，而比鄭十七郎爾。

將曉二首

石城除擊柝，趙云：擊柝，以言警夜，曉則除之。鐵鏁欲開關。鼓角悲荒塞，星河落曙山。巴人常小梗，謂段子璋反也。趙云：謂之小梗，亦不甚傾駭也。史不載，舊注非是。蜀使動無還。趙云：吐蕃未息，所以蜀使無還也。垂老孤帆色，飄飄犯白蠻。趙云：末句白蠻，亦以荆地靠溪洞一帶爲蠻矣。舊作百蠻，非。

右一

軍吏回官燭，官燭字，見上注。舟人自楚歌。項籍聞軍中四面皆楚歌。寒沙蒙薄霧，落月去清波。趙云：天曉月落，不復有影在水中。壯惜身名晚，衰慙應接多。歸朝日簪笏，筋力定如何？趙云：四句公自言其衰老也。歸朝日事簪笏，恐筋力之不堪爾。

右二

懷錦水居止二首

軍旅西征僻，風塵戰伐多。趙云：永泰元年，僕固懷恩誘吐蕃等寇奉天，京師大震。帝自將苑中，急召郭子儀屯涇陽，故云西征。猶一作獨。聞蜀父老，司馬相如有難蜀父老文。不忘舜謳歌。孟子曰：謳歌者，不謳歌堯之子而謳歌舜。天險終難立，劍門，天設之險也，無德不可恃。趙云：憂吐蕃能犯蜀之險也。易曰：天險不可升。柴門豈重過。謂思草堂不可再到。朝朝巫峽水，遠逗錦江波〔一〕。錦江水與巫峽相通也。趙云：重懷成都之意，水徒相通而不能即返焉。

【校勘記】

〔一〕「遠逗」，原作「遠遠」，據文淵閣本、文津閣本、文瀾閣本、清刻本、排印本並參錢箋卷十四改。

其二

萬里橋西宅[一]，百花潭北莊。浣花草堂在萬里橋西，地有百花潭。趙云：舊本作橋南，非是。公詩：萬里橋西一草堂，百花潭北即滄浪。[二] 層軒皆面水，宋玉招魂云：高堂邃宇，幽檻層軒[三]。老樹飽經霜。趙云：四時纂要：冬瓜飽霜後收之。梁吳筠行路難曰：洞庭水上一株桐，經霜觸浪困嚴風。雪嶺吐蕃中山。界天白，錦城曛日黃。曛日，晚日也。惜哉形勝地，回首一茫茫。張孟陽劍閣銘曰：形勝之地，匪親勿居。趙云：以西山尚有屯戍，恐蜀受其禍，故歎惜形勝之地，而不忘於懷也。

【校勘記】

〔一〕「西」，二王本杜集卷十四、十家注卷七、百家注卷二十一、分門集注卷七以及錢箋卷十四作「南」。

〔二〕「百花潭北」，「北」，通行本作「水」。

〔三〕「幽檻層軒」，文選卷三十三、全上古三代文卷十宋玉招魂作「檻層軒些」。

子規

趙云：子規與杜鵑是兩種，其形、聲名不同。於杜鵑行古詩注言之詳矣。

峽裏雲安縣，江樓翼瓦齊。兩邊山木合，終日子規啼。子規，杜鵑也。公有杜鵑行云：涪萬無杜鵑，雲安有杜鵑。此可見矣。坡云：非親到其處，不知此詩之工也。眇眇春風見，蕭蕭夜色淒。一作棲。客愁那聽此，故作傍人低。一云故傍旅人低。此四句道盡子規之妙。每於春風眇眇之際，夜色蕭蕭之時，客愁聞此，能不悲感耶？「故傍旅人低」之句，非是。上既有客愁字〔一〕，不應更言旅人也。

【校勘記】

〔一〕「上」字，文淵閣本無。

立春

春日春盤細生菜，忽憶兩京梅發時。趙云：食生菜，立春之事也。按齊人月令曰：凡立春日，食生菜不可過多，取迎新之意。下句則立春在去年之冬，當梅發時也。兩京，東京、西京也。盤出高門行白玉，菜傳纖手送青絲。趙云：于公高門也，行白玉，行玉盤也。公於廢畦詩亦曰：悲君白玉盤。行則如麗人行水精之盤行素鱗也。晉成公綏洛禊賦：或振纖手[一]，或濯素足。此上四句是一段。古詩云：蘆菔白玉縷，生菜青絲盤。巫峽寒江那對眼，杜陵遠客不勝悲。趙云：言巫峽傍江地土寒，眼前不見此菜，宜乎其悲矣。此身未知歸定處，呼兒覓紙一題詩。古詩：呼童烹鯉魚。

【校勘記】

〔一〕「振」，全晉文卷五十九成公綏洛禊賦作「盥」。

漫成

江月去人只數尺，風燈照夜欲三更。趙云：嘗聞士大夫云：東坡先生有言：杜子美「江月去人只數尺」，不若孟浩然「江清月近人」之不費力。此公論，不可廢也。梁虞騫詩曰：月光移數尺。沙頭宿鷺聯拳静一作起。，船尾跳魚撥一作跋刺鳴。撥刺躍而有聲也。薛云：按後漢張平子賦：控飛弧之撥刺兮[二]，射嶓冢之封狼。趙云：聯拳，相並相續之貌。字則沈約郊居賦云：雌霓聯拳。用對撥刺爲稱。杜補遺云：張衡賦：撥刺下注云：刺，音力達反。撥刺，張弓聲。李白酬贈魚詩亦云：雙鰓呀呷鰭鬣張，跋刺銀盤欲飛去。一作鱍鯻。

【校勘記】

〔一〕「控飛」，文選卷十五、全後漢文卷五十二張衡思玄賦作「彎威」。

南楚

南楚青春異，暄寒早早分。趙云：公在夔而言南楚，則夔在戰國爲楚地。寒盡而暄生矣。無名江上草，隨意嶺頭雲。正月蜂相見，非時鳥共聞。趙云：易：萬物皆相見。而公於蜂言之，句意兩新。杖藜妨躍馬，不是故離群。趙云：躍馬，則言官身而在諸人之間，則必騎馬。今也杖藜而獨往，乃放曠使然，不是故爲離群也。莊子：原憲杖藜應門。蔡澤曰：吾躍馬食肉，四十年亦足矣。禮記云：離群索居。

移居夔州郭

伏枕雲安縣，遷居白帝城。春知催柳別，江與一作已。放船清。趙云：言春知人之離居，故催柳之發生，以供行人爲别也。詩家於相别必用柳事，蓋古有折楊柳之曲，多言離别也。下句言春江清且平，供其泛船爾。農事聞人説，山光見鳥情。禹功饒斷石，且就土微平。沿峽皆因開鑿而成，故少平土，惟夔州稍平耳。左傳：劉子歎禹之功。江文通雜擬云：海濱饒奇石。

船下夔州郭宿雨濕不得上岸别王十二判官

依沙宿舸船，石瀨月娟娟。謝靈運有回溪石瀨，茂林修竹詩。鮑照翫月：娟娟似蛾眉。風起春燈亂，江鳴夜雨懸。晨鐘雲外濕，勝地石堂煙。趙云：石堂應是夔州佳處，空望其煙，故題中所謂不得上岸也。柔櫓輕鷗外，含情覺汝賢。趙云：柔櫓，今舟人所謂軟櫓者也。言船櫓在輕鷗之外，怱怱遂行，不得如鷗之遊漾，所以含情而覺鷗之勝己也。書曰：不自滿假，惟汝賢。

入宅三首

奔峭背赤甲，斷崖當白鹽。謝靈運詩：孤客傷逝湍，行旅苦奔峭。赤甲、白鹽，瞿唐峽口二山名。趙云：赤甲，本岬字。按水經云：江水東南，逕赤岬西。注云：是公孫述所造。因山據勢，周迴七里一百四十步，東高二百丈，西北高一千丈。南連白帝，山甚高大，不生樹木，其石悉赤，故名。又云：江水又東，逕廣溪峽。注云：斯乃三峽之首也。其間三十里，傾巖倚木，厥勢殆交。北岸山上有神淵，淵北有白鹽崖，高可千餘丈。土人見其高白，故名之。客居媿遷次，春酒漸多添。次，舍也，猶遷居也。左傳：凡師，一宿爲舍，再宿爲信，過信爲次。趙云：樂昌公主詩：今日何遷次。花亞欲移竹，鳥窺新捲簾。衰年不敢恨，勝概欲相兼。

右一

亂後居難定，春歸客未還。趙云：言又見春矣，以居止之不定，而尚未還故鄉，有所感發耳。水生魚復浦，雲暖麝香山。魚復，白帝舊名。杜補遺云：後漢郡國志：巴郡、魚復，古之庸地。左氏文十六年魚人逐楚師是也〔一〕。夔州圖經：麝香山，在州東南百二十五里，以其出麝香，故名。半頂梳頭白，趙云：白髮之所存者，僅半頂耳。過眉拄杖斑。相看多使者，一一問函關。時寇亂未平，關中之信未通爾。趙云：吐蕃未平，所以問函關也。

右二

【校勘記】

〔一〕「文十」下，原脱「六」字，據春秋左傳注文十六年以及後漢書卷二十三郡國志録「古庸國」條訂補。

宋玉歸州宅，雲通白帝城。歸州有宋玉宅，今亡矣。下句見白帝城樓詩注。吾人淹老病，旅食豈才名。趙云：漢宣帝歌曰：泛濫不止兮愁吾人。故對旅食，其字則祖魏文帝旅食南館也。吾人乃自言也。所以淹老病而旅食，豈坐才名之故耶？峽口風常急，江流氣不平。趙云：以風急之故，江流之洶湧，如人之氣不平也。只應與兒子，飄轉任浮生。

右三

赤甲

卜居赤甲遷居新，兩見巫山楚水春。炙背可以獻天子，美芹由來知野人。嵇康書：野人有快炙背而美芹子者，欲獻之至尊，雖有區區之意，亦已疎矣。趙云：列子：宋國有田夫，自曝於日，不知天下有綿纊狐貉。謂其妻曰：負日之暄，人莫知者。以獻吾君，將有重賞。里之富室告之曰：昔人有美戎菽、甘枲、莖芹、萍子者，對鄉豪稱之。鄉豪取而嘗之，蜇於口，慘於腹。衆哂而怨之，其人大慚。荆州鄭薛寄詩近，蜀客郄岑非我鄰。四人者，皆公之故舊。趙云：四人者，鄭監審，岑參。公夔州詠懷詩題云「奉寄鄭監審」。詩注云鄭在江陵，所以寄詩。近岑參作嘉州刺史，所以謂之蜀客。其二人不敢妄考。笑接郎中評事飲，病從深酌道吾真。趙云：評事，則崔評事也。郎中，未有所考。道吾真，則以我爲真率也。

上白帝城二首

江城含變態，一上一回新。朝暮雲煙變化，態度多端也。楚辭思美人篇曰：觀南人之變態。天欲今朝雨，山歸萬古春。趙云：公詩歸字有二義，一則歸至之歸，如春從沙際歸是也；一則歸往之歸，如春歸何處尋是也。英雄餘事業，白帝城，公孫述所築。後爲劉備屯戍之地，改名曰永安。趙云：英雄，指言白帝也。公孫述自號白帝，築爲此城。衰邁久風塵。公自言也。取醉他鄉客，相逢故國人。兵戈猶擁蜀，賦斂强輸秦。上句謂段子璋之徒未靖也。趙云：言崔旰之亂也。永泰元年閏十月，劍南兵馬使崔旰反，殺其將郭英乂。明年張獻誠及崔旰戰于梓州，敗績。斯爲兵戈擁蜀也。下句謂國用不足，多賦斂耳。不是煩形勝，深慚畏損神。趙云：張孟陽劍閣銘云：地之形勝，匪親勿居。意則以不是憚煩此地之形勝而難上，以兵戈猶在，畏懼而損我之神爾。

右一

白帝空祠廟，孤雲自往來。舊注：公孫述廟在白帝城。江山城宛轉，棟宇客徘徊。趙云：此篇甚明。言江山之間，其城宛轉。棟宇之下，客於此徘徊也。句法可謂新奇矣。勇略今何在，當年亦壯哉。言述始爲王莽導江卒正，更始時起兵討宗成、王岑之亂，破之。遂有蜀土，僭立爲帝，爲光武所誅。趙云：勇略今何在，即前篇英雄餘事業也。後人將酒肉，虚殿日塵埃。凡舟人往來皆祠之爾。孟子：必有酒肉。谷鳥鳴還過，林花落又開。多慙病無力，騎馬入青苔。

右二

愁 强戲爲吴體

江草日日喚愁生，巫峽一作春峽。泠泠非世情。趙云：言水自泠泠之聲也。一作春峽，非。蓋豈可言夏峽、秋峽乎？盤渦鷺浴底心性，郭璞江賦云：盤渦谷轉。獨樹花發自分明。周王褒送葬詩云：平原看獨樹。十年戎馬暗萬國，自安史亂後，天下不安者十餘年。異域賓客老孤城。公本北人而寓南國，故云異域。渭水秦山得見否？人今罷病虎縱横。渭水、秦山，皆關中風物也。時方罷弊，賊寇充斥，而公不能往，故云得見否。趙云：渭水、秦山，則言長安也。虎縱横，言盜賊也。張載詩云：盜賊如豺虎〔一〕。雖吐蕃亦盜賊爾。罷，音疲。

【校勘記】

〔一〕「張載詩云」二句，「張載」原作「王粲」，檢王粲詩無「盜賊如豺虎」句，考文選卷二十三、晉詩卷七張載七哀詩有此句，當是誤置，據改。

江雨有懷鄭典設 亦吳體。

春雨闇闇塞峽中，早晚來自楚王宮。謂旦爲朝雲，暮爲行雨也。趙云：楚王宮，指言高唐也。高唐賦云：楚襄王與宋玉遊於雲夢之臺，望高唐之觀。今言塞滿峽中之雨，旦暮皆自楚王高唐宮來。或以塞爲闕塞之塞，謂白帝城連峽爲塞峽，義不通。亂波紛披已打岸〔二〕，弱雲狼籍不禁風。趙云：於波言紛披，於雲言狼籍，此公之新奇者。打岸字，應是方言。如風吹船，謂之打頭風之類。劉禹錫金陵懷古詩：潮打空城寂寞回。淳于髡云：盃盤狼籍。寵光蕙葉與多碧，點注桃花舒小紅。趙云：蓼蕭篇：既見君子，爲龍爲光。注云：龍寵也。箋云：爲寵光，言天子恩澤光耀，被及己也。魏鍾會孔雀賦：五色點注，華羽參差。天雨之施蕙葉，有寵光之義；其於桃花才小開苞，有點注之狀，使字不亦新乎？谷口子真正憶汝，岸高瀼滑一作闊。限西東。揚子雲曰：谷口鄭子真，不屈其志而耕巖石之下。以比鄭典設也。夔有澗水出山谷間，土人名之曰瀼，又分左右曰瀼東、瀼西。公有阻雨不得歸瀼西甘林。公在瀼西，鄭必在瀼東矣。

【校勘記】

〔一〕「紛」，二王本作「分」。

雨不絶

鳴雨既過漸細微，映空摇颺如絲飛。古詩：密雨如散絲。階前短草泥不亂，院裏長條風乍稀。趙云：蓋以長條之垂，本自稠密，因風颺之，乍成稀疎。舞石旋應將乳子，湘川記：零陵有石燕，雨過則飛如生燕。行雲莫自濕仙衣。謂高唐神女也。注見前詩。趙云：此公於夔峽間所賦雨詩。而夔峽去湘潭爲近，又高唐正在其處，方使石燕神女事。此之謂當體。莫字，非莫勿之莫。蓋言莫是自濕仙衣乎？乃問之之辭也。眼邊江舸何忽促，未得一作待。安流逆浪歸。

崔評事弟許相迎不到應慮老夫見泥雨怯出必愆佳期走筆戲簡

趙云：楚詞曰：與佳期兮夕張。謝玄暉云：佳期悵何許。

江閣要賓許馬迎，午時起坐自天明。浮雲不負青春色，細雨何孤白帝城。李陵書：陵雖孤恩，漢亦負德。今多用辜負字，俗子相承爾。身過花間霑濕好，醉於馬上往來輕。虛疑皓首衝泥怯，實少銀鞍傍險行。

晝夢

二月饒睡昏昏然，不獨夜短晝分眠。趙云：中春氣候昏，令人多睡，不獨夜短，晝亦分其半以眠爾。司馬遷悲士不遇賦：昏昏罔覺，內生毒。庾信：蕭索無真氣，昏昏有欲心。後漢：邊韶爲弟子所嘲曰：懶讀書，晝日眠。桃花氣暖眼自醉，春渚日落夢相牽。趙云：桃花在暖日中，熏灼人目，已是醉悶；春渚日落，而夢已相牽挽，不自由矣。故鄉門巷荊棘底，中原君臣豺虎邊。上句言盜賊之多，閭里殘弊也。趙云：不歸之久，而生荊棘矣。如姑蘇臺上荊棘滿銅駝是也。

貙虎，以言盜賊。雖吐蕃亦盜賊爾。安得務農息戰鬬，普天無吏横横，去聲。〔一〕索錢！時多暴賦横斂也。趙云：吏乘軍須之勢，至於暴横求索，此爲可傷也。晝夢詩而後段及此，公之用心可見矣。

【校勘記】

〔一〕「横去聲」三字，文淵閣本、文津閣本、文瀾閣本、清刻本、排印本無。

熟食日示宗文宗武

消渴遊江漢，羈栖尚甲兵。趙云：公自志其病也。遊江漢，則江水、漢水，近荆南而合矣。詩云：滔滔江漢，南國之紀。甲兵，又言吐蕃未息也。夔實楚地，近接荆南，故云遊江漢。幾年逢熟食，萬里逼清明。秦人呼寒食爲熟食日。言其不動煙火，預辦食物過節也。亦云禁煙節。松栢邙山路，風花白帝城。杜補遺：十道志曰：邙山在洛陽縣北十里。楊佺期洛城記曰〔一〕：邙山，古今東洛九原之地也。俗以寒食省墳。子美先塋在邙，而其身流寓白帝，於寒食不能展省也，故有此句。汝曹催我老，迴首淚縱横！

【校勘記】

〔一〕「楊佺期」，清刻本、排印本作「沈佺期」，訛。

又示兩兒

令節成吾老，他時見汝心。趙云：令節，指言寒食。成吾老，則老者之情不堪也。言汝輩今日年少，未知老者之情，他日長大，方見汝之心〔一〕，如我今日也。浮生看物變，爲恨與年深。長葛書難得，江州涕不禁。趙云：長葛、江州，意是其弟妹所在，特未可妄考也。團圓思弟妹，行坐白頭吟。白頭吟，蓋老而爲詩耳。其本出於司馬相如將聘茂陵女爲妾，文君作白頭吟以諷之。沈約宋書載古辭白頭吟曰：淒淒重淒淒，嫁娶不須啼。願得一心人，白頭不相離。其後鮑照輩作白頭吟，則譏交道不終矣。

【校勘記】

〔一〕「方」，文淵閣本無。

新刊校定集注杜詩卷二十八

近體詩

陪諸公上白帝城頭宴越公堂之作

越公，楊素也。有堂在城上，畫像尚存。

此堂存古製，城上俯江郊。落構垂雲雨，荒階蔓草茅。趙云：雲頽而下，雨落于空，皆有垂之義。黄魯直詩云：太史鏁窻雲雨垂，蓋出於此。柱穿蜂溜蜜。棧缺燕添巢。趙云：柱穿字，宋劉秀之傳：丹陽聽事上柱有一穿。坐接春盃氣，心傷艷蘂梢。英靈如過隙，宴衎願投膠。古詩：以膠投漆中。趙云：英靈，指言公孫述。如過隙〔一〕，則歎其已逝。莊子云：人生如白駒之過隙。言一時英靈如過隙之駒而逝亡，則今日宴衎，當願如投膠於漆，結綢繆之好也。莫問東流水，生涯未即抛。趙云：言不須問東流水，而便欲順流南下，我此地生涯，亦未即抛棄而去也。

【校勘記】

〔一〕「如過隙」，句前原衍「楊素」二字，據上下文義並參先後解輯校戊帙卷一此詩趙次公原注〔三〕删。

傷春五首 時避寇在蜀作。

天下兵雖滿，春光一作青春。日自濃。趙云：上句謂廣德元年吐蕃陷京師，車駕幸陝。西京疲百戰，北闕任群凶。趙云：吐蕃留京師，聞郭子儀軍至，驚潰。子儀遂復長安。下句謂程元振、魚朝恩之徒。按史載柳伉疏：吐蕃犯順，罪由元振。請斬之以謝天下！以元振等弄權，故呼爲群凶。關塞三千里，煙花一萬重。趙云：公在蜀，望乘輿所在，隔三千里關塞之遠。以春時，故言煙花萬重也。蒙塵清路急，左傳：蒙塵于外。御宿且一作有。誰供？趙云：御宿，乃帝御所宿也。漢以爲地名，見揚雄校獵賦。殷復前王道，商之中宗、高宗，能恢復前王之道。周遷舊國容。趙云：成王營洛，平王東遷，此所以爲周遷舊國容也。蓬萊足雲氣，應合總從龍。易：雲從龍。雲以比群臣，龍以比天子。言群臣合從駕出幸也。趙云：蓬萊殿也。公正憂群臣有徇身而辭難者，故言合從龍也。

右一

鶯入新年語，花開滿故枝。天清一作青。風卷幔，草碧水通池。牢落官軍速，蕭條萬事危。言國家遭難，事勢蕭條危殆，故公每憂之。鬢毛元自白，淚點向來垂。元自與向來，皆言前時總如此，非止今日也。不是無兄弟，其如有別離。言雖有兄弟，而爲喪亂阻隔，不得相保爾。詩：雖有兄弟。語：君子何患乎無兄弟也？巴山春色靜，北望轉逶迤。巴山，言蜀之山。長安在蜀之北，故北望逶迤也。

右二

日月還相鬭，星辰屢合一云亦屢。圍。韋昭曰：星相擊爲鬭。趙云：晉天文志云：元帝太興四年二月癸亥，日鬭。漢高祖七年月暈，圍參、畢七重。此則日、月、星辰有争鬭凌犯之義也。如此皆主兵革。不成誅執法，焉得變危機。趙云：執法，雖出於晉天文志：南宫南四星名執法，應在下如御史之官，而非今句之謂。李善於辨命論「宋公一言，法星三徙」之下注引廣雅曰：熒惑謂之罰星，或謂之執法。今此指熒惑而言也。蓋公之意，以譏程元振之徒熒惑人主，時柳伉上書：吐蕃犯順，罪由程元振用事，請斬之以謝天下。庾信：頻乘險轍，亟拯危機[一]。大角纏兵氣，鈎陳出帝畿。天文志：大角者，天王之帝座庭[二]。其兩旁曰攝提。蓋京師兵又滿，故曰纏兵氣。魏都賦云：兵纏紫微。趙云：鈎陳，亦星名。西都賦云：周以鈎陳之位，衛以嚴更之署。注：鈎陳，王者法之，主行宫也。今隨車駕出狩，故曰出帝畿。煙塵昏御道，黄道也。耆舊把天衣。一本作：固無牽白馬，幾至著青衣。趙云：天子從御道經行而出，爲煙塵所昏。下句言父老不欲車駕之出，皆牽挽帝衣也。煙塵字，孫子荆書：煙塵俱起，震天駭地。三國志注多引襄陽耆舊傳。天衣字，借小説郭翰傳云：天衣本非針線爲耳。行在諸軍闕，來朝大將稀。言藩鎮不朝。吐蕃陷京師，天子幸陜，諸鎮畏程元振、魚朝恩讒構，莫肯奔命。朝廷所恃者，郭子儀一人而已。言軍士稀少。賢多隱屠釣，王肯載同歸？言賢者避地，隱於屠釣。王能爲文王載吕望事乎？任彦升爲蕭揚州薦士表：隱鱗卜祝，藏器屠保。趙云：大公亦微自見意矣。吕望釣於渭川，文王載之以歸，而舉伐紂之兵。若屠事，則如朱亥殺晉鄙而奪兵符者。意言屠釣中有人，亦不必泥事實也。

右三

【校勘記】

〔一〕「拯」，文淵閣本作「極」，訛。

〔二〕「王」，文淵閣本、文津閣本作「上」，訛。

再有朝廷亂，難知消息真。近聞一作傳。王在洛，復道使歸一作通。秦。謂傳者不一也。趙云：詳此篇尤見車駕出幸東都，傳之未審也。奪馬悲公主，登車泣貴嬪。蕭關迷北上，漢武帝北出蕭關。滄海欲東巡。秦始皇帝東巡海上，銘石勒功。敢料安危體，猶多老大臣。趙云：上兩句亦所傳聞，以爲車駕或議北上蕭關，或欲東巡滄海，兩皆迷惑而不定也。如此，則敢料安危體乎？朝廷尚有老臣可與議也。豈一作得。無嵇紹血，霑灑屬車塵。晉書忠義傳：嵇紹以天子蒙塵，承詔詣行在所。值王師敗績於蕩陰，百官及侍衛莫不散潰，唯紹儼然端冕，以身捍衛，兵交御輦，飛箭雨集，紹遂被害於帝側，血灑御服。天子深哀歎之。及事定，左右欲浣衣，帝曰：此嵇侍中血，不可去也。司馬相如諫獵書：犯屬車之清塵。

右四

聞説初東幸，孤兒却走多。宣帝紀注：取從軍死事者之子養羽林官教以五兵〔一〕，號曰羽林孤兒。少壯者令從軍。趙云：此篇聞官軍逃亡之詩。却走，則退却而走也。難分太倉粟，漢太倉之粟，紅腐而不可食。競棄魯陽戈。魯陽公與韓戰酣，日暮，援戈麾之，日爲之反三舍。趙云：言其既走，則雖有太倉之粟，難與之也。戈以麾戰而反棄之，爲可痛矣。胡虜登前殿，吐蕃陷京師也。王公出御河。出奔也。得無一作忍爲。中夜舞，宜憶大風歌。趙云：晉祖逖與司空劉琨雄豪著名，同辟司州主簿，情好綢繆。共被而寢，中夜聞雞起舞，曰：此非惡聲。每語世事，或中宵起坐，相謂曰：若四海鼎沸，豪傑並起，吾與足下相避中原爾。漢高祖大風歌曰：大風起兮雲飛揚，安得猛士兮守四方。言誰復憶省大風歌中有思猛士之語乎？春色生烽燧，見悲青坂詩注。幽人泣薜蘿。言賢者泣於草野爾。趙云：幽人，公自謂也。方春之時，而惟有烽燧，此薜蘿之中，幽人無如之何，所以但泣而已。君臣重脩德，猶足見時和。巴閬僻遠，傷春罷，始知春前已收宮闕。趙云：末句尤見公之經濟矣。

右五

【校勘記】

〔一〕「官」，原作「宮」，訛，據漢書卷十九百官公卿表改。

暮春題瀼西新賃草屋五首

久嗟三峽客，再與暮春期。趙云：樂史寰宇記：渝州有三峽之名，曰西峽、巴峽、巫峽。明月峽在夔州之西，即西峽矣。公客于夔，故云。百舌欲無語，繁花能幾時？趙云：反舌無聲，在芒種後十日。今謂之欲無語，則暮春之時也。谷虛雲氣薄，波亂日華遲。戰伐何由定，哀傷不在兹。趙云：戰伐未定，乃公之深所哀傷者，其爲時當暮春而在僻遠之草屋乎？兹者，指言草屋。語：文不在兹乎？

右一

此邦千樹橘，不見比封君。趙云：千株之橘，不見從來道可以比封君乎？前漢食貨志云：蜀漢江陵千樹橘，其人皆與千户侯等。言夔之多橘也。李衡種甘橘千樹，號千頭木奴。養拙干戈際，全生麋鹿群。畏人江北草，旅食瀼西雲。言其客路萍跡無定計也。趙云：古詩：客子常畏人。魏文帝云：旅食南館。畏人在於江北之草間，旅食在於瀼西之雲裏。此公之自歎也。萬里巴渝曲，三年實飽聞。前漢禮樂志：巴渝鼓員三十六人。注云：巴渝之樂，因此始也。趙云：巴，即今之巴州；渝，即今之恭州。漢高祖得巴渝之人，與之定三秦。其後有巴渝之樂。公自永泰元年八月至雲安縣，今大曆二年，爲三年也。

右二

綵雲陰復白，錦樹曉來青。趙云：錦樹曉來青，言前日因花發如錦，今此春暮，密葉已穠，故青也。身世雙蓬鬢，乾坤一草亭。趙云：上句言身已老，雙鬢如蓬矣。下句言天地之間，有此瀼西一草亭也。非以爲喻。哀歌時自短，醉舞爲誰醒？趙云：言歌不終其曼聲，而忽然短住。緣古詩有長歌行、短歌行故也。細雨荷鋤立，陶潛詩曰：晨興理荒穢，帶月荷鋤歸。江猿吟翠屏。天台山賦：横壁立之翠屏〔一〕。長門賦：玄猿嘯而長吟。

右三

【校勘記】

〔一〕「横」，文選卷十一、全晉文卷六十一孫綽遊天台山賦作「搏」。

壯年學書劍，項籍少時學書不成，去學劍。他日委泥沙。公自嘆其流落，言不用於時爾。事主非無祿，浮生即有涯。莊子：吾生也有涯。高齋依藥餌，絶域改春華。謝玄暉有高齋詩。李陵奉使絶域。春華，春之光華也。喪亂丹心破，丹心，赤心也。王臣未一家。詩：率土之濱，莫非王臣。未一家，言未混一也。禮記：聖人以天下爲一家也。

右四

欲陳濟世策，已老尚書郎。趙云：晉石苞傳：景帝曰：貞廉之士，未必能經濟世務〔一〕。公官是尚書工部員外郎，故云。已老尚書郎，木蘭歌云：木蘭不用尚書郎。不息豺虎鬬，空慚鴛鷺行。趙云：豺虎，以言盜賊。張載詩云：盜賊如豺虎〔二〕。公曾任左拾遺，籍占朝列，故云鴛鷺行。古詩云：廁迹鴛鷺行。時危人事急，風逆羽毛傷。趙云：時危人事急，又暗結不息豺虎鬬之句；風逆羽毛傷，又暗結鴛鷺行之句。上句言理，下句比興也。落日悲江漢，中宵淚滿牀。趙云：或曰：禹貢：荆及衡陽惟荆州，江漢朝宗于海。孔氏云：二水經此州而入海。公詩於夔州，每言江漢，則亦以其切近荆楚矣。

右五

【校勘記】

〔一〕「景帝曰」三句，「景帝」原作「宣帝」，考「貞廉之士」二句，晉書卷三十三石苞傳作景帝語，當是誤置，據改。

〔二〕「張載詩云」二句，「張載」原作「王粲」，當是誤置，參本集卷二十七愁校勘記〔一〕改。

承聞河北諸道節度入朝歡喜口號絶句十二首

趙云：自程元振用事，來瑱、李懷讓以上將誅斥，裴冕、李光弼以元勳被譖，方帥由是攜解。吐蕃入寇，詔集天下兵，無一士奔命者。今聞諸道節度入朝，歡喜可知也。

禄山作逆降天誅，更有思明亦已無。洶洶人寰猶不定，時時戰鬭欲何須。趙云：禄山、思明，蓋追言之也。安禄山父子僭位凡三年，而滅在乾元二年也。史思明父子僭位四年，而滅在廣德元年也。是歲七月，吐蕃入寇，故有下句。

右一

社稷蒼生計必安，蠻夷雜種錯相干。漢書：羌胡雜種，種類不一也。周宣漢武今王是，言除去暴亂，如孝武恢復帝業，如周宣也。孝子忠臣後代看。趙云：此篇望諸節度之忠孝也。錯相干字，衛玠云：非意相干，可以理遣。

右二

喧喧道路多歌一作好童。謡，河北將軍盡入朝。始是乾坤王室正，却交江漢客魂銷。趙云：公因喜諸節度入朝，而傷其流落。未有還闕朝王之期。魂銷，則所以重嘆也。舊注云：亦望朝廷徵用，豈公本意哉！

右三

不一作北。道諸公無表來，茫然庶事遣人猜。擁兵相學干戈鋭，使者徒勞百萬迴。吐蕃之亂，諸道節度無一救援者。朝廷遣使敦諭，竟不至。趙云：諸節度雖亦通表於朝，然不肯入覲，此爲可猜也。公爲詩探其心意，且爲寬法以待之，春秋之義也。

右四

鳴玉鏘金盡正臣，西征賦：飛翠緌，拖鳴玉。以出入禁門者衆矣。修文偃武不無人。書：乃偃武修文。興王會静妖氛氣，聖壽宜過一萬春。趙云：鳴玉鏘金，言諸節度之貴。稱爲正臣，則公待之以忠義，喜其入朝也。劉向云：正臣進者，治之表。國語：興王賞諫臣。陳徐陵移齊文有翦妖氛，空巢穴之語〔一〕。

右五

【校勘記】

〔一〕「空巢穴」，全陳文卷十徐陵移齊文作「未窮巢窟」。

英雄見事若通神，聖哲爲心小一身。言不役天下以奉一人也。燕趙休矜出佳麗，古詩：燕趙多佳人，美者顏如玉。宫闈不擬選才人。趙云：喜河北諸節度入朝，却防其媚悦而獻佳麗〔一〕，故預以爲戒。才人，宫中之爵號。唐制，才人正二千石〔二〕。

右六

【校勘記】

〔一〕「獻佳麗」，「獻」字下文瀾閣本、清刻本、排印本有「其」字；又，「佳麗」文淵閣本、文津閣本作「其佳」。

〔二〕詩尾有匿名批識，曰：「歐公禁中春帖云：御輦經年不遊幸，上林花好莫争開，正是此意」，諸校本無。

抱病江天白首郎，馮唐白首尚爲郎。趙云：公晚年爲尚書員外郎，所謂白首郎也。空山樓閣暮春光。趙云：空山樓閣，指白帝城。城上有白帝樓也。

衣冠是日朝天子，草奏何人入帝鄉！趙云：草奏之語，公有所激爾。

右七

澶漫山東一百州，趙云：山東，今日之河北也，唐謂之山東。古云山東出相，山西出將，則以太行山爲言耳。削成如桉抱青丘。削，平也。顔延年充使詩：入河起陽峽，踐華因削成。又西山經曰：太華之山，削成而四方。相如子虛賦：秋田乎青丘。苞茅重入歸關内，王祭還供盡海頭。趙云：左傳：齊桓公問罪楚國曰〔一〕：汝貢苞茅不入，王祭不供，無以縮酒。言諸道皆入貢也。

右八

【校勘記】

〔一〕「齊桓公」，原作「齊威公」，係避宋諱，此改。

東逾遼水北滹沱，趙云：遼水在今營平長城之外，在漢曰玄菟郡。按後漢郡國志玄菟郡：高勾驪，遼山，遼水所出。注引山海經曰：遼水出白平山。以地圖觀之，是爲中國之極。東逾遼水，則又自營平而往矣。後漢光武紀：至滹沱河無船，遇冰合，得過。注：山海經云：大戲之山，滹沱之水出焉。今在代州繁畤縣，是爲河北之北。今云北滹沱，則極燕趙之地廣而言之也。舊本作呼沱。師民瞻本作滹沱，是。

星象風雲喜共和。紫氣關臨天地闊，趙云：指言函谷關也。周時尹喜爲關吏，望其上有紫氣，云當有聖人入關，而老子來。今公借言紫氣臨關而天地闊遠，以見天下混一也。黃金臺貯俊賢多。燕昭王置千金於臺上，以延天下之士，故稱爲黃金臺。趙云：臺在燕地，昭王所築，以禮郭隗而繼得樂毅也。幽燕既平，盡屬王化，其黃金臺上賢俊復集也。

右九

漁陽突騎邯鄲兒，見十一卷漁陽詩注。漁陽突騎、邯鄲遊俠，其豪俊勇決，古有名稱。趙云：漁陽，燕州也。漁陽突騎四字，則漢光武克邯鄲，置酒高會，從容謂馬武曰：吾得漁陽、上谷突騎，欲令將軍將之。蔡邕曰：冀州强弩，幽州突騎，天下之精也。邯鄲，趙州也。邯鄲兒，則如幽並兒之類爾〔一〕。酒酣並轡金鞭垂。高祖過沛，留置酒，酒酣。意氣即歸雙闕舞，雙闕，即帝闕也。雄豪復遣五陵知。五陵，漢之五陵，亦豪俠所聚之地。趙云：西都賦：南望杜霸，北眺五陵。注：漢所葬之七陵。據賦分作兩句，言陵之在北者曰五陵〔二〕。謂燕、趙雄豪所以歸向帝闕之意，皆爲王臣也。

右十

【校勘記】

〔一〕「則」，文淵閣本、文津閣本作「見」，訛。

〔二〕「北」，先後解輯校戊帙卷二此詩引趙次公原注〔一〕作「此」。

李相將軍擁薊門，趙云：李相，則節度使之稱相公者。將軍，則節度使之稱將軍者。擁薊門，乃河北諸道節度矣。白頭惟有赤心存。趙云：舊本作白頭雖老赤心存。師民瞻本作白頭惟有赤心存。公自謂也〔一〕。竟能盡說諸侯入，知有從來天子尊。趙云：畢竟能盡喜悅諸侯之入朝者，蓋天子從來有至尊之勢也。

右十一

【校勘記】

〔一〕「趙云舊本作白頭雖老」三句，「趙云」二字原奪，檢百家注卷二十四、分門集注卷十五此詩之舊注無此三句，而先後解輯校戊帙卷二此詩引趙次公原注有此三句，當是漏標「趙云」注者，據補訂。

十二年來多戰場，趙云：天寶十四載安祿山反，接之以史思明，又接之以吐蕃，至今歲大曆二年春，凡十二年矣。至今春兵息。天威已息陣堂堂。左傳：天威不違顏咫尺。孫子云：堂堂之陣。神靈漢代中興主，功業汾陽異姓王。

右十二

得舍弟觀書自中都已達江陵今茲暮春月末行李合到夔州悲喜相兼團圓可待賦詩即事情見乎詞

爾到江陵府，何時到峽州？亂離生有別，聚集病應瘳。趙云：生有別，則楚詞云：悲莫悲於生別離。書：若藥不瞑眩，厥疾弗瘳。颯颯開啼眼，朝朝上水樓。老身須付托，白骨更何憂。

喜觀即到復題短篇二首

巫峽千山暗，終南萬里春。終南，山名，在長安。言去家萬里也。病中吾見弟，書到汝爲人。始爲亂離所隔，莫知其生死。及書，到方知弟生存也。意答兒童問，來經戰伐新。或云戰伐塵，謂其自戰伐風塵中來，兒童見之，必喜而勞問也。泊船悲喜後，款款話歸秦。一作議。

右一

待爾嗔烏鵲，拋書示鶺鴒。趙云：西京雜記曰：乾鵲噪而行人至。言待其弟來，怒烏鵲之不實也。詩云：脊令在原，兄弟急難。枝間喜不去，原上急曾經。趙云：上句以成嗔烏鵲之句。嗔之者何？以其喜不去，恐徒成妄也。下句以成拋書示弟之句。示之者何？以其急難之曾經也。江閣嫌津柳，嫌其隔望眼也。風帆數驛亭。數其期程也。應論十年事，撚絶始星星。趙云：舊本作然絶[一]，一作撚絶，當以撚絶爲正。星星，言鬚之白。南史韻語詩：鉛膏染髭鬢[二]，欲以媚側室。青青不解久，星星行復出。

右二

【校勘記】

〔一〕「作」，文淵閣本、文津閣本、文瀾閣本、清刻本、排印本無。

〔二〕「鉛膏染髭鬢」，宋書卷六十七、南史卷十九謝靈運傳作「陸展染白髮」。

喜聞賊盜蕃寇總退口號五首

蕭關隴水入官軍，趙云：蕭關，在靈州之傍。隴水，則隴州之水。入官軍，則吐蕃退而官軍盡入其居矣。青海黄河卷塞雲。青海，在西，吐蕃之地。

黃河，則自積石而往。卷塞雲，則無復戰陣而邊塞之雲卷散矣。餘見「君不見青海頭」注。北極轉愁龍虎氣，西戎休縱犬羊群。上句，漢高祖紀：范增說項羽曰：吾使人望漢王氣，其上皆爲龍虎五色。趙云：北極，指言帝座。犬羊群，舊注云：以畜待夷狄耳。晉陶侃傳曰：賊尋犬羊相結，並力來攻。是也。

右一

贊普多教使入秦，贊普，吐蕃主帥[一]。數通和好止煙塵。按新史傳：至德三載，吐蕃使使來請討賊，且修好，肅宗遣使報聘。朝廷忽用哥舒將，殺伐虛悲公主親。趙云：此篇四句通一段事。開元二十八年，吐蕃金城公主薨，遣使來告。因請和，而明皇不許。後二年，帝以哥舒翰節度隴右。翰攻拔石堡，更號神武軍，又擒其相，又破洪濟。翰雖有功，而結吐蕃之怨深矣。其後祿山之亂，邊候空虛，故吐蕃得乘隙暴掠。則公之意，不美朝廷之用翰以招殺伐矣。是則國家虛悲公主之死而已。

右二

【校勘記】

〔一〕「帥」，文淵閣本、文津閣本作「師」，訛。

崆峒西極過崑崙，趙云：崆峒，在西郡之西，而崑崙又在崆峒西極之西。今公此句，詩人廣大其言，謂其從化之地遠也。駝馬由來擁國門。

逆氣數年吹路斷，蕃人聞道漸星奔。趙云：劉越石答盧諶四言詩云：裹糧攜弱，匍匐星奔。又劉孝標廣絶交論云：靡不望影星奔。

右三

勃律天西采玉河，堅昆碧盌最來多。趙云：勃律、堅昆，皆西羌國名。勃律，天之西，乃采玉河所在，應是于闐國也。碧盌出堅昆國。杜補遺云：晉平居誨爲張匡鄴使于闐判官〔一〕，作行程記云：玉河在于闐城〔二〕，其源出崑山，西流千餘里，至于闐界乃流爲三河：白玉河、緑玉河、烏玉河。五六月大水暴漲，則玉隨流而至。秋水退，乃可采。薛夢符引唐書：于闐國距京師九千七百里。有玉河，國人夜視月光盛處，必得美玉。堅昆國在唐爲黠戛斯，匈奴西鄙也。地當伊吾之西，焉耆北，白山之旁。舊隨漢使千堆寶，少答胡王萬匹羅。趙云：舊日以千堆寶隨漢使入貢，而中國所答者，特萬匹羅爾。夫以蠻夷入貢之多，而中國賜遺之不費，自非服化從義而然乎！

右四

【校勘記】

〔一〕「晉平居誨爲張匡鄴」句，「匡」字原奪，據新五代史卷七十四四夷附録補訂。「平」，新五代史卷七十四四夷附録作「高」，誤。

〔二〕「玉」，原作「王」，據文淵閣本、文津閣本、文瀾閣本、清刻本、排印本改。

今春喜氣滿乾坤，南北東西拱至尊。大曆二年調玉燭，玄元皇帝聖雲孫。爾雅：四氣和，謂之玉燭。疏云：四時和氣，温潤明照，故曰玉燭。李巡云：人君德美如玉而明若燭。是知人君德輝動于内，和氣應於外。統而言之謂之玉燭。爾雅親：孫之子爲曾孫，曾孫之子爲玄孫，玄孫之子爲來孫，來孫之子爲晜孫，晜孫之子爲仍孫，仍孫之子爲雲孫。注：言輕遠如浮雲，七世孫也。唐以老子爲聖祖，封玄元皇帝，故曰聖雲孫。

右五

即事

暮春三月巫峽長，語云：暮春者，春服既成。盛弘之荆州古歌云：巴東三峽巫峽長，猨鳴三聲淚沾裳。皛皛行雲浮一作無。日光。陶淵明詩：皛皛川上平。雷聲忽送千峰雨，花氣渾如百和香。趙云：莊子：淵嘿而雷聲。梁孝元帝經巴陵詩：柳條常拂岸，花氣盡薰舟。神仙傳曰：淮南王爲八公張錦繡之帳，燔百和之香。又古詩：博山爐中百和香，鬱金蘇合與都梁。黄鶯過水翻迴去，燕子銜泥濕不妨。飛閣卷簾圖畫裏，虚無只少對瀟湘。趙云：雖眼前之山水如圖畫[一]，而虚無空闊，只欠瀟湘相對也。上林賦：乘虚無，與神俱。

【校勘記】

〔一〕「圖畫」，文淵閣本、文津閣本作「畫圖」。

見螢火

巫山秋夜螢火飛，簾疏巧入坐人衣。趙云：簾之疏闊，螢火入於坐客之衣也。公詩又有時能點客衣之句。忽驚屋裏琴書冷，復亂簷邊星宿稀〔一〕。却繞井欄添箇箇，偶經花蘂弄輝輝。滄江白髮愁看汝，來歲如今歸未歸。

【校勘記】

〔一〕「邊」，清刻本、排印本作「前」。

送十五弟侍御使蜀

喜弟文章進，添余别興牽。趙云：南史：丘靈鞠在沈深坐，見王儉詩。深曰：王令文章大進。曰：何如我未進時。數盃巫峽酒，百丈内江船。水自渝上合者，謂之内江。自渝由戎、瀘上蜀者，謂之外江。趙云：上水乃使百丈，然今云内江船，豈非使東蜀乎。未息豺狼鬬，言戰争也。空催犬馬年。以自稱其年，故從卑賤。晉陶侃臨終上表曰：臣猶謂犬馬之齒，尚可少延。歸朝多便道，搏擊望秋天。便道，間道也。前漢趙充國傳曰：將軍引兵便道西並進，使虜聞東北方兵並來。杜田云：舊唐史：桓彦範爲中丞，舉揚嶠爲御史。嶠不樂搏擊之任。彦範曰：爲官擇人，豈待情願！遂引爲右臺御史。是詩送侍御弟使蜀，故云。

暮春

卧病擁塞在峽中，瀟湘洞庭虚映空。趙云：言瀟湘洞庭之景虚映空，而我病卧峽中不得往觀也。梁簡文詩：春色映空來。楚天不斷四時雨，古詩：地近漏天經歲雨。巫峽長吹千里風。巫峽多風。趙云：陳陰鏗晚泊五洲詩：遥然一柱觀，欲輕千里風。沙上草閣柳新闇，城邊野池蓮欲紅。暮春鴛鷺立洲渚，挾子翻飛還一叢。趙云：韻書曰：叢，聚也。一叢，則鴛鷺與子，爲一聚爾。

晴二首

久雨巫山暗，新晴錦繡紋。江山晴明，風物鮮麗，若錦繡也。碧知湖外草，趙云：洞庭湖之外，遂連青草湖也。選云：春草碧色，春水緑波。紅見海東雲。趙云：言日出之處紅雲也。兩句以言峽中之晴，不亦開廣乎？竟日鶯相和，摩霄鶴數群。淮南子曰：鳴鵠背負蒼天〔一〕，膺摩赤霄。此摘用之也。野花乾更落，風處急紛紛。

右一

【校勘記】

〔一〕「鳴」，文津閣本作「鶴」，淮南子卷十八人間訓作「鴻」。

啼烏爭引子，鳴鶴不歸林。趙云：有烏夜啼曲。易曰：鳴鶴在陰。下食遭泥去，高飛恨久陰。趙云：上句言烏，下句言鶴。漢高祖紀：鴻鵠高飛，一舉千里。雨聲衝塞盡，日氣射江深。回首周南客，驅馳魏闕心。趙云：太史公曰：余留滯周南，不得從郊祀之事。公自言留滯，如太史公之在周南也。莊子：身在江湖之上，心馳魏闕之下。薛云：文選謝靈運詩：仲連輕齊組，子牟眷魏闕。蓋天子之門，而闕謂之象魏。

右二

雨

始賀天休雨，還嗟地出雷。易曰：雷出地奮，豫。驟看浮一作巫。峽過，密作渡江來。趙云：浮峽對渡江。作巫峽字，非。牛馬行無色，蛟龍鬭不開。莊子：秋水時至，不辨牛馬。干戈盛陰氣，未必自陽臺。月令：陰氣太勝〔一〕，戎兵乃來。蓋言因陰氣盛而多雨，非自陽臺而來也。趙云：惟是峽中詩用陽臺爲當體。神女曰：妾在巫山之陽，高丘之阻，旦爲行雲，暮爲行雨。朝朝暮暮，陽臺之下。又稽神異苑載：述征記曰：蕭總遇洛神女，後逢雨，認得香氣，曰：此雲雨從巫山來。

【校勘記】

〔一〕「太勝」，文淵閣本、清刻本、排印本作「太盛」；又，文津閣本、文瀾閣本「太」字奪、「勝」作「盛」。

月三首

斷續巫山雨，天河此夜新。天河，銀漢也。廣雅云：天河謂之天漢。若無青嶂月，愁殺白頭人。趙云：古樂府有愁殺人之句。魍魎移深樹，月明則魍魎遁逃也。左傳：入山，不逢不若。魑魅魍魎。蝦蟆動半輪。趙云：蝦蟆、白兔，皆月中之物。故園當北斗，直指照西秦。北斗，辰極也。趙云：一説長安城有南斗、北斗之像；一云長安上直北斗。廣雅云：北斗樞爲雍州。故公又有詩曰：北斗故臨秦。

右一

併照巫山出，新窺楚水清。趙云：併照字，當作併點。舊本照字淺近，著一點字可謂新奇也。羈栖愁裏見，二十四迴明。趙云：此又公不拘數對數之格。羈栖之愁，對二十有四，其勢暗敵。指見在夔歷望夜凡二十四迴也。必驗升沈體，如知進退情。謂不違弦望也〔一〕。趙云：月初出曰升，既落曰沈。升則進之道，沈則退之理也。不違銀漢落，亦伴玉繩横。鮑明遠：夜移衡漢落。謝朓：玉繩低建章〔二〕。趙云：河漢落，則月將落矣。玉繩，星名。凡夜深，則玉繩低也。言月隨銀漢而落，伴玉繩而低，乃望夜之月也。杜補遺云：河圖括地象曰：河精上爲天漢。抱朴子曰：河漢者，天之水也。隨天而轉入地下過，故公言落。

右二

【校勘記】

〔一〕「違」，文淵閣本、文津閣本、文瀾閣本、清刻本、排印本作「遠」，訛。

〔二〕「謝朓」，原作「謝靈運」，檢下句「玉繩低建章」，謝靈運詩無此句，考文選卷二十六、齊詩卷三謝朓暫使下都夜發新林至京邑贈西府同僚有此句，當是誤置，據改。

萬里瞿唐峽，一作月。趙云：指言夔州也。春來六上弦。時時開暗室，君子不欺闇室。故故滿青天。若披雲霧而覩青天。爽合風襟静，高當淚臉懸。趙云：公以羈旅在外，傷時感舊也。宋玉風賦：披襟當之。南飛有烏鵲，曹孟德詩：月明星稀，烏鵲南飛。遶樹三匝，何枝可依。夜久落江邊。

右三

園

仲夏流多水，清晨向小園。碧溪摇艇闊，朱果爛枝繁。趙云：碧溪摇艇闊，以成仲夏流多水之句；朱果爛枝繁，以成清晨向小園之句。始爲江山静，終防市井喧。畦蔬繞茅屋，自足媚盤飧。趙云：媚者，宜也。詩：媚于天子。又梁沈約悲哉行曰：旅遊媚年春，年春媚遊人。左傳：盤飧寘璧。

歸

束帶還騎馬，東西却渡船。林中才有地，峽外絶無天。夔州居山水間，在峽中，故號爲稍平，然狹隘多石。盧仝詩：低頭雖有地，仰面輒無天。虛白高人静，喧卑俗累牽。莊子云：虛室生白。注：人人能虛心遊世，則純白備於内。鮑明遠舞鶴賦：歸人寰之喧卑。他鄉悦遲暮，不敢廢詩篇。

諸葛廟

久遊巴子國，今夔州，古巴子國。屢入武侯祠。竹日斜虛寢，溪風滿薄帷。阮嗣宗詠懷云：薄帷鑒明月。君臣當共濟，賢聖亦同時。翊戴歸先主，并吞更出師。亮出師表云：有并吞中國之志。蟲蛇穿畫壁，巫覡醉蛛絲。薛云：國語：楚觀射父曰：民之精爽不貳，齊肅衷正，則神或降之，在男曰覡，在女曰巫。此言廟弊，巫覡醉於蛛絲中也。趙云：合用巫覡字，則張衡東京賦云巫覡操茢也。欸一作欵。憶吟梁父，躬耕也未遲。亮耕南陽，作梁父吟。也未遲，一作起未遲。趙云：末句公感孔明梁父吟事，方切思歸耕而起耳。舊本作也未遲，非。蓋却成方欲躬耕也。

豎子至

樝梨纔一作且。綴碧，梅杏半傳黄。趙云：言幽園之果，一則纔綴碧，一則半傳黄，未可摘也。小子幽園至，輕籠熟棕香。山風猶滿把，野露及新嘗。記：天子嘗新。欲寄江湖客，提攜日月長。趙云：言豎子所摘來之熟棕，正欲寄遠，而恨道路之長，費時日也。古詩云：涉江采芙蓉，蘭澤多芳草。采之欲遺誰，所思在遠道。公蓋取此意也。

舍弟觀歸藍田迎新婦示兩篇

汝去迎妻子，高秋念却迴。即今螢已亂，好與雁同來。趙云：螢已亂，當是三四月間。雁同來，所以結高秋念却回之語。東望西江永，趙云：舊本作西江水，師本作西江永。蓋永字方與下句開字相對。西江者，楚人指蜀江之名。莊子：激西江之水。疏云：蜀江從西來，故謂之西江。公欲泛舟南下，今在夔，爲楚之上游，則西江之盡處在其東，故東望其永。詩云：江之永矣，不可方思。南遊北户開。趙云：既成南遊，則北户之開矣。吴都賦云：開北户以向日。卜居期静處，會有故人杯。趙云：既至彼，則卜居必期幽静之處，當有故人相訪共飲也。屈原有卜居篇。南史有云：性好静處。謝脁離夜詩：山川不可夢，况乃故人杯。

右一

楚塞難爲别，一作路。藍田莫滯留。趙云：公客寓楚塞，兄弟之情，難乎其爲别也。舊本作難爲路，無意義。既知離别之難，故祝以無滯留而即迴爾〔一〕。衣裳判協平聲。白露，鞍馬信清秋。趙云：白露降，則秋時矣。滿峽重江水，開帆八月舟。此時同一醉，應在仲宣樓。趙云：王粲字仲宣，劉表時在荆州，因登樓而作賦。其後因指荆州樓爲仲宣樓，則梁元帝詩：夕返仲宣樓。蓋約其弟迴時，相會荆州也。

右二

【校勘記】

〔一〕「爾」，文淵閣本、文津閣本作「耳」。

季夏送鄉弟韶陪黃門從叔朝謁

令弟尚爲蒼水使，名家莫出杜陵人。杜陵有南北杜，最爲名家。趙云：吳越春秋：禹登衡岳，血白馬以祭。夢見赤繡衣男子，稱玄夷蒼水使者，曰：聞帝使文命于斯，故來候之。一本自注云：韶比兼開江使，通成都外江下峽舟檝。比來相國兼安蜀，歸赴朝廷已入秦。杜鴻漸以相國入蜀，平崔旰之亂，尋表旰爲節度使還朝。捨舟策馬論兵地，拖玉腰金報主身。潘安仁西征賦：拖鳴玉，以出入禁門者衆矣。腰金，橫金帶。趙云：上句言二人同行，可以論兵矣。下句專言叔父黃門也。莫度清秋吟蟋蟀，早聞黃閣一作閤。畫麒麟。潘安仁爲黃門作秋興賦云：蟋蟀鳴乎軒屏。下句見扈聖登黃閤〔一〕，又見今代麒麟閣注。趙云：蟋蟀字，見毛詩。而阮籍詠懷詩云：開秋兆涼氣，蟋蟀鳴牀帷。感物懷殷憂，悄悄令心悲。此爲吟蟋蟀也。按鄭玄注禮記：三公之與天子禮秩相亞，故黃其閤以示謙〔二〕，不敢斥天子。宜是漢舊制也。漢武帝畫功臣於麒麟閣上。

【校勘記】

〔一〕「閤」，文淵閣本、文津閣本作「閣」。

〔二〕「閤」，文淵閣本、文津閣本作「閣」。

熱三首

雷霆空霹靂，雲雨竟虛無。趙云：雷霆、霹靂字，如穀梁傳云：陰陽相薄，感而爲雷，激而爲霆。又何休公羊注云：雷疾甚爲震。而五經通義云：震與霆皆霹靂也。虛無字，上林賦：乘虛無，與神俱。其後文賦云：課虛無以責有也。炎赫衣流汗，低垂氣不蘇。乞爲寒水玉，願作冷秋菰。趙云：寒水玉、冷秋菰，非有定名也，蓋言寒水中之玉，冷秋時之菰爾。句法蓋庾信和樂儀同苦熱云：思爲鸞翼扇，願借明光宮也。何似兒童歲，風涼出舞雩。趙云：魏志：賈逵自爲兒童戲弄，常設部伍。舞雩事，則論語云：冠者五六人，童子六七人，浴乎沂，風乎舞雩，詠而歸。

右一

瘴雲終不滅，瀘水復西來。瀘水在夔之上流。諸葛亮云：五月渡瀘。蓋大渡河水從南荒炎瘴中流出故也。閉户人高卧，孫敬閉户讀書。諸葛亮高卧南陽。歸林鳥却迴。趙云：人閉户而高卧，鳥不安而又飛，其熱亦甚矣。峽中都似火，江上只空雷。想見陰宮雪，風門颯踏開。孟子：齊宣王見孟子於雪宮。故使陰宮雪也。

右二

朱李沈不冷，雕胡炊屢新。魏文帝書：浮甘瓜於清泉，浸朱李於寒水。沈休文：長袂屢以拂，雕胡方自炊。將衰骨盡痛，被暍一作褐。味空頻。趙云：暍音於歇切，傷暑也，故禹扇暍，武王亦扇暍。今方被暍而有沈水之朱李，新炊之彫胡，其味空頻，不能食也。舊本作被褐，無義。歘許律切。翕炎蒸景，飄颻征戍人。趙云：歘翕，義即歘吸也。字則江文通擬王微詩云：歘吸鵾雞悲。又謝朓高松賦云：卷風飇之歘吸〔一〕。十年可解甲，爲爾一霑巾。

右三

【校勘記】

〔一〕「歘吸」，全齊文卷二十三謝朓高松賦奉竟陵王教作作「吸歘」。

返照

楚王宮北正黄昏，白帝城西過雨痕。返照入江翻石壁，歸雲擁樹失山村。趙云：返照字，梁元帝纂要云：光返照於東，謂之返景。公詩又曰孤城返照紅將斂。歸雲字，則如陸士衡：歸雲難寄音。失字，范雲詩霧失交河城也〔二〕。衰年肺病唯高枕，絶塞愁時早閉門。不可久留豺虎亂，南方實有未招魂。宋玉作招魂篇云：魂兮歸來！南方不可以止些。趙云：公自言也。客於南楚，魂魄飛越，實爲未招也。

【校勘記】

〔一〕「范雲」，原作「鮑照」，檢下句「霧失交河城」，鮑照詩無此句，考文選卷三十一、梁詩卷二范雲效古詩有此句，當是誤置，據改。

示獠奴阿段

山木蒼蒼落日曛，竹竿裊裊細泉分。以竹引泉也。郡人入夜爭餘瀝，豎子尋源獨不聞。趙云：詳味此詩，意水源在遠，以筒引水而使郡人分取之。其水咽塞，或滲漏而不通快，故郡人止爭餘瀝耳。惟阿段者，獨能尋源修筒水而至焉。病渴三更迴白首，趙云：公病渴，賴此水爲多也。傳聲一注濕青雲。趙云：修筒之後，水來之聲自傳聞矣。濕青雲，言水筒之源流高遠也。曾驚陶侃胡奴異，怪爾常穿虎豹群。此詩全篇皆引泉事。薛夢符云：晉書陶侃傳：媵妾數十，家僮千餘。世説王脩齡曰：修齡若飢，自當問謝仁祖索食，不須陶胡奴米船〔一〕。注：胡奴，陶範小字。侃别傳曰：範，侃弟十子也〔二〕。師云：陶侃有十七子，見本傳者止九人。惟袁宏傳載：胡奴於密室抽刀逼宏，以宏作東征賦，皆載過江諸公名德，而不及侃。宏窘急，遂口占六句答之，胡奴乃止。亦不見穿虎豹群事。胡奴名，惟見於此。趙云：薛夢符既引胡奴，陶範小字，可以見胡奴，乃侃之子也。而於阿段似無相干。余逆其意，陶侃奴僕之多，其子胡奴必有所稱異之者，如今日阿段能穿虎豹群以尋水源。其在陶侃家僮之中，亦必有可異者矣。意似如此，而事未顯見，以俟博聞。

【校勘記】

〔一〕「船」，世説新語箋疏方正第五十二條無。

〔二〕「弟」，文淵閣本、文津閣本、文瀾閣本、清刻本、排印本作「第」。案，「弟」通「第」。

簡吴郎司法

有客乘舸自忠州，遣騎安置瀼西頭。前詩注所謂瀼東、瀼西者。古堂本買藉疎豁，借汝遷居停宴遊。趙云：借吴司法自舟中遷來以居，而我甘心停止宴遊也。雲石熒熒高葉曙，風江颯颯亂帆秋。趙云：腹聯兩句以言瀼西古堂所見之景物也〔一〕。却爲姻婭過逢地，詩：瑣瑣姻婭。按爾雅：婦之父母，婿之父母，相爲姻婭。許坐曾軒數散愁。趙云：吴郎與公爲姻婭之家，既借古堂與之居，乃爲我相過從之地耳，應仍許我坐於層軒，數數散其愁也。

【校勘記】

〔一〕「句」字底本漫滅，據諸校本補。

又呈吴郎

堂前撲棗任西鄰，無食無兒一婦人。前漢王吉傳：東家棗樹垂吉庭中，其妻取棗啖吉。吉知之，乃去婦。東家欲伐樹，吉乃還婦〔一〕。里語曰：東家棗完，去婦復還。則告吳郎以一任西家之婦取棗也。趙云：公之樂易，不爲困窮寧有此？祇緣恐懼轉須親。趙云：言探斯婦之情，蓋困窮所致，又告吳郎當念其恐懼，宜更親之。此兩句，其上句有遺秉、滯穗，資寡婦之利之意。下句則有見竊笥而又擲與之同科。可見公之用心，使其在廟堂，澤及天下可知矣。即防一作知。遠客雖多事，使一作便。插疏籬却甚真。趙云：言雖任鄰婦取棗，然吳郎以遠方而來。謂多事之不可測，亦須謹藩籬以防寇盜，不害爲真爾。已訴徵求貧到骨〔二〕，正思戎馬淚盈巾！趙云：末句，言取棗之鄰婦，已告訴爲徵求所困而貧到骨；下句乃公聞其徵求之語，正思因戎馬所致而淚霑巾也。

【校勘記】

〔一〕「吉」，文淵閣本作「言」，訛。

〔二〕「貧」字底本漫滅，據文淵閣本、文津閣本、文瀾閣本、清刻本、排印本補。

新刊校定集注杜詩卷二十九

近體詩

七月一日題終明府水樓二首

高棟曾軒已自涼，秋風此日灑衣裳。招魂：高堂邃宇，檻層軒。劉公幹詩[一]：涕泣灑衣裳。趙云：春秋緯書：高棟深宇，以避風雨。何遜閨怨詩：曉河没高棟，斜月半空城。齊王儉後園餞從兄詩曰：兹夕復何夕，念別開曾軒。張茂先答何劭詩：穆如灑清風。翛然欲下陰山雪，不去非無漢署香。陰山，匈奴山名，其地四時常有冰雪。又尚書郎，漢置四人，口含雞舌香，以其奏事答對，欲使氣息芬芳爾。趙云：陰山多雪，而夔地七月有類於此耳。莊子：翛然而往，洞然而來也。漢署者，省署也。公爲尚書工部員外郎，其在省，自應有含香之制，但以爲客不能去也。絶壁過雲開錦繡，夔峽路有錦繡巖。疎松夾水奏笙簧。於松言笙簧，即天籟是已。看君宜著王喬履，真賜還疑出尚方〔三〕。終明府，功曹也，兼攝奉節令，故有此句。佇觀奏，即真也。已上自注。後漢：王喬爲葉令，有神術。每月朔，嘗自縣詣臺朝。帝怪其來數而不見車騎，密令太史望之。言其臨至，有雙鳧從東南來，舉羅張之，果得雙舄〔三〕。乃詔尚方診視，則四年中所賜尚書官屬履也。前漢百官公卿表：尚方主作禁器物。師古曰：尚方，少府之屬官也，作供御之器物。

右一

【校勘記】

〔一〕「劉公幹」，文瀾閣本、清刻本、排印本作「劉楨」。案，劉楨，字公幹，漢末詩人，建安七子之一。

〔二〕「疑」，原作「宜」，訛，據文瀾閣本、清刻本、排印本並參二王本杜集卷十五、百家注卷二十二、分門集注卷五以及錢箋卷十六改。

〔三〕「舄」，文淵閣本作「鳥」。

宓子彈琴邑宰日，潘正叔詩：宓生化單父，子奇治東阿。趙云：呂氏春秋曰：宓子賤治單父，身不下堂，彈琴而治之。終軍棄繻英妙時。終軍年十八選爲博士。初，軍從濟南當詣博士，步入關。關吏與軍繻。軍問以此何爲，吏曰：爲復傳還，當以合符。軍曰：丈夫西遊，不復傳還。棄繻而去。後爲謁者，行郡國，建節東出關。關吏曰：此使者乃前棄繻生也。貼以英妙字，則潘安仁西征賦云：終童山東之英妙，賈生洛陽之少年也。承家節操尚不泯，趙云：以成終軍之句。爲政風流今在茲。趙云：以宓子彈琴宰邑美終明府也。

可憐賓客盡傾蓋，鄒陽傳曰：古語：白頭如新，傾蓋如故。何則？知與不知也。文穎曰：傾蓋，猶交蓋駐車也。趙云：上句言終明府之相見，皆是傾蓋如故之賓也。何處老翁來賦詩。公自謂也。魏文帝曰：已成老翁，但未頭白爾。楚江巫峽半雲雨，用宋玉高唐賦事。趙云：乃實道其事，如公詩又云：楚山不斷四時雨，巫峽長吹千里風。是也。清簟疎簾看奕碁。謝玄暉詩云：珍簟清夏室。江淹賦云：夏簟清兮晝不暮。魏文帝書：彈碁間設，終以博弈〔一〕。

右二

【校勘記】

〔一〕「博弈」，文淵閣本、文津閣本作「博奕」，文瀾閣本、清刻本、排印本作「六博」。

送李八祕書赴杜相公幕

青簾白舫益州來，巫峽秋濤天地迴。趙云：蓋言秋濤之勢，可以回轉天地也。石出倒聽楓葉下，櫓搖皆指菊花開〔一〕。趙云：石出，言灩澦之石也。商人語曰：灩澦如袱，瞿唐莫觸。灩澦如馬，瞿唐莫下。灩澦如鼈，瞿唐舟絕。灩澦如龜，瞿唐莫窺。載樂史寰宇記。石出則行之候也。必以楓葉下，菊花開時爲言，蓋九月之間爾。貪趨相府今晨發，恐失佳期後命催。南極一星朝北斗，五雲多處是三台。晉天文志：北極，最尊之星也。天運無窮，三光迭曜，而辰星不移〔二〕，故語曰：居其所而衆星拱之，人君之象也。五雲，五色雲也。三台：上台、中台、下台也。趙云：南極一星，言李秘書。以其在楚而往。北斗，指言長安，蓋上直北斗而號北斗城也。晉天文志云：三台六星，兩兩而居，三公之位也。在人曰三公，在天曰三台。指言杜相公矣。

【校勘記】

〔一〕「皆」，文瀾閣本、清刻本、排印本作「背」。

〔二〕「辰」，文淵閣本、文津閣本、文瀾閣本、清刻本、排印本作「晨」。

秋日夔府詠懷寄鄭監審李賓客之芳一百韻〔一〕

絶塞烏蠻北，巂州以西有烏、白蠻。孤城白帝邊。公孫述更魚復縣爲白帝城。趙云：上句指言雲安縣也。白帝城，而夔州在其邊。自此兩句至陶冶賴詩篇十二句，公鋪叙以自述。飄零仍百里，消渴已三年。司馬相如有消渴病。趙云：公自中原入蜀，往來東、西蜀間，又自蜀南下，可謂飄零矣。以病久住雲安，又移居于夔，所以謂之飄零仍百里也。謝惠連雪賦有曰：從風飄零。若在人言之，則如庾信枯樹賦有云：山河阻絶，飄零離别。雄劍鳴開匣，雷焕得雙劍于豐城，劍有雌雄。趙云：烈士傳曰：楚王夫人常于夏納凉而抱鐵柱，心有所感，遂懷孕，後産一鐵。楚王命鏌鋣鑄此精爲雙劍〔二〕，三年乃成。劍一雌一雄，詳見上注。雷焕劍事，並無雌雄字〔三〕。群書滿繫船。一云所向皆窮轍，餘生且繫船。劉向博極群書，今則書在舟中也。漢亂離心不展，詩：亂離瘼矣。不展，謂憂心如結也。趙云：選云：意不宣展。又詩云：折麻心莫展。此化而用之也。衰謝日蕭然。名跡消泯也。趙云：周王褒與周弘讓書：年事遒盡，容髮衰謝。晉書：此外蕭然無辨。筋力妻孥問，菁華歲月遷。陶徵士誄云：菁華隱沒，芳流歇絕。注：菁華，猶英華也。禮記云：老者不以筋力爲禮。登臨多物色，陶冶賴詩篇。登高臨遠，多有景物，所以象其變態者，有詩以陶成之爾。陶，如陶者之埏埴；冶，如工冶之鎔鑄。薛云：按梁鍾嶸詩評曰：阮嗣宗詩，其源出於小雅，無雕蟲之工。而詠懷之作，可以陶性靈，發幽思。趙云：宋玉曰：登山臨水。兩字合用，則謝靈運有登臨海嶠詩，故對陶冶。其字則出顔氏家訓之言文章曰：陶冶性靈，從容諷諫。已上十二句是一段。峽束滄江起，巖排石樹圓。拂雲霾楚氣，潮海蹴吴天。趙云：舊本作滄江字，而師民瞻本作蒼江，石樹作古樹，是。自峽束蒼江起，至野店引山泉十六句，所以鋪陳多物色者也。拂雲霾楚氣，所以成古樹圓之句。言樹木拂雲而高，爲楚氣所昏霾之。潮海蹴吴天，所以成蒼江起之句。言江流朝宗于海，其勢若蹴踏吴國之天也。煮井爲鹽速，蜀都賦曰：濱以鹽池。注：鹽池，出巴東北新井縣，水出地如湧泉，可煮以爲鹽。新井在今閬中，而夔亦有鹽泉，今大寧鹽井是也〔四〕。燒畬度地偏。峽土瘠确，暖氣晚達，故民燒地而耕，謂之火耕，亦謂之畬田也。趙云：度音度越之度，言燒畬所至，度過其地之偏處也。有時驚疊嶂，沈休文詩：山嶂遠重疊。任彦升詩：疊嶂易成響。趙云：公於劍門詩曰：意欲剗疊嶂。何處覓平川。峽中絕無平川。趙云：玉臺後集載沈君攸采蓮詩云：平川映曉霞，蓮舟泛浪華。溪鶒雙雙舞〔五〕，獼猴壘壘懸。疊疊，重疊貌。趙云：壘壘，在前人使作平字。如魏文帝善哉行云：還望故鄉，鬱何壘壘。張孟陽七哀詩云：北邙何壘壘，高陵有四五。公今用作上聲。碧蘿長似帶，錦石小如錢。黄牛峽，出錦石，圓如錢，上有五綵花紋〔六〕。趙云：下兩句體物之語。公嘗以藻荇爲翠帶，荷葉爲青錢，乃其義也。此有錦石字，尤見前句石樹爲古樹爾。春草何曾歇，謝靈運詩：芳草亦未歇。寒花亦可憐。張景陽詩：寒花發黃彩。趙云：上句雖倣謝詩，而字則梁元帝藥名詩云：況看春草歇，還見雁南飛。花之可憐，如梁簡文帝春日詩：桃含可憐紫，柳發斷腸青。亦可憐，蓋翻用此意。寒花在秋日，亦爲可憐也。獵人吹戍火，野店引山泉。趙云：火，謂之戍火，則有屯戍在白帝城也〔七〕。獵人至其上故爾。峽民依山而居，故鮮水，常以竹引山泉而飲。已上十六句一段。喚起搔頭急，西京雜記：武帝過李夫人，就取玉簪搔頭。自此後宮人搔頭皆用玉，玉價倍貴。此搔頭乃抓頭耳。趙云：言寢睡之中被人喚起，頭方煩癢，以簪搔之不停手而頗急。而公自注：何遜云：金粟裹搔頭。此自是詠婦人之詩，而公引之，所以表見搔頭字所出。扶行幾屐穿。公自注云：諸阮云：一生能著幾屐。阮孚性好屐，客有詣孚，正見自蠟屐，因自嘆曰：未知一生能著幾屐？神色自閑暢。公自注：幾屐。此非時露消息，以其詩無兩字無來處耶？兩京猶薄產，四海絶隨肩。公有田在韋杜。語：四海之内皆兄弟也。絶隨肩，言無故舊相隨也。趙云：上句則公於洛陽、長安，皆有物業〔八〕。下句則嘆無交遊相隨。禮記：五年以長，則肩隨之。幕府初交辟，郎官幸備員。班固傳云：幕府新開，廣延群俊。趙云：指言節度府幕也。前此嚴公爲東、西川節度使，辟公爲參謀。漢：衛青開幕府。注引漢官儀云：始自衛青就北幕拜大將軍，因開幕府。瓜時猶旅寓，瓜時，見左傳。萍泛苦寅緣。謝靈運詩：蘋萍泛沈深。藥餌虛狼籍，謝靈運詩：藥餌情所止，衰疾忽在斯。陸、賈名聲籍甚。注：言狼藉甚盛。秋風洒靜便。趙云：楚詞：嫋嫋兮秋風。謝靈運：拙疾相倚薄，還得靜者便。開襟驅瘴癘，王洙曰：峽多嵐嶂，氣候蒸濕，故多瘴癘。憂愁鬱結者易爲所困，故必開襟以驅之。王仲宣登樓賦：向北風而開襟。明目掃一作拂。雲煙。史：明目張膽。顏延年詩：城闕生雲煙。趙云：明目字，借使書明四目也。已上十二句一段。高宴諸侯禮，佳人上客前。古詩：主人愛上客。趙云：自高宴諸侯禮，至滿座涕潺湲八句，因實道赴藩侯之宴會，而感傷所聞之曲。唐之藩鎮，乃古之諸侯，其爲宴也，乃諸侯之禮。上客，則公自謂也。哀箏傷老大，魏文帝書：哀箏順耳。傷老大，則摘使「老大徒悲傷」中字。華屋艷神仙。曹子建箜篌引：平生華屋處。謝靈運：華屋非蓬居。古詩：金屋羅神仙。南内開元曲，常時弟子傳。法歌聲變轉，滿座涕潺湲。都督柏中丞筵聞梨園弟子李仙奴歌。已上公自注。明皇雜録：天寶中，上命宮中女子數百人爲梨園弟子，皆居宜春北院。上素曉音律，時有馬仙期、李龜年、賀懷智皆知律度。安禄山自范陽入覲，獻白玉簫管數百事，皆陳於梨園。自是音響殆不類人間。其後李龜年流落江南，每遇良辰勝景，爲人歌闋。座上聞之者，莫不掩泣而罷酒〔九〕。有梨園法曲及霓裳曲。言南内，則明皇初居興慶宮，謂之南内也。趙云：已上八句一段。弔影夔州僻，言獨客夔州，旁無親舊，惟與影相弔自憐而已。李令伯陳情表：煢煢孑立，形影相弔。趙云：形影相弔，出於曹子建表。舊注引李令伯之言在後矣。回腸杜曲煎。宋玉高唐賦曰：感心動耳，回腸傷氣。司馬遷書云：腸一日而九回。趙云：公在長安，家于杜曲，故懷杜曲而回腸煎熬也。自弔影夔州僻，至鴻雁美周宣二十四句，言身處夔州，而心思王室，因喜用賢伐叛，王業中興也。即今龍厩水，莫帶犬戎羶。兩京龍厩門，苑馬門也。渭水流苑門内。已上公自注。犬戎，吐蕃也，謂陷京師。趙云：公在夔州，不知中原消息，故憂疑之，以今龍厩門邊之水，莫也爲犬羊所羶汙乎？或又云：莫者，止之之辭。耿賈扶王室，後漢二十八將，耿弇、賈復也。贊論曰：耿、賈之洪烈。又云：翼扶王運〔一〇〕。蕭曹拱御筵。蕭、曹之功，尊拱漢室。乘威滅蜂蠆，左傳：魯公卑，邾不設備而禦之。臧文仲曰：君其無謂邾小，蜂蠆有毒，況國君乎。趙云：蜂蠆，以譬吐蕃也。乘威，則望如上句四公者滅之也。選云：乘靈風而扇威。戮力效鷹鸇。左傳：季文子使太史克，對曰：先大夫臧文仲教行父事君之禮曰：

見無禮於其君者，誅之，如鷹鸇之逐鳥雀也。又，子產問然明爲政，對曰：見不仁者誅之，如鷹鸇之逐鳥雀也〔一一〕。趙云：此句又以屬大臣。書：聿求元聖，與之戮力。左傳戮力一心也。舊物森猶在，凶徒惡未悛。哀元年傳：祀夏配天，不失舊物。左傳子家亦無悛志。注：悛，改痞也。趙云：庾信云：兇徒瓦解。國須行戰伐，人憶止戈鋋。言人厭兵革也。光武紀：道未方古，亦止戈之武焉。東都賦：戈鋋彗雲。注：矛矟也。趙云：歐陽率更作類書，有戰伐門，故對戈鋋字。鋋，音時連切，小矛也。奴僕何知禮，恩榮錯與權。前漢衛青傳：人奴之生，得無笞罵足矣。公孫弘傳贊曰〔一二〕：衛青奮於奴僕。言以恩而假奴僕以權，任人之失也。趙云：此則當戰伐之時，必有武夫悍卒立功而蒙寵者。然公爲此句無所畏憚，蓋亦痛悼其弊爾。或云：此句似專指言安禄山不合付以兵柄也。胡星一彗孛，前漢天文志：昴，曰旄頭，胡星也。張晏曰：彗，所以除舊布新也。孛氣似彗也。趙云：此兩句又憫蒼生同受其禍矣。漢天文志又曰「彗孛飛流，日月薄食」是已。黔首遂拘攣。秦始皇更民名曰黔首，謂首之黑也。應劭曰：黔，黧黑也。鄒陽傳：以其能越攣拘之語。漢曹褒傳：諸寮拘攣，難與圖始。注：拘攣，猶拘束。潘安仁西征賦：陋吾人之拘攣。哀痛絲綸切，前漢西域傳贊：武帝末年，遂棄輪臺之地，而下哀痛之詔。禮：緇衣。子曰：王言如絲，其出如綸；王言如綸，其出如綍。煩苛法令蠲。漢高祖約法三章，掃除煩苛。趙云：兩句言代宗之美。上句則言詔書切至也。業成陳始王，詩七月：陳王業也。言因時之變，陳王業之艱難，以警時君也。趙云：以成王比代宗也。兆喜出于畋。齊世家：太公望呂尚，以漁釣于周。西伯將出獵，卜之曰：所獲非熊非彲〔一三〕，非虎非羆，所獲乃霸王之輔。果遇太公於渭陽。宮禁經綸密，台階翊戴全。梁竦傳：宮省事密，莫有知者。台階事，見建都詩注。趙云：此又申言大臣之扶王室如此。易曰：君子以經綸。台階，星也。晉天文志：三台六星，兩兩而居。又曰：三台爲三階也。傳曰：劉琨與段匹磾盟文云：古先哲王，貽厥後訓，所以翊戴天子。熊羆載呂望，鴻雁美周宣。美其能勞來旋定安集也。趙云：前句止云兆喜出于畋，則方往求賢。今云熊羆載呂望，則果得賢而歸矣。鴻雁美周宣，則又用中興之主以美代宗。鴻雁，詩篇名，其序曰：美宣王也。側聽中興主，烝民：任賢使能，周室中興焉。側聽，諦聽也。趙云：自側聽中興主至不敢墜周旋十六句，言王室中興本乎得賢。而下句鄭與李，乃所謂賢者，故吟詠而思之〔一四〕。中興主字，緊結美周宣之句。側聽字，則陸士衡洛道中作云：側聽悲風響。顏延年夏夜詩：側聽風薄木。長吟不世賢。王吉云：欲治之主。不世，出曹子建曰：不世之賢。趙云：長吟，則選有永嘯長吟也。音徽一柱數，梁劉孝綽江津寄劉之遴詩：經過一柱觀，出入三休臺。趙云：一柱觀在荊州。事載渚宮故事〔一五〕。見前渝州詩云：船經一柱觀。注：此言其數通音問也。陸士衡擬古詩云：歡友蘭時往，迢迢匿音徽。道里下牢千。自注：鄭在江陵，李在夷陵。趙云：下牢關在峽州，所以言夷陵也。傳曰：四方之貢賦，道里均焉。道里千，相去千里也。鄭李光時論，文章並我先。陰何尚清省，沈宋欻聯翩。趙云：四子皆以美鄭、李也。陰，則陰鏗；何，則何遜；沈，則沈佺期；宋，則宋之問。陰、何前代，而二公比之，彼尚清省，未爲富艷；沈、宋近代，欻然追逐，與之相聯翩也。字則文賦云：浮藻聯翩，若翰鳥纓繳，而墜層雲之峻也。律比崑崙竹，前漢律曆志：黃帝使伶倫大夏之西，崑崙之陰，取竹嶰谷，斷兩節，間而吹之，以爲黃鐘之宮〔一六〕。音知燥濕絃。伯牙彈琴，意在山，子期曰：巍巍乎；意在水，子期曰：蕩蕩乎。子期死，伯牙遂絶絃。杜正謬云：劉孝標廣絶交論曰：撫絃徽音，未達燥濕變響。又韓詩外傳：趙王曰：夫時有燥濕，絃有緩急。徽指推移，不可記也。風流俱善價，王衍、樂廣，見重於時，天下言風流者，惟王〔一七〕、樂爲首。見晉書。善價字，論語：求善價而沽諸。愜當久忘筌。文賦：誇目者〔一八〕，尚奢；愜心者，貴當。王弼明象曰：猶筌者，所以在魚，得魚而忘筌〔一九〕。趙云：此上四句以言二公之文章。置驛常如此，鄭當時，孝景時爲太子舍人。每五日洗沐，常置驛馬長安諸郊，請謝賓客，夜以繼日，至明旦，常恐不徧。儒行：其自立有如此者。**登龍蓋有焉。**李膺獨持風義，以聲名自高。士有被其容接者，名爲登龍門。趙云：上句以言鄭監之好客，下句以言李賓客之待士。左氏曰：某人有焉。**雖云隔禮數，**左傳：名位不同，禮亦異數。隔，猶不同也。趙云：隔禮數，公自謙，以爲與二公位貌相隔絶也。又任彦昇哭范僕射詩云：平生禮數絶，式瞻在國楨。**不敢墜周旋。**左傳：奉以周旋，罔敢失墜。趙云：已上十六句一段。**高視收人表，**曹子建與楊德祖書曰：足下高視於上京。楊德祖答牋云：自周章於省覽，何遑高視哉？趙云：任彦昇撰王文憲集序曰：經師人表，允兹實望。人表者，言人倫之表也。自高視收人表至佳句染華牋十二句，或併言二公，或分言之。收人表，則收斂之而在己也。**虚心味道玄。**老子：虚其心，實其腹。又云：玄之又玄，衆妙之門。杜補遺：顔延年五君詠云：探道好淵玄。味，若味道之腴之味。**馬來皆汗血，鶴唳必青田。**汗血馬，詳見上注。永嘉記：青田有雙白鶴，年年生子，長便去。謝脁詩：獨鶴方朝唳[二〇]。趙云：以馬比二公，則皆汗血；以鶴比二公，則必青田。於馬言來，字則漢樂歌曰：天馬來。晉書：聞風聲鶴唳也。**羽翼商山起，**趙云：以言李賓客。蓋賓客者，太子官也。故用商山四皓事。見張良傳。**蓬萊漢閣連。**西都賦：脩塗飛閣，自未央而連桂宮。又云：瀛洲、方壺、蓬萊，皆起乎中央。趙云：此句以言鄭監。鄭監者，秘書監也，故用蓬萊字。後漢書曰：學者稱東觀爲老氏藏室，道家蓬萊山。唐秘書監掌圖書秘記，即漢之東觀也。今言爲秘書監，乃在蓬萊山，而其地與漢之宮閣相連，皆在禁中故也。公後有寄題鄭監湖上亭詩，又云：暫阻蓬萊閣，終爲江海人。**管寧紗帽静，**見嚴中丞枉駕過詩注。**江令錦袍鮮。**陳書：江總爲尚書令，能屬文。其文集有山水衲袍賦。趙云：二公之官，一則在東宮，一則在禁省，而皆出於外。言其閑曠，則如管寧之戴紗帽；其宴遊則如江總之着綿袍。江總傳不載錦袍事，其文集自有山水納袍賦。其序云：皇儲監國餘辰，勞謙終宴。有令以納袍降賜，何以奉揚恩德？因題此賦。語有：裁縫則萬壑縈體，針縷則千巖映目，埒符彩於雕焕，並芬芳於蘭菊〔二一〕。則袍之華麗可知。今公云錦袍，則以其華麗如錦也。東郡時題壁，南史：柳惲詩云：亭皋木葉下，隴首秋雲飛。琅琊王融見而嗟賞，因題于壁。南湖日扣舷。舷，船唇也。扣，擊也。郭璞江賦：詠採菱以扣舷〔二二〕。選賦：鳴根扣舷〔二三〕。說文曰：根，高木也，以長木扣舷爲聲而歌也。又驚魚令入網也。趙云：上句似專言李賓客，以成江令錦袍之句；下句似專言鄭監，以成管寧紗帽之句。何以知之？其後有寄題鄭監湖上亭三首，又有暮春陪李尚書過鄭監湖亭泛舟一首，又有重泛鄭監前湖一首，以是知南湖日扣舷者，專言鄭監也。遠遊凌絶境，遠遊，屐名，洛神賦曰：踐遠遊之文履。古詩云：足下雙遠遊。是也。佳句染華牋。華牋，蜀郡彩牋也〔二四〕。趙云：楚詞有遠遊賦〔二五〕。世說：孫興公作天台賦，以示范榮期。每至佳句，則曰：是我輩語。上十二句一段。每欲孤飛去，謝惠連雪賦：瞻雲雁之孤飛。徒爲百慮牽。江淹詩：撫枕懷百慮。又云：歲暮百慮交。趙云：自每欲孤飛去，至蕭疎聽晚蟬十八句，因言二公之遊賞，欲往從之而不得，爲思慮之所牽役爾。江總秋日登廣州城南樓詩：不及孤飛雁，獨在上林中。易云：一致而百慮。生涯已寥落，生涯，言己之生計也。寥落，無所成也。國步尚迍邅。尚，舊作乃，師民瞻取作尚。桑柔詩：國步斯頻。易：屯如邅如。難行不進之貌。趙云：莊子：吾生也有涯。王無功詩：人世何勞隔，生涯故可知。謝玄暉京路夜發詩云：曉星正寥落。班固幽通賦：迍邅與蹇連兮，何艱多而智寡。衾枕成蕪没，池塘作棄捐。平生多病，卜築遺懷。已上自注。國步亂離，故寢處宴安之地，皆蕪没而棄捐也。趙云：詩：角枕粲兮，錦衾爛兮。謝靈運：池塘生春草。別離憂怛怛，怛怛，傷慘不安貌。趙云：楚辭：悲莫悲兮生別離。詩：憂心忡忡。又，勞心怛怛。是也。伏臘涕漣漣。臘者，夏曰嘉平，殷曰清祀，周曰大蜡，漢改爲臘。伏臘，人所以祭祀，公所以感也。史記：秦德公始爲伏。杜補遺：曆忌釋及左傳、風俗通等三百餘言，卻成伏與臘門類之書。夏之有伏，冬之有臘，乃歲時之常也。禮記有烝嘗伏臘，而何至支離引證之多耶。詩云：

泣涕漣漣。露菊班豐鎬〔二六〕，西征賦：徘徊豐鎬。秦紀：豐鎬之間，帝王之都也。秋蔬一作菰。影澗瀍。豐鎬，在長安；澗瀍，在洛陽。皆公生涯所在之鄉也。趙云：公前所謂兩京猶薄產也。酆鎬是兩字。周文王都酆，武王都鎬是也。澗瀍，二水名。禹貢云：東北會于澗瀍。洛誥云：我乃卜澗水東、瀍水西，惟洛食。共誰論昔事，幾處有新阡。風俗通：南北曰阡，又謂之冢。趙云：新阡，以言墳墓。前漢：原涉名其母墓曰南陽阡。是也。富貴空回首，言富貴外物，轉頭即陳跡爾。喧爭懶著鞭。趙云：劉琨云：常恐祖生，先吾著鞭也。兵戈塵漠漠，江漢月娟娟。時天下亂離，惟江漢可以避難。鮑明遠翫月詩：娟娟似蛾眉。趙云：兵戈字，前漢戾太子傳贊。詩：文王之道，被于南國，美化行乎江漢之域。公在夔，於江漢之水爲近，故可以月系之。選詩有云：生煙紛漠漠。又云：娟娟新月體。今摘而用之。局促看秋燕，局促，言不得自肆〔二七〕也。看秋燕〔二八〕，言欲歸而未得也。仲長統云：人事可遺〔二九〕，何爲局促。趙云：漢武帝曰：局促如轅下駒〔三〇〕。蕭疏聽晚蟬。宋玉九辯云：蟬寂寞而無聲。趙云：謝惠連泛南浦至石帆云：蕭疏野趣生，逶迤白雲起。雕蟲蒙記憶，揚子雲曰：童子雕蟲篆刻。俄而曰：壯夫不爲也。烹鯉問沈綿。古詩云：客從遠方來，遺我雙鯉魚。呼兒烹鯉魚，中有尺素書。趙云：言二公記憶其能詩，又數遣人致書尺以問其病體也。沈綿者，久疾之狀。王無功久客病歸詩云：沈綿赴漳浦〔三一〕。卜羡君平杖，嚴君平卜筮於成都市，以爲卜筮者賤業，而可以惠人。有邪惡非正之問，則依著龜爲言利害，各因勢導之，以善從吾言者，已過半矣。日閲數人，得百錢足自養，則閉肆下簾而授老子。又阮修宣子常以百錢掛杖頭，至酒店，便獨酣暢〔三二〕。偷存子敬氈。趙云：言被寇盜之餘，所存無幾。晉王獻之夜臥齋中，而有偷人入室，盜物都盡。獻之徐曰：偷兒，青氈我家舊物，可特置之。群盜驚走。囊虛把釵釧，米盡拆花鈿〔三三〕。趙云：公自言貧窘之狀也。把釵釧、拆花鈿，皆言貨易之爾。囊虛，即錢囊空虛也。甘子陰涼葉，茅齋八九椽。趙云：指言瀼西茅屋也。陰涼對八九，此又不拘以數對數之證爾。陣圖沙北岸，桓溫傳：初諸葛亮造八陣圖於魚復平沙之上，壘石爲八行，相去二丈。溫見之，謂之常山蛇勢。市暨瀼西巔。自注：八陣圖、市暨，夔人語也。江水横通山谷處，方人謂之瀼（三四）。羈絆心常折，江淹別賦曰：心折骨驚（三五）。棲遲病即痊。趙云：言平昔每爲事物羈絆，故其心常折。今得棲遲，可以養病而痊癒也。莊子云：予病少痊。紫收岷嶺芋，一云紫秧岷下芋。前漢貨殖傳：蜀卓氏曰：吾聞岷山之下，沃野千里。下有蹲鴟，至死不飢。師古曰：蹲鴟，謂芋也。趙云：蓋其種自岷嶺來爾。白種陸池一作家。蓮。趙云：陸池蓮，師民瞻本取之，乃陸地所開之池也。色好梨勝頰，穰多栗過拳。蜀都賦：紫梨津潤，樼栗罅發。趙云：上四句皆紀瀼西草堂所有。勑廚唯一味，求飽或三鱣。趙云：王羲之傳：有一味之甘，割而分之。揚震傳：雀銜三鱣魚，飛集講堂。鱣，一音善。兒去看魚笱一云俗異鄰蛟室。，詩云：敝笱在梁。又云：毋發我笱。注云：捕魚梁也，故合使魚笱字。人來坐馬韉。一云朋來坐馬韉。戰國策云：蘇秦少與張儀爲友。秦在趙爲相，儀至趙，使人白秦。秦心激之，令儀於城東門外，坐以破馬韉，進之鹿食。儀憤乃西入秦。昭王善之，拜爲相，儀歎曰：馬韉之事，乃至是乎？人來坐馬韉，言貧無坐席也。縛柴門窄窄，通竹溜涓涓。縛柴爲門也，通竹以引泉爾。淵明辭：泉涓涓而始流。塹抵公畦稜，自注：京師農人指田遠近多云幾稜。稜，岸也，音去聲。村依野廟壖。晁錯傳：鑿太上廟。堧垣，師古曰：堧者，內垣之外游地也。人緣反。趙云：公又有自注：廟壖者，廟外垣餘地也。按申屠嘉傳：晁錯爲內史，門東出不便，更穿一門南出者，太上皇廟堧垣也。缺籬將棘拒，倒石賴藤纏。拒，猶言補塞也。

借問頻朝謁，何如穩晝眠。趙云：自此已下八句〔三六〕，又言其嬾不出仕也。邊孝先，腹便便，懶讀書，晝日眠。誰云行不逮，語曰：古者言之不出，恥躬之不逮也。自覺坐能堅。馬援曰：大丈夫窮當益堅，老當益壯。霧雨銀章澀，趙云：公時已朱紱銀章，既不服之久，所以昏澀也。公詩又有銀章破在腰之句。馨香粉署妍。趙云：公時爲尚書工部員外郎，今不在省中，徒言其官署之美。謂之馨香者，以其含香握蘭也。一謂之蘭省，亦謂之畫省，以粉塗畫，故言粉署。紫鸞無近遠，黄雀任翩翾。趙云：上句以譬高材之人，則不論遠近而往。下句則公自謙，如黄雀之小，徒任卑飛而已。公又有聽許十一誦詩云：紫鸞自超詣。可見矣。梁簡文望月詩：可憐無遠近，光照悉徘徊。又戰國策：劇辛曰：黄雀俯啄白粒，仰栖茂樹，鼓翅奮翼，自以爲與人無争；不知公子王孫左挾彈，右攝丸，以其頭爲的。晝遊茂樹，夕調酸鹹爾。困學違從衆，明公各勉旃。上句言與俗俯仰而已。孔子拜下違衆，麻冕從衆。又揚惲傳〔三七〕：方當盛漢之隆，願勉旃，無多談。言子當自勉勵，以立功名。不須多爲我言也。趙云：自困學違從衆，至青簡爲誰編十二句，因言己之局促，而勉二公之爲功名也。揚子曰：困而不學，斯爲下矣。聲華夾宸極，早晚到星躔。上句言李鄭聲華，足以夾輔宸極。下句取郎官象列星，諸侯象四七；宰相法三台，皆星躔。早晚，言非久拔用之也。趙云：謝安傳：宮室體宸極。懇諫留匡鼎，諸儒引服虔。匡衡傳：諸儒語曰：無説詩，匡鼎來。匡説詩，解人頤。服虔曰：言匡且來也。應劭曰：鼎，方也。師古曰：服、應二説是。傳載匡言日食事甚切到。後漢儒林傳：服虔少以清苦建志，入太學受業，善著文，舉孝廉。趙云：以言二公也。不逢一作過。輸鯁直，會是正陶甄。趙云：若留匡鼎而引服虔，則亦不過用鯁直以進，當爲正陶甄之化耳。史云：樂軟熟而憎鯁直。宵旰憂虞軫，黎元疾苦駢。趙云：前漢傳：宵衣旰食。傳曰：舉賢良，問民疾苦。雲臺終日畫，青簡爲誰編？趙云：既能如上兩句解天子之憂，救黎庶之苦，則功名成矣，可畫像於雲臺，而書名於史册也。杜補遺：後漢：馬援傳：顯宗圖畫建武中名臣列將于雲臺〔三八〕。青簡者，殺竹青爲簡也。吴祐父恢爲南海大守，殺青簡寫書。注：殺青，以火炙簡，令汗，取其青易書。劉向别録：治青竹作簡書，謂之青簡。蓋出文選劉孝標書李善注。行路難何有，招尋興已專。趙云：自行路難何有至末句，蓋叙述其將離夔而往從二公南下，歷訪佛寺，尋問佛法以終老也。古詩有行路難。由來具飛檝，木玄虚海賦：飛迅鼓檝。暫擬控鳴弦。西域傳：控弦者十餘萬。趙云：此兩句通義，言檝飛之疾，如箭之往也。韓退之有劈箭疾。匈奴傳有控弦之士。身許雙峰寺，門求七祖禪。杜補遺云：釋氏要覽云：曹溪在韶州雙峰寺下，昔晉武侯曹叔良宅也。又云：按佛書：毗婆尸佛、尸棄佛、毗舍浮佛、拘留孫佛、拘那含牟尼佛、迦葉佛、釋迦牟尼佛，謂之天竺七祖。其所説七偈乃禪源也。自達磨至慧能，謂之中華六祖，與子美同時先後人耳。趙云：謂之門求，則所求之法門也。落帆追宿昔，衣褐向真詮。趙云：於彼處帆落，乃是宿昔之願。落帆即收帆也。其衣褐之身，專爲依向真詮也。天台賦：被毛褐之森森。孟子：皆衣褐，梱屨。褐者，布衣也。真詮，佛法也。安石名高晉，自注：鄭高簡，得謝太傅之風。昭王客赴燕。自注：李宗親，有燕昭之美。燕，周之裔。趙云：以安石比鄭，以燕昭比李，言所經當與鄭李相會。途中非阮籍，阮籍時率意獨駕，不由徑路，車跡所窮，輒慟哭而反〔三九〕。查上似張騫。因話録：漢書載張騫窮河源。言其奉使之遠也。乘槎事，見張華博物志。一句公自謂也。披拂一作晤。雲寧在，衛瓘見樂廣曰：瑩然若披雲霧而覩青天也。淹留景不延。劉安招隱士詩云：援桂枝兮聊淹留〔四〇〕。趙云：一相見，便當相別也。選云：步幽蘭以披拂。一作披晤，非。披拂乃兩字，故對淹留。離騷經云：又何可以淹留。風期終破浪，水怪莫飛涎。趙云：兩句通義，言我之風期必破浪而往，告爾水怪毋爲孽也。南史：宗慤曰：願乘長風破萬里浪。孔子曰：水之怪龍罔象也。海賦：其垠則有天琛水怪，鮫人之室。江賦：揚鬐掉尾，噴浪飛涎。

他日辭神女，宋玉有神女賦，廟在巫山。傷春怯杜鵑。蜀都賦：鳥生杜鵑之魄(四一)。見華陽風俗録。趙云：既申言其離夔州，而於巫峽辭神女之日，當在暮春杜鵑鳴時也。

淡交隨聚散，禮：君子之交淡如水。澤國遶迴旋。言地多陂澤，故云澤國。趙云：此二句又申言見二公交友，當如水之淡，可聚可散，不必戀著，如小人之甘不忍離也。江陵而往，皆水澤之國矣。言其別二公之後，而淹留於江漢也。

本自依迦葉，王簡栖頭陁寺碑：以法師景行大迦葉，故以頭陁爲稱首佛大弟子也。何曾藉去聲。偓佺。列仙傳：偓佺，槐里采藥父也。食松實，形體生毛數寸，能飛行逐走馬。甘泉賦云：雖方征僑與偓佺兮，猶彷彿其若夢。趙云：迦葉，摩竭陁國人，姓婆羅門。於七佛之外，爲天竺二十五祖之首，具見傳燈録。偓佺以松子遺堯，堯不服(四二)，時受服者皆三百歲。白樂天詩曰：海山不是吾歸處，歸即應歸兜率天。亦言事佛而不學仙也。

鑪峰生轉眄，廬山東南有香鑪山，孤峰突起，遊氣籠其上，氛氲若香煙焉。橘井尚高褰。神仙蘇耽種橘鑿井以救鄉里之疫病者，以井泉服一橘葉即已。趙云：鑪峰，在江州，蓋名山也。周景式廬山記曰：匡俗，周威王時，生而神靈。廬於此山，稱廬君，故山取號焉。酈道元據列仙傳云：耽，郴州人，則橘井在郴也。其井在馬嶺山上，故云高褰也。嵇康四言曰(四三)：組帳高褰。今此借用耳。夔州至鑪峰，一水而下，故云轉眄(四四)。公嘗有詩曰(四五)：轉盼拂宜都。鑪峰在江州，橘井在郴州，路既不同，未得見之，爲尚高褰也(四六)。

東走窮歸鶴，見卜居詩歸羨遼東鶴注。南征盡跕鳶。馬援傳云：吾在浪泊、西里間，虜未滅之時，下潦上霧，毒氣薰蒸，仰視飛鳶跕跕墮水中，卧念少游平生時語，何可得也。趙云：搜神記：遼東城門華表柱，忽有白鶴來集。歌曰：有鳥有鳥丁令威，去家千年今來歸。南征，向南而行也。梁張纘有南征賦。此上四句，蓋公之所欲遊行者。

晚聞多妙教，卒踐塞前愆。妙教，釋典也。釋書云：能修其教者，足以追塞宿業也。

趙云：言晚年所聞多在於妙教，而畢竟欲踐履之，以塞前日之愆過也。莊子云：若丘之晚聞道也。天台山賦序云：卒踐無人之境。**顧愷丹青列，**晉顧愷之尤善丹青，圖寫特妙，謝安深重之〔四七〕，以爲有蒼生以來〔四八〕，未之有也。**頭陀琬琰鐫。**姓氏英賢録云：王中，字簡栖，作頭陀寺碑文。頭陀寺者，沙門釋惠宗之所立也。敢寓言於雕篆庶髣髴乎，衆妙琬琰鐫碑也。杜補遺：釋氏要覽云：梵言杜多，漢言抖擻，謂三毒之塵，能坌汙心，此人能振掉除去〔四九〕。今頭陀稱呼之誤也。趙云：上句言寺中之畫，下句言寺中之碑。愷之常畫瓦棺寺維摩詰像最有名。公以佛寺之畫，當求如愷之者而觀之。寺中之碑，求如簡栖者而作之。**衆香深黯黯，**法華經云：曉燒衆名香。天台賦云衆香馥以揚煙〔五〇〕。**幾地肅芊芊。**潘岳籍田賦：蟬冕熲以灼灼兮〔五一〕，碧色肅其芊芊。趙云：上句又以言佛寺如衆香國之香，其深黯黯。維摩經曰：上方界分過四十二恒河沙。佛土有國，名衆香，佛號香積。潘岳在懷縣作曰：稻栽肅仟仟。注云：與芊芊同。**勇猛爲心極，**佛書云：勇猛精進。**清羸任體孱。**陳書：姚察居憂齋素日久，後主見察柴瘠，爲之動容，勑曰：卿羸瘠如此，齋菲累年，不宜一飯，有乖將攝也。趙云：兩句通義，言心極於聞道，而不管病體之羸弱也。顧野王傳：體素清羸。**金篦空刮眼，鏡象未離銓。**一云平等未離銓。涅槃經云：如目盲人爲治目，故造詣良醫。即以金篦刮其眼膜。趙云：法苑珠林載一實事：後周張元，其祖喪明。元憂泣，因讀藥師經云：盲者得視之言，遂命僧誦經。七日，夢一翁以金篦療其祖目，曰：三日必差。又維摩經云：如鏡中像。詩句蓋言求聽佛法之論，若金篦雖可以刮眼中之膜，而執鏡中之像以爲實有，則未離銓量之間。公於此又高一著，而遺行役之累也。

【校勘記】

〔一〕「夔府」，文淵閣本、文津閣本、文瀾閣本、清刻本、排印本作「夔州」。

〔二〕「精」，文瀾閣本、清刻本、排印本作「鐵」。

〔三〕「雌雄」，文淵閣本作「雄雌」。

〔四〕「鹽井」，「鹽」原作「監」，「井」字奪，據文瀾閣本、清刻本、排印本補訂。

〔五〕「溪」，文瀾閣本、清刻本、排印本作「㶉」。

〔六〕「綵」，文淵閣本、文瀾閣本、清刻本、排印本作「十」。

〔七〕「則」，文瀾閣本、清刻本、排印本作「時」。

〔八〕「物」，文瀾閣本、清刻本、排印本作「故」。

〔九〕「莫不」，文瀾閣本、清刻本、排印本作「皆」。

〔一〇〕「運」，文淵閣本、文津閣本、文瀾閣本、清刻本、排印本作「室」。

〔一一〕「又子産問然明焉政」以下二十四字，文淵閣本、文津閣本、文瀾閣本、清刻本、排印本無。案，春秋左傳注襄公二十五年作：「子産始知然明，問爲政焉。」

〔一二〕「弘」，原作「洪」，文瀾閣本、清刻本、排印本作「宏」，係避諱，此改。以下均同。

〔一三〕「熊」，文瀾閣本、清刻本、排印本作「羆」。

〔一四〕「吟詠」，文瀾閣本、清刻本、排印本作「吟」。

〔一五〕「渚宫故事」前，原奪「事載」二字，據文瀾閣本、清刻本、排印本補。

〔一六〕「律曆志」，原作「律歷志」，檢「黄帝使伶倫大夏之西」以下五句，漢書卷二十一作「律曆志」，據改。

〔一七〕「惟」，文瀾閣本、清刻本、排印本作「以」。

〔一八〕「目」，文瀾閣本作「日」，訛。

〔一九〕「得魚而忘筌」，文瀾閣本作「而忘筌忘筌」，訛。

〔二〇〕「謝朓」，原作「鮑明遠」，考「獨鶴方朝唳」句，文選卷二十七、齊詩卷三作謝朓敬亭山詩，當是誤置，據改。

〔二一〕「蘭菊」，文淵閣本、文津閣本作「菊蘭」。

〔二二〕「詠」，文淵閣本、文津閣本奪。

〔二三〕「舷」，文淵閣本作「船」。

〔二四〕「也」，文瀾閣本、清刻本、排印本無。

〔二五〕「賦」，文瀾閣本、清刻本、排印本作「篇」。

〔二六〕「班」，文瀾閣本、清刻本、排印本作「斑」，訛；二王本杜集卷十五、錢箋卷十五皆作「班」，可證。

〔二七〕「肆」字下，文瀾閣本、清刻本、排印本有「也」字。

〔二八〕「看」，文淵閣本、文津閣本無。

〔二九〕「遺」，後漢書卷四十九仲長統傳及漢詩卷七仲長統詩作「遣」。

〔三〇〕「漢武帝」，原作「漢景帝」，參見本集卷一苦雨奉寄隴西公王徵士校勘記〔五〕。

〔三一〕「漳浦」下，文瀾閣本、清刻本、排印本有「也」字。

〔三二〕「暢」，文淵閣本、文津閣本、文瀾閣本、清刻本、排印本作「飲」。

〔三三〕「拆」，文淵閣本、文津閣本作「折」，二王本杜集卷十五、錢箋卷十五作「坼」。

〔三四〕「八陣圖市暨」四句，文瀾閣本、清刻本、排印本作「峽人目市井泊船處曰市暨江山横通江谷處謂之瀼」。

〔三五〕「折」，原作「圻」，據文淵閣本、文津閣本、文瀾閣本、清刻本、排印本改。

〔三六〕「八」，底本漫滅，據文淵閣本、文津閣本、文瀾閣本、清刻本、排印本補。

〔三七〕「揚惲」，文津閣本作「揮惲」，訛。

〔三八〕「名臣列將」，文淵閣本、文津閣本、文瀾閣本、清刻本、排印本作「名將列臣」。

〔三九〕「慟」，文淵閣本、文津閣本、文瀾閣本、清刻本、排印本作「痛」。

〔四〇〕「攀」，原奪，據文瀾閣本、清刻本、排印本並參文選卷三三招隱士補。

〔四一〕「杜鵑」，文選卷四、全晉文卷七十四蜀都賦作「杜宇」。

〔四二〕「堯」，文淵閣本、文津閣本、文瀾閣本、清刻本、排印本無。

〔四三〕「曰」，文瀾閣本、清刻本、排印本作「詩」。

〔四四〕「夔州至鑪峰」，原作「匡俗之鑪峰」，文義扞格難通，當係傳鈔之誤。據文瀾閣本、清刻本、排印本改。

〔四五〕「公」上，文瀾閣本、清刻本、排印本有「又」字。

〔四六〕「爲」，文瀾閣本、清刻本、排印本作「故曰」。

〔四七〕「謝安」，文瀾閣本、清刻本、排印本作「謝太傅」。案，謝安，字安石，孝武帝時位至宰相。卒，贈太傅。

〔四八〕「爲」，文瀾閣本、清刻本、排印本作「謂」。

〔四九〕「振」，文瀾閣本、清刻本、排印本作「坌」。

〔五〇〕「云」，原作「去」，據文瀾閣本、清刻本、排印本改。

〔五一〕「冕」，原作「晃」，據文瀾閣本、清刻本、排印本並參文選卷七籍田賦改。

贈李八秘書別三十韻

往時中補右，扈蹕上元初。扈，扈從也。蹕，嗚蹕也，天子之出，嗚蹕以清道。後漢輿服志：蘭臺令史皆執蹕以督整車騎，謂之護駕。趙云：首兩句指言李秘書也。唐制，補闕、拾遺有左、有右，掌供奉、諷諫、扈從、乘輿。今云往時中補右，則在中爲右補闕矣。王立之詩話載潘子真云：杜詩有「往時中補右，扈蹕上元初」，然少陵罷拾遺時是至德後。李太沖以年譜考之，信然。子真以爲扈蹕主上之初元耳。杜時可補遺亦云：天寶十五載丁酉七月，肅宗即位於靈武，改至德元載。是時，子美自賊中竄歸鳳翔，拜左拾遺，而扈從乘輿也。乾元元年己亥，移華州司功。乾元二年棄官，自秦入蜀。上元元年辛丑，二年壬寅，並在蜀郡。以此考之，扈蹕上元初，非年號也。王定國謂扈蹕於上之初元，乃至德元載耳。若在梓州寄題草堂云：經營上元始，斷手寶應年，自當作年號。杜乃以天寶十五載爲丁酉，比之編年通載差太歲一年，其下遞相差。蓋編年通載：天寶十五載乃丙申也。然諸公云云，於講上元初三字頗是，但不知何故，却以爲子美自言乎？是不省悟杜公乃爲左拾遺，而此云中補右，則言右補闕耳。却豈是杜公耶！又不省悟下段云：不才同補袞，是説與李秘書同在補袞之職也。如此，則非李秘書爲右補闕而公爲左拾遺乎？謂之往時，則追言至德初之事也。

反氣凌行在，反氣，謂寇賊之氣也。天子所幸，謂之行在。趙云：肅宗即位靈武，駐蹕于鳳翔，故謂之行在。反氣，指言安禄山也。

妖星下直廬。陸機詩云[一]：厭直承明廬。趙云：直廬，則從官所直之廬。梁蕭子雲有歲暮直廬賦。妖星，亦指言賊，其名曰彗，曰孛，備載晉天文志。

六龍瞻漢闕，易：時乘六龍以御天也。蕭何作漢宮闕。

萬騎略姚墟。蔡邕獨斷曰：大駕備千乘萬騎。帝王世紀曰：瞽瞍之妻曰：握登生舜于姚墟，故得姓於姚氏也。趙云：上句言乘輿在鳳翔，而瞻望長安之闕；下句則先遣騎兵略河中府而靜之矣。六龍、萬騎，皆在天子言之。謂之漢闕，則漢之舊都宮闕也。河中府則漢之蒲坂，舜所都也。

玄朔迴一作巡。天步，詩：天步艱難。

神都憶帝車。武后以東都爲神都。時天子尚在蜀，故言憶。又後漢輿服志言北斗攜龍角，爲帝車也[二]。趙云：車駕十月還長安。玄朔，則玄冬之朔。神都，則天子所居，乃神明之都也。憶帝車者，非止憶望上皇之車而已。詩兩句通義，言冬之朔望。迴天步者，以神明之都，憶望帝車故也。

一戎纔汗馬，書：一戎衣而天下大定。公孫弘：臣愚駑，無汗馬之勞。

百姓免爲魚。左傳

昭元年：劉子曰：美哉禹功，明德遠矣。微禹，吾其爲魚乎。趙云：此專言肅宗親治兵以平禍亂。光武紀：百萬之家，可使爲魚。已上説車駕之還京。**通籍蟠螭印，**通籍注：籍者，爲二尺竹牒，記其年紀、名字、物色，懸之宮門。案省相應，乃得入。蟠螭，謂印鼻鈕上文也。晉陽春秋曰：重光照洞微，上蟠螭文隱起。薛云：右按漢舊儀：天子六璽，皆玉螭虎鈕也。**差肩列鳳輿。**趙云：此兩句方言李補闕之扈從。鳳輿，指言乘輿。與諸侍從之臣，肩相摩而羅列於其側也。**事殊迎代邸，**高祖崩，呂産欲危劉氏。周勃與丞相陳平〔三〕、朱虚侯劉章共誅諸呂，遂奉天子法駕，迎代王於代邸，立爲孝文帝。**喜異賞朱虚。**朱虚侯，劉章也。趙云：兩句通義。肅宗以皇太子爲天下兵馬元帥，北收兵至靈武。裴冕等奉皇太子即皇帝位。與漢文帝從代王入爲天子，事體不同，故著殊字與異字也。**寇盜方歸順，**謂歸降納款也。**乾坤欲晏如。**言寧静也。趙云：此兩句結肅宗還京而禍亂削平也。**不才同補衮，**謂作拾遺也。**奉詔許牽裾。**魏辛毗。文帝欲徙冀州士家十萬户實河南〔四〕，毗諫，帝怒不答，起入。毗隨而引其裾。趙云：詩：衮職有闕，惟仲山甫補之。公爲左拾遺，與補闕之職皆是掌供奉諷諫，故云同補衮，云許牽裾也。諸公説杜詩者，不知詳味詩意，便以謂首句中補右爲公之爲拾遺〔五〕，不知讀至此，却乃云同補衮，以爲何義耶？**鴛鷺叨雲閣，**古詩：廁跡鴛鷺行。謂侍從列也。潘安仁：高閣連雲。**騏驎滯玉除。**一作石渠。謂李秘書也。趙云：上句又申言其在朝與李秘書同列也。下句却指李秘書如騏驎駿馬，留滯於石渠而不遷擢也。玉除字，當以石渠爲正。蓋下文押除字也〔六〕。漢東觀石渠，正是校書之所，其指言李秘書尤明。**文園多病後，**司馬相如傳：相如有消渴病，嘗爲孝文園令。**中散舊交疎。**嵇康爲中散大夫。趙云：上句又以司馬相如自比其消渴也。下句又自比爲嵇康與呂安、向秀爲交最善，而今隔絶，所以嘆其疎也。**飄泊哀相見，平生意有餘。風煙巫峽遠，臺榭楚宮除。**一作虚。趙云：漂泊哀相見，則公自言其與李秘書昔日同侍從之班，其後漂泊，知再會聚於夔〔七〕，相與道平生，其意氣固有餘也。故下有巫山、楚宮之句。楚宮虛，一作除，宜以除爲正。蓋上已押朱虛韻矣。除，則亦蕩除而不存也。觸目非論故，新文尚起予。趙云：上句則嘆李秘書之外，滿目皆非故舊，不可與論故事，不可與言故地。舊注便引顏延年詠阮步兵詩云：物故不可論。此義自説阮嗣宗口不評論、臧否人物，何干此事？恐惑學者。下句又言李秘書之文，尚能起予也。孔子曰：起予者，商也。清秋凋碧柳，別浦落紅蕖。此兩句紀與李秘書相見之時。消息多旗幟，高祖紀：張旗幟於山上爲疑兵。經過歎里閭。爲經喪亂，里閭多凋敝也。趙云：上句爲大曆二年，秋九月，吐蕃寇靈州，又寇邠州。又言兵所過無不殘擾，公之鄉里爲近，可爲慨嘆也。戰連脣齒國，僖公五年，晉侯假道於虞以伐虢。宮之奇諫曰：虢，虞之表也，虢亡，虞必從之。此所謂輔車相依，脣亡齒寒者，其虞、虢之謂乎？軍急羽毛書。魏武帝奏事曰：若有急〔八〕，則插羽於檄，謂之羽檄。趙云：脣齒之國，既被其害，宜乎檄書之奔馳也。幕府籌頻問，自注云：山劍元帥杜相公，初屈幕府參籌畫。相公朝謁，今赴後期也。山家藥正鋤。自注云：秘書北卧青城山中。趙云：相公，杜鴻漸也。永泰元年歲在乙巳，崔旰殺郭英乂。西蜀大亂。次歲，命鴻漸以宰相兼成都尹，充山劍川副元帥，劍南西川節度使，以鎮撫之。既而今歲大曆二年，請入覲。許之。問籌、劚藥之句，公自有本注。蓋杜相公自到任後，雖頻有屈致李秘書充幕府之命，而李侯方且在青城山鋤藥不起也。台星入朝謁，使節有吹噓。趙云：台星入朝，正言杜相公之入覲，必薦舉之也。西蜀災長弭，南翁憤始攄。趙云：上句憂吐蕃能爲西蜀之患。前年陷松、維州，西蜀不爲不被其災。若能弭除西蜀之災，而後可以攄南翁之憤。公客於楚，故以南翁自謂也。前漢項籍傳：南公稱曰：楚雖三户，亡秦必楚。注：南公，南方之老人也。今字雖用翁，實此義矣。對敭抗士卒，益稷曰：時而颺之。注：揚，舉也。畢命：對揚文、武之光命。注：揚，舉也。詩：對揚王休。乾没費倉儲。張湯始爲小吏乾没，與長安富賈田甲、魚翁叔之屬交私。趙云：其對敭之所抗舉，必以士卒爲言者，爲其乾没而費廩食也。乾没，謂成敗也，或者直爲是陸沈兩字，言乾地沈没其利爾。今公所用，疑出於此。勢藉兵須用，功無禮忽諸。趙云：上既云乾没費倉儲，則當去兵而後食可無費〔九〕。然兵未可去，故云勢藉兵須用。公之意以杜相公必有策以減兵而省食也。下句言朝廷得杜相公必有厚禮矣。左傳：皋陶庭堅不祀忽諸。御鞍金騕褭，宮硯玉蟾蜍。漢書音義曰：騕褭者，神馬也，赤喙，黑身，與飛兔同，明君有德則至。西京雜記：晉靈公冢甚環壯，四角皆以石爲獲。大棺器無復形兆，尸猶不壞。孔竅中皆有金玉，其他器物朽爛不可別，惟有玉蟾蜍一枚，大如拳，腹空，容五合水，光潤如新玉。拜舞銀鉤落，銀鉤字也，猶言詔書也。恩波錦帕舒。西京雜記言秘閣圖書，皆表以牙籤，覆以錦帕。趙云：四句則朝廷所以寵賜相公之物。金騕褭，賜之以馬也。武帝鑄金爲褭蹄，故駿馬得謂之金騕褭。玉蟾蜍，賜之以硯滴也。拜舞銀鉤落，所以成宮硯玉蟾蜍之句。既拜舞以受賜，則用之揮染，而字畫如銀鈎之落矣。索靖論書曰：婉若銀鉤，漂如驚鸞。恩波錦帕舒，所以成御鞍金騕褭之句。蓋恩波所及，併御鞍而賜焉，於是又蒙覆之以錦帕也。梁丘遲侍宴詩：肅穆恩波被。此行非不濟，良友昔相於。趙云：言李相繼隨杜趨朝，非不有濟如同舟共濟之義。李爲杜之良友，宿昔最相得，則必推薦之矣。又所以成使節有吹噓之句。相於字，出選。去棹依顏色，沿流想疾徐。趙云：以言李之舟行也。沈綿疲井臼，馮衍傳：兒女常自操井臼。倚薄似樵漁。趙云：公以言其卧病也。病之沈綿，則不能服井臼之事。井，汲也；臼，舂也。古列女傳載：周南之妻曰：親操井臼。謝靈運詩云：拙疾相倚薄，還得静者便。言留滯于夔，即是依倚止薄，如樵夫、漁父然也。乞米煩佳客，乞字，公自注：去聲。鈔詩聽小胥。小吏也。趙云：自我求人謂之乞。自人與我謂之乞，則音氣也。詩云：於焉嘉客〔一〇〕。佳客即嘉客也〔一一〕。周禮有小胥之官。雖是官名，今言乃胥史也。杜陵斜晚照，漢宣帝葬杜陵，去長安南五十里。潏水帶寒淤。潏，音決，水名也。上林賦：豐鎬潦潏之淤。杜陵、潏水，公之故里。潏水在長安縣南十里，東自萬年縣界流入。莫話青溪髮，蕭蕭白映梳。趙云：四句因李君之行趨長安，遂起懷鄉之念。青溪，言溪水之色青爾。謝莊詩云：青溪如委黛。

【校勘記】

〔一〕「陸機」，文淵閣本、文津閣本作「陸幾」，訛。

〔二〕「爲帝車也」，文淵閣本作「角爲帝卓也」，訛。

〔三〕「與」，原作「爲」，文瀾閣本、清刻本、排印本改。

〔四〕「家」，文瀾閣本、清刻本、排印本作「民」。

〔五〕「爲拾遺」之「爲」字，文瀾閣本、清刻本、排印本作「右」。

〔六〕「文」，原作「又」，據文津閣本、文瀾閣本、清刻本、排印本改。又，文淵閣本作「文文」，衍一「文」字。

〔七〕「知」，文瀾閣本、清刻本、排印本作「及」。

〔八〕「若」，文瀾閣本、清刻本、排印本無。

〔九〕「無費」，文淵閣本、文津閣本奪「無」字，文瀾閣本、清刻本、排印本作「省」。

〔一〇〕「嘉」，文淵閣本、文津閣本作「佳」，訛。

〔一一〕「嘉」，文津閣本作「佳」，訛。

寄劉峽州伯華使君四十韻

峽内多雲雨，秋來尚鬱蒸。高唐賦：旦爲朝雲，暮爲行雨。應璩書：處凉臺而有鬱蒸之煩。趙云：上句普言三峽一帶之地，與「忠州三峽内」同義。下句謂楚地之多熱也。遠山朝白帝，見上白帝城詩注。深水謁一作出。夷陵。峽州有夷陵縣。趙云：上句説夔州，蓋公之所在也。下句説峽州，劉使君之所在也。謁，或作出，非。蓋水至夷陵而愈深，所以謂之謁，用對朝字爲工爾。遲暮嗟爲客，西南喜得朋。易：西南得朋。趙云：上句所以成在白帝之句，下句所以成望夷陵之句。楚詞：傷美人之遲暮。陸士衡歎逝賦：托末契於後生，余將老而爲客。得朋，指言劉使君。大抵四川皆在中州之西南，文人於恰好處不放過。一句説夔，一句説峽，此亦雙紀格。哀猿更起坐，落雁失飛騰。趙云：上句謂聞猿嘯之聲悲哀，不覺起坐。更，平聲。下句則以譬其身如雁之落，而困於飛翔也。伏枕思瓊樹，江淹古别離云：願一見顔色，不異瓊樹枝。言思劉使君也。臨軒對玉繩。星名。謝玄暉詩：玉繩低建章。趙云：伏枕，公言其病也。瓊樹，指言劉使君。漢李陵贈蘇武詩曰：思得瓊樹枝，以解長渴飢。杜補遺：世説王戎云：太尉夷甫，神姿高徹，如瑶林瓊樹，自是風塵外物。下句則思劉君臨軒而坐，直至玉繩星見爾。青松寒不落，莊子云：松栢在冬夏青青。何敬祖詩：青青陵上松，亭亭高山栢。光色冬夏茂，根柢無凋落。言劉使君之勁節也〔一〕。碧海闊逾澄。十洲記：扶桑在碧海之中。趙云：東方朔十洲記：東有碧海，廣狹浩汗與東海等。水不鹹苦，正作碧色。此言劉使君之寬量也。昔歲文爲理，群公價盡增。趙云：此追言前朝也，所以引下句。尚文之世，群公皆馳譽得時，則其價增矣。家聲同令聞，時論以儒稱。趙云：此言劉使君祖宗家聲與公祖審言同休令之聞望，當時士論皆以儒名歸之。太后當一作臨。朝肅，多才接迹昇。趙云：太后，指言則天也。翠虛捎魍魎，丹極上鵾鵬。趙云：言多才進用，如在翠虛、丹極之間，於是棄捐不才，如捎魍魎；進用賢者，如鵾鵬搏扶九霄間。捎字，東京賦云：捎魑魅。注云：捎，殺也。上字，則莊子：搏扶搖而上者九萬里。是也。宴引春壺酒（二），一作滿。恩分夏簟冰。頒，冰也。江淹賦：夏簟清兮晝不寐。春壺酒，則詩春酒百壺也（三）。一作春壺滿，非是。趙云：言太后朝所寵賜大臣如此。蓋以酒對冰方當。彫章五色筆，江淹夢得五色筆，由是文藻日新。杜補遺云：齊蕭愨秋夜賦詩云：芙蓉露下落，楊柳月中疎。邢劭以爲斯文彫章間出（四）。又文選任彥升作王文憲集序曰：公述作不倦，事該軍國，豈特雕章縟采而已哉。紫殿九華燈。西京雜記：元日燃九華燈於南山上，照見百里。謝玄暉詩：紫殿肅陰陰。趙云：雕鏤章句所用之筆，即五色筆也。而彫章之作，在於紫殿夜宴之時。前漢成帝紀曰：神光降集紫殿。蓋漢殿名也。學並盧王敏，唐文苑傳：盧照鄰與揚炯、王勃、駱賓王以文詞齊名，海內稱爲王揚盧駱，號爲四傑。書偕褚薛能。褚遂良、薛稷也。褚遂良之書得王逸少之體。稷外祖魏徵家多褚書，稷銳意模學（五），時無及者。趙云：詳此詩，豈言劉伯華之祖與公之祖審言乎？故謂之並與偕也。記云：名與功偕；事與時並。老兄真不墜，小子獨無承。言伯華所學，真不墜其家世，惟己不克負荷先業也。趙云：劉毅與劉裕樗蒲，毅既得雉，裕曰：老兄試爲卿答。於是成盧。故對小子。語曰：吾黨之小子。近有風流作，聊從月繼一作窼。徵。趙云：風流作，言其詩之風流，用對月繼，則月月相繼而徵索之。月繼字，師民瞻本作月窟。杜田補遺作月窼，引顏延年宋郊祀歌：月窼來賓，日際奉土。注：窼，窟也。一作峽，未知孰是。放蹄知赤驥，列子：周穆王有赤驥。捩翅服蒼鷹。鸚鵡賦曰：蒼鷹鷙而受紲。此皆言文才俊逸也。趙云：皆取神駿快疾。謂劉之詩如馬行鷹飛之馳騁神速也。卷軸來何晚，襟懷庶可憑。趙云：恨其寄詩卷之遲。我之懷抱，欲憑詩以驅遣爾，故有下句。會期吟諷數，益破旅愁凝。趙云：會欲數數吟詠，而用破旅愁之鬱結也。雕刻初誰料，一作解。揚子：或問雕刻衆形匪天歟？曰：以其不雕刻也。如物刻而雕之，焉得力而給諸？纖毫欲自矜。趙云：言其詩雕刻之妙，誰能輕料之。此蓋以造化言之也。又謂其纖毫皆妙，而可矜誇。故公前有詩云：毫髮無遺恨。亦此意爾。神融躡飛動，戰勝洗侵凌。杜補遺云：列子曰：心凝形釋，骨肉都融，不覺形之所倚，足之所履；隨風東西，猶木葉幹殼，竟不知風乘我耶？我乘風耶？神融躡飛動，蓋亦取列子骨肉都融，隨風東西之意用之耶。又韓子云：昔子夏見曾子，曰：何肥？對曰：戰勝故肥。曾子曰：何謂也？對曰：吾入見先王之道義，則榮之，出見富貴，又榮之。兩者戰於胸中，未知勝負，故臞。今先王之義勝，故肥。趙云：公於論詩嘗曰：飛動摧霹靂。今躡飛動亦是此意。洗侵凌，則凡作詩者，不敢與戰而侵凌之也。妙取筌蹄棄，得魚忘筌，得兔忘蹄之義。高宜百萬層。言格致高遠也。趙云：上句言其詩之不拘泥，下句言其詩之不卑淺也。史：一士止百萬之師〔六〕。白頭遺恨在，青竹幾人登！青竹，青簡也。猶書於青簡者能幾人。趙云：所謂登青竹，則專主文章而言之。文賦：常遺恨以終篇，豈懷盈而自足。前史有文藝傳、文苑傳，又如司馬相如、揚雄、王褒等，班班載於史册，皆以文稱矣。回首追談笑，勞歌跼寢興。趙云：蓋以追懷劉使君之談笑，故徒勞歌詠，而跼蹐起居之間也。選：宴語談笑。又：以當談笑。詩：載寢載興〔七〕。年華紛已矣，世故莽相仍。嵇康書曰：世故繁其慮〔八〕，七不堪也。趙云：公自入仕，遭安史之亂，又有吐蕃之兵，則世故相仍，如草莽之多矣。刺史諸侯貴，翟方進奏曰：古選諸侯賢者以爲州伯。今部刺史居牧伯之位，秉一州之統。請罷刺史置州牧。趙云：今之刺史，乃古之諸侯之貴也。郎官列宿應。漢明帝館陶公主爲子求郎。帝不許，賜錢一千萬，曰：夫郎官，上應列宿，出宰百里，非其人，則民受其殃。潘生驂閣遠，一云潘安雲閣遠，是。黄霸璽書增。黄霸爲潁川太守，治爲天下第一。天子下詔，賜關内侯黄金百斤。循吏傳云：二千石有治效者，輒報璽書勉勵，增秩賜金。趙云：潘安仁秋興賦序云：以太尉掾，寓直于散騎之省。高閣連雲，陽景罕曜。下句以劉使君比黄霸也。乳贙號攀石，飢鼯訴落藤。趙云：此而下則公自叙述，而終之以末句之歎傷也。乳贙，舊注：乳虎也。非是。贙音畎。杜時可引爾雅：贙有力。注：出西海大秦國，似狗，多力獷惡。又音鉉。炙轂子載贙銘曰：爰有獷獸，厥形似犬，饑則馴服，飽則反眼。出于西海，名之曰畎。其説是。然夔州未必有之，而公使此者，蓋亦山中之物爾。前乎杜公，則如沈佺期嘗云：且懼威非贙，寧知心是狼也。乳贙號叫而攀石，鼯以訴飢而落藤，此皆道夔州山居事。藥囊親道士，灰劫問胡僧。趙云：上句以其病之故，求服食於道士。秦皇侍醫以藥囊提荆軻。下句以世故之多，形乎憂懼，遂有胡僧之問矣。杜補遺云：漢武帝穿昆明池極深，悉見墨灰，以問東方朔。朔曰：臣愚，不足以知之，請問西域胡人。至後漢明帝時有外國人入來。舉以問之，云：此是天地大劫將盡〔九〕，劫灰之餘也。憑久烏皮綻，烏皮几也。簪稀白帽稜。管寧常著白帽。趙云：上句以老懶之故。烏皮者，几也。杜補遺云：齊謝朓有詠烏皮几詩，曰：蟠木生附枝，刻削豈無施。取則龍文鼎，三趾獻光儀。曲躬奉微用，聊承終宴疲〔一〇〕。下句以髮少之故，著白紗帽也。管寧常戴之。林居看蟻穴，焦贛易林曰：蟻封户穴，大雨將集。博物志：蟻知欲雨。野食待魚罾。魚網也，待罾中，所得之魚爲饌爾。筋力交凋喪，飄零免戰兢。趙云：筋力兩字交，當作皆，言皆彫喪。因避難而眼中不見戰伐事，故得免憂懼也。詩：戰戰兢兢。皆爲百里宰，正似六安丞。皆字，師民瞻本作昔字，而趙本又作呰字，蓋古時字也。此所以成「郎官列宿應」之句，蓋言身爲郎官，當其時自可爲百里宰矣，然正如桓譚之出耳。後漢桓譚數以言事忤旨，出爲六安丞。姹女縈新裹，丹砂冷舊秤。杜補遺：漢魏真人參同契曰：河上姹女靈而最神，得火則飛，不染垢塵。真一子注云：河上姹女，即是真汞也。漢真人大丹訣曰〔一一〕：姹女隱在丹砂中。注：姹女，汞也，是天地之至寶。丹砂，乃七十二石之至尊。趙云：此下言修煉之事，以成「藥囊親道士」之句，欲以大藥而養性爾。但求椿壽永，莫慮杞天崩。莊子曰：上古有大椿者，以八千歲爲春，八千歲爲秋。列子：杞國有人，憂天崩墜，身無所寄。趙云：亦求長年也〔一二〕。鍊骨調情性，養生論曰：修性以保神，安心全身。文子曰：太上養神，其次養形。張兵撓棘矜。徐樂傳：奮棘矜。師古曰：棘，戟也；矜者，棘之把。時秦銷兵器故，但有戟之把耳。養生終自惜，伐叛必全懲。嵇康有養生論云：善養生者清虚静泰，少私寡欲。又七發云：伐性之斧。上四句皆養生之理。伐叛者，言外物之害性，不可不懲戒也。政術甘疎誕，詞場愧服膺。顔子得一善則拳拳服膺。趙云：公自謙。其於政事疎拙誕妄，不若劉使君；於詞場，雖知服膺，尤切自愧也。展懷詩頌魯，魯諸侯而有頌者，以其德之可歌誦也。割愛酒如澠。平生所好，消渴止之。已上自注。左傳：齊侯投壺，相者曰：有酒如澠，有肉如陵。寡君中此，與君代興。亦中之。咄咄寧書字，世説：殷浩被廢在長安，終日書空作咄咄怪事四字。冥冥欲避矰。揚子曰：鴻飛冥冥，弋人何慕焉〔一三〕。又淮南子曰：雁銜蘆以避矰繳。上句言不以世俗爲怪，下句則又有遠引之意。江湖多白鳥，天地有青蠅。詩云青蠅以喻讒人。鮑云：上句與白鷗波浩蕩同意。杜田補遺云：白鳥有二説：一説謂鷗鷺之類，詩言「白鳥鶴鶴」是也，喻賢者之潔白，而棄置江湖間；一説謂白鳥蚊蚋也，以譬則小人。言賢者居亂世欲隱，而爲蚊蚋所嚼，欲出則爲青蠅所汚，是無逃於天地之間矣。蚊蚋，謂之白鳥者。按大戴禮夏小正注：白鳥羞丹鳥。丹鳥者，丹良也。白鳥者，蚊蚋也。羞，進也。凡有翼者爲鳥。崔豹古今注曰：螢一名丹良，一名丹鳥。腐草爲之，食蚊蚋也。趙云：此言在江湖之間，天地之内，無所逃蚊蠅之害也。亦寓意，以言小人之多者乎？

【校勘記】

〔一〕「勁節」，原作「歲寒」，據文瀾閣本、清刻本、排印本改。

〔二〕「引」，文淵閣本作「飲」，訛。

〔三〕「春」，文瀾閣本、清刻本、排印本作「清」。案，毛詩正義卷十八亦作「清」。

〔四〕「邢劭以爲斯文彫章間出」句，「邢劭」原作「高林」，訛，據文瀾閣本、清刻本、排印本並參全北齊文卷三邢紹蕭仁祖集序改。又，「斯文」，文瀾閣本、清刻本、排印本作「可謂」。

〔五〕「模」，文淵閣本、文津閣本、文瀾閣本、清刻本、排印本作「摹」。

〔六〕「止」，文瀾閣本、清刻本、排印本作「正」。

〔七〕「載寢載興」，原作「再寢再興」，據文淵閣本、文津閣本、文瀾閣本、清刻本、排印本並參先後解輯校丁帙卷五此詩引趙次公注〔二〇〕及詩經秦風小戎改。

〔八〕「繁」，文淵閣本、文津閣本、文瀾閣本、清刻本、排印本作「煩」。

〔九〕「大」，原作「天」，訛，據文瀾閣本、清刻本、排印本並參搜神記卷十三改。

〔一〇〕「承」，文淵閣本、文津閣本、文瀾閣本、清刻本、排印本作「成」。

〔一一〕「人」，先後解輯校丁帙卷五此詩引趙次公注〔三〇〕作「丈」，當是。

〔一二〕「亦」，排印本作「以」。

〔一三〕「慕」，文瀾閣本、清刻本、排印本作「篡」。

王十五前閣會

楚岸收新雨，春臺引細風。趙云：上兩句言所會之地。引字，如江總秋日登廣州城南樓詩：秋城韻晚笛，危樹引清風〔一〕。情人來石上，鮮鱠出江中。趙云：情人，言會中之人。鮑明遠翫月城門詩：迴軒駐輕蓋，留酌待情人。鮮鱠，言薦食之味。枚乘七發云：鮮鯉之鱠。鄰舍煩書札，趙云：王十五者必公之鄰也。肩輿强老翁。司馬相如傳注云：札木，簡之薄小者。時未多用紙，故給札以書。陶淵明使二子乘肩輿。病身虛俊味，何幸飫兒童。趙云：以病不能食，虛其儁美之味。則持之以歸，燕及兒輩也。俊，當作儁。

【校勘記】

〔一〕「樹」，陳詩卷八、藝文類聚卷二十八人部載此詩作「榭」。

寄韋有夏郎中

省郎憂病士，書信有柴胡。藥名也。飲子頻通汗，懷君想報珠。四愁詩：何以報之明月珠。杜田補遺：仇池翁曰：沈佺期回波辭云：姓名雖蒙齒録〔一〕，袍笏未復牙緋。子美用飲子對懷君，亦齒録牙緋之比也。又古今詩話云：古之文章自應律度，未以音韻爲主。自沈約增崇韻學之後〔二〕，浮巧之語，體製漸多。始有蹉對、假對、雙聲疊韻之類。如自朱邪之狼狽，致赤子之流離，不惟朱對赤、邪對子，而狼狽、流離，乃獸名對鳥名，所謂假對。子美以飲子對懷君，亦假對。按本草：柴胡爲君，味苦平，以之爲湯，皆通表裏爾。親知天畔少，藥餌峽中無。峽俗信鬼病，則禱祠而不服藥，故峽中藥餌絶少。歸楫生衣卧，春鷗洗翅呼。趙云：以上水更不須楫，所以生衣而卧。生衣，謂水衣生也〔三〕。下句以紀其來時也。猶聞上急水，早作取平途。趙云：蓋言韋君上水也。萬里皇華使，爲僚記腐儒。詩皇皇者華，君遣使臣也。文七年傳：荀林父曰：同官爲僚。漢高祖罵酈食其曰：腐儒，幾敗吾事。

【校勘記】

〔一〕「姓」，全唐詩話卷一、本事詩嘲戲七作「身」。

〔二〕「增」，文瀾閣本、清刻本、排印本作「尊」。

〔三〕「水衣生」，文淵閣本作「水生衣」，文瀾閣本作「衣生衣」，均訛。

寄常徵君

白水青山空復春，徵君晚節旁風塵。徵君者，以其曾爲朝廷禮聘而不起，故謂之徵君也。趙云：言徵君本在白水青山之間，今以其出，故空復春也。蓋使蕙帳空兮夜鶴怨之意。下句謂其晚節末路，乃旁風塵，出而爲官也？楚妃堂上色殊衆，海鶴階前鳴向人。海鶴非階墀之物，而今鳴向人者，非本意也，以言徵君晚節爾。趙云：兩句皆以喻徵君。上句言徵君如楚妃之妍，有絶衆之色。下句言徵君如海鶴之高，非階墀物爾。萬事糾紛猶絶粒，賈誼賦：糾錯相紛。一官羈絆實藏身。趙云：絶粒，猶絶糧也，蓋言其愁、病、疾、苦，無所不有矣，猶更有絶粒糧之患〔一〕，則其困可知。一官羈絆，以成旁風塵之句。開州入夏知凉冷，不似雲安毒熱新。趙云：開州，必徵君官於彼矣。

【校勘記】

〔一〕「有」，文瀾閣本、清刻本、排印本作「不免」。

寄岑嘉州

趙云：岑參也。詩乃吴體，故不拘詩眼。

不見故人十年餘，不道故人無素書。古詩云：遺我雙鯉魚，中有尺素書。願逢顔色關塞遠，江淹詩：願一見顔色。豈意出守江城居。公自注云：州據蜀江外。顔延年：一麾乃出守。外江三峽且相接，斗酒新詩終自疎。師云：王導曰：近日病肺，與友人斗酒，新詩稍疎。趙云：江城，即言嘉州，下臨大江、汶水〔一〕，自叙歷瀘連夔，故云與三峽相接。史云：隻雞斗酒。選云：示我新詩。終自疎，言不與岑同詩酒之樂也。謝朓每篇堪諷誦，謝朓，字玄暉，有詩載在文選。趙云：言岑之詩如謝朓，篇篇可諷詠也。馮唐已老聽吹噓。馮唐老尚爲郎，公以自比，而聽有吹噓之者。泊船秋夜經春草，伏枕青楓限玉除。趙云：公初至雲安，是去年秋時，故云泊船秋夜。今又見春矣，故云經春草。伏枕，則公病肺而卧也。青楓，言楚地多楓樹。限玉除，則公念還闕也。曹子建贈丁儀云：凝霜依玉除。眼前所寄選何物？贈子雲安雙鯉魚。趙云：上句使素書，末句使雙鯉魚，皆一意也。

【校勘記】

〔一〕「汶水」，原作「吴水」，文瀾閣本、清刻本、排印本作「汶水」。

峽中覽物〔一〕

曾爲掾吏趨三輔，憶在潼關詩興多。趙云：三輔者，京兆、馮翊、扶風也。長安爲京兆，同州爲馮翊，華州爲扶風。公曾爲華州功曹，故云。潼關于唐則華州之華陰也。華州所賦之詩，即潼關之詩興矣。巫峽忽如瞻華嶽，蜀江猶似見黄河。巫峽之高，蜀江之長，可以比華嶽與黄河。蓋亦在峽中覽物，而思華州也。

舟中得病移衾枕，洞口經春長薜蘿。謝靈運詩：想見山阿人，薜蘿若在眼。趙云：言其初得病於雲安舟中，而移衾枕於客居屋舍之下。洞口，亦所居雲安之地也。形勝有餘風土惡，幾時回首一高謌！峽中雖號形勝之地，而風土不類中原也。趙云：張孟陽劍閣銘云：形勝之地，匪親不居。意言幾時離此三峽險惡之地而去，可回首望之〔二〕，寫胸懷而浩歌也。

【校勘記】

〔一〕詩題，二王本杜集卷十五、錢箋卷十六作「覽物」。

〔二〕「回」，原作「以」，訛，據文瀾閣本、清刻本、排印本並參先後解輯校丁帙卷四此詩引趙次公原注改。

憶鄭南玭

趙云：玭，音蒲眠切，珠名也。韻書正作蠙，禹貢蠙珠是已。唐柳玭作家訓者，亦此玭字也。或云，鄭南，地名；玭，人名，居於此。意者公之族人行卑，故不著姓，而特言其名爾。師民瞻本削去玭字。又首句舊云「鄭南伏毒守」，極難解，具于後。

鄭南伏毒寺，蕭洒到江心。趙云：舊本「伏毒守」難解，師民瞻作手，亦無義。一作寺，却似有理。蓋寺名伏毒而在江心。石影銜珠閣，泉聲帶玉琴。琴亦有三峽流泉操。玉琴，言泉聲如玉琴之聲也。趙云：石影、泉聲，言其處所之景物也。江淹去故鄉賦：撫玉琴兮何親。風杉曾曙倚，雲嶠憶春臨。趙云：倚風杉、臨雲嶠，此所以題謂之憶也。萬里滄浪水，一作外。龍蛇只自深。趙云：舊本作滄浪外，師民瞻本作水字，是。滄浪之水清兮，可以濯我纓。蓋言滄浪之水徒爲龍蛇深藏之窟宅，不似鄭南江心之可到也。

懷灞上遊

悵望東陵道，蕭何傳：邵平者，故秦東陵侯。種瓜長安城東，世謂東陵瓜。阮籍詩：昔聞東陵瓜，近在青門外。趙云：指言長安東門外也。平生灞上遊。趙云：灞水，在萬年縣東二十里，北流入渭，則東陵道乃所以往灞上也。春濃停野騎，夜宿敞雲樓。趙云：懷昔之遊者也〔一〕。離別人誰在？經過老自休。趙云：昔所與同遊之人既已離別，復誰存在者。又身已老矣，經過亦自罷休也。阮籍詩云：西遊咸陽中，趙李相經過。眼前今古意，江漢一歸舟。趙云：正懷灞上而欲歸，蓋言眼前有今古無窮之意，特在一舟從江漢以歸也。謝玄暉云：天際識歸舟。

【校勘記】

〔一〕「之」，文瀾閣本、清刻本、排印本作「同」。案，先後解輯校丁帙卷六此詩引趙次公原注〔二〕作「之」。

雨

萬木雲深隱，連山雨未開。風扉掩不定，水鳥去仍回。趙云：風扉，舟中之門也。水鳥去仍回，乃舟中所見矣。蛟館如鳴杼〔一〕，江賦云：蛟人織綃於泉室〔二〕。樵舟豈伐枚。詩云：遵彼汝墳，伐其條枚。樵舟，以雨之故，不能採樵，故云豈伐枚也。此又成連山雨未開之句。清涼破炎毒，衰意欲登臺。

【校勘記】

〔一〕「蛟」，文瀾閣本、清刻本、排印本作「鮫」。案，二王本杜集卷十五、錢箋卷十五作「蛟」。

〔二〕「蛟」，文瀾閣本、清刻本、排印本作「鮫」。

晚晴

返照斜初徹，一作散。浮雲薄未歸。趙云：纂要云：日將落曰薄暮，日西落，光返照於東，謂之返景。隋康孟詠日云：光泛扶桑海，返照若華池。師本以徹作散，非是。日光將收藏，不可言散也。語：於我如浮雲。返照言斜，則賈誼云庚子日斜也。雲言未歸，謝靈運遊南亭詩：雲歸日西馳。李善引曹子建詩：朝雲不歸山，霖雨成川澤。蓋雨則雲出，晴則雲歸也。今爲其薄薄尚在，故云未歸。江虹明遠一作近。飲，楚詞：虹霓紛其朝霞兮，夕淫淫而霖雨。漢燕王旦謀反，大虹下于宮中，飲井水竭。峽雨落餘飛。鳧雁終高去，喻避世之士，能高舉遠引也。熊羆覺自肥。喻貪暴者賊民以自豐也。趙云：既晴矣，故鳧雁仍高飛而去。熊羆亦以晴而便於求食也。秋分客尚在，竹露夕微微。言秋分而尚留滯於他方爾。

夜雨

小雨夜復密，迴風吹早秋。爾雅云：小雨謂之霢霂。又云迴風曰飄。趙云：張協詩云：密雨如散絲。以言小雨也。楚詞九歌之一有乘回風兮。阮嗣宗詠懷：回風吹四壁。野涼侵閉户，江滿帶維舟。趙云：已閉户矣，而涼氣透入，此之謂侵閉户。蓋用孫敬閉户讀書字也。江以雨而水添，故謂之滿。用陶潛春水滿四澤字也。維舟字，則如任彦昇詩序云：贈郭桐廬出溪口見候，余既未至，郭乃維舟久之。言江水添而有維舟在岸也。通籍恨多病，爲郎忝薄遊。公通籍朝省，晚得渴病，嘗爲尚書工部郎。趙云：前漢元帝紀注：籍者，爲二尺竹牒，記其年紀、名字、物色，懸之宮門，按省相應乃得入。公前者爲左拾遺，蓋嘗通禁省之籍矣。張良傳：良多病，故未嘗持兵將。司馬相如以訾爲郎。薄遊，則夏侯湛作東方朔畫贊序云：以爲濁世不可富樂也[一]，故薄遊以取位。又孫綽子曰：或問賈誼不遇漢文，將退耕於野乎？薄遊於朝乎？蓋言薄薄遊宦也。天寒出巫峽，醉別仲宣樓。趙云：公以冬時出峽，即可到荆州。又乘醉而別仲宣樓以歸長安也。禮記：天寒既至，霜雪既降。梁元帝出江陵縣還詩云：朝出屠羊縣，夕返仲宣樓。

【校勘記】

〔一〕「樂」，文瀾閣本、清刻本、排印本作「貴」。案，先後解輯校丁帙卷五此詩引趙次公原注〔三〕作「樂」，文選卷四十七、全晉文卷六十九東方朔畫贊作「貴」。

更題

只應踏初雪，騎馬發荆州。趙云：此篇又想像之詩。公以初雪爲期，離荆州而歸長安，然尚在夔州。直怕巫山雨，真傷白帝秋。趙云：乃巫山〔一〕、白帝之側，故怕其多雨，而當秋時尤爲可傷也。群公蒼玉珮，趙云：後四句乃思帝闕之事。晉公卿禮秩曰：特進、尚書令、僕射、中書監令，皆佩水蒼玉。韓退之：峩峩進賢冠，耿耿水蒼佩。亦謂此也。天子翠雲裘。宋玉賦云：主人之女，爲承日之華，上翠雲之裘。此宋玉誇誕之言。今公直言天子矣。同舍晨趨侍，胡爲淹此留？言同舍皆在侍從而嘆己之淹留也。離騷經云：又何足以淹留。

【校勘記】

〔一〕「乃」，文瀾閣本、清刻本、排印本作「居」。案，先後解輯校丁帙卷五此詩引趙次公原注〔一〕作「乃」。

峽隘〔一〕

聞説江陵府，今之荆南也〔二〕。雲沙淨眇然。江鄉水國，眼界空闊，故雲沙之淨而眇無涯際也。白魚如切玉，崔豹古今注曰：白魚好群遊。浮水上名曰白萍，如切玉，言其白也。朱橘不論錢。以其多而賤也。水有遠湖樹，人今何處船？趙云：言江陵府以水言之，有遠湖邊之樹，而所謂欲往江陵之人，其船今在何處？乃公自言也。青山若在眼，却望峽中天。趙云：舊本作各在眼，師民瞻作若在眼，蓋言往江陵則必經巫山峽，若巫峽之青山在眼，却仰望峽中之天矣。意謂巫峽高峻而極窄，才能見天也。謝靈運詩：想見山阿人，薜蘿若在眼。

【校勘記】

〔一〕「峽」，文津閣本作「陝」，訛。

〔二〕「荆南」，文淵閣本、文津閣本、文瀾閣本、清刻本、排印本作「荆州」。

存没口號二首

席謙不見近彈碁，席謙，吴人，善彈碁。畢耀仍傳舊小詩。畢耀善爲小詩，見玉臺集。玉局他年無限笑，薛云：按道藏：成都地神涌出，扶一玉局，今之玉局觀是也。白楊今日幾人悲！陶潛挽歌云：蔓草何茫茫，白楊亦蕭蕭。杜補遺：後漢梁冀傳注：藝經曰：彈碁，兩人對局，白、黑碁各六枚。先列碁相當，更先彈也。詳見西陽雜俎云。世説言彈碁起自魏室粧奩戲也。典論云：予於他戲弄之事少所善〔一〕，唯彈碁略盡其巧。彈碁，起於魏明帝。按史稱梁冀能彈碁，則後漢已有之，非起於魏也。趙云：末句言幾人爲之悲？特有我而已。

右一

【校勘記】

〔一〕「善」，全三國文卷八魏文帝典論、三國志卷二魏書作「喜」。

鄭公粉繪隨長夜，曹霸丹青已白頭。天下何曾有山水，人間不解重驊騮！

曹霸之畫。末句言無人珍重而藏其畫也。或曰：何曾有山水，止言鄭虔更無人會畫山水耳，於義亦通。自注：高士滎陽鄭虔，善畫山水。曹霸善畫馬。趙云：此篇一存、一殁也。山水言鄭虔之畫，驊騮言

右二

日暮

牛羊下來夕，一作久。詩云：日之夕矣，牛羊下來。各已閉柴門。風月自清夜，江山非故園。石泉流暗壁，草露滴秋原。一作滴秋根。趙云：舊本作滴秋根，字生，而秋原則與暗壁敵也。頭白燈明裏，何須花燼繁。趙云：西京雜記言陸賈云：乾鵲噪而行人至，蜘蛛集而百事喜。目瞤得酒食，燈花得錢財。世俗以爲燈花結，必有喜事。今句蓋言頭白矣，何以喜爲，故不須燈燼繁結也。

秋日寄題鄭監湖上亭三首

碧草違春意，別賦云：春草碧色。沅湘萬里秋。沅、湘，二水名。趙云：碧草者，春時事也。今經秋草枯，故謂之違背春意。江陵之下接洞庭、沅湘，爲言萬里

秋，故廣言之。池要山簡馬，見習池未覺風流盡注。語云：久要不忘平生之言。月靜庾公樓。晉庾亮在武昌，諸佐吏殷浩之徒乘秋夜，共登南樓，俄而不覺亮至。諸人將起而避之，亮徐曰：諸君少住，老子於此興復不淺。便據胡床與浩等談詠竟夕。趙云：以習家池比鄭監之湖，以當日府帥比山簡。下句直比鄭監之樓爲庾亮樓矣。磨滅餘篇翰，趙云：此下四句公自言也。書序：其餘錯亂磨滅。平生一釣舟。高唐寒浪減，髣髴識昭丘。趙云：以上句「一釣舟」引落句，高唐峽水入冬而浪減，則可以行，故能髣髴望昭丘而識之。王粲在荊州作登樓賦云：北彌陶牧，西接昭丘。注引荊州圖經曰：當陽東南七十里，有楚昭王墓。公時在夔，言水退則下荊南矣。

右一

新作湖邊宅，還聞賓客過。自須開竹逕，誰道避雲蘿。趙云：自須開竹逕，承賓客過之下，蓋亦暗使蔣詡開逕事爾。既開竹徑，則其徑顯豁，豈是隱避於雲蘿之間者乎。官序潘生拙，潘岳閑居賦：拙者絕意乎寵榮之事。才名賈誼多〔二〕。本傳言誼年少頗通諸家之書，文帝召爲博士。每詔令議下，諸老先生未能言，誼盡爲之對。趙云：潘岳云：嘗讀汲黯傳，至司馬安四至九卿，而良史書之，題以巧宦之目，嘆曰：巧誠有之，拙亦宜然。潘生以比鄭監，蓋言其材器可以超遷，而止如潘生之拙也。其言官序，爲安仁自述其八徙官而一進階，再免，一除名，一不拜，遷職者三而已矣。斯爲官序也。西征賦云：賈生洛陽之才子也。言誼才名而貼之以多，則士衡患才多也。捨舟應卜地，鄰接意如何？公之意欲往江陵，故有接鄰之問。

右二

【校勘記】

〔一〕「賈誼」，二王本杜集卷十五、分門集注卷十以及錢箋卷十六作「賈傅」。

暫阻蓬萊閣，見上蓬萊漢閣連注。終爲江海人。鄭君爲祕書監，即漢之東觀。後漢書曰：學者稱東觀爲道家蓬萊山。鄭君罷退，斯江海之人矣。莊子曰：就藪澤，處閑曠，釣魚閑散；此江海之士，避世之人也。謝靈運憶山中詩曰：韓亡子房奮，秦帝魯連耻。本自江海人，忠義感君子。揮金應物理，拖玉豈吾身。西征賦：飛翠緌，拖鳴玉，以出入禁門者衆矣。漢疏廣爲太子太傅，兄子受爲少傅。廣謂受曰：吾聞知足不辱，知止不殆。豈如父子相隨出關，歸老，不亦善乎？遂上疏乞骸骨。上賜黄金二十斤〔一〕，皇太子贈以五十斤〔二〕。廣既歸鄉里，日令家設酒食，請族人故舊相與娛樂。或勸廣買田宅爲子孫計，廣曰：吾豈老不念子孫哉？賢而多財，則損其志；愚而多財，則益其過。此金者，聖主惠老臣，故樂與鄉黨宗族共之，不亦可乎？族人悦服。張景陽詠二疏詩：昔在西京時，朝野多歡娛。藹藹東都門，群臣祖二疎。朱軒耀金城，供帳臨長衢。達人知止足，遺榮忽如無。抽簪解朝衣，散髮歸海隅。行人爲隕涕，賢哉此丈夫。揮金樂當年，歲暮不留儲。顧謂四座賓，多財爲累愚。清風激萬代，名與天壤俱。咄此蟬冕客，君紳宜見書。

羹煮秋蓴滑，盃迎露菊新。蓴，菜也，見「張翰願歸吴」注。陶淵明詩：秋菊有佳色，裛露掇其英。泛此忘憂物，遠我遺世情。一觴雖獨進，盃盡壺復傾。賦詩分氣象，佳句莫頻頻。趙云：公言鄭君賦詩，分得我吟詠之氣象，則佳句莫也頻頻有之乎？此莫字與「行雲莫自濕僊衣」之莫同。

右三

【校勘記】

〔一〕「十」，文淵閣本作「千」，訛。案，漢書卷七十一疏廣傳作「十」。

〔二〕「十」，文淵閣本作「千」，訛。案，漢書卷七十一疏廣傳作「十」。

謁真諦寺禪師

蘭若山高處，若，以者切。蘭若，寺名。煙霞嶂幾重。凍泉依細石，晴雪落長松。趙云：雪以晴日所照，自高松而墜下也。問法看詩妄，一作忘。觀身向酒慵。未能割妻子，卜宅近前峰。費長房棄妻子以從壺公。趙云：宋周顒長於佛理，於鍾山西立隱舍，終日長蔬。雖有妻子，獨處之。此於卜宅近寺爲可證。舊引費公事，非。

覆舟二首

巫峽盤渦曉，江賦：衝巫峽以迅激。又，盤渦谷轉。黔陽貢物秋。書云：各貢方物。黔陽，今黔州也。丹砂同隕石，翠羽共沈舟。趙云：丹砂、翠羽，則所貢之物也。故因其物以寓沈覆之辭。僖十六年，隕石于宋五。鄒陽曰：積羽沈舟。蓋言雖至輕之物，所積既多，可以沈舟也。羈使空斜景，羈旅也。龍居閟積流。龍居，寶之所聚也。趙云：上句形容押綱船之使者，船覆無聊之意盡矣。下句則罪龍之爲孽。篙工幸不溺，俄頃逐輕鷗。言其能泅爾。

右一

竹宮時望拜，前漢禮樂志：正月上辛用事甘泉圜丘，昏祠至明。夜常有神光如流星止集於祠壇。天子自竹宮而望拜，百官侍祠者數百人皆肅然動心。桂館或求仙。前漢郊祀志：公孫卿曰：仙人可見，上往常遽，以故不見。今陛下可爲館如緱氏城，置棗脯，神人宜可致。仙人好樓居。於是長安創飛廉、桂館。師古曰：二館名也。趙云：詳味此篇，蓋因祠享而貢物也。上四句言祠享，下四句言覆舟。姹女凌波日，神光照夜年。趙云：上句以言神女之降，下句則上所謂神光如流星是已。桓帝時，童謡云：河間姹女能數錢。曹子建洛神賦：凌波微步，羅襪生塵。照夜字，多矣。若珠璧之光照夜，故用對凌波。此四句言祠享而神降之也。徒聞斬蛟劍，荆佽飛得寶劍，渡江中流，兩巨蛟繞舟，幾没。佽飛拔劍斬蛟而濟。無復爨犀船。晉温嶠宿牛渚磯下，爇犀以照水怪，須臾，見奇形異狀者。兩句蓋言恨無劍以斬蛟龍，無犀以照水怪，皆憤怒之辭爾。使者隨秋色，迢迢獨上天。趙云：舊注引張騫兩字，亦是。蓋從江中至帝闕，故暗用此字。

右二

秋清

高秋蘇肺氣，白髮自能梳。藥餌憎加減，謝靈運詩：藥餌情所止，衰疾忽在斯。門庭悶掃除。陳蕃云：大丈夫當掃除天下〔一〕，安事一室。趙云：傳云：門庭遠於萬里。加減字，醫方多有。漢高祖約法三章，掃除煩苛。杖藜還客拜，愛竹遣兒書。莊子云：原憲杖藜應門。王子猷愛竹也。遣兒書，則題字於竹上。十月江平穩，輕舟進所如。趙云：末句欲離夔南下也。

【校勘記】

〔一〕「天」字下原衍一「天」字，據文淵閣本、文津閣本、文瀾閣本、清刻本、排印本刪。

哭王彭州掄

趙云：此詩二十韻，首兩句驚嘆其死。自「新文生沈謝」至「隱几接終朝」十一韻，鋪叙王彭州之平生。自「翠石俄雙表」至「令子各清標」六韻，叙王彭州之歿。後末四句，公自嘆其留滯，老不得歸長安，因王君之喪而感傷也。

執友驚淪没，斯人已寂寥。禮記：交遊稱其義也〔一〕，執友稱其仁也。趙云：執友厚愛，尤切於交遊矣。語曰：斯人也，而有斯疾也。文選：山河寂寥、晨暮寂寥。

新文生沈謝，異骨降松喬。沈約、謝靈運，六朝之能文者。赤松子、王喬也。王君平謂茅盈曰：子有異骨可學仙。趙云：魏文帝芙蓉池作云：壽命非松喬。以松、喬言之，想見王君人物有僊風道骨者。生，若生起之生。蓋言王之新文，可以生起沈、謝於已死之後也。

北部初高選，東堂早見招。趙云：言其初官得京畿尉也，故用北部事。曹操年二十舉孝廉，爲郎，除洛陽北部尉。舊注：漢有北部太守。豈有才起身而遂爲太守乎？煬帝嘗謂侍臣曰：天下皆謂朕承藉緒餘而有四海，設令朕與士大夫高選，亦當爲天子矣。東堂早見招，言其得進見天子也。晉郄詵遷雍州刺史，武帝於東堂會送。問詵曰：卿自以爲如何〔二〕？詵對曰：臣舉賢良，對策爲天下第一，猶桂林之一枝，崑山之片玉。可以見東堂乃帝所臨幸，以延賢傑之處也。本朝宋敏求作河南志，引山謙之丹陽記云：東堂、西堂，亦魏制〔三〕，周之小寢也。左太沖詠史詩云：馮公豈不偉，白首不見招。今公翻用之。公又嘗曰：京兆田郎早見招。言得用之早矣。

蛟龍纏倚劍，鸞鳳夾吹簫。舊注引宋玉大言賦云：長劍耿介倚天外。趙云：言禁從之地，變化者如蛟龍纏繞所倚之劍。今王君所佩之劍謂之倚劍，則在天子之傍矣。秦有蕭史者，善吹簫。秦穆公以女弄玉妻焉，遂教弄玉吹簫，作鳳鳴而仙去。豈非言王君爲宗室女夫乎？

歷職漢庭久，中年胡馬驕。職，任也。胡馬驕，謂安史亂也。趙云：方以帝戚爲侍從，而值祿山之亂也。漢書云：漢庭公卿，無出其右。選云：胡馬嘶北風。

兵戈闇兩觀，寵

辱事三朝。東京賦：建象魏之兩觀。趙云：兩觀，天子之觀闕，孔子誅少正卯於兩觀之下，是已。言天寶十五載祿山犯京師也。寵辱，則老子「寵辱若驚」也。三朝，言王君事明皇、肅宗與當日之代宗三朝。雖實事，然漢有書曰三朝記，則其字不爲無所出。蜀路江干窄，彭門地里遥。彭門，地名，屬彭州。趙云：言王君之出守。解龜生碧草，諫獵阻青霄。謝靈運詩：解龜在景平。注云：解去所佩龜印也。趙云：生碧草，言龜之閑，其上生蘚。司馬長卿有上諫獵書也。青霄，言丹禁深遠，如霄漢然。此言王君已自彭州替罷，而有封事於朝，雖上而不報也。頃壯戎麾出，叨陪幕府要。趙云：此言嚴武節度東、西川，提兵而出，辟王君爲幕客也。武之初來，以一時勑命指揮兩川都節制，既還朝。而第二次來，雖阻徐知道反不進，然止西川節度而已。其後辟杜公爲參謀時，即是第三次來，兼領東、西川節度，其戎麾可爲盛壯矣。公在幕府參謀，謂之叨陪幕府要，則王彭州亦在焉，而公陪之矣。將軍臨氣候，猛士塞風飈。趙云：上句指言總戎之人，下句指戰伐之士。臨氣候者，用兵之氣候，蓋風角、鳥占、孤虚之事。風飈，戰鬬謂之風飈，而猛士塞之也。高祖：安得猛士守四方。井渫趙作漏。泉誰汲？烽疎火不燒。易井之九三：井渫不食，爲我心惻，可用汲。注：潔己而不見用也。趙云：渫，當作漏。泉誰汲、火不燒，此狀風塵既塞，而用兵閑暇之事。凡軍旅所在，必先論井泉；凡有警急，必頻舉烽燧。井漏液而泉不汲，烽燧稀舉而火不用燒，則無事矣。言王君善爲參謀而然。前籌自多暇，隱几接終朝。漢張良：願借前箸而籌之。孟子：隱几而卧。老子：飄風不終朝。趙云：接終朝，公自以其叨陪王君於幕府之中而多暇，日日得相接也。翠石俄雙表，寒松竟後彫。蔡伯喈：樹碑表墓。趙云：品官之高者，其死立雙石爲表，以言主人嚴鄭公之死也。語曰：歲寒，然後知松栢之後彫。言王君於主人交情如寒松之不替，然亦終於後彫，亦所以言其死也。贈詩焉敢墜，染翰欲無聊。趙云：言不敢以其死而廢詩篇之贈，然染翰之間，自痛悼而其情無聊矣。再哭經過罷，離魂去住銷。橋玄見曹操曰：天下將亂，安生民者，其在君乎？後玄死，操經過玄墓，輒愴悽致祭，感其知己也。江文通別賦：黯然銷魂。去住，言去者有思念之心，住者有憂念之意，故皆銷魂也。趙云：再哭之義，言已嘗哭嚴公靈櫬矣。今又再哭其幕中之王君也。之官方玉折，寄葬與萍漂。蕭望之便道之官。王褒云：死如玉折。趙云：追悼其才赴任而遂如玉折。萍漂者，又傷念其寄殯若萍泛之未安也。曠望渥洼道，霏微河漢橋。趙云：漢禮樂志天馬篇云：天馬徠，循東道。此所謂道也。謂王之亡如龍馬，不可復見矣。烏鵲填河以度牛女，謂王之魂當在仙境也。夫人先即世，令子各清標。趙云：以實道其事。此皆於死者可嘆念也。巫峽長雲雨，秦城近斗杓。見「峽内多雲雨」注。杓，斗極也。趙云：上句公言身之在夔，下句公懷長安之遠。長雲雨，公挨傍神女云：妾在巫山之陽，高丘之阻。旦爲朝雲，暮爲行雨也。秦城，則長安城，謂之北斗城。馮唐毛髮白，歸興日蕭蕭。趙云：此公自嘆其留滯空老，不得歸長安，蓋因王君之喪而感傷也。

【校勘記】

〔一〕「義」，禮記正義卷二曲禮上作「信」。

〔二〕「如何」，文淵閣本、文津閣本作「何如」。

〔三〕「亦魏制」，「亦」文瀾閣本、清刻本、排印本無；「魏」文瀾閣本、清刻本、排印本作「晉」。

夔府書懷四十韻〔一〕

趙云：此篇謂之書懷，公鋪叙其初賜官逢亂，至在夔州仍以避亂之故。首尾所言，惟傷時憂國爾。自「昔罷河西尉」至「戰瓦落丹墀」十四韻，先言肅宗至代宗時皆有兵亂；自「先帝嚴靈寢」至「答效莫支持」十韻，追言肅宗上昇，付授代宗事；自「使者分王命」至「蜀使下何之」八韻，言遣使當在寡誅求、除盜賊之事〔二〕；自「釣瀨疎墳籍」至「凡百慎交綏」八韻，言身在夔府之事。

昔罷河西尉，初興薊北師。趙云：公於天寶九載末獻三大禮賦，預言明年之事。明年，召試文章，方參列選序，授河西尉，不行。至十四載，方得免河西尉爲右衛率府兵曹。是歲十一月，安禄山反於幽州，則所謂薊北也。薊北，用對河西，蓋鮑明遠詩云出自薊北門也。不才名位晚，敢恨省郎遲？趙云：公自中原入蜀已五年，嚴武再爲東、西川節度，辟公參謀，方爲尚書工部員外郎，故云敢恨其遲也。扈聖崆峒日，端居灩澦時。趙云：言初在鳳翔爲拾遺，與今日寓居夔州也。崆峒山岷洮，秦築長城之所起處，而渭州實當其南〔三〕，古平凉也。肅宗初幸平凉，又治兵靈武，再過平凉。公爲左拾遺，扈從乘輿矣。灩澦石在瞿塘江中，言居夔州也。萍流仍汲引，樗散尚恩慈。趙云：言代宗永泰元年召爲京兆功曹也〔四〕。公自中原入蜀，若萍之無根，任漂流矣。仍爲人汲引，字則劉向云：更相汲引，不爲比周。萍流字，晉夏侯湛浮萍賦曰：既澹淡以順流。又曰：流息則寧。故用對樗散。莊子曰：吾有大樹，人謂之樗。其大本擁腫而不中繩墨；其小枝卷曲而不中規矩。立之途，匠者不顧，言如樗之散材矣。而尚蒙恩慈，謂除京兆功曹，乃君王之恩慈也。遂阻雲臺宿，常懷湛露詩。趙云：阻雲臺宿，則公以病不得起而歸直也。雲臺，漢南宮之臺名。顯宗畫二十八將於南宮雲臺是也。宿，直宿也。後漢鍾離意傳：藥崧家貧爲郎〔五〕，常獨直宿臺上，無被枕也。湛露，周詩篇名，天子燕諸侯之詩也。懷湛露詩，則不得預宴爲懷矣。翠華森遠矣，白首颯凄其。趙云：翠華，天子之旗也。南都賦云：望翠華之葳蕤。故對白首也。如左太沖詩云：馮公豈不偉，白首不見招。遠矣，如莊子：君自此遠矣。故對凄其。詩云：凄其以風。又謝靈運云：懷賢亦凄其。拙被林泉滯，生逢酒賦欺。文園終寂寞，漢閣自磷緇。趙云：司馬相如爲漢文帝茂陵園令，故得稱文園。漢閣，指言揚子雲也，著書於天祿閣上。公以二人自況。終寂寞，在相如雖無此事，特言以文園而不顯用，終寂寞耳。磷緇字，祖出論語：磨而不磷，涅而不緇。今以磷緇爲平聲，則謝靈運過始寧墅詩：磷緇謝清曠，疲薾慙貞堅。病隔君臣議，慙紆德澤私。趙云：公被召命，以病不行。不參預國論，徒荷私恩也。君臣議字，如戰國策顏率謂齊王致九鼎之塗曰：梁之君臣，謀之暉臺之下，少海之上；楚之君臣，謀之葉庭之中。乃其意矣。德澤字，如漢武帝制云：德澤洋溢，施乎方外也。揚鑣驚主辱，拔劍撥年衰。趙云：言乘輿不備，天子騎馬而出，所以爲主辱矣。鑣馬，銜也。揚鑣，出選。范睢云：主憂臣辱，主辱臣死。漢書：諸將拔劍擊柱。蓋忠義之心，爲之憤怒，思拔劍慷慨，以撥遺年衰也。社稷經綸地，風雲際會期。趙云：此兩句懷羨之辭。論語有社稷焉。經綸字，出易。漢書：感會風雲。血流紛在眼，涕泗亂交頤〔六〕。趙云：時以吐蕃之難，用兵不息也。自代宗即位之初，寶應元年史思明父子滅，而吐蕃寇秦、成、渭三州。是歲台州賊袁晁乘亂據浙東。次年，廣德元年，吐蕃陷隴右諸州、河東，天子憂皇，駕幸陝，而京師遂陷矣。及京師既復而車駕還，十二月又陷松、維州。廣德二年，僕固懷恩以吐蕃、回紇、党項兵入寇，朝廷大震。是歲，西原蠻又陷邵州。次年，永泰元年，吐蕃又寇邊，掠涇、邠，躪鳳翔，入醴泉、奉天，京師大震。是歲劍南兵馬使崔旰反，殺其帥郭英乂。次年，大曆元年，吐蕃又陷原州。今歲九月，寇靈州，又寇邠州。今此詩乃今歲二年之作，則血流者此也。尚書：血流漂杵。又揚子雲：川谷流人之血。謝靈運詩：想見山阿人，薜蘿若在眼。漢東方朔云：吳王泣下交頤。四瀆樓船泛，中原鼓角悲。趙云：樓船，大舟也。所以載兵運糧。漢有樓船將軍，治水戰之兵。而公用樓船字，於大食寶刀云：太常樓船聲嗷嘈。送李大夫赴廣州云：樓船過洞庭。皆大船之義。鼓角悲，蓋兵或戰或戍，鼓角自悲矣。舊注云：人心悲憤，故鼓角之聲亦悲耳。賊壕連白翟，戰瓦落丹墀。左傳有長翟、白翟也。趙云：白翟在西。有赤翟，有白翟，宜吐蕃與之連矣。戰瓦落丹墀，此言陷京師時事。後漢：昆陽之戰，屋瓦皆落。丹墀者，天子之軒墀以丹塗之也。先帝嚴靈寢，靈一作虛。宗臣切受遺。趙云：上句指言肅宗也。蕭何傳：一代宗臣。受遺，受領遺命也。公孫弘傳贊云〔七〕：受遺則霍光、金日磾。恒山猶突騎，遼海競張旗。趙云：肅宗上昇，以遺命付與代宗，而史朝義未滅，則恒山猶爲突騎矣。恒山言河北安史之巢穴也。遼海者，遼東，亦連安史起兵之地。田父嗟膠漆，行人避蒺藜。膠漆所以爲弓，言誅求之多，則田父以供輸爲嗟〔八〕。蒺藜者，鐵蒺藜，所以禦馬，所在布蒺藜於地，而行人避之。總戎存大體，降將飾卑詞。楚貢何年絶？堯封舊俗疑〔九〕。趙云：總戎者，元帥也。時代宗以雍王适爲天下兵馬元帥，德宗是已。孟子：或從其大體。降將飾卑詞，代宗即位之次年，廣德元年，史朝義兵敗，其將李懷仙斬其首降也。史氏既滅，於是欲問河北、山東貢賦，自其年絶至于今〔一〇〕。托言楚貢，則齊桓公伐楚〔一一〕，責之曰：爾貢包茅不入，王祭不供也。堯封舊俗疑，則河北、山東，蓋皆王土，其尊君戴上之俗既更變亂，可疑其忘之也。董仲舒云：堯舜之俗，比屋可封。疑謂時無好善之民，故以可封爲疑。長吁翻北寇，一望卷西夷。趙云：北寇，指言安史也。其亂幸已滅息，則傾翻之良不易，此爲可吁歎。今則有西夷之禍，一望思欲卷掃之也。不必陪玄圃，超然待具茨。趙云：上句言己身，以譬不必在朝列也。葛仙公傳云：崑崙一曰玄圃者，非以言列仙之地乎？下句莊子載：黄帝將見大隗于具茨之山。至於襄城之野，七聖皆迷。遇牧馬童子，問塗焉。今公心激怒，望帝親征，卷掃之。所以借黄帝之出言之。凶兵鑄農器，凶，一作休。講殿闕書帷。老子：兵者，凶器也。趙云：此兩句則公之望太平如此。以凶器爲農器。傳所謂銷鋒鏑者也。漢書東方朔傳：文帝集上書囊爲殿帷。講殿，若成帝時鄭寬中、張禹朝夕入説尚書、論語於金華殿中。新添云：四句言爲治去亂之道，不必遠求古先聖人虚無玄妙之説，在務德去兵，納諫崇儉而已。

廟筭高難測，天憂實在兹！假意以譏時，無善謀者。趙云：公之意以爲欲望太平而鑄農器、闕書幃，此事係於廟堂諸公之謀筭，然其高論難測，獨天子之憂每在此耳。此與後篇諸將詩云「獨使至尊憂旰食〔一二〕，諸君何以答升平」同義。

形容真潦倒，答效莫支持。此公之自傷於無補也。嵇康書云：潦倒麤疎。答效，猶報國也。

使者分王命，群公各典司。趙云：謂諸節度各以王命，而爲有司當以誅求刻剥爲戒也。漢有繡衣使者，羽獵賦云：群公常伯，揚朱、墨翟之徒。雲漢詩：群公先正。

恐乖均賦斂，不似問瘡痍。趙云：均賦斂之義出於周官。又孔子曰：不患寡而患不均。喪亂之際，公私窘急，所分之命，所典之司，必未至於均賦斂，問瘡痍也，故以乖賦斂之均爲恐。瘡痍，以言民傷。漢書：瘡痍未瘳。而問，則所謂問民疾苦也。不似，言不得似有問瘡痍者〔一三〕。

萬里煩供給，孤城最怨思。趙云：上句則率土之濱，莫不貢賦；下句孤城，指言夔州。公雖寓居，而眼前所見，當爲之傷矣。

緑林寧小患，雲夢欲難追。趙云：上句憂嘯聚之盜賊。後漢劉玄傳：諸亡命共攻離鄉聚，藏於緑林中。緑林山，今在荆州當陽縣東北。下句憂藩鎮之跋扈。韓信傳：信初之國，有告信反，上患之，用陳平謀，僞遊雲夢。信果來朝，遂擒以歸。公意以信可以計追，而鎮藩一跋扈〔一四〕，雖欲追而不至矣。

即事須嘗膽，蒼生可察眉。趙云：上句成雲夢欲難追之句。蓋禄山叛，河北諸將節度不朝，寧不嘗膽爲戒耶？越句踐既脱會稽之難，思有以報吴，飲食必嘗膽。下句成緑林寧小患之句。列子載：郄雍能視盜，察眉知之，千無一遺者。公意言蒼生爲盜賊之情，可得於眉睫間，但當撫綏之，則不爲耳。

議堂猶集鳳，貞觀是元龜〔一五〕。蜀都賦：議殿爵堂。趙云：議論之堂也。猶集鳳，又申言廟堂諸公如鳳之集。欲除上所陳之患，但以貞觀爲龜鑑也。集鳳，借史書鳳凰集于某所。元龜，則又借用無逸爲元龜也。

處處喧飛檄，家家急競錐。左太沖詩：邊城苦鳴鏑，羽檄飛京都。張景陽云：常懼羽檄飛。急競錐，言誅求之細。江淹書云：競錐刀之利。

蕭車安不定，蜀使下何之？漢蕭育傳：哀帝時，南郡多盜賊，拜育爲太守。上以育耆舊名臣，乃以三公使車載育入殿中受策。注云：使車，三公奉使之車，若安車也。趙云：蕭育乘安車所往，止是南郡。今公句云：安不定，言使者之車不得如蕭育之安，蓋其安無定所也[一六]。不定字，如左傳納而不定；莊子神生不定也。蜀使，如李郃善知天星，知二使入蜀也。又司馬相如爲郎使蜀。今公句云：蜀使下何之，以言盜賊禍亂之多，使者無定住也。何之字，楚辭云：浮雲兮容與，道余兮何之？陶潛歸去來詞云：胡爲遑遑欲何之。

釣瀨疎墳籍，耕巖進弈棊。後漢嚴陵被羊裘釣澤中，後人名其釣處爲嚴陵瀨焉。揚子：谷口鄭子真不詘其志，耕于巖石之下，名震于京師。此公以自比也。疎墳籍、進弈棊，言其閑曠而然。

地蒸餘破扇，冬暖更纖絺。言夔之風土多喧也。語：當暑袗絺綌[一七]。

貙遘哀登楚，麟傷泣象尼。趙云：王仲宣詩：西京亂無象，貙虎方遘患。此之謂貙遘，其有登樓賦，乃是登荊州之樓，此之謂登楚。哀登楚者，哀登楚之人也。史記：魯哀公西狩獲麟，孔子見之，掩袂拭面曰：吾道窮矣！象尼者，孔子之生，其父母禱之於尼丘山，故名丘，字仲尼。而傳記又載孔子之首象其山[一八]。

衣冠迷適越，藻繪憶遊睢。越人斷髮文身，以衣冠適之，則迷矣。漢武帝祀后土于睢水之上。趙云：言欲離夔而南下，且未能即然，所以用適越事形容之。莊子曰：宋人資章甫而適諸越，越人斷髮文身，無所用之也。睢，音雖，地在南都，昔之宋州也。杜正謬：文選陳孔璋爲曹洪與魏文帝書曰：過高唐者，效王豹之謳。遊睢渙者，學藻繢之彩。李周翰注：睢、渙，二水名，其人多文章，又能織藻繢錦綺，天子郊廟御服出焉。尚書所謂厥篚織文也。公少年嘗遊宋，故云憶遊睢。

賞月延秋桂，傾陽逐露葵。沈休文：春光發隴首，秋風生桂枝。趙云：此正見公作詩之時，三秋皆秋桂也，非八月，不足當之。延則延賞也。曹子建表：若葵藿之傾太陽。葵傾陽，而吾心亦逐之也。大庭終反樸，京觀且僵尸。莊子載大庭氏與赫胥氏、栗陸氏相連，不著年載，大率至德之世。反淳復樸也。左傳宣十二年：楚子曰：古者明王伐不敬，取其鯨鯢而封之，以爲大戮，於是乎有京觀，以懲淫慝。趙云：公意欲席卷西夷也。高枕虛眠晝，哀歌欲和誰？趙云：高枕字〔一九〕，言不得高枕而卧。邊孝先弟子嘲之曰：懶讀書，晝日眠。左太沖：哀歌和漸離，謂若傍無人。今乃言無和我者也。又陽春白雪，曲高和寡，亦此意。南宮載勳業，凡百慎交綏。後漢：永平中，顯宗追感前世功臣，乃圖畫二十八將於南宮雲臺。詩：凡百君子，各敬爾儀〔二〇〕。魏應德璉建章臺集詩：凡百敬爾位，以副飢渴懷。左傳文十二年，晉人、秦人出戰，交綏。杜預注云：司馬法曰逐奔不遠，則難誘。從綏不及，則難陷。然則，古名退軍爲綏，秦晉志未能堅戰，短兵未致〔二一〕，争而兩退，故曰交綏。今公意蓋言欲載勳業於南宮者，則無使志之不堅，猶戰者之交綏焉。

【校勘記】

〔一〕「四十」，文淵閣本作「二十」，訛。

〔二〕「遺使」句，文淵閣本、文津閣本作「遺使當在寡誅求」，文瀾閣本、清刻本、排印本作「遺使撫綏寡誅求」。

〔三〕「南」原作「名」，訛，據文瀾閣本、清刻本、排印本改。

〔四〕「永泰元年」，案，杜甫補京兆功曹時間，宋呂大防杜甫年譜作「永泰元年」，誤。宋蔡興宗、魯訔杜甫年譜以及清錢謙益、朱鶴齡、仇兆鰲三種杜甫年譜均作「廣德元年」，而宋黄鶴年譜辨疑一作「廣德元年」、一作「廣德二年」，互歧。當以廣德元年爲是。

〔五〕「藥崧」，原作「樂崧」，據後漢書卷四十一藥崧傳改。

〔六〕「泗」，文瀾閣本、清刻本、排印本作「灑」。案，二王本杜集卷十五、錢箋卷十五作「洒」。

〔七〕「公孫弘」，「弘」原作「洪」，文瀾閣本、清刻本、排印本作「宏」，係避諱，此改。

〔八〕「輸」，文淵閣本作「翰」，訛。

〔九〕「封」，文津閣本、文瀾閣本、清刻本、排印本作「風」，訛。案，二王本杜集卷十五、百家注卷二十七、分門集注卷十三以及錢箋卷十五均作「封」，可證。

〔一〇〕「其」，原作「甚」，訛，據文瀾閣本、清刻本、排印本改。

〔一一〕「齊桓公」，原作「齊威公」，係避諱，此改。案，文瀾閣本、清刻本、排印本均作「齊桓公」。

〔一二〕「旴食」，文津閣本作「吁食」，訛。案，本卷諸將五首其二作「社稷」。

〔一三〕「得似」，文瀾閣本、清刻本、排印本作「聞似」，文津閣本作「得也」。

〔一四〕「鎮藩」，先後解輯校戊帙卷七此詩趙次公原注〔二七〕作「藩鎮」，當是。

〔一五〕「貞觀」，原作「正觀」，係避諱，此改。以下均同。

〔一六〕「安」，文瀾閣本、清刻本、排印本作「使」，當是。

〔一七〕「袗絺綌」，「袗」文津閣本缺，「絺綌」文淵閣本作「絡綌」。

〔一八〕「其」，文瀾閣本、清刻本、排印本作「尼」。

〔一九〕「字」，文瀾閣本、清刻本、排印本作「虛」。案，詩中正文作「虛」，當是。

〔二〇〕「各敬爾儀」，毛詩正義卷十二之二雨無正作「各敬爾身」。

〔二一〕「戰短兵未致」，文瀾閣本、清刻本、排印本作「當戰兵未致」。

送李功曹之荊州充鄭侍御判官重贈

曾聞宋玉宅，每欲到荊州。杜時可補遺：按余知古渚宮故事曰：庾信因侯景之亂，自建康遁歸江陵，居宋玉故宅，宅在城北三里。哀江南賦〔一〕：誅茅宋玉之宅，穿逕臨江之府。子美在夔詠懷古跡云：「搖落深知宋玉悲」，「江山故宅空文藻」。又移居入夔州宅云「宋玉歸州宅，雲通白帝城」。疑歸州亦有宋玉宅，非止於荊州也。趙云：今公專主荊州宅而言之爾。韓愈爲荊州法曹，詩亦云「宋玉亭邊不見人」。此地生涯晚，遥悲水國秋。趙云：王褒與周弘讓書云：還念生涯，繁憂總集。又王無功詩：人世何勞隔生涯。故可知水國指言荊州。其字則周禮云水國用龍節。句意言其秋時在荊州也。孤城一柱觀，落日九江流。趙云：一柱觀，渚宮故事〔二〕：宋臨川王義慶鎮江陵，於羅公洲上立觀，唯一柱也。九江，與荊州水相連矣，公前有詩曰「九江日落醒何處，一柱觀頭眠幾回」，亦言荊州也。使者雖光彩，青楓遠自愁。趙云：上句即詩所謂皇皇者華，君遣使臣也。送之以禮樂，言遠有光華之意。爲判官於幕府，則必出使，故以使者目之。下句又是楚事。宋玉云：湛湛江水兮上有楓，目極千里兮傷春心。

【校勘記】

〔一〕「哀江南賦」，「南」字原無，據排印本補。

〔二〕「諸宮故事」，「故」字原奪，據文瀾閣本、清刻本、排印本補。

上卿翁請修武侯廟遺像缺落時崔卿權夔州

大賢爲政即多聞，趙云：言多有傳聞之善政也。刺史真符不必分。漢制，除刺史則分銅虎符、竹使符。師古曰：謂各分其半，右留京師，左以與之。真符不必分，則言其權爲州也。尚有西郊諸葛廟，易云：自我西郊。孔明有祠在夔州。卧龍無首對江濆。徐庶謂先主曰：諸葛孔明，卧龍也。易：見群龍無首，吉。

孤雁

公值喪亂，羈旅南土，而見於詩者，志嘗在于鄉井，故托意於孤雁也。末章則譏不知我而譊譊者。

孤雁不飲啄，飛鳴聲念群。趙云：一作聲聲飛念群，是。飛鳴念群，則與下句鳴噪自紛紛相犯也。誰憐一片影，相失萬重雲。趙云：范元實詩眼云：嘗愛崔塗孤雁詩云「幾行歸塞盡」者八句，豫章先生使余讀老杜「孤雁不飲啄者」〔一〕，然後知崔塗之無奇。范之説如此。今全載其詩云：幾行歸塞盡，念爾獨何之。暮雨相呼失，寒塘欲下遲。渚雲低間渡，關月冷遥隨。未必逢矰繳，孤飛可自疑。庶學者知之也。其中公用相失字，而崔用相呼失，蓋在孤雁自當使失字。梁簡文帝賦隴坻雁初飛詩，亦云：「霧暗早相失，沙明還共飛。」望盡似猶見，哀多如更聞。野鵶無意緒，鳴噪自紛紛。趙云：末句則言野鵶之紛鳴，不若孤雁之獨鳴爲有意也。豈有不知我而譊譊之意邪？

【校勘記】

〔一〕「老杜」，原作「老壯」，訛，據文淵閣本、文津閣本、文瀾閣本、清刻本、排印本改。

遣愁

養拙蓬爲户，茫茫何所開。趙云：禮記：儒有蓬户甕牖，貧者之居也。士而至於蓬户，則亦爲生之拙者矣。又繼之以茫然無所開，其愁可知。故作詩以遣之爾。江通神女館，見神女峰娟妙注。地隔望鄉臺。見日落望鄉臺注。趙云：兩句蓋言夔州也。神女館在巫山。望鄉臺在成都，隋蜀王秀所築，見成都記。漸惜容顔老，傷時不可再也。無由弟妹來。以道路阻隔，故爾。列子載：揚朱曰：弟妹之所不親。兵戈與人事，回首一悲哀！史云：棄絶人事。

奉寄李十五祕書二首 文嶷

避暑雲安縣，秋風早下來。暫留魚復浦，同過楚王臺。趙云：避暑雲安縣，言李祕書留身雲安度夏也。秋風早下來，約李祕書早自雲安來夔也。既來矣，則囑其於魚復浦而少駐，公欲與之同南下也。魚復乃漢縣舊名，今之奉節縣也。楚王臺，則高唐賦所謂游於雲夢之臺是已。猿鳥千崖窄，江湖萬里開。竹枝歌未好，畫舸莫遲回。竹枝歌：巴渝之遺音，惟峽人善唱。千崖共隱天。末句蓋速其來而出峽矣。趙云：梁簡文帝經琵琶峽詩：竹枝歌，夔峽人歌之未好，則欲出夔峽聽好音也〔一〕。

右一

【校勘記】

〔一〕「欲」，原作「離」，據文瀾閣本、清刻本、排印本改。

行李千金贈，衣冠八尺身。飛騰知有策，意度不無神。趙云：左傳：行李之往來。千金贈，則見其賮行之多。衣冠八尺身，實道其頎然而長也。飛騰字，飛英聲而騰茂實也。班秩兼通貴，公侯出異人。玄成負文彩，世業豈沈淪。趙云：唐制，秘書郎從六品上，所以謂之通貴。左傳：公侯之子孫，必復其始。李秘書必宗室之子矣。末句又見李秘書世以經學相傳，蓋漢韋賢其先韋孟少子玄成，皆以經術名家。賢常曰：遺子黄金滿籝，不如一經。而玄成少好學，修父業，爲相七年，守正持重不及父賢，而文采過之。

右二

即事

天畔群山孤草亭，江中風浪雨冥冥。楚辭九歌：雷填填兮雨冥冥。一雙白魚不受釣，三寸黄柑猶自青〔一〕。史記周本紀〔二〕：武王渡河，中流，白魚躍入王舟中。多病長卿無日起，謝靈運云：有疾象長卿。窮途阮籍幾時醒。趙云：公以司馬長卿自況，則亦病消渴也。魏氏春秋曰：籍時率意獨駕，不由徑路，車迹所窮，輒慟哭而返。貼之以幾時醒，則籍沈醉於酒，一飲六十日也。未聞細柳散金甲，周亞夫細柳營。蔡文姬詩：金甲耀朝日。腸斷秦川流濁涇。公有弟妹在秦川也。趙云：時京畿猶有兵戍〔三〕，故用細柳事，亞夫所營之地。秦川，言長安。潘安仁西征賦云：北有清渭濁涇。公懷鄉之句也。詩：涇以渭濁。

【校勘記】

〔一〕「黄柑」，二王本杜集卷十五、錢箋卷十五作「黄甘」。

〔二〕「本」字底本漫滅，據文淵閣本、文津閣本、文瀾閣本、清刻本、排印本補。

〔三〕「戍」，文淵閣本「戍」下衍一「戍」字；又，「戍」文瀾閣本、清刻本、排印本作「戎」。

新刊校定集注杜詩卷三十

近體詩

灧澦

趙云：按酈道元注水經云：魚復，水門之西，江中有孤石爲淫預石。冬出水三十餘丈，夏則没，亦有裁出矣。今公句云灧澦既没孤根深，謂之既没，指夏時而言。語曰：灧澦如袱，瞿唐不觸。灧澦如馬，瞿唐不下。灧澦如鼈，瞿唐舟絶。灧澦如龜，瞿唐莫窺。見本朝樂史寰宇記。

灧澦既没孤根深，此峽人以灧澦爲水候，既没則尤漲，不可下也。薛云：古樂府灧澦作淫澦，其詞曰：淫澦大如袱，瞿塘不可觸。金沙浮轉多，桂浦忌經過。西來水多愁太陰。言陰氣太盛也。趙云：太陰字，出不一，若在水言之，則吳楊泉五湖賦曰：太陰之所毖，玄靈之所游。江天漠漠鳥雙去，雙一作飛。風雨時時龍一吟。舟人漁子歌回首，估客胡商淚滿襟。趙云：龍吟未必可聞，而水之深積，想其如此矣。庾信泛江云：春江下白帝，畫舸向黄牛，日落江楓静，龍吟迴上游。宋謝莊侍宴蒜山詩：霧罷江天分。舟人漁子歌回首，言其習水而輕之也。句出海賦。「估客胡商淚滿襟」，以水之泛漲，不行則滯留，行則憂有傾沈之患，所以泣也。古樂府詩有估客樂之曲。寄語舟航惡年少，休翻鹽井横黃金。趙云：此蓋言販鹽之惡年少者，不顧危亡而欲行舟，必沈溺。棄鹽於水，是横費黃金也。吴均古意詩：中有惡少年，伎能專自得〔一〕。公於摘蒼耳詩又曰：寄語惡少年，黃金且休擲。蓋惟惡少年而後多黃金矣。翻鹽井者，翻出其物而他往也。舊注引蜀都賦：家有鹽井之泉。用證鹽井字則可〔二〕，若講此句之義，却成煎鹽井家横金矣。恐後學未悟，更爲詳之。

【校勘記】

〔一〕「吴均古意詩」三句，「吴均」原作「梁元帝」，檢梁元帝詩無「中有惡少年」二句，考梁詩卷十一吴均古意詩二首其一有此二句，當是誤置，據改。

〔二〕「井」，文淵閣本奪。

白帝

白帝城頭雲若屯，趙云：首句乃師民瞻本。舊作白帝城中雲出門，非，蓋用對雨翻盆，而字出列子言化人之宇曰：望之若雲屯焉。謝靈運詩：巖高白雲屯，使此屯字也。白帝城下雨翻盆。雲行而雨施爾。翻盆，言其勢之猛暴。高江急峽雷霆鬭，江爲峽所束，故波聲若雷霆也。翠木蒼藤日月昏。戎一作去。馬不如歸馬逸，千家今有百家存。言殘敝也。哀哀寡婦誅求盡，慟哭秋原何處村！民死於役，故多寡婦。暴賦橫斂，故多誅求。此言軍旅之際，民不聊生也如此。趙云：老子：天下有道，則戎馬生於郊。載記慕容寶傳：眭邃曰：宜令郡縣聚千家爲一堡。管子度地篇：百家爲里，里十爲術。

黄草

黄草峽西船不歸，赤甲山下人行稀。秦中驛使無消息，蜀道兵戈有是非。鮑云：崔寧之亂，郭英乂犯寧家室，寧逐之是也。以大義責之，則寧以偏裨逐大將，非也。趙云：黄草峽在涪州峽之西。赤甲山下人行稀，諸本皆作行人稀，非是。蔡伯世本作人行稀，以爲公律詩四韻盡對者凡十篇，此其一焉。水行之船不歸，陸行之人稀少，此所以致疑道路之梗塞也。故望秦中之驛使，則無消息；聞蜀道之兵戈，或是或非，未敢必料也。蔡伯世謂是時蜀中多故，冬日池詩[一]，公自注：傳蜀官軍自圍普，遂，可見矣。萬里秋風吹錦水，成都記：濯錦江，秦相張儀所作。笮橋東下枕水，舊錦里城基址猶在。此水濯錦即鮮明，故號錦水。誰家別淚濕羅衣。古詩：被服羅衣裳。莫愁劍閣終堪據，張孟陽劍閣銘：興實在德，嶮亦難恃[二]。聞道松州已被圍。松州在西山，吐蕃之南鄙。趙云：上兩句承蜀道兵戈之下而起思。秋風，言萬里橋之秋風，錦水正在其下。誰家別淚，則行兵出戍，與夫避難逃禍者爲有離別矣。末句蓋云：勿謂劍閣之嶮可恃，而欲割據。雖松州在劍閣之内，已有圍之者矣。其以戒守土之臣，勿生異意乎？若是大曆三年詩，則當年漢州刺史楊子琳反，陷於成都，可以講劍閣堪據之義。更俟博聞者辯之。

【校勘記】

〔一〕「他」，原作「池」，據先後解輯校丁帙卷六此詩引趙次公注〔一〕改。

〔二〕「亦」，文淵閣本作「以」。

吹笛

吹笛秋山風月清，誰家巧作斷腸聲？鮑明遠：離聲斷客情。又，行子心腸斷。風飄律呂相和切，馬融笛賦：律呂既和，哀聲互降〔一〕。月傍關山幾處明。向秀月夜聞笛，遂作懷舊賦。胡騎中宵堪北走，言笛聲怨切，能動鄉思。胡人聞之，當北走矣。杜云：晉劉琨爲并州刺史，嘗爲胡騎所圍。琨乘月登樓清嘯，賊聞之，皆悽然長嘆。中夜吹胡笳，則又流涕歔欷，有懷土之意，遂棄圍而去。胡騎，指史朝義之兵未息。朱家云：季布不北走胡則南走越也。武陵一曲想南征。王徽之聞桓伊善笛。一日，相逢於江次，未嘗相識，謂伊曰：聞君善笛，請爲我一弄。伊已貴顯，素聞徽之名，便爲據胡床三弄而去〔二〕。賓主竟不言。武陵事未切，當考之。故園楊柳今搖落，何得愁中却盡生。趙云：一本曲盡生，無義。緣笛有折楊柳之曲，故思感也。元注：折楊柳、落梅花，曲名。

【校勘記】

〔一〕「哀聲互降」，「哀」文津閣本作「切」，「互」文選卷十八、全後漢文卷十八作「五」。

〔二〕「便」，文淵閣本作「更」，誤。

垂白 一作白首。

垂白馮唐老，師云：梁誨云：馮唐垂白，尚冀晚達。餘見三十三卷元日示宗武詩注〔一〕。清秋宋玉悲。江喧長少睡，樓迥獨移時。趙云：師民瞻本云：白首馮唐老。今公以自比白首爲郎也。宋玉九辯：悲哉秋之爲氣也。樓迥獨移時，句法可謂奇矣，蓋不必言登字、倚字，此篇全對。多難身何補，無家病不辭。趙云：公入蜀，攜妻孥而來。今句云無家病不辭，豈專以故鄉爲家者乎〔二〕？非若馮讙曰無以爲家也〔三〕。甘從千日醉，未許七哀詩。末句千日醉，舊注云：中山有酒，飲者一醉千日。劉玄石飲之，千日乃醒。七哀詩舊注云：曹子建、王仲宣、張孟陽皆有此作也。師云：選呂向注：曹子建等七哀，謂痛而哀、義而哀、感而哀、怨而哀、耳目聞見而哀、口嘆而哀、鼻酸而哀〔四〕。曹子建爲漢末徵役別離，婦人哀嘆，故賦此詩；仲宣則哀漢室之亂；孟陽則前哀人事之遷變〔五〕，後哀王室之漸衰，故其題皆曰七哀。

【校勘記】

〔一〕「宗武」，文淵閣本作「武宗」，訛。

〔二〕「鄉」，文淵閣本作「卿」，訛。

〔三〕「家」，文淵閣本奪。

〔四〕「聞」，文淵閣本作「間」，訛。

〔五〕「遷變」，文淵閣本、清刻本、排印本作「變遷」。

草閣

草閣臨無地，柴扉永不關。頭陁寺碑：飛閣逶迤，下臨無地。范彦龍云：有客欵柴扉。趙云：楚辭：下崢嶸而無地，上寥廓而無天。魚龍迴夜水，星月動秋山。杜補遺：按酈元水經〔一〕：魚龍以秋日爲夜。龍秋分而降，蟄寢於淵，故以秋日爲夜也。且併舉魚龍寂寞秋江冷之句，云此二詩皆秋時，是。以子美言魚龍回夜水、魚龍寂寞秋江冷也。漢武故事曰〔二〕：東方朔云：星辰動揺，民勞之應。漢武元光中，天星大動。上以謂星揺民勞之妖，問董仲舒，對曰是。夕一作久。露清一作晴。初濕，高雲薄未還。泛舟慙小婦，飄泊損紅顔。趙云：言將欲南下，斯泛舟之飄泊矣〔三〕。恐其小兒之婦以我飄泊之故，愁損紅顔，此其所以慙愧之乎？古樂府有大婦、中婦、小婦之句。

觀今句，則前詩所謂無家病不辭者，直念故鄉之本家者矣。

【校勘記】

〔一〕「按」，文瀾閣本、清刻本、排印本無。又，「酈元」，清刻本、排印本作「酈道元」。

〔二〕「漢武故事」，文淵閣本作「漢武帝故事」。

〔三〕「之」，文淵閣本無。

江月

江月光於水，高樓思殺人。庾肩吾詩：樓上徘徊月，窗中愁思人。梁施榮泰詩：蛾眉誤殺人〔一〕。趙云：古詩：蕭蕭愁殺人。天邊長作客，老去一霑巾。長一作秋。玉露團清影，謝惠連：團圓滿葉露〔二〕。謝玄暉：猶霑餘露團。銀河没半輪。誰家挑錦字，滅燭翠眉顰。一作燭滅。別賦：織錦曲兮泣已盡，回文詩兮影獨傷。趙云：古有織錦回文詩，其序曰：竇韜秦州，被徙沙漠，其妻蘇氏。方韜臨去，別蘇，誓不更娶。至沙漠便娶婦，蘇氏織錦端中。作回文詩以贈之。

【校勘記】

〔一〕「蛾眉」，文淵閣本作「娥媚」，清刻本、排印本作「娥眉」。

〔二〕「團圓」，文淵閣本作「圓團」。

洞房

趙云：此而下曰宿昔，曰能畫，曰鬬雞，曰歷歷，曰洛陽，曰驪山，曰提封，通八篇，蓋一時所作。定爲秋七月者，以今篇云玉殿起秋風，則公在夔感秋風之起，追念往昔，所作乃七月也。

洞房環珮冷，玉殿起秋風。趙云：此篇思長安而懷帝闕也。言洞房之所以環珮冷者，以玉殿起秋風之時也。楚辭：姱容修態，亘洞房。而上林賦：累臺增成，巖突洞房。玉殿字，未見所出。李白亦云：玉殿長愁不記春。秦地應新月，龍池滿舊宮。興慶宮，明皇潛龍之地也。有龍池在焉〔一〕。趙云：長安志：龍池在興慶宮躍龍門南，本是平地，自垂拱、載初，後因雨水流潦成小池，後又引龍首渠支分溉之，日以滋廣。至神龍、景龍中，彌亘數頃，澄瀹皎潔，深至數丈。常有雲氣，或見黃龍出其中。今云舊宮，指興慶宮也。繫舟今夜遠，清漏往時同。趙云：此公將更南下，已入舟矣。所繫舟之處，今夜去秦地爲遠，而想像清漏，與往時無異，特不得聞之也。蓋又言宮漏矣。萬里黃山北，園陵白露中。東方朔傳：微行始出，北至池陽，西至黃山。趙云：尤見懷長安之心切矣。舊注脱誤。按傳云：武帝微行而至黃山。晉灼曰：黃山，宮名，在槐里。蓋右扶風槐里縣有黃山宮，孝惠二年所起。揚雄羽獵賦序：旁南山而西，至長楊五柞，北繞黃山，瀕渭而東，則黃山在南山之下矣。今公句則實道園陵在此地之北也。

〔一〕「焉」，原作「馬」，訛，據諸校本改。

【校勘記】

宿昔 詠天寶中事。

宿昔青門裏，蓬萊仗數移。花嬌迎雜樹，龍喜出平池。落日留王母，微風倚少兒。宫中行樂秘，少有外人知。柳芳傳信記：天寶中，興慶宫小龍常遊於宫垣溝水中。趙云：青門，長安之東門。漢書曰：霸城門，民間所謂青門也。蓬萊，殿名，在東内大明宫紫宸殿之北。仗數移，所以引下龍池之句。花嬌迎雜樹，言雜樹之花，則桃、李、梨、杏之屬。沈約登高望春詩：春風摇雜樹，葳蕤緑且丹。舊注引木芍藥不可謂之雜樹。龍喜出平池，應是言太液池耳。按東内蓬萊殿後含凉殿注，殿後有太液池。景龍文館記：中宗登清暉閣，遇雪，令學士賦詩。宗楚客曰：太液天爲水，蓬萊雪作山，推此可見矣。落日留王母，微風倚少兒。王母，以言楊貴妃；少兒，以言妃之諸姨。漢武帝内傳：西王母與上元夫人降帝。少兒，則衛少兒也。衛青傳：衛媪長女君孺，次女少兒。次女則子夫。子夫者，衛皇后也。薛云：前漢書：周仁爲人陰重，以是得幸，入卧内，於後宫秘戲，仁常侍帝旁，終無所言。後漢梁竦傳：宫省事密，莫有知者。

能畫

能畫毛延壽，投壺郭舍人。每蒙天一笑，復似物皆春。政化平如水，皇恩斷若神。時時同抵戲，亦未雜風塵。西京雜記：杜陵畫工毛延壽，善爲人形，醜好老少，必得其真。又云：武帝時，郭舍人善投壺，以竹爲矢，不用棘也。古之投壺，取其中而不求其還，故中實小豆中，惡其矢躍而出也。郭舍人則徼矢令還〔一〕，一矢百餘反，謂之爲驍，言如博之竪棊，於輩中爲驍傑也。每爲武帝投壺，輒賜金帛。杜補遺：仙傳拾遺曰：木公與玉女投壺，有不入者，天爲之嗌嘘。注云：開口而笑也。嗌，呼監切。又，太平御覽載神異傳：東王公與玉女投壺，投而不接，天爲之笑，開口流光，今電是也。趙云：物皆春，則莊子與物爲春之語也。末句抵戲，則角觝之戲也。兩兩相當，角力鬬伎，在漢有之矣。亦未雜風塵，言至用抵戲而止，不甚雜民俗之風塵事也，豈美其不微行者乎？

【校勘記】

〔一〕「徼」，原作「激」，訛，據文瀾閣本、清刻本、排印本改。

鬭雞

鬭雞初賜錦，趙云：陳翰異聞集載，玄宗好鬭雞，人以弄雞爲事，貧者至弄假雞。有賈昌者，以善養雞蒙寵。當時爲之歌云：生兒不用識文字，鬭雞走犬勝讀書。賈家小兒年十三，富貴榮華代不如。能令金距期勝負，白羅繡衫隨軟輿。推此則賜錦可知矣。舊注楊國忠始以鬭雞供奉，傳中初無此語也。舞馬既一作解。登牀。明皇嘗令教舞馬四百蹄，目之爲某家驕，其曲謂之傾杯樂，奮首鼓尾，無不應節。又施三層木牀，乘馬於上，抃轉如飛。安禄山亂，馬散落人間。鮑云：東城父老傳：明皇以乙酉生而喜鬭雞，兆亂之象也。簾下宫人出，樓前御曲長。鄭處誨明皇雜録云：上每賜宴酺，則御勤政樓，金吾及四軍兵士盛列旗幟，被黄金甲，或衣短服錦綉〔一〕。大常陳樂，教坊大陳尋撞、走索、丸〔二〕、劍、角觝、鬭雞。又令宫人數百，飾以珠翠，衣以錦綉，自幃中擊雷鼓爲樂。又引大象犀牛入場，或拜或舞，動〔三〕中音律。正月望夜，又御勤政樓觀燈作樂。貴臣戚里，官設看樓。夜闌，令宫女於樓前歌舞以娱之。仙遊終一閟，女樂久無香。寂寞驪山道，清秋草木黄。言不復行幸也。趙云：舊本樓前御柳長，一作御曲長，當以爲是。蓋方貫上下句也。仙遊，言明皇上昇矣。宜女樂之久無香也。秋風辭：草木黄落兮雁南飛。

【校勘記】

〔一〕「短」，文淵閣本作「或」，訛。

〔二〕「丸」，原作「九」，訛，據文瀾閣本、清刻本、排印本改；又，「丸」文淵閣本作「金」。

〔三〕「舞」，文淵閣本作「無」。

鸚鵡

鸚鵡含愁思，聰明憶別離。翠衿渾短盡，紅觜漫多知。未有開籠日，空殘宿舊枝。世人憐復損，何用羽毛奇。趙云：此篇多使禰衡賦中字意。聰明字，則才聰明以識機也。憶別，則眷西路而長懷，望故鄉而延佇。又曰痛母子之永隔，哀伉儷之生離也。翠衿、紅觜字，則紺趾丹觜，綠衣翠衿也。渾欲短，則顧六翮之殘毀，雖奮迅其焉如也。謾多知，則豈言語以階亂，將不密以致危也。未有開籠日，則閉以雕籠，翦其翅羽也。空殘宿舊枝，則想崑山之高峻，思鄧林之扶疎，而轉入離鳥悲舊林之意也。末句羽毛奇，則雖同族於羽毛，故殊智而異心也。舊注雖引而不全。

歷歷

歷歷開元事，分明在目前。無端盜賊起，忽已歲時遷。巫峽西江外，秦城北斗邊。爲郎從白首，卧病數秋天。趙云：古詩：天上何所有，歷歷種白榆。巫峽西江外，自言其所在之處。蜀江至荆楚處，楚人名之曰西江。莊子：激西江之水。疏云：蜀江從西來，謂之西江。巫峽在西江上游，故曰外。秦城北斗邊一句，乃懷長安也。長安城謂之北斗城。末句暗用馮唐白首爲郎。薛云：後漢張衡思玄賦：尉厖眉而郎潛兮〔一〕，逮三葉而遘武。注：漢武故事曰：上至郎署，見一老郎，鬢皓白，問：何時爲郎？何其老也？對曰：臣姓顔，名駟，以文帝時爲郎。文帝好文，而臣好武；景帝好美，而臣貌醜；陛下好少，臣已老。是以三葉不遇也。上感其言，擢爲會稽都尉。

【校勘記】

〔一〕「厖」，諸校本作「龐」。

江上

江上日多雨，蕭蕭荆楚秋。高風下木葉，楚辭：湘夫人：洞庭波兮木葉下〔一〕。永夜攬貂裘。勳業頻看鏡，惜功名未遂而身老。行藏獨倚樓。時危思報主，衰謝不能休。趙云：上四句言景物，下四句乃公之懷抱。勳業頻看鏡，所以惜老之衰。行藏獨倚樓，則其所念深矣。三國志張昭傳：以成勳業。潘安仁西征賦：孔隨時以行藏。庾信詠懷：匣中取明鏡，披圖自照看。周王褒與周弘讓書：年事遒盡，容髮衰謝。漁隱叢話序：昔一詩客，嘗以神聖工巧四品分類古今詩句爲説，獻半山老人。半山老人得之，未及觀，遽問客曰，如老杜「勳業頻看鏡，行藏獨倚樓」之句，當入何品？客無以對。遂以其説還之曰：嘗鼎一臠，他可知矣。則知詩之不可分門纂集〔二〕，蓋出此意也。

【校勘記】

〔一〕「湘夫人」，原作「宋玉九辯」，檢「洞庭波兮木葉下」句，見於楚辭集注卷二湘夫人，當是誤置，據改。

〔二〕「詩」，文淵閣本作「討」，訛。

中夜

中夜江山静，危樓望北辰。顔延年：起觀辰漢中。長爲萬里客，有媿百年身。鮑明遠：争先萬里途，各事百年身。故國風雲氣，史記：風雲，天地之客氣也。高堂戰伐塵。胡雛負恩澤，嗟爾太平人。胡雛，禄山也。晉載記〔一〕：石勒倚嘯東門，王衍見而異之，顧謂左右曰：向者胡雛，吾觀其聲視有奇志，恐將爲天下患。馳遣收之，會勒已去。趙云：北辰居其所，而衆星拱之。望北辰，則望君王之意。胡雛，當是史朝義之亂未除，而公興感亂階自禄山也。曹植詩：門有萬里客，問君何鄉人。高堂戰伐塵，言其所居高堂之上，亦染戰伐塵也。蓋公念其流落萬里，首因安禄山之亂所致，故追思而傷之，凡爲太平之人皆被此禍也。

【校勘記】

〔一〕「載」，文淵閣本作「戰」，訛。

江漢

趙云：書：荆及衡陽，惟荆州。江漢朝宗于海。注云：江水、漢水，經此而入海。

江漢思歸客，乾坤一腐儒。片雲天共遠，永夜月同孤。落日心猶壯，秋風病欲蘇。古來存老馬，不必取長途。趙云：劉貢父云：楊大年不喜杜公詩，謂之村夫子詩。嘗有鄉人以杜詩强大年，大年不服。鄉人因曰：公試爲我續杜句，舉江漢思歸客，大年亦爲屬對。鄉人徐舉乾坤一腐儒，大年默然，似少屈也。然則，杜詩之全者，讀之未覺其超絶，至闕一句，少一字而補之〔一〕，乃爾天冠地屨矣。老馬事，韓子曰：管仲、隰明從桓公伐孤竹，春往而冬返，迷惑失道。管仲曰：老馬之智可用也。乃放老馬而隨之，遂得道焉。公之意，蓋自比於老馬，雖不能取長塗，而猶可以知道解惑也。又嘗曰老馬夜知道，亦此之謂。

【校勘記】

〔一〕「闕一句少一字」，文淵閣本、清刻本、排印本作「闕一字少一句」。

洛陽

洛陽昔陷没，胡馬犯潼關。天子初愁思，都人慘别顔。清笳去宫闕，翠蓋出關山。故老仍流涕，龍髯幸再攀。趙云：天寶十四載，歲在乙未。十一月，安祿山反，陷河北諸郡。十二月，陷東京，所謂洛陽昔陷没也。次年六月，遂陷潼關，京師大駭，所謂胡馬犯潼關也。是月甲午，詔親征，遂幸蜀，所謂天子初愁思，都人慘别顔也。清笳去宫闕，翠蓋出關山，則言車駕之出如此也。明年九月，復京師，又復東京。丁卯，車駕入長安。十二月丙午，上皇至自蜀郡。此所謂故老仍流涕，龍髯幸再攀也。龍髯事，黄帝采首山之銅，鑄鼎於荆山之上。鼎既成，龍垂胡髯下迎黄帝。帝上騎，群臣、後宫從上七十餘人，龍乃上天。餘小臣不得上，乃悉持龍髯，拔墮黄帝之弓。百姓仰望，帝既上天，抱其弓與龍髯而號。故後代因名其處曰鼎湖，其弓曰烏號。

驪山

驪山絶望幸，花萼罷登臨。趙云：此篇專言上皇山陵事也。驪山，華清宫所在也。本太宗之湯泉宫，在臨潼縣，西去長安五十里，明皇歲幸焉。花萼者，樓名，取詩人棠棣之義。帝時登樓，聞諸王音樂，咸召升樓同榻宴謔。相如封禪文：太山梁父，設壇場望幸。師古曰：幸，臨幸也。謝靈運有登臨海嶠詩。地下無朝燭，人間有賜金。趙云：朝音朝覲之朝。凡朝在早，則秉燭而受朝。今地下幽閟，無朝見之燭。舊注既誤以朝夕之朝字而引陶潛詩〔一〕：幽室一已閉，千年不復朝。則不復見晨朝之義，何干燭事？又引劉向傳：秦始皇帝葬於驪山之阿，人膏爲燈燭，水銀爲江海，黄金爲鳬雁。却拆朝與燭爲兩字，大非是。人間有賜金，則生時賜予，留在人間，空有此金耳。鼎湖龍去遠，銀海雁飛深。趙云：此却正言其上昇。何遜行經孫氏陵詩：銀海終無浪，金晁會不飛。萬歲蓬萊日，長懸舊羽林。蓬萊，殿名。羽林，星名。漢有羽林軍。趙云：句又似難解，蓋言天子如日之明。平時蓬萊殿中之日，懸於殿閒，今則懸在舊羽林中。舊日充宿衛之兵，今則守護陵寢也。

【校勘記】

〔一〕「朝夕之朝」，「之」下原奪「朝」字，據文淵閣本、清刻本、排印本訂補。

提封

提封漢天下，前漢地理志：秦分天下作三十六郡。漢興復開置。提封田一萬萬四千五百一十三萬六千四百五頃〔一〕。東方朔傳：提封頃畝。師古曰：亦謂提舉四方之內，總計其數也。萬國尚同心。借問懸車守，何如儉德臨？懸車束馬，言至嶮也。言以嶮爲守，莫若守之以儉德也。吴起對魏文：在德不在嶮。以此。時徵俊乂入，草竊一作莫慮。犬羊侵。願戒兵猶火，恩加四海深。趙云：此篇公崇德息兵之作。使公居廟堂得行其志，天下不亦受其賜乎？懸車守，所謂束馬懸車，言必欲得形勝之地，使敵人束馬懸車而後得入。如此而後可以守，則莫若臨之以儉德也。書：慎乃儉德。舊本正作草竊犬羊侵，一作莫慮犬羊侵，當以莫慮爲正，義方通貫。夫中國之所召亂者，蓋自取之也。詩：小雅盡廢，則四夷交侵，中國微矣。故召亂者，常起於人君之奢縱，則廢國事而竭民財。廢國事，則無備；竭民財，則多怨。如是而不有外侮乎？左傳：兵，猶火也，不戢，將自焚。孟子曰：故推恩足以保四海。

【校勘記】

〔一〕「百」，原作「伯」，據諸校本並參漢書卷二十八地理志改。

白露

白露團甘子，清晨散馬蹄。圃開連石樹，船渡入江溪。憑几看魚樂，迴鞭急鳥栖。漸知秋實美，幽徑恐多蹊。趙云：月令：白露降。曹子建名都篇：清晨復來還。又，俯身散馬蹄。圃開連石樹，則圃之所開，當連石之樹。船渡入江溪，則船之所渡，在入江之溪。莊子：從容是魚樂也。黄石公兵書：樹杌者，鳥不棲。迴鞭急鳥栖，則自清晨至晚而歸矣。多蹊字，暗使桃李不言，下自成蹊。

孟氏

孟氏好兄弟，養親唯小園。承顔胝手足，坐客强盤飧。負米力葵外，讀書秋樹根。趙云：好兄弟，如唐人詩有蕭氏賢夫婦。茅家好弟兄，亦此也。承顔胝手足，則勤勞於小園之事以養也。乃孟子謂竭力耕田以供子職之意。莊子：禹手胼足胝。左傳有盤飧寘璧。貼以强字，則若强飯之强。負米事，子路也。力葵者，致力於治葵也，所以承「唯小園」之句〔一〕。或云，力葵，一作夕葵。此惑於以夕對秋矣。卜鄰慙近舍，訓子學先門？趙云：題是孟氏，故使孟家本事。列女傳：孟軻母，其舍近墓。孟子之少也，嬉戲爲墓間之事，踴躍築埋。孟母曰：此非所以居子也。乃去，舍市傍。其子嬉戲爲賈衒之事。母又曰：此非所以居子也。復徙舍學宫之旁。其子嬉遊，乃設俎豆，揖讓進退。母曰：此可以居吾子矣。遂居。左傳：非宅是卜，唯鄰是卜。公自謙。言子之卜鄰，我慙爲近舍，蓋以子之母能教訓其子，傚學先門也。

【校勘記】

〔一〕「承」，原作「成」，據文瀾閣本、清刻本、排印本作改。

吾宗衛倉曹崇簡

吾宗老孫子，質朴古人風。魏志毛玠傳：君有古人之風。故賜君古人之服。耕鑿安時論，衣冠與世同。在家常早起，憂國願年豐。語及君臣際，經書滿腹中。趙壹傳：文籍雖滿腹，不如一囊錢。趙云：莊子：鑿井而飲，耕田而食。而孟浩然曾使，故對衣冠。末句蓋言凡語論之間，及於君臣尊卑之際，必用其腹中之書而證明之也。腹中書，暗用郝隆曬腹中書之語。又，邊孝先，腹便便，五經笥。

第五弟豐獨在江左近三四載寂無消息覓使寄此二首

亂後嗟吾在，羈栖見汝難。草黄騏驥病，沙晚鶺鴒寒。楚設關城險，吴吞水府寬。十年朝夕淚，衣袖不曾乾！史記楚世家：肅王四年，蜀伐楚，取茲方。於是楚爲扞關以距之。注：李熊説公孫述曰：東守巴郡，距扞關之口。趙云：「草黄騏驥病」，公自謂也，成「亂後嗟吾在」之句。「沙晚鶺鴒寒」，憫其弟之寒也。詩「鶺鴒在原」，以成「羈栖見汝難」之句。「楚設關城險」，公言其身之所在；「吴吞水府寬」，言五弟豐之所在。楚，則夔州爲楚之地。關險，則白帝城乃夔之險矣。吴，則江左。至吴而積水之多，故云水府寬。劉劭趙都賦：其東則有天浪水府，百川是理[一]。木玄虚海賦云：爾其水府之内，極深之庭。鮑明遠與姊書曰：曾潭水府。[二]

右一

【校勘記】

〔一〕「劉劭」，原作「劉劭」，訛，據全三國文卷三十二魏劉劭趙都賦改。

〔二〕「姊」，文淵閣本作「内」，清刻本、排印本作「妹」。按，「曾潭水府」四字，檢藝文類聚、歷代賦彙，似當出梁張纘南征賦。

聞汝依山寺，杭州定越州。風塵淹別日，江漢失清秋。趙云：豐在江左。傳聞而未審，故今云聞汝依山寺〔一〕，其杭州邪？豈定是越州邪？兵戈謂之風塵，蓋言風動塵起故也。齊顔之推古意詩：風塵暗天起。江、漢，二水名。失清秋，則言我秋時在此，而不見其弟，爲相失也。舊本一作共清秋，非。影著啼猿樹，魂飄結蜃樓。杜補遺：陳藏器云：車螯是大蛤，一名蜃，能吐氣爲樓臺。海中春夏間，依約島溆中，常有此氣。埤雅云：蜃噓氣成樓臺，高鳥倦飛，就之以息，氣輒吸之。俗謂之蜃樓。趙云：啼猿樹，公自言其所在之處，故云影著。盧照鄰巫山高云：莫辨啼猿樹，徒看神女雲。結蜃樓，指言豐所在之處〔二〕，故思之魂飄。前漢天文志：海旁蜃氣象樓臺。公詩有每一句言己，一句言彼者。前篇云「楚設關城險」，以言己之在楚，「吴吞水府寬」，以言弟之在吴。又如憶李白云「渭北春天樹」，則言已在咸陽，「江東日暮雲」，則言白在會稽。似此體格非一。明年下春水，東盡白雲求。趙云：「東盡白雲求」，又所以成「杭州定越州」之句。

右二

【校勘記】

〔一〕「云」，文瀾閣本、清刻本、排印本作「曰」。

〔二〕「指言」句，「指」文淵閣本作「止」，訛；又，「豐」字下，文淵閣本有「之」字。

巫峽弊廬奉贈侍御四舅別之澧朗

江城秋日落，山鬼閉門中。行李淹吾舅，誅茅問老翁。趙云：屈原九歌有山鬼一篇，乃楚地之事。巫峽已屬楚地矣。左傳：行李之往來。又曰一箇行李。淹吾舅，言盧侍御之駐留也。屈原決於鄭詹尹曰：寧誅鋤草茅以力耕乎？老翁，則公自謂也。字則魏文帝曰：皆成老翁，但未頭白耳。赤眉猶世亂，青眼只途窮。趙云：光武平赤眉之亂。阮籍善爲青白眼，青眼待佳客，白眼待俗客。途窮輒慟哭，亦阮籍事也。傳語桃源客，人今出處同。趙云：桃源，在朗州，即今之鼎州也。四舅之澧朗，故因以問桃源客也。人，則公自謂。桃源事，見陶淵明集。石季倫王明君詩：傳語後世人，遠嫁難爲情。

溪上

峽内淹留客，溪邊四五家。古苔生迮一作濕。地，秋竹隱疎花。塞俗人無井，峽俗多引泉，或負水以自給。山田飯有沙。西江使船至，時復問京華。心未嘗忘王室也。趙云：淹留客，公自謂也。字則離騷經：又何足以淹留。舊本古苔，師民瞻本作古茗，是。蓋葦茗，溪上之物[一]。一作濕地[二]，不工。郭璞遊仙詩：京華遊俠窟。謝靈運齋中讀書詩：昔余遊京華。以今人承用之熟，遂不考按，故爲出之。

【校勘記】

〔一〕「之物」，「物」文淵閣本奪。

〔二〕「一作濕地」，「一」上，排印本有「泎」字。

樹間

岑寂雙甘樹，鮑明遠舞鶴賦：去帝鄉之岑寂。婆娑一院香。交柯低几杖，垂實礙衣裳。滿歲如松碧，同時待菊黄。幾迴霑葉露，乘月坐胡床。前漢趙廣漢傳：滿歲爲真。尹翁歸傳亦云。晉書：庾亮在武昌，佐吏殷浩之徒，乘秋夜共登南樓。俄而亮至，諸人將避之，亮曰：諸君少住。老子于此處興復不淺，便據胡床談詠竟坐〔一〕。晉劉琨傳：琨乃乘月登樓清嘯。趙云：滿歲如松碧，周滿一歲，冬夏青青如松也。橘熟于九月，則爲待菊黄矣。

【校勘記】

〔一〕「坐」，清刻本、排印本作「夕」。

八月十五夜月二首

滿目飛明鏡，歸心折大刀。轉蓬行地遠，攀桂仰天高。水路疑霜雪，林棲見羽毛。此時瞻白兔，直欲數秋毫。月中有白兔，以其明徹，無所不照，故可數秋毫。趙云：延篤與李文德書：吾誦伏羲氏之易，焕兮爛兮其滿目。歸心，則如選詩〔一〕：邊馬有歸心。公詩首句多便對，明鏡以言月之圓也。庾信磨鏡詩：明鏡如曉月。古詩：稾砧今何在？山上復有山。何當大刀頭，破鏡飛上天。吴兢樂府古題要解曰：稾砧今何在？稾砧，砆也，問夫何處也。山上復有山〔二〕，重山爲出字〔三〕，言夫出不在也。何當大刀頭，刀頭有鐶，問夫何時當還也。破鏡飛上天，言月半缺當還也。今乃八月十五夜月，故稱之爲明鏡，則月圓矣。轉蓬行地遠，公以蓬譬身也。曹植雜詩：轉蓬離本根，飄飄隨長風；類此客遊子，捐軀遠從戎。而袁陽源效古詩：勤役未云已，壯年徒爲空。迺知古時人〔四〕，所以悲轉蓬。劉安招隱士云：桂樹叢生兮山之幽，攀桂枝兮長淹留。

右一

【校勘記】

〔一〕「如」，文淵閣本作「與」，訛。

〔二〕「復」，文淵閣本、清刻本、排印本作「又」。

〔三〕「字」，清刻本、排印本作「自」。

〔四〕「時」，清刻本、排印本作「詩」。

稍下巫山峽，猶銜白帝城。氣沈全浦暗，輪仄半樓明。刁斗皆催曉，蟾蜍且自傾。後漢張衡靈憲云：月，陰精之宗，積而成獸象。蟾兔，陰之類有憑焉者。羿請不死之藥于王母，其妻姮娥竊之，托身于月，是名蟾蜍。　趙云：稍下、猶銜，言月也。如上篇月詩「併點巫山出，新窺楚水清」也。「氣沈全浦暗」，以承「稍下巫山峽」之句〔一〕，峽水中有浦也。「輪仄半樓明」，以成「猶銜白帝城」之句〔二〕，城上有樓也。刁斗，則兵戍處皆有之，字出李廣傳。張弓倚殘魄，不獨漢家營。軍營有偃月名。　趙云：時方與吐蕃交兵，則張弓于夜，皆倚曉月之殘魄，不獨漢營爲然，雖虜營亦然。倚字，宋玉長劍倚天外之倚。

右二

【校勘記】

〔一〕「承」，原作「成」，據清刻本、排印本改。

〔二〕同上。

十六夜翫月

舊挹金波爽，皆傳玉露秋。關山隨地闊，河漢近人流。谷口樵歸唱，孤城笛起愁。巴童渾不寢，半夜有行舟。趙云：前漢樂志：月穆穆以金波。沈約謝賜甘露啓：玉聚珠聯。隋盧思道賀甘露表：玉散珠連。而相承云金風玉露，如李密詩：金風蕩佳節，玉露凋晚林。古有關山月之曲。河漢近人流，舊注引魏文帝：仰看明月光，天漢回西流。可證流字也。沈約秋夜詩：巴童暗理瑟。魏文帝善哉行曰：悠悠川流，中有行舟。

十七夜對月

秋月仍圓夜，江村獨老身。捲簾還照客，倚杖更隨人。光射潛虬動，明翻宿鳥頻。茅齋依橘柚，清切露華新。趙云：鮑明遠詩：倚杖牧雞豚。蜀都賦：下高鵠，出潛虬。舊注引謝靈運詩潛虬媚幽姿，在後矣。宿鳥字，出文選。謂之鳥，則無定名。舊注引魏武帝樂府：月明星稀，烏鵲南飛。繞樹三匝，何枝可依？全不相干。

傷秋

林僻來人少，山長去鳥微。高秋收畫扇，一云藏羽扇。班姬詠扇詩：常恐秋風至，涼飇奪炎熱。棄捐篋笥中，恩情中道絶。久客掩柴扉。嬾慢頭時櫛，嵇康書：嬾與慢相成。艱難帶減圍。謝惠連：腰帶准疇昔，不知今是非〔一〕。沈約與徐勉書：老病百日，數圍〔二〕革帶常應移孔。以手握臂攣，計月少半分〔三〕。將軍猶汗馬，趙云：吐蕃之禍未息也。公孫弘云〔四〕：臣愚駑〔五〕，無汗馬之勞。天子尚戎衣。書：一戎衣，天下大定。白蔣風飇脆，殷檉曉夜稀。白蔣，茭草。殷檉，檉柳。何年減豺虎，似有故園歸〔六〕。王仲宣詩：豺虎方遘患。張孟陽詩：季葉喪亂起，賊盜如豺虎。

【校勘記】

〔一〕「謝惠連」，原作「謝靈運」，檢謝靈運詩無「腰帶准疇昔」二句，考謝惠連擣衣詩有此二句，當是誤置，據改。又，「腰」、「准」，文淵閣本分别作「摇」、「淮」，皆訛。

〔二〕「圍」，全梁文卷二十八與徐勉書作「旬」。

〔三〕「攣」，全梁文卷二十八與徐勉書無此字。

〔四〕「公孫弘」，「弘」原作「洪」，係避諱，此改。

〔五〕「鶩」，文淵閣本、清刻本、排印本作「鲁」。

〔六〕詩尾，底本有匿名批識曰：「殷紅也。左傳左輪朱殷。」諸校本無。

秋峽

江濤萬古峽，肺氣久衰翁。不寐防巴虎，全生狎楚童。衣裳垂素髮，秋興賦：素髮颯以垂領。門巷落丹楓。謝靈運：曉霜楓葉丹。常怪商山老，兼存翊贊功。趙云：全生狎楚童，言爲客于外，年老而不敢恃，雖童稚亦狎熟，免其猜忌爲害，乃所以全生也。商山老，四皓也。四皓雖隱，乃出而從侍太子。高祖一見，太子遂定。既隱而出，此爲可怪。此亦孟浩然「頗嫌四皓曾多事，出爲儲王定是非」之意。公棲遲峽中老矣，蕭索如隱者而實非隱也。以四老人避秦、漢不仕，真隱矣，卒能一出于漢有翊贊之功；公自歎已流落不爲世用，然不能忘有爲之志。此忠臣畎畝不忘君也。

秋興八首其一

玉露凋傷楓樹林，李密詩：金風蕩佳節，玉露凋晚林。巫山巫峽氣蕭森。張景陽：荒楚鬱蕭森。江間波浪兼天湧，塞上風雲接地陰。叢菊兩一作重。開他日淚，孤舟一繫故園心。寒衣處處催刀尺，白帝城高急暮砧。郭泰機詩：皎皎白素絲，織爲寒女衣。良工秉刀尺，棄我忽若遺。趙云：阮籍詩：湛湛長江水，上有楓樹林。巫山，以言山；巫峽，以言水。夔以白帝城爲塞，故云塞上。叢菊兩開他日淚，此句涵蓄。蓋公于夔州見菊者二年矣，方叢菊之兩開，皆是他日感傷之淚也。

其二

夔府孤城落日一作月。斜，每依南斗望京華〔一〕。聽猿實下三聲淚，奉使虛隨八月查。畫省香爐違伏枕，山樓粉堞隱悲笳。堞，城堞也。粉，謂飾以堊土。胡人捲蘆葉，吹之爲笳。請看石上藤蘿月，已映洲前蘆荻花。趙云：南斗，師民瞻作北斗，蓋長安上直北斗。宜都山川記：峽中猿鳴至清，諸山谷傳其響。行者歌曰：巴東三峽猿鳴悲，猿鳴三聲淚霑衣。八月查事，載博物志。世亦傳爲張騫奉使尋河事而不見傳記。公屢使爲張騫，蓋承用之熟也。庾肩吾奉使江州船中七夕詩：漢使俱爲客，星槎共逐流。今公雖有理舟之役〔二〕，若奉使然，而不到天上爲虛隨矣。省署以粉畫之，謂之畫省，亦謂粉署。初學記載應劭漢官儀：尚書郎入直臺廨中，給女侍史二人，皆選端正指使從直。女侍史執香爐燒薰以從入臺中，給使護衣服，奏事明光殿。省中違伏枕，則違去畫省香爐者，以伏枕之故也。山樓粉堞，指白帝城。末句想像扁舟之往如此。北山移文：秋桂遺風，春蘿罷月。

【校勘記】

〔一〕「每依南斗」句，「南斗」，通行本杜集作「北斗」，案，二王本杜集卷十五、十家注卷二、百家注卷二十八、分門集注卷二均作「南斗」，可證原文當作「南斗」。又案，「南斗」又作「北斗」，如句下引趙注云：「南斗，師民瞻作北斗，蓋長安上直北斗。」則「北斗」最早見于宋代師民瞻本。案，草堂詩箋卷三十二、黃氏補注卷三十亦沿襲師氏之説，作「北斗」。草堂詩箋云：「北，一作南，非。蓋長安上直北斗，號『北斗城』也。春秋説題辭：南斗爲吳。十道志：長安故城，南似南斗形，北似北斗形。」據此，「北斗」蓋爲師民瞻本所改。錢箋卷十五此詩正文作「南斗」，正文下有異文云：「一作北斗。」

〔二〕「理舟」，諸校本作「理州」，訛。

其三

千家山郭静朝暉，日日一作一日。江樓坐翠微。信宿漁人還泛泛，清秋燕子故飛飛。詩：泛泛楊舟。趙云：江樓坐翠微，樓在山間也。爾雅：山欲上曰翠微〔一〕。以其氣然也。梁張率長相思云：望雲去去遠，望鳥飛飛滅。江總別袁昌州：黄鵠飛飛遠，青山去去愁。杜補遺：左太沖蜀都賦：觸石吐雲，鬱蓊薆以翠微。注：翠微，山氣之輕縹者。陸倕石闕銘：上連翠微。天邊氣也。匡衡抗疏功名薄，劉向傳經心事違。趙云：功名薄，公自言其爲左拾遺時，雖有諫諍如匡衡，而緣此帝不加省以出；比之，則功名薄也。劉向講論五經於石渠，公言其心事欲如劉向之傳經于朝而乃違背不偶也。心事違，出左傳：王心不違。又，史云：事與願違。同學少年多不賤，五陵衣馬自輕肥。薛云：文選：范彥龍贈張徐州詩：田家採樵去，薄暮方來歸。還聞稚子說，有客款柴扉。儐從皆珠玳，裘馬悉輕肥。軒蓋照墟落，傳瑞生光輝。又，劍騎何翩翩，長安五陵間。趙云：五陵衣馬，言貴公子也。西都賦：北眺五陵，言長陵、安陵、陽陵、茂陵、平陵，皆高貴豪傑之家所居。語：乘肥馬，衣輕裘。

【校勘記】

〔一〕「山欲」，文淵閣本作「未及」。案：爾雅注疏卷七釋山第十一作「未及」。

其四

聞道長安似弈碁，弈碁，互勝負也。左傳襄二十五年：今甯子視君不如弈棋。百年世事不勝一作堪。悲。王侯第宅皆新主，以喪亂而易主也。左太沖：濟濟王城內，赫赫五侯居。古詩：長衢羅夾巷，王侯多第宅。文武衣冠異昔時。直北關山金鼓振，河北尚用兵。征西車馬羽書馳。魚龍寂寞秋江冷，故國平居有所思。秦有魚龍川。杜云：草閣秋興詩乃夔州所作，豈可言秦之魚龍川乎？趙云：直北關山金鼓振，言夔州之北用兵，乃隴右關輔間也。舊注便云時河北尚用兵，考之大曆二年，豈有此事乎？征西車馬羽書馳，此所云西，專指吐蕃。征西者，將軍之號。晉書：征西起於漢代。舊本元作羽書遲，師民瞻本作羽書馳，是。或曰，言羽書遲，則望其奏克捷之功也。雖有義，但費力耳。羽書者，羽檄也。漢高祖曰：吾以羽檄召天下兵。注：檄，尺有二寸之木，插羽於其上，取其疾也。有所思字，古樂府詩題也。末句言魚龍，直以夔峽積水之府有魚龍焉。

其五

蓬萊宮闕對南山，承露金莖霄漢間。漢武帝置金露盤。西都賦：抗仙掌以承露，擢雙立之金莖。軼埃壒之混濁，鮮顥氣之清英。趙云：蓬萊，殿名，在東内大明宮，正對南山。金莖，注，孝武帝作柏梁銅柱，承露仙人掌之屬。所謂金莖，即銅柱也。西望瑤池降王母，漢武帝内傳：七月七日，西王母降。漢武帝夜忽見天西南如有白雲起，俄頃王母至。東來紫氣滿函關。老子傳注：列仙傳曰：關令尹喜，周大夫也。老子西遊，喜先見其氣，知真人當過，物色而迹之，果得老子。亦知其奇爲著書，與老子俱之流沙之西，服巨勝實，莫知其所終。趙云：瑤池，則神仙傳載：王母所居宮闕在崑崙之圃，閬風之苑。玉樓十二，瓊華之闕，左帶瑤池，右環翠水。又，周穆王觴王母於瑤池之上。望瑤池，則望其自瑤池而降也。又有載尹喜所占見紫氣滿於關上。瑤池在西極，故云西望；老子自洛陽而入函谷，故云東來。雲移雉尾開宮扇，日繞龍鱗識聖顏。一臥滄江驚歲晚，幾回青瑣照朝班。趙云：言君王御朝而諸公入朝也。崔豹古今注：商高宗有雊雉之祥，服章多用翟羽，故有雉尾扇。韓非云：夫龍之爲蟲也，柔可狎而騎也。然其喉下有逆鱗徑尺，若人有嬰之，則必殺人。人主亦有逆鱗，説者能無嬰人主之逆鱗則幾矣。雲移雉尾，則皇帝御朝，初以扇障之[一]，而開扇則如雲之移。帝堯本紀：望之如雲，就之如日。天子之相曰雲日之表。雲移，則見日，故云識聖顏。一臥滄江者，公自謂也。幾回青瑣照朝班[二]，則想望省中諸公之朝也。青瑣者，漢未央宮中門名。應劭曰：黄門郎每日暮，向青瑣門拜，謂之夕郎。散騎常侍范雲與王中書詩：攝官青瑣闥，遥望鳳凰池。大抵皆禁從事也。左傳：朝以正班爵之序。

【校勘記】

〔一〕「障」，文淵閣本作「慞」，文津閣本、文瀾閣本、清刻本、排印本作「幛」。

〔二〕「照」，清刻本、排印本作「點」。

其六

瞿唐峽口曲江頭，萬里風煙接素秋。瞿唐、曲江，雖南北萬里相遠，而秋止一色也。趙云：瞿唐峽口，則公今所在之處。曲江頭，則公故鄉長安之景。梁元帝纂要：秋亦曰素秋。曲江，在昇道坊，有流水屈曲，謂之曲江。司馬相如賦：臨曲江之隑洲，蓋其所也。花萼夾城通御氣，見白日雷霆夾城仗注。芙蓉小苑入邊愁。見青春波浪芙蓉園注。花蕚樓、芙蓉園，皆長安宮禁故事。趙云：花蕚樓，在南内興慶宮。夾城，在修德坊。芙蓉苑，在敦化坊，與立政坊相接，本隋氏離宮。大抵興慶宮、夾城、芙蓉苑皆接曲江。通御氣，則以南内爲主耳。本遊幸之地，今乃有邊愁入於其間，以紀吐蕃之亂，嘗陷京師故也。珠簾繡柱圍黄鶴，昭陽殿，織珠爲簾，風至則鳴，如珩珮之聲。錦纜牙檣起白鷗。趙云：上句蓋言繡窠作雙鶴圓狀，而用黄線繡爲鶴也。乃所謂鞠豹盤鳳之類。舊注引黄鶴樓在漢陽軍，非是。下句則芙蓉苑中有水可以泛舟故也。公嘗曰：青春波浪芙蓉園。回首可憐歌舞地，秦中自古帝王州〔一〕。謝玄暉鼓吹曲：江南佳麗地，金陵帝王州。

【校勘記】

〔一〕「古」，原作「出」，據文津閣本、文瀾閣本、清刻本、排印本並參黄氏補注卷三十、錢箋卷十五改。

其七

昆明池水漢時功，初武帝欲征昆明夷，爲有滇河，乃作池以習水戰，因而得名。武帝旌旗在眼中。織女機絲虚月夜，石鯨鱗甲動秋風。西京雜記：昆明池刻玉石爲鯨，每至雷雨，鯨常鳴吼，鬐尾皆動。漢世祭之以祈雨，往往有驗。西都賦：集乎豫章之宇，臨乎昆明之池。左牽牛，右織女，似雲漢之無涯。

杜云：西都賦注：武帝鑿昆明池，於左右作牽牛織女以象天河。趙云：漢武帝元狩三年，穿昆明池。臣瓚曰：西南夷傳：越巂昆明國，有滇池方三百里。漢使求身毒國，而爲昆明所閉，今欲伐之，故作昆明池象之，以習水戰。在長安西南，周回四十里，則所謂昆明池水漢時功也。食貨志又曰：時粤欲與漢用船戰，遂乃大修昆明池，治樓船高十餘丈，旗幟加其上。下句則泛言池中之景物矣。

波漂菰米沈雲黑，露冷蓮房墜粉紅。趙云：上句言菰之多，其望之長遠，黯黮如雲之黑也。菰米事，在周禮曰：魚宜菰。鄭玄云：菰，彫胡也。賈公彦云：今南方見有菰米。宋玉諷楚王曰：主人之女爲臣炊彫胡之飯，烹露葵之羹。宋玉，楚人也，蓋以彫胡爲珍，則菰米本南方之物，而移種於是池矣。沈雲黑字，杜田引唐本草圖經：菰又謂之茭白。歲久者中心生白臺，如小兒臂，謂之菰手。其臺中有黑者，謂之茭鬱。至後結實，乃彫胡米也。沈雲黑，其茭鬱乎？故子美行官張望補稻畦水歸詩有秋菰成黑米之句。穿鑿非是。蓋臺中有黑，則黑在實之中間，豈望而可見乎？若秋菰成黑米，自是已爲米，則可見其黑也。蓮房墜粉紅。正謬謂蓮實上花葉墜也。爾雅：荷，芙蕖。其華菡萏，其實蓮，其中的。郭璞注：蓮，謂房也。的，房中子也。

關塞極天唯鳥道，江湖滿地一漁翁。趙云：關塞，指白帝城之塞。鳥道，則一帶皆高山，故得稱鳥道。一漁翁，公自謂也。

其八

昆吾御宿自逶迤，紫閣峰陰入渼陂。杜補遺：揚雄校獵賦序：武帝廣開上林，南至宜春、鼎湖、御宿、昆吾。晉灼曰：昆吾，地名，有亭。師古曰：御宿，在樊川西。趙云：此篇紀其舊遊渼陂之事。師古曰：御宿，在樊川西。以今長安志考之，在萬年縣西南四十里。孟康注漢書曰：爲離宮別觀，禁御不得使人往來，遊觀止宿其中，故曰御宿自逶迤，想今尚如此，而引下句渼陂，大率皆終南山一帶之下耳。紫閣峰，終南山之峰名。終南山，以鄠縣言之，在東南二十里，渼陂在縣西五里。**香稻啄餘鸚鵡粒，碧梧棲老鳳凰枝。**趙云：言其昔日所見如此。秦記：初，長安謠云：鳳皇止阿房。苻堅遂於阿房城植桐數萬株。可見種桐之事。貼以鳳皇枝，則莊子：鳳皇非梧桐不栖也。因言梧桐，而以鳳事飾之。沈存中：紅稻啄餘鸚鵡粒，碧梧栖老鳳皇枝。此蓋語反而意寬。韓退之雪詩「舞鏡鸞窺沼，行天馬渡橋」亦效此體，然稍牽强，不若前人之語渾也。沈之説如此，蓋以杜公詩句本是鸚鵡啄餘紅稻粒，鳳皇栖老碧梧枝，而語反焉。韓公詩句，本是「窺沼鸞舞鏡，渡橋馬行天」，而語反焉。韓公詩從其不反之語，義雖分明而不可誦矣，却是何聲律也？若杜公詩則不然，特紀其舊遊渼陂之所見，尚餘紅稻在地，乃宮中所供鸚鵡之餘粒，又覩所種之梧，年深即老却鳳皇所棲之枝。既以紅稻、碧梧爲主，則句法不得不然也。**佳人拾翠春相問，仙侶同舟晚更移。綵筆昔遊干氣象，白頭吟望苦低垂。**趙云：言其昔日之實事。拾翠，起於曹子建洛神賦。而用「拾翠」字，則玉臺前集載費昶春郊望美人詩「芳郊拾翠人，迴袖掩芳春」，後集載虞茂衡陽王齋閣奏妓詩「拾翠天津上，回鸞鳥路中」也。春相問，方春時遊賞，佳人更相問勞也。仙侶同舟，用郭、李事。末句公蓋言其昔日曾攜綵筆題詩，干歷其氣象；今則老矣，正白頭中吟詠而望之，其頭苦於低垂。公有渼陂行，又有渼陂西南臺詩。又，與源大少府宴渼陂詩云：飯抄雲子白，瓜嚼水精寒。則爲彩筆昔遊矣。卓文君有白頭吟。

社日兩篇

九農成德業，少皞氏以九扈爲九農正。**百祀發光輝。**共工氏有子曰勾龍，能平水土，故祀以爲社。左傳：盛德者必百世祀。趙云：成德業，則七月之詩，皆農田事，而謂之陳王業也。勾龍以農事而成王者之德業，則百世祀之於是乎發光輝矣。**報效神如在，**語：祭神如神在。**馨香舊不違。**左傳所謂馨香無讒慝也。**南翁巴曲醉，北雁塞聲微。**趙云：南翁巴曲醉，公自言。其在夔州，得稱南翁。世言巴曲渝舞，又曰巴渝之音者，以漢高祖所嘗貴之也。應劭風俗通：巴有賓人剽勇，高祖爲漢王時，募取賓人，定三秦。閬中有渝水，賓人左右居，鋭氣喜舞。高祖樂其猛鋭，數觀其舞，後令樂府習之，可見矣。北雁塞聲微，則秋時雁北鄉矣。**尚想東方朔，恢諧割肉歸。**趙云：東方朔事：伏日，詔賜從官肉。太官丞日晏不來，朔獨拔劍割肉，謂其同官曰：伏日當早歸，請受賜。即懷肉去。詼諧字，方朔傳贊：朔之詼諧也。王立之詩話：老杜社日詩：尚想東方朔，詼諧割肉歸。然漢書所載朔，乃伏日也。立之之意，遂指杜公以伏日事爲社日，微言其誤矣。是不知杜公之語，以爲若使東方朔當此日而分肉，想見其亦詼諧而先割肉以歸，不亦善使事乎？鮑云：按十二諸侯年表：秦德公二年初，作伏，祠社，磔狗四門。則祠社用伏日矣。此詩用伏日事，何疑。

右一

陳平亦分肉，太史竟論功。今日江南老，他時渭北童。歡娱看絶塞，涕淚落秋風。鴛鷺迴金闕，誰憐病峽中？趙云：陳平事：里中社，平爲宰，分肉甚均。里父老曰：善！陳孺子之爲宰乎。平曰：嗟乎！使平得宰天下，亦如此肉矣。太史竟論功，則吏氏竟論列其所宰天下建立之功也〔一〕。公以爲陳平之不如，故起此嘆，以引下句。江南，則大江之南岸也。渭北，則咸陽也。咸陽在終南之南，渭水之北。公皆有家焉。春日憶李白詩云：「渭北春天樹，江東日暮雲。」正在咸陽所作也。句云它時渭北童，則言其爲童時，社日在咸陽也。絶塞，指夔，以白帝城爲塞矣。其土之人歡娱，我所看者，在此絶塞；而我方流落於此，故涕淚在秋風之中落也。鴛鷺，言侍從貴人也。金闕，天子之闕。言貴人之自金闕回者，誰念我乎？公嘗爲拾遺，蓋侍從之列矣。晉嵇含社賦序曰：社之在世，尚矣。自天子至于庶人，莫不咸用。則是日群臣集于金闕爲社，而句所以言鴛鷺回金闕也。

右二

【校勘記】

〔一〕「吏」，文津閣本、文瀾閣本、清刻本、排印本作「史」。

秋野五首

秋野日蔬蕪，謝玄暉：邑里向蕪蔬。寒江動碧虛。繫舟蠻井絡，蜀都賦：岷山之精，上爲井絡。卜宅楚村墟。夔，古楚附庸也。棗熟從一作行。人打，葵荒欲自一作且。鋤。盤飧老夫食，分減及溪魚。趙云：左太沖蜀都賦注：爲東井星之維絡。著蠻字，則凡全蜀皆井絡，而公今居夔，則爲蠻井絡。其下云楚村墟是已。夔者，楚之附庸，而楚在春秋爲蠻夷也。棗熟從人打，則又前所題桃樹云：今秋總餧貧人實。呈吳郎云：堂前撲棗任西鄰。見愛人及物矣。末句亦實道其事。

右一

易識浮生理，難教一物違〔一〕。水深魚極樂，林茂鳥知歸。見公詩「林茂鳥有歸，水深魚知聚」注。吾老甘貧病，榮華有是非。秋風吹几杖，不厭此舊本此作北。山薇。夷、齊隱於首陽山，採薇而食之。趙云：上兩句通義，所以引下句。蓋言浮生之理不難識也，以一物不可違其性言之，則浮生之理得矣。一物不可違者，何也？水深魚極樂，水淺則魚不樂矣。林茂鳥知歸，林淺則鳥不歸矣。以是推之，吾衰老矣，自安於貧病而無它念，正以榮華非不美也，而有是與非焉。吾老字，師民瞻本作衰老，是。蓋兩字方對榮華。末句又結一篇之義，不厭採薇而食，此其所以安貧病歟？

右二

【校勘記】

〔一〕「教」，原作「交」，據文瀾閣本、清刻本、排印本並參二王本杜集卷十五、錢箋卷十四改。案，十家注卷二、百家注卷二十六、分門集注卷二、黃氏補注卷三十作「交」，訛。

禮樂攻吾短，山林引興長。嵇康書：儕類見寬，不攻其過。又云：至爲禮法之士所繩，疾之如讎。又云：有入山林而不反之論〔一〕。遊山澤觀魚鳥，心甚樂之也。掉頭紗帽側〔二〕，莊子在宥篇：爵躍。掉頭紗帽，見管寧紗帽淨注。曝背竹書光。竹書，古簡册。趙云：晉書：桓溫詣謝安，值其理髮。安性遲緩，久而方罷，使取幘。溫曰：令司馬著帽進。觀此，則帽爲閑散之服矣。列子：宋國有田夫束作，自曝於日，顧謂其妻曰：負日之暄，莫有知者，以獻吾君，將有重賞。此曝背之義也。貼以竹書，則所讀竹簡之書。暗用郝隆七月七日曬腹中書事。

風落收松子，天寒割蜜房。稀疎小紅翠，駐屐近微香。趙云：班固終南頌：蜜房溜其顛。左太沖蜀都賦：蜜房郁毓被其阜。杜時可引埤雅言，蜂有兩衙應潮，其王所在，衆蜂環繞如衛。採取萬芳釀蜜，其房如脾，故曰蜂房，又謂之蜜脾。末句蓋言秋花，故小紅翠謂之稀疎也。

右三

【校勘記】

〔一〕「反」，文淵閣本作「及」。

〔二〕「側」，二王本杜集卷十五、錢箋卷十四作「仄」。

遠岸秋沙白，連山晚照紅。海賦：波如連山。潛鱗輸駭浪，江賦：駭浪暴洒，驚波飛薄〔一〕。歸翼會高風。趙云：三易之名，商曰連山。潛鱗輸駭浪，蓋言潛魚以深爲樂，而峽水之深，則輸寫駭浪。淮南子云：河水九折注海，而流不絕者，有崑崙之輸也。則此輸之謂矣。「歸翼會高風」，乃翼乎如鴻毛遇順風之義，而會則所謂風雲之會。舊注引魏文帝云適與飄風會，却成吹散之矣。砧響家家發，謝惠連：欄高砧響發，楹長杵聲哀。樵聲箇箇同。峽中樵人常唱大昌歌以弔柳青〔二〕，每聲闋即呼柳青，然不知所爲也。飛霜任青女，賜被隔南宫。淮南子：霜神，青女。注云：青女，天神，主霜雪。後漢樂崧嘗直南宫，家貧無被，帝聞而嘉之，詔大官賜尚書郎已下食〔三〕，并給帷被。公雖爲郎，而在外，故云隔爾。

右四

【校勘記】

〔一〕「江賦」三句，「江賦」原作「海賦」，檢下文「駭浪暴灑」三句，文選卷十二、全晉文卷一百二十作郭璞江賦，當是誤置，據改。

〔二〕「中」，文淵閣本作「山」，訛。

〔三〕「大」，文淵閣本作「天」，訛。

身許騏驎畫，見今代麒麟閣注。年衰鴛鷺群。公晚方登朝籍。趙云：麒麟，漢閣名，在未央宫。漢宫殿疏曰：天禄閣、麒麟閣，蕭何造以藏秘書。蘇武傳：甘露三年，單于始入朝。上思股肱之美，迺圖畫其人於麒麟閣。唯霍光不名，至蘇武凡十一人。古詩：厠迹鴛鷺。大江秋易盛，空峽夜多聞。逕隱千重石，帆留一片雲。趙云：帆留一片雲，公欲南下，已理舟準備帆席而未行也。兒童解蠻語，不必作參軍。世説：郝隆爲南蠻參軍。上巳日，作詩曰：娵隅躍清池〔一〕。桓温問：何物？答曰：蠻名魚爲娵隅。温曰：何爲作蠻語？隆曰：千里投公，始得一蠻府參軍，那得不蠻語也。

右五

【校勘記】

〔一〕「濯」，世説新語箋疏排調第三十五條作「躍」。

詠懷古跡五首

支離東北風塵際，莊子人間世支離疏注云：形體支離，不全貌。漂泊西南天地間。漂泊無定止也。趙云：上句追言安禄山之亂，時在賊中。或往河陽，或趨行在，或居秦，或居同谷，是爲東北風塵際也。下句言其入蜀，往來東、西川，且在夔也。三峽樓臺淹日月，三峽：瞿唐、巫山、黄牛也。趙云：三峽，所載名不同。明月峽在渝州，所謂西峽；其二則巴峽、巫峽，詳見忠州詩解。今專言其在夔，蓋夔上游，則月峽，下游則巴峽、巫峽，故言三峽。若言樓臺，則指白帝城之屬。不必恭州之月峽，今三峽中亦有明月峽，蓋石壁有一竅，圓透見天，其明如月，故以名峽也。五溪衣服共雲山。五溪，蠻夷所居，馬援所征之地。衣服，言異服也。共雲山，言與之雜居。薛云：按後漢：武威將軍劉尚擊武陵五溪蠻夷。注：酈元注水經云：武陵有五溪蠻，皆槃瓠之子孫也。五溪，謂雄溪、樠溪、西溪、潕溪、辰溪，土俗雄作熊，樠作朗，潕作武，在今辰州界。羯胡事主終無賴，禄山負恩，無所倚賴。詞客哀時且未還。公自言傷時也。**庾信平生最蕭瑟，暮年詩賦動江關。**周書：庾信字子山，雖位望通顯，常有鄉關之思，乃作哀江南賦以致其意。其辭略云：壯士不還，寒風蕭瑟。趙云：末句公方更欲南下，文章必遍於江南，則以信自比，宜矣。

右一

摇落深知宋玉悲，九辯云：悲哉秋之爲氣也，蕭瑟兮草木摇落而變衰。又曰：竊獨悲此凛秋。**風流儒雅亦吾師。**趙云：風流儒雅字，合兩處所出。晉書：天下言風流，以樂廣、王衍爲首。漢書：儒雅則公孫弘[一]、董仲舒。此與丹青引合，用文采風流同格。吾師字，左傳：鄭子産不毁鄉校曰：是吾師也。而著人名以言吾師，則羊祜曰：疏廣是吾師也。公又嘗用云：李陵蘇武是吾師。**悵望千秋一灑淚，**謝靈運：灑淚眺連岡。**蕭條異代不同時。**漢武帝見相如上林賦，恨不與之同時。**江山故宅空文藻，**哀江南賦：誅茅宋玉之宅。**雲雨荒臺豈夢思？**爲玉曾賦陽臺事，朝雲行雨是也。趙云：上句專言歸州之宅。玉歸州有宅，荆州又有宅。余知古渚宮故事曰：庾信因侯景之亂，自建康遁歸江陵，居宋玉故宅。宅在城北三里，故其賦云：誅茅宋玉之宅，穿逕臨江之府。此荆州宅之證也。公移居夔州入宅詩：宋玉歸州宅，雲通白帝城。此歸州宅之證也。今公尚在夔，所賦詩則江山故宅者，言其歸州宅耳。荒臺，則高唐賦：昔者楚襄王與宋玉遊於雲夢之臺，望高唐之觀。注：雲夢，楚藪也，在南郡華容縣，其中有臺館，今謂之雲雨荒臺。則賦下文云：王夢見一婦人，曰：妾巫山之女也，爲高唐之客。妾在巫山之陽，高丘之阻。旦爲朝雲，暮爲行雨。朝朝暮暮，陽臺下。旦朝視之，如言，故爲立廟，號曰朝雲。陽臺，即雲夢臺也。玉所言朝雲、行雨，托興以言夢中事，公詩句則言荒臺之雲雨，蓋誠有之，豈是夢思乎！**最是楚宮俱泯滅，舟人**

指點到今疑。疑神女之事也。

右二

【校勘記】

〔一〕「公孫弘」，「弘」原作「洪」，文瀾閣本、清刻本、排印本作「宏」，係避諱，此改。

群山萬壑赴荆門，生長明妃尚有村。一去紫臺連朔漠，獨留青冢向黄昏。薛云：圖經：昭君臺在興山山南二里，漢掖庭待詔。王嬙，字昭君，南郡秭歸人。舊經云：邑人憫昭君不回，立臺以祭焉。今有昭君村，又琴操：昭君伏毒而死，單于葬之，胡中多白草，而此冢獨青。趙云：按歸州圖經：王昭君，南郡秭歸人，興山縣有昭君村，有香溪，止云昭君所遊耳。謂因昭君草木皆香，蓋未必然。江淹恨賦：若夫明妃去時，仰天太息。紫臺稍遠，關山無極。淫風忽起，白日西匿。隴雁少飛，岱雲寡色。望君王兮何期，終蕪絶兮異域。李善注：紫臺，猶紫宫也，蓋言天子之居矣。獨留青冢，則言昭君之墓也。太白詩：生乏黄金枉圖畫，死留青冢使人嗟。畫圖省識春風面，環珮空歸月夜魂。趙云：公言在畫圖中得識昭君之美態，如春風之面。杜時可引西京雜記：漢元帝後宫頗多，不得常見，乃使畫工圖其形，案圖召幸。宫人皆賂畫工，昭君自恃其貌，獨不與，乃惡圖之。及後匈奴入朝，選美人配之，昭君之圖當行。及入辭，光彩射人，悚動左右。天子方重失信外國，悔恨不及。畫工毛延壽等皆同日棄市。却是當時毛延壽所畫事。延壽以不得金之故，畫美爲惡，豈于今所言春風面者乎？環珮空歸月夜魂，又狀言魂在月中往來而歸也。環珮者，美人所服也。陸機曰出東南行：金雀垂藻翹，瓊珮結瑤璠。是已。千歲琵琶作胡語，分明怨恨曲中論。薛云：釋名：推手向前曰琵，却手向後曰琶，因以爲名。趙云：舊注：昭君適匈奴，在路愁怨，遂於馬上彈琵琶以寄其恨，至今傳之，名昭君怨。不知何所據。此蓋牽於世俗所傳。昭君自能彈琵琶者，若魯交詩「一曲琵琶馬上彈，恨聲飛入單于國」是已。所謂昭君怨者，自是詞人賦樂府曲以之爲名，石季倫王明君詞序曰：王明君者，本王昭君，以觸文帝諱改焉。匈奴盛，請婚於漢，元帝以後宮良家子昭君配焉。昔公主嫁烏孫，令琵琶馬上作樂，以慰其道路之思，其送明君亦必爾也。其造新曲，多哀怨之聲，故叙之於紙云爾。詳味此序，則馬上彈琵琶者，乃所送昭君之人也，豈昭君自彈邪？故唐史官吳兢作樂府古題要解，亦取之以爲據。若於琵琶謂之胡語，則琵琶本胡中之樂，故一名胡琴也。

右三

蜀主窺吴幸三峽，崩年亦在永安宮。劉先主以孫權襲關羽之故，東征三吴，爲吴將陸議所破，於秭歸步歸魚復，改爲永安，遂卒於永安。本傳云：孫權聞先主住白帝，甚懼，遣使請和。此窺吴幸三峽之意也。又云：章武三年夏四月癸巳，先主殂于永安宮。翠華想像空山裏，翠華車蓋，想像猶髣髴。趙云：翠華，天子之旗。上林賦：建翠華之葳蕤〔一〕。玉殿虛無野寺中。山有卧龍寺，先主祠在焉。趙云：班固楚辭序：多稱虛無之語。而曹子建詩〔二〕：虛無求列仙。古廟杉松巢水鶴，歲時伏臘走村翁。前漢楊惲傳：田家作苦，歲時伏臘，烹豚炰羔〔三〕。武侯祠屋長鄰近，一體君臣祭祀同。自注：殿今爲寺廟，在宮東。趙云：王褒講德論：君爲元首，臣爲股肱。明其一體，相待而成。

右四

【校勘記】

〔一〕「萎」，文津閣本作「葳」。

〔二〕「詩」，原作「詣」，據文淵閣本、文津閣本、文瀾閣本、清刻本、排印本並參文選卷二十四、魏詩卷七曹植贈白馬王彪改。

〔三〕「楊惲」，原作「揚渾」，文淵閣本、文津閣本作「揚煇」，訛，據文瀾閣本、清刻本、排印本並參前漢書卷六六改。案，楊惲，字子幼，西漢華陰人。

諸葛大名垂宇宙，宗臣遺像肅清高。漢以蕭何爲宗臣，以功業爲時所宗尚也。言孔明勳烈，見於後世者，亦可擬蕭何。趙云：晉書：胡威曰：大人清高，何得此絹？三分割據紆籌策，當時孔明多籌策。陸士衡辨亡論：故遂割據山川。萬古雲霄一羽毛。言聲名飛揚，獨步萬古。伯仲之間見伊呂，指揮若定失蕭曹。謂功垂成而亮薨。趙云：言孔明在二公之間也。伯仲之間字，魏文帝典論：傅毅之於班固，伯仲之間耳。指揮若定字，前漢陳平之言楚、漢曰：誠能去兩短，集兩長，天下指麾即定矣。其後用之於大臣，則如庾信周齊王碑：一朝指麾，六合大定。失蕭曹，則亮有吞魏之志，功未成而薨。其指揮初未定也，使其事定，則一掃中原，坐吞江右〔一〕，天下混一，雖蕭何、曹參之功，亦隱失矣。見伊呂，其見字，則桓彝一見王導云：向見管夷吾之見。失蕭曹，其失字，則鮑明遠詩霧失交河城之失〔二〕。此兩字詩句之腰，最爲難著。福移漢祚難恢復，志決身殲軍務勞。趙云：舊本福移，師民瞻作運移，是。本傳注載魏氏春秋：亮使至，問其寢食及其事之煩簡，使對曰：諸葛公夙興夜寢，罰二十以上皆親擥〔三〕，所噉食不至數升。宣王曰：亮將死矣！

右五

【校勘記】

〔一〕「吞」，原作「通」，據文瀾閣本、清刻本、排印本改。

〔二〕「河」，文淵閣本作「何」，訛。

〔三〕「擥」，排印本作「鑒」，訛。

送田四弟將軍將夔州柏中丞命起居江陵節度陽城郡王衛公幕

一作夔府送田將軍赴江陵。

離筵罷多酒，起地發寒塘。迴首中丞座，見周行獨座榮注。馳牋異姓王。見八哀詩臨淮王詩注。燕辭楓樹日，雁度麥城霜。趙云：起地發寒塘，言田將軍所起發之地在夔州寒塘。回首中丞座，辭中丞而行，猶回首顧戀也。中丞言座，則御史中丞謂之獨座也。異姓王，則漢有異姓諸侯王也。田之行在秋八月，故曰燕辭楓樹日，言燕之去；雁度麥城霜，言雁之來。言楓樹，則楚地多楓。宋玉云：江水湛湛兮上有楓。而阮籍云湛湛長江水，上有楓樹林。麥城，未見所出，應是楚地之名。新添：麥城，出三國志吕蒙傳：蒙取關羽荆州〔一〕，自知孤窮，乃走麥城。欲入蜀，而潘璋斷其路。則知杜公送客往江陵，其陸路當經由麥城也。空醉山翁酒，遥憐似葛强。趙云：句以山簡比柏中丞，以葛强比田將軍。晉書：山簡鎮襄陽，郡民有佳園池。簡每出嬉遊，多之池上，置酒輒醉，名之曰高陽池。時有童兒歌曰：山公出何許？往至高陽池。日夕倒戴歸，酩酊無所知。時時能騎馬，倒著白接䍦。舉鞭向葛彊，何如并州兒。彊家在并州，簡愛將也。

【校勘記】

〔一〕「關羽」，文瀾閣本、清刻本、排印本作「關公」。

九月一日過孟十二倉曹十四主簿

藜杖侵寒露，蓬門啓曙煙。力稀經樹歇，老困撥書眠。秋覺追隨盡，來因孝友偏。清談見滋味，爾輩可忘年。趙云：藜杖，即倒使杖藜字。莊子：原憲杖藜應門。秋覺追隨盡，自言其所追隨之處已盡，不能再往，即今所來孟氏之家，因重其兄弟孝友偏篤也。末句清談謂之滋味，亦漢書所謂馮公之論將帥，有味哉。故韓退之送窮文：語言無味。亦出於此。禰衡始弱冠，孔融年四十，爲忘年交。爲忘年之契也。

過客相尋

窮老真無事，江山已定居。地幽忘盥櫛，客至罷琴書。挂壁移筐趙作留。果，呼兒問煮魚。文選樂府：呼兒烹鯉魚。時聞繫舟檝，及此問吾廬。陶潛：吾亦愛吾廬。趙云：挂壁字，摘使晉書：陶侃少時漁於雷澤，嘗網得一織梭，以挂于壁。移留果，則壁間轉所儲留之果也。末句公自言凡有舟楫過往，必來見之也。此篇有兩問字，問煮魚應錯，然不可妄塡改也。

孟倉曹步趾領新酒醬二物滿器見遺老夫

趙云：晉夏侯湛愍桐賦：詰朝之暇，步趾前廡。

楚岸通秋屐，胡床面夕畦。藉糟分汁滓，劉伶酒德頌：枕麴藉糟。漢樊儵傳：歲獻甘醪。高注：醪，醇酒，汁滓相將也。甕醬落提攜。飯糲添香味，朋來有醉泥。論語：有朋自遠方來。理生那免俗，方法報山妻。趙云：上句言孟倉曹之步趾。次句公自言其當孟倉曹相訪之時如此也。鄭康成注周禮酒正二曰醴齊云：醴，猶體也，成而汁滓相將。如今恬酒矣。舊注引樊儵傳注已在其後。周禮：醬用百有二十甕。故倒用甕醬。飯糲添香味，以言其醬。朋來有醉泥，以言其酒。阮咸語曰：未能免俗。

課小豎鉏斫舍北果林枝蔓荒穢淨訖移牀三首 一云秋日閑居。

病枕依茅棟，荒鉏淨果林。背堂資僻遠，在野興清深。山雉防求敵，詩：雉鳴求其牡。江猿應獨吟。洩雲高不去，見「洩雲蒙清塞」注。隱几亦無心。莊子：南郭子綦隱几嗒焉，似喪其耦。注：心形兩忘也。趙云：沈休文詩：茅棟嘯愁鴟。背堂資僻遠。言果林在堂之後也。果林枝蔓荒穢，則藏雉而有鬭敵之處。雉性强而善鬬。潘安仁射雉賦：逸群之俊，擅場挾兩。言不但欲專一場而已。又挾兩雌，乃所謂雉之求敵也。舊注引詩却是求偶，豈求敵之義邪？江猿應獨吟，應字平聲，亦以鉏斫果林，則猿來者少，應有獨吟者而已。末句，洩雲字，洩，私烈反，官韻作渫。魏都賦：窮岫渫雲，日月常翳。謝玄暉敬亭山詩：渫雲已漫漫，多雨亦凄凄。而公詩又曰：洩雲無定姿。却仍用洩字也。陶潛云：雲無心而出岫。雲之不去爲無心矣，而吾之隱几亦無心也。

右一

衆壑生寒早，長林卷霧齊。青蟲懸就日，朱果落封一作成。泥。以泥封其接枝也。薄俗防人面，全身學馬蹄。吟詩坐回首，隨意葛巾低。趙云：朱果落封泥，園家愛惜好果，以泥封之。言朱果，熟而色赤。落封泥，所封之泥久而自落也。薄俗防人面，使人面獸心之義，蓋言薄俗之可防也。舊注引左傳人心不同，如其面焉，止是面之不同耳，於防字無義。全身學馬蹄，取莊子馬蹄篇，所謂「馬蹄可以踐霜雪，毛可以禦風寒」。齕草飲水，翹足而陸，此馬之真性也。

右二

籬弱門何向，沙虛岸只一作自。摧。日斜魚更食，客散鳥還來。寒水光難定，秋山響易哀。天涯稍曛黑，謝靈運詩：朝遊窮曛黑。倚杖更徘徊。

右三

峽口二首

峽口大江間，一作闊。西南控百蠻。施、黔連五溪之蠻也。城欹連粉堞，岸斷更青山。開闢多天險，天設之險也，言險因開闢而後通爾〔二〕。防隅一水關。亂離聞鼓角，秋氣動衰顏。趙云：城欹連粉堞，言山上白帝城也。防隅一水關，言峽口有鐵鎖爲關防也。防隅字，當是防虞。鼓角，蓋城上防戍所擊吹者。以身當亂離之際聞之，所以感動衰顔也。

右一

【校勘記】

〔一〕「因」，原作「困」，訛，據諸校本改。

時清關失險，世亂戟如林。去矣英雄事，荒哉割據心。當公孫述、劉備之際，夔爲要衝。蘆花留客晚，楓樹坐猿深。疲薾煩親故，諸侯數賜金。趙云：阮籍臨廣武而歎曰：時無英雄，使豎子成名。末句一本公自注云：主人柏中丞頻分月俸。蓋節度、郡守，古諸侯也，故所貽之金得稱賜金。

右二

村雨

雨聲傳兩夜，寒事颯高秋。挈帶看朱紱，開箱覩黑裘。蘇季子不得用貂裘弊黑。世情只益睡，盜賊敢忘憂。松菊新霑洗，茅齋慰遠遊。趙云：公時服緋，故用朱紱字。挈帶看朱紱，開箱覩黑裘。以雨之故，恐其浥醭故也。朱紱，在易用朱黻字，在左傳用朱芾字，雖通於紱，而用朱紱字，則韋孟諫詩黼衣朱紱也〔一〕。世情只益睡，亦以雨悶，思及世情，惟睡而已。然時方盜賊，敢忘禍亂之憂乎？

【校勘記】

〔一〕「韋孟」，原作「韋賢」，據文瀾閣本、清刻本、排印本並參漢書卷七十三韋賢傳、漢詩卷二韋孟諷諫詩改。

寒雨朝行視園樹

柴門雜樹向千株，丹橘黄甘此地無。江上今朝寒雨歇，籬中秀一作邊新。色畫屏紆。桃蹊李徑年雖故，李廣贊：諺曰：桃李不言，下自成蹊。師古曰：蹊徑，道也。梔子紅椒艷復一作色。殊。鑠石藤梢元自落，倚天松骨見來枯。林香出實垂將盡，葉蔕辭枝不重蘇。愛日恩光蒙借貸，左傳云：冬日可愛。清霜殺氣得憂虞。釋名云：霜者，喪也。其氣慘毒，物皆喪也。衰顏動覓藜牀坐，管寧家貧，坐藜牀欲穿，爲學不倦。緩步仍須竹杖扶。費長房投竹杖於葛陂，化龍而去。散騎未知雲閣處，啼猿僻在楚山隅。潘安仁：秋興賦序：寓直于散騎之省，高閣連雲。趙云：江南種橘，江北成枳，則甘橘自是楚地之所有耳。故曰北地無。舊本籬中秀色，又云籬邊新色。師民瞻作籬邊秀色，是。元自、見來之語，皆言其久遠如此矣。東坡詩：面骨向人元自白，眉毛覆眼見來烏蓋出於此耳。謝玄暉詩：桃李成蹊徑。舊注止有蹊字，是不知捨祖而取孫矣。梁孔翁歸班婕妤詩：恩光隨妙舞。月令：仲秋之月，殺氣浸盛。末句公以流落在外州，别無官署之意。潘安仁爲虎賁中郎將，其秋興賦序云云。今公以别無官署，故言未知雲閣處，止在啼猿之地耳〔一〕。文選江淹上書曰：大王惠以恩光，顧以顏色。

【校勘記】

〔一〕「止」，原作「上」，訛，據文瀾閣本、清刻本、排印本並參先後解輯校戊帙卷八此詩趙注〔七〕改。

偶題

趙云：此篇二十二韻，首論文章，而終之以流落懷念故國。

文章千古事，得失寸心知。趙云：言文章垂不朽之事，其得其失，蓋吾心自知之。禪家嘗云：如人飲水，冷暖自知。亦此之謂。文選：吐滂沛乎寸心。夫自寸心而出，豈不自知哉！作者皆殊列，名聲豈浪垂。言以文章名，必有所長也。趙云：孔子曰：作者七人矣。故凡有所興作，得相承謂之作者。作者殊列，若曰：某人能詩，某人能賦，某人能文，是之謂殊列。亦豈有無其實而有其名哉！騷人嗟不見，漢道盛於斯。漢文章深厚，有古人之風。趙云：上句指屈原、宋玉。文章之祖起於騷。嗟不見，則屈、宋遠矣。下句則前漢先有司馬遷、相如，後有劉向、揚子雲、王褒之屬；後漢有班固父子、張平子之屬也。嗟不見字，如：愛而不見，搔首踟躕。盛於斯，則倒用於斯爲盛也。亦以言惟漢爲盛，傷今不如也。前漢公孫弘等贊曰[一]：漢之得人，於茲爲盛。文選范彥龍傚古：漢道日休明。前輩飛騰入，餘波綺麗爲。趙云：選：喜謗前輩。則楚漢已來載在典册，皆前輩也。飛騰字，使飛英聲、騰茂實也。書：餘波及于流沙。文賦：或藻思綺合，清麗芊眠。亦摘字用。文章至於綺麗，乃騷、雅之末流，故謂之餘波。舊注：綺麗，騷人之作，非是。後賢兼舊制，或作利、作列。後之作者兼騷之體也。歷代各清規。趙云：此言後輩兼取前輩之所利以爲規範，乃公所謂遞相祖述也。已上普言之耳。法自儒家有，心從弱歲疲。趙云：公自謂也。言文章之法，自是吾儒家者流所有，而吾之用心，已自弱冠時疲苦至今也。如公之家，則又累世儒矣，蓋其祖審言，已有文稱也。永懷江左逸，多病鄴中奇。趙云：公蓋以謝靈運、鮑明遠爲懷，又以劉公幹自恃也[二]。江左，則嵇、阮、鮑、謝之徒。文選多取焉，故公永懷之。舊本注云：鄴，魏所都。文帝好文，故作者多尚奇。江文通云：關西、鄴下，既已罕同；河外江南，頗爲異法。按，江文通雜擬詩序固有此語。舊注因其有鄴下兩字引用，却便云文帝好文，故作者多尚奇，以附會爲鄴中奇，非是。按，魏文帝好文，其在鄴也，有七子皆能文，乃王粲、徐幹、陳琳、阮瑀、劉楨、孔融、應瑒。而劉楨者多病，所謂余嬰沈痼疾，竄身清漳濱。謝靈運擬其詩，序云：劉楨卓犖偏人，而文最有氣，所得頗經奇；則多病者，指劉楨，爲鄴中之奇也。公亦多病，故專以自比。

騄驥皆良馬，騏驎帶好兒。車輪徒已斲，堂構惜仍虧。趙云：言文士必有佳子[三]，而自嘆其子之文不逮於己也。騄耳、騏驎，雖是二馬，而皆良馬。騏驎之子，仍是騏驎，故云帶好兒。如輪扁者，妙於斲輪而不能傳其子。事見莊子：臣不能以喻臣之子，臣之子亦不能以受之於臣，是以行年七十而老斲輪。堂構之虧，則書：若考作室，既底法，厥子乃弗肯堂，矧肯構。然則，題爲偶題，豈公有所感而作此詩耶？

謾作潛夫論，虛傳幼婦碑。趙云：此又嘆其文章如此，而自流傳也。後漢：王符字節信，隱居著書三十餘篇，以譏當時失得，不欲章顯其名，故號曰潛夫論。曹操與楊脩讀曹娥碑陰有八字曰：黃絹幼婦，外孫齏臼。脩即解得。操行三十里乃悟，云：黃絹，色絲，絶字也；幼婦，少女，妙字也；外孫，女子之子，好字也；齏臼，受辛之器，辤字也。言絶妙好辭，與楊合。操曰：有智無智，校三十里。

緣情慰漂蕩，文賦：詩緣情而綺靡。抱疾屢遷移。經濟慚長策，飛棲假一枝。莊子：鷦鷯巢於深林，不過一枝。左太沖：巢林棲一枝，可爲達士模。唐李義府始召見，太宗遂令詠烏，其末句：上林多許樹，不過一枝棲[四]。帝曰：吾將全樹借汝，豈惟一枝？

塵沙傍蜂蠆，江峽繞蛟螭。蜂蠆、蛟螭，皆毒物也，言避患難不暇爾。趙云：言其製作緣情而生，以慰漂蕩耳。抱疾屢遷移，又申言漂蕩之實。曹子建離思賦：余抱疾以賓從，扶衡軫而不移。經濟慚長策，雖爲自謙，蓋亦自傷於不用也。晉石苞傳：景帝言苞曰：雖細行不足，而有經國才略。夫貞廉之士，未必能經濟世務。飛棲一枝，以鳥爲喻，又以成屢遷移之句。賈誼云：振長策而馭宇內。蜂蠆、蛟螭，言其所棲托於夔州之地如此也。

蕭瑟唐虞遠，聯翩楚漢危。聖朝兼盜賊，胡虜爲中原之亂也。異俗更喧卑。公北人而在南，故呼楚人爲異俗。喧卑，嚻雜貌。趙云：歎治古之不復見，傷戰爭之不能安。治古，莫過於唐虞，故以唐虞爲言。戰爭，莫切於項羽與漢高祖，故以楚漢爲言。舊注於唐虞下注：沈休文論虞夏以來，遺文不覩；於楚漢下注：江文通雜體詩序：夫楚謠漢風，既非一骨。已隔漂蕩遷移，居峽之後，豈却尚言文章邪？又與下段不接。蓋公已自緣情慰漂蕩而下，轉入悼已傷時之事矣。唐虞既遠，而楚漢可傷，其在今日，則聖朝雖聖，乃兼有盜賊，蓋前有安史〔五〕，今有吐蕃也。周禮本俗六有曰除盜賊〔六〕。鮑明遠舞鶴賦：歸人寰之喧卑〔七〕。鬱鬱星辰劍，蒼蒼雲雨池。趙云：上句又以歎其埋鏟，下句又以言其潛隱。蓋言如劍之埋而未呈，如蛟龍之在池而未出也。雷次宗豫章記載酆城劍事，或曰：劍上有七星之狀。公於瞑詩云正枕當星劍是已。理固有之，而未見所出。唯薛燭觀純鈎之劍曰：觀其文，則列星之行。然亦不分明有星辰字。周瑜言劉備曰：蛟龍得雲雨，終非池中物。兩都開幕府，萬寓插軍麾。趙云：上句則前此吐蕃陷東京，又陷京師，又掠涇、邠，躪鳳翔，入醴泉、奉天。時京師大震，則兩都曷嘗不置軍營而開幕府邪？下句則天下皆用兵矣。南海殘銅柱，東風避月支。匈奴傳：東胡强而月氏盛。趙云：在南亦有侵犯者，如廣德二年西原蠻陷邵州，大曆二年桂州山獠反，是已。銅柱，則馬援征南時，立銅柱而勒功於其上也。殘，則幸餘此物耳。月支胡在漢爲梗，今以比吐蕃。寇自西而來，犯順於東，故東風避之〔八〕。詩人行語如李大夫自長安赴廣州而云「南斗避文星」也。音書恨烏鵲，西京雜記：乾鵲噪而行人至。文選：魏武帝短歌行：月明星稀，烏鵲南飛。號怒怪熊羆。苦寒行：熊羆對我蹲。趙云：禍亂之際，道路阻塞，家信不通，故恨烏鵲之不信也。下句言在夔山居之所有也。稼穡分詩興，役於營生，不暇吟詠。柴荊學土宜。習其風俗。趙云：謝靈運去郡詩：促裝反柴荊。周禮有土宜之法。故山迷白閣，秋水憶黃陂。白閣、黃陂，關中山水。趙云：皇陂作黃陂，其字非是。舊注云：皆關中山水，雖是而摸稜。白閣，則終南山相附之山名。公渼陂西南臺詩又云「顛倒白閣影」是已。皇陂，則皇子陂也。公於重過何氏詩云：「雲薄翠微寺，天清皇子陂。」又，贈鄭十八虔詩「第五橋東流恨水，皇陂岸北結愁亭」是已。舊本二詩於過何氏詩中皇亦作黄，誤。當作皇，今以白對皇，此「廚人具雞黍，稚子摘楊梅」之格。不敢要佳句，愁來賦别離。趙云：賦别離，則言去鄉國之遠也。楚辭：悲莫悲於生别離。世説載孫興公作天台賦成，以示范榮期。每至佳句，輒云：應是我輩語。公詩嘗曰：爲人性癖耽佳句，語不驚人死不休。而今却曰不敢要佳句，則詩人變化，各有所主，豈可拘哉！

【校勘記】

〔一〕「公孫弘」，「弘」原作「洪」，清刻本、排印本作「宏」，係避諱，此改。

〔二〕「恃」，文瀾閣本、清刻本、排印本作「比」。

〔三〕「佳」，原作「桂」，訛，據文淵閣本、文津閣本、文瀾閣本、清刻本、排印本改。

〔四〕「上林多許樹不過一枝栖」文瀾閣本、清刻本、排印本作「上林多少樹許借一枝栖」。

〔五〕「蓋」，文瀾閣本、清刻本、排印本無。

〔六〕「本俗六有」，文瀾閣本、清刻本、排印本作「荒政十二」。

〔七〕「歸」，原作「陋」，據初學記卷三十鳥部、文選卷十四、全宋文卷四十六鮑照舞鶴賦改。

〔八〕「故」，文淵閣本作「胡」，訛。

雨晴

雨時一作晴。山不改，晴罷峽如新。言陰晴在雨，而不在山也。天路看殊俗，秋江思殺人。有猿揮淚盡，荆州記：巴山之峽巫山長，猿啼三聲淚霑裳〔一〕。無犬附一作送。書頻。故國愁眉外，長歌欲損神。趙云：言或雨或晴，山不變改，而晴之既罷，則峽又如新也。天路看殊俗，言身在長安，乃天路之人，而却來此看殊俗也。枚乘詩：美人在雲端，天路杳無期。庾信廣化公墓銘：化被殊俗，威行鄰境，非詩大序國異政，家殊俗中字也。古詞有愁殺人。陸士衡赴洛詩：親友贈予邁，揮淚廣川陰。陸機有犬曰黄耳，在洛中使附書歸江左。

【校勘記】

〔一〕「巫山」下原衍「巫」字；「啼」，原作「鳴」，據文淵閣本、文津閣本、文瀾閣本、清刻本、排印本删。

晚晴吴郎見過北舍

圃畦新雨潤，媿子廢鉏來。竹杖交頭拄，柴扉掃徑開。欲棲群鳥亂，未去小童催。明日重陽酒，相迎自撥醅。趙云：費長房投竹杖於葛陂，化龍而去。未去小童催，此亦道實事耳。新雨，一作佳雨，非。蓋不必如是方爲奇也。

解悶十二首

草閣柴扉星散居，浪翻江黑雨飛初。鮑照：翻浪揚白鷗。山禽引子哺紅果，溪友一作女。得錢留白魚。趙云：庾信寒園即目詩：寒園星散居，摇落小村墟。溪女，一作溪友，當以女爲正，蓋公嘗使溪女字。如云負鹽出井此溪女，豈亦用神仙張道陵降十二溪女有此兩字者乎？

右一

商胡離別下揚州，憶上西一作蘭。陵故驛樓。爲問淮南米貴賤，老夫乘興欲東遊。趙云：此篇亦道實事。恰有一胡商下揚州而來別，其人曾與公同上蘭陵驛樓，乃追言之也。末句則因其行而問淮南米價，公欲南下也。舊本東遊作東流，西陵又作蘭陵。師民瞻本作東遊，是。并取西陵字，亦是。然蘭陵在楚州，荀卿曾爲蘭陵令；西陵則在鄴，曹操云望吾西陵，取次是曾相見處耳。

右二

一辭故國十經秋，每見秋瓜憶故丘。今日南湖采薇蕨，何人爲覓鄭瓜州？自注：今鄭祕監審。趙云：何人爲覓鄭瓜州，則鄭監必實有瓜州之命，或舊曾守瓜州，尚有此稱；緣主鄭作詩，故首句言每見秋瓜憶故丘，以引瓜州，爲疊二瓜字，乃詩人之老句也。瓜州，一作袁州，非。蓋不著此瓜字，則與上句不相干也。憶故丘事，公長安人，長安之東門曰青門，故侯邵平種瓜於此，時號邵平瓜。一作憶故侯，於義亦通，大抵公懷鄉之語耳。

右三

沈范早知何水部，沈范謂沈約、范雲。曹劉不待薛郎中。水部郎中薛據。獨當省署開文苑，兼泛滄浪學釣翁。趙云：何遜與薛據俱是水部之官，而何遜能詩，早爲沈約、范雲所知。若薛據者，恨不與曹子建、劉楨同時，而言二人不待之也。末句言薛在省部時，已擅文章而開文苑。後漢有文苑傳。公在荆南有江湖之樂，斯爲學釣翁乎。漁父所謂滄浪之水也。

右四

李陵蘇武是吾師，世之言五言詩始於蘇武、李陵。孟子論文更不疑。一飯未曾留俗客，數篇今見古人詩。校書郎，孟雲卿。趙云：五言詩起於李陵、蘇武。今文選所載良時不再至，又骨肉緣枝葉等篇是也。蓋實公之所服膺，豈不曰是吾師乎？孟子論文更不疑，指孟雲卿之能文。魏文帝典論有論文一篇。末句又專言孟矣。

右五

復憶襄陽孟浩然，清詩句句盡堪傳。即今耆舊無新語，謾釣槎頭縮項鯿。

浩然，開元時人。詩云：梅花殘臘月，柳色半春天。鳥泊隨陽雁，魚藏縮項鯿。又云：試垂竹竿釣，果得查頭鯿。鯿，魚也。楚人云：長腰粳米、縮頭鯿魚，爲美味也。皮日休詩：慇懃莫笑襄陽住，爲愛南陽縮項鯿〔一〕。趙云：習鑿齒襄陽耆舊傳：漢水中鯿魚甚美，常禁人捕，以槎斷水，因謂之槎頭鯿。宋張敬兒爲刺史，齊高帝求此魚。敬兒作六槽船置魚而獻，曰：奉槎頭縮項鯿一千八百頭。而浩然詩兩用之。言浩然已死，今耆舊之間，不能復造新語，以言鯿魚，但謾釣之而已。

右六

【校勘記】

〔一〕「南陽」，全唐詩卷六百一十三皮日休送從弟皮崇歸複州作「南溪」。

陶冶性靈存底物，顏氏之推家訓論文章曰：陶冶性靈，從容諷諫。新詩改罷自長吟。孰知二謝將能事，玄暉、靈運。頗學陰何苦用心。趙云：孰知者，稔孰之孰。古用此字，非孰何之孰也。公自言其稔孰知謝靈運、謝惠連，將此作詩爲能事，而我亦以爲能事也。易云：天下之能事畢矣。陰則陰鏗，何則何遜。苦用心，則不苟且爲之矣。莊子曰：天王之用心。古詩：晨風懷苦心。陸士衡云：志士多苦心。

右七

不見高人王右丞，藍田丘壑漫寒藤。最傳秀句寰區滿，未絶風流相國能。趙云：王右丞，王維也，有别墅在藍田，所謂輞川也。右丞能詩，見有集行於世。其弟相國縉亦能詩，時見數篇于摩詰集中。縉本傳亦云：少好學，與兄維俱以名聞。

右八

先帝貴妃今寂寞，荔枝還復入長安。炎方每續朱櫻獻，玉座應悲白露團。謝玄暉：玉座猶寂寞，况乃妾身輕。杜補遺：唐史遺事云：乾元初，明皇幸蜀回，適嶺南進荔枝，上感念楊妃，不覺悲慟追絶，高力士於御座旁設位享之，上稍蘇息。趙云：此篇專憶明皇時進荔枝事。東坡云：天寶歲貢取之涪。以其由子午道進，所以知其爲涪也。當時貢荔枝雖是涪州，特以涪州比廣南路尤可生致，而廣南之獻，則在唐爲歲獻之常矣。今末句云炎方每續朱櫻獻，則併及廣南言之。左太沖蜀都賦云：朱櫻春熟，素柰夏成。禮記月令：仲夏之月，天子嘗黍，羞以含桃，先薦寢廟。漢惠帝常出離宫，叔孫通曰：古者有春嘗果，方今櫻桃可獻，願陛下出，因取櫻桃獻宗廟。上許之。諸果獻由此興。今云朱櫻獻，則亦南方之所貢也。玉座應悲，自楊妃死，今明皇見荔枝入貢，追念而悲矣。

右九

憶過瀘戎摘荔枝，青楓隱映石逶迤。京中舊見君顔色，紅顆酸甜只自知。

杜補遺云：扶風記云：此木以荔枝爲名者，以其結實時枝弱而蒂牢不可摘取，以刀斧劙取其枝，故以爲名。閩中四郡所出，肌肉甚厚，甘香瑩白；廣、蜀荔枝小，酸而肉薄，其精好者，僅比閩之下品。劙，音利。趙云：荔枝，蜀中有之，而瀘、戎爲多。舊見君顔色，君字，指言荔枝也。其亦王子猷君竹之義乎？公於它物，則爾、汝之矣。紅顆酸甜只自知，却言今所嘗食有酸有甜，自知之也。

右十

翠瓜碧李沈玉甃，玉，甃井也。魏文帝書：浮甘瓜於清泉，沈朱李於寒水。赤梨蒲萄寒露成。可憐先不異枝蔓，此物娟娟長遠生。趙云：此物字，祖出左傳，而選詩之言庭樹曰：此物何足貴，但感别經時。則凡所主之物曰此物。今應言荔枝也。瓜、李、梨、蒲萄，備言一歲之果。言同是果實可憐，先與荔枝不異枝蔓，他處所有，而此物長於遠地，娟娟然生，所以嘆異荔枝之爲物也。此篇與後篇皆不犯荔枝字，而意義自明。

右十一

側生野岸及江蒲，不熟丹宮滿玉壺。雲壑布衣鮐背死，勞生讀作人字。重馬翠眉須。杜補遺云：歐本勞生作勞人，重馬作害馬，眉疎作眉須。左思蜀都賦曰：邛竹緣嶺，菌桂臨崖。旁挺龍目，側生荔枝。布緑葉之萋萋，結朱實之離離。按，楊貴妃嗜荔枝，必欲生致之，乃置騎曉夜傳送，至京師色味猶未變。當是時，布衣賢士不能搜訪馴召。至於老死山谷之間，以貴妃須荔枝之故，反勞人害馬，力求於數千里之外，子美所以作是詩也。武后所撰字一生爲人，當作勞人。趙云：江蒲，則自戎僰而下，以畝爲蒲，今官私契約皆然。因以押韻。師民瞻本作江浦，非是。不熟丹宮滿玉壺，言其不生長安故耳。丹宮，神仙之宮，以比禁苑之地。玉壺者，珍貴之器，以言至尊之奉。惟其不熟丹宮而滿玉壺，所以求之於遠也。魯直云：善本是勞人重馬翠眉須，蓋言勞苦人力，重疊馳馬，只爲翠眉之人所須，乃指言貴妃矣。況須字與壺字同韻，而疎字爲失韻，則魯直之説信而有證也。勞人雖祖於詩云勞人草草，其後如梁大同二年，地生白毛，長二尺，孫盛以爲勞人之異。重馬，史記始皇紀有曰：河魚大上，輕車重馬東就食。司馬貞謂：言時之災異，魚大上於河岸，故人駭異而去，就食於東。則重馬者，重疊馬而行也。雲壑，則孔德璋北山移文云：誘我松桂，欺我雲壑。鮐背，則老者之狀。曰：黃髮鮐背。又曰：鮐背兒齒。

右十二

復愁十二首

趙云：前題曰解悶，而此題曰復愁，悶既解之以詩矣，而又有可愁之事也。

人煙生處僻，一云遠處。趙云：曹子建詩：千里無人煙。虎跡過新蹄。野鶻翻窺草，村船逆上溪。

右一

釣艇收緡盡，昏鴉接翅稀。月生初學扇，雲細不成衣。初學扇，謂未甚圓也；不成衣，言細也。趙云：公於有待至昏鴉之下自注：何遜云：昏鴉接翅歸。然今改一稀字，意義遂與遜詩不同矣。於月言扇，於雲言衣，如劉希夷佳人春遊云：池月憐歌扇，山雲愛舞衣。又，李義府堂堂詞云：鏤月成歌扇，裁雲作舞衣。今公所用，又爲新矣。

右二

萬國尚防寇，故園今若何？昔歸相識少，早已戰場多！趙云：故園，指言長安也。昔歸相識少，言往時自外而歸，已自相識少矣，今又可知也。早已戰場多，又言京都之地早時已自爲戰場，至于今也。豈不以安、史亂於前，而吐蕃亂於後邪？

右三

身覺省郎在，家須農事歸。年深荒草徑，老恐失柴扉。趙云：上句言覺得省郎之身在也。此牛僧孺所謂見在身矣。公爲尚書工部員外郎，故云。次句指言長安之家。公在瀼西，已親稼穡矣，則得歸長安本家，亦須以農事往也。末句蓋言離去故國多年，其所居必荒蔓草，而老身又恐失柴扉而不得返矣。

右四

金絲鏤一作縷。箭鏃，皂尾製一作掣。旗竿。一自風塵起，猶嗟行路難。金絲箭、皂尾旗，皆胡服也。趙云：首兩句蓋貴將之物，平時所用，至風塵起而未息，則亦厭之矣，所以有行路難之嗟也。隋顏之推古意詩：歌舞未終曲，風塵暗天起。行路難，古樂府有此名。

右五

貞觀銅牙弩，開元錦獸張。花門小前一作箭。好，此物棄沙場。趙云：詳此詩末句，則銅牙弩、錦獸張乃貞觀、開元所以賜蠻夷者。花門回紇恃其有助順討安賊之功，輕小前好，而銅牙弩、錦獸張者，棄之於沙場也。師民瞻本却取一作小箭好，則無義矣。杜補遺：唐六典注：釋名曰：弩，怒也，有怒勢也；其柄曰臂，似人臂也；鉤弦曰牙，似牙齒也；牙外曰郭，爲牙之規郭也；合名之曰機，如門户樞機，開闔有節也。書曰：若虞機張。則所謂錦獸張者，亦弩之物耳。又南越志云：龍川，唐時常有銅弩牙流出水，皆銀黃雕鏤，取之製弩。父老云：其地蓋越王弩營也。

右六

今日翔麟馬，先宜駕鼓車。無勞問河北，諸將角榮華。趙云：薛蒼舒云：按唐志：翔麟，廄名。先宜駕鼓車，則公欲息兵休戰矣。漢文帝朝，有獻千里馬者，帝命以駕鼓車。末句，問者，饋問之問。言此馬不勞問遺河北，徒使諸將角勝於榮華而已〔一〕。此公恨諸將不勤王之甚。角字，舊正作覺，非。

右七

【校勘記】

〔一〕「榮」，文淵閣本作「勞」。

任轉江淮粟，休添苑囿兵。由來貔虎士，不滿鳳皇城。趙云：休添苑囿兵，則代宗嘗自治兵於苑中，長安城中必添兵矣。公意在息兵，以不添兵爲上。而任轉粟，則但欲長安足食也。書云：如虎如貔。鳳皇城，則秦穆公女吹簫，鳳降其城，因號丹鳳城。其後言京都之城曰鳳城。李嶠單題城詩云：獨下仙人鳳，群驚御史烏。亦用此鳳事也。

右八

江上亦秋色，火雲終不移。巫山猶錦樹，南國且黄鸝。趙云：火雲當秋而不移，則餘熱猶在矣。隋盧思道納凉賦云：陽風洪其長扇，火雲赫而四舉。末句蓋言秋時在夔，則見巫山之樹猶是錦樹；及儘南下，則在春時，且却聽黄鸝也。樹變青而丹，謂之錦樹。公詩又言今朝碧樹行錦樹也。

右九

每恨陶彭澤，無錢對菊花。如今九日至，自覺酒須賒。趙云：檀道鸞續晉陽秋曰：陶潛九月九日無酒，於宅邊摘菊盈把，久，望見白衣人，乃王弘送酒，即便就酌而歸。末句酒須賒，則公亦無錢沽之矣。庾信云：胸中無學，猶手中無錢。

右十

病減詩仍拙，吟多意有餘。莫看江總老，猶被賞時魚。趙云：此篇惟末句難解。謂之被魚，則被服之被，魚應是魚袋之魚。唐有賞緋魚袋，有賜緋魚袋。然公官銜則賜緋魚袋者，安得謂之賞時魚乎？按江總傳：總尤工五言、七言。則公詩首句爲言作詩而末及江總，蓋公亦喜其詩矣。

右十一

胡虜何曾盛，干戈不肯休。閭閻聽小子，談話覓封侯。趙云：此篇公蓋憤生事邀功，濫冒榮寵者矣。苟能盡命致死，則可以一戰而滅之，惟其延歲月以用兵，反以爲胡虜之盛。蓋其意在於己身之富貴，所以雖閭閻小子，亦説取封侯耳。師民瞻本談話作談笑，亦通。

右十二

諸將五首

趙云：按編年通載，今歲二月，吐蕃雖遣使來朝，而九月又陷原州。公詩蓋責諸將之不力戰，追言前事以諷之。第五篇獨美嚴公，蓋公第三次來成都時，先破吐蕃於當狗城，克鹽川城西，此所以深望諸將如之也。

漢朝陵墓對南山，張孟陽七哀詩：北邙何壘壘，高陵有四五。借問誰家墳，皆云漢世主。恭文遥相望，原陵鬱膴膴。胡虜千秋尚入關。昨日玉魚蒙葬地，西京雜記：長安大明宮宣政殿，每夜見數十騎，衣鮮麗遊往其間。高宗使巫祝劉明奴、王湛然問其所由。鬼云〔一〕：我是漢楚王戊太子，死葬於此。明奴等曰：按漢書：戊與七國反，誅死無後，焉得有子葬於此？鬼曰：我當時入朝，以路遠不從坐。後病死，天子於此葬我，漢書自有遺誤耳。明奴因宣詔與改葬。鬼喜曰：我昔日亦是近屬豪貴，今在天子宮内，出入不安，改卜極幸甚。我死時，天子斂我玉魚一雙，今猶未朽，必以此相送，勿見奪也。明奴以事奏聞，及發掘，玉魚宛然，自是其事遂絶。早時金盌出人間。孔氏志怪曰：盧充家西有崔少府墓。充一日見一府舍，入門進見少府，少府欲充與小女爲婚。女生男。三月三日，山陰水戲，忽見崔氏抱兒還充〔二〕，又與盌〔三〕，并贈詩一首。充取兒、盌及詩，女忽不見。充詣市賣盌，崔女姨曰：我妹之女嫁而亡，贈以金盌，著棺中云。杜田補遺云：沈炯字初明，爲魏所虜，嘗獨行經漢武通天臺，爲表奏之，陳己思鄉之意。其略曰：甲帳珠簾，一朝零落。茂陵玉盌，遂出人間。竊詳是詩首句云「漢朝陵墓對南山」，即盌出人間，乃茂陵事也。但金玉字異爾。元注引盧充金盌事，恐不類。姑兩存之，必有能辨者。趙云：此四句所以激怒諸將也。漢朝天子之陵，大臣之墓，多對南山，千秋萬歲，以爲固矣。而胡虜尚能入關，不無侵掘也。題是諸將，止言將臣之貴者，常蒙玉魚之賜，且有金盌在墓而出，皆人臣事耳。止用「出人間」三字，全出己見，有發墓之意，不必泥金盌止是女人之事也。師民瞻本作出人寰，蓋爲後句改「北斗閑」爲「北斗間」而然也。

見愁汗馬西戎逼，曾閃朱旗北斗閑〔四〕。

子美父名閑，集中兩處用閑字，皆非是。謂吐蕃踐河隴，陷京師也。趙云：前四句言既有胡虜之禍，發掘冢墓矣；今繼有吐蕃之難，而諸將不知憤激，速來長安禦戎也。東京賦云：高祖仗朱旗而建大號。北斗，言長安。長安號北斗城也。諸將所以汗馬者，以西戎之逼也。然閃朱旗於北斗城中，而翻閑暇焉，則以不措意於勤王，及犬戎之既去爲不及事也。蔡伯世本改作北斗殿，師民瞻本改作北斗間，蓋皆牽於杜公父名閑，必不使閑字，而以意改耳。左傳曰：左輪朱殷。以血染之而後殷也。朱旗之閃何至殷北斗乎？若北斗間，則間字語弱，別無含蓄之意，又乃指其所之辭，亦與逼字不敵矣。兼自閑字，公亦嘗使曰：翩翩戲蝶過閑慢〔五〕。不可改閑字作別字。今所云北斗閑，皆臨文不諱。如韓退之父名卿，而退之豈不使卿字邪？

多少材官守涇渭，

漢材官蹶張，皆武臣也。

將軍且莫破愁顏。

趙云：上六句皆是已往之事，已責之矣。今此言費材官以守涇渭之水，則深防寇賊之禍，爲將軍者且莫破愁顏而爲樂也。高適嘗言於明皇曰：監軍諸將不恤軍務，以倡優、蒲塞相娛樂。則公今有且莫破愁顏之戒，宜矣。

右一

【校勘記】

〔一〕「云」，文淵閣本、文津閣本、文瀾閣本、清刻本、排印本作「曰」。

〔二〕「忽」，清刻本、排印本作「或」。

〔三〕「又」，清刻本、排印本作「入」。

〔四〕「閑」，錢箋卷十五作「殷」。

〔五〕「翩翩戲蝶過閑慢」，「翩翩」本集卷三十六小寒食舟中作詩作「娟娟」，「慢」本集作「幔」。

韓公本意築三城，擬絶天驕拔漢旌。匈奴傳：天之驕子。薛云：唐吕温三受降城碑：默啜强暴。朔方大總管韓國公張仁愿請築三城，奪據其地。中宗詔許，於是六旬雷動，三城岳立。豈謂盡煩回紇馬，翻然遠救朔方兵。言築城以備蕃寇，而蕃反爲唐平難也。杜補遺云：韓國公張仁愿於河北築三受降城，自是突厥不敢踰山牧馬。趙云：回紇者，匈奴之種也。故亦得稱天驕。公於留花門詩亦曰：花門天驕子，飽食氣勇決。是已。拔漢旌，拔字使韓信傳拔趙幟，立漢幟之拔。擬絶天驕拔漢旌，蓋言三城之築，所以止匈奴搴拔漢家之旗矣，彼回紇者，豈謂國家煩其兵馬，救朔方兵之困敗，以助討賊邪！蓋至德元載閏八月，廣平王俶爲天下兵馬元帥，郭子儀副之，以朔方、安西、回紇、南蠻、大食兵討安慶緒。其後，回紇恃功，侵擾中國。此公之所以嘆也。胡來不覺潼關隘，謂禄山陷關也。龍起猶聞晉水清。謂肅宗起於靈武也。獨使至尊憂社稷，諸君何以答升平。趙云：潼關非不隘也，而胡來不覺其隘，蓋以失守也。此以譏哥舒翰之敗。當時諸將不能盡忠竭節，獨貽天子之憂，乃有煩回紇兵之事。其後賊既已平，諸軍有何功效而報答哉！此責其徒享高爵厚禄者矣。必言回紇馬，則其戰每在騎戰也。故公嘗云：渡河不用船，千騎常撇烈。又云京師皆騎汗血馬也。言晉水清，則河北者，晉地也，乃安賊所起之地。肅宗龍飛，而晉水復清矣。

右二

洛陽宫殿化爲烽，曹子建詩：洛陽何寂寞，宫殿盡燒焚。休道秦關百二重〔一〕。張孟陽劍閣銘：秦得百二，併吞山河。注：言百二，謂以二萬之衆，足以當百萬，得形勢也。趙云：謂舉烽燧於殿上也。前漢：田肯賀高祖曰：陛下治秦中。秦，形勝之國，帶河阻山，縣隔千里，持戟百萬，秦得百二焉。今云百二重，則既百二，而又得百二也。舊注引張孟陽劍閣銘：是爲無祖。滄海未全歸禹貢，薊門何處盡堯封。言爲盜賊所奄有也。趙云：滄海，指言山東。薊門，指言河北。古詩云：出自薊北門。禹貢，則尚書篇。董仲舒云：堯、舜在上，比屋可封。今言何處是堯可封之民？亦以爲吐蕃所陷也。朝廷衮職誰争補，天下軍儲不自供。趙云：上句舊本作雖多預，師民瞻本作誰争補，是。詩曰：衮職有闕，仲山甫補之。今不能然，公是以罪之也。下句則公亦嘆其無如之何之辭，言郡國不修貢賦，須上求索而後供，非以其職而自供者也。稍喜臨邊王相國，王縉也。文中子曰：何必臨邊。趙云：若以公此句爲指王縉，則縉自廣德二年同平章事之後，於大曆二年前豈嘗出而臨邊乎？新書既脱略，則無所考也。肯銷金甲事春農。蔡文姬詩：金甲耀日光。

右三

【校勘記】

〔一〕「百」，文淵閣本作「不」，訛。

回首扶桑銅柱標，冥冥氛祲未全銷。越裳翡翠無消息，前漢西域傳贊：孝武之世，覩犀布玳瑁，則建朱崖七邦〔一〕。自是之後，明珠文甲通犀翡翠羽之珍，盈於後宮。師古注云：昔周公相成王〔二〕，越裳氏重九譯而獻白雉，譯曰：吾受命之日久矣，天之無烈風淫雨，意中國有聖人乎？盍往朝之。趙云：扶桑以言王國之東。銅柱以言王國之南。馬援南征建銅柱，標以勒功伐。晉阮孚云：氛祲既澄，日月自朗。頷聯兩句所以結氛祲未銷之所致也。翡翠，蓋取白雉之類耳。南海明珠久寂寥。賈琮傳：交趾土多珍異，產明璣、翠羽、犀象、瑇瑁、異香、美木之屬，莫不自出耳。趙云：明珠，多出於南海，如交趾產明璣，合浦出大珠也。殊錫曾爲大司馬，東晉石勒侵阜陵，詔加王導大司馬，假以黃鉞。總戎皆插侍中貂。漢侍中冠武弁大冠，亦曰：惠文冠。加璫，附蟬爲文，貂尾爲飾也。炎風朔雪天王地，只在忠臣翊聖朝。言天子冒風雪於外，所賴者忠臣而已。趙云：此深責諸君，徒享高爵厚恩，而不能輸忠者也。以殊錫言之，則有爲大司馬者矣。以總戎言之，則有爲侍中者矣。此借前代之事以比之也。炎風言南方之地，朔雪言北方之地。詩曰：普天之下，莫非王土。故曰：天王地。公詩句之意，蓋以莫非王土，當修職貢。必欲其來，在忠臣翊贊天子耳。

右四

【校勘記】

〔一〕「朱」，清刻本、排印版作「珠」；又，「邦」，文淵閣本、文瀾閣本、清刻本、排印本作「郡」，文津閣本作「即」，訛。案，漢書卷九十六下西域傳贊作「郡」。

〔二〕「昔」，清刻本、排印版無。

錦江春色逐人來，巫峽清秋萬壑哀。殷仲文詩：獨有清秋日，能使高興盡。又，爽籟驚幽律，哀壑叩虛牝。顧愷之云：千嵒競秀，萬壑争流。正憶往時嚴僕射，嚴武。共迎中使望鄉臺。望鄉臺在成都之北。主恩前後三持節，按武傳：兩鎮蜀，一刺綿州。軍令分明數舉盃。西蜀地形天下險，安危須仗出群材。劍閣銘曰：形勝之地，匪親勿居。趙云：嚴武鎮蜀，辟公爲參謀。望鄉臺，在成都之北，長安使來所經之地。公隨嚴僕射共登此臺，以迎中使，故曰：正憶往時嚴僕射，共迎中使望鄉臺。此又以人名對處所之格。三持節，則言嚴公第一次寶應元年正月來，勑命權令兩川都節制，四月召還；第二次於六月，却專以節度西川來，阻徐知道反，不得進；第三次廣德二年，朝廷方正以兩川合一節度，而武以黃門侍郎來，至永泰元年四月盡日薨，其詳具于八哀詩題下所解也。舊注云：兩鎮蜀，一刺綿，非是。軍令分明數舉杯，言其治軍整肅，所以不妨舉盃之頻數也。後句深美嚴公甚明。安危，則安其危也。公於八哀之言武云：公來雪山重，公去雪山輕。正此意矣。

右五

九日五首

趙云：舊本題下注云：闕一首，非也。其一在成都詩中，今還補之。

重陽獨酌一作少飲。杯中酒，抱病豈一作起。登江上臺。竹葉於人既無分，荊楚歲時記：九日，登高飲菊花酒。趙云：舊本作豈登，師民瞻本取起登字，是。竹葉者，酒名也。張景陽七命乃有荊南烏程、豫北竹葉。浮蟻星沸，飛華萍接。竹葉，酒名也。菊花從此不須開。張華輕薄篇曰：蒼梧竹葉清，宜城九醞酒。首句云獨酌杯中酒，又却云竹葉於人既無分，則公以病肺斷酒，雖酌而竟不飲也，故公別篇又云：潦倒新停濁酒杯。殊方日落玄猿哭，後語：宋玉曰：子獨不見其玄猿乎？舊國霜前白雁來。漢武：太子婚，得白雁於上林，以爲贄。弟妹蕭條各何往？干戈衰謝兩相催。干戈與衰老相逼也。

趙云：文子云：殊方偏國。玄猿哭，則峽中多猿。古歌云「巴山之峽巫山長[一]，猿啼三聲淚霑裳」也。上林賦曰：玄猿素雌。而晉書五行志射妖云：蜀車騎將軍鄧芝，征涪陵，射玄猿。猿自拔矢，卷木葉塞射瘡。芝歎曰：傷物之性，吾其死矣。斯乃玄猿之事實。用對白雁，則沈存中云：北方有白雁，似雁而小，色白，秋深則來，來則霜降。河北人謂之霜信。杜甫詩曰：故國霜前白雁來。即此也。舊注云：漢武太子婚，得白雁於上林，以爲贄。不知據何書而言？然此自是唐高宗咸亨中事，止云會苑中獲白雁耳。若新語曰：梁君出獵，見白雁，欲自射之。道上有驚雁駭者，梁王怒，命射此人，其御諫之而止。斯乃白雁之事實。

右一

【校勘記】

〔一〕「巫山長」，文津閣本作「巫峽山長」。

舊與蘇司業，源明。兼隨鄭廣文。虔。採花香泛泛，坐客醉紛紛。野樹欹還倚，秋砧醒却聞。歡娛兩冥漠，言蘇鄭俱亡，而又流落也。顏延年：衣冠終冥漠。西北有孤雲。魏文帝：西北有浮雲。趙云：前四句言當時之事，後兩句則公述其今日在夔之況。末句歡娛，則以二人死而冥寞。今日在夔之歡娛，則以流落寄寓而冥寞，故云兩也。西北有孤雲，則懷望長安也。漠，一作寞。

右二

舊日重陽日，傳杯不放杯。即今蓬鬢改，但媿菊花開。愁見節物也。北闕心長戀，北闕，帝都也。西江首獨回。茱萸賜朝士，難得一枝來。唐制，九日，賜宴及茱萸。趙云：北闕在前漢未央宮殿，雖南嚮，而上書、奏事、謁見之徒，皆詣北闕。又關中記曰：未央宮東有蒼龍闕，北有玄武闕，所謂北闕也。西江首獨回，則意欲下荆渚也。莊子云：激西江之水。疏云：蜀江謂之西江，以其從西來此，在楚人指之爲西江矣。末句所以成戀北闕之句。

右三

故里樊川菊，樊川在杜曲。登高素滻源。滻水也。他時一笑後，今日幾人存。言節物依然，而人事更變也。趙云：樊川、素滻，皆指言長安也。樊川，在長安萬年縣南三十五里。十道志曰：其地即杜陵之樊鄉。漢高祖至櫟陽，以將軍樊噲灌廢丘之功爲最，賜噲食邑於此，故曰樊川。滻水在長安萬年縣東北，流四十里入渭。其謂之素滻，潘安仁西征賦云：南有玄灞素滻，北有清渭濁涇。巫峽蟠江路，終南對國門。繫舟身萬里，伏枕淚雙痕。巫峽、終南，相去萬里，於流落之際，而又伏枕，則羈苦可知矣。爲客裁烏帽，從兒具綠樽。沈休文：賓至下塵榻，憂來命綠樽。佳辰對一作帶。群盜，愁絶更堪論！當盜賊充斥，道路阻絶，於異鄉逢此佳節，因多愁蹙也。趙云：上句言其在夔之地，次句又言長安，乃其懷憶之情也。爲客裁烏帽，爲音去聲。平時疎散，往往不巾，其裁烏帽以爲客而已。烏帽，未見所出。公又曰：烏帽拂塵青螺粟。惟管寧傳云常着皂帽耳。東坡云：時見烏帽出復沒，應卻出於杜也。

右四

風急天高猿嘯哀〔一〕，渚清沙白鳥飛迴〔二〕。無邊落木蕭蕭下，不盡長江衮衮來。萬里悲秋常作客〔三〕，百年多病獨登臺。艱難苦恨繁霜鬢，潦倒新停濁酒杯。趙云：潘安仁云：勁風凄急。宋玉云：天高而氣清。四字兩出，合使方工。楚詞有風颯颯兮木蕭蕭。其「下」字使楚辭「洞庭波兮木葉下」。潦倒字、濁酒杯字，並出嵇康，蓋云潦倒麤疎，又曰濁酒一杯也。若潦倒義，則北史崔贍傳云：自天保以後，重吏事，謂容止醞藉者爲潦倒，贍終不改焉。如此則潦倒亦非不佳之語，故公又曰：多材依舊能潦倒。

右五

【校勘記】

〔一〕此詩，復見于卷二十六，題作「登高」。

〔二〕「清」，原作「濤」，據文瀾閣本、清刻本、排印本並參二王本杜集卷十三、十家注卷二、百家注卷三十二「拾遺」詩、分門集注卷二、草堂詩箋卷三十二、黄氏補注卷二十六以及錢箋卷十二改。

〔三〕「常」，文淵閣本、文瀾閣本、清刻本、排印本作「長」。案，二王本杜集、十家注、分門集注、百家注、黄氏補注及錢箋亦均作「常」，草堂詩箋作「長」。

九日諸人集于林

九日明朝是，相要舊俗非。非昔日遊賞之地。老翁難早出，賢客幸知歸。趙云：九日明朝是，則八日詩也。舊本反在九日詩下，非。世説曰：過江諸人，每暇日輒相要出新亭，藉草飲宴。賢客幸知歸，言知所歸往，以言其集于林之謂也。舊采黄花賸，新梳白髮微。賸字，俗作剩，非。謾看年少樂，忍淚已霑衣。

則人皆知其有是子，故曰「人傳世上情」也。「凋瘵筵初秩」，則以一生喻一筵會也；某年月日時已幾歲，謂之凋瘵之初可也。詩箋云：秩秩，肅敬也。然臨時用之，與此意不同。「流霞分片片，涓滴就徐傾」，雖止是言飲酒，然用項曼去家三十年止日旁事，則其身在行在，家在鄜州決矣。又有示宗武一首，恐非是一時詩也。王立之説如此，而次公以其説未是。此乃公送嚴武至綿已别而少住間，遂有徐知道之叛，單身如梓，則爲不見宗武矣。「前年學語時」，則纔三歲耳。今云「熟精文選理」，則已能誦書。自至德二載至寶應元年，已六年，則宗武九歲矣，宜其能誦書也。詩云：賓之初筵，左右秩秩。今句云「凋瘵筵初秩」，則以凋瘵才始，如筵之初秩，豈謂之臨時用之，與詩句不同邪？東坡詩云：君今秩初筵〔二〕，我已迫旅酬。亦以初筵比事之始矣。都邑字，張平子西京賦云：都邑遊俠，趙、張之倫。故對老夫。「詩是吾家事」，則公之祖審言，已有詩名。公詩嘗曰「續兒誦文選」，則「熟精文選理」者，所以責望於宗武也。公詩使字多出文選，蓋亦前作之菁英，爲不可遺也。公又曰「遞相祖述復先誰」，則公之詩法豈不以有據而後用邪？綵衣事，列女傳曰：老萊子孝養二親，行年七十，妻兒自娛，著五色采衣。此雖孝子悦親之事，而亦僅同戲侮。「休覓綵衣輕」，則公所望其子者，在學而已。末句流霞事，在抱朴子，乃是項曼都自言到天上，過紫府，仙人以流霞一盃飲之，輒不飢渴。以帝前失儀而謫河東，號之爲斥仙人。王立之止云項曼，舊注又誤爲曼卿，故表出之。

【校勘記】

〔一〕「解注文選十」，底本漫滅，據文淵閣本、文津閣本、文瀾閣本、清刻本、排印本補。

〔二〕「君今」旁，底本有匿名批識「百年」二字。

夜一云秋夜客舍。

露下天高秋水清，江淹別賦：露下地而騰文。宋玉九辯云：泬寥兮天高而氣清。空山獨夜旅魂驚。杜云：王仲宣七哀詩：獨夜不能寐。疎燈自照孤帆宿，新月猶懸雙杵鳴。南菊再逢人臥病，北書不至雁無情。范彥龍：寄書雲間雁，爲我西北飛。步簷一作蟾。倚仗看牛斗，銀漢遥應接鳳城。趙云：疎燈自照孤帆宿，新月猶懸雙杵鳴，句法蓋言疎燈自照之夜，正是孤帆宿；新月未没而猶懸，正是江春之杵雙鳴也。下一對言南國菊花已再逢矣，而人正臥病；北地書問不通，乃雁無情傳至也。北地，以言長安，故末句又有鳳城之語。步簷，舊作步蟾，當以步簷爲正，而字又作櫩、檐。上林賦云：步櫩周流。李善注曰：步櫩，步廊也。謝惠連詩：房櫳引傾月，步櫩結清風。劉孝綽望月詩云：微光垂步檐。庾信詩：步櫩朝未掃。互用此也。

上白帝城白帝城，公孫述所築，後爲劉備屯兵之地，改名永安。

城峻隨天壁，趙云：天然自立之石壁也。樓高更女墻。徐敬業登琅邪城云：登陴起遐望。注：陴，女墻。增添：崔豹古今注：女墻，城上小墻也，亦名睥睨，言於墻上睥睨人也。江流思夏后，禹貢：岷山導江東別爲沱。左傳：劉子見河洛而思禹功。風至憶襄王。宋玉賦：楚襄王遊於蘭臺之宮，宋玉、景差侍，有風颯然而至，王乃披襟而當之，曰：快哉此風！老去聞悲角，人扶報夕陽。公孫初恃險，躍馬意何長。左太沖蜀都賦：公孫躍馬而稱帝，劉宗下輦而自王。師云：公孫述恃蜀地險衆附，自立爲王，號成家。

宿江邊閣

瞑色延山徑，謝靈運：林壑斂瞑色。高齋次水門。薄雲巖際宿，孤月浪中翻。蘇云：何遜入西塞示南府同僚詩云：薄雲巖際出，初月波中上。子美此詩雖因舊而益妍，正類獺髓補痕也。鸛鶴追飛静，豺狼得食喧。不眠憂戰伐，無力正乾坤。趙云：孤月浪中翻，自是浪湧而月翻也。舊注引舞鶴賦「星翻漢回，曉月將落」，與此義不同。

別崔潩因寄薛據孟雲卿內弟潩赴湖南幕職。

志士惜妄動，知深難固辭。如何久磨礪，但取不磷緇。語：不曰堅乎，磨而不磷。不曰白乎，涅而不緇。喻君子雖在濁亂不能汙也。謝靈運：緇磷謝清曠，疲薾慚貞堅。

夙夜聽憂主，飛騰急濟時。荊州遇薛孟，爲報欲論詩。趙云：古詩云：志士惜日短。志士本惜妄動，而受知之深，則難固辭。此以言漢赴幕職於湖南也。左傳：磨厲以須。蓋言如何以久磨礲淬礪，便以爲利乎？所貴尚者，取磨不磷，涅不緇而已。選云：羽爵飛騰。魏書：安其濟時。

武侯廟

成都記：諸葛公廟在先主廟故宅，城西復立素像。先主廟西院即武侯廟，前有雙大柏，古峭可愛。人云諸葛手植。內有裴令公所著碑，柳僕射書，相國段公古柏文。

遺廟丹青落，空山草木長。猶聞辭後主，不復卧南陽。趙云：丹青，所以飾廟者也。成都先主廟附以武侯祠堂，其丹青則存。故公於古柏行追言成都先主廟之實，則曰：窈窕丹青户牖空。今此廟中丹青剥落，故云。陶潛云：孟夏草木長。辭後主，則建興五年率諸軍北駐漢中，臨發，上表辭行，而竟死於軍中。今云猶聞，則想望其風采猶在也。亮家於南陽之鄧縣，在襄陽城西二十里，號曰隆中。今云不復卧南陽，傷其已死也。

八陣圖

武侯推演兵法，作八陣圖，咸得其要。桓温傳：初，諸葛亮造八陣圖於魚復平沙之上，壘石爲八行，相去二丈。温見之，謂此常山蛇勢也。文武皆莫能識之。

功蓋三分國，三分，謂吴、魏、蜀。蜀記曰：三分我九鼎。名成八陣圖。江流石不轉，杜補遺云：劉禹錫嘉話録：夔州西市，俯臨江〔〕，沙石下有諸葛亮八陣圖，箕張翼舒，鵝形鸛勢，聚石分布〔二〕，宛然尚存。峽水大時，三蜀雪消之際，澒湧滉瀁，可勝道哉！大木十圍，枯槎百丈，破磑巨石，隨波奔流而下。則聚石爲堆者斷可知也。及乎水落川平，萬物皆失故態。諸葛亮圖，小石之堆，標聚行列，依然如是者。僅六七百年，迨今不動。趙云：功蓋三分國，指言武侯之功蓋覆之也。按桑欽水經云：江又東，逕諸葛圖壘南。酈道元注曰：石磧平曠，望兼川陸，有亮所造八陣圖。東跨故壘，皆累細石爲之。自壘西去，聚石八行，行間相去二丈，因曰八陣。既成，自今行師庶不覆敗。皆圖兵勢行藏之權，自後深識者所不能了。今夏水漂蕩，歲月消損，高處可二三尺，下處磨滅殆盡。酈道元之説如此。今公詩云江流石不轉，則據當時所見者言之。自杜公至今又數百年。行客云：方水落時，於石磧就視，則茫茫然一磧耳。及登高而望，乃隱隱見其行列。然則武侯製作不亦近於神異乎？習鑿齒曰：齊桓一矜其功而叛者九國。曹操暫自驕伐而天下三分。

遺恨失吞吳。東坡先生云：僕嘗夢見人，云是杜子美，謂僕：世人多誤會吾八陣圖詩云：「江流石不轉，遺恨失吞吳。」世人皆以謂先主、武侯欲與關羽復仇，故恨不能滅吳。非也。我意本謂吳、蜀脣齒之國，不當相圖。晉之所以能取蜀者，以蜀有吞吳之意，以此爲恨耳。此理甚長，然子美死僅四百年，而猶不忘詩，區區自列其意者，此真書生習氣也〔三〕。

【校勘記】

〔一〕「俯臨江」，太平廣記卷三百七十四靈異下「江」下有「岸」字。

〔二〕「聚」，太平廣記卷三百七十四靈異下作「象」。

〔三〕「東坡先生云」至注終，當爲郭知達輯録。案，先後解輯校丁帙卷四，趙次公亦引此注。據補訂。

奉送韋中丞之晉赴湖南

寵渥徵黃漸，權宜借寇頻。趙云：黃霸、寇恂，皆以比韋中丞。前漢循吏傳：黃霸爲潁川太守，户口歲增，治爲天下第一。徵守京兆尹。今言天子之寵渥，有徵召黃霸之命，漸將至矣。後漢寇恂傳：車駕南征，恂從至潁川。百姓遮道曰：願從陛下復借寇君一年。權宜借寇頻，則事從權宜而如借寇恂者頻數，言民情之不已也。湖南安背水，峽内憶行春。後漢鄭弘傳：太守行春。任彦升詩：涿令行春返，冠蓋溢川坻。謝夷吾傳：行春乘柴車。王室仍多故，蒼生倚大臣。還將徐孺榻，處處待高人。陳蕃爲徐穉下榻。趙云：湖南安背水，言韋之去。峽内憶行春，言韋之離此，而公有所懷憶也。韓信背水而陣。大臣，指中丞也。徐孺子，則比韋以陳蕃，而待高人如孺子也。

謁先主廟

成都記曰：先主廟府南八里，惠陵東七十步，齊高帝夢益州有天子鹵簿，詔刺史傅覃修立而卑小。後至長沙王鍾改更，及構四面壇屋，置守墓户五百。

慘澹風雲會，乘時各有人。古詩：藹藹風雲會，佳人一何繁。劉植説李軼書曰：以龍虎之姿，遭風雲之時。中興二十八將論曰：咸能感會風雲，奮其智勇。力侔分社稷，志屈偃經綸。趙云：君臣之遇，每以風雲爲言也。今題是謁先主廟，而云慘澹風雲會，乘時各有人，似泛言吴、魏君臣之相遇，亦各有人矣。故引下句。力侔分社稷，言氣力侔等，則分社稷而爲主。分，乃三分之分。志屈偃經綸，則指言劉、葛之志不得伸，所以偃仆經綸也。復漢留長策，中原仗老臣。復漢，謂欲興劉氏也。老臣，孔明也。蜀志：建安二十五年，魏文帝稱尊號，改年曰黃初。或傳聞漢帝見害，先主乃發喪制服。譙周等上言曰：大王襲先帝軌迹，亦興於漢中。又，大王出自孝景皇帝、中山靖王之胄，宜即帝位。改元章武，以諸葛亮爲丞相。　趙云：復漢，言先主欲興劉氏而稱漢。其所留之長策，則留與後主。取中原，仗諸葛老臣也。過秦論：振長策而馭宇内。老臣，在後主言之，爲前朝之老臣。戰國策：左師觸龍，自稱老臣。雜耕心未已，歐血事酸辛。趙云：老臣之下，於是言諸亮五丈原之事。亮本傳言：後主建興十二年春，亮悉大衆由斜谷據武功五丈原，與司馬宣王對於渭南。亮每患糧不繼，使己志不伸，是以分兵屯田爲久駐之基。耕者雜於渭濱居民之間。故曰：雜耕心未已。心未已，則未事了而死也。公之意，以亮未成功而死矣。又遭歐血之謗，故曰：歐血事酸辛。阮嗣宗詠懷詩：對酒不能言，悽愴懷酸辛。按元注：亮與宣王相持百餘日，其年八月，亮病，卒于軍。魏書：亮糧盡勢窮，憂恚歐血，卒。臣松之以爲亮在渭濱，魏人躡跡，勝負之形未可測量，而云歐血，蓋因孔明亡而自誇大也。夫以孔明之略，豈爲仲達歐血乎？及至劉琨喪師，與晉元帝箋亦云：亮軍敗歐血。此則引虛記以爲言。其云入谷而卒，緣蜀人入谷發喪故也。霸氣西南歇，雄圖歷數屯。譙周云：西南數有黃氣。趙云：今葛亮已死，中原莫圖，則霸氣所以歇也。書曰：天之歷數在汝躬。歷數不在，斯爲屯矣。錦江元過楚，劍閣復通秦。言拓地至秦楚。趙云：錦江、劍閣，蜀國之地也。過楚、通秦，則言其本可以混一而不能焉。則所以傷之也。舊俗存祠廟，空山立一作泣。鬼神。虛簷交一作扶。鳥道，枯木半龍鱗。趙云：此是夔州先主廟，在山中，故云虛簷交鳥道。鳥道，則山中之嶮道也。交字，一作扶，非。枯木半龍鱗，又是眼前實景。謂之枯木，非指一物也。舊注却引成都諸葛廟前古柏，又引習隆、尚充等上表後主，乞與諸葛亮立廟於沔陽事，非徒以諸葛事解先主廟，而地理錯亂，惑於學者矣。又況古柏行亦自是夔州，非成都也。竹送清溪月，苔移玉座春。趙云：清溪亦是廟前實事。玉座，指言先主神座也。謝玄暉銅雀臺詩：玉座猶寂寞，況乃妾身輕。閭閻兒女換，歌舞歲時新。趙云：此言夔州之人所事先主者如此，舊注却引成都記，以四月祀，十二月祈禱事，誤矣。絶域歸舟遠，荒城繫馬頻。如何對摇落，況乃久風塵。宋玉曰：草木摇落而變衰。謝玄暉辭隋王牋：皋壤摇落，對之惆悵；岐路東西，或以嗚唈。晉紀總論：悠悠風塵[一]。趙云：自絶域歸舟遠已下，至寂寞灑衣巾，公言其身之流落，而因先主廟乃即諸葛亮之功以自比而感歎也。李陵云出征絶域。歸舟，指言欲歸長安。謝惠連云：天際識歸舟。言遠，則相去之遠。今暫留此，故於荒城之中，頻繫馬而謁此先主廟也。摇落，秋時也。況乃久風塵，則嘆其遭兵戈亂離而對之也。孰與關張並，功臨耿鄧親。趙云：此蓋弔葛亮，於是問其孰與關張並。先主之臣多矣，諸葛之外，亦稱關、張焉。今言諸葛與關羽、張飛之才器孰與並乎？言不可並矣。徵士傅幹曰：劉備寬仁有度，能得人死力；諸葛達治知變，正而有謀，而爲之相；張飛、關羽勇而有義，皆萬人之敵，而爲之將。此三人者，皆人傑。以備之略，三傑佐之，何爲不濟？蓋當時有三傑之稱，然終不可並也。功臨耿鄧親，則公評品以惟與耿鄧親矣。後漢論云：寇鄧之高勳，耿賈之鴻烈。蓋所以佐光武之中興者也。應一作繼。天才不小，蜀志：譙周等上言：臣聞聖王先天而天不違，後天而奉天時，故應際而生，與神合契。願大王應天順民。得士契無鄰。張良運籌帷幄。遲暮堪帷幄，飄零且釣緡。詩：何彼穠矣。其釣維何，維絲伊緡。

向來憂國淚，寂寞灑衣巾！謝靈運廬陵王墓下作：灑淚眺連崗。趙云：傳曰：得士者昌，失士者亡。在先主言，所謂士者，專指諸葛亮而已。舊注不省，至引諸葛爲股肱，法正爲謀主，關羽、張飛、馬超爲爪牙，許靖、糜竺、簡雍爲賓友，不亦贅乎？應天，一作繼天，雖有義而非。蓋應天字，乃初起而王者也。兩句之義，蓋公有經綸之心，於是因言先主、諸葛，而思其身之可以佐王矣[二]。吐蕃尚熾，兵戈未息，則運籌必有人焉。既不得用，則亦隱於漁釣而已。故接之以遲暮堪帷幄，飄零且釣緡。楚詞云：傷美人之遲暮。末句尤見公之志矣。

【校勘記】

〔一〕「晉紀總論」，原作「晉總紀論」，篇名倒誤，考「悠悠風塵」句，見於文選卷四十九、全晉文卷一百二十七、干寶晉紀總論，據以乙正。

〔二〕「王」，原作「三」，訛，據文淵閣本、文津閣本、文瀾閣本、清刻本、排印本改。

白鹽山

卓立群峰外，蟠根積水邊。趙云：卓立字，熟矣。其亦起於顏淵云：如有所立卓爾。虞詡云：盤根錯節。文子曰：積水成海。魏都賦曰回淵漼，積水深也。他皆任厚地，爾獨近高天。趙云：西京賦云蹋高天而蹐厚地也。白牓千家邑，清秋萬估一作古。船。詞人取佳句，刻畫竟難傳！趙云：白牓，則言縣額以白爲牌耳。末句蓋言欲以佳句專詠白鹽之狀，雖加刻畫，終難傳播，所以重言於難措辭也。晉庾元規語周伯仁曰：諸人皆以君方樂。周曰：樂毅邪？元規曰：不爾，方樂令。周曰：何乃刻畫無鹽，唐突西施？

灧澦堆

巨石一作積。水中央，蒹葭詩：宛在水中央。江寒出水長。沈牛答雲雨，楚俗，祈石而獲雨，必沈牛以答神貺。如馬戒舟航。坡云：三巴録：灧澦如象，舟船莫上；灧澦如馬，舟船莫下。長年三老常以此候之。張華詩云：象馬誠可驗，波神亦露機。永叔以爲絶唱，有包蓄之法。天意存傾覆，選云：翦焉傾覆。神功接混茫。莊子繕性：古之人，在混茫之中，與一世而得澹漠焉。干戈連解纜，行止憶垂堂。趙云：巨石，言積石之巨者。世言：灧澦如馬。爲其有戒，乃天意之存傾覆也。公論詩曰：篇終接混茫。蓋行語用字，當皆如此。末句用垂堂字，因慮傾覆之戒而及之。史曰：千金之子，坐不垂堂。而干戈之變，解纜之危，二者相連，可不慎乎！

瞿塘懷古

西南萬壑注，勍敵兩崖開。地與山根裂，江從月窟來。削成當白帝，蜀魚復縣，公孫述更名白帝，自後爲重鎮。空曲隱陽臺。疏鑿功雖美，郭景純江賦：巴東之峽，夏后疏鑿。陶鈞力大哉。

白帝城樓

江度寒山閣，城高絶塞樓。翠屏宜晚對，天台賦：搏壁立之翠屏。注：石屏風如壁立。白谷會深遊。急能鳴雁，輕輕不下鷗。夷陵春色起，漸擬放扁舟。趙云：白谷，疑是夔州谷名。公於課伐木云：終朝飯其腹，持斧入白谷。又南極詩亦云西江白谷分也。莊子：主人之雁，其一能鳴，其一不能鳴。不下鷗字，列子：海上之人，有好鷗鳥者。每旦從鷗鳥遊，鷗鳥之至者百往而不止。其父曰：吾聞鷗鳥從汝遊，汝取來，吾玩之。明日之海上，鷗鳥舞而不下也。夷陵，峽州也。公蓋期春時扁舟往矣。

寄杜位頃者與位同在故嚴尚書幕。

寒日經簷短，窮猿失木悲。晉書：窮猿奔林，豈暇擇木。峽中爲客恨，江上憶君時。天地身何往，風塵病敢辭！封書兩行淚，霑灑裛新詩。趙云：窮猿失木悲，道眼前事，因以興也〔一〕。峽中多猿。淮南子曰：猿狖顛蹶而失木也。孟浩然云：還將兩行淚，遥寄海西頭。

【校勘記】

〔一〕「道眼前事因以興也」，清刻本、排印本作「以眼前事起興」。

冬深

花葉隨天意，江溪共石根。早霞隨類影，寒水各依一作流。痕。易下楊朱淚，難招楚客魂。風濤暮不穩，捨棹宿誰門？趙云：花葉隨天意，似言冬深矣，其花葉不若春夏之盛，亦隨天意而已。江溪共石根，則江與溪，皆共石根而流也。早霞隨類影，言其變態不常，隨所類之影而呈現也。寒水各依痕，則舊痕有定所而依之也。楊朱泣岐路，謂可以南，可以北。公之流落，困于岐路，故云爾。宋玉哀屈原憂愁山澤，魂魄飛散，其命將落，故作招魂。今云難招楚客魂，則以屈原自比也。末句則公欲南下，以歲暮而未成行。此篇有兩隨字，公必不重用。然皆不可改，以俟明識。

不寐

瞿塘夜未黑，城内改更籌。翳翳月沈霧，輝輝星近樓。張景陽詩：翳翳結繁雲。氣衰甘少寐，心弱恨知愁。一作和愁。多壘滿山谷，曲禮：四郊多壘。桃源無處求。趙云：氣衰則少寐而甘之。心既弱矣，恨其知愁，則恐以愁而尤弱也。晉史云：吾平生不識愁，今始解愁矣。此知愁之義，舊本作和愁，非。是時干戈未息，故云。多壘滿山谷，非若桃源之可以避地，而問桃源何處，則以仙境難造也。桃源在武陵縣〔一〕，今之鼎州。陶淵明集載。此亦公欲南下，故及之。

【校勘記】

〔一〕「陵」，文淵閣本作「倿」，訛。

奉送十七舅下邵桂

絕域三冬暮，東方朔傳：三冬文史足用。浮生一病身。感深辭舅氏，渭陽詩：我送舅氏。別後見何人？縹緲蒼梧帝，檀弓：舜葬於蒼梧之野。謝玄暉：雲去蒼梧野。推遷孟母鄰。昏昏阻雲水，側望苦傷神。張平子四愁詩：側身東望涕霑巾。蜀都賦：望之天迴，即之雲昏。趙云：莊子曰：其生兮若浮。蒼梧，桂州也。虞舜死於蒼梧之野。蒼梧帝，指言虞舜，以述十七舅所往之處也。字出梁吳均酬鮑畿詩：依依望九疑，欲謁蒼梧帝。何平叔景福殿賦曰：

侔孟母之擇鄰也[一]。今云「推遷孟母鄰」，則孟母指言十七舅之母。意者，公本與十七舅鄰居，今其去，則孟母所以與鄰之意，推遷而往矣。

【校勘記】

〔一〕「侔」，文選卷十一、全三國文卷三十九何晏景福殿賦作「偉」。

送覃二判官

先帝弓劍遠，小臣餘此生。黄帝葬於橋山南，空棺無尸，唯劍舄在。前漢郊祀志：黄帝采首山銅，鑄鼎於荆山下。鼎既成，有龍垂胡髯下迎黄帝。帝上騎，餘小臣不得上。趙云：此篇詩意直是送覃判官往長安矣。先帝，言肅宗也。公始以三賦受寵於玄宗，又事肅宗，則以下「不復謁承明」推之，而以先帝上昇比黄帝也，故云弓劍遠。事當如世説曰：王子喬墓在京陵。戰國時，人有盜發之者，都無所見。唯有一劍停在空中。又如異苑曰：晉惠帝元康三年，武庫火，燒孔子履、高祖斬白蛇之劍。咸見此劍穿屋飛去，莫知所向。弓與劍，蓋皆人君服御之物。既以黄帝之弓比先帝之弓，則或以仙人王子喬之劍、或以漢高祖之劍比先帝之劍，亦自爲當體矣。故知弓、劍應是兩事也。前漢郊祀志云：上曰：黄帝不死，有冢何也？或對曰：黄帝以僊上天，群臣葬其衣冠。元無劍字，而舊注乃以弓劍併爲黄帝事，不知何所據邪？蹉跎病江漢，不復謁承明。選云：鯨魚失流而蹉跎。前漢嚴助傳：君厭承明之廬。張晏曰：承明之廬在石渠閣外，直宿所止曰廬。曹子建贈白馬王彪詩曰：謁帝承明廬。應休璉百一詩：問我何功德，三入承明廬。趙云：公於肅宗時爲拾遺，則嘗謁帝矣。餞爾白頭日，永懷丹鳳城。趙云：丹鳳城，指言長安帝城也。秦穆公女弄玉吹簫，鳳集其城，因號丹鳳城。李嶠城詩云：獨下仙人鳳，群驚御史烏。正用此事，而公詩亦屢使。然用於長安，方爲親切，則杜公之詩是也。近世文人作詩作辭，便用京師爲鳳城，亦無謂矣。遲遲戀屈宋，渺渺卧荆衡。屈原、宋玉。魂斷航舸失，天寒沙水清。肺肝若稍愈，亦上赤霄行。七命：掛歸翮於赤霄之表。趙云：戀屈宋、卧荆衡，所以言其在楚地也。屈則屈原，宋則宋玉。荆，則荆渚；衡，則衡山也。魂斷航舸失，言望覃二判官之去航，黯然作别而魂斷也。亦上赤霄行，則有意於歸長安而見君矣。赤霄字，楚辭云載赤霄而淩太清，乃字之祖也。

夜宿西閣曉呈元二十一曹長

城暗更籌急，樓高雨雪微。稍通綃幕霽，遠帶玉繩稀。謝玄暉詩：玉繩低建章。注：玉繩，星名。門鵲晨光起，一作喜。檣烏宿處飛。杜補遺：謝玄暉詩：金波麗鳷鵲，玉繩低建章。鳷鵲，門名也，故曰門鵲。檣掛帆木，而烏泊其上，故子美公安送李二十九詩又有「檣烏相背發」之句，過南嶽入洞庭詩亦曰莫怪啼痕數，危檣逐夜烏也。然子美發潭州詩又云檣燕語留人，則不特檣烏而已〔一〕，故燕子來舟中作，斷句云暫語航檣還永去，穿花落水益霑巾。鳷鵲，又觀殿名。趙云：此篇爲義本明，特公使字有三可疑，而尋繹其義，則明矣。綃幕字，如言天之六幕也。禮樂志：天門歌云：紛紜六幕浮大海。綃幕，則又言天之色，其薄如綃，故云綃幕霽。若言所縣之綃幕，則無義矣，故對玉繩。於天綃幕之霽，而帶星玉繩之色稀微，乃一體事，以言夜深將曉矣。故有下句。門鵲，則門之鵲也，如城鵲之類。義在起字，可以見其爲門前之鵲。字本莊子曰：鵲上高城之絶，而巢於高樹之顛。城壞巢折，淩風而起。故君子之在世也，得時則蟻行，失時則鵲起。鵲以晨光而起，故其義在起字。杜田引謝玄暉詩：金波麗鳷鵲。以鳷鵲門名也，故曰門鵲，大爲非是。蓋鳷鵲本殿名，其所從入之門因亦得名鳷鵲門也。謝玄暉之詩，其言月色之所麗，豈專指門邪？信使杜公用鳷鵲專爲門，乃是天子宫殿事，今夜宿夔州之西閣，豈可用天子宫殿事乎？又鳷鵲爲殿名，特屋上作鳷鵲之形，而門名又因之而已，何至截鳷鵲字便爲門鵲之真者乎？檣而係之以烏，公屢使矣。此烏非真是屋上烏之烏也，特檣竿上刻爲烏形以占風耳。晉令車駕出入，相風在前。正是刻烏於竿上，名之曰相風。晉傅玄相風賦云棲神烏於竿首，俟祥風之來征是已。船之檣竿，其上刻烏，乃相風之義。陳陰鏗廣陵殿送北使詩云：亭嘶背櫪馬，檣轉向風烏。於義尤明。故公有云：「檣烏相背發」「危檣逐夜烏」。而今云「檣烏宿處飛」，杜時可不省，乃云檣掛帆木，而烏泊其上。假使真烏泊檣上，何至背發，與夜相逐，而於宿處飛乎？況公詩又有曰：燕子逐檣烏，逐檣上之刻烏而飛也。寒江流甚細，有意待人歸。

【校勘記】

〔一〕「則」，文淵閣本作「詩」，訛。

西閣口號呈元二十一

山木抱雲稠，寒江繞上頭。雪崖纔變石，風幔不依樓。社稷堪流涕，賈誼上疏陳政事：可爲流涕者。安危在運籌。張良運籌帷幄之中。看君話王室，感動幾銷憂。趙云：上頭、下頭，是方言處所之上下耳，非高上之上也。雪崖纔變石，言雪下漫崖，變其石色爲白也。風幔不依樓，言風吹幔，簸蕩而不待著於樓也〔一〕。東方朔：銷憂者莫若酒。

【校勘記】

〔一〕「待」，文淵閣本、文津閣本、文瀾閣本、清刻本、排印本作「得」。

有歎 傳蜀官軍自圍普遂。

壯心久零落，魏武帝樂府曰：烈士暮年，壯心不已。白首寄人間。天下兵常鬬，江東客未還。窮猿號雨雪，晉書：窮猿奔林。老馬泣關山。管仲曰：老馬之智可用也。武德開元際，蒼生豈重攀。趙云：武德，高祖年號；開元，明皇年號。所以追念祖宗之盛時也。

西閣雨望

樓雨霑雲幔，山寒著水城。逕添沙面出，湍減石稜生。菊蘂淒疎放，松林駐遠情。滂沱朱檻濕，詩：俾滂沱矣。萬慮傍簷楹。沈休文：夕烏傍簷飛〔一〕。趙云：雲幔，則帶雲之幔，以西閣高故也。逕添沙面出，湍減石稜生，可謂奇語矣。逕之所以添，以水落而沙面出也。湍減則石露，而其稜自生也。簷楹，簷邊之柱。傍倚簷楹，固有所思矣。

【校勘記】

〔一〕「烏」，文選卷三十、梁詩卷六沈約學省愁臥作「鳥」。

不離西閣二首

江柳非時發，江花冷色頻。地偏應有瘴，陶潛詩：心遠地自偏。臘近已含春。失學從愚子，無家任一作住。老身。傳：何恤乎無家。不知西閣意，肯別定留一作何。人。趙云：疊二江字，即謝靈運「江南倦歷覽，江北曠周旋」之勢也。末句所謂新語，言西閣之意，肯令我別乎？莫定要留人也。一作何人，無義。

右一

西閣從人別，人今亦故亭。江雲飄素練，一作葉。石壁斷空青。杜補遺：空青字，從古詩。人無敢使者，惟子美此詩及李太白使之，而句法又相類。太白詩云：林煙橫積素，山色倒空青〔一〕。滄海先迎日，銀河倒列星。平生耽勝事，吁駭始初經。趙云：從人別，則以成前篇肯別之意。人今亦故亭，西閣所以任從人別之而去者，以人之身亦如一故亭而已。素練，一作素葉，無義。在滄海之先，已迎日矣，以見西閣高，而見日之早。星河未没而見日出，所以吁嗟駭愕於始初經臨也。

右二

【校勘記】

〔一〕「林煙橫積素」二句，全唐詩卷一百七十三李白早過漆林渡寄萬巨作「水色倒空青林煙橫積素」。

送鮮于萬州遷巴川

杜補遺：按盧東美撰鮮于氏冠冕頌序曰：炅廣德中爲尚書都官郎，出守萬州，轉巴州，皆有理稱。三世爲郎，故冠冕爲海内盛族。

京兆先時傑，杜補遺：鮮于萬州名炅，仲通之子也。仲通天寶末爲京兆尹。弟叔明，字晉，乾元中亦爲京兆尹。長安歌曰：前尹赫赫，具瞻允若；後尹熙熙，具瞻允斯。琳琅照一門。杜補遺：世説：有人詣王太尉，遇王安豐、大將軍、丞相在座。别屋見季胤〔一〕、平子。還，語人曰：今日之行，觸目見琳琅珠玉。朝廷偏注意，天下安，注意相。接近與名藩。祖帳排舟數，疏廣傳：設祖道供帳。寒江觸石喧。看君妙爲政，他日有殊恩。蜀都賦：觸石吐雲。趙云：自萬遷巴，故云。接近，公羊云：太山之雲，觸石而出也。

【校勘記】

〔一〕「季胤」，文淵閣本、文津閣本、文瀾閣本、清刻本、排印本作「季允」，係避諱。

西閣三度期大昌嚴明府同宿不到

趙云：唐地理志：夔州雲安郡，本信州巴東郡，管縣四，大昌其一也。本朝端拱二年，以此縣隸大寧監。

問子能來宿，今疑索故要。趙云：索者，尋索之索。要，如要君之要。問子自能來此宿矣，而不來者，蓋疑以我尋索，故要我也。匣琴虛夜夜，手板自朝朝。薛云：按南史：庾道敏善相手板。世說：王子猷以手板拄頰云：西山朝來，致有爽氣。趙云：上句則期之不來，遂廢彈琴，故虛夜夜。下句則言嚴明府自持手板以入官府於朝朝也。金吼霜鍾徹，花催蠟炬銷。薛云：右按山海經：豐山之鍾，霜降自鳴。豐山，今在鄧州南陽縣北三十里。又梁劉孝威燭詩：浮光燭綺席，凝滴汗垂花。趙云：兩句則以待嚴君至曉也。鍾以曉而霜氣侵之，故謂之霜鍾。古蠟字惟有臘耳，今杜公所用，即非俗字也。早鳧江檻底，雙影謾飄飄。王喬鳧舄。趙云：句言雖以早來已爲謾矣。鳧影事，即後漢王喬爲葉令者也。

曉望白帝城鹽山

徐步移班杖，看山仰白頭。翠深開斷壁，紅一作江。遠結飛樓。日出清江一作寒。望，暄和散旅愁〔一〕。春城見松雪，顏延年詩：山明望松雪。始擬進歸舟。趙云：紅遠對翠深方爲工。又，下句已有清江望矣。日出對喧和，清江望對散旅愁，自是不對，而公詩氣渾成，蓋不拘也。古樂府詩：春城起風色。謝朓云〔二〕：天際識歸舟。而公則以必歸長安爲歸舟矣。

【校勘記】

〔一〕「喧」，原作「暄」，訛，據文淵閣本、文津閣本、文瀾閣本、清刻本、排印本並參二王本杜集卷十六、錢箋卷十四改。

〔二〕「謝朓」，原作「謝惠連」，檢下句「天際識歸舟」，文選卷二十七、齊詩卷三作謝朓之宣城出新林浦向版橋詩，當是誤置，據改。

西閣二首

巫山小搖落，宋玉九辯：草木搖落而變衰。燕歌行：草木搖落露爲霜。趙云：小搖落，則七月也。楚地煖，其搖落也小小而已。碧色是松林。百鳥各相命，杜補遺：周書時訓曰：鶪始鳴。通卦驗曰：鶪，伯勞也。鳴者，相命也。右按王粲登樓賦：鳥相鳴而舉翼。注：大戴禮夏小正云：鳴也者〔一〕，相命也。薛云：孤雲無自心。陶淵明詠貧士詩云：萬族各有托〔二〕，孤雲獨無依。又歸去來詞云：雲無心而出岫。佛書有自心、他心，公乃參合用矣。層軒俯江壁，招魂：高堂邃宇，檻層軒些。要路亦高深。

選：先據要路津。趙云：要路亦高深，則雖要衝之路亦在高深間，此可以見其皆山行而已。然江壁字對高深，則公詩往往不拘有如此〔三〕。朱紱猶紗帽，新詩近玉琴。趙云：朱紱則朝服，而紗帽則隱者之巾。公官雖省郎，而身則閑曠，故云朱紱猶紗帽。詩與琴俱不廢，故云新詩近玉琴也。張華答何劭云：良朋貽新詩〔四〕。江淹去故都賦：撫玉琴兮何親。功名不早立，衰疾謝知音。趙云：謝靈運詩云：衰疾忽在斯。哀世無王粲，終然學越吟。趙云：爲在西閣，故使登樓事。魏王粲，字仲宣，山陽人。獻帝西遷，粲從至長安。以西京擾亂，乃之荆州，作登樓賦，蓋懷土之作也，故其賦有云：鍾儀幽而楚奏，莊舄顯而越吟。今公自謙，以爲雖不是王粲，而在西閣中，有同粲之登樓；又身爲尚書郎，非不顯矣，於此懷思故鄉，有如舄之吟也。史記曰：陳軫適楚還秦。秦惠王曰：子去寡人之楚，亦思寡人不？陳軫對曰：昔越人莊舄仕楚執珪，有頃而病。楚王曰：舄故越之鄙細人也，今任楚執珪，富貴矣，亦思越不？中射之士對曰：凡人之思故，在其病也。彼思越則越聲，不思越則楚聲。使人往聽之，猶尚越聲也。今臣雖棄逐之楚，豈能無秦聲者哉！

右一

【校勘記】

〔一〕「鳴」，原作「鵙」，訛，據文淵閣本、文津閣本、文瀾閣本、清刻本、排印本作「鳴」。

〔二〕「族」，原作「旅」，訛，據清刻本、排印本改。

〔三〕「不拘有」，文淵閣本作「有不拘」。

〔四〕「朋」下，原奪「貽」，據文選卷二十四、晉詩卷三張華答何劭補。

懶心似江水，日夜向滄洲。謝玄暉詩：既懽懷禄情，復叶滄洲趣。滄洲，乃十洲之處。杜補遺：東方朔十洲記：漢武帝見王母言：八方巨海之中，有祖洲、瀛洲、元洲、炎洲、長洲、充洲、鳳麟洲、聚屋洲〔一〕、流洲、生洲也。不道含香賤，尚書郎含雞舌香，以其奏事答謝，欲使氣芬芳。杜補遺：應劭漢官儀曰：始桓帝時，侍中刁存年老口臭，上出雞舌香與含之。頗辛螫，疑有過賜毒藥，歸舍辭訣家人，哀泣不知其故。僚友取其藥驗之，無不嗤笑。後尚書郎含雞舌香始於此也。其如鑷白休。杜補遺：南史：鬱林王年五歲，戲高帝傍。帝令左右鑷白髮，問王：我誰耶？答曰：太翁。帝笑，謂左右曰：豈有爲人作曾祖而拔白髮乎？即擲鏡鑷。經過凋碧柳，蕭索倚朱樓。趙云：阮籍詩：西遊咸陽中，趙李相經過。舊本作調碧柳，或者遂曰調和也，言見柳之慣而與之和熟也。後之詞人亦有弄柳調花之句。大段費力。師民瞻本作凋碧柳則通。下句一義，蓋言秋時也，況公詩又有曰：清秋凋碧柳。畢娶何時竟，謝靈運謂子尚曰：男娶女嫁畢，勑斷家事，勿復相關。消中得自由。趙云：雖實事，而相如有此疾也。豪華看古往，服食寄冥搜。選：服食求神仙。天台賦：遠寄冥搜。詩盡人間興，兼須入海求。趙云：豪華，一本誤作蒙華，而舊注遂云蒙叟著南華經，大段非是。庾信見遊春人詩云：長安有狹斜，金穴盛豪華。而唐人在公之前則虞世南門有車馬客云：財雄重交結，戚里擅豪華。選詩云：服食求神仙。古往今來熟矣，故對冥搜。末句公方欲南下，故有入海之語。

右二

【校勘記】

〔一〕「屋」，文淵閣本、文津閣本、文瀾閣本、清刻本、排印本作「窟」。

卜居

屈原作卜居一首，原往太卜鄭詹尹家，卜己宜何所居，因述其詞。

歸羨遼東鶴，續搜神記曰：遼東華表柱，有鶴集其上曰：有鳥有鳥丁令威，去家千年今始歸。城郭如故人民非，何不學仙冢壘壘。吟同楚執珪。趙云：歸羨遼東鶴，則嘆其不得歸鄉也。史記曰：莊舄，故越之細鄙人也，爲楚執珪，病而尚猶越聲。本出無吟字，而王粲登樓賦云莊舄顯而越吟也。今云吟同楚執珪，又以言其懷鄉矣。世有名賢詩話，載本朝熙寧初張侍郎掞以二府成，詩賀王文公。公和曰：功謝蕭規慚漢第，恩從隗始詫燕臺。示陸農師。陸曰：蕭規曹隨，高帝論功，蕭何第一，皆摭故實；而從隗始，初無恩字。公笑曰：子善問也。韓退之鬬雞聯句：感恩慚隗始。若無據，豈當對功字邪？次公謂今楚執珪越聲，本無吟字，而公用王粲賦足之。此作詩用字祖法，王文公蓋自得此刀尺耳。未成遊碧海，著處覓丹梯。謝靈運詩：躡步陵丹梯。謝玄暉詩：即此陵丹梯。趙云：按十洲記云：東有碧海，廣狹浩汗，與東海等。水不鹹苦，正作碧色。著處覓丹梯，則常好山遊也。雲障寬江北，春耕破瀼西。趙云：雲障，以言山聳雲而障蔽。寬江北，則夔江之北。其山稍遠，爲寬矣。夔人有江南、江北之稱。今蓋自赤甲而遷此江北，乃瀼西之地。瀼者，水名，音讓。桃紅客若至，定似昔一作晉。人迷。趙云：句使武陵事，見陶淵明集。今則公以其所居爲桃源也。

玉腕騮 江陵節度衛公馬也。

聞説荆南馬，尚書玉腕騮。頓驂飄赤汗，漢天馬歌：天馬下，霑赤汗。跼蹐顧長楸。詩正月注：跼，曲也。蹐，累足也。曹子建名都篇：走馬長楸間。趙云：跼蹐兩字，而對頓驂，豈或頓止，或驂駕，亦是兩字乎？又恐公之不拘也。胡虜三年入，乾坤一戰收。趙云：此言馬之功矣。天寶十五載，安禄山陷京師，至德二載復京師。衛公之馬，豈正於此時得用乎？舉鞭如有問，欲伴習池遊。趙云：襄陽記：峴山南習郁大魚池，山簡每臨此池，飲輒大醉而歸。常曰：此我高陽池也。城中小兒歌之曰：山公去何遠，來至高陽池。日夕倒載歸，酩酊無所知。時時能騎馬，倒著白接䍦。舉鞭向葛强，何如並州兒？强蓋其愛將也。今句所云，蓋用山簡騎馬以比衛公，而身比葛强矣。

見王監兵馬使説近山有白黑二鷹羅者久取竟未能得王以爲毛骨有異它鷹恐臘後春生騫飛避暖勁翮思秋之甚眇不可見請余賦詩二首

雲飛玉立盡清秋，不惜奇毛恣遠遊。在野只教心力破，千人何事網羅求？趙云：如雲之飛，如玉之立，皆言其白。至清秋之盡，則序所謂臘後春生，鶱飛避暖矣。故有下句不惜奇毛恣遠遊也。在野只教心力破，千人何事網羅求，兩句通義。蓋序云羅者竟未能得也。言鷹在野，虛費千人網羅之心力矣。師民瞻本千人何事，則俗所謂干他甚事之義，却成公不許人求之矣。不必泥千人不對在野也。一生自獵知無敵，百中争能恥下韝。史滑稽傳注：韝，臂捍也。東觀記：太守桓虞署趙勤爲督郵〔一〕，貪令自去。虞歎曰：善吏如使良鷹，下韝命中。趙云：鷹，所以用獵也。謂其野鷹，故云自獵。庾信詩：野鷹能自獵〔二〕，江鷗解獨漁。知無敵，則自人言之，決知其無敵也。今詩句言鷹之百中，自與其類争能，而恥下調縱之韝也，亦以野鷹之故耳。鵬礙九天須却避，兔經三窟莫深憂。鵬事，見莊子。馮諼曰：狡兔所以免於死者，有三窟，今爲君一窟矣。趙云：蓋大言之，而亦鷹之實事。孔氏志曰：楚文王少時雅好田獵，天下快狗名鷹畢聚焉。有人獻一鷹，曰：非王鷹之儔。俄而雲際有一物，凝翔飄飖，鮮白而不辨其形。鷹見之，於是竦翮而升，矗若飛電。須臾，物墮如雪，血灑如雨。良久，有一大鳥墮地而死。度其兩翅，廣數十里。喙邊有黄，衆莫能知。時有博物君子曰：此大鵬雛也。始飛焉，故爲鷹所制。文王乃厚賞獻者。鷹之任，正以搦兔。莫深憂，則言如狡兔者，自能免其死，何用憂爲。以喻姦人之幸免歟？抑亦張綱所謂「豺狼當道，安問狐狸」之意邪？

右一

【校勘記】

〔一〕「趙勤」，「勤」原作「勒」，據東觀漢記卷十八趙勤列傳改。

〔二〕「鷹」，北周詩卷四庾信奉和永豐殿下言志詩十首其九作「鶴」。

黑鷹不省人間有，度海疑從北極來。趙云：北極，北方之極也。爾雅有四極，曰：東至於泰遠，西至於邠國，南至於濮鉛，北至於祝栗，謂之四極。北方肅殺之氣，故鷹多生於北。如孫楚云生井陘之巖阻是已。舊注春秋元命苞云：瑤光爲鷹，意以瑤光爲北斗之名。北斗與北極自不同矣。又，星，氣爲之而已。豈得謂之從彼來乎？正翮摶風超紫塞，立冬幾夜宿陽臺。趙云：正翮，則整翮之謂。立冬，則月令：某日立冬。紫塞，北方之塞也。崔豹古今注曰：秦所築長城，土色皆紫，漢塞亦然，故稱紫塞。立冬字，師民瞻本作玄冬，字出梁元帝纂要：冬曰玄冬。然以正翮對之，別無所出處。宋玉朝雲賦：陽臺之下〔一〕。言鷹在峽中，實道其事。虞羅自各虛施巧，隋魏彥深鷹賦：何虞者之多端？運橫羅以羈束。春雁同歸必見猜。萬里寒空秖一日，金眸玉爪不凡材。雁門有紫疆城，草皆色紫，曰紫塞。趙云：虛施巧，則未能得矣。次句又序所謂臘後春生，騫飛避暖，故云與雁同歸北塞，而雁有見猜之理矣。又所以成超紫塞之句也。

右二

【校勘記】

〔一〕「朝雲賦」二句，檢「陽臺之下」句，文選卷十九、全上古三代文卷十作宋玉高唐賦。

鷗

江浦寒鷗戲，無他亦自饒。却思翻玉羽，隨意點春苗。雪暗還須浴，一作落。風生一任飄。幾群滄海上，清影日蕭蕭。趙云：無他，言無他憂虞也。所以亦自饒縱而浮泛。下句又言鷗以浮泛江浦爲未饒縱，又思明年之春田有新苗，翻玉羽而點之，斯爲飛翻之隨意矣。下得點字，不亦奇乎？浴於雪中，固是鷗性之耐寒。風生而飄是一事。南越志曰：江鷗，一名海鷗，在漲海中隨潮上下，常以三月風至〔一〕，乃還洲嶼。頗知風雪，若群飛至岸，渡海者以此爲候，故又有末句滄海之語。

【校勘記】

〔一〕「常」，清刻本、排印本作「當」。

猿

裊裊啼虛一作雲。壁，蕭蕭掛冷枝。艱難人不免，隱見爾如知。慣習元從衆，全生或用奇。前林騰每及，父子莫相離。趙云：宜都山川記：峽中猿鳴至清，諸山谷傳其響，行者歌曰：巴東三峽猿鳴悲，猿鳴三聲淚霑衣。此啼之事也。

張載論：白猨玄豹，藏於檽檻，何以知其接垂條於千仞？此掛之事也，又蕭詮詩：掛藤疑欲飲。艱難人不免兩句似難解，豈言道路艱難，人所不免，而有出有處。是爲隱見。然不知隱見之機，若猿則知之也。蓋猿之便捷，常隱茂林之中。公又曰：猿捷長難見。若莊子有見巧之狙，則猿之可羅者，斯或隱或見，猿蓋如知之乎。若其便捷之慣，衆猿皆如此。次句言其於便捷之中，得以全生，如摶矢避弓之事。末句又申言其意矣。

黄魚

日見巴東峽，荆州記：巴東三峽巫峽長。黄魚出浪新。脂膏兼飼犬，韓愈叉魚詩：飼犬驗今朝。杜補遺：鹽鐵論曰：荆山之下以玉抵鵲；江陵之人以魚飼犬。又王充論衡曰：鍾山之下，以玉抵鵲；彭蠡之濱，以魚食犬。長大不容身。筒桶相沿久，風雷肯爲神。泥沙卷涎沫，回首怪龍鱗。筒桶，捕魚器也。趙云：筒桶散布江中以繫餌，觀其没以爲驗，而隨其困以取之也。風雷肯爲神，蓋不肯爲神也。若龍者，則風雷爲之神矣。黄魚徒大似龍鱗，乃不能起風雷，此所以爲可怪也。

白小

白小群分命，易曰：物以群分。天然二寸魚。細微霑水族，風俗當園蔬。入肆銀花亂，傾箱雪片虚。生成猶拾卵，盡取義何如。西京賦：擭胎拾卵，蚳蝝盡取。趙云：取白小生成之物，遂猶拾卵而盡取矣。蓋言白小之微細，所當宥也。

麂

永與清溪别，蒙將玉饌俱。無才逐仙隱，不敢恨庖廚。亂世輕全物，微聲及禍樞。衣冠兼盜賊，饕餮用斯須。文十八年傳：縉雲氏有不才子，天下之民以比三凶，謂之饕餮。注：貪財爲饕，貪食爲餮。趙云：梁王筠侍宴餞臨川王北伐四言詩曰：玉饌騈羅，瓊漿泛溢。無才逐仙隱，則仙家嘗乘鹿車，或騎鹿也。亂世輕全物，微聲及禍樞。似言聖世猶不至於暴殄天物，而亂世輕全生之物，才聞鹿鳴之微聲，則禍隨之矣。或曰：鹿好其類，聞鳴則聚，故人學爲其鳴以致之。柳子厚所謂楚之南有獵者，爲鹿鳴以感其類。伺其至，發火而射之是已。末句言衣冠之人，行如盜賊，惟知饕餮而已。故使人多害生物，用以充庖，止在斯須之間焉。然則公之仁心於物，又不避忌諱矣。

雞

紀德名標五，史有紀德之碑。韓詩外傳：田饒曰：夫雞平頭戴冠，文也；足傅距，武也；見敵而鬭，勇也；得食相呼，義也；鳴不失時，信也。雞有五德，君猶烹而食之。其所由來近也。初鳴度必三。禮：文王世子：雞初鳴，衣服，至寢門。殊方聽有異，晉祖逖與劉琨同寢，中夜聞雞鳴，蹴琨曰：此非惡聲。因起舞。失次曉無慙。詩：雞鳴：匪雞則鳴，蒼蠅之聲。後漢：應門失守，關雎刺世。趙云：度必三，則史記所謂雞三號也。必三，字出禮記喪服、大傳。公在夔爲殊方，而聽雞鳴有異於中原之它日，則以雞多失鳴之次，而天既曉矣，殊無慙赧也。此失字，乃陳壽國志所謂失旦之雞者矣〔一〕。問俗人情似，充庖爾輩堪。禮：充君之庖。氣交亭育際，巫峽漏司南。舊注引詩，非是。

趙云：孔子云：入國而問俗。禮記：何謂人情。爾輩字，出選，蓋言以雞充庖者，皆風俗人情之常爾。又引末句意，言雞之所以充庖，以其生息之繁，蓋一氣之所亭育也。梁劉孝綽謝給藥啓：一物之微，遂留亭育。方氣所交，以亭育萬物之際，其在巫峽之地，爲泄漏其司南之氣，則於此雞之多可以充庖而足也。晉輿服志有司南車，其用之於義理，如梁劉勰文心雕龍體性篇有云：文之司南，用此道也。則言文之指迷，如司南車焉。今公又借字以言氣之司於南方耳。所見如此，更俟明識。然味公此篇已上數篇〔二〕，大率皆作惱語以含深意耳。

【校勘記】

〔一〕「國志」，清刻本、排印本作「三國志」。

〔二〕「味」，原作「今」，據清刻本、排印本改。

別蘇徯赴湖南幕。

故人有遊子，棄擲傍天隅。李陵詩：遊子暮何之。又：各在天一涯。他日憐才命，居然屈壯圖。十年猶塌翼，陳琳檄：忠義之佐，垂頭塌翼。絶倒爲驚呼。昔琅琊王澄每聞衛玠言，輒歎息絶倒。故時人爲之語曰：衛玠談道，平子絶倒。趙云：他日，前日也。前日嘗憐愛蘇之才命，以爲必超騰矣，而今居然猶壯圖之屈也。尹文子曰：形之與名，居然别矣。絶倒義，蓋氣絶而欲倒也。故笑亦謂之絶倒。消渴今如此，司馬相如常有消渴病。提攜媿老夫。禮：長者與之提攜。豈知臺閣舊，洗拂鳳凰雛。蜀龐統，號鳳雛。易林：鸑者鳳之雛。得實翻蒼竹，棲枝把翠梧。趙云：公自言其有消渴之病不能提攜。蘇徯爲媿也。下四句遞相接，惟其以不能提攜爲媿，故豈更知其能以臺閣之舊而先奬拂鳳之雛也。公曾爲左拾遺，是爲臺閣舊。古有鳳將雛之曲。蘇乃公故人之子，故目之爲鳳凰雛。莊子曰：鳳凰非梧桐不栖，非練實不食。謂竹實之白如練也。北辰當宇宙，南岳據江湖。國帶煙塵色，兵張虎豹符。杜詩傳：發兵，皆以虎符。數論封内事，揮發府中趨。趙云：上句言帝都。語曰「北辰居其所而衆星共之」是已。次句言湖南。據者，以蘇徯往爲幕客，故指其地而言。是時干戈未息，故云國帶煙塵色[一]。三字蓋如庾信詠懷詩云馬有風塵氣，人多關塞衣也[二]。虎符、豹符，則所以發兵也。惟其如此，而蘇徯往爲幕客，則數論其湖南封内之事，於府趨之間發揮之也。古樂府陌上桑曰：盈盈公府步，冉冉府中趨。贈汝秦人策，文十三年傳：秦伯使士會行。繞朝贈之以策，曰：子無謂秦無人，吾謀適不用也[三]。莫鞭轅下駒。灌夫傳：上怒内史曰：今日廷論，局促效轅下駒。趙云：夫策所以檛馬，贈爾秦人策，則勸之以必行。駒所以駕轅，莫鞭轅下駒，則戒之以無妄舉矣。

【校勘記】

〔一〕「煙」，原作「風」，訛，據文淵閣本、文津閣本、文瀾閣本、清刻本、排印本改。

〔二〕「多」，文淵閣本作「有」。

〔三〕「適不」，文淵閣本作「不適」。

月圓

孤月當樓滿，寒江動夜扉。委波金不定，前漢樂志云：月穆穆以金波。照席綺逾依。江淹詩：綺席生浮埃。趙云：委於波中，則蕩漾而金色不定；照席上，則與綺繡相依。委字與照字，皆月身上字。月賦云：委照而吳業昌。此所謂委照，委下其照也。波金字，金波之倒也。席綺字，綺席之倒也。六韜曰：紂時婦人以文綺爲席。未缺空山靜，高懸列宿稀。故園松桂一作菊。發，萬里共清輝。古詩：千里共明月。又，清輝溢天門。趙云：未缺，言月之尚圓。記云：三五而盈，三五而缺。高懸，言月之著象。列宿稀，則月明星稀也。謝莊月賦：隔千里兮共明月。沈約望秋月云：清輝懸洞房。松桂，一作松菊，非。

中宵

西閣百尋餘，西京賦：巨獸百尋。八尺曰尋。中宵步綺疏。天台賦：皦日炯晃於綺疏。陸機：振風薄綺疏。選賦云：照文虹於綺疏〔一〕。注，窗也。飛星過水白，落月動沙虚。擇木知幽鳥，家語曰：鳥能擇木，木豈能擇鳥。詩：鳥鳴嚶嚶。出自幽谷。趙云：動字，公屢使，如「星臨萬户動」「寒江動夜扉」，今云「落月動沙虚」，只一動字，爲有精神矣。潛波想巨魚。古詩：潛虬思餘波。漢書：巨魚縱大壑。親朋滿天地，兵甲少來書。

【校勘記】

〔一〕「照」，文選卷四十六、全齊文卷十三王融三月三日曲水詩序作「鏡」。

白帝樓

漠漠虚無裏，陸機詩：街巷紛漠漠。連連睥睨侵。見本卷上白帝城詩〔一〕。樓光去日遠，峽影入江深。臘破思端綺，古詩：客從遠方來，遺我一端綺。春歸待一金。去年梅柳意，還欲攪邊心。詩：祇攪我心。趙云：睥睨，城上女墻也。侵，則侵虛無之裏，言其高也。韓子云：世有百金之馬，無一金之鹿也。臘破思端綺，所以禦寒，且爲新服。春歸待一金，所以充費，且以爲賞，故有末句梅柳之興。

【校勘記】

〔一〕「城」，底本漫滅，據文淵閣本、文津閣本、文瀾閣本、清刻本、排印本補。

送王十六判官

客下荊南盡，君今復入舟。買薪猶白帝，鳴櫓已一作少。沙頭。江陵吴船至，泊於郭外沙頭。衡霍生春早，瀟湘共海浮。荒林庾信宅，爲仗主人留。趙云：頷聯蓋言舟未行，尚在白帝城下買薪，而沙頭猶欠此舟鳴櫓而泊也。師民瞻本作已沙頭〔一〕。句及衡霍、瀟湘，則王判官所經往之地，當以郴、衡爲止乎？衡霍，以公之時言之，則一山而受二名。厥後皮日休作霍山賦，上之朝廷，以正霍之本地乃在壽州，故其駢邑曰霍山。其賦中云：自漢之後，乃易我號，而歸於衡公。今所謂衡霍，則當時言衡山猶曰衡霍。故對瀟湘。瀟湘，則湘江也。衡霍、瀟湘，其處自江陵而往，則王判官者，豈非將往彼而後止乎？於衡霍言生春早，則送之之日，探言之也。庾信，南陽新野人，父肩吾，文學獨步江南。信仕梁，值侯景之亂，奔於江陵，則於江陵有舊宅焉。主人，則王所至江陵之處主人也。

【校勘記】

〔一〕「本」，文淵閣本、文津閣本、文瀾閣本、清刻本、排印本無。

奉送卿二翁統節度鎮軍還江陵

火旗還錦纜，龍旂九旒，以象大火。諸侯所建。鳥旟七旒，以象鶉火。州里所建〔一〕。吴甘寧以錦維舟。白馬出江城。趙云：火旗，朱旗也。還錦纜，則軍從舟中歸矣。隋煬帝爲錦纜龍舟，乃天子事，而甘寧亦嘗爲錦纜，則富貴家事而已。龐德好騎白馬，號白馬將軍。以比卿二翁也。嘹唳吟笳發，蕭條别浦清。寒空巫峽曙，落日渭陽明。趙云：吟笳，軍中之所吹也。别浦，則舟經之處也。寒空巫峽曙，説夔州，公之所在也。落日渭陽明，説長安，所以懷鄉，又暗有卿二翁者，乃公舅翁之義也。師民瞻作渭陽情，不必如此。留滯嗟衰病，何時見息兵！嘆其留滯於夔而懷望長安也。

【校勘記】

〔一〕「所建」，文淵閣本無；又，「所」文津閣本作「吴」，訛。

閣夜

歲暮陰陽催短景，謝靈運雪賦：歲將暮，時既昏。鮑明遠鶴賦〔一〕：歲崢嶸而催暮〔二〕。又：窮陰殺節，急景凋年。天涯霜雪霽寒宵。五更鼓角聲悲壯，三峽星河影動摇。顔氏家訓：問一夜何故五更？曰更，歷也，經也。杜補遺：西清詩話云：作詩用事，要如釋語：水中著鹽，飲水乃知鹽味。此説，詩家秘密藏也。如子美「五更鼓角聲悲壯，三峽星河影動摇」，人徒見陵轢造化之工，不知乃用故事也。禰衡撾漁陽摻，其聲悲壯。漢武故事：星辰影動摇，東方朔謂民勞之應。則善用故事，如繫風捕影，豈有迹邪？野哭幾家聞戰伐，夫子惡野哭者。非其所而哭，曰野哭。夷歌是一作數。處起漁樵。蜀都賦曰：陪以白狼，夷歌成章。卧龍躍馬終黄土，卧龍，謂孔明也。郭外有孔明廟。躍馬，謂公孫述也。城上有白帝祠〔三〕，此二人蜀之英雄，言不免歸於土。人事音書一作依依。漫寂寥。蜀都賦：公孫躍馬而稱帝。趙云：英雄皆不免於死，人事依依，何至漫自寂寥乎？一云人事音塵，無義。

【校勘記】

〔一〕「鮑明遠鶴賦」，文淵閣本、文津閣本、文瀾閣本、清刻本、排印本作「鮑照舞鶴賦」，是。

〔二〕「催」，文選卷十四、全宋文卷四十六鮑照舞鶴賦作「愁」。

〔三〕「上」，文淵閣本奪。

白帝城最高樓

城尖徑仄一作翼。旌旆愁，獨立縹緲之飛樓。海賦：神仙縹緲。峽坼雲霾龍虎睡，江清日抱黿鼉遊。扶桑西枝對斷石，日出暘谷，浴於咸池，拂於扶桑。山海經云：大荒之中，暘谷上有扶桑，十日所浴。九日居下枝，一日居上枝，皆戴烏。弱水東影隨長流。薛云：淮南子：弱水出自窮石。注，窮石在張掖北，其水弱不能勝羽。杖藜歎世者誰子？泣血迸空回白頭。趙云：徑仄，舊作徑昃，已誤。又作徑翼，無義。旌旆愁，則城上屯戍之旗也。縹緲，高遠不明之皃。魯靈光殿賦云：忽縹緲以響像。公所用主此，頷聯言峽壁開坼，而雲氣霾龍虎之睡；江水澄清，而日光抱黿鼉之遊。腹聯則爲張大之語，以見樓之最高也。扶桑在東，故望見其向西之枝，且與斷石相對隔也。道書言蓬萊隔弱水三十萬里。以弱水在東，所以言東影，非禹貢之弱水。此與朱崖著毛髮，碧海吹衣裳之格相類。莊子云：原憲杖藜應門。誰子，蓋誰氏子之省文也〔一〕。

【校勘記】

〔一〕「子之」，文淵閣本、文津閣本、文瀾閣本、清刻本、排印本作「之子」。

覽鏡呈柏中丞

渭水流關内，西都賦：帶以洪河、涇、渭之川。終南在日邊。詩曰：終南何有。毛萇曰：終南，周之名山。西都賦：表以太華終南之山。是也。膽銷豺虎窟，南都賦：豺虎肆虐。淚入犬羊天。起晚堪從事，行遲更覺仙。鏡中衰謝色，萬一故人憐。趙云：首兩句則懷望長安。頷聯兩句則傷逢時之艱。腹聯兩句，則傷其衰老。而下兩句則求憐於柏中丞也。渭水、終南，言長安也。晉明帝云：只聞人從長安來，不聞人從日邊來。故凡言帝都者，以日邊言之。吐蕃以犬羊之資，輒犯中原，爲盜賊窟穴，於此所以膽銷。其爲豺虎之地，而恨其不安本國犬羊之天也。凡仕有官守者，必早起。起晚矣，可堪從事乎？仙者身輕步疾，老而行遲矣，那更覺爲仙乎。豈因覽鏡見衰而遂嘆其終不能仙矣乎？

西閣夜

恍惚寒空暮〔一〕，逶迤白露昏〔二〕。山虛風落石，樓静月侵門。擊柝可憐子，無衣何處村。時危關百慮，盜賊爾猶存。趙云：舊本作寒山暮，師民瞻本作寒空暮，是。蓋下有山字也。老子曰：恍兮惚，其中有物。寒空暮上着恍惚字，亦新矣。逶迤字，多矣，如紆餘逶迤也。白帝上有屯戍，則每夜有擊柝之役。列子楊朱篇載公孫朝謂子産曰：若欲以辭説亂我之心，不亦鄙而可憐哉！隋江總南還尋草市宅詩云：無人訪語默，何處叙寒温。易云：一致而百慮。

【校勘記】

〔一〕「寒空暮」，二王本杜集卷十六作「寒山暮」。

〔二〕「白露昏」，二王本杜集卷十六作「白霧昏」。

瀼西寒望

水色含群動，朝光切太虛。年侵頻悵望，興遠一蕭疎。猿挂時相學，鷗行炯自如。瞿塘春欲至，定卜瀼西居。趙云：朝，音陟遥切，言晨朝之光也。陶潛云：日入群動息。故對太虛。天台賦云太虛寥廓也。年侵字，陸機豫章行云：前路既已多，後塗隨年侵。末句公雖有是言，而次年之春初猶在西閣。其還居，則先在赤甲，方移瀼西。

陪柏中丞觀宴將士二首

極樂三軍士，誰知百戰場。無私齊綺饌，久坐密金章。趙云：言其安樂而無戰也。梁何遜輕薄篇曰：象牀沓繡被，玉盤傳綺食。金章，銅印也。銅章墨綬，縣令之章飾。而公今所言，則指將士之金帶耳。鮑明遠詩云：開壤襲朱紱，左右佩金章。此乃言金帶也。

醉客霑鸚鵡，佳人指鳳皇。幾時來翠節，特地引紅粧。趙云：上兩句是宴中之事。杜田云：鸚鵡，杯名。雕刻海蠡而爲之，像鸚鵡形。昔人以之勸酒，並爲罰爵。且又引南海異物志云：鸚鵡螺，狀如覆杯，形如鳥頭，向其腹視之似鸚鵡，故以爲名。又引酉陽雜俎云：梁宴魏使，酒至鸚鵡杯。徐君房飲不盡，屬魏肇師曰：海蠡蜿蜒，尾翅皆張。非以爲玩，亦以爲罰，今日直不得辭。田以爲酒杯名，是矣。既引南海異物志之説，則螺自名鸚鵡，又却先自云雕刻海螺爲之，像鸚鵡形[一]，自爲矛盾。大率以其螺爲貴，其次刻像之耳，而田不能斷也。佳人指鳳皇，則筵上或畫圖，或繡帳之上有之，而佳人共指而言説也。杜田云：佳人指鳳皇，疑是秦女弄玉吹簫乘鳳皇飛去事，不敢强釋之。又非是。筵乃柏中丞宴將士使妓耳，豈有弄玉之事邪[二]。末句使紅粧字尤可見矣。梁簡文帝從軍行曰：紅粧來起迎。

右一

【校勘記】

[一]「像」，文淵閣本、文津閣本、文瀾閣本、清刻本、排印本作「象」。

[二]「邪」，文淵閣本、文津閣本、文瀾閣本、清刻本、排印本作「耶」。

繡段裝簷額，金花帖鼓腰。一夫先舞劍，百戲後歌樵。趙云：上句則樂工之飾，下句則工所擊之鼓。歌樵，則戲爲夔峽樵歌之音也。公閣夜詩曰夷歌是處起漁樵，是已。舊本作歌鐎，乃引李廣傳注刁斗曰：以銅作鐎。然考之韻書，音焦，温器也，三足而有柄。别無歌義。今校定歌鐎是，蓋軍中之樂。江樹城孤遠，雲臺使寂寥。漢朝頻選將，應拜霍嫖姚。趙云：謝脁詩：雲中辨江樹。雲臺使寂寥，豈久無使命之來乎？且引末句而以霍比中丞也。

右一

漢中王報韋侍御蕭尊師亡

秋日蕭韋逝，淮王報峽中。少年疑柱史，多術怪仙公。趙云：淮王，則漢淮南王安。其人賢，以比漢中王也。柱史以言韋侍御，老聃爲周柱下史，而韋以少年爲之，故疑其不似聃也。仙公，以言蕭尊師。仙公宜有多術以延生，而死，故怪之也。神仙傳有葛仙公。不但時人惜，祗應吾道窮。一哀侵疾病，相識自兒童。處處鄰家笛，飄飄客子蓬。趙云：左傳序云：反袂拭面，稱吾道窮也。鄰家笛，使向秀聞笛事。秀思舊賦序：于時日薄虞淵，寒冰淒然。鄰人有吹笛者，發聲寥亮。追想曩昔遊讌之好，感音而歎，故作賦也。客子蓬，則公自嘆其飄零也。强吟懷舊賦，已作白頭翁。趙云：懷舊賦，潘安仁所作，以懷楊肇父子。蓋懷二人也，公今所懷韋、蕭二人，可藉用矣。壺關三老上書。車千秋云：白頭翁教臣也[一]。

【校勘記】

〔一〕「車千秋」，原無，參本集卷十七投贈哥舒開府翰二十韻校勘記〔四〕訂補。

南極

南極青山衆，西江白谷分。古城疎落木，荒戍密寒雲。歲月蚍常見，風飆虎或聞。趙云：按晉天文志：南極在井、柳之中，正是南方之星，故公於夔州詩可用矣。西江，指蜀江。蓋楚人以蜀江爲西江也。近身皆鳥道，殊俗自人群。趙云：南中八志曰：交趾郡治龍編縣，自興古鳥道四百里。蓋以其險絶，獸猶無蹊，人所莫由，特上有飛鳥之道耳。而用鳥道字，則沈約愍塗賦依雲邊以知國，極鳥道以瞻家也。莊子：以馭人群。睥睨登哀柝，蝥弧照夕曛。趙云：睥睨，城上小城也。於此可以瞻視。言白帝城上有屯戍故也。舊本矛弧，善本作蝥弧，是。左傳取蝥弧以登，乃鄭之旗名也，方可對睥睨。若作矛弧，即是兩物。必不以對睥睨之一名矣。言照夕曛，則旗爲日所照。謝靈運詩：夕曛嵐氣陰。亂離多醉尉，愁殺李將軍。趙云：公以李將軍自比。李廣飲，還至亭，霸陵尉醉，呵止。廣傳中言霸陵尉醉，則已可使醉尉字。而杜田又引南史何敬容傳：謝郁作書戒之，其說亦是，但不細看廣傳耳。

摇落

摇落巫山暮，寒江東北流。煙塵多戰鼓，風浪少行舟。趙云：此大曆二年詩。是年九月，吐蕃寇雲川，又寇邠州，郭子儀屯于涇陽；又桂州山獠反，則爲煙塵多戰鼓矣。孫子荆書：煙塵俱起，震天駭地。鵝費羲之墨，貂餘季子裘。長懷報明主，卧病復高秋。趙云：公以羲之自比。羲之性愛鵝〔一〕，山陰道士養好鵝，因求市之。道士云〔二〕：爲寫道德經，當舉群相贈耳。羲之欣然寫畢〔三〕，籠鵝而歸。然公不解書，於題於義爲不切，學者頗疑之。豈適會見鵝而起句，或有此事而公紀實耶？抑嘆其貧，於鵝則必以字换之，於衣則止餘弊裘而已耶？戰國策：蘇秦仕趙，趙王資貂裘、黄金，使説秦。書十上而説不行，黑貂之裘弊。今云貂餘季子裘，言貧如蘇子矣。

【校勘記】

〔一〕「鵝」，底本漫滅，據清刻本補。

〔二〕「士」，底本漫滅，據清刻本補。

〔三〕「然」，底本漫滅，據清刻本補。

季秋江村

喬木村墟古，疎籬野蔓懸。素琴將暇日，趙云：言將琴往江村，當暇日也。白首望霜天。登俎黄柑重，支牀錦石圓。支牀，出史記龜筴傳。遠遊雖寂寞，難見此山川。

新刊校定集注杜詩卷三十二

近體詩

季秋蘇五弟纓江樓夜宴崔十三評事韋少府姪三首

峽險江驚急，樓高月迴明。一時今夕會，萬里故鄉情。星落黃姑渚，秋辭白帝城。老人因酒病，堅坐看君傾。趙云：黃姑渚，天河之別名也。

右一

明月生長好，浮雲薄漸遮。宋玉九辯云：何氾濫之浮雲兮，猋壅蔽此明月。悠悠照邊塞，月賦：升素質之悠悠〔一〕。悄悄憶京華。清動杯中物，鮑云：陶淵明詩：天運苟如此，且進杯中物。高隨海上查。事見「查上覓張騫」注。不眠瞻白兔，劉孝綽月詩：攢柯伴玉蟾，植叢映金兔〔二〕。百過落烏紗。烏紗帽也。趙云：月中有兔，其傳尚矣。楚辭天問曰：夜光何德，死則又育；厥利維何，而顧兔在腹。烏紗，帽也。杜佑通典帽門載矣。

右二

【校勘記】

〔一〕「素」，文選卷十三、全宋文卷三十四謝莊月賦作「清」。

〔二〕「植叢映金兔」，梁詩卷十六劉孝綽月詩作「裛葉彰金兔」。

對月那無酒，登樓況有江。聽歌驚白鬢，笑舞拓秋窗。樽蟻添相續，子建七啓：盛以翠樽，酌以彫觴。浮蟻鼎沸，酷烈馨香。沙鷗並一雙。盡憐君醉倒，更覺片一作我。心降。詩：我心則降。趙云：選有白髮生鬢。公詩又云：百年雙合鬢。張協玄武館賦云〔一〕：春牖左開，秋窗右豁。樽蟻，言酒之浮蟻也。末句當以片心爲正，方有功矣。

右三

【校勘記】

〔一〕「玄武館賦」：「玄」原作「元」，係避諱，此改。

送孟十二倉曹赴東京選

君行別老親，此去苦家貧。藻鏡留連客，江山憔悴人〔一〕。杜補遺：藻鏡，猶藻鑒也。故子美上韋左相詩又有持衡留藻鑒之句。晉太康四年制曰：藻鑑銓衡。又唐舊史：許子儒長壽中爲天官侍郎，居選部，不以藻鏡爲意。趙云：題送赴東京選，故用藻鏡事。既是赴選，則須等候，藻鏡之所取，非旬日之事，故云留連客也。江山憔悴人，則客遊所歷，雖江山之勝，亦爲憔悴人。秋風楚竹冷，夜雪鞏梅春。朝夕高堂念，應宜綵服新。趙云：秋風楚竹冷，言孟倉曹所起發之地在夔也。夜雪鞏梅春，言孟倉曹所往之時，逢雪于鞏也。鞏縣，今西京屬縣。西京，則唐所謂東京也。末句又申言其別親老，思之也。列女傳曰：老萊子孝養二親，行年七十，嬰兒自娛，著五色采衣。楚竹冷、鞏梅春，謂之雙紀格。

【校勘記】

〔一〕「人」，原奪，據文淵閣本、文津閣本、文瀾閣本、清刻本、排印本補。

憑孟倉曹將書覓土婁舊莊

平居喪亂後，不到洛陽岑。爲歷雲山問，無辭荊棘深。北風黃葉下，南浦白頭吟。文君作白頭吟。薛云：楚詞：予交手兮東行〔一〕，送美人兮南浦。十載江湖客，茫茫遲暮心。趙云：前四句托孟倉曹往問莊居之荒茸何如。後四句則公言其在夔時候與處所也。黃葉下，變用木葉下。白頭吟雖是文君以相如晚年置妾而有此作，其後爲樂府，則言君臣、朋友顧遇之不終。而公今所用，又止以其老年白頭所吟詠耳。楚詞云：傷美人之遲暮。

【校勘記】

〔一〕「予」，文淵閣本、文瀾閣本、文津閣本作「余」，清刻本、排印本作「子」。

耳聾

生年鶡冠子，杜補遺：後漢輿服志：武冠，加雙鶡尾，在左右，謂之鶡冠。五官、虎賁、羽林，皆冠之。鶡者，勇雉也。其鬬無已，一死乃止。故趙武靈王爲冠以表武士，是詩所謂鶡冠子者，楚人，隱居深山中，衣敝履穿，以鶡爲冠，莫測其名，因服成號，著書言道家事。馮諼嘗師事之，後顯於趙，鶡冠子懼其薦己，遂與之絶。歎世鹿皮翁。趙云：前漢書藝文志有稱鶡冠子一篇。師古云：以鶡鳥羽爲冠也。列仙傳：鹿皮翁者，菑川人也。少爲府小吏，工巧，舉手能成器械。岑山上有神泉，人不能至。小吏白府君，請木工斧斤三十人作轉輪懸閣，意思樸至。數十日，梯道四門成。上其巔，作茅舍，留止其旁。眼復幾時暗，耳從前月聾。猿鳴秋淚缺，雀噪晚愁空。黄落驚山樹，呼兒問朔風。趙云：猿鳴秋淚缺，雀噪晚愁空，以耳聾之故，而幸其不聞也。末句，但見山木葉黄落而不聞風聲，所以呼兒而問。宋玉九辯云：悲哉！秋之爲氣也。蕭瑟兮，草木黄落而變衰。曹子建有朔風篇。

小園

由來巫峽水，本自楚人家。客病留因藥，春深買爲花。秋庭風落果，瀼岸雨頹沙。問俗營寒事，將詩待物華。趙云：此篇蓋須水以爲用之詩也。楚城居高而下，取江水，最爲艱得，故以爲詠矣。客病留因藥，則藥須水以洗濯，故留水者因藥也。春深買爲花，則花須以水灌沃，故買水者爲花也。後兩句則縱言眼前之秋景矣。末句又營人家備冬寒之俗事，而不廢吟詠也。

自瀼西荆扉且移居東屯茅屋四首

白鹽危嶠北，赤甲古城東。平地一川穩，高山四面同。趙云：首兩句以引下句耳。平地一川，蓋在白鹽山之北，而赤甲城之東故也。謝靈運詩序有云：石門新營所住，四面高山。煙霜淒野日，秔稻熟天風。趙云：周王褒送葬詩云：寒近邊雲黑[一]，塵昏野日黃。公嘗使云野日荒荒白也。周勃領北軍誅諸呂，是日天風大起。而古詩枯桑知天風也。人事傷蓬轉，吾將守桂叢。劉安招隱：桂樹叢兮山之幽。趙云：曹植雜詩曰：轉蓬離本根。

右一

【校勘記】

〔一〕「寒」，北周詩卷一王褒送劉中書葬詩作「塞」。

東屯復瀼西，一種住青溪。來往皆茅屋，淹留爲稻畦。市喧宜近利，西居近市。易巽：爲近市利三倍。林僻此無蹊。若訪衰翁語，須令賸客迷。趙云：青溪，非名也，水色之青而已。謝莊詩曰：青溪如委黛。公於成都浣花詩亦曰青溪，可見矣。馬季長長笛賦有云[一]：間介無蹊，人迹罕到。此無蹊，此字則指東屯與瀼西也。如曹子建云置酒此河陽之北。須令賸客迷，則承無蹊之下言賸添客迷也。

右二

【校勘記】

〔一〕「馬季長」，「長」原奪，據清刻本、排印本補。又，「馬季長」清刻本、排印作「馬融」。案，馬融，字季長，東漢經學家。

道北馮都使，高齋見一川。子能渠細石，吾亦沼清泉。枕帶一作席。還相似，柴荆即有焉。趙云：渠字、沼字，此以字之重字爲輕字，以體爲用者也。枕帶還相似，言枕山帶水也。一作枕席，淺矣。柴荆亦是。兩字蓋言荆扉、柴扉之義。而字則謝靈運初去郡云促裝反柴荆，即有焉，又言馮都使與己俱有柴荆以居也。

斫畬應費日，解纜不知年。杜補遺：楚俗燒榛種田曰畬先，以刀芟治林木曰斫畬。其刀以木爲柄，刃向曲，謂之畬刀[一]。畬音式車反。趙云：言方移居東屯爲農夫之事，而從事於斫畬，則欲扁舟儘南下之意，且輟止矣。故解纜未知其在幾何時也[二]。斫畬兩字，是楚人語。又農書云：按，荆楚多畬田。先縱火熂爐，候經雨下種。歷三歲，土脉竭，不可復樹藝，但生草木。復熂旁山。劉禹錫適連州，畬田行云：何處好畬田，團團漫山腹。鑽龜得雨卦，上山燒卧木。又云：下種暖灰中，乘陽拆牙蘖。蒼蒼一雨後，苕穎如雲發。白居易子規歌云：畬田有粟何不啄。燒榛，種田也。爾雅：一歲曰菑，二歲曰新，三歲曰畬。易曰：不菑畬，皆音餘。畬田凡三歲方可復種[三]，蓋取畬之義也。熂音餼，爇火燎草也。爐音盧，火燒山界也。

右三

【校勘記】

[一]「謂」，原作「爲」，據文淵閣本、文津閣本、文瀾閣本、清刻本、排印本改。

[二]「在」，文淵閣本、文津閣本、文瀾閣本、清刻本、排印本無。

〔三〕「畬」，文淵閣本、文津閣本、文瀾閣本、清刻本、排印本作「菑」。

牢落西江外，參差北户間。久遊巴子宅，卧病楚人山。幽獨移佳境，謝靈運：幽獨賴鳴琴。顧愷之云：漸入佳境。清深隔遠關。寒空見鴛鷺，回首憶朝班。趙云：吴都賦云：開北户以嚮日，齊南冥於幽都。注：言日南，人開北户向日以就明，則以南爲幽都，亦如中國之見北也。公居於夔，乃楚地，與荆渚、吴越相近矣，故得言西江外、北户間也。公詩又云東望西江永，南遊北户開矣。隔遠關，則指言白帝城之關。末句公嘗爲左拾遺，通籍而朝，故見鴛鷺而憶朝班也。

右四

題栢大兄弟山居屋壁二首

叔父朱門貴，郭景純：朱門何足榮。郎君玉樹高。趙云：謝道藴云：一門叔父，則有阿大中郎。魏宋以來，貴人之子曰郎君。叔姪則亦父子，故可使郎君。朱門字，雖是常語，祖出東方朔十洲記曰：臣故韜迹而赴王庭，藏養生而待朱門矣。謝安嘗戒約子姪，因曰：子弟亦何豫人事，而正欲使其佳？玄答曰：譬如芝蘭玉樹，欲使其生於庭階耳。山居精典籍，文雅涉風騷。江漢終吾老，雲林得爾曹。趙云：書序云：秦滅三代典籍。選有云：同祖風騷。詩云：美化行乎江漢之域。又云：滔滔江漢，南國之紀。公欲適荆楚而南，故云終吾老也。哀絃繞白雪，未與俗人操。杜補遺：哀絃，琴也。記曰：哀以立廉，廉以立志。君子聽琴瑟之聲，則思志義之臣。又枚乘七發：龍門之桐，高百尺而無枝。使班爾斫斬以爲琴，野繭之絲以爲絃，孤子之鉤以爲隱，九寡之珥以爲礿〔一〕。師堂操張，伯牙爲之歌，此亦天下之至悲也，子能强起而聽之乎？注：礿，音的。鉤、珥，皆寶也。隱、礿，皆琴上飾，取孤子寡婦之寶而用之，欲其聲多悲哀。九寡，九度寡也。琴録曰：琴曲有幽蘭白雪風入松烏夜啼。俗人非知音者，故未可與之操。趙云：宋玉曰：陽春白雪之曲，唱彌高而和彌寡。於哀絃之中，所彈者白雪，非俗人所能也。薛云：右按宋玉對楚襄王問曰：客有歌郢中者，其始下里巴人，國中屬而和者數千人；其爲陽春白雪，國中屬而和者數十人而已。又文選鮑照詩：蜀琴抽白雪，郢曲繞陽春。

右一

【校勘記】

〔一〕「礿」，文選卷三十四、全漢文卷二十枚乘七發作「約」。以下均同。

野屋流寒水，山籬帶薄雲。静應連虎穴，喧已去人群。筆架霑窻雨，書籤映隙曛。蕭蕭千里馬，箇箇五花文。趙云：末句以駿馬比栢之兄弟矣。公嘗曰：五花散作雲滿身。詩云：蕭蕭馬鳴。箇箇，指言五花文之箇箇，非謂馬一匹爲一箇也。

郭隗曰：古之人君有以千金使涓人求千里馬者[一]。又漢文帝時，有獻千里馬者。

【校勘記】

〔一〕「涓」，清刻本、排印本無。

右二

暝

日下四山陰，山庭嵐氣侵。謝靈運：夕曛嵐氣陰[一]。牛羊歸徑險，詩：羊牛下來。北征賦：日晻晻其將暮，覩牛羊之下來。鳥雀聚枝深。正枕當星劍，收書動玉琴。半扉開燭影，欲掩見清砧。星劍，劍上有星文也。玉琴，以玉爲琴徽也。趙云：星劍，則劍上有七星之像也，非是氣衝牛斗之謂。江淹去故鄉賦：撫玉琴兮何親。末句，扉欲掩見清砧，則欲更掩其半扉之時見己家之清砧。蓋時秋矣。

【校勘記】

〔一〕「陰」，文淵閣本、文津閣本、文瀾閣本、清刻本、排印本作「侵」，訛。文選卷二十二、宋詩卷二謝靈運晚出西射堂詩作「陰」，可證。

茅堂檢校收稻二首

香稻三秋末，平田百頃間。喜無多屋宇，幸不礙雲山。御裌侵寒氣，秋興賦：藉莞蒻，御裌衣。嘗新破旅顏。禮：天子以嘗新。紅鮮終日有，玉粒未吾慳。趙云：御裌侵寒氣，言雖御裌衣矣，而寒氣猶侵之，則山居故也。紅鮮，似言魚也。玉粒，則春稻爲米，其白如玉矣。亦不必泥蘇秦米貴於玉事。

右一

稻米炊能白，秋葵煑復新。誰云滑易飽，老藉軟俱勻。種幸房州熟，苗同伊闕春。無勞映渠盌，自有色如銀。杜補遺：魏文車渠椀賦：車渠，玉屬也。多纖理縟文，生于西國，其俗寶之。惟二儀之普育，何萬物之殊形？料珍怪之上美，無茲椀之獨清。苞華文之光麗，發符彩而揚榮。理交錯以連屬，似將離而復并。又梁陸倕蠡杯銘曰：用邁羽杯，珍逾渠椀〔一〕。實同蠡測，形均樸滿。又廣雅曰：車渠，石，次玉也。趙云：滑字，與滑流匙同義。老藉軟俱勻，與軟炊香飯緣老翁同義。房州熟、伊闕春，蓋稻名也。末句言不必用渠椀盛之〔二〕，此飯其色自如銀矣。

右二

【校勘記】

〔一〕「渠」，文淵閣本作「粱」，訛。

〔二〕「渠」，文淵閣本作「粱」，訛。

朝二首

清旭楚宫南，霜空萬嶺含。野人時獨往，雲木曉相參。俊鶻無聲過，飢烏下食貪。病身終不動，摇落任江潭。陸士衡：戢翼江潭。趙云：清旭，清朝也。江賦云：視氛祲於清旭〔一〕。楚宫，則楚王之宫也。霜空，言帶霜之空也。朝未甚有行人，故野人時獨往耳。末句，蓋公欲南下而未能也。易云：寂然不動。屈原既放於江潭。或云蘇東坡謂子美詩外尚有事在，故其病身曾不摇蕩而不隨草木之摇落也。

右一

【校勘記】

〔一〕「視」，文選卷十二、全晉文卷一百二十郭璞江賦作「督」。

浦帆晨初發，郊扉冷未開。村疎黄葉墜，野静白鷗來。礎潤休全濕，雲晴欲半回。淮南子云：山雲蒸，柱礎潤。江淹：山雲潤柱礎。巫山冬可怪，昨夜有奔雷。趙云：浦帆，帆音去聲，今官韻亦收矣。師民瞻本疑之，乙其字爲帆浦，非是。然夔州詩而云浦帆，何也？蓋題是朝，詩句云：浦帆晨初發，郊扉冷未開。兩句通義，言方此晨朝之際，想江浦之中，其帆起發；而郊居之家，以冷而未開其扉也。顔延年贈王太常詩曰：郊扉嘗晝閉。礎者，柱下之磉石也〔一〕。礎潤休全濕，休者，罷也。言礎石之潤，經夜稍乾而半濕矣。雲晴欲半回，言朝既晴霽，其宿雲半斂而回去也。奔雷，公兩使矣。出三都賦。

右二

【校勘記】

〔一〕「磉」，文淵閣本作「磔」，文瀾閣本作「礎」，均訛。

晚

杖藜尋晚巷，炙背近墻暄。嵇康書：野人有快炙背而美芹子者，欲獻之至尊。雖有區區之意，亦已疎矣。公又嘗有句云：炙背可以見天子。人貝幽居僻，吾知拙養尊。朝廷問府主，耕稼學山村。趙云：此句法難解，蓋言朝廷以務農重穀之事問府主，故亦化而學山村耕稼也。然此等句法，學者不可傚之也。舜自耕稼陶漁以至爲帝。歸翼飛棲定，寒燈亦閉門。曹子建：歸鳥赴喬林，翩翩厲羽翼。陸士衡：願假歸鴻翼，翻飛游江氾。趙云：棲鳥以枝定爲安，故詩人每用定字。如公今云：歸翼飛栖定。如白樂天：風枝未定鳥難棲。如李商隱：栖鳥定寒枝。然三定優劣，必有能辨者。原其所出，則周庾信云鳥寒栖不定也。

夜二首

白夜月休弦，燈花半委眠。號山無定鹿，落樹有驚蟬。暫憶江東鱠，張翰憶鱸鱠。兼懷雪下船。王子猷訪戴安道。蠻歌犯星起，重覺在天邊。趙云：當此白夜，於月休隱，其所見者弦之狀與燈花半委落之際，眠卧也。重覺在天邊，言其遠也。

右一

城郭悲笳暮，村墟過翼稀。甲兵年數久，賦斂夜深歸。暗樹依巖落，明河繞塞微。斗斜人更望，月細鵲休飛。樂府：月明星稀，烏鵲南飛。趙云：賦斂夜深歸，言村落之民，入市供官賦斂，以夜深而後歸也。暗樹依巖落，言葉也。傳曰：木落糞本。亦遂以言葉矣。天漢謂之明河，故宋之問有明河篇也。繞塞微，則夜深矣。故末句又有斗斜，月細之語。鵲休飛者，休停其飛也。月細而不甚明，此鵲飛之所以休也。

右二

東屯月夜

抱疾漂萍老，防邊舊穀屯。春農親異俗，歲月在衡門。趙云：東屯所以得名者，防邊而屯戍之地也。言抱疾病而如漂萍之老，在屯積舊穀以防邊之處也。古詩云：泛泛江漢萍，漂蕩水無根。論語曰：舊穀既沒。禮記王制：民生其間者異俗。然公所用，乃如匡衡云成湯所以化異俗而懷鬼方者。蓋公中原人，而遠客於夔，故稱之爲異俗。公於俳諧體詩又云異俗吁可怪。詩：衡門之下。青女霜楓重，曉霜楓葉丹。青女，霜神名。黃牛峽水喧。泥留虎鬬跡，月挂客愁村。喬木澄稀影，輕雲倚細根。趙云：淮南子曰：青女出以降霜。盛弘之荊州記曰：宜都西陵峽中有黃牛山，江湍迂回，塗經信宿，猶望見之。行者語曰：朝發黃牛，暮宿黃牛，三日三暮，黃牛如故。後兩句當秋木葉落，故謂之稀影。輕雲倚細根，則山中有雲，故倚喬木之細根也。數驚聞雀噪，暫睡想猿蹲。趙云：皆以月明之故也。月照樹白，則雀驚而噪；猿以有照，不得久睡，故暫而已。日轉東方白，風來北斗昏。天寒不成寐，無夢有歸魂。趙云：上兩句可謂奇矣。

東屯北崦

盜賊浮生困，誅求異俗貧。空村惟見鳥，落日未一作不。逢人。登樓賦：白日忽其西匿，鳥相鳴而舉翼。原野闃其無人，征夫行而未息。步壑風吹面，看松露滴身。遠山回白首，戰地有黃塵。趙云：人之所以爲盜賊者，以浮生之困也。管子曰：衣食足而知榮辱。諺云：盜賊起於貧窮。觀下句則所以招盜之因也。公豈不知政哉！莊子：其生若浮。其後鮑照詩：浮生旅昭代。戰塵謂之黃塵者，以其塵起之多，茫茫然黃也。曹子建云：大風隱其四起，揚黃塵之冥冥。

雲

龍自一作以。瞿唐會，江依白帝深。終年常起峽，每夜必通林。收穫辭霜渚，分明在夕岑。高齋非一處，秀氣豁煩襟。趙云：公自言其見雲之處。句謂初在霜渚中，收獲至，辭出時乃見雲在岑分明也。高齋非一處，則人家皆有高齋可以登覽。謝玄暉有郡內高齋閑坐答呂法曹詩。

月

趙云：四更所見之月，而有開鏡之句，則乃月滿之狀，必十五夜也。豈九月之望夜乎？於一更、二更、三更爲雲遮，如塵匣之鏡。至四更在樓上忽見之，所以有作。既在夔州群山之中，故謂之山吐月。

四更山吐月，殘夜水明樓。趙云：此篇首兩句古今絕唱。東坡先生深曉吐字之義，故取下句爲五韻，以賦五詩，自一更至五更，皆曰山吐月。又有句云明月翳復吐。月言吐字，出費昶省中夜聞擣衣詩云：閶闔下重關，丹墀吐明月。蓋吐露其光之謂。殘夜水明樓，言夜將盡矣，登樓看月，其明照於水，而水光照樓。句法如此，不亦奇乎？塵匣元開鏡，風簾自上鈎。古詩：纖纖似玉鈎，娟娟若娥眉。謝玄暉：風簾入雙燕。趙云：上句說月。古詩有云：破鏡飛上天。又梁簡文帝云：形同七子鏡。則鏡以比月矣。塵匣字，則取鏡以言之。鮑明遠擬古詩有云明鏡塵匣中，寶琴生網絲也。若全句之勢，則又庾信鏡詩云玉匣聊開鏡，輕灰暫拭塵也。信直用之於鏡，而公則以比月爲工矣。謂之元開鏡，則驚喜之詞也。下一元字，可以見一更、二更、三更雖有月而雲遮之也。下句言樓上之簾已自掛起，則可以分明看月也。陳蕭詮詩珠簾半上珊瑚鈎也。兔應疑鶴髮，蟾亦戀貂裘。趙云：上句則公自言其老，下句言其貧。鶴髮，老者之狀。庾信竹杖賦云：子老矣，鶴髮雞皮。貂裘，使蘇季子黑貂裘也。斟酌姮娥寡，天寒耐九秋。見九秋驚雁序注。杜補遺：後漢天文志注：張昭載靈憲之言曰：月，陰精之宗。有憑焉者，羿請不死之藥於西王母。其妻姮娥竊之以犇月，是名蟾蠩。又阮嗣宗詠懷詩：悦懌若九春。李善注云：春秋元命苞曰：陽氣成於三，故一時三月。陽氣終於九，故三月一時凡九十日。宋衷曰：四時皆象此，不獨春也，九秋，以九十日言之。趙云：斟酌者，想料之也。鮑明遠和王丞詩：斟酌高代賢。玉臺後集載董思恭王昭君詩：斟酌紅顏盡，何勞鏡裏看。公於舟中出江陵云：經過憶鄭驛，斟酌旅情孤。皆爲想料之義。以九秋言之，則秋之三箇月將盡矣，所以知其爲九月之望夜尤明。李商隱云：姮娥却悔偷靈藥，碧海蒼天夜夜心。亦有誚姮娥寡之意。

獨坐二首

竟日雨冥冥，楚詞：雲容容兮雨冥冥。雙崖洗更青。水花寒落岸，山鳥暮過庭。煖老須燕玉，唐寧王有煖玉鞍[一]。又有煖玉盃，以爲飲器，不煖而自熱。充饑憶楚萍。家語：楚昭王渡江，有一物大如斗，圓而赤。取之以問孔子，曰：此萍實也。吾昔過陳，聞童謡曰：楚王渡江得萍實，大如斗，赤如日，剖而食之，甜如蜜。胡笳在樓上，哀怨不堪聽。趙云：燕玉，以言婦人也。古詩云：燕趙多佳人，美者顔如玉。故摘燕玉兩字以對楚萍。待燕玉之人而煖，則孟子所謂七十非人不煖是也。觀題云獨坐，則又可見矣。舊注引煖玉事於燕玉字，何所據乎？又煖老之義安在也？末句蓋言白帝城樓上有嗚笳矣，其聲哀怨，所以不堪聽也。舊注至引劉琨事爲冗。

右一

【校勘記】

〔一〕「寧王」，開元天寶遺事卷四「煖玉鞍」條作「岐王」。

白狗斜臨北，黄牛更在東。杜補遺：水經注：秭歸白狗峽，蜀江中流，兩面如削。絶壁之際，隱出白石如狗，形狀具足，故以名焉。又，黄牛山在縣北四十五里，周回五十里，高三十一里。盛弘之荆州記曰：黄牛山有重嶺疊起，其最大高崖間，有石色如人負刀牽牛，人黑牛黄，其狀分明。此崖加之江湍迂回，行經信宿，猶尚望見。行者歌曰：朝發黄牛，暮宿黄牛。一朝一暮〔一〕，黄牛如故。今黄牛峽山下有廟曰洛川王。土人云：黄牛神也。仇池翁有碑載歐陽文忠公事云。峽雲常照夜，江日會兼風。曬藥安垂老，應門試小童。薛：莊子：原憲杖藜而應門。晉夏統詣洛市藥，會三月上巳，統時在船中曝所市藥，諸貴人車乘來者如雲，統並不顧。蜀志李密陳情表云：内無應門五尺之僮，煢煢孑立，形影相弔。亦知行不逮，苦恨耳多聾。趙云：白狗、黄牛，皆峽名。臨北，在東，則公以所居言之。江日會兼風，師民瞻本作江月，是。蓋上句言夜也。末句行不逮，蓋獨坐則不復有行矣。

右二

【校勘記】

〔一〕「一朝一暮」，本卷東屯月夜「黄牛峽水喧」句下引趙注以及藝文類聚卷七山部引録荆州記皆作「三日三暮」。

雨四首

微雨不滑道，斷雲疏復行。紫崖奔處黑，白鳥去邊明。秋日新霑影，寒江舊落聲。柴扉臨野碓，半濕搗香秔。趙云：紫崖奔處黑，白鳥去邊明。不勞彫刻而雨景自見。陰鏗詩有云：水隨雲度黑，山帶日歸紅。今公詩可與之敵也。秋日新霑影，則以雨之故。其日影朦朧，爲霑洒矣。謂之野碓，則無庇覆，故搗秔至於帶微雨之半濕也。

右一

江雨舊無時，天晴忽散絲。暮秋霑物冷，今日過雲遲。上馬回休出，看鷗坐不辭。高軒當灩澦，潤色静書帷。趙云：晉張協雜詩云：密雨如散絲。

右二

物色歲將宴，天隅人未歸。朔風鳴淅淅，謝靈運：淅淅就衰林〔一〕。謝惠連：淅淅振條風。李陵與蘇武詩云：風波一失所，各在天一隅。

寒雨下霏霏。多病久加飯，衰容新授衣。時危覺凋喪，故舊短書稀。趙云：詩：雨雪霏霏。古詩云：上言加飡飯。詩：九月授衣。

右三

【校勘記】

〔一〕「謝靈運」，原作「謝玄暉」，檢謝玄暉詩無「淅淅就衰林」句，考文選卷二十、宋詩卷二謝靈運鄰裏相送方山詩有此句，當是誤置，據改。又「謝玄暉」，文瀾閣本、清刻本、排印本作「謝元暉」，係避諱。

楚雨石苔滋，京華消息遲。山寒青兕叫，江晚白鷗飢。神女花鈿落，宋玉有神女賦。按唐志：命婦之服飾，以寶鈿金花也。蛟一作鮫。人織杼悲。吴都賦：泉客潛織而卷綃。注：泉客，鮫人也。織輕綃於泉室，出以賣之。繁憂不自整，終日灑如絲。趙云：宋玉招魂曰：君王親發兮憚青兕。何遜云：可憐雙白鷗，朝夕水上遊。神女廟在巫山。蛟人，則江中所有。巫山中花，即神女之所以爲鈿者，被雨而落，故云。江賦：鮫人構館于懸流。此皆巫、楚之事也。沈約詩「非煙復非雲，如絲復如霧」中摘兩字也。

右四

戲寄崔評事表姪蘇五表弟韋大少府諸姪

隱豹深愁雨，潛龍故起雲。謝玄暉詩：雖無玄豹姿，終隱南山霧。杜補遺云：劉向列女傳：陶答妻謂其夫曰：妾聞南山有玄豹，霧雨七日不下食者，何也？欲以澤其衣毛而成其文章，故藏以除害也。易曰：潛龍勿用。又曰：雲從龍。因言雲雨，故以豹與龍形容之爾。泥多仍徑曲，心醉阻賢群。趙云：列子曰：見巫季咸而心醉。曲徑而倒用徑曲，群賢而倒用賢群，義自足也。忍待江山麗，還披鮑謝文。高樓憶疎豁，秋興坐氛氲。趙云：江山麗，則春景也。公嘗曰遲日江山麗，今言忍待，則忍以待之也。所以傷雨之故矣。鮑謝文，鮑則鮑照，謝則謝靈運。豈以比諸公乎？坐氛氲，言坐秋氣之中也。

有感五首

趙云：詩意當是廣德元年史朝義正月已滅之後，吐蕃十月未陷京師之前。句有言胡滅，則指史朝義也。新交戰，則指吐蕃也。覓張騫，則指奉使吐蕃者也。餘蚍豕，則指河北叛將也。虎狼、盜賊，則以指袁晁也。不臣朝，又以指河北叛將也。親賢，則指雍王适與郭子儀也。將自疑，則指僕固懷恩也。

將帥蒙恩澤，兵戈有歲年。至今勞聖主，何以報皇天？白骨新交戰，雲臺舊拓邊。趙云：言新戰之兵方横白骨，將帥必有意於拓邊而功未立，其在雲臺畫像議功者，則是舊拓邊之功也。乘槎斷消息，無處覓張騫。趙云：此言遣使和吐蕃未還，所以用張騫乘槎爲喻。乘槎本是前漢末事，而公多用作張騫使西域尋河源所乘之槎，豈承用之熟耶？見張華博物志。新添：案騫本傳：騫以郎應募，使月氏。爲匈奴單于所留十餘歲得還，騫所至者，大宛、大月氏、大夏、康居，而所傳聞其旁大國五六，具爲天子言其地形所有。並無乘槎至天河之説。博物志又不言張騫，而宗懔乃傳會直以爲張騫。杜公因承用荆楚歲時記所引，而趙次公所以屢疑公也。

右一

幽薊餘虵豕，爲史思明未平也。乾坤尚虎狼。盗賊充斥也。趙云：左傳曰：吴爲封豕長虵，薦食上國[一]。史朝義雖滅，而有未臣服者。餘虵豕，指河北叛將，尚虎狼則盗賊猶自充斥也。按編年通載於前歲寶應元年載台州賊袁晁乘亂據浙東。諸侯春不貢，藩鎮擅命基兆於此。使者日相望。董仲舒傳：漢家使者冠蓋相望。慎勿吞青海，見君不見青海頭注。無勞問越裳。見越裳翡翠無消息注。趙云：慎勿吞青海，戒以無有事於西羌。無勞問越裳，戒以無有事於東夷。大君先息戰，歸馬華山陽。易曰：大君有命。書武成：歸馬于華山之陽。

右二

【校勘記】

〔一〕「薦」，原作「若」，訛，據文淵閣本、文津閣本、文瀾閣本、清刻本、排印本改。

洛下舟車入，天中貢賦均。周禮天官：惟王建國。注：周公營邑於土中，使居雒邑治天下，謂之地中，天地之所合也，四時之所交也，風雨之所會也，陰陽之所和也，然則百物阜安乃建王國焉。趙云：應是史朝義既滅，道路亦不阻絶矣，故舟車入而貢賦均。此指言長安，特用洛陽爲天地之中爲譬也。言此以責河朔諸將有不貢者。莊子云：舟車之所至。日聞紅粟腐，太倉之粟，紅腐而不可食。寒待翠華春。翠華，天子車蓋。莫取金湯固，賈誼：金城湯池，萬世帝王之業。王元長：策金湯，非粟不守。長令宇宙新。不過行儉德，盜賊本王臣。趙云：日聞紅粟腐，則言其儲蓄之多。寒待翠華春，翠華之春，和氣所及也。上林賦曰：建翠華之旗。蓋天子之旗也。莫取金湯固，長令宇宙新，又以戒之。莊子疏云：揭天地以趨新，負山岳而捨故。宇宙新則一洗乾坤，而其命惟新矣。盜賊，則又指袁晁者矣。書：慎乃儉德。詩：率土之濱，莫非王臣。

右三

丹桂風霜急，青梧日夜凋。由來强幹地，西都賦[一]：强幹弱枝，隆上都而觀萬國。未有不臣朝。趙云：首兩句蓋以爲譬也。丹桂，耐風霜之物，楚辭云麗桂樹之冬榮是已。青梧，易凋之物，楚詞又云白露下衆草兮，奄凋此梧楸是已。彼丹桂而值風霜之急，所以青梧日夜凋落矣。以引下句。若幹之强壯，則枝無勝幹之理，猶主强則臣自歸服而朝也。强幹地，則指言長安之尊崇也。未有不臣朝，則如上句諸侯春不貢事，今反言以期之也。受鉞親賢往，分茅列土，親賢並建，親賢同姓也。時代宗爲元帥。卑宮制詔遥。禹卑宮室。漢以所降勅命爲制詔。趙云：去歲寶應元年，代宗既即位，五月以雍王爲天下兵馬元帥，郭子儀副之，此親與賢之往也。舊注云：時代宗爲帥，却是肅宗時矣。終依古封建，封爵建國，漢光武紀：太常奏議曰[二]：古者封建諸侯，以藩屏京師。豈獨聽簫韶。書：簫韶九成。趙云：蓋勸朝廷非特任元帥、副帥而已，終以封建之制待夫親賢。而爲天子者，豈獨聽簫韶之樂宴樂而已！意者代宗猶奏霓裳羽衣之曲乎？

右四

【校勘記】

〔一〕「西」，文淵閣本作「兩」。

〔二〕「奏」，原作「矣」，訛，據清刻本、排印本並參後漢書卷一下光武帝紀改。

胡滅人還亂，兵殘將自疑。此詩言安史既平，而僕固懷恩反側也。登壇名絶假，高祖曰：大丈夫定諸侯，即爲真王耳，何以假爲！報主一作執玉。爾何遲。領郡輒無色，之官皆有詞。願聞哀痛詔，見「忽聞哀痛詔」注。端拱問瘡痍。時縉紳皆重内官，而不樂外任，故子美有無色有詞之譏也。趙云：安禄山營州柳城胡，史思明寧夷州突厥種，皆胡也。癸卯廣德元年正月，史朝義自縊死。自天寶十四載至是凡九年，而安史滅矣。將自疑，則如僕固懷恩以疑而叛，李光弼以疑而沮者矣。登壇字，高祖以韓信爲大將，登壇而拜之。名絶假，則真拜之，非特假節而已。舊注自是假王、真王，何干登壇時事邪？諸將蒙寵如此，故責以下句之報主矣。末句又以望主上之䘏民也。漢武帝末年，嘗發哀痛之詔。瘡痍，則言民之傷也。季布傳：瘡痍未瘳。

右五

夜

絶岸風威動，寒房燭影微。嶺猿霜外宿，江鳥夜深飛。獨坐親雄劍，鮑明遠云：擢雄劍而長歎。烈士傳曰：眉間尺者，楚人鏌鋣之子。楚王夫人常於夏納凉而抱鐵柱，心有所感，遂懷孕，後産一鐵。楚王命鏌鋣鑄爲雙劍，一雌一雄。鏌鋣乃留雄，而以雌進王。劍在匣中常有悲鳴。王問群臣，對曰：劍有雌雄，鳴者雌，憶其雄也。王大怒，即収鏌鋣殺之，眉間尺乃爲父殺楚王。哀歌嘆短衣。淮南子曰：齊桓公郊迎客，夜開門，甯戚飯牛車下，擊牛角而爲商歌曰：南山粲，白石爛，短褐單衣適止骭〔一〕。生不逢堯與舜禪，終日飼牛至夜半，長夜漫漫何時旦。桓公聞之曰：異哉？歌者非常人也。命後車載之。短衣字，暗用莊子「短後之衣也」。煙塵繞閶闔，趙云：閶闔者，天門也，指言帝都。白首壯心違。

【校勘記】

〔一〕「單」，文淵閣本、文津閣本、文瀾閣本、清刻本、排印本作「禪」；又，「適」，太平御覽卷五百七十二樂部作「長」。

遠遊

江闊浮高棟，雲長出斷山。塵沙連越嶲，按唐地理志：劍南道，蓋古梁州之域，蜀郡、廣漢、犍爲、越嶲、益州、牂柯〔一〕、巴郡之地，總爲蜀土。風雨暗荆蠻。雁矯銜蘆内，淮南子曰：雁從風而飛，以愛氣力；銜蘆而翔，以避矰繳。張華賦：又矯翼而增逝〔二〕。徒銜蘆以避繳，終爲戮於此世。猿啼失木間。見六卷哀哀失木狖。弊裘蘇季子，歷國未知還。趙云：塵沙連越嶲，則吐蕃之兵未息也。風雨暗荆蠻，則言當日在楚之景。詩：蠢爾荆蠻。則荆州是也。淮南子云：猿狖顛蹶而失木。末句以蘇秦自比。蘇秦往秦，書十上而説不行，貂裘色弊也。歷國，乃蘇秦實事。其字則仲尼歷聘諸國也。

【校勘記】

〔一〕「牂柯」，文淵閣本、文津閣本、文瀾閣本、清刻本、排印本作「牂牁」。

〔二〕「逝」，原作「遂」，訛，據清刻本、排印本並參文選卷十三、全晉文卷五十八張華鷦鷯賦並序改。

從驛次草堂復至東屯茅屋二首

峽内歸田客，江邊借馬騎。非尋戴安道，似向習家池。趙云：張平子作歸田賦，其略曰：超塵埃以遐遊〔一〕，與世事乎長辭。又曰：苟縱心於物外，安知榮辱之所如。蓋以歸在田間爲樂之意也。舊注引恨賦敬通見抵，罷歸田里，却是得罪矣。承騎馬之下，故言非尋戴安道。蓋訪戴，則乘舟而已。似向習家池，則以言騎馬似之。事出襄陽記曰：峴山南，習郁大魚池。山簡每醉於此，曰：此我高陽池也。地險風煙僻，江淹：風煙有鳥道。天寒橘柚垂。莊子云：柤梨橘柚。蜀都賦：户有橘柚之園。公又有云：荒庭垂橘柚。築場看斂積，豳詩：九月築場圃。一學楚人爲。家語：楚恭王曰：楚王失弓，楚人得之。甫時寓夔也。

右一

【校勘記】

〔一〕「遊」，文選卷十五、全後漢文卷五十三張衡歸田賦作「逝」。

短景難高卧，秋興賦：何微陽之短晷。陶淵明云：夏月虚閑，高卧北牕之下。此反而用之，言短景不如〔一〕夏月可以高卧。非用高卧南陽、高卧東山之出處。衰年强此身。山家蒸栗暖，野飯射麋新。世路知交薄，門庭畏客頻。牧童斯在眼，田父實爲鄰。

趙云：强，音去聲。蒸栗、射麋，皆是實事。而蒸栗字，則王逸玉部論：黄如蒸栗。左傳：射麋麗龜[二]。世路、門庭，兩句通義，惟其徒爲面交而不心，所以畏客來之多，徒爲紛紛也。謝靈運詩：薛蘿若在眼。傳云：與天爲鄰。

右二

【校勘記】

〔一〕「如」，原作「同」，據文淵閣本、文津閣本、文瀾閣本、清刻本、排印本改。

〔二〕「射麋麗龜」，「射」下原衍「左」，據清刻本、排印本删。

暫往白帝復還東屯

復作歸田去，猶殘穫稻功。築場憐穴蟻，拾穗許村童。落杵光輝白，除芒子粒紅。趙云：言自白帝歸田也。詩云十月獲稻。林類拾穗行歌。其意則詩云遺秉、滯穗，伊寡婦之利也。憐穴蟻[一]，則見公之不殘。許村童，則見公之不吝。加飡可扶老，倉庾慰飄蓬。古詩云：上言加飡飯。扶老者，扶吾身之老也。舊注引扶老攜幼，非。商君書曰：夫飛蓬遇飄風而行千里，乘風之勢也。曹子建又云：風飄蓬飛，載離寒暑。

【校勘記】

〔一〕「穴蟻」，原作「蟻穴」，據文淵閣本、文津閣本、文瀾閣本、清刻本、排印本並參詩中正文改。

晨雨

小雨晨光内，初來葉上聞。霧交纔灑地，風逆旋隨雲。暫起柴荆色，輕霑鳥獸群。語：鳥獸不可與同群。麝香山一半，師云：麝香山，屬夔州奉節縣界。亭午未全分。天台賦：羲和亭午。趙云：雨色不久柴荆之中，暫起見之而已。此其爲微雨也。按夔州圖經：麝香山〔一〕，州東南一百二十五里，山出麝香，故以名之。公於入宅詩曰：水生魚復浦，雲暖麝香山。今則雨氣昏之，其一半明而一半未分也。梁元帝纂要曰：日在午，曰亭午也。

【校勘記】

〔一〕「麝」，文淵閣本作「麞」，訛。

天池

天池馬不到，天池，山上之池。嵐壁鳥纔通。百頃青雲杪，曾波白石中。楚詞：眇視目曾波。詩：白石磷磷。鬱紆騰秀氣，蕭瑟浸寒空。直對巫山峽，一作出。兼疑夏禹功。趙云：道險絶，故馬不到而鳥纔通也。巫山峽三字，方對夏禹功。舊本峽作出字，非。魚龍開闢有，菱芡古今同。趙云：此亦言其所有之最遠〔一〕。吴主嘗見吕岱説步隲，言北欲以沙囊塞江。每讀其表，輒獨失笑：江自開闢以來，寧可以囊塞之乎？故公詩句嘗曰：岸疏開闢水。又，因孔稚圭詩云：草雜今古色，巖留冬夏霜。故公詩句嘗曰：木雜今古樹。而今又生出開闢有者，魚龍；古今同者，菱芡也。聞道奔雷黑，初看浴日紅。日出於暘谷，浴於咸池。飄零神女雨，高唐賦。斷續楚王風。宋玉風賦云。趙云：神女雨、楚王風，皆是楚地當體事，則池上有此景也。欲問支機石，見二十九卷查上似張騫。如臨獻寶宫。趙云：上句則比之爲天河。荆楚歲時記曰：張騫尋河源，得一石，示東方朔。朔曰：此是天上織女支機石。下句則指之爲龍宫。沈佺期詩曰：河宗來獻寶。而公詩嘗曰：自從獻寶朝河宗。今蓋言獻寶之宫闕也。九秋驚雁序，萬里狎漁翁。更是無人處，誅茅任薄躬。趙云：上兩句公自言其身，以引末句。雖無人之處，可以卜居。其誅鉏草茅之勞任，責於微薄之躬也。

【校勘記】

〔一〕「亦」，文淵閣本、文津閣本、文瀾閣本、清刻本、排印本無。

反照

反照開巫峽，寒空半有無。已低魚復暗，魚復，縣名。不盡白鹽孤。白鹽，山名。荻岸如秋水，松門似畫圖。牛羊識童僕，既夕應傳呼。松門，地名。趙云：按梁元帝纂要曰：日西落〔一〕，光反照於東，謂之反景。開巫峽，則巫峽在東故也。開，則開豁之義。荻岸如秋水，豈荻花密布，如秋水之翻波乎？詩：日之夕矣，牛羊下來。

【校勘記】

〔一〕「西落」，文淵閣本、文津閣本作「落西」。

向夕

畎畝孤城外，江村亂水中。深山催短景，喬木易高風。鶴下雲汀近，雞栖草屋同。琴書散明燭，長夜始堪終。趙云：畎遂溝洫，田水之名也。畎畝，則畎之畝也。新添：西京雜記：始元元年，黃鶴下太液池，上爲歌曰：黃鶴飛兮下建章云云。

潘岳寡婦賦：雀群飛而赴楹兮，雞登栖而斂翼。詩：雞栖于塒。

曉望

白帝更聲盡，陽臺曉色分。高峰寒上日，疊嶺宿霾雲。師云：一作高峰初上日，疊嶺未收雲。地坼江帆隱，天清木葉聞。荆扉對麋鹿，應共爾爲群。趙云：白帝者，白帝城也。陽臺，則宋玉所謂陽臺之下是已。地坼，言江闊也，故江帆隱於其中耳。陽臺在下流之左邊，帆則出峽。所用題云曉望，則皆遠望之，想其如此也。沈休文宿東園詩：荆扉新且故。史云：貔虎爲群也。

覃山人隱居

南極老人自有星，見三十三卷「甘作老人星」注。北山移文誰勒銘？趙云：老人星，一名南極，在井柳之中，乃南方之星。今言覃山人本隱居此地[一]，蓋自是南極之老人星矣，而乃捨所隱以去，爲可罪也。乃用北山移文事譏之。齊書：孔稚圭字德璋。周彥倫隱鍾山，後應詔而出。德璋作北山移文，其文云：馳煙驛路，勒銘山庭。南極老人貼以有星，天文志每云：有星大如某物。北山移文貼以勒銘，張載劍閣銘尾曰：勒銘山阿。徵君已去獨松菊，陶潛爲徵君也。歸去來云：松菊猶存。此言徵君，指覃山人。漢韓康：桓帝備玄纁之禮，以安車聘之[二]。康不得已，許諾。辭安車，自乘柴車先發。至亭，亭長以韓徵君當過，方修道橋。見康乘柴車幅巾，以爲田叟也，使奪其牛。康即釋駕與之。有頃，使者至，奪牛翁乃徵君也。哀壑無光留户庭。殷仲文詩：哀壑叩虛牝。趙云：明言覃山人也。漢魏以來，起隱士名之曰徵君。獨松菊，則松菊徒在而人不在也。哀壑無光，乃北山移文所謂誘我松竹，欺我雲壑之意。予見亂離不得已，子知出處必須經。趙云：以己微諷之也，言我所以不仕而流落於外，正亂離之故耳，而覃山人者何事而出哉？故又以能經出處譏之。高車駟馬帶傾覆，揚雄解嘲云：客徒欲朱丹吾轂，不知一跌赤吾之族。于定國云：少高大閭門，令容駟馬高蓋車。悵望秋天虛翠屏。天台賦：搏壁立之翠屏。趙云：句則戒之深矣，恨之切矣。北山移文曰：澗户摧絶無與歸，石徑荒凉徒延佇。所謂悵望秋天虛翠屏也。

【校勘記】

〔一〕「居此地」，文淵閣本無「居」字，而衍「地」字。

〔二〕「漢韓康」三句，檢「桓帝備玄纁之禮」以下注文，見於後漢書卷八十三韓康傳。

柏學士茅屋

碧山學士焚銀魚，北山移文云：焚芰製而裂荷衣。白馬卻走身巖居。趙云：柏君既爲學士矣，乃焚銀魚而居於茅屋之下讀書。末句又方言及富貴，豈唐有別科目而柏君將應之邪？次公嘗觀國史補云：搢紳雖位極人臣，不由進士者，終不爲美。又觀盧氏瑣雜記云：杜昇自拾遺賜緋，却應舉及第，又拜拾遺，時號着緋進士。則柏學士者，焚銀魚而別讀書，其所圖類此矣。焚銀魚三字，又倣所謂酌醴焚枯魚。史有巖居穴處之士。古人已用三冬足，東方朔：三冬文史足用。年少今開萬卷餘。趙云：南史：齊陸少玄家有父證書萬餘卷，張率盡讀其書。北史：魏穆士儒，其子容，少好學。求天下書，逢即寫録，所得萬餘卷也。公於仄聲用破字，故詩云讀書破萬卷，則願乘長風破萬里浪之破。今於平聲當用開字，則如庾子嵩讀莊子，開卷一尺便止曰：正與人意合。晴雲滿户團傾蓋，鄒陽：傾蓋如故。冠蓋若浮雲。秋水浮階溜決渠。張景陽：階下伏泉通，階上水衣生〔一〕。陸士衡：豐注溢脩霤，黄潦侵階除。雲陰結不解〔二〕，通衢化爲渠。趙云：用傾蓋字，因以見與柏君初相見也。家語曰：孔子之郯，遭程先生於塗。傾蓋而語，終日盡歡。秋水浮階溜決渠，則正道其事。史記：荷插如雲，決渠如雨。富貴必從勤苦得，男兒須讀五車書。莊子天下篇云：惠施多方，其書五車。

【校勘記】

〔一〕「階下伏泉通」二句，文選卷二十九、晉詩卷七張協雜詩其十作：「階下伏泉湧，堂上水衣生。」

〔二〕「雲」，文選卷二十四、晉詩卷五陸機贈尚書郎顧彥先其二作「停」。

大曆二年九月三十日

爲客無時了，悲秋向夕終。瘴餘夔子國，魚復，古夔子國。霜薄楚王宮。蘭臺宮。草敵虛嵐翠，花禁冷葉紅。年年小摇落，不與故園同。趙云：陸機云：吾將老而爲客。題是九月三十日，則秋之可悲者，向今夕而終盡也。夔州，古夔子國。按寰宇記：巫山縣有楚宮，云襄王所遊也。草敵虛嵐翠，言草色之翠與嵐光相敵也。花禁冷葉紅，言花之紅，與葉俱耐冷也。如敵字、禁字，可謂奇矣。末句蓋言楚地多暖，雖秋而草木不甚衰，特小小摇落耳。此其所以異故園也。

十月一日

有瘴非全歇，爲冬不亦難。左傳：晉侯謂里克曰：爲子君者，不亦難乎？夜郎溪日暖，夜郎西，南夷也。犍爲有夜郎溪。白帝峽風寒。蒸裹如千室，峽俗以蒸裹爲節物。焦糟一作糖。幸一柈。薛云：右按元微之詩：雜尊多剖鱔，和黍半蒸菰。此與蒸裹無異。柈，與盤同。又抱朴子曰：土柈瓦胾，無救朝飢。兹辰南國重，舊俗自相歡。趙云：時已十月矣，而瘴尚未全歇，所以爲冬候之難〔一〕。蒸裹、焦糖，皆夔州十月一日之事，如此也。論語：千室之邑。

一柈，按字書，乃俗盤字之真者也。夔人以十月旦爲初冬節，以飲食相饋遺云。

【校勘記】

〔一〕「爲」，文淵閣本作「謂」。

戲作俳諧體遣悶二首

枚皋自言：爲賦乃俳，見親如倡。東方朔：應諧以倡，依隱玩世。

異俗吁可怪，斯人難竝居。禮記：廣谷大川異制，民生其間異俗。家家養烏鬼，頓頓食黃魚。杜云：元稹詩曰：病賽烏稱鬼，巫占瓦代龜。注：南人染病，競賽烏鬼；楚巫列肆，悉賣瓦卜。夢符之説是。趙云：詩蓋非美之者。魯靈光賦：吁其可畏。烏鬼，頗有衆説。舊注云：峽俗養烏頭鬼，祭之以人。則養又當讀爲供養之養。沈存中云：峽人謂鸕鷀爲烏鬼。薛夢符云：楚人信巫，以烏爲鬼耳。杜時可引元稹詩，其説是。蓋此在元稹長慶小集。所謂注，則稹自注也。稹與杜公同是唐人，聞見如此，豈不足證邪？或云烏蠻之鬼。舊識難爲態，新知已暗疎。左傳襄二十九年：季札聘於鄭，見子産，如舊識。舊唐書：隰城尉房玄齡，謁世民於軍門，世民一見如舊識。治生且耕鑿，只有不關渠。趙云：態字即一貴一賤，乃知交態之態也〔一〕。難與之爲態，則其人之薄矣。楚詞曰：樂莫樂於新相知。而至於已暗疎，則其人之薄又可知，故有末句之激憤也。莊子云：鑿井而飲，耕田而食。耕鑿自給，不復與薄俗相關也。

右一

【校勘記】

〔一〕「知」，文淵閣本作「見」。

西歷青羌坂，南留白帝城。於菟侵客恨，楚人謂虎爲於菟。粔籹作人情。薛補遺曰：按宋玉招魂云：粔籹蜜餌，有餦餭些。注：粔籹，以蜜和米煎作之粔。音，奇舉切，籹音女。瓦卜傳神語，巫俗，擊瓦觀其文理分析〔一〕，以定吉凶，謂之瓦卜。畬田費火耕。一作聲。史記：火耕水耨。是非何處定，高枕笑浮生。頃歲自秦涉隴，從同谷縣出遊蜀，留滯於巫山。趙云：元稹詩兩句，一句是公前篇烏鬼一事，一句是今篇瓦卜之事。豈因夔俗如此，而句出於杜公乎？畬，燒田也。舊本作費火聲，師民瞻取一作火耕，是。末句言風俗處處不同，孰是孰非，烏有定乎？但付之一睡，而於此自笑其流徙之多也。呂后紀：酈寄説呂祿曰：足下高枕而王千里，此萬世之利也。

右二

【校勘記】

〔一〕「析」，原作「柝」，據文津閣本、文瀾閣本、清刻本、排印本改；又，文淵閣本作「折」，訛。

刈稻了詠懷

稻穫空雲水，川平對石門。蜀都賦〔一〕：緣以劍閣，阻以石門。寒風疎草木，旭日散雞豚。詩：旭日始旦。孟子：雞豚狗彘。野哭初聞戰，樵歌稍出村。無家問消息，作客信乾坤。趙云：按寰宇記：歸州巴東縣有石門山，則亦去之遠矣，豈眼前所見之石門者邪？舊注：石門在漢中之西，褒中之北，豈干夔州事哉？

【校勘記】

〔一〕「蜀都賦」，原作「南都賦」，檢南都賦無「緣以劍閣」二句，考文選卷四、全晉文卷七十四左思蜀都賦有此二句，當是誤置，據改。

瞿塘兩崖

三峽傳何處，雙崖壯此門。入天猶石色，穿水忽雲根。猱玃鬚髯古，蛟龍窟宅尊。江賦：瑰奇之所窟宅。羲和冬一作駿。馭近，天台賦：羲和亭午。愁畏日車翻。趙云：言三峽之中何處有雙崖之壯乎？乃壯於此門也。非直謂瞿唐便是三峽之處矣，兩面壁立而高揷天，故云入天猶石色。雲根，亦以言石。傳云：五岳之雲，觸石而出。故石謂之雲根。張孟陽詩曰雲根臨八極，雨足散四溟是也。其後唐人多使雲根字以名石。公詩又曰井邑聚雲根也。王維傳：維善爲石色。淮南子注云：日乘車，駕以六龍，羲和爲之馭。故末句云：羲和冬馭近，愁畏日車翻。以山之高，故日去之近。然冬日景短，故畏其車翻去。日車翻字，李尤歌曰：安得猛士翻日車。尤之言翻，則翻之使回；今公言翻，則日翻而去也。

舊本一作駿馭近，非。

柳司馬至

此詩言中原用兵，民未安定也。

有使歸三峽，相過問兩京。兩京，雍洛。函關猶出將，渭水更屯兵。設備邯鄲道，漢文帝謂慎夫人曰：此北走邯鄲道。和親邏沙一作些。城。薛云：右按邏沙，作邏娑。薛仁貴爲邏娑道行軍總管。杜補遺云：邏些，吐蕃都城名也。唐舊史：吐蕃本南京禿髮之後，語訛謂之吐蕃。其國都城號爲邏些城。新唐史云：吐蕃贊普居跋布川，或邏娑川。幽燕唯鳥去，商洛少人行。趙云：函關出將，渭水屯兵。和親與商洛少人，皆因吐蕃而然矣。其云設備邯鄲道，則在趙州。又云幽燕唯鳥去，則北地猶不通。豈以安史雖滅，而藩鎮相繼跋扈耶？衰謝身何補，蕭條病轉嬰。劉公幹：余嬰沈痼疾。霜天到宮闕，戀主寸心明。

孟冬

殊俗還多事，方冬變所爲。破柑霜落爪，嘗稻雪翻匙。巫岫寒都薄，烏蠻一作黔溪。瘴遠隨。終然減灘瀨，暫喜息蛟螭。南都賦：憚夔龍兮怖蛟螭。趙云：在中原時，固應接多事矣。雖在殊俗，却還多事也。方冬變所爲，則破柑嘗稻，方是變所爲矣。寒薄，則楚地煖故也。故老言施州無瘴，黔州有瘴。黔州在夔之南，則其瘴殆及夔矣。

悶

瘴癘浮三蜀，風雲暗百蠻。卷簾唯白水，隱几亦青山。猿捷長難見，蜀都賦：猿狖騰希而競捷。鷗輕故不還。無錢從滯客，有鏡巧催顏。趙云：夔州詩而言三蜀之下，百蠻之北，廣言之也。西清詩話曰：人之好惡，固自不同，子美在蜀作悶詩，乃云：卷簾唯白水，隱几亦青山。若使余居此，應從王逸少語，吾當卒以樂死，豈復更有悶邪？次公以此乃騃男女之語。方流落蠻裔〔一〕，寂寞之中，雖白水青山，日日對之，亦豈不悶邪？

【校勘記】

〔一〕「裔」，文淵閣本作「商」，訛。

雷

巫峽中宵動，滄江十月雷。陸士衡：迅雷中宵激，驚電光夜舒。龍蛇不成蟄，易：龍蛇之蟄以存身。天地劃爭迴。却碾空山過，深蟠絶壁來。何須妬雲雨，霹靂楚王臺。趙云：十月雷，非其時矣，故驚起龍蛇之蟄而變易天地之常也。雷之不時，若妬神女之爲雲雨，而霹靂以震之也。

冬至

年年至日長爲客，忽忽窮愁泥殺人。江上形容吾獨老，屈原放於江潭，形容枯槁。天涯風俗自相親。杖藜雪後臨丹壑，鳴玉朝來散紫宸。西征賦：飛翠緌，拖鳴玉，以出入禁門者衆矣。心折此時無一寸，別賦：使人意奪神駭，心折骨驚。路迷何處是三秦？趙云：紫宸，殿名，在東内大明宮。心方寸之地，故曰寸心。今句言一寸，可謂巧矣。

小至〔一〕

天時人事日相催，冬至陽生春又來。孝經援神契曰：冬至陽氣萌。刺繡五紋添弱線，吹葭六琯動浮灰。師云：言刺繡之工，以添線準日晷之長短耳。續漢書以葭莩灰實律之端，候之。氣至，則灰飛而管通。六琯，六律也。師云：物理志：以十二律候氣，先於平地作三重，室爲三重壁。揚子所謂九閉之中也。以河内葭灰實其端。氣至，吹灰也。岸容待臘將舒柳，山意衝寒欲放梅。雲物不殊鄉國異，左傳：分、至、啓、閉，必書雲物。教兒且覆掌中杯。趙云：史記曰：刺繡文，不如倚市門。世説載：過江諸人暇日出新亭飲宴。周侯中坐而歎曰：風景不殊，舉目有江河之異。掌中杯，則飲者之掌中也。豈以感傷鄉國異之故，雖父子之間，亦教令且盡飲酒也。鮑明遠三日詩云：臨流競覆杯。又秋夜詩云：願君蒻衆念，且共覆前觴。

【校勘記】

〔一〕詩題上有匿名批識「分字起應」四字，諸校本無。

舍弟觀赴藍田取妻子到江陵喜寄三首

汝迎妻子達荆州，消息真傳解我憂。鴻雁影來連峽内，古詩：弟兄鴻雁序。鶺鴒飛急到沙頭。詩：鶺鴒在原，載飛載鳴。燒關險路今虛遠，杜正謬：燒關，當作嶢關，音堯，在峽右〔一〕。漢書言秦兵拒嶢關，注：在上洛北藍田南武關之西。禹鑿寒江正穩流。江賦云：巴東之峽，夏禹疏鑿。朱紱即當隨綵鷁，青春不假報黄牛。趙云：險路今虛遠，言觀所已經之地，故今虛遠矣。公爲尚書工部員外郎，賜緋魚袋，故屢言朱紱。綵鷁，舟也。淮南子曰：龍舟鷁首。高誘注曰：鷁，大鳥也，畫其像著船首。黄牛者，峽名，在宜都西陵峽中。青春不假報黄牛，言不須預報之，青春之時船定行而經過也。

右一

【校勘記】

〔一〕「峽右」，先後解輯校戊帙卷十此詩引趙次公原注〔二〕作「陝右」，當是。

馬度一作瘦。秦山雪正深，北來肌骨苦寒侵。他鄉就我生春色，故國移居見客心。歡劇提攜如意舞，一云王戎好作如意舞。喜多行坐白頭吟。巡簷索共梅花笑，冷蘂疎枝半不禁。趙云：弟觀移居來楚，乃所以就公一處也。春色生之時，蓋公自峽往荆，卜以春時矣。故國，人情之所不忍離也。以不得已而來。兄弟相聚，則客心可見矣。白頭吟，雖是文君有此作，其後爲樂府則言君臣朋友之不終。今公所用，但以老而吟詠耳。

右二

庾信羅含俱有宅，春來秋去作誰家？杜補遺：庾信宅即宋玉故宅也，見送李功曹之荆州詩注。余知古渚宮故事：羅含字君章，爲桓温別駕。於江陵城西三里小洲上，立茅屋而居。後安成王在鎮以其宅借録事劉朗之。見一丈夫衣冠甚偉，朗之驚問，忽然失之。朗之後以罪見黜，人謂君章有神也。短墻若在從殘草，喬木如存可假花。卜築應同蔣詡徑，三輔決録：蔣詡舍中竹下惟開三徑，羊仲、求仲從與之遊。爲園須似邵平瓜。比年病酒開涓滴，弟勸兄酬何怨嗟。趙云：庾信哀江南賦云：誅茅宋玉之宅。喬木如存可假花〔一〕，則宅既古矣，所餘喬木可種柔蔓之花，假於其上，蓋如金沙、茶蘼之屬乎？蕭何傳：邵平，故秦東陵侯。秦破爲布衣，種瓜長安城東。瓜美，世俗謂之東陵瓜。比年病酒開涓滴，則前此江樓夜宴云：老人因酒病，堅坐看君傾。至此方欲開酒矣。

右三

【校勘記】

〔一〕「如」，文淵閣本、文津閣本、文瀾閣本、清刻本、排印本作「猶」。

夔州歌十絶句

中巴之東巴東山，江水開闢流其間。白帝高爲三峽鎮，三峽：瞿塘、巫山、黄牛。夔州險過百牢關。杜補遺：圖經云：百牢關，孔明所建，故基在今興元西縣。兩壁山相對，六十里。緣江乃入金牛、益昌。路爲入川之隘口。此瞿唐兩崖壁立，大江中流，無路可行，非舟莫濟，固有間矣。趙云：巴本春秋之國，其地今閬州。按水經載劉璋分三巴，有中巴，有巴西，有巴東。今綿州曰巴西郡，歸州曰巴東郡，而夔州則中巴矣。吴主嘗見吕岱説步隲，言北欲以沙囊塞江，每讀其表，輒獨失笑：此江自開闢以來，寧可以囊塞之乎。三峽者，明月峽、巫峽、歸鄉峽也。忠州詩下，峽固有三，而白帝城極高山之上，故爲之鎮。

右一

白帝夔州各異城，公孫述自稱白帝，故夔有白帝城。蜀江楚峽混殊名。英雄割據非天意，霸主并吞在物情。趙云：上兩句通義。白帝以言公孫述之城，夔州以言劉備之城，蓋永安宫所在也。白帝城在瀼之東，夔州城在瀼之西，此所以爲異城。上流而爲蜀江，下流而爲楚峽。雖楚、蜀之名不同，而二人之城皆臨之。以公孫述言之，其國號成；以劉備言之，其國號漢。二城既臨江與峽，則無復分蜀江、楚峽之名矣，故言混殊名。英雄割據非天意，則言天豈容其割據乎？在物情，則人必有順不順焉[一]。王字，去聲。范彦龍詩：物情棄疵賤。

阮籍曰：時無英雄。陸士衡辨亡論：故遂割據山川。賈誼過秦論云：有并吞八荒之心。

右二

【校勘記】

〔一〕「有」，文淵閣本作「曰」，訛。

群雄競起向前朝，王者無外見今朝。公羊傳曰：天王出居于鄭。王者無外，此其言出何？不能于母弟也。東都賦：子徒識函谷之可閉，不知王者之無外。比訝漁陽結怨恨，漁陽，禄山舊鎮。元聽舜日舊簫韶。趙云：師民瞻本作聞前朝，極是。蓋聞者，對見之辭也。陸機辨亡論云：群雄鋒駭〔一〕。又選有：群妖競逐。今參用之。聞前朝者，乃指言已前之代也。王者無外，見今朝，所以美當日唐朝之時也。舊簫韶，則比霓裳舞衣之新曲。此句又含蓄美中有刺如此。

右三

【校勘記】

〔一〕「鋒」，文津閣本作「風」，文選卷五十三、全晉文卷九十八陸士衡辨亡論作「蜂」。

赤甲白鹽俱刺天，南都賦：森蕁蕁而刺天。閭閻繚繞接山巔。楓林橘樹丹青合，西京雜記：中南山有樹。長安謂之丹青樹也。趙云：楓青而橘丹也。複道重樓錦繡懸。

右四

瀼東瀼西一萬家，江北江南春冬花。背飛鶴子遺瓊蘂，相趁鳧雛入蔣牙。其草則蔣蒲蔎。趙云：按酈道元水經注云：白帝山東傍東瀼溪，即以爲隍。今所謂瀼東、瀼西，則一東瀼溪，而其溪之左右分之曰瀼東、瀼西耳。李陵贈蘇武別詩曰：雙鳧相背飛，相遠日已長。又劉孝綽詩：持此連枝樹，暫作背飛鴻。楚辭云：屑瓊蘂以爲糧。西京賦屑瓊蘂以朝餐，指言玉英。而陸士衡擬古詩云：上山采瓊蘂，空谷饒芳蘭。則花之白者爲瓊蘂矣。蔣字，韻書在於平聲之下，亦通上聲。西京雜記曰：太液池，其間鳧雛、鶴子布滿充積。又木玄虛海賦鳧雛離褷，鶴子淋滲也。

右五

東屯稻畦一百頃，北有澗水通青苗。晴浴狎鷗分處處，張綽詩：物我俱忘懷，可以狎鷗鳥[一]。雨隨神女下朝朝。高唐賦：朝朝暮暮，陽臺之下。趙云：列子：海上有人狎鷗者。

右六

【校勘記】

〔一〕「張綽詩」三句，「張綽」原作「孫綽」，檢「物我俱忘懷」二句，文選卷三十一江淹雜體詩三十首之十八作張廷尉綽，據改。

蜀麻吴鹽自古通，萬斛之舟行若風。長年三老長謌裏，峽人以船頭把篙相水道者曰長年，正梢者曰三老。白晝攤錢高浪中。杜補遺：梁冀傳：能意錢之戲。注：何承天纂文曰：詭億一曰射意，一曰射數，即攤錢也。趙云：攤錢，則蜀人賭錢之名也。

右七

憶昔咸陽都市合，山水之圖張賣時。巫峽曾經寶屏見，楚宫猶對碧峰疑。趙云：咸陽，指言長安也。楚宫猶對碧峰疑，言昔畫圖上見楚宫，今對碧峰猶疑是舊所見之畫也。

右八

武侯祠堂不可忘，中有松柏參天長。干戈滿地客愁破，雲日如火炎天涼。

趙云：松柏參天長，則夔州武侯廟有之也，正與古詩古柏行黛色參天二千尺同。今詩兼言松柏，則又據眼前所見矣。古本孟子云：泰山之高，參天入雲。而曹子建詩：荆棘上參天。干戈雖滿地，而見此松柏可以使客愁破，雲日雖如火，而見此松柏可以使炎天涼。此其所以不可忘也。

右九

閬風玄圃與蓬壺，中有高堂天下無。南都賦：崑崙無以侈，閬風不能踰。借問夔州壓何處，峽門江腹擁城隅。

趙云：葛仙公傳曰：崑崙一曰玄圃，一曰積石瑶房，一曰閬風臺，一曰華蓋，一曰天柱，皆神仙所居也。列子曰：渤海之東，有大壑焉。中有五山，一曰岱輿，二曰員嶠，三曰方壺，四曰瀛洲，五曰蓬萊。末句稱美夔則直以崑崙之閬風、玄圃，海山之蓬萊、方壺比之矣。

右十

雨

冥冥甲子雨，楚辭：雷填填兮雨冥冥。已度立春時。輕箑煩相向，秋興賦：於時乃屏輕箑。纖絺恐自疑。秋興賦：釋纖絺。注：絺葛也。趙云：兩句憂之之辭也。與人日詩云：元日到人日，未有不陰時。其用意同。何以言之？唐諺云：春雨甲子，赤地千里。言春甲子而雨，旱之祥也。按資治通鑑：大曆二年正月辛亥朔至十三日甲子。但不知立春在前，相去幾日，以無長曆考之也。扇可用，絺可著，則是日雖雨而氣暄，固憂其爲旱矣。煙添纔有色，風引更如絲。張景陽：騰雲似湧煙，密雨如散絲。直覺巫山暮，兼催宋玉悲。趙云：兼催宋玉悲，催，則不必待秋至，而此雨已可催之也。

奉送蜀州柏二別駕將中丞命赴江陵起居衛尚書太夫人因示從弟行軍司馬位

中丞問俗畫熊頻，愛弟傳書綵鷁新。漢制，刺史車畫熊於軾。遷轉五州防禦使，起居八座太夫人。後漢以六曹尚書并令僕二人謂之八座。魏以五曹尚書、二僕射一令爲八座。宋與魏同。隋以六尚書、左右僕射合爲八座。唐與同。漢文紀注：列侯妻稱夫人，子復爲列侯，稱太夫人〔二〕。子不爲列侯，則否。

楚宫臘送荆門水，白帝雲偷碧海春。與報惠連詩不惜，謝惠連乃靈運之弟。知吾斑鬢總如銀。秋興賦：斑鬢髟以承弁，素髮颯以垂領。趙云：杜位宅守歲云守歲阿咸家，則阿咸乃位之小名耳，非姪也。夔州刺史謂中丞者也。愛弟傳書綵鷁新一句，言蜀州柏二别駕，應是中丞之親。綵鷁新，則新其舟而往也。五州防禦使，必是中丞者如此。蔡伯世以此篇爲大曆元年冬之作。稱按唐史方鎮年表，夔州兼峽、忠、歸、萬五州防禦使，隸荆南節度。故其詩曰：遷轉五州防禦使。今取方鎮年表觀之，乃乾元二年，以夔、峽、忠、歸、萬五州隸夔州；廣德二年，置夔、忠、涪都防禦使，於大曆未嘗有載。楚宫臘送荆門水，指言荆州，而楚宫臘送其水，則自夔州而往故也。白帝雲偷碧海春，却以言時當白帝之春耳。東方朔十洲記曰：東有碧海。惠連，以言弟行軍司馬也。

【校勘記】

〔一〕「稱」，底本漫滅，據清刻本補。

新刊校定集注杜詩卷三十三

近體詩

太歲日

趙云：元日，謂之太歲日，蓋當年太歲之始日也。

楚岸行將老，巫山坐復春。巫山屬夔州，楚置巫山郡。秦昭三十年伐楚，取黔中、巫郡是也。漢爲巫郡，今縣北有巫山，即楚詞所謂巫山之陽，高丘之阻。病多猶是客，謀拙竟何人。顔延年：存没竟何人，炯介在明淑。閶闔開黄道，丘希範侍宴樂遊苑：詰旦開閶闔，馳道聞鳳吹。離騷：吾令帝閽開關兮，倚閶闔而望予。曹植：閶闔天衢通。前漢：遊閶闔，觀坐臺，天門開，恢蕩蕩。大人賦：排閶闔而入帝居。楊炯賦：閶闔開兮涼風嫋。庾肩吾：閶闔九門通。衣冠拜紫宸。唐韓皐爲中丞，常有所陳，必於紫宸殿對百寮而請，未嘗詣便殿。卞伯玉中書郎詩曰：躍鱗龍鳳池，揮翰紫宸裹。榮光懸日月，中候曰：榮光出河，休氣四塞。榮光即五色也。易係曰：懸象著明，莫大乎日月。南史王摛傳：齊永明八年，天忽黄色照地。王融上金天頌贊曰：是非金天，所謂榮光，武帝大悅。前漢：翼奉奏封事曰：天地設位，懸日月，布星辰。賜與出金銀。蜀先主傳：取蜀城中金銀錢，分賜將士。趙云：陸機：吾將老而爲客，竟何人而下。言朝見賀正矣。閶闔，上帝門也。天子門，亦謂之閶闔。黃道，日所行之道，而天子之道布黃土於上，亦謂之黃道。衣冠，指言百官。紫宸，正殿名。榮光懸日月，則瞻天顏故也。周禮：以待賜予。與，與予同。子虛賦云：錫碧金銀。愁寂鴛行斷，選：鴛鷺之行。參差虎穴鄰。班超曰：不入虎穴，不得虎子。劉安招隱士：憭兮慄，虎豹穴。吴呂蒙曰：不探虎穴，安得虎子。西江元下蜀，北斗故臨秦。散地逾高枕，王弼曰：投戈散地。生涯脱要津。天邊梅柳樹，相見幾回新。趙云：公嘗爲左拾遺，通籍朝見。今流落於外，故云鴛行斷。虎穴鄰，則言其在夔州，乃與虎豹之穴相近也。公由蜀而欲往荆渚，今尚在夔，故曰：西江元下蜀，則可以乘舟而往矣。北斗故臨秦，則可以往而不能，故自嘆也。長安謂北斗城。一説，又有南斗城，蓋以像南斗、北斗之形。一説，長安上直北斗，蓋廣雅云：北斗樞爲雍州。今公所用句意，蓋上直北斗者也。散地，指言居夔州是閑散之地也。逾高枕，則恣意逾越而高枕，言止就此一睡耳。脱要津，則不在鴛鷺之列也。天邊，又指夔州。公在夔亦三年矣，故云幾回新。

元日示宗武

汝啼吾手戰，吾笑汝身長。處處逢正月，迢迢滯遠方。飄零還柏酒，庾信正旦蒙趙王賚酒詩：正旦辟惡酒，新年長命杯。柏葉隨銘至，椒花逐頌來。梁庾肩吾歲盡詩云：聊用柏葉酒，且奠五辛盤。集注：崔寔四民月令曰：元日進椒柏酒。椒是玉衡星精，服之令人身輕能走；柏是仙藥。進酒，次第以年少者爲先。**衰病只藜牀。**管寧家貧，坐黎牀欲穿，爲學不倦。趙云：上兩句，在元日於父子言之，可謂當體而有情矣。手戰，則老病也。身長，則長大也。啼笑之事，豈非換年而激父子之感乎？**訓喻青衿子，**鄭國風：青青子衿。毛注：青領也，學子之所服。箋云：禮：父母在，衣純以青。**名慙白首郎。**前漢：馮唐以孝著，爲郎中。左太沖詠史詩曰：馮公豈不偉，白首不見招。**賦詩猶落筆，**吴質牋曰：置酒樂飲，賦詩稱觴〔一〕。**獻壽更稱觴。**潘安仁：稱萬壽以獻觴。**不見江東弟，高歌淚數行。**公自注：第五弟豐漂泊江左，近無消息。趙云：青衿子，指言宗武。詩曰青青子衿，蓋童子之服也。白首郎，公自謂也。馮唐老而爲郎，顔駟亦老而爲郎，張平子賦云「蔚厖眉而郎潛」是也。

【校勘記】

〔一〕「觴」，文選卷四十、全三國文卷三十吴質答魏太子箋作「壽」。

遠懷舍弟穎觀等〔一〕

陽翟空知處，陽翟〔二〕，屬穎川郡。夏禹所受封地。**荆南近得書。積年仍遠别，多難不安居。江漢春風起，冰霜昨夜除。雲天猶錯莫，花蕚尚蕭疎。對酒都疑夢，吟詩正憶渠。舊時元**

日會，鄉黨羨吾廬。陶潛詩：吾亦愛吾廬。趙云：荊南，則觀新所遷居也。雲天猶錯莫，言若鴻雁之飛而失序。花萼尚蕭疎，若言棠棣之花不相並，皆以興兄弟之離隔也。江、漢二水，在荊南而會。

【校勘記】

〔一〕「等」，中華訂補本作「寺」，訛。

〔二〕「陽翟」旁，底本有匿名批識「今許州」三字。

續得觀書迎就當陽居止正月中旬定出三峽

自汝到荊府，書來數喚吾。頌椒添諷詠，周庾信正旦詩：椒花逐頌來。禁火卜歡娛。荊楚歲時記：去冬節一百五日，即有疾風甚雨，謂之寒食，禁火三日。琴操：晉文公與介子綏俱遁，文公復國，子綏無所得。作龍蛇之歌而隱，文公求之，不得，乃焚山。子綏抱木而死，文公哀之，令人三月五日不得舉火。又周舉移書及魏武明罰令、陸翽鄴中記並云寒食斷火起於子推。琴操所云子綏即子推也。又云五月五日，與今有異，皆因流俗所傳。據左傳、史記，並無介子推被火焚之事。案周禮司烜氏：仲春以木鐸脩火，禁于國中。注云：爲季春將出火也。今寒食節氣是春之末，三月之極，然則禁火蓋周之舊制也。舟楫因人動，形骸用杖扶。天旋夔子峽，魚復〔一〕，古夔子峽也。春近岳陽湖。岳陽湖在巴陵。趙云：晉劉臻妻元日獻椒花頌。禁火卜歡娛，則於寒食必相聚矣。發日排南喜，傷神散北吁。飛鳴還接翅，詩棠棣：鶺鴒在原。又，小宛：題彼鶺鴒，載飛載鳴。行序密銜蘆。春秋繁露雁有行列傳云：兄弟之齒雁行。淮南子曰：雁從風而飛，以愛氣力。銜蘆而飛，以避繒繳〔二〕。俗薄江山好，時危草木蘇。馮唐雖晚達，終覬在皇都。趙云：上句言起發之日，安排往南而喜。次句則神情所傷者，北望長安而不得歸也。何遜詩云：昏鴉接翅飛。序，以雁言之也。古詩：兄弟鴻雁行。銜蘆，又以言防患難也。馮唐，公以自比其白首爲郎。

【校勘記】

〔一〕「復」，排印本作「腹」，訛。

〔二〕「繳」，淮南子卷十九修務訓作「弋」。

將別巫峽贈南鄉兄瀼西果園四十畝〔一〕

趙云：舊本作南鄉兄，唯師民瞻本作南卿，或南宅，南位之卿也。

苔竹素所好，萍蓬無定居。木玄虛海賦〔二〕：萍流而蓬轉。遠遊長兒子，幾地別林廬。論語：父母在，不遠遊。列子言穆王肆意遠遊，命駕八駿之乘。雜蘂紅相對，他時錦不如。具舟將出峽，巡圃念攜鋤。正月喧鶯未，茲辰放鷁初。司馬相如賦：浮文鷁，揚桂枻。注：鷁，水鳥，畫其象於舟首，以厭水神。淮南子曰：龍舟鷁首，天子之乘也。雪籬梅可折，風榭柳微舒。

托贈鄉一作卿。家有，因歌野興疎〔三〕。殘生逗江漢，何處狎樵漁？趙云：果園四十畝，而公直舉以贈人，此一段美事而古今未嘗揚揄。杜公之氣義良可歎也！卿家字，公於馬詩云卿家舊賜公有之。蓋亦取晉書云卿家自有卿家法之語。末句殘生逗江漢，則又將透過江漢而去矣。

【校勘記】

〔一〕「鄉」，清刻本、排印本、中華訂補本作「卿」。案，二王本杜集卷十七作「鄉」。

〔二〕「木玄虛」，原作「木元虛」，係避諱，此改。

〔三〕「興」，中華訂補本作「性」，訛。案，二王本杜集卷十七、錢箋卷十七作「興」，可證。

送大理封主簿五郎親事不合却赴通州主簿前閬州賢子余與主簿平章鄭氏女子垂欲納采鄭氏伯父京書至女子已許他族親事遂停

禁臠去東牀，晉謝混。孝武帝爲晉陵公主求婿，謂王珣曰：主婿但如劉真長、王子敬便足。珣對曰：謝混雖不及真長，不減子敬。未幾，帝崩。袁山松欲以女妻之。珣曰：卿莫近禁臠。初，元帝始鎮建鄴，公私窘罄。每得一豚，以爲珍膳。項下一臠尤美，輒以薦帝，群臣未嘗敢食，于時呼爲禁臠，故珣因爲戲。王羲之傳：太尉郗鑒使門生求女婿於王導，導令就東廂徧觀子弟。門生歸，謂鑒曰：王氏諸少並佳，然聞信至，咸自矜持。惟一人在東床坦腹食，獨若不聞。鑒曰：正此佳婿邪。訪之，乃羲之，遂以其女妻之。

趨庭赴北堂。語〔一〕：鯉趨而過庭。鄘詩伯兮〔二〕：焉得諼草，言樹之背。注：背，北堂也。疏背者，向背之義。婦人所常處者，堂也。士昏禮云：婦洗在北堂。注：房半。趙云：北堂，則母之堂也。風波空遠涉，琴瑟幾自注：音泊。虛張。詩常棣：妻子好合，如鼓琴瑟。董仲舒：琴瑟不調，必解而更張之。渥水出騏驥，漢武元鼎四年，馬生渥洼水中。崑山生鳳凰。東京賦：舞丹穴之鳳凰。曰：崑崙，一名積石瑶房。趙云：葛仙公傳古本莊子載老子曰：吾聞南方有鳥，其名爲鳳。所居積石千里。則崑山可以言生鳳凰矣。舊注却是丹穴也。兩家誠欵欵，中道許蒼蒼。頗爲秦晉匹，襄二十七年傳：趙孟曰：晉、楚、齊、秦匹也。又，秦、晉匹也，何以卑我〔三〕。從來王謝郎。晉江左以王謝爲冑族，嘗通婚。青春動才調，白首缺輝光。玉潤終孤立，晉樂廣，人謂之水鏡；女婿衛玠，時號玉人，故時語曰婦翁冰清，女婿玉潤。珠明得闇藏。漢鄒陽云：明月之珠，以暗投人於道，衆莫不按劍相盼。餘寒折花卉〔四〕，恨別滿江鄉。趙云：禁臠去東床，言親事不合也。趨庭赴北堂，言往通州也。珠明得闇藏，又以紀封君之美而不投合也，末句則所以紀別也。

【校勘記】

〔一〕「語」，清刻本、排印本作「論語」。

〔二〕「鄘」，清刻本、排印本無。

〔三〕「秦晉匹也何以卑我」，見於僖公二十三年。

〔四〕「折」，清刻本、排印本、中華訂補本作「拆」，訛。案，二王本杜集卷十七、錢箋卷十七作「折」，可證。

人日兩篇

前五後七，董勛問俗禮曰：正月一日爲雞，二日爲狗，三日爲猪，四日爲羊，五日爲牛，六日爲馬，七日爲人。則正旦畫雞於門，七日鏤人户上，良以此也。

元日到人日，未有不陰時。趙云：西清詩話云：都人劉克窮該典籍。嘗與客論云：元日至人日，未有不陰時。人知其一，不知其二。四百年惟子美與克會耳。起就架上取書示客曰：此東方朔占書也。歲後八日：一日爲雞，二日爲犬，三日爲豕，四日爲羊，五日爲牛，六日爲馬，七日爲人，八日爲穀。其日晴，主所生之物育；陰則災。少陵意謂天寶擾亂，四方雲擾幅裂，人物歲歲俱災。此春秋書王正月意耶？深得古人用心。次公謂歲八日之名，董勛問俗禮之書所云，載初學記。其專指東方朔占書，雖亦是矣，必謂天寶擾亂，歲歲俱災則非。蓋公作此詩在今歲大曆三年〔一〕，自天寶十四載禄山之亂，抵此凡十三次見春矣。豈有歲歲正月不晴八日者乎？冰雪鶯難至，春寒花較遲。趙云：鶯以冰雪而未至，花以春寒而開遲，此所以成上兩句之言陰也。未有不陰時，止言見今所逢之歲，自一日至七日，無一日而不陰爾。雲隨白水落，風振紫山悲。趙云：白水蓋水之白色。如晉文公云：所不與舅氏同心〔二〕，有如白水。紫山，則公前篇云「紫崖奔處黑」也。莊子云：風振海而不能驚也。蓬鬢稀疏久，無勞比素絲。趙云：以其稀疏，則欲比素絲而不得，所以重自傷也。

右一

【校勘記】

〔一〕「大曆」，文淵閣本、文津閣本、清刻本作「大歷」，中華訂補本、排印本作「大歷」，皆訛。

〔二〕「不與舅氏同心」，中華訂補本「心」字奪。

此日此時人共得，一談一笑俗相看。鐏前柏葉休隨酒，見元日示宗武注。勝裏金花巧耐寒。人日造花勝相遺，起於晉代，見賈充李夫人曲云：像瑞圖金勝之形。又像西王母戴勝也。歲時記：人日以七種菜爲羹〔一〕，剪綵爲花勝以相遺，或縷金薄爲人勝，以像瑞圖之形。趙云：休隨酒，則元日過矣，故休止柏葉之隨酒也。佩劍衝星聊暫拔，晉輿服志：漢自天子至百官，無不佩劍，其後唯朝帶劍。匣琴流水自須彈。趙云：拔佩劍，彈匣琴，則所以寄其愁也。晉書：斗牛之間，有紫氣。雷煥曰：寶劍之精，上徹於天。流水，則伯牙志在流水，而鍾子期曰湯湯哉者也。早春重引江湖興，直道無憂行路難。引江湖興，則將出峽而往也。行路難，古曲名〔二〕，言以直道行之，無地而不可往，故路難爲不足憂也已〔三〕。

右二

【校勘記】

〔一〕「菜」，中華訂補本作「葉」，訛。

〔二〕「曲」，中華訂補本作「典」，訛。

〔三〕「行路難」，諸校本作「行路」。

江梅

梅蘂臘前破，梅花年後多。絶知春意好，最奈客愁何。雪樹元同色，江風亦自波。故園不可見，巫岫鬱嵯峨。陸機樂府：雲山鬱嵯峨。潘安仁：崇崗鬱嵯峨。陸士衡：崇山鬱嵯峨。趙云：江梅者，江邊之梅也。如在嶺則曰嶺梅，在山則曰山梅，在野則曰野梅，官中所種則曰官梅。而後之學者，凡見梅便謂之江梅，誤矣〔一〕。雪樹，則雪中之樹木也。

【校勘記】

〔一〕「誤」，中華訂補本奪。

庭草

趙云：隋煬帝善屬文，而不欲人出其右。爲燕歌行，群臣皆以爲莫及。王胄獨不下帝，因以被害。帝誦其佳句曰：庭草無人隨意緑，能復道耶？故公取庭草以名題。

楚草經寒碧，庭春入眼濃。舊低收葉舉，新掩卷牙重。步履宜輕過〔一〕，開筵得屢供。趙云：舊低收葉舉，言舊低俯而收斂之葉，以春而舉也。新掩卷牙重，言新掩蔽而韜卷之牙，以春而重也。句可謂新奇矣。開筵得屢供，古人以芳草爲樂，故公詩又曰開筵上日當芳草也。然不若春花之尤佳，故有末句。看花隨節序，不敢强爲容。看花則隨節序而樂之，不敢於芳草强爲容以爲好也。

【校勘記】

〔一〕「輕」，清刻本、排印本、中華訂補本作「經」，訛。

大曆三年春白帝城放船出瞿唐峽久居夔府將適江陵漂泊有詩凡四十韻

老向巴人裏，傳：莊十八年，巴人伐楚。今辭楚塞隅。入舟翻不樂，解纜獨長吁。江文通詩：奉義至江漢，始知楚塞長。謝靈運：解纜乃流潮[一]。又，入舟陽已微。趙云：巴人，則劉璋分三巴，以夔爲中巴地也。不樂長吁，則有萍梗流離之傷矣。窄轉深啼狖，虛隨亂浴鳧。石苔淩几杖，空翠撲肌膚。疊壁排霜劍，奔泉濺水珠。杳冥藤上下，濃淡樹榮枯。趙云：上句則舟轉於峽中之窄處，其聞啼狖愈在深處矣。次句則舟虛隨泛浴之鳧，謂之亂浴，則非止一二鳧耳。疊壁排霜劍，指言巫山也。神女峰娟妙，昭君宅有無。曲留明怨惜，一作別。夢盡失歡娛。趙云：神女峰，巫山十二峰中之一[二]。言娟妙，則以神女之故矣。宅有無，蓋年歲久遠，不知何在也。樂府有昭君怨。石季倫所賦明君辭是也。夢，則楚襄王之夢。神女賦曰：寐而夢之，寤不自識。罔兮不樂，悵爾失志。則失懽娛之謂也。擺闔盤渦沸，郭璞江賦：盤渦谷轉[三]。欹斜激浪輸。賈誼：水激則悍。南都賦：川瀆則箭馳風疾，長輸遠逝。風雷纏地脈，江賦：流風蒸雷。海賦：驚浪雷奔。冰雪曜天衢。易：何天之衢，亨。趙云：言風雷起於其間。冰雪，言波浪之色。地脉字，出蒙恬傳。用天衢字，則龍躍天衢、飛翼天衢、坐見天衢也。鹿角真走險，文十七年傳：鄭子家曰：小國之事大國也，德，則其人也，不德，則其鹿也。鋌而走險，急何能擇。狼頭如跋胡。詩：狼跋其胡，載疐其尾。注：跋，躐也，進則躐其胡，退則跋其尾。一本公自注云：鹿角、狼頭，二灘名。惡灘寧變色，高卧負微軀。書史全傾撓，裝囊半壓濡。生涯臨臬兀，困於臲卼。死地脱斯須。趙云：語曰：變色而作。高卧，則事有不測，爲負微軀矣。又似言於高卧有妨，斯乃微軀之負也。記云：禮不可斯須去身。韓信云：置之死地。不有平川決，焉知臬壑趨？乾坤霾漲海，雨露洗春蕪。鷗鳥牽絲颺，驪龍濯錦紆。趙云：川決，一作快決字，是。蓋孟子云：沛然若決江河也。乾坤霾漲海，則水之渺茫澗遠矣。雨露洗春蕪，以紀其時。鶡鳥牽絲颺，羽如絲也。驪龍濯錦紆，言龍體如錦也。驪龍，取莊子之語。濯錦，則成都之江。落霞沈綠綺，謝玄暉晚望詩：餘霞散成綺。張景陽詩：佳人贈我綠綺琴。取此兩字貼之耳。殘月壞金樞。木玄虛海賦：大明轆轤於金樞之穴。注：大明，月也；金樞，西方月没之處。穴，窟也。趙云：言殘月狀如户樞之脱壞也。泥笋苞初荻，沙茸出小蒲。謝靈運詩：新蒲含紫茸，初篁苞綠籜。鴈兒争水馬，燕子逐檣烏。薛云：本草：水馬生水中，善行如馬，亦謂之海馬。杜補遺：水馬，蝦類也。趙云：船檣上刻爲烏形，取烏之識風。燕如逐之，此詩人著句之巧也。絶島容烟霧，環洲納曉晡。謝靈運詩：側徑既窈窕，環洲亦玲瓏。趙云：曉晡，早晚也。前聞辨陶牧，轉眄拂宜都。杜補遺：王粲登樓賦：北彌陶牧，西接昭丘。注：陶，鄉名，郊外曰牧。趙云：宜都，峽州也。劉備改夷陵爲宜都。縣郭南畿好，路入松滋縣。津亭北望孤。勞心依憩息，朗詠劃昭蘇。趙云：北望，則又懷長安矣。禮記：蟄蟲昭蘇。劃字，開豁之意。鮑照詩有怯與君劃期。公詩又云：劃見公子面也。意遣樂還笑，衰迷賢與愚。飄蕭將素髮，秋興賦：素髮颯以垂領。汩没聽洪鑪。王粲傳：鼓洪爐以燎毛髮。趙云：人情歷艱險則悲憂，逢平曠則笑樂。當是時，雖身之老，志之衰矣，豈復論賢愚哉！聽於造物而已。禪伯云：洪鑪上一點雪。丘壑曾忘返，謝靈運詩：昔余遊京華，未嘗廢丘壑。山林之士，往而不能返。文章敢自誣。此生遭聖代，誰分哭窮途。顔延年詩：途窮能無慟。卧疾淹爲客，蒙恩早厠儒。廷争酬造化，王陵面折廷争〔四〕。樸直乞去聲。

江湖。趙云：次句則公以文自任也。阮籍每行至路窮處，輒慟哭而返。公以其尚可遇合，所以言今者臥疾，雖淹留於爲客，而往日蒙恩，得廁儒列也。廷争酬造化，則又言其爲左拾遺時，嘗論房琯不宜廢免，是謂廷争；以酬君王顧遇之恩。樸直乞江湖，則肅宗怒，貶琯邠州刺史，出甫爲華州司功，屬關輔饑亂，棄官之秦州。又在同谷，遂入蜀。今在夔，且欲之楚而南，是爲乞之以江湖矣。從人求取曰乞，入聲。人惠遺之曰乞，去聲。灩澦險相迫，滄浪深可逾。浮名尋已已，嬾計却區區。趙云：既有江湖之行，經過灩澦，其險相迫而下矣。次句滄浪之水，見禹貢，漁父歌則在楚地矣。舟儘南下，故彼雖深而可逾也。喜近天皇寺，先披古畫圖。薛云：按渚宮故事云：張僧繇避侯景之亂，來奔湘東王繹，承制拜右將軍。僧繇善畫，嘗於天皇寺柏堂圖佛像，夜有奇光，發自屋壁。又於堂内圖孔子十哲像。湘東記室鮑潤岳謂曰：釋門之内，寫素王之容，雖神異無方，豈可夷、夏同貫？僧繇笑曰：吾誠偶然，安知不利於後？聞者莫曉其意。及後滅三教，荆、楚祠宇莫不毁撤，惟天皇寺有宣尼聖像，遂爲國庠，時人嘆其先覺。則公所謂古畫圖者。應經帝子渚，謝玄暉：瀟湘帝子遊。江淹王徵君詩：北渚有帝子，蕩瀁不可期〔五〕。帝子見楚詞。同泣舜蒼梧。禮：舜葬蒼梧之野。謝玄暉：雲去蒼梧野。趙云：楚詞云：帝子降兮北渚。帝子，謂堯女娥皇、女英也。朝士兼戎服，君王按湛盧。吳越春秋：越王允常使歐冶子作名劍五。秦客薛燭善相劍，越王取湛盧示之〔六〕，曰：善哉！銜金鐵之英，吐銀錫之精，奇氣托靈〔七〕，服此劍，可以折衝伐敵。人君有逆謀，則去之它國。允常乃以湛盧獻吳。吳公子光弑吳王僚，湛盧去如楚。趙云：夫虞、舜不得而見之，於是感時世衰亂，武士得勢而儒道不行也。鮑明遠詩：天子按劍怒。公詩意以代宗欲自討吐蕃耳。旄頭初俶擾〔八〕，漢官儀曰：舊選羽林爲旄頭，被髮先驅。晉天文志：昴爲旄頭，胡星也，言胡始亂也。鶉首麗泥塗。晉志：自東井十六度，至柳八度爲鶉首，秦之分野，屬雍州。趙云：禄山之叛，在天寶十四載。書：俶擾天紀。鶉首麗泥塗，此言廣德元年長安陷也。左傳：使吾子辱在泥塗。甲卒身雖貴，書生道固殊。出塵皆野鶴，晉嵇紹若野鶴之在雞群。歷塊匪轅駒。王褒云：過都越國，蹶如歷塊。趙云：言遭喪亂，則甲卒雖貴矣，而書生之道自殊也。彼書生者，其出塵則如野鶴，其歷塊則非轅駒。伊呂終難降，韓彭不易呼。趙云：伊尹、呂望，此書生之善用兵者。終難降則不肯降志於甲卒之徒也。或曰：降，則天之降才，維岳降神。既已死矣，終難降生也。韓信、彭越，皆以武夫負氣，跋扈難制，所以不易呼。呼，蓋折簡可呼之呼。五雲高太甲，六月曠搏扶。莊子：搏扶搖而上者九萬里，去以六月息。回首黎元病，争權將帥誅。山林托疲薾，未必免崎嶇。莊子齊物篇：薾然疲役，而不知其所歸，可不哀邪！趙云：上兩句難解，然以意逆志承上句之下，則言文人不來。武人得勢，此賢者之所以隱也。京房易飛候曰：視四方常有大雲，五色具，其下賢人隱。高太甲，則言雲高於六甲之上。但太甲字未見明出。搏者，搏聚其風也。扶搖者，風名也。今云搏扶則無義。然起於沈佺期移禁司刑詩云：散材仍葺厦，弱羽遽搏扶。而公又取用也。言賢材之不得用，但回首觀黎元之病而已。彼所謂將帥者，則争權而不免於誅。皆所以傷之也。末句則公之自傷尤深矣。謝靈運詩云：疲薾慚貞堅。

【校勘記】

〔一〕「乃」，文選卷二十、宋詩卷二謝靈運鄰里相送方山詩作「及」。

〔二〕「中」，中華訂補本無。

〔三〕「渦」，清刻本、排印本、中華訂補本作「泥」，訛。

〔四〕「面」，中華訂補本作「而」，訛。

〔五〕「王徵君」，中華訂補本作「王微君」，訛。

〔六〕「越王」，原作「楚王」，參先後解輯校已帙卷一此詩趙次公原注〔二九〕改。

〔七〕「奇」，原作「寄」，訛，據諸校本改。

〔八〕「擾」，中華訂補本作「擾」，訛。

巫山縣汾州唐使君十八弟宴別兼諸公攜酒樂相送率題小詩留于屋壁

卧病巴東久，今年强作歸。故人猶遠謫，兹日倍多違。接宴身兼杖，聽歌淚滿衣。諸公不相棄，擁別借光輝。趙云：謝玄暉有在郡卧病詩。巴東郡今雖是歸州，而實夔州一帶也。古歌云：巴東三峽巫峽長。郭璞江賦云：巴東之峽，夏后疏鑿。今年强作歸，則公之南下必出陸歸長安也。故人猶遠謫，指言汾州唐使君矣。

春夜峽州田侍御長史津亭留宴得筵字

北斗三更席，西江萬里船。杖藜登水榭，揮翰宿春天。白髮煩多酒，明星惜此筵。始知雲雨峽，忽盡下牢邊。趙云：西江，指蜀江之盡處，荆渚是也。明星惜此筵，言夜將盡而曉，則明星行暗矣，於是筵終爲可惜也。高唐賦云：巫山之陽，高丘之阻。旦爲朝雲，暮爲行雨。此所以謂之雲雨峽。峽至下牢而盡，則實録也。

泊松滋江亭

紗帽隨鷗鳥，扁舟繫此亭。江湖深更白，松竹遠還一作微。青。一柱全應近，高唐莫再經。今宵南極外，甘作老人星。前志：狼星北地有六星，曰南極老人，老人星在弧南。趙云：一柱，觀名。渚宫故事：宋臨川王義慶代江夏王鎮江陵，於羅公洲上立觀，甚大，而唯一柱。老人星，晉天文志曰：老人一星，常以秋分之旦見于丙，春分之夕没于丁。公將盡楚而往，故云南極外也。徐堅初學記載蘇味道在廣州，聞崔、馬二御史並拜臺郎，作詩，尾句云：遠從南極外，遥仰列星文。

行次古城店泛江作不揆鄙拙奉呈江陵幕府諸公

老年常道路，遲日復山川。白屋花開裏，王莽傳：延士下及白屋。師古曰：白屋，謂庶人以白茅覆屋也。沈約：開花已匝樹。孤城麥秀邊。宋世家：箕子朝周，過故殷墟。城毀壞，生禾黍，乃作麥秀之詩。濟江元自闊，下水不勞牽。風蝶勤依槳，春鷗懶避船。王門高德業，鄒陽曰：何王之門不可曳長裾乎！陸韓卿：王門所以貴，自古多俊人。幕府盛材賢。蔡邕薦邊讓於何進曰：伏惟幕府初開，博選清英。行色兼多病，莊子云：孔子說柳盜跖而歸遇柳下季曰：今者車馬有行色。蒼茫泛愛前。語：泛愛衆。趙云：公次古城，蓋春時也。馬汧督固守孤城。「濟江元自闊」，濟者，濟涉之濟，至江陵則江闊矣。元者，本來如此之謂。槳，所以隱櫂者。風蝶勤依槳，則蝶有欲泊槳上之理。王門，指言江陵知府乃宗室之王也。泛愛，言朋友也。

乘雨入行軍六弟宅

曙角凌雲罷，春城帶雨長。水花分塹弱，巢燕得泥忙。令弟雄軍佐，凡才汙省郎。萍漂忍流涕，衰颯近中堂。趙云：「凡材汚省郎」，公爲尚書工部員外郎，而自謙之辭也。李尋云：汙玉堂之署。

宴胡侍御書堂李尚書之芳鄭秘監審同集歸字韻

江湖春欲暮，墻宇日猶微。闇闇春籍滿，輕輕花絮飛。翰林名有素，墨客興無違。揚雄作長楊賦，藉翰林以爲主人，子墨爲客卿以諷。今夜文星動，吾儕醉不歸。漢，荀陳德星聚。左傳云：吾儕小人。趙云：翰林、墨客，併言李尚書、鄭秘監、胡侍御也。詩云不醉無歸，則醉而猶歸也。今云醉不歸，則又新語矣。

書堂飲既夜復邀李尚書下馬月下賦絶句

湖水林風相與清，殘罇下馬復同傾。久拚野鶴如雙鬢，遮莫鄰雞下五更。趙典傳云：大儀鶴髪。注：白髪，顔氏家訓：或問：一夜五更，何所訓？答曰：漢魏以來謂爲甲夜、乙夜、丙夜、丁夜、戊夜。更，經也，至四更而已矣。趙云：庾信竹杖賦云：今子老矣，鶴髪雞皮，蓬頭歷齒。野鶴字，出嵇紹傳。庾肩吾冬曉詩：鄰雞聲已傳，愁人竟不眠。遮莫，則唐人語。遮莫鼙鼙鼓，須傾灔灔杯，唐人詩也。

上巳日徐司録林園宴集

鬢毛垂領白，潘安仁秋興賦：班鬢彪以承弁，素髮颯以垂領。花蘂亞枝紅。欹倒衰年廢，招尋令節同。薄衣臨積水，吹面受和風。有喜留攀桂，劉安招隱士云：攀援桂枝聊淹留。無勞問轉蓬。曹植詩：轉蓬離本根。袁陽源：迺知古時人，所以悲轉蓬。趙云：文子曰：積水成海。而魏都賦曰：回淵漼，積水深。東都賦云：習習和風。轉蓬，則以喻飄零。而攀桂事，非在南地則不可用，蓋南方多桂故也。

奉送蘇州李二十五長史丈之任

星拆台衡地〔一〕，中台星拆，張華見誅。曾爲人所憐。前漢五行志：成帝時歌謡曰：故爲人所羨，今爲人所憐。趙云：星拆台衡地，則李二十五丈父必是台輔貴人，而有此事，惜乎無所考。公侯終必復，左傳：公侯之子孫，必復其始。經術竟相傳。韋賢少子玄成，復以明經，歷位至丞相。食德見從事，克家何妙年。易：食舊德。或從王事。蒙：九二，子克家。曹植表曰：終軍以妙年使越。潘岳：楊仲武誄：子以妙年之秀。趙云：下句言其自妙年已克家矣。一毛生鳳穴，南史：謝鳳子超宗有文辭，作殷淑儀誄，帝大嗟賞，謂謝莊曰：超宗殊有鳳毛。梁鍾嶸詩品曰：何晏、孫楚、張翰、潘尼詩，並得蛇龍片甲，鳳凰一毛。三尺獻龍泉。漢高祖提三尺取天下。師古曰：三尺，劍也。越絶書：楚王問：何謂龍泉？對曰：龍泉，狀如登高山，臨深淵。晉鄭聞此劍，求之不得。後漢：肅宗賜諸尚書劍，特以寶劍自爲名，以尚書韓稜，淵深有謀，故得楚龍泉。趙云：兩句所以比二十五丈也。曹子建云舜重瞳子，項羽亦重瞳子。是駑得驥一毛，又如云九牛亡一毛。**赤壁浮春暮，**周瑜敗曹操於烏林赤壁。**姑蘇落海邊。**越絶書曰：闔廬起姑蘇臺，三年聚材，五年乃成。山海經云：丹穴之山，有鳥名鳳皇。高見三百里。**客問頭最白，惆悵此離筵。**趙云：上句則李丈船所經之地。赤壁，在黄州，即吴將周瑜敗曹公於此也。次句則李丈往任蘇州矣。有姑蘇臺，故州以得名。落海邊，則東北去海一百八十里矣。

【校勘記】

〔一〕「拆」，文淵閣本、文津閣本作「折」，訛。案，二王本杜集卷十八、錢箋卷十七作「坼」。

暮春江陵送馬大卿公恩命追赴闕下

自古求忠孝，名家信有之。後漢：韋彪議曰：求忠臣必於孝子之門。注：孝，經緯之文也。晉卞壼拒蘇峻，戰死。二子見父没，相隨赴賊，同時見害。徵士翟湯聞之，歎曰：臣死於君，子死於父，忠孝之道，萃於一門。趙云：大卿之父子必有忠孝事跡，惜無所考也〔一〕。**吾賢富才術，此道未磷緇。**論語：磨而不磷，涅而不緇。趙云：吾賢，指言馬大卿也。未磷緇，言道之不消亡也。謝靈運云：磷緇謝清曠，疲薾慙貞堅。玉府標孤映，北山移文：高霞孤映。霜蹄去不疑。趙云：穆天子傳：群玉之府。莊子云：馬蹄可以踐霜雪。激揚音韻徹，文選：神氣激揚。又，音聲悽以激揚[二]。籍甚衆多推。陸賈遊漢庭，名聲籍甚。注：言狼籍甚也。梁彥升云：客遊梁朝，則聲華籍甚。

潘陸應同調，謝靈運詩：誰謂古今殊，異代可同調。晉陽秋曰：潘陸之徒，有文質而宗師不異。孫吳亦異時。孫武、吳起。趙云：潘，則潘岳；陸，則陸機。梁張纘別離賦云：在百代而奚殊，雖千年而同調。言馬大卿之文。孫吳亦異時，言特異時而已，又相同也。言馬大卿之武。北宸徵事業，南紀赴恩私。詩：滔滔江漢，南國之紀。

卿月昇金掌，洪範：卿士惟月。注：卿士各有所掌，如月之有別。上官儀詩：班籍始燕歸，金掌露初晞[三]。王春度玉墀。春秋之文王次春。趙云：北宸，天子所居曰紫宸，而坐北也。南紀者，南方之地總名。卿月以指言馬大卿也。昇金掌，則以譬其近於顯要。金掌者，金銅仙人捧露盤之掌也。王春度玉墀，則言馬大卿春時在天子之玉墀也。薰風行應律，舜歌：南風之薰兮。禮：八風從律。湛露即歌詩。詩湛露，天子燕諸侯。趙云：既於玉墀度過春矣，方夏之初，即有殊恩之命也。天意高難問，人情老易悲。樽前江漢闊，後會且深期。趙云：天意高難問，學者疑其送行紀贈之詩，不應有此句。蓋公自嘆其身之老，而起此句也。後會字，孔叢子載：子高遊趙，其徒曰：未知後會何期。屈原有天問。

【校勘記】

〔一〕「考」，中華訂補本作「孝」，訛。

〔二〕「悽」，中華訂補本作「泣」，文瀾閣本作「棲」，均訛。

〔三〕「班籍始燕歸」三句，全唐詩卷四十上官儀八詠應制其一作「瑶笙燕始歸金堂露初晞」。

暮春陪李尚書李中丞過鄭監湖亭泛舟得過字

海内文章伯，湖邊意緒多。玉樽移晚興，古歌辭曰：上金殿，酌玉樽。桂楫帶酣歌。春日繁魚鳥，江天足芰荷。鄭莊賓客地，衰白遠來過。鄭莊字當時，置驛馬長安諸郊，請謝賓客，夜以繼日。趙云：文章伯，言文章之宗伯也。起於王充論衡，有云：文詞之伯。其後唐文藝傳云：文章三變，而王楊爲之伯，則併言李尚書、李中丞、鄭秘監矣。曹子建仙人篇曰：玉樽盈桂酒。梁元帝烏栖曲曰：沙棠作船桂爲楫。湖是鄭監之湖，故用鄭莊比之。

夏日楊長寧宅送崔侍御常正字入京得深字

醉酒揚雄宅，揚雄有宅一區，雄家素貧，嗜酒，人希至門。時有好事者，載酒肴從遊學。升堂子賤琴。宓子賤治單父，彈琴，不下堂而自治。不堪垂老鬢，還對欲分襟。天地西江遠，星辰北斗深。烏臺俯麟閣，御史府中列柏樹，常有野烏棲宿其上。麟閣正字所居，陳子昂爲麟臺正字。長夏白頭吟。趙云：以飲於揚長寧宅，故用揚雄宅事。長寧者，縣名。以揚君爲長寧宰，故用子賤琴事。天地西江遠，言江陵送別之處。星辰北斗深，言長安。漢朱博爲御史大夫，其府中列柏樹，常有野烏數十栖宿其上。晨去暮來，號曰朝夕烏，故御史謂之烏臺。漢西京未央宫中有麟閣，亦藏秘書，即揚雄校書之處。其後改秘書爲麟臺，因此也。今所謂烏臺，指言崔侍御；所謂麟閣，指言常正字。二人者同往，故得言烏臺、麟閣之相俯矣。長夏白頭吟，則言二公之間暇，而爲此吟耳。若以爲公自言，則語脉不接也。

和江陵宋大少府暮春雨後同諸公及舍弟宴書齋

渥洼汗血種，漢武元鼎四年秋，馬生渥洼水中，作天馬之歌。歌曰：太一况，天馬下。霑朱汗，沫流赭。注：大宛馬汗血。言汗從前肩髆出如血。天上麒麟兒。徐陵年數歲，家人攜見寶誌上人，誌以手摩頂曰：天上石麒麟也。趙云：二句普美相會諸公也。才士得神秀，孫綽賦：天台山岳之神秀。書齋聞爾爲。陸機文賦序云：觀才士之所作。棣華晴雨好，常棣之華，宴兄弟之詩。綵服暮春宜。老萊子班衣。朋酒日歡會，豳七月：朋酒斯饗。注：兩樽曰朋。老夫今始知。趙云：兩句，公之真率，欲預後會矣。然公之意若言朋會之酒而已。

宇文晁尚書之甥崔彧司業之孫尚書之子重泛鄭監審前湖

趙云：尚書指言李之芳，不著姓尊之也。

郊扉俗遠長幽寂，野水春來更接連。趙云：顏延年贈王太常詩曰：郊扉常晝閉。錦席淹留還出浦，葛巾敧側未迴船。樽當霞綺輕初散，棹拂荷珠碎却圓。趙云：謝玄暉：餘霞散成綺。梁元帝登江州百花亭詩：荷珠漾水銀。不但習池歸酩酊，君看鄭谷去寅緣。鄭子真耕於谷口。趙云：習池事，襄陽記。不但習池歸酩酊，則所以引下句鄭谷也。今是鄭監之湖，故用鄭谷字比之。酩酊字，晉書作茗芋。寅緣字，未見。韓退之亦云：青壁無路難寅緣。

夏夜李尚書筵送宇文石首赴縣聯句一首

趙云：公與李尚書之芳〔一〕、崔司業孫彧，送石首知縣宇文晁之作。李、崔之句，亦可預公之社矣。

愛客尚書重，之官宅相賢。子美。宇文石首，李尚書之外甥也，故使宅相。晉魏舒少孤，爲外家甯氏所養。甯氏起宅，相宅者云：當出貴甥。舒曰：當爲外氏成此宅，相後爲公。酒香傾坐側，帆影駐江邊。之芳。趙云：題言李尚書筵，而句下標之芳字，則李尚書固是李之芳矣。公於後篇又有多病執熱奉懷李尚書，而小注之芳兩字，尤審矣。帆影駐江邊，亦自佳句。翟表郎官瑞，鳧看令宰仙。或。崔司業之孫也。漢顯宗曰：郎官出宰百里。蕭廣濟孝子傳：蕭芝至孝，除尚書郎，有雉數十，飛鳴車前。雨稀雲葉斷，夜久燭花偏。子美。趙云：公此兩句蓋新奇矣。斷者，以言葉之斷落也。偏者，以言燭銷而花偏也。數語欹紗帽，高文擲彩牋，之芳。趙云：紗帽大率，如今之頭巾也。興饒行處樂，離惜醉中眠。或。趙云：此等句，蓋亦語熟而白道之矣，然亦不惡也，故可預杜公之社。單父長多暇，河陽實少年。子美。趙云：公之句使縣宰事二：單父則宓子賤爲單父宰，彈琴，不下堂而治，此所以爲長多暇；河陽，則潘安仁爲河陽宰，本傳云：岳少以才穎見稱，早辟司空太尉府，栖遲十年，出爲河陽令，此所以爲實少年。客居逢自出，爲別幾悽然。之芳。趙云：爾雅曰：男子謂姊妹之子爲出。公羊云：蓋舅出者是也。

【校勘記】

〔一〕「公與李尚書」，中華訂補本作「公與尚書」。

新刊校定集注杜詩卷三十四

近體詩

多病執熱奉懷李尚書之芳

衰年正苦病侵淩，首夏何須氣鬱蒸。謝靈運：首夏猶清和。應璩書曰：處涼臺而有鬱蒸之煩。大水淼茫炎海接，奇峰硉兀火雲昇。陶詩：夏雲多奇峰。淮南子：旱雲煙火。趙云：書：若涉大水。隋盧思道納涼賦云：火雲赫而四舉。選賦有云：狀滔天以淼茫。舊本硉兀，注云：山崖也。硉音洛骨切，矹音五骨切。郭璞江賦云：巨石硉矹以前却。思霑道暍黃梅雨，史記：禹扇暍。音謁，傷暑也。增添：周處風土記〔一〕：夏至前雨名黃梅雨，沾衣服皆敗黦。敢望宮恩玉井冰？後漢書：琅邪有冰井厚丈餘。魚豢魏略：明帝九龍殿前，玉井綺欄。趙云：暑病曰暍。思道暍之人以黃梅一雨霑之，此武王扇暍之意。公之爲仁可見矣〔二〕。玉井者，天子之事也。唐制，百官賜冰，列。今既遠矣，故曰敢望也。不是尚書期不顧，前漢陳遵傳：嗜酒，每飲，賓客滿堂，輒閉門，取客車轄投井中，雖有急，終不得去[三]。時北部刺史奏事，過遵，值其方飲，刺史大窮，候遵霑醉時突入見遵母，叩頭自白當對尚書有期會狀，母乃令從後閤出去。應休璉與滿公琰書曰：當此之時，仲孺不辭同産之服，孟公不顧尚書之期。山陰野雪興難乘。王徽之嘗居山陰，夜雪初霽，月色清朗，四望皓然，獨酌酒詠左思招隱詩。忽憶戴逵。逵時在剡，便夜乘小船詣之，造門不前而返。曰：本乘興而來，興盡而返，何必見安道。趙云：題是多病執熱奉懷李尚書，而云「不是尚書期不顧，山陰野雪興難乘」，蓋言不是不顧尚書之期，但欲比山陰野雪之乘興爲難也。在執熱中翻使雪事，又爲奇矣。或云此直是打諢之語，則亦韓退之以詩爲戲之義。

【校勘記】

〔一〕「添周」，底本漫滅，據文淵閣本、文津閣本、文瀾閣本、清刻本、排印本補。

〔二〕「仁」，文淵閣本作「人」，訛。

〔三〕「得」，文淵閣本作「能」。

水宿遣興奉呈群公

趙云：謝靈運次南城詩：雖未登雲峰，且以歡水宿。此詩二十韻，分爲兩段，每段十韻。上段蓋叙其行色，下段則有所求於群公矣。

魯鈍仍多病，語：參也魯。新添：王僧祐傳：非敢自同高人，直是愛閑多病耳。漢書：張良多病。趙云：張良性多疾，非病也。逢迎遠復迷。耳聾須畫字，髮短不勝篦。老子云：五音令人耳聾。左傳：髮短而心甚長也。澤國雖勤雨，杜補遺：穀梁傳：正月不雨。言不雨者，勤雨也。注：思雨之勤也。夏四月不雨。言不雨者，閔雨也。六月雨者，喜雨也。炎天竟淺泥。小江還積浪，弱纜且長隄。歸路非關北，行舟却向西。趙云：弱纜且長隄，言且繫之於長隄也。歸路非關北，言長安之不可得而歸也。暮年漂泊恨，今夕亂離啼。童稚頻書札，曹孟德云：烈士暮年。古詩云：遺我一書札。趙云：鄧禹傳曰：父老童稚，垂髮戴白。盤飧詎糝藜。左傳：盤飧寘璧。孔子陳蔡間七日不食，藜藿不糝。我行何到此，物理直難齊。莊子有齊物篇。高枕翻星月，嚴城疊鼓鞞。張景陽：此郭非吾城，入聞鞞鼓聲。杜云：禮記：鼓鞞之聲讙。風號聞虎豹，蕪城賦：風嘷雨嘯。苦寒詩：虎豹夾路啼。水宿伴鳧鷖。蜀都賦：晨鳧旦至，候雁銜蘆；雲飛水宿，哢吭清渠。趙云：嘷與號，字異而音同。論語：虎豹之鞹。鳧鷖，則詩篇名也。異縣驚虛往，古樂府：他鄉各異縣。同人惜解攜。易：出門同人。蹉跎長泛鷁，展轉屢鳴鶏。阮籍：娛樂未終極，白日忽蹉跎。詩：展轉反側。嶷嶷瑚璉器，子貢，瑚璉器。薛云：右按，世說：謝琨問羊孚[一]：何以器舉瑚璉？羊曰：汝當以爲接神之器[二]。陰陰桃李蹊。李廣傳：桃李不言，下自成蹊。趙云：相如子虛賦曰[三]：泛文鷁。瑚璉器、桃李蹊，皆所以言群公也。瑚璉者，宗廟之器。禮記明堂位云：有虞氏之兩敦，夏后氏之四璉，殷之六瑚，周之八簋是已。謝玄暉：桃李成蹊徑，桑榆陰道周。餘波期救涸，僖二十三年傳：其波及晉國者，君之餘也。莊子外篇：車轍中有鮒，曰：吾得斗升水，可以活矣。費日苦輕齎。支策門闌邃，肩輿羽翮低。

自傷甘賤役，誰愍强幽棲。趙云：書：餘波及于流沙。救涸，則以彼之盈，及此之涸耳。費日苦輕齎，則言爲客之次，消費時日，其所輕齎，苦於貿易而罄盡矣。支策、肩輿，則言出謁於人矣。巨海能無鈞，任公子投竿東海。浮雲亦有梯。勳庸思樹立，語默可端倪。贈粟囷應指，魯肅，字子敬，家富於財。時廬江周瑜爲居巢長，聞之，往求資糧。肅時有米二囷，各三千斛，直指一囷與瑜，瑜益奇之，乃結僑、札之交。登橋柱必題。成都記：昇僊橋，司馬相如初西去，題其柱曰：不乘赤車駟馬，不過此橋。後果以傳車至其處。橋在望鄉臺東南二里，管華陽縣。趙云：上四句則公之懷抱所負如此，蓋不以有求於人而遂屈也。於是群公必有知之者，則贈粟囷應指矣。觀公果園四十畝，乃委以與人，則群公之指囷，在公亦以爲受之而無嫌矣。丹心老未折，薛云：右按文選謝玄暉詩：既秉丹石心，寧流素絲涕。又古樂府：制賜文犀節，驛報紫泥書。皇恩空已重，丹心悵不紓。別賦：心折骨驚。時訪武陵溪。武陵溪，秦人避亂之處。趙云：句又因所經之地，去武陵爲近矣。

【校勘記】

〔一〕「謝琨」，世説新語箋疏言語第一百五條作「謝混」。參見卷本集十三秋行官張望督促東渚耗稻校勘記〔七〕。

〔二〕「汝」，世説新語箋疏言語第一百五條作「故」。

〔三〕「子虛賦」，原作「上林賦」，檢「泛文鷁」句，史記卷一百一十七司馬相如列傳、文選卷七、全梁文卷二十一作司馬相如子虛賦，當是誤置，據改。

奉賀陽城郡王太夫人恩命加鄧國太夫人 陽城王衛伯玉也

衛幕銜恩重，杜正謬云：衛幕，乃衛青之幕府也。舊注引左氏燕幕，非是。潘輿送喜頻。潘安閑居賦：太夫人乃御板輿，升輕軒。遠覽王畿，近周家園[二]。趙云：送喜頻，則王之母又有恩命之加，爲送喜事之頻矣。濟時瞻上將，錫號戴慈親。富貴當如此，尊榮邁等倫。趙云：王節度江陵，是爲上將。如此字，多矣。禮云：好仁如此。傳言難乎等倫也。郡依封土舊，國與大名新。紫誥鸞迴紙，新添：隴右記：武都紫水有泥，貢之用封璽書，故詔誥有紫泥之美。王子年拾遺：元狩初，浮圻國貢蘭金之泥，如紫磨色，常以此封詔函，鬼魅不敢干。清朝燕賀人。大厦成而燕雀來賀。趙云：郡封雖仍是陽城郡，而夫人之國加爲鄧國，是爲新矣。紫誥，紫錦之誥。鸞回紙，則紙上之字，有回鸞之勢也。清朝，則朝旦之朝。甯戚歌云：清朝飯牛至夜半。遠傳冬笋味，更覺綵衣春。趙云：又以言郡王亦已高年，尤見尊親之壽。孟宗後母好笋，令宗冬月求之。宗入竹林慟哭，笋爲之出。奕葉班姑史，班姑，扶風曹世叔妻，彪之女，名昭，字惠姬，博學高才。世叔早卒，有節行。兄固著漢書，其八表及天文志未及竟而卒，和帝詔昭就東觀藏書閣踵而成之。芬芳孟母鄰。潘安仁閑居賦：此里仁以爲美，孟母所以三徙。義方兼有訓，左傳：教子以義方。詞翰兩如神。趙云：班姑史，則王之太夫人蓋能翰墨矣。何平叔景福殿賦曰：偉孟母之擇鄰。尚書云：皇祖有訓。禮記云：至誠如神。委曲承顏體，鶱飛報主身。可憐忠與孝，雙美畫麒麟。麒麟，閣名也，上畫忠臣像。趙云：事母則孝，事君則忠。其美畫麒麟，則非特畫郡王之像，而亦畫夫人之像也。麒麟，前漢閣名也。前漢蘇武傳，乃麒麟字。今云雙美之畫，則又用金日磾母事：教誨兩子，甚有法度，上聞而嘉之。病死，圖畫於甘泉宮，署曰休屠王閼氏。

【校勘記】

〔一〕「園」，文淵閣本、文瀾閣本作「國」，訛。

江陵望幸

望車駕臨幸也。時大駕在蜀。

雄都元壯麗，曹子建：壯哉，佳麗殊百城。漢高帝見宮室壯麗，怒。蕭何曰：非壯麗不足重威。望幸欻威神。靈光殿賦：又似乎帝室之威神。又云：彰聖主之威神。甘泉賦：配帝宮之懸圃兮，象太一之威神。趙云：雄都，指言江陵也。司馬相如封禪文云：泰山、梁父設壇望幸。地利西通蜀，天文北照秦。趙云：孟子曰：天時不如地利。易曰：觀乎天文。而漢有天文志。西通蜀，則江自西而來，舟船之所通。秦，言長安。長安在荆渚之北也。風煙含越鳥，謝玄暉詩：風煙有鳥路，江漢限無梁。古詩：越鳥巢南枝。舟楫控吴人。未枉周王駕，顔延年車駕幸京口詩：虞風載帝狩，夏諺頌王遊。春方動宸駕，望幸傾五州。又，周御窮轍迹，夏載歷山川。周王駕，謂穆王滿也。趙云：列子載：穆王命駕八駿之乘，馳驅千里。終期漢武巡。漢武行幸雍。幸汾陰、滎陽。還至洛陽，瞻望河、洛。又南巡狩。甲兵分聖旨，居守付宗臣。蕭何，漢之宗臣。左傳：君行則居守。趙云：上句言車駕之出，禁兵隨衛也。分，則分其半以出，留其半於京矣。下句言有人爲留守也。早發雲臺仗，恩波起涸鱗。哀江南賦：猶有雲臺之仗。涸鱗，見「餘波期救涸」注。莊子：車轍中有鮒魚。趙云：雲臺，在後漢之南宮。梁丘遲侍宴餞徐州刺史應詔詩曰：肅穆恩波被。

江邊星月二首

驟雨清秋夜，金波耿玉繩。謝玄暉：金波麗鳷鵲，玉繩低建章。趙云：金波，以言月；玉繩，以言星。漢志：月穆穆以金波。天河元自白，江浦向來澄。趙云：元自、向來之字，公嘗使矣。蓋云：眉毛元自白，淚點向來垂。又曰：鑠石藤梢元自落，倚天松骨見來枯。映物連珠斷，史：五星如連珠。緣空一鏡升。古詩：破鏡飛上天。餘光隱更漏，況乃露華凝。謝莊詩：露華識猿音。趙云：末句言更漏之聲隱於星月餘光之中也。此則將曉，故言況乃露華凝也。露華凝墜，其客況可知矣。

右一

江月辭風纜，江星別霧船。鷄鳴還曙色，鷺浴自清川。趙云：四句言曉見星月，當船行之時也。纜言風纜，船言霧船，則曉之景物也。歷歷竟誰種，謝惠連詩：亭亭映江月。古詩：天上何所有，歷歷種白榆。悠悠何處圓？沈休文詠月：清光信悠悠。謝莊月賦云：升清質之悠悠，降澄暉之藹藹。客愁殊未已，他夕始相鮮。趙云：四句有感而問星月也。他夕始相鮮，則又併言星與月於他夕見之，若客愁既止，則始悦其鮮明矣。

右二

舟月對驛近寺

更深不假燭，月朗自明船。陶潛：叩栧親月船。趙云：明字，與「殘夜水明樓」之法相似。金刹青楓外，西京雜記：以黄金爲刹。朱樓白水邊。杜補遺：釋氏要覽釋音云：梵言刹瑟，至唐言竿，今略言刹，即幡柱也。其刹之高矣。用青楓，則南方所有之木。朱樓，蓋驛樓也。趙云：青楓外，則馮衍顯志賦云：伏朱樓而四望。城烏啼眇眇，野鷺宿娟娟。皓首江湖客，鈎簾獨未眠。

舟中

風餐江柳下，雨卧驛樓邊。鮑照：風餐弄松宿，雲卧恣天行。結纜排魚網，連檣並米船。檣，船上帆竿也。今朝雲細薄，昨夜月清圓。飄泊南庭老，秖應學水仙。趙云：宋鮑照用風飡對雲卧，唐柳明獻用霞飡對雲卧。詩曰：魚網之設。世説：王脩齡曰：脩齡若飢〔一〕，自當問謝仁祖索食，不須陶胡奴米船也。南庭老，公自謂也。南庭者，南方之庭，猶北地謂之北庭耳。

【校勘記】

〔一〕「若」，原作「爲」，訛，據清刻本、排印本並參世説新語箋疏方正第五十二條改。

遣悶

地闊平沙岸，舟虚小洞房。沈休文：洞房殊未曉〔一〕。使塵來驛道，城日避烏檣。趙云：泊船之處近城，日爲城所障〔二〕，不照及檣，故云避烏檣。此公之巧句也。暑雨留蒸濕，江風借夕涼。行雲星隱見，趙云：雲合則星隱，雲過則星見也。疊浪月光芒。趙云：前浪後浪，月光皆照也。螢鑒緣帷徹，螢光可以照物，故曰螢鑒。蛛絲罥鬢長。哀箏猶憑几，鳴笛竟霑裳。趙云：初聞哀箏，猶忍淚憑几聽之而已。至聞鳴笛，則情不禁矣。於是乎淚竟霑裳也。魏文帝與吳質書有云：高談娛心〔三〕，哀箏順耳。倚著如秦贅，過逢類楚狂。賈誼傳：秦人家富子壯則出分，家貧子壯則出贅。注曰：亦猶人身體之有贅，非應所有也。楚狂接輿。氣衝看劍匣，任彥升：劍氣凌雲。又張華見劍氣衝斗。穎脱撫錐囊。平原君傳曰〔四〕：夫賢士之處世也，譬如錐之處囊中，其末立見。毛遂曰：使遂蚤得處囊中，乃穎脱而出，非特末見而已也。妖孽關東臭，兵戈隴右瘡。時清疑武略，世亂跼文場。餘力浮于海，語：道不行，乘桴浮于海。端憂問彼蒼。月賦：端憂多暇。詩云：彼蒼者天。百年從萬事，故國耿難忘。趙云：妖孽兩句，是吐蕃與盜賊耳〔五〕。蓋言當時之清，則以武略爲疑而不用；及世之亂，則文場跼而不展矣。兵書有黃石公三略。杜預贊曰：元凱文場，稱爲武庫。論語云：行有餘力。屈原有天問篇。從萬事，則言百年之内，任從事緒之多而惟有懷鄉不能已也。

【校勘記】

〔一〕「沈休文」，原作「謝玄暉」，檢「洞房殊未曉」句，文選卷二十七、梁詩卷七作沈約應王中丞思遠詠月，當是誤置，據改。

〔二〕「障」，文淵閣本作「倖」，訛。

〔三〕「娛」，原作「悟」，訛，據清刻本、排印本並參全三國文卷七曹丕與吳質書改。

〔四〕「平原君傳」，「平」字原奪，據文津閣本、文瀾閣本、清刻本、排印本並參史記卷七十六平原君傳補。

〔五〕「耳」，文淵閣本作「而」，訛。

江陵節度陽城郡王新樓成王請嚴侍御判官賦七字句同作

樓上炎天冰雪生，高飛燕雀賀新成。淮南子：大厦成而燕雀來賀。碧窗宿霧濛濛濕，朱栱浮雲細細輕。趙云：淮南子曰：南方曰炎天。高誘注曰：南方五月建午，火之中也，火性炎上，故曰炎天。顏延年夏夜詩云：炎天方埃鬱。當炎天而樓上生冰雪，則其高可知矣。窗含宿霧、拱帶浮雲，皆言其高。杖鉞褰帷瞻具美，賈琮爲冀州刺史。之部，升車言曰：刺史當遠視廣聽，糾察美惡，何有反垂帷裳以自掩塞乎？乃命御者褰之。投壺散帙有餘清。祭遵投壺雅歌。趙云：許靖與曹孟德書曰：昔營丘翼周〔二〕，杖鉞專征。謝靈運酬從弟惠連詩云：散帙問所知。自公多暇延參佐，江漢風流萬古情。庾亮鎮武昌，佐吏乘月登樓，不覺亮至，將避，亮曰：諸君少住，老子於此興復不淺。陶侃曰：亮非獨風流，兼有爲政之實。趙云：詩：自公退食。荀子云：其爲人也而多暇日，則其出入不遠。

【校勘記】

〔一〕「昔」，文淵閣本作「曹」，訛。

又作此奉衛王

西北樓成雄楚都，遠開山岳散江湖。二儀清濁還高下，陽清爲天，陰濁爲地，見照略。三伏炎蒸定有無。趙云：古詩云：西北有高樓。今樓恰在西北，故用之爲宜。遠開山岳散江湖，則樓之所臨者高，所望者遠矣。樓在楚都，故言山岳、言江湖。岳，則衡岳也。「二儀清濁還高下，三伏炎蒸定有無」，此雄健之語。皆樓之高，所見之大，而其氣之清也。梁元帝纂要曰：天地曰二儀。禮記云：天高地下。推轂幾年唯鎮静，馮唐傳：推轂遣將。趙云：推轂，以言衛王，奉命爲將。曳裾終日盛文儒。鄒陽：何王之門不可曳長裾！白頭授簡焉能賦，媿似相如爲大夫。雪賦：授簡於司馬大夫。藝文志：登高能賦，可爲大夫。

舟中出江陵南浦奉寄鄭少尹審

更欲投何處，飄然去此都。賈誼：何必懷此都。趙云：周庾信烏夜啼曲曰：御史府中何處宿。故對此都。成公綏嘯賦云：心滌蕩而無累，志離俗而飄然。形骸元土木，土木形骸。舟楫復江湖。社稷纏妖氣，左太沖：兵纏紫微。干戈送老儒。百年同棄物，萬國盡窮途。趙云：老子云：常善救物，故無棄物。萬國盡窮途，則多難之世，無適而不爲窮途也〔一〕。雨洗平沙淨，天銜闊岸紆。鳴螿隨泛梗，别燕起秋菰。宋玉：燕翩翩其辭歸。周禮：冀州之澤藪曰揚紆。趙云：上兩句道景雄健，其下句尤奇矣。惟其闊，所以縈紆。義蓋取此。螿音將，蟬也。螿得梗而托之，故隨泛梗而鳴。菰，雕胡也。燕集於菰叢之間，時當秋，則别之而起去矣。皆言時也。棲托難高臥，孔明高臥南陽。趙云：言其身方有所棲托，難於高臥以自安也。飢寒迫向隅。寂寥相呴沫，莊子云：魚相呴以濕，相濡以沫，孰若相忘於江湖。浩蕩報恩珠。趙云：前漢刑法志：滿堂飲酒，一人向隅而悲泣，皆爲之不樂。寂寥相呴沫，則無有相賙給之者〔二〕，故報恩之珠，亦浩蕩而無施也。報珠傳記所載凡三事。三輔決録曰：昆明池有魚，絶綸而去。夢於漢武帝求去鉤。帝明見大魚銜索。帝取放之。後三日，池邊得明珠一雙〔三〕。帝曰：魚之報也。又，搜神記曰：隋侯行見大蛇傷，因救治之。其後，蛇銜珠以報焉。其徑盈寸，夜光可燭堂，故歷世稱隋珠。又，噲參養母至孝。曾有玄鶴爲戈人所射，窮而歸參。參收養療治，瘡愈而放之。後鶴雌雄雙至，各銜明月珠報參。而報恩珠三字，則沈佺期云：漢皇靈沼上〔四〕，容有報恩珠。公之所用，當以魚事爲切。溟漲鯨波動，謝靈運：溟漲無端倪。衡陽雁影徂。蜀都賦云：候雁銜蘆。木落南翔，冰泮北徂。南征問懸榻，陳蕃爲樂安太守，禮郡人周璆。字而不名，特爲置一榻，去則懸之。東逝想乘桴。語：乘桴浮于海。趙云：溟漲鯨波動，所以引東逝想乘桴；衡陽雁影徂，所以引南征問懸榻。南征，南往也。出楚詞。懸榻，有兩事：陳蕃禮周璆，及其禮徐孺子亦然。濫竊商歌聽，北山移文：竊吹草堂〔五〕，濫巾北岳。七啓云：此甯子商歌之秋也。時憂卞泣誅。楚人卞和以玉璞三獻，不遇楚王，遂再刖其足。

經過憶鄭驛，鄭莊置驛。斟酌旅情孤。趙云：琴操曰：卞和者，楚野民。得玉，獻懷王。王使樂正子占之，言石。王以爲欺謾，斬其一足。懷王死，子平王立，和復獻之。平王又以爲欺，斬其一足。平王死，子立爲荆王。和復欲獻之，恐復見害，乃抱其玉而哭，晝夜不止，涕盡續之以血。荆王遣問之。於是和隨使獻玉。王使剖之，中果有玉。乃封爲陵陽侯。卞和不就而去，作退怨之歌曰：悠悠沂水經荆山，精氣鬱泱谷巖巖。中有神寶灼明明，穴山采玉難爲功。於何獻之楚先王，遇其闇昧信讒言。斷截兩足離余身，俛仰嗟嘆心摧傷！紫之亂朱粉墨同，空山歔欷涕龍鐘。天鑒孔明竟以彰，沂水滂沛流于汶。進寶得刑足離分，斷者不續豈不怨！斟酌旅情孤，言鄭監必測度我旅情之孤也。鮑照和王丞詩：斟酌高代賢。

【校勘記】

〔一〕「則」，文淵閣本脱。

〔二〕「有」，文淵閣本作「以」。

〔三〕「雙」，文淵閣本作「隻」，訛。

〔四〕「靈沼」，全唐詩卷九十七沈佺期移禁司刑作「虚詔」。

〔五〕「竊」，文選卷四十三、全齊文卷十九孔稚圭北山移文作「偶」。

江南逢李龜年

自注：崔九，即殿中監崔滌，中書令湜之弟。

岐王宅裏尋常見，崔九堂前幾度聞。正是江南好風景，落花時節又逢君。明皇雜録云：上素曉音律。時有馬仙期、李龜年、賀懷智，皆洞知律度。龜年特承顧遇，後流廢江南，每遇良晨勝景，常爲人歌數闋。座上聞之，莫不掩泣罷酒。趙云：南史：沈約謂王筠曰：不謂疲暮，復逢於君。

官庭夕坐戲簡顔十少府

南國調寒杵，西江浸日車。客愁連蟋蟀，亭古帶蒹葭。趙云：南國，楚地也。詩：滔滔江漢，南國之紀。杵謂之調，庾信夜聽擣衣詩云：調聲不用琴。又畫屏風詩曰：擣衣明月下，静夜秋風飄。錦石平砧面，蓮房接杵腰。急節迎秋韻，新聲入手調。寒衣須及早，將寄霍嫖姚。日車字，則淮南子曰：日乘車，駕以六龍，羲和爲馭。而李尤云安得猛士翻日車也。蟋蟀字，見於毛詩七月篇，以爲歲候。此所以客愁連之矣，故對蒹葭。其字則亦出詩也(一)。不返青絲鞚，虛燒夜燭花。老翁須地主，細酌流霞。趙云：鞚，馬勒也。青絲爲之耳。古詩所謂青絲絡頭是已。吴書孫奂傳：黄武五年，權攻石陽。奂以地主，使所部將軍鮮于丹帥五千人先斷淮道。抱朴子載：項曼都言到天上，仙人以流霞一杯飲之。鮑明遠詩：細酌對春風。公嘗用云：細酌老江干。

【校勘記】

〔一〕「則」，文淵閣本作「而」。

秋日荊南述懷三十韻

昔承推獎分，媿匪挺生材。左思蜀都賦：揚雄含章而挺生。遲暮宮臣忝，陸機詩：矯迹厠宮臣。艱危袞職陪。詩：袞職有闕。趙云：拾遺通籍於朝，斯爲宮臣。在肅宗行在拜之，則艱危之時也。杜補遺：唐六典注云：補闕拾遺，武后垂拱中置，取山甫補袞闕名官。子美肅宗時爲左拾遺，故云。揚鑣隨日馭，折檻出雲臺。朱雲折檻。顯宗畫二十八將於雲臺。趙云：上句言其扈從也。拾遺補闕之職，皆得扈從。日馭，以言乘輿也〔一〕。下句言其諫諍不合而出也。房琯以陳陶斜之敗，公上疏論琯不宜廢免。肅宗出甫爲華州功曹。出雲臺，則離雲臺而出官也。罪戾寬猶活，干戈塞未開。趙云：上句則上初欲誅甫，賴張鎬救之而得免也。星霜玄鳥變，古詩：秋蟬鳴樹間，玄鳥逝安適。身世白駒催。莊子知北遊：人生天地之間，若白駒之過隙。何自苦如此。又酈生説魏豹，豹謝曰：人生一世間，如白駒過隙。趙云：玄鳥，燕也。玄鳥變，則言燕之或來或去爲變也。星霜之中見玄鳥變，則不一其年矣。白駒，以譬光陰之超忽，如其馳去。伏枕因超忽，扁舟任往來。九鑽巴噀火，語：鑽燧改火。欒巴噀酒，以救蜀火。三蟄楚祠雷。鮑云：山谷簡王觀復曰：子美入蜀下峽年月，詩中可見。其曰：九鑽巴噀火，三蟄楚祠雷。則往來蜀中凡十二年也。趙云：兩句止通言九年中事，非謂十二年也。公乾元二年歲在己亥，十二月一日，自隴右赴劍南，十二月末到成都。自庚子至今歲大曆三年之清明，歲在戊申，是爲九年。公前有月詩云：二十四回明，次公定爲二月望夜詩，而續有大曆三年白帝放船出瞿唐峽詩，則猶在夔州。可見是年清明矣。使鑽火字，則見其爲清明也。巴巽火，則欒巴所巽之火，以形容其在成都及東川及夔州，皆爲蜀地也。公以大曆三年春，方離夔州，發白帝下峽，泊舟江陵，秋晚寓公安縣，歲暮發公安至岳州，則二年之秋八月，元年之秋八月，通三年之秋八月，在夔，在江陵。是爲雷之三蟄矣。雷以二月而奮，以八月而蟄。謂之楚祠雷，則楚人所祠之雷，蓋楚人好祠祭也。夔以寒食言之，則係之蜀；又以祠雷言之，則係之楚。蓋以夔在六國爲楚地，初不相妨也。若不如此解，則九與三之義難考矣。所見如此，以俟博聞。

望帝傳應實，見杜鵑詩注。昭王問不回。僖四年傳：齊侯伐楚，曰：昭王南征而不復，寡人是問。趙云：上句以言成都之所聞。按成都記：杜宇既禪位於鱉靈，遂升西山隱。時適二月，杜鵑方鳴。民俗思宇，因號爲杜鵑，以誌其隱去之期。或曰：杜鵑即望帝精魂所化也。蛟螭深作横，豺虎亂雄猜。趙云：兩句雖以言水宿山行之所有，而因托以興焉。蓋是時有跋扈之强臣、賊盜之巨猾故也。素業行已矣，浮名安在哉！趙云：史云：家承素業。安在哉三字，公通此凡七使。蓋阮籍詠懷云：梁王安在哉。琴烏曲怨憤，庭鶴舞摧頹。琴烏曲，烏夜啼也，吳人舞白鶴於市。補遺：琴曲有長清、短清、幽蘭、白雪、風入松、烏夜啼。吳兢古樂府解題云：烏夜啼，宋臨川王義慶造也。鮑明遠舞鶴賦：始連軒以鳳蹌，終宛轉而龍躍。躑躅徘徊，振迅騰摧。趙云：其所怨憤，寄之琴曲，則烏夜啼也，而庭鶴爲之舞矣。秋水漫湘竹，湘妃揮淚濺竹，竹皆班。陰風過嶺梅。大庾嶺多梅，人號梅嶺。趙云：句則因所往之地，而言其時也。張華博物志曰：舜死，二妃淚下，染竹即班。妃死，爲湘水神，故曰湘妃竹。秋水漫湘竹，則預言秋時過湘潭也。大庾嶺多梅，當陰風時，經過於嶺上之梅，則公預言其冬時至嶺上也。苦摇求食尾，司馬子長報任少卿書曰：猛虎在深山，百獸震恐，及在檻穽之中，摇尾而求食，積威約之漸也。常曝報恩腮。三秦記：江海集龍門，

（魚登者化龍，不登者點額曝腮。）結舌（前漢：博士結舌而不談。又，鉗口結舌。）防讒柄，探腸有禍胎。（枚乘：福有基，禍有胎。趙云：既爲客矣，求食所不得已。報恩所不能忘〔二〕，而又結舌探腸，則以防患焉。齊武帝謂臨賀王曰：汝包藏禍胎。）蒼茫步兵哭，（阮籍爲步兵，哭途窮。）展轉仲宣哀。（王粲流離，作七哀詩。）飢藉家家米，愁徵處處杯。休爲貧士嘆，任受衆人咍。得喪初難識，榮枯劃易該。（趙云：兩句所以起論世人之榮枯，可以該了也。差池分組冕，合沓起蒿萊。不必伊周地，皆登屈宋才。以言其榮。漢庭和異域，晉史拆中台。霸業尋常體，宗臣忌諱災。以言其枯也。）差池分組冕，合沓起蒿萊。不必伊周地，皆登屈宋才。（伊尹、周公、屈原、宋玉。趙云：詩言：燕燕于飛，差池其羽。以飛譬之也。而分組綬、冠冕之貴，其重沓而來，則特起於蓬蒿草萊之間耳。伊尹、周公之所任，則宰輔之地。今也不必於宰輔，所登用者，皆如屈原、宋玉之才也。）漢庭和異域，（前漢匈奴傳贊：和親之論，發於劉敬。）晉史拆中台。（晉中台拆而張華誅。）霸業尋常體，宗臣忌諱災。（趙云：上句以比當時遣使和吐蕃而不即歸者矣。次句則又必有以罪誅者。晉史，則晉之太史以天文爲告也，非史籍之史。中國之於夷狄〔三〕，甘心於和親，此霸業尋常之體也。而大臣充使，或留或誅，則宗臣以爲忌諱矣。）群公紛戮力，聖慮窅徘徊。（趙云：自此而下，論所以致太平之事矣。羽獵賦云：群公常伯，陽朱墨翟之徒也。群公之戮力，至於紛然，又煩聖慮之軫及，而窅然徘徊，則吐蕃之所因如此。）數見銘鍾鼎，（季武子作林鐘之銘，銘魯功。衛孔悝鼎銘。）真宜法斗魁。（隋志：北斗一至四爲魁，五至七爲杓也。趙云：上句則群公功成，而鐘鼎之可銘；下句則聖慮之號令，當法之北斗。晉天文志：斗杓，人君之象，號令之主也。）願聞鋒鏑鑄，（賈誼過秦論：銷鋒鏑，鑄以爲金人十二。）莫使棟梁摧。衛玠卒，謝鯤哭之曰：梁棟折，不覺哀。杜補遺：願聞鋒鏑鑄，若家語顏回云：願鑄劍戟以爲農器是也。晉陸玩拜司空，謂賓客曰：以我爲三公，是天下無人矣。索酒酹柱間地，祝曰：當今乏才，以爾爲柱石之臣，莫傾人棟梁！盤石圭多翦，漢高帝封子弟，曰盤石之宗〔四〕。成王封唐叔〔五〕，翦桐葉爲圭。凶門轂少推。杜補遺：李衛公對唐太宗曰：古者出師命將，齋三日，授之以鉞，推其轂。又曰：古者命將授鉞推轂，鑿凶門而出。趙云：轂少推，望其息兵而不崇將臣也。垂旒資穆穆，禮：天子穆穆。祝網但恢恢。成湯祝網。老子：天網恢恢。趙云：傳曰：天子垂旒，所以蔽明也；黈纊塞耳，所以蔽聰也。蓋言垂拱無事者如此。成湯出見羅者，方祝曰：從天下者，從地出者，四方來者，皆入吾羅。湯曰：嘻！盡之矣，非桀，其孰能爲此哉！乃命解其三面而置其一面。更教之祝曰：欲左者左，欲右者右，欲高者高，欲下者下，吾取其犯命者〔六〕。諸侯聞之，咸曰：湯之德，至矣！澤及禽獸，況於人乎！赤雀翻然至，黃龍不假媒。春秋孔演圖曰：鳥化爲書，孔子奉以告天，赤雀集書上，化爲黃玉。後漢：黃龍見于譙。趙云：赤雀、黃龍，則言祥瑞之至矣。遁甲曰：赤雀不見則國無賢。白雀不降則無後嗣。注：赤雀主銜書，陽精也。白雀主銜錢，陰精也。在王者言之，則尚書中侯曰：赤雀銜丹書入豐，止於昌前。昌則文王之名也。瑞應圖曰：黃龍者，四龍之長。王者不漉池而漁，則應和氣而遊於池沼。在帝王言之，則龍魚河圖曰：黃龍負圖，從河中出付黃帝。帝令侍臣寫以示天下。又曰：黃龍從洛水出，詣虞舜，鱗甲成字。令左右寫文竟，龍去。其後漢文帝時，見成紀；宣帝時，見新豐；光武時，見於河；章帝時，四見；安帝時，見歷城；哀帝時，見潁川；魏時，見不一。至，則如孔子之鳳鳥不至之至。媒，則前漢樂歌曰：天馬徠，龍之媒。賢非夢傅野，高宗夢得說于傅巖之野。隱類鑿顏坏。揚雄傳：或鑿壞以遁。莊子：魯君聞顏闔賢，欲以爲相。使者往聘，因鑿後垣而亡。坏，壁也。自古江湖客，冥心若死灰。莊子曰：心若死灰。趙云：四句則公自言也。

【校勘記】

〔一〕「以」，文淵閣本無。

〔二〕「能忘」，文淵閣本作「得忌」，訛。

〔三〕「夷狄」，文淵閣本作「外裔」。案，「外裔」二字爲文淵閣本所改，先後解輯校己帙卷二此詩引趙次公原注〔一九〕作「夷狄」，可證。

〔四〕「漢高帝」，原作「漢文帝」，據史記卷十孝文本紀、漢書卷四文帝紀載宋昌進言改。

〔五〕「唐叔」，原作「康叔」，文津閣本作「庸叔」，均訛，據史記卷三十九晉世家、初學記卷十帝戚部「晉桐葉」條改。

〔六〕「者」，文淵閣本無。

哭李尚書之芳

漳濱與蒿里，逝水竟同年。劉公幹詩云：竄身清漳濱。李延年分送喪歌爲二等，薤露送王公貴人，蒿里送士大夫庶人。使挽柩者歌之，爲挽歌也。趙云：首兩句言病而即死也。逝水之義〔一〕，起於論語：子在川上曰：逝者如斯夫。而劉公幹詩有云：逝者如流水，哀此遂離分。欲挂留徐劍，見把劍覓徐君句注。猶迴憶戴船。見應尋戴安道注。趙云：史記曰：吴季札之初使，北過徐。徐君好季札劍，口不敢言。季札方爲使上國，未獻。還至徐，徐君已死，乃解其寶劍，繫徐君冢樹而去。語林曰：王子猷居山陰，大雪夜，開室命酌，四望皎然，因詠招隱詩，忽憶戴安道，時在剡，乘興棹舟，經宿方至，既造門而返。或問之，對曰：乘興而來，興盡而返，何必見戴安道耶？**相知成白首，此別間黄泉。**左傳：不及黄泉，無相見也。**風雨嗟何及，江湖涕泫然。**風雨何嗟及矣。趙云：成白首字，潘安仁詩投分寄石友，白首同所歸也。嗟何及字，出詩：何嗟及矣。涕泫然字，文中子云：泫然流涕。**修文將管輅，奉使失張騫。**趙云：王隱晉書載：鬼蘇韶見其弟，謂曰：顏淵、卜商，今爲地下修文郎〔一〕。有八人，詔自言其一也。貼之以將管輅，則李尚書之有奇才，應如魏之管輅也。前漢：張騫以郎應募，使月氏，至大夏而竟。歸漢，拜太中大夫。劉孝標辨命論曰：臣觀管輅英偉，珪璋特秀，實海内之名傑，豈日者卜祝之流乎！將管輅，則修文郎有八人，將如管輅者，亦預之矣。或曰：將，攜之而去。亦通。奉使失張騫，李尚書充使而死也。**史閣行人在，**周禮：大行人，小行人。**詩家秀句傳。**趙云：行人，又申言其奉使。閣，則言其書之史册也。**客亭鞍馬絶，旅櫬網蟲懸。**沈休文詩云：網蟲垂户織。**復魄昭丘遠，**登樓賦云：西接昭丘。昭丘，楚昭王之墓。**歸魂素滻偏。**宋玉：魂兮歸來。趙云：此言其死於道路矣。鮑照詩：鞍馬光照地。儀禮喪禮有復。注：復者〔三〕，有司招魂復魄也〔四〕。昭丘，按荆州圖經，在當陽東南七十里。復魄昭丘遠，則李尚書寄居荆南，其櫬歸而復，則所以爲遠。素滻，長安之水也。潘安仁西征賦云：南有玄灞素滻。歸魂素滻偏，則李尚書乃長安人也。**樵蘇封葬地，喉舌罷朝天。**李固云：陛下之有尚書，猶天之有北斗。斗爲天之喉舌，尚書亦猶陛下之喉舌。趙云：上句則大臣之墓，其前後左右禁樵牧也。喉舌罷朝天，則已死矣，不復以是任而見天子也。**秋色凋春草，王孫若箇邊。**劉安招隱：芳草兮萋萋，王孫兮不歸。

【校勘記】

〔一〕「逝」，文淵閣本作「遊」，訛。

〔二〕「修文郎」三字，文淵閣本無。

〔三〕「者」，文淵閣本作「也」。

〔四〕「招魂復魄」，「魄」諸校本作「魂」。

重題

涕泗不能收，哭君餘白頭。兒童相顧盡，宇宙此生浮。江雨銘旌濕，檀弓：銘，明旌也。湖風井逕秋。鮑明遠蕪城賦云：邊風急兮城上寒，井逕滅兮丘隴殘。還瞻魏太子，賓客減應劉。趙云：兒童相顧盡，一作相識盡，則言自兒童時與李尚書相識〔一〕。若作相顧盡，則言與李尚書之諸子更相顧視，一一已盡而無說矣。末句公自注：外應劉字，應，則應瑒，字德璉；劉，則劉楨，字公幹。曹丕與吴質書曰：徐、陳、應、劉，一時俱逝。蓋皆當丕爲太子時相從之客也。公前有寄薛尚書云：曾是接應徐。亦此四子中之二者。

【校勘記】

〔一〕「童」，文淵閣本作「重」，訛。

獨坐

悲愁迴白首，倚杖背孤城。江斂洲渚出，天虚風物清。趙云：舊本悲愁，師民瞻本作悲秋，是。蓋悲愁字，雖出楚詞余萎約而悲愁，然是兩字。惟宋玉之悲秋，故對倚杖。鮑明遠云：倚杖牧雞豚。以江之斂，故洲渚出。謝惠連蕭條洲渚際也，故對風物，其字熟矣，如宋儋亦云：秋盡野外，草木變衰。長郊蕭條，風物淒緊。今於法帖中可見。滄溟服一作恨。衰謝，朱紱負平生。仰羨黄昏鳥，投林羽翮輕。趙云：在滄溟之中，甘服衰謝。此亦「乾坤一腐儒」之勢也。負平生，言其無所用於時也。平生，祖出論語久要不忘平生之言。

暮歸

霜黄碧梧白鶴棲，城上擊柝復烏啼。客子入門月皎皎，誰家擣練風淒淒。詩：風雨淒淒。南渡桂水闕舟楫，北歸秦一作洛。川多鼓鞞。年過半百不稱意，明日看雲還杖藜。趙云：梧之碧葉爲霜所黃也。城上，白帝城也。易：重門擊柝。烏啼，則後漢謡所謂城上烏，而樂府有烏夜啼之曲也。客子，公自謂也。選詩：客子常畏人。古詩：明月何皎皎，照我羅床幃。「秦川多鼓鞞」，則時吐蕃之兵未息。秦川，一作洛川，非，洛未嘗言川也。

移居公安敬贈衛大郎 鈞

衛侯不易得，余病汝知之。雅量涵高遠，清襟照等夷。趙云：不易得字，公嘗用曰「神仙之人不易得」。南史：袁憲字德章，幼聰明好學有雅量。袁粲於王儉詩云：老夫亦何寄，之子照清襟。平生感意氣，少小愛文辭。河海由來合，風雲若有期。趙云：「河海由來合」，所以言意氣之感也。書曰：北播爲九河，同爲逆河，入於海。風雲若有期，所以言其文辭之必效也。形容勞宇宙，質朴謝軒墀。自古幽人泣，流年壯士悲。趙云：此則公自言也。上句以言其憔悴而空老於世，下句以言無復入仕於朝廷。易：幽人貞吉〔一〕。項羽目樊噲云：壯士！水煙通徑草，秋露接園葵。入邑豺狼鬭，傷弓鳥雀飢。趙云：上兩句述其移居公安之地也。選詩云：輕風摧勁草〔二〕。史記云：公儀休，拔其園葵。舊注引陸士衡園葵詩，在後矣。豺狼、鳥雀，以比賊盜、窮困之民。白頭供宴語，烏几伴棲遲。交態遭輕薄，今朝豁所思。趙云：白頭，公自言也。供宴語，言可以供衛之語。烏几，烏皮几也。伴棲遲，則遷於公安，惟有烏几爲伴耳。翟公題門云：一貧一富，乃知交態。古詩：五陵輕薄兒。「今朝豁所思」，則以美衛鈞也。

【校勘記】

〔一〕「貞」，原作「正」，係避諱，此改。

〔二〕「勁」，原作「徑」，訛，據文選卷二十九、晉詩卷七張協雜詩十首其四改。

公安送韋二少府匡贊

逍遥公後世多賢，送爾維舟惜此筵。趙云：逍遥公，杜補遺引北史：韋敻字敬遠，孝寬之兄。志尚夷簡，淡於榮利。所居之宅，枕帶林泉。對玩琴書，蕭然自適，時人號爲居士。周明帝以詩貽之曰：誰能同四隱，來參予萬機。敻願時朝謁。帝大説，勑有司日給河東酒一斗，號曰逍遥公。又引唐史云：韋嗣立爲中書門下三品，嘗於驪山建營別業，中宗親往幸焉，自製詩序，令從官賦詩，因封嗣立爲逍遥公，名其所居爲清虚原、幽棲谷。且云以二史考之，子美稱逍遥公，乃韋敻，非嗣立也，故世系表爲韋氏九房，以敻之後爲逍遥公房，嗣立之後爲小逍遥公房，蓋以別之也。念我常能數字至，將詩不必萬人傳。時危兵甲黃塵裏，日短江湖白髮前。趙云：頷聯言思念我則寄將我之詩去，則不必傳之萬人也。腹聯兩句，其句法不同。上句言當時危之際，與韋二皆在兵甲黃塵之裏。蓋有兵甲則有黃塵，此時危之事也。黃塵字，曹子建感節賦：大風隱其四起，揚黃塵之冥冥。下句則言髮已白矣，而短景中之江湖在其前，蓋指相聚之地也。

古往今來皆涕淚，斷腸分手各風煙。趙云：斷腸字，多矣。如謝靈運憶山中詩云：楚人心苦絶〔一〕，越客腸今斷。鮑照東門行曰：野風吹秋木，行子心腸斷。而別賦云行子腸斷也。謝宣遠送王撫軍詩：分手東城闉。謝玄暉八公山詩「風煙四時犯〔二〕，霜雨朝夜沐」也。

【校勘記】

〔一〕「苦」，文選卷二十六、宋詩卷三謝靈運道路憶山中詩作「昔」。

〔二〕「謝玄暉八公山詩」二句，「謝玄暉」原作「劉玄暉」，文瀾閣本、清刻本、排印本作「劉元暉」，檢「風煙四時犯」二句，文選卷三十、齊詩卷三作謝玄暉和王著作融八公山詩，當是誤置，據改。

贈虞十五司馬

遠師虞祕監，今喜識玄孫。形象丹青逼，家聲器宇存。淒涼憐筆勢，浩蕩問詞源。爽氣金天豁，清談玉露繁。佇鳴南岳鳳，欲化北溟鯤。趙云：虞祕監者，世南也。陸雲傳云：爲浚儀令去官，百姓圖畫形象。太史公云：李陵頹其家聲。王徽之云：西山朝來，致有爽氣〔一〕。此借用於人耳。晉書：終日清談而已。露繁字韻，董仲舒有繁露之書也。劉公幹詩：鳳皇集南岳，徘徊孤竹根。故對北溟鯤。其字，則北溟有魚，其名爲鯤也。交態知浮俗，儒流不異門。趙云：交態字，鄭莊傳：翟公題門曰：一貧一富，乃知交態。故對儒流。其字則儒家者流也。史記云同門而異户也。過逢連客位，日夜倒芳樽。沙岸風吹葉，雲江月上軒。百年嗟已半，四座敢辭喧。趙云：客位字，沈休文云：客位紫苔生。別賦云：月上軒而飛光。古詩香爐詩云：四座且莫喧，願聽歌一言。今云敢辭喧，豈言敢辭去喧譁，而拘拘喑默，此所以終倒芳樽之歡也。書籍終相與，青山隔故園。趙云：此暗用蔡邕盡舉其家所有之書以與王粲。又，南史：王筠，字元禮。沈約見筠文，咨嗟而歎曰：昔蔡伯喈見王仲宣，稱曰王公之孫，吾家書悉當相與。僕雖不敏，請附斯言。今公所云，正欲以書籍相與，但故園隔在青山之外耳。

【校勘記】

〔一〕「王徽之」三句，「王徽之」原作「王獻之」，檢「西山朝來」二句，世説新語箋疏簡傲第十三條作王徽之語，據改。

公安縣懷古

野曠吕蒙營，江深劉備城。寒天催日短，風浪與雲平。灑落君臣契，飛騰戰伐名。維舟倚前浦，長嘯一含情。趙云：吳將呂蒙營於公安，劉備曾爲荆州牧，故今句及之。「灑落君臣契」，則又言先主之與諸葛也。「飛騰戰伐名」，則以言呂蒙之爲將也。含情，則亦弔古之意也。

公安送李二十九弟晉肅入蜀余下沔鄂

趙云：晉肅乃李賀之父也。當時以賀父名晉肅，不得令舉進士。韓退之有辯，在韓集。

正解柴桑纜，仍看蜀道行。檣烏相背發，塞雁一行鳴。趙云：上句公將下沔鄂。次句送晉肅入蜀。檣烏，則船檣上刻爲烏形，取占風之義。一往南，一往蜀，此所以爲背發也。「塞雁一行鳴」，則言其別之時也。南紀連銅柱，西江接錦城。憑將百錢卜，飄泊問君平。趙云：南紀字，唐天文志云〔一〕：東循嶺徼，達甌閩，是謂南紀，所以限蠻夷也。非是。詩云：湯湯江漢〔二〕，南國之紀。銅柱，馬援所建，在驩州之東南極角也。「南紀連銅柱」一句，又公自言其下沔鄂而儘南往矣。自西江而上泝，是爲接錦城。末句因晉肅入蜀，故有君平之問。

【校勘記】

〔一〕「唐」，原作「廣」，參本集卷十三後苦寒二首其一校勘記〔二〕。

〔二〕「湯湯」，清刻本、排印本作「滔滔」。

宴王使君宅二首

漢主追韓信，蒼生起謝安。吾徒自漂泊，世事各艱難。趙云：首兩句取古二人功名之事言之，引下句也。逆旅招邀近，他鄉意緒寬。不才甘朽質，高卧豈泥蟠。趙云：上兩句言皆在逆旅之中，以相招邀，可以寬意緒也。莊子：逆旅者有二妻。古樂府：他鄉各異縣。「不才甘朽質」，所以自處之語。「高卧豈泥蟠」，則所以自謙也。左傳有言才子不才子。

右一

泛愛容霜鬢，留歡上夜關。一作卜夜閑。自吟詩送老，相勸酒開顔。趙云：舊本霜髮，師民瞻本作霜鬢，是。孔子曰：泛愛衆而親仁。其後遂以泛愛爲朋友，則殷仲文南州桓公九井作云「廣筵散泛愛」是已。舊本正作卜夜閑。卜夜字，左傳云：臣卜其晝，未卜其夜也。一作上夜關，蓋以公父諱閑，當避閑字也。殊不知公有云：雙雙戲蝶過閑慢〔一〕，則亦臨文不諱矣。然今句當以上夜關爲正，蓋首兩句便對，而夜關字方對霜鬢也。又於留歡爲相應，蓋如陳遵閉門投轄者矣。戎馬今何地，鄉園獨舊山。江湖墮清月，酩酊任扶還。趙云：老子云：戎馬生於郊。末句，月使墮字，奇矣。李白亦云：更看江月墮清波。

右二

【校勘記】

〔一〕「雙雙戲蝶過閑幔」，「雙雙」本集卷三十六小寒食舟中作詩作「娟娟」，「慢」小寒食舟中作詩作「幔」。

留別公安太易沙門

隱居欲就廬山遠，麗藻初逢休上人。數問舟航留製作，長開篋笥擬心神。趙云：廬山遠，謂惠遠大師。休上人，則詩僧湯惠休也。「數問舟航留製作」，言來問公而留公之製作也。長開篋笥擬心神，言爲太易而開篋笥，於是心神擬議合與其何篇也。沙村白雪仍含凍，江縣紅梅已放春。先踏鑪峰置蘭若，徐飛錫杖出風塵。趙云：上林賦云：其北則含凍裂地，涉冰揭河。末句，公蓋言先往廬山路香鑪峰求置蘭若之地，請太易師飛錫而來也。孫綽天台山賦：應真飛錫以躡虚。

秋日荆南送石首薛明府辭滿告别奉寄薛尚書頌德叙懷斐然之作三十韻

趙云：石首縣，江陵屬縣也，以山得名。頌德叙懷四字，今世所謂紀德陳情也。

南征爲客久，西候别君初。歲滿歸鳧舄，趙云：西候，屬西之時候，乃秋日也。鳧舄，以言薛明府之爲縣令，即王喬之乘鳧，乃尚方舄事也。秋來把雁書。趙云：秋來把雁書，應是得其兄尚書之書也。雁書事，蘇武〔一〕。荆門留美化，唐蕭銑屯軍荆門，號荆門軍，在夷陵。趙云：上句指言其自石首替也。江陵府在唐管縣八，而石首其一也。荆門於唐亦是江陵府縣名。今石首替罷，而謂之荆門留美化，其取江陵府，古謂之荆州也。姜被就離居。續漢書：姜肱兄弟三人，皆以孝行著名。肱年長，與二弟共被卧〔二〕，親友如此。趙云：下句則言兄弟相見也。詩云：美化行乎江漢之域。書云：用蕩析離居也。聞道和親入，見「肯慮白登圍」注。趙云：此言薛尚書之充使也。垂名報國餘。趙云：唐之於吐蕃，初妻以金城公主，而叛服不常。至永泰、大曆間，再遣使者來聘，於是户部尚書薛景仙往報。新書所載如此，則薛尚書者，乃薛景仙乎？連枝不日並，八座幾時除。趙云：言尚書之與薛石首不日相並連枝，則如木之連理枝也。見「起居八座太夫人」注。景帝紀注：凡言除者，除故官，就新官。往者胡星孛，胡星，旄頭也。孛星光芒短，其光四出，蓬蓬孛孛然。趙云：上句指言安禄山也。天文志：旄頭，胡星也。凡星之妖所躔曰孛。恭惟漢網疎。漢刑法志：禁網疎闊〔三〕。趙云：下句指言明皇之寬大也。風塵相澒洞，洞簫賦：風洪洞而不絶。澒洞，相連貌。趙云：凡兵之地謂之風塵。如隋顔之推古意詩云：歌舞未終曲，風塵闇天地。澒洞字，出淮南子曰：未有天地之時，鴻濛澒洞，莫知其門。而文選止使洪洞字，其音亦從去聲。天地一丘墟。王粲詩：崤函復丘墟〔四〕。趙云：一丘墟，則人民寡而城郭荒矣。殿瓦鴛鴦坼，鄴都銅雀臺，皆鴛鴦瓦。庾信賦：昔爲一雙瓦，飛入魏王宮。趙云：鴛鴦瓦事，魏志：文帝問周宣曰：吾夢殿屋兩瓦墜地，化爲鴛鴦，何也？宣對曰：後宮當有暴死者。帝曰：吾詐卿耳。宣曰：夫夢者，意耳。苟以形言，便占吉凶。言未卒，黄門令奏宮人相殺。宮簾翡翠虛。西京雜記有翡翠簾。鈎陳摧徼道，西都賦：周以鈎陳之位，衛以嚴更之署。又云：周廬千列，徼道綺錯。趙云：鈎陳，星名，主天子後營。摧徼道，則鈎陳之營，摧頽於徼道中也。槍纍失儲胥。長楊賦：木擁槍纍，以爲儲胥。注：槍纍，作木槍，相纍爲栅也。儲胥注：武帝先作迎風館於甘泉山，後加露寒、儲胥二館。趙云：木槍，相纍爲栅。擁禽獸使不得出。此文選張銑所注。其在揚雄本傳。師古云：言有儲畜以待所須也。公詩句直用揚雄賦而已。蓋言槍纍之壞，所以於儲胥爲失也。舊注却是言甘泉宮中事，不知上四句以言京師之陷，而宮殿之毀也。文物陪巡狩，親賢病拮据。公時呵猰貐，猰貐，摩牙而食人。杜云：爾雅：猰貐，類貙，虎牙，食人。趙云：巡狩，指言肅宗之在鳳翔也。文物陪，則言衣冠集於此也。鴟鴞之詩曰：予手拮据。注云：拮据，撠挶也。言爲巢之至苦，其手病也。親與賢皆病，則勞於討賊之事也。猰貐，惡獸。首唱却鯨魚。見上「京觀且僵尸」注云。趙云：鯨魚，大魚。勢愜宗蕭相，蕭何也。趙云：蕭相，而自注云郭令公。漢書云：蕭何，國之宗臣也。勢愜，言討賊之勢愜順也。材非一范睢。史記載：范睢逃魏齊之辱，入秦爲相，終復魏齊之讎。趙云：自注云：諸名將，蓋秦拜范睢爲客卿，謀兵事，卒聽其謀，使五大夫綰伐魏伐韓，大破趙於長平。此皆范睢之謀，有益於秦者，故以比諸名將。屍填太行道，血走浚儀渠。太行山，在河北。浚儀渠，汴河也。趙云：太行，在幽、燕，浚儀，在梁。滏口師仍會，趙云：滏水，光、黄之間。函關憤已攄。趙云：函關，則函谷關是已。於是復京師矣，下四句是也。紫微臨大角，隋天文志：紫微，大帝之座也。又，大角一星在攝提間，天王座也。又名天棟。趙云：言肅宗還長安也。「紫微臨大角」，則帝星臨王座也。皇極正乘輿。皇極乘輿，天子輦屬。趙云：洪範曰：建用皇極。史曰：乘輿返正。「皇極正乘輿」，則大中之道復正也。賞從頻峨冕，殊私再直廬。僖二十四年傳：晉侯賞從亡者。趙云：公嘗曰：峩冕耿金鍾。今對直廬，則直宿殿廬也。豈惟高衛霍，曾是接應徐。衛青、霍去病。趙云：衛、霍，漢之大將。「曾是接應徐」，此薛公又加太子賓客之職故耶？徐、陳、應、劉，蓋皆曹丕爲太子時所從之人也。觀後篇哭李尚書而云：還瞻魏太子，賓客減應劉。公自注云：李公歷禮部尚書，薨于太子賓客，可見矣。降集翻翔鳳，賈誼賦：鳳凰翔于千仞兮，覽德輝而下之。趙云：於降集之間，如翔鳳之翻。言兄弟之翱翔也。追攀絶衆狙。莊子云：朝三暮四，衆狙皆怒。趙云：相與追攀而絶衆姦之喜怒，故以狙譬焉。侍臣雙宋玉，宋玉，楚襄王大夫也。戰策兩穰苴。穰苴有司馬兵法。趙云：蓋當時亦必有妬熱者矣。宋玉，楚襄王大夫，有文章。今以侍臣言之，則文才如雙宋玉。穰苴善用兵，有司馬兵法。今以戰策言之，則武略如兩穰苴。乃所以美薛之兄弟也。鑒澈勞縣鏡，荒蕪已荷鋤。自注：石首處見公新文一卷。嚮來披述作，重此憶吹噓。白髮甘凋喪，青雲亦卷舒。趙云：上句言蒙尚書之鑒照，澄澈如鏡之懸。此欒廣謂之水鑒之意。淮南萬畢術云：高懸大鏡，坐見四鄰。陶淵明詩：帶月荷鋤歸。「荒蕪已荷鋤」，言昔從事於翰墨，今則以荒蕪而乃從事於耕種矣。青雲卷舒，言青雲之志，昔舒而今卷也。

經綸功不朽，跋涉體何如？自注：公頃奉使和蕃，已見上。應訝耽湖橘，潭州有橘洲。常餐占野蔬。十年嬰藥餌，見下「藥餌扶吾隨所之」注〔五〕。萬里狎樵漁。趙云：「經綸功不朽」，則又以言薛尚書。易曰：君子以經綸。詩云：大夫跋涉。「應訝耽湖橘，常餐占野蔬」，兩句則又言薛公之相念也。

揚子淹投閣，見「子雲識字終投閣」注。鄒生惜曳裾。鄒陽書：何王之門不可曳長裾乎？趙云：揚子、鄒生，公以自況也。曳長裾，則不欲干謁諸侯也。但驚飛熠燿，東山詩：熠燿宵行。注：熠燿，燐也。燐，螢火也。不記改蟾蜍。張景陽：下車如昨日，蟾蜍四五圓〔六〕。趙云：飛熠燿、改蟾蜍，皆以記時之變易也。趙煙雨封巫峽，江淮略孟諸。孟諸，九澤名云。趙云：「煙雨封巫峽」，則追言其舊居。「江淮略孟諸」，則指前塗之所經矣。爾雅曰：宋有孟諸。注：今在梁園睢陽縣東北〔七〕。此郭璞之言，而今日則南京也。湯池雖險固，金城湯池。遼海尚闐淤。努力輸肝膽，休煩獨起予。語：起予者，商也。趙云：湯池，普言眼前州郡。選云：實有險固。「遼海尚闐淤」，則時幽、燕猶有不順命者矣。前漢溝洫志云：填淤反壤之害。顏師古曰：填淤，謂壅泥也。上又有填閼字。師古云：閼讀與於同，音於據切。而公今押平聲，義同耳。末句所以激之也。吳越春秋：越人之歌曰：行行各努力。莊子云：肝膽楚越。

【校勘記】

〔一〕「蘇武」，清刻本、排印本作「蘇武事」。案，此句文義不通，據先後解輯校己帙卷二引趙次公原注〔二〕，當作「漢書蘇武傳」。

〔二〕「二」，原作「三」，訛，據清刻本、排印本並參初學記卷十七人部上、太平御覽卷五百一十五宗親部五改。

〔三〕「刑法志」二句，檢「禁網疎闊」句，漢書刑法志無此句，考漢書卷九十二遊俠傳有此句，或是誤置。

〔四〕「王粲詩」，檢「峭函復丘墟」句，文選卷三十一作江文通雜體詩三十首其七王侍中粲。

〔五〕「見下」句，「下」原作「上」，檢「藥餌扶吾隨所之」，見于下卷曉發公安數月憩息此縣詩，據改。

〔六〕「蟾蜍」，文選卷二十九、晉詩卷七張景陽雜詩十首其八作「望舒」。

〔七〕「梁園」，文瀾閣本作「梁國」，訛。

新刊校定集注杜詩卷三十五

近體詩

曉發公安數月憩息此縣

趙云：此篇蓋吴體矣。

北城擊柝復欲罷，易：重門擊柝。孟子：抱關擊柝。哀七年傳：魯擊柝聞於邾。東方明星亦不遲。晉傅玄云：東方大明星，光影照千里〔一〕。詩云：東有啓明。趙云：不遲者，乃遲暮之遲，言未失曉也〔二〕。鄰雞野哭如昨日，物色生態能幾時。顔延年：日暮行采歸〔三〕，物色桑榆時。趙云：庾肩吾詩云：鄰鷄聲已傳，愁人竟不眠。野哭字，未見。張景陽雜詩曰：下車如昨日。江文通古别離曰：送君如昨日。檀弓曰：孔子惡野哭者。舟楫眇然自此去，江湖遠適無前期。趙云：無前期，謂不知所止泊，無向前之斯程也。出門轉眄已陳迹〔四〕，王羲之云：俛仰之間，已爲陳跡。藥餌扶吾隨所之。謝靈運遊南亭：藥餌情所止，衰疾忽在斯。趙云：此門之義未曉。豈指石門者乎？

【校勘記】

〔一〕「晉傳云」三句，「玄」字原奪，「東方」上原衍「時」字，檢「東方大明星」二句，藝文類聚卷一天部上、晉詩卷一衆星詩二首其二作傅玄詩，據以補訂。

〔二〕「乃」，文淵閣本無。

〔三〕「采」，原作「樂」，據玉臺新詠卷四、文選卷二十一、宋詩卷五顏延年秋胡詩改。

〔四〕「出」，文淵閣本、文津閣本、文瀾閣本均作「此」。

泊岳陽城下

江國踰千里，山城僅百層。顏延年賦：臨廣望，坐百層。岸風翻夕浪，舟雪灑寒燈。謝惠連遇風詩：落雪灑林丘。趙云：選賦云：井幹疊而百層。留滯才雖盡〔一〕，史：太史公留滯周南。艱危氣益增。漢馬援曰：大丈夫窮當益堅，老當益壯。趙云：才雖盡，使才盡字爲意也。才盡，有三事：鮑照爲鄙言累句。時人以爲才盡，其實不然。又，江淹夢丈夫自稱郭璞，曰：吾有筆在卿處多年，可以見還。淹乃探懷中五色筆授之。自是爲詩絶無好句，人謂之才盡。又，任昉晚節著詩欲傾沈約，用事過多，辭不得流便，於是有才盡之嘆也。史云：儒夫增氣。又云：勇夫增氣。舊注於才雖盡之下，引管輅云：酒不可極，才不可盡。吾欲持酒以禮，持才以愚，何患之有也？此乃字同義異。於氣益增之下引馬援語，又爲旁似矣。圖南未可料，變化有鯤鵬。莊子：北溟有魚，其名爲鯤。化而爲鳥，其名爲鵬。又云：背負青天而莫之夭閼焉，而後乃今將圖南也。趙云：公方儘南而往，所以及圖南之義矣。

【校勘記】

〔一〕「雖」，文瀾閣本作「難」。

纜船苦風戲題四韻奉簡鄭十三判官泛

楚岸朔風疾，天寒鶬鴰呼。西都賦：鳥則鶬鴰；沈浮往來。漲沙霾草樹，丘希範：析析寒沙漲。舞雪渡江湖。古詩：扁舟載風雪，半夜渡江湖。趙云：爾雅云：鶬，麋鴰。注：今呼鶬鴰。雪言舞字，則鮑照敦劉公幹體云：胡風吹朔雪，千里度龍山。集君瑶臺下，飛舞兩楹間。吹帽時時落，孟嘉爲桓温參軍。九日，温遊龍山，參僚畢集。風吹嘉帽落。維舟日日孤。詩云：泛泛楊舟，紼纚維之。爾雅：諸侯維舟。趙云：吹帽，雖非九日，而取其事也。因聲置驛外，爲覓酒家壚。師古曰：賣酒之處，累土爲壚，以居酒甕。四邊隆起，其一面高，形如鍛爐，故名壚耳。趙云：題是簡鄭十三判官，使鄭莊置驛也。

登岳陽樓

范元實詩眼云：望岳詩云：「齊魯青未了。」洞庭詩云：「吳楚東南坼，乾坤日夜浮。」語既高妙有力，而言東岳與洞庭之大，無過於此。後來文士，極力道之，終有限量，益知其不可及。孟浩然岳陽樓詩云：「氣蒸雲夢澤，波撼岳陽城。」然氣蒸者，雲夢澤而已；杜云「吳楚東南坼」，則子虛賦所謂吞若雲夢者八九，而不芥蔕也。且學者之所指爲佳句者，以「吳楚東南坼，乾坤日夜浮」而已。殊不知「親朋無一字，老病有孤舟」兩句，尤是含蓄有意之對。邵溥澤民侍郎云：晁以道以此爲俯仰格〔一〕。次公探其說，蓋若桔槔之勢相引也。其義以既在洞庭之際，親朋相去之遠，雖無一字見及，然於老病中尚賴有孤舟可以浮泛，而生涯自如也〔二〕。

昔聞洞庭水，今上岳陽樓。趙云：戰國策：吳起對魏武侯曰：昔者三苗之居，左彭蠡之波，右洞庭之水。而周庾信有詠雁詩云：南思洞庭水，北想雁門關。故對岳陽樓三字乃真實呼稱之名也。其言昔聞洞庭水，則以吳起有昔者三苗之居之言，此所以爲昔聞歟。若兩句之勢，則又似庾信矣。吳楚東南坼，乾坤日夜浮。趙云：吳與楚，地境相接。吳楚東南坼，實道洞庭闊遠之狀。乾坤日夜浮，句法蓋言在乾坤之內，其水日夜浮也。與乾坤一腐儒、乾坤水上萍之勢同。或者便用宋何承天論渾天象體之說，有曰：天形正圓，而水居其半。地中高外卑，水周其下，乃謂水浮乾坤。而公之詩句似云乾坤於日夜之間，在洞庭水中浮謬矣。何承天之說，自是渾天。其言天地之外都是水，則用言四海可也，豈於洞庭而可言乎〔三〕？蘇東坡云乾坤浮水水浮空，則乃杜公之義。又如東南與日夜字，若論出處，則周禮職方氏：東南曰揚州。呂氏春秋云：水泉東流，日夜不休。而謝玄暉詩有云大江流日夜也。又若東南坼、日夜浮之語，亦自有所依傍。秦始皇十六年，地坼東西百三十步，故又可挨傍爲東南坼也。其日夜浮，則如親友日夜疎，左太沖綠葉日夜黄之勢。此頷聯兩句非止雄健，而字字典實如此。親朋無一字，老病有孤舟。趙云：宋謝瞻謂弟晦曰：交游不過親朋，而汝遂勢傾朝野，豈門户之福邪？前漢有云以老病罷、以老病乞骸骨。一字出處，則如褒之一字、貶之一字也。孤舟出處，則陶潛云或棹孤舟也。不謂之無一字無來處乎？戎馬關山北，憑軒涕泗流。趙云：關山北，則言在長安一帶也。而關山字，則古樂府有關山月篇矣。老子云：戎馬生於郊。王仲宣登樓賦：憑軒檻以遠望，向北風而開襟。張孟陽云：登崖遠望涕泗流。

【校勘記】

〔一〕「晁以道」，先後解輯校已帙卷三登岳陽樓題下注作「晁之道」。

〔二〕題下注「孟浩然岳陽樓詩」以下全部注文，參本條注「次公探其説」云云及先後解輯校已帙卷三，當作「趙云」注。

〔三〕「可」，文瀾閣本作「言」，訛。

陪裴使君登岳陽樓

湖闊兼雲霧，樓孤屬晚晴。趙云：上句蓋言非特水闊而雲霧與之俱闊也。下句蓋言恰當晚晴則樓上所見之遠也。禮加徐孺子，徐穉，字孺子，豫章南昌人。時陳蕃爲太守，以禮請署功曹。穉不免之，既謁而退〔一〕。蕃在郡不接賓客，唯穉來特設一榻，去則懸之。後舉有道。趙云：公自比也。詩接謝宣城。謝朓，字玄暉，爲宣城郡太守，有云：江路西南永，歸流東北騖。天際識歸舟〔二〕，雲中辨江樹。雪岸叢梅發，春泥百草生。趙云：實道眼前景物也。叢梅發，則新春盛發之梅〔三〕。莊子云：春氣至而百草生。敢違漁父問，從此更南征。史記屈原傳：令尹子蘭怒屈原，使上官大夫短原於頃襄王，怒而遷之。原至於江濱，被髮行吟澤畔。顏色憔悴，形容枯槁。漁父見而問之曰：非三閭大夫歟？何故至此？原曰：舉世混濁而我獨清，衆人皆醉而我獨醒，是以見放。宋玉作招魂辭曰：獻歲發春兮，汨吾南征些。趙云：今云敢違漁父問，則不欲效屈原之死，所以遵漁父之語，且混世而南征矣。南征者，征往南方也。屈原云：濟沅湘以南征。梁張纘有南征賦〔四〕。

【校勘記】

〔一〕「既謁」句，句前原衍「郡」字，據後漢書卷五十三徐穉傳删。

〔二〕「歸」，文淵閣本作「舟」，訛。

〔三〕「新春盛發」下，原衍一「發」字，據文淵閣本、文津閣本、文瀾閣本、清刻本、排印本删。

〔四〕「張纘」，原作「張續」，檢「南征賦」句，梁書卷三十四張纘傳作張纘文，誤，據改。

過南嶽入洞庭湖

趙云：南嶽，衡山也。在潭州之西南。今題蓋言欲過往南嶽而入洞庭湖以去也。

洪波忽争道，岸轉異江湖。趙云：吴王濞之子與太子博，争道。僕嘗愛此争道字，却用於洪波之下，可謂奇矣。鄂渚分雲樹，衡山引舳艫。屈原九章：乘鄂渚而返顧。漢武紀：舳艫千里。李斐曰：舳，船後持拖處也；艫，船頭刺櫂處也。言其船多，前後相銜，千里不絶。趙云：郭璞江賦曰：舳艫相接，萬里連檣。説文曰：舳，舟尾也；艫，船頭也。以對雲樹，則謝朓云雲中辨江樹也。洞庭在岳州，以順流言之，則由岳而至鄂；以泝流言之，則由潭而至衡山，故今句所以云然。翠牙穿裛蔣，碧節上寒蒲。趙云：舊本作裛槳，槳字在韻書音奬，云所以隱船曰槳。今詳其義，乃菰蔣之蔣耳。蓋蒲有節而蔣有牙也。病渴身何去，春生力更無。趙云：病渴，公實道其身，而字則司馬相如有消渴病。其對春生，則如文子云若春氣而生，蓋夏、秋、冬則未嘗言生也。吴均與柳惲相贈答云：日映昆明水，春生鳷鵲樓〔一〕。先使此春生字也。壤童犂雨雪，漁屋架泥塗。趙云：犂字、架字，可謂奇矣。此以實字爲虚字使也。欹側風帆滿，微冥水驛孤。悠悠迴赤壁，浩浩略蒼梧。帝子留遺恨，曹公屈壯圖。屈平九歌湘君云：帝子降兮北渚，目眇眇兮愁予〔二〕。史記：舜南巡狩，崩於蒼梧之野。葬於江南九疑，是爲零陵。禮記曰：舜葬蒼梧，二妃不從。後漢獻帝紀：建安十三年，曹操自爲丞相，南征劉表。表卒，少子琮立，以荆州降操。以舟師伐孫權，權將周瑜敗之於烏林、赤壁。趙云：赤壁在夏口之東，武昌之西。東坡先生謫居黄州，有赤壁賦。所謂西望夏口，東望武昌也。蒼梧，則在洞庭西南之地，乃永州也。謹按桑欽水經：湘水出零陵始安縣陽海山西。酈道元注其經歷有名營水，其水下流注于湘。而營水上流經九疑山下蒼梧之野。大舜葬九疑之陽。自洞庭而過往南嶽，則泝湘水而上，故得遠言蒼梧。聖朝光御極，殘孽駐艱虞。才淑隨廝養，名賢隱鍛鑪。前漢蒯通傳：隨廝養之役者，失萬乘之權；守擔石之祿者，闕卿相之位。張耳傳：廝養卒。蘇林曰：廝，取薪者。晉嵇康鍛於大樹之下。鍾會造康，康鍛不輟。趙云：此所以言當時事而及其身也。蓋時上雖復長安已七八年矣，而吐蕃之孽未息，是爲駐留艱虞。於此才淑之人，有隨廝養者；名士之賢，有隱鍛鑪者。邵平元入漢，前漢蕭何傳：邵平者，故秦東陵侯。秦破，爲布衣，種瓜長安城東。瓜美，故世謂東陵瓜。趙云：邵平，則公自嘆其不如也。張翰後歸吳。晉書文苑傳：張翰字季鷹，吳郡吳人。晉齊王冏辟爲大司馬東曹掾。翰因見秋風起，乃思吳中菰菜、蓴羹、鱸魚鱠，曰：人生貴得適志，何能羈宦數千里以要名爵乎！遂命駕而歸。趙云：公以其南下之遲，無張翰知幾之明，此所以比其歸晚也。莫怪啼痕數，危檣逐夜烏。檣，掛帆木也。郭璞賦：萬里連檣。趙云：夜烏，言檣上之烏夜宿也。謂之逐，則相逐同行之船矣。檣上爲刻烏以占風，乃天子駕前相風之義。陰鏗廣陵岸送北使詩：亭嘶背櫪馬，檣轉向風烏〔三〕。

【校勘記】

〔一〕「吳均與柳惲相贈答」三句，「吳均」原作「謝惠連」，檢謝惠連詩無「日映昆明水」二句，考玉臺新詠卷六、梁詩卷十吳均與柳惲相贈答六首其一有此二句，當是誤置，據改。

〔二〕「目」，原作「曰」，訛，據文淵閣本、文津閣本、文瀾閣本、清刻本、排印本改。

〔三〕「轉向」，原作「向轉」，訛，據文淵閣本、文津閣本、文瀾閣本、清刻本、排印本改。

長沙送李十一 銜

與子避地西康州，洞庭相逢十二秋。趙云：初同避地於西康州，凡十二年，秋而復相逢於洞庭也。西康州，成州同谷縣也。唐地理志：武德元年以同谷縣置西康州，貞觀元年州廢，來屬成州。其後懿宗咸通十三年復置〔一〕。公所用者，指武德之名言之也。遠媿尚方曾賜履，見上真賜還宜出尚方注〔二〕。境非吾土倦登樓。王粲登樓賦：雖信美而非吾土兮，曾何足以少留。師云：潘安仁：信美非吾土，祇攪懷歸志。久存膠漆應難並，見上「天下朋友皆膠漆」注〔三〕。趙云：言雖有膠漆之好，而才器相遠爲難比並，蓋公自謙也。一辱泥塗遂晚秋。見上「甲子混泥塗」注。李杜齊名真忝竊，後漢杜密傳：黨事既起，密免歸本郡。與李膺俱坐，而名行相次，故時人亦稱李杜焉。前有李固、杜喬，故言亦也。范滂傳：滂詣獄，與母訣。母曰：汝今得與李、杜齊名，死亦何恨！謂李膺與杜密。朔雲寒菊倍離憂。

【校勘記】

〔一〕「三」，原作「二」，訛，據文淵閣本並參新唐書卷四十地理志「成州同谷郡」條改。

〔二〕「宜」，本集卷二十九七月一日題終明府水樓二首其一作「疑」。

〔三〕「下」，文津閣本作「上」，訛。

宿青草湖

洞庭猶在目，青草續爲名。杜補遺云：見第十四卷寄薛三郎中。宿槳依農事，郵籤報水程。趙云：上言楚人於湖中種田，故船槳所宿之處依之也。下言舟中所用以知時者也。漏籌謂之郵籤，古詩云：鷄人司漏傳更籤。是已。寒冰争倚薄，雲月遞微明。趙云：倚薄〔一〕，言依倚著泊也。謝靈運詩：拙疾相倚薄。老子云：是爲微明。湖雁雙雙起，人來故北征。九歌云：駕飛龍兮北征，邅吾道兮洞庭。趙云：蓋有念鄉之意。雁乃北征人之不如也。班叔皮有北征賦。

【校勘記】

〔一〕「倚」，原作「依」，據文淵閣本、文津閣本、文瀾閣本、清刻本、排印本並參正文「寒冰争倚薄」中「倚」字改。

宿白沙驛 初過湖南五里。

水宿仍餘照，謝靈運入彭蠡湖口作云：客游倦水宿，風湖難具論〔二〕。人煙復此亭。趙云：曹子建詩：千里無人烟。驛邊沙舊白，湖外草新青。萬象皆春氣，孤槎自客星。博物志：仙查犯牛斗客星於蜀郡。問嚴君平。釋語有森羅萬象。隨波無限月，的的近南溟。的的者，月色之明的也。梁簡文帝傷離新體詩：朧朧月色上，的的夜螢飛。

【校勘記】

〔一〕「湖」，宋詩卷三謝靈運入彭蠡湖口詩作「潮」。

湘夫人祠

屈原九歌有湘夫人。韓愈黄陵廟碑云：湘旁有廟曰黄陵，自前古立以祠堯之二女舜二妃者。庭有石碑，斷裂分散在地，其文剥缺。考圖記，言：漢荆州牧劉表景升立〔一〕，題其額虞帝二妃之碑，非景升之立者。秦博士對始皇帝云：湘君者，堯之二女，舜妃也。劉向、鄭玄亦皆以二妃爲湘君。離騷九歌既有湘君，又有湘夫人。王逸之解，以爲湘君者，自爲水神；而謂湘夫人乃二妃也。從舜南征三苗不返，道死沅、湘之間。山海經曰：洞庭之山，帝之二女居之。郭璞疑二女者，帝舜之后，不當降小君爲其夫人，因以二女爲天帝之女。以予考之，璞與王逸俱失也。堯之長女娥皇，爲舜正妃，故曰君；其二女女英，自宜降曰夫人也，故九歌辭謂娥皇爲君，謂女英爲帝子，各以其盛者推言之也。禮有小君、君母，名其正自得稱君也。

肅肅湘妃廟，詩思齊：肅肅在廟。空牆碧水春。蟲書玉佩蘚，燕舞翠帷塵。晚泊登汀樹，微馨借渚蘋。蒼梧恨不淺，染淚在叢筠。趙云：張華博物志云：舜死，二妃淚下，染竹即斑。

【校勘記】

〔一〕「劉表景升」，「景升」上原衍「兄注」二字，文淵閣本、文瀾閣本「景升」上衍「兄字」二字、文津閣本「景升」上衍「兄劉」二字，均訛，據全唐文卷五百六十一韓愈黄陵廟碑删。

祠南夕望

百丈牽江色，海賦：揭百丈，以牽船連竹爲之〔一〕。孤舟泛日斜。興來猶杖屨，目斷更雲沙。山鬼迷春竹，屈平九歌有山鬼辭。湘娥倚暮花。湘娥，屈平所謂湘君也。楚詞湘君云：採薜荔兮水中，搴芙蓉兮木末。趙云：雖所謂湘夫人，則郭璞江賦協靈爽於湘娥也。鬼迷竹而娥倚花，亦是詩家當然。舊注所引非是。湖南清絶地，萬古一長嗟！

【校勘記】

〔一〕「揭百丈」，文選卷十二木華海賦注引録東方朔十洲記作「冥海洪波百丈」。

登白馬潭〔一〕

水生春纜没，吴志孫權傳注：權爲牋與曹公，説：春水方生，公宜速去。又諸葛瑾傳注：吴録曰：曹真圍朱然於江陵，瑾以大兵救之。及春水生，潘璋等作水城於上流。瑾進攻浮橋，真等退走，瑾乃全師。日出野船開。宿鳥行猶去，花叢笑不來。人人傷白首，處處接金杯。莫道新知要，南征且未回。宋玉招魂曰：汩吾南征。屈平離騷曰：濟沅湘以南征，就重華而陳辭。趙云：楚詞云：樂莫樂兮新相知。南征且未回，則公遂南征，得不爲新知所要而留耳。

【校勘記】

〔一〕「潭」，文津閣本作「驛」。

歸雁

聞道今春雁，南歸自廣州。見花辭漲海，趙云：言其去時也。漲海是海名。按：南海、大海之别有漲海。謝承後漢書：交阯七郡貢獻，皆從漲海入〔一〕。避雪到羅浮。趙云：此追本其所以來時也。記曰：本一羅山、浮山，自蓬萊之峰浮來而合焉。二山隱天，惟石樓一路可登。有洞通勾曲，有璇房、瑶臺七十二所。是物關兵氣，何時免客愁！年年霜露隔，不過五湖秋。趙云：五湖霜雪之多，雁之不宜，故隔而秋不過也。

【校勘記】

〔一〕「皆從漲海入」，後漢書卷三十三鄭弘列傳作「皆從東冶泛海而至」。

野望

納納乾坤大，行行郡國遥。古樂府：行行重行行。趙云：楚辭劉向九歎有曰：裳襜襜而含風兮，衣納納而掩露。雖言納身於衣之中，所以掩蔽霜露，而公今取以對行行，則公之意以納身於天地之内，猶納身於衣中之義耳。雲山兼五嶺，陸機贈顧交阯詩：伐鼓五嶺表。張耳傳：南有五嶺之戍。師古曰：嶺者，西自衡山之南，東窮于海，一山之限耳。而標名，有五焉。薛云：按秦始皇畧定揚越，謫戍五方，南守五嶺。塞上嶺一也，騎歸嶺二也〔一〕，都龐嶺三也，畧緒嶺四也〔二〕，越城嶺五也〔三〕。自北徂南〔四〕，入越之道，必由嶺焉。杜補遺：裴氏廣州記曰：大庾、始安、臨賀、桂陽、揭陽，是爲五嶺。鄧德明南康記曰：大庾嶺一也，桂陽甲騎嶺二也〔五〕，九真都龐嶺三也，臨賀萌渚嶺四也，始安越城嶺五也。風壤帶三苗。舜典：竄三苗于三危。注：三苗，國名。縉雲氏之後。左洞庭右彭蠡，正是潭州一帶之地。野樹侵江闊，春蒲長雪消。趙公言樹侵於江闊之旁，蒲長於雪消之後〔六〕。扁舟空老去，無補聖明朝。

【校勘記】

〔一〕「騎歸嶺」，通典卷一百八十四州郡十四作「騎田嶺」。

〔二〕「罯緒嶺」，通典卷一百八十四州郡十四作「甿渚嶺」。

〔三〕「越城嶺五也」，文津閣本作：「罯緒五嶺鄧德明康康記曰。」訛，「康康記」當作「南康記」。

〔四〕「自」，文津閣本脱。

〔五〕「桂陽甲騎嶺」，文津閣本「桂陽」下衍一「陽」字；又案，「甲騎嶺」，漢書卷三十二陳餘傳作「騎田嶺」。

〔六〕「趙公言」二句，蓋爲郭知達等輯校者所引之語。

入喬口 長沙北界。

漠漠舊京遠，陸機樂府：街巷紛漠漠。盧諶詩：南望舊京路。遲遲歸路賒。孟子曰：孔子去魯，遲遲也。陶淵明歸去來：問征夫以前路。殘年傍水國，周禮：水國用龍節。顔延年詩：水國周地險。落日對春華。文選云：摛藻掞春華。樹蜜早蜂亂，杜補遺：樹蜜，椇也，或作枸，高大似白楊，多枝。自飛鳥喜巢其上，所謂止椇來巢是也。有花有實，其實則枅栱。古今注：椇，一名樹蜜，一名木餳。實形拳曲，核在實外。荆湘多此木，子美以記土地之所有也。趙云：説者謂蜜作密，非也。若望兜率寺詩：樹密當山徑〔一〕，自當作密。次公謂豈有樹密對江泥邪？江泥輕燕斜。賈生骨已朽，悽惻近長沙。賈誼傳：天子議以誼任公卿之位。絳、灌、東陽侯、馮敬之屬盡害之。以誼爲長沙王傅。後梁王勝墮馬死，誼自傷爲傅亡狀，常哭泣，後歲餘，亦死。老子曰：其人與骨皆已朽。

【校勘記】

〔一〕「山」，原作「此」，訛，據本集卷二十四望兜率寺詩改。

銅官渚守風

趙云：潭州長沙縣有銅官山，云楚鑄錢處，則此渚乃以是得名乎？

不夜楚帆落，趙云：言未至侵夜而落帆。避風湘渚間。水耕先浸草，春火更燒山。漢武帝詔：火耕水耨。應劭曰：燒草，下水種稻。益生，高七八寸，因悉芟去，復下水灌之，草死，獨稻長，所謂水耕。早泊雲物晦，逆行波浪慳。飛來雙白鶴，過去杳難攀。杜補遺：吴兢樂府古題要解曰：艷歌何嘗行亦曰飛鶴行〔一〕。古詞云：飛來雙白鶴，乃從西南來〔二〕。又古樂府載飛來雙白鶴二篇〔三〕。梁元帝云：時從洛浦渡，飛向遼東城。吴邁遠云：可憐雙白鶴，雙雙絶塵氛。虞世南：飛來雙白鶴，奮翼遠凌煙。俱棲集此地〔四〕，一舉背青田。皆過去難攀之意也。趙云：過去杳難攀，則以阻風而羨其飛矣。

【校勘記】

〔一〕「何嘗行」，文津閣本作「何嘗嘗」，訛；案，樂府古體要解卷上作「何當行」。

〔二〕「西南來」，文津閣本作「西來來」，訛；案，樂府古體要解卷上作「西北來」。

〔三〕「鶴」，樂府詩集卷三十九相和歌辭作「鵠」。

〔四〕「此地」，樂府詩集卷三十九相和歌辭作「紫蓋」。

北風 新康江口，信宿方行。

春生南國瘴，氣待北風蘇。向晚霾殘日，詩：終風且霾。釋文云：風而雨土爲霾。初宵鼓大鑪。莊子大宗師：以天地爲大鑪。王粲進傳〔一〕：鼓洪鑪以燎毛髮。所以成春生南國瘴之句。霾，實言昏曀之狀也。趙云：兩句言日晚之後蒸鬱也，如大爐之火，則蒸鬱甚矣〔二〕。爽攜卑濕地，前漢長沙定王發，以其母唐兒微，無寵，故王卑濕貧國。賈誼傳：誼既以謫居，長沙卑濕，誼自傷悼〔三〕，乃爲賦也。聲拔洞庭湖。趙云：兩句言風之清爽雄大如此也。攜者，若提攜之而去。拔者，若拔木之拔〔四〕。句勢雖如孟浩然言洞庭湖云：氣蒸雲夢澤，波撼岳陽城。而句法雄健，用言潭州之風，范元實所謂雖聖人生不可改矣。萬里魚龍伏，三更鳥獸呼。滌除貪破浪，愁絕付摧枯。趙云：皆以言風。魚龍懼而藏伏，鳥獸驚而呼鳴，則風之勢可知矣。南史宗慤云：願乘長風破萬里浪。史云：若摧枯拉朽。喜於滌除煩鬱，則貪其破浪，然其所可愁絕，但付之摧枯耳，無害於事也。執熱沈沈在，凌寒往往須。桑柔詩：誰能執熱，逝不以濯。趙云：又尚苦熱，反須凌寒也。且知寬疾肺，不敢恨危塗。再宿煩舟子，莊三年傳：再宿爲信。郭璞江賦：舟子於是搦棹，涉人於是㩗榜。趙云：詩：招招舟子。衰容問僕夫。今晨非盛怒，便道即長驅。薛云：左傳：楚子以馹至於羅汭。吳子使其弟蹶師。楚子執之〔五〕，將以釁鼓。對曰：今君奮焉，震電憑怒。注：杜預曰：憑，盛也。趙云：宋玉風賦：盛怒於土囊之口。詩：召彼僕夫。史云：便道之官。漢書：擁篲長驅。隱几看帆席，海賦：挂帆席。莊子：南郭子綦隱几而坐。隱，憑也。雲山湧坐隅。言浪若雲山也。賈誼賦：止于坐隅。

【校勘記】

〔一〕「傳」，文淵閣作「賦」，訛。

〔二〕「鬱」，文淵閣本、文津閣本、文瀾閣本、清刻本、排印本作「熱」。

〔三〕「自」，中華訂補本作「目」，訛。

〔四〕「若拔木之拔」，文淵閣本作「若木木之拔」，文津閣本作「若拔之拔拔」，均有衍訛。

〔五〕「楚子執之」，「楚子」春秋左傳注卷四十三昭公五年作「楚人」。又，「執」文津閣本作「熱」，訛。

發潭州

夜醉長沙酒，謝惠連雪賦：酌湘吴之醇酎。曉行湘水春。岸花飛送客，檣燕語留人。賈傅才未有，褚公書絶倫。自注：褚永徽末放此州。賈傅，賈誼。爲長沙王太傅。唐褚遂良博涉文史，尤工隸書，父友歐陽詢甚重之。太宗嘗謂侍中魏徵曰：虞世南死後，無人可論書。徵曰：褚遂良下筆遒勁，甚得王逸少體。太宗即日召令侍書。桓譚以揚雄爲絶倫。名高前後事，回首一傷神。

雙楓浦

輟棹青楓浦，雙楓舊已摧。招魂云：湛湛江水兮，上有楓樹林〔一〕。自驚衰謝力，不道棟梁材。趙云：兩句言楓也，蓋直以楓爲人而自比以爲言矣。樹老而摧，如自驚駭其力衰謝，却不道材可充棟梁也。王褒與周弘讓書：頃年事遒盡，容髮衰謝〔二〕。棟梁，如榱棁之材，不荷棟梁之任。浪足浮紗帽，皮須截錦苔。趙云：上句以言浦水之浪，下句以言楓樹之皮。兩句用引末句之意，蓋雙楓雖摧而在浦旁〔三〕，今欲乘此楓泛江而上天。於此戴紗帽而浮其上，則浦水之浪自足浮之。楓皮上有苔蘚，不能不滑，故須截去錦苔而後可乘也。江邊地有主，暫借上天迴。趙云：地主，見吴書孫奂傳；下句又用乘槎事。

【校勘記】

〔一〕注「上有楓樹林」下，清刻本、排印本「楓」下無「林」字，有「阮籍詩云湛湛長江水上有楓樹林」十四字，它本皆無。

〔二〕「王褒與周弘讓書」，原作「劉孝標答郭峙書」，檢「頃年事遒盡」二句，劉孝標詩文無此句，考全後周文卷七王褒與周弘讓書有此句，當是誤置，據改。

〔三〕「摧」，文淵閣本作「推」，訛。

回棹

趙云：此公厭衡州之熱，懷峴山之涼，欲回棹而往。公襄陽人也。

宿昔世安命，自私猶畏天。趙云：宿昔，言往者也；世安命，言自往世已然。自私猶畏天，則又言雖欲私己自便，而終不若小人之不畏天也。馮衍答任武達書曰：敢不陳露宿昔之意。其後承用如曹子建白馬篇云：宿昔秉良弓。莊子云：知其不可奈何而安之若命。又云：小智自私。論語云：君子畏天命。勞生繫一物，爲客費多年。趙云：既知安命畏天，則一任其所適。蓋人之勞生不免繫著一物，若利、若名、若行、若止，皆是一物耳。如北史：王晞謂盧思道云：卿輩亦是留連之一物〔二〕。而況其他乎！惟不免繫著一物，故爲客費多年之久也。莊子：勞我以生。衡岳江湖大，蒸池疫癘偏。趙云：衡岳指言衡山，按寰宇記，山係之潭州湘潭縣。蒸池，按衡州衡陽縣云吴之臨蒸，以蒸水名。蒸水者，其氣如蒸也。散才嬰薄俗，有跡負前賢。趙云：散才者，閑散之才。嬰薄俗，則爲薄俗所嬰繞。此同乎流俗之意，賢者每以跡爲累，故以絶跡爲貴。今有留滯之跡，所以負媿於前賢矣。巾拂那關眼，瓶罍易滿船。趙云：巾拂，所以莊肅形容之物。那關眼，則舟中放曠而不用矣。瓶罍滿船，則飲之多，故也。火雲滋垢膩，凍雨裛沈一作塵。綿。淮南子曰：旱雲烟火。思玄賦[二]：凍雨霈其洒途。注：暴雨也。趙云：火雲字，雖出淮南子，而用字則隋盧思道納涼賦云：火雲赫而四舉[三]。凍雨字，楚詞云：凍雨兮灑塵。强飯蒪添滑，蒪，見「張翰後歸吳」注。端居茗續煎。薛云：按茶録：潭邵之間渠江中有茶而多毒蛇猛獸。鄉人每年採擷不過十五六斤。其色如鐵，芳芬異常，煎之無脚。彼人所餉渠江者，乃東平所出。趙云：漢書：行矣！强飯勉之。孟浩然岳陽樓詩：欲濟無舟檝，端居耻聖明。清思漢水上，涼憶峴山巔。漢水、峴山，皆襄陽也。趙云：此在湘潭之詩，最爲卑濕蒸鬱之處，故清思漢水，而涼憶峴山也。順浪翻堪倚，迴帆又省牽。江賦：冰夷倚浪以傲睨。吾家碑不昧，王氏井依然。杜預沈碑峴山之下。王粲宅有井。几杖將衰齒，茅茨寄短椽。趙云：几杖以將扶衰暮之年齒，結茅茨之廬而寄身短椽之下，皆欲往漢上之事。灌園曾取適，遊寺可終焉。趙云：謂曾，則往嘗如此矣。自此而至彼，以遊寺爲終焉之計也。遂性同漁父，成名異魯連。屈原、莊子皆有漁父篇。史記：田單屠聊城。歸而言魯連，欲爵之。魯連逃隱於海上，曰：吾與富貴而詘於人，寧貧賤而輕世肆志焉。趙云：於此遂其性，如滄浪之漁父不求名聞。翻異魯仲連，蓋仲連能却秦軍，下燕城，雖不受封，猶爲取名也。篙師煩爾送，朱夏及寒泉。趙云：此句蓋以語篙師，云煩爾送我一去，猶於朱夏之際，趁及寒泉之爲可挹也。梁元帝纂要：夏曰朱明，又曰朱夏。此乃公一時之興，自是且往耒陽矣，豈却仍往峴也。

【校勘記】

〔一〕「北史」，原作「南史」，檢南史無「王晞謂盧思道」句，考北史卷二十四王憲傳有此句，當誤，據改。

〔二〕「思玄賦」，「玄」原作「元」，係避諱，此改。

〔三〕「四」，原作「日」，據文淵閣本、文津閣本、文瀾閣本，並參初學記卷三歲時部盧思道納涼賦，以及先後解輯校已帙卷八此詩引趙次公原注〔六〕改。

奉送王信州崟北歸

趙云：信州，今之夔州也。見樂史寰宇記，亦見唐志。

朝廷防盜賊，供給愍誅求。下詔選郎署，傳聲典信州。趙云：此篇王信州替罷而北歸也。四句言其初來作守時也。蒼生今日困，天子嚮時憂。井屋有烟起，瘡痍無血流。趙云：上兩句追言天子前時以蒼生之困而選王君爲守。其效至於井邑有烟，則逃亡復業矣；瘡痍無血，則誅求不再矣。壤歌唯海甸，畫角自山樓。趙云：壤歌，則擊壤之歌也。唯海甸，則時淮海獨無虞也。畫角自山樓，則專指夔州郡樓之上，畫角以時而鳴，蓋亦無事之所致也。白髪寐常早，荒榛農復秋。趙云：上句公自言也，下句言荒年之後，又復有秋，亦見王守之政矣。解龜踰卧轍，謝靈運初去永嘉：牽絲及元興，解龜在景平。侯霸爲臨淮太守，被徵，百姓攀轅卧轍不許去。趙云：此言王守之替罷。卧轍，侯霸事。踰卧轍，則踰越之而過也。遣騎覓扁舟。劉真長遣騎覓張孝廉船，見晉書。趙云：公言王守之覓其船，以張憑自比也。徐榻不知倦，潁川何以酬。陳蕃爲徐孺子下榻，去則懸之。趙云：公以徐穉自比，而指王崟爲陳蕃也。言崟相待如陳蕃之見徐穉，其解榻、懸榻，未嘗厭倦，則穉之於潁川，將何以酬之乎？潁川，則陳氏之郡號也。塵生彤管筆，寒膩黑貂裘。詩：貽我彤管。蘇秦有黑貂裘。言弊裘以垢膩而寒。高義終焉在，斯文去矣休。趙云：高義、斯文，皆指言王信州也。言王君待我之高義終在，乃却以文章之身而別去，故云去矣休。莊子載孔子曰：聞將軍高義。論語：天之未喪斯文。史云：有終焉之志。別離同雨散，行止各雲浮。王仲宣：風流雲散，一別如雨[一]。劉孝標：煙飛雨散[二]。劉越石詩：功業未及建，夕陽忽西流[三]。時哉不我與，去矣若雲浮。楚詞：悲莫悲兮生別離。孟子：行止非人之所能爲也。林熱鳥開口，江渾魚掉頭。趙云：止道離時之景。尉佗雖北拜，陸賈傳：時，中國初定。尉佗魋髻箕倨見賈。賈因說佗：君王宜郊迎，北面稱臣。於是佗迺蹶然起坐，謝賈。卒拜佗南越王。趙云：以言叛者之既服，豈吐蕃之稍息乎？蓋大曆元年二月，遣使來朝，雖九月復陷原州，然不得如前日之熾也。太史尚南留。趙云：公自比也。太史公自叙曰：留滯周南。軍旅應都息，寰區要盡收。九重思諫諍，八極念懷柔。徙倚瞻王室，從容仰廟謀。趙云：正言息干戈而思治安之策矣。潘安仁詩：徙倚步踟躕。故人持雅論，絶塞豁窮愁。趙云：故人，指王信州也。言聞王信州之論，則可以豁其旅寓之愁也。絶塞，指言夔州白帝城。復見陶唐理，甘爲汗漫遊。神仙傳：盧敖見一士曰：吾與汗漫期於九垓之外。杜補遺：張景陽七命曰：爾乃踰天垠，越地隔，過汗漫之不遊，躡章亥之末跡。注：汗漫能遊天者也。李善曰：淮南子云：若士曰：吾汗漫，遊於九垓之上。若士舉臂竦身而遂入雲中。趙云：蓋言既見復帝堯之化，則無心從宦而甘爲方外之士也。

【校勘記】

〔一〕「王仲宣」，原作「曹子建」，檢曹子建詩無「風流雲散」二句，考文選卷二十三、魏詩卷二王仲宣贈蔡子篤詩有二句，當是誤置，據改。

〔二〕「飛」，全梁文卷五十七劉孝標廣絶交論作「霏」。

〔三〕「夕」，文淵閣本作「斜」。

江閣卧病走筆寄呈崔盧兩侍御

客子庖厨薄，江樓枕席清。衰年病秖瘦，長夏想爲情。滑憶一作喜。彫胡飯，沈休文：彫胡方自炊。西京雜記：太液池邊皆是彫胡緑節之類。菰之有米者，長安人謂彫胡。菰之無米者，謂之緑節。又會稽人顧翱少失父，事母至孝〔一〕。母好食彫胡飯，常躬自採擷。家近太湖，湖後自生彫胡，無復餘草。香聞錦帶羹。薛云：荆湘間有花名錦帶，春末方開，紅白如錦，其苗脆嫩可食。王彦輔云：錦帶，此綬鷄也。其食脆美堪作臛，亦名錦雞。溜匙兼暖腹，誰欲致杯羆。趙云：宋玉云：主人之女，爲臣炊彫胡之飯。溜匙，以言彫胡之滑。暖腹，以言錦帶之美，可以理推也。

【校勘記】

〔一〕「事母至孝」，文淵閣本作「母母至孝」，訛。

潭州送韋員外迢牧韶州 或云韋適

炎海韶州牧，風流漢署郎。分符先令望，同舍有輝光。鮑明遠：將以分符竹。趙云：公亦是員外郎，故於韋員外可謂之同舍矣。

白首多年疾，秋天昨夜凉。洞庭無過雁，書疏莫相忘。趙云：言自洞庭而往彼，雖無過雁以寄書去，而彼中音信却不可忘也。

韋迢潭州留別 附載

江畔長沙驛，相逢纜客船。大名詩獨步，小郡海西偏。趙云：言子美獨步。曹子建與楊德祖書曰：仲宣獨步于漢南。小郡，則韋君自謂韶州也。**地濕愁飛鵩，**賈誼爲長沙王太傅。以長沙卑濕，但自傷悼。見鵩鳥入室，迺爲鵩賦。**天炎畏跕鳶。**馬援曰：吾在浪泊、西里間，虜未滅時，下潦上霧，毒氣薰蒸，仰視飛鳶跕跕墮水中。趙云：廣雅云：南方曰炎天。故倒用之曰天炎，以對地濕。**去留俱失意，把臂共潸然。**趙云：此詩韶州刺史韋迢作，其詩類杜公，宜編之集中矣。

江閣對雨有懷行營裴二端公

趙云：裴端公應在廣南，觀詩中使「南紀」并「銅柱」可見矣。

南紀風濤壯，陰晴屢不分。杜田云：詩曰：滔滔江漢，南國之紀。非也。蓋南紀乃分野名。唐天文志云〔一〕：東循嶺徼，達甌閩，是謂南紀，所以限蠻夷也。顏延年詩：春江壯風濤。**野流行地日，江入度山雲。**趙云：行地日、度山雲，可謂新語矣。**層閣憑雷殷，長空面水文。**趙云：層閣憑雷殷〔二〕，言當雷殷之際，在層閣憑欄之時也，合對長空面水文矣。舊正作水面文，非。**雨來銅柱北，應洗伏波軍。**趙云：銅柱，在驩州之東南極角處，馬援所建。今有雨之地，宜尚在其北也。昔武王伐紂，大雨，太公謂之洗兵雨；故魏武兵援要曰：大將將行，雨濡衣冠，是謂洗兵。今因雨自銅柱而來，引起馬援，則遂有洗伏波軍之句。

【校勘記】

〔一〕「唐天文志」，「唐」原作「廣」，誤，參本集卷十三後苦寒二首其一校勘記〔一〕，據改。

〔二〕「憑雷殷」，文淵閣本作「雷殷殷」。

酬韋韶州見寄

養拙江湖外，朝廷記憶疎。深慚長者轍，長者轍，見陳平傳。趙云：言見過之無人也。重得故人書。趙云：言書問之不至也。白髮絲難理，新詩錦不如。雖無南過雁，二十五卷「書成無過雁」注。看取北來魚。古詩：呼童烹鯉魚，中有尺素書。趙云：今公答韋迢無南雁之語，故以北來魚復戲之也。

韋迢早發湘潭見寄〔一〕附載

北風昨夜雨，江上早來涼。楚岫千峰翠，湘潭一葉黃。故人湖外客，白首尚爲郎。相憶無南雁，何時有報章？趙云：此篇格律渾似杜公，但不使事，亦不使字所出。白首尚爲郎，言杜公晚爲員外郎也；馮唐、顏駟事。古云：雁不過衡陽。衡陽有回雁峰，故言無南雁也。報章，雖出詩終日七襄、不成報章，義且説織女雖從旦至暮七辰一移而不如人織，相反報成文章。而此報章字，則顏延年和謝靈運詩云：盡言非報章，聊用擴所懷〔二〕。學者請觀此篇，氣格有類杜公，宜公愛而載於集也。

【校勘記】

〔一〕此詩，文津閣本闕。

〔二〕「擴」，初學記卷十二職官部下、宋詩卷五顏延年和謝監靈運詩作「布」。

千秋節有感二首

自罷千秋節，頻傷八月來。唐玄宗紀：上以降誕日，讌百僚於花蕚樓下。百僚表請以每年八月五日爲千秋節，三公以下獻鏡及承露囊。先朝常宴會，壯觀已塵埃。鳳紀編生日，龍池塹劫灰。武帝穿昆明池，悉是灰墨。有外國胡道人云：此是天地劫火之餘。杜補遺：鳳紀，見「鳳曆軒轅紀」注。六典注：興慶宮池，即元宗龍潛舊宅。初居此宅，東有舊井，忽湧爲小池。常有雲氣，或黃龍見其中。至景龍中，其池浸廣，遂瀰洞爲龍池焉。蓋符命之兆也。湘川新涕淚，秦樹遠樓臺。二妃涕淚，灑竹成斑。謝玄暉銅雀臺詩：總帷飄井幹，樽酒若平生。鬱鬱西陵樹，詎聞歌吹聲。井幹，樓也。趙云〔一〕：上句公自言其身之所在而感泣者也。下句公自言去長安之遠，遥望其樹與樓臺俱不見也。寶鏡群臣得，金吾萬國回。趙云：舊唐書：千秋節群臣，皆獻寶鏡。今公千秋節有感之句而云寶鏡群臣得，追憶寶鏡，每至此節，於群臣得之也。唐百官志：十六衛，謂金吾職巡警。今公詩云金吾萬國回，蓋以萬國入京獻壽，而金吾實伺察之。自玄宗升遐，罷千秋節。而金吾所伺，獻壽之萬國各回而不來，蓋傷之也。衢樽不重飲，白首獨餘哀。淮南子：聖人之道，其猶中衢而致樽耶？趙云：當時賜宴之酒，群臣皆得霑飲，正如衢樽也。

右一

【校勘記】

〔一〕「趙」，文淵閣本作「起」，訛。

御氣雲樓敞，含風綵仗高。仙人張内樂，王母獻宮桃。宮桃，見上「九重春色醉仙桃」注。杜正謬：宣室志云：唐玄宗夢仙子十餘輩，御卿雲而下列於廷，各執樂器而奏之。其度曲清越，殆非人世。及樂闋，有一仙子前曰：陛下知此樂乎？此神仙紫雲曲。今傳陛下爲唐正始音。玄宗甚喜，即傳授焉。又鄭棨開天傳信紀〔一〕：玄宗謂高力士曰：吾昨夜夢遊月宮，月宮諸仙娱予以上清之樂〔二〕。寥亮清越之音，非人間所聞也。酣飲久之，合奏諸樂，以送吾歸。其曲悽楚動人，杳杳在耳。吾遂以玉笛尋之，盡得其聲。力士請曲名。上曰紫雲曲，遂載于樂篇。今太常刻石存焉。二說大同小異，故並載之。漢武帝故事曰：西王母齎仙桃七枚獻帝，帝欲留核種之。王母笑曰：此桃一千年生花，一千年結實，人壽幾何？遂指東方朔曰：仙桃三熟，此兒已三偷矣。羅襪紅蕖艷，洛神賦：凌波微步，羅襪生塵。又：迫而察之，若芙蕖出緑波。趙云：言宮人也。紅蕖艷，比其襪之如蓮。金羈白雪毛。曹子建：白馬飾金羈，連翩西北馳。趙云：以言馬也，比其毛之鮮潔。舞階銜壽酒，舜舞干羽于兩階。劉伶：銜盃漱醪。詩云：爲此春酒，以介眉壽。趙云：舊唐書：初，上皇每酺宴，先設太常雅樂，繼以鼓吹、胡樂、教坊、府縣散樂、雜戲云云；又教舞馬百匹，銜盃上壽〔三〕。走索背秋毫。西京賦：跳丸劍之揮霍，走止索而相逢〔四〕。明皇雜録載：上每賜宴，酺。大陳尋橦、走索、丸劍，爲角觝戲。聖主他年貴，邊心此日勞。趙云：上句追言明皇之昔日，下句公自言其今日在邊遠之地而感望也。桂江流向北，滿眼送波濤。趙云：末句桂江，即是潭州之水所從來也。流向北，又見北望長安之切矣。

右二

【校勘記】

〔一〕「天」，原作「元」，訛，據文淵閣本、文津閣本、文瀾閣本並參太平廣記卷二百四樂二改。

〔二〕「諸」，文淵閣本作「褚」，訛。

〔三〕檢「初上皇每酺宴」以下三十八字，不見於舊唐書，而於見資治通鑑卷二百一十八「唐肅宗至德元年」條。

〔四〕「止索」，全後漢文卷五十二張衡西京賦作「索上」。

晚秋長沙蔡五侍御飲筵送殷六參軍歸澧州覲省

佳士欣相識，慈顔望遠遊。潘安賦：壽觴舉，慈顔和。論語：父母在，不遠遊。趙云：佳士，指言殷六也。慈顔，則殷之母也。言望其遠遊而歸也。甘從投轄飲，陳遵嗜酒，每大飲，賓客滿座，輒關門，取客車轄投井中，雖有急，終不得去。趙云：言甘從蔡五之飲也。肯作置一作致。書郵！殷羡，字洪喬，爲豫章太守。都下士人因羡致書者百餘函。行次石頭，皆棄水中。曰：沈者自沈，浮者自浮。殷洪喬不爲致書郵。趙云：言殷不苟爲人攜書也。此姓殷事於殷六尤切矣。高鳥黄雲暮，寒蟬碧樹秋。趙云：韓信云：高鳥盡，良弓藏。禮記月令：孟秋之月，寒蟬鳴。淮南子云：黄泉之埃上爲黄雲。碧樹字，祖出列子，而江淹兩使，一云碧樹先秋落，一云碧樹雲芊芊。湖南冬不雪，吾病得淹留。趙云：言荆渚尚雪而可以留也。

湖中送敬十使君適廣陵

趙云：舊本作湖中，師民瞻作湖南，是。蓋此潭州詩，潭州在湖之南也，前後篇皆是長沙，可見矣。

相見各頭白，其如離别何。趙云：古詩云：會面安可知。故對悲歌。其字則撫節悲歌也。幾年一會面，今日復悲歌。趙云：古詩云：會面安可知。故對悲歌。其字則撫節悲歌也。少壯樂難得，歲寒心匪他。趙云：古詩云少壯不努力，故對歲寒。其字即論語：歲寒然後知松柏之後彫也。氣纏霜匣滿，冰置玉壺多。樂府：清如玉壺冰。趙云：上句言在匣中而氣騰矣，下句言心之清也。遭亂實漂泊，濟時曾琢磨。形容吾校老，膽力爾誰過。秋晚岳增翠，風高湖湧波。趙云：魏文帝浮淮賦云：驚風泛，湧波駭〔一〕。騫騰訪知己，淮海莫蹉跎。趙云：言敬君之往廣陵者，訪求知己也，應謂揚州節度矣。書曰：淮海惟揚州。故用淮海字。

【校勘記】

〔一〕「駭」字，原奪，上下文意不貫，據全三國文卷四魏文帝浮淮賦並參先後解輯校己帙卷五此詩引趙次公原注〔五〕補。

新刊校定集注杜詩卷三十六

近體詩

重送劉十弟判官

分源豕韋派，韋賢傳詩曰：肅肅我祖，國自豕韋。應劭曰：在商爲豕韋氏。趙云：言劉與杜同出也。別浦雁賓秋。月令：鴻雁來賓。年事推兄忝，張釋之兄事袁盎。趙云：公自言也。劉孝標答郭峙書云：頃年事遒盡，容髮衰謝。蓋言年歲之事也。人才覺弟優。經過辨酆劍，雷次宗豫章記。意氣逐吳鉤。吳鉤，見第五卷後出塞詩「含笑看吳鉤」注。垂翅徒衰老，馮異傳：始雖垂翅回谿，終能奮翼澠池。可謂失之東隅，收之桑榆。先鞭不滯留。劉琨曰：常恐祖生先吾著鞭耳。謂祖逖也。本枝凌歲晚，高義豁窮愁。他日臨江待，長沙舊驛樓。趙云：劉與杜同出，是爲本枝。莊子載孔子曰：聞將軍高義。越語：越王於九月問范蠡曰：今歲晚矣，子將奈何？虞卿因窮愁而著書。

奉贈盧五丈參謀琚

時丈人使自江陵，在長沙待恩旨，先支率錢米。

恭惟同自出，妙選異高標。趙云：恭惟者，恭恪而思惟之也。如杜佑郊天説有曰：恭惟國章，並行二禮。成十三年，晉吕相絶秦有曰：康公我之自出。注：晉外甥也。盧與公蓋同舅氏矣。戰國策曰：舉標甚高。而左太沖蜀都賦云：陽烏回翼乎高標。雖以言山，而實起於戰國策。入幕知孫楚，披襟得鄭僑。孫楚，字子荆。石苞都督揚州事，孫楚爲參軍。鄭僑，子産也。孔子與爲友。趙云：上句言盧丈之爲參謀也。貼以入幕字，則謝安謂郄超曰：卿可謂入幕之賓矣。下句言江陵節度與之爲友，如季札也。左傳襄公二十九年云：季札聘於鄭，見子産，如舊相識。與之縞帶，子産獻紵衣焉。舊注云：孔子與爲友。是何夢語！貼以披襟字，則宋玉風賦云：乃披襟而當之。丈人藉才地，門閥冠雲霄。杜補遺：前漢朱博傳：齎伐閱詣府。師古注曰：伐，功勞也。閱，所經歷也。車千秋傳曰：千秋無伐閱勞。注：伐，積功也。閱，所經也。營造法式曰：唐六品以上通用烏頭大門，又曰表揭，又曰閥閱。義訓云：表揭，閥閱是也。俗呼爲櫺星門，是詩所謂門閥冠雲霄者，蓋言盧氏積日累功，而致表揭高於雲霄。趙云：傳云：明其等曰閥。如後漢有云：聲榮無暉於門閥〔一〕。又有史自序門閥也〔二〕。南史王僧達傳云：僧達自負才地。又王勱傳云：王生才地，豈可遊外府乎？老矣逢迎拙，相於契托饒。趙云：公自謂也。言雖衰老，拙於逢迎，而與盧丈相於，所以契托繞縱也。相於字，出選。賜錢傾府待，争米駐船遥。趙云：題注所謂支率錢米也。鄰好艱難薄，氓心杼軸焦。薛云：揚雄方言：土作謂之杼，木作謂之柚。大東小東，杼軸其空。軸當作柚。又後漢：劉騊駼書曰：杼柚空於公私之求〔三〕。趙云：上句言鄰國之好，以艱難而薄，則盧丈使自江陵所持之好也。下句又以成好薄之句，蓋當艱難之際，杼柚空而民心焦熬，則不可多斂以爲鄰好之奉矣。客星空伴使，寒水不成潮。趙云：客星，則公自謂也。伴使，以言其伴盧之爲使星也。舊注引嚴陵事，雖是客星兩字，而惑亂其義矣，況博物志載嚴君平曰：客星犯牽牛。亦豈無客星字耶？下句言相伴之時如此。素髮乾垂領，銀章破在腰。秋興賦：素髮颯以垂領。下句見霧雨銀章濕注〔四〕。趙云：素髮，公自言其老。下句又自言其不達，時爲尚書工部員外郎賜緋魚袋而流落故也。說詩能累夜，醉酒或連朝。中山有酒，一醉千日。趙云：說詩、醉酒，皆公自言耳。孟子云：說詩者不以文害辭。匡衡傳：匡說詩，解人頤。藻翰惟牽率，湖山合動搖。左傳：牽率老夫。趙云：此方言及盧丈，蓋謂華藻詞翰，其所牽率者惟盧丈耳。可以動搖湖山，則文章之妙也。漢志：星影動搖。時清非造次，興盡却蕭條。趙云：言逢時之清爲難得，故曰非造次。當是時相見而興盡，自却蕭條也。天子多恩澤，蒼生轉寂寥。趙云：皆言當時如此。公題下注云：待恩旨，先支率錢米。此豈亦恩澤之謂耶〔五〕？休傳鹿是馬，莫信鵩爲鴞。趙高指鹿爲馬。鵩鳥事，見上留别杜員外注。趙云：當是時，魚朝恩用事，與元載不協，則鹿是馬者，公有激而云矣。未解依依袂，還斟泛泛瓢。流年疲蟋蟀，詩：蟋蟀在堂，歲聿云暮。古詩：四時更變化，歲暮一何速。晨風懷苦心，蟋蟀傷局促。趙云：所以誌時。流年疲勞蟋蟀之轉徙，則嘆晚也。體物幸鷦鷯。莊子：鷦鷯巢林，不過一枝。文賦云：賦體物而瀏亮。張茂先作鷦鷯賦。辜負滄洲願，誰云晚見招。謝玄暉詩：復叶滄洲趣。趙云：此末句感激之言，涵蓄深遠。蓋揚雄檄靈賦曰：世有黄公者，起於滄洲。精神養性，與道漂遊。故謝玄暉之宣城詩云：既懽懷禄情，復協滄洲趣。公今詩以爲離去朝廷，本以爲滄洲之願，而徒然流落，既孤負矣，而又非晚得見招者，此其所以感也。左太沖詠史詩曰：馮公豈不偉，白首不見招。則見招者，朝廷也。李陵云：陵雖孤恩，漢亦負德。孤負字，本是孤獨之孤字，而俗作辜負。舊本乃流傳之誤矣。

【校勘記】

〔一〕「閥」，原作「閲」，據文淵閣本、文津閣本、文瀾閣本、清刻本、排印本改。

〔二〕「閥」，原作「閲」，據文淵閣本、文津閣本、文瀾閣本、清刻本、排印本改。

〔三〕「劉騊駼書曰」三句，檢「杼柚空於公私之求」句，「劉騊駼」後漢書卷五十七劉陶傳作「劉陶」，晉書卷二十六食貨志、太平御覽卷四百五十二人事部録此句亦作「劉陶」；藝文類聚卷六十六産業部下作「劉騊駼」。又，漢詩卷八順陽吏民爲劉陶歌「何時復來安此下民」句下注云：「劉陶，作劉騊駼或劉陶騊。」疑此條宋注出自藝文類聚，將「劉陶」訛作「劉騊駼」，以俟博聞。

〔四〕「濕」，本集卷二十九秋日夔府詠懷寄鄭監李賓客一百韻作「溼」。

〔五〕「那」，文淵閣本作「耶」，文津閣本、文瀾閣本、清刻本、排印本作「邪」。

登舟將適漢陽

春宅棄汝去，秋帆催客歸。趙云：公二月到潭州，因居焉，則自春所有之宅名之曰春宅。催客歸，公將歸秦也。庭蔬尚在眼，浦浪已吹衣〔一〕。趙云：庭蔬，則時所寓居之庭前蔬也。謝靈運詩：蒔蘿若在眼。陶淵明：風飄飄而吹衣。生理飄蕩拙，有心遲暮違。薛云：南華真經：莊子之楚，見髑髏，髐然有形，因而問之曰：夫子貪生失理，而爲此乎？趙云：楚詞云：傷美人之遲暮。詩：中心有違。左傳：王心不違。張茂先鷦鷯賦序云：生生之理足矣。中原戎馬盛，遠道素書稀。趙云：老子云：戎馬生於郊。古詩云：呼兒烹鯉魚，中有尺素書。塞雁與時集，檣烏終歲飛。趙云：自塞飛來之雁也。盛弘之荆州記曰〔二〕：雁塞北接梁州汶陽郡，其間東、西嶺屬天無際。雲飛風翥，望崖迴翼，唯一處爲下。朔雁違塞，矯翮裁度，故名雁塞，同於雁門也。故公今云塞雁。其對檣烏，則帆檣之上，刻爲烏形，取其占風，猶相風之上爲烏也。鹿門自此往，永息漢陰機。趙云：公或欲歸，或欲往滄洲，或欲隱鹿門，然則，不得志而流落者，行止其茫然哉！

【校勘記】

〔一〕「吹」，原奪，據文淵閣本、文津閣本、文瀾閣本、清刻本、排印本訂補。

〔二〕「盛弘之」，原作「盛宏之」，係避諱，此改。

暮秋將歸秦留別湖南幕府親友

趙云：前篇登舟將適漢陽云：春宅棄汝去，秋帆催客歸。則秋初時也。今是次篇却云暮秋將歸秦，則九月時也。謂之湖南幕府，則是潭州也。由是觀之，則公雖欲往漢陽，而元未行，今又有欲歸秦之興，然相續其下等篇，皆只在潭州，亦言之而不行也。

水闊蒼梧野，謝玄暉云：雲去蒼梧野，水還江漢流。天高白帝秋。趙云：廣言湖南上下之景也。白帝城，在夔州。公自夔而來，故言及之。途窮那免哭，顏延年：途窮能無慟。身老不禁愁。大府才能會，諸公德業優。北歸衝雨雪，誰憫敝貂裘！見前季子貂裘敝注。趙云：公以蘇秦自比也。

送盧十四弟侍御護韋尚書靈櫬歸上都二十韻

趙云：此詩三段。自「素幕渡江遠」至「臺迎獬豸威」，言韋尚書靈櫬至上都，而送之者盧侍御也；自「深衷見士則」至「風流後代希」，言盧侍御之登對所論事也；自「對颺期特達」至「故就别時飛」，則轉入以言己身與盧爲别也。

素幕渡江遠，朱幡登陸微。漢二千石，朱幡兩輪。趙云：朱幡，則丹旐也。舊注云：漢二千石，朱兩幡。誤矣。幡字從車，自是車轓。幡字從巾，自是幡旆也。登陸微，則以其登陸，故微見之也。悲鳴駟馬顧，失涕萬人揮。陸士衡詩：揮淚廣川陰。趙云：駟馬顧，則有戀主之意。士文伯死，其母謂衆妾曰：無揮淚。參佐哭辭畢，門闌誰送歸！見上「門闌多喜色」注。趙云：門闌，貴人之家也。後漢明帝紀：勞賜元氏門闌走卒。注引續漢志云：五伯、鈴下、侍閤、門闌部署、街里走卒，皆有程品，多少隨所典領。則門闌之品，貴家方有之。從公伏事久，之子俊才稀。長路更執紼，此心猶倒衣。詩：自公召之；顛倒裳衣[一]。趙云：禮：助葬者執紼也[二]。下句言若公之猶在，蚤起而趨之也。詩：之子于歸。感恩義不小，懷舊禮無違。潘安仁有懷舊賦。張平子南都賦云：獻酬既交，率禮無違。墓待龍驤詔，臺迎獬豸威。漢獻加魏武九錫曰：龍驤虎視，旁眺八方。杜正謬：唐史遺事：武后幸洛陽至閿鄉縣，車騎不進，召巫問之。巫曰：晉龍驤將軍王濬云：臣墓在縣南，每爲樵採所苦。聞大駕至，故來哀求。后遂詔：去墓百步不得樵採。子美八哀詩贈鄭國公嚴武曰：虛無馬融笛，悵望龍驤塋。元注謂王濬卒，以龍驤名墓。本傳止云：濬，龍驤將軍，卒，葬柏谷中。大營塋域葬，垣周四十五里。不載詔龍驤名墓事。趙云：言盧尚書之墓，大營塋域如王濬者[三]，當俟詔也。獬豸威，言韋侍御之還朝，則還從其班序也。獬豸者，冠名。胡廣漢官儀曰：侍御史四人持書，皆法冠，一名柱後，一名獬豸。乃獸名，一角，知人曲直而觸不直者，故執法者冠之。此自無威字，益見上句詔字，出公自云爾。深衷見士則，雅論在兵機。趙云：世說：鄧艾年十二，至潁川，讀陳太邱碑文曰：言爲世範，行爲士則。遂自名範，字士則。後宗族有同者，乃改今名。戎狄乘妖氣，塵沙落禁闈。趙云：禁闈，天子之内也。此言吐蕃陷京師也[四]。往年朝謁斷，他日掃除非。趙云：上句言去上都之久，而斷朝謁也。下句言除掃吐蕃不得上策，所以爲非也。但促一作整。銅壺箭，漏刻銘：金箭方圓之制[五]。注：金謂壺。又云：銅史司刻，金徒抱箭。趙云：欲上之未明求衣而早朝也。休添玉帳旂。見上「空留玉帳旂」注。趙云：言不必添兵也。玉帳，將軍之帳也。動詢黃閣老，見上「扈聖登黃閣」注。肯慮白登圍！漢高帝伐匈奴，至平城，冒頓以兵三十餘萬圍白登。趙云：言天子雖屢詢大臣，而莫知以白登之圍爲慮者。此豈勸親征之徒歟？黄閣老，言三公也。宋忠曰：三公黄閣，前史無有此義。按禮記：士韠與天子同，公侯大夫則異。鄭玄云：士賤，與君同不嫌。夫朱門洞啓，當陽之正色。三公之與天子禮秩相亞，故黄其閣以示謙，不敢斥天子，宜是漢舊制也。萬姓瘡痍合，群凶嗜慾肥。趙云：上句言其困於誅求役使也，下句言將帥乘此爲驕也。刺規多諫諍，端拱自光輝。趙云：上句所以望於盧侍御也，下句言天子聞其諫諍，自可以垂衣拱手而治也。孟子：充實而有光輝。孝經：諫諍章。儉約前王體，風流後代希。趙云：此已上言盧侍御之登對所論事如此。詩：前王不忘。對敭期特達，衰朽再芳菲。趙云：對敭期特達，用結上所以言對敭天子之前，當在特達而勿委靡，則衰朽之人再獲芳菲，言同受其榮也。書：敢對揚天子休命。空裏愁書字，山中疾採薇。上句見「咄咄正書空」注，下句伯夷傳：登彼首陽，采其薇矣。趙云：既有再芳菲之望，亦嫌疾采薇之太清也。撥盃要忽罷，抱被宿何依。趙云：撥盃者，揮盃也。既別矣，撥盃之相要忽罷。平昔抱被就宿，今又何依也。顧愷之：魚鳥將何依？眼冷看征蓋，兒扶立釣磯。清霜洞庭葉，故就別時飛。楚辭湘夫人：洞庭波兮木葉下。謝莊月賦：洞庭始波，木葉微脱。

【校勘記】

〔一〕「自公召之顛倒裳衣」二句，毛詩正義卷五東方未明作：「東方未明，顛倒衣裳。顛之倒之，自公召之。」

〔二〕「者」，禮記曲禮上作「必」。

〔三〕「域」，文淵閣本作「城」，訛。

〔四〕「京」，文津閣本作「於」，訛。

〔五〕「漏刻銘」，文淵閣本「漏」訛作「渴」。檢「金箭方圓之制」句，文選卷五十六、全梁文卷五十三作陸倕「新刻漏銘」；又，「箭」，文選、全梁文作「筒」。

哭李常侍嶧二首

一代風流盡，修文地下深。下句見聞高常侍亡注。趙云：南史：張緒死，其從弟融齎酒於緒靈前酌飲慟哭曰：阿兄風流頓盡。斯人不重見，將老失知音〔一〕。伯牙以鍾期爲知音，期死，而牙絕絃。趙云：斯人字，起於孔子言伯牛之疾曰〔二〕：斯人也，而有斯疾也。蓋嗟其人賢也。陸機云：吾將老而爲客。指李常侍如鍾子期也。曹丕與吳質書曰〔三〕：昔伯牙絕絃於鍾期，仲尼覆醢於子路；痛知音之難遇，傷門人之莫逮也。左傳：吾將老焉。短日行梅嶺，寒山一作江。〔四〕落桂林。趙云〔五〕：李常侍之櫬，應自廣南來也。大庾嶺上多梅，故又謂之梅嶺。山海經曰：桂木八樹在賁禺東。注云：八樹成嶺林，言其大也。賁禺在廣州。又廣志曰：桂生於高山之嶺，其類自爲林，間無雜樹。而桂林兩字，則郄詵曰桂林一枝也〔六〕。長安若箇畔，猶想映貂金。侍中冠貂蟬，阮修以貂蟬換酒。趙云：末句，必歸長安。貂金字，則侍中事。漢官儀曰：侍中冠武弁大冠〔七〕，亦曰惠文冠。加金璫，附蟬爲文，貂尾爲飾，謂之貂蟬。侍中服之則左貂，常侍服之則右貂。董巴輿服志云：金取堅剛，百鍊不耗；蟬取居高飲清，貂取内勁悍，外温潤。本趙武靈王朝服之制，秦始皇破趙，得其冠，賜侍中。

右一

【校勘記】

〔一〕「音」，文津閣本作「首」，訛。

〔二〕「曰」，文淵閣本作「也」。

〔三〕「李常侍如鍾子期也曹丕與吴質書曰」十五字，文津閣本作「指曰」云云，錯簡。又，「曹丕」原作「曹否」，據文淵閣本、文津閣本、文瀾閣本、清刻本、排印本改。又，「吴質」，文瀾閣本作「季質」，訛。

〔四〕「一作江」，文津閣本作「也曹子路」，錯簡。

〔五〕「趙云」，文津閣本作：「質書之難遇傷門人之莫逮李常侍如鍾子期也曹丕與季。趙云也左傳吾將老馬期仲尼覆醢于於子路痛知音之」。錯簡。

〔六〕「嶺」，文淵閣本、文津閣本、文瀾閣本、清刻本、排印本無。又，「八樹成嶺林」下四十三字，文淵閣本作「八樹而桂林兩字則郄詵曰林言其大也賁禺在廣州又廣志曰桂住於高山之嶺其類自爲林間無雜樹而桂林兩字則郄詵曰桂林一枝也」，錯簡。其中，「郄詵」，文津閣本作「郄詭」，訛。

〔七〕「大」，原作「文」，訛，據初學記卷十二職官部下、文獻通考卷五十職官考四並參先後解輯校已帙卷二此詩引趙次公原注〔三〕改。

青鎖陪雙入，銅梁阻一辭。見「通籍蹹青瑣」注。左蜀有銅梁縣。趙云：此篇追言李之平生，與悼其既死，皆是實事。青瑣，漢殿門名。陪雙入，則公昔爲左拾遺，時與常侍同通籍而入也。阻一辭，則追恨不得一别也。風塵逢我地，江漢哭君時。趙云：言當風塵之際，相逢於江漢，而今又在江漢聞其喪而哭也。晉華覈上疏曰：卒有風塵不虞之變。詩：滔滔江漢。次第尋書札，呼兒檢贈詩。古詩：遺我一書札。又：呼兒烹鯉魚。文選有贈答詩。發揮王子表，不愧史臣詞。趙云：常侍者，宗室之子也，故用王子表字，前漢書有王子侯表。

右二

哭韋大夫之晉

悽愴郇瑕邑，左傳：晉謀去故絳，諸大夫曰：必居郇瑕氏之地。差池弱冠年。曲禮：二十曰弱冠。丈人叨禮數，文律早周旋。左傳：與君周旋。臺閣黄圖裏，簪裾紫蓋邊。三輔黄圖。又漢宮闕詔。沈休文碑：陪龍駕於伊洛，侍紫蓋於咸陽。尊榮真不忝，端雅獨翛然。貢喜音容間，見竊效貢公喜注。馮招病疾纏。左太沖：馮公豈不偉，白首不見招。南過駭蒼卒，北思悄聯綿。洞簫賦：吟氣遺響，聯綿飄撇。鵩鳥長沙諱，見賈誼傳。犀牛蜀郡憐。見石犀牛行注。素車猶慟哭，寶劍欲高懸。上句後漢：范式，字巨卿，與汝南張元伯爲友。元伯尋卒。夢范式曰：巨卿，吾以某日死，以某時葬。子不我忘，豈能相及？式馳往赴之，喪已發引，將窆，而柩不肯進。其母撫之曰：元伯豈有望邪？停柩移時，乃見有素車白馬，號哭而來，其母曰：必范巨卿也。下句見把劍覓徐君注。漢道中興盛，韋經亞相傳。上句言建武中興之美，下句言韋賢教子一經。沖融標世業，磊落映時賢。城府深朱夏，江湖眇霽天。倚樓闕樹頂，古詩：西北有高樓，交疏結綺窗。飛旐泛堂前。寡婦賦：飛旐翩以啓路。帟幕旋風燕，帟幕霄懸，謝玄暉詩：風簾入雙燕。笳簫急暮蟬。興殘虚白室，莊子：虚室生白。跡斷孝廉船。世説：張憑舉孝廉，負其才，自謂必參時彦。初欲詣劉真長，鄉里及同舉者共笑之。張遂往詣，真長延之上坐，清言彌日，因留宿至曉。張退，劉曰：卿且前去，當取卿共詣撫軍。張還船，同旅問何處宿，張笑而不答。須臾，真長遣傳教覓張孝廉船，同旅詫愕〔一〕。即同載詣撫軍。至門，劉進曰：下官今日與公得一太常博士。撫軍與之言，咨嗟稱善，即用爲太常博士。童孺交遊盡，喧卑俗事牽。老來多涕淚，情在强詩篇。誰繼方隅理，朝難將帥權。春秋褒貶例，名器重雙全。

【校勘記】

〔一〕「詫」，文淵閣本、文津閣本、文瀾閣本作「宛」。

舟中夜雪有懷盧十四侍御弟

朔風吹桂水，大雪夜紛紛。暗度南樓月〔一〕，寒深北渚雲。江淹詩：若亭南樓期〔二〕。趙云：南樓、北渚，潭州實有之。屈原云：帝子降兮北渚。燭斜初近見，舟重竟無聞。不識山陰道，聽雞更憶君。趙云：語林曰：王子猷居山陰，大雪夜，開室命酌。四望皎然，因詠招隱詩，忽憶戴安道。戴時在剡，乘興棹舟，造門而返。今句則又反言之，言身不能去，止有思憶而已。

【校勘記】

〔一〕「樓」，原奪，據文淵閣本、文津閣本、文瀾閣本、清刻本、排印本訂補。

〔二〕「江淹」，原作「謝惠連」，檢謝惠連詩無「若亭南樓期」句，考文選卷三十一、梁詩卷四江淹謝法曹惠連贈別有此句，當是誤置，據改。

對雪

北雪犯長沙，胡雲冷萬家。隨風且開一作間。葉，趙云：當作開，言雪隨風灑於葉上而開之也。帶雨不成花。趙云：爲雨所融混，而六出花之狀不明也。今世有鄭獬者，詩云雨作雪花開不成，蓋本於此也。金錯囊徒罄，張平子：美人贈我金錯刀。文籍徒滿腹，不如一囊錢〔一〕。趙壹詩曰：趙云：專指言錢也，非金錯佩刀者。漢書曰：王莽鑄大錢，又造錯刀，以金錯其文。此錢形之如刀，而金錯之之證。續漢書曰：佩刀，諸侯王黄金錯鐶。謝承後漢書曰：詔賜應奉金錯把刀。此所用之刀以金錯爲飾之證。張平子四愁詩曰：美人贈我金錯刀。則主所用刀而言之。銀壺酒易賒。無人竭浮蟻，趙云：浮蟻，酒也。蓋本釋名曰：酒有泛齊，浮蟻在上。而張衡南都賦云：浮蟻若萍。有待至昏鴉。公自注：何遜詩云：城陰度塹黑，昏鴉接翅歸。趙云：王立之詩話云：頗嘗怪昏鴉亦常語，何必引遜句耶？甫後作絶句，却云「昏鴉接翅稀」。立之之説如此。次公考杜集「接翅稀」絶句，在此對雪詩前〔二〕。立之既失前後之次，又不原公之心，於第二次用昏鴉，方獨引注。蓋公時露消息，要見其詩所謂無一字無來處。

【校勘記】

〔一〕「囊」，文淵閣本作「裳」。

〔二〕「對雪詩前」句，句前原奪「次公考杜集接翅稀絶句在此」十二字，上下文意不貫，參先後解輯校己帙卷六對雪引趙次公原注〔三〕補訂。

冬晚送長孫漸舍人歸州

參卿休坐幄，蕩子不還鄉。古詩：蕩子行不歸。趙云：坐幄，則坐籌帷幄之摘文。此兩句公自言也。公爲劍南節度府參謀，是謂參卿，節度屬官者，入幕之賓也。公前爲之，而今罷，所謂休坐幄。列子曰：人有去鄉土遊於四方而不歸者〔二〕，世謂爲狂蕩之人也。還鄉字，則一舉還故鄉之摘文。南客瀟湘外，西戎鄠杜傍。宣帝尤樂杜鄠之間。杜屬京兆，鄠屬扶風，音扈。趙云：公北人也，而在湘潭，是爲南客。西戎鄠杜傍，則吐蕃之兵未息。去歲大曆三年八月，寇靈州，又寇邠州，今歲四年十一月，又寇靈州故也。衰年傾蓋晚，費日繫舟長。鄒陽：傾蓋如故。趙云：上句則初與長孫相見耳。傾蓋字，孔子與程子傾蓋而語也。舊注引鄒陽傾蓋如故，在後矣。下句則公又言其舟留滯而未行也。會面思來札，銷魂逐去檣。古詩：會面安可知。別賦：黯然銷魂。趙云：上句言欲會面，則每思來札，所以預囑其寄書。下句則長孫之舟上水而往也。雲晴鷗更舞，風逆雁無行。趙云：鷗更舞、雁無行，兩句言別時景也。鷗言舞，則列子云：鷗鳥舞而不下。雁言行，則詩云兩驂雁行也。匣裏雌雄劍，吹毛任選將。見第五卷前出塞詩。

【校勘記】

〔一〕「於」，文淵閣本作「鄉」，訛。

暮冬送蘇四郎徯兵曹適桂州

飄飄蘇季子，六印佩何遲。蘇季子言：吾若有雒陽負郭二頃田，安能佩六國相印乎？漢武帝讀大人賦，飄飄然有凌雲之氣。早作諸侯客，兼工古體詩。上句，見「諸侯老賓客」注。陸士衡有擬古詩。爾賢埋照久，吾病長年悲〔一〕。阮步兵詩：沈醉似埋照。淮南子云：木葉落，長年悲。趙云：盧綰須征日，盧綰傳：上使使召綰，綰稱病不行。上怒曰：綰果反，使樊噲擊之。樓蘭要斬時。見上十九卷「樓蘭斬未還」注〔二〕。趙云：此指言吐蕃之贊普矣。歲陽初盛動，王化久磷緇。見上十七卷「此道未磷緇」注〔三〕。趙云：上句言十二月二陽生矣，下句則傷時之切矣。爲入蒼梧廟，看雲哭九疑。趙云：因送蘇徯適桂州而思舜。舜南巡狩，崩於蒼梧之野，而葬於九疑之山，故托蘇徯入其廟而遠望其墓以哭，則公欲堯舜其君民之懷也。

【校勘記】

〔一〕「吾」，錢箋卷十八作「余」。

〔二〕「樓蘭斬未還」句，見本集卷二十秦州雜詩其一。

〔三〕「此道未磷緇」句，見本集卷三十三暮春江陵送馬大卿公恩命追赴闕下，「十七」當作「三十三」。又，「十七」，文津閣本作「十三」，訛。

風疾舟中伏枕書懷三十六韻奉呈湖南親友

軒轅休製律，甫自注云：伏羲造瑟，神農造琴〔一〕，舜彈五絃琴，歌南風之篇有矣。史記：黃帝名曰軒轅。前漢律曆志：黃帝使伶倫自大夏之西，崑崙之陰，取竹之嶰谷生，其竅厚均者，斷兩節間而吹之，以爲黃鐘之宮。制十二筩以聽鳳之鳴，其雄鳴六，雌鳴亦六，比黃鐘之宮〔二〕，而皆可以生之，是爲律本。虞舜罷彈琴。樂記：舜作五絃之琴，以歌南風。尚錯雄鳴管，見上注。猶傷半死心。枚乘七發云：龍門之桐，高百尺而無枝，其根半死半生，冬則風雪之所激。聖賢名古邈，羇旅病年侵。范蔚宗：聞道雖已積，年力互頹侵。陸士衡：前路既已多，後塗隨年侵。趙云：上句言造琴律之聖賢，其名已古遠矣。下句言其身之病隨年而相侵也。此已上六句已言風疾矣。其下則鋪叙其流落之迹也。舟泊常依震，湖平早一作半。見參。震，東方也，有震澤。參，曉星也。謝朓：曉星正參落〔三〕。趙云：舟泊常依震，則泊處見東邊也〔四〕。舊注更引震澤，惑學者矣。參星曉見，或爲山所障，或爲樹木所蔽，則未必見之。「湖平早見參」，則視天闊遠，宜其早見矣。舊早一作半，非。如聞馬融笛，若倚仲宣襟。馬融好吹笛，有長笛賦，序云性好音律，能鼓琴吹笛。王粲仲宣登樓賦云：憑軒檻以遙望〔五〕，向北風而開襟。趙云：言風來舟中，如吹笛之所召，倚樓之所逢也〔六〕。故國悲寒望，顏延年：故國多喬木，空城凝寒雲。趙云：故國，長安也。悲當寒望之中。群雲慘歲陰。趙云：歲陰，歲晚也。神農本草云：秋冬爲陰。陸士衡猛虎行云：時往歲載陰是已。時寒雲重，所以爲慘。水鄉霾白屋，楓岸疊青岑。趙云：白屋，白板屋也。字雖出周公下白屋之士，而楚俗多白板扉矣〔七〕。楚詞曰：江水湛湛兮上有楓。楚岸多楓，故曰楓岸。鬱鬱冬炎瘴，濛濛雨滯淫。張平子：鬱鬱不得志。魏文帝：鬱鬱多愁思。詩云：零雨其濛。趙云：冬炎瘴，實紀其事。楚詞曰：露雨淫淫〔八〕。雨滯淫之義，蓋出於此也。**鼓迎非祭鬼，彈落似鴞禽。**語：非其鬼而祭之，諂也。漢賈誼鵩賦云：鵩似鴞。鮑云：莊子曰：見彈而求鴞炙。趙云：楚俗好巫祀，故云非祭鬼。似鴞禽，此長沙實事。**興盡纔無悶，愁來遽不禁。**王子猷興盡而返。易：遯世而無悶。**生涯相汩没，時物自**一作正。**蕭森。**張景陽：溪壑無人跡，花林鬱蕭森〔九〕。**疑惑尊中弩，**杜補遺：抱朴子曰：予祖郴爲汲令，以夏至日請主簿杜宣飲酒。北壁上有懸赤弩，照於杯中，如蛇。宣惡之，及飲得疾。後郴知之，延宣於舊處，置酒，其見如初。因謂宣曰：此弩影耳。宣疾遂瘳。此與樂廣傳蛇影事大相類，特弓與弩異耳。**淹留冠上簪。**北山移文云：昔聞投簪逸海岸。沈休文：待此未抽簪。趙云：冠簪者，卿大夫之禮也，欲致仕閑散者，謂之投簪。沈休文詩：聊欲投吾簪。今云淹留冠上簪，則公以猶未能遂棄冠冕也。**牽裾驚魏帝，投閣爲劉歆。**辛毗諫帝，帝怒起，毗引帝裾。下句見上子雲識字終投閣注。**狂走終奚適，微才謝所欽。**吾舍魯奚適。陸士衡：寤寐靡安豫，願言思所欽。朱浮與彭寵書云：獨中風狂走，自損盛時〔一〇〕。**吾安藜不糝，汝貴玉爲琛。**孔子藜羹不糝。趙云：上句以孔子自處也。汝，指湖南親友也。貴玉爲琛，琛者，寶也。詩云來獻其琛是已。言其所以爲寶者，貴用玉而充之也。**烏几重重縛，鶉衣寸寸針。**趙云：烏几，烏皮几也。齊謝朓有烏皮几詩。鶉衣，即衣如懸鶉之謂也。**哀傷同庾信，述作異陳琳！**庾信作哀江南賦，陳琳爲袁紹檄豫州曹公。趙云：庾信有哀江南賦，哀傷同之，則皆所以憂國也。陳琳爲袁紹作檄，謗詈曹公父祖。及曹公公得之，愛而不咎。今公句自言其無爲人作謗詈語，所以爲異也。或云，陳琳健於章表，曹公嘗見其檄而頭風愈。今公自謙，以爲其述作不能似之。於義亦通。**十暑岷山葛，三霜楚户砧。**葛，蜀布也。十暑不易，言其貧也。三霜，居楚三易屋霜。

趙云：書云：岷山導江。有此岷山兩字，而用對楚户，則史記云：楚雖三户，亡秦必楚也。岷山言葛，則蜀中出布故也。楚户言砧，則楚俗多擣寒衣故也。葛以御夏，故云暑。論語曰：當暑袗絺綌。莊子云：冬裘夏葛。是已。擣衣在孟秋，故云霜。庾信夜聽擣衣詩云：秋夜擣衣聲，飛度長門城。淮南子云：七月百蟲蟄伏，青女乃出以降霜露。此霜之所以言孟秋也。此兩句句法正與荆南述懷云「九鑽巴噀火，三蟄楚祠雷」同，各於一句中言年辰，言處所，言時候又並相契無差。以清明而言，故巴噀火曰九鑽，則自庚子數至戊申，在西、東蜀，在夔，九年見清明也。以暑服而言，故岷山布曰十暑，其與上在西、東蜀，在夔者九年同，而大曆二年有閏六月〔一一〕，又可以當一暑矣，蓋言九暑可也，著十字以著見其閏焉。月詩云「二十四回明」，兼閏六月望，方敷其數，亦以著見其閏也。若述懷下句以八月而言，故楚祠雷曰三蟄。今詩下句以七月而言，故楚户砧曰三霜，豈不相契無差乎？

叨陪錦帳坐，久放白頭吟。郎官有錦帳，見漢百官志。司馬相如將聘茂陵人爲妾，文君賦白頭吟。

反樸時難遇，忘機陸易沈。老子：還淳返樸。杜補遺：莊子載孔子之言曰：方且與世違而心不屑與之俱。是陸沈者也，其市南宜僚耶？文選詩：道勝貴陸沈。注：無水而沈〔一二〕，謂之陸沈。史記：武帝時齊人東方朔坐席中，酒酣，據地歌曰：陸沈於俗，避世金馬〔一三〕。趙云：上句傷俗之澆薄矣，下句忘機字，未見祖出，止見唐人詩曰：我爲忘機方到此，寄言鷗鳥不須驚。以俟博聞。

應過數粒食，得近四知金。鷦鷯賦：巢林不過一枝，每食不過數粒。後漢：王密懷金遺楊震曰：夜無知者。震曰：天知〔一四〕、地知、子知、我知，是四知。遂不受，密慙而退。趙云：今云應過，得近，則以口腹之累，不比鷦鷯數粒而已。如是，則須金以拯客窮，所以近金而無嫌也。

春草封歸恨，源花費獨尋。劉安招隱：王孫遊兮不歸，春草生兮萋萋〔一五〕。下句見上欲問桃源宿注。趙云：上句言其故園之草有懷恨以待公之歸也。武陵桃源，在今鼎州。公既南征矣，有尋源花之便也。

轉蓬憂悄悄，行藥病涔涔。見生涯獨轉蓬注。柏舟，詩：憂心悄悄。鮑明遠有行藥至城東橋詩，注謂照有病，服藥行以宣導之。漢霍光夫人顯謀毒許后，后免身，取附子并合太醫大丸飲之，有頃，頭岑岑也〔一六〕。趙云：上句公自傷其流落也，下句自閔傷其疾病也。但許后傳岑岑字無水傍。瘞夭追潘岳，潘岳有悼亡詩，懷舊、寡婦二賦。杜正謬：潘岳傷弱子序曰：三月壬寅，弱子生。五月之長安。壬寅，次于新安之千秋亭。甲辰而弱子夭。乙巳，瘞于亭東。故岳西征賦云「天赤子於新安，坎路側而瘞之」是也。持危覓鄧林。山海經云：夸父死。棄其杖，而爲鄧林。列子云：夸父不量力，欲逐日影，逐之於嵎谷之際。渴欲得飲，赴飲河渭，不足，將走北飲大澤。未至，道渴而死。棄其杖，尸膏肉所浸〔一七〕，生鄧林，彌廣數千里焉。趙云：貼之以持危，則語云危而不持也。蹉跎翻學步，阮籍：娛樂未終極，白日忽蹉跎。壽陵餘子學步於邯鄲，失其故步，匍匐而反。趙云：公自傷其隨流俗也。感激在知音。趙云：公自傷其無識之者也。子期死，伯牙破琴絶弦，終身不復鼓。却假蘇張舌，高誇周宋鐔。蘇秦、張儀。莊子說劍：王曰：天子之劍，何如？曰：天子之劍，以燕谿石城爲鋒，齊岱爲鍔，晉魏爲脊，周宋爲鐔，韓魏爲鋏。趙云：所謂掉三寸之舌者也。兩句通義，言雖欲爲說客，則所談者王道也。納流迷浩汗，峻址得嶔崟。趙云：以比所求見之人。其人如海之納流，而我迷其勢之浩汗。海賦云漻藹浩汗也。其人如山之峻址，而我得其嶔崟。選詩云：南山鬱嶔崟。城府開清旭，松筠起碧潯。趙云：上句則言諸公在幕府一句也。清旭字，舊本以其諱字改作清日，便無義理。若作清旦，猶可也。此義在衆官之入府矣〔一八〕。下句則公自言其舟之所在。潯，韻書云：旁深也。如楚詞弭節乎江潯是已。披顔爭倩倩，逸足競駸駸。詩：載驟駸駸〔一九〕。趙云：上句則言往披承諸公之顔，爭爲倩倩以相待。詩云：巧笑倩兮。主在乎言笑也〔二〇〕。下句則又以驟馬比諸公也。朗鑒在愚直，皇天實照臨。左傳：皇天后土實聞此言。趙云：愚直，公自謂也；朗鑒存之，則所以望諸公也。皇天實照臨，則公又自言愚直可以合天心也。論語曰：古之愚也直。詩云：日居月諸，照臨下土〔二一〕。公孫仍恃險，侯景未生擒。蜀都賦：長城豁險，吞若巨防。一人守隘，萬夫莫向。公孫躍馬而稱帝，劉宗下輦而自王。左傳：不恃險與馬。侯景，陷臺城者。趙云：是時，節度之中有恃險如公孫述之在夔者，有攻犯城邑如侯景陷城者。公欲攻其險而生擒其人，此公之愚直矣。高歡與宇文泰相持於渭曲，泰命將士皆偃戈於葦中。歡曰：縱火焚之如何？侯景曰：當生擒黑獺，以示百姓。若衆中燒死，誰復信之？

書信中原闊，干戈北斗深。趙云：長安之城號北斗，以其上當之也。此句又見長安之旁近猶有兵馬，所以北斗在乎干戈之外爲深矣。

畏人千里井，薛云：按西山十二真君傳：許真君弟子施岑揮蜃中其股，遂奔入豫章城西門外投泉井中。真君尋井脉追之，直至長沙。趙云：薛蒼舒引非是，出處初無千里井三字也。竊考千里井有兩事。諺云：千里井，不瀉剉。以其有汲飲之日也。唐有蘇氏演義小説者，載金陵記云：日南計吏止于傳舍間，及將就路，以馬殘草瀉於井中而去，謂無再過之期。不久，復由此，飲于此井，遂爲昔時剉節刺喉而死。故後人戒之曰：千里井，不瀉剉。或又云：千里井，不堪唾。亦是古語。故陳徐陵作玉臺新詠，載劉勳妻王氏雜詩云：千里不唾井，況乃昔所奉。爲客於外，所逢者皆千里之井也。然謂之畏人，則剉節刺喉，於義爲近。古詩：客子常畏人。

問俗九州箴。揚雄傳贊：箴莫善於虞箴，作州箴。晉灼曰：謂九州之箴。趙云：箴載在藝文類聚中。記云：入國而問俗。問九州箴，則公之俯仰隨世可知矣。

戰血流依舊，軍聲動至今。

葛洪尸定解，後漢方術傳注：尸解者，言將登仙，假托爲尸以解化也。葛洪傳：卒年八十一。視其顏色如生，體赤柔軟，舉尸入棺，甚輕，如空衣，世以爲尸解得仙[二二]。

許靖力還任。蜀志曰：許靖，字文休。少與從弟劭俱知名[二三]，並有人倫臧否之稱，而私情不協。排靖不得齒叙也。趙云：上句所以重傷其遭危難而不得不流落矣，又引下句之所思：若能如葛洪，則尸定解。今公云此，以言欲南往以求丹砂，必享此也。王朗嘗與許靖書曰：足下周流江湖，以暨南海，歷觀夷俗，可謂遍矣。如靖之力，還可勝任，又以言南往而避難也。

家事丹砂訣，無成涕作霖。葛洪爲句漏令，求丹砂。趙云：家事丹砂訣是兩件事，言處辦家事及營求燒丹之訣，兩無所成，所以涕如霖也[二四]。涕如霖，則涕泣如雨之霖也。

【校勘記】

〔一〕「造」，文淵閣本、文津閣本、文瀾閣本作「作」。

〔二〕「比」，原作「此」，據史記卷二十一律曆志改。

〔三〕「謝朓」，原作「鮑照」，檢鮑照詩無「曉星正參落」句，考文選卷二十七、齊詩卷三謝朓京路夜發有此句，據改。

〔四〕「見」，文淵閣本、文津閣本、文瀾閣本作「在」。

〔五〕「檻」，文淵閣本作「轞」。

〔六〕「逢」，文淵閣本作「進」。

〔七〕「白板扉」，文淵閣本作「板扇」。

〔八〕「露」，文淵閣本、文津閣本、文瀾閣本作「霧」。案，楚辭章句卷十大招作「霧」。

〔九〕「花林」，文淵閣本、文津閣本、文瀾閣本作「荒林」。案，文選卷二十九、晉詩卷七張景陽雜詩作「荒楚」。

〔一〇〕「損」，後漢書卷三十三朱浮傳、文選卷四十一、全後漢文卷二十一朱浮與彭寵書作「捐」。

〔一一〕「大曆」，原作「大歴」，清刻本、排印本作「大歷」，「歷」爲「曆」之古字，係避諱，此改。

〔一二〕「而」，文淵閣本作「是」。

〔一三〕「避」，文淵閣本作「僻」，訛。

〔一四〕「知」，文淵閣本作「地」。

〔一五〕「兮」，底本漫滅，據文淵閣本、文津閣本、文瀾閣本、清刻本、排印本補。

〔一六〕「岑岑」，文淵閣本作「涔涔」。

〔一七〕「肉」，文淵閣本作「同」，訛。

〔一八〕「此」，原作「比」，訛，據文淵閣本、文瀾閣本改。

〔一九〕「驟」，文淵閣本、文津閣本、文瀾閣本作「駿」，訛。

〔二〇〕「乎」，文淵閣本作「手」，訛。

〔二一〕「照臨下土」，文淵閣本作「德照臨御」。

〔二二〕「尸解得仙」，文淵閣本作「屍解後得仙」。

〔二三〕「與」，文淵閣本作「年」。

〔二四〕「兩」，文淵閣本作「而」。

奉贈蕭二十使君

昔在嚴公幕，俱爲蜀使臣。艱危參大府，前後間清塵。自注：嚴再領成都，余復參幕府。趙云：廣德二年五月，合劍南東、西川爲一道，再以黄門侍郎嚴武爲節度使。公春晚自閬攜家歸蜀，再依武。武奏爲節度參謀。今贈蕭詩而云間清塵，則蕭是嚴公初鎮時入幕，而公在其再來時，所以爲間也。公自注之義亦明。司馬相如諫獵疏曰：犯屬車之清塵。

起草鳴先路，乘槎動要津。乘槎，見上虚乘八月槎注。要津，見古詩先據要路津注。趙云：上句則蕭使君初自嚴幕而往，必爲舍人之職矣。唐制：舍人六人，正五品上，掌侍進奏，參議表章。凡詔旨、制敕、璽書、册命，皆起草進畫。既下，則署行。鳴先路，以駿馬比而貼之也。下句所以言其貴也。王鳧聊暫出，蕭雉只相馴。見遠愧尚方曾賜履注。蕭望之爲郎，有雉隨車。魯恭爲中牟令，翟雉馴于桑下。趙云：蕭廣濟孝子傳：蕭芝至孝，除尚書郎。有雉數十頭，飲啄宿止。當上直，送至岐路；下直入門，飛鳴車前。今云蕭雉只相馴，則蕭使君其官應是尚書郎也。舊注既誤以爲蕭望之，又引魯恭爲中牟令，雉馴桑下，惑後學矣。終始任安義，前漢：任安，字少卿，爲益州刺史予司馬遷書〔一〕，責以古賢臣之義也。杜正謬：謹按前漢書：衛青爲大將軍，霍去病爲驃騎將軍，定令令禄秩與大將軍等。自是青日衰，而去病日益貴。故人門下多去事去病，輒得官爵，惟獨任安不肯去。子美是詩首句云：昔在嚴公幕，俱爲蜀使臣。及有埧箎、金石、食恩之語。元注云：嚴公歿後，老母在堂。使君温清之問，甘脆之禮，名數若己之庭闈焉。太夫人傾逝，又撫孤之情不減骨肉。以是考之，足以見蕭使君如任安之事衛青，有終始之義。舊注所引非是。荒蕪孟母鄰。趙云：孟母事，見列女傳。字則何平叔景福殿賦：嘉班妾之辭輦，偉孟母之擇鄰。今句云荒蕪孟母鄰，則譬嚴母如孟母。既死，則所擇鄰以居止之處荒也。

聯翩匍匐禮，意氣死生親。自注：嚴公歿後，老母在堂。使君温清之問〔二〕，甘脆之禮，名數若己之庭闈焉〔三〕。太夫人傾逝，襄事又首諸孫。主典撫孤，不減骨肉〔四〕，則膠漆之契可知矣。唐舊史：秦王世民謂尉遲敬德曰：丈夫意氣相期。趙云：非公自注如此分明，則誰能知之？所以一部中凡有小注，不可不謂之公自注而削去之也。詩云：凡民有喪，匍匐救之。史云：一死一生，乃見交情也。張老存家事，嵇康有故人。左傳：晉侯以張老爲中軍司馬。嵇康臨死謂子曰：山公在，汝不孤矣。趙云：上句，檀弓曰：晉獻文子成室，晉大夫發焉。張老曰：美哉輪焉，美哉奐焉。歌於斯，哭於斯，聚國族於斯。文子曰：武也得歌於斯，哭於斯，聚國族於斯，是全要領以從先大夫於九京。北面再拜稽首。君子謂之善頌善禱。今句云張老存家事，則以張老比蕭使君，言能存嚴公之家事，使得令諸孫奉太夫人襄事，哭於斯，聚國族於斯，不失其家也。舊注殊不相干也，嵇康以比嚴公，故人則指言蕭使君也。食恩慚鹵莽，鏤骨抱酸辛。趙云：兩句重言蕭之報嚴如此。蓋以蕭使君之心，舊食嚴公之恩，尚慚報之鹵莽。莊子曰：耕而鹵莽之，則其實亦鹵莽而報予。蕭使君銜嚴公之恩，銘鏤肌骨，常抱酸辛，故敬其母，營其家，非報恩之謂乎？阮嗣宗詠懷有云：對酒不能言，悽愴懷酸辛。巢許山林志，夔龍廊廟珍。巢父、許由；夔與龍也。趙云：上句則公自比也，下句則以言蕭使君也。言如二人之材，當在廊廟堂之上也。鵬圖仍矯翼，熊軾且移輪。見泊岳陽樓詩變化有鵾鵬注。趙云：兩句通義，言蕭使君如大鵬之圖南，仍矯奮其翼，固當遂晉擢矣，而且爲太守，故憑態軾以移輪也。熊軾，郡刺史之制。白樂天作類書，亦云隼旗、熊軾也。磊落衣冠地，蒼茫土木身。嵇康土木形骸。趙云：兩句則公又自言也。嵇康土木形骸，公言其身如之，而亦在衣冠之列也。塤篪鳴自合，金石瑩逾新。詩：天之牖民，如塤如篪。絕交論：道協膠漆志，婉孌於塤篪。文賦：被金石而德廣，流管弦而日新。趙云：言再與蕭相見，如塤篪之合，而金石不移，所以瑩逾新也。重憶羅江外，同遊錦水濱。趙云：羅江，屬綿州。錦水，則成都也。成都在羅江之外，所以紀實也。結歡隨過隙，懷舊益霑巾。陸賈傳：君何不交歡太尉，深相結。潘安仁懷舊賦：涕泣流而霑巾。趙云：傳曰：楚子使椒舉如晉，曰：寡君願結歡於二三君。過隙，言日月之疾也。史記曰：人生世上，如白駒之過隙。曠絶含香舍，稽留伏枕辰。張茂先詩：伏枕終遥昔，寤言莫予應[五]。趙云：公爲工部員外郎，而不得坐省，所以爲曠絶其舍也。下句則公言其病也。詩云：寤寐無爲，展轉伏枕。停驂雙闕早，回雁五湖春。謝玄暉：停驂我悵望。沈休文：施雁每回翔[六]。趙云：上句則又言其不得朝謁，而思入朝之士。下句則言其在湘、潭之間時候也。周禮：揚州其浸五湖。張勃吴録：五湖者，太湖之别名，以其周行五百里，故名之。或説太湖、射貴湖、上湖、洮湖、滆湖。按國語吴越戰於五湖，直上笠澤，一湖中戰耳，則知或説非也。蓋太湖一名震澤，一名笠澤，一名洞庭也。古稱雁不過南嶽，故衡山有回雁峰。不達長卿病，從來原憲貧。見上長卿多病注。第一篇「難甘原憲貧」注。趙云：上句長卿有消渴之疾，而公亦同之，故自怪其不省解如此。公每以原憲自比其貧。監河受貸粟，一起轍中鱗。見莊子轍魚事。趙云：句則有求於蕭使君矣。莊子曰：莊周家貧，故往貸粟於監河侯。監河侯曰：我將得邑金，貸子三百金。周忿然作色曰：周昨來，有中道而呼者，顧視車轍有鮒魚焉[七]。問之曰：子何爲者耶？對曰：我東海波臣也。君豈有斗升之水而活我哉？周曰：諾。我將南遊吴越之王，激西江之水而迎子，可乎？鮒魚忿然作色曰：吾得升斗之水然活爾。君乃言此，曾不如早索我枯魚之肆！

【校勘記】

〔一〕「予」，原奪，據漢書卷六十二司馬遷傳「故人益州刺史任安予遷書」云云補。

〔二〕「問」，文淵閣本、文津閣本、文瀾閣本作「間」，訛。

〔三〕「闈」，文淵閣本作「關」。

〔四〕「減」，文淵閣本作「滅」。

〔五〕「予」，原作「子」，據文淵閣本、文津閣本、文瀾閣本改。

〔六〕「施」，文淵閣本、文津閣本、文瀾閣本、清刻本、排印本作「旋」，文選卷三十、梁詩卷七沈休文詠湖中雁詩作「旅」。

〔七〕「顧」，原作「願」，據文淵閣本、文津閣本、文瀾閣本、清刻本、排印本並參莊子集釋外物改。

奉送二十三舅録事之攝郴州 崔偉

賢良歸盛族，吾舅盡知名。趙云：周禮：友行以尊賢良。賢，則行之傑；良，則才之美，故漢以爲科目之名。徐庶高交友，劉牢出外甥。徐庶謂先主曰：諸葛孔明乃卧龍也，將軍豈欲見之乎？先主遂詣見。桓玄曰：何無忌，劉牢之外甥，酷似其舅，今舉大事，孰謂無成？趙云：上句言崔舅，下句則公以何無忌自待也。泥塗豈珠玉，環堵但柴荆。趙云：上句又以言崔舅，謂明珠白玉之質，豈宜辱在泥塗乎？下句則又公自言耳。謝靈運初去郡云：促裝反柴荆。衰老悲人世，驅馳厭甲兵。趙云：公又自言年之衰老，在人世爲可悲。公之所以驅馳流寓，豈不厭當時有甲兵之亂乎？氣春江上别，淚血渭陽情。謝玄暉：江上徒離憂。詩：我送舅氏，曰至渭陽。趙云：上句道其別之時與別之處。淚血，則所謂淚盡繼之以血。晉書：世無渭陽情。舟鵠排風影，林烏反哺聲。趙云：上句言崔舅之船，下句則崔舅應侍太夫人以行也。晉成公綏烏賦序曰：烏之爲瑞久矣。以其反哺識養〔一〕，故爲吉鳥。李善注文選，有曰：純黑而反哺者，烏也。束皙補亡詩云：嗷嗷林烏，受哺于子。永嘉多北至，句漏且南征。永嘉之亂，元帝渡江，衣冠多自北至。葛洪求爲句漏令，以有丹砂也。楚詞：泊吾南征。趙云：上句言崔舅自北而來也，下句言崔舅往郴州也。必見公侯復，終聞盜賊平。趙云：左傳：公侯之子孫，必復其始。今句以見崔舅貴人孫也。郴州頗凉冷，橘井尚淒清。趙云：蓋以南方多熱，而此郡獨凉矣。橘井，在郴〔二〕。神仙蘇耽於山下鑿井種橘，救鄉里之疾病者，以井泉服一橘葉即已。從役何蠻貊，居官志在行。趙云：子曰：言忠信，行篤敬，雖蠻貊之邦行矣。又左傳曰：當官而行，何强之有？今參用之矣。

【校勘記】

〔一〕「識」，原作「失」，據文淵閣本、文瀾閣本並參全晉文卷五十九成公綏烏賦序改。又，文津閣本作「謝」，訛。

〔二〕「郴」字下，文淵閣本、文津閣本、文瀾閣有「州」字。

送魏二十四司直充嶺南掌選崔郎中判官兼寄韋韶州

趙云：韋韶州者，即前所謂員外，名迢者也。

選曹分五嶺，使者歷三湘。上句見前「雲山兼五嶺」注。下句云三湘，謂洞庭七澤。按楚以南，江、湘、沅水，皆會巴陵洞庭，陂號爲三湘，蓋謂三江。趙云：上句言崔郎中之充嶺南掌選也，下句則崔郎中出爲使經歷三湘而往也。三湘之名，按樂史寰宇記云湘潭、湘鄉、湘源也。才美膺推薦，君行佐紀綱。語：周公之才之美。左傳：紀綱之僕。趙云：上句又以言魏爲人所薦而爲判官也。下句則言魏君之行佐崔君之紀綱也。書亂其紀綱，禮云以爲紀綱是已。舊注引紀綱之僕〔一〕，何其下也。佳聲期一作斯。共遠，雅節在周防。趙云：上句則魏、崔皆著佳聲而共遠矣，次句則戒魏之佐選事如下句也。明白山濤鑒，山濤前後選舉，周徧内外，而並得其才。所甄拔人物，各爲題目，時稱山公啓事。趙云：戒魏君之佐選事，當以山公也〔二〕。嫌疑陸賈裝。陸賈説南越尉佗，佗賜賈槖中裝直千金。今魏君往嶺南充掌選判官，苟有千金之裝如陸賈，則爲嫌疑矣。趙云：此又戒之以廉也。故人湖外少，春日嶺南長。趙云：故人湖外客，此是韋迢詩全句。公改一字，而精神健矣。憑報韶州牧，新詩昨寄將。

【校勘記】

〔一〕「注」，文淵閣本作「至」。

〔二〕「戒」，原作「或」，訛，據文淵閣本、文津閣本、文瀾閣本改。

送趙十七明府之縣

連城爲寶重，盧子諒：連城既僞往，荊玉得真還。趙云：連城事，言和氏之璧也。史記曰：趙惠王得和氏璧，秦昭王聞之，使人遺趙王書，願以十五城易璧。今句云所以美趙十七也。茂宰得才新。杜補遺：謝玄暉和伏武昌登孫權故城詩云：雄圖悵若茲，茂宰深遐睠。故李太白贈義興宰詩亦云：天子思茂宰，天枝得英材。趙云：舊注指爲卓茂，誤矣。山雉迎舟楫，江花報邑人。語曰：山梁雌雉。趙云：上句則禽鳥知所馴，下句則草木知所喜。皆美言之，蓋言江花時節報君之到也。論交翻恨晚，卧病却愁春。趙云：上句言公與趙君晚方論交也。謝玄暉有在郡卧病呈沈尚書詩。惠愛南翁悦，餘波及老身。趙云：蓋言施惠愛而南人喜悦，公自謂老身亦霑其餘波也。漢項籍傳云南公。禹貢云：餘波入于流沙。而義則左傳云：其波及晉國者，君之餘也。

燕子來舟中作

湖南爲客動經春，燕子銜泥兩度新。見第二卷「銜泥附炎熱」注。趙云：燕子，出家語延陵季子適晉曰：異哉！夫子之在此，猶燕子巢於幕也。兩度新，則大曆四年、五年之春，四年在潭州城中，今歲在舟中，欲儘南往湖南也。舊入故園常識主，如今社日遠看人。可憐處處巢君室，古詩：思爲雙飛燕，銜泥巢君室。何異飄飄托此身。暫語船檣還起去，穿花落水益霑巾。趙云：至於霑巾，則以飄飄托此身而有感也。

同豆盧峰貽主客李員外賢子棐知字韻

鍊金歐冶子，噴玉大宛兒。張景陽七命：楚之陽劍，歐冶所營。杜補遺云：穆天子東遊黃澤，宿于西洛。謠曰：黃之澤，其馬歕玉，皇人壽穀。又賈復顧兒謂弟曰：此吾宗大宛兒也，一日千里亦可。歕與噴同。趙云：兩句以美李員外之子。上句比之以劍，下句比之以馬。歐冶事，吳越春秋及越絕書皆載越王允常聘吳之歐冶子作名劍五枚。引之以鍊金字，在本出雖無，而道書有鍊金之術，主言鍊以服食，今借其字用耳。大宛事，前漢禮樂志：馬生渥洼水中，詩云：霑赤汗，沫流赭。應劭曰：大宛馬汗血霑濡也。符彩高無敵，聰明達所爲。薛夢符補遺云：按禮記：君子比德於玉焉？孚尹旁達，信也。注：孚尹讀爲浮筠，謂玉采色也。杜正謬：曹子建七啓曰：佩則結綠懸黎，寶之微妙。符彩照爛，流景揚揮。注：結綠懸黎，皆寶也；符光景輝，皆彩也。左太沖蜀都賦：金沙銀礫，符彩彪炳。魏文帝車渠椀賦：苞華文之光麗，發符彩而揚榮。夢蘭他日應，折桂早年知。左傳：鄭文公賤妾燕姞，夢天使與己蘭，曰：以是爲而子。以蘭有國香，人服媚之。既而文公與之蘭而御之。辭曰：妾幸而有子，將不信，敢徵蘭乎？穆公名曰蘭也。下句見禮闈新折桂注。爛漫通經術，光芒刷羽儀。沈休文湖中雁詩：刷羽同摇漾。易：鴻漸于陸，其羽可用爲儀。趙云：班固幽通賦：皇十紀而鴻漸兮，有羽儀於上京。謝庭瞻不遠，潘省會於斯。晉史：謝太傅：諸子若芝蘭玉樹，生於庭階。潘安仁：寓直于散騎之省。趙云：今公乃工部員外郎，李乃主客員外郎，盧亦必官是省郎，三人相會，故云潘省會於斯。記云：歌於斯，哭於斯。唱和將雛曲，田翁號鹿皮。上句見七卷病柏詩注〔一〕，下句見五卷遣興詩注。趙云：樂府有鳳將雛之曲，以鳳比李棐也。鹿皮翁，公自謂也。

【校勘記】

〔一〕「七」，原作「五」，檢病柏詩見本集卷七，據改。

歸雁二首

萬里衡陽雁，今年又北歸。應德璉詩：朝雁鳴雲中，音響一何哀。問子遊何鄉，戢翼正徘徊。言我塞門來，將就衡陽棲。往春翔北土，今冬客南淮。雙雙瞻客上，一一背人飛。雲裏相呼疾，沙邊自宿稀。繫書元浪語，見雖無南過雁注。愁寂故山薇。

再吟

欲雪違胡地，謝靈運詩：季秋邊朔苦，旅雁違霜雪。又，嗷嗷雲中雁，鳴舉自委羽。求涼弱水湄，違寒長沙渚〔一〕。趙云：列子曰：雁違寒就温。此違字祖出也。先花別楚雲。月令：雁北鄉。管子曰：雁秋北春南，言其避寒也。楚，南也，故曰先花別楚雲。却過清渭影，高起洞庭群。塞北春陰暮，江南日色曛。謝靈運：朝忌曛日馳〔二〕。又，朝遊窮曛黑。趙云：春秋説題云雁之南北，以陽動也，故方欲雪而違背胡地以來〔三〕，花欲開而乃先花而去。言別楚雲，亦據所詠雁處言之。若又言清渭、洞庭、塞北、江南，則皆雁往來之地矣。傷弓流落羽，行斷不堪聞。更羸引虛弓而雁落〔四〕，人問之，曰：此雁傷弓也。鮑明遠詩：傷禽惡弦驚，倦客惡離聲。趙云：傷弓字，出處不專是雁。有曰傷弓之鳥驚曲木，又曰傷弓之鳥必爲期。而於雁言之，則亦可矣。舊注引更羸引虛弓而雁落，人問之，曰：此雁傷弓也。按此事出戰國策，載魏加對春申君之言，止云更羸謂魏王曰：臣爲王引弓虛發而下鳥。有雁從東方來，更羸以虛發而下之。魏王曰：然則射可至此乎？更羸曰：此孽也。即無傷弓字，蓋意雖是而字非，亦爲摸稜矣。羸，音力追反，又非盈字。

【校勘記】

〔一〕「鳴舉」，文選卷三十、宋詩卷三謝靈運擬魏太子鄴中集詩八首其六作「舉翮」。

〔二〕「忌」，原作「忘」，據文淵閣本、文津閣本、文瀾閣本並參文選卷二十五、宋詩卷三謝靈運酬從弟惠連改。

〔三〕「方欲雪而違背胡地以來」，「胡」文瀾閣本作「邊」。又，「來」文淵閣本作「麥」，訛。

〔四〕「贏」，原作「盈」，據下文所引「更贏謂魏王曰」云云並參戰國策卷十七「天下合從」條改。以下均同。

小寒食舟中作

佳辰强飲食猶寒，隱几蕭條帶鶡冠。漢輿服志：虎賁武騎皆鶡冠。南郭子綦隱几，見莊子。趙云：佳辰雖彊飲而其食猶是寒物，此爲小寒食言之也。鶡冠者，隱人之冠也。袁淑眞隱傳：鶡冠子，或曰楚人，隱居幽山。衣敝履穿，以鶡爲冠，莫測其名，因服成號。著書言道家，馮諼常師事之，後顯於趙。鶡冠子懼其薦己也，乃與諼絶。舊注誤矣。春水船如天上坐，老年花似霧中看。趙云：有士夫傳黄魯直云：前人詩有水面船如天上坐，杜公改一春字，而精神炯然，可謂點鐵成金。魯直之言如此。但學者未見前人何人詩也。次公獨見沈佺期釣竿篇亦曰：人如天上坐，魚似鏡中懸。豈正是此句而傳者不審邪？娟娟戲蝶過閑幔，片片輕鷗下急湍。趙云：世有王立之詩話，載老杜家諱閑，而詩中有云：娟娟戲蝶過閑幔。或云，恐傳之謬。又有燕王使君宅詩云：泛愛憐霜鬢，留歡卜夜閑。一云上夜闌。余以爲皆當以閑字爲正，臨文恐不自以爲避也。立之之説如此。若次公則以上夜闌於義方活。具本詩解。今則當以閑字爲正，乃臨文不諱之說。雲白山青萬餘里，愁看直北是長安！鮑明遠：灞陵望長安。徐敬業：回首見長安。王粲：回首望長安。一本作看雲直北是長安。

清明二首

趙云：此詩在潭州作，蓋今歲大曆四年之清明也。潭州，舊曰湘州。隋改爲潭，取昭潭名之。今公詩使定王城賈誼井事，所以知在潭州作。公於今年春發岳陽，泛洞庭，至潭州，遂留終歲。而次年春發長沙，入衡陽，則在湘潭見清明也。

朝來新火起新煙，湖色春光浮客船[一]。周禮司烜氏：仲春以木鐸修火禁於國中。注謂季春將出火也。故子美引新火而用也。趙云：按唐制，清明日賜百官新火。楊巨源清明詩曰：榆柳芳辰火，梧桐今日花。賈島詩曰：晴風吹柳絮，新火起厨煙。皆新火之證也。以其繫舟在湘岸，故云湖色春光。繡羽銜花他自得，紅顏騎竹我無緣。射雉賦有綺翼繡頸。郭伋傳：小兒騎竹馬。趙云：繡羽者，眼前所見文禽也。銜花亦是禽之實事。唐人詩有云：鳥銜花落碧巖前。若其字，則於佛書又有鹿銜花之類。繡羽銜花、紅顏騎竹，此清明之景，而妙處在他自得、我無緣六字。蓋鳥銜花而自得，人之弗如也；稚子騎竹之戲，我不復然，則老者之弗如也。胡童結束還難有，楚女腰支亦可憐。趙云：胡童結束，似指言陝西之事，蓋彼中有胡商居焉，則宜有之矣。今於荆湖，既難有矣。而可憐者，楚女腰支而已。楚王有細腰宮故云。不見定王城舊處，長懷賈傅井依然。定王，則長沙定王也。今長沙賈誼廟中有井在焉[二]。退之井詩亦云：賈誼宅中今始見。杜補遺：盛弘之荆州記曰：湘州南寺之東賈誼宅有井，小而深，上斂下大，狀似壺，即誼所穿井。誼宅今爲陶侃廟，種柑猶有存者。庾穆之湘州記同此。**虛霑焦舉爲寒食，**事見桓譚新論及汝南先賢傳也。後漢：周舉博學，遷并州刺史。太原一郡，舊俗以介子推焚骸，有龍忌之禁，至其亡月，咸言神靈禁舉火，由是士民每冬中徹火，一月寒食，莫敢煙爨。老小不堪，歲多死者。舉既到州，乃作弔書以置子推之廟，言盛冬去火，非賢者意，以宣示愚民，使還温食。由是衆惑稍解，風俗頗革。新序曰：晉文公反國，子推無爵，遂去，之綿上，文公求之不得，焚其山，子推不出而死。事具耿恭傳。龍、星，木之位也。春見東方心，爲大火之盛，故謂之焚火。俗傳子推此日被焚而禁火也。趙云：公詩意亦是用此。似言寒食舉火而得温食，甚爲所宜，然當客寄，不足於饌，爲虛霑耳，故有下句百錢之須。然漢周舉事謂之焦舉，豈其一時之誤，或傳寫之錯，或別有姓焦名舉事出處乎？又今時寒食非在二月，則在三月，而謂之盛冬去火殘損民命，又所不解。**實藉嚴君賣卜錢。**見上憑將百錢卜注。

鐘鼎山林各天性，濁醪麤飯任吾年。薛云：按酒經曰：醪，汁滓酒也。世本曰：儀狄始作酒醪，變五味。趙云：擊鐘而食，列鼎而亨〔三〕，此鐘鼎之義，富貴人之事也。山林，則隱逸之人雖處貧賤而甘之，則與好富貴者皆天性耳。既無盛饌，姑爲麤飯而已。濁醪，則以終百錢爲飲之義。

右一

【校勘記】

〔一〕「浮」，錢箋卷十八作「淨」。

〔二〕「在」，文淵閣本、文津閣本、文瀾閣本、清刻本、排印本作「存」。

〔三〕「亨」，文瀾閣本作「烹」。

此身飄泊苦西東，右臂偏枯半耳聾。趙云：素問：黃帝之言風曰：或爲偏枯。莊子云：浸假化予右臂以爲彈。寂寂繫舟雙下淚，賈誼傳：不繫之舟。悠悠伏枕左書空。見上「咄咄已書空」注。以右臂偏枯，故書空用左也。十年蹴踘將雛遠，劉向別録：蹴踘，黃帝所造，本兵勢也。或云起於戰國，按踘與毬同，古人蹴踘以爲戲。趙云：太平總類寒食門載劉向別録曰寒食蹴踘，黃帝所造云云。今言攜妻子在外，見清明者十年矣。古樂府有鳳將雛之曲。成公綏嘯賦又云：似鴻雁之將雛。萬里鞦韆習俗同。古今藝術圖曰：鞦韆，北方戲，以習輕趫。趙云：言其去鄉之遠也。旅雁上雲歸紫塞，蕪城賦：北走紫塞雁門。杜補遺云：崔豹古今注：秦所築長城土皆紫色，漢塞亦然，故稱紫塞。子美官池春雁詩，又有青春欲盡急還鄉，紫塞寧論尚有霜之句。家人鑽火用青楓。鑽燧改火，春取榆柳之火，以順陽行火氣。趙云：楊巨源清明詩云：榆柳芳辰火。秦城樓閣煙一作鶯。花裏，漢主山河錦繡中。荊州劉備所自起，故言漢主山河。春水春來洞庭闊，白蘋愁殺白頭翁！趙云：四句則懷長安而嘆其在湘潭也。梁柳惲江南曲曰：汀洲採白蘋。壺關三老上書。車千秋曰：夢白頭翁教之〔一〕。而魏文帝書曰：已成老翁，但未頭白耳。

【校勘記】

〔一〕「車千秋」，原無，致文意失實，參見本集卷十七投贈哥舒開府翰二十韻校勘記〔四〕補訂。

贈韋七贊善

鄉里衣冠不乏賢，杜陵韋曲未央前。未央殿基在長安。杜陵、韋曲，地名也。杜補遺云：袁粲，字景倩，幼孤，祖哀之，曰：慼孫少好學，有清才。叔父淑雅重之，語子弟曰：我門不乏賢，慼孫必當復三公。爾家最近魁三象，公自注云：斗魁下兩兩相比爲三台。趙云：言其祖爲三公也。時論同歸一作因侵。尺五天。公自注：俚語曰：城南韋杜，去天尺五。北走關山開雨雪，南遊花柳塞雲煙。洞庭春色悲公子，蝦菜忘歸范蠡船。趙云：言韋戀南地之蝦菜而忘歸，如范蠡之遊五湖也。

奉酬寇十侍御錫見寄四韻復寄寇

往別郇瑕地，左傳：郇瑕，晉地。于今四十年。來簪御府筆，魏略曰：殿中侍御史簪白筆，側階而立，上問曰：此何官也？辛毗對曰：此謂御史簪筆書過，以奏不法。故泊洞庭船。詩憶傷心處，楚詞：目極千里兮傷春心。趙云：選云：愀愴傷心。春深把臂前。廣絶交論：自昔把臂之英，金蘭之友。趙云：兩句言在郇瑕相見作別之時。東觀漢記：朱暉與張堪相見，接以友道。堪至，把暉臂曰：欲以妻子托朱生。南瞻按百一作有。越，黃帽待君偏。

趙云：前漢：鄧通，蜀郡南安人也。以濯船爲黄頭郎。顔師古注曰：濯船，能插濯行船也。土勝水，其色黄，故刺船之郎皆著黄帽，因號曰黄帽郎。濯，讀曰櫂，音直孝切。寇君既按百越，則所在處常艤舟以待，故其帽偏也。

酬郭十五判官

才微歲老尚虚名，卧病江湖春復生。趙云：曹操言禰衡曰：顧此人素有虚名也。莊子曰：身在江湖之上。藥裹關心詩總廢，花枝照眼句還成。趙云：彭祖云：服藥千裹，不如獨卧。劉孝威擬古應教云：誰家妖冶折花枝。鮑照堂上歌行云：萬曲不關心。梁武帝春歌云：階上香入懷，庭中花照眼〔一〕。只同燕石能星隕，左傳：隕石于宋五。隕星也。又，星隕如雨，荀子曰：宋之愚人得燕石於梧臺之東。杜補遺：闞子曰：宋之愚人，得燕石于梧臺之側，藏之以爲大寶。周客聞而觀焉。主人齋七日，端冕玄服以發寶〔二〕。革匱十重，巾十襲〔三〕。客見俛而掩口，胡盧而笑曰：此燕石也，其與瓦甓不殊。主人大怒曰：盲瞽之言〔四〕，醫匠之心！藏之愈固，守之愈謹。自得隋珠覺夜明。隋侯之珠，夜光之璧。喬口橘洲風浪促，繫舟何惜片時程。橘洲，見上十六卷「橘洲田土仍膏腴」注。趙云：喬口在潭州。以彼處風浪促，可催遠行。今周還於風中，勸令少駐也。

【校勘記】

〔一〕「照眼」，文淵閣本、文津閣本、文瀾閣本作「眼照」。案，樂府詩集卷四十四、梁詩卷一梁武帝春歌作「照眼」。

〔二〕「玄」，原作「元」，係避諱，此改。

〔三〕「巾」，訛，原作「中」，據文選卷二十一應璩百一詩「宋人遇周客」二句下引録改。

〔四〕「盲瞽」，文淵閣本、文津閣本作「育瞽」，訛。

郭受見寄 附載〔一〕

新詩海内流傳徧，舊德朝中屬望勞。趙云：傳玄歷九秋篇云：奏新詩兮夫君。易云：食舊德也。郡邑地卑饒霧雨，見「爽攜卑濕地」注。江湖天闊足風濤。顏延年：春江壯風濤。松醪酒熟旁看醉，趙云：松醪酒在唐有之，所謂松醪春。蓮葉舟輕自學操。列子：顏回問仲尼曰：吾常濟乎觴深之淵，津人操舟若神。吾問曰：操可學乎？曰：可，善遊者數習而後能。小說：太一真人乘蓮葉舟。郭借用云。春興不知凡幾首，衡陽紙價頓能高。自注：衡陽出武家紙，又云出五里紙。邢子才苟一文出，京師爲之紙貴。庾闡造揚都賦，成偉麗，時人相傳，爭寫爲之紙貴。新添：左思三都賦成，豪貴之家競相傳寫，洛陽爲之紙貴。

【校勘記】

〔一〕詩題，文瀾閣本及錢箋卷十八作：「杜員外兄垂示詩因作此寄上　郭受。」文淵閣本、文津閣本闕此詩。

衡州送李大夫赴廣州

斧鉞下青冥，樓船過洞庭。漢武征南越作樓船。趙云：禮記云：賜斧鉞然後征[一]。故漢魏以來爲將者多言仗斧鉞。今廣州節度主兵，得使斧鉞字矣。樓船者，應劭云：大船上施馬也。漢武帝大修昆明池，治樓船，高十餘丈。帝秋風辭云：泛樓船兮濟汾河。而官有樓船將軍焉。北風隨爽氣，南斗避文星。登樓賦：向北風而開襟。王子猷：西山朝來，致有爽氣。趙云：北風，以言其時。詩云：北風其涼。南斗，以官廣南[二]。按，晉天文志：自南斗十二度至須女七度爲星紀，爲吳越之分野也。晉天文志：東壁二星主文章，明，則國多君子，是謂文星也。大中九年，日官李景亮奏云：於上象文星暗，科場當有事。沈詢爲禮部侍郎，聞而憂焉。至是三科盡覆試。北風之下，故言爽氣，南斗之下，故言文星，乃詩人之巧矣。日月籠中鳥，乾坤水上萍。潘安仁：池魚籠鳥。趙云：學者多不曉而妄爲之説。鶡冠子曰：籠中之鳥，空籠不出，而左太沖詠史云：習習籠中鳥，舉翮觸四隅。劉伶曰：俯觀萬物，擾擾焉，若江海之載浮萍。而江文通擬王粲詩曰：朝露竟幾何，忽如水上萍。於前人詩中有此籠中鳥、水上萍六字，故兩處取用，混成爲對。其句蓋言我身於日月之下，如籠中之鳥，局而不伸；於天地之中，如水上之萍，泛而無定。非謂言以日月爲籠，而我爲鳥；以天地爲水，而我爲萍也。王孫丈人行，垂老見飄零。匈奴曰：漢天子我丈人行。

【校勘記】

〔一〕「征」，禮記正義卷十二王制作「殺」。

〔二〕「以官廣南」，「官」文淵閣本、文津閣本、文瀾閣本作「言」，「南」文津閣本作「西」。

過洞庭湖 新添

鮫室圍青草，龍堆隱一作擁。白沙。護隄一作江。盤古木，迎棹舞神鴉。破浪南風正，回檣一作歸舟。畏日斜。湖光與天遠，直欲泛仙槎。一作雲山千萬疊，底處上星槎。〔一〕

【校勘記】

〔一〕「星」，錢箋卷十八作「仙」。

聞惠子過東溪新添

惠子白驢瘦，歸溪唯病身。皇天無老眼，空谷滯斯人。岩一作巖。蜜松花熟，一作古。山杯一作村醪。竹葉春〔一〕。柴門了事事，黄一作園。綺未稱臣。

【校勘記】

〔一〕正文「春」字下，僅文淵閣本有注，曰：「杜田云：陳陰鏗竹詩：葉温春日酒。」

跋宋廣東漕司本新刊校定集注杜詩

昌彼得

新刊校定集注杜詩三十六卷，宋理宗寶慶元年廣東漕司刊本，每半葉九行，行十六字，小注雙行，字數同。版心上下線口，上載每版字數，下記刻工姓名：鄧舉、劉士震、劉遷、余中、吴文彬（或吴文、文彬）、岑友、黄申、劉文、楊易、潘珏、莫衍、趙淇、范貴、楊定、鄭宗、楊茂、上官生、魯時、朱榮、郭淇、陳敬甫、楊宜、蕭仁、葉正、洪恩等，或單記名。雙魚尾，魚尾形製，頗異於浙閩地區之版刻。上魚尾下題「注杜詩（卷）幾」，下魚尾上記葉數。首冠淳熙八年成都郭知達序，次寶慶元年義溪曾噩序，再次總目。全書分體輯編，首十六卷爲古詩，自十七卷至三十六卷爲近體。每卷首行頂格大題「新刊校定集注杜詩」，不著集注人名氏。第二行詩體低二字，篇題均低三字刻，尾題則隔行刻，再隔行有「寶慶乙酉廣東漕司鋟版」木記一行，其末並有「進士陳大信」、「潮州州學賓辛安中」、「承議郎前道判韶州軍州事劉鎔同校勘」、及「朝議大夫廣南東路轉運判官曾噩」凡四行。書中遇宋諱：玄、泫、朗、匡、筐、貞、楨、徵、樹、讓、桓、構、慎、敦、郭等字缺末筆，但不甚嚴謹，獨遇神宗廟諱「旭」字，改以「廟諱」二字代之。

工部有吟，善陳時事，律切精深，時稱詩史，後世尊爲詩聖。據新唐志著録，其詩集原六十卷，另潤州刺史樊晃輯其雜著遺文，編爲小集六卷，唯經唐末五代之亂，全集不傳。宋人喜言杜詩，採蒐殘賸予以彙編者紛紛，或以年編，或以體分，或以類次。復以杜詩工於用字，意律深嚴，學者苦其難讀，論注者衆。見於宋志及目録所著録及諸家論説所引據，已不下一二十家。其傳世之本，元明以下，姑不論矣，即宋代所刊刻，除此帙外，今可考者，尚有六種，茲酌概述之。

一曰杜工部集，半葉十行，行二十字，見滂喜齋藏書記著録，云爲嘉祐四年蘇州郡守王琪所刊，其父王洙之編本〔一〕。宋仁宗寶元間王洙裒輯中外之杜集九十九卷，去除複重，定取一千四百零五篇，凡古詩三百九十九首，近體詩一千零六首，各以歲時爲先后，編爲十八卷，另採别録雜著合編二卷，共二十卷，即子琪所刊者〔二〕。唯潘氏藏本，后歸上海圖書館。經察核實，爲行款相同之兩殘本，并配補鈔本集成。一殘帙僅存卷一、卷十七至二十及補遺等五卷，從其刻工考訂爲紹興初年浙江刻本；另卷十至十二凡三卷，斷爲紹興三年吴若刻於建康府，餘卷則爲毛晉抄配，即見載於汲古閣祕本書目之宋本。王琪原刻未見傳本，紹興吴若翻刻本除此殘帙外，常熟錢氏述古堂有影抄本，張菊生曾據以影印爲續古逸叢書第四十七種。

二曰宋黄希、黄鶴補千家集注杜工部詩史卅六卷，宋嘉定十五年刊本，半葉十一行，行十九字，見絳雪樓書目及寶禮堂宋本書録，臺北亦藏有九卷殘本，此刻係以古律雜次而依年編。

三曰集千家注分類杜工部詩二十五卷，宋紹定四年趙氏素心齋刊本，半葉十二行，行廿一字，小注行廿五六字不等，見島田翰古文舊書考。此刻雖亦採黄鶴補注，但係據徐居仁分類編次本，即元代建安余氏勤有堂翻刻之祖本。

四曰杜工部草堂詩箋五十卷，外集一卷，宋寧宗時刊本，半葉十一行，行十九至二十字，小注行廿五至七字不等，文禄堂訪書記著録，但缺卷十九；又常熟瞿氏藏殘本廿六卷，見瞿目。涵芬樓藏有二殘帙，一存卅二卷，一存十八卷，見藏園群書續記。另臺北藏有一帙，僅殘存九卷，係南宋末年建安坊肆重刊本，作半葉十二行，行二十字，小注行廿六字，稍異此本。係據魯訔分體編次之本，蔡夢弼箋注。昔黎庶昌在日本嘗獲宋刊殘本，配以高麗翻刻本，覆刻入古逸叢書中，謂奪頗多，蓋從坊本出，非覆蔡箋原刻也。

五曰分門集注杜工部詩二十五卷，宋寧宗時建安坊刊本，半葉十一行，行二十字，小注行廿五至廿七字不等，見寶禮堂宋本書録。此刻亦係據徐居仁分類編次本，唯不著集注者，涵芬樓四部叢刊初編，即據南海潘氏所藏影印。

六曰門類增廣十注杜工部詩，常熟瞿氏藏宋刊本，僅殘存六卷，半葉十二行，行廿二字，小注行卅字，今遺存大陸。

此寶慶廣東漕司刊本，首見天禄琳瑯書目著録，唯題作九家集注杜詩。其本原庋置武英殿，乾隆卅八年纂修四庫全書時，始檢獲且辨爲宋槧善本，而據之收入四庫全書，并命補入天禄琳琅書目。高宗曾御製題詩二首冠之。其本係明嘉興項氏天籟閣舊藏，嘉慶二年乾清宫災，而毁於火。乾嘉間吴縣黄氏士禮居别藏一殘帙，即顧千里百宋一廛賦所謂「九家杜注，寳慶録漕，自有連城，蝕甚勿嫌」者。黄蕘圃氏注云：「殘本新刊校定集注杜詩，每半葉九行，每行十六字，所存五十五葉，即寳慶乙酉曾噩子肅重摹淳熙成都本刊于南海之漕臺者也。」雖僅吉光片羽，黄氏亦以連城視之。此殘帙，後世未見著録，殆亦佚去，亦不知所存爲卷幾。同光間歸安陸氏亦曾藏此刻殘本，殘存卷六至十一凡六卷，係鮑氏知不足齋舊藏，著録於皕宋樓藏書志及儀顧堂續跋，此殘帙今歸日本静嘉堂。本院所藏此帙，爲常熟瞿氏鐵琴銅劍樓舊藏，見於瞿氏書目著録，云：「據四庫提要有淳熙八年知達自序，寳慶元年曾噩重刊序，此本二序已佚。」今按此本二序并在，郭序首葉所鈐瞿氏及各家藏章，與其餘諸卷同，則此二序應是原有，並非後來補配，不悉瞿氏書目何以云佚？

此刻大題「新刊校定集注杜詩」，而天禄琳琅著録此書，標目云「九家集注杜詩」，四庫全書據以著録，書題亦同，並標郭知達集注。提要云：「此書集王洙、宋祁、王安石、黄庭堅、薛夢符、杜田、鮑彪、師尹、趙彦材九家之注，頗爲簡要」。蓋以曾噩所刻，係翻郭知達成都本而云。今細察此刻注所引，有鮑云、趙云、趙易云〔三〕、杜云、杜補遺、杜正謬、杜田補遺、師云、薛云、薛補遺、黄魯直、王深父序云、蔡元度云、蔡正義、集注、增添、新添等，鮑即鮑彪，師則師尹，薛指薛夢符，薛補遺當係薛倉舒〔四〕。

按宋志，薛倉舒有杜詩補遺五卷；黄魯直者，黄庭堅；王深父者，王回也；杜補遺，或杜田補遺、杜正謬當指杜田，按杜田字時可，著有杜詩補遺正謬十二卷，見宋志；另别有杜云，示不同於杜田，殆指杜修可〔五〕。修可著有杜詩續注，見宋志；趙爲趙彦材，彦材字次公，嘗著有杜詩注五十九卷，見郡齋讀書志。至若集注，增添、新添者，殆采各家成書以外之説，不專一人，蔡元度、蔡正義者，則未詳其書。由此分析，郭知達所集九家注中之王洙、王安石、宋祁三家，此刻並未採用，且所集亦不止九家，則所翻刻非淳熙郭知達集注之本明矣〔六〕。復考注中頗涉考訂，如卷一第八葉送高三十五書記詩，引趙注鞍馬引鮑照詩，云：「今考西漢匈奴傳，文帝親御鞍馬，則趙所引又在後矣」。如卷二第廿六葉奉同郭給事湯東靈湫作詩「觀水百丈湫」句，引趙注後云：「百丈湫，傳記無所明載……今故詳載其近似者，以竢博雅君子訂之」。類此，攷訂之文，全書中頗不乏。按曾噩序曰：「惟蜀士趙次公爲少陵忠臣，今蜀本引趙注最詳，好事者願得之，亦未易致，既得之，所恨紙惡字缺，臨卷太息，不滿人意。兹摹蜀本刊于南海漕臺，會士友以正其脱誤，見者必當刮目增明矣。」其下並强調讀杜詩注文之重要，是曾氏雖云摹蜀本而附載淳熙郭知達序，但序中並未明言摹郭氏集注本。嚴羽滄浪詩話云：「近南海漕臺刊杜集，亦以爲摹蜀本。雖删去假坡注，尚有王原叔以下九家，而趙注比他本爲詳，皆非蜀舊本也。」淳熙郭知達本今已無傳。嚴羽，宋季人，僅較曾氏稍晚，所云此刻非蜀舊本，引趙注比他本爲詳，足徵非盡據郭氏集注之本明矣，是以此刻當爲曾氏採舊本重爲校訂集注者〔七〕。自天禄琳瑯及四庫全書載此書爲郭知達集九家注，後世悉從其説，故不憚煩而爲辨析之。

此本卷十九、卷廿五、廿六、卷卅五、卅六凡五卷，及目録第七十三至七十五葉、卷十三第一至第五葉、卷卅二第一、二兩葉凡共十一葉原本悉缺，瞿氏仿原式版印格紙抄配，字亦仿率更，宋諱缺筆，遽視之，似爲影寫。然細察其中抄配之第廿五、廿六兩卷，所集之注文，與他卷頗異。此兩卷所引以王洙注文爲主，達五十二條，其次引黄鶴補注、蔡夢弼草堂詩箋亦復不少，並引有所謂僞東坡曰一條，此皆爲他卷所未嘗採用者。他卷所集之注多折衷於趙次公，引趙注之文獨詳，此兩卷雖亦引趙注廿四條，然文字甚簡；引薛注云夢符曰，引黄魯直云山谷曰，亦與他卷體例不一，處處皆足徵此二卷非曾噩所集南海漕臺所刻之原本，而係據他本仿宋摹抄配補者。按乾隆間内府發現宋南海漕臺刊本集注杜詩後，除收入四庫全書外，並將之刊雕以傳，即四庫簡目標注所云：「傅沅叔收得内府刊本，乃乾隆末年所刻，不在武英殿聚珍本單内者」。其本本院亦藏有一部，半葉九行，行廿一字，與聚珍版行款同，惟版式稍小，書中於仁宗御名「顒」字缺筆，應刻於嘉慶初年。其本卷廿五、廿六與此本文字悉同，殆爲此本抄配之所據，非真自宋版摹抄也。由此覘之，内府發現之宋版或即缺此兩卷，四庫館臣似即從集千家注等本抄撮補足，兩百年來未有疑及者〔八〕，予特拈出之以發其覆，以供治杜詩者之深研焉。

此帙爲長洲王世懋所舊藏，鈐有「敬美甫」一印。後歸常熟毛褒，褒爲毛晉次子，亦善藏書，鈐有「毛褒之印」、「華伯氏」、「毛褒字華伯號質菴」、「宋本」、「開卷一樂」等印五方；再復歸長洲之汪士鐘，鈐有「汪印士鐘」、「士鐘」、「閬源父」、「三十五峰園主人」等四印；汪氏藝芸書舍藏書於道光中散出，此本又爲常熟瞿紹基所得，鈐有「虞山瞿紹基藏書之印」，遞經其子鏞、孫秉淵、傳至曾孫啓甲，鈐有「菰里瞿氏」、「菰里瞿鏞」、「鐵琴銅劍樓」、「恬裕齋鏡之（秉淵）氏珍藏」、「良士（啓甲）眼福」諸印。惟另有「楊氏家藏書畫私印」一方，未悉何人，印色甚舊，殆爲明人。抗戰初期，瞿氏鐵琴銅劍樓藏書，遞有散出，此本爲滬上商人山陰沈仲濤先生購獲，秘藏之研易樓，不輕視人。宋代廣東刻本至罕，傳世尤尠，此帙爲厪存孤本，自歸沈氏，人鮮知其下落，或謂已遭劫灰。一九八〇年歲（杪）〔杪〕，仲濤先生以四十年之珍藏，垂老悉數捐贈本院，編目入藏，此書始重睹人世。杜集傳世版本雖多，皆無如此本之善，前人早有定評，四庫寫本脱誤頗多，實非善本，武英殿刻雖校勘較佳，亦世不多覯。今藏欣逢本院建院六十週年，特以此書仿原式精印傳佈，藉以誌慶。余不揣翦陋，略道其書之珍善，以諗世人。

【校勘記】

〔一〕「其父王洙」云云，此説誤以王洙、王琪爲父子。案，王洙、王琪非父子關係。王洙（九九七—一〇五七），字原叔，應天宋城人。王琪，字君玉，華陽人，徙舒；王罕之子，王珪從兄。

〔二〕「即子琪所刊者」，案，此説誤。詳見上。

〔三〕「趙易云」，案，此説不知何據。遍檢新刊校定集注杜詩，有趙云、趙亦云，並無「趙易云」。「易」應爲「亦」，概音近而誤。

〔四〕「薛指薛夢符薛補遺當係薛倉舒」云云，案，此説誤。薛倉舒，字夢符，系同一人之名與字。詳辨見本書前言。

〔五〕「不同於杜田殆指杜修可」云云，此説誤。詳辨見本書前言。

〔六〕「則所翻刻非淳熙郭知達集注之本」云云，案，此説誤。詳參本書前言。

〔七〕「此刻當爲曾氏採舊本重爲校訂集注者」云云，案，此説有誤。詳參本書前言。

〔八〕「兩百年來未有疑及者」云云，案，此説不甚確切。洪業先生杜詩引得序結尾處針對這一問題已作探討。據洪氏考訂，本書卷二十五、二十六兩卷中之注爲贋品，此殆曾板殘闕，後人乃依目録就蔡氏草堂詩箋及高崇蘭本，取詩並注補刻。洪業先生曰：「雖二卷中之詩，仍是杜詩，其如不出於郭本何？此總是遺憾，不敢不舉以告讀者也。」

附録一　杜詩補遺

杜詩補遺〔一〕

【校勘記】

〔一〕案，此據杜詩引得所附九家集注杜詩補遺增入，計二十二題二十四首詩。又，引得本補遺則據一九三一年上海掃葉山房石印仇兆鰲杜詩詳注增入，偶有删減。

李監宅二首〔一〕一作李鹽鐵。

鶴注：據梁氏編在東都作，當屬天寶初年。朱注：後一首見吴若本逸詩，草堂本入正集。

華館黄作落葉。春風起，高城煙霧開。雜花分户映，嬌燕入簾一作簷。回。一見能傾座，虛懷只愛才。鹽車一作官。雖絆驥，名是漢庭來。次章稱李監好客，從宅景叙入。風起、霧開，春晴曉色。花映、燕迴，春時景物。李能傾倒座客，以其有愛才虛懷也。顧注：驥困鹽車，比官之閑冷。然天馬來自漢庭，終當大用，蓋李爲宗室之臣也。正與前首「王孫」相應。劉楨詩：華館寄流波，豁達來風涼。曹植詩：春風起兮蕭條。何遜詩：日夕望高城，眇眇青雲外。鮑照詩：徘徊煙霧裏。丘遲書：雜花生樹，群鶯亂飛。魏澹詩：映户落殘花。北周王褒詩：初春麗景鶯欲嬌。梁簡文帝新燕詩：入簾驚釧響。吴邁遠詩：一見願道意。司馬相如傳：一座盡傾。鄒潤甫爲諸葛穆答晉王命曰：雖曰博納，虛懷下開。語林：孔北海居家，賓客日滿其門，愛才樂士，常恐不及。戰國策：騏驥駕鹽車，上吴阪，遷延負轅而不能進。淮南子：絆騏驥而求千里。庾信詩：絆驥猶千里，垂鵬更九飛。漢書贊：賓於漢庭。史記傳論：垂名漢庭。漢有鹽鐵使，故曰「漢庭來」。此切「李鹽鐵」。魏澹詩：出簾飛小燕，映户落殘花。杜云：雜花分户映，嬌燕入簾回。句法互换，而意趣更佳。陸放翁云：「楊花穿户入，燕子避簾低。」本于杜句，而姿致不減。

【校勘記】

〔一〕案，第一首見本集卷十七。

虢國夫人

詩云承恩入朝，乃虢國得寵時作。依類編入，當附麗人行之後，但未定何年耳。朱注：此詩見草堂逸詩。據張祜集，作集靈臺二首。又，萬首唐人絶句作張祜。三體詩、唐詩品匯亦作張祜。集靈臺與紫微殿相近。今按：祜乃中唐人，去天寶已久，若作追憶虢國之詞，亦當微帶亂後事，詩意全不及之，還是譏諷現在，應屬少陵作也。唐後妃傳：楊貴妃有姊三人，長曰大姨，封虢國，並承恩入宫掖。通鑑：至德二載，貴妃縊死于佛堂，虢國夫人及其子裴徽，走至陳倉，縣令薛景仙帥吏士追捕，誅之。

虢國夫人承主恩，平明上上聲。馬入金門。却嫌脂粉涴烏卧切。顏色，淡掃蛾眉朝音潮。至尊。乍讀此詩，語似稱揚，及細玩詩旨，卻諷刺微婉。曰虢國，濫封號也；曰承恩，寵女謁也；曰平明上馬，不避人目也；曰淡掃蛾眉，妖姿取媚也；曰入門朝尊，出入無度也。當時濁亂宫闈如此，已兆陳倉之禍矣。一旦紅顏委地，白骨誰憐，徒足貽臭千古焉耳！史記張良傳：平明與我會此。搜神記：上馬赴前程。前漢書：歷金門，上玉堂。王褒講德論：主恩滿溢。後漢陳蕃傳：脂油粉黛。廣韻：涴，泥着物也。楚國策：顏色變作。楊妃外傳：妃有姊三人，皆豐碩修整，工於謔浪。每入宫中，移晷方出。虢國不施妝粉，自衒美艷，常素面朝天。埽，畫眉也。詩：螓首蛾眉。蛾之眉曲而細，美人之眉似之。過秦論：履至尊而制六合。

避地

顧注：當是至德元載冬作，蓋避地白水鄜州間，竄歸鳳翔時也。此詩見趙次公本，但注云至德二載丁酉作，非也。今從顧氏。

避地歲時晚，竄身筋骨勞。詩書遂嚴滄浪詩話作遂，一作逐。牆壁，奴僕且旌旄。行在僅聞信，此生隨所遭。神堯舊天下，會見出腥臊。上四避亂傷時，下思遭逢新主而光復舊物也。能寫出皇皇奔赴之情，汲汲匡時之志。張協七命：違世陸沉，避地獨竄。劉楨詩：竄身清漳濱。王充論衡：筋骨之力。陶潛詩：詩書塞座外。漢獻帝紀：帝還洛陽，百官披荊棘，倚牆壁間。前漢書贊：衛青奮于奴僕。司馬相如報蜀守臣書：旌旄所指。舊注謂：至德二載五月，朝廷自清渠之敗，以官爵收散卒。凡應募入官者，皆衣金紫，所謂「奴僕」「旌旄」也。今按：此詩作于元年之冬，尚未見此事。盧注云：公陷賊時，方冀朝廷將士反正不暇，豈得以「奴僕」「旌旄」輒爲譏彈？當是指賊黨如田乾真、蔡希德、崔乾祐之徒，各擁旌旄耳。天子所至曰行在，指肅宗也。陶詩：聊復得此生。唐高祖禪位太宗，故稱神堯皇帝。焦氏易林：汙臭腥臊。禮記注：犬曰腥，羊曰臊。此指祿山也。

杜鵑行

此詩蔡氏編在夔州詩內，但夔州別有杜鵑詩，不應重出。今按詩中有「蜀人聞之」之語，蓋初至成都時，泛詠杜鵑也。其云「昔日蜀天子」一章，應是托物寓言，有感朝事而作。今正其先後次序。英華刻作司空曙。注云：「又見杜甫集。」蓋兩存未決也。華陽國志：魚鳧王後，有王曰杜宇，教民務農，一號杜主。七國稱王，杜宇稱帝，號曰望帝，更名蒲卑。會有水災，其相開明決玉壘山以除水患。帝遂禪位於開明，升西山隱焉。時適二月，子鵑鳥鳴，故蜀人悲子鵑鳥鳴也。成都記：望帝死，其魂化爲鳥，名曰杜鵑，亦曰子規。又記：杜宇亦曰杜主，自天而降，稱望帝。好稼穡，教人務農，治郫城，亦曰望帝。至今蜀人將農者，必先祀杜主。時荆人鼈靈死，其尸泝流而上，至文山下復生，見望帝，望帝因以爲相。

古時杜宇稱望帝，魂作杜鵑何微細。跳枝竄葉樹木中，搶佯英華作翔。瞥捩雌隨雄。毛衣慘黑貌一作自。憔悴，衆鳥安肯相尊崇？隳英華作陋。形不敢棲華屋，短翮惟願巢深叢。此章詠杜宇，以破從來望帝之説也。首段，記其形細微而狀凋悴。邵注：搶佯飛掠，有似猖狂。瞥捩，目斜視而旋折也。黲黑，淺黑色。深叢，竹木叢生處。夏侯湛飛鳥賦：舒修頸以儴佯。上林賦：轉騰撇烈。一作撇捩。朱超詩：寄語故林無數鳥，會入群裏比毛衣。易林：毛羽憔悴。陶潛詩：衆鳥欣有托。隋帝詔：尊崇聖教。謝靈運詩：華屋非蓬居。穿皮啄朽觜欲禿，苦饑始得食一蟲。誰言養雛不自哺，此語亦足爲愚蒙。聲音咽咽如有謂，英華作「咽嚱若有謂」，注云：咽，平聲。號平聲。啼略與嬰兒同。口乾音干。垂血轉迫促，似欲英華作欲以。上上聲訴於蒼穹。此憐其求食勞而啼聲慘。漢盤中詩：空倉雀苦饑。淮南子：齊莊公出獵，有一蟲舉足。雛不自哺，注見十卷。前漢楊惲書：足下哀其愚蒙。韓非子：嬰兒相與戲也。蜀人聞之皆起立，至今相效傳微風，從英華，一作教學傳遺風。迺知變化不可窮。豈思昔日居深宮，嬪嬙一作妃。左右如花紅。末歎世俗之傳訛。蜀人起立將敬，至今傳爲風俗，謂望帝之魂，變化不可窮詰也。乃今之對花哀鳴者，豈猶思深宮妃嬪之樂耶？其亦終迷不悟矣。此章前二段各八句，末段五句收。書：惟斆學半。前漢賈誼傳：遺風餘俗，尚猶未改。長門賦：步從容于深宮。

奉簡高三十五使去聲。君

高由彭州刺蜀州，公時在蜀。年譜云：上元元年，間常至蜀州之青城新津，是也。

當代論平聲。才子，如公復扶又切。幾人？驊騮開道路，鷹隼出風塵。行色秋將晚，交情老更親。天涯喜相見，披豁對一作道。吾真。吳若本作君，恐誤。

上四，稱高之才調；下四，述高之交情。驊騮致遠，鷹隼高騫，喻才人得位，可以大行其志。晚秋行色，引起下句。披豁，即開心見誠之意。舊唐書：有唐以來，詩人之達者，唯適而已。蔡琰曲：我將行兮向天涯。曹植髑髏說：是反吾真也。

送裴五赴東川

鶴注：此當是上元二年在成都作，時史朝義未平，故云「何日通燕塞」。東川，屬蜀潼川。

故人亦流落，高義動乾坤。何日通燕平聲。塞，相看平聲。老蜀門。東行應平聲。暫別，北望苦銷魂。凜凜悲秋意，非君誰與論平聲。

從在蜀說向東川，四句分截。顧注：裴必負匡時之志者，故以「高義動乾坤」稱之。何日得通燕塞乎？無使同老蜀門也。「東行」承蜀，「北望」承燕。張遠注：悲秋之意，非君莫可與論，今復從此而去，蓋重傷之也。宋孔欣詩：流落尚風波。孔叢子：羇旅之臣，慕君之高義。張衡詩：側身北望涙霑巾。別賦：黯然銷魂者，惟別而已。楚辭：竊獨悲此凜秋。

野望

鶴注：此詩寶應元年十一月在射洪縣作。程氏曰：射洪縣，在梓州東六十里。

金華山北一作南。涪音浮。水西，仲冬風日始去聲。凄凄。山連越巂音水。蟠三蜀，水散巴渝下五谿。獨鶴不知何事舞，饑烏似欲向人啼。射洪春酒寒仍緑，目極朱作極目。傷神誰爲去聲。攜？

此在射洪而野望也。山北水西，野望之地。仲冬風日，野望之時。次聯遠望，承上山水。三聯近望，起下傷神。仍在上下四句分截。山發南荒，水通楚界，數千里脉絡，包在一句。曰連、曰蟠，山形長而曲也。曰散、曰下，水勢分而合也。獨鶴有似羈棲，故見舞而訝。饑烏有感旅食，故聞啼而憐。觸目傷情，因思攜酒銷愁耳。顧注：酒煖則緑，射洪寒輕，故冬酒仍緑，應上「始凄凄」。「極目」二字，明點望字。金華山，在射洪縣北，縣又在涪水之西。方輿勝覽：金華山，在梓州射洪縣。一統志：在潼川州射洪縣北二里。錢箋：元和郡縣志：涪江水，西自郪縣界流入，在射洪縣東一百步，縣有梓潼水與涪江合流。寰宇記：涪江，自涪城縣東南，合中江東流入射洪縣。屈曲二十里，北通遂州。漢書：越巂郡，本益州西南外夷，武帝初開置。唐書：巂州越巂郡，屬劍南道。御覽永昌郡傳云：越巂郡，在建寧西北千七百里，自建寧高山相連，至川中平地，東西南北，八百餘里。一統志：今爲四川行都司。常璩蜀志：秦置蜀郡，漢高祖置廣漢郡，武帝又分置犍爲郡，後人謂之三蜀。三蜀：蜀郡漢郡健爲郡也。寰宇記：巴州北水，一名巴嶺水，一名渝州水，一名宕渠水。渝州，今隸巴縣。三巴記云：閬白二水，東南流，曲折三回如巴字，故稱三巴。水經注：武陵有五溪，謂雄溪、樠溪、力溪、潕溪、酉溪也。辰溪其一焉。夾溪悉是蠻左右所居，故謂五溪蠻也。郭棐西陽雜俎云：五溪皆盤瓠子孫所居，其後爲巴。春秋時楚子滅巴，巴子兄弟五人，流入五溪，各爲一溪之長。秦昭王伐楚，取其地，因謂之五溪蠻。寰宇記：黔州涪陵水，西北注涪州，入蜀江。黔州，今辰州地，即五溪水也。涪水至渝州，與岷江合，至忠涪以下，五溪水來入焉。此云下五溪，蓋約略大勢言之。謝朓詩：獨鶴方朝唳，饑鼯此夜啼。張正見詩：饑烏落箭鋒。元和郡縣志：梓潼與涪江合，流急如箭，奔射涪江口，蜀人謂水口爲洪，因名射洪。豳風「十月獲稻」，而云「爲此春酒」，蓋冬釀而春成也。此詩「春酒寒仍緑」，亦言冬酒。楚辭：極目兮傷春心。

惠義寺園一本無園字。送辛員外

鶴注：此亦廣德元年作。朱注：以下二首，俱見下圜、吴若、黄鶴本。櫻桃結子在春，而熟於四月。今云垂實，蓋在春末矣。

朱櫻此日垂朱實，郭外誰家負郭田。萬里相逢貪握手，高才仰望足離筵。此章從寺前時景，寫出餞別傷情。足，盡也，言仰望無窮之意，盡於離筵頃刻之間。永徽圖經：櫻桃洛中者勝，深紅色曰朱櫻，明黄色曰蠟櫻。

又送

鶴注：魯訔年譜云：公送辛員外暫至綿，詩云「直到綿州始分首」，則魯説爲是。

雙峰寂寂對春臺，萬竹青青照一作送。客杯。細草留連侵坐軟，殘花悵望近去聲。人開。同舟昨日何由得，並馬今朝未擬迴。直到綿州始去聲。分首，一作手。江邊樹裏共誰來。此章從離筵之景，重叙送別之情，在四句分截。雙峰遠景，萬竹近景。細草殘花，觸景生愁矣。綿州同往，江上獨來，説得情緒難堪。趙大綱曰：「留連」就草言，「悵望」就花言。歐公詩「野花向客開如笑，芳草留人意自閑」，亦同此意。然唯人留連，故見草亦留連，唯人悵望，故見花亦悵望耳。「寂寂」對「青青」，是借對。王維詩：落花寂寂啼小鳥，楊柳青青渡水人。王勃詩：他席他鄉送客杯。朱瀚曰：此詩，一二死句，三四無脉，五六枯拙，七八不韻，故知其爲贋作也。今按：臺上酌酒，而花草傷情，四句亦自聯絡。唯下四語，生意索然，疑非少陵手筆耳。

章梓州橘亭餞成都竇少去聲。尹 得涼字

鶴注：此是廣德元年秋作。是年九月，公至閬州。

秋日野亭千橘香，玉杯錦席高雲涼。主人送客何所作，音佐。行酒賦詩殊未央。衰老應平聲。爲難離去聲。別，一云難爲應離別。賢聲此去有輝光。預傳籍籍新京兆一作尹。，青史無勞數色主切。一作缺。趙張。橘亭之餞，公屬陪賓，故上四稱梓州厚情，下截祝少尹新政，唯第五句帶自序。盧注：東川絶域，刺史每多豪舉，如李梓州有玉袖金壺之艷，章梓州有玉杯錦席之華，亦足見天隅斗絶，戎馬不交，作宦者得優遊膴仕。此高崇文謂川中乃宰相回翔之地也。漢武帝賦「惜蕃華之未央」，央，盡也。唐書：至德二載，改成都府，置尹，視二京，故以京兆比之。漢藝文志：青史二十七篇。古人以竹爲簡，寫書，殺其青，故曰青史。漢書：趙廣漢張敞相繼爲京兆尹，吏民語曰：「前有趙張，後有三王。」

客舊館

依舊編廣德元年梓州詩内。年譜謂秋往閬州，冬晚復回梓州。據此詩，則是初秋別梓，秋盡復回也。周弘正詩：依然歸舊舘。

陳跡隨人事，初秋別此亭。重平聲。來梨葉赤，依舊竹林青。風幔何一作前。時卷，寒砧昨夜聲。或作聽。無由出江漢，愁緒一作秋渚，非。日冥冥。上四舊館秋景，下四觸物傷情。

隨人事，謂跡隨事往。杜臆：風幔，是昔有今無者；寒砧，是昔無今有者。聲字出韻，若作聽字，對卷字亦穩。杜詩五律，無失韻者。蘭亭記：俯仰之間，已爲陳跡。前投幕府詩，本用魚韻，而起借七虞無字，謂之孤雁入群格。此題客舊館，本用青韻，而後借八庚聲字，謂之孤雁出群格。

軍中醉歌寄沈八劉叟

單復編在廣德二年之夏，時在嚴武幕中也。顧注：文苑英華載暢當作。黄伯思編爲少陵詩[一]。黄山谷在蜀道見古石刻有唐人詩，以老杜「酒渴愛清江」爲韻。

酒渴愛江清，餘酣一作甘。漱晚汀。軟沙欹坐穩，冷石醉眠醒。野膳隨行帳，華音發從去聲。伶。數盃君不見，都一作醉。已遣沉冥。此詩不樂居幕府而作也。上四言草堂醉後，有倘佯自得之興；下四言軍中陪宴，非豪飲暢意之時。沈劉蓋草堂同飲者，故寄詩以見意。杜臆以此章爲倒叙，從既醉已後，溯軍中初飲之事。但飲只數杯，何至酒渴而漱，坐眠方醒乎？首尾不相合矣。又盧注謂座中不見兩君，故數杯便覺沉冥，此説亦非。軍中設宴，原非幽人同席，何必以不見爲悵耶？此須依杜臆作十字句，言數杯之後，君不見我沉冥乎。世説：劉伶病酒，渴甚。庾信詩：野膳唯藜藿。華音，謂奏中華之音，見與巴渝之調不同。庾信詩：「數盃還已醉。」揚子法言：蜀莊沉冥。李軌注：沉冥，猶玄寂，泯然無迹之貌。世説：王右軍曰：「古之沉冥，何以過此。」

【校勘記】

〔一〕「黄伯思」，「思」原作「愚」，形近而誤。案，黄伯思（一〇七九—一一一八）字長睿，别字宵賓，號雲林子，邵武人，政和中官至秘書郎。有東觀餘論傳世；曾治杜詩，見李綱重校正杜子美集序。

送王侍御往東川放生池祖席

朱注：此詩見王原叔本。蔡氏編在夔州詩内。今按：成都詩有王侍御郁及王侍御契，此或即其人歟？

詩云衰疾江邊卧，應指草堂言。放生池亦當在成都。邵注謂在蓬溪縣龍多山，誤矣。蔡曰：梓州爲東川。唐肅宗詔：天下臨池帶郭處，置放生池，凡八十一所，顔真卿爲碑。行者有祖道之祭，祭畢飲於其側，謂之祖席。

東川詩友合，此贈怯輕爲。況復扶又切。傳宗匠，舊作近。空然惜别離。梅花交近野，草色向平池。儻憶江邊卧，歸期願早知。上四送王侍御，五六池邊春景，末乃預訂歸期。東川乃詩友會合之地，故欲贈詩而怯於輕爲。況侍御能詩，共傳宗匠，徒然作惜别常語，亦何爲乎？當兹冬盡春來之際，惟願早歸，以尉衰疾，此今日送行之意也。諸本皆作「傳宗近」，意不可解。張遠指放生池，以佛家有南北宗也。此説牽强。邵注作傳踪，謂音信相通，此亦無據。按近字犯重，恐是匠字，乃字形相似而訛耳。公八哀詩云：「宗匠集精選。」宗匠二字，本袁宏書。初欲改近爲匠，尚無確據，偶閲詩紀載晉時仙讖「匠不足慮憂遠危」，馮惟訥云：「匠疑作近。」今按：彼是誤近爲匠，此則誤匠爲近，可以互證。

長吟

永泰元年之春。應瑒詩：永思長吟。

朱注：此係逸詩，收在卞圜本者，亦見吴若、黄鶴本。按：杜旃云：此詩「已撥形骸累，真爲爛熳深」，乃初辭幕府之作。樓鑰謂「東縛酬知己」，形骸之累已極，到此始得爛熳長吟耳。今編在

江渚翻鷗戲，官橋帶柳陰。花飛競渡日，草見音現。踏青一作春。心。已撥形骸累，真爲爛熳深。賦詩新一作歌。句穩，不覺一作免。自長吟。上四春郊佳景，下乃對景怡情。「翻」字「帶」字，句中着眼。競渡在江渚，踏青在柳陰，皆一水一岸對言。撥形骸，謂身世兩忘。爛漫深，謂恣情遊玩。顧注：公詩云「晚節漸於詩律細」，非細不能穩也。可見「語不驚人死不休」尚帶少年意氣。胡夏客曰：詩句已穩，猶自長吟，比

他人草草成篇，輒高歌鳴得意者，相去懸絶。或以水車，謂之飛鳧，亦曰水馬，一州士庶，悉觀臨之。抱樸子：屈原没汨羅之日，人並命舟楫以迎之，至今以爲競渡。或以爲水車，謂之飛鳧，亦曰水馬，一州士庶，悉觀臨之。荆楚歲時記：屈原以五日死于汨羅，人以舟拯之，競渡是其遺俗。唐人以中和節爲戲。踏青心，有兩説，一云足踏青草之心，一云人有踏青之心。前説爲近。賓氏壺中贅録：蜀中風俗，舊以二月二日爲踏青節。踏青，又見舊唐書代宗紀。隋煬帝望江南曲：踏青鬬草事青春。

絶句三首

單氏編在永泰元年成都詩内。鮑氏曰：謝克莊任伯云：此詩得于盛文肅家故書中，猶是吴越錢氏時人所傳，格律高妙，其爲少陵無疑。詩説雋永謂晁氏得吴越人寫本杜詩，如「日出東籬水」六首，乃九章。其一云「漫道春來好」云云。今按：前六首當另爲一處，不必併合。

聞道去聲。巴山裏，春船正好行。趙作還。都將百年興，去聲。一望九江城。趙作山。首章，欲往荆楚而作。杜臆：九江在洞庭。詳見「九江落日」注。

水檻温江口，茅堂石筍西。移船先主廟，洗藥浣花一作沙。溪。次章，見成都形勝，而仍事遊覽也。地志：温江，在成都西五十里。石筍街，在成都西門外。

謾一作設。道去聲。春來好，狂風太放顛。吹一作飛。花隨水去，翻卻釣魚船。末章，見春江風急，歎不得遠行也。杜臆：三首一氣轉下。

狂一作短。歌行贈四兄此當是永泰夏去成都之嘉戎時作，觀詩言嘉州可見。喜兄弟相見，故興至而狂歌。胡夏客曰：公之諸弟，見於詩者不一。此所贈四兄，又其諸從也。

與兄行年校一歲，賢者是兄愚者一作是。弟。叶去聲。兄將富貴等浮雲，弟竊一作切。功名好去聲。權勢。首敘兩人性情之異。等浮雲，見其賢。好權勢，見己愚。莊子：蘧伯玉行年六十而化。富貴等浮雲，用論語。長安秋雨十日泥，我曹鞲音備。馬聽晨雞。公卿朱門未開鎖，我曹已到肩相齊。吾兄睡穩方舒膝，不襪不中踏曉日。男啼女哭莫我知，身上須繒腹中實。此追敘長安往事。上四，承好權勢。下四，承等浮雲。說文：鞲，車鞴也。一曰：駕于馬口鞲。魏志臧洪傳：年爲吾兄，分爲篤友。老子：實其腹。今年思我來嘉州，嘉州酒重一作香。花繞一作滿。樓。樓頭吃酒樓下卧，長歌短詠一作歌。迭一作還，一作遠。相酬。四時八節還拘禮，女拜弟妻男拜弟。幅巾鞶帶不掛身，頭脂足垢何曾音層。洗。此又記嘉州近事。詩酒唱酬，見其豪放。男女禮拜，喜其殷勤。脱巾蒙垢，摹其狂態。庾信詩：三春冠蓋聚，八節管弦遊。後漢鮑永傳：但幅巾詣河內。注：不著冠，但幅巾束首也。通典：漢末王公名士，以幅中爲雅，是以袁紹、崔豹之徒，雖爲將帥，皆著幅巾。易：或錫之鞶帶。説文：鞶，大帶也。内則：足垢，燂湯請洗。南史：陰子春身脂垢汙，腳數年一洗，言每洗則失財敗事。吾兄吾兄巢許倫，一生喜怒長任真。率性任真，此可追比巢許處。日斜枕去聲。肘寢已熟，啾啾唧唧爲何一作何爲。人。末以贈兄之意作結。枕肘熟睡，則付人事于罔聞矣。此章首尾各四句，中二段各八句。晉書：王導能任真推分，澹如也。廣韻：啾唧，小聲也。枚乘賦：鎗鍠啾唧，蕭條寂寥。楚辭：鳴玉鸞之啾啾。古捉搦歌：窗中女子聲唧唧。

遣悶戲呈路十九曹長子兩切。

公於大曆元年春至夔州，此云「誰家數去」，又云「百遍相過」，知其作於二年之春也。路爲拾遺，院在西省，故曰曹長。

江浦雷聲喧昨夜，春城雨色動微寒。黄鸝一作鶯。並坐交愁濕，白鷺群飛太劇乾音干。。上四阻雨，是悶所由生。下四呈路，乃悶所由遣。邵注：夜經雷雨，旦必微寒。鶯畏雨而坐，若交愁其濕。鷺乘雨而飛，甚難於得乾。公身滯雨中，故見之增悶。下數語，本稱路之好客，而詞近于索飲，故云戲呈。晚節漸於詩律細，誰家數音朔。去酒杯寬。唯君一作吾。最一作醉。愛清狂客，百遍相過一作看。意未闌。「清狂客」三字，曠懷豪興，兼而有之，公之自命甚高。古樂府：「烏生八九子，端坐秦氏桂樹間。」坐字本此。賈誼旱雲賦：惜旱大劇。蜀志：劉先主謂宋忠曰：「今禍至，方告我，不亦太劇乎？」注解爲太甚。今按：詩意恐是太難之意，如煩劇之劇。舊解作太苦乾，未當。方遇雨，何云苦乾耶？演義解爲戲劇使乾，又覺太鑿。後漢鍾皓傳：以詩律教授同郡陳寔。胡夏客云：漢書本言詩與法律，用爲詩之律體，巧矣。庾信詩：梳頭百遍撩。寬，多也。闌，盡也。公嘗言「老去詩篇渾漫與」，此言「晚節漸於詩律細」，何也？律細，言用心精密。漫與，言出手純熟。熟從精處得來，兩意未嘗不合。朱瀚曰：江浦二字打頭，近俗。喧昨夜，更俗。動微寒，欠穩。雨色、雷聲，土木對偶，比「雷聲忽送千峰雨」何如？交並二字，重複。太劇乾三字，晦澀。此從「黄鶯過水」一聯偷出，而手脚並露。其云「晚律漸細」，豈少年自居粗率乎？杜則少時入細，老更横逸耳，故曰「語不驚人死不休」「老去詩篇渾漫與」。參看始知其謬。六類寒乞語，七似庸鄙，八無品地，皆非少陵本色。

又示宗武 與上章同時作。

覓句新知律，攤書解五買切。滿牀。試吟青玉案，莫羨一作帶。紫羅囊。暇一作假。日從時飲，明年共我長。應平聲。須飽經術，已似愛文章。十五男兒志，三千弟子行户郎切。。曾參與游夏，達者得升堂。次章，專言訓子之意。覓句攤書，武知學矣。飽經術以發爲文章，此進一層語。法先賢之孝行文學，又進一層語。　青玉案，謂古詩。紫羅囊，指戲具。暇日方飲，戒其母縱酒以曠時。　吳論末句，即所云學無先後，達者爲先也。　張衡四愁詩：美人贈我錦繡段，何以報之青玉案。　晉書：謝玄少好佩紫羅香囊。　叔父安患之，而不欲傷其意，因戲賭取之，遂止。　楚辭：聊假日以媮樂兮。　賈逵國語注：暇，閑也。或爲假。　師氏云：假，是休假之假。　焦仲卿妻詩：新婦初來時，小姑如我長。　孔融書：朝士益重經術。　十五句，暗用孔子十五志學語。　史記：孔子以詩書禮樂教弟子，蓋三千焉。　後漢郎顗疏：通游夏之藝，履顔閔之仁。　家語：衛將軍文子問于子貢，曰：「入室升堂者，七十有餘人。」　胡夏客曰：詩云：「覓句新知律」，又云「試吟青玉案」，或疑公有譽兒癖，非也。宗武定是有才，若宗文則「但使樹雞栅」耳。後宗武之子嗣業，能葬祖乞誌，不墜其家聲云。胡應麟曰：雲仙雜記云：甫子宗武，以詩示阮兵曹，阮答以石斧一具，併詩還之。宗武曰：斧，父斤也。欲使我呈父加斤削耶？阮聞之曰：「欲令自斷其手耳，不爾，天下詩名，又在杜家矣。」此事甚新，然史傳不載宗武詩，詩亦竟不傳。豈三世爲將，道家所忌哉！杜嘗命宗武熟精文選，又作詩屢令其誦。友人之言，宜有可信者，惜無從互證之。

呀虚加切。**鶻**胡骨切。**行**蔡夢弼編在大曆三年江陵詩内，以詩有江邊秋日語也。然在夔州亦可言之，今姑依蔡編，未定何年耳。錢箋：此詩見陳浩然本，又見英華。呀，張口貌。

病鶻孤陳作卑。飛俗眼醜，每夜江邊宿衰柳。清秋落日英華作月。已側身，過雁歸鴉錯迴首。緊腦雄姿迷所向，疏翮稀毛不可狀。彊神非舊作迷。復扶又切。皂雕前，俊才早在蒼鷹上。此見呀鶻而自傷也。首段，寫其病憊之狀。俗眼看醜，憎其病廢。雁鴉回首，畏其餘威。緊腦二句，仍摹其病態。彊神二句，迴想其猛氣。迷復二字，出易復卦，言迷於所復也。上文有迷所向，下句不應又用迷復，當作非復爲是。風濤颯颯寒山陰，熊羆欲蟄一作蟄。龍蛇深。念爾此時有一擲，失聲濺血非其心。下段深致憐惜之意。言當此天寒物藏，正鶻鳥淩厲之秋，此時應有一擊，而悲鳴淒慘如此，豈其本心乎？此章上八句，下四句。擲，投也，鷙鳥搏物，必自上投下。

樓上

此當是潭州所作，詩末云「身在五湖南」可見。此及下章，並依蔡氏編次。

天地空搔首，頻抽白玉簪。皇輿三極北，身事五湖南。戀闕勞肝肺，掄一作論。材愧杞柟。亂離難自救，終是老湘潭。此詩登樓而感懷也。孤樓之上，俯仰天地，徒然搔首而抽簪者，正以皇輿在北，身事在南故也。戀闕而不才掄棄，既無補於皇輿，亂離而終老湘潭，又無濟於一身，此所以搔首躊躕耳。西京雜記：漢武帝取李夫人玉簪搔頭。鍾會賦：散髮抽簪。杜臆：白玉簪，蓋朝冠所用。屢思入朝而中止，故云頻抽。陸機論：旋皇輿於夷庚，反帝座於紫闥。地有四極，皇輿在東西南之北，故云三極，與繫辭三極不同，舊注誤。史記索隱：具區、洮滆、彭蠡、青草、洞庭共爲五湖。公律詩多在首聯領起，亦有在三四領下者，如七律「萬古云霄一羽毛」領下伊吕蕭曹，「三分割據紆籌策」領下「運移」「身殲」是也。五律此詩「皇輿三極北」領下戀闕掄材，「身事五湖南」，領下亂離湘潭是也。

惜别行送劉僕射判官

詩云「扶病相識長沙驛」，劉判官蓋括馬至此，與公相晤而贈之以詩，當是大曆四年秋作。朱注：唐制，僕射下宰相一等，時蓋劉之主將加此官，劉其屬下判官也。詩見陳浩然，又見文苑英華。

聞道去聲。南行市去聲。駿馬，不限匹數軍一作官。中須。襄陽幕府天下異，主將去聲。儉省憂艱虞。祇收壯健勝平聲。鐵甲，豈因格鬭求龍駒。叙劉君至潭之由。南行，指判官，主將，指僕射，起處並提。而今西北自反胡，騏驎蕩盡一匹無。龍媒真種上聲。在帝都，子孫未落東南此從英華，他本作西南。隅。向非戎事備征伐，君肯辛苦越江湖？江湖凡馬多顛頇，衣冠往往乘蹇驢。此言南行市馬之難。西北，指安史、吐蕃。東南，指襄陽、長沙。凡馬皆疲，何況龍種乎。義鶻行以老鶻爲其父，此詩以馬駒爲子孫，語近詼諧。徐幹中論：遊必帝都。梁公富貴於身疏，號令明白人安居。俸錢時散士子盡，府庫不爲去聲。驕豪虛。以茲報主寸心赤，氣卻西戎回北狄。羅網群馬一作烏。籍一作藉。馬多，意一作氣。在一作用。驅除一作馳。出金帛。此見襄陽主將之賢。梁公即梁崇義。上四言儉省而愛人。下四，言憂虞而敵愾。淮南子：見之明白，處之如玉石。黃香傳：香爲魏郡守，分俸祿賞賜，贍貧者。出金帛，購馬也。劉侯奉使去聲。光推吐雷切。擇，滔滔才略滄溟窄。杜陵老翁秋繫音計。船，扶病相識長沙驛。強豈兩切。梳白髮提胡盧，手把一作兼。菊花路旁摘。九州兵革浩茫茫，三嘆聚散臨重平聲。陽。當杯對客忍流涕，一作涕淚，一本有君字。不覺老夫神內傷。此記相逢惜別之意。劉奉使，承上兩段。光推擇，不負所使也。提壺把菊，歡宴而作離筵，故黯然神傷耳。此章，首段六句，末段十句，中二段各八句。唐之潭州，即漢長沙郡。朱鶴齡曰：唐志：

襄州襄陽郡，乃山南東道節度使所治。廣德初，梁崇義據襄州，代宗不能討，因拜山南東道節度，至建中元年始爲李希烈所誅。則梁公即崇義也。史稱其以地褊兵少，法令最治，折節遇士，自振襄漢間。觀此詩所稱「襄陽幕府天下異，主將儉省憂艱虞」，又云「梁公富貴於身疏，號令明白人安居」，其語正與唐志相合。盧元昌曰：唐初，得突厥馬二千匹，又得隋馬三千匹，令太僕張萬歲葺其政。貞觀至麟德中，有馬七千餘萬，自後馬政頗廢。開元間，以王毛仲領内外閑廄使，馬復蕃息。安禄山陰選勝甲馬驅歸范陽。肅宗時，市馬於回紇，多以羸馬充數。後又括民間馬爲團練馬。唐之馬政，遂不可復矣。詩云西北反徒、騏驎蕩盡，感慨係之矣。

逃難

末云「涕盡湘江岸」，當是避臧玠之亂而作。後漢劉平傳：奔走逃難。

五十白頭翁，南北逃世難去聲。。公年五十，時東川節度使段子璋反，花敬定斬之，兵不戢而大掠。公率妻子以逃，始則自京逃蜀，既而在蜀又逃，故曰「南北逃世難」。疏布纏枯骨，奔走苦不暖。叶去聲。此憶從前之難。杜臆：上元二年，公已衰病方入，四海一塗炭。乾坤萬里内，莫見容身畔。妻孥復扶又切。隨我，回首共悲歎。此記目前之難。大曆五年，公年五十九，臧玠殺崔瓘，據州爲亂。此暮年衰病，又挈妻子而逃也。曰四海，曰萬里，見隨地皆亂矣。回首悲歎，起下故國鄰里。故國莽丘墟，鄰里各分散。歸路從此迷，涕盡湘江岸。此爲無家可歸而嘆也。此章，首尾各四句，中間六句。班彪北征賦：舊室滅以丘墟兮。

附録二 現存郭知達編纂之杜集版本題解書序

(日本)静嘉堂文庫宋元版圖録解題

版式：左右雙邊有界，每半葉九行，每行十六字，注文雙行十六字；版心線黑口，雙黑魚尾，有刻者姓名和大小字數。刊記：卷七至卷十一各卷末頁有刊記，曰「寶慶乙酉(一二二五)廣東漕司錂版」；卷七、卷八末葉四行列銜「進士陳大信、潮州州學賓辛安中、承議郎前通判韶州軍州事劉鎔同校勘、朝議大夫廣南東路轉運判官曾噩」。宋諱避「玄良敬弘匡恒貞楨徵桓樹遘慎敦廓」等。刻者姓名：吴文彬(文彬)、上官生、劉士震(士震)、郭淇、危傑、敬甫、吴文、洪恩、黄生、黄仲、朱榮、葉正、蕭仁、岑友、鄧舉、莫衍、范貴、萬中、萬忠、余太、余中、楊宜、楊茂、劉元、劉千、劉文、劉用、魯時。藏書印：史氏家傳翰院收藏書畫圖章張燕昌印、知不足齋主人所貽，黄錫蕃印，椒升藏本，胡惠孚印，曾藏當湖胡篴江家，歸安陸樹聲叔桐父印，歸安陸樹聲藏書之記。

（日本静嘉堂文庫宋元版圖録解題篇，汲古書院，一九九二年）

清乾隆（弘曆）御製題郭知達集九家注杜詩七言排律一首

平生結習最於詩，老杜真堪作我師。書出曾鋟實郭集，本仍寶慶及淳熙。九家正注宜存耳，注：是編爲宋郭知達集九家注，乃王文公、宋景文、豫章先生、王原叔、薛夢符、杜時可、鮑文虎、師民瞻、趙彦材，見於知達序。其言王文公即王安石，宋景文即宋祁。王原叔名洙，杜時可名田，師民瞻名尹，趙彦材名次公，薛夢符、鮑文虎即其名。豫章先生蓋黄庭堅也。版刻於廣東，詳見曾噩序。卷後署云寶慶乙酉廣東漕司鋟版。馬端臨文獻通考載此版亦稱爲善本。餘氏支辭概去之。適以遺編搜四庫，乃斯古刻見漕司，注：此書舊藏武英殿，僅爲庫貯，陳編無有，知其爲宋槧者，兹以校勘四庫全書，向武英殿移取書籍，始鑒及之，而前此竟未列入天禄琳琅，豈書策之遇合遲早亦有數耶？希珍際遇殊驚晚，尤物暗章固有時。重以琳琅續天禄天禄琳琅惜早已成書，此本當爲續入上等。幾閒萬遍讀何辭。

再題

兑氏之戈和氏弓，續增天禄吉光中。注：世以藏經紙之未作經册者爲卷筒紙，最爲難得，此書面頁用之。浣花眉列新全帙，金粟身存舊卷筒。尤物寧論顯與晦，逢時亦有塞兮通。武英棄置今方出，注：是書庋藏武英殿庫架，不知幾許年。兹以校勘四庫全書，始物色及之。且辨其爲宋槧善本，即此不可以悟人材之或有沉淪耶？絜矩人材默惕衷。

（見文淵閣四庫全書）

九家集注杜詩提要

臣等謹案九家集注杜詩三十六卷，宋郭知達編。知達蜀人。前有自序，作於淳熙八年（一一八一）。又有曾噩重刻序，作于寶慶元年（一二二五）。噩，據書録解題作字子肅，閩清人。淩迪知萬姓統譜則作字噩甫，閩縣人，慶元中，尉上高，復還廣東漕使，與陳振孫所記小異。振孫與噩同時，迪知所叙又與序中結銜合，未詳孰是也。宋人喜言杜詩，而注杜詩者無善本。此書集王洙、宋祁、王安石、黄庭堅、薛夢符、杜田、鮑彪、師尹、趙彦材之注，頗爲簡要。知達序稱：「屬二三士友隨是非而去取之，如假托名氏，撰造事實，皆删削不載。」陳振孫書録解題亦曰：「世有稱東坡事實者〔一〕，（又案書録解題原文爲東坡杜詩故事，原文及原注均誤。）隨事造文，一一牽合，而皆不言其所自出。具其詞氣首末出一口，蓋妄人僞注以欺亂流俗者。書坊輒鈔入集注中，殊敗人意。此本獨削去之」云云，與序相合，知其别裁有法矣。振孫稱𨛦刊版五羊漕司「字大宜老」〔二〕，最爲善本。此本即𨛦家所初印，字畫端勁而清楷，宋版中之絶佳者。振孫所言，固不爲虚云。乾隆四十九年十一月恭校上。

【注】

〔一〕案當作老杜事實。

〔二〕案「宜老」謂宜乎老眼，刻本或作「可考」，非。

（四庫全書總目提要九家集注杜詩，中華書局，一九六五年）

九家集注杜詩

清乾隆武英殿刻本，原盛京皇宫恭藏，現庋藏遼寧省圖書館，毛裝。

杜詩引得序

引得印就在（民國）二十八年之春，遂請馮君續昌用引得爲工具以編製杜詩各本編次表。表中以九家注本目録爲本，其下逐詩記他本十七種之卷第篇次焉。曰王者，所謂王狀元集百家注編年杜陵詩史三十二卷也；曰分者，分門集注杜工部詩者二十五卷也；曰草者，黎刻蔡夢弼草堂詩箋四十卷及補遺十卷也；曰鶴者，黄鶴補千家注紀年杜工部詩史三十六卷也；曰明者，明易山人本之集千家注杜工部詩集二十卷也；曰邵者，所謂邵寶之分類集注杜詩二十三卷也；曰胡者，胡震亨杜詩通四十卷也；曰錢者，錢謙益箋注杜工部集之前十八卷也；曰朱者，朱鶴齡輯注杜工部詩集二十卷及卷末也；曰吴者，吴見思杜詩論文五十六卷也；曰盧者，盧元昌杜詩闡三十三卷也；曰張者，張遠杜詩會粹之前二十三卷也；曰生者，黄生杜詩説十二卷也；曰仇者，仇兆鰲杜詩詳注二十五卷也；曰浦者，浦起龍讀杜心解六卷也；曰江者，江浩然杜詩集説二十卷及卷末也；曰楊者，楊倫杜詩鏡銓二十卷也。有此表，則讀者可用引得於各種板本之杜詩矣。其有不入表者，則因其本之卷第篇次、與表中已具之某種相同，如張溍之讀書堂杜工部詩集二十卷，編次與明相同，盧坤刊刻五家評點杜工部集二十卷、編次全與錢同，是也。表編成後，乃知九家注本尚短逸詩二十四首，於于從仇本録而補印之，附於九家注本之後，更續編爲引得以補引得之後焉。

初，友人或勸杜詩引得宜用錢氏本，業以疑錢氏本已久，卒不敢用；其用郭知達編九家注本者，以王洙王琪編訂之本既不可得，則南宋人編訂之本而尚存者，當以郭本爲最早。且王洙編杜詩爲十八卷，郭本加注爲三十六卷，適得十八卷之一倍。疑其於詩篇之編次，當與二王本相差不遠也。九家注本者，天禄琳琅書目既盛讚其本，四庫總目又稱道其書，而乾隆時聚珍印本，嘉慶時翻刻本，皆今日所不易得，故併其注又翻印之，以爲學者便也。引得及編次表既就，業遂於去年七月起草此篇序文。既過半，復以冗事過多，中輟幾一年，今年暑假乃續作焉。序欲探考錢本與諸本之比較，究何若，既考而業之疑於錢本者更甚，故有杜詩校注之議也。業於杜注諸本並未嘗逐本從頭到尾細讀一遍，唯疾翻一過後，每本各選出數篇、或數十篇，更以引得及編次表之便，就他本參校焉。自知所見僅得其略，不敢執爲定論也。但參校諸本數日之後，即又發見有甚不滿於九家注本者，則其本中之二十五、二十六卷兩卷之注，皆贋品也。夫郭知達刻本成於淳熙八年（一一八一），其中自不能有二十餘年後蔡夢弼草堂詩箋之注；曾噩重刻本成於寶慶元年（一二二五），其本自不應載元初劉辰翁評杜之語。此殆曾板殘闕，後人乃依目録就蔡本及高崇蘭本，取詩並注，補刻之耳。清武英殿聚珍本前，既載高宗御題三詩，極事讚賞。四庫館臣又綴提要，稱其書別裁有法，其本爲宋板中之絶佳者；而聚珍本乃流傳甚罕，武英殿聚珍版叢書内向不列其書；昔葉德輝曾舉此點以爲疑；今乃知其故矣。蓋聚珍印後，又發見本中雜有膺刻，欲諱其先鑑別之有誤，遂抑之，不欲其流傳也。而今業乃依樣葫蘆，又翻印之。雖二卷中之詩，仍是杜詩，其如不出於郭本何？此總是遺憾，不敢不舉以告讀者也。雖然，此翻印本並其引得僅擬應工具之用耳。他年如果有新本杜集，如業所議之杜詩校注者，則今九家注本，並引得、並編次表、並業此序，皆筌蹄可棄也已。

（節引杜詩引得序頁七八至八十，上海古籍出版社年影印原哈佛燕京學社本，一九八五年）

中華書局影宋本新刊校定集注杜詩影印説明

新刊校定集注杜詩，即郭知達集九家注杜詩，是宋人集注杜甫詩集中比較好的一種。所收的是王洙、宋祁、黄庭堅、王安石、薛夢符、杜田、鮑彪、趙彦材九家，去取相當精審。原本刻於成都，有淳熙八年（公元一一八一）序。現存寶慶元年

(公元一二二五)南海覆刻本的曾噩序說:「注杜詩者數十家,輒有牽合附會,頗失詩意,甚至竊借東坡名字以行,勇於欺誕,誇博求異,挾僞亂真,此杜詩之罪人也。惟蜀士趙次公爲少陵忠臣。今蜀本引趙注最詳,好事者願得之,亦未易致。既得之,所恨紙惡字缺,不滿人意。兹摹蜀本,刊於南海漕臺。會士友以正其脱誤,見者必當刮目增明矣。」可見南海刻本雖是覆刻,然而在蜀刻本的基礎上,又作了校訂,所以一向爲人稱道,如陳振孫直齋書録解題説:「福清曾噩子肅刻板五羊漕司,字大可考(應爲宜老),最爲善本。」曾噩刻本傳世的有兩個殘本:一本原藏陸心源皕宋樓,僅存六卷,已歸日本静嘉堂;一本原藏瞿鏞鐵琴銅劍樓,存三十一卷,鈔配五卷。三十年代張元濟先生曾借得瞿藏本製成鉛皮版,因抗戰事起未能付印。現在原書下落不明,這份鉛皮版可能已成爲海内孤本了。我們就用以打樣重新製版影印,以存宋本真跡。存版又有缺頁,已據清刻本抄補。由於舊版年久漫漶,有一部分字跡已模糊難辨。爲了避免失真,在文字周圍不加描修,另據清刻本抄補缺文。附於各卷之後,以便參閲。但有些模糊的文字,不見於清刻本，只能闕疑了。

中華書局編輯部，一九八一年十月

（中華書局影印南宋寶慶元年曾噩刊本，一九八一年）

附録三　書目文獻著録郭知達編纂之杜集

杜工部詩集注三十六卷

蜀人郭知達所集九家注。世有稱東坡杜詩故事者，隨事造文，一一牽合，而皆不言其所自出。且其辭氣首末若出一口，蓋妄人依托以欺亂流俗者。書坊輒勦入集注中，殊敗人意，此本獨削去之。福清曾噩子肅刻板五羊漕司，最爲善本。

（陳振孫直齋書録解題卷十九，上海古籍出版社，一九八七年）

新刊校正集注杜詩三十六卷目録一卷

淳熙八年郭知達以杜詩注牴牾雜出，因輯善本，得王文公、宋景文公、豫章先生、王原叔、薛夢符、杜時可、鮑文虎、師民瞻、趙彦材九家注，讐校鋟板于成都。寶慶乙酉，曾噩子肅謂注杜者挾僞亂真，如僞蘇注之類。惟蜀士趙次公爲少陵功臣。今蜀本引趙注最詳，重摹刊於南海之漕臺。開板洪爽，刻鏤精工，乃宋本中之絶佳者。予觀通考經籍志云：「趙次公注杜詩五十九卷。」今按趙注散見於蜀本，曾序已稱其最詳，卷帙安得有如此之富？恐端臨所考或未覈。書此以諗世之讀杜詩者。

（錢曾讀書敏求記校證卷四之中，中國歷代書目題跋叢書第二輯，清錢曾著，管庭芬、章鈺校證，上海古籍出版社，二〇〇七年）

九家注杜詩四函二十四册

唐杜甫著，宋郭知達集九家注，三十六卷。前知達序、宋曾噩序。

宋晁公武郡齋讀書志謂自王洙原叔以後，學者喜觀甫詩，以古律詩雜次第之，且爲之注。按，趙次公，字彦材，蜀人。所注杜詩名曰正誤，此書爲成都郭知達所輯。知達，宋史未載其人，而家於成都，係與彦材同鄉里。故所輯之注，首王文公而終之以彦材，蓋以彦材之注爲盡善也。按，序中所載九人，其一爲趙彦材，餘八人，王文公名安石，臨川人；宋景文名祁，蜀人；豫章先生即黄庭堅，寧州人；王原叔名洙，太原人；薛夢符，河東人；杜時可名田，南城人；鮑文虎，縉雲人；師民瞻名尹，蜀人。知達序稱「屬二三士友，各隨是非而去取之。如假托名氏，撰造事實，皆删削不載。」據此，則亦博采而取其至精者矣。其書刻于宋孝宗淳熙八年，至理宗寶慶元年，曾噩爲廣南東路轉運判官，重爲校刊。序稱「蜀士趙次公爲少陵忠臣。蜀本引趙注最詳，所恨紙惡字缺，不滿人意。茲摹蜀本，刊于南海漕台，會士友以正其脱誤」云云。書後有承議郎、通判韶州軍州事劉鎔，潮州州學賓辛安中，進士陳大信同校勘，銜名列於噩銜之右。考明凌迪知萬姓統譜載，噩，字噩甫，閩縣人。學問淹貫，文章簡古。慶元間，尉上高，有聲，後適廣東漕使。鎔、安中、大信，俱無考。噩之刻是書也，集諸僚友，精其校讐，固非苟焉付剞劂者。故字畫端整，一秉唐人，而刻手印工皆爲上選。

御題：「平生結習最於詩，老杜真堪作我師。書出曾鋟實郭集，本仍寶慶及淳熙。九家正注宜存耳，餘氏支辭概去之。適以遺編搜四庫，乃斯古刻見漕司。希珍際遇殊驚晚，尤物闇章固有時。重以琳琅續天禄，幾閒萬遍讀何辭。乾隆甲午仲夏月中澣，御筆。」鈐「乾」、「隆」雙璽。又御題：「兑氏之戈和氏弓，續增天禄吉光中。浣花眉列新全帙，金粟身存舊卷筒。尤物寧論顯與晦，逢時亦有塞兮通。武英棄置今方出，絜矩人材默惕衷。乙未仲春月，御筆。」鈐寶二：曰「乾隆宸翰」，曰「幾暇臨池」。中繪御容，鈐「乾」、「隆」雙璽。

明秀水項篤壽、平湖陸啓浤收藏，俱有印記。考檇李詩繫載啓浤，字叔度，平湖人。後更名遜。弱冠博極經史，倜儻負奇，類河朔壯士。詩法全宗少陵，有賁趾山房集。史氏及篤壽見前，餘無考。（于敏中天禄琳琅書目卷三，中國歷代書目題跋叢書第二輯，上海古籍出版社，二〇〇七年）

新刊校正集注杜詩

九家注杜詩鋟板成都者，未之見也。寶慶乙酉曾噩子肅重摹刊于海南之漕臺，開板洪爽，刻鏤精工，予嘗見之小讀書堆，然亦不全。兹嘉定瞿木夫以一册見遺，卷端有「楊氏家藏」書畫私印，標題下及板心俱剷去卷幾字樣，不知其何卷矣。且抱沖已故，書籍封閉，不能假讀，余甚恨之。卷端題曰「古詩」，爲秋行官張望督促東渚耗稻云云，末一題曰釋悶，共五十五葉半，其後半已鈔補。（黄丕烈百宋一廛書録，宋元明清書目題跋叢刊十三，清代卷，第七册，中華

書局，二〇〇六年）

九家注杜詩

存一之十八，二十之二十四，二十七之三十四卷。

（汪士鐘藝芸書舍宋元本書目集部，叢書集成初編本，中華書局，一九八五年）

新刊校正集注杜詩三十六卷宋刊本

宋郭知達編。據四庫提要有淳熙八年知達自序，寶慶元年曾噩重刊序，此本二序已佚。詩分體編次，目中有注「新添」者。陳氏書録謂福清曾噩刻板五羊漕司，載爲善本，即此書也。原本缺卷十九、廿五、廿六、三十五、三十六，鈔補全。每卷後有寶慶乙酉廣東漕司録板一行，朝議大夫廣東路轉運判官曾噩、承議郎前通判韶州軍州事劉鎔、潮州州學賓辛安中、進士陳大信同校勘，四行。每半葉九行，行十六字，注字同。朗、徵、樹、構、敦字俱闕筆。容齋隨筆云蜀本刻杜集，以老杜事實爲東坡所作，遂以入注，殊誤後生云云。此本但取王文公、宋景文、黄豫章、王原叔、薛夢符、杜時可、鮑文虎、師民瞻、趙彦材凡九家，而不取僞蘇注，其鑒裁有識矣。字體端勁，雕鏤精善，尤宋本之最佳者。案黄鶴補注後此書三十餘年而未嘗引及之，集千家注僅載王洙、王安石、胡宗憲（愈）、蔡夢弼四序，而未載知達序，豈亦未見此書耶？

（瞿鏞鐵琴銅劍樓書目録卷十九，續修四庫全書史部目録類，第九二六册，上海古籍出版社，二〇〇二年）

宋槧九家集注杜詩殘本跋

新刊校正集注杜詩存卷六至十一，凡六卷。後有寶慶乙酉廣東漕司鋟板一行，卷七卷八後又有朝議大夫廣南東路轉運判官曾噩承議郎前通判韶州軍州事劉鎔、潮州州學賓辛安中、進士陳大信同校勘四行，每葉九行，每行大字十六、小字雙行。版心有字數及刊工姓名。百宋一廛賦所謂「九家注杜，寶慶漕鋟，自有連城，蝕甚勿嫌」者，祇存五十五葉。此本尚存六卷，可以壓倒百宋矣。所採王洙、宋祁、王安石、黄庭堅、薛夢符、杜田、鮑彪、師尹、趙彦材九家之注，而趙注尤多。噩字子肅，福建閩縣人，紹熙四年進士，尉上高，轉監行在惠民局，嘉定戊辰上書言積弊未易革，人心未易服，公道未易行，下言未易通，皆切中時弊，改知晉江縣。嘉定乙亥用從臣薦，通判建寧府，入監左藏東庫。是歲夏旱，應詔言六事。在職二年，除軍器監，遷大府寺丞，辛巳遷大理正，出知潮州，治最，擢廣東運判。寶慶二年卒。七歲能屬文，至老未嘗一日廢書，著有義溪集十卷，班史録二十卷。見陳宓復齋集運判曾公墓誌。萬姓統譜以爲字噩甫，固誤。書録解題以爲閩清人，亦誤。

（陸心源儀顧堂續跋卷十二，續修四庫全書史部目録類，第九三〇册，上海古籍出版社，二〇〇二年）

新刊校正集注杜詩

殘本六卷，宋刊本。唐杜甫撰

案，存卷六、卷七、卷八、卷九、卷十、卷十一。此南宋粤東刊本，每半葉九行、每行十六字，小字雙行。版心有字數及刻工姓名。每卷有「史氏家傳翰林攷藏書畫」圖章，朱文長印，張燕昌白文方印，知不足齋主人所貽白文方印。每卷後有寶慶乙酉廣東漕司鋟梓，朝議大夫廣南東路轉運判官曾噩承議郎前通判韶州軍州事劉鎔、潮州州學賓辛安中、進士陳大信同校勘銜名。百宋一廛所謂「九家注杜，寶慶漕鋟，自有連城，蝕甚勿嫌」者，只存五十五葉。此本尚存六卷，亦罕購之祕笈也。

（陸心源皕宋樓藏書志別集類二，卷六十八，清人書目題跋叢刊之一，中華書局，一九九〇年）

武英殿聚珍版九家集注杜工部詩三十六卷

九家集注杜工部詩三十六卷，四庫全書總目集部別集類著録。著「內府藏本」。提要云：「宋郭知達編。知達蜀人。前有自序，作於淳熙八年。又有曾噩重刻序，作於寶慶元年。」按欽定天禄琳琅書目前編宋版集部類所載者即此本。九家者，王洙、宋祁、王安石、黄庭堅、薛夢符、杜田、鮑彪、師尹、趙彦材也。宋陳振孫直齋書録解題稱此爲杜詩善本，云：「世有稱東坡杜詩故事者，隨事造文，一一牽合，而皆不言其所自出。且其辭氣首末若出一口，蓋妄人依托以欺亂流俗者，書坊輒勦入集注中，此本獨削去之。福清曾噩子肅刻板五羊漕司，字大可考，最爲善本。」但自曾噩刻版後，元、明以來無翻刻。世所傳宋本，内府所藏外，黄丕烈百宋一廛賦注載所藏同，亦詳百宋一廛書録，今歸常熟瞿氏鐵琴銅劍樓。向以無人重刻爲恨，初不知武英殿聚珍版叢書固擺印也。武英殿聚珍版叢書内無此種，不知何故？意者館臣於彙印叢書時未曾編入耶？杜詩舊注善本無過此九家。

後來盛稱「千家注杜詩」，實則不滿百家，其爲誇大之辭，不及此精審簡要，斷可知矣。

（葉德輝郎園讀書志卷七，中國歷代書目題跋叢書第三輯，清葉德輝撰，楊洪升點校，上海古籍出版社，二〇一〇年）

九家集注杜詩清嘉慶間復刻本

每半葉十行，行二十一字。第一行題九家集注杜詩，第二行題唐杜甫撰，宋郭知達編注。名爲復宋刻，絶無宋本面目，但亦不類聚珍版活字本。浙江圖書館藏，書目題作嘉慶刻，今從之。

（周采泉杜集書録内編卷二全集校刊箋注類二，上海古籍出版社，一九八六年）

杜集書録編者按

九家集注本爲目前所僅存宋刻之一。且所録注家如趙彦材、杜田、師尹等，均視草堂詩箋及集千家注等爲多，其爲善本，自不待言。至其第二十五、六兩卷，雜有贋刻，洪業疑爲曾刻殘缺，後人乃依目録就蔡、高二本所補刻，言之成理，可資參考。

洪業曰：「……參校諸本數日之後，即又發見有甚不滿於九家注本者，則其本中之二十五、二十六卷兩卷中之注皆贋品也。夫郭知達刻本，成於淳熙八年，其中自不能有二十餘年後蔡夢弼草堂詩箋之注。曾噩重刻本成於寶慶元年，其本自不應載元初劉辰翁評杜之語。此殆曾板殘缺，後人乃依目録就蔡本及高崇蘭本，取詩並注補刻之耳。清武英殿聚珍本前，既載高宗(弘曆)御題二詩，極事讚賞。四庫館臣又綴提要，稱其書别裁有法，其本爲宋板中之絶佳者。而聚珍本乃流傳甚罕，武英殿聚珍版叢書内向不列其書，昔葉德輝曾舉此點以爲疑，今乃知其故矣。蓋聚珍印後，又發見本中雜有贗刻，欲諱前先鑒别之有誤，遂抑之，不欲其流傳也。」節引杜詩引得序最末一段。

洪氏所揭示之贗刻僅兩卷，則其書即有宋刻一部份在内，則補刻補印當在元明時，四庫館鑑别之疏可知矣。但其所補刻者究據蔡本抑高本？洪氏尚説得含糊。編者將各本核對結果，其所補刻之詩與注，確爲高崇蘭本。所不同者與高本編次略異，此蓋由於就目補刻之故，非有意更張也。按高本元明兩朝翻刻特多，明代中葉，玉几、明昜（昜，古陽字）兩刻，流傳至廣。而四庫館臣對此挾僞亂真之書，譽之爲宋板中之絶佳者，能不爲洪業所哂乎？

郭知達雖無籍籍名，但决非一般書賈，其輯此書全爲針對東坡老杜事實以及王狀元集百家注等僞書而作。故序云：「欺世售僞，有識之士，所爲深歎！」又云：「屬二三士友，各隨是非而去取之。」提要謂其「别裁有法」，自非虚譽。其中即有二卷贗刻，只要讀者去僞存真，即太樸不完，仍不失爲瓌寶也。

又按：九家注共録杜詩一一三八首，自奉贈韋左丈二十二韻起，至聞惠二過東溪止，分古、近體編次。但其編次與王洙、黄鶴、蔡夢弼三家亦不盡同。杜詩引得用武英殿排印本改用鉛字排印，每詩編號、每句再編號，排成引得（即索引），完全作爲檢查杜詩篇第的工具書。由於九家注所收杜詩不全，並附録仇注二十四首，起李監宅第二首至逃難止，稱爲補遺，完全用仇注原本。引得所排印之九家注，於清帝避諱缺筆，一依聚珍本，甚無謂也。

（周采泉杜集書録内編卷二全集校刊箋注類二）

附録四　宋編杜集與杜詩注本之序跋題記

杜工部集記

〔宋〕王洙

杜甫字子美，襄陽人，徙河南鞏縣。曾祖依藝，鞏令。祖審言，膳部員外郎。父閑，奉天令。甫少不羈，天寶十三年，獻三賦。召試文章，授河西尉，辭不行，改右衛率府胄曹。天寶末，以家避亂鄜州，獨轉陷賊中。至德二載，竄歸鳳翔，謁肅宗，授左拾遺，詔許至鄜迎家。明年收京，扈從還長安。房琯罷相，甫上疏論琯有才，不宜廢免。肅宗怒，貶琯邠州刺史，出甫爲華州司功。屬關輔饑亂，棄官之秦州，又居成州同谷。自負薪採梠，餔糒不給。遂入蜀，卜居成都浣花里，復適東川。久之，召補京兆府功曹，以道阻不赴，欲如荆楚。上元二年，聞嚴武鎮成都，自閬州挈家往依焉。武歸朝廷，甫浮遊左蜀諸郡，往來非一。武再鎮兩川，奏爲節度參謀，檢校工部員外郎，賜緋。永泰元年夏，武卒。郭英乂代武，崔旰殺英乂，楊子琳柏正節舉兵攻旰，蜀中大亂。甫逃至梓州，亂定歸成都，無所依。乃泛江遊嘉戎，次雲安，移居夔州。大曆三年春，下峽，至荆南，又次公安。入湖南，泝沿湘流，遊衡山，寓居耒陽。嘗至岳廟，阻暴水，旬日不得食。耒陽聶令知之，自具舟迎還。五年夏，一夕，醉飽卒，年五十九。觀甫詩與唐實録，猶槩見事迹，比新書列傳，彼爲踳駁。（傳云「召試京兆功曹」，而集有官定後戲贈詩注云「初授河西尉，辭，改右衛率府胄曹」；傳云「遁赴河西，謁肅宗於彭原」，而集有喜達行在詩注云「自京竄至鳳翔」。傳云：「嚴武卒，乃遊東蜀依高適。既至而適卒。」據適自東川入朝拜散騎常侍乃卒。又集有忠州聞高常侍亡詩，傳云「扁舟下峽，未維舟而江陵亂，乃遊湘衡」，而集有居江陵及公安詩至多。傳云「永泰二年卒」，而集有大曆五年正月追酬高蜀州詩及别題大曆年者數篇。）甫集初六十卷，今祕府舊藏通人家所有，稱大小集者，皆亡逸之餘，人自編摭，非當時第叙矣。蒐裒中外書凡九十九卷。（古本二卷、蜀本二十卷、集略十五卷、樊晃序小集六卷、孫光憲序二十卷、鄭文寶序少陵集二十卷、别題小集二卷、孫僅一卷、雜編三卷。）除其重複，定取千四百有五篇，凡古詩三百九十有九，近體千有六，起太平時，終湖南所作。視居行之次若歲時爲先後，分十八卷；又别録賦筆雜著二十九篇爲二卷；合二十卷。意兹未可謂盡，他日有得，尚副益諸。寶元二年十月王原叔記。

（景印宋本杜工部集卷首，續古逸叢書之四十七）

杜工部集後記

〔宋〕王琪

近世學者，争言杜詩。愛之深者至剽掠句語，迨所用險字，而模畫之，沛然自以絶洪流而窮深源矣。又人人購其亡逸，多或百餘篇、少數十句，藏弆矜大，復自以爲有得。翰林王君原叔尤嗜其詩，家素蓄先唐舊集，及采祕府名公之室天下士人所有得者，悉編次之，事具於記，於是杜詩無遺矣。子美博聞稽古，其用事非老儒博士罕知其自出，然訛缺久矣。後人妄改而補之者衆，莫之遏也。非原叔多得其真，爲害大矣。子美之詩詞有近質者，如「麻鞋見天子，垢膩脚不韈」之句，所謂轉石於千仞之山，勢也。學者尤效之而過甚，豈遠大者難窺乎！然夫子之删詩也，至於檜曹小國，寺人女子之詩，苟中法度，咸取而弦歌，善言詩者，豈拘於人哉！原叔雖自編次，余病其卷帙之多而未甚布。暇日與蘇州進士何君瑑、丁君修得原叔家藏及古今諸集，聚於郡齋而參考之，三月而後已。義有兼通者，亦存而不敢削，閲之者固有淺深也。而又吴江邑宰河東裴君煜取以覆視，乃益精密，遂鏤於版，庶廣其傳。或俾余序於篇者，曰：如原叔之能文稱於世，止作記於後，余竊慕之。且余安知子美哉，但本末不可闕書，故槩舉以附於卷終。原叔之文，今遷於卷首云。嘉祐四年四月望日，姑蘇郡守太原王琪後記。

（同上，卷二十卷末附。）

杜工部集題識

〔明〕毛扆

先君昔年以一編授扆曰：「此杜工部集，乃王原叔洙本也。余借得宋板，命蒼頭劉臣影寫之。其筆劃雖不工，然從宋本抄出者，今世行杜集不可以計數，要必以此本爲祖也，汝其識之。」扆受書而退，開卷細讀。原叔記云：「甫集初六十卷，今祕府舊藏通人家所有，稱大小集者，人自編摭，非當時第次。乃蒐裒中外書九十九卷。（古本一卷，蜀本二十卷，集略十五卷，樊晃序小集六卷，孫光憲序二十卷，鄭文寶序少陵集二十卷，別題小集二卷，孫僅一卷，雜編三卷。）除其重複，定取千四百有五篇（凡古詩三百九十有九，近體千有六），起太平時，終湖南所作，視居行之次若歲時爲先後，分十八卷。又別録賦筆雜著二十九篇爲二卷，合二十卷。寶元二年十月記。」二十卷末有嘉祐四年四月望日姑蘇郡守王琪後記。此後又有補遺六葉，其東西兩川説僅存六行而缺其後，而第十九卷缺首一葉。扆方知先君所借宋本乃王郡守鏤板于姑蘇郡齋者，深可寶也！謹什襲而藏之。後廿餘年，吳興賈人持宋刻殘本三册來售，第一卷僅存首三葉，十九卷亦缺二葉，補遺東西兩川説亦止存六行，其行數、字數悉同，乃即先君當年所借原本也。不覺悲喜交集，急購得之，但不得善書者成此美事，且奈何？又廿餘年，有甥王爲玉者，教導其影宋甚精，覓舊紙從抄本影寫而足成之。嗟乎！先君當年之授此書也，豈意後日原本之復來！扆之受此書也，豈料今日原本復入余舍！誤使書賈歸於他室，終作敝屣之棄爾。縱歸於余而無先君當年所授，不過等閑殘帙視之爾，焉能悉其源委哉！應是先君有靈，不使入他人之手也。抄畢，記其顛末如此。歲在己卯重九日，隱湖毛扆謹識。時年六十。

（同上，景印宋本杜工部集杜集補遺末附）

跋宋本杜工部集

張元濟

少陵詩聖，丁安史之亂，坎壈身世，流離隴蜀，畢陳歌詠，沈雄魁壘之音，感人而動物，故當時號爲「詩史」。至其才力富健，變風變雅，窮高妙之格，極豪逸之氣，包沖澹之趣，兼峻潔之姿，備藻麗之態，實積衆流之長，爲千古宗仰而不替。本傳「有集六十卷」，而藝文志著録「集六十卷，小集六卷」。至宋寶元間王原叔洙始取祕府舊藏及人家所有之杜集，裒爲二十卷。嘉祐四年蘇州郡守王君玉琪得原叔家藏及古今諸集，聚於郡齋而參考之。吴江邑宰河東裴如晦煜取以覆視，遂鏤於版。自後，補遺、增校、注釋、批點、集注、分類、編韻之作，無不出于二王之所輯梓。原叔曾否刊行，無由聞見，惟賴君玉剞劂行世，遂爲斯集之鼻祖。毛氏汲古閣所藏宋本，遞傳至於潘氏滂喜齋，今歸於上海圖書館。相傳爲嘉祐間刊，然以諱字避至「完、構」觀之，是刻當在南宋初矣。檢校全集，計二十卷，補遺一卷。宋刻兩本相儷，缺卷爲毛氏鈔補，亦據兩本。其一存卷一第三、四、五葉，卷十七至二十及補遺；每半葉十行，行十八字至二十一字；毛氏鈔補自卷一第六葉起至卷九、卷十五、卷十六；每卷先列子目，目後銜接正文。其二爲卷十至十二，每半葉十行，行二十字；毛氏鈔補卷十三及十四；每卷先列子目，目後重銜書名卷次及詩體首數各一行。兩本字體紙墨均甚相似，驟不易辨，但從行款注例審之，顯有不同。又檢刻工，前一本有洪茂、張逢、史彦、張由、余青、吴圭、洪先、張瑾、牛實、劉乙、宋道、徐彦、施章、田中、張清、吕堅、王伸、方誠、駱升、葛從、朱贇、蔡等。就余所寓目之宋槧校之，與衢州本三國志魏書，紹興本管子，紹興本臨川先生文集同者一人；與南宋初補刊本禮記鄭注同者三人；與南宋本爾雅同者四人；與紹興明州本徐公文集同者五人；與南宋本陶淵明集同者七人；與紹興明州本六臣注文選同者八人；與南宋初年刊資治通鑑目録同者十二人；與紹興茶鹽司本資治通鑑同者十七人。於是確定爲紹興初年之浙本無疑。直齋書録解題謂「又有遺文九篇，治平中太守裴煜刊集外」。此存補遺一卷，可證是爲覆刻君玉之本也。復考配本，間有「樊作某」、「晉作某」、「荆作某」、「宋景文作某」、「陳作某」、「刊作某」、「一作某」等，與錢牧齋謙益箋注所載吴若後記云：「凡稱樊者樊晁小集也；稱晉者開運二年官書也；稱荆者王介甫四選也；稱宋者宋景文也；稱陳者陳無己也；稱「刊」及「一作」者，黄魯直、晁以道諸本也。」若合符節。是必吴若刊本可無疑義。吴記作於紹興三年六月，當即刻於是時。兩本雕版，異地同時。此本刻工有楊茂、言清、言乂、王祐、熊俊、黄淵、楊詵、鄭珣、翟痒等尚未見于他書，蓋建康府學所鐫者也。吴本雖後於王本，牧齋已推爲近古。由今觀之，兩本實爲希世之珍。近人之疑吴本爲烏有而深譏虞山之作僞者，觀此亦可冰釋。覽毛斧季扆跋文，知子晉晉先借得宋板，命蒼頭劉臣影寫一部。廿年後斧季從吴興賈人收得原本三册，其缺佚倩甥王爲玉據劉寫者影鈔足之，篋藏遂有兩帙。今喜見此書尚留人間，延天水一脈之傳。夷考君玉原本，刊於嘉祐四年。吴郡志云：「時方貴杜集，人間苦無善本。琪家藏本讎校素精，俾公使庫鏤板，印萬本，每部值千錢。」彼時傳本不謂不多，竟無遺存，幸七十餘年後有覆刻，有重校，不則恐絶響人間矣！從殘存三册覈之，知當時已爲拼合之本。錢氏述古堂亦嘗影寫一部，而卷一尚存宋刻第一二葉之王洙杜工部集記。意者毛、錢交摯，殆即斧季撤贈者。此本今藏北京圖書館。曩余主商務印書館時，曾創景印古籍之舉，先後成四部叢刊、百衲本二十四史。更仿遵義黎氏之例，博訪罕傳珍本，輯爲續古逸叢書，求集腋於真影，廣學人之津梁，成書四十六種。抗戰中輟，忽逾廿稔。維我新邦肇建，萬象煥明。古刻瓌寶，迭出重光。自中央創導科學研究，重視遺産，廣蒐善本，勉以流通。今歲欣逢我館創建六十周年，謀繼前功，以資紀念。竊謂杜詩上承風騷，廣洽民情，本現實之精神，闢詩歌之康莊，輝煌成就，允垂久遠。去年成都築工部草堂，鼓舞群仰。名山羽翼，悠待球珍。爰借上海圖書館所藏杜工部集，趙宋孤槧，傳世冠冕，攝景精印，列爲續古逸叢書第四十七種。其卷一王記之宋刊，卷十二第廿一後半葉，卷十九第一、二葉及補遺第七、八葉之錢鈔，均據北京圖書館藏本照補者。不圖期頤之年，猶得親與其役。舊業重理，撫卷歎賞！不辭荒傖，聊誌顛末於後。盛世昌明，繼是有成。餘雖耄老，尚能憑軾以俟之。

公元一千九百五十七年八月一日，海鹽張元濟。時年九十有一。

（同上，景印宋本杜工部集杜集補遺末附）

杜工部集後記

〔宋〕吴若

右杜集，建康府學所刻版也。初教授劉亘常今，當兵火瓦礫之餘，便欲刻印文籍。得府帥端明李公行其言，繼而樞密趙公不廢其説。未幾，趙公移帥江西，常今亦以病丐罷，屬府倅吴公才德充、察推王聞伯言嗣成之。德充、伯言爲求工外邑，付學正張巽、學録李鼎要以必成。踰半年，教授錢壽朋耆朋來，乃克成焉。蓋方督府宣司鼎來，百工奔走，趨命不暇，刀板在手，奪去者屢矣。一集之微，更歲歷十余君子始就。嗚呼，儒業之難興如此！常今初得李端明本，以爲善。又得撫屬姚寬令威所傳故吏部鮑欽止本，校足之。末得若本，以爲無恨焉。凡稱樊者，樊晃小集也；稱晉者，開運二年官書本也；稱荆者，王介甫四選也；稱宋者，宋景文也；稱陳者，陳無己也；稱「刊」及「一作」者，黄魯直、晁以道諸本也。雖然，子美詩如五穀六牲，人皆知味，而鮮不爲異饌所移者，故世之出異意、爲異説，以亂杜詩之真者甚多。此本雖未必皆得其真，然求不爲異者也。他日有如是正者重刻之，此學者之所望也。紹興三年六月，荆溪吴若季海書。

（錢注杜詩附録，中華書局上海編輯所，一九五八年）

趙次公自序

〔宋〕趙次公

余喜本朝孫覺莘老之説，謂「杜子美詩無兩字無來處」。又王直方立之之説，謂「不行一萬里，不讀萬卷書，不可看老杜詩」。因留功十年，注此詩。稍盡其詩，乃知非特兩字如此耳，往往一字繁切，必有來處，皆從萬卷書中來。至其思致之貌，體格之多，非惟一時人所不能及，而古人亦有未到焉者。若論其所謂來處，則句中有字、有語、有勢、有事，凡四種。兩字而下爲字，三字而上爲語，擬似依倚爲勢，事則或專用、或借用、或直用、或翻用、或用其意，不在字語中。于專用之外，又有展用、有倒用、有抽摘滲合而用，則李善所謂「文雖出彼而意殊，不以文害」也。又至用方言之穩熟，用當日之事實者。又有用事之祖、有用事之孫。何謂祖？其始出者是也。何謂孫？雖事有祖出，而後人有先拈用或用之別有所主而變化不同，即爲孫矣。杜公詩句皆有焉。世之注解者，謬引旁似，遺落佳處固多矣。至于只見後人重用、重説處，而不知本始，所謂無祖。其所經後人先捻用，並已變化，而但引祖出，是謂不知夫舍祖而取孫。又至于字語明熟混成，如自己出，則杜公所謂「水中著鹽，不飲不知」者。蓋言非讀書之多，不能知覺，尤世之注解者弗悟也。

（林希逸竹溪鬳齋十一稿續集卷三十，四川大學古籍所宋集珍本叢刊第八十三册，線裝書局二〇〇四年）

杜陵詩史跋

〔清〕劉世珩

王狀元集百家注編年杜陵詩史三十二卷，宋刻宋印。每半葉十三行，行二十四字。白口單邊，口上有字數，魚尾下作「杜詩」，亦作「寺」。一又作「六十家杜詩」，一云「千家注」、「百家注」，曰上又云「六十家注」種種不同，皆坊本故態。首行作「王狀元集百家注編年杜陵詩史一卷」，次行「前劍南節度參謀宣義郎檢校尚書工部員外郎賜緋魚袋杜甫子美撰」，三行「嘉興魯訔編年並注」，四行「永嘉王十朋龜齡集注」。與天禄琳琅所載黄氏補千家注杜工部詩史截然兩書。彼則黄希黄鶴補注，此則魯訔王十朋注；彼則三十六卷，此則三十二卷。予藏元廣勤堂刊集千家注分類杜工部詩，徐居仁編次，黄鶴補注，則二十五卷。其集注姓氏載有「嘉興魯氏訔編注子美詩一十八卷，永嘉王氏名十朋字龜齡集注編年詩史三十二卷」，與此正合。王書本魯氏而成，黄注更後於王本矣。凡詩之有關時事者，皆於題下注明，故謂之「詩史」。所引前人注均各標名，而作白文以别之。按季氏書目王龜齡注杜詩三十二卷即是此本。書尾有「泰興季振宜滄葦氏珍藏」款字一行，下鈐「振宜」朱文方印。前有「季振宜字詵兮號滄葦」朱文大方印、「季振宜藏書」朱文小方印，皆可證也。副葉又有「真賞」朱文葫蘆印、「華夏」白文方印、「文石太史珍藏圖書」朱文長方印。卷首並有「乾學」朱文、「徐健庵」白文聯珠小方印。每卷有「商邱宋犖攷藏善本」朱文長方印，「緯蕭草堂藏書記」朱文長方印，知爲前明無錫華氏、華亭朱氏，我朝泰興季氏、昆山徐氏、商邱宋氏諸家所遞藏。中有「拙翁文府」楷書木戳，如日本人所鈐，或曾流入海外者。予前刻淳熙本李翰林集，此杜集雖宋時坊本，注有省減，然爲世所希有。又經歷代藏書家所寶貴，亟爲影刊，以儷李集，並撰記考其異同，用餉讀者，佳處當自能審辨耳。其副葉藏印則移刊於卷尾。爲歲立癸丑，暮春之初，枕雷道士劉世珩識於上海草鞋浜楚園。

（江蘇廣陵古籍刻印社影宋刊本，二〇〇一年）

杜工部草堂詩箋題識

〔宋〕蔡夢弼

少陵先生博極群書，馳騁今古，周行萬里，觀覽謳謡，發爲歌詩，奮乎國風雅頌不作之後，比興相侔，哀樂交貫。揄揚叙述，妙達乎真機；美刺箴規，該具乎衆體。自唐迄今，餘五百年，爲詩學之宗師，家傳而人誦之。故元微之誌其墓曰「詩人已來，未有如子美者」，信斯言矣。況我國家祖宗肇造以來，設科取士，詞賦之餘，繼之以詩。詩之命題，主司多取是詩。惜乎世本訛舛，訓釋紕繆，有識恨焉。夢弼因博求唐宋諸本杜詩十門，聚而閱之，三復參校，仍用嘉興魯氏編次先生用捨之行藏、歲月之先後，以爲定本。每於逐句本文之下，先正其字之異同，次審其音之反切，方作詩之義以釋之，復引經子史傳記以證其用事之所從出，離爲五十卷，目曰草堂詩箋。凡校讎之例：題曰樊者，唐潤州刺史樊晃小集本也；題曰晉者，晉開運二年官書本也；曰歐者，歐陽永叔本也；曰宋者，宋子京本也；王者，乃介甫也；蘇者，乃子瞻也；陳者，乃無己也；黄者，乃魯直也。刊云一作某字者，系王原叔、張文潛、蔡君謨、晁以道及唐之顧陶本也。又如宋次道、崔德符、鮑欽止暨太原王禹玉、王深父、薛夢符、薛蒼舒、蔡天啓、蔡致遠、蔡伯世皆爲義説；其次如徐居仁、謝任伯、吕祖謙、高元之暨天水趙子櫟、趙次翁、杜修可、杜立之、師古、師民瞻亦爲訓解。復參以蜀石碑諸儒之定本，各因其時以條紀之。至於舊德碩儒，間有一二説者，亦兩存之，以俟博識之決擇。是集之行，俾得之者手披目覽，口誦心惟，不勞思索，而昭然義見，更無纖毫凝滯，如親聆少陵之謦欬而熟睹其眉宇，豈不快哉！大宋嘉泰天開甲子正月穀旦，建安三峰東塾蔡夢弼傅卿謹識。

（杜工部草堂詩箋傳序碑銘之末，第二十六册，中華再造善本影印上海圖書館所藏元刊本）

校正草堂詩箋跋

〔宋〕俞成

陳從易嘗讀杜詩，至疑「身輕一鳥」下，竟不能安一字。楊大年嘗讀杜詩，至疑「霜濃木石」下，竟不能全一句。夫以二公之才，讀杜公之詩，尚且略其闕文，他可見矣。誠知草堂先生練句下字，往往超詣，續之則不似，增之則不然，賡之和之，果何爲哉？使其得善本而證之，不啻「夏五」之知其月。若「過」字、若「滑」字，皆出自然，初無崖異，惟是理到，不容加點。古今詩史，一人而已，豈二公所可及哉！吾党蔡君傅卿，生平高尚，不求聞達，潛心大學，識見超拔。嘗注韓退之、柳子厚之文，了無留隱。至於少陵之詩，尤切精妙。其始考異，其次音辨，又其次講明作詩之義，又其次引援用事之所從出。凡遇題目，究竟本原；逮夫章句，窮極理致。非特定其年譜，又且集其詩評，參之衆說，斷以己意，警悟後學多矣。嘗以「雨晴山不改」爲「雨時」（雨晴詩：「雨晴山不改，晴罷峽如新。」）；「湖落迴鯨魚」爲「潮落」（別張建封：「擇材征南幕，湖落回鯨魚。」）；如城西陂泛舟「魚吹細浪揺歕扇」，（燕蹴飛花落舞。）以「歕」爲「歌」；如天育驃騎歌「遂令大奴字天育」，（別養驥子憐神俊。）以「字」爲「守」；不曰「麟鳳」，而曰「靈鳳」（幽人詩：「麟鳳在赤霄，何當一來儀。」）不曰「三犀」，而曰「五犀」（石犀行：「君不見秦時蜀太守，刻石立作三犀牛。」）。似此竄定，未容籌計。至若飲中八仙一歌，雖有數句復用四韻，或者疑之，分爲四章，以嚴句讀，破千古之昏蒙，新一時之聞見。其自信也甚篤，則其取信于人也可知。既授僕以校讎之職，恨不讀五車書，恨不行秘書監，難以勝任。辭不暇已，不免依様而已，無復換其詞頭，直叙大概云爾。非敢爲工部設，自有諸公題其額。余嘗謂：

子美之詩如化工，千形萬狀，體態不一。演而爲歌、爲行，發而爲歎、爲引，曰短述、曰口號，大而至於古風百韻，小而至於絶句五言，同出異名，初無定體。惟「驊騮開道路」一句，對以「鷹隼出風塵」，與「鵰鶚離風塵」相類，自是之外無聞焉。若夫「家家養烏鬼」，沈存中以烏鬼爲鸕鷀，元微之以爲神，非也。惟夏侯節言於懶真子：「峽中人家養猪，非祭鬼不用，特於群猪中呼「烏鬼」以自別。」此説得之。「竹林爲我啼清晝」，蔡絛以竹林爲禽名，或人以爲猿，非也。惟程大昌言於演繁露：「詩人假像爲辭，因竹之號風若哀，故謂之啼。」此説得之，抑又有證焉。「樂動殷嶱嵑」，不以「殷」爲「湯」；「生意春如昨」，當以「春」爲「眷」。「稚子」非「稚雛」，乃宗文之名字；「花卿」非歌妓，乃牙將之姓氏。杜鵑四句，非注，題也，蓋古人嘗有是格；八哀一篇，非創見也，蓋古人亦有此體。若曰「天閲」，其實「天闕」；若曰「鷗没」，其實「鷗波」。以「禁籞」爲「禁御」，以「錦幪」爲「錦驂」，仍誤例也。吁！鍛句之精，無如「風約半池萍」；襯字之妙，無如「輕燕受風斜」；假對之巧，無如「獻納紆皇眷」；押韻之工，無如「憂國願年豐」。讀詩者苟以意逆志，當自有定見，不可徇他人之説，類皆如此。然傳注之學，難乎其人也久矣。昔陶隱居注本草，嘗言不可有誤，況注經乎！今君之注是詩也，片言支字，每每推詳，決無差誤。然則杜詩、本草，注雖不同，推原教人之意則一而已。開禧紀元八月既望，富沙雲衢俞成元德父跋。

（同上，杜工部草堂詩箋第二十六册之首）

補注杜詩年譜辨疑後序

〔宋〕黄鶴

鶴先君未第時，酷嗜杜詩，頗恨舊注多遺舛，嘗補緝未竟而逝。又欲考所作歲月於逐篇下，終不果運力，未必不賫恨泉下也。鶴不肖，常恐無以酬先志，乃取塹本集注，以遺藁爲之正定。凡經據引者，不復重出，又輒益以所聞，於是稍盈卷帙。每詩再加考訂，或因人以核其時，或蒐地以校其迹，或摘句以辨其事，或即物以求其意。所謂千四百餘篇者，雖不敢謂盡知其詳，亦庶幾十得七八矣。吕汲公年譜既失之略，而蔡魯二譜亦多疎鹵，遂更爲一譜以繼于後。先生積著誠多，而不幸不偶，此不足論。獨嘗謂至成都未幾，裴冀公還朝，繼帥者李國楨、崔光遠、郭英乂，自宜與之弗合。顧與高適定交最早，相知最深，其爲西川節度，先生何以翻然舍之而東，曾不如依嚴武之爲密且久？蜀人師氏以貧交行爲武作，今疑爲適而作也。以此知先生賦性特剛，少不如意，則不能曲狥苟合，故不爲當時所容。身後又復醜以牛酒之事，曾不知果以飫溺，尚能爲令賦詩且事遊憩乎？耒陽之墳，豈非宗文早世，先生所謂瘞夭者？而後世附會，滋爲人惑。因書于首，以俟博識。嘉定丙子三月望日，臨川黄鶴書。

（黄氏補千家注紀年杜工部詩史三十六卷尾年譜辨疑卷末，中華再造善本影印山東省博物館藏元至元二十四年詹光祖月崖書堂刻本，北京圖書館，二〇〇六年）

黄氏補注杜詩序

〔宋〕董居誼

居誼兒時聞先君樂道永新大夫黄公之賢。至，則令出拜，且曰：「此鄉先生可師法者也。」居誼雖不敏，心竊識之。及壯，讀公之文，知其博覽群書，於經史子集，章句訓詁，靡不通究。於是有感先君所以幸教小子之意，欲就正焉，而公則仙去矣。晚歲杜門，公之子鶴過而道舊，出其紀年補注詩史一編，蹙然請曰：「鶴先人生平嗜此，恨舊注舛疎，補訂未竟，齎志以歿。不肖勉卒先業，餘三十年。所謂千四百篇者，不敢謂盡知工部意，庶幾十七八矣，盍爲我序之。」退披其編，詩以年次，意隨篇釋，冠以譜辨，視舊加詳。至謂耒陽酒瘞宗文，高都護之非適，吕太一之非官，又皆意逆而得之，往往前輩或未及，不但成先志而已。昔杜預注春秋左傳，世以預爲丘明忠臣；黄氏父子用功此詩，謂非忠於工部不可。然春秋繫年日，書甲子，預以曆法推攷，有未合則歸之史誤。工部雖號「詩史」，凡所記述，非必如春秋書法之密，後數百年而生，必欲一一推見當時歲月先後，亦難矣。矧詩自風雅而下，惟工部爲宗，其淵深浩博，後人莫窺涯涘。有謂工部胸中凡幾國子監，又謂不行一萬里，不讀萬卷書，不可以觀杜詩。近世鋟板注以集名者，毋慮二百家，固宜鈎析證辨，無復餘藴。而補遺訂謬，方來未已，信知工部之詩可觀不可盡。然吾於是編又得以窺黄氏家學之懿，慰滿夙心云。寶慶二年三月清明日，郡人董居誼仁甫序。

（同上，卷首）

補注杜詩跋

〔宋〕吴文

山谷嘗謂：老杜作詩，無一字無來處，第恨後人讀書少，不足以知之。今生乎數百載之後，欲探古人之心於數百載之前。凡諸家箋注之所未通者，皆斷以己見，自非胸中有萬卷書，其敢任此責耶？黄氏之於此詩，蓋如班馬父子之作史，凡兩世用工矣。積兩世之學以研精覃思，是宜援據淹該，非諸家之所敢望也。博洽君子，以諸家舊注與此合而觀之，則是非得失，當有能辨之者。寶慶丙戌仲夏，富沙吴文跋。

（同上，卷首）

集千家注批點杜工部詩集序

〔元〕劉將孫

有杜詩來五百年，注者以二三百數，然無善本。至或僞蘇注，謬妄鉗劫可笑。自或者謂少陵「詩史」，謂少陵「一飯不忘君」，於是注者深求而强附，句句字字，必傳會時事曲折。不知其所謂史，所謂不忘者，公之於天下，寓意深婉，初不在此。詩有風有隱，工部大雅，與三百篇相望，詎有此心胸哉？此豈所以爲少陵！第知膚引以爲忠愛，而不知陷於險薄。凡注詩尚意者，又蹈此弊，而杜集爲甚。諸後來忌詩、妒詩、疑詩、開詩禍皆起此，而莫之悟，此不得不爲少陵辨者也。先君子須溪先生，每浩歎學詩者各自爲宗，無能讀杜詩者，類尊丘垤而惡睹昆侖。平生婁看杜集，既選爲興觀。他評泊尚多，批點皆各有意，非但謂其佳而已。高楚芳類粹刻之，復删舊注無稽者、氾濫者，特存精確，必不可無者，求爲序以傳。坡公謂杜詩似史記，今聞者特以坡語，大不敢異，竟無能知其所以似史記者。予欲著之，此又似評杜詩爲僭。獨爲注本言之：注杜詩如注莊子，蓋謂衆人事、眼前語，一出盡變；事外意、意外事，一語而破無盡之書，一字而含無涯之味。或可評不可注，或不必注，或不當注。舉之不可遍，執之不可著，常辭不極於情，故事不給於弗也。然詎能爾爾！是本淨其繁蕪，可以使讀者得於神，而批評摽掇，足使靈悟，固草堂集之郭象本矣。楚芳於是注，用力勤，去取當，校正審，賢他本草草藉吾家名以欺者甚遠。相之者，吾門劉郁云。大德癸卯冬，廬陵劉將孫尚友書。

（杜甫撰、黄鶴補注、劉辰翁評點集千家注批點杜工部集卷首，元刻高崇蘭本）

附録五　誌傳集序上

杜工部小集序

〔唐〕樊晃

工部員外郎杜甫，字子美，膳部員外郎審言之孫。至德初，拜左拾遺，直諫忤旨，左轉，薄遊隴蜀，殆十年矣。黄門侍郎嚴武總戎全蜀，君爲幕賓，白首爲郎，待之客禮。屬契闊湮阨，東歸江陵，縁湘沅而不返。痛矣夫！文集六十卷，行於江漢之南。常蓄東遊之志，竟不就。屬時方用武，斯文將墜，故不爲東人之所知。江左詞人所傳誦者，皆君之戲題劇論耳，曾不知君有大雅之作，當今一人而已。今採其遺文，凡二百九十篇，各以志類，分爲六卷，且行於江左。君有子宗文宗武，近知所在，漂寓江陵。冀求其正集，續當論次云。

（錢注杜詩附録誌傳集序，中華書局上海編輯所，一九五八年）

唐故工部員外郎杜君墓係銘并序

〔唐〕元稹

叙曰：予讀詩至杜子美，而知小大之有所總萃焉。始堯舜時，君臣以賡歌相和。是後詩人繼作，歷夏殷周千餘年，仲尼緝拾選揀，取其干預教化之尤者三百篇，其餘無聞焉。騷人作而怨憤之態繁，然猶去風雅日近，尚相比擬。秦漢以還，採詩之官既廢，天下妖謡民謳、歌頌諷賦、曲度嬉戲之詞，亦隨時間作。逮至漢武賦柏梁詩而七言之體具。蘇子卿、李少卿之徒，尤工爲五言，雖句讀文律各異，雅鄭之音亦雜，而詞意簡遠，指事言情，自非有爲而爲，則文不妄作。建安之後，天下文士遭罹兵戰，曹氏父子鞍馬間爲文，往往横槊賦詩，故其遒壯抑揚、冤哀悲離之作，尤極於古。晉世風槩稍存。宋齊之間，教失根本，士以簡慢歙習、舒徐相尚，文章以風容色澤、放曠精清爲高，蓋吟寫性靈、流連光景之文也，意義格力無取焉。陵遲至於梁陳，淫艷刻飾、佻巧小碎之詞劇，又宋齊之所不取也。唐興，官學大振。歷世之文，能者互出，而又沈宋之流，研練精切，穩順聲勢，謂之爲律詩。

由是而後，文變之體極焉。然而莫不好古者遺近，務華者去實，効齊梁則不逮於魏晉，工樂府則力屈於五言，律切則骨格不存，閒暇則纖穠莫備。至於子美，蓋所謂上薄風騷，下該沈宋，古傍蘇李，氣奪曹劉，掩顔謝之孤高，雜徐庾之流麗，盡得古今之體勢，而兼昔人之所獨專矣。使仲尼考鍛其旨要，尚不知貴其多乎哉！苟以爲能所不能，無可不可，則詩人以來，未有如子美者。時山東人李白，亦以奇文取稱，時人謂之「李杜」。予觀其壯浪縱恣，擺去拘束，摸寫物象，及樂府歌詩，誠亦差肩於子美矣。至若鋪陳終始，排比聲韻，大或千言，次猶數百，詞氣豪邁，而風調清深，屬對律切，而脱棄凡近，則李尚不能歷其藩翰，况堂奥乎？予嘗欲件析其文，體別相附，與來者爲之准，特病懶未就。適子美之子嗣業，啓子美之柩襄祔事於偃師，途次於荆，雅知予愛言其大父爲文，拜予爲誌。辭不可絶，予因係其官閥而銘其卒葬云。

係曰：晉當陽成侯姓杜氏，十世而生依藝，令於鞏。依藝生審言，審言善詩，官至膳部員外郎。審言生閑，閑生甫。閑爲奉天令。甫字子美，天寶中獻三大禮賦，明帝奇之，命宰相試文，文善，授右衛率府胄曹。屬京師亂，步謁行在，拜左拾遺。歲餘，以直言失官，出爲華州司功。尋遷京兆功曹。劍南節度使嚴武狀爲工部員外參謀軍事，旋又棄去。扁舟下荆楚間，竟以寓卒，旅殯岳陽，享年五十九。夫人弘農楊氏女，父曰司農少卿怡，四十九年而終。嗣子曰宗武，病不克葬，殁，命其子嗣業。嗣業貧，無以給喪，收拾乞匄，焦勞晝夜，去子美殁後餘四十年，然後卒先人之志，亦足爲難矣。銘曰：「維元和之癸巳，粤某月某日之佳辰，合窆我杜子美於首陽之前山。嗚呼！千歲而下，曰此文先生之古墳。」

（元稹集校注卷五十六，上海古籍出版社，二〇一一年）

舊唐書杜甫傳

杜甫字子美，本襄陽人，後徙河南鞏縣。曾祖依藝，位終鞏令。祖審言，位終膳部員外郎，自有傳。父閑，終奉天令。甫天寶初應進士不第。天寶末，獻三大禮賦，玄宗奇之，召試文章，授京兆府兵曹參軍。十五載，禄山陷京師，肅宗徵兵靈武，甫自京師宵遁赴河西，謁肅宗於彭原郡，拜右拾遺。房琯布衣時與甫善。時琯爲宰相，請自帥師討賊，帝許之。其年十月，琯兵敗於陳濤斜。明年春，琯罷相。甫上疏言琯有才，不宜罷免。肅宗怒，貶琯爲刺史，出甫爲華州司功參軍。時關畿亂離，穀食踊貴，甫寓居成州同谷縣，自負薪採梠，兒女餓殍者數人。久之，召補京兆府功曹。上元二年冬，黄門侍郎、鄭國公嚴武鎮成都，奏爲節度參謀、檢校尚書工部員外郎，賜緋魚袋。武與甫世舊，待遇甚隆。甫性褊躁，無器度，恃恩放恣，嘗憑醉登武之牀，瞪視武曰：「嚴挺之乃有此兒！」武雖急暴，不以爲忤。甫於成都浣花里種竹植樹，結廬枕江，縱酒嘯詠，與田畯野老相狎蕩，無拘檢。嚴武過之，有時不冠，其傲誕如此。永泰元年夏，武卒，甫無所依。及郭英乂代武鎮成都，英乂武人粗暴，無能刺謁，乃遊東蜀依高適。既至而適卒。是歲，崔寧殺英乂，楊子琳攻西川，蜀中大亂。甫以其家避亂荆楚，扁舟下峽，未維舟而江陵亂。乃泝沿湘流，遊衡山，寓居耒陽。甫嘗遊岳廟，爲暴水所阻，旬日不得食。耒陽聶令知之，自棹舟迎甫而還。永泰二年，啗牛肉白酒，一夕而卒於耒陽，時年五十九。子宗武，流落湖湘而卒。元和中，宗武子嗣業，自耒陽遷甫之柩，歸葬於偃師縣西北首陽山之前。天寶末詩人，甫與李白齊名，而白自負文格放達，譏甫齷齪，而有「飯顆山」之嘲誚。

（卷一百九十下，中華書局，一九七五年）

新唐書杜甫傳

甫字子美，少貧不自振，客吴越、齊趙間，李邕奇其材，先往見之。舉進士不中第，困長安。天寶十三載，玄宗朝獻太清宫，饗廟及郊，甫奏賦三篇。帝奇之，使待制集賢院，命宰相試文章，擢河西尉，不拜，改右衛率府胄曹參軍。數上賦頌，因高自稱道，且言：「先臣恕預以來，承儒守官十一世，迨審言以文章顯中宗時。臣賴緒業，自七歲屬辭，且四十年，然衣不蓋體，常寄食於人。竊恐轉死溝釁，伏惟天子哀憐之。若令執先臣故事，拔泥塗之久辱，則臣之述作雖不足鼓吹六經，至沈鬱頓挫，隨時敏給，揚雄、枚臯可企及也。有臣如此，陛下其忍棄之？」會禄山亂，天子入蜀，甫避走三川。肅宗立，自鄜州羸服欲奔行在，爲賊所得。至德二載，亡走鳳翔上謁，拜右拾遺。與房琯爲布衣交，琯時敗陳濤斜，又以客董廷蘭，罷宰相。甫上疏言：「罪細，不宜免大臣。」帝怒，詔三司雜問。宰相張鎬曰：「甫若抵罪，絶言者路。」帝乃解。甫謝，且稱：「琯宰相子，少自樹立爲醇儒，有大臣體。時論許琯才堪公輔，陛下果委而相之。觀其深念主憂，義形於色，然性失於簡。酷嗜鼓琴，廷蘭托琯門下，貧疾昏老，依倚爲非。琯愛惜人情，一至玷汙。臣歎其功名未就，志氣挫衂，覬陛下棄細録大，所以冒死稱述，涉近訐激，違忤聖心。陛下赦臣百死，再賜骸骨，天下之幸，非臣獨蒙。」然帝自是不甚省録。時所在寇奪，甫家寓鄜，彌年艱窶，孺弱至餓死，因許甫自往省視。從還京師，出爲華州司功參軍。關輔饑，輒棄官去。客秦州，負薪採橡栗自給。流落劍南，結廬成都西郭。召補京兆功曹參軍，不至。會嚴武節度劍南東西川，往依焉。武再帥劍南，表爲參謀，檢校工部員外郎。武以世舊，待甫甚善。親入其家。甫見之，或時不巾，而性褊躁傲誕，嘗醉登武牀，瞪視曰：「嚴挺之乃有此兒！」武亦暴猛，外若不爲忤，中銜之。一日欲殺甫及梓州刺史章彝，集吏於門，武將出，冠鉤于簾三。左右白其母，奔救得止，獨殺彝。武卒，崔旰等亂，甫往來梓夔間。大曆中，出瞿唐，下江陵，泝沅湘以登衡山，因客耒陽。遊嶽祠，大水遽至，涉旬不得食，縣令具舟迎之，乃得還。令嘗饋牛炙白酒，大醉，一昔卒，年五十九。

甫曠放不自檢，好論天下大事，高而不切。少與李白齊名，時號「李杜」。嘗從白及高適過汴州，酒酣登吹臺，慷慨懷古，人莫測也。數嘗寇亂，挺節無所汙，爲歌詩，傷時橈弱，情不忘君，人憐其忠云。

贊曰：唐興，詩人承陳隋風流，浮靡相矜。至宋之問、沈佺期等，研揣聲音，浮切不差，而號「律詩」，競相襲沿。逮開元間，稍裁以雅正，然恃華者質反，好麗者壯違，人得一槩，皆自名所長。至甫，渾涵汪茫，千彙萬狀，兼古今而有之。它人不足，甫乃厭餘。殘膏賸馥，沾丐後人多矣。故元稹謂「詩人以來，未有如子美者」。甫又善陳時事，律切精深，至千言不少衰，世號「詩史」。昌黎韓愈於文章慎許可，至歌詩，獨推曰：「李杜文章在，光燄萬丈長。」誠可信云。（卷二百〇一，中華書局，一九七五年）

題杜工部墳

〔唐〕韓愈

何人鑿開混沌殼，二氣由來有清濁。孕其清者爲聖賢，鍾其濁者成愚樸。
英豪雖没名猶嘉，不肖虚死如蓬麻。榮華一旦世俗眼，忠孝萬古賢人芽。
有唐文物盛復全，名書史册俱才賢。中間詩筆誰清新，屈指都無四五人。
獨有工部稱全美，當日詩人無擬倫。筆追清風洗俗耳，心奪造化回陽春。
天光晴射洞庭秋，寒玉萬頃清光流。我常愛慕如飢渴，不見其面生閑愁。
今春偶客耒陽路，凄慘去尋江上墓。召朋特地踏煙蕪，路入溪村數百步。
招手借問騎牛兒，牧兒指我祠堂路。入門古屋三四間，草茅緣砌生無數。

寒竹珊珊摇晚風，野蔓層層纏庭户。升堂再拜心惻然，心欲虔啓不成語。一堆空土煙蕪裏，虚使詩人嘆悲起。怨聲千古寄西風，寒骨一夜沉秋水。當時處處多白酒，牛炙如今家家有。飲酒食炙今如此，何故常人無飽死？子美當日稱才賢，聶侯見待誠非喜。洎乎聖意再搜求，姦臣以此欺天子。捉月走入千丈波李白入水捉月，忠諫便沉汨羅底屈原沉湘。固知天意有所存，三賢所歸同一水。過客留詩千百人，佳詞繡句虚相美。墳空飫死已傳聞，千古醜聲竟誰洗？明時好古疾惡人，應以我意知終始。

（分門集注杜工部詩卷首序，四部叢刊初編本）

酉陽雜俎

〔唐〕段成式

李白名播海内，玄宗於便殿召見，神氣高朗，軒軒然若霞舉。上不覺亡萬乘之尊，因命納屨。白遂展足與高力士，曰：「去靴。」力士失勢，遽爲脱之。及出，上指白謂力士曰：「此人固窮相。」白前後三擬詞選，不如意，悉焚之，唯留恨、別賦。及禄山反，制胡無人，言「太白入月敵可摧」。及禄山死，太白蝕月。衆言李白唯戲杜考功「飯顆山頭」之句。成式偶見李白祠亭上宴别杜考功詩，今録首尾曰：「我覺秋興逸，誰言秋興悲。山將落日去，水共晴空宜。」「煙歸碧海夕，雁度青天時。相失各萬里，茫然空爾思。」

（酉陽雜俎校箋上册，中華書局，二〇一五年）

唐國史補

〔唐〕李肇

嚴武少以强俊知名，蜀中坐衙，杜甫袒跣登其機案。武愛其才終不害。然與章彝素善，再入蜀，談笑殺之。及卒，母喜曰：「而今而後，吾知免官婢矣！」

（唐國史補上，唐五代筆記小説大觀，上海古籍出版社，二〇〇〇年）

開元日，通不以姓而可稱者：燕公、曲江、太尉、魯公；不以名而可稱者：宋開府、陸兗公、王右丞、房太尉、郭令公、崔太傅、楊司徒、劉忠州、楊崖州、段太尉、顔魯公。位卑而著名者：李北海、王江寧、李館陶、鄭廣文、元魯山、蕭功曹、張長史、獨孤常州、杜工部、崔比部、梁補闕、韋蘇州、戴容州。二人連言者：岐薛、姚宋（亦曰蘇宋）、燕許（大手筆）、元王（秉權）、常楊（制誥）、蕭李（文章）。元和後，不以名可稱者：李太尉、韋中令、裴晉公、白太傅、賈仆射、路侍中、杜紫微；位卑名著者：賈長江、趙渭南；二人連呼者：元白；又有羅鉗吉網、（酷吏羅希奭吉温）員推、韋狀、（能吏員結韋元甫），又有四夔、四凶。

（同上，唐國史補下）

明皇雜録

〔唐〕鄭處誨

唐開元中，樂工李龜年、彭年、鶴年兄弟三人，皆有才學盛名。彭年善舞，鶴年、龜年能歌，尤妙製渭州，特承顧遇。於東都大起第宅，僭侈之制，逾于公侯。宅在東都通遠里，中堂制度，甲於都下。（今製晉公移于定鼎門外別墅，號緑野堂。）其後龜年流落江南，每遇良辰勝賞，爲人歌數闋，座中聞之，莫不掩泣罷酒。則杜甫嘗贈詩所謂：「岐王宅裏尋常見，崔九堂前幾度聞。正值江南好風景，落花時節又逢君」。崔九堂，殿中監滌、中書令湜之第也。

（明皇雜録卷下，唐五代筆記小説大觀，上海古籍出版社，二〇〇〇年）

杜甫後漂寓湘潭間，旅於衡州耒陽縣，頗爲令長所厭。甫投詩於宰，宰遂置牛炙白酒以遺，甫飲過多，一夕而卒。集中猶有贈聶耒陽詩也。

（同上，明皇雜録補遺）

本事詩

〔唐〕孟棨

白才逸氣高，與陳拾遺齊名，先後合德。其論詩云：「梁陳以來，艷薄斯極，沈休文又尚以聲律，將復古道，非我而誰與！」故陳、李二集，律詩殊少。嘗言興寄深微，五言不如四言，七言又其靡也，況使束於聲調俳優哉！故戲杜曰：「飯顆山頭逢杜甫，頭戴笠子日卓午。借問别來太瘦生，總爲從前作詩苦。」蓋譏其拘束也。玄宗聞之，召入翰林。以其才藻絶人，器識兼茂，將以上位處之，故未命以官。嘗因宮人行樂，謂高力士曰：「對此良辰美景，豈可獨以聲伎爲娱，倘時得逸才詞人吟詠之，可以誇耀於後。」遂命召白。時寧王邀白飲酒，已醉；既至，拜舞頹然。上知其薄聲律，謂非所長，命爲宮中行樂五言律詩十首。白頓首曰：「寧王賜臣酒，今已醉。倘陛下賜臣無畏，始可盡臣薄技。」上曰：「可。」即遣二内臣掖扶之，命研墨濡筆以授之，又令二人張朱絲欄於其前。白取筆抒思，略不停綴，十篇立就，更無加點。筆跡遒利，鳳跱龍拏。律度對屬，無不精絶。其首篇曰：

「柳色黄金嫩，梨花白雪香。玉樓巢翡翠，珠殿宿鴛鴦。選妓隨雕輦，征歌出洞房。宫中誰第一，飛燕在昭陽。」文不盡録。常出入宫中，恩禮殊厚。竟以疏縱乞歸。上亦以非廊廟器，優詔罷遣之。後以不羈，流落江外；又以永王招禮，累謫于夜郎。及放還，卒于宣城。杜所贈二十韻，備叙其事。讀其文，盡得其故迹。杜逢禄山之難，流離隴蜀，畢陳於詩，推見至隱，殆無遺事，故當時號爲「詩史」。

（本事詩高逸第三，唐五代筆記小説大觀，上海古籍出版社，二〇〇〇年）

雲溪友議

〔唐〕范攄

武年二十三，爲給事黄門侍郎。明年擁旄西蜀，累於飲筵，對客騁其筆札。杜甫拾遺乘醉而言曰：「不謂嚴挺之有此兒也！」武恚目久之，曰：「杜審言孫子，擬捋虎鬚？」合座皆笑，以彌縫之。武曰：「與公等飲饌謀歡，何至於祖考耶？」房太尉琯亦微有所忤，憂怖成疾。武母恐害賢良，遂以小舟送甫下峽。母則可謂賢也，然二公幾不免於虎口矣。李太白爲蜀道難，乃爲房杜之危也。（雲溪友議上嚴黄門，唐五代筆記小説大觀，上海古籍出版社，二〇〇〇年）

雲仙雜記

〔唐〕馮贄

杜子美十餘歲，夢人令采文于康水。覺而問人，此水在二十里外，乃往求之。見鵝冠童子，告曰：「汝本文星典吏，天使汝下謫，爲唐世文章海。九雲誥已降，可於豆壠下取。」甫依其言，果得一石，金字曰：「詩王本在陳芳國，九夜捫之麟篆熟，聲振扶桑享天福。」後因佩入葱市，歸而飛火滿室。有聲曰：「邂逅穢吾，令汝文而不貴。」（文覽雲仙雜記一，唐人軼事彙編卷十四，上海古籍出版社，一九九五年）

杜甫子宗武，以詩示阮兵曹。兵曹答以石斧一具，隨使並詩還之。宗武曰：

「斧，父斤也。兵曹使我呈父，加斤削也。」俄而阮聞之，曰：「誤矣。欲子砍斷其手。此手若存，天下詩名又在杜家矣。」

（同上，文覽雲仙雜記七）

附録六　誌傳集序下

讀杜工部詩集序

〔宋〕孫僅

五常之精，萬象之靈，不能自文，必委其精、萃其靈於偉傑之人以渙發焉。故文者，天地真粹之氣也；所以君五常、母萬象也。縱出横飛，疑無涯隅，表乾裏坤，深入隱奥。非夫腹蕴五靈，心精萬象，神合冥會，則未始得之矣。夫文名一，而所以用之者三，謀、勇、正之謂也。謀以始意，勇以作氣，正以全道。苟意亂思率，則謀沮矣；氣萎體瘵，則勇喪矣；言蘙辭蕪，則正塞矣。是三者迭相羽翼，以濟乎用也。備則氣淳而長，剥則氣散而涸。中古而下，文道繁富。風若周、騷若楚、文若西漢，咸角然天出，萬世之衡軸也。後之學者，瞽實聾正，不守其根而好其葉，由是日誕月艷，蕩而莫返。曹劉應楊之徒唱，沈謝徐庾之徒和之，争柔鬬葩，聯組擅繡。萬鈞之重，爍爲錙銖；真粹之氣，殆將滅矣。洎夫子之爲也，剔陳梁、亂齊宋、抉晉魏，瀦其淫波，遏其煩聲，與周楚西漢相準的。其夐邈高聳，則若鑿太虚而噭萬籟；其馳驟怪駭，則若仗天策而騎箕尾；其首截峻整，則若儼鈎陳而界雲漢。樞機日月，開闔雷電，昂昂然神其謀、挺其勇、握其正，以高視天壤，趨入作者之域，所謂真粹氣中人也。公之詩支而爲六家：孟郊得其氣焰，張籍得其簡麗，姚合得其清雅，賈島得其奇僻，杜牧薛能得其豪健，陸龜蒙得其贍博，皆出公之奇偏爾，尚軒軒然自號一家，爀世烜俗。後人師擬不暇，矧合之乎！風騷而下，唐而上，一人而已。是知唐之言詩，公之餘波及爾。於戲！以公之才，宜器大任，而顛沛寇虜，汩没蠻夷者，屯於時耶，戾於命耶，將天嗜厭代，未使斯文大振耶？雖道抑當世，而澤化後人，斯不朽矣。因覽公集，輒洩其憤以書之。

（分門集注杜工部詩卷首，四部叢刊初編本）

題杜子美別集後

〔宋〕蘇舜欽

杜甫本傳云「有集六十卷」，今所存者才二十卷，又未經學者編緝，古律錯亂，前後不倫。蓋不爲近世所尚，墜逸過半。吁！可痛閔也！天聖末，昌黎韓綜官華下，於民間傳得號杜工部別集者，凡五百篇。予參以舊集，削其同者，餘三百篇。景祐僑居長安，於王緯主簿處又獲一集。三本相從，復擇得八十餘首，皆豪邁哀頓，非昔之攻詩者所能依倚，以知亦出於斯人之胸中。念其亡去尚多，意必皆在人間，但不落好事家，未布耳。今以所得，雜録成一策，題曰老杜別集，俟尋購僅足，當與舊本重編次之。又本傳云：「旅於耒陽，永泰二年，啗牛肉白酒，一夕而卒。」此詩中乃有大曆三年白帝城放船出瞿塘將適江陵之作及大曆五年追酬高蜀州見寄，舊集亦有「大曆二年調玉燭」之句，是不卒於永泰，史氏誤文也。覽者無以此爲異。景祐三年十二月五日長安題。

（蘇學士文集卷十三，四部叢刊初編本）

老杜詩後集序

〔宋〕王安石

予考古之詩，尤愛杜甫氏作者。其辭所從出，一莫知窮極，而病未能學也。世所傳已多，計尚有遺落，思得其完而觀之。然每一篇出，自然人知非人之所能爲，而爲之者，惟其甫也，輒能辨之。予之令鄞，客有授予古之詩世所不傳者二百餘篇。觀之，予知非人之所能爲而爲之實甫者，其文與意之著也。然甫之詩其完見於今者，自予得之。世之學者至乎甫而後爲詩，不能至，要之不知詩焉爾。嗚呼，詩其難，惟有甫哉？自洸兵馬下，序而次之，以示知甫者，且用自發焉。皇祐五年壬辰五月日，臨川王某序。

（臨川先生文集卷八十四，四部叢刊初編本）

陳浩然析類杜工部詩序

〔宋〕宋誼

詩之言生乎志，而言之聲出乎情。自變風作，而志之形於言，與夫情之發於聲者，雖感憤憂思之成文，而尚可以和金石，諧律吕，而爲聖人之所取也。及夫先王之澤竭，雖有作者，浮虚之相矜，綺靡之相勝，而無復風雅之正矣。唐之時，以詩鳴者最多，而杜子美迥然特異，相望數千載之間，而獨得古人之大體。其詞曲而中，其意肆而隱，雖怪奇偉麗，變態百出，而一之於法度，不幾於古之言志而詠情者歟！惜乎遒人之不見采，而子美不見知於上，愈窮而愈工。然世之所傳，尚有遺落而不完。頃者處士孫正之得所未傳二百篇，而丞相荆公繼得之，又增多焉。及觀内相王公所校全集，比於二公，互有詳略，皆從而爲之序。故子美之詩，僅爲完備。近世取士，壹於經術，而風騷之學有所不暇。雖幽居閑放之人，時或諷味，而皆鄙俚陳近之辭，求其知子美者，蓋寡矣。豈子美之詩，深遠而難知邪？抑其篇章之浩博而難窮考邪？今兹退休田里，始得陳君浩然授予子美詩一編，乃取其古詩近體，析而類之，使學者悦其易覽，得以沿其波而討其源也。予嘉陳君有志於詩，而惟子美之爲嗜，則可謂篤於詩學者矣。因其請而爲之序云。元豐五年二月二十三日序。

（分門集注杜工部詩卷首，四部叢刊初編本）

成都草堂詩碑序

〔宋〕胡宗愈

草堂先生謂子美也。草堂，子美之故居，因其所居而號之曰草堂先生。先生自同谷入蜀，遂卜成都浣花江上萬里橋之西，爲草堂以居焉。唐之史記前後抵牾，先生至成都之年月不可考。其後先生寄題草堂詩云：「經營上元始，斷手寶應年。」然則先生之來成都，殆上元之初乎？嚴武入朝，先生送武之巴西，遂如梓州。蜀亂，乃之閬州。將遊荆楚，會武再鎮兩川，先生乃自閬州挈妻子歸草堂。武辟先生爲參謀。武卒，蜀又亂。先生去之東川，移居夔州，遂下荆渚，泝流沅湘，上衡山，卒於耒陽。先生以詩鳴於唐，凡出處去就，動息勞佚，悲懽憂樂，忠憤感激，好賢惡惡，一見於詩，讀之可以知其世。學士大夫謂之「詩史」。其所遊歷，好事者隨處刻其詩於石。及至成都則闕然。先生之故居，松竹荒凉，略不可記。丞相吕公鎮成都，復作草堂於先生舊址，繪先生之像於其上。假符於此，乃録先生之詩，刻石置於草堂之壁間。先生雖去此，而其詩之意有在於是者亦附其後。庶幾好事者於以考先生去來之迹云。元祐庚午，資政殿學士中大夫知成都軍府事胡序。

（分門集注杜工部詩卷首，四部叢刊初編本）

王定國詩集叙

〔宋〕蘇軾

太史公論詩，以爲「國風好色而不淫，小雅怨誹而不亂」。以余觀之，是特識變風變雅耳，烏覩詩之正乎？昔先王之澤衰，然後變風發乎情，雖衰而未竭，是以猶止於禮義，以爲賢於無所止者而已。若夫發於性止於忠孝者，其詩豈可同日而語哉！古今詩人衆矣，而杜子美爲首，豈非以其流落饑寒，終身不用，而一飯未嘗忘君也歟！

今定國以余故得罪，貶海上三年，一子死貶所，一子死於家，定國亦病幾死。余意其怨我甚，不敢以書相聞。而定國歸至江西，以其嶺外所作詩數百首寄余，皆清平豐融，藹然有治世之音，其言與志得道行者無異。幽憂憤歎之作，蓋亦有之矣，特恐死嶺外，而天子之恩不及報，以忝其父祖耳。孔子曰：不怨天，不尤人。定國且不我怨，而肯怨天乎！余然後廢卷而歎，自恨期人之淺也。

又念昔日定國過余于彭城，留十日，往返作詩幾百餘篇。余苦其多，畏其敏，而服其工也。一日，定國與顔復長道遊泗水，登桓山，吹笛飲酒，乘月而歸。余亦置酒黄樓上以待之，曰：「李太白死，世無此樂三百年矣。」

今余老不復作詩，又以病止酒，閉門不出。門外數步即大江，經月不至江上，眊眊焉真一老農夫也。而定國詩益工，飲酒不衰，所至翺翔徜徉，窮山水之勝，不以厄窮衰老改其度。今而後，余之所畏服於定國者，不獨其詩也。

（蘇軾文集卷十，中華書局，一九八六年）

書黄子思詩集後

〔宋〕蘇軾

予嘗論書，以謂鍾王之迹，蕭散簡遠，妙在筆畫之外。至唐顏、柳，始集古今筆法而盡發之，極書之變，天下翕然以爲宗師，而鍾、王之法益微。至於詩亦然。蘇李之天成，曹劉之自得，陶謝之超然，蓋亦至矣。而李太白杜子美以英瑋絶世之姿，凌跨百代，古今詩人盡廢，然魏晉以來高風絶塵，亦少衰矣。李杜之後，詩人繼作，雖間有遠韻，而才不逮意，獨韋應物柳宗元發纖穠於簡古，寄至味於淡泊，非餘子所及也。唐末司空圖，崎嶇兵亂之間，而詩文高雅，猶有承平之遺風。其論詩曰：梅止於酸，鹽止於鹹。飲食不可無鹽、梅，而其美常在鹹、酸之外。蓋自列其詩之有得於文字之表者二十四韻，恨當時不識其妙。予三復其言而悲之。

閩人黄子思，慶曆、皇祐間號能文者。予嘗聞前輩誦其詩，每得佳句妙語，反復數四，乃識其所謂，信乎表聖之言，美在鹹酸之外，可以一唱而三歎也。予既與其子幾道、其孫師是游，得窺其家集，而子思篤行高志，爲吏有異才，見於墓誌詳矣，予不復論，獨評其詩如此。

（同上，卷六十七）

刻杜子美巴蜀詩序

〔宋〕黄庭堅

自予謫居黔州，欲屬一奇士而有力者，盡刻杜子美東、西川及夔州詩，使大雅之音，久湮没而復盈三巴之耳。而目前所見，録録不能辦事，以故未嘗發於口。丹稜楊素翁拏扁舟，蹴犍爲，略陵雲，下郁鄢，訪余於戎州，聞之欣然。請攻堅石，摹善工，約以丹陵之麥三食新而畢。作堂以宇之，予因名其堂曰「大雅」，而悉書遺之。此西州之盛事，亦使來世知素翁真磊落人也。

（黄庭堅全集中册，第八輯戎州時期，鄭永曉整理，江西人民出版社，二〇一一年）

大雅堂記

丹稜楊素翁，英偉人也。其在州閭鄉黨有俠氣，不少假借人，然以禮義不以財力稱長雄也。聞余欲盡書杜子美兩川夔峽諸詩，刻石藏蜀中好文喜事之家，素翁粲然向余請從事焉，又欲作高屋廣楹庥此石，因請名焉。余名之曰大雅堂，而告之曰：由杜子美以來四百餘年，斯文委地。文章之士隨世所能，傑出時輩，未有昇子美之堂者，况室家之好耶！余嘗欲隨欣然會意處，箋以數語，終以汨没世俗，初不暇給。雖然，子美詩妙處乃在無意於文。夫無意而意已至，非廣之以國風雅頌，深之以離騷九歌，安能咀嚼其意味，闖然入其門耶！故使後生輩自求之，則得之深矣。使後之登大雅堂者，能以余説而求之，則思過半矣。彼喜穿鑿者，棄其大旨，取其發興於所遇林泉人物、草木魚蟲，以爲物物皆有所托，如世間商度隱語者，則子美之詩委地矣。素翁可並刻此於大雅堂中，後生可畏，安知無涣然冰釋於斯文者乎！元符三年九月涪翁書。

（同上）

杜子美詩筆次序辨

〔宋〕黄伯思

董君新序稱：甫爲淑妃皇父碑，在開元二十三年，最少作也。予案是年甫才二十四歲，宜爲少作。然案碑文，妃卒、葬皆在二十年。然此碑乃其子婿鄭潛耀令甫作，未必在是年。碑末云：「甫忝鄭莊之賓客，游竇主之園林。以白頭之嵇阮，豈獨步於崔蔡。野老何知，斯文見托。」若其葬年所作，豈得序稱「白頭嵇阮，與野老何知哉」。又其銘曰：「日居月諸，丘壟荆杞。列樹拱矣，豐碑缺然。」則其立碑蓋在葬後六年，非甫年二十四，當開元二十三年皇父葬時所作也。蓋董君不敨立碑年，但敨其葬年，故誤爾。董君新序稱：「永泰元年，嚴武移山南，崔旰亂，甫避秦川。定後還成都，即浮江東，欲適吳楚。」案，武卒於成都，故有哭嚴僕射詩，則武未嘗移鎮山南也。又有將適吳楚留別章使君，當在武未再尹成都之前，非崔旰亂之，此二事舛訛。又，至鄜迎家後收京扈從還長安。董於歸鄜，便言移華州，漏還京一節。王原叔集杜詩，古詩甫與章梓州詩及遊惠義寺等，皆武初尹之前，律詩則在初尹之後。二者必有一誤。據王序，武歸朝廷，甫浮游左蜀，往來非一，則律詩所序是也。古詩田父美嚴中丞一篇，次序誤矣。原叔以召補京兆功曹，不赴，欲如荆楚，在嚴公初尹前，非是。蓋律詩寄巴州注云：「時甫除功曹，在東川。」在武初尹之後，故誤也。政和四年八月十六日，觀杜集二序，因正之。（東觀餘論卷上，全宋筆記第三編之四，朱易安、傅璇琮等主編，大象出版社，二〇〇八年）

跋洛陽所得杜少陵詩後

〔宋〕黄伯思

政和二年夏在洛，與法曹趙來叔因檢校職事，同出上陽門，於道北古精舍中避暑，於瀼堂壁間弊篋中得此帙。所録杜子美詩，頗與今行槧本小異。如「忍對江山麗」，印本「對」乃作「待」；「雅量涵高遠」，印本「涵」乃作「極」，當以此爲正。若是者尚多。予方欲借之，寺僧因以見與。遂持歸校所藏本，是正頗多，但偶忘其寺名耳。六年二月十一日，舟中偶繙舊書見之，因題得之所自云。山陽還丹陽，是夕宿揚州郭外。長睿父題。

（同上，東觀餘論卷下）

成州同谷縣杜工部祠堂記

〔宋〕晁説之

自古王侯將相而廟祀者，皆乘時奮厲，冒敗虎狼，死守以身，爲天下臨衝。或巖廊嚬笑，以治易亂，即危而安，其在鼎彝之外，而人有奉焉。否則，賢守令真爲民之父母，斯民謡頌之不足，取其姓以名其子孫，久益不能忘，則一郡之邑祠之。否則，躬德高隱，崇仁篤行，若節婦孝女，有功於風俗者，一鄉一社祠之。顧惟老儒士身屯喪亂，覊旅流寓，呻吟饑寒之餘，數百年之後，即其故廬而祠焉，如吾同谷之於杜工部者，殆未之或有也。嗚呼，盛矣哉！曰名高而得之歟？曰非也。苟不務實而務名，則當時王維之名出杜之上，蓋有天子宰相之目，且衆方才李白而多之也。是天寶間人物特盛，有如高適、岑參、孟浩然、雲卿、崔顥、國輔、薛據、儲光羲、綦毋潛、元結、韋應物、王昌齡、常建、陶翰、秦系、嚴維、暢當、閻防、祖詠、皇甫冉、弟曾、張繼、劉眘虚、王季友、李頎、賀蘭進明、崔曙、王灣、張謂、盧象、李嶷之詩，粲然振耀於世，未肯少自屈，而人亦莫敢致之也。非湜、籍輩於韓門比。然有良玉必有善賈。厚矣，韓文公之德于吾工部也！自是而工部嶷嶷絶去一代頡頏不可揉屈之士而岳立矣！然猶惜也，何庸李白之抗邪！昔夫子録秦詩而不録楚詩，蓋秦有周之遺俗，如玉之人在板屋，則傷之也。楚則僭周而王矣！滄浪之水既以濯吾纓，雖濁忍以濯吾足哉！李則楚也，亦不得與杜并矣，况餘子哉！彼元微之，讒諂小人也，身不知裴度、李宗閔之邪正，尚何有於李杜之優劣也邪？然前乎韓而詩名之重者錢起，後有李商隱、杜牧、張祜，晚惟司空圖，是五子之詩，其源皆出諸杜者也。以故杜之獨尊於大夫學士，其論不易矣。而在本朝，王元之學白公，楊大年矯之，專尚李義山；歐陽公又矯楊而歸韓門，而梅聖俞則法韋蘇州者也。實自王原叔始勤於工部之數集，定著一書，懸諸日月矣。然孰爲真識者，靡靡徒以名得之歟！唯知其爲人世濟忠義，遭時艱難，所感者益深，則真識其詩之所以尊，而宜夫數百年之後，即其流寓之地而祠之不忘也。工部之詩，一發諸忠義之誠，雖取以配國風之怨，大雅之群可也。或玩其英華而不薦其實，或力索故事之微而自謂有得者，不亦負乎？祠望鳳凰臺而臨百丈潭，皆公昔日所爲詩賦之所也。公去此而汗漫之遊遠矣哉！而此邦之人思公，因石林之虛徐，溪月之澄霽，則尚曰公之故廬，今公在是也。予嘗北至鄜時，觀公三川之居，愛之矣，而此又其勝也。不知成都浣花之居，復又何如哉！信乎，居室可以觀士也已。同谷秀才趙惟恭捐地五畝，縣涑水郭慥始立祠，而屬余爲之記，使來者美其山川，而禮其像，忠其文。且知公自其十有一世之祖恕、預而來，以忠許國矣，則其所感者既遠，人亦遠而莫之能忘，與夫王侯將相之祠未知果孰傳邪？其像則本之成都之舊云。宣和五年五月己未，朝請大夫知成州晁説之記並書。

（嵩山文集卷十六，四部叢刊續編本）

增注杜工部詩序

〔宋〕王彦輔

唐興，承陳隋之遺風，浮靡相矜，莫崇理致。開元之間，去雕篆，黜浮華，稍裁以雅正。雖絺句繪章，人得一概，争各所長。如太羹玄酒者，則薄滋味；如孤峰絶岸者，則駭廊廟；穠華可愛者乏風骨，爛然可珍者多玷缺。逮至子美之詩，周情孔思，千彙萬狀，茹古涵今，無有端涯；森嚴昭焕，若在武庫見戈戟布列，蕩人耳目。非特意語天出，尤工於用字，故卓然爲一代冠，而歷世千百，膾炙人口。予每讀其文，竊苦其難曉。如義鶻行「巨顙拆老拳」之句，劉夢得初亦疑之。後覽石勒傳，方知其所自出。蓋其引物連類，掎摭前事，往往而是。韓退之謂「光燄萬丈長」，而世號爲「詩史」，信哉！予時漁獵書部，嘗妄注緝，且十得五六。宦遊南北，因循中輟。投老掛冠，杜門家居，日以無事，行樂之暇，不度蕪淺。既次其韻，因舊注惜不忍去，搜考所知，再加鐫釋。然予不幸病目，無與乎簡牘之觀。遂命子瀓、洎，孫端仁，參夫討繹，俾之編綴，用償夙志，尚愧孤陋，未臻詳盡。在昔聖人，猶曰有所不知丘，蓋闕如。顧惟聞見之寡，玆所不免，但藏篋中，以貽來裔，非敢示諸博古之君子。按鄭文寶少陵集，張逸爲之序；又有蜀本十卷。自王原叔内相再編定杜集二十卷，後姑蘇守王君玉得原叔家藏於蘇州進士何瑑、丁修處，及今古諸集，相與參考，乃曰義有兼通者，亦存而不敢削。故予之所注，以蘇本爲正云。時洪宋八葉，明天子之在御，政和紀元之三祺下元日序。

（分門集注杜工部詩卷首，四部叢刊初編本）

編次杜工部詩序

〔宋〕魯訔

騷人雅士，同知祖尚少陵，同欲模楷聲韻，同苦其意律深嚴難讀也。余謂少陵老人初不事艱澀左隱以病人，其平易處有賤夫老婦所可道者。至其深純宏妙，千古不可追跡。則序事穩實，立意渾大，遇物寫難狀之景，紓情出不説之意，借古的確，感時深遠。若江海浩漾，風雲蕩汩，蛟龍黿鼉出没其間而變化莫測，風澄雲霽，象緯回薄，錯峙偉麗，細大無不可觀。離而序之，次其先後。時危平，俗嬿惡，山川夷險，風物明晦，公之所寓，舒局皆可概見，如陪公杖屨而遊四方，數百年間猶對面語，何患於難讀耶！名公巨儒，譜叙注釋，是不一家，用意率過，異説如蝟。余因舊集略加編次，古詩近體，一其後先。摘諸家之善，有考於當時事實及地里歲月，與古語之的然者，聊注其下。若其意律，乃詩之六經，神會意得，隨人所到，不敢易而言之。叙次既倫，讀之者如親罹艱棘虎狼之慘，爲可驚愕；目見當時甿庶被削刻、轉塗炭爲可憫。因感公之流徙，始而適，中而瘁，卒至於爲少年輩侮忽以訖死，爲可傷也。紹興癸酉五月晦日，丹丘冷齋序。

（分門集注杜工部詩卷首，四部叢刊初編本）

杜工部詩序

〔宋〕鄭卬

讀少陵詩，如馳騖晉楚之郊，以言其高，則鄧林千巖，楩楠杞梓，扶疎摩雲；以言其深，則溟波萬頃，蛟龍黿鼉，徜徉排空。拭眥極目，方且心駭神悸，莫知所以。若其甄别名狀，實難爲功。韓退之推其光焰萬丈長，殆謂是矣。國家追復祖宗成憲，學者以聲律相飭，少陵矩範，尤爲時尚。於其淹貫群書，比類賦象，渾涵天成，奇文險句，厭人目力，讀者未始不以搜尋訓切爲病。印近因與一二三友質問，爰就隱奥處著爲音義。至夫人物地理、古今傳志，咸極討論，施之新學，不亦可乎！時紹興改元歲次辛亥長至後五日，長樂鄭卬序。

（分門集注杜工部詩卷首，四部叢刊初編本）

跋子美詩并序

〔宋〕鄭卬

余讀李元賓補遺傳及韓退之題杜工部墳詩，皆自摭遺所載，疑非二公所作。然大曆、元和，時之相去，猶未爲遠，不當與本集牴牾若是，大抵後之好事者托而質之也。嘗攷子美以大曆五年四月，臧玠殺崔瓘，由是避地入衡州，至耒陽，遊嶽祠。以大水，涉旬不得食。耒陽聶令，具舟迎之。水漲，遂泊方田驛。子美詩以謝之。繼而沿湘流，將適漢陽，暮秋歸秦，有詩别湖南幕府親友。豈以夏而溺死耒陽，復有此作？蓋其卒在潭岳間，秋冬之際。元微之誌銘，亦畧見本末。作史者惑於摭遺之説，遂有「牛炙白酒一宿卒」之語。信史之誤，余不可以不辨。長樂鄭卬謹跋。

（分門集注杜工部詩卷首，四部叢刊初編本）

五哀詩并序·唐工部員外郎杜甫

〔宋〕李綱

湖湘間，多古騷人逐客，才士之所居，故其景物淒凉，氣俗感慨，有古之遺風。余來武昌，慨然懷古，作五詩以哀之。

子美以詩鳴，古今無對手。當時謫仙人，長句頗先後。精深律切處，故自非其偶。而況郊島徒，何敢窺户牖？有如登岱宗，衆山皆培塿。又如觀武庫，劍戟靡不有。高辭媲丘墳，古意篆蝌蚪。蒼蒼雪中松，濯濯風前柳。雲煙紛卷舒，雷電劃奔走。澹然衆態俱，沾丐隨所取。平生忠義心，多向詩中剖。憂國與愛君，誦説不離口。飢寒窘衣食，容貌村野叟。自以稷契期，此理人信否？中興作諫臣，戎馬方踐蹂。上疏救房琯，亦足知素守。一跌不復振，造物意豈苟？欲使窮吟哦，專志如矇瞍。辛苦盗賊中，妻子或顛仆。布衾冷如鐵，晨爨乏升斗。冒雪斸黄精，呼兒理魚笱。蕭條秦隴間，不廢詩千首。依嚴遂入蜀，幕府備賓友。草堂浣花溪，頗復事南畝。亂離又飄泊，纍若喪家狗。雲安麴米春，巫峽風土陋。扁舟下瞿唐，留滯湖湘久。家事竟何成？丹訣空繫肘。淒涼耒陽縣，醉死竟坐酒。雖煩微之銘，不返鄠杜柩。誰將樽中淥，一酹泉下朽。詩篇垂琳琅，長作蛟龍吼。

（梁谿先生文集卷十九，清刻本）

重校正杜子美集序

〔宋〕李綱

杜子美詩，古今絶唱也。舊集古律異卷，編次失序，不足以考公出處及少壯老成之作。余嘗有意參訂之，時病多事，未能也。故秘書郎黄長睿父，博雅好古，工於文辭，尤篤喜公之詩。乃用東坡之説，隨年編纂，以古律相參，先後始末有次第。然後子美之出處及少壯老成之作，燦然可觀。蓋自天寶太平全盛之時，迄于至德、大曆，干戈亂離之際。子美之詩，凡千四百三十餘篇，其忠義氣節、羈旅艱難、悲憤無聊，一見于詩。句法理致，老而益精。平時讀之，未見其工；迨親更兵火喪亂之後，誦其辭如出乎其時，犁然有當於人心，然後知其語之妙也。退之詩云：「僊官敕六丁，雷電下取將。流落人間者，泰山一毫芒。」乃知公之述作行于世者，不爲不多；遭亂亡逸，又不爲少；加以傳寫謬誤，寖失舊文，烏三轉而焉者，不可勝數。長睿父官洛下，與名士大夫游，裒集諸家所藏，是正訛舛，又得逸詩數十篇參於卷中；及在秘閣，得御府定本，校讐益號精密，非世所行者之比。長睿父歿後十七年，余始見其親校定集卷二十有二於其家，朱黄塗改，手跡如新，爲之愴然！竊歎其博學淵識，而有功于子美之多也。昔東坡有言：子美自許稷契，人未必許也。然其詩曰「舜舉十六相，身尊道何高。秦時用商鞅，法令如牛毛」，自是稷契輩口中語。可謂知子美者矣。方肅宗之怒房琯，人無敢言，獨子美抗疏救之，由是廢斥終身而不悔。是必有言之不可已者，與陽城之救陸贄何以異！然世罕稱之者，殆爲詩所掩故耶！嘗一臠之肉，知九鼎之味；有一於此，可以卜知其他。故因序其集而及之，使觀者知公遇事不苟，非特言語文章妙天下而已。紹興四年甲寅六月朔序。（同上，卷一百三十八）

書四家詩選後

〔宋〕李綱

子美之詩，非無文也，而質勝文。永叔之詩，非無質也，而文勝質。退之之詩，質而無文。太白之詩，文而無質。介甫選四家之詩而次第之，其序如此。又有百家詩選，以盡唐人吟咏之所得。然則四家者，其詩之六經乎？於體無所不備，而測之益深，窮之益遠。百家者，其詩之諸子百氏乎？不該不徧，而各有所長，時有所用，覽者宜致意焉。偶讀四家詩選，因書其後。宣和庚子仲夏十一日書。

（同上，卷一百六十二）

書杜子美魏將軍歌贈王周士

〔宋〕李綱

余趣寧江謫所，取道湘潭，王周士出高麗紙求書。時金寇再犯闕，將半年未解。余聞召命，將糾義旅以援王室。萬一不捷，當遂以死報國矣。周士未果行，而許爲之繼。因書杜子美此篇遺之，以激其氣云。靖康丁未孟夏四日，武陽李某書于長沙漕司之翠藹堂。

（同上，卷一百六十二）

跋了翁書杜子美哀江頭詩

〔宋〕李綱

了翁得邵康節易數皇極先天之學，心解神悟，世故多能前知。如丙午歲事，嘗爲所親者預道之。壬寅春，公未没前數日，其孫婿蕭君建功以紙求字，公爲書老杜哀江頭一篇，乃絶筆也。非惟筆力遒勁，略無衰病之氣，蓋寓意靖康之變於其間。以公之學，精微知數之必爾，而生平議論，慨然不少屈折，雖流離顛沛，妻子至於凍餒而不顧，可謂不以天廢人矣。蕭君訪余於武昌，出公書以相示，爲歎息者久之。余嘗著論古人處天人之際者，正與公合。因并書以遺之，使讀者知公於古人無間云。

（同上，卷一百六十二）

書少陵詩集正異

〔宋〕汪應辰

始余得洪州州學所刻少陵詩集正異者觀之，中間多云「其説已見卷首」，或云「他卷」，或云「年譜」，殊不可曉。既而過進賢，偶縣大夫言有蜀人蔡伯世重編杜詩，亟借之，乃得其全書。然後知正異者，特其書之一節耳，不可以孤行也。此書詮次先後，考索同異，亦已勤矣。世傳杜詩，往往不同，前輩多兼存之；今皆定從某字，其自任蓋不輕矣。詩以氣格高妙、意義精遠爲主。屬對之間，小有不諧，不足以累正氣。今悉遷就偶對，至於古詩亦然，若止爲偶對而已，似未能盡古人之意也。「千金買馬鞭，百金裝刀頭」，言其服用之盛爾；「故鄉歸不得，地入亞夫營」，言故鄉方用兵爾。今悉以他本改作「馬鞍」、「故園」，固未知其孰是，其説則曰：「若千金買鞭，以物直校之，非也；若故鄉爲營，則營亦大矣。」此等去取，非所謂不以辭害意也。律詩全篇屬對，固有此格，非盡然也。如「宓子彈琴邑宰日，終軍棄繻英妙時。」「黄草峽西船不歸，赤甲山下行人稀。」皆律詩第一聯也，今改作「年妙」、「人行」，以就偶對。若他本不同，定從其一，猶不爲無據；此直以己意所見，徑行竄定，甚矣其自任不輕也！正異云：攷其屬對事實，當作「年妙」。且英妙者，猶少俊云爾，不惟無害於事實，亦未嘗不對也。閩中所刻東坡杜甫事實者，不知何人假托，皆鑿空撰造，無一語有來處。如引王逸少詩云：「湖上春風舞天棘。」此其僞謬之一也。今乃用此改「天棘夢青絲」爲「舞青絲」。政使實有此證，猶未可輕改，況其不然者乎？余謂不若于杜集之後，附益以重編年譜、各卷叙説、目録、正異等，以存一家之説使覽者有攷焉，可也，未可以爲定本。

（文定集卷十，武英殿聚珍版叢書本）

杜工部草堂記

〔宋〕喻汝礪

紹興己未，天子憫然，念全蜀之民久敝於兵。會成都請帥，上問於二三執政，欲掄文武智略閎博之士俾之保惠而鎮綏之，以休寧其父兄子弟，以厭其疆埸戎狄之不嘉靖，以紓予憂。翼日，宰相選第一二臣以聞，上弗許也。已而曰：「朕得其人矣。習先王之典章憲度，重之以篤實任事，無易張燾者，維予寵嘉之。第蜀逴遠，燾能爲朕行乎？其以朕意召而諭焉。」宰相具述上旨，公作而言曰：「上有詔，燾敢不承。」宰相又曰：「公毋遽，俟聚堂，尚熟議之。」公曰：「上乏使而命燾，燾其行矣，奚議之爲！」宰相以公語聞，上太息良久，曰：「朕顧張燾術學行能，是應陪禁闥、策大事，其去朝廷，非是。」而公請行益勤，於是制詔中書門下，以吏部尚書張燾爲寶文閣學士知成都府兼安撫使。公頓首奉詔，入辭殿中，具奏所以飭正蠱敝，恢鴻中興之策。上嘉納之，天語褒異，曰：「朕當寘諸坐右。」且得旨，浮荆鄂，道夔巫以入蜀。公行至京口，乃更請由宋汴，走函洛，歷崤澠，遐矚乎二周三秦之形勢，因得與宣撫司規所以隱蔽捍衛庸蜀之計，詔從之。入蜀之初，迺推上之所以夙寤晨興，念慮遠方之意，與夫所以臨軒慰遣，憂勤寬大之詔，鏤板宣布。蜀人呼舞，至相與泣下。居無何，敵人果寒盟，盛夏穿塞，霍蕩三輔，巴蜀震動。當是時，關門廢備，儲廥單耗。有司責糧急甚，人心寒懼。公乃下令代以官粟，至秋償焉，軍食豐盈，民不怨疾。蜀距行在所幾萬里，郡邑解慢，諱職不問，大吏養交，以苟簡爲便民；小吏墮偷，以督責爲生事。事滋不治，民寃無訴，上因公寬恤全蜀。公性儉，勤厲練，核庶務，乃引四路之訟而親決之。領略判斷，支分葉解，千縷萬牙，細見毛脉，是非美醜，各聽分位。間者鹽酒之法日益廢壞。吏務便文，民困月額，父媪流離，嗷天不聞。公唏然曰：「煮海榷酤之弊極矣。知所以張之，而不知所以弛之；知所以用其利，而不知所以救其弊。川縣之吏，揆書錯數，計日而責焉，殆未有以慮之也。其何以支悠遠、厚死亡，隱西南而詘敵人乎？」亟狀其事以聞，有詔嘉許。於是州縣奔走事令，緒求盈虛，損浮蠲乏，人不告病。庚申之春，歲惡，蜀饑，東山之民，羸餒日甚，公命海惠僧真惠作饘淖廩給之，賴以全活者，無慮六萬餘人。又命置四場於城中，逮鰥分貧，飲茹窮燥，閉糴之家，不敢牟利。惟公痌視蜀人之疾苦，必思所以拊摩而飲藥之。其要在於建晝長利，存定窮寡，貶伐貪濁，扶起廢滯，以爲屏維四川悠久無疆之計。於是乎絀殘吏之程督不時、前期邀功者，蒐汙吏之冒濁苟容、漁奪百姓者，振士大夫之淹滯，而開其磨勘陞改者。章洊聞，詔皆賜可。嗟乎！蜀，大國也。泉流甘清，土壤肥好，士嗜書，工文章。民服水溉田，粟稻麻密，隣伍往來，盤餐酒漿。自虜結難，而蜀人始騷矣。逮公保釐而來，細意養活，財貨運行，諸産遂長，士農工賈各有次行，而人始得以飲食滋味。嗟乎！公之德於蜀如此，而意猶未厭也。復念文翁以道訓蜀，諸葛武侯以義保蜀，張忠定公以鉏惡表善治蜀，乃即其廟宫而治新之，辛勤拭刮，不留昏埃，神來神去，照映羽衛。居頃之，又語其屬曰：「杜少陵詩歌一千四百有餘篇，考其志致，未嘗不念君父而斯民是憂。顧其祠宇距城不能五里，騫陊摧剥，何以昭斯文之光？予甚自愧。」乃斥公帑之餘，弗匱府藏，弗勤民力，命僧道安董其事，增飾之。慮工一千五百，計泉八十萬有奇，創手於紹興庚申八月丙戌，訖季冬之乙亥告成。斵石爲碑二十有六，盡劖其詞于堂之四周，次第甲乙，毫末不欠。辛酉孟夏，汝礪以職事，見公授之次，飯于誠正堂，公曰：「屬治草堂小異，吾儕盍往觀焉？」飯已，肩輿出郊，謁先主武侯閟宫，遂入草堂，吊少陵之遺像，飲滄浪亭。亭並浣花，竹柏濯濯可愛。縱觀詩碣，公顧曰：「考石多所日矣，願得公文以紀其事。」汝礪謝曰：「公自妙齡注鼎科，居久之，升柱史，遂司帝謨。作典誥文書，抗直議，斥天下之病，皆開物成務之文，而汝礪所難也。」辭不可，則論著之。昔之風人，叙君臣父子而訓之禮，比兄弟、朋友、婚媾而詔之義，襃宗廟嘗享牲器，賓旅禮樂，征伐戍役，宫室幣帛，衣服池臺，藪澤鎗耜，鶗螗酒醴，而制之數。善焉，鼓舞咏物之，不則譏切箴誨之。尹吉甫、召穆公、仍叔、史克、嘉父之流，愁悽乎怨思，昌美乎誦聲，是皆切鑽美惡，分擘善敗，典圖崇替而鑑燭後世也。少陵之詩，故亦如此。根於忠信孝弟，著於君臣、父子、夫婦、朋友。其紆餘扶疎，宛轉附物，雍容而不迫，愔愔乎如揖遜議論冠佩於一堂之上，父坐子立，齝齝俞俞於闺庭燕豆禮樂之間。至夫陳古悼今，勸直而懼佞，抑淫侈倖巧而崇節義恭儉，槁焉曾傷，愍惻當世。婦子老孺之騷離，賦斂征戍之棘數，哀怨疾痛，愊鬱隱閔無聊之聲，不啻迫及其身而親遭之。其於治亂隆廢，忠佞賢否、哀樂忻慘，起伏之變，衍迤縱肆，無乎不備。忽忽乎其能化也，就就乎其通道達物也，越越乎其總一神明而貫通萬類也。游之於肯綮衆虚之間，寓之於無所終始之際，激之以海水蕩潏、飛雲屑雨之聲，吁！不得盡其極也。易曰：「通其變，遂成天下之文。」嗟乎！非盡天下之至變，何以成天下之至文也哉？斯文也，儻使申公傳之，李克受之，河間獻王陳之，而吴公子札觀焉，則昭陵之所以帝，天寶之所以微，肅代之所以中興，次爲雅頌，釐爲變風，坐而第焉可也。今公治蜀，其所以憂恤斯民之心，見於施置如此。此其所以眷眷於少陵之詩乎！故曰：「再光中興業，一洗蒼生憂。」誠公之志也歟！

（宋袁説友等著成都文類卷四十二，文津閣四庫全書本）

何南仲分類杜詩叙

〔宋〕李石

雅道不復作。至於子美太白，天下無異議，退之晚尤知敬而仰之。唐人多工巧，退之以爲餘事，其有取於李杜者，雅道之在故也。近世楊大年尚「西崑體」，主李義山句法，往往摘子美之短而陋之曰「村夫子」。語人亦莫或信，何者？子美詩固多變，其變者必有説。善説詩者，固不患其變，而患其不合於理。理苟在焉，雖其變無害也。詩記十五國之風，而吾夫子取其不齊者而齊之，上而王公大夫，下而庸散僕隸；上而性命道德，下而淫佚流蕩，此豈可一説盡之哉！吾友南仲取子美之詩句，分爲十體體以類聚，庶幾得子美之變者也。南仲曷嘗以是爲子美詩之盡，然説詩者可以類起矣，僕不敢求其盡，試援此以從南仲。

（方舟集卷十，文淵閣四庫全書本）

許尹黄陳詩集注序

六經所以載道而之後世，而詩者，止乎禮義，道之所存也。周詩三百五篇，有其義而亡其辭者，六篇而已。大而天地日星之變，小而蟲鳥草木之化，嚴而君臣父子，别而夫婦男女，順而兄弟，群而朋友，喜不至瀆，怨不至亂，諫不至訐，怒不至絶：此詩之大略也。古者登歌清廟，會盟諸侯，季子之所觀，鄭人之所賦，與夫士大夫交接之際，未有舍此而能達者。孔子曰：「爲此詩者，其知道乎！」又曰：「不學詩，無以言。」蓋詩之用於世如此。周衰，官失學廢，大雅不作久矣。由漢以來，詩道浸微，陵夷至於晉、宋、齊、梁之間，哇淫甚矣。曹、劉、沈、謝之詩，非不工也，如刻繒染縠，可施之貴介公子，而不可用之黎庶。陶淵明、韋蘇州之詩，寂寞枯槁，如叢蘭幽桂，可宜於山林，而不可置於朝廷之上。李太白王摩詰之詩，如亂雲敷空，寒月照水，雖千變萬化，而及物之功亦少。孟郊賈島之詩，酸寒儉陋，如蝦蟖蜆蛤，一啖便了，雖咀嚼終日，而不能飽人。惟杜少陵之詩，出入古今，衣被天下，藹然有忠義之气。後之作者，未有加焉。宋興二百年，文章之盛，追還三代，而以詩名世者，豫章黄庭堅魯直，其後學黄而不至者，後山陳師道無已。二公之詩，皆本于老杜，而不爲者也。其用事深密，雜以儒、佛，虞初稗官之説，雋永、鴻寶之書，牢籠漁獵，取諸左右。後生晚學，此秘未覩者，往往苦其難知。三江任君子淵，博極群書，尚友古人，暇日遂以二家詩爲之注解，且爲原本立意始末，以曉學者，非若世之箋訓，但能標題出處而已也。既成，以授僕，欲以言冠其首。予嘗患二家詩興其高遠，讀之有不可曉者，得君之解，玩味累日，如夢而寤，如醉而醒，如痿人之獲起也，豈不快哉！雖然，論畫者可以形似，而捧心者難言；聞絃者可以數知，而至音者難説。天下之理，涉於形名度數者，可傳也。其出於形名度數之表者，不可得而傳也。昔後山答秦少章云：「僕之詩，豫章之詩也。然僕所聞於豫章，願言其詳；豫章不以語僕，僕亦不能爲足下道也。」嗚呼！後山之言殆謂是耶？今子淵既以所得於二公者筆之於書矣，若乃精微要妙，如古所謂味外者，雖使黄、陳復生，不能以相授，子淵尚得而言乎？學者宜自得之可也。子淵名淵，嘗以文藝類試有司，爲四川第一，蓋今日之國士，天下士也。紹興乙亥冬十二月，鄱陽許尹謹叙。

（山谷詩集注卷首，黄寶華點校，上海古籍出版社，二〇〇三年）

修夔州東屯少陵故居記

〔宋〕于炱

唐大曆中，少陵先生自成都來夔門，蓋欲下三峽、道荆襄以向洛陽，漸圖北歸。始至，暫寓白帝，既而復遷瀼西，最後徙居東屯。質之於詩皆可考。峽中多高山峻谷，地少平曠，獨東屯距白帝五里而近，稻田禾畦，延袤百頃。前帶清溪，後枕崇崗，樹林葱蒨，氣象深秀，稱高人逸士之居，少陵於是卜築焉。猒塵囂而樂幽勝，而詩人所以爲吟詠風月之地。夔州之詩，多至四百餘篇，計一草一木，盡入詩句中矣。少陵既出峽，其地三易主，近世始屬李氏，少陵手書之券猶存。至子襄頗好事，講求故蹟，復置高齋，用涪翁名少陵詩意，創大雅堂，臨溪又建草堂，繪其遺像。歷歲滋久，屋且頹圮弗治，券亦爲有力者取去，而前賢舊隱，幾爲荆榛之墟。慶元三年春，連帥閬中毋丘公、漕使蘇臺錢公，暇日聯轡訪古，歎高風之既遠，而故居之弗葺，無以致思賢尚德之意。因李氏子欲析居，毋丘公捐金市之，而歸諸官。爲田一十一畝有奇。繚以短垣，樹以嘉木。齋與堂之欹腐撓折者，從而增葺之。架爲憑軒，闢爲虛牖，開新徑以直溪，而東屯之景物，深窈幽邃，與少陵昔寓居之日無異。錢公又跨草堂，創爲重閣，移置少陵像於其上。凭欄一望，則平川之綺麗，四山之環合，若拱若揖，與賓主相領略，蓋東屯至是，遂爲夔州勝處。嗟夫！少陵始進三賦，明皇奇其才，嘗召而欲用之，故其詩有「主上頃見徵」之句。已而齟齬不偶，流落頓挫，故其詩有「青冥卻垂翅」之句。少陵抱負奇偉，許身稷卨，欲少出所學以自見於世，而卒不遇，憔悴奔走於羈旅之間，可歎也。雖然，少陵之詩號爲「詩史」，豈獨取其格律之高，句法之嚴；蓋其忠義根於中而形於吟詠，所謂一飯未嘗忘君者。是以其鏗金振玉之聲，與騷雅並傳於無窮也。少陵避地入蜀，其寓居之處，同谷有草堂，浣花亦有草堂，皆官自葺之，有以見其勿翦勿伐之意。獨東屯不然，誠夔門之闕典也。夫地固以人重，而物之興廢有時。今帥漕二公獨能興四百年之遺址而更新之，明示好尚，丕變雅俗，實權輿於此。則是役也，豈徒爲游觀設哉！慶元三年十二月初二日，朝奉郎權通判夔州軍州兼管内勸農事借緋于𡵚記。

（明周復俊編全蜀藝文志卷三十九上，清刻本）

漕司高齋堂記

〔宋〕費士戣

杜少陵遊蜀凡八稔，而在夔者獨三年。平生所賦詩見於集凡千四百六篇，而在夔者乃至三百六十有一。得非愛其山川奇壯、風俗淳厚，故其寄寓之久，賦詠之多如是哉！然則公雖下巴峽，浮湘衡，南遊以死，吾意其精爽猶往來於夔子國中也。嘗以其詩考之，其在夔也，始寓白帝城，繼下瀼西居，後乃移於東屯。各隨所寓而賦高齋，曰「次水門」者爲白帝城，曰「依藥餌」、曰「見一川」者，則以瀼西、東屯作也。後人即其處所，各肖像，以高齋名之。所以紀其舊遊，而欽其風致，庶幾尚友之意云爾。今東屯、白帝城，齋像具存。而瀼西居，按圖經所載漕廨即其故地。嘗詢之故老，謂舊亦有祠，不知廢於何年。而齋顔則前使者范公蓀移之東路，蓋猶未遠，遂使故地寂無一迹，良可慨嘆。屬東臺有堂，歲久弗支，梁楝撓折，簷楹摧圮，一遇震風凌雨，凛然有傾壓之懼。議者欲撤去之屢矣，予惜其規模傑壯，不忍撤。乃鳩巨材，積宋桷，運瓦甓，葺而新之。竹個木章，悉從官市，不以勞民。既成，則取前移於東屯者。東齋舊字，臨而揭之。齋之對，舊有公詩石刻成列，因肖公像於其中而祠焉。於是遺響復存，廢典旦舉，始有以副一方之願。夫土木興作，或得或失，聖人必謹書之。故考室詠於周詩，復宇歌於魯頌，豈以爲細故而畧。乃今起輪奐於將傾，揭丹青於欲壞，退食有地，肆筵有所，以滌塵氛，以舒心目。政事之暇，可不務乎！況少陵忠義之氣，根於素守。雖困躓流落，而一日未能忘君。後之來者，儻睹遺像而念其行藏，瞻齋顔而企其節義，則愛君憂國之念，油然而生，其補於政治，豈淺淺哉！予猶有望於後之人，嗣而葺之，俾勿壞。

嘉定元年冬，廣都費士戣記。

（同上，清刻本）

施司諫注東坡詩序

〔宋〕陸游

古詩唐虞賡歌，夏述禹戒作歌。商周之詩，皆以列於經，故有訓釋。漢以後詩，見於蕭統文選者，及高帝、項羽、韋孟、楊惲、梁鴻、趙壹之流，歌詩見於史者，亦皆有注。唐詩人最盛，名家者以百數。惟杜詩注者數家，然槩不爲識者所取。近世有蜀人任淵嘗注宋子京、黄魯直、陳無己三家詩，頗稱詳贍。若東坡先生之詩，則援據閎博，指趣深遠，淵獨不敢爲之説。某頃與范公至能會於蜀，因相與論東坡詩，慨然謂予：「足下當作一書，發明東坡之意，以遺學者。」某謝不能。他日，又言之，因舉一二事以質之曰：「五畝漸成終老計，九重新掃舊巢痕」，「遥知叔孫子，已致魯諸生」。當若爲解？」至能曰：「東坡竄黄州，自度不復收用，故曰

「新掃舊巢痕」。建中初，復召元祐諸人，故曰「已致魯諸生」。恐不過如此耳。某曰：此某之所以不敢承命也。昔祖宗以三館養士，儲將相材，及官制行，罷三館。而東坡蓋嘗直史館，然自謫爲散官，削去史館之職久矣，至是史館亦廢，故云「新埽舊巢痕」。其用字之嚴如此。而「鳳巢西隔九重門」，則又李義山詩也。建中初，韓曾二相得政，盡收用元祐人，其不召者亦補大藩，惟東坡兄弟猶領宮祠。此句蓋寓所謂不能致者二人，意深語緩，尤未易窺測。至如「車中有布乎」，指當時用事者，則猶近而易見。「白首沉下吏，緑衣有公言」，乃以侍妾朝雲嘗歎黄師是仕不進，故此句之意，戲言其上僭。則非得於故老，殆不可知。必皆能知此，然後無憾。至能亦太息曰：如此誠難矣。後二十五六年，某告老居山陰澤中。吳興施宿武子出其先人司諫公所注數十大編，屬某作序。司諫公以絶識博學名天下，且用工深，歷歲久，又助之以顧君景蕃之該洽，則於東坡之意，蓋幾可以無憾矣。某雖不能如至能所托，而得序斯文，豈非幸哉！嘉泰二年正月五日，山陰老民陸某序。

（渭南文集卷十五，四部叢刊初編本）

楊夢錫集句杜詩序

〔宋〕陸游

文章要法，在得古作者之意。意既深遠，非用力精到，則不能造也。前輩于左氏傳、太史公書、韓文、杜詩，皆熟讀暗誦，雖支枕據鞍間，與對卷無異。久之，乃能超然自得。今後生用力有限，掩卷而起，已十亡三四，而望有得於古人，亦難矣。楚人楊夢錫才高而深于詩，尤積勤杜詩，平日涵養不離胸中，故其句法森然可喜。因以暇戲集杜句。夢錫之意，非爲集句設也，本以成其詩耳。不然，火龍黻黼手，豈補綴百家衣者邪？予故爲表出之，以告未深知夢錫者。

（同上）

東屯高齋記

〔宋〕陸游

少陵先生晚遊夔州，愛其山川，不忍去。三徙居皆名高齋。質於其詩，曰「次水門」者，白帝城之高齋也；曰「依藥餌者」，瀼西之高齋也；曰「見一川者」，東屯之高齋也。故其詩又曰：「高齋非一處。」予至夔數月，吊先生之遺迹，則白帝城已廢爲丘墟百有餘年。自城郭府寺，父老無知其處者，況所謂高齋乎！瀼西蓋今夔府治所，畫爲阡陌，裂爲坊市，高齋尤不可識。獨東屯有李氏者，居已數世，上距少陵財三易主，大曆中故券猶在。而高齋負山帶谿，氣象良是。李氏業進士，名襄，因郡博士雍君大椿屬予記之。予太息曰：「少陵，天下士也！早遇明皇、肅宗，官爵雖不尊顯，而見知實深，蓋嘗慨然以稷卨自許。及落魄巴蜀，感漢昭烈、諸葛丞相之事，屢見於詩。頓挫悲壯，反覆動人，其規模志意豈小哉！然去國寖久，諸公故人熟睨其窮，無肯出力。比至夔，客於柏中丞嚴明府之間，如九尺丈夫俛首居小屋下，思一吐氣而不可得。予讀其詩，至「小臣議論絶，老病客殊方」之句，未嘗不流涕也。嗟夫，辭之悲乃至是乎？荆卿之歌，阮嗣宗之哭，不加於此矣。少陵非區區於仕進者，不勝愛君憂國之心，思少出所學佐天子，興正觀開元之治，而身愈老，命愈大謬，坎壈且死，則其悲至此亦無足怪也。」今李君初不踐通塞榮辱之機，讀書絃歌，忽焉忘老，無少陵之憂而有其高。少陵家東屯不浹歲，而君數世居之。使死者復生，予未知少陵自謂與君孰失得也。若予者，仕不能無媿於義，退又無地可耕，是直有慕於李君爾，故樂與爲記。乾道七年四月十日，山陰陸某記。

（同上，卷十七）

跋柳書蘇夫人墓誌

近世注杜詩者數十家，無一字一義可取。蓋欲注杜詩，須去少陵地位不大遠，乃可下語。不然，則勿注可也。今諸家徒欲以口耳之學揣摩得之，可乎？書家以鍾王爲宗，亦須升鍾王之堂，乃可置論耳。爾來書法中絶，求柳誠懸輩尚不可得，書其可遽論哉？然予爲此言，非獨觸人，亦不善自爲地矣，覽者當粲然一笑也。嘉定元年四月己酉，陸某書。

（同上，卷三十一）

跋章國華所集注杜詩

〔宋〕朱熹

章國華過予山間，出所集注杜詩示予。其用力勤矣。然其所引東坡事實者，非蘇公作。聞之長老，乃閩中鄭昂尚明僞爲之。所引事皆無根據，反用杜詩見句，增減爲文，而傳其前人名字，托爲其語，至有時世先後顛倒失次者。舊嘗考之，知其決非蘇公書也。況杜詩佳處，有在用事造語之外者。唯其虚心諷詠，乃能見之。國華更以予言求之，雖以讀三百篇可也。朱熹仲晦書。

（晦庵先生朱文公文集卷八十四，四部叢刊初編本）

答杜仲高旃書

〔宋〕樓鑰

鑰向者天街一别，忽忽四五年。兹辱惠書，以慰以荷。鑰杜門郤埽，荷上恩再畀祠禄，仰以奉九十之親，俯以自適不肖之軀，不翅足矣。况老態日見，夏秋間病足，延痛左腕，嘗作醮詞云：「四肢而三痛楚，十日而九呻吟。」其况可知。近方稍安，九十者其家不從政，但當虞侍膝下，暇日則以故書遮眼，而昏花已不可視細字矣。鼓琴足以自娱，奕棊可以遣日，此外一不以經意。來書論出處大致，意甚篤，詞甚偉，佩荷雖深，然非所敢當也。寄示新詩，快讀降歎。杜詩集注等書，恨未盡見，發微一編，誦之數過，卓乎高哉！賢父子真足以發少陵之微意，非淺識者所及。來書云云，姑置是事。且説杜詩，以寄遠懷如何？杜之詩，韓之文，如王右軍之書，皆古今一人而已。近世士夫水墨積習之工，類不甚至。唐人多能書，歐虞褚薛是其尤穎異者。疲精竭神，各自名家，終不足以望右軍閫域。若詩與文，可以力取而强進之耶？詆之爲「村夫子」者，固自難言。然王荆公以爲「與元氣倅」，蓋極言詩之高致。若曰「所以見公像，再拜涕泗流」，正爲茅屋爲秋風所破歎一詩用意之大。東坡謂自是稷契等輩口中語，正謂其語似稷契輩爾。唐史贊之：「詩人以來，未有如子美者。」皆極口稱其詩。工部之詩，真有參造化之妙，別是一種肺肝，兼備衆體，間見層出，不可端倪。忠義感慨，憂世憤激，一飯不忘君，此其所以爲詩人冠冕。後人著意形似，亦有可雜之詩中而不可辨者。至其奔逸絶塵，雖諸名公恐未免瞠乎若後。此難與不知者道也。然儗人必于其倫，以言取人，先聖所難。若直以上比禹稷，與孔孟之進退，則亦愛之過甚。此老如在，亦未必敢當。鄙見如此，更試思之，非面言不能究也。如「中自誅褒妲」，前輩嘗稱之；而陳將軍之不没，其實未有人能發此者。發微如此者非一。末篇尤佳，歎誦不已。又記一二事，雖非詩之大節，因併及之。留花門詩：「連雲屯左輔，百里見積雪。」以趙次公之詳且博，畧不注釋。四明舊有卞倅養直圜爲注甚詳，竟不得其書。嘗與之論及此，亦止云意其偶有積雪爾。蓋「花門」即「回鶻」也。鑰嘗攷回鶻之俗，衣冠皆白，故連屯左輔而百里如積雪然，不既多乎？以此意讀之，方覺語意精彩頓别。又嘗與蜀士黄文叔裳食花椑，因問：「蜀中有此乎？」黄曰：「此物甚多，正出閬州。杜詩所謂『黄知橘柚來』，極爲佳句。」然誤矣。曾親到蒼溪縣，順流而下，兩岸黄色照耀，真似橘柚，其實乃此椑也。問之土人，云：「工部既誤以爲橘柚，有好事者欲爲之解嘲，爲于其處大種橘柚，終以非其土宜，無一活者。」又云「嘉陵江水何所似」？一本作「山水」者是。蓋嘉陵江至閬州西北折而趨南，横流而東，復折而北，州城三面皆水，故亦謂之閬中、閬内，如河内然。地勢平闊，江流舒緩，城南正當佳處，對面即錦屏山。蓋山如石黛，水如碧玉，故云「嘉陵山水何所似，石黛碧玉相因依」，真絶唱也。此皆前所未聞，恐可以助異聞之萬一。又信乎不行萬里，不可讀杜詩也。信筆爲報，惟爲遠業自厚。會昆仲，併道甫問訊爲荷。

（攻媿集卷六十六，四部叢刊初編本）

宋重脩杜工部祠堂記

〔宋〕徐得之

唐三百年，詩人輩出，而李杜爲之冠。然不幸當天寶之季，顧不早鳴國家之盛而遭逢世亂，使窮餓其身，流離困苦，生不安席，死無定所，何若斯之甚。舊序謂先生死葬耒陽，或謂不然，實死於岳陽。二説互相抵牾，譬世傳太白溺死，葬采石；據李陽冰序謂病卒於當塗，枕上授簡；或謂鎮側青山亦有冢。是數説亦相反，學者至今疑焉。始余官郴，以淳熙庚戌領常平使檄之長沙。十月二日，道耒陽，始得謁先生祠下。孤墳在祠後，余酹而拜焉。祠堂有漢二谷碑，湮漫摩挲不忍去。時有韻語欲書壁未果，既十八年矣。今耒陽邑大夫嚴陵黄君茂，報政未幾，重建祠宇而一新之，比舊加壯，以書來求記。衆謂余當詳討之，以解後世之惑。余謂之曰：先生英靈忠義之氣，在天而不在地；文章光焰之氣，在萬世而不在一方。而或者刻舟求劍，欲取證於朽骨，則過矣。邑有墓，墓有祠，耒陽所同而重也，奚怪焉！且古人之跡，最易以僞：陶母之墓，在處有之；而澹臺子羽之墓，亦不止一處。彼賢而可立教者，雖没，人尚貪而愛之，以重其地，豈獨少陵祠耶！余讀杜詩，自避賊至鳳翔，自秦州入同谷，盡室徒步，草行野宿。當是時，不死於凍餓，不死於虎狼，幸矣！豈知有死所哉？今孤墳嶢然，過者起敬。前得聶令葬之山水佳絶處，後得諸賢爲立祠宇，今又得黄君再葺而新之，非少陵幸耶？非令君之賢，知所先後，以政事餘力，亦孰能及此耶？故因祠宇之新，竊記之以爲如此。嘉定元年十一月十五日，承議郎致仕清江徐得之記。

（永樂大典第五十三輯，卷八千六百四十八衡字韻，世界書局，一九七七年影印）

跋餘干陳君集杜詩

〔宋〕真德秀

尹和靖論讀書法，必欲耳順心得，如誦己言。陳君之於杜詩，可謂耳順心得矣。學者能用君此瀼以讀吾聖人之經，則所謂取之左右逢其原者，不難到也。

（西山先生真文忠公文集卷三十六，四部叢刊初編本）

程氏東坡詩譜序

〔宋〕魏了翁

譜三百五篇詩自鄭氏，不盡用鄭譜而又別爲譜，自國朝歐陽氏。考世次以定先後，審正變以觀治忽。譜之作，不但爲詩而已，抑亦當代之編年也。自文章之盛，而百家之傳有總集，有別集，大皆有後先之序。杜少陵所爲號「詩史」者，以其不特模寫物象，凡一代興替之變寓焉。前之爲譜者有吕氏，後之爲譜者有蔡氏，所以忠於少陵者多矣。然自除官至劍南後事尚多疏漏。其卒也，或謂在耒陽，或謂在岳陽，或謂當永泰之二年，或謂在大曆之五年。自新、舊史列傳以逮二家之編年，俱不能定于一，則其轉徙之靡常，本末之無序，當有未易考者。詩譜之作殆非易事也。文忠蘇公之詩，其詩雖近而易考，其詩則博而難究。公之里人程子益以謙既爲之譜，又舉其一時之唱和與公之追和前人、後人之追和於公者，皆參列而互陳之。譜之作，不知示一家爲何如。然以數百年之酬唱，會稡成編，亦譜少陵者所未及也。或曰唱酬之用韻，當少陵時未知其有亡也，烏得而譜？余曰：不然。賡歌答賦，其源尚矣，下逮顔謝，各有和章見于集。雖聲韻不必皆同，然更唱迭和，具有次第。逮唐人始工於用韻，韓退之和皇甫持正陸渾山火，張籍和劉長卿餘干旅舍，劉白和元微之春深題二十篇，蓋同出一韻。少陵之有無此例誠不得而知，然其集中有酬李都督、寇侍御、韋韶州等篇，既謂之酬，豈無得唱？集所不録，姑置勿論，如高常侍、岑補闕乃少陵之所納交者，嚴鄭公又少陵所依者，而補闕寄少陵之詩見於集者一，常侍、鄭公以寄少陵之詩見於集者三，何其微也？吕、蔡固不以唱酬具載爲例，設因事而併識之，如賈舍人早朝詩與和者三人皆在，豈不益詳且盡哉！矧惟文忠公之詩，蓋不徒作，莫非感於興衰治亂之變，非若唐人家、花、車、斜之詩，競爲廋辭險韻以相勝爲工也。永歌歎美之詞，閎挺而不浮，隱諷譎諫之詞，訑實而不懟，而又所與交者，皆一代之聞人，千載而下，誦其詩者，不必身履熙、豐、祐、聖之變，而識世道之升降；不待周旋於熙、豐、祐、聖諸公而得人品之邪正；兹又有出於譜之外者。余固因子益之譜而重有感也。子益之祖嘗爲柱下史，勸講金華，益又公之外家，其學遠有端緒云。

（鶴山先生大全集卷五十一，四部叢刊初編本）

古郫徐君詩史字韻序

〔宋〕魏了翁

詩以吟詠情性爲主，不以聲韻爲工；以聲韻爲工，此晉宋以來之陋也。迨其後，復有次韻，有用韻，有賦韻，有探韻，則又以遲速較工拙，以險易定能否，以抉擿前志爲該洽，以破碎文體爲新奇，轉失詩人之旨。重以纂類之書充厨牣几，而爲士者乏體習持養之功，滋欲速好徑之病，流風靡靡，未之能改也。今古郫徐君乃取杜少陵詩史，分章摘句，爲字韻四十卷。其於唱酬，似不爲無助矣。然余猶願徐君之玩心於六經，如其所以篤意於詩史，則沈潛乎義理，奮發乎文章，蓋不但如目今所見而已也。君介余同官王季安請叙所以作，敢以是復之。

（同上，卷五十二）

侯氏少陵詩注序

〔宋〕魏了翁

黄公魯直嘗謂：「子美詩，妙處乃在無意之意。夫無意而意已至，非廣之以國風雅頌，深之以離騷九歌，安能咀嚼其意味，闖然入其門邪？故使後生輩自求之，則得之深矣。」予每謂知子美詩，莫如魯直。蓋子美負抱瑰特而生不逢世，僅以詩文陶寫情性，非若詞人才士媲青配白以爲工者。往往辨方域，書土實，而居者有不盡知；譏時政，品人物，而主人習其讀，不能察，蓋魯直所謂闖乎騷雅者爲得之，而詩史不足以言之也。眉山侯伯修，予嘗與之爲寮，聞其雅善子美詩，爲之箋釋，而未之見。其子伯升始求予叙所以作。閲其書，蓋出乎諸家箋釋之後，而兼善并能，蔽以已見。子美至是，若庶幾無遺憾矣。雖然，讀是詩者，滯於箋釋而不知所以自求之，自得之，則魯直耻之，予亦耻之。侯名仲震，紹熙元年進士，仕至綿州太守云。

（同上，卷五十五）

吴華門杜詩九發序

〔宋〕李昴英

草堂詩，名輩商評盡矣，反覆備論爲一書者蓋鮮。莆田吴君涇思覃句中，意索言外，尋音響，泝脉絡，舉綱目，工部胸襟氣象模寫曲盡，皆前人所未到。余味之雋永，深歎其用工之精。户掾余君得藁維桑，捐金鋟梓。蓋深於杜詩者，謂是編不可無也。足未萬里途，不讀萬卷書，莫讀杜詩，信哉！

（文溪集卷三，文淵閣四庫全書本）

陳教授杜詩補注

〔宋〕劉克莊

杜氏左傳、李氏文選、顔氏班史、趙氏杜詩，幾於無可恨矣。然一説孤行，百家盡掃，則世俗隨聲接響之過。善觀書者不然。郡博士陳君禹錫示余杜詩補注，單字半句，必穿穴其所本，又善原杜詩之意。趙注未善，不苟同矣；舊注已善，不輕廢也。第詩人之意，或一時感觸，或信筆漫興，世代既遠，雲過電滅，不容追詰。若字字引出處，句句箋意義，殆類圖象罔而雕虚空矣。予謂果欲律以經典，裁以義理，雖杜語意未安，亦盍商榷，况趙乎？禹錫勉之，毋爲萬丈光焰所眩也。

（劉克莊集箋校卷一百，辛更儒箋校，中華書局，二〇一一年）

再跋陳禹錫杜詩補注

〔宋〕劉克莊

學者多以先入爲主。童蒙時一字一句在胸臆，有終其身尊信之，太過膠執而不變者。昔人温故特以知新，如此觀書，謂之温故可也，知新則未也。頃年讀禹錫杜詩補注，凡予意有所未喻而未及與君商榷者，後十餘年禹錫示予近本，視前編剗削竄定十之七八，或盡改之。偶有一新意，得一新義，則又改之而未已。人皆疑君之説新而多變，余獨賀君之學進而未止也。蓋杜公歌詠不過唐事，他人引群書箋釋，多不詠著題，禹錫專以新、舊唐史爲案，詩史爲斷，故自題其書曰史注詩史，此其所以尤異於諸家歟？然新、舊史皆舛雜，或採摭小説雜記，不必皆實，前輩辨之甚詳。而禹錫於三家書研尋補綴，必欲史與詩無一事不合。至於年月日時，亦下算子，使之歸吾説而後已。昔胡氏春秋傳初成，朱氏云：「直須夫子親出來説，方敢信。」豈非生千百載之下，而懸斷千百載而上之事，雖極研尋補綴之功，要未免於遷就牽合之疑乎？然杜公所以光焰萬丈、照耀古今，在於流離顛沛不忘君父，禹錫於此等處尤形容發越得出。使子美親出來説，不過如是。

（同上，卷一百〇六）

題韻類詩史

〔宋〕陳造

學詩，三百篇其祖也，次楚辭。是二經，不于其辭，于其意，意無有不道也。杜子美古律詩實與之表裏。予讀子美詩能上口。來房州多暇，創以韻類之，庶使歌誦成書矣。編之多舛不倫，以予疾，意草草，亦吏筆繆亂，再整之，善。是則子孫責予老且倦矣，安知絶無如予者，抑安知無廁予者。昔龐祐甫問詩法於東萊，東萊問之曰：「子讀子美詩乎？能暗誦矣乎？」「未也。」授以善本。「予方他之，反，將語子，請誦此。」既還，復問，則皆上口。東萊遺之，曰：「子自有師矣。」龐自是以詩名。孫仲益稱李師武誦子美古律詩十卷，不遺一字。前輩尊信如此，悠悠視之，何也？本朝東坡、黄、陳其正派。予亦韻類坡詩千三百篇，並黄陳詩皆能暗誦，然詩學終愧古人，又何也？

（江湖長翁文集卷三十一，明刊本）

題薛叔容所注杜詩後

〔宋〕孫德之

蜀人趙次公、師尹二人，號能注詩之意者，然不失之穿鑿，即失之泛濫，未能深愜人意。惟臨川黄希及其子再世用力於此，亦知如姚察、姚思濂如梁、陳史也。觀其年譜，載詩以考年，意隨篇解，頗號詳密。

（太白山齋遺稿卷上，清道光四年翻刻明本）

讀杜詩

〔宋〕文天祥

平生蹤跡只奔波，偏是文章被折磨。耳聽杜鵑心事苦，眼看胡馬淚痕多。千年夔峽有詩在，一夜采江如酒何！黄土一丘隨處是，故鄉歸骨任蹉跎。

（文山先生大全集卷十四，四部叢刊初編本）

集杜詩自序

予坐幽燕獄中，無所爲，誦杜詩，稍習諸所感興，因其五言集爲絶句。久之，得二百首。凡吾意所欲言者，子美先爲代言之。日玩之不置，但覺爲吾詩，忘其爲子美詩也。乃知子美非能自爲詩，詩句自是人情性中語，煩子美道耳。子美於吾，隔數百年，而其言語爲吾用，非情性同哉！昔人評杜詩爲「詩史」，蓋其以詠歌之辭，寓紀載之實，而抑揚褒貶之意，燦然於其中，雖謂之史可也。予所集杜詩，自余顛沛以來，世變人事，槩見於此矣。是非有意於爲詩者也。後之良史，尚庶幾有攷焉。歲上章執徐，月祝犁單閼，日上章協洽。文天祥履善甫序。

是編作於前年。不自意流落餘生，至今不得死也。斯文固存，天將誰屬。嗚呼，非千載心不足以語此！壬午正月元日，文天祥書。

（同上，卷十六）

題劉玉田選杜詩

〔宋〕劉辰翁

天下能讀杜詩者幾人？而玉笥道人劉玉孫集妙句，多悟解，如此甚未易得也。予評唐宋諸家，類反覆作者深意，跋涉何限，吾兒獨取其間或一二句可舉者，録爲興觀集。然槩得其散碎簡逕選語，若上下極論，長篇大意，與諸作互見，不止此。蓋此編與吾所選多出入。凡大人語，不拘一義，亦其通脱透活自然。舊見初寮王履道跋坡帖，頗病學蘇者横肆逼人，因舉「不復知天上，空餘見佛尊」二語，乍見極若有省，及尋上句本意，則不過樹密天少耳。「見」字亦宜作「現」音，猶言現在佛即見。讀如字，則「空餘見」，殆何等語矣。觀詩各隨所得，别自有用。因記往年福州登九日山，俯城中，培塿不復辨。倚欄微諷杜句：「秦山忽破碎，涇渭不可求。」時彗見，求言。楊平舟棟以爲蚩尤旗見，謂邪論、罷機政。偶與古心嘆惜我輩如此。古翁云：「適所誦兩言者得之矣。」用是此語，本無交涉，而見聞各異，但覺聞者會意更佳。用此可見杜詩之妙，亦可爲讀杜詩之法。從古斷

章而賦皆然，又未可訾爲錯會也。（須溪集卷六，豫章叢書本）

題宋同野編杜詩

〔宋〕劉辰翁

杜子美年四十五，自鄜陷賊半年，明年自拔，取拾遺，扈從還京。又明年，始外補。又明年，始棄官入秦。自是流落輾轉凡三遷。所遇識不識，相勞苦。居間，得故人爲地主，起家贊戎事，斧斤多助，種藝果樹，廣者四十畝，東屯又有稻可收。當時朝廷雖亂，道路無壅，雄藩賓客之盛自若。公以三朝遺老，負海内詩名。游三川，如錦城，下洞庭，意氣浩然。江湖勝境，樓臺高會，長歌短賦，傾晤賓主。避地如此，實亦與縱觀何異。

子美古今窮人，而倉卒患難所遇猶若此。予非以其窮爲可願，所遇爲可羡也。以子美爲可願可羡，則所遭又可知也。同野宋君避逃兵間，手鈔杜詩離亂者

百七十餘首爲一編。古今詩愁，亦未有其比。然四十五年所作，亦豈無開口而笑者？晚生後死，瞻望慨然。（同上）

回耘廬劉堯咨

〔宋〕王炎午

某行負神明，父兄早逝，煢然阿奴，依母爲命。一旦棄背，寔難堪此。而疎庸顛覆，讀書且未知悉，矧復得之行事。惟不能自盡者，則不敢不勉爾。先生過聽，奬藉激揚，不惟提撕，且重顧念。反自循省，一非敢承。然於古道盛心，敢不再拜。杜注不鄙，尤佩高風。舊注增明，不鑿則誕。點勘去取，縻罄心目。蓬萊音吐，如醉得醒。非與子美神交意授不至此，孰謂無兩子美哉？某昔既荒庸，今在憂痌，斯文蓋已自畫。既厪枉教，敢不窺斑。謹以一得之愚而進責備之説。竊謂事注太簡，似有矯枉之失。如龍門奉先，注在何所，如「伽藍」須明爲招提何物。

雖非大關涉，而亦觀詩者所宜會。僕未能盡讀而姑舉此。蓋後學不肯贍博，固有讀其句而不知句中用事者，或知有其事實而昧所自出者，遂於事實之切、用事之巧兩失之，不免乖開警之初意。且今觀詩者，多因注以廣記問。若太簡則不諧俗，不諧俗則難爲售，此必然之勢。宜更審酌，增益於其所合注，如何？至圈點中，如「李龜年」四句、「覓松」之二句皆圈，各似稍欠優劣。某以熘火之光而議日月之明，亦已謬矣。來教欲俾僕依托名姓，尤非所敢當也。

（吾汶藁卷一，文津閣四庫全書本）

跋注杜詩

〔元〕王若虚

世所傳千注杜詩，其間有曰「新添者」四十餘篇。吾舅周君德卿嘗辨之云：「唯瞿塘懷古、呀鶻行、送劉僕射惜别行爲杜無疑，自餘皆非真本，蓋後人依仿而作，欲竊盜以欺世者；或又妄撰其所從得，誣引名士以爲助，皆不足信也。東坡嘗謂太白集中往往雜入他人詩，蓋其雄放不擇，故得容僞。於少陵則決不能。豈意小人無忌憚如此！其詩大抵鄙俗狂瞽，殊不可訓。蓋學步邯鄲，失其故態。求居中下且不得，而欲以爲少陵，真可憫笑！王直方詩話既有所取，而鮑文虎、杜時可間爲注説，徐居仁復加編次。甚矣，世之識真者少也！其中一二雖稍平易，亦不免蹉跌。至於逃難、解憂、送崔都水、聞惠子過東溪、巴西觀漲及呈寶使君等，尤爲無狀。洎餘篇大似出于一手。其不可亂真也，如糞丸之在隋珠，不待選擇而後知，然猶不能辨焉。世間似是而相奪者又何可勝數哉！予所以發憤而極論者，不獨爲此詩也。吾舅自幼爲詩便祖工部，其教人亦必先此。嘗與予語及「新添」之詩，則嚬蹙曰：「人才之不同如其面焉，耳目鼻口相去亦無幾矣，然諦視之，未有不差殊焉。詩至少陵，他人豈得而亂之哉！」公之持論如此，其中必有所深得者，顧我輩未之見耳。表而出之，以俟明眼君子云。

（滹南遺老集詩話，卷三十八，四部叢刊初編）

杜詩學引

〔元〕元好問

杜詩注六七十家，發明隱奥，不可謂無功。至於鑿空架虚，旁引曲證，鱗雜米鹽，反爲蕪累者，亦多矣。要之，蜀人趙次公作證誤所得頗多；托名於東坡者爲最妄。非托名者之過，傳之者過也。竊嘗謂子美之妙，釋氏所謂學至於無學者耳。今觀其詩，如元氣淋漓，隨物賦形；如三江五湖，合而爲海，浩浩瀚瀚，無有涯涘；如祥光慶雲，千變萬化，不可名狀，固學者之所以動心而駭目。及讀之熟，求之深，含咀之久，則九經百氏，古人之精華，所以膏潤其筆端者，猶可髣髴其餘韻也。夫金屑丹砂、芝朮參桂，識者例能指名之。至於合而爲劑，其君臣佐使之互用，甘苦酸醎之相入，有不可復以金屑丹砂、芝朮參桂而名之者矣。故謂杜詩爲無一字無來處，亦可也；謂不從古人中來，亦可也。前人論子美用故事有「著鹽水中」之喻，固善矣。但未知九方皋之相馬，得天機於滅没存亡之間。物色牝牡，人所共知者，爲可略耳。先東巖君有言：近世唯山谷最知子美。以爲今人讀杜詩，至謂草木蟲魚皆有比興，如試世間商度隱語然者，此最學者之病。山谷之不注杜詩，試取大雅堂記讀之，則知此公注杜詩已竟。可爲知者道，難爲俗人言也。乙酉之夏，自京師還，閒居崧山，因録先君子所教與聞之師友之間者爲一書，名曰杜詩學。子美之傳誌年譜及唐以來論子美者在焉。候兒子輩可與言，當以告之，而不敢以示人也。六月十一日河南元某引。

（卷三十六，遺山先生文集，四部叢刊初編）

主要參考文獻

阮元校刻，十三經注疏，中華書局，一九八〇年
楊伯峻編著，春秋左傳注，中華書局，一九八一年
程樹德撰，程俊英、蔣見元點校，論語集釋，中華書局，一九九〇年
焦循編著，孟子正義，中華書局，一九八七年
揚雄撰、郭璞注，方言，四部叢刊初編
許慎撰、段玉裁注，説文解字注，上海古籍出版社，一九八一年
顧野王編纂，玉篇，四部叢刊初編
丁度等撰，集韻，中華再造善本，北京圖書館出版社，二〇〇三年
周祖謨校，廣韻校本，韻學叢書，中華書局，二〇〇四年
王念孫著、鍾宇訊點校，廣雅疏證，中華書局，一九八三年

朱駿聲編著，說文通訓定聲，中華書局，一九八四年
酈道元著，水經注，商務印書館據萬有文庫本印行，一九五八年
楊守敬、熊會貞疏，水經注疏，江蘇古籍出版社，一九八九年
顔師古撰，匡謬正俗，叢書集成初編
司馬遷撰，史記，中華書局，一九八二年
班固撰，漢書，中華書局，一九六二年
范曄撰，後漢書，中華書局，一九六五年
陳壽撰，三國志，中華書局，一九八二年
房玄齡等撰，晉書，中華書局，一九七四年
沈約撰，宋書，中華書局，一九七四年
蕭子顯撰，南齊書，中華書局，一九七二年
姚思廉撰，梁書，中華書局，一九七三年
姚思廉撰，陳書，中華書局，一九七二年

魏收撰，魏書，中華書局，一九七四年
李百藥撰，北齊書，中華書局，一九七二年
令狐德棻等撰，周書，中華書局，一九七一年
魏徵等撰，隋書，中華書局，一九七三年
李延壽撰，南史，中華書局，一九七四年
李延壽撰，北史，中華書局，一九七四年
劉昫等撰，舊唐書，中華書局，一九七五年
歐陽修、宋祁等撰，新唐書，中華書局，一九七五年
薛居正等撰，舊五代史，中華書局，一九七六年
歐陽修撰，新五代史，中華書局，一九七四年
脱脱等撰，宋史，中華書局，一九八五年
宋濂等撰，元史，中華書局，一九七六年
張廷玉等撰，明史，中華書局，一九七四年

趙爾巽等撰，清史稿，中華書局，一九七七年
司馬光等撰，胡三省注，資治通鑑，中華書局，二〇一一年
范祖禹撰，唐鑑，上海古籍出版社影宋本，一九八四年
李燾撰，續資治通鑑長編，中華書局，一九九二年
陳尚君輯纂，舊五代史新輯會證，復旦大學出版社，二〇〇五年
杜佑撰，王文錦等點校，通典，中華書局，一九九二年
鄭樵撰，通志，十通叢書，浙江古籍出版社影印本，二〇〇〇年
馬端臨撰，文獻通考，中華書局，二〇一一年
王溥撰，唐會要，歷代會要叢書本，上海古籍出版社，一九九一年
宋敏求撰，唐大詔令集，學林出版社，一九九二年
吴兢撰，貞觀政要，上海古籍出版社，一九七八年
長孫無忌、房玄齡等編修，劉俊文點校，唐律疏議，中華書局，一九八三年
李肇撰，翰林志，百川學海本

勞格、趙鉞著，徐敏霞點校，唐尚書省郎官石柱題名，中華書局，一九九二年
吴廷燮撰，唐方鎮年表，中華書局，一九八〇年
岑仲勉撰，郎官石柱題名新考訂，中華書局，二〇〇四年
唐長孺撰，唐書兵志箋證，中華書局，二〇一一年
郁賢皓著，唐刺史考全編，安徽大學出版社，二〇〇〇年
朱玉龍撰，五代方鎮年表，中華書局，一九九七年
林寶撰，岑仲勉校記，郁賢皓、陶敏整理，元和姓纂四校記，中華書局，一九九四年
李吉甫撰，賀次君點校，元和郡縣圖志，中華書局，二〇〇八年
樂史撰，太平寰宇記，中華書局，二〇〇七年
徐松撰，方嚴校，唐兩京城坊考，中華書局，一九八五年
孟元老撰，鄧之誠注，東京夢華録注，中華書局，一九八二年
王象之撰，李勇先點校，輿地紀勝，四川大學出版社，二〇〇五年

祝穆等撰、施和金點校，方輿勝覽，中華書局，二〇〇三年
常璩撰，劉琳校注，華陽國志校注，巴蜀書社，一九八四年
劉恂撰，商壁、潘博校補，嶺表録異校補，廣西民族出版社，一九八八年
陸廣微撰、曹林娣校注，吴地記校注，江蘇古籍出版社，一九九九年
范成大撰，吴郡志，守山閣叢書
程大昌撰，黄永年點校，雍録，中華書局，二〇〇二年
陳寅恪撰，唐代政治史述論稿，上海古籍出版社，一九九七年
嚴耕望撰，唐代交通圖考，上海古籍出版社，二〇〇一年
張培瑜等撰，中國古代曆法，中國科學技術出版社，二〇〇八年
趙明誠撰，金文明校證，金石録，上海書畫出版社，一九八五年
北京圖書館藏歷代石刻拓本彙編，中州古籍出版社，一九八九年
隋唐五代墓誌彙編，天津古籍出版社，一九九一年
昭陵碑石，三秦出版社，一九九三年

洛陽新獲墓誌，文物出版社，一九九六年

日本靜嘉堂文庫編纂，靜嘉堂文庫宋元版圖録，汲古書院，一九九二年

王堯臣、歐陽修等編纂，崇文總目，粤雅堂叢書

晁公武撰，孫猛校箋，郡齋讀書志，上海古籍出版社，一九九〇年

陳振孫著，徐小蠻、顧美華校，直齋書録解題，上海古籍出版社，二〇一五年

陸心源、李宗蓮合編，皕宋樓藏書志，清人書目題跋叢刊，中華書局，一九九〇年

陸心源著，儀顧堂續跋，續修四庫全書本，上海古籍出版社，二〇〇二年

瞿鏞編纂，鐵琴銅劍樓書目録，續修四庫全書本，上海古籍出版社，二〇〇二年

黄丕烈編纂，百宋一廛書録，宋元明清書目題跋叢刊，中華書局，二〇〇六年

汪士鐘編纂，藝芸書舍宋元本書目，叢書集成初編本，中華書局，一九八五年

錢曾著，管庭芬、章鈺校，讀書敏求記校證，上海古籍出版社，二〇〇七年

四庫全書總目，中華書局，一九六五年
于敏中等編，天禄琳琅書目，中國歷代書目題跋叢書，上海古籍出版社，二〇〇七年
葉德輝撰，楊洪升點校，郋園讀書志，中國歷代書目題跋叢書第三輯，上海古籍出版社，二〇一〇年
洪業著，杜詩引得，上海古籍出版社影印原哈佛燕京學社本，一九八五年
周采泉著，杜集書録，上海古籍出版社，一九八六年
岑仲勉著，唐人行第録，中華書局，二〇〇四年
鄧子勉著，宋人行第考録，中華書局，二〇〇一年
傅璇琮主編，唐才子傳校箋，中華書局，一九八七、一九九五年
聞一多著，少陵先生年譜會箋，唐詩雜論，上海古籍出版社，二〇〇六年
四川省文化史研究館編，杜甫年譜，四川人民出版社，一九五八年
馮至著，杜甫傳，人民文學出版社，一九八〇年

陳貽焮著，杜甫評傳，上海古籍出版社，一九八二、一九八八年
莫礪鋒著，杜甫評傳，南京大學出版社，一九九三年
孫微輯校，清代杜集序跋彙録，人民文學出版社，二〇一七年
陳冠明著，杜甫親眷交游行年考（外一種），上海古籍出版社，二〇〇六年
陶敏著，全唐詩人名彙考，遼海出版社，二〇〇六年
李昉、徐鉉等編纂，太平御覽，上海古籍出版社，二〇〇八年
王欽若等編纂，册府元龜，中華書局影印明刻本，一九六〇年
李昉、扈蒙等編纂，太平廣記，中華書局，一九六一年
王應麟輯，玉海，上海書店影印清浙江書局本，一九八一年
解縉等編撰，永樂大典，臺灣世界書局影印本，一九七七年
劉向撰、向宗魯校證，説苑校證，中華書局，一九八七年
劉向編纂、梁端校注，列女傳，上海中華書局，一九三六年
揚雄撰、汪榮寶義疏，法言義疏，中華書局，一九八七年

應劭撰、王利器校注，風俗通義校注，中華書局，一九八一年
郭璞注，山海經，四部叢刊初編
郭璞注，穆天子傳，四部叢刊初編
劉義慶著、余嘉錫箋疏，世説新語箋疏，中華書局，二〇〇七年
沈括撰、胡道静校證，夢溪筆談校證，上海古籍出版社，一九八七年
黎靖德編、王星賢注解，朱子語類，中華書局，一九八六年
王觀國撰，學林，武英殿聚珍版叢書
蕭統編、李善注，文選，中華書局，一九七七年
蕭統編、李善注，文選，上海古籍出版社，一九八六年
徐陵編，玉臺新詠，上海古籍出版社，二〇〇三年
歐陽詢編纂，藝文類聚，上海古籍出版社，一九八二年
徐堅等編纂，初學記，中華書局，一九六二年
嚴可均輯，全上古三代秦漢三國六朝文，中華書局，一九六五年

逯欽立輯校，先秦漢魏晉南北朝詩，中華書局，一九八三年

郭茂倩編，樂府詩集，中華書局，一九七九年

殷璠編，河岳英靈集，四部叢刊初編

高仲武編，中興間氣集，四部叢刊初編

姚鉉編，唐文粹，浙江人民出版社影印光緒許氏榆園刊本

李昉等編纂，文苑英華，中華書局，一九八二年

彭叔夏撰，文苑英華辯證，叢書集成初編

方回選評、李慶甲校點，瀛奎律髓彙評，上海古籍出版社，一九八六年

高棅編，唐詩品彙，上海古籍出版社，二〇一二年

胡震亨輯，唐音統籤，上海古籍出版社，二〇〇三年

全唐詩，中華書局，一九六〇年

全唐文，中華書局，一九八三年

高步瀛撰，唐宋詩舉要，上海古籍出版社，一九七八年

王重民等編，敦煌變文集，人民文學出版社，一九五七年

徐俊纂輯，敦煌詩集殘卷輯考，中華書局，二〇〇〇年

陳尚君輯校，全唐詩補編，中華書局，一九九二年

陳尚君輯校，全唐文補編，中華書局，二〇〇五年

王洙編纂、王琪校訂並刊刻，杜工部集，續古逸叢書之四十七，上海商務印書館影宋本，一九五七年

郭知達編纂、曾噩覆刻，新刊校定集注杜詩，臺灣「故宫博物院」影宋本，一九八五年

郭知達編纂、曾噩覆刻，新刊校定集注杜詩，日本静嘉堂文庫藏宋刻本，存卷六至卷十一

新刊校定集注杜詩，中華書局影宋本，一九八一年

九家集注杜詩，清内府刻本，原沈陽故宫舊藏，今特藏於遼寧省圖書館

九家集注杜詩，文淵閣四庫全書本

九家集注杜詩，文津閣四庫全書本
九家集注杜詩，文瀾閣四庫全書本
闕名，門類增廣十注杜工部詩，宋刻本，存卷二、卷七至九、卷十一至十二，北京圖書館藏
闕名，門類增廣集注杜工部詩，宋刻本，存卷九，北京圖書館藏
闕名，分門集注杜工部詩，四部叢刊初編影宋本
魯訔編次、托名王十朋集注，王狀元集百家注編年杜陵詩史，江蘇廣陵古籍刻印社影印貴池劉氏影宋本（題作影宋編年杜陵詩史），一九八一年
魯訔編次、蔡夢弼會箋，杜工部草堂詩箋，五十卷存三十九卷，宋刻本（存卷一至十九、卷二十二至三十五、卷三十九至四十一、卷四十八至五十，卷一至三配清影宋鈔本）
魯訔編次、蔡夢弼會箋，杜工部草堂詩箋，五十卷存十九卷，宋刻本（存卷四至八、卷十二至二十、卷二十七至二十八、卷四十至四十四）

魯訔編次、蔡夢弼會箋，杜工部草堂詩箋，四十卷，覆宋刻本。

黄希、黄鶴補注，黄氏補千家注紀年杜工部詩史，宋刻本

闕名，集千家注分類杜工部詩二十五卷，元建安余氏勤有堂翻刻本

黄鶴補注、劉辰翁評點，集千家注批點杜工部集，元刻高崇蘭本

晁説之嵩山文集，四部叢刊續編

王安石臨川先生文集，四部叢刊初編

蘇舜欽蘇學士文集，四部叢刊初編

李綱梁谿先生文集，清刻本

汪應辰文定集，武英殿聚珍版叢書

陸游渭南文集，四部叢刊初編

朱熹晦庵先生朱文公文集，四部叢刊初編

樓鑰攻媿集，四部叢刊初編

真德秀西山先生真文忠公文集，四部叢刊初編

魏了翁鶴山先生大全集，四部叢刊初編
陳造江湖長翁文集，明刊本
孫德之太白山齋遺稿，清道光四年翻刻明本
文天祥文山先生大全集，四部叢刊初編
劉辰翁須溪集，豫章叢書
王炎午吾汶藁，文津閣四庫全書本
王若虛滹南遺老集，四部叢刊初編
元好問遺山先生文集，四部叢刊初編
王嗣奭杜臆，上海古籍出版社，一九八七年
黄生杜詩説，黄山書社，一九九四年
盧元昌杜詩闡，四庫全書存目叢書，齊魯書社，一九九七年
吴瞻泰杜詩提要，臺灣大通書局杜詩叢刊，一九七四年
錢謙益錢注杜詩，中華書局上海編輯所，一九五八年

金聖歎杜詩解，上海古籍出版社，一九八四年

仇兆鼇杜詩詳注，中華書局，一九七九年

浦起龍讀杜心解，中華書局，一九六一年

楊倫杜詩鏡銓，上海古籍出版社，一九八〇年

李白撰，瞿蜕園、朱金城校，李白集校注，上海古籍出版社，二〇一八年

王維撰，陳鐵民校注，王維集校注，中華書局，一九九七年

高適撰，孫欽善校注，高適集校注，上海古籍出版社，一九八四年

杜甫撰，朱鶴齡輯注，韓成武、孫微等點校，杜工部詩集輯注，河北大學出版社，二〇〇九年

杜甫撰，趙次公注解，林繼中輯校，杜詩趙次公先後解輯校修訂本，上海古籍出版社，二〇一二年

杜甫撰，蕭滌非、張忠綱等，杜甫全集校注，人民文學出版社，二〇一四年

杜甫撰，張溍注解，聶巧平點校，讀書堂杜工部詩文集注解，齊魯書社，二〇

一四年
杜甫撰，謝思煒校注，杜甫集校注，上海古籍出版社，二〇一六年
杜甫撰，魯訔編次，蔡夢弼會箋，曾祥波整理，新定杜工部草堂詩箋斠證，上海古籍出版社，二〇二一年
岑參撰，陳鐵民、侯忠義校注，岑參集校注，上海古籍出版社，一九八一年
元結撰，聶文鬱注解，元結詩解，陝西人民出版社，一九八四年
韓愈撰，錢仲聯集釋，韓昌黎詩系年集釋，上海古籍出版社，一九八四年
元稹撰，冀勤校點，元稹集，中華書局，一九八二年
白居易撰，朱金城箋校，白居易集箋校，上海古籍出版社，一九八八年
李商隱撰，劉學鍇、余恕誠李商隱詩歌集解，中華書局，一九八八年
王梵志撰，項楚注，王梵志詩校注，上海古籍出版社，一九九一年
王安石著，李壁箋注，高克勤點校，王荆文公詩箋注，上海古籍出版社，二〇一七年

王文誥輯注，蘇軾詩集，中華書局，二〇一二年

蘇軾撰，孔凡禮點校，蘇軾文集，中華書局，一九八六年

黄庭堅撰，黄寶華點校，山谷詩集注，上海古籍出版社，二〇〇三年

黄庭堅撰，鄭永曉整理，黄庭堅全集，江西人民出版社，二〇一一年

陸游撰，錢仲聯校注，劍南詩稿校注，上海古籍出版社，二〇〇五年

劉克莊撰，辛更儒箋校，劉克莊集箋校，中華書局，二〇一一年

劉勰撰，范文瀾注，文心雕龍注，人民文學出版社，一九五八年

鍾嶸撰，曹旭注，詩品集注，上海古籍出版社，一九九四年

日本遍照金剛撰，王利器校注，文鏡秘府論校注，中國社會科學出版社，一九八三年

胡仔編纂，苕溪漁隱叢話，人民文學出版社，一九六二年

何文焕輯，歷代詩話，中華書局，一九八一年

丁福保輯，歷代詩話續編，中華書局，一九八三年

郭紹虞編選、富壽蓀校點，清詩話續編，上海古籍出版社，一九八三年

郭紹虞撰，宋詩話考，中華書局，一九七九年

郭紹虞輯，宋詩話輯佚，中華書局，一九八〇年

王水照編，歷代文話，復旦大學出版社，二〇〇七年

吴曾能改齋漫録，中華書局，一九六〇年

洪邁容齋隨筆，上海古籍出版社，一九七八年

周復俊編，全蜀藝文志，清刻本

周勳初主編，武秀成、姚松等編，唐人軼事彙編，上海古籍出版社，一九九五年

唐人軼事彙編，上海古籍出版社，一九九五年

朱易安、傅璇琮等主編，全宋筆記，大象出版社，二〇〇八年

錢泰吉著，曝書雜記，叢書集成初編，商務印書館，一九三五年

張雲璈撰，選學膠言，叢書集成續編，臺北新文豐出版公司，一九八三年

孫志祖撰，文選考異，叢書集成初編，中華書局，一九八五年
王國維撰，觀堂集林，附別集，中華書局，二〇〇四年
陳寅恪撰、陳美延編，金明館叢稿二編，生活讀書新知三聯書店，二〇〇一年
錢鍾書舊文四篇，上海古籍出版社，一九七九年
錢鍾書管錐編，中華書局，一九七九年
錢鍾書談藝録，生活讀書新知三聯書店，二〇〇一年
許逸民古籍整理釋例，中華書局，二〇一一年
高步瀛撰，曹道衡、沈玉成點校，文選李注義疏，中華書局，一九八五年
黄侃文選平點，上海古籍出版社，一九八五年
駱鴻凱文選學，中華書局，一九八九年
俞紹初、許逸民主編，中外學者文選學論集，中華書局，一九九八年
穆克宏昭明文選研究，人民文學出版社，一九九八年
傅剛文選版本研究，北京大學出版社，二〇〇〇年

李德輝注解，晉唐兩宋行記輯校，遼海出版社，二〇〇九年
慈波文話流變研究，復旦大學出版社，二〇二〇年
雷履平記成都杜甫草堂所藏趙次公杜詩注殘帙，草堂，一九八二年第二期
陳鐵民由新發現的韋濟墓誌看杜甫天寶中的行止，文學遺産，一九九二年第四期
梅新林杜詩僞王洙注新考，杜甫研究學刊，一九九五年第二期
陳尚君喜讀杜詩趙次公先後解輯校，杜甫研究學刊，一九九六年第二期
莫礪鋒杜詩『僞蘇注』研究，文學遺産，一九九九年第一期
鄧小軍鄧忠臣注杜詩考——鄧注的學術價值及其被改名爲王洙注的原因，杜甫研究學刊，二〇〇二年第一期

後記

杜甫是生活在公元八世紀大唐帝國由盛轉衰時期飽經憂患的詩人。他的詩歌大多創作於公元七五五年「安史」之亂後。宋代士大夫對杜詩所傾注的熱情，根源於時代文化土壤。宋人經歷了靖康之亂，華夏民族痛失中原，那種國破家亡的切膚之痛，使他們對杜詩中描寫戰争創傷與社會遭遇的古、近體詩産生了强烈的共鳴。杜甫的忠義之心，不斷地激發宋代士大夫的肝膽之氣。現存所有的杜詩宋注本都出現在南渡以後，是有歷史文化原因的。宋人視杜甫爲異代知音，注杜解杜，延續斯文，寄托對民族生死存亡的思考與延續華夏文化血脈的渴望。

宋刻本新刊校定集注杜詩在近代中國流傳的故事，也是華夏民族一百多年來辛酸屈辱史的縮影。三十年代，瞿鏞鐵琴銅劍樓藏書遞有散出，當時張元濟先生雖無力購買這一宋槧，但仍設法借來製成鉛皮版，後因抗戰事起未能付印。瞿氏藏本爲山陰沈仲濤先生購獲，秘藏於研易樓。在戰亂中，沈仲濤攜書跨越海峽，到了臺灣。一九八一年，大陸經濟文化事業才剛剛邁入正軌，中華書局就啓動這一浩繁的修書工程，用張元濟先生的鉛皮版打樣重新製版影印，以保存宋本真跡。而對岸，一九八〇年，沈仲濤先生在垂老之際，將珍藏了四十年之久的海内孤本新刊校定集注杜詩悉數捐贈臺北故宫博物院。一九八五年，臺北故宫博物院影印發行這一原藏於鐵琴銅劍樓、後藏於研易樓的稀世珍寶，讓天下讀書人共享。從南宋寶慶元年（一二二五）曾噩在廣東五羊覆刻郭知達編本杜集，迄公元一九八五年臺北故宫博物院影印出版，新刊校定集注杜詩經歷了七百六十年之久的流傳歲月，才奇跡般地進入大衆視野，成爲中華古籍傳播史上最經典的案例之一。北京與臺北兩地在大致相同的時間不約而同地影印出版同一種宋槧，從某種意義上説，其價值已超越了古籍出版本身。維繫「斯文」於不墜之努力，海鹽張元濟、山陰沈仲濤，以及北京中華書局、臺北故宫博物院，功莫大焉！

本書的整理前後歷時十年，幾經波折，先後用中華書局與臺北故宫博物院兩種不同的影宋本作底本整理過兩次，實屬無奈。整理本書，一共使用南宋郭知達所編杜集的不同版本計八種。其中臺北故宫博物院影宋本、日本静嘉堂文庫藏宋本、遼寧省圖書館特藏之清刻本，極爲珍貴，異常難求。因此，整理本書的第一大挑戰就是搜集不同版本的郭編杜集。二〇一三年夏啓動整理工作時，我只能用當時儘可能得到的中華書局一九八一年影宋本作底本。不過，我一邊整理，一邊仍在四方各地尋訪藏書，想盡各種辦法請人幫忙複印。複印古籍有限制，一人只能複印一兩卷，若想複印全書，得請托好些人纔有可能將一部古籍複印成完璧。本書漫長的整理過程中，僅就「訪書」、「求書」的好些動人故事就可寫成長篇佳話了。二〇一七年夏，當整理本脱稿時，意外驚喜地搜求到臺北故宫博物院影宋本。看到影印精美、字大遒勁的宋版圖書，恍如隔夢，百感交集。二話没説，立即決定更换底本，推倒重來。几年的辛苦勞動頓時化爲泡影，很心痛。但我没有怨言，只有感恩。能得到臺北故宫博物院影印的鐵琴銅劍樓藏宋本作底本，多麽幸運！面對眼前校勘精細、刻印精良的宋人宋注善本，對學術的莊嚴感與敬畏感油然而生。本書的整理工作不得不繼續延長。不過，功不唐捐。起初以中華書局影宋本爲底本整理時，由於這一底本嚴重漫漶，曾花巨大心思細心地對照諸種版本，進行過全面系統的補訂與校勘。整個過程，累積了數萬字的異文，這些異文成爲第二次整理時撰寫校勘記的主要文獻來源。從這個意義上説，第一次整理爲提高第二次整理工作的質量打下了相當扎實的基礎。

第二次整理工作啓動後不久，二〇一八年仲冬，我受國家公派前往美國高校訪學並任教，本書的整理工作曾一度中斷。從羊城飛往紐約，書稿和幾種重要的郭編本杜集，以及相關書目文獻著作等，精心打包，漂洋過海，伴隨着我來到大洋彼岸。當裝滿書稿的大件行李箱在廣州白雲國際機場的登機櫃檯過磅、被送上行李傳輸帶時，我一直盯着它，祈禱平安抵達。此情此景，不禁讓人聯想當年沈仲濤先生在戰亂時期攜帶鐵琴銅劍樓孤本乘坐輪渡穿越海峽，頓覺異代同慨，對中國人來説，有説不盡的「三國」，也有道不盡的杜甫。關於杜甫在域外的影響，莫礪鋒先生在百家講壇分享了一個好故事（杜甫的文化意義下集，二〇〇四年）。他説，日本漢學家吉川幸次郎先生一輩子研究杜詩，有很多關於杜甫的著作。吉川先生臨終之前專程到中國來，準備到河南鞏縣（一九九一年更名作鞏義市）杜甫的墓地去拜一拜。吉川爲此專門用白布做了一件長袍，他理解中的唐朝人所穿的禮服應該是那樣子的，準備到了鞏縣杜甫的出生地以後，就穿上這件白衣長袍來行禮。可惜那時候「文革」還没有結束，因爲規定縣級以下的地方外國人是不許去的，鞏縣是河南省的一個縣，去的話必須要介紹信。吉川到了河南的省會鄭州，在那裏停留了好多天提出要求，没得到同意，没能去成，最後吉川很失望地回去了。莫礪鋒先生説這一件小事他就覺得吉川教授這個人很可親，説明杜甫的人性光輝已經照亮到那裏。吉川教授真是對杜甫有「情痴」啊，誰聽到這個故事都會動容的。

全球抗疫期間，英國廣播公司（BBC）推出時長近一小時的最新單集紀録片杜甫：最偉大的中國詩人（*Du Fu: China's Greatest Poet*）。這是杜甫第一次以紀録片的形式詳細地被介紹到全球各地。這一記録片掛在油管（YouTube）兩年來，我一遍遍地看着，同時也留意世界各地人民在「評論區」的數千條中英文留言。

試摘兩條以饗讀者：

◇ People love Du Fu because everyone appreciates his charisma in the face of adversity. As a literati, it is supposed to be able to use his talents in prosperity, but flashing in adversity and caring for his homeland and sentient beings in the exile, this is why people like him. This emotion also happened to Qu Yuan during the Warring States Period 2300 years ago. (Jade Phoenix)

人們喜歡杜甫，因爲每個人都欣賞他在逆境中的魅力。作爲一個文人，本應在順境中施展才華，但杜甫在逆境中閃爍發光，在流放中關愛國家和衆生，這就是人們喜歡他的原因。這種情感在兩千三百年前的戰國時期也曾發生在屈原身上。

◇ Chinese poem is really epic, if we can understand it in Chinese, you will feel the history just in front of you.（Dior）

中國詩真是史詩。如果我們能用中文理解它，你會感受到歷史似乎就發生在你面前。

歷史、文明、語言在此交彙。文化有差異性，人情則有共通性。評論區分享的觀點和看法與魯迅和聞一多先生對杜甫的評論有相通之處。

我總覺得陶潛站得稍稍遠一點，李白站得稍稍高一點，這也是時代使然。杜甫似乎不是古人，就好像今天還活在我們堆裏似的。（劉大傑魯迅談古典文學，文藝報，一九五六年第二〇號）

中國有史以來第一個大詩人，四千年文化中最莊嚴、最瓌麗、最永久的一道光彩。（聞一多唐詩雜論杜甫）

詩聖杜甫一千三百年來產生了跨時代、跨國界、跨語際的廣泛影響。他身處亂世，憂國憂民，爲民請命。他的詩描繪山川風物，歌詠人間真善美，具有永恒的價值與意義。

自二〇一八年冬攜帶厚重的臺北故宫博物院影宋本輾轉來到美國，一晃整整四年過去了，這一整理本現在才得以真正定稿。在異國他鄉整理本書期間，偶爾翻一翻案頭放着的史蒂芬·歐文博士（Dr. Stephen Owen）墨緑色的中英雙語版杜甫詩，饒有興趣地欣賞BBC的記録片杜甫，强烈的歷史穿越感撞擊心靈。臺灣流行歌手王傑的英雄淚在耳際縈繞：

熱血在心中沸騰
卻把歲月刻下傷痕
回首天已黄昏
有誰在乎我
英雄淚

歌聲蒼凉悲壯，令人蕩氣迴腸！讀老杜詩，就是這感覺，在英雄淚的旋律中捕捉到了。借着點校整理本書的機會，一部杜詩不知翻了多少遍，分明只讀出了王傑歌聲中的三個字「英雄淚」！「出師未捷身先死，長使英雄淚滿襟」（蜀相），不也正是老杜的夫子自道嗎？

杜詩是中華民族的共同財富，也是中華民族對世界文明的一大貢獻。杜甫屬於中華民族，也屬於整個世界。

聶巧平

二〇二二年十月十九日俄亥俄州哥倫布百花園寓所

聊齋志異會校會注會評本	[清]蒲松齡著　張友鶴輯校
敬業堂詩集	[清]查慎行著　周劭標點
納蘭詞箋注	[清]納蘭性德著　張草紉箋注
方苞集	[清]方苞著　劉季高校點
樊榭山房集	[清]厲鶚著　[清]董兆熊注　陳九思標校
劉大櫆集	[清]劉大櫆著　吴孟復標點
儒林外史彙校彙評(增訂版)	[清]吴敬梓著　李漢秋輯校
小倉山房詩文集	[清]袁枚著　周本淳標校
忠雅堂集校箋	[清]蔣士銓著　邵海清校　李夢生箋
甌北集	[清]趙翼著　李學穎、曹光甫校點
惜抱軒詩文集	[清]姚鼐著　劉季高標校
兩當軒集	[清]黄景仁著　李國章校點
惲敬集	[清]惲敬著　萬陸、謝珊珊、林振岳標校　林振岳集評
茗柯文編	[清]張惠言著　黄立新校點
瓶水齋詩集	[清]舒位著　曹光甫點校
龔自珍全集	[清]龔自珍著　王佩諍校點
龔自珍詩集編年校注	[清]龔自珍著　劉逸生、周錫韒校注
水雲樓詩詞箋注	[清]蔣春霖著　劉勇剛箋注
人境廬詩草箋注	[清]黄遵憲著　錢仲聯箋注
嶺雲海日樓詩鈔	[清]丘逢甲著　丘鑄昌標點

譚元春集	［明］譚元春著　陳杏珍標校
張岱詩文集（增訂本）	［明］張岱著　夏咸淳輯校
陳子龍詩集	［明］陳子龍著 施蟄存、馬祖熙標校
夏完淳集箋校（修訂本）	［明］夏完淳著　白堅箋校
牧齋初學集	［清］錢謙益著　［清］錢曾箋注 錢仲聯標校
牧齋有學集	［清］錢謙益著　［清］錢曾箋注 錢仲聯標校
牧齋雜著	［清］錢謙益著　［清］錢曾箋注 錢仲聯標校
牧齋初學集詩注彙校	［清］錢謙益著　［清］錢曾箋注 卿朝暉輯校
李玉戲曲集	［清］李玉著 陳古虞、陳多、馬聖貴點校
吴梅村全集	［清］吴偉業著　李學穎集評標校
歸莊集	［清］歸莊著
顧亭林詩集彙注	［清］顧炎武著　王蘧常輯注 吴丕績標校
安雅堂全集	［清］宋琬著　馬祖熙標校
吴嘉紀詩箋校	［清］吴嘉紀著　楊積慶箋校
陳維崧集	［清］陳維崧著　陳振鵬標點 李學穎校補
屈大均詩詞編年校箋	［清］屈大均著　陳永正等校箋
秋笳集	［清］吴兆騫撰　麻守中校點
漁洋精華録集釋	［清］王士禛著 李毓芙、牟通、李茂肅整理

渭南文集箋校	[宋]陸游著　朱迎平箋校
范石湖集	[宋]范成大撰　富壽蓀標校
于湖居士文集	[宋]張孝祥著　徐鵬校點
稼軒詞編年箋注(定本)	[宋]辛棄疾撰　鄧廣銘箋注
辛棄疾詞校箋	[宋]辛棄疾著　吴企明校箋
姜白石詞編年箋校	[宋]姜夔著　夏承燾箋校
後村詞箋注	[宋]劉克莊著　錢仲聯箋注
瀛奎律髓彙評	[元]方回選評　李慶甲集評校點
雁門集	[元]薩都拉著 殷孟倫、朱廣祁校點
揭傒斯全集	[元]揭傒斯著　李夢生標校
高青丘集	[明]高啓著　[清]金檀注 徐澄宇、沈北宗校點
唐寅集	[明]唐寅著　周道振、張月尊輯校
文徵明集(增訂本)	[明]文徵明著　周道振輯校
震川先生集	[明]歸有光著　周本淳校點
海浮山堂詞稿	[明]馮惟敏著 凌景埏、謝伯陽標校
滄溟先生集	[明]李攀龍著　包敬第標校
梁辰魚集	[明]梁辰魚著　吴書蔭編集校點
沈璟集	[明]沈璟著　徐朔方輯校
湯顯祖詩文集	[明]湯顯祖著　徐朔方箋校
湯顯祖戲曲集	[明]湯顯祖著　錢南揚校點
白蘇齋類集	[明]袁宗道著　錢伯城校點
袁宏道集箋校	[明]袁宏道著　錢伯城箋校
珂雪齋集	[明]袁中道著　錢伯城點校
隱秀軒集	[明]鍾惺著　李先耕、崔重慶標校

嘉祐集箋注	[宋]蘇洵著　曾棗莊、金成禮箋注
王荆文公詩箋注(修訂版)	[宋]王安石著　[宋]李壁箋注　高克勤點校
王令集	[宋]王令著　沈文倬校點
蘇軾詩集合注	[宋]蘇軾著　[清]馮應榴注　黄任軻、朱懷春校點
東坡樂府箋	[宋]蘇軾著　[清]朱孝臧編年　龍榆生校箋
東坡詞傅幹注校證	[宋]蘇軾著　[宋]傅幹注　劉尚榮校證
欒城集	[宋]蘇轍著　曾棗莊、馬德富校點
山谷詩集注	[宋]黄庭堅著　[宋]任淵、史容、史季温注　黄寶華點校
山谷詩注續補	[宋]黄庭堅著　陳永正、何澤棠注
山谷詞校注	[宋]黄庭堅著　馬興榮、祝振玉校注
淮海集箋注	[宋]秦觀撰　徐培均箋注
淮海居士長短句箋注	[宋]秦觀著　徐培均箋注
清真集箋注	[宋]周邦彦著　羅忼烈箋注
石門文字禪校注	[宋]釋惠洪撰　周裕鍇校注
石林詞箋注	[宋]葉夢得著　蔣哲倫箋注
樵歌校注	[宋]朱敦儒著　鄧子勉校注
李清照集箋注(修訂本)	[宋]李清照著　徐培均箋注
吕本中詩集箋注	[宋]吕本中著　祝尚書箋注
陳與義集校箋	[宋]陳與義著　白敦仁校箋
蘆川詞箋注	[宋]張元幹著　曹濟平箋注
劍南詩稿校注	[宋]陸游著　錢仲聯校注
放翁詞編年箋注(增訂本)	[宋]陸游著　夏承燾、吴熊和箋注　陶然訂補

劉禹錫集箋證	[唐]劉禹錫著　瞿蜕園箋證
白居易集箋校	[唐]白居易著　朱金城箋校
柳宗元詩箋釋	[唐]柳宗元著　王國安箋釋
柳河東集	[唐]柳宗元著　[宋]廖瑩中輯注
元稹集校注	[唐]元稹著　周相録校注
長江集新校	[唐]賈島著　李嘉言新校
張祜詩集校注	[唐]張祜著　尹占華校注
三家評注李長吉歌詩	[唐]李賀著　[清]王琦等評注 蔣凡校點
樊川文集	[唐]杜牧著　陳允吉校點
樊川詩集注	[唐]杜牧著　[清]馮集梧注
温飛卿詩集箋注	[唐]温庭筠著　[清]曾益等箋注
玉谿生詩集箋注	[唐]李商隱著　[清]馮浩箋注 蔣凡校點
樊南文集	[唐]李商隱著　[清]馮浩詳注 錢振倫、錢振常箋注
皮子文藪	[唐]皮日休著　蕭滌非、鄭慶篤整理
鄭谷詩集箋注	[唐]鄭谷著 嚴壽澂、黄明、趙昌平箋注
韋莊集箋注	[五代]韋莊著　聶安福箋注
李璟李煜詞校注	[南唐]李璟、李煜著　詹安泰校注
張先集編年校注	[宋]張先著　吴熊和、沈松勤校注
二晏詞箋注	[宋]晏殊、晏幾道著　張草紉箋注
乐章集校箋	[宋]柳永著　陶然、姚逸超校箋
梅堯臣集編年校注	[宋]梅堯臣著　朱東潤編年校注
歐陽修詩文集校箋	[宋]歐陽修著　洪本健校箋
歐陽修詞校注	[宋]歐陽修著　胡可先、徐邁校注
蘇舜欽集	[宋]蘇舜欽著　沈文倬校點

蕭繹集校注　[南朝梁]蕭繹著　陳志平、熊清元校注

玉臺新咏彙校　吴冠文、談蓓芳、章培恒彙校

王梵志詩校注（增訂本）　[唐]王梵志著　項楚校注

盧照鄰集箋注　[唐]盧照鄰著　祝尚書箋注

駱臨海集箋注　[唐]駱賓王著　[清]陳熙晉箋注

王子安集注　[唐]王勃著　[清]蔣清翊注

陳子昂集（修訂本）　[唐]陳子昂撰　徐鵬校點

孟浩然詩集箋注（增訂本）　[唐]孟浩然著　佟培基箋注

王右丞集箋注　[唐]王維著　[清]趙殿成箋注

李白集校注　[唐]李白著　瞿蜕園、朱金城校注

高適集校注（修訂本）　[唐]高適著　孫欽善校注

杜詩趙次公先後解輯校　[唐]杜甫著　[宋]趙次公注　林繼中輯校

新刊校定集注杜詩　[唐]杜甫著　[宋]郭知達輯注　聶巧平點校

新定杜工部草堂詩箋斠證　[唐]杜甫著　[宋]魯訔編　[宋]蔡夢弼會箋　曾祥波新定斠證

杜詩鏡銓　[唐]杜甫著　[清]楊倫箋注

錢注杜詩　[唐]杜甫著　[清]錢謙益箋注

杜甫集校注　[唐]杜甫著　謝思煒校注

岑參集校注　[唐]岑參著　陳鐵民、侯忠義校注

戴叔倫詩集校注　[唐]戴叔倫著　蔣寅校注

韋應物集校注（增訂本）　[唐]韋應物著　陶敏、王友勝校注

權德輿詩文集　[唐]權德輿撰　郭廣偉校點

王建詩集校注　[唐]王建著　尹占華校注

韓昌黎詩繫年集釋　[唐]韓愈著　錢仲聯集釋

韓昌黎文集校注　[唐]韓愈著　馬其昶校注　馬茂元整理